Herman Wouk

Weltsturm

Roman

»War and Remembrance«
2. Teil

Deutsch von Werner Peterich

Hoffmann und Campe

Titel der Originalausgabe
»War and Remembrance«
Erschienen 1978 bei Little, Brown and Company, Boston, Massachusetts

Einige Zeilen des Liedes »The Hut-Sut Song«
von Leo V. Killion, Ted McMichael und Jack Owens,
Copyright © 1941 by Schumann Music Co.,
wurden zitiert mit freundlicher Erlaubnis
des Musikverlags Chappell & Co., Hamburg.

Der Liedtext »Der Fuehrer's Face« von Oliver Wallace,
Copyright © 1942 by Southern Music Publishing Co., Inc., New York,
Copyright © 1968 by Peer Musikverlag GmbH., Hamburg,
wurde mit freundlicher Genehmigung
des Peer Musikverlags, Hamburg, verwendet.

Der Text des Liedes »Three O'Clock In The Morning«
von Dorothy Terriss und Julian Robledo,
Copyright © 1921, 1950 by West's Ltd.
wurde verwendet mit freundlicher Erlaubnis
von EMI Music Publishing Ltd., London.

CIP-Kurztitelaufnahme der Deutschen Bibliothek

Wouk, Herman:
War and remembrance/Herman Wouk. Dt. von
Werner Peterich. – Hamburg: Hoffmann und Campe.
Einheitssacht.: War and remembrance (dt.)
Teil 2. – Wouk, Herman: Weltsturm

Wouk, Herman:
Weltsturm: Roman/Herman Wouk. Dt. von
Werner Peterich. – 1. Aufl. – Hamburg: Hoffmann und Campe, 1980.
(War and remembrance/Herman Wouk; Teil 2)
ISBN 3-455-08622-5

Copyright © 1978 by Herman Wouk
Copyright © 1980 by Hoffmann und Campe Verlag, Hamburg
Schutzumschlag- und Einbandgestaltung Werner Rebhuhn
Gesetzt aus der Korpus Aldus-Antiqua
Satz A. Utesch GmbH, Hamburg
Druck und Bindearbeiten Richterdruck, Würzburg
Printed in Germany

Erster Teil

Pug und Rhoda

1

Victor Henry stand in Helm und Schwimmweste auf der Backbord-Brückennock und sah der roten Leuchtspurmunition nach, die von seiner Hauptbatterie in die schwüle Nacht hinausfuhr. Die schattenhafte Linie feindlicher Schiffe vor Guadalcanal wurde im fahlen Licht grün-weiß dahintreibender Erkennungssignale sichtbar, verschwand aber zum Teil wieder hinter dem Rauch und zwischen den Wasserfontänen, die die Salven der *Northampton* aufschießen ließen.
»*Torpedos!* . . . *Torpedos ein Strich backbord! Torpedos an backbord, Captain, ein Strich backbord!*«
Das aufgeregte Geschrei kam von den Ausgucks und von den Telephonisten, von den Offizieren und Mannschaften auf der gesamten Brücke. Obgleich Pugs Ohren von den Geschützsalven halb taub waren und seine Augen halb geblendet vom Mündungsfeuer, hörte er die Rufe und sah die näherkommenden Schaumspuren. Augenblicklich bellte er: »RUDER HART BACKBORD!« (Direkt auf die Schaumspuren zulaufen und hoffen, zwischen ihnen durchzukommen: Das war jetzt die einzige Chance.)
»Ruder hart backbord, Captain.« Laut und fest klang die Stimme des Rudergasten. »Ruder ist hart backbord, Sir.«
»Sehr gut!«
Die beiden phosphoreszierenden Spuren stießen nahezu unmittelbar vor ihnen durch das glasige schwarze Wasser, in sehr spitzem Winkel zum Kurs des Schiffes. Wenn sie Glück hatten, verfehlten sie sie um Haaresbreite! Drei andere bereits von Torpedos getroffene schwere Kreuzer brannten achteraus, gelb wabernd und unter dichten hohen Rauchsäulen: die *Minneapolis*, die *Pensacola* und die *New Orleans*. Die Torpedos waren wie ein Heringsschwarm auf die Kampfgruppe zugelaufen. Woher, in Gottes Namen, kamen sie nur? Von einem Rudel Unterseeboote? Schon während der ersten Viertelstunde hatte sich dieses Treffen zu einer Katastrophe ausgeweitet, und wenn jetzt auch noch sein eigenes Schiff sank . . .! Die *Northampton* rollte, die beiden grünen Schaumspuren verschwanden, tauchten wieder auf und glitten tief unten vorüber, unmittelbar unter den Augen des Kapitäns. Verwirrte Rufe erhoben

sich rings um ihn her. Himmelherrgott, wenn das nur gutging! Seine Hand umklammerte das Schanzkleid. Er hörte auf zu atmen . . .
BLITZ!
Die Nacht explodierte und verwandelte sich in weißglühendes Sonnenlicht.

Die nächtliche Kampfhandlung am 30. November 1942, in deren Verlauf die *Northampton* sank, ist aus der Erinnerung geschwunden. Die japanische Flotte gibt es nicht mehr, und die Navy der Vereinigten Staaten hat keinen Grund, das Gefecht von Tassafaronga – ein törichtes und vergebliches Unternehmen mit katastrophalem Ausgang – zu feiern.
Damals hatten die Vereinigten Staaten in Guadalcanal bereits zur See, in der Luft und an Land die Oberhand. Um ihre ausgehungerte und von Krankheiten dezimierte Garnison zu versorgen, drückten japanische Zerstörer sich an der Tassafaronga genannten kleinen Bucht vorbei und warfen Fässer mit Treibstoff und Lebensmitteln über Bord, die dann von kleinen Booten geborgen wurden. Sie suchten wahrhaftig keinen Kampf. Doch auf Halseys Befehl dampfte eine amerikanische Kreuzerflotte sechshundert Seemeilen von den Neuen Hebriden bis nach Guadalcanal, um eine große neue feindliche Landungsstreitmacht zu stoppen und zu versenken. In Wirklichkeit gab es eine solche Landungsstreitmacht gar nicht. Man war einem Phantom aufgesessen, das auf falschen Informationen des Geheimdienstes beruhte.
Der Konteradmiral, unter dessen Befehl die Flottille stand, hatte das Kommando erst vor zwei Tagen übernommen. Sie bestand aus versprengten Einheiten, den Überresten vieler Seegefechte bei Guadalcanal. Der Konteradmiral kannte das Gebiet nicht, und seine Schiffe hatten noch keine gemeinsamen Manöver gehabt. Dennoch: mit Radar, Überraschungsmoment und überlegener Feuerkraft hätte die Kampfgruppe Siebenundsechzig imstande sein sollen, den Feind auszulöschen. Immerhin stand man mit vier schweren Kreuzern, einem leichten Kreuzer und sechs Zerstörern nur acht japanischen Zerstörern gegenüber.
Nur ging der Admiral bei seinem Operationsplan davon aus, daß die japanischen Zerstörer-Torpedos wie die amerikanischen eine Reichweite von zehntausend Metern hatten. In Wirklichkeit liefen die japanischen Torpedos jedoch rund vierzehntausend Meter, bei langer Laufzeit sogar doppelt so weit; außerdem überstieg die Sprengkraft ihrer Torpedos die der Amerikaner bei weitem. Bei der Einsatzbesprechung, unmittelbar bevor sie auf Nordkurs gegangen waren, hatte Victor Henry das erwähnt; er hatte 1939 einen geheimdienstlichen Bericht über die japanischen Torpedos geschrieben, eine Arbeit, die seine Laufbahn beeinflußt hatte. Doch der Admiral hatte nur kühl

wiederholt: »Wir gehen bis auf zehntausend Meter ran und eröffnen das Feuer.« Pug hatte mit seinen Argumenten nichts ausrichten können.
Folglich hatte der japanische Zerstörer-Admiral, der in der Nacht des 30. November einem weit überlegenen Gegner gegenüberstand und mit Zwanzig-Zentimeter-Geschossen eingedeckt wurde, über dessen Kopf Erkennungssignale den Himmel erhellten, während rings um ihn Wasserfontänen aufschossen und Rauch ihn umhüllte – folglich hatte der japanische Admiral in seiner Verzweiflung sämtliche Torpedos in Richtung auf das ferne Mündungsfeuer abgefeuert. Die todbringenden Waffen trafen alle vier schweren amerikanischen Kreuzer. Die siegreichen Japaner flohen und kamen ungeschoren davon.

Die donnernde Erschütterung betäubte Pug Henrys Ohren. Er wurde auf die Knie geschleudert. Wankend stand er wieder auf. Das gesamte Schiff schütterte wie ein entgleister Eisenbahnzug; doch schlimmer noch als das, bedenklicher als die Brände, die überall auf Backbord aufsprangen, war die plötzliche Schlagseite. Zehn Grad oder sogar noch mehr, wie er benommen – gleichwohl in Sekundenschnelle – registrierte. Die Torpedos mußten Riesenlecks aufgerissen haben!
Der Untergang der *Juneau* drängte sich erschreckend in sein Bewußtsein. Auch sie war von Torpedos getroffen worden, dann in einer gewaltigen Explosion auseinandergeflogen und verschwunden. Mit einem Satz war er im Brückenhaus und griff nach einem Mikrophon. »*Hier spricht der Käpt'n!*« Er hörte das krächzende Gebelfer seiner eigenen Stimme über die Deckslautsprecher. »*Magazin von Turm Drei fluten und Bereitschaftsmunition über Bord! Ich wiederhole: Magazin von Turm Drei fluten und Bereitschaftsmunition über Bord! Bestätigen!*«
Ein Telephonist schrie, die Befehle seien verstanden worden und würden ausgeführt. Das Deck bebte immer noch, fast so, als rutschte die Northampton ruckweise über ein Riff, aber Pug wußte, daß er sechshundert Faden Wassertiefe unter sich hatte. Als er, das Mikrophon in der Hand, auf die Backbordnock hinaustrat, überraschte ihn die Hitze, die ihm entgegenschlug. Es war, als ob er einen Hochofen aufgerissen hätte. Das Feuer wütete überall auf dem Achterschiff und warf einen gelben Schein auf das dunkle Wasser.
»*Jetzt alle Mann herhören! Hier spricht der Kapitän. Wir haben an Backbord einen, möglicherweise sogar zwei Torpedotreffer abgekriegt. Ich erwarte unverzüglich Schadensmeldungen! Feuerbekämpfungs- und Reparaturtrupps sofort nach achtern, helfen Sie beim Löschen und stellen Sie Wassereinbrüche fest. Erster Offizier, zu mir auf die Brücke . . .*«

Nach Monaten eisernen Drills kamen Pug diese Befehle mühelos in den Sinn. Drill war für die Mannschaft eine leidige Sache, aber jetzt zahlte er sich aus. Im Brückenhaus wurden Schadensmeldungen von den Telephonisten mit beherrschter Stimme weitergegeben. Der Wachhabende Offizier und der Erste Steuermann beugten sich am Kartentisch über den Plan des Schiffes und schraffierten die verschiedenen Abteilungen des Unterdecks mit roten und schwarzen Kreidestiften; Schwarz bedeutete Seewassereinbruch, Rot Feuer. Schlechte erste Nachrichten: Drei Schraubenwellen arbeiteten nicht mehr, und Nachrichtenmittel wie Stromzufuhr fielen aus; auf den Decks C und D liefen Wasser und Öl aus. Während Pug einen Befehl nach dem anderen herausschleuderte, überlegte er sich bereits eine Rettungsstrategie. Die Brände einzudämmen und lange genug zu fluten, um den Hafen zu erreichen, war vordringlich. Tulagi lag achtzehn Meilen entfernt. Die drei anderen Krüppel hatten bereits Kurs darauf genommen.

»*Maschinenraum achtern – sämtliche leckgeschlagenen Öl- und Dampfleitungen sichern. Alle Stationen, die Strom haben, Treibstoff nach Steuerbord pumpen! Gesamtwasserballast an Steuerbord lenzen und . . .*«

Eine weitere Detonation ließ das Deck unter seinen Füßen in die Höhe rucken. Weit hinterm Bootsdeck schoß eine dicke Fontäne aus schwarzem Öl in die Höhe wie eine sprudelnde texanische Ölquelle, kippte im Widerschein des Feuers um und deckte den Mast, die Feuerleitstände, das Bootsdeck und Geschützturm Drei mit einem dickflüssigen, klebrigen Regen ein. Flammen kletterten am ölverschmierten Mast empor; ein lodernder Feuersturm vor dem verrauchten Himmel. Weitere Ölfontänen schossen nach Explosionen unter Deck auf und gaben den Flammen neue Nahrung.

Wenn das so weiterging, hielt das Schiff nicht lange durch. Trotz ihrer furchtgebietenden Länge und ihrer schweren Geschütze war die *Northampton* ein höchst verwundbares Gebilde. Um ihre Stabilität und die Möglichkeiten der Schadensbekämpfung war es schlecht bestellt. Nicht entsprechend militärischen Erfordernissen war sie gebaut worden, sondern im Rahmen unsinniger Beschränkungen, die von Politikern durchgesetzt worden waren. Das hatte Pug schon immer gewußt; daher der eigensinnige Eifer, mit dem er auf Katastrophenübungen bestanden hatte. Die Torpedos hatten den schweren Kreuzer an seiner schwächsten Stelle erwischt; unmittelbar hinter dem viel zu knapp bemessenen Gürtelpanzer, so daß die Haupt-Ölbunker sowie – höchstwahrscheinlich – die riesigen Höhlen der Maschinen- und Feuerräume aufgerissen worden waren. Es bis Tulagi zu schaffen, würde verdammt schwer werden. Die See mußte unten in Sturzbächen hereinrauschen.

Irgendwann mußte sich das Lenzen jedoch bemerkbar machen. In dem langen

Schiffsrumpf waren annähernd fünfzigtausend Raummeter Luft eingeschlossen, und soviel Luft trug einiges! Wenn der Kahn nicht plötzlich in die Luft flog, wenn der Feind ihm nicht noch mehr Torpedos in die Flanke jagte und wenn die Brände nicht jedes Maß sprengten, schaffte er es vielleicht bis zum Hafen. Selbst wenn er sie auf Strand setzen mußte – die *Northampton* stellte einen immensen Schrottwert dar. Die Feuerlöschtrupps – Gruppen sich bewegender Schatten im flackernden Feuerschein – schleppten ihre Feuerlöscher und Schläuche hierhin und dorthin übers schlüpfrige Deck, und blitzende Wasserstrahlen ließen zischend Schwaden von rot-orangefarbenem Dampf aufsteigen. Schadensmeldungen liefen zuhauf im Brückenhaus ein; die Stimmen von Offizieren und Mannschaften wurden streng sachlich. Der vordere Maschinenraum arbeitete noch; eine Schraube genügte, den angeschlagenen Kasten bis nach Tulagi zu schieben.

Trotz seines Kummers darüber, daß sein Schiff torpediert worden war, und trotz der Niederlage, die er einstecken mußte, trotz des unheimlichen Feuerscheins und des Lärms auf einem nachts schwer getroffenen Kriegsschiff – dem grellen Lodern, dem Prasseln, den Schreien, den Alarmglocken, dem Brandgeruch und dem beißenden Rauch, der immer katastrophalere Ausmaße annehmenden Schadensliste, dem höllischen Durcheinander von Stimmen aus dem Mund von Seeleuten und aus Sprachrohren – trotz der unmittelbaren Gefahr und trotz all der Entscheidungen, die er laufend treffen mußte, ließ Victor Henry sich weder irremachen, noch kapitulierte er vor dem Übermaß an Schwierigkeiten. Im Gegenteil: zum erstenmal seit Midway hatte er das Gefühl, ganz und gar lebendig zu sein. Wieder im Brückenhaus, griff er zum Sprechfunkmikrophon: »*Griffin, Griffin, hier spricht Hawkeye. Bitte melden! Ende!*«

Darauf meldete sich eine förmliche Stimme mit dem gedehnten Akzent der Südstaaten: »*Hawkeye von Griffin, kommen, Ende* . . .« Eine ältere Stimme unterbrach: »Geben Sie her, Junge! Das ist Pug Henry von der *Northampton*. Ich spreche mit ihm . . . Hören Sie, Pug, sind Sie das?« Admiräle setzten sich über formale Regeln des Funkverkehrs hinweg. »Wie sieht's aus, Mann? Von hier aus macht ihr einen ziemlich angeschlagenen Eindruck.«

»Von hier aus«, das hieß: von der Brücke der *Honolulu*, des einzigen Kreuzers der Kampfgruppe, der nichts abbekommen hatte – ein länglicher Schatten im Nordwesten, der, umgeben von Zerstörerschutz, mit voller Kraft das torpedoverseuchte Wasser verließ.

»Ich hab' noch einen Maschinenraum und eine Schraube, Admiral. Nehme gleichfalls Kurs auf Tulagi. Wir reparieren unterwegs – oder versuchen es wenigstens.«

11

»Das ist aber ein verdammt großes Feuer, das Sie auf dem Achterschiff haben.«
»Wir sind dabei, es zu bekämpfen.«
»Brauchen Sie Hilfe?«
»Bis jetzt noch nicht.«
»Pug, soviel wir auf Radar sehen, ziehen sich diese Banditen nach Westen zurück. Ich laufe so schnell wie möglich um Savo Island herum und werde sie außerhalb der Torpedoreichweite in Kämpfe verwickeln. Falls Sie Hilfe brauchen, sagen Sie Bescheid, und ich schicke Ihnen ein paar von meinen kleinen Jungs.«
»*Aye, aye*, Sir. Gute Jagd. Ende.«
»Mast- und Schotbruch, Pug.«
Während Victor Henry dieses Gespräch führte, kam der Erste Offizier auf der Brücke an; sein Mondgesicht unter dem Helm war von Ruß und Schweiß verschmiert, doch nahm er sich sofort der Schadensüberwachung an, während der Kommandant sich die Chancen seines Schiffes ausrechnete.
Bei Kämpfen, Bombardements, langen Fahrten und einer Generalüberholung auf der Navy-Werft hatte Pug großes Vertrauen zu diesem wortkargen, rundlichen Mann aus Idaho gewonnen. Ihre persönliche Beziehung dagegen – und das beruhte auf Gegenseitigkeit – war recht distanziert geblieben. Im letzten Tauglichkeitsbericht über Grigg hatte Pug ihm bescheinigt, daß er sehr wohl imstande sei, das Kommando eines Schiffes zu übernehmen. Nach dem letzten Navy-Bericht war Grigg befördert worden; er trug jetzt vier Kolbenringe am Ärmel, und man erwartete, daß er jeden Tag das Kommando der *Northampton* übertragen bekam. Pug hatte bereits Befehl, nach Washington zurückzufliegen und sich dort zu melden, »sobald er abgelöst sei«.
Während Grigg sich mit der Schadensbekämpfung beschäftigte, hatte Pug Zeit zum Nachdenken. Seine Pechsträhne hielt offensichtlich an. Griggs Befehle waren vielleicht unterwegs, und er selbst war nun als Kommandant in diesen nächtlichen Kampf hineingeraten, der von vornherein unter einem bösen Stern gestanden hatte. Wenn er jetzt sein Schiff verlor, würde er sich vor einem Untersuchungsausschuß verantworten müssen und konnte sich unmöglich damit herausreden, daß ein unerfahrener Admiral ihn durch einen schlecht durchdachten Operationsplan verleitet habe, sich in torpedoverseuchte Gewässer zu begeben.
Die Brände breiteten sich nicht mehr so schnell aus wie zu Anfang, und die Hauptschotten hielten das Wasser ab; so lauteten zumindest die Berichte. Pug jedoch ließ zwei Anzeiger nicht aus den Augen. Der Zeiger des Krängungsmessers kroch immer weiter nach links; und das Senkblei, das er hatte ausbringen lassen, bewies, daß das Schiff sich achtern immer weiter senkte. Er versuchte,

auf Nordostkurs nach Tulagi zu dampfen. Sämtliche Telephonverbindungen waren unterbrochen, sogar die Sicherheitsleitungen funktionierten nicht mehr, sie waren von Salzwasser überschwemmt, ausgebrannt, losgerissen. Boten brachten jedoch jeden Befehl über das Hauptdeck, durch die schwarzen Gänge, in denen fußhoch Wasser und Öl schwappten, und über mehrere weitere Decks hinunter bis zum vorderen Maschinenraum. Sein Schiff mit Hilfe dieses langsamen Systems zu lenken, war zum Verzweifeln, doch nach und nach kam die *Northampton* herum. Inzwischen schickte Grigg Rettungsmannschaften aus, um eingeschlossene Leute aus Abteilungen zu befreien, in denen das Wasser stieg. Die Verwundeten wurden ans Oberdeck gebracht. Die Feuerlöschmannschaften, die in der ölverschmierten Feuerleitanlage im Hauptmast festsaßen, wurden von asbestgekleideten Rettungsmannschaften, die mit Gasmasken langsam den Mast hinaufstiegen und ihnen herunterhalfen, vor dem Verbrennen gerettet.

Weit voraus am Horizont war der Buckel von Florida Island zu erkennen, in dessen Schatten Tulagi lag. Die Schlagseite betrug jetzt zwanzig Grad, und das war soviel, wie ein schwerer Kreuzer rollte, wenn er in einen schweren Sturm hineinlief. Leblos hing die *Northampton* nach Backbord in einer durch das ausströmende Öl geglätteten See. Es würde zu einem Wettlauf zwischen dem eindringenden Wasser und der Kraft werden, die noch in der Maschine steckte. Wenn Grigg das Schiff bis zum Morgengrauen flott halten konnte, war es möglich, daß sie hinter den drei anderen angeschlagenen Kreuzern, die weit vorauslagen, Tulagi erreichten. Mit diesen Überlegungen war Pug beschäftigt, als Grigg zu ihm kam und sich mit einem Ärmel über die Stirn wischte. »Sir, es ist besser, wir drehen bei.«

»Beidrehen? Aber ich habe sie doch grade eben erst auf Kurs gebracht.«

»Die Stützen auf Decks C und D geben nach, Sir.«

»Aber was sollen wir denn tun, Grigg, uns einfach treiben und vollaufen lassen? Noch kriegen wir ein paar Umdrehungen aus der Maschine.«

»Außerdem, Captain, sagt Chief Stark, daß das Schmieröl von Maschine vier mehr und mehr Druck verliert. Die Pumpe kommt nicht gegen die Schlagseite an.«

»Verstehe. Gut, dann muß ich den Admiral um ein paar von seinen Zerstörern bitten.«

»Das wäre wohl besser, Sir.«

Was Grigg da über das Schmieröl berichtete, kam einem Todesurteil gleich. Beide Männer wußten das. Aber sie wußten auch, daß das Schmiersystem schlecht angelegt war. Schon vor langer Zeit hatte Pug um Änderung gebeten – ohne Erfolg.

»Ja, aber bis dahin lassen Sie uns versuchen, so nahe wie möglich an Tulagi ranzukommen, selbst wenn die Maschine zusammenbricht.«
»Captain, solange wir nicht mehr Fahrt machen, können wir das Wasser nicht raushalten.«
»Was sollen wir dann tun?«
»Ich werde gegenfluten, so weit es geht. Das Lenzen bringt nicht viel, das ist das Schlimme. Wenn ich sie um fünf Grad aufrichten kann und die Stützen verstärke, können wir wieder auf Kurs gehen.«
»Gut, dann sehe ich mich jetzt unter Deck um. Bitten Sie Griffin um die Zerstörer. Erklären Sie ihm, wir brennen, hätten zweiundzwanzig Grad Schlagseite, und das Heck läge fast unter Wasser.«
Pug stieg zu dem schräg geneigten Hauptdeck hinunter, rutschte aus und versank bis zum Knöchel in übelriechendem Öl. Er kam an den Löschtrupps vorüber und gelangte bis zu dem riesigen klaffenden Riß am Achtersteven, durch den das Öl hervorgeschossen kam. Als er sich hinauslehnte, erkannte er die gezackten Stahlplatten, die bis ins Wasser hineinreichten – die Löcher, die von den Torpedos gerissen worden waren. Diesen Anblick würde er nie wieder vergessen: ein schwarzes Loch in seinem Schiff, umgeben von aufgerissenem Metall wie eine mit roher Gewalt geöffnete Konservendose. Das zweite Leck, das unter der Wasserlinie lag, sollte noch größer sein. Als er sich über die Rettungsleinen hinauslehnte, hatte Pug das schwindelerregende Gefühl, das Schiff müsse auf der Stelle kentern. Die Schlagseite verstärkte sich beängstigend schnell, daran war nicht zu zweifeln. Er kam an schrecklich verwundeten und verbrannten Männern vorbei, die reihenweise auf dem Deck lagen, wo sie von den Sanitätern versorgt wurden. Man brauchte Zeit, um sie fortzuschaffen. Traurig kehrte er auf die Brücke zurück, rief den Ersten Offizier beiseite und sagte ihm, sie müßten sich darauf gefaßt machen, das Schiff zu verlassen. Ungefähr eine Stunde später sah Victor Henry sich auf der verlassenen Brücke noch einmal um. Das kleine Stahlgehäuse war still und sauber. Der Quartermaster und die Decksoffiziere hatten sämtliche Logbücher und Unterlagen mitgenommen. Die Geheimdokumente waren mit Ballast beschwert über Bord gegangen. Unten versammelte die Mannschaft sich zum Verlassen des Schiffes. Ringsum schwarze stille See, auf der vier Schiffe wie gefallene gelbe Sterne brannten. Die Rettungszerstörer waren auf dem Weg. Haie stellten eine zusätzliche Gefahr dar, und nach der letzten Zählung würden rund sechzig Offiziere und Mannschaften das Schiff nie verlassen; sie wurden vermißt oder waren dem Feuer, dem Wasser oder den Explosionen zum Opfer gefallen. Trotzdem – der Verlust an Menschenleben war vergleichsweise gering, wenn nicht noch etwas schief ging.

Mittlerweile hatte Pug es besonders eilig, die Mannschaft von Bord zu bringen. Angeschlagene Schiffe waren ein beliebtes Ziel für Unterseeboote. Als letztes nahm er aus seiner Kajüte ein paar Handschuhe und einen zusammenklappbaren Bilderrahmen mit, in dem Warrens Abgangsphoto von der Kriegsakademie und ein altes Bild von der ganzen Familie steckte – aus einer Zeit, zu der Warren und Byron noch hochaufgeschossene, schmächtige Jungen gewesen waren und Madeline ein Kind mit einer Papierkrone. In die Rahmenecken waren zwei kleine Schnappschüsse eingeklemmt: Pamela Tudsbury, die in grauem Pelz im Schnee vorm Kreml posierte, und Natalie im Garten der Villa in Siena, ihr Baby auf dem Arm. Als er sich anschickte, die Leiter hinunterzusteigen, fiel ihm die Kriegsflagge der *Northampton* ins Auge, die zusammengefaltet auf einem Flaggensack lag. Er nahm sie mit.
Grigg wartete auf ihn. Der Widerschein der Flammen zuckte über sein Gesicht. Das Hauptdeck war schräg geneigt wie eine Sprungschanze. Ohne besondere Hast erstattete er Bericht über den Mannschaftsstand.
»Okay, Grigg. Verlassen wir das Schiff.«
»Sie kommen also mit, Sir? Captain?«
»Nein.« Er übergab Grigg die Kriegsflagge. »Ich komme nach, wenn es soweit ist. Nehmen Sie die hier. Und setzen Sie sie auf Ihrem nächsten Kommando. Und noch was: versuchen Sie, meine Familie im Trockenen zu halten, ja?«
Grigg versuchte zu argumentieren, noch könne gegengeflutet werden; außerdem arbeite noch eine Anzahl von Pumpen, und Schadenskontrolle sei seine Spezialität. Wenn der Kapitän das Schiff nicht verlassen wolle, könne der First Lieutenant das motorisierte Rettungsboot bemannen und nach den Männern unten im Wasser Ausschau halten. Er selber bleibe dann auch.
»Grigg, Sie verlassen das Schiff«, fiel ihm Pug heftig und kalt ins Wort.
Grigg nahm auf dem schrägen Deck Haltung an, so gut es ging, und salutierte. Pug erwiderte den Gruß und sagte dann weniger förmlich: »Also viel Glück, Jim. Ich nehme an, der Schlag nach Westen war ein Fehler.«
»Nein, *Sir!* Ihnen blieb nichts anderes übrig. Wir hatten sie in Reichweite unserer Geschütze, praktisch vor uns aufgereiht. Sie konnten sie doch nicht unbehelligt entkommen lassen. Pete Kurtz behauptet, mit unserer letzten Salve hätten wir einen Kreuzer getroffen. Er sah die Explosionen, kurz nachdem es uns erwischt hatte.«
»Ja, das hat er mir auch gesagt. Vielleicht läßt es sich irgendwie genauer feststellen. Einerlei, wir hätten machen sollen, daß wir wegkamen, genauso wie die *Honolulu*. Nun, jetzt ist es zu spät.«
Verloren blickte der Erste Offizier auf dem schrägen Deck auf und ab. »Die *Nora-Maru* wird mir fehlen.«

Pug war überrascht und mußte lächeln. *Nora-Maru* war der Spitzname des Schiffes, den die Matrosen ihm gegeben hatten, doch weder er noch Grigg hatten ihn jemals benutzt. »Jetzt aber über Bord mit Ihnen!«
Das an den Davits ausgeschwenkte und mit Verwundeten beladene Motor-Rettungsboot hing so dicht über dem Wasser, daß die Seeleute nur die Fallen zu kappen brauchten. Flöße aus Balsaholz flogen über Bord. Hunderte von fast nackten Seeleuten kletterten über die Netze in die Tiefe, hangelten sich an Seilen hinunter, und viele bekreuzigten sich, ehe sie es taten. Unten hörte man viel Geplätscher und schwaches Rufen.

Bald waren alle unten. Flöße, Boote und auf- und abtanzende Köpfe trieben in der Strömung vorüber. In der Ferne näherten sich schattenhaft die beiden Zerstörer. Die Stimmen der Matrosen wurden von der leichten warmen Brise heraufgetragen – Männer, die um Hilfe riefen, auf Trillerpfeifen pfiffen, sich im Dunkeln gegenseitig anriefen. In den Flammen würde jedenfalls keiner mehr umkommen, dachte Pug, und nur wenige im Wasser, falls überhaupt. Haie freilich konnten eine Gefahr bilden. Glücklicherweise hatte sich das treibende Öl nicht entzündet.

Pug blieb mit einem Freiwilligen-Löschtrupp und einem Ingenieur an Bord. Beschädigte Schiffe ereilte manchmal ein sonderbares Schicksal. Brände konnten ausgehen. Unberechenbar hin- und herlaufendes Wasser konnte sogar dafür sorgen, daß ein Schiff die Schlagseite verlor und sich wieder aufrichtete. Bei Midway war der Kommandant der *Yorktown* einigermaßen verlegen nach Verlassen des Schiffes wieder an Bord zurückgekehrt, und wäre das Schiff nicht am nächsten Tag von einem Unterseeboot angegriffen worden, hätte er es vielleicht retten können. Pug und seine Freiwilligen konnten im kenternden Schiff eingeschlossen oder von einem erneuten Torpedoangriff überrascht werden, doch wenn die *Northampton* bis zum Morgengrauen flott blieb, konnte sie vielleicht noch abgeschleppt werden.

Das Schweigen, der noch nie dagewesene Schmutz auf dem riesigen leeren Deck – es war wie in einem Traum. Sich an Belegnägeln, Eisenstangen und Rettungsleinen festhaltend – auf Deck Halt zu finden, wurde immer schwieriger –, arbeitete er sich bis auf die Back vor, um nachzusehen, ob die Leute es geschafft hatten, ein Schlepptau anzubringen. Als er zurückschaute auf sein sinkendes Schiff, fiel ihm auf, daß die Geschützrohre, die nach der letzten Backbordsalve nicht mehr gesenkt worden waren, sich parallel zum Wasser reckten: so groß war die Schlagseite inzwischen geworden. Hier vorn sah die *Northampton* noch so aus wie früher, bis auf die verrückte Schräglage und den gelben Schimmer des Feuers, der Masten und Geschütze klar hervortreten ließ. Lebewohl denn, *Nora-Maru!*

Um verlassene Handpumpen herum arbeitete er sich über ausgerollte Feuerschläuche und zwischen Haufen von Abfall nach achtern – Kleidungsstücke, Verpflegung, Zigarettenschachteln, Bücher, Papiere, Munitionskisten, Kaffeebecher, angebissene Sandwiches, ölgetränkte und ölverschmierte Schwimmwesten, Stiefel, Helme und stinkende Exkremente, denn die Männer hatten ihre Notdurft oben verrichtet; all das überlagerte jedoch der Brandgeruch und der Gestank von Öl – *Öl, Öl* und nochmals *Öl.* Dieser säuerliche Geruch von Rohöl sollte für Victor Henry bis an sein Lebensende der Katastrophengeruch sein.

Eine weitere Stunde verfolgte er die Arbeit der Rettungsmannschaft, die zu lenzen und Brände zu löschen versuchte. Die Seeleute mußten sich wie die Affen auf allen Vieren bewegen und an allen möglichen Dingen festhalten, um auf dem öligen Deck nicht abzurutschen. Die feuererhellten Gesichter ernst, die Münder verkniffen und die Zähne zusammengebissen, schauten sie immer wieder hinaus auf die See zu den Zerstörern, die Überlebende an Bord nahmen. Zuletzt, um viertel vor drei, kam Pug zu dem Schluß, daß die *Northampton* verloren war. Wenn er jetzt noch länger an Bord blieb, setzte er nur das Leben seiner Leute aufs Spiel, um in den Augen anderer selbst gut dazustehen. Vielleicht trieb sie noch eine Stunde weiter, vielleicht aber auch nicht; ebensogut konnte sie ohne vorherige Warnung von einem Augenblick auf den anderen kentern.

»Chief, wir verlassen das Schiff.«

»*Aye, aye, Sir!*«

Die Männer ließen das letzte große Balsaholzfloß über Bord gehen. Es segelte hinab und schlug mit einem lauten Aufspritzer auf dem Wasser auf. Der L. I., ein grauhaariger, dickbäuchiger Mann, der beste Maschinist auf dem ganzen Schiff, drängte den Kapitän, als erster hinabzugehen. Als Pug sich brüsk weigerte, schleuderte er strampelnd seine Schuhe von sich, zog sich bis auf seine ölverschmierte Unterhose aus und knüpfte seine Schwimmweste um seine verschwitzten Fettwülste. »Okay, ihr habt den Boß gehört – also los!« Behende wie ein Junge kletterte er im Frachtnetz hinunter, und die Matrosen folgten ihm.

In dieser letzten Minute allein an Deck kostete Pug den bitteren Geschmack des Abschieds. Mit seinem Schiff unterzugehen, kam nicht in Frage; in der US-Navy versuchte man, sich zu retten, um am nächsten Tag wieder kämpfen zu können. Die andere Tradition war dumm, wenn auch romantisch und ehrenhaft. Wer ertrank, leistete keinen Beitrag zu den Kriegsanstrengungen. Pug murmelte ein Gebet für die Gefallenen, die er im Schiff zurückließ. Dann zog er sich bis auf die Unterhose aus und streifte die Handschuhe über, die er von der Brücke mitgenommen hatte. Bei Übungen zum Verlassen des Schiffs war er immer Hand über Hand einen lose hängenden Tampen hinuntergeklettert. Abgesehen davon, daß das seiner Eitelkeit schmeichelte – im Tauklettern war er gut –, hatte er mit diesem Beispiel viele von der Mannschaft bewogen, es ihm gleichzutun, und das war nützlich gewesen. Im Ernstfall standen vielleicht keine Leitern und Netze zur Verfügung, Taue aber wohl.

Rauher Hanf scheuerte an seinen nackten Beinen. Pug ließ sich in die schwarze, tropische See hinab. Als er losließ und es um ihn herum aufspritzte, fühlte sich das Wasser gut an: lauwarm wie in der Badewanne, und sehr salzig. Durch klebrige Klumpen Öl schwamm er zum Floß hinüber, das immer noch an einer langen Fangleine trieb, deren anderes Ende an einem Poller an Deck belegt war. Nackte Männer drängten sich auf dem Floß, Schwimmer im Wasser hielten sich ringsum an den Seilschlaufen fest.

»Chief, sind alle Mann da?«

»Jawohl, Captain!«

Etliche Seeleute schickten sich an, auf dem Floß Platz für ihn zu machen.

»Bleiben Sie alle, wo Sie sind. Legen Sie ab!«

Ein Messer blitzte im Widerschein des Feuers. Die Fangleine wurde gekappt und fiel ins Wasser. Die Männer paddelten das Floß fort von dem sinkenden Schiff. Victor Henry versuchte, schmieriges Öl aus seinen Haaren zu bekommen und sich den Mund auszuspülen, um den Ölgeschmack loszuwerden. Dabei verfolgte er, wie die *Northampton* versank. Von der Wasseroberfläche aus gesehen, war es ein grandioses Schauspiel: ein riesiger schwarzer Schatten, der in seinem trägen Todeskampf den halben Horizont einnahm. Das eine Ende brannte lichterloh wie eine Fackel. Die Männer auf dem Floß stießen langgezogene Rufe aus und pfiffen auf schrillen Trillerpfeifen, um die Zerstörer und die Motorboote in der Nähe auf sich aufmerksam zu machen. Eine Woge ging über Pug hinweg, und dabei geriet ihm Öl in die Augen. Er war dabei, es herauszuspülen, als er die Männer rufen hörte: »*Da sackt sie weg!*« Sich an der Seilschlaufe hochziehend, sah er, wie die *Northampton* sich um die eigene Achse wälzte und den Bug in die Höhe reckte. Das Feuer erlosch, und sie glitt in die Tiefe. Die Männer hörten auf zu rufen und zu pfeifen. Es war so still, daß Pug über dem Platschen des Wassers am Floß das traurige Aufseufzen und Brodeln des Wirbels hörte, der sein Schiff in die Tiefe zog.

2

Der gelbe Widerschein von Flammen erhellt den Nachthimmel in einem anderen Teil der Welt.
Berel Jastrow, fußtief im Schnee vor dem widerlich stinkenden Latrinenhaus, bleibt unvermittelt stehen und starrt zu dem lodernden Brand hinauf. Die Brennprobe: angesetzt, verschoben, neuerlich angesetzt und wieder verschoben. Die ganze Woche hindurch waren große Tiere von der SS durch die Pfützen auf dem eiskalten, rohen Betonbau gestapft, waren in die gewaltigen unterirdischen Kammern hinabgestiegen und hinauf zu den noch nicht ausprobierten Verbrennungsöfen, wobei ihre abgehackten Kommentare zwischen Aufspritzen und Aufstampfen ihrer Stiefel widerhallten.
Der Kommandant persönlich war mit Leuten seines Stabs mit erstarrten Gesichtern dabei und hat zugesehen, wie Techniker in Zivil Seite an Seite mit kahlgeschorenen Insassen in ihrer gestreiften Häftlingskleidung rund um die Uhr schufteten. Höchst merkwürdig haben sie sich hier in Auschwitz ausgenommen, diese wohlgenährten, gesunden Leute von draußen mit all ihren Haaren auf dem Kopf, Leute in Anzügen, die aus Jackett und Hose bestanden, von denen man hier schon fast vergessen hatte, daß es sie überhaupt gab, und die Schlipse trugen oder Overalls; muntere, geschäftige Polen oder Tschechen, die sich im Technikerjargon mit den deutschen Aufsehern über feuerfestes Material, Generatorgase, Schamottsteine, Abzugsdurchmesser und dergleichen unterhielten; normale Menschen, die einer normalen Arbeit nachgingen und normal handelten.
Normal bis auf ihre Art, die Häftlinge anzusehen. Es war, als machte der gestreifte Drillich einen unsichtbar wie die Tarnkappe im Märchen. Die Techniker schienen sie nicht zu sehen. Selbstverständlich ist es ihnen verboten, sich mit den Häftlingen zu unterhalten: Außerdem haben sie Angst vor den SS-Aufsehern. Dennoch – nicht einmal durch ein Zwinkern zu erkennen zu geben, daß sie sich bewußt sind, Menschen vor sich zu haben, wie sie selbst es sind? Durch sie hindurchzusehen, als wären sie Luft? Um sie herumzugehen, als wären sie Holzpfosten oder Sockel aus Ziegelsteinen? Eine merkwürdige Sache.

Das rot-gelbe Flackern da oben kommt aus den Schornsteinspitzen und erlischt fast, wenn Wolken von schwarzem Qualm emporgewirbelt werden; dann brennt es wieder klar. Kein Irrtum möglich, was man da sieht. Der große, viereckige Schornstein ist im dunstigen Schimmer, der von den Glühgruben drüben aufsteigt, klar zu erkennen. Probe mit Erfolg bestanden; und warum auch nicht? Diese Öfen sind beste deutsche Wertarbeit; verwendet wurden die besten Werkzeuge und Ausrüstungen – Generatoren, Öfen, Gebläse, Elektrowinden, riesige Ventilatoren, neuartige Loren, die auf Schienen direkt hineinfahren in die Verbrennungsöfen – alles erstklassige Arbeit. Berel selbst hat mitgearbeitet, die neue Einrichtung zu installieren. Er weiß, was Qualität ist. Hier ist von kriegsbedingter Materialknappheit nichts zu spüren. Diese Dinge haben Vorrang vor allem anderen! Die langen, höhlenartigen Kammern unten dagegen sind vergleichsweise roh zusammengeschlagen – bis auf die luftdicht schließenden Türen: ausgezeichnete Handwerksarbeit, diese schweren Türen in robusten Zargen mit der doppelten Gummidichtung.

Den Schlagstock locker in der Hand, stapft ein Kalfaktor an Jastrow vorbei zur Latrine und bedenkt ihn mit einem häßlichen Blick. Jastrow hat seine Armbinde um. Wer einen Rang bekleidet, genießt Vorrechte, und so darf auch er nach Einbruch der Dunkelheit seine Notdurft verrichten. Aber Armbinde hin und her, ein Kalfaktor kann einem einen Schlag auf das Hinterteil geben, wenn ihm der Sinn danach steht, oder ihm eins über den Schädel ziehen, so daß er im Schnee liegenbleibt und verblutet; kein Mensch wird sich darüber aufregen. Jastrow eilt in die Baracke zurück und wirft im Vorübergehen einen Blick in den Raum des Blockkapos; eine saubere und behagliche Unterkunft, an der Wand Reklamebilder der Deutschen Reichsbahn: der Rhein, die Berliner Oper, das Münchner Oktoberfest.

Der Blockälteste, ein bohnenstangenlanger und dünner, schrecklich pickliger volksdeutscher Berufseinbrecher aus Prag, sitzt in einem alten Korbstuhl, hat die schmutzigen Stiefel auf einen Schemel gelegt und raucht eine Pfeife. Tabak gibt es seit kurzem reichlich im Lager, desgleichen Seife, Lebensmittel, Schweizer Franken, Dollars, Medikamente, Schmuck, Gold, Kleider, alle möglichen Kostbarkeiten, die unter großem Risiko und zu einem hohen Preis zu haben sind. Die SS-Leute und die Kalfaktoren schöpfen selbstverständlich den Rahm ab, aber die Häftlinge treiben gleichfalls Handel; einige, um besser zu essen, andere um des Profits willen, ein paar wenige Mutige, um den Widerstand zu finanzieren oder die Flucht zu ermöglichen. Die Flut dieser Waren ist mit den Judentransporten aus dem Westen hereingekommen, die von Monat zu Monat zahlreicher und größer geworden sind. Während der Typhusepidemie im Sommer hat die Lagerdisziplin nachgelassen. Das Rinnsal

von Schmuggelwaren aus ›Kanada‹, den Gepäckbaracken, schwoll zu einer korrumpierenden Flut an. Seither ist der Auschwitzer Schwarze Markt, wiewohl ein lebensgefährliches Unternehmen, nicht mehr zu unterbinden.
Der Blockälteste bläst eine süßduftende, graue Rauchwolke aus und winkt Jastrow mit einer Bewegung seiner pfeifenbewehrten Hand weiter, und der geht nun den Mittelgang der langgestreckten, kalten und überbelegten Baracke hinunter, wobei er mit seinen Holzpantinen im klebrigen Morast des Fußbodens immer wieder ausrutscht. Gar kein so unerträglicher Kalfaktor, denkt er, dieser Typ mit dem grünen Dreieck aus Dachau und Sachsenhausen, der wie eine Hure bereit ist, für Geld oder Luxus alles zu tun, nur nicht, sein Leben oder seinen Posten aufs Spiel zu setzen. Beim Appell kehrt er für die SS den Schläger hervor, der die Häftlinge mit Fußtritten umherscheucht; im Block ist er nichts weiter als ein Faulpelz und Tunichtgut. Hin und wieder treibt er es hinter seiner verschlossenen Tür mit einem der *Piepls*, den Strichjungen, die von Block zu Block ziehen. Die Häftlinge haben dafür nicht einmal mehr ein schiefes Grinsen übrig. Das ist ein alter Hut.
Viele Lagerinsassen schnarchen bereits in ihren Kojen, jeweils drei oder vier in einem Schlafplatz. Jastrow drängt sich an den Männern vorbei, die auf dem langen Ziegelrohr in der Mitte hocken, das die Baracke zwar nicht erwärmt, aber im Verein mit der Körperwärme der Häftlinge der unter dem Gefrierpunkt liegenden Temperatur etwas von ihrer Strenge nimmt. Sämtliche Birkenauer Baracken – er persönlich hat mehr als hundert mit errichtet – sind nach einem einheitlichen Wehrmachtsplan der Deutschen gebaut: dem Pferdestall. Diese zugigen Scheunen, aus Holz und Teerpappe auf dem nackten, schlammigen Boden aufgeschlagen, waren ursprünglich für zweiundfünfzig Tiere bestimmt. Der Mensch beansprucht jedoch weniger Raum als ein Pferd. Drei Etagen übereinander, das ergibt einhundertsechsundfünfzig Liegen. Man stecke drei Häftlinge in eine Liege, ziehe den Raum für den Blockältesten, die Schreibstube, Essensverteilstelle und Wasserhahnbereich ab; Ergebnis: rund vierhundert Mann pro Pferdestall.
Das ist die Richtzahl, mehr oder weniger; denn Regeln in Auschwitz sind dehnbar, und gewöhnlich sind die Baracken stark überbelegt. Samuel Mutterperl hat Jastrow aus einem Block gerettet, der mit über tausend Mann belegt war, in der Mehrzahl Neuankömmlinge mit Darmbeschwerden, die sich die ganze Nacht auf jedem Handbreit Boden wanden und wälzten: auf den Lagerstätten und auf dem Boden, Gesichter, die in der Dunkelheit gegen das Hinterteil des Nachbarn gepreßt waren; einem Block, aus dem jeden Morgen zehn bis zwanzig Leichen mit glasigen Augen und offenstehenden Mündern zum Appell hinausgeschleppt und hinterher für die Leichenwagen aufgestapelt

werden mußten. Ausgebildete Handwerker und Vorarbeiter wie Mutterperl sind in weniger stark belegten Baracken untergebracht. Das ständig wachsende Lager braucht die Landvermesser, Schlosser und Schmiede, Zimmerleute, Gerber, Köche und Bäcker, Ärzte, technische Zeichner, Dolmetscher und Schreiber und so weiter; deshalb gehört zu dem Leben in ihren Baracken bisweilen Brennmaterial für die Öfen, Konserven, sowie gutes Wasser und das Vorrecht, die Latrine zu jeder Tages- und Nachtzeit aufsuchen zu dürfen. Manche von diesen Leuten könnten sogar den Krieg überleben, falls die Deutschen überhaupt jemandem erlauben, Auschwitz zu überleben.

Im Block des Arbeitskommandos Klinger ist es schlimm genug. Der lauwarme morgendliche Ersatzkaffee, die wässrige Abendsuppe und eine einzelne Scheibe sägemehlversetzten Brotes bilden die übliche Auschwitz-Ration; sie allein stellt ein langsam, auf Raten vollzogenes Todesurteil dar. Aber die Küche hat, was die Schwer- und Facharbeiter betrifft, besondere Weisungen erhalten: zweimal wöchentlich Verteilung von zusätzlichem Brot, Mettwurst oder Käse an die Privilegierten. Dieses angereicherte Almosen liegt immer noch unter der vorgeschriebenen Norm, denn die SS verzehrt, stiehlt oder verkauft die Hälfte der von Berlin für die Häftlinge bereitgestellten Lebensmittel. Jeder weiß das. Außerdem räubern die SS-Leute sämtliche Pakete aus, die Juden von außerhalb erhalten; andere Häftlinge, insbesondere die britischen Insassen, können immerhin damit rechnen, daß die Hälfte des Inhalts der Pakete an sie gelangt. Und dennoch geht es dem Arbeitskommando Klinger bei den zusätzlichen Kalorien vergleichsweise gut, wenn auch einige von ihnen nach und nach zu lebenden Gerippen abmagern. Dieser Typ ist in Auschwitz ein vertrauter Anblick: Männer, die nur noch Haut und Knochen sind, ausgemergelte und sich wie im Traum bewegende Skelette, denen ein hartes Schicksal blüht: wegen allzu langsamen Arbeitens geschlagen oder zu Tode getrampelt zu werden, sofern sie nicht einfach zusammenbrechen und sterben.

Männer wie Mutterperl und Jastrow werden nicht zu Gerippen abmagern. Sie erwartet ein anderes Schicksal. Längst hat das sardonische Wort von der Arbeitsabteilung die Runde gemacht; sobald die Arbeit fertiggestellt ist, wird das Kommando die große Ehre haben, als erste durch den Kamin zu gehen. Auschwitzer Humor! Im übrigen wahrscheinlich sogar die Wahrheit; eine neue Variante des üblichen Schicksals der Sonderkommandos.

Mit einer geübten Bewegung gleitet Jastrow mit den Füßen voran in die mittlere Liege, die er mit Mutterperl teilt; dieser schläft eingehüllt in die Wolldecke, die er sich aus ›Kanada‹ organisiert hat und die ihm niemand wegnimmt, obwohl Stehlen sonst an der Tagesordnung ist. Die Liege wackelt, und Mutterperl öffnet die Augen.

Jastrow murmelt: »Sie sind bei der Probe.«
Mutterperl nickt. Sie vermeiden das Reden, soweit es geht. Über ihnen liegen drei alte Häftlinge, doch unter ihnen, neben zwei ›Alt-Auschwitzern‹, ein Neuangekommener, der ein sehr elegantes galizisches Jiddisch spricht und behauptet, Rechtsanwalt aus Lublin zu sein. Seine Hautfarbe ist frisch, hat nicht das Auschwitzer Grau, und sein rasierter Schädel ist weiß und noch nicht verrunzelt. Er trägt auch keinerlei Narben vom Quarantänelager. Seine Augen haben einen merkwürdigen Ausdruck. Möglicherweise ein Spitzel der Politischen Abteilung.

Die SS durchdringt immer wieder die schwachen Untergrundbewegungen, die sich in Auschwitz regen; winzige geheime Grüppchen, die unkrautgleich auf irgendeinem gemeinsamen Boden keimen, sei er politischer, nationaler oder religiöser Natur. Diese Grüppchen dauern und wachsen, bis die Politische Abteilung sie aufspürt und zerschlägt. Einige bleiben eine Zeitlang lebendig, stellen Kontakte mit der Außenwelt her, ja, schmuggeln sogar Dokumente und Photos hinaus. Gewöhnlich enden sie durch Verrat. In dieser engen Welt von krankheitsgeplagten und halbverhungerten Sklaven, die in Pferdeställen im Schnee zusammengepfercht sind, von elektrisch geladenem Stacheldraht umgeben und bewacht von maschinengewehrbewehrten Wachttürmen und Bluthunden, in dieser Welt, in der das Leben an einem seidenen Faden hängt und die Folter etwas so Alltägliches ist wie in anderen Teilen der Welt eine Geldbuße wegen Falschparkens, sind Spitzel selbstverständlich. Was überrascht, ist vielmehr die Zahl der Aufrechten, die solche Dienste nie leisten würden.

Mutterperl murmelt: »Ist egal. Der Termin steht fest.«
»Wann?«
»Sag' ich später.« Die Worte werden Jastrow kaum vernehmlich ins Ohr gehaucht. Der Vorarbeiter macht die Augen zu und dreht sich um.
Jastrow weiß über den Fluchtplan nur, was Mutterperl ihm bis jetzt erzählt hat, und das ist bitter wenig. Ziel ist jedenfalls die Bäckerei, ein Gebäude außerhalb des Stacheldrahtbereichs, in der Nähe der Wälder am Fluß. Berels Backkünste spielen eine Rolle. Mehr als das weiß er nicht. Die Filme wird Mutterperl bei sich haben; falls man ihn erwischt und in die Baracke der Gestapo schleppt, kann Berel nichts verraten; selbst dann nicht, wenn derjenige, der ihn ins Kreuzverhör nimmt, droht, ihm das Glied und die Hoden abzuschneiden: auch dann nicht, wenn man die Heckenschere zwischen seine Beine schiebt, die scharfen Messer sich kalt um seinen Hodensack legen und sie ihm seine letzte Chance geben zu reden.
Dem Gerücht zufolge soll es folgendermaßen vor sich gehen: Das Folterinstru-

ment ist eine einfache Heckenschere, die freilich rasiermesserscharf geschliffen ist. Damit bedrohen sie einen, und zuletzt benutzen sie sie auch. Wer will sagen, ob das wahr ist? Eine solche Verstümmelung überlebt keiner; folglich kann auch keiner davon erzählen. Die Leichen der Verstümmelten werden schnellstens ins alte Krematorium gebracht; niemand bekommt sie zu sehen außer den Gestapo-Leuten und den Sonderkommandos. Wessen sind deutsche Verhörspezialisten nicht fähig? Wenn dies nicht stimmt, stimmt etwas ebenso Schlimmes.

Eines steht fest: die Flamme in der Nacht bedeutet den baldigen Tod für das Arbeitskommando Klinger. Berel ist bereit, die Flucht zu wagen; zu verlieren hat er nichts. Bis jetzt war Mutterperl sein Schutzengel. Ein Jude muß hoffen. Hungrig, frierend und erschöpft betet er und schläft ein.

Dabei verlief die Probe alles andere als zufriedenstellend.

Oberingenieur Pruefer – von der Firma J. A. Topf und Söhne, Erfurt, einem soliden Unternehmen mit internationalen Ofenpatenten – ist peinlich berührt. Der Gegenzug hat schwarzen Rauch und Fetzen brennenden Fleisches über das ganze Gelände verstreut. Daß der Kommandant und SS-Standartenführer Blobel nichts abbekommen haben, war reiner Zufall. SS-Offiziere, Techniker in Zivil und sogar Pruefer selbst haben von dem widerlichen Zeugs abbekommen. Jeder hat den fetten Qualm eingeatmet, daß es einem schlecht werden konnte! Eine entsetzliche Panne!

Trotzdem hat Pruefer ein reines Gewissen. Er wußte, daß es richtig war, beim ersten Probelauf eine Mischung aus Brennholz, Altöl und Leichen zu nehmen. In den neuen Hochleistungsöfen werden auch die Leichen zum Heizstoff, der den Verbrennungsprozeß selbst beschleunigt. Um die Einrichtung richtig zu erproben, brauchte er echte Bedingungen. Und was den Gegenzug betrifft – einerlei, wodurch er entstanden ist –, das gibt sich mit der Zeit. Bei ersten Versuchen tauchen immer Probleme auf – wozu sonst überhaupt etwas ausprobieren? Daß Standartenführer Blobel dabei sein mußte, war Pech. Topf und Söhne hatten ihn nicht eingeladen.

Der Kommandant und Standartenführer Blobel befreien ihre Lungen hustend von dem ranzigen Rauch. Der Kommandant ist außer sich vor Zorn. Zivilistenschweine! Zwei Monate mit der Lieferung im Rückstand, und die Probe dreimal verschieben! Zu allem Überfluß muß ausgerechnet heute Standartenführer Blobel auftauchen und das Fiasko miterleben! Oh, dieser verdammte Ingenieur aus Erfurt in seinem schönen Tweedmantel, englischen Schuhen und weichem Filzhut, der dem Kommandanten versichert hat, daß alles klappen wird! Was der braucht, sind paar Monate Auschwitz; dem sollte

man mal zeigen, was schlampige Arbeit in Kriegszeiten bedeutet! Gleich in Block 11 mit ihm!
Standartenführer Blobel sagt nichts. Es genügt zu sehen, wie er mißbilligend den Mund verzieht.
Im Wagen des Kommandanten fahren sie in die Nähe der Glühgruben, deren Widerschein rot und rauchig über ein weites Gelände fällt. Gemeinsam gehen sie hinaus aufs Feld, auf der dem Wind abgekehrten Seite, und – ach, verdammt, wieder ein Patzer! Die Sonderkommandos benutzen Flammenwerfer. Der Kommandant hat strikt befohlen: keine Flammenwerfer, solange Standartenführer Blobel im Lager ist! Diese alten, halbverwesten Leichen, von denen einige aus Gruben stammen, die schon 1940 und 1941 ausgehoben wurden, wollen einfach nicht brennen. Daran ist nicht zu rütteln. Wenn das Feuer ausgeht, bleiben immer Riesenberge verkohlter Knochen und andere Rückstände zurück. Trotzdem lautet der Befehl aus Berlin: *restlos beseitigen!* Was bleibt einem da anderes übrig, als den Resten mit Flammenwerfern zu Leibe zu rücken? Allerdings ist das Brennstoffverschwendung und ein Eingeständnis schlampiger Arbeit. Muß Blobel denn unbedingt wissen, daß die Leitung von Auschwitz nicht imstande ist, ein Verbrennungsproblem zu lösen? Der Kommandant hat in Berlin immer und immer wieder anständiges Mannschafts- und Offiziersmaterial angefordert. Die kümmern sich einfach nicht darum und schicken ihm den letzten Dreck! Er kann doch nicht alles selbst machen!
Im roten Schimmer der Glut starrt Blobel mit hochmütigem Gesichtsausdruck auf die Flammenwerfer. Nun, er ist der Fachmann! Soll er doch jetzt, da er Bescheid weiß, tun, was er will! Soll er es doch Müller stecken! Soll er es doch Himmler erzählen! Oder noch besser: soll er Verbesserungsvorschläge machen! Der Kommandant ist auch nur ein Mensch. Er muß sich um Anlagen kümmern, die über vierzig Quadratkilometer verteilt sind. Da arbeiten große Munitions- und Gummifabriken unter Volldampf, weitere sind im Bau. Landwirtschaftliche Betriebe mit Milchwirtschaft und Baumschulen, Nebenlager und Rüstungsbetriebe – all das ist im Entstehen begriffen. Dabei werden ihm dauernd neue politische Gefangene überstellt, immer gleich zu Tausenden! Da herrscht bedenkliche Knappheit an Bauholz, Zement, Rohren, Draht, ja, sogar an Nägeln! Überall auf dem Lagergebiet ernstliche Gesundheits- und Disziplinprobleme! Und zu allem Übel auch noch diese ständig wachsenden Zugladungen von Juden, die dauernd eintreffen. Natürlich sind die Anlagen für die Sonderbehandlung überlastet! Daraus ergeben sich weitere Schwierigkeiten! Dieser großkotzige Eichmann ist kein Planer! Das ganze Unternehmen beruht auf Zufallstreffern; entweder tut er überhaupt nichts oder zuviel. Ihm

obliegt der schmutzigste Teil der ganzen Aufgabe. Muß gemacht werden, bringt aber nichts ein – bis auf das Zeug in Kanada.
Was für ein Berg an Verantwortung. Wie kann ein Mensch unter diesen Bedingungen etwas Vernünftiges leisten? Glücklicherweise ist Blobel Architekt; ein Intellektueller. Er ist kein Eichmann. Während sie zum Abendessen in die Villa zurückfahren, ist er taktvoll genug, Kritik zu vermeiden. Er ahnt, welche Gefühle den Kommandanten bewegen. Nachdem sie gebadet und sich umgezogen haben und ein Glas trinken, taut er auf und wird herzlich. Standartenführer Blobel weiß einen guten Tropfen zu schätzen, das hat der Kommandant geahnt, und noch ehe das polnische Dienstmädchen knicksend verkündet, daß angerichtet sei, hat er fast eine halbe Flasche Haig & Haig geleert. Schön, soll er zugänglich werden. Schnaps kann Blobel hier bekommen, soviel er will. Erstaunlich, was diese Juden alles in ihren Koffern mitbringen! Sogar Wein. Beim Abendessen erklärt der Standartenführer der Gattin des Kommandanten, seit Kriegsausbruch habe er bei Tisch nicht mehr solche Weine getrunken. Sie errötet vor Vergnügen. Blobel lobt den Kalbsbraten, die Suppe und den Schokoladenkuchen. Die Köchin hat Ehre für sie eingelegt, darauf ist der Kommandant stolz. Blobel scherzt mit den Jungen über die Schule und macht sich über ihren Hunger auf Kuchen lustig. Sein drohendes Gehabe legt sich. Wenn er erst ein paar Gläser intus hat, ist er durchaus verträglich. Der Kommandant ist in Hinblick auf die Besprechung, die sie noch führen müssen, etwas zuversichtlicher, aber da . . .
AOW! AOW! Die verdammte Fluchtsirene!
Selbst hier, weit weg, unten am Fluß, bringt der auf- und abschwellende Heulton der Fluchtsirene von Auschwitz die Fenster zum Klirren und die Wände zum Wackeln; er übertönt sogar fast das Maschinengewehrgeratter in der Ferne. *Ausgerechnet jetzt!* Standartenführer Blobel wendet dem Kommandanten ein hartes Gesicht zu; dieser entschuldigt sich und stürzt nach oben zu seinem Privatanschluß. Er schäumt! Das Abendessen auch noch zum Teufel!

Einem Flugzeug, das im Tiefflug über Auschwitz dahinflöge – obwohl das unmöglich ist, denn den Luftraum über diesen vierzig Quadratkilometern armseligen polnischen Landes darf nicht einmal die Luftwaffe überfliegen –, würde sich ein überraschender Anblick bieten: Tausende und Abertausende von Männern und Frauen, die im grellen Licht der Scheinwerfer in Reihen auf dem Appellplatz des Lagers Birkenau angetreten sind und im sanft fallenden Schnee dastehen; fast ein militärischer Anblick; nur die gestreifte dünne Häftlingskleidung paßt nicht dazu.
Das Aufheulen der Sirenen hat die Insassen, die unter den Schlägen und

Flüchen der SS-Wachen und der Kalfaktoren zurückmarschiert sind, in Schrecken versetzt. Zählappelle nach Fluchtversuchen sind seit Monaten nicht mehr vorgenommen worden. Warum jetzt plötzlich wieder?
Der Appell ist eine tägliche Qual. Eines Tages wird man auch die noch grausigeren Aspekte von Auschwitz besonders würdigen: die medizinischen Versuche an Frauen und Kindern, das Sammeln vieler Tonnen von Frauenhaar und der Skelette von Zwillingen, die Verstümmelungsfoltern der Gestapo, der sadistische Mord an Arbeitssklaven und selbstverständlich die heimliche Vergasung von Millionen Juden. All diese Dinge geschehen, aber die meisten Häftlinge, die zur Arbeit geschickt werden, kommen damit nicht unmittelbar in Berührung. Der Appell jedoch gehört zu den Qualen, die auch sie über sich ergehen lassen müssen. Regungslos stehen sie morgens und abends bei jedem Wetter stundenlang in Reih und Glied. Da ist die schwerste Arbeit noch besser. Wer sich bewegt, wird jedenfalls warm; außerdem denkt man an etwas anderes. Beim Appell hingegen nagt der Hunger an einem, verkrampfen sich Blase und Eingeweide, frißt sich die Kälte in die Knochen, bleibt die Zeit stehen. Bei diesen Appellen brechen immer wieder die ausgemergelten Gerippe zusammen. Wenn an einem bitterkalten Wintermorgen so ein Appell zu Ende geht, liegen hinterher überall Leichen herum. Die Leichenwagen sammeln die Toten auf; die Häftlinge schleppen die Lebenden in die Baracken oder, sofern eine Tracht Prügel sie wieder zum Leben erweckt, mit hinaus zur Arbeit. Aber in Auschwitz müssen eine Reihe von Projekten im Eiltempo durchgezogen werden, und bei Appellen Arbeitskräfte zugrunde gehen zu lassen, nützt nichts. Daher hat die Lagerleitung schon vor langer Zeit – während der Typhusepidemie – beschlossen, auf die Zählappelle nach Fluchtversuchen zu verzichten.
Was also ist jetzt plötzlich los?
Geschehen ist folgendes. Der Kommandant hat seinen Stellvertreter angerufen und ihm eingeschärft: Falls das Schwein, das geflohen ist, nicht unverzüglich gefaßt wird, werden die SS-Bewacher wegen Nachlässigkeit im Dienst samt und sonders zum Tode verurteilt. Irgendwer muß bezahlen! Köpfe werden rollen! Was die Häftlinge betrifft, so rufen Sie sie raus! Sollen sie bis zum Morgen in Habachtstellung dastehen, dieses Gesindel! Und dann ab zur Arbeit!
Draußen herrscht eine Temperatur von dreiundzwanzig Grad unter Null. Der Kommandant weiß, daß er sich damit ins eigene Fleisch schneidet, denn dieser Befehl bedeutet den Tod einer beträchtlichen Zahl von Arbeitskräften. Sei's drum! Paul Blobel vom Kommando 1005 ist sein Gast. Es sind strenge Maßnahmen zu ergreifen. Die Leitung von Auschwitz darf sich nicht

blamieren. Der Zählappell beweist, daß er es ernst meint und wirklich durchgreifen will. Wenn die SS-Leute es mit der Angst zu tun kriegen, leisten sie ihr Bestes. Sie werden den Scheißkerl schon fassen.

Sind Ausbrüche aus Auschwitz überhaupt möglich?
Ja. Im Verhältnis zu anderen Lagern ist Auschwitz ein Sieb.
Eines Tages wird Auschwitz in der Welt zu einem Schreckenswort werden und die Bedeutung einer undurchdringlichen Festung und grausiger Geschehnisse annehmen. Vorerst jedoch ist Auschwitz eine ziemlich wahllose Ansammlung von Industriebetrieben, die sich ständig weiter ausdehnen und in denen es ständig drunter und drüber geht. Rund siebenhundert Ausbrüche sind in der Geschichte von Auschwitz belegt. Ein Drittel davon sollte erfolgreich verlaufen. Nicht bekannt gewordene Fluchtversuche mögen sich auf das Doppelte belaufen. Kein Mensch wird das je wissen.
Es gibt kein anderes deutsches Konzentrationslager wie Auschwitz.
Die deutschen Lager aus der Frühzeit der Nazi-Herrschaft waren Nachahmungen der Gulags von Lenins Bolschewiken; es waren Sammelbecken von politischen Gegnern, die abgesondert und drangsaliert wurden. Doch während des Krieges schwollen diese Lager an, und es gab sie in allen besetzten Ländern. Es wurden Hunderte daraus; sie breiteten sich über ganz Europa, füllten sich mit Ausländern und wurden Sklavencamps für die von Deutschen geleiteten Fabriken – in denen allerdings die Gefangenen unter den schlechten Bedingungen reihenweise starben. Nur in sechs Lagern, die alle irgendwo in Polen liegen, bringt die SS die Juden massenweise gleich nach ihrer Ankunft um – nach einem ausgeklügelten System, das vorgeblich der Desinfektion dienen soll.
Die deutschen Namen für diese sechs Lager sind Chelmno, Belzec, Sobibor, Treblinka, Maidanek – und Auschwitz.
Auschwitz ist eine Klasse für sich; allerdings nicht nur, weil man hier sich auf ein Blausäuregas verläßt, das sonst als Pestizid Verwendung findet, während die anderen fünf Vernichtungslager die Abgase von Lastwagenmotoren verwenden. Das ist ein Unterschied, der kaum ins Gewicht fällt. Entscheidend ist, daß die anderen Lager ausschließlich der Vernichtung dienen, wenn man auch einen Überschuß an Juden gelegentlich zu Sklavenarbeit heranziehen kann. Deshalb ist eine Flucht aus den anderen Lagern außerordentlich schwierig.
Auschwitz steht einzigartig da: es ist das größte Vergasungszentrum, das größte Leichenfledderzentrum und das größte Fabriksklaven-Zentrum im deutschbesetzten Europa.

Auschwitz ist ein Koloß. Daher die Schlampigkeit. Auschwitz ist viel zu groß, viel zu sehr auf Improvisation aufgebaut, um kontrolliert werden zu können, wie es sich gehört. Die Wirkung des jüdischen Plunders ist gleichfalls höchst beunruhigend. Es ist einfach zuviel davon da. Die meisten Juden sind arm, und sie bringen auch jeder nur zwei Koffer mit; aber bei den ungeheuren Massen kommt einiges an Beute zusammen. Allein das Gold aus den Zähnen beläuft sich auf Millionen Reichsmark. Die Zucht und die Moral der SS-Leute bricht zusammen, mehr noch als angesichts der Versuchung durch verängstigte und gefügige Jüdinnen im Frauen-Arbeitslager. Trotz härtesten Durchgreifens verschwinden immer wieder die kleinen Körner aus dem Schmelzlabor und wandern durch Auschwitz – eine merkwürdige heimliche Währung, in der hochgefährliche Geschäfte abgewickelt werden. De facto ist es so, daß dem Kommandanten Helfer fehlen, seine Aufgabe zu erfüllen. Seine Klagen und Beschwerden sind gerechtfertigt. Die Schlacht um Stalingrad ist im Gange, und die Wehrmacht braucht Ersatz. Himmler stellt außerdem Kampfdivisionen der Waffen-SS auf. Was bleibt noch an deutschem Personal, nachdem alles durchkämmt worden ist? Die Schwachsinnigen, die Kranken, die Betagten, die Kriegsversehrten und die Kriminellen – offengestanden also der Abschaum. Doch nicht einmal davon gibt es genug. So muß das Kalfaktoren-System weiter ausgebaut, ausländische Häftlinge müssen hinzugezogen werden.
Das ist gerade das Schlimme. Zweifellos sind Speichellecker darunter, die vor der SS buckeln und die anderen Häftlinge tyrannisieren, um die eigene Haut zu retten. Auschwitz ist eine Maschine zur Erniedrigung der menschlichen Natur. Gleichwohl bleiben viele von diesen nichtdeutschen Helfershelfern zu weich. Daher der Widerstand. Daher die Ausbrüche. Polen, Tschechen, Juden, Serben, Ukrainer – alle gleich. Nicht wirklich vertrauenswürdig. Manchmal verweichlichen durch ihren Einfluß sogar nicht ganz gefestigte Deutsche. Ja, in Auschwitz kommt es immer wieder zu Ausbrüchen.
Von Zeit zu Zeit bekommt der Kommandant deshalb von Himmler Vorwürfe zu hören. Dieses Problem bedroht seine ganze Laufbahn. Deshalb möchte er bei Standartenführer Blobel mit der Ergreifung eines Flüchtlings Eindruck machen. Der Mann, der das Kommando 1005 führt, hat Himmlers Ohr.

Eine Stunde vergeht.
Anderthalb Stunden.
Zwei Stunden.
In der Bibliothek blickt der Kommandant immer wieder auf eine erst vor kurzem erworbene antike Uhr, während Standartenführer Blobel redet und

redet; oder vielmehr endlos faselt, denn er konsumiert eine erstaunliche Menge Kognak. Bei anderer Gelegenheit hätte der Kommandant es sich gemütlich gemacht, ja, er wäre froh gewesen, von einem so hochstehenden Mann unter Alkoholeinfluß derartige Vertraulichkeiten erzählt zu bekommen. Aber er sitzt auf glühenden Kohlen. Er kann weder das Gerede noch den zwanzig Jahre alten Courvoisier richtig genießen. Leichtfertig hat er dem Standartenführer versichert, daß seine Wachmannschaften »den Scheißer gleich haben« werden. Gefährlich, so etwas zu sagen!

Draußen auf dem Appellplatz gibt es nur grobe Möglichkeiten zu bestimmen, wieviel Zeit verstrichen ist. Zum Beispiel die Menge an Schnee, der sich auf den Schultern häuft; oder die eisige Gefühllosigkeit, die sich in den Gliedern, in der Nase, in den Ohren ausbreitet; oder die Zahl der Häftlinge, die umfallen. Woher will man sonst wissen, daß die Zeit vergeht? Mit Bewegung läßt sich Zeit messen. Hier gibt es keine Bewegung außer der des wachhabenden Kalfaktors; keinen Laut außer dem Knirschen des Schnees unter seinen Schritten. Am Himmel ziehen keine Sterne dahin. Feiner weißer Schnee fällt im weißen Scheinwerferlicht auf die Reihen in gestreiftem Drillich, die regungslos und nur innerlich erschauernd in Reih und Glied dastehen. Nach dem Gefühl zu urteilen, daß seine Beine unterhalb der Knie aufhören, meint Berel Jastrow, müssen etwa zwei Stunden vergangen sein. Klinger wird beim Morgenappell durchaus nicht glücklich sein. Berel zählt dreizehn Mann, die zu Boden gegangen sind.

Plötzlich setzt der Neue aus Lublin, der zwischen Jastrow und Mutterperl steht, sein und ihr Leben aufs Spiel und ruft: «*Wie lange soll das noch weitergehen?*»

Im allgemeinen Schweigen klingt dieser erstickte Ausbruch wie ein Pistolenschuß. Und ausgerechnet in diesem Augenblick kommt auch noch der Blockälteste vorüber. Berel kann ihn zwar nicht sehen, hört aber die Schritte hinter sich und riecht die Pfeife. Er wartet darauf, daß der Knüppel auf die dünne Baumwollmütze dieses Narren herniedersaust. Aber der Kalfaktor geht weiter, tut nichts. Sturer deutscher Dummkopf. Er hätte ihm eins mit dem Stock überziehen sollen. Er brauchte ihn ja nicht gleich zusammenzuschlagen. Hat der Appell wenigstens dies eine Gute: jetzt weiß man, daß es sich um einen SS-Spitzel handelt.

Aber ob nun Spitzel oder nicht, die Qual des Mannes ist nicht gespielt. Bald darauf knickt er aufseufzend in den Knien ein und fällt auf die Seite; er rollt die verglasten Augen. Gut genährt und neu im Lager, hätte er eigentlich mehr aushalten müssen. Das Lager schwächt oder stärkt einen. Wenn der Widerstand diesen hier nicht umbringt, endet er als Gerippe.

Standartenführer Blobel befindet sich inzwischen in einem fortgeschrittenen Stadium der Trunkenheit; auf dem Sessel zusammengesunken, spricht er nur noch undeutlich und hält das Glas so schief, daß der Kognak überschwappt. Seine Beteuerungen und seine Angeberei übersteigen jedes vernünftige Maß. Der Kommandant vermutet, daß Blobel, mag er noch so betrunken sein, Katz und Maus mit ihm spielt. Bis jetzt hat er das Problem, das ihn nach Auschwitz führte, mit keinem Wort erwähnt. Wenn die Sache nicht bereinigt wird – und zwar bald –, gibt der Ausbruch ihm ein schönes Mittel in die Hand, ihn unter Druck zu setzen.
Jetzt brüstet Blobel sich damit, daß das ganze Judenprogramm seine Idee war. In der Ukraine, wo er den Befehl über eine Einsatzgruppe führte, hat er 1941 begriffen, wie dilettantisch der ursprüngliche SS-Plan war. Auf Genesungsurlaub, wieder in Berlin, hat er Himmler, Heydrich und Eichmann eine hochgeheime Aktennotiz übergeben, nur in drei Exemplaren – so heiß, daß er nicht einmal für sich selbst einen Durchschlag behalten hat. Daher kann er auch nicht beweisen, daß das ganze heutige System sein Werk ist. Aber Himmler weiß das. Deshalb steht er, Blobel, heute auch an der Spitze des Kommandos 1005, der schwierigsten aller Aufgaben, die die SS zu bewältigen hat. Jawohl, die Ehre Deutschlands liegt in Paul Blobels Hand. Er weiß um seine Verantwortung. Im Gegensatz zu anderen.
Was Blobel in der Ukraine gesehen hat, sagt er, war furchtbar. Damals war er nur ein kleiner Untergebener, der nur seine Befehle ausführte. Sie hatten ihn nach Kiew abgestellt. Ihm einfach den Befehl erteilt, hinzugehen und die Sache zu erledigen. Was er damit zu tun hatte, war auch glatt über die Bühne gegangen. Außerhalb der Stadt hat er eine Schlucht gefunden; er hat die Juden zu Trupps zusammengefaßt und sie hinausgeschafft zu der Schlucht, die Babi Yar hieß oder so ähnlich, immer ein paar tausend auf einmal. Tage hat er dazu gebraucht, es zu schaffen. In Kiew gab es sechzigtausend Juden, die größte Sache, die bis jetzt jemand versucht hat. Alles, was er nicht persönlich in die Hand genommen hat, ist schief gelaufen. Nicht nur ist es der Wehrmacht nicht gelungen, ukrainische Zivilisten von Babi Yar fernzuhalten; die Hälfte der Zuschauer waren auch noch deutsche Soldaten. Eine Schande! Daß Leute bei Erschießungen zusähen wie bei einem Fußballspiel! Dabei lachten, Eis schleckten, ja sogar Aufnahmen machten! Bilder von Frauen und Kindern, die knieten, um von hinten den Todesschuß zu empfangen, und die dann in die Schlucht hinunterpurzelten! Das hat sich verdammt schlecht auf die Moral der Erschießungskommandos ausgewirkt; die fanden es gar nicht lustig, auf irgendwelchen Schnappschüssen drauf zu sein! Er hat bei der Wehrmacht Krach schlagen und das ganze Gebiet abzäunen lassen müssen.

Außerdem sind die Juden in ihrem Zeug erschossen worden, sie hatten weiß Gott wieviel Geld und Schmuck bei sich; und dann mit der Planierraupe einfach Sand darüber. Wahnsinn, sowas! Und ihre leeren Wohnungen in Kiew, da sind die Ukrainer einfach reingegangen und haben sich genommen, was sie brauchen konnten. Das Reich hat vom Eigentum der Juden überhaupt nichts gehabt. Jeder hat gewußt, was mit den Juden geschieht.
Damals ist Blobel aufgegangen, daß dem Deutschen Reich Milliarden an jüdischem Eigentum entgingen, wenn das Ganze nicht systematischer betrieben wurde. In seiner Denkschrift hat er seinen Plan säuberlich dargelegt, und Himmler ist darauf geflogen. Das Ergebnis ist Auschwitz und die gesamte revidierte Lösung der Judenfrage gewesen.
Der Kommandant hat keine Lust, mit Blobel zu streiten; aber all dies, vielleicht bis auf die Sache in der Ukraine, ist Augenwischerei. Er selbst war längst, bevor die Wehrmacht auch nur in die Nähe von Kiew kam, mit Himmler zusammengekommen und hatte über die Judenfrage beraten, und hinterher mit Eichmann. In Eichmanns Organisation im Jüdischen Auswanderungsbüro in Wien, also schon 1938, war der Plan erstellt worden, der das wirtschaftliche Modell für Auschwitz abgab. Der Kommandant weiß alles über diese Wiener Organisation. Hereingekommen waren die Juden durch die eine Tür des Gebäudes als reiche, stolze Bürger, dann waren sie durch ein paar Büros geschleust worden, hatten Papiere unterzeichnet und waren am anderen Ende nur mit ihrem nackten Hintern und einem Paß herausgekommen. Und was die *Aktion Reinhardt* betrifft, die allgemeine Erfassung jüdischen Eigentums nach der Sonderbehandlung, nun, das hat Globocnik erledigt. Wenn Blobel jetzt behaupten will, daß er ...
R-R-R-RING!
Das lieblichste Geräusch, das der Kommandant in seinem Leben gehört hat! Er springt auf. Das Telephon klingelt in der Villa um Mitternacht nicht, um einen Fehlschlag zu melden.

Der Schnee dämpft den Klang der Trommel, deshalb hört Berel ihn erst, als er im Nachbarlager aufgenommen wird. Also haben sie ihn erwischt und führen ihn bereits durch Birkenau. Nun, wenn er denn gefaßt werden mußte – Gott sei ihm gnädig! –, dann besser jetzt als später. Zum erstenmal seit Monaten hat Berel gefürchtet, daß seine Knie unter ihm nachgeben. Das Trommelgedröhn gibt ihm Kraft. Zwei SS-Männer tragen jetzt den ›Bock‹ auf den Appellplatz. Bald wird es vorüber sein.
Und hier kommt der Ärmste. Drei SS-Männer gehen voran, drei folgen ihm; dazwischen bleibt reichlich Raum für seine Vorführung. Einer sticht ihn mit

einem spitzen Stock, damit er tanzt, während er gleichzeitig die Trommel schlägt. Der arme Teufel kann sich kaum auf den Beinen halten; trotzdem kommt er hüpfend und trommelnd zugleich vorbei.
Das Clownskostüm ist vom vielen Gebrauch schon ganz verklebt. Am Gesäß und an den Beinen ist der leuchtend gelbe Stoff mit Blut verkrustet. Trotzdem ist es ein grauenhaft lächerlicher Anblick. Um den Hals trägt er das übliche Schild: HURRA, ICH BIN WIEDER DA in großer Frakturschrift. Wer ist es? Schwer zu sagen bei der dicken Schminke und dem roten Mund, den stark übertriebenen Augenbrauen. Während er vorübertanzt und dabei kraftlos auf die Trommel schlägt, hört Berel, wie Mutterperl zischend durch die Zähne atmet.
Das Prügeln dauert nicht lange. Das Hinterteil des Ärmsten ist, als sie es entblößen, rohes, aufgeplatztes Fleisch. Er erhält nur noch zehn Hiebe. Allzusehr wollen sie ihn nicht schwächen. Das Verhör durch die Gestapo hat Vorrang. Sie wollen, daß er bei Kräften bleibt, um unter der Folter zu reden. Kann sein, daß sie ihn zu diesem Zweck sogar eine Zeitlang hochpäppeln. Zuletzt wird er selbstverständlich während eines Appells gehängt, aber dann wird nicht mehr viel von ihm übrig sein. Eine heikle Sache, so ein Ausbruch. Aber wenn die Alternative einzig darin besteht, durch den Kamin gejagt zu werden, hat man wenig zu verlieren, wenn man nach einer Möglichkeit sucht, Auschwitz zu verlassen.
Die völlig durchfrorenen Häftlinge gehen auseinander. SS-Männer und Kalfaktoren fluchen, schlagen und treiben die langsam sich Bewegenden mit Peitschenhieben zurück in die Baracken. Einige stolpern und schlagen hin. Solange sie sich nicht bewegen durften, haben ihre steifen Beine sie aufrechtgehalten. Versucht man aber, die steifgefrorenen Gelenke zu bewegen, kann es passieren, daß man zu Boden geht! Berel weiß das. Das hat er auf dem Marsch von Lamsdorf hierher erfahren müssen. Er bewegt sich jetzt auf seinen völlig fühllosen, eiskalten Beinen, als wären es Eisenschienen; unbeholfen geht er aus der Hüfte.
Die Baracke, in der eine Temperatur von mindestens achtzehn Grad minus herrscht, in der aber jedenfalls kein Schnee fällt, kommt ihm vor wie eine warme Zuflucht, ja, wie sein Zuhause. Als das Licht ausgeht, stupst Mutterperl Berel an, der sich nahe an ihn heranrollt und das Ohr an den Mund des Unterkapos legt.
Warmer Atem, leise Wörter: »Es ist aus.«
Berel legt sich anders hin, diesmal so, daß sein Mund an Mutterperls Ohr liegt: »Wer war es denn?«
»Laß doch! Alles aus!«

Der Kommandant will sich ausschütten vor Lachen. Ihm ist ein Stein vom Herzen gefallen, und gleichzeitig findet er das Ganze urkomisch. Die Hunde hätten den Kerl gestellt, berichtet er Blobel. Hat das arme Schwein doch versucht, in einem der riesigen Kübel zu entkommen, mit denen das Zeug aus den Latrinen fortgeschafft wird. Weit sei er nicht gekommen, und er sei über und über mit Scheiße bedeckt gewesen, daß drei Mann nötig gewesen seien, ihn sauberzuspritzen. So, das sei also erledigt.

Blobel klopft ihm auf die Schulter. Ein mißlungener Ausbruchsversuch, sagt er, sei nicht schlecht für die Disziplin. An dem Kerl müsse ein Exempel statuiert werden. Woraufhin der Kommandant meint, dies sei der psychologisch richtige Augenblick: er lädt Blobel ein, mit ihm hinaufzukommen in sein privates Arbeitszimmer. Er schließt die Tür, öffnet den Schrank und holt seine Schätze heraus. Liebevoll breitet er alles auf dem Schreibtisch aus. Standartenführer Blobels trübe Augen weiten sich und bekommen vor Neid wieder etwas Glänzendes.

Es handelt sich um Damenunterwäsche: köstliche, märchenhafte Gebilde, duftige Kunstwerke, bezaubernde Kleinigkeiten aus Spitzen, bei deren Anblick allein sich einem schon das Glied versteift. Schlüpfer, Büstenhalter, Hemdchen, Hüftgürtel – alles in schimmernden Pastellfarben und frisch gebügelt; Filmstars würden begeistert danach greifen. Die eleganteste Unterwäsche der Welt. Der Kommandant erklärt, er habe im Umkleideraum einen Mann stehen, der nichts weiter zu tun hat, als die reizvollsten Sachen einzusammeln, die er sieht. Einige von diesen Jüdinnen sind hinreißend. Und was für Köstlichkeiten sie auf dem Leib tragen! Der Standartenführer solle doch bloß sehen!

Standartenführer Paul Blobel rafft eine doppelte Handvoll Höschen und Hüftgürtel zusammen und preßt sie gegen seinen Schritt, als wär's das Gesäß einer Frau; dabei grinst er den Kommandanten an und stößt ein männliches Knurren aus. Der Kommandant sagt, das Zeug sei ein Geschenk für Standartenführer Blobel. Es sei genug davon da, tonnenweise. Freilich sei dies das Beste vom Besten. Die SS werde ein Paket mit einer Auswahl ans Flugzeug des Standartenführers bringen; außerdem ein paar Flaschen Whisky und Kognak und ein paar Kisten Zigarren und so weiter.

Blobel schüttelt ihm die Hand, umarmt ihn flüchtig, wird ein anderer Mensch. Sie setzen sich wieder hin und kommen endlich zur Sache.

Zunächst belehrt Blobel den Kommandanten über die Vorteile der Krematorien im Verhältnis zur Feuergrube. Er weiß, wovon er redet; er hat ganz klare Vorstellungen. Er gibt dem Kommandanten ein paar technische Tips, wie sich der Vorgang an der Grube verbessern läßt. Verdammt nützlich, diese Tips!

Dann kommt er zur Sache. Was Auschwitz ihm geschickt habe, sei Ausschuß gewesen, jedenfalls keine Arbeiter. Bei der Aufgabe, die Kommando 1005 zu verrichten habe, handele es sich um Knochenarbeit. Die Kerle, die er bekommen habe, hielten das keine drei Wochen durch; dabei brauche man erst einmal drei Wochen, um ihnen das Handwerk beizubringen. Er habe es satt, sich dauernd in Berlin zu beschweren. Er weiß: wenn man will, daß alles richtig läuft, dann muß man es selbst tun, genauso, wie der Kommandant sagt. Deshalb sei er nach Auschwitz gekommen, um diese Sache zu erledigen. Sie müsse einfach bereinigt werden.

All das wird in freundlichem Ton vorgebracht. Der Kommandant verspricht zu tun, was in seinen Kräften steht. Er weiß selbst nicht genau, was er nun tun soll. Himmler könne sich nicht entscheiden, wozu Auschwitz da sein solle. Will er die Juden ausrotten? Oder will er sie als Arbeitskräfte verwenden? Einmal bekommt der Kommandant einen Rüffel von Eichmann, daß er zu viele Juden ins Arbeitslager schickt, statt sie der Sonderbehandlung zuzuführen. Und in der nächsten Woche, oder auch schon am nächsten Tag, sitzt Obergruppenführer Pohl vom Wirtschafts- und Verwaltungs-Hauptamt ihm im Nacken und macht ihm Vorhaltungen, daß er nicht genug Juden in die Fabriken schickt. Gerade vor wenigen Tagen habe er eine vier Seiten lange Anweisung bekommen, kranke Juden nach ihrer Ankunft arbeitsfähig zu pflegen, falls Aussicht bestünde, daß sie noch ein halbes Jahr kräftig zulangen könnten. Für jemanden, der Auschwitz kenne, sei das kompletter Unsinn. Nichts weiter als Papierkrieg! Aber so sei es nun einmal. Er habe ein Dutzend Betriebe mit Arbeitskräften zu versorgen, und an Arbeitskräften sei dauernd Mangel. Blobel fegt das alles beiseite. Kommando 1005 habe absoluten Vorrang. Ob der Kommandant bei Himmler nachfragen wolle? Blobel habe nicht die Absicht, Auschwitz zu verlassen – und jetzt klingt das gar nicht mehr so freundlich – ohne die Zusicherung, daß er bei der nächsten Sendung vier- oder fünfhundert Juden in körperlich einwandfreiem Zustand bekomme. *In körperlich einwandfreiem Zustand!* Leute, die drei oder vier Monate Knochenarbeit leisten könnten, ehe man sich ihrer entledige.

Unter Druck fällt dem Kommandanten immer etwas ein. Das gehört zu seinem Beruf. Er strengt sein Gehirn an. Standartenführer Blobel habe ja das Sonderkommando gesehen, das im Krematorium II gearbeitet habe, sagt er. Das sei ein ausgezeichneter Arbeitstrupp: gutgenährte kräftige Burschen; etwas Besseres finde man im ganzen Lager nicht. Wenn ihre Arbeit getan sei, sollten sie eigentlich liquidiert werden. Das Krematorium nehme die Arbeit nächste Woche auf. Wie wär's damit? Kommando 1005 könne das Arbeitskommando von Krematorium II bekommen. Ob Blobel damit einverstanden sei?

Damit ist Blobel sehr einverstanden. Die beiden Offiziere schütteln sich die Hand und machen noch eine Flasche Kognak auf.

Bevor sie um drei Uhr morgens endlich ins Bett wanken, versichern sie sich gegenseitig, daß ihre Arbeit zwar schmutzig, aber ehrenvoll sei; daß die SS die Seele der Nation sei und daß die Frontsoldaten es längst nicht so schwer hätten; daß Gehorsam dem Führer gegenüber die einzige Rettung für Deutschland sei und die Juden die ewigen Feinde des Vaterlandes; daß dieser Krieg die einmalige historische Chance biete, sie ein für allemal auszurotten; daß es nur scheinbar grausam sei, Frauen und Kinder zu töten – eine verdammt harte Sache, gewiß, bei der jedoch die europäische Zivilisation und Kultur auf dem Spiel stehe. Sie reden selten so freimütig über die Dinge, die sie bedrücken, aber sie stellen fest, daß sie in einem erstaunlichen Maße verwandte Seelen sind. Die Arme über die Schultern gelegt, suchen sie schlurfenden Schritts ihre Schlafzimmer auf und wünschen sich liebevoll eine gute Nacht.

Eine Woche darauf bringen Lastwagen das Arbeitskommando vom Krematorium nach Krakau. Ehe das Arbeitskommando Auschwitz verläßt, kommt vom SS-WVH die Anweisung, daß sie an das Kommando 1005 zu überstellen seien. Das ist zwar nur ein Aufschub des Todesurteils, doch soll es, wie es allgemein heißt, leichter sein, vom Kommando 1005 zu fliehen als aus Auschwitz. In Krakau besteigen sie Züge, die sie nach Norden bringen. Mutterperl und Jastrow tragen identische Rollen unentwickelter Filme bei sich, die ihnen zugesteckt wurden, nachdem man sie durchsucht und ihnen neue Kleidung für die Reise gegeben hat. Beide haben sie die Namen von Widerstandsgruppen in Polen und der Tschechoslowakei sowie die Adresse in Prag, wo sie die Filme abliefern sollen, auswendig gelernt.

3

Weltweites Waterloo
3 Rommel
(aus ›Welt im Untergang‹ von Armin von Roon)

Schicksalswende

Winston Churchill nennt die Schlacht bei El Alamein ›die Schicksalswende‹. De facto handelte es sich um ein interessantes Treffen herkömmlicher Art, wie es im Buche steht, um die Wiederbelebung von Taktiken des Ersten Weltkriegs auf einem Wüsten-Kriegsschauplatz. Die geballte politische Wirkung von El Alamein und dem Unternehmen ›Torch‹ war ohne Zweifel ernst zu nehmen. Zur gleichen Zeit, als Amerika äußerst zaghaft am äußeren Rand Nordafrikas eine große Zehe in den europäischen Krieg tauchte, wurde am anderen Ende der legendäre Wüstenfuchs aus Ägypten vertrieben. Die Welt war wie vom Donner gerührt. Die Alliierten faßten allmählich Mut, uns Deutschen sank er. Der Kampfgeist der Italiener brach zusammen.
Und dennoch: Trotz der gewaltigen Entfernungen und der farbenprächtigen Schlachten war Nordafrika als Kriegsschauplatz nur von untergeordneter Bedeutung. Nachdem Hitler sich von der Mittelmeerstrategie – seiner letzten Chance, den Krieg zu gewinnen – abgewandt hatte, wurde diese Front zu einer Nebensache, die nur Geld kostete und tragisch ausging; und als er – viel zu spät – in großer Stärke nach Tunis übersetzte, war das Ganze ein gewaltiger militärischer Aderlaß. Typisch, daß Churchill El Alamein rund zwanzig Seiten widmet, Stalingrad und Guadalcanal dagegen zusammen nur etwa sieben. Historische Kurzsichtigkeit kann kaum weiter getrieben werden.

Churchills größter Fehler

Was Churchill natürlich erwähnt, ist die Tatsache, daß seine Einmischung in den Befehlsbereich seiner Oberkommandierenden die Situationen in Nordafrika überhaupt erst entstehen ließ.
Mussolinis Italien trat 1940 in den Krieg ein, als Frankreich fiel und die Briten ihren Verbündeten bei Dünkirchen im Stich ließen. Der italienische Diktator bildete sich ein, er könne ohne allzu große Mühe das Erbe zweier im Untergang begriffener Imperien antreten; deshalb marschierte er von seinem riesigen, unfruchtbaren Territorium Libyen aus in Ägypten ein. Es war wie in der Geschichte von der Hyäne, die einen kränkelnden Löwen für tot hält und verfrüht zubeißt. Die Marine und die

Luftwaffe der Briten waren fast noch intakt. Desgleichen die Mittelost-Armee. Sie gingen nicht nur zu Lande und in der Luft zum Gegenangriff über und trieben die Italiener zur Flucht in den Westen; sie marschierten mit leichten Verbänden auch nach Süden und besetzten Somaliland und Abessinien. Damit war das Rote Meer und die afrikanische Küste für die britische Schiffahrt frei.

Mittlerweile wurden die Italiener auch an der Mittelmeerküste geschlagen. Wo immer die britischen Panzerkolonnen auftauchten, ergriffen die Italiener die Flucht, obwohl sie ihrem Gegner zahlenmäßig weit überlegen waren. Es sah aus, als hätte England ganz Nordafrika gewonnen, bis an die Grenzen des neutralen Französisch-Tunesien. Das bedeutete zu Wasser und in der Luft die Herrschaft über das Mittelmeer, was für uns die ernsthaftesten Folgen haben sollte.

Obwohl Hitler damals einzig mit seinem Plan beschäftigt war, in Rußland einzufallen, veranlaßten ihn diese Ereignisse, ein Luftgeschwader nach Sizilien zu verlegen und eine kleine Panzereinheit nach Tripolis zu entsenden, um den im Zusammenbruch befindlichen Italienern das Rückgrat zu stärken. Auf diese Weise trat Rommel auf den Plan. Als der bisher wenig bekannte jüngere Panzer-General in Tripolis landete, waren die Italiener praktisch am Ende. Sein aus zehntausend Mann bestehendes Afrika-Korps genügte eigentlich nicht, um die rasch näherrückenden britischen Streitkräfte aufzuhalten. Doch Churchill beging in diesem Augenblick seinen schwersten Fehler: er gab Rommel seine historische Chance.

Der kraftlose Mussolini befand sich um diese Zeit in Griechenland in Schwierigkeiten, und Hitler brauchte Frieden auf dem Balkan, ehe wir Rußland angriffen. Daß wir in Griechenland einmarschieren könnten, um dort reinen Tisch zu machen, lag auf der Hand. Da er das voraussah, *ließ Churchill den Vormarsch seiner siegreichen afrikanischen Verbände stoppen, nahm vier Divisionen heraus und verschiffte sie nach Griechenland!* Sein alter Balkan-Wahn, der schon im Ersten Weltkrieg zum Debakel von Gallipoli geführt hatte, kam wieder zum Vorschein.

In beiden Kriegen war Churchill wie besessen von der absurden Idee, das Völkergemisch auf der Balkanhalbinsel, dieses vielsprachige Durcheinander, welches sich aus den Überresten des Ottomanischen Reiches gebildet hatte, könne sich zusammentun und gegen Deutschland ›aufstehen‹. Diesmal trug diese törichte Vorstellung England eine katastrophale Niederlage in Griechenland und auf Kreta, dem ›kleinen Dünkirchen‹, ein; sie kostete ihn die Chance, sich bei dieser Gelegenheit Nordafrikas zu versichern. Als die geschlagenen Divisionen mit zerschlagener Ausrüstung und verpufftem Elan wieder nach Libyen zurückkehrten, hatte Rommel sich eingegraben und tobte der Krieg in der Wüste. Es sollte zwei Jahre harter Kämpfe und die ganze gigantische anglo-amerikanische Invasion kosten, Churchills Idiotie wiedergutzumachen und für England zurückzugewinnen, was es in der Hand hatte, ehe er es vertat.

Anmerkung des Übersetzers: *Fehler macht jeder große Mann. Daß Churchill Truppen von Afrika abzog und nach Griechenland warf, geschah zweifellos zum falschen Zeitpunkt. Das gibt Churchill in seinem schamlos den eigenen Zwecken dienenden, gleichwohl vorzüglichen sechsbändigen Werk Der Zweite Weltkrieg nicht zu. Man muß schon noch ein paar andere Bücher lesen, darunter Werke wie das von Roon, um klarer zu erkennen, was wirklich geschah. – V. H.*

Wüstentaktik

Der Wüstenkrieg in Nordafrika wogte anderthalb Jahre zwischen zwei Ausgangspunkten, zwei Hafenstädten, die über zweitausend Kilometer auseinanderlagen: Tripolis in Libyen und Alexandria in Ägypten. Die Hetzjagd zwischen Hasen und Meute ging ständig hin und her. Zuerst verlängerte das Afrikakorps, dann die Briten ihre Nachschublinien, um anzugreifen; dann versagte der Nachschub, und man mußte zum Ausgangspunkt zurückkehren. Der Nachschub bestimmte diesen Krieg in einem solchen Maße, daß Rommel schrieb: »Der Ausgang eines jeden Wüstenfeldzugs stand angesichts der Nachschubfrage bereits fest, bevor auch nur ein einziger Schuß fiel.«

Das bestimmende Element in Erwin Rommels meisterlicher Wüstentaktik war *die offene Südflanke*. Im Norden lag das Mittelmeer, im Süden dehnte sich die unendliche Leere. Die herkömmlichen Regeln der Landkriegsführung wurden angesichts der offenen Flanke hinfällig. Und gerade mit seinen Flankenbewegungen errang Rommel einen Sieg nach dem anderen; er verstand es, seine Tricks und Schliche zu variieren, um seinen schwerfälligen Gegner unsicher zu machen. Aber die Operationsweite von Wüstenverbänden wird wie die von Flottenverbänden durch die Menge an Treibstoff, Verpflegung und Wasser bestimmt, die man mitführen muß – das Doppelte an Reserven eingerechnet, um notfalls zur Basis zurückkehren zu können. An diese Dinge dachte Rommel weniger; glücklicherweise jedoch vergaß sein ausgezeichneter Stab sie nicht. Das war etwas, das Adolf Hitler nie begriff; er besaß eben die Mentalität eines Infanteristen aus dem Ersten Weltkrieg. In Europa waren ausreichende Nachschublinien selbstverständlich; außerdem konnten unsere Truppen sich von fruchtbaren besetzten Ländern wie Frankreich oder der Ukraine ernähren. Die Vorstellung, daß Panzerkeile sich über weite unfruchtbare Ebenen vorschoben, war etwas, was in Hitlers Kopf nicht hineinwollte. Er sah sich im Führerhauptquartier zwar regelmäßig die Wochenschau an, aber sie beeindruckte ihn nicht.

Zweimal war ich dabei, als Rommel ins Führerhauptquartier nach Ostpreußen flog, um mehr Material anzufordern. Einmal war Göring dabei. Der gelangweilte, verständnislose Schimmer im Auge der beiden Politiker muß Rommel ganz krank gemacht haben. Hitler reagierte jedesmal auf die gleiche Weise: hochtrabenddümmliches Abkanzeln des großen Generals als ›Pessimist‹, wortreiche Versprechungen, die Nachschublage zu verbessern, warmherzige Bekundungen, daß Rommel »es schon schaffen werde, egal wie«, und noch ein Orden.

Göring reagierte nur einmal, als Rommel die Stärke der neuen amerikanischen Tomahawk-Kampfbomber beschrieb, die die Briten einsetzten. Er setzte ein einfältiges Lächeln auf und erklärte: »Quatsch, was die Amerikaner können, ist nur die Herstellung von Kühlschränken und Rasierklingen.«
Rommel erwiderte: »Reichsmarschall, das Afrikakorps wäre froh, wenn es eine große Lieferung solcher Rasierklingen bekäme.«
Doch Rommels Unerschrockenheit im Gespräch mit den großen Tieren fruchtete gar nichts. Damit Mussolini das Gesicht wahren konnte, wurde der afrikanische Kriegsschauplatz unter italienisches Oberkommando gestellt; und die Italiener brachen die Versprechungen für größere Nachschublieferungen genauso schnell, wie Mussolini sie machte.

Tobruk: Vergiftete Frucht

Rommels großer Angriff auf Tobruk im Juni 1942 war für uns Höhe- und Wendepunkt zugleich. Gleichzeitig mit der Eroberung von Sewastopol durch Manstein und den höchsten Versenkungserfolgen unserer U-Boote erschütterte die Einnahme Tobruks die Welt. Die Briten zogen sich bis auf die Höhe von El Alamein in Ägypten zurück, nur rund hundert Kilometer von Alexandria entfernt. Die Beute, die Rommel bei Tobruk in die Hand fiel, war außerordentlich: Treibstoff, Verpflegung, Panzer, Geschütze, Munition, und das alles in Mengen, die nur dem Gegner bekannt waren, niemals uns. Das Afrikakorps, das sich völlig verausgabt hatte, erwachte wie ein verhungernder Löwe, der eine Gazelle geschlagen hat, aufbrüllend wieder zum Leben. Rommel verlangte freie Hand, weiter vorzustoßen, um einen entscheidenden Sieg zu erringen. Hitler gab ihm grünes Licht. Weiter nach Suez, vielleicht sogar bis an den Persischen Golf!
Das waren rauschhafte Tage im Lageraum. Noch heute sehe ich den blassen Führer, der sich mit aufgedunsenem Gesicht und steifen Armen über die Karte von Nordafrika beugt. Das war seine Lieblingspose; er trägt dabei die goldene Lesebrille, in der die Öffentlichkeit ihn nie zu sehen bekam, hebt eine schlaffe weiße Hand, um sie mit leichtem Zittern von Tobruk aus weiter vorstoßen zu lassen nach Suez, über Palästina hinaus bis zum Irak und der Mündung des Euphrat. Unseligerweise neigte der Führer dazu, seine Kriege nur mit dieser visionären Handbewegung zu führen. Logische Überlegungen langweilten ihn. Entweder tat er störende Nebensachen wie mangelnden Nachschub mit einer Handbewegung ab, oder er terrorisierte die Generäle mit Schreikrämpfen, wenn sie ihn mit derlei lächerlichen Einzelheiten zu arg bedrängten. Und da seine erschreckende Willenskraft manchmal wirklich Wunder wirkte, hatte er sich daran gewöhnt, das Unmögliche zu verlangen.
Diesmal verlangte er von Rommel das Unmögliche. Er nahm die Einnahme von Tobruk als Vorwand, um die ›Operation Herkules‹ abzublasen, die Besetzung

Maltas. Diese kleine, aber starke Inselfestung lag hundertfünfzig Kilometer südlich von Sizilien, mitten zwischen Rommels Nachschublinien. Mussolini war viel daran gelegen, sie einzunehmen. Doch Hitler, der sich fast nur noch mit den Vorgängen im Osten beschäftigte, hatte ein Jahr lang immer wieder Ausflüchte gemacht und ließ den Plan jetzt ganz fallen. Das war ein grundlegender Fehler. Malta funkte uns ständig dazwischen, und jeder Tanker, jeder Munitionstransporter, der versenkt wurde, schwächte Rommel. Hitler glaubte, die Insel könne durch Luftbombardements neutralisiert werden. Aber die Briten flickten ihre Rollbahnen, verlegten noch mehr Flugzeuge dorthin und stationierten noch mehr Unterseeboote dort, brachten Geleitzüge durch und hielten die Garnison mit Nachschub versorgt.

Tobruk überzeugte Hitler und Mussolini, daß der Übermensch Rommel Siege aus dünner Luft herbeizaubern könne und daß seine Beschwerden über den Nachschub nichts weiter seien als Staralüren. Der Druck, ihn mit Nachschub versorgt zu halten, ließ nach. Was uns bei Tobruk in die Hand gefallen war, schmolz dahin, als Rommel weiter vorstieß nach El Alamein und im späten August mit einer Offensive begann, die ums Haar geglückt wäre. Und immer noch traf kein Nachschub ein. Sein eigener Ruf war es, der ihm die Luft abdrückte.

Britische Vorbereitungen

Auf britischer Seite hatte der Fall Tobruks die entgegengesetzte Wirkung. Churchill war damals in Washington, und Roosevelt erkundigte sich, wie er helfen könne. Unbescheiden, wie er war, verlangte Churchill sofort dreihundert Sherman-Panzer, die brandneue Waffe der US-Army. Trotz Knurrens der Army entsprach Roosevelt dieser Bitte; er fügte sogar noch hundert Grant-Panzer sowie eine Menge neuer Panzerabwehrgeschütze und anderes Material hinzu. Ein großer Geleitzug fuhr um das Kap der Guten Hoffnung nach Ägypten. Als er im September ankam, war allein das, was er brachte, mehr, als das Afrikakorps in die Schlacht um El Alamein einbringen konnte. Inzwischen hatten die Briten begonnen, auch über das Mittelmeer Material für Montgomery heranzuführen. Überdies standen die Raffinerien Persiens und die militärischen Reserveverbände in Palästina zur Verfügung, an die man sich halten konnte.

In der Tat war der Wettkampf von vornherein entschieden. Rommel hat sich viele Vorwürfe gefallen lassen müssen, warum er sich nicht geweigert habe, sich der Schlacht zu stellen, warum er sich nicht von El Alamein zurückgezogen habe. Die Vorbereitungen der Briten waren in der Tat ungeheuer.

Anmerkung des Übersetzers: *Roon läßt hier eine graphische Darstellung folgen, aus der hervorgeht, daß die Briten bei El Alamein mindestens mit einer fünffachen Überlegenheit an Panzern, Flugzeugen und Truppen aufwarten konnten. Das ist zwar zweifelhaft, aber überlegen waren sie in jedem Falle. – V. H.*

Aber Rommel *konnte* sich gar nicht zurückziehen. Sein Nachschub war dermaßen schwach, das OKW hatte ihn so sehr hängenlassen, und den Störungen, die von Malta ausgingen, fiel so viel zum Opfer, daß das Afrikakorps einfach nicht das Benzin hatte, um sich durch Libyen hindurch zurückzuziehen. Rommel mußte sich stellen und im Kampf sämtlichen Treibstoff verbrauchen, der ihm zur Verfügung stand. Hinter El Alamein lag Alexandria, ein noch fetterer, lockenderer Brocken, als sogar Tobruk es gewesen war, und hinter Alexandria lockte auch noch Suez. Rommel hatte die Briten oft geschlagen, und er wußte, mit wem er es zu tun hatte. Noch ein Kampf, und wer weiß – vielleicht wendete sich doch noch alles zum Guten.

Bei El Alamein handelte es sich um eine lange für diesen Zweck vorbereitete Rückzugposition, die stark befestigt und vermint war. Die Front erstreckte sich über sechzig bis siebzig Kilometer von der Küste bis zur sechzig Meter unter dem Meeresspiegel liegenden Cattara-Senke, wo steile Felsen zu einem riesigen Salzmorast und Treibsand abfallen. Diese Front entsprach fast ideal dem Denken der noch aus dem Ersten Weltkrieg stammenden Altherrenriege, die die englischen Streitkräfte befehligte; für Rommels Wüstentaktik dagegen war sie denkbar ungeeignet.

Auch er legte vornehmlich mit erbeuteten britischen Minen über die ganze Front gewaltige Minengürtel. Er befestigte das hochgelegene Gelände, ging äußerst sparsam mit Treibstoff und Munition um, bettelte und bat und forderte wütend mehr Nachschub und wartete, bis der Gegner angriff. Aber sein Gegenspieler, Bernard Montgomery, hatte es nicht eilig. Montgomery vereinigte eine Vorliebe für flammende, kämpferische Rhetorik mit außerordentlicher Vorsicht bei der Planung und im Kampf. Eisenhower hat ihn einmal einen »guten Kommandeur eines bis ins kleinste vorbereiteten Unternehmens« genannt. Und Montgomery wollte, daß sein Schlag gegen Rommel bis ins Kleinste vorbereitet wäre, damit nichts, aber auch gar nichts schief gehen konnte.

Um Erwin Rommels Gesundheit war es schlecht bestellt. Er flog zurück nach Deutschland, um dort Genesungsurlaub zu machen. Als die Schlacht begann, war er noch im Urlaub; die anglo-amerikanische Armada dagegen mit dem Ziel Französisch-Nordafrika war bereits auf hoher See.

Die Schlacht um El Alamein beginnt

Montgomery griff im Oktober bei Vollmond an. Eintausend massierte Artillerie-Geschütze legten ein Sperrfeuer wie bei Verdun; danach überquerten Wellen von Infanterie die Minenfelder, um die vorgeschobenen Stellungen zu nehmen. Pioniere räumten das Gelände in schmalen Korridoren von Minen, und hinter ihnen rollten die Panzer heran – eine schwerfällige und einfallslose Kriegsführung, orthodox wie bei einem Sandkastenspiel der Kriegsakademie Sandhurst. Montgo-

mery verfügte über die nötigen Mannschaften, genügend Munition und rollendes Material; auf irgendwelche Tricks konnte er verzichten. Unsere Truppen sowie einige hervorragende italienische Divisionen, die sich auf der ganzen Linie gut eingegraben hatten, leisteten hartnäckig Widerstand. Als die Sonne aufging, hatte der Angriff sich in den Minenfeldern festgefressen, und die Engländer sahen sich Batterien schwerer Panzerabwehrgeschütze gegenüber.
Der Wüstenfuchs erhob sich von seinem Krankenlager, flog nach El Alamein und übernahm das Kommando. Eine Woche lang wogte der ungleiche Kampf hin und her. Mit einer Rücksichtslosigkeit wie im Ersten Weltkrieg warf Montgomery Menschen und Material in die Schlacht, doch gelang es ihm nicht, den Durchbruch zu erzielen. Rommel schlug brillant zurück und setzte seine zahlenmäßig immer mehr zusammenschrumpfenden Panzer unberechenbar mal hier, mal dort ein; Granaten und Benzinkanister wurden vor jedem Gegenangriff buchstäblich gezählt.
In London wartete Churchill ungeduldig auf den Durchbruch. Ihm ging es darum, zum erstenmal im Kriege in ganz England die Siegesglocken läuten zu lassen; genauso, wie Mussolini im Juli mit großem Gefolge nach Libyen geflogen war, um im Triumph in Alexandria einmarschieren zu können. Aber die Tage zogen sich dahin, das Glockenläuten mußte abgeblasen werden. Nüchtern betrachtet, hatte das Afrikakorps Montgomery gestoppt. In Alexandria und in London wuchs die Angst, man müsse das ganze Unternehmen abbrechen; man fürchtete ein Patt wie 1916 an der Westfront.
Aber die Zermürbung war zuviel für Rommel. Seine Panzerverbände schrumpften immer mehr. Munition hatte er fast überhaupt nicht mehr. Luftunterstützung gab es nicht; die RAF dagegen setzte ihm ungehindert zu. Da er keine Panzer mehr hatte, die Treibstoff verbrauchten, konnte er das wenige verbliebene Benzin verwenden, um seine Truppen nach Libyen zurückzuschaffen. Das beschloß er zu tun, nur beging er den furchtbaren Fehler, Hitler telegraphisch um Erlaubnis zum Rückzug zu bitten. Die Antwort kam umgehend: *Halten Sie um jeden Preis die Stellung, kein Rückzug, Ihre Truppen müssen eine ruhmreiche neue Seite der deutschen Geschichte schreiben* – und so weiter und so fort.
Damit wurde die Flucht des loyalen Rommel um achtundvierzig Stunden hinausgeschoben. Er sah sich gezwungen, seine italienische Infanterie-Division zu opfern, um das Afrikakorps zu retten. Zwei Tage zuvor wäre es ihm vielleicht noch gelungen, sämtliche Verbände zu retten, doch jetzt mußte er das Nötigste zuerst tun und dafür sorgen, daß er überhaupt noch kampffähige Einheiten behielt. Montgomery beeilte sich nicht mit der Verfolgung, und so gelang es dem Wüstenfuchs, sich heil nach Libyen und Tunis zurückzuziehen. So sah die als ›Schicksalswende‹ vielgerühmte Schlacht von El Alamein in Wahrheit aus.
Im Oktober 1942 war das Afrikakorps praktisch erledigt, und zwar aufgrund des geradezu verbrecherischen Versagens beim Nachschub. Nach gewaltigen Anstrengungen setzte Montgomery dem bereits am Boden liegenden Rommel die

Pistole der Achten Armee an die Schläfe, drückte ab – und schoß daneben. Der Wüstenfuchs sprang auf und entfloh. Das ist im wesentlichen das, was geschah. Daß der benötigte Nachschub an Truppen, Panzern, Treibstoff, Flugzeugen und Panzerabwehrgeschützen reichlich fließen konnte, zeigte sich – leider zu spät – nach der Landung der Anglo-Amerikaner. An empfindlicher politischer Stelle getroffen, warfen Hitler und Mussolini übereilt ganze Armeen auf dem Wasser- und Luftwege nach Tunis, wo allmählich eine Streitmacht von nahezu dreihunderttausend Mann entstand. Hätte Rommel solche Verstärkungen im Juli bekommen, wir hätten die deutschen Waffen bis zu den persischen Ölfeldern und bis nach Indien vortragen können. Sich seinen säumigen Verfolgern immer wieder entziehend, durchquerte Rommel in einem von heftigen Kämpfen begleiteten Rückzug den halben Kontinent, übernahm das Kommando im Brückenkopf Tunis und brachte den gesamten Terminplan der Alliierten für den Mittelmeerraum durcheinander. Doch der Traum von Suez war ausgeträumt.

Das Unternehmen ›Torch‹: Zusammenfassung

Der anglo-amerikanische Nordafrika-Feldzug war, auch bevor Rommel auf der Bildfläche erschien, alles andere als eine Glanzleistung. Den Schlüssel zu allem stellte der Hafenbereich von Biserta-Tunis dar, kaum zweihundert Kilometer von Europa entfernt. Die Briten wollten in diesem Bereich landen und in schnellem Vorstoß ihr Ziel einnehmen. Doch die amerikanische Armee, die noch vor ihrer Feuertaufe stand, hatte Angst, sich soweit durch die Straße von Gibraltar vorzuwagen. Was ist mit der deutschen Luftwaffe, fragten sich die unerfahrenen Yankee-Generäle; und wie stand es mit einer möglichen Intervention Spaniens, das dem Expeditionskorps die Nachschubwege hätte abschneiden können? Sie entschieden sich für eine vorsichtige Landung in der rauhen Brandung von Casablanca, an der westlichsten Ausbuchtung Afrikas, das mit dem Schlüsselgebiet nur durch eine einzige schwache Eisenbahnstrecke verbunden war. Die Verstärkungen der Achsenmächte setzten auf dem See- und Luftweg über das Mittelmeer hinüber und besetzten als erste Tunesien.

Daß sie jedoch das Wettrennen nach Tunis gewannen, war nur eine Schlinge, in der sich beide Diktatoren verfingen. Sie hatten die gesamte Festung Europa zu verteidigen und konnten auf lange Sicht in Nordafrika das reiche, unversehrte amerikanische Industriepotential nicht aufwiegen. Unsere Armeen in Tunis brachten dem Gegner einen ebenso riesigen Haufen an Gefangenen ein wie die Sechste Armee bei Stalingrad. Selbst Rommels Feldherrnqualitäten vermochten daran nichts zu ändern, obwohl er den alliierten Plan eines Blitzsiegs vereitelte. Nordafrika war unsere nutzloseste Niederlage, die wir unter unserem besten General einstecken mußten; eine weitere Katastrophe, wie sie bei Anwendung des Führerprinzips im Kriege unausweichlich vorauszusehen ist.

Roosevelts Triumph

Roosevelt brachte das Unternehmen ›Torch‹ genau das, was er wollte: einen leicht errungenen Sieg, der seiner Heimatfront Auftrieb gab; dazu ein Schlachtfeld, auf dem seine unbeleckten Rekruten und seine Generale mit den blitzenden Uniformknöpfen ihre ersten Fehler machen konnten (und sie machten deren viele!), und eine sinnvolle zweite Front, um die Russen zu beruhigen. General Marshall hatte recht mit seiner Voraussage, daß dieses Engagement auf einem Nebenkriegsschauplatz den Krieg um mindestens ein Jahr verlängern würde, aber inzwischen hatte der Politiker Roosevelt seine Profite eingeheimst. Der leichterrungene Erfolg von ›Torch‹ fror Spanien in seiner Neutralität ein, hielt die Türkei ruhig und gewährleistete den frühen Sturz Mussolinis.

All dies erreichte Roosevelt in Französisch-Nordafrika zum Preis von rund zwanzigtausend gefallenen oder in Gefangenschaft geratenen Amerikanern und etwas weniger als der Hälfte davon an britischen Gefallenen. Wenn man bedenkt, daß die Amerikaner im Verlauf von vier Kriegsjahren, die den Vereinigten Staaten de facto die Welthegemonie eintrugen, auf allen Kriegsschauplätzen noch nicht einmal dreihunderttausend Gefallene verloren – was etwa unseren Verlusten allein bei Stalingrad entspricht –, wohingegen die Russen insgesamt rund elf Millionen Soldaten opferten und wir vielleicht vier Millionen, muß man Franklin Delano Roosevelts Gesamtkriegsstrategie das Werk eines bösen Genius nennen.

Churchill kam niemals dazu, seine Siegesglocken zu läuten. Dazu hatte Rommel der Achten Armee zu sehr zugesetzt, bevor er sich zurückzog. Möglich überdies, daß Churchill angesichts der Tatsache, daß das Unternehmen ›Torch‹ mit völlig kampfunerprobten amerikanischen Truppen unternommen werden sollte, ein Fiasko fürchtete. Auf jeden Fall überlegte er es sich genau, und selbst in seiner Niederlage noch brachte Rommel die Glocken Englands zum Schweigen.

Anmerkung des Übersetzers: Angesichts von Roons übersteigerter Einschätzung des Generals Rommel ist es vielleicht angezeigt, hier einen Satz aus Rommels Erinnerungen zu zitieren: »Die Schlacht, die am 23. Oktober 1942 bei El Alamein begann, stellte die Wende des Krieges in Nordafrika gegen uns dar, ja, vielleicht sogar den Wendepunkt des gesamten großen Ringens.« In diesem Punkt teilte Rommel offensichtlich Churchills ›Kurzsichtigkeit‹.
Rommel stellt in jeder Diskussion militärischer Ethik eine wichtige und umstrittene Gestalt dar. Er war 1944 am Anschlag auf Hitlers Leben kaum beteiligt gewesen. Die meisten Generäle blieben Hitler sklavisch ergeben; und zwei von ihnen schickte der Führer hin, Rommel zu erledigen. Sie stellten ihn vor die Wahl: entweder ein öffentliches Kriegsgerichtsverfahren wegen Hochverrat – oder einen stillen Tod durch Gift (wobei nach außen ein Herzanfall als Todesursache angegeben werden sollte), dazu ein Staatsbegräbnis und Sicherheit für seine

Familie. Er nahm das Gift, und sie lieferten ihn tot ins Lazarett ein. Hitler ordnete sofort Staatstrauer für den großen Wüstenfuchs an.
Rommel hatte bis zuletzt für Hitler gekämpft. Als er ermordet wurde, war er ein gebrochener Mann, dem Krankheit und ein schlimmer Autounfall sehr zugesetzt hatten. Er wußte von den Vernichtungslagern. Er hielt den Führer für unfähig, den Oberbefehl zu führen. Er beklagte die Verschwendung von Material und Menschen, die geopfert wurden, um einen verlorenen Krieg noch weiter fortzusetzen. Er haßte die gesamte Nazibande, die rücksichtslos verheizte, was von Deutschland noch übriggeblieben war, um an der Macht zu bleiben. Trotzdem kämpfte er, bis es ihm körperlich nicht mehr möglich war; und dann nahm er aus der Hand seiner Mitgenerale das Gift entgegen, das der Führer ihm schickte.
Rommels Karriere ist ein anschauliches Beispiel für Militärs, an dem die Grenzlinie zwischen standfester Treue und verbrecherischer Dummheit aufgezeigt werden kann.
Von Roons Behauptung, »Amerikaner könnten keine Verluste hinnehmen«, habe ich von Europäern ein wenig zu oft gehört. Ein russischer General hat Eisenhower einmal gesagt, seine Methode, ein Minenfeld zu räumen, bestehe darin, ein paar Brigaden hindurchmarschieren zu lassen. Wir Amerikaner kämpfen anders, wenn es uns möglich ist. Dennoch haben wir im Bürgerkrieg einige der blutigsten Schlachten der Geschichte geschlagen, und der Süden lebte danach von Gras und Bucheckern. Bis jetzt weiß kein Mensch, wozu das amerikanische Volk imstande ist, wenn es zum Schlimmsten kommt.
Unser gesamtes moralisches Klima scheint zum Teufel zu gehen – ich schreibe dies im Jahre 1970, im Zeitalter der ›Gegenkultur‹; doch darüber haben meine Vorgesetzten schon in den zwanziger Jahren geklagt, dem Zeitalter der ›Jugendbegeisterung‹, dem mehr oder weniger damals auch ich angehörte. – V. H.

4

Es klingelte an der Haustür; Janice ging öffnen und blinzelte. Victor Henry stand da, die Schultern gebeugt, in den Augen Kummer und Müdigkeit, das Gesicht so grau wie seine schlechtsitzende Arbeitsuniform. Er trug einen Holzkoffer und eine lederne Aktenmappe, die fast zu platzen schien.
»Hallo.« Selbst seine Stimme klang bekümmert und müde.
Sie raffte den offenen Ausschnitt ihrer Kittelschürze zusammen und rief: »Dad! Komm herein, komm herein! Was für eine Überraschung! Das Haus ist ein einziges Durcheinander, und ich bin auch durcheinander, aber ...«
»Ich habe versucht anzurufen. Schließlich kenne ich die Regel, daß man Frauen nie unangemeldet besuchen soll. Aber ich bin nicht durchgekommen, und meine Zeit ist knapp. Außerdem wußte ich nicht, wo du jetzt wohnst.«
»Das habe ich dir aber geschrieben.«
»Habe ich nie bekommen.« Er sah sich in dem kleinen Wohnzimmer um, und seine Augen übersprangen gleichsam Warrens Bild an der Wand. »Es ist aber ganz schön vollgepropft hier.«
»Sieht es nach sozialem Abstieg aus? Mehr brauchen Vic und ich jetzt nicht.«
»Hast du meine Sachen aufs Lager gegeben?«
»Nein, das ist alles hier. In Vics Zimmer.«
»Gut. Ich brauche meine blaue Uniform und den Mantel.«
»Wie lange bleibst du in Honolulu?«
»Ein paar Stunden.«
»Ach, du lieber Gott! Länger nicht?«
Er hob die dichten Brauen, in denen Janice ein paar graue Flecke entdeckte. »Ich hab' Befehl, mich wieder in Washington zu melden. Vorrang Eins bei allen Flügen.« Sein rasches Grinsen und die Art, sich gleichzeitig mit dem Knöchel unter der Nase entlangzufahren, erinnerte derart an Warren, daß es ihr einen Stich gab. »Auf dem Navy-Flugplatz von Nouméa wurde meinetwegen ein australischer Zeitungsmann aus der Maschine geholt. Gott, war der sauer!«
»Und warum diese Eile?«
»Keine Ahnung.«
»Nun, hier ist ein ganzer Schrank mit deinen Ausgehuniformen.«

»Gut! Ich kann alles gebrauchen. Der Koffer hier ist leer. Selbst das, was ich auf dem Leib habe, ist geliehen.«
Da war es an ihr, leise zu sagen: »Tut mir schrecklich leid – das mit der *Northampton*.«
»Hat es in der Zeitung gestanden?«
»Ich hab's von Bekannten gehört.« Verlegen fuhr sie fort: »Was ist mit einem Frühstück?«
»Laß mich mal überlegen.« Er ließ sich in einen Sessel fallen und rieb sich die Augen. »Was ich gebrauchen könnte, wäre ein heißes Bad. Ich habe drei Tage und drei Nächte in Navy-Flugzeugen zugebracht.« Er stützte den Kopf auf und sprach mit leiser, abgekämpfter Stimme: »Ich muß mich um zwei beim Cincpac melden, und meine Maschine geht um fünf.«
»Meine Herren, was für eine Hetzjagd!«
»Wo ist denn das Baby?«
»Draußen.« Sie deutete auf die Terrassentür, die auf einen sonnenerhellten Garten hinausging. »Aber er ist kein Baby mehr. Er ist gewachsen wie King Kong.«
»Wie wär's, wenn ich ihn mir jetzt ansähe, dann bade und mich vor dem Packen noch ein bißchen hinlegte? Wenn du mich um zwölf weckst und ein paar Rühreier machst, können wir uns noch ein bißchen unterhalten. – Oder ist was?«
»Ach, nichts. Ist schon gut.«
»Hast du etwas anderes vor?«
»Nein, nein – genau das werden wir tun.«
Als er auf den Rasen hinausging, griff sie nach dem Telephon. Sein Enkelsohn ließ in sengender Sonne in der Badehose einen schwarzen Scotch-Terrier nach einem roten Gummiball springen. Eine junge Hawaiierin ließ das braungebrannte, pummelige Kind nicht aus den Augen.
»Hallo, Vic. Weißt du noch, wer ich bin?«
Das Kind drehte den Kopf, sah ihn an und sagte: »Ja, du bist der Großvater.« Dann warf er den Ball, und der Hund jagte hinterdrein. Vic hatte Warrens Augen und sein Kinn, aber seine kühle Reaktion erinnerte Pug eher an Byron.
»Weißt du, wer noch einen solchen Hund hat, Vic? Der Präsident der Vereinigten Staaten. Wie heißt deiner denn?«
»Toto.«
Der Hund jagte unter der Wäscheleine hinter dem Ball her, an der Janices zweiteiliger rosa Badeanzug neben einer geblümten Männerbadehose hing. Janice trat in die Sonne heraus und hob ihr dichtes blondes Haar mit beiden Händen. »Nun, wie gefällt er dir?«

»Körperlich vollkommen, und geistig ein Gigant.«
»Oh, wie vorurteilslos! Das hier ist Lana.« Das Hawaii-Mädchen lächelte und nickte ein paarmal. »Sie paßt auf ihn auf oder versucht es zumindest. Aber ich habe ein Problem mit dem Mittagessen. Erinnerst du dich noch an Lieutenant Commander Aster?«
»Klar.«
»Wir wollten heute zu einem Picknick rausfahren. Ich war gerade dabei, die Sandwiches zu machen, als du kamst. Und deshalb . . .«
»Aber mach doch ruhig weiter, Jan.«
»Nein, nein. Ich sag' ab. Nur – in seinem Zimmer im *Royal Hawaiian Hotel* meldet sich niemand. Könnte sein, daß er hier aufkreuzt, wenn wir beim Essen sind. Aber das macht doch nichts, oder?«
»Warum willst du denn absagen?«
»Ach, das hat nichts weiter zu bedeuten. Wir sind doch nur fünf Minuten vom Hotel entfernt. SubPac hat es übernommen, weißt du. Carter bringt Vic dort das Schwimmen bei, und um mich erkenntlich zu zeigen, hab' ich dieses Picknick vorgeschlagen, aber das können wir ebensogut ein andermal machen.«
»Wie du meinst«, sagte Victor Henry, »aber ich würde jetzt gern heiß baden.«
Auf der Pritsche des Lazaretts von Tulagi und auf den harten Sitzen verschiedener Flugzeuge hatte er immer wieder von der *Northampton* geträumt. Auch jetzt unterbrach ein solcher Alptraum seinen Schlaf. Er und Chief Stark waren allein an Bord des mit schwindelnder Schlagseite treibenden Schiffes; schwarzes, warmes Wasser rauschte übers Deck und umfloß sie bis zu den Hüften. Das Gefühl, völlig durchnäßt zu werden, war sehr real und nicht unangenehm, als streckte er sich in einer Badewanne aus. Der Chief packte einen Vorschlaghammer und schlug verbissen auf ein paar Belegnägel ein, an denen das Rettungsfloß festgemacht war. Die Augen quollen ihm dabei vor Entsetzen aus dem Kopf, und Pug Henry wachte vom Schreck geschüttelt auf. Das Hämmern wurde zu einem Pochen an der Tür. Erleichtert darüber, trocken in einem Bett zu liegen, konnte er sich zuerst nicht erinnern, wieso er in dieses mit Tierbildern geschmückte Kinderzimmer gekommen war.
»Dad? Dad? Es ist viertel nach zwölf.«
»Danke, Jan.« Die Erinnerung kam zurück. »Was ist mit Aster?«
»War hier, ist aber schon wieder fort.«
In weißer Ausgehuniform trat er in den Garten hinaus. Er sah adrett aus und hielt sich wieder aufrecht; auch seine Gesichtsfarbe war besser als zuvor. Die Wäscheleine war leer. Das Hawaii-Mädchen saß im Gras neben Vic, der von einem Tablett gelben Brei löffelte und sich Nase und Kinn damit vollschmierte.

»Na, hat er jetzt wieder Appetit?«
»Oh ja, das ist längst vorbei. Können wir in der Küche essen?«
»Warum nicht?«
Sie unterhielten sich stockend bei Eiern und Würstchen. Es gab so viele Themen, die ihnen beiden schmerzlich waren: Natalies unbekannter Aufenthaltsort, die Versenkung der *Northampton*, Pugs ungewisse Zukunft und vor allem Warrens Tod; Janice zwang sich, ausführlich über ihre Tätigkeit zu erzählen. Sie arbeitete für die Army. Ein Colonel mit dem hochtrabenden Titel »Director of Materials and Supplies Control« hatte sie auf einer Party kennengelernt und sie von CincPac abgeworben. Inzwischen galt auf Hawaii das Kriegsrecht, und unter der fröhlichen Oberfläche von Honolulu – den Leis, den Blasorchestern, den Luaus und der bezaubernden Natur – herrschte eine eiserne Zucht. Der Colonel hatte die Zeitungen eingeschüchtert. Er allein bestimmte, wieviel Papier eingeführt wurde und wer wieviel bekam; die Verleger lagen vor ihm und dem Militärgouverneur auf dem Bauch. Kritik in den Leitartikeln gab es nicht. Die Zivilgerichte waren jetzt von ›Provost-Gerichten‹ abgelöst worden und erließen sonderbare Strafen; zum Beispiel verurteilten sie irgendwelche Missetäter dazu, Kriegsanleihen zu zeichnen oder Blut zu spenden.
»Das Ganze läuft mit mehr oder weniger Wohlwollen«, sagte sie. »Die Army sorgt für Ordnung, und wir sind gut bei ihr aufgehoben. Außer Schnaps und Benzin ist nichts rationiert. Wir leben wie Gott in Frankreich, und fast alle fühlen sich wohl wie die Fische im Wasser. Unheimlich wird's nur, wenn man hinter die Kulissen schaut wie ich. Das hier ist nicht Amerika, verstehst du? Wenn wir – was Gott verhüten möge – jemals eine Diktatur bekommen, dann beginnt sie bestimmt mit einer Notverordnung der Army.«
»Hmpf«, machte ihr Schwiegervater. Sein Beitrag zur Unterhaltung bestand überhaupt nur aus solchen Grunzlauten. Vielleicht, dachte sie, hatte er etwas gegen Kritik am Militär. Sie versuchte nur, das Gespräch in Gang zu halten. Es schmerzte sie zu sehen, wie er sich verändert hatte. Diesem wortkargen Mann merkte man an, daß er etwas verloren hatte; ein Geruch von Asche umgab ihn. Sein Schweigen wirkte wie ein fadenscheiniger Schutz vor dem Unglück. Trotz seines makellosen Äußeren tat er ihr leid. Früher hatte Warrens Vater ihr Ehrfurcht eingeflößt – dieser brillante höhere Navy-Offizier, der Vertraute von Präsident Roosevelt, der mit Churchill, mit Hitler und mit Stalin gesprochen hatte . . . Jetzt kam er ihr geschrumpft vor. Zwar schien ihm nichts zu fehlen – er langte tüchtig zu, und seine eiserne Energie zeigte sich daran, daß er nach seinem kurzen Schlaf wieder ganz da war. Er war hart im Nehmen, aber er wurde auch verdammt hart in die Zange genommen. In diese Richtung etwa

gingen die Gedanken seiner Schwiegertochter, die freilich nicht ahnte, daß seine Frau ihn betrog.
Beim Kaffee zeigte sie ihm Rhodas letzten Brief; sie hoffte, daß ihr muntergeschwätziger Ton ihn ein wenig aufheitern würde. Rhoda hatte angefangen, bei der Kirche zu helfen: davon einiges, sodann Navy-Klatsch füllten drei Seiten. In einem Postskript erwähnte sie, Madelines Job beim Film sei ausgelaufen, und sie sei nach New York zurückgekehrt, um wieder für Hugh Cleveland zu arbeiten.
Pugs Gesicht verdüsterte sich über dem Brief. »Eine dumme Pute, dies Mädchen!«
»Und ich dachte, du würdest dich darüber freuen, daß sie nicht mehr in Hollywood ist.«
Er warf den Brief auf den Tisch. »Übrigens, was ist das für ein Kanal draußen vor deinem Haus?«
»Der Ala Wai Kanal. Er führt zum Yachthafen runter.«
»Wirst du denn nicht von Moskitos geplagt?«
»Du denkst selbstverständlich an sowas! Ich hab's leider nicht getan. Diese Biester – zu Millionen kommen sie!«
»Rhoda und ich hatten eine Menge Häuser in tropischen Gebieten. Dabei lernt man, auf sowas zu achten.«
»Gott ja, ich hab's fast umsonst bekommen. Es hat einem Kampffliegerpiloten von der *Yorktown* gehört. Seine Frau ist zu ihrer Familie zurückgekehrt, als er . . .« Janices Stimme bekam etwas Zögerndes. »Toto war übrigens ihr Hund.«
»Und du möchtest nicht zu deiner Familie zurück?«
»Nein. Hier hab' ich das Gefühl, im Krieg zu sein. Wenn du zurückkommst oder Byron, bin ich hier. Ihr habt dann beide ein Zuhause in der Nähe des Hafens. Und Vic wird dich kennenlernen.«
»Ja, das wird schön sein für Byron.« Pug räusperte sich. »Was mich betrifft, weiß ich nicht recht. Ich glaube, auf See hab' ich ausgespielt.«
»Aber warum? Das wäre nicht fair.«
Wieder das rasche Grinsen. »Warum nicht? Im Krieg dreht sich das Karussell schnell. Wenn man einmal aus dem Tritt kommt, ist man draußen. Ich kann mich ja immer noch bei BuOrd oder BuShips nützlich machen.« Er trank einen Schluck Kaffee und sprach dann nachdenklich weiter. »Könnte durchaus sein, daß man heute beim CincPac meine Urteilskraft unter Feuer in Frage stellt. Ich weiß es nicht. Unsere Mannschaftsverluste waren gering. Trotzdem: hier in meiner Aktenmappe hab' ich achtundfünfzig Briefe, die ich an die Angehörigen geschrieben habe. Damit hab' ich mir auf dem Flug die Zeit vertrieben. Mir

tut es um jeden einzelnen Mann leid, aber wir hatten mitten in einem Feuergefecht zwei Torpedotreffer, und damit war's aus. Aber ich muß mich jetzt auf die Socken machen. Danke für's Essen.«
»Komm, ich fahr dich zum CincPac runter.«
»Ich hab' einen Navywagen.« Er ging ins Schlafzimmer und kam mit Holzkoffer und Aktenmappe zurück, einen schweren blauen Mantel mit Messingknöpfen, der nach Kampfer roch, über dem Arm. »Weißt du, vor einem Jahr bin ich mit diesem Mantel nach Moskau geflogen, allerdings in entgegensetzter Richtung. Ich schaffe es noch einmal um die Erde.« Vor Warrens Bild stehenbleibend, sah er es kurz an, um sie dann zu fragen: »Sag mir, was ist mit Lieutenant Commander Aster?«
»Carter? Ach, der ist drauf und dran, einer der berühmtesten U-Bootkapitäne zu werden. Unter seinem Kommando hat die *Devilfish* zwanzigtausend Tonnen versenkt. Jetzt fährt er Manöver auf einem neuen U-Bootmodell, der *Moray*. Er hat übrigens Byron für die *Moray* angefordert, und der hat auch schon die entsprechenden Befehle bekommen.«
»Aber was macht Aster denn hier? Neue Typen werden in den Staaten ausprobiert.«
»Da hat es Pannen beim BuOrd gegeben, es handelt sich um irgendein Radar, das er haben wollte. Er ist hergekommen, um dem SubPac die Pistole auf die Brust zu setzen. Carter fackelt nicht lange.«
»Was ist er eigentlich für ein Mensch? Ich bin nie recht schlau aus ihm geworden.«
»Ich auch nicht. Aber er ist nett zu Vic und zu mir.«
»Gefällt er dir? Nicht, daß mich das was anginge.«
»Natürlich geht es dich was an.« Ihre Augen verschleierten sich, ihr Blick schweifte in die Ferne. Pug Henry hatte diesen Ausdruck seit Midway oft auf ihrem Gesicht wahrgenommen. »Du möchtest wissen, ob es ernst ist, nicht wahr? Nein. Ich habe keine Lust, in ein und demselben Krieg zweimal Witwe zu werden.«
»Nach einem Jahr oder so landet er turnusgemäß irgendwo an Land.«
»Oh nein!« Sie ließ sich nicht beirren. »ComSubPac schickt besonders erfolgreiche Kommandanten hinaus, so oft sie wollen. Und ich mache mir Gedanken darüber, daß Byron auf die *Moray* abkommandiert worden ist. Ihm wird es zweifellos einen Heidenspaß machen, aber Carter ist für meine Begriffe zu sehr auf Abenteuer versessen. Vic und ich gehen mit ihm schwimmen, und ab und zu führt er mich auch zum Tanzen aus. Ich bin die Kriegerwitwe, der Ersatz, wenn nichts Schärferes anliegt.« Das schiefe, verschmitzte Grinsen, das sie aufsetzte, stand ihr. »Okay?«

»Okay. Weiß Aster irgendwas darüber, wann Byron zurück sein soll?«
»Nicht, daß ich wüßte.«
»Nun, dann will ich mich mal von dem kleinen Mann verabschieden.«
Vic schlief auf einer ausgebreiteten Wolldecke im Schatten und hielt den roten Ball immer noch in der Hand. Der Hund hatte sich zu seinen Füßen zusammengerollt. Es war sehr heiß. Lana hockte über einer Illustrierten, und das Kind schwitzte. Etwa eine Minute betrachtete Victor Henry ihn. Als er dann zu Janice hinüberblickte, sah er den Glanz ungeweinter Tränen in ihren Augen. Sie tauschten einen Blick, der mehr sagte als ein langes Gespräch.
»Du wirst mir fehlen«, sagte sie und ging mit ihm hinaus zu einer grauen Navy-Limousine. »Grüß' meine Eltern. Sag ihnen, daß es mir gut geht, ja?«
»Das werde ich tun.« Er stieg ein, die Wagentür fiel ins Schloß. Sie klopfte an die Scheibe, und er drehte das Fenster herunter. »Ja?«
»Und wenn du Byron siehst, sag ihm, er soll schreiben. Seine Briefe bedeuten mir viel.«
»Mach' ich.«
Er fuhr los. Er hatte Warren mit keinem Wort erwähnt. Es überraschte sie nicht. Seit der Schlacht von Midway war der Name seines Sohnes in ihrer Gegenwart nicht ein einziges Mal über seine Lippen gekommen.

Pug hatte keine Ahnung, was ihn bei CincPac erwartete. Um drei Uhr früh an diesem Morgen, mitten im Flug, hatte der Co-Pilot ihm einen hingekritzelten Funkspruch gebracht: *Passagier Victor (kein Mittelname) Henry, Captain US-Navy, bitte 14.00 Uhr beim diensthabenden Offizier CincPac melden.* Im roten Schein der Taschenlampe verkündeten die wenigen Worte Unheil. Einer von Pugs Sprüchen, die er mit Vorliebe geklopft hatte, lautete: »Ich hab' in meinem Leben einen Haufen Schwierigkeiten gehabt; die meisten davon sind nie passiert.« In letzter Zeit jedoch hatte diese Beschwörungsformel offenbar ihre Kraft verloren.
Das neue, weißleuchtende CincPac-Gebäude, hoch oben auf dem Makalapa-Berg über dem U-Boot-Stützpunkt, ließ erkennen, wie es mit dem Krieg ging. Es war schnell hochgezogen worden und zeugte von Macht und Reichtum; die offenen *Lanai*-Veranden um das oberste Stockwerk herum waren ein vornehmes Zugeständnis an die Tropen. Im Inneren roch das Gebäude immer noch nach frischem Gips, Farbe und Linoleum. Die geschäftig umhereilenden Angestellten – achselschnurbewehrte Offiziere, Mannschaftsgrade in Tropenweiß und viele hübsche Navy-Helferinnen – sahen schmuck aus und hatten einen federnden Gang. Midway und Guadalcanal, dazu die neuen Kriegsschiffe unten im Hafen ließen Zuversicht erkennen. Man triumphierte zwar noch

nicht, man trug noch kaum Optimismus zur Schau, sondern eher das offene, zuversichtliche Aussehen von Amerikanern bei der Arbeit. Verschwunden waren die langen Gesichter, die man in den Tagen nach Pearl Harbor gesehen hatte, und verschwunden auch die hektische Spannung der Monate, die Midway vorangegangen waren.
Eingezwängt in die Glaskabine des Diensthabenden Offiziers und umringt von einer Bastion jüngerer Offiziere und Navy-Helferinnen, saß der jüngste Offizier mit drei Kolbenringen am Ärmel, den Pug jemals zu Gesicht bekommen hatte; er hatte dünnes gewelltes Blondhaar und ein weiches Gesicht, das aussah, als wäre es noch nie mit einem Rasierapparat in Berührung gekommen. ›Ein ausgewachsener Commander‹, dachte Pug, ›und Diensthabender Offizier beim CincPac? Ich bin wirklich schon von vorgestern.‹
»Mein Name ist Victor Henry.«
»Oh, Captain *Victor Henry!* Jawohl, Sir!« In dem fragenden Blick des jungen Offiziers glaubte Pug die brennende *Northampton* untergehen zu sehen. »Bitte, nehmen Sie Platz.« Der junge Mann wies auf einen Holzstuhl und drückte auf den Knopf einer Gegensprechanlage. »Stanton? Stellen Sie fest, ob der Stabschef zu sprechen ist. Captain Victor Henry ist hier.«
Also würde Spruance ihn in die Mangel nehmen. Mit ihm würde er kein leichtes Spiel haben; daß man sich seit einer Ewigkeit kannte, spielte dabei keine Rolle. Bald krächzte die Gegensprechanlage, und der Diensthabende sagte: »Sir, Vice Admiral Spruance ist in einer Besprechung. Bitte zu warten!«
Während Seeleute und Navy-Helferinnen hin- und hereilten, nahm der Diensthabende Gespräche entgegen, führte selbst welche und machte Notizen in seinem Logbuch. Victor Henry versuchte sich vorzustellen, in welche Richtung die Fragen möglicherweise gehen könnten. Wenn Spruance sich die Zeit nahm, mit ihm zu sprechen, mußte es sich um die Schlacht handeln. Die mitleidigen Blicke des Diensthabenden waren wie Wespenstiche. Eine sehr lange halbe Stunde verging, bis Spruance ihn rufen ließ. Bis an sein Lebensende sollte Pug das glatte Gesicht, die verlegen fragenden Blicke und die Spannung dieser Wartezeit im Gedächtnis behalten.
Spruance unterzeichnete an einem Stehpult am Fenster Briefe. »Hallo, Pug. Ich bin gleich fertig«, sagte er. Er hatte Victor Henry noch nie mit seinem Spitznamen angeredet, tat es bei fast keinem Menschen. Spruance sah in der gestärkten Khaki-Uniform schmuck aus: hageres gerötetes Gesicht, flacher Bauch. Wie schon oft, mußte Pug wieder denken, wie gewöhnlich dieser Sieger von Midway aussah und sich benahm, verglichen jedenfalls mit Halsey mit seinem energiegeladenen Kinn, seinen blitzenden Augen, den buschigen Augenbrauen und dem herrischen Humor.

»Ja, also.« Spruance steckte sorgfältig den Füller in einen Halter und sah Victor Henry, die Hände auf die Hüften gestützt, an. »Was zum Geier ist da draußen vor Tassafaronga eigentlich passiert?«
»Ich weiß, was *mir* passiert ist, Admiral. Der Rest ist eher verschwommen.« Die wahrheitsgetreuen Worte waren ihm kaum entfahren, da bedauerte Pug sie schon. Es war falsch, einen so leichtfertigen Ton anzuschlagen.
»Sie verdienen ein Lob dafür, daß Sie auf der *Northampton* nur so wenige Gefallene hatten.«
»Dafür wollte ich eigentlich nie belobigt werden.«
»Die anderen drei Schweren Kreuzer werden wir wieder reparieren können.«
»Das ist gut. Ich wünschte, ich hätte den Hafen auch erreicht, Admiral. Versucht hab' ich's.«
»Was genau ist denn eigentlich bei der Schlacht schief gelaufen?«
»Sir, nachdem wir auf eine Entfernung von tausend Metern das Feuer eröffnet hatten, wimmelte es im Wasser plötzlich von Torpedos. Dabei glaubten wir uns außerhalb der Torpedoreichweite. Nun, entweder haben uns U-Boote aufgelauert – was in Anbetracht unseres immerhin beträchtlichen Zerstörerschutzes unwahrscheinlich ist –, oder aber die Japse haben Zerstörertorpedos mit einer wesentlich größeren Reichweite als wir. Wir hatten vom Geheimdienst eine Meldung, daß es eine solche Waffe gibt.«
»Ich erinnere mich an Ihre Aktennotiz an BuShips darüber und an Ihre Empfehlung von Torpedowulsten bei Schlachtschiffen.«
Victor Henry gestattete sich ein flüchtiges dankbares Lächeln. »Tja, Admiral, inzwischen aber habe ich die Realität dieser Dinger kennengelernt. Es gibt sie.«
»Dann muß unsere Taktik entsprechend geändert werden.« Spruance sah Victor Henry nachdenklich an. Offenbar dient das Stehpult dazu, längeren Unterhaltungen vorzubeugen, dachte Pug. Er mußte sich beherrschen, um nicht von einem Fuß auf den anderen zu treten, und beschloß, falls seine Zeit jemals wieder wertvoll werden würde, sich auch ein Stehpult anzuschaffen.
»Vielleicht sollten wir ein Wort mit Admiral Nimitz reden«, sagte Spruance. »Gehen wir rüber.«
Victor Henry mußte sich beeilen, als er Spruance durch den Korridor bis zu den königsblauen Doppeltüren mit den vier goldenen Sternen folgte. Admiral Kimmel hatte ihn in einem solchen Arbeitszimmer empfangen, noch im alten Gebäude, und er erinnerte sich an sein mutiges Lächeln und an seinen Optimismus, während seine zerbombte Flotte vorm Fenster im Sonnenschein rauchte. Als er Kimmel aufgesucht hatte, war er von ruhiger Zuversicht erfüllt gewesen. Jetzt hatte er weiche Knie. Warum? Weil er sich mehr oder weniger in Kimmels Lage befand.

55

Sie gingen sogleich hinein. Die Arme vor der Brust verschränkt, stand Nimitz allein am Fenster. Es sah aus, als sonnte er sich. Sein Händedruck war herzlich, sein gebräuntes eckiges Gesicht freundlich: Doch die durchdringenden blauen Augen unter dem Dach der sonnenerhellten weißen Haare konnten einen schon einschüchtern. Dieses freundliche, fast sanfte Gesicht mit den harten Augen, die halb im Sonnenlicht, halb im Schatten lagen, machte Victor Henry noch nervöser.

»Captain Henry sagt, die Japse hätten Zerstörertorpedos mit einer sehr großen Reichweite«, sagte Spruance. »Damit erklärt er Tassafaronga.«

»Wie groß ist sehr groß?« fragte Nimitz Pug.

»Vielleicht bis zu achtzehntausend Metern, Admiral.«

»Und was tun wir dagegen?«

Pug antwortete mit zugeschnürter Kehle. »Bei künftigen Treffen sollte der Kampfverband, nachdem unsere Zerstörer ihre Torpedos abgeschossen haben, das Feuer auf wesentlich größere Entfernung eröffnen, Admiral. Und während der ganzen Aktion ständig den Kurs ändern.«

»Haben Sie ständig den Kurs geändert, nachdem Sie sahen, daß die anderen Schweren Kreuzer was abgekriegt hatten?« Nimitz hatte die lässige, gedehnte Sprechweise des Texaners, seine Haltung dagegen war alles andere als lässig.

»Nein, Sir.«

»Warum nicht?«

Jetzt mußte Victor Henry dem CincPac, also dem Oberkommandierenden Pazifik, persönlich die Frage beantworten, von der seine ganze Laufbahn abhing. Dabei hatte er schon versucht, sie in einem fünfzehnseitigen Gefechtsbericht zu beantworten.

»Admiral, das war ein Fehler, den ich in der Hitze des Gefechts gemacht habe. Ich hatte den Gegner genau vor mir. Und ich wollte Vergeltung für die drei Kreuzer, die er in Brand geschossen hatte.«

»Haben Sie Ihre Rache bekommen?«

»Das weiß ich nicht. Mein Artillerieoffizier hat behauptet, wir hätten zwei Kreuzer getroffen.«

»Ist das bestätigt?«

»Nein, Sir. Dazu müssen wir noch den Bericht der Kampfgruppe abwarten. Aber selbst dann habe ich meine Zweifel. Artillerieoffiziere leiden nun mal unter schöpferischem Sehvermögen.«

Nimitz sah Spruance mit blitzenden Augen an. »Noch irgendwelche Beobachtungen?«

»Ich habe ein paar in meinem Bericht aufgezählt, Sir.«

»Zum Beispiel?«

»Admiral, 1937 war die Entwicklung von mündungsfeuerfreiem Geschützpulver eines der dringendsten Projekte von BuOrd, als ich dorthin abkommandiert war. Wir haben es bis heute nicht. Der Gegner dagegen hat es. Wir vermeiden die Benutzung von Suchscheinwerfern bei Nachtgefechten, um nicht zu verraten, wo wir sind. Dann feuern wir ein paar Salven ab und geben Position, Zielwinkel und Geschwindigkeit preis. Unser Kampfverband sah in dieser Nacht aus wie vier Vulkanausbrüche. Es war schon ein glorioser Anblick, Sir, und es tat in der Seele gut. Aber es gab den Japanern ihre Torpedoziele an die Hand.«

Nimitz wandte sich an Spruance. »Kabeln Sie noch heute an BuOrd und schicken Sie einen persönlichen, erklärenden Brief über das mündungsfeuerfreie Pulver an Spike Blandy hinterher.«

»Jawohl, Sir.«

Sich mit einer sehnigen Hand, an der ein Finger fehlte, unterm Kinn entlangfahrend, sagte Nimitz: »Warum, zum Teufel, war denn unser eigener Zerstörerangriff ein solcher kompletter Reinfall? Mittels Radar konnten wir sie doch überraschen, oder? Wir waren ihnen gegenüber doch im Vorteil.«

Pug kam sich – bildlich gesprochen – vor, als operierte er wieder in torpedoverseuchtem Wasser. Diese Frage konnte bei einem Ermittlungsverfahren über die Vorgänge bei Tassafaronga eine Bedeutung erlangen, von der alles abhing. »Admiral, es handelte sich um eine gegenläufige Aktion. Die Verbände liefen direkt aufeinander zu. Man näherte sich einander mit einer Geschwindigkeit von fünfzig Knoten oder vielleicht noch mehr. Das Torpedoproblem entwickelte sich sehr schnell. Als der Kommandeur der Zerstörer um Feuererlaubnis bat, entschloß sich Admiral Wright, zunächst noch näher ranzugehen. Als er ihm Feuererlaubnis gab, lag der Gegner praktisch schon achteraus. Folglich kam es zu einem äußerst gewagten Schuß bei extremer Reichweite. So zumindest sah es auf der Gefechtskarte der *Northampton* aus.«

»Aber der Gegner hatte doch das gleiche Problem, und seine Lösung war gut.«

»Er hat das Torpedoduell überlegen gewonnen, Admiral.«

Nach einer höchst unangenehmen Pause sagte Nimitz: »Na, gut.« Dann trat er vom Fenster weg und reichte Pug die Hand. »Ich habe gehört, Sie haben bei Midway einen Sohn als Flieger verloren, der sich im Kampf besonders hervorgetan hat. Und daß Sie noch einen haben, der bei der U-Boot-Waffe dient.« Er neigte den Kopf und zeigte auf die Delphine, die seinen eigenen Khaki-Kragenspiegel zierten.

»Jawohl, Admiral.«

Pugs Hand in der seinen behaltend und ihm tief in die Augen blickend, sagte Chester Nimitz in sehr persönlichem Ton: »Alles Gute, Henry.«

»Vielen Dank, Sir.«
Spruance brachte ihn in die überfüllte und verräucherte Operationszentrale. »Da haben Sie Ihre Schlacht, wie wir sie rekonstruiert haben«, sagte er; an der Wand hing eine Karte von Guadalcanal mit vielen Einzeichnungen. Sie gingen in einen kleinen Vorraum hinüber, wo sie zusammen auf einem Sofa Platz nahmen. »Die *Northampton* war ein wunderschönes Schiff«, sagte Spruance. »Wenn auch mit der Wasserlage nicht alles in Ordnung war.«
»Ich kann meinen Leuten von der Schadensbekämpfung wirklich nicht die Schuld geben, Admiral. Wir hatten Pech. Die beiden Torpedos haben uns hinter dem Gürtelpanzer erwischt. Ich hätte wegdrehen sollen. Machen, daß ich wegkam – so, wie die *Honolulu* es gemacht hat. Vielleicht hätte ich mein Schiff dann heute noch.«
»Nun, man soll die Hitze des Gefechts nicht unterschätzen. Und Ihr Kampfgeist war geweckt. Sie haben versucht, eine Schlappe wettzumachen.« Viktor Henry sagte nichts dazu, aber es war, als hätte Spruance Schnüre gekappt, die eine schwere Last auf seinem Rücken festhielten. Er holte tief Atem und seufzte vernehmlich.
»Und wohin jetzt?« fuhr Spruance fort.
»Ich habe Befehl, mich beim BuOrd zu melden, Admiral.«
»Als wir uns das letzte Mal sahen, wollten Sie von Stabsarbeit nichts wissen. Sie haben sich mit Händen und Füßen dagegen gewehrt. Wie steht's? Ich brauche einen stellvertretenden Stabschef für Einsatzplanung und -durchführung.«
Victor Henry konnte nicht anders – wie ein kleiner Junge platzte er damit heraus: »Ich?«
»Falls es Sie interessiert?«
»Guter Gott!« Unwillkürlich legte Pug Henry die Hand vor die Augen. Angesichts des gewaltigen Anwachsens der Pazifik-Flotte bot Spruance ihm einen goldenen Preis: vielleicht das Sprungbrett zum Admiralsrang, zu höchster Verantwortung – jene zweite Chance, von der er Janice gegenüber gemeint hatte, daß er darauf nicht hoffen dürfe. Es war noch keine drei Wochen her, daß Victor Henry durch schwarzes Öl nackt auf ein Rettungsfloß zugeschwommen war, während sein brennendes Schiff hinter ihm versank. Nach einer Weile sagte er mit belegter Stimme: »Die Überraschung ist vollkommen, Admiral. Ich bin interessiert.«
»Nun, dann wollen wir hoffen, daß BuOrd nichts dagegen hat. Wir haben ein paar verdammt knifflige Fragen zu lösen, Pug. Sie sollten möglichst bald anfangen, sich den Kopf darüber zu zerbrechen. Kommen Sie!«
Benommen folgte Victor Henry Spruance in den Operationsraum zu einer

gelben und blauen Tischkarte des Pazifik. Spruance redete mit einer eigentümlichen Begeisterung, die halb pedantisch, halb martialisch war. »Hat man Ihnen auf der Kriegsschule nicht mal die alte Aufgabe gestellt, die Philippinen zurückzuerobern, nachdem Orange gelandet ist und sie besetzt hat? Das ist mehr oder weniger der Krieg, mit dem wir es zu tun haben.«
»Nein, Sir – als ich da war, hatten wir mit dem Wake-Island-Problem zu tun.«
»Ach so. Naja, das Ganze läuft schließlich darauf hinaus, daß es zwei Möglichkeiten des Angriffs gibt. Das diktieren die geographischen Bedingungen. Einmal Vordringen über den Mittelpazifik, wodurch die Japaner in ihrem Hauptinselstützpunkt geschwächt werden, und dann von den Marianen aus zum Sprung auf Luzon ansetzen.« Spruances Rechte bewegte sich, während er redete, über die Karte, fuhr Tausende von Seemeilen dahin und zeigte geradezu pantomimisch den Vorstoß über die Marshall-Inseln, die Marianen und Karolinen auf die Philippinen zu.
»Oder ein Vorstoß von Australien aus in Richtung Norden – Neuguinea, Morotai, Mindanao, Luzon.« Seine linke Hand strich von Australien über Neuguinea dahin, wobei seine Finger langsame Bewegungen ausführten, als wollten sie – was sie für Pug sehr deutlich taten – Einheiten andeuten, die sich mühselig über tropische Gebirgszüge hinwegarbeiteten. »General MacArthur brennt natürlich darauf, der zweiten Strategie zu folgen. Er ist eben ein Landkämpfer. Wenn man aber übers Wasser vorstößt, ist man beweglich und kann die gegnerischen Nachschublinien angreifen. Der Gegner ist immer darauf angewiesen zu erraten, was man eigentlich vorhat. Er kann nicht mit Sicherheit voraussagen, wo man als nächstes plötzlich hinhüpft. Er kann seine Kräfte nicht konzentrieren, sondern muß sie über einen weiten Raum auseinanderziehen. Das zweite strategische Vorgehen wäre ein Angriff über Land durch gebirgigen Dschungel, wobei man die japanische Flotte in der Flanke hätte und wendige Japaner einem gegenüberständen.« Spruance bedachte Pug mit einem mutwilligen Blick. »Und man kann sicher sein: Der General würde liebend gern ein paar japanische Armeen zuhauf treiben.« Spruances rechter Zeigefinger stieß auf eine Insel vor Neuguinea. »Trotzdem gibt sogar er zu, daß Rabaul ihm den Weg versperrt. Und darum ging es in der Schlacht um Guadalcanal: sie sollte ihm ein Sprungbrett nach Rabaul schaffen. Inzwischen bemühen wir uns, im Zentralpazifik voranzukommen. Und das wird noch schwer genug werden. Und bis dahin verfolgt MacArthur seinen Plan selbstverständlich weiter.«
Für Victor Henry, der noch weiche Knie hatte von der plötzlichen Wendung seines Lebens, taten sich herrliche Horizonte auf. Von der eng begrenzten Aufgabe, einen Kreuzer zu führen, sah er sich bereits mit der Planung einer

gigantischen Seestrategie befaßt. Erinnerungen an strategische Probleme wurden in ihm wach, die er auf der Kriegsschule gestellt bekommen hatte. Damals waren sie ihm wie blutlose Abstraktionen vorgekommen, wie rechnerisches Spielen mit Verbänden und Situationen, die ohnehin nie Wirklichkeit werden würden. Jetzt wurden sie brennende Wirklichkeit! Und er war bereit, an anonymer Stelle seinen Beitrag zu diesem weltumspannenden Ringen zu leisten. Mehr konnte er nicht erwarten.

Bei Guadalcanal tippte Spruance auf die Karte. »Wissen Sie, Tassafaronga war für Admiral Halsey eine bittere Pille, nachdem er das Kriegsglück so glorreich gewendet hatte. Haben Sie ihn inzwischen wiedergesehen?«

»Ja, Sir. Als ich durch Nouméa kam, hat er mich zu sich gebeten.«

»Und wie geht es ihm?«

»Besser könnte es ihm gar nicht gehen. Jeder in SoPac geht auf Eiern, das muß ich wohl sagen. Als ich in sein Arbeitszimmer kam, fluchte er ganz fürchterlich über irgend etwas. Jeder in seiner Nähe zitterte. Und im nächsten Augenblick war er mir gegenüber sanft wie ein Pfarrer. Zeigte sehr viel Mitgefühl wegen der *Northampton*.« Pug zögerte, um dann doch hinzuzufügen: »Er hat gesagt, immerhin wäre ich hinter den Japanern hergewesen.«

»Wie geht es Warrens Frau?«

»Ich war gerade bei ihr.« Pugs Stimme bekam etwas Heiseres. »Es geht ihr gut. Sie arbeitet für die Militärregierung.«

»Und wie steht es mit der Frau Ihres U-Boot-Mannes? Ist sie aus Europa rausgekommen?«

»Ich hoffe, zu Hause Nachrichten vorzufinden, Sir.«

»Warren war ein überragend befähigter Soldat.« Spruance schüttelte ihm die Hand. »Ich werde ihn nie vergessen.«

Abrupt sagte Victor Henry: »Ich danke Ihnen, Admiral«, und ging. Bis zum Abflug seiner Maschine blieb ihm kaum noch eine Stunde. Er lieferte den Wagen im Wagenpark ab und erwischte ein Taxi, das ihn zum Navy-Flugplatz brachte. An einem kleinen Zeitungskiosk in der Halle kaufte er sich den *Honolulu Advertiser*. Er hatte seit Monaten keine Zeitung mehr gelesen. Die Schlagzeilen verkündeten den alliierten Durchbruch in Marokko, Rommels Flucht und die Einkesselung der Deutschen bei Stalingrad. All das hatte er, wenn auch in weniger blumiger Umschreibung, auf dem Fernschreiber von CincPac gesehen. Doch weiter unten auf der Seite traf ihn eine kleinere Zeile wie ein Schlag ins Gesicht.

ALISTAIR TUDSBURY BEI EL ALAMEIN GEFALLEN.

5

Alistair Tudsburys sechzigjährige Sekretärin steckte den weißen Kopf zur Tür herein. »Ein Mr. Leslie Slote ist hier, Pamela.«
Pamela saß in dem winzigen alten Arbeitszimmer an der Londoner Pall Mall auf dem großen Drehsessel ihres Vaters und weinte. An den lockeren Fensterscheiben, die an diesem verhangenen Dezembermittag leicht lila schimmerten, rüttelte ein kalter Wind. Obwohl sie in ihren grauen Lammfellmantel gehüllt war und Kopf und Ohren mit einem Schal schützte, fror sie. Der uralte Ölofen machte sich in dem Raum kaum bemerkbar; er roch gleichsam nur warm, aber das war auch alles.
Sich mit beiden Händen die Augen abtupfend, sprang Pamela bei Slotes Eintritt auf. Er trug einen pelzgefütterten russischen Mantel und eine große braune Pelzmütze. Zwar hatte er schon immer ausgesprochen mager ausgesehen, doch jetzt wirkte sein Nadelstreifenanzug viel zu weit, und seine Augen brannten rot in ihren Höhlen.
»Hallo, Leslie.«
»Das mit deinem Vater tut mir schrecklich leid, Pam.«
»Ich hab' nicht geheult, weil er tot ist. Daran hab' ich mich gewöhnt. Was bringt dich nach London? Bist du in Bern schon fertig? Könnte ein Schluck Whisky dich aufwärmen?«
»Mein Gott – retten würde er mich!«
Sie deutete auf ein Manuskript auf dem Schreibtisch. »Das ist das letzte, was er geschrieben hat. Es ist nicht mal ganz fertig. Der *Observer* will es haben. Und ich glaube, das hat mich zum Weinen gebracht.«
»Was ist es denn? Ein Kriegsbericht?«
»Oh nein, dann wäre es ja längst überholt. Eine Skizze – die Beschreibung des Schlachtfeldes. ›Sonnenuntergang über Kidney Ridge‹ hat er es genannt.« Sie reichte ihm einen halb mit Whisky gefüllten Kognakschwenker und goß sich selbst einen zweiten ein. »*Cheers*. Er war gerade dabei, ihn zu diktieren, als Montys Pressemann anrief und ihm sagte, das Interview könnte stattfinden.«
Pamelas sorgenzerfurchtes Gesicht, die geschwollenen Augen, das zerzauste Haar, die gleichmütige Stimme – all das mochte ein Zeichen ihres Kummers

sein, dachte Slote; und doch wirkte sie ganz und gar zerstört. Selbst in ihren schlimmsten Zeiten – und Pamela hatte weiß Gott Tiefpunkte erreicht – hatte zumindest noch Trotz in ihren Augen gefunkelt, gab es noch eine aufreizende Kühnheit unter der stillen Oberfläche. Was Slote jetzt vor sich sah, war eine apathische, traurige Frau über dreißig.

»Glaubst du an Vorahnungen?« Ihre Stimme klang heiser vom Whisky.

»Ich weiß nicht. Warum?«

»Talky hatte eine Vorahnung. Ich weiß es. Ich sollte in dem Jeep mitfahren. Selbst Montys Pressemann hatte zugestimmt, was bei einer Frau allerhand bedeutet. Und dann war Talky plötzlich wie verbockt und hat mich rausgedrängelt. Richtig mies ist er geworden, und ich natürlich auch, du kannst es dir ja vorstellen. Stinkwütend aufeinander sind wir auseinandergegangen. Und das ist der Grund, warum ich noch lebe und mit dir Whisky trinke.« Traurig hob sie ihr Glas und trank es leer. »Ich bin skeptisch bis in die Knochen, Leslie. Ich glaube nur an Dinge, die ich sehen und hören und nachmessen kann. Trotzdem – er hat es gewußt. Frag mich nicht, wie. Auf eine Landmine zu fahren, ist Zufall. Das ist mir klar, und trotzdem hat er es gewußt. Diese Beschreibung von Kidney Ridge ist sowas wie ein Vermächtnis.«

»Erinnerst du dich noch an Byron Henry?« fragte Slote.

»Wieso? Natürlich.«

»Ich traf ihn letzte Woche in Lissabon. Leider noch mehr schlechte Nachrichten, fürchte ich. Die *Northampton* ist gesunken.« Slote hatte sich mit schlechtem Gewissen auf diese Enthüllung gefreut, doch jetzt schämte er sich ein wenig. Nicht, daß er ihr oder Victor Henry Böses wünschte – aber er hatte in dieser Liebelei für kurze Zeit als abgehängter Nebenbuhler mitgespielt, und der schlechte Nachgeschmack war geblieben. Sie zeigte keinerlei Gemütsregung. »Du hast doch gute Verbindungen hier in London, Pam? Du könntest doch leicht ermitteln, ob Captain Henry überlebt hat und es Byron telegraphisch wissen lassen? Das einzige, was er in Lissabon in Erfahrung bringen konnte, war, daß das Schiff im Kampf gesunken ist.«

»Wie wär's denn mit eurem Marine-Attaché bei der Botschaft?«

»Der ist gerade in Schottland.«

»Na schön«, sagte sie munter, ja fast fröhlich, »versuchen wir mal rauszubekommen, was mit Captain Henry passiert ist.« Eine sonderbare Reaktion auf eine schlechte Nachricht, dachte Slote; wirklich sehr sonderbar. Schon über diesen Mann zu reden, brachte Leben in sie. Sie trug der Sekretärin auf, Air Vice Marshal Burne-Wilke anzurufen und das Gespräch durchzustellen. »Na schön! Und was gibt's Neues von Byron? Und Natalie?«

»Er hat sie gefunden. Sie und ihr Baby.«

»Das kann doch nicht wahr sein! Wo?«
»In Marseille. Hat mir zwei Stunden lang beim Essen davon erzählt. Der reinste Roman!«
»Ich muß schon sagen – diese Familie! Wie hat er das gemacht? Und wo ist Natalie jetzt?«
Slote hatte gerade angefangen, Byrons Bericht zu wiederholen, da klingelte das Telephon. Es war Burne-Wilke. Pamela erzählte ihm auf eine muntere, herzliche Weise von Pug Henry und Byron und nannte ihn zwischendurch ›Darling‹. Als sie auflegte, sagte sie zu Slote: »Er hat einen direkten Draht nach Washington. Er versucht's, sobald er kann. Kennst du meinen Verlobten eigentlich?«
»Ich habe ihn mal kennengelernt. Bei einem Empfang eurer Botschaft in Washington. Du warst auch da. – Aber damals war er noch nicht mit dir verlobt.«
»Ach so, ja, natürlich. Captain Henry und Natalie waren auch da. Aber jetzt erzähl weiter, was in Marseille passiert ist. Noch etwas Whisky?«
»Gern, wenn du ihn entbehren kannst.«
»Es gibt noch nette Leute. Ich habe viele Flaschen geschenkt bekommen.«
Slote erzählte die Geschichte der Begegnung einigermaßen ausführlich. Byron versuche immer noch herauszufinden, was mit seiner Familie geschehen sei. Am Tag der alliierten Landung in Nordafrika waren die Telephonverbindungen mit Marseille unterbrochen worden. Zwischendurch gäbe es zwar ab und zu Kontakt, aber mit langen Verzögerungen; er sei mit seinen Anrufen nie durchgekommen. Er habe einen Urlaub von dreißig Tagen und verbringe sie damit, die Rettungsunternehmen in Lissabon zu belagern.
»Was um alles in der Welt ist in Natalie gefahren, ihm den ganzen Plan zu vermasseln? Ich kann Byron nicht verdenken, daß er fuchsteufelswild ist«, sagte Pamela.
Slote sah sie mit großen Augen an. Verständnislos fragte er: »Was soll in Natalie gefahren sein?«
»Leslie, das ist die Frau, die in der Rue Scribe bis zu deinem Fenster im zweiten Stock geklettert ist, als du deinen Schlüssel verloren hattest. Weißt du nicht mehr? Erinnerst du dich nicht mehr, wie sie in den Hallen die Gendarmen runtergeputzt hat, als ich Phil mit einer Suppenschale eine Beule beigebracht hatte? Die Löwin, wie wir sie immer genannt haben?«
»Was hat denn das damit zu tun? Der Versuch, zusammen mit Byron über die Grenze zu kommen, wäre doch heller Wahnsinn gewesen.«
»Wieso denn? Er hatte doch seinen Diplomatenpaß. Wie sollte es ihr denn noch schlimmer ergehen, als es das ohnehin schon tut?«

Slote sah Pamela aus dunklen Augenhöhlen an, als hätte er hohes Fieber. Leise und mit übertriebener Ruhe entgegnete er: »Liebling, ich will dir genau sagen, um wieviel schlechter sie dann dran wäre. Könnte ich vielleicht noch einen Schluck von deinem Feuerwasser bekommen?«

Er zog einen Füllfederhalter aus der Brusttasche, und während sie nachschenkte, setzte er sich an ihren Schreibtisch und begann auf einem Notizblock zu zeichnen: »Sieh her. Das ist Vorkriegspolen, ja? Warschau im Norden, im Süden Krakau, die Verbindungslinie zwischen den beiden Städten: die Weichsel.« Gekonnt entstand eine Karte Polens – so schnell, wie er nur die Hand bewegen konnte. »Hitler marschiert ein und teilt sich das Land mit Stalin. So! Westlich dieser Linie liegt das deutschbesetzte Polen. Das Generalgouvernement.« Ein Strich, der Polen in zwei Teile zerschnitt. »Du hast doch schon von den Konzentrationslagern gehört.«

»Selbstverständlich habe ich das, Leslie.«

»Aber nicht von diesen. Ich habe gerade vier Tage lang mit Leuten von der polnischen Exilregierung hier in London gesprochen. Deshalb bin ich übrigens hier, Pam, das Ganze ist eine ungeheure Sache für einen Journalisten. Du führst doch die Arbeit deines Vaters weiter, oder?«

»Ich versuch's.«

»Nun, es könnte sein, daß dies hier die größte Story des ganzen Krieges ist. Der Journalist, der sie als erster bringt, hat seinen Platz in der Geschichte. An diesen drei Orten – es gibt noch andere, aber die Exilpolen hier in London haben nur Augenzeugenberichte über diese drei – bringen die Deutschen Menschen um wie Ratten. In riesigen Mengen. Sie schaffen sie aus ganz Europa mit der Bahn dorthin. Ein Massenmord per Eisenbahn. Wenn die Juden ankommen, bringen die Deutschen sie mit Kohlenmonoxyd um. Oder sie erschießen sie. Die Leichen werden verbrannt.« Die Feder hüpfte von Kreis zu Kreis. »Dies Lager heißt Treblinka. Das hier Lublin. Und dies hier Oswiecim. Wie gesagt, es gibt noch mehr, aber für diese drei liegen *Beweise* vor.«

»Leslie, Konzentrationslager sind doch ein alter Hut. Von diesen Geschichten hören wir schon seit Jahren.«

Slote bedachte sie mit einem unheimlichen Lächeln. »Du begreifst nicht, was ich sage.« Er betonte die Bedeutung seiner Rede durch ein leises, heiseres Flüstern. »Ich rede von der *systematischen Ausrottung von elf Millionen Menschen. Die in diesem Augenblick, in dem wir miteinander reden, schon im Gange ist.* Ein ungeheuerlicher Plan, eine Geheimoperation von monströsen Ausmaßen; man hat besondere Anlagen gebaut, um sie durchzuführen. Und das nennst du keine Story? Was hat denn noch Nachrichtenwert? Es handelt sich um das ungeheuerlichste Verbrechen in der Geschichte der Menschheit.

Daneben verblassen alle Kriege, die jemals geführt worden sind. Das wirft ein ganz neues Licht auf das Leben auf unserem Planeten. Und es *geschieht!* Ist im Augenblick fast zur Hälfte abgeschlossen. Und das nennst du *kein* Thema, Pamela?«

Pamela hatte Berichte über Gaskammern und Massenerschießungen gelesen. Daran war nichts Neues. Selbstverständlich war die Gestapo eine Mörderbande. Den Krieg zu führen, lohnte sich schon um des Zieles willen, die Welt von ihr zu befreien. Daß es darum ging, alle europäischen Juden auszurotten, war selbstverständlich eine morbide Übertreibung; doch selbst davon hatte sie bereits gelesen. Offenbar hatte irgendwer Slote die ganze Geschichte verkauft; vielleicht hatte er sich darin verbissen, weil es mit seiner Karriere nicht so recht klappte oder weil er nie über Natalie hinweggekommen war und jetzt von Schuldgefühlen geplagt wurde, weil er die Jüdin hatte sitzen lassen, die er geliebt hatte. Sie murmelte: »Damit würde ich nie zurechtkommen, mein Lieber.«

»Nun, das glaube ich nicht. Aber wir waren dabei, uns über Natalie zu unterhalten. Byron seine Idee auszureden, dazu gehörte ein ungeheurer Mut – mehr, als dazugehört, bis zu einem Fenster in einem zweiten Stock hochzuklettern. Sie hatte kein Ausreisevisum. Und in den Zügen wimmelt es von Gestapoleuten. Wenn sie einem von ihnen in die Hände gefallen wäre, hätte er sie und ihr Kind glatt aus dem Zug geholt. Dann hätten sie sie vermutlich in ein Lager gesteckt. Oder sie hätten sie in einen anderen Zug gesetzt – in Richtung Osten. Und hinterher hätten sie sie und ihr Kind umgebracht und die Leichen zu Asche verbrannt. Das Risiko war einfach zu groß, Pam, und wenn sie die Einzelheiten vielleicht auch nicht gewußt hat – die Ahnung steckte ihr in den Knochen. Sie wußte, daß die Ausreisevisa unterwegs waren. Sie wußte, daß die Deutschen einen Heidenrespekt vor allem haben, was nach offiziellen Dokumenten aussieht – das ist der einzige Talisman, mit dem man gegen sie etwas ausrichten kann. Sie hat genau das Richtige getan. Als ich versuchte, Byron das klarzumachen, wurde er weiß vor Wut und...«

Das Telephon klingelte. Sie brachte ihn mit einer entschuldigenden Geste zum Schweigen.

»Hallo? Was, so schnell?« Ihre Augen weiteten sich und funkelten wie Edelsteine. Nachdrücklich nickte sie Slote zu. »Gut! Großartig. Danke, vielen Dank, Liebster. Es bleibt bei unserer Verabredung um acht?« Sie legte auf und sah Slote strahlend an. »Captain Henry ist nichts passiert. – Eine solche Information von unserer Admiralität zu bekommen, hätte Wochen gedauert. Euer Kriegsministerium hat Duncan mit der Personal-Abteilung der Navy verbunden, und er hatte die Antwort im Handumdrehen. Captain Henry ist

auf dem Weg nach Washington. Soll ich Byron das telegraphieren, oder willst du das tun?«
»Das hier ist seine Adresse in Lissabon, Pam. Mach du das.« Slote kritzelte etwas in ein Notizbuch und riß die Seite heraus. »Und hör zu: Die Polen hier stellen ein Buch mit ihren Dokumenten zusammen. Ich kann dir einen Satz Fahnenabzüge besorgen. Aber nicht nur das. Sie haben auch einen Mann, dem die Flucht aus Treblinka gelungen ist. Das ist dieses Lager hier oben« – sein Finger zeigte auf die Skizze auf dem Schreibtisch – »in der Nähe von Warschau. Der Mann hat es geschafft, sich quer durch Europa durchzuschlagen, nur um die Photos rauszubringen und alles zu berichten. Ich habe über Dolmetscher mit ihm gesprochen. Es ist unmöglich, ihm nicht zu glauben. Seine Geschichte ist eine Odyssee. Ein Riesenknüller, Pamela!«
»Leslie, ich rede morgen mit meinem Chefredakteur.«
Slote streckte ihr seine knochige Hand hin. Die Handfläche war feucht, der Griff schlaff. »Großartig. Ich bleibe noch zwei Tage hier. Ruf mich an – entweder im Dorchester oder in der amerikanischen Botschaft, Apparat 739.« Als er Pelzmantel und Pelzmütze anlegte, erhellte das alte Pariser Lächeln seine hageren Züge. »Danke für den Whisky, Pam – und dafür, daß du dem *Old Mariner* zugehört hast.« Damit stolperte er hinaus.
Der Chefredakteur hörte ihr am nächsten Tag gelangweilt und in sich zusammengesunken zu, kaute auf seiner kalten Pfeife und nickte und grunzte. Die polnische Exilregierung, so sagte er, habe ihm das Material schon vor langer, langer Zeit mal angeboten. Ein paar Sachen habe er sogar abgedruckt. Das könne sie nachsehen – ganz das übliche Propagandamaterial. Man könne diese Dinge einfach nicht beweisen. Das Gerücht, daß es einen Plan gäbe, alle Juden umzubringen, stamme aus zionistischen Quellen und sei nicht mehr als ein Druckmittel, um Whitehall zu bewegen, die Einwanderung von Juden nach Palästina freizugeben. Trotzdem sei er bereit, sich nächste Woche noch mal mit Mr. Slote zu unterhalten. So, der Mann fahre morgen schon ab? Was für ein Pech!
Doch als sie sich erbot, nach Washington zu fahren und dort Artikel über die Kriegsanstrengungen zu schreiben, hellte sein Gesicht sich auf. »Ja, warum eigentlich nicht? Versuchen Sie's nur, Pam. Wir wissen, daß Sie Talkys Sachen bis zuletzt in Kladde geschrieben haben. Wann bekommen wir *Sonnenuntergang über Kidney Ridge* von Ihnen? Wir freuen uns darauf und sind schon sehr gespannt.«

Slote wußte von zwei Beamten des Auswärtigen Dienstes, die beim Transport von Bombenflugzeugen von Schottland und Montreal verschwunden waren.

Der Himmel über dem Nordatlantik war kaum die bequemste Route – zumindest nicht im tiefsten Winter. Große Linienflugzeuge verkehrten auf der südlichen Route: zuerst nach Dakar, dann über die sonnenbeschienene See bis zum Ostzipfel Brasiliens, und von dort über Bermuda nach Baltimore. Aber diese Route war nur hohen Tieren vorbehalten. Die einzige andere Möglichkeit, die man ihm anbot, war eine Zehntagereise mit einem Geleitzug.
Auf der Fahrt zu dem schottischen Flughafen traf er im Zug einen amerikanischen Transportpiloten, der denselben Weg vorhatte: einen drahtigen, mittelgroßen Captain vom Army Air Corps mit Clark Gable-Bärtchen, wildblickenden Augen, drei Reihen Ordensbändchen an der Khaki-Jacke, einem wüsten Vokabular und einem Riesenvorrat an Fliegergeschichten. Die beiden Männer hatten ein Abteil für sich allein. Der Überführungspilot trank Brandy und erklärte, er werde sich vollaufen lassen und vollgelaufen bleiben, bis sie die Rollbahn von Prestwick hinter sich hätten. Beim Starten Bruch zu machen, sei ein Risiko, auf das man in Prestwick gefaßt sein müsse. Bei zwei Massenbeerdigungen sei er dabei gewesen – jedesmal habe es sich um Piloten gehandelt, die auf der Rollbahn ums Leben gekommen seien. Auf gefährliche Überlastung mit Treibstoff müsse man gefaßt sein, wenn man in die Stürme über dem Nordatlantik hineinfliege. Das Transportkommando hole seine Piloten immer wieder zurück, weil es zu umständlich sei und zu lange dauere, die Flugzeuge auseinanderzunehmen und auf dem Seeweg nach Europa zu schaffen; außerdem holten die U-Boote sich viel zuviele von den Frachtern. Im Grunde seien es die Transportpiloten, die für die Schlagkraft der alliierten Luftwaffe in den Kriegsgebieten sorgten. Kein Mensch gäbe einen Pfifferling für sie, und doch seien sie der Schlüssel zum ganzen Krieg.
Während der Zug durch die verschneiten Felder ratterte, erzählte der Pilot Slote seine ganze Lebensgeschichte. Er hieß Bill Fenton. Vor dem Krieg noch kleiner Pilot auf dem platten Lande, hatte er seit 1937 im Dienst verschiedener Regierungen gearbeitet, für Zivilisten und Militärs gleicherweise. Auf der Indien-China-Strecke (›über den Buckel‹, wie er es nannte) hatte er Frachtmaschinen geflogen; gestartet war er auf Rollbahnen, von denen ein hupender Jeep erst Kühe und Büffel hatte vertreiben müssen. Danach hätten sie sich achttausend Meter in die Höhe geschraubt, um über Eisstürme hinwegzufliegen, die höher wirbelten als der Mount Everest. Dann war er in die Royal Canadian Air Force eingetreten, um Flugzeuge nach England zu überführen. Jetzt flog er im Auftrag des Army Air Corps Bomber über Südamerika nach Afrika und von dort über Persien in die Sowjetunion. Einmal habe er in der Wüste eine Bauchlandung gemacht, ein andermal sei er zwei Tage lang auf einem Gummifloß in der Irischen See getrieben. Noch später war

67

er mit dem Fallschirm über einem von den Japanern besetzten Gebiet in Birma abgesprungen und hatte sich zu Fuß nach Indien durchgeschlagen.
Als sie mitten in einem Schneesturm endlich Prestwick erreichten, war Slote nicht nur müde, abgespannt und betrunken von dem Brandy, von dem Bill Fenton ihm abgegeben hatte; er sah den Krieg plötzlich mit ganz anderen Augen. In seinem benebelten Gehirn spulten sich Bilder von Flugzeugen ab, die die Welt kreuz und quer überflogen – Bomber, Jagdflugzeuge, Transportmaschinen, die zu Tausenden mit dem Wetter und mit dem Feind kämpften, Städte und Truppen mit Bomben belegten; die Ozeane, Wüsten und hohe Bergzüge überflogen; ein Krieg, von dem Thukydides sich nie hätte träumen lassen und der den Himmel über unserem Planeten mit donnernden Maschinen füllte, die mit Horden von Bill Fentons bemannt waren. Bis jetzt hatte er, Slote, dem Luftkrieg noch keinen einzigen Gedanken gewidmet. Endlich dachte er nicht mehr an das Wannsee-Protokoll, an die Karte Polens mit den drei schwarzen Kreisen, an die Züge, die Monat für Monat Tausende von Juden in den Tod führten. Im übrigen hatte er eine solche Heidenangst vor dem Flug, daß er es kaum schaffte, aus dem Zug auszusteigen.
Als sie beim Flugplatz ankamen, ließ man die Motoren der Maschine gerade warmlaufen. Unbeholfen und breitbeinig in ihren dicken Flugmonturen, den schweren Handschuhen, der Schwimmweste und den Fallschirmen, die ihnen in den Kniekehlen hingen, konnten sie die Maschinen im Schneetreiben zuerst nicht erkennen. Fenton führte ihn auf den Lärm der Flugmotoren zu. Leslie Slote konnte sich nicht vorstellen, daß die Maschine bei solchem Wetter überhaupt starten würde. In ihrem Inneren gab es keinen einzigen Sitzplatz. Ein rundes Dutzend Transportpiloten räkelte sich auf Strohsäcken auf dem Boden der Maschine. Kalter Schweiß brach Slote aus den Achselhöhlen, und das Herz klopfte ihm bis zum Hals hinauf, als die Maschine sich endlich schwerfällig in die Luft erhob. Fenton schrie ihm über den Motorenlärm und über das Kreischen des Fahrgestells hinweg zu, die Wettervorhersage habe ihnen Gegenwinde bis zu hundertsechzig Stundenkilometern vorausgesagt. Durchaus möglich, daß sie in Grönland zwischenlanden müßten, und das sei nun wirklich der Arsch der Welt.
Leslie Slote war ein Feigling und wußte es. Er hatte es längst aufgegeben, dagegen anzukämpfen. In einem schnellen Auto zu sitzen, brachte ihn aus der Fassung, und jeder Flug bedeutete für ihn ein Gottesurteil. Jetzt fand er sich in einem aller Bequemlichkeit beraubten viermotorigen Bomber wieder, der mitten im Dezember über den Atlantik fliegen sollte; einer Klapperkiste, in der es aus allen möglichen Luftlöchern pfiff und zog, die im Hagel hochstieg, der auf den Rumpf prasselte wie Maschinengewehrfeuer, die bockte und kippte

und sich auf die Seite legte wie ein Drache. Im dämmerigen Licht der vereisten Fenster sah Slote die grünlichen Gesichter der durcheinanderliegenden Piloten, denen die Schweißperlen auf der Stirn standen und die mit zitternden Händen Zigaretten oder Flaschen an die Lippen führten. Die Flieger sahen genauso verängstigt aus, wie er sich fühlte.
Im Zug hatte Fenton erklärt, die nordatlantischen Gegenwinde seien in niedrigeren Höhen besonders stark. Man flöge deshalb gern sehr hoch, um über die Wetterzone hinauszugelangen und in der dünneren Luft Treibstoff zu sparen; dafür bestünde in großer Höhe die Gefahr, daß sich zu schnell Eis bildete und daß die Enteiser nicht dagegen ankämen. Außerdem vertrügen die Vergaser es schlecht, wenn sie Luft unter dem Gefrierpunkt ansaugten; auch sie könnten dann vereisen. Dann würden die Motoren ausfallen. Zweifellos sei das einer der Gründe, warum so viele Maschinen spurlos verschwänden. Wenn die Vereisung einsetzte, konnte man versuchen, noch höher zu gehen, über die feuchte Kaltzone hinaus in die trockene Kaltzone; dort brauche man allerdings eine Sauerstoffmaske, um zu überleben. Oder man müsse rasch wieder tiefer gehen, fast bis auf die Wogenkämme, wo wärmere Luft das Eis zum Schmelzen bringe. Wider besseres Wissen hatte Slote ihn gefragt: »Kann die Maschine nicht auch unmittelbar überm Wasser vereisen?«
»Verdammt nochmal, ja«, hatte Fenton geantwortet. »Lassen Sie mich erzählen, was mir mal passiert ist.« Und dann hatte er wieder eine grauenhafte Schilderung vom Stapel gelassen, wie er vor Neufundland ums Haar einmal unter einer dicken Eisschicht ins Trudeln geraten und ins Wasser gestürzt wäre.
Die Maschine gewann immer weiter an Höhe; Dinge, die nicht festgezurrt waren, rutschten ständig heckwärts. Manche Piloten kauerten sich unter zerrissenen Wolldecken zusammen und schnarchten. Fenton hatte sich gleichfalls ausgestreckt und die Augen geschlossen. Ein plötzliches Klappern und metallisches Klirren, das über den Rumpf der Maschine lief, ließ Slotes Herz stillstehen, zumindest kam es ihm so vor. Fenton machte die Augen halb auf, grinste Slote an und zeigte pantomimisch, wie das Eis sich an den Tragflächen festsetzte und die Enteiser aus Gummi es absprengten.
Slote begriff nicht, wie ein Mensch in dieser heulenden Folterkammer schlafen konnte, während das losbrechende Eis übers Metall knirschte. Genausogut, dachte er, konnte man da ja schlafen, wenn man an ein Kreuz genagelt sei. Seine Nase fror. Kein Gefühl in Händen und Füßen. Trotzdem mußte er eingenickt sein, denn ein scheußliches Gefühl ließ ihn hochfahren; der Geruch nach Gummi, etwas Kaltes, das ihm über das Gesicht gestülpt wurde, wie bei einer Narkose. Er schlug im Dunkel die Augen auf. Fentons Stimme gellte ihm

ins Ohr: »Sauerstoff.« Jemand knipste eine schwach leuchtende Taschenlampe an. Schemenhafte Gestalten stolperten hierhin und dorthin, mit Masken, die lange Gummischläuche hinter sich herzogen. Slote glaubte, noch nie so gefroren zu haben, so gefühllos gewesen zu sein, so durch und durch von Übelkeit erfüllt, so bereit zu sterben, um endlich alles hinter sich zu bringen. Unversehens setzte die Maschine zur Landung an, ging es in steilem Winkel nach unten. Die Piloten setzten sich auf und schauten mit weißumringten Augen um sich. Daß auch diese erfahrenen Männer Angst hatten, tröstete Slote ein wenig. Nach einem grauenhaft langen Sturzflug hämmerte abermals Eis über den Rumpf. Der Boden der Maschine legte sich wieder in die Waagerechte.

»Bis Neufundland schaffen wir es nie«, schrie Fenton ihm gellend ins Ohr. »Das hier ist Grönland.«

Ven Der Fuehrer says
Ve is der Master Race,
Ve Heil (phfft!)
Heil (phfft!)
Right in Der Fuehrer's face.

In den Holzbaracken neben der Rollbahn auf Grönland kam dieser Song stundenlang immer und immer wieder aus dem Plattenspieler. Eine andere Platte gab es nicht. Etwas Trostloseres als diesen Flugplatz – eine baumlose Fläche aus Stahlrosten, in den Schlamm versenkt und jetzt vollgeweht mit Schnee – konnte Leslie Slote sich nicht vorstellen. Die Rollbahn war kurz und tückisch; deshalb mußte die aufgetankte Maschine auf bessere Startbedingungen warten.

Not to luff Der Fuehrer
Is a great disgrace
So ve Heil (phfft!)
Heil (phfft!)
Right in Der Fuehrer's face.

In diesem geistlosen Song, überlegte Slote, steckte die ganze tragischverharmloste Vorstellung der Amerikaner von Hitler und den Nazis – der geifernde, tobende Blödian, seine beschränkten Anhänger, die Heilrufe, der ganze Klamauk. Das Arrangement der Begleitung arbeitete mit einer Mischung ulkiger Laute – Kuhglocken, Spielzeugtrompeten, Blechbüchsen, und dazu das Wummtata-wummtata einer deutschen Marschkapelle. Die Piloten spielten Karten; wenn die Platte auslief, schob irgend jemand den Tonarm wieder zum Anfang zurück.

Fenton lag auf der Pritsche unter der von Slote und blätterte in einem Magazin mit aufreizenden Mädchen. Slote lehnte sich über den Rand und fragte ihn von oben, wie er »Der Fuehrer's Face« finde. Fenton gähnte, allmählich gehe ihm der Song auf den Geist. Slote kletterte hinunter, setzte sich neben den Captain, redete sich das Massaker an den Juden vom Herzen und meinte verbittert, wenn ein derart blöder Song die Leute amüsieren könne, sei es eigentlich kein Wunder, daß niemand an das glaubte, was geschah.

Eine Seite mit nackten Frauen umblätternd, meinte Bill Fenton gelassen: »Ach, Scheiß, Mann, wer glaubt es denn nicht? *Ich* jedenfalls glaube es. Diese Deutschen müssen schon ein komisches Volk sein, wenn sie einem Wahnsinnigen wie Hitler nachlaufen. Sie haben vorzügliche Flieger, aber als Volk insgesamt stellen sie eine Bedrohung dar.«

Ven Herr Goebbels says,
»Ve own de World and Space«,
Ve Heil (Phfft!)
Heil (phfft!)
Right in Herr Goebbels's Face.

Ven Herr Göring says,
»Dey'll never bomb dis place«,
Ve Heil (phfft!)
Heil (phfft!)
Right in Herr Göring's face ...

»Aber was kann man schon für die Juden tun?« Fenton warf das Magazin beiseite, streckte sich und gähnte. »Bis dieser Krieg vorbei ist, müssen fünfzig Millionen Menschen ins Gras beißen. Die Japse kämpfen seit 1937 gegen die Chinesen. Wissen Sie, wieviele Chinesen inzwischen verhungert sind? Kein Mensch weiß das. Vielleicht zehn Millionen. Vielleicht auch mehr. Sind Sie jemals in Indien gewesen? Ein Pulverfaß. Unmöglich, daß die Briten dort noch lange so weitermachen wie bisher. Sie können den Deckel nicht länger zuhalten. Und wenn es in Indien losgeht, dann werden Sie erleben, wie Hindus und Sikhs und Moslems und Buddhisten und Parsen sich gegenseitig an die Gurgel gehen, bis sie sich alle gegenseitig umgebracht haben. Die Deutschen haben viel mehr Russen umgelegt als Juden. Die Welt ist ein Schlachthaus,

Mann, ist es immer gewesen. Genau das ist es, was diese verdammten Pazifisten immer wieder vergessen.«

Iss ve not Der Supermen
Aryan pure, Supermen?
Yah! ve iss der Supermen
Sooper DOOPER Supermen!

Fenton machte der Klang seiner eigenen Stimme Spaß, er geriet geradezu in Begeisterung. Er stupste Slote gegen die Schulter. »Sagen Sie mir: ist Stalin etwa besser als Hitler? Ich sage, der eine ist genauso ein Mörder wie der andere. Trotzdem fliegen wir die Hälfte der Bomber, die wir herstellen, nach Rußland, umsonst, gratis, für nichts, und obendrein gehen dabei auch noch ein paar verdammt gute Piloten hops, und ich setz' mein eigenes Fell aufs Spiel. Und warum? Bloß weil er *uns* das Morden abnimmt. Deshalb. Wir tun das nicht aus purer Menschenfreundlichkeit oder für Rußland oder für irgendwas anderes – wir tun das ausschließlich, um unsere eigene Haut zu retten. Himmelherrgott, mir tun diese Juden weiß Gott leid, glauben Sie nicht, daß ich nichts für sie empfände; aber wir können nichts anderes für sie tun, als die Deutschen zu schlagen, wo wir nur können.«

So ve Heil (phfft!)
Heil (phfft!)
Right ... in ... Der ... Fuehrer's ... face.

In dem gewaltigen kanadischen Luftwaffenstützpunkt außerhalb von Montreal telephonierte Slote mit der Abteilung für Europäische Angelegenheiten, und der Abteilungsleiter sagte ihm, er solle schnellstens zum Zivilflugplatz von Montreal fahren und die erste Maschine nehmen, die nach New York oder Washington flöge. Während er telephonierte, kam Fenton an der Telephonzelle vorbei. Ein hübsches großes Mädchen in rotem Fuchsmantel hing an seinem Arm; bei jedem Schritt wackelte sie mit den Hüften und verschlang den Flieger mit glitzernden grünen Augen. Ein lässiger Gruß mit der zigarrenbewehrten Hand zur Zelle hin, ein Mann-zu-Mann-Grinsen, und der Transportpilot entschwand seinem Blickfeld. Ein kurzes, aber lustiges Leben, dachte Slote, wobei für einen Augenblick kläglich Neid in ihm aufstieg.
Zu seiner freudigen Überraschung stellte Slote fest, daß ihm der Start der DC-3 durch die dichte Wolkendecke hindurch nichts ausmachte. Die Linienmaschine schien riesengroß, das Innere luxuriös, die Sitze breit und bequem und

die Stewardeß so reizvoll, daß es ihm vorkam, als befände er sich auf der *Queen Mary* und nicht in etwas, das durch die Lüfte flog. Entweder hatte der Flug mit dem Bomber seine Angst vorm Fliegen weggeätzt, oder seine Nerven waren völlig abgestumpft, und er stand kurz vorm totalen Zusammenbruch. Doch gleichwohl – keine Angst mehr zu haben, war auch ganz angenehm.
Am Zeitungskiosk hatte er eine *Montreal Gazette* mitgenommen. Jetzt schlug er sie auf, und das Bild von Alistair und Pamela Tudsbury auf der ersten Seite bewirkte, daß er hochfuhr. Sie standen neben einem Jeep, Tudsbury in einer Khakiuniform, aufgeblasen wie ein Ballon und fast aus allen Nähten platzend, grinste; Pamela dagegen, in Hemd und Hose, schaute eher gelangweilt drein.

SONNENUNTERGANG ÜBER KIDNEY RIDGE
von Alistair Tudsbury

Funkbericht aus London. Dieser Artikel vom 4. November 1942 ist die letzte Arbeit des berühmten britischen Korrespondenten und wurde diktiert, kurz bevor er bei El Alamein durch eine Landmine ums Leben kam. Seine Tochter und Mitarbeiterin Pamela Tudsbury redigierte die erste, unvollständige Niederschrift. Dieser Nachdruck erscheint mit besonderer Genehmigung des Observer.

Riesig und rot hängt die Sonne über dem fernen staubgestreiften Horizont. Schon senkt sich Wüstenkälte auf Kidney Ridge nieder. Der graue Sandhügel ist verlassen; nur die Gefallenen sind noch da, zwei Offiziere vom geheimen Nachrichtendienst und ich. Selbst die Fliegen sind verschwunden. Früher am Tag schwirrten sie in Wolken umher und färbten die Leichen schwarz. Auch den Lebenden setzen sie zu, sammeln sich an den Augen- und Mundwinkeln und trinken ihren Schweiß. Aber die Toten sind ihnen lieber. Wenn die Sonne morgen wieder über den Horizont steigt, kehren die Fliegen zu ihrem Festmahl zurück.
Hier sind nicht nur die deutschen und britischen Soldaten gefallen, die den Boden bedecken, soweit das Auge im schwindenden roten Licht reicht. Hier bei El Alamein starb das Afrika-Korps. Es war eine Legende, ein schneidiger, klar erkennbarer Gegner, eine Bedrohung, gleichzeitig jedoch auch eine Art Glorie; nach Churchillscher Rhetorik ein tapferer Gegner, würdig unseres Schwerts. Noch weiß niemand, ob Rommel den Rückzug geschafft hat, oder ob seine versprengten und geschlagenen Übermenschen von der Achten Armee kassiert werden. Doch das Afrika-Korps ist tot, zerschlagen von britischen Waffen. Wir

haben hier, in der großen Westlichen Wüste, einen Sieg errungen, der mit den Siegen von Crécy, Agincourt, Blenheim und Waterloo in einem Atem genannt werden wird.
Verse aus Southeys ›Schlacht von Blenheim‹ lassen mich hier auf *Kidney Ridge* nicht los:

> *Es war, heißt es, ein grausig Bild,*
> *da nach des Kampfes Last*
> *von tausend Leichen das Gefild*
> *bedeckt im Sonnenglast;*
> *doch das muß sein, wer hier auch lieg,*
> *nach einem großen Sieg.*

Die Leichen der Gefallenen, und seien es auch noch so viele, fallen weniger ins Auge als die explodierten und ausgebrannten Panzer, mit denen diese unheimlich-schöne Wüste übersät ist – hingeduckte, massige Rümpfe mit langen Geschützrohren, die überlange blaue Schatten auf das pastellfarbene Grau, Braun und Rosa der weiten Sandflächen werfen. Hier zeigt sich der ganze Widersinn von *Kidney Ridge* – Unmengen von zertrümmertem, hochmodernem Kriegsmaterial, verstreut über unwirtlich-karge Sandflächen, auf denen man eher Krieger auf Kamelen oder Pferden erwartet, wenn nicht gar die Elefanten Hannibals.
Aus welcher Ferne sie gekommen sind, diese Soldaten und dieses Kriegsmaterial, um hier zugrunde zu gehen! Welch ungereimte Folge von Ereignissen hat blühende junge Menschen aus dem Rheinland und Preußen, aus dem schottischen Hochland und aus London, aus Australien und Neuseeland hierhergebracht, damit sie sich in einer Umgebung, die so unwirtlich und menschenleer ist wie der Mond, gegenseitig mit flammenspeienden Waffen ums Leben brachten?
Doch das ist das Besondere dieses Krieges. Kein anderer bisher ist so gewesen. Dieser Krieg hat seine Auswirkungen in der ganzen Welt. *Kidney Ridge* ist überall auf unserer kleinen Erde. Männer kämpfen fern ihrer Heimat mit einem Mut und einem Durchhaltevermögen, die einen stolz machen können auf die Menschheit – aber auch mit grauenhaften Erfindungen, angesichts deren man sich schämt, ein Mensch zu sein.
Mein Jeep wird mich in Kürze nach Kairo zurückbringen, und ich werde einen Bericht über das diktieren, was ich heute hier sehe. Was mir gegenwärtig vor Augen steht, jetzt, da die Sonne den Horizont berührt, ist dies: Zwei Offiziere vom Nachrichtendienst holen keine fünfzig Schritt von mir den deutschen

Fahrer aus einem gesprengten Panzer heraus – mit Fleischerhaken. Er ist schwarz und verkohlt. Er hat keinen Kopf. Er ist nur noch ein Rumpf mit Armen und Beinen. Er riecht nach verwesendem Fleisch. An den Füßen hat er gute Stiefel, die kaum versengt sind.

Ich bin sehr müde. Eine Stimme, die ich nicht hören will, sagt mir, daß dies Englands letzter Triumph zu Lande ist, daß unsere Militärgeschichte mit einem Sieg endet, der neben den großen Siegen der Weltgeschichte stehen wird, errungen mit Hilfe von Kriegsmaterial, das Zehntausende von Meilen aus amerikanischen Fabriken hierhergeschafft wurde. Tommy Atkins wird sich auch fürderhin so ehrenvoll und todesmutig schlagen wie eh und je; doch welchen Verlauf der Krieg nimmt, liegt nicht mehr bei uns.

Es gibt andere, die uns an Zahl und Tüchtigkeit überlegen sind. Im modernen Krieg steht ein Industriepotential gegen das andere; klirrend und zermürbend werden die Kräfte gemessen. Deutschland überholte uns 1905 mit seiner Industriekapazität. Den Ersten Weltkrieg haben wir nur kraft unserer Entschlossenheit durchgestanden. Heute sind die beiden größten Industriegiganten der Erde die Vereinigten Staaten und die Sowjetunion. Gemeinsam sind sie Deutschland und Japan haushoch überlegen – jetzt, nachdem sie das Handikap der Überraschung überwunden und zu den Waffen gegriffen haben. Toquevilles Vision wird in unserer Zeit Wirklichkeit. Sie werden die Herrschaft über die Erde unter sich aufteilen.

Die Sonne, die bei *Kidney Ridge* untergeht, versinkt über dem Britischen Empire, in dem – wie wir in der Schule gelernt haben – die Sonne nie untergeht. Unser Weltreich wurde geboren aus der Tüchtigkeit unserer Forscher, aus der Unerschrockenheit unserer Kavallerie, dem Neuerungen aufgeschlossenen Genius unserer Wissenschaftler und Techniker. Bei der Eroberung der Erde sind wir den anderen zuvorgekommen, und unsere Macht hat zweihundert Jahre gedauert. Eingelullt durch den Schutz der großen Flotte, die wir gebaut haben, wähnten wir, sie würde ewig dauern. Wir haben geschlafen.

Hier bei *Kidney Ridge* haben wir die Scharte unserer Verschlafenheit ausgewetzt. Wenn die Geschichte nichts anderes ist als Waffengeklirr, dann treten wir jetzt in Ehren von der Bühne ab. Britische Institutionen, britische wissenschaftliche Leistungen werden den Weg weisen in ein anderes Land. Englisch wird die Sprache des Planeten werden, soviel steht heute fest. Wir waren das Griechenland eines neuen Zeitalters.

Doch, werden Sie einwenden, das Thema des neuen Zeitalters ist der Sozialismus. Dessen bin ich mir nicht so sicher.

Gleichviel – Karl Marx, der faltenreiche Mohammed dieses sich ausbreitenden

neuen Islam, hat seine schrillstimmigen Glaubenssätze auf die Theorien britischer Wirtschaftswissenschaftler gegründet. Er schuf als Gast seine apokalyptischen Visionen des Britischen Museums. Er hat britische Bücher gelesen, hat von britischem Überfluß gelebt, in britischer Freiheit geschrieben, mit Briten zusammengearbeitet und liegt in einem Londoner Grab. Doch dergleichen vergessen die Menschen leicht.
Die Sonne ist untergegangen. Bald kommen Dunkelheit und Kälte. Die Offiziere vom Nachrichtendienst winken mich zu ihrem Wagen. Die ersten Sterne blinken im Indigoblau auf. Ich werfe einen letzten Blick auf die Toten von El Alamein und spreche ein Gebet für diese armen Teufel, Deutsche und Briten, die in den Cafés von Tobruk nach der Melodie von ›Lili Marlen‹ tanzten und dieselben leichten Mädchen an sich drückten. Jetzt liegen sie hier zusammen, ihr junges Verlangen erkaltet, ihre heimwehkranken Lieder verstummt.

»*Es war ein böses, schlimmes Ding*«,
so sprach Klein-Wilhelmine.
»*Nein, nein, mein Kind*«, erwidert' er ...

Pamela Tudsbury schreibt: Als mein Vater diese Verse mit dem üblichen Schwung deklamierte, klingelte das Telephon. Er wurde zu dem Interview mit General Montgomery gerufen. Er ging sofort hin. Ein Lastwagen brachte am nächsten Morgen seinen Leichnam zurück. Als Reserveoffizier des Ersten Weltkriegs wurde er mit allen Ehren auf dem Britischen Militärfriedhof vor den Mauern von Alexandria beigesetzt. Der Londoner Observer bat mich, den Artikel zu Ende zu schreiben. Ich habe es versucht. Ich habe sogar handschriftliche Notizen für drei weitere Absätze. Aber ich kann es nicht. Das einzige, was ich kann, ist, Southeys Gedicht für ihn zu vollenden. Damit endet die Laufbahn meines Vaters als Kriegsberichterstatter:

»*Es war ein großer Sieg.*«

Das Flugzeug zog jetzt oberhalb der Wetterzone dahin, der Himmel war leuchtendblau, und das Sonnenlicht wurde grell von der darunterliegenden Wolkendecke reflektiert. In sich zusammengesunken saß Slote in seinem Sessel. Es war ein langer Weg gewesen, von Bern bis hierher, dachte er; und nicht nur, was die Entfernung betraf. Im Treibhaus der Schweizer Hauptstadt, unter der bequemen Glasglocke der Neutralität, war seine Besessenheit von den Juden gleichsam ins Kraut geschossen. Jetzt kehrte er zurück auf den Boden der Tatsachen.

Was war zu tun, um die öffentliche Meinung Amerikas zu mobilisieren? Wie über das dümmliche Gelächter von ›Der Fuehrer's Face‹ hinwegkommen, wie durch den ätzenden Zynismus Fentons hindurchstoßen? Vor allem: wie das Konkurrenzdenken à la Kidney Ridge überwinden? Tudsburys Artikel ging zu Herzen, war ein Aufruf; was darin beschrieben wurde, war ein gegenseitiges Sich-Abschlachten; aber es gab kein *Kidney Ridge* für die Juden Europas. Sie waren nicht bewaffnet. Es war kein Kampf. Die meisten begriffen nicht einmal, daß, was sich da abspielte, ein Massaker war. Sich vorzustellen, wie die Schafe zur Schlachtbank geführt wurden, war unerträglich. Da wandte man besser die Augen ab. Immerhin gab es ein erregendes Weltringen, dem man zusehen konnte, einen Wettstreit, bei dem es um den höchsten Einsatz ging, und in dem die eigene Mannschaft endlich ein bißchen vorankam. Treblinka hatte kaum eine Chance gegen El Alamein.

6

Im September 1941 hatte Victor Henry Amerika im Frieden verlassen. Die Isolationisten und Interventionalisten hatten sich damals schrille Wortgefechte geliefert, und die Waffenproduktion war trotz allen Geredes über das »Arsenal der Demokratie« nur ein schmales Rinnsal gewesen; die Militärs hatten erleben müssen, daß die Novellierung des Wehrdienstgesetzes im Kongreß nur mit einer Stimme Mehrheit durchkam. Es war ein Land ohne Rationierung gewesen, mit einer von den Rüstungsausgaben ausgelösten Hochkonjunktur, hell erleuchtet von New York bis Kalifornien, und mit den üblichen Blechlawinen auf den Überlandstraßen und in den Städten.
Jetzt, bei seiner Rückkehr, roch San Francisco schon aus der Luft nach Krieg: schattenhafte, unbeleuchtete Brücken unterm Vollmond; die blassen Bänder verlassener Highways; in den Wohngebieten kaum Beleuchtung, die hochragenden Häuser der Innenstadt völlig schwarz. In den stillen dunklen Straßen und im Licht des Hotelfoyers überraschte ihn die Menge der Uniformen. Selbst Hitlers Berlin hatte nicht kriegerischer ausgesehen.
Die Zeitungen und Illustrierten, die er auf dem Flug von Westen nach Osten las, spiegelten diesen Wechsel. Selbst die Anzeigen schwelgten in Hurrapatriotismus; wo keine heldenhaft aussehenden Schweißer, Bergleute oder Soldaten mit ihren Liebsten posierten, bezog eine japanische Hyäne mit gebleckten Zähnen, ein aufgedunsener Mussolini oder eine Schlange mit Hitlerbärtchen Prügel. Im Nachrichtenteil und in der Jahresrückschau spürte man deutlich die Zuversicht, daß sich mit Stalingrad und El Alamein das Blatt des Krieges gewendet hatte. Der pazifische Kriegsschauplatz wurde nur kurz erwähnt. Flüchtige Hinweise auf Midway und Guadalcanal unterspielten vielleicht, weil die Navy zuwenig Informationen herausgab, die wahre Bedeutung dieser Schlachten. Die Versenkung der *Northampton* hatte, falls sie überhaupt bekanntgegeben worden war, offenbar niemand zur Kenntnis genommen. Dieses bedeutende Unglück in seinem Leben, der Verlust eines großen Kriegsschiffes, war nur ein winziger Fliegendreck auf dem goldenen Gemälde des Optimismus.
Und wie plötzlich das alles geschah! Das Insel-Springen über den Pazifik! In

Flugzeugen und Warteräumen hatte er zerfledderte Zeitschriften aus den vergangenen Monaten gelesen, die einmütig die halbherzigen Kriegsanstrengungen der Alliierten, den Vorstoß der Deutschen zum Kaukasus, die Pro-Achsen-Unruhe in Indien, Südamerika und in den arabischen Ländern und Japans Vordringen in Burma und im Südwest-Pazifik beklagt hatten. Jetzt jubelten dieselben Journalisten über den unvermeidlichen Fall Hitlers und seiner Spießgesellen. Pug hielt diesen Gesinnungswandel der Zivilisten für leichtfertig. Falls es so etwas wie eine strategische Wende gab, stand Amerika der Aderlaß noch bevor. Noch waren nur wenige Amerikaner im Kampf gefallen. Für ihre Familien war das keine Kleinigkeit – wenn die Militärberichterstatter das vielleicht auch nicht so sahen. Er hatte Rhoda von San Francisco aus angerufen, und sie hatte ihm gesagt, sie wisse nichts Neues von Byron. Keine Nachricht über einen Sohn, der auf einem U-Boot diente, war nicht notwendigerweise eine gute Nachricht.

Sein Befehl, sich beim BuPers zu melden, und sein Gespräch mit Spruance beschäftigten ihn sehr, während das Flugzeug bockend den grauen Winterhimmel durchquerte. Der entscheidende Mann für die Bestallungen von Offizieren mit vier Kolbenringen war Digger Brown, sein alter Kamerad von der Kriegsakademie. Pug hatte mit dem ehrgeizigen Brown drei Jahre hindurch Deutsch gepaukt, was ihm die besten Noten eingebracht und ihm bei seiner gesamten Karriere beträchtlich geholfen hatte. Pug erwartete, daß es keinerlei Schwierigkeiten geben würde, ihn zum CincPac abzukommandieren, denn im Augenblick besaß niemand in der Navy mehr Gewicht als Nimitz und Spruance. Falls es dennoch irgendwelche bürokratischen Schwierigkeiten geben sollte, hatte er sich vorgenommen, Digger Brown einmal tief in die Augen zu sehen und ihm klipp und klar zu sagen, was er wollte. Der Mann konnte ihm einfach nichts abschlagen.

Und Rhoda? Was sollte er in den ersten Augenblicken nur sagen? Wie sollte er sich verhalten? Darüber hatte er sich während des Fluges um den halben Erdball den Kopf zerbrochen; aber die Frage war noch immer unbeantwortet.

In der dunklen, marmorgefliesten Halle des großen Hauses an der Foxhall Road weinte sie in seinen Armen. Schneeflocken sprenkelten seinen dunklen Uniformmantel, und seine Art, sie zu umarmen, verriet seine Verlegenheit. Sie verkrallte sich in das feuchte blaue Tuch, klammerte sich an die hervorstehenden Messingknöpfe und schluchzte: »Es tut mir so leid, so schrecklich leid, Pug. Ich wollte dir wirklich nichts vorheulen, bitte, glaub mir. Ich bin ja so froh, dich zu sehen. Ich könnte sterben vor Freude. Tut mir leid, Darling, daß ich eine solche Heulsuse bin.«

»Schon gut, Rho. Ist ja alles gut!«
Im ersten zärtlichen Augenblick bildete er sich wahrhaftig ein, es könne alles wieder gut werden. Ihr Körper war weich und süß in seinen Armen. In all den langen Jahren seiner Ehe hatte er seine Frau nur wenige Male weinen sehen; bei aller Oberflächlichkeit hatte sie, wenn es darauf ankam, eine stoische Ader und konnte sich sehr wohl zusammennehmen. Sie klammerte sich an ihn wie ein Kind, das getröstet werden will, und ihre tränenfeuchten Augen waren groß und schimmerten. »Ach, verdammt, *verdammt nochmal* – ich dachte, ich könnte das alles mit einem Lächeln und einem Martini hinter mich bringen. Ein Martini ist wahrscheinlich immer noch eine *fabelhafte* Idee, oder?«
»Am hellichten Tag? Naja, vielleicht, warum nicht?« Er warf Mantel und Mütze auf eine Bank. Seine Hand ergreifend, führte sie ihn ins Wohnzimmer, wo Flammen im Kamin flackerten und ein riesiger, glitzernder Christbaum den Raum mit dem Duft nach Kindheit und glücklichem Familienleben erfüllte. Er nahm ihre beiden Hände. »Und jetzt laß dich mal richtig anschauen!«
»Madeline kommt über Weihnachten«, plapperte sie, »und weil ich keine Putzhilfe habe, dachte ich, es wäre vielleicht gut, schon frühzeitig einen Weihnachtsbaum zu kaufen und das verflixte Ding zu putzen und – ach, ach, *sag* doch bloß mal was!« Ihr Lachen kam zitternd, und sie befreite ihre Hände. »Die Kapitäns-Inspektion macht mir ganz weiche Knie. Wie findest du sie denn, die alte Fregatte?«
Es war fast so, als schätzte er die Frau eines anderen ab. Rhodas Haut war samtweich, dabei immer noch straff. In dem eng anliegenden Jerseykleid war ihre Figur verführerisch wie immer, höchstens eine Spur zu dünn. Ihre Hüftknochen sprangen vor, und ihre Bewegungen und Gesten waren fließend, einnehmend und weiblich. Als sie bei den Worten ›weiche Knie‹ die Finger spreizte und schelmisch damit vor ihren Augen hin und herfuhr, erinnerte es ihn an ihren verschmitzten Charme bei ihren ersten Verabredungen.
»Fabelhaft siehst du aus.«
Der bewundernde Ton, in dem er das sagte, ließ ihr Gesicht aufleuchten. »Ausgerechnet du mußt mir das sagen! *Du* siehst so fabelhaft aus! Ein bißchen grauer, mein Alter, doch das wirkt ausgesprochen attraktiv.«
Er trat ans Feuer hinüber und streckte die Hände vor. »Oh, das tut gut.«
»Ja, ich bin eine gute Patriotin. Und praktisch dazu. Öl ist ein Problem. Ich stelle den Thermostat niedrig, sperre die meisten Zimmer ohnehin ab und heize vor allem mit Holz. Aber jetzt sag mal, du Schuft! Warum hast du mich vom Flugplatz aus nicht angerufen? Ich bin die ganze Zeit über hier auf- und abgetigert!«
»Es war keine Telephonzelle frei.«

»Und ich bin eine *ganze Stunde* lang immer wieder zum Telephon gestürzt. Ewig hat es geklingelt. Dieser Slote vom Außenministerium hat angerufen. Er ist zurück aus der Schweiz.«
»Slote! Irgendwas Neues von Natalie? Oder Byron?«
»Er hatte es entsetzlich eilig, ruft aber nochmal an. Natalie scheint in Lourdes zu sein und . . .«
»Was? In Lourdes? In Frankreich? Wie ist sie denn nach Lourdes gekommen?«
»Mit unseren internierten Diplomaten und Journalisten. Weiter hat er von ihr nichts gesagt. Und Byron war in Lissabon und versuchte, als Slote ihn zuletzt sah, wieder nach Hause zu kommen. Er hat Befehl, sich auf einem neuen U-Boot zu melden.«
»Und das Baby?«
»Davon hat Slote nichts gesagt. Ich hab' ihn zum Dinner eingeladen. Und erinnerst du dich noch an Sime Anderson? Der hat auch angerufen. Das Telephon hörte überhaupt nicht mehr auf zu klingeln!«
»Der Oberfähnrich? Der mich über den ganzen Tennisplatz gescheucht hat, während Madeline nichts Besseres zu tun hatte, als zu kichern und in die Hände zu klatschen?«
»Jetzt ist er Lieutenant Commander! Was sagst du jetzt, Pug? Ich muß schon sagen, man braucht heute nur entwöhnt zu sein, und schon ist man Offizier. Er wollte Madelines Telephonnummer in New York.«
Pug starrte ins Feuer und sagte: »Sie ist wieder bei diesem Affen Cleveland, nicht wahr?«
»Aber Liebster, ich habe Mr. Cleveland in Hollywood kennengelernt. So übel ist er gar nicht.« Als Pug sie böse ansah, wurde sie unsicher. »Außerdem macht es ihr solchen Spaß! Und das Geld, das das Kind verdient!« Das Kaminfeuer ließ harte Schatten in Victor Henrys Gesicht entstehen. Sie kam zu ihm. »Darling, was ist mit dem Drink? Ich zittere offen gestanden von Kopf bis Fuß.«
Er legte ihr den Arm um die Hüfte und küßte sie auf die Wange. »Aber ja doch. Nur laß mich erst Digger Brown anrufen; ich muß wissen, warum zum Teufel man mich herbestellt hat – mit Vorrangstufe Eins.«
»Ach, Pug, er wird dir nur sagen, du sollst das Weiße Haus anrufen. Laß uns doch so tun, als hätte deine Maschine sich verspätet und – aber was hast du denn, Liebling?«
»Das Weiße Haus?«
»Aber ja doch.« Sie schlug eine Hand vor den Mund. »Ach, du lieber Gott! Jetzt wird Lucy Brown meinen Kopf fordern. Ich hab' ihr schwören müssen, daß es unter uns bleibt. Aber ich glaubte natürlich, du weißt Bescheid.«

»Über *was* soll ich Bescheid wissen?« Sein Ton wurde sachlich, als spräche er mit seinem Messesteward. »Rhoda, sag mir jetzt genau, was Lucy Brown dir erzählt hat, und wann das war.«

»Ach, ich Ärmste! Naja – es scheint so, als ob das Weiße Haus BuPers angewiesen hat, dich hierher zurückzuholen, und zwar so schnell wie möglich. Das war Anfang November, noch bevor du, nun, bevor du die *Northampton* verlorst. Weiter weiß ich nichts. Und das ist auch alles, was Digger weiß.«

Pug war schon am Telephon und wählte. »Geh und mach uns den Drink.«

»Jetzt verrat' aber Digger bloß nicht, daß Lucy mir das erzählt hat, Liebster! Sonst zieht er ihr das Fell über die Ohren.«

Die Vermittlung beim Navy-Department brauchte lange, ehe sie sich meldete. Victor Henry stand allein in dem großen Wohnzimmer und erholte sich von seiner Überraschung. Das *Weiße Haus* war für ihn wie für die meisten Amerikaner eine Zauberformel, obwohl er den sauren Nachgeschmack kannte, den ein Dienst für den Präsidenten hinterlassen konnte. Franklin Delano Roosevelt hatte ihn benutzt wie einen geborgten Bleistift, und so hatte er ihn auch fallenlassen; und sein Dank – typisch für einen Politiker – war das Kommando der unseligen *California* gewesen. Victor Henry nahm es dem Präsidenten nicht übel. Ob aus der Nähe oder aus der Ferne, er brachte dem eigenwilligen Krüppel immer noch größte Hochachtung entgegen. Allerdings war er entschlossen, sich mit aller Macht gegen weitere Gunstbeweise des Präsidenten zu wehren. Diese sterilen Übungen an Land, bei denen er nur Handlangerdienste für die Großen leistete, hatten ihn beinahe seine ganze Karriere gekostet. Er mußte unbedingt wieder zurück zum Pazifik.

Digger war nicht im Büro. Pug trat wieder an den Kamin und stellte sich mit dem Rücken zu den Flammen. Er hatte nicht wie in Janices kleinem, vollgestopftem Cottage das Gefühl, zu Hause zu sein. Woher kam das? Bevor er nach Moskau gegangen war, hatte er noch nicht einmal ein Vierteljahr in diesem Hause gelebt. Wie groß es war! Was hatten sie sich eigentlich dabei gedacht, einen solchen Palast zu kaufen? Auch damals hatte er ihr erlaubt, von ihrem eigenen Vermögen zum Kauf beizusteuern – nur weil sie mit einem Aufwand leben wollte, der über seine Verhältnisse ging. Falsch, falsch! Es war die Rede davon gewesen, einen Haufen Enkelkinder unterbringen zu müssen. Welch bittere Erinnerung! Und was hatten die Sommerbezüge mitten im Dezember auf den Möbeln zu suchen – in einem Zimmer, in dem es schon nach Weihnachten roch? Er hatte das aufdringliche Blumenmuster auf dem grünen Chintz nie gemocht. Obwohl er die Hitze des Feuers an seiner Uniform spürte, war ihm, als ginge ihm die Kälte im Haus durch Mark und Bein. Vielleicht stimmte es, was man sagte: daß der Dienst in den Tropen das Blut dünner

macht. Doch er konnte sich nicht entsinnen, bei der Heimkehr vom Dienst im Pazifik jemals derartig gefroren zu haben.
»Martinis?« verkündete Rhoda und marschierte mit klirrendem Tablett herein. »Was ist mit Digger?«
»Nicht da.«
Der erste Schluck brannte Pug in der Kehle. Er hatte seit Monaten keinen Alkohol mehr getrunken – seit dem Versuch, sich nach Warrens Tod bewußt zu benebeln, war kein Tropfen mehr über seine Lippen gekommen. »Gut«, sagte er, ärgerte sich aber gleichzeitig darüber, daß der Martini ihm schmeckt. Wahrscheinlich würde er beim BuPers einen klaren Kopf brauchen. Rhoda stellte einen Teller mit kleinen belegten Brötchen vor ihn hin, und mit vorgetäuschter Munterkeit meinte er: »Nanu, Kaviar? Du willst mich wohl wirklich verwöhnen, was?«
»Weißt du denn nicht mehr?« Ihr Lächeln hatte etwas Verführerisches. »Den hast du mir doch aus Moskau geschickt. Ein Colonel der Army hat mir zehn Dosen gebracht, und dazu einen handschriftlichen Zettel von dir.«
»*Der ist für unser Wiedersehen*«, hatte er auf holziges, russisches Papier geschrieben. »*Martinis, Kaviar, ein Feuer im Kamin, UND... besonders UND...! Alles Liebe, Pug.*«
Es stand ihm alles wieder vor Augen: der ausgelassene Nachmittag, an dem die ganze Harriman-Delegation in einem der Touristenläden eingekauft hatte, im National Hotel, Monate vor Pearl Harbor. Pamela hatte gegen alle Shawls und Blusen etwas einzuwenden; eine elegante Frau wie Rhoda, hatte sie gesagt, würde diese hausbackenen Sachen nie und nimmer anziehen. Die Pelzmützen schienen samt und sonders für Riesinnen gemacht. Und so hatte er schließlich den Kaviar gekauft und den albernen Zettel gekritzelt.
»Nun, es ist immerhin ein verdammt guter Kaviar.«
Der warme Blick, mit dem Rhoda ihn bedachte, war wie eine Aufforderung, einen Schritt weiterzugehen. Victor Henry hatte sich das so oft ausgemalt: der Schiffskapitän, der aus dem Krieg nach Hause kommt, Odysseus und Penelope, die gleich dem Liebeslager zustreben. Ihre Stimme klang sehr melodiös. »Du siehst aus, als hättest du tagelang nicht geschlafen.«
»So lange nun auch wieder nicht.« Er legte beide Hände an die Augen und rieb sie. »Es ist schon eine sehr weite Reise.«
»Das kann man wohl sagen! Wie kommen die guten alten USA dir eigentlich vor, Pug?«
»Merkwürdig, zumal nachts, aus der Luft. Streng eingehaltene Verdunkelung an der Westküste. Im Innern tauchen dann die ersten Lichter auf. In Chicago alles strahlend hell erleuchtet, wie im tiefsten Frieden. Hinter Cleveland wird's

dann allmählich wieder dämmeriger, und in Washington herrscht pechdunkle Nacht.«

»Ach, wie typisch das ist! Dieser Wahnsinn mit der Warenknappheit. Das ganze Gerede von Rationierung. Mal heißt es ja, mal wieder nein. Man weiß nie, woran man ist. Und die Hamsterei, die betrieben wird, Pug. Stell dir vor, die Leute brüsten sich damit, wie klug sie sind; Autoreifen und Fleisch und Zucker und Heizöl und was weiß ich sonst noch alles zu horten. Ich sag' dir, wir sind ein Volk von verwöhnten Kindern!«

»Rhoda, man sollte von der menschlichen Natur nicht zuviel erwarten.«

Diese Bemerkung brachte Rhoda zum Verstummen. Ein zweifelnder Blick, ein Moment Schweigen. Sie bedeckte seine Hand mit der ihren. »Darling, bringst du es fertig, über die *Northampton* zu sprechen?«

»Sie ist torpediert worden und gesunken.«

»Lucy sagt, die meisten Offiziere und Mannschaften sind gerettet.«

»Jim Grigg hat seine Sache sehr gut gemacht. Trotzdem haben wir noch zu viele verloren.«

»Bist du selber auch nahe dran gewesen?«

Ihr Gesichtsausdruck hatte etwas Eifriges, Erwartungsvolles. Statt einer liebevollen Geste, nach der ihm im Moment nicht zumute war, fing er an, über den Verlust seines Schiffes zu reden. Er erhob sich, ging auf und ab; nach einer Weile kamen die Worte mühelos, lebte wieder auf, was er in jener Nacht durchlitten hatte. Rhoda lauschte mit glänzenden Augen. Als das Telephon klingelte, blieb er unvermittelt stehen und machte Augen wie ein Schlafwandler, der geweckt worden ist. »Das wird Digger sein, nehme ich an.«

Captain Brown schäumte über vor Herzlichkeit. »Ich sag's ja, ich sag's ja, Pug – du hast es also geschafft. Toll!«

»Digger, hast du ein Telegramm vom CincPac erhalten, das mich betrifft?«

»Bitte nichts Dienstliches am Telephon, ja? Warum laßt ihr, Rhoda und du, nicht einmal fünfe gerade sein und macht euch einen gemütlichen Abend? Es ist immerhin lange her, und so weiter und so fort. Haha! Wir unterhalten uns morgen. Ruf mich gegen neun an.«

»Hast du soviel zu tun? Heute? Könnte ich gleich mal rüberkommen?«

»Sicher, wenn du unbedingt willst?« Pug hörte seinen Freund seufzen. »Aber du hörst dich so müde an.«

»Ich komme, Digger.« Pug legte auf, ging mit großen Schritten zu seiner Frau hinüber und gab ihr einen Kuß auf die Wange. »Es ist schon besser, ich sehe mal nach, was eigentlich los ist.«

»Okay.« Sie umfaßte sein Gesicht mit beiden Händen und küßte ihn auf den Mund. »Nimm den Oldsmobile.«

»Läuft der immer noch? Schön.«
»Vielleicht machen sie dich zum Marineberater des Präsidenten. Das meint Lucy jedenfalls. Dann würden wir eine Zeitlang mehr voneinander sehen, Pug.«
Sie trat an einen kleinen Schreibtisch und holte die Autoschlüssel heraus. Das unbefangene Pathos, das in Rhodas Worten lag, rührte ihn mehr als all ihre Flirterei. Allein in dem kalten Haus, ihres Erstgeborenen beraubt – den sie beide noch mit keinem Wort erwähnt hatten, dessen Bild jedoch vom Flügel herüberlächelte; ihr Mann wieder daheim, nachdem er über ein Jahr hindurch fortgewesen war, und dennoch schon wieder im Aufbruch; sie nahm das alles sehr gut und beklagte sich mit keinem Wort. Wie sie sanft die Hüften schwenkte, daß war schon sehr verführerisch. Pug wunderte sich, daß er noch immer kein Verlangen nach ihr empfand. Aber Digger Brown wartete auf ihn, und sie ließ die Schlüssel in seine Hand fallen. »Aber wir essen doch hier zu Abend, nicht wahr? Nur wir zwei allein?«
»Selbstverständlich essen wir hier zu Abend, nur wir beide. Mit Wein, nehme ich an, und . . .« Er zögerte, doch dann gelang es ihm, anzüglich ein Auge zuzukneifen und zu sagen: » . . . und besonders UND . . .«
Das Aufblitzen in ihren Augen überbrückte den Abgrund, der zwischen ihnen klaffte. »Nun aber mal ab, marsch, marsch, Schiffsjunge!«

Von außen war es noch das alte Navy-Gebäude, der langgestreckte, trostlos aussehende ›vorläufige‹ Bau aus dem letzten Krieg, der die Constitution Avenue verschandelte. Aber innen herrschte eine neue Atmosphäre: alles schien im Geschwindschritt zu arbeiten, es herrschte allgemeine Geschäftigkeit, Scharen von Navy-Helferinnen und unerfahren aussehenden Stabsoffizieren auf den Korridoren. Unheimlich wirkende Schlachtenbilder hingen an den düsteren Wänden: Luftkämpfe über Flugzeugträgern, nächtliche Feuerüberfälle auf tropische Inseln. Früher, als Pug hier Dienst tat, waren es Erinnerungsbilder an den spanisch-amerikanischen Krieg und an Seegefechte im Atlantik aus dem Ersten Weltkrieg gewesen.
Digger Brown sah jeder Zoll aus wie die überragende Persönlichkeit, die er war: großgewachsen, massig, gesund, mit borstigem grauen Haar und einem Jahr als Schlachtschiffkommandant (zwar nur Atlantik-Dienst, aber nicht schlecht), und jetzt diese leitende Stellung beim BuPers. Digger hatte den Admiralsrang praktisch schon in der Tasche, und Pug überlegte, was Brown wohl von ihm halten mochte. Er selbst hatte sich nie von seinem alten Freund einschüchtern lassen und hatte auch jetzt keine übertriebene Hochachtung vor ihm. Manches blieb unausgesprochen, als sie sich die Hand schüttelten und

einander forschend ins Gesicht blickten. In Wirklichkeit erinnerte Captain Brown Pug Henry an eine Eiche in seinem Garten, in die zwar der Blitz eingeschlagen war, die aber immer noch lebte und jedes Frühjahr neue grüne Triebe aus den verkohlten Ästen sprießen ließ.
»Das mit Warren ist ja wirklich furchtbar«, sagte Brown.
Pug zündete sich übertrieben umständlich eine Zigarette an. Brown mußte auch noch erst alles andere aussprechen. »Und erst das mit der *California* und dann das mit der *Northampton*. Himmel!« Er packte Pugs Schulter – eine täppische Art, sein Mitgefühl auszudrücken. »Setz dich.«
Pug sagte: »Ja, manchmal sag ich mir, ich hab' mich nicht danach gedrängelt, geboren zu werden, Digger. Das war fast wie ein Befehl von oben. Aber es ist alles in Ordnung mit mir.«
»Und Rhoda? Wie geht es ihr?«
»Gut.«
»Und was ist mit Byron?«
»Der kommt von Gibraltar zurück und soll, wie ich höre, ein neues Modell erproben helfen.« Pug legte den Kopf auf die Seite und sah seinen Freund durch den Rauch hindurch aus zusammengekniffenen Augen an. »Und du – du hast toll Karriere gemacht.«
»Ich habe immer noch keinen im Ernstfall abgefeuerten Kanonenschuß gehört.«
»Der Krieg kann noch lange dauern.«
»Pug, es mag sträflich sein, daß ich so empfinde – aber ich hoffe, du hast recht.« Captain Brown setzte seine Hornbrille auf, blätterte eine Reihe von Telegrammen durch und reichte Pug eines. »Das war es doch, was du wissen wolltest, nehme ich an, oder?«

VON: CINCPAC
AN: BUPERS
ERBITTE ABKOMMANDIERUNG ZU MEINEM STAB VON VICTOR (KEIN MITTELNAME) HENRY CAPTAIN USN PERSONALNUMMER 4329. EHEM. KOMMANDANT NORTHAMPTON
– NIMITZ

Pug nickte.
Brown wickelte einen Streifen Kaugummi aus. »Ich soll mit dem Rauchen aufhören. Blutdruck. Ich könnte die Wände hochgehen.«
»Nun komm schon, Digger. Sind meine Marschbefehle für CincPac klar?«
»Pug, hast du das auf dem Weg nach Haus eingefädelt?«

»Nichts hab' ich eingefädelt. Spruance hat mich damit überfallen. Ich war völlig überrascht. Ich hatte erwartet, daß man mir die Hölle heiß macht, weil ich mein Schiff verloren habe.«
»Warum denn? Es ist doch im Kampf gesunken.« Unter Pugs prüfendem Blick kaute Digger Brown und räkelte sich massig in seinem Drehstuhl. »Pug, nach Jocko Larkin hast du dich im vorigen Jahr mit Händen und Füßen gegen die Stabsarbeit gesträubt.«
»Das war im vorigen Jahr.«
»Und warum, meinst du, bist du mit Dringlichkeitsstufe Eins zurückbeordert worden?«
»Das mußt du mir sagen.«
Bedächtig und mit bedeutungsvollem Augenausdruck sagte Brown: »Der ... Große ... Weiße ... Vater.« Um dann weniger ominös fortzufahren: »Yes, Sir! Der Boß höchstpersönlich. Du sollst dich schleunigst bei ihm melden, in voller Kriegsbemalung.« Brown lachte über seinen eigenen Humor.
»Und um was geht's?«
»Ach, verdammt, laß mich mal ziehen. Danke.« Brown saugte an der Zigarette, und die Augen quollen ihm förmlich aus dem Kopf. »Soviel ich weiß, kennst du doch Admiral Standley, das heißt unseren Botschafter in Moskau.«
»Natürlich. Ich war letztes Jahr mit ihm bei der Harriman-Delegation.«
»Richtig. Er ist zur Beratung mit dem Präsidenten hier in Washington. Noch vor dem Untergang der *Northampton* rief mich Konteradmiral Carton aus dem Weißen Haus an und machte deinetwegen furchtbaren Wind. Standley hat gefragt, ob du zur Verfügung stündest. Daher Vorrangigkeitsstufe Eins.«
Mit dem Versuch, seine Verwirrung aus seiner Stimme zu verbannen, sagte Pug: »Nimitz hat hier doch wohl mehr zu sagen als Standley, oder?«
»Pug, ich habe meine Befehle. Du sollst Russ Carton anrufen, damit eine Besprechung mit dem Präsidenten vereinbart wird.«
»Weiß Carton von diesem Telegramm vom CincPac?«
»Ich hab's ihm nicht auf die Nase gebunden.«
»Und warum nicht?«
»Weil man mich nicht darum gebeten hat.«
»Okay, Digger, dann bitte ich dich jetzt, Russ Carton von diesem Telegramm in Kenntnis zu setzen. Heute noch.«
Kurze Zeit maßen die beiden Männer ihre Blicke. Nach einem tiefen Zug aus der Zigarette sagte Digger Brown: »Was du da von mir verlangst, ist ein glatter Bruch des normalen Dienstwegs.«
»Wieso denn? Es ist doch geradezu Pflichtvergessenheit, wenn du dem Weißen Haus nicht sagst, daß CincPac mich haben will.«

»Verflucht und zugenäht, Pug, komm mir nicht so. Wenn der Mann an der Pennsylvania Avenue auch nur mit dem Finger schnippt, dann springt hier alles. Alles andere hat da zurückzutreten.«

»Aber das ist doch nur eine Laune vom alten Bill Standley, wie du sagst.«

»Da bin ich mir nicht so sicher. Erzähl das mit dem CincPac Russ Carton selbst, wenn du ihn siehst.«

»Das hast du dir so gedacht. Er muß es vom BuPers erfahren.«

Verstockt mied Captain Brown seine Augen. »Wer sagt, daß er muß?«

Wie beim Sprachenpauken intonierte Victor Henry auf deutsch: »*Ich muß, du mußt, er muß.*«

Ein nicht gerade glückliches Grinsen umspielte Browns Mund, und er konjugierte weiter: »*Wir müssen, ihr müßt, sie müßt.*«

»*Müssen*, Digger.«

»*Müssen.* Dieses Deutsch hab' ich nie ganz gefressen, stimmt's?« Brown zog nochmals ausgiebig an seiner Zigarette und drückte sie dann unvermittelt aus. »Himmel, hat das gut geschmeckt! Pug, ich meine zwar immer noch, du solltest erstmal versuchen rauszukriegen, was der Große Weiße Vater von dir will.« Mit ärgerlicher Gebärde drückte er auf einen Knopf. »Aber wie du willst. Russ kriegt eine Photokopie von mir.«

Das Haus war inzwischen wärmer. Pug hörte eine Männerstimme im Wohnzimmer.

»Hallo«, rief er übertrieben laut.

»Ach, du bist's?« rief Rhoda zurück. »Schon wieder da?«

Ein braungebrannter Offizier sprang auf, als Pug eintrat. Der Schnurrbart verwirrte Pug, doch dann brachte er das blonde Haar und die neuen schmalen Goldstreifen eines Lieutenant Commander zusammen. »Ja, wie geht's denn, Anderson?«

Rhoda schenkte am Tisch in der Nähe des Kamins Tee aus und sagte: »Sime ist vorbeigekommen, um ein Weihnachtsgeschenk für Maddy abzugeben.«

»Etwas, was ich in Trinidad gefunden habe.« Anderson wies auf ein bunt verpacktes Kästchen auf dem Tisch.

»Und was haben Sie in Trinidad gemacht?«

Rhoda reichte den Männern Tee und ging dann hinaus, während Anderson von seiner Dienstzeit auf einem Zerstörer in der Karibischen See erzählte. U-Boote hatten vor Venezuela und Guyana sowie im Golf von Mexiko reiche Beute gemacht: Öltanker, Bauxitfrachter, sonstige Frachtschiffe und Passagierdampfer. Ermutigt durch die leichte Beute, waren die Deutschen sogar aufgetaucht und hatten die Schiffe mit Geschützfeuer versenkt, um Torpedos zu sparen.

Jetzt hatten Briten und Amerikaner ein gemeinsames Geleitschutzsystem ausgearbeitet, um dieser Bedrohung Herr zu werden, und Anderson war draußen gewesen und hatte Geleitschutzdienst gemacht.
Pug war sich des U-Boot-Problems in der Karibischen See nur undeutlich bewußt. Andersons Erzählung ließ ihn an zwei große Photos im Navy-Gebäude denken – auf dem einen sahen pelzbekleidete Eskimos zu, wie in einem Schneesturm ein Catalina-Flugboot beladen wurde – auf dem anderen beobachteten Polynesier, nackt bis auf einen Lendenschurz, das Beladen einer gleichen Catalina in einer palmengesäumten Lagune. Dieser Krieg war wie ein Ausschlag, der sich über den ganzen Erdball ausbreitete.
»Sagen Sie, Anderson, haben Sie nicht zusammen mit Deak Parsons beim BuOrd an der neuen Zündung für Flakgranaten gearbeitet – einer hochgeheimen Sache?«
»Jawohl, Sir.«
»Warum zum Geier hat man Sie dann auf einem alten Vierschornsteiner in die Karibische See geschickt?«
»Weil Deckoffiziere knapp sind, Sir.«
»Aber diese Zündung ist phantastisch, Sime.«
Die hellen blauen Augen leuchteten im braunen Gesicht. »Ach, ist das sogar schon bis zu Ihnen durchgedrungen?«
»Ich hab' eine Vorführung miterlebt, vor Nouméa, gegen Schleppziele. Drei von vier Schleppzielen waren nacheinander weg. Richtig unheimlich, wie die Flakgranaten jedesmal unmittelbar am Ziel explodierten.«
»Wir haben aber auch verdammt hart daran gearbeitet.«
»Wie hat Parsons es denn nur geschafft, ein ganzes Funkgerät in einer Flakgranate unterzubringen? Und wie kommt es, daß es bei einer solchen Mündungsgeschwindigkeit und bei dem Drall über die gesamte Geschoßbahn noch funktioniert?«
»Nun, Sir, wir haben die Spezifikationen rausgearbeitet. Die Leute von der Industrie sagten: ›Läßt sich machen‹, und haben es geschafft. Übrigens fahre ich runter nach Anacostia, um mit Captain Parsons zusammenzutreffen.«
Victor Henry hatte noch keinen der jungen Verehrer gemocht, die um Madeline herumscharwenzelten, obwohl sie noch nicht ganz trocken hinter den Ohren waren. Dieser jedoch schien ganz in Ordnung zu sein, zumal wenn man ihn mit Hugh Cleveland verglich. »Läßt es sich machen, daß Sie kommen und den Weihnachtsabend mit uns verbringen? Madeline wird hier sein.«
»Jawohl, Sir. Vielen Dank. Ihre Frau war schon so reizend, mich einzuladen.«
»So, hat sie das getan? Nun ja. Schöne Grüße an Deak. Und sagen Sie ihm, im SoPac redet man fast nur noch über diesen neuen Zünder.«

In einem muffigen Büro des Navy-Forschungslaboratoriums, von dem aus man die sumpfigen Niederungen des Flusses überblickte, beglückwünschte Captain Williams Parsons Lieutenant Commander Anderson zu seiner Sonnenbräune und nickte nur wortlos zu dem Gruß, der ihm von Pug Henry überbracht wurde. Er war in den Vierzigern und hatte eine faltige, bleiche Stirn – ein unauffälliger Mann, der zugleich der schwerstarbeitende und brillanteste Wissenschaftler war, mit dem Anderson jemals zu tun gehabt hatte.

»Sime, was wissen Sie über Uran?«

Anderson war, als überschritte er eine Schwelle. »Ich habe noch nie auf dem Gebiet der Radioaktivität gearbeitet, Sir. Und auch nicht auf dem Gebiet des Neutronenbeschusses.«

»Aber Sie wissen, daß sich im Uran etwas höchst Merkwürdiges abspielt.«

»Nun, als ich mein Studium an der Technischen Hochschule von Kalifornien abschloß, war viel von den Spaltungsergebnissen der Deutschen die Rede.«

»Was hat man sich denn so erzählt?«

»Haarsträubende Sachen, Captain, von Superbomben und Atomtreibkraft – aber alles nur sehr theoretisch.«

»Glauben Sie etwa, wir hätten es bei dem Gerede darüber bewenden lassen? Es nur als theoretische Möglichkeit betrachtet, als eine Laune der Natur? Während die deutschen Wissenschaftler rund um die Uhr für Hitler daran arbeiteten?«

»Ich hoffe nicht, Sir.«

»Kommen Sie mit.«

Sie gingen nach draußen und eilten gebeugten Kopfs durch einen bitterkalten Wind, der vom Fluß herüberwehte, auf das Hauptlaborgebäude zu. Schon aus einiger Entfernung hörte man ein unheimliches Zischen und Pfeifen aus diesem Labor. Drinnen war der Lärm nahezu ohrenbetäubend. Dampf entwich einem Wald freistehender schlanker Röhren, die fast bis zur hohen Decke emporreichten und den Raum mit der Schwüle der Karibischen See erfüllten. Männer in Hemdsärmeln oder Overalls machten sich an den Röhren und an den Instrumententafeln zu schaffen.

»Thermodiffusion«, schrie Parsons, »um U-235 zu gewinnen. Haben Sie am CalTech Phil Abelson gekannt?« Parsons zeigte auf einen schlanken Mann in Hemdsärmeln und Krawatte, der etwa in Andersons Alter sein mochte und, die Arme auf die Hüften gestützt, vor einer mit Meßinstrumenten bedeckten Wand stand.

»Nein, aber ich habe natürlich von ihm gehört.«

»Kommen Sie, ich mach' Sie mit ihm bekannt. Er arbeitet als Zivilangestellter für uns.«

Abelson warf dem Lieutenant Commander einen interessierten Blick zu, als Parsons erzählte, daß Anderson an der Entwicklung des Magnetzünders mitgearbeitet habe.
»Wir haben hier ein chemotechnisches Problem zu lösen«, sagte Abelson und zeigte auf die Röhren. »Ist das Ihr Arbeitsgebiet?«
»Nicht eigentlich. Wenn ich keine Uniform anhabe, bin ich Physiker.«
Abelson lächelte flüchtig und wandte sich wieder seiner Instrumententafel zu.
»Ich wollte nur, daß Sie mal einen Blick auf die ganze Einrichtung werfen«, sagte Parsons. »Machen wir, daß wir wieder rauskommen.«
Die Luft draußen kam ihnen arktisch vor. Parsons knüpfte seinen Uniformmantel bis zum Kinn zu, rammte die Hände in die Manteltaschen und ging auf den Fluß zu, wo ganze Gruppen von grauen Navy-Schiffen vor Anker lagen.
»Sime, das Prinzip der Clusiusschen Röhre kennen Sie doch, oder?«
Anderson kramte in seiner Erinnerung. »Ist das nicht das Trennrohr, das im Querschnitt wie zwei Ringe aussieht?«
»Ja. Damit arbeitet Abelson hier. Zwei Röhren, eine in der anderen. Das Innenrohr wird erhitzt, das Außenrohr gekühlt, und wenn sich im Raum dazwischen eine Flüssigkeit befindet, bewegen sich die Moleküle des jeweils leichteren Isotops auf die Hitze zu. Die Konvektion bringt sie ganz bis nach oben, wo man sie dann einfach abschöpft. Abelson hat eine ganze Reihe von gigantischen Clusiusschen Röhren hintereinander installiert. Damit wird das U-235 nach und nach rausgekocht. Es geht verdammt langsam, aber er hat bereits eine messbare Anreicherung erzielt.«
»Und was für eine Lösung benutzt er?«
»Darin liegt sein besonderer Beitrag. Uranhexafluorid. Er hat das Zeugs entwickelt; es ist zwar hochempfindlich, aber stabil genug, daß man damit arbeiten kann. Jetzt wird die ganze Sache immer dringlicher, und das BuOrd möchte einen Linienoffizier hier stationieren. Ich habe Sie empfohlen. Wieder ein Landposten. Aber wenn Sie wollen, können Sie jederzeit einen Posten auf See bekommen.«
Aber Sime Anderson besaß keinen seefahrerischen Ehrgeiz. Er hatte die Akademie besucht, um kostenlos eine bessere Ausbildung zu bekommen. Annapolis hatte aus ihm gemacht, was Annapolis aus allen Offiziersanwärtern macht, und auf der Brücke eines Zerstörers war er nur ein Wachoffizier unter anderen. Aber in diesem jungen Standardoffizier steckte ein erstklassiger Physiker, der jetzt die Chance hatte, auszubrechen. Die Magnetzündung war ein Fortschritt in der Geschütztechnik gewesen, aber kein Vorstoß in Richtung auf eines der größten Geheimnisse der Natur. Abelson mit seinen Dampfröhren war auf Wild von ganz anderem Kaliber aus.

Am Californian Institute of Technology hatte man sich in den wildesten Spekulationen über die U-235-Bombe ergangen, mit der ganze Städte ausgelöscht werden konnten, und über Schiffsmaschinen, die, mit ein paar Kilo Uran bestückt, einen Ozeanriesen dreimal um die Welt brachten. In Kreisen der Navy-Leute war es um einen neuen Unterseeboot-Typ gegangen: Energie ohne Verbrennung, die auf Luft angewiesen war. Ein phantastisches Arbeitsfeld für den menschlichen Geist. Für Anderson kam noch ein durchaus persönlicher Grund hinzu: wenn er hier in Anacostia stationiert war, bedeutete das, daß er viel häufiger mit Madeline Henry zusammen sein konnte als bisher.
»Sir, wenn das BuOrd meint, ich sei der richtige Mann – ich habe nichts dagegen.«
»Okay. Was ich Ihnen jetzt erzähle, Anderson, müssen Sie gleich wieder vergessen.« Parsons stützte die Ellbogen auf ein eisernes Geländer, mit dem ein Steilhang, der zum Fluß hinunterführte, abgezäunt war. »Wie ich schon sagte – was uns interessiert, ist die Antriebskraft; woran die Army arbeitet, das ist jedoch eine Bombe. Damit haben wir nichts zu tun. Ein auf verschiedene Waffengattungen aufgeteiltes Geheimnis. Aber selbstverständlich wissen wir davon.« Parsons sah den jüngeren Mann an, und seine Worte überstürzten sich förmlich. »Zunächst einmal ist unser Ziel und das der Army identisch. Es geht darum, reines U-235 zu gewinnen. Für die Army ist der nächste Schritt, eine Waffe zu bauen. Ein ganzes Heer von Theoretikern ist schon damit beschäftigt. Vielleicht hindert irgendeine Naturgegebenheit sie daran, dieses Ziel zu erreichen. Das kann heute noch niemand mit Gewißheit sagen.«
»Weiß die Army denn, was wir machen?«
»Aber ja doch. Wir haben ihnen zunächst mal das Uranhexafluorid gegeben. Nur meint die Army, die Thermodiffusion bringt nicht viel, die Anreicherung sei nicht groß genug. Ihr Auftrag lautet, Hitler mit der Bombe zuvorzukommen. Das ist natürlich sehr klug gedacht. Sie fangen ganz von vorne an, arbeiten mit Plänen, die noch nicht durch Versuche bewiesen worden sind, und mit neuen Konzeptionen, mit denen sie schneller ans Ziel zu kommen hoffen. Und all das machen sie in industriellem Maßstab. Nobelpreis-Größen wie Lawrence, Compton und Fermi haben Ideen beigesteuert. Der Maßstab, mit dem die Army diese Sachen macht, ist überwältigend, Anderson. Sie setzen Macht, Wasser, Land und strategisches Material ein bis zum Geht-nicht-mehr. Wir haben inzwischen angereichertes U-235 in der Hand. Die Anreicherung ist nicht gewaltig, das Zeugs läßt sich auch noch nicht zur Bombenherstellung verwenden, aber es ist ein erster Schritt. Die Army hat einen Haufen toller Ideen und sonst nichts. Wenn jetzt die Army mit ihren Bemühungen auf den Bauch fällt, so wäre das der größte wissenschaftliche und militärische Reinfall

aller Zeiten. Und dann – immerhin ist das denkbar, bitte sehr – könnte es die Navy sein, die hier in Anacostia den Deutschen mit der Atombombe den Rang abläuft.«
»Alle Wetter!«
Parson setzte ein schiefes Grinsen auf. »Nun nicht gleich überschnappen! Die Army hat das Ohr des Präsidenten, und die größten Geister der Menschheit arbeiten daran. Und sie haben ein Budget, das millionenmal höher ist als unseres. Wahrscheinlich werden sie die Bombe bauen, falls die Natur sorglos genug war, diese Möglichkeit offenzulassen. Aber bis es soweit ist, werden wir hier unser kleines Feuerchen brennen lassen und weiterbrutzeln. Lassen Sie die vage Möglichkeit nur nicht ganz außer acht, und holen Sie sich morgen beim BuPers Ihre Papiere.«
„Aye, aye, Sir."

Bei Kerzenlicht wirkte Rhodas Gesicht wie das einer jungen Frau. Als sie die Kirschtörtchen aßen, die sie gebacken hatte, erzählte Pug ihr durch den Nebel von Müdigkeit hindurch, der ihn umhüllte, von seinem Zwischenaufenthalt in Nouméa. Sie waren mittlerweile bei der dritten Flasche Wein angelangt, und so war sein Bericht über die verschlafene französische Kolonie südlich des Äquators, die vom Karneval der amerikanischen Kriegsführung überrollt worden war, nicht sonderlich zusammenhängend. Er versuchte, ihr die komische Szene im amerikanischen Offiziersklub in dem alten, verstaubten französischen Hotel zu beschreiben: Männer in Uniform, die zu viert oder gar zu fünft um ein paar Navy-Helferinnen und Französinnen herumsaßen, wobei die Captains und Kommandanten den ersten Ring bildeten und die jüngsten Offiziere einen zweiten – nur, um Gelegenheit zu haben, die Frauen anzustarren. Pug war so erschöpft, daß Rhodas Gesicht zwischen den Kerzenflammen zu schwanken schien.
»Darling«, unterbrach sie ihn leise und nach einem gewissen Zögern. »Ich weiß nicht, aber was du erzählst, ist nicht mehr ganz klar.«
»Was? Wieso denn?«
»Du hast gerade eben gesagt, du und Warren, ihr hättet all das beobachtet, und Warren hätte einen Witz gerissen . . .«
Pug erschauerte. Er war wirklich eingedöst, während er noch redete, hatte Träume mit Erinnerung vermischt und sich vorgestellt, daß Warren in diesem überfüllten Klub in Nouméa lange nach Midway noch gelebt und wie früher auf seine typische Art eine Dose Bier in der Hand gehalten und gesagt hatte: »Diese Mädchen vergessen einfach eines, Dad – daß nämlich ein Mann, wenn er die Uniform auszieht, um so weniger leistet, je mehr Kolbenringe er hat.«

Das war reine Phantasie. Warren war nie im Leben in Nouméa gewesen.
»Das tut mir leid.« Heftig schüttelte er den Kopf.
»Komm, lassen wir den Kaffee aus« – sie machte ein besorgtes Gesicht – »und du legst dich jetzt schlafen.«
»Aber nein! Ich möchte meinen Kaffee. Und auch einen Brandy. Mir ist ausgesprochen wohl, Rhoda.«
»Wahrscheinlich macht die Wärme dich müde.«
Die meisten Zimmer in diesem alten Haus waren mit einem Kamin ausgestattet. Das geschnitzte hölzerne Kaminsims des riesigen Speisezimmers war im Flackern von Licht und Schatten von bedrückender Eleganz. Pug war noch nicht wieder an Rhodas Lebensstil gewöhnt, der ohnehin für ihn immer eine Spur zu aufwendig gewesen war. Als er sich erhob, spürte er die Wirkung des Weins in seinem Kopf und in seinen Beinen. »Wahrscheinlich. Ich bringe den Chambertin rüber, mach du nur den Kaffee.«
»Aber Liebling, ich kann dir doch auch den Wein rüberbringen.«
Im Wohnzimmer ließ er sich neben dem Kamin, in dem ein grauer Aschenhaufen lag, in einen Sessel fallen. Der hell strahlende Kronleuchter verwandelte den geputzten Christbaum in eine Schaufensterdekoration. Inzwischen war es im ganzen Haus warm geworden, und es roch nach verstaubten Heizkörpern. Sie hatte den Thermostat hochgestellt und gemeint: »Ich hab' mich so an ein kaltes Haus gewöhnt. Kein Wunder, daß die Engländer meinen, wir dünsteten uns wie Fisch. Aber du kommst ja auch gerade aus den Tropen.«
Pug sann über seinen makabren Wachtraum nach. Wie war es nur möglich, im Traum einen solchen Kalauer zu erfinden? Die Stimme war so deutlich erkennbar, so lebendig gewesen! »Daß ein Mann, wenn er die Uniform auszieht, um so weniger leistet, je mehr Kolbenringe er hat.« Das war Warren, wie er leibte und lebte. Weder er noch Byron wären auf so etwas jemals gekommen.
Rhoda setzte Flasche und Glas neben ihm ab. »Der Kaffee kommt gleich, Liebling.«
Er nippte am Brandy und hatte das Gefühl, umfallen und vierzehn Stunden schlafen zu können, ohne sich auch nur ein einziges Mal zu regen. Aber Rhoda hatte sich soviel Mühe gegeben, und das Abendessen war so gut gewesen; Zwiebelsuppe, leicht angebratenes Roastbeef, gebackene Kartoffeln mit saurer Sahne und überbackener Blumenkohl; ihr neues, die Figur betonendes Seidenkleid war umwerfend, ihr Haar war frisiert, als wollte sie zu einer Tanzerei, und ihr ganzes Wesen war liebevoll und willfährig. Penelope war mehr als bereit für den heimgekehrten Reisenden; und Pug wollte seine Frau

weder enttäuschen noch demütigen. Doch ob es nun daran lag, daß er älter wurde, oder weil die Kirby-Sache noch unverdaut in ihm steckte – er spürte kein liebendes Verlangen nach ihr. Nicht im geringsten.
Eine scheue Berührung seines Gesichts, und als er die Augen öffnete, sah sie lächelnd auf ihn herab. »Ich glaube, Kaffee wird nicht viel helfen, Pug.«
»Nein. Es ist schon enttäuschend.«
Beim Auskleiden und Duschen wurde er wieder halb wach. Als er aus dem Bad kam, machte sie gerade sein Bett zurecht. Er kam sich vor wie ein Narr. Als er versuchte, sie in die Arme zu schließen, wehrte sie ihn mit der lachenden Derbheit einer jungen Studentin ab. »Liebster, ich hab' dich zum Fressen gern, aber ich glaube ehrlich nicht, daß du es heute schaffst. Schlaf dich erst mal richtig aus; morgen geht der Tiger bestimmt wieder auf die Jagd.«
Verschlafen aufstöhnend, ließ Pug sich ins Bett sinken. Sie gab ihm einen sanften Kuß auf den Mund. »Es ist schön, dich wieder hier zu haben.«
»Tut mir leid«, murmelte er, als sie das Licht ausknipste.
Nicht im geringsten vor den Kopf gestoßen, sondern eher erleichtert, zog Rhoda das rote Kleid aus und einen alten Hausmantel an. Sie ging wieder hinunter, räumte auf, bis nichts an das Abendessen und an den vergangenen Tag erinnerte; sie leerte die Aschenbecher im Wohnzimmer, schaufelte die Asche im Kamin in den Kasten, legte frisches Holz auf, damit sie es am nächsten Morgen nur anzuzünden brauchte, und trug Asche und Abfälle nach draußen. Sie genoß den kurzen Augenblick eisig kalter Luft im Freien, den Anblick der glitzernden Sterne und das Knirschen des Schnees unter ihren Füßen.
Dann ließ sie sich ein heißes Bad einlaufen und machte sich, ein Glas Brandy in Reichweite, im Umkleideraum daran, im blendenden Licht vor dem Spiegel die Kriegsbemalung zu entfernen. Herunter mit dem Rouge, dem Lippenstift und dem Mascara, der Augenschminke und dem Make-up, das sie bis zu den Schlüsselbeinen trug. Die nackte Frau, die dann in die dampfende Wanne stieg, war schlank, ja fast hager; sie hatte monatelang entschlossen gehungert. Ihre Rippen konnte man zählen; doch dafür war ihr Bauch flach, die Hüften schmal und die Brüste klein und von passabler Form. Nur das Gesicht hatte nichts Mädchenhaftes mehr. Trotzdem, dachte sie, würde Colonel Harrison Peters sie immer noch begehrenswert finden.
Für Rhoda beherrschte begehrenswertes Aussehen ohnehin neun Zehntel im Denken eines Mannes; und Aufgabe der Frau war es, dieses Gefühl zu stärken, sobald sie ihm auf die Spur kam und es ihren Zwecken dienlich war. Pug mochte sie schlank, und so hatte sie sich für dieses Wiedersehen verdammt-nochmal schlank gehungert. Sie wußte, daß sie in Schwierigkeiten war; doch

was ihre sexuelle Anziehungskraft auf ihren Mann betraf, machte sie sich keine Sorgen. Daß Pug ihr nun einmal treu war, war der Fels, auf dem ihre Ehe ruhte.

Das warme Wasser hüllte sie ein und war herrlich entspannend. Zwar hatte sie nach außen Gelassenheit gezeigt – innerlich war sie den ganzen Abend über angespannt gewesen wie eine verängstigte Katze. Mit seinen freundlichen Worten, seiner Güte, dem Verzicht auf jeden Vorwurf, seiner Höflichkeit sowie dem Mangel an Leidenschaft hatte Pug alles gesagt. Daß er immer wieder in Schweigen verfiel, verriet mehr als bei anderen Männern Worte. Zweifellos hatte er ihr verziehen (was immer das auch bedeuten mochte), aber vergessen hatte er deshalb noch lange nichts; dabei sah es so aus, als wollte er das Thema der anonymen Briefe nicht zur Sprache bringen. Alles in allem war sie gar nicht so unglücklich mit ihrem ersten gemeinsamen Tag. Er war vorüber, es stand nicht mehr alles auf Messers Schneide, sie hatten einigermaßen festen Boden unter den Füßen und wußten, wie sie miteinander umgehen konnten. Sie hatte Angst gehabt vor ihrer ersten Begegnung im Bett. Wie leicht hätte dabei etwas schiefgehen und ein paar dumme Minuten ihre Entfremdung vertiefen können. Sex als Vergnügen spielte im Augenblick überhaupt keine Rolle für sie. Sie hatte wirklich an Ernsthafteres zu denken.

Rhoda war eine Frau, der methodisches Vorgehen lag; nichts hatte sie lieber als Listen, schriftlich festgehaltene und solche, die nur in ihrem Kopf existierten. Das Bad war ihre Zeit, alles zu überdenken, und heute abend überdachte sie nichts Geringeres als ihre Ehe. Trotz der gütigen Briefe, die Pug ihr geschrieben hatte, und trotz der Woge versöhnlicher Gefühle, die nach Warrens Tod aufgewallt waren – jetzt, nachdem sie einander wieder Aug' in Auge gegenübergestanden hatten, war diese Ehe zu retten? Im großen und ganzen meinte sie, schon. Und das hatte praktische Konsequenzen.

Colonel Harrison Peters hatte sich in einem erstaunlichen Maße in sie verguckt. Er kam sonntags in die Saint John's Church, bloß um sie zu sehen. Zuerst hatte sie sich gefragt, was er nur von ihr wollen mochte, da er doch (wie sie gehört hatte), wenn er wollte, jede Menge leichter Mädchen haben konnte. Inzwischen wußte sie es; er hatte es ihr erzählt. Sie war die Offiziersgattin seiner Träume: fabelhaft aussehend, ehrlich, anständig, elegant und tapfer. Er bewunderte, wie sie den Verlust ihres Sohnes trug. Wenn sie zusammen waren – sie sorgte dafür, daß das nur selten und dann in aller Öffentlichkeit geschah; sie hatte ihre Lektion mit Kirby gelernt – hatte er sie dazu gebracht, von Warren zu erzählen, und manchmal sogar seine eigenen Tränen abgewischt. Der Mann war kein Weichling und bekleidete einen wichtigen Posten, hatte irgend etwas mit einer hochgeheimen Army-Sache zu tun; aber im Grunde war er nur ein einsamer Junggeselle, Mitte fünfzig, der es satt hatte, nur seichte Affären zu haben, aber auch zu alt war, um eine Familie zu gründen – ein Mann, der sich danach sehnte, endlich zur Ruhe zu kommen. Diesen Mann konnte sie haben.

Aber wenn es ihr gelang, Pug zu halten, war ihr das zehnmal lieber. Pug war ihr Leben. Ihre romantischen Bedürfnisse hatte Palmer Kirby befriedigt. Eine Scheidung und Wiederverheiratung waren bestenfalls eine unerfreuliche, schmutzige Angelegenheit. Ihr Selbstgefühl, ihr Ansehen und ihre Selbstachtung – alles das hing davon ab, daß sie Mrs. Victor Henry blieb. Nach Hawaii zu gehen, hatte sich als zu schwierig und zu kompliziert erwiesen; aber vielleicht war es nur gut, daß soviel Zeit verstrichen war, bis es zu einer Wiedervereinigung kommen konnte – auch die frischesten Wunden waren einigermaßen verheilt. Pug war ein richtiger Mann. Ihn konnte man nie ausloten. Man sah es ja wieder – jetzt rief das Weiße Haus ihn abermals! Er hatte eine Pechsträhne gehabt, und ihr Seitensprung hatte dazugehört; aber wenn ein Mann das Zeug hatte, mit dergleichen fertigzuwerden, dann war er es. Auf ihre Weise bewunderte, ja, liebte Rhoda Pug sogar. Warrens Tod hatte ihre begrenzten Fähigkeiten zu lieben etwas ausgeweitet. Ein gebrochenes Herz wird weiter, wenn es heilt.

Nach der Bestandsaufnahme, die Rhoda in der Badewanne vornahm, sah es so aus, als ob sie es nach dieser Versöhnung, mit der es wohl gerade eben klappen würde, schaffen könnten. Immerhin war da ja auch diese Sache mit Pamela Tudsbury; auch sie hatte etwas zu verzeihen, wenn sie auch nicht recht wußte, was. Als sie beim Abendessen über Tudsburys Tod geredet hatten, hatte sie Pugs Gesicht nicht aus den Augen gelassen. »Was macht Pamela jetzt eigentlich?« hatte sie gefragt. »Ich habe sie nämlich gesehen, als sie durch Hollywood kamen. Hast du meinen Brief bekommen? Der Mann hat im Stadion von Hollywood eine blendende Rede gehalten.«

»Ich weiß. Du hast mir den Text geschickt.«

»Dabei, Pug, hat sie sie geschrieben. Das hat sie mir erzählt.«

»Ja, Pam hat in der letzten Zeit viel für ihn geschrieben. Aber die Ideen stammten von ihm.« Der alte Fuchs ließ sich einfach nicht überraschen, mochte er noch so müde sein; seine Stimme hatte genauso geklungen wie sonst.

Nicht, daß das eine Rolle spielte. Rhoda hatte Pamela Tudsburys ebenso niederschmetternde wie erstaunliche Enthüllung in Hollywood mehr oder weniger verarbeitet: wenn es einer leidenschaftlichen jungen Schönheit wie dieser – die übrigens ganz danach aussah, als verstünde sie etwas von Männern – nicht gelang, Pug unmittelbar nach Warrens Tod an sich zu binden, obwohl er weit weg war von zu Hause, verwundbar und ihr durch die Kirby-Affäre entfremdet, dann konnte ihrer Ehe kaum viel passieren. Colonel Harrison Peters mit seinen ein Meter und achtzig mochte sehen, wo er blieb, wenn sie Pug behalten konnte. Die Bewunderung, die Harrison ihr entgegenbrachte, war für sie wie die Police einer Unfallversicherung. Sie war froh, sie zu haben, und hoffte, nie auf sie angewiesen zu sein.

Das Dämmerlicht der Nachttischlampe verwischte die Falten in Pugs hartem Gesicht. Unwillkürlich kam ihr ein Gedanke, der ihr nur selten gekommen war: sollte sie zu ihm unter die Decke schlüpfen? Sie hatte es im Laufe der Jahre nur selten getan, und das war auch schon endlos lange her; meist, wenn sie zuviel getrunken oder einen Abend lang mit dem Mann einer anderen geflirtet hatte. Pug hatte diese seltenen Vorstöße von ihrer Seite aus immer als ein großes Kompliment genommen. Wie lieb und stattlich er doch aussah. So mancher Riß in ihrer Beziehung war rasch dadurch gekittet worden, daß sie miteinander geschlafen hatten.

Trotzdem zögerte sie. Wenn eine anständige Frau dem Verlangen nach ihrem Mann nachgibt, der gerade eben aus dem Krieg heimgekehrt war, war das eine Sache. Aber war es nicht für sie – die gleichsam auf Bewährung lebte und Verzeihung suchte – etwas anderes? Benutzte sie ihren Körper dann nicht als Bestechung? Deutete das nicht auf eine vergrößerte Sinnenlust hin? Selbstverständlich formulierte Rhoda all dies nicht; es ging ihr nur rasend schnell in einer Art weiblicher symbolischer Logik durch den Kopf. Und gleich darauf legte sie sich in ihr eigenes Bett.

Pug wachte unversehens auf; die Wirkung des Alkohols verflog, und seine Nerven meldeten so etwas wie Alarm. Rhoda, die für die Welt tot war, hatte eine faltige Haube übers Haar gezogen. Es hatte keinen Zweck, sich umzudrehen. Entweder, er trank jetzt noch etwas, oder er nahm eine Tablette. Er fand in seinem Schrank einen besonders warmen Bademantel und stieg hinunter in die Bibliothek, in der eine fahrbare Bar stand. Auf dem antiken Schreibtisch lag ein ledergebundenes Album; über den Goldlettern des Titels war Warrens Photo in den Einband eingearbeitet worden:
LIEUTENANT WARREN HENRY, USN
Er mischte einen steifen Bourbon mit Wasser und starrte das Album an wie ein Gespenst. Er ging zur Tür, knipste das Licht aus und tastete sich dann zum Schreibtisch zurück, wo er die Leselampe anmachte. Das Glas in der Hand, stand er da und blätterte das Album Seite für Seite durch. Auf dem Vorsatzblatt prangte, mit schwarzem Trauerrand umgeben, Warrens Babyphoto; auf dem Gegenstück hinten der Nachruf aus der *Washington Post*; gegenüber die

Verleihungsurkunde des nachträglich verliehenen Navy Cross mit einer schwungvollen, tiefschwarzen Unterschrift.
Rhoda hatte in diesem Album das ganze kurze Leben ihres Erstgeborenen geordnet: die ersten Schreibversuche – FRÖHLICHE WEIHNACHTEN – mit roter und grüner Ölkreide auf derbem Kindergartenpapier; das erste Zeugnis aus der ersten Grundschulklasse einer Schule in Norfolk – Fleiß: A, Arbeitsverhalten: A, Betragen: C; Bilder von Kindergeburtstagen; Bilder aus Sommerlagern; besondere Belobigungen; sportliche Auszeichnungen; Programme von Schüleraufführungen, sportlichen Wettkämpfen und Schulentlassungsfeiern; Beispiele von Briefen, in denen Schrift und Ausdrucksvermögen sich von Jahr zu Jahr besserten; Dokumente von der Offiziersakademie und Photos; Beförderungsbescheide und Marschbefehle, und dazwischen immer wieder Schnappschüsse von ihm auf Schiffen oder im Cockpit; ein halbdutzend Seiten für die Bilder und Erinnerungen an seine Verlobung und Hochzeit mit Janice Lacouture (der unerwartete Anblick eines Bildes von Natalie Jastrow in einem schwarzen Kleid, wie sie neben dem weißgekleideten jungen Paar in der Sonne stand, versetzte Pug einen Stich). Die letzten Seiten waren voll von Kriegserinnerungen – ein Gruppenphoto seiner Staffel auf dem Dock der *Enterprise*, Warren im Cockpit seiner Maschine auf Deck und in der Luft, eine Karikatur von ihm in der Schiffszeitung und zuletzt, über zwei Seiten gehend und gleichfalls schwarz umrandet, sein letzter Brief an seine Mutter, getippt auf dem Briefpapier der *Enterprise*. Dieser Brief trug das Datum vom März – drei Monate vor seinem Tod.
Erschüttert, auf diese frischen Worte von seinem toten Sohn zu stoßen, las Pug sie gierig durch. Warren hatte Briefeschreiben stets gehaßt. Die erste Seite hatte er mit Berichten über Vics klug-lustige Aussprüche und Problemen der Haushaltsführung auf Hawaii bestritten. Auf der zweiten Seite hatte er sich dann ein wenig warmgeschrieben:

Ich fliege Frühaufklärung, deshalb ist es besser, ich mach' jetzt Schluß. Mom, es tut mit leid, daß ich nicht öfter geschrieben habe. Für gewöhnlich schaffe ich es, Dad zu sehen, wenn er im Hafen ist, und so gehe ich davon aus, daß er Dich auf dem laufenden hält. Ich kann ohnehin nicht viel über das schreiben, was ich tue.
Immerhin soviel: jedesmal, wenn ich nach dem Start übers Wasser brause und aufsteige, und jedesmal, wenn ich auf Deck lande, danke ich meinem guten Stern, daß ich Pensacola geschafft habe. Es gibt in diesem Krieg nur eine Handvoll Navy-Flieger. Wenn Vic einmal all das hier liest und dann den

ergrauten alten Gaul ansieht, den er Dad nennt, wird er sich der Rolle, die ich dabei gespielt habe, meine ich, nicht zu schämen brauchen.
Selbstverständlich hoffe ich von ganzem Herzen, daß die Welt den Krieg abgeschafft haben wird, wenn Vic einmal groß ist. Früher war das ganze wohl ein Riesenspaß und für den Sieger möglicherweise sogar sehr vorteilhaft, ich weiß es nicht. Aber meine Generation ist die letzte, für die ein Kampf noch echten Nervenkitzel bringt. Mom, es wird alles so furchtbar unpersönlich und kompliziert und teuer – und so mörderisch. Die Menschen müssen sich schon etwas Vernünftigeres und Gesunderes ausdenken, um diesen Planeten zu regieren. Bis an die Zähne bewaffnete Räuber wie die Deutschen und Japaner schaffen Probleme, aber dergleichen muß im Keim erstickt werden, noch bevor es zum Ausbruch kommt.
Deshalb ist es mir wirklich schrecklich zu gestehen, was für einen Spaß mir alles bisher gemacht hat. Ich hoffe, mein Sohn wird nie die Angst und das erhebende Gefühl kennenlernen, das einen befällt, wenn man im Sturzflug unter Flakbeschuß in die Tiefe rauscht. Es ist schon eine idiotische Art, sich seinen Lebensunterhalt zu verdienen. Aber jetzt, da ich das tue, muß ich Dir auch sagen, daß ich es ums Verrecken nicht missen möchte. Ich sonne mich in der Vorstellung, daß Vic vielleicht einmal Politiker wird und hilft, die Welt zurechtzubiegen. Vielleicht probier' ich's sogar selbst, wenn all dies vorbei ist, und bahne ihm den Weg. Aber bis dahin: Frühaufklärung. Herzlichst.

Dein Warren

Pug klappte das Album zu, kippte ein zweites Glas Whisky und fuhr mit der Hand über den rauhen Ledereinband, als wäre es die Wange eines Kindes. Dann knipste er das Licht aus und ging nach oben ins Schlafzimmer. Warrens Mutter schlief noch wie zuvor. Sie lag auf dem Rücken, und ihr hübsches Profil war von der grotesken Haube halb verdeckt. Er starrte sie an wie eine Fremde. Wie hatte sie es nur fertiggebracht, dieses Album zusammenzustellen? Wunderbar hatte sie das gemacht, wie alles, was sie tat. Ihm gelang es immer noch nicht, auch nur den Namen seines Sohnes laut auszusprechen – und sie hatte all dies geschafft: all die Erinnerungen hervorzusuchen, sie in die Hand zu nehmen und sie zu einem hübschen Ganzen zusammenzufassen.
Pug stieg ins Bett, barg das Gesicht im Kopfkissen, und ließ sich vom Whisky hinabziehen in ein paar Stunden des Vergessens.

7

Der breite goldene Admiralsstreifen an Russell Cartons Ärmel funkelte. Sein überheiztes kleines Arbeitszimmer im Westflügel des Weißen Hauses war schon oft gestrichen worden – das letztemal austergrau. Der frischgebackene Konteradmiral hatte die Akademie nur zwei Jahrgänge vor Pug absolviert. Sein Gesicht hatte ein kräftigeres Kinn, er war überhaupt massiger als damals, als er auf dem Exerzierplatz von Annapolis seiner Einheit Befehle zugebrüllt hatte. Er war damals steif gewesen und war es heute noch. Jetzt saß er unter einer signierten Großaufnahme des Präsidenten an seinem metallenen Schreibtisch, schüttelte Pug die Hand, ohne sich zu erheben, plauderte über Belangloses und erwähnte die Anforderung von Nimitz mit keinem Wort. Pug beschloß, von sich aus nachzufassen. »Admiral, hat BuPers Sie über ein Telegramm vom CincPac unterrichtet, das meine Person betrifft?«
»Nun – ja.« Vorsichtige, widerwillig gegebene Auskunft.
»Dann weiß der Präsident also, daß Admiral Nimitz mich in seinem Stab haben möchte?«
»Henry, ich kann Ihnen nur eins raten: gehen Sie schlicht rein, wenn Sie gerufen werden, und hören Sie sich an, was man Ihnen zu sagen hat«, erklärte Carton gereizt. »Im Augenblick ist Admiral Standley beim Präsidenten. Und außerdem Mr. Hopkins und Admiral Leahy.« Er zog einen Korb mit Korrespondenz zu sich heran. »Und bis es klingelt, muß ich sehen, daß diese Briefe hier rausgehen.«
Pug hatte seine Antwort: der Präsident wußte *nicht* Bescheid. Die Wartezeit ging vorüber, ohne daß Carton auch nur ein einziges weiteres Wort sagte; Pug hatte Gelegenheit, die Lage zu durchdenken und sich seine Taktik zurechtzulegen. Seit über einem Jahr hatte er von Harry Hopkins nicht ein einziges Wort zu seinem Frontbericht aus Moskau zu hören bekommen; eine Antwort des Präsidenten auf die Ermordung der Juden von Minsk stand auch noch aus. Er war längst zu dem Schluß gelangt, daß er sich mit diesem Brief im Weißen Haus unmöglich gemacht hatte; man betrachtete ihn jetzt als einen Jemand, der sich aus sentimentalen Gründen in Sachen einmischte, die ihn nichts angingen. Das hatte ihn nicht weiter beunruhigt. Er hatte sich die Rolle eines

besonderen Sendboten des Präsidenten nie ausgesucht und hatte diese Rolle auch nie genossen. Offenbar steckte Admiral Standley hinter dieser Aufforderung, ins Weiße Haus zu kommen. Er mußte sich ganz einfach dagegen wehren; das Telegramm von Nimitz benutzen, um Standley auszustechen, sich aus der Nähe des Präsidenten zurückziehen und zum Pazifik zurückkehren.

Ein Summer ertönte zweimal. »Das sind wir«, sagte Carton. Gänge und Treppen des Weißen Hauses schienen unverändert – gleichsam der ruhige Mittelpunkt eines Wirbelsturms, Sekretärinnen und Adjutanten bewegten sich leise und mit einer Friedensruhe. Die kleinen Bären und die Schiffsmodelle auf dem großen Präsidentenschreibtisch im Oval Office schien seit zwei Jahren kein Mensch angerührt zu haben. Nur Franklin Roosevelt hatte sich sehr verändert; das graue Haar weiter gelichtet, die verschleierten Augen in violett gerandeten Höhlen; er machte einen gealterten Eindruck. Harry Hopkins mit seinem wächsernen Gesicht lag mehr, als daß er saß, in einem Sessel und winkte Pug matt grüßend zu. Die beiden Admirale, im Schmuck ihrer blitzenden Uniformen und Ordensschnallen, saßen kerzengerade auf einer Couch und bedachten ihn kaum mit einem Blick.

Roosevelts abgespanntes Gesicht mit der fleischigen Kinnpartie bekundete lebhafte Freude, als Victor Henry mit Carton eintrat. »Ja, Pug, alter Freund!« Die Stimme klang gebieterisch und volltönend; sie hatte den typischen Harvard-Tonfall, den alle Komiker im Radio nachzumachen suchten. »Die Japse haben es also fertiggebracht, daß Sie um Ihr Leben schwimmen mußten, was?«

»Leider ja, Mr. President.«

»Schwimmen ist mein Lieblingssport«, sagte Roosevelt mit verschmitztem Grinsen. »Tut der Gesundheit gut. Aber ich tue es nur dann gern, wenn ich mir die Zeit und den Ort selber aussuchen kann.«

Pug war einen Moment lang verblüfft, dann ging ihm auf, daß dieser etwas täppische Scherz freundlich gemeint war. Roosevelt hatte die Augenbrauen in Erwartung der Antwort in die Höhe geschoben. Pug zwang sich zu der harmlosesten Antwort, die ihm einfallen wollte. »Mr. President, ich stimme Ihnen zu, daß der Zeitpunkt schlecht gewählt war; aber für meine Gesundheit war das Bad trotzdem gut.«

»Hahaha!« Roosevelt warf den Kopf in den Nacken und lachte; auch die anderen lachten ein wenig. »Gut gesagt! Sonst wären Sie ja heute nicht hier, oder?« Er sagte das, als wäre das noch ein weiterer Witz, und wieder lachten die anderen. Russell Carton zog sich zurück. Das ausdrucksvolle Gesicht des Präsidenten wurde ernst. »Pug, ich bedaure den Verlust Ihres großartigen Schiffes und all der tapferen Männer. Die *Northampton* hat sich fabelhaft gemacht, das weiß ich. Und ich bin froh, daß Sie sich retten konnten. Sie kennen Admiral Leahy« – Roosevelts hagerer, sauertöpfisch dreinschauender Stabschef bedachte Pug mit einem hölzernen Kopfnicken, das seinen vier Kolbenringen und seinem gesunkenen Schiff angemessen war – »und natürlich Bill Standley. Bill hat Sie über den grünen Klee gelobt, seit Sie ihn nach Moskau begleitet haben.«

»Hallo, Henry, wie geht's«, sagte Admiral Standley. Lederig, verrunzelt, ein auffälliges Hörgerät im Ohr, das schmale, lippenlose Kinn über einem sehnigen Hals, sah er einer wütenden Schildkröte nicht unähnlich.

»Wissen Sie, daß Admiral Standley die Russen bei der Harriman-Mission so sehr ins Herz geschlossen hat, Pug« – mit den hochgeschobenen Augenbrauen gab der Präsident zu verstehen, daß er noch einen Witz machen wollte – »daß ich ihn als Botschafter nach Moskau zurückschicken mußte, nur um ihn glücklich zu machen? Er hat zwar jetzt Heimaturlaub, aber er vermißt sie so sehr, daß er schon übermorgen zurückfährt. Stimmt's, Bill?«

»Stimmt wie die Faust aufs Auge, Chief.« Der Ton war heiser und sarkastisch.

»Wie finden Sie die Russen, Pug?«

»Sie haben mich beeindruckt, Mr. President.«

»Ach? Nun, das ist anderen Leuten auch schon so ergangen. Was hat Ihnen denn solchen Eindruck gemacht an ihnen?«

»Ihre Zahl, Sir, und ihre Einsatzbereitschaft.«

Blicke schossen zwischen den vier Männern hin und her. Harry Hopkins ergriff mit schwacher, heiserer Stimme das Wort. »Naja, Pug, ich vermute, im Augenblick würden die Deutschen bei Stalingrad Ihnen beipflichten.«

Standley bedachte Pug mit einem verschmitzten Blick. »Russen gibt es viele, und tapfer sind sie auch. Das bestreitet kein Mensch. Außerdem sind sie unmöglich. Da liegt für uns das Grundproblem, für das es nur eine Lösung gibt: Festigkeit und Klarheit.« Standley drohte dem tolerant lächelnden Präsidenten mit dem knochigen Finger. »Worte richten bei ihnen nichts aus. Es ist, als ob man es mit Wesen von einem anderen Stern zu tun hätte. Sie verstehen nur die Sprache der Tatsachen, und selbst die kriegen sie manchmal in den falschen Hals. Ich glaube, sie haben den Leih- und Pachtvertrag bis heute nicht begriffen. Sie können die Sachen kriegen, und jetzt fordern und fordern sie einfach – wie Kinder bei einem Kinderfest, bei dem es Eis und Kuchen gibt, soviel man will.«

Der Präsident legte den Kopf auf die Seite und erwiderte aufgeräumt: »Bill, habe ich Ihnen schon einmal von meinen Gesprächen mit Litwinow erzählt? Das war 1933. Ich handelte die Anerkennung der Sowjetunion mit ihm aus. Mit solchen Leuten hatte ich noch nie zu tun gehabt. Mein Gott, ich bin aus der

Haut gefahren! Es ging um das Problem der Religionsfreiheit für unsere Staatsangehörigen in Rußland, wenn ich mich recht erinnere. Er war aalglatt, und da habe ich ihn einfach angefaucht. Ich werde nie vergessen, wie kühl er war, als wir uns wiedersahen.
Er sagte: ›Mr. President, gleich nach unserer Revolution gab es so gut wie keine Verständigungsmöglichkeit zwischen Ihrem Volk und meinem. Damals waren Sie noch hundertprozentige Kapitalisten, und wir waren auf dem Nullpunkt.‹« Roosevelt spreizte seine fleischigen Hände waagerecht in der Luft und hielt sie weit auseinander. »›Seither haben wir es bis hierher geschafft, etwa bis auf zwanzig, und Sie sind bis auf ungefähr achtzig runtergekommen. In den kommenden Jahren werden wir uns noch weiter annähern, bis auf sechzig und vierzig, wie ich meine.‹« Der Präsident brachte die Hände näher aneinander. »›Möglich, daß wir uns nicht mehr näherkommen‹, sagte er, ›aber verständigen können wir uns schon jetzt ganz gut.‹ Ja, Bill, und jetzt erlebe ich in diesem Krieg, daß Litwinows Worte sich bewahrheiten.«
»Das sehe ich auch«, sagte Hopkins.
Standley wurde geradezu bissig, als er Hopkins entgegenhielt: »Sie bleiben ja nie lange genug. Euch Wodka-Besuchern gegenüber legen sie ihre besten Manieren an den Tag. Aber Tag für Tag mit ihnen zu arbeiten, ist etwas ganz anderes. Ich weiß, Mr. President, meine Zeit ist um. Gestatten Sie, daß ich noch einmal zusammenfasse, und dann ziehe ich mich zurück.« Munter rasselte er die Bitten um genauere Überwachung der verwaltungstechnischen Abwicklung bei den Lieferungen im Rahmen des Pacht- und Leihvertrags herunter, die Bitte um Beförderung seiner Attachés und um unmittelbare Überwachung reisender VIPs durch die Botschaft. Wendell Willkies Namen nannte er mit allen Zeichen des Abscheus, und Hopkins bedachte er mit einem säuerlichen Blick. Nickend und lächelnd versprach Roosevelt, alles werde wunschgemäß erledigt werden. Als die beiden Admirale hinausgingen, gab Standley Pug einen freundschaftlichen Klaps auf die Schulter und grinste ihn verkniffen an.
Seufzend drückte der Präsident auf einen Knopf. »Lassen Sie uns etwas zu Mittag essen. Sie auch, Pug?«
»Sir, meine Frau hat mir zum Frühstück eine frische Forelle vorgesetzt.«
»Was Sie nicht sagen! Eine Forelle! Na, das nenne ich aber ein nettes Willkommen! Wie geht es Rhoda? So eine elegante und hübsche Frau.«
»Es geht ihr gut, Mr. President. Sie hat gehofft, daß Sie sich noch an sie erinnern.«
»Ach, eine Frau wie sie vergißt man nicht leicht.« Er nahm seinen Kneifer ab und rieb sich die Augen. Dann sagte er: »Pug, als ich über das SecNav von

Ihrem Sohn Warren hörte, war mir das schrecklich. Ich habe ihn ja nie kennengelernt. Wird Rhoda damit fertig?«

Der Trick des alten Politikers, sich an Vornamen zu erinnern, und die plötzliche Erwähnung seines gefallenen Sohnes brachten Pug aus dem Gleichgewicht. »Sie hält sich fabelhaft, Sir.«

»Midway, das war ein bemerkenswerter Sieg, Pug. Und wir verdanken ihn ausschließlich jungen Männern wie Warren. Die haben unsere Lage im Pazifik gerettet.« Unversehens wechselte der Präsident Tonfall und Gehaben. Aus wärmstem Mitgefühl wurde im Handumdrehen Sachlichkeit: »Aber sehen Sie, wir haben bei den Nachtgefechten vor Guadalcanal viel zu viele Schiffe verloren. Meinen Sie nicht auch? Woran liegt das? Sind die Japaner bessere Nachtkämpfer als wir?«

»Nein, Sir.« Pug empfand diese Frage als einen persönlichen Hieb. Froh, damit das Thema Warren lassen zu können, entgegnete er: »Als der Krieg anfing, hatten die Japaner einen viel höheren Ausbildungsstand. Sie waren gut gerüstet und warteten nur darauf, losschlagen zu können. Wir hingegen nicht. Trotzdem haben wir nicht klein beigegeben. Sie haben es längst aufgegeben, Verstärkungen nach Guadalcanal zu werfen. Wir werden dort gewinnen. Ich gebe zu, bei nächtlichen Feuergefechten müssen wir besser werden, aber das kommt noch.«

»Ich stimme mit allem überein, was Sie sagen.« Der Präsident durchbohrte ihn förmlich mit seinem kalten Blick. »Trotzdem habe ich mir Sorgen gemacht, Pug. Ich dachte schon, wir müßten Guadalcanal aufgeben. Das hätten unsere Landsleute schwer genommen, und die Australier wären schlicht in Panik geraten. Nimitz hat genau das richtige getan, indem er Halsey dort einsetzte. Dieser Halsey ist ein harter Brocken.« Der Präsident steckte eine Zigarette in seine Zigarettenspitze. »Er hat sich bei einer Sache bewährt, die an einem seidenen Faden hing. Hat die ganze Lage gerettet. Mit nur einem einzigen einsatzfähigen Flugzeugträger! Das muß man sich vorstellen! Aber in die Zwangslage kommen wir nicht wieder; unsere Produktion läuft jetzt endlich an. Ein Jahr später, als ursprünglich vorgesehen war, Pug. Aber genau, wie Sie gesagt haben: sie haben sich auf den Krieg vorbereitet, und ich nicht. Einerlei, was gewisse Zeitungen immer wieder andeuten. Ah, da kommt es ja!«

Der Neger-Steward in weißer Messjacke schob einen Servierwagen herein. Die Zigarettenspitze beiseite legend, jammerte Roosevelt: »Nun sehen Sie sich diese Riesenportion an, ja? Drei Eier, vielleicht vier. Verflixt, Pug. Sie werden sie mit mir teilen müssen. Auf zwei Teller bitte«, wies er den Steward an. »Essen Sie nur Ihre Suppe, Harry. Warten Sie nicht.«

Der ein wenig verängstigt dreinschauende Steward zog aus einer Seite des

Schreibtisches eine Platte heraus, schob einen Stuhl heran und servierte Victor Henry Eier, Toast und Kaffee; Harry Hopkins löffelte lustlos Suppe aus einer Schüssel, die er auf einem Tablett auf den Knien hielt.

»So, das gefällt mir schon besser«, sagte Franklin Roosevelt und machte sich eifrig über seine Eier her. »Jetzt können Sie Ihren Enkelkindern erzählen, Sie hätten mit einem Präsidenten das Mittagsmahl geteilt, Pug. Und vielleicht begreifen die Leute von der Küche endlich mal, daß ich es hasse, etwas zurückgehen zu lassen. Das ist ein ständiger Kampf.« An den lockeren, lauwarmen Eiern fehlte Salz und Pfeffer. Pug würgte sie hinunter, zwar mit dem Gefühl, ein historisches Privileg zu genießen, aber ohne jeden Appetit.

»Sagen Sie mal, Pug«, sagte Hopkins, »wir haben in Nordafrika gemerkt, daß wir viel zu wenig Landungsfahrzeuge haben. Es war die Rede von einem forcierten Bauprogramm, und in dem Zusammenhang tauchte Ihr Name auf. Inzwischen ist die Landung längst erfolgreich verlaufen, und das U-Bootproblem brennt uns wesentlich mehr auf den Nägeln. Deshalb haben Zerstörer als Geleitschiffe auf allen Werften Vorrang. Trotzdem werden wir nach wie vor Mangel an Landungsfahrzeugen haben, und ...«

»Sehr richtig«, mischte der Präsident sich ein und ließ die Gabel klirrend auf den Teller fallen. »Das kommt unweigerlich zur Sprache, sobald es um die Invasion Frankreichs geht. Ich erinnere mich noch an unsere Gespräche – '41 muß das gewesen sein, Pug – an Bord der *Augusta*, bevor ich mit Churchill zusammentraf. Was ich brauche, ist ein Mann mit Durchsetzungsvermögen, der sich um den Bau von Landungsfahrzeugen für die Navy kümmert und dabei meine volle Unterstützung hat. Aber da kommt Bill Standley daher, übrigens ganz zufällig, und bittet, daß Sie ihm als Sonder-Militärattaché zugeteilt werden.« Roosevelt blickte über den Rand seiner Kaffeetasse hinüber. »Geben Sie einer der beiden Aufgaben persönlich den Vorzug?«

»Nun, Mr. President, mir schwirrt ein bißchen der Kopf – vor eine solche Wahl gestellt zu werden, und dann noch von Ihnen.«

»Gott, ja, darin besteht ja der größte Teil meiner Arbeit, mein Lieber.« Der Präsident gluckste in sich hinein. »Ich sitze hier, spiele den Verkehrspolizisten und versuche, die richtigen Männer an den richtigen Platz zu bringen.«

Roosevelt sagte das mit einer Vertraulichkeit, als wären er und Victor Henry alte Schulfreunde. Wenn Pug sich auch vernachlässigt fühlte, er konnte nicht umhin, den Präsidenten zu bewundern. Der ganze Krieg lastete auf den Schultern dieses alternden Krüppels; außerdem mußte er das Land regieren und sich wegen jeder Kleinigkeit mit einem zerrissenen Kongreß herumschlagen, damit die Dinge getan wurden, die getan werden mußten. Harry Hopkins wurde unruhig, das merkte Pug. Wahrscheinlich stand als nächstes eine wichtige Besprechung auf dem Plan. Trotzdem brachte Roosevelt es fertig, mit einem namenlosen Navy-Captain zu plaudern und ihm das Gefühl zu vermitteln, er sei wichtig für den weiteren Verlauf des Krieges. Ebenso pflegte Pug mit der Mannschaft seiner Schiffe umzugehen; er bemühte sich, jedem Seemann das Gefühl zu geben, daß er wichtig sei für das Schiff. Doch das, was er hier erlebte, war Führertum, das unter unvorstellbarem Druck übermenschliche Größe gewann.

Das war nicht leicht zu verdauen. Victor Henry mußte seine ganze Willenskraft aufwenden, um dem forschenden Blick dieser klugen und müden Augen standzuhalten, zwei astralfernen Funken in einer Maske vertrauter guter Kameradschaft. Es war Pug unmöglich, das Telegramm von Nimitz zu erwähnen. Das hieße, Carton eins auszuwischen, und in gewisser Weise, Roosevelt schlicht einen Korb zu geben. Sollte der Präsident wenigstens sein Zögern zu spüren bekommen.

Roosevelt löste die leichte Spannung. »Nun, Sie müssen ohnehin erstmal zehn Tage Urlaub machen. Und Rhoda mal was bieten. Das bitte ich als Befehl zu betrachten! Dann setzen Sie sich mit Russ Carton in Verbindung, und ob Sie sich so oder so entscheiden – Sie werden erfahren, was Sie zu tun haben. Übrigens, wie geht's denn Ihrem U-Boot-Sohn?«

»Dem geht's gut, Sir.«

»Und seiner Frau? Der jungen Jüdin, die Schwierigkeiten in Italien hatte?«

Ein leichter Abfall im Ton, ein Blick hinüber zu Hopkins sagte Pug, daß er jetzt wirklich zu lange blieb. Er sprang auf. »Vielen Dank, Mr. President. Es geht ihr gut. Ich melde mich in zehn Tagen bei Admiral Carton. Vielen Dank fürs Mittagessen, Sir.«

Franklin Delano Roosevelts Züge wirkten wie in Stein gemeißelt. »Ihr Brief aus Moskau über die Minsker Juden kam uns sehr gelegen. Auch der Augenzeugenbericht von der Front an Harry. Ich habe ihn selbst gelesen. Sie hatten recht mit Ihrer Annahme, daß die Russen die Front halten würden. Sie und Harry. Das ist ein Punkt, in dem eine ganze Reihe von Fachleuten sich geirrt hat. Sie haben den Durchblick, Pug, und besitzen die Fähigkeit, Dinge klar darzustellen. Was die Lage der Juden betrifft, so ist das ganz einfach entsetzlich. Ich weiß wirklich nicht, was ich tun soll. Dieser Hitler ist ein Teufel, wirklich, und die Deutschen laufen schlicht Amok. Die einzige Antwort besteht darin, Nazideutschland zu besiegen, so schnell es geht, und den Deutschen eine Lehre zu erteilen, die sie auf Generationen hinaus nicht vergessen werden. Wir tun unser Mögliches.« Sein Händedruck war kurz. Ernüchtert zog Pug sich zurück.

»Wenn du meinst, ich wäre zu unternehmungslustig, so wäre das schade«, sagte Rhoda. »Ich lasse mich nur nicht so leicht entmutigen.«
Scheite brannten im Wohnzimmerkamin, auf dem Kaffeetisch standen Gin, Vermouth, der Mixer und ein Glas Oliven; dazu eine frisch geöffnete Dose Kaviar, hauchdünn geschnittenes Brot und Schälchen mit gehackten Zwiebeln und Eiern. Sie trug ein pfirsichfarbenes Negligé, hatte sich das Haar hochgesteckt und ganz leicht Rouge aufgelegt.
»Ein wunderschöner Anblick, den du da bietest«, sagte Pug verlegen und zugleich angeregt. »Übrigens, der Präsident läßt dich herzlich grüßen.«
»Wenn das nur nicht übertrieben ist.«
»Nein, wirklich, Rho. Er hat gesagt, du wärest eine elegante und hübsche Frau, jemand, den man nicht so ohne weiteres vergißt.«
Bis zu den Ohren errötend – sie errötete nur sehr selten, aber wenn sie es tat, verlieh ihr das etwas ausgesprochen Mädchenhaftes – sagte Rhoda: »Ach, wie reizend. Aber was ist passiert? Wie lauten die Neuigkeiten?«
Bei den Drinks erstattete er ihr betont lakonischen Bericht. Rhoda begriff nur, daß der Präsident eine ganze Reihe von Aufgaben für ihn hatte, und ihm bis dahin befohlen hatte, sich zehn Tage Urlaub zu nehmen.
»Zehn ganze Tage! Wunderbar! Ist mit einer der Aufgaben verbunden, daß du in Washington bleibst?«
»Einer, ja.«
»Dann, hoffe ich, entscheidest du dich für die. Wir sind lange genug getrennt gewesen. Viel zu lange.«
Nachdem sie eine Menge Kaviar gegessen und die Martinis ausgetrunken hatten, war Pug in der richtigen Stimmung – oder bildete es sich zumindest ein. Seine ersten Gesten waren etwas eingerostet, doch das ging rasch vorüber. Rhodas Körper in seinen Armen fühlte sich köstlich und erregend an. Sie gingen ins Schlafzimmer hinauf und zogen die Jalousien herunter – die gleichwohl warmes nachmittägliches Licht hindurchließen –, lachten sich an und machten kleine Scherze, als sie sich auszogen und dann gemeinsam ins Bett gingen.
Rhoda war leidenschaftlich und draufgängerisch wie eh und je. Aber von dem Augenblick an, da er zum erstenmal seit anderthalb Jahren den nackten Körper seiner Frau sah – einen Körper, den er immer noch hinreißend schön fand –, mußte Victor Henry daran denken, daß in diesen Körper ein anderer Mann eingedrungen war. Nicht, daß er Rhoda gram war; im Gegenteil, er glaubte, ihr verziehen zu haben. Auf jeden Fall wollte er diese Tatsache aus seinem Denken verbannen. Doch statt dessen malte er sich mit jeder Zärtlichkeit, jedem gemurmelten Liebeswort und jeder Bewegung aus, daß sie genau das gleiche

mit dem Ingenieur gemacht hatte. Es änderte nichts an dem, was sie taten. In gewisser Weise – ja, auf eine widernatürliche Weise – schien das Erlebnis für den Augenblick noch gesteigert. Doch am Schluß erfüllte ihn ein leichter Abscheu.

Nicht so Rhoda. Sie ließ erkennen, daß sie auf eine ekstatische Weise dankbar war. Sie bedeckte sein Gesicht mit Küssen und plapperte Unsinniges. Nach einer Weile gähnte sie wie ein Tier und lachte, kauerte sich zusammen und schlief ein. Die Sonne, die durch einen Vorhangspalt hereinfiel, zeichnete eine goldene Linie an die Wand. Victor Henry stieg aus ihrem Bett, schloß den Vorhang, kehrte in sein eigenes Bett zurück, legte sich auf den Rücken und starrte an die Decke. So lag er immer noch da, als sie eine Stunde später mit einem Lächeln erwachte.

8

Leslie Slote wachte in seiner alten Wohnung in Georgetown auf, zog eine alte Hose und eine Tweedjacke aus dem Schrank an, den er zugeschlossen hatte, solange die Wohnung untervermietet gewesen war, und machte sich in der stickigen kleinen Küche Kaffee und Toast, wie er es schon tausendmal getan hatte. Eine aus allen Nähten platzende Aktentasche unterm Arm wie immer, ging er an diesem nichtssagenden Washingtoner Wintertag zum Außenministerium hinunter. Die Wolken hingen niedrig, es wehte ein kalter Wind, und eine Ahnung von Schnee hing in der Luft.

Es war, als kehrte er nach langer Krankheit wieder ins normale Leben zurück. Das Straßenbild, die Gerüche und Geräusche der oberen Pennsylvania Avenue – Dinge, die ihm früher alltäglich und eher langweilig vorgekommen waren – beflügelten ihn. Die Leute, die an ihm vorüberkamen – ausnahmslos Amerikaner – starrten seine russische Pelzmütze an, und das gefiel ihm; in Moskau und Bern wäre sie keinem Menschen aufgefallen. Er war zu Hause. Er war in Sicherheit. Ihm ging auf, daß er, seit die Deutschen angefangen hatten, auf Moskau vorzustoßen, keinen einzigen ruhigen Atemzug mehr getan hatte. Selbst in Bern hatte er das Gefühl gehabt, als erzitterte das Straßenpflaster unter dem Schritt der deutschen Knobelbecher. Aber die Deutschen saßen nicht mehr nur auf der anderen Seite der Alpen, sondern waren durch einen Ozean von ihm getrennt; und die Gegenwinde des Atlantik wehten anderen verängstigten Männern eisig ins Gesicht.

Der Schorf der kleinen Säulchen, welcher die gesamte Fassade des Außenministeriums verunzierte, kam Slote heute nicht einmal häßlich vor, sondern nur sonderbar, naiv und hausbacken: eine typisch amerikanische und deshalb liebenswerte architektonische Verirrung. Bewaffnete Wächter drinnen hielten ihn an, und er mußte seinen Zelluloidpaß vorweisen; das war das erste Anzeichen des Krieges, dem er hier in Washington begegnete. Im Zimmer des Vichy-Referats blieb er stehen, um einen Blick in die vertrauliche Liste zu werfen, die rund zweihundertfünfzig Namen von Amerikanern enthielt – überwiegend Angehörigen des diplomatischen und konsularischen Dienstes, die in Lourdes festgehalten wurden.

Hammer, Frederick, Quäker-Hilfsorganisation für Flüchtlinge
Henry, Mrs. Natalie, Journalistin
Holliston, Charles, Vize-Konsul
Jastrow, Dr. Aaron, Journalist

Also immer noch! Daß das Kind nicht mit aufgeführt war, wie auf der Liste in London, war, so hoffte er, wohl nur ein Versehen.
»Na, da sind Sie ja«, sagte der Abteilungsleiter für Europäische Angelegenheiten; er stand auf und blickte Slote forschend an. Für gewöhnlich war er ein dickfelliger Profi, den nichts aus der Reserve locken konnte und der sich nicht einmal aus der Ruhe bringen ließ, als sie zusammen Squash gespielt hatten. Als er sich erhob und Slote über den Schreibtisch hinweg die Hand schüttelte, ließ er den Ansatz eines Spitzbauches erkennen. Sein Händedruck war verschwitzt und krampfig. »Und hier *ist* es nun!« Mit diesen Worten reichte er Slote eine zwei Seiten lange, maschinengeschriebene Dokumentation mit Streichungen in roter Tinte.

15. Dezember 1942 (vorläufig)
    Gemeinsamer Bericht der Vereinten Nationen
    über die von den Deutschen an Juden verübten Greueltaten

»Was, um alles in der Welt, ist das?«
»Ein Faß voll Dynamit. Offiziell gutgeheißen, bereit, veröffentlicht zu werden. Eine ganze Woche lang haben wir Tag und Nacht daran gearbeitet. Von uns aus ist alles fertig; wir warten nur noch auf das Einverständnis von Whitehall und von den Russen. Dann wird der Bericht in Moskau, London und Washington gleichzeitig veröffentlicht. Vielleicht schon morgen.«
»Himmel, Fox, was für eine Entwicklung!«
Die Mitarbeiter im Außenministerium hatten den Abteilungsleiter von jeher Foxy genannt. Das war sein Spitzname von der Yale-Universität. Slote hatte ihn als ›Alten Herrn‹ seiner Studentenverbindung kennengelernt. Damals hatte Foxy Davis den Eindruck einer liebenswürdigen, leicht überheblichen und von höherem Glanz umstrahlten Persönlichkeit gemacht – ein eben aus Paris zurückgekehrter Berufsdiplomat. Jetzt war Foxy nur einer von vielen Männern mit leicht angegrautem Haar, Gesicht und Charakter, die in grauen Anzügen die Gänge des Außenministeriums bevölkerten.
»Ja, es ist schon ein Durchbruch.«
»Dann sieht es ja aus, als hätte ich den Ozean umsonst überquert.«

»Nicht im geringsten. Daß Sie kommen und dieses Zeug da« – Foxy wies mit ausgestrecktem Daumen auf die überquellende Aktentasche, die Slote auf den Schreibtisch gelegt hatte – »und dieses Zeug mitbrachten, hat uns Tor und Tür geöffnet. Nach Tuttles Memo wußten wir, was Sie mitbringen würden. Sie haben uns geholfen. Außerdem brauchen wir Sie jetzt hier. Lesen Sie das Zeug mal, Leslie.«

Slote setzte sich auf einen harten Stuhl nieder, zündete sich eine Zigarette an und durchflog die Seiten, während Foxy seine Post sortierte und wie früher an der Unterlippe nagte. Foxy seinerseits bemerkte, daß Slote immer noch die Gewohnheit hatte, mit den Fingern auf ein Schriftstück zu trommeln, während er es durchlas; aber auch, daß Slote gelb aussah im Gesicht und daß seine Stirn gerunzelt war wie die eines alten Mannes.

Die Regierungen Seiner Majestät im Vereinigten Königreich, der Union der Vereinigten Sowjet-Republiken und der Vereinigten Staaten von Amerika sind auf Berichte aus Europa aufmerksam geworden, ~~die keinen Zweifel lassen~~, daß die deutschen Behörden sich nicht mehr damit zufrieden geben, in allen Gebieten, die ihrer barbarischen Herrschaft unterworfen sind, sämtlichen Angehörigen der jüdischen Rasse die elementarsten menschlichen Rechte zu verweigern, sondern daß sie jetzt Hitlers oft wiederholte Drohung wahrmachen, die jüdische Rasse in Europa auszurotten. Aus allen Ländern werden die Juden ~~ungeachtet ihres Alters und Geschlechts~~ unter brutalen Bedingungen nach Ost-Europa geschafft. In Polen, das zum Hauptschlachthaus der Nazis wurde, werden die Ghettos systematisch von Juden entleert; eine Ausnahme bilden nur wenige hochqualifizierte Facharbeiter, die für die Kriegsindustrie gebraucht werden. Von keinem der Verschleppten hat man jemals wieder etwas gehört. Die körperlich Gesunden in den Arbeitslagern müssen sich zu Tode schuften. Kranke überläßt man Unbilden aller Art, läßt sie verhungern oder unterwirft sie planmäßigen Massenexekutionen.

Die Regierungen Seiner Majestät im Vereinigten Königreich, der Union der Vereinigten Sowjetrepubliken und der Vereinigten Staaten von Amerika verurteilen diese kaltblütige Ausrottungspolitik aufs schärfste. Sie erklären, daß solche Vorkommnisse nur die Entschlossenheit aller freiheitsliebenden Menschen stärken kann, die barbarische Tyrannei Hitlers zu beseitigen. Sie bekräftigen aufs Neue ihren feierlichen Entschluß, zusammen mit den Regierungen der Vereinten Nationen dafür zu sorgen, daß die für diese Verbrechen Verantwortlichen der Strafe nicht entgehen, und dieses Ziel mit allen notwendigen praktischen Maßnahmen mit Nachdruck weiterzuverfolgen.

Slote ließ das Dokument sinken und fragte: »Wer hat diese Streichungen vorgenommen?«
»Warum?«
»Die entschärfen das Ganze. Können Sie nicht veranlassen, daß sie zurückgenommen werden?«
»Les, die Sache ist doch auch so ein starkes Dokument.«
»Aber diese Streichungen sind eine böswillige Kastration. Berichte, *die keinen Zweifel daran lassen*, machen deutlich, daß unsere Regierung glaubt, was darin steht. Warum das fortlassen? Und der Passus: *ungeachtet ihres Alters und ihres Geschlechts* ist doch außerordentlich wichtig. Diese Deutschen bringen Frauen und Kinder massenweise um. Darauf kann jeder Mensch reagieren! So, wie es jetzt dasteht, sind es nur ›Juden‹! Bärtige *Jidden*, mit denen wir nichts zu tun haben. Wem macht das schon was aus?«
Foxy verzog sein Gesicht zu einer Grimasse. »Aber, aber, das ist doch eine übertriebene Reaktion. Hören Sie, Sie sind abgespannt, wie ich meine, und leicht voreingenommen...«
»Immer mit der Ruhe, Foxy. Wer hat diese Streichungen verlangt? Die Briten? Oder die Russen? Läßt sich noch was daran ändern?«
»Sie kommen aus der zweiten Etage hier.« Sie tauschten einen ernsten Blick. »Ich bin deshalb schon in den Ring gestiegen, mein Lieber. Ich habe eine Menge anderer Streichungen verhindert. Dieses Dokument wird einen Aufschrei in der gesamten Weltpresse auslösen, Leslie. Es war schwer genug, drei Regierungen dazu zu kriegen, sich auf einen einheitlichen Text zu einigen, und das, was wir jetzt haben, ist bemerkenswert.«
Slote biß auf seinem hageren Knöchel herum. »Na schön. Und welche Beweise legen wir bei?« Er klopfte auf seine Aktentasche. »Soll ich eine Auswahl vorbereiten, die zusammen mit der Erklärung rausgeht? Die Beweise sind überwältigend. Ich kann binnen weniger Stunden eine vernichtende Auswahl zusammenstellen.«
»Nein, nein, nein.« Foxy schüttelte den Kopf. »Wir müßten das noch per Kabel mit London und Moskau abstimmen. Das gibt ein Hin und Her, das Wochen dauern kann.«
»Foxy, ohne dokumentarische Beweise ist diese Erklärung doch nicht mehr, als eine Propaganda-Meldung. Eine abstrakte Nachricht. So wird die Presse es aufnehmen. Kalter Kaffee im Vergleich zu dem, was Goebbels macht.«
Der Abteilungsleiter breitete die Hände aus. »Aber Ihr gesamtes Material kommt von den Genfer Zionisten oder den Polen in London, oder? Das Foreign Office in London reagiert gereizt auf alles Material, das von den Zionisten kommt, und die Sowjets schäumen, wenn die polnische Exilregierung in

London auch nur erwähnt wird. Das wissen Sie doch alles. Jetzt denken Sie doch mal praktisch.«
»Also keine Beweise.« Slote hieb mit der Faust auf den Schreibtisch. »Worte! Nichts als Worte! Und das ist alles, was zivilisierte Nationen gegen dieses grauenhafte Massaker unternehmen, obwohl sie sämtliche Beweise vorliegen haben.«
Foxy stand auf, warf laut die Tür ins Schloß, wandte sich Slote zu und fuhr mit ausgestrecktem Zeigefinger auf ihn los.
»Jetzt hören Sie mal gut zu. Meine Frau ist, wie Sie wissen, Jüdin« – Slote wußte es nicht – »und die von Mr. Hull auch. Ich habe wochenlang unter dieser Sache gelitten, habe schlaflose Nächte deswegen gehabt. Fegen Sie jetzt nicht einfach vom Tisch, was wir hier geschafft haben. Die Wirkung wird ungeheuerlich sein. Die Deutschen werden es sich zweimal überlegen, ehe sie mit ihren barbarischen Praktiken weitermachen. Es ist ein Signal, das sie nicht so leicht vergessen werden.«
»Glauben Sie? Ich glaube, sie werden sich einfach nicht darum kümmern. Oder es lachend abtun.«
»Ich verstehe. Was Sie möchten, ist ein Aufschrei der ganzen Welt und ein großangelegtes Rettungsunternehmen der alliierten Regierungen.«
»Jawohl. Insbesondere von Juden, die sich in den neutralen Ländern drängen.«
»Okay. Sie täten gut daran, sich wieder an die Washingtoner Denkweise zu gewöhnen.« Foxy ließ sich auf seinen Schreibtischsessel zurückfallen. Er sah verunsichert und traurig aus, doch seine Stimme blieb kühl und gelassen. »Die Araber und die Perser stehen, wie Sie sehr wohl wissen, ohnehin auf Hitlers Seite. In Marokko und Algerien müssen wir im Augenblick schwer für unsere sogenannte pro-jüdische Politik bezahlen – nur weil unsere Militärbehörden die antisemitischen Gesetze der Vichy-Regierung außer Kraft gesetzt haben. Die Moslems sind bewaffnet. Eisenhower ist mit seinen Truppen von lauter Moslems umgeben, und vor sich in Tunis hat er auch welche. Wenn ein Aufschrei der Welt dazu führt, daß man auf breiter Basis dafür eintritt, Palästina für die jüdischen Einwanderer freizugeben, dann wird ums ganze Mittelmeer herum und im Mittleren Osten die Hölle los sein. Darauf können Sie Gift nehmen, Leslie! Und was noch schlimmer ist, wir treiben damit auch noch die Türken den Deutschen in die Arme. Und das ist ein Risiko, das wir uns nicht leisten können. Sind Sie da anderer Meinung?«
Auf Slotes finsteres Schweigen hin stieß Foxy einen Seufzer aus und redete weiter, die einzelnen Argumente an den Fingern abzählend. »Also: Haben Sie die Wahlen verfolgt, während Sie drüben waren? Präsident Roosevelt hätte ums Haar die Kontrolle über den Kongreß verloren. Er ist in beiden Häusern

gerade eben noch mal durchgekommen, und die demokratische Mehrheit muckt überall auf. In diesem Land ist eine große Reaktion am Werk, Les. Die Isolationisten meinen wieder, sie kriegen Oberwasser. Der Verteidigungshaushalt, der auf uns zukommt, schlägt alle Rekorde. Riesige Posten für die Lieferungen im Rahmen des Leih- und Pachtvertrags, zumal für die Sowjetunion, die alles andere als populär sind. Fortschreibung der Preiskontrolle, Rohstoffzuteilungen und Einberufungen – lauter Dinge, die der Präsident braucht, um Krieg zu führen. Versuchen Sie nur, einen allgemeinen Aufschrei in diesem Lande herbeizuführen, damit mehr Juden einwandern können, Les, und Sie werden sehen, daß der Kongreß die ganzen Kriegsanstrengungen lahmlegt.«

»Gut gesagt, Foxy«, sagte Slote und mußte an sich halten, um nicht zu lachen, »aber ich kenne die Richtung. Glauben Sie ein einziges Wort davon?«

»Ich glaube jedes einzelne. Das sind Tatsachen. Unselig, aber wahr. Der Präsident hat erlebt, wie Woodrow Wilsons Friedenspläne von einem Kongreß vereitelt wurden, in dem er nicht mehr das Sagen hatte. Ich bin sicher, daß Wilsons Gespenst ihn verfolgt. Die jüdische Frage nimmt in den grundlegenden politischen und militärischen Überlegungen der Regierung eine bedeutende Stellung ein. Aber der Handlungsspielraum ist entsetzlich eingeschränkt. Und im Rahmen dieser unnatürlichen Einengungen gesehen, ist unser Dokument eine echte Leistung. Der Entwurf stammt von den Briten. Ich habe eigentlich nur darum gekämpft, daß die Substanz erhalten bleibt. Und zwar, wie ich glaube, mit Erfolg.«

Slote tat sein Bestes, das vertraute Gefühl der Hoffnungslosigkeit nicht in sich hochkommen zu lassen, und fragte: »Okay. Ist in Ordnung. Und was soll ich jetzt tun?«

»Sie sollen sich um drei bei Staatssekretär Breckinridge Long melden.«

»Haben Sie eine Ahnung, was er von mir will?«

»Keinen Schimmer.«

»Erzählen Sie mir von ihm.«

»Von Long? Nun, was wissen Sie denn von ihm?«

»Nur das, was Bill Tuttle mir erzählt hat. Long hat Tuttle dafür geworben, in Kalifornien die ›Republikaner-für-Roosevelt‹-Kampagne zu organisieren. Beide haben Rennpferde gezüchtet oder laufen lassen und sich dabei kennengelernt. Außerdem weiß ich, daß Long Botschafter in Italien war. Und deshalb nehme ich an, er ist reich.«

»Seine Frau ist reich.« Foxy zögerte und stieß dann einen Seufzer aus. »Er ist ein Mann auf einem heißen Stuhl.«

»In welcher Beziehung?«

Foxy Davis begann im Raum hin und her zu wandern. »Also gut. Kurzer Lebenslauf von Breckinridge Long. Sie sollten diese Dinge wissen. Gentleman-Politiker der alten Schule. Vornehme Südstaatenfamilie. Princeton. Sein Lebtag Missouri-Demokrat gewesen. Unter Wilson Dritter Staatssekretär im Außenministerium. Beim Versuch, Senator zu werden, ist er gescheitert. In der Wahlkampfpolitik ausgelaugt.« Foxy hielt inne. »Aber – Long ist ein alter Roosevelt-Anhänger. Das ist der Schlüssel zu Breckinridge Long. Wenn man vor 1932 für Roosevelt war, ist man ›in‹; aber Long hat sich schon 1920 für ihn eingesetzt, als FDR sich um das Amt des Vizepräsidenten bewarb. Bei den Parteikonventen ist Long sein Fraktionsführer gewesen. Und schon seit Wilsons Zeiten hat er den Wahlkampf der Demokraten finanziell unterstützt.«
»Ich fange an zu begreifen.«
»Okay. Belohnung: der Posten in Italien. Was er geleistet hat, hält sich in Grenzen. Hat Mussolini bewundert. Wurde dann desillusioniert. Wurde zurückgerufen. Magengeschwüre, hieß es. In Wirklichkeit, glaube ich, hat er sich beim Abessinien-Feldzug nicht richtig verhalten. Kam zurück und widmete sich wieder seinen Vollblütern. Aber selbstverständlich wollte er wieder drin sein, und FDR sorgt für seine Leute. Als es zum Krieg kam, schuf er einen Posten für Long – Staatssekretär im Außenministerium für besonders dringliche Kriegsangelegenheiten. Daher der heiße Stuhl. Das Flüchtlingsproblem hat man ihm aufgehalst, weil die Visa-Abteilung sein Baby ist. Die Delegationen geben sich die Klinke in die Hand – Gewerkschaftsführer, Rabbis, Geschäftsleute, selbst christliche Geistliche – alle haben ihn gedrängt, mehr für die Juden zu tun. Was sollte er anderes tun, als in höflicher Doppelzüngigkeit Nein, Nein und nochmals Nein zu sagen? Für die Verleumdungen, die er dafür einstecken muß, ist er zu dünnhäutig. Besonders in der liberalen Presse.« Foxy ließ sich an seinem Schreibtisch nieder. »Das ist der Druck, dem Breckinridge Long ausgesetzt ist. Nun, bis Sie sich wieder eingelebt haben – falls Sie ein Büro brauchen...«
»Foxy, ist Breckinridge Long Antisemit?«
Abermals ein Seufzer aus tiefstem Herzensgrunde; Foxy starrte lange vor sich ins Leere. »Ich halte ihn nicht für herzlos. Er verabscheut die Nazis und die Faschisten. Das tut er wirklich. Ganz gewiß ist er kein Isolationist, und ganz bestimmt setzt er sich mit allem Nachdruck für einen neuen Völkerbund ein. Er ist ein komplizierter Bursche. Kein Genie, kein schlechter Kerl; aber die Angriffe verletzen ihn und machen ihn unbeweglich. Er ist empfindlich wie ein Bär mit einer wunden Schnauze.«
»Sie weichen meiner Frage aus.«
»Dann will ich sie beantworten. *Nein.* Er ist kein Antisemit. Das glaube ich

nicht, obwohl er weiß Gott häufig als solcher bezeichnet wird. Er hat einen äußerst heiklen Job und ist dazu noch mit anderer Arbeit überlastet. Ich glaube, er weiß nicht mal die Hälfte von dem, was sich so tut. Er ist einer der fleißigsten Arbeiter in ganz Washington, und persönlich einer der nettesten. Ein echter Gentleman. Ich hoffe, Sie werden für ihn arbeiten. Sie können ihn dazu bringen, zumindest die schlimmsten Auswüchse der Visa-Praxis abzuschaffen – das ist das mindeste.«
»Guter Gott, das ist Anreiz genug.«
Foxy sah Papiere auf seinem Schreibtisch durch. »Ach – hier: kennen Sie eine Mrs. Selma Ascher Wurtweiler? Früher Bern?«
Slote brauchte einen Augenblick, bis es ihm wieder einfiel. »Ja, selbstverständlich. Was ist mit ihr?«
»Sie bittet um Ihren Anruf. Sagt, es sei dringend. Hier ist ihre Telephonnummer in Baltimore.«

Hochschwanger kam Selma hinter dem Oberkellner an Slotes Tisch gewatschelt. Ein untersetzter, rotgesichtiger und nahezu kahlköpfiger junger Mann folgte ihr. Slote sprang von seinem Stuhl auf. Sie trug Schwarz und dazu eine Brosche aus großen Diamanten. Ihre Hand fühlte sich kalt und feucht an, als hätte sie eine Schneeballschlacht hinter sich. Trotz ihrer fortgeschrittenen Schwangerschaft war ihre Ähnlichkeit mit Natalie immer noch frappierend.
»Das ist mein Mann.«
Julius Wurtweiler legte betont Wärme in die Begrüßung. »Freut mich, Sie kennenzulernen.« Nachdem er Platz genommen hatte, rief Wurtweiler den Kellner und bestellte Getränke und Essen. Er müsse mit einer ganzen Reihe von Kongreßabgeordneten und zwei Senatoren reden, sagte er; deshalb werde er jetzt gleich essen und sich dann auf die Socken machen, wenn niemand etwas dagegen hätte. Dann könnten Slote und Selma ausgiebig über alte Zeiten reden. Die Aperitifs kamen – für Selma ein Tomatensaft. Wurtweiler hob grüßend das Glas gegen Slote. »Ich trinke auf den Bericht der Vereinten Nationen. Wann kommt er raus? Morgen?«
»Ach, welchen Bericht meinen Sie?«
»Nun, den über die Nazi-Massaker. Welchen sonst?« Wurtweilers Stolz auf dieses Eingeweihten-Wissen ließ ihn übers ganze gesunde Gesicht strahlen. Soll der Mann doch seine Karten auf den Tisch legen, überlegte Slote geschwind. »Sie haben einen besonderen Draht zu Cordell Hull, nehme ich an.«
Wurtweiler lachte. »Wie, meinen Sie, ist denn der Bericht wohl zustande gekommen?«

»Da bin ich mir in der Tat nicht sicher.«
»Den führenden Juden in England ist es endlich gelungen, mit unbestreitbaren Beweisen bis zu Churchill und Eden durchzudringen. Furchtbaren Dingen! Churchill hat das Herz auf dem rechten Fleck, mußte aber zuerst das Foreign Office auf Trab bringen. Diesmal ist es ihm gelungen. Selbstverständlich hat man uns auf dem laufenden gehalten.«
»Uns?«
»Die Zionistischen Vereinigungen.«
Bis das Essen kam – es dauerte eine Weile, weil das Restaurant bis auf den letzten Platz besetzt war – erzählte Wurtweiler eine ganze Menge, was nicht ganz einfach war, da ringsum gleichfalls laut geredet wurde. Er hatte ein zupackendes, angenehmes Wesen und einen leichten Südstaaten-Akzent. Er arbeitete in etlichen Protest- und Rettungskomitees mit und hatte für Dutzende von Flüchtlingen persönlich Bürgschaft geleistet. Zweimal war er mit Abordnungen bei Cordell Hull gewesen. Mr. Hull sei, wie er betonte, durch und durch ein Gentleman, nur werde er alt und habe die Dinge nicht mehr ganz im Griff.
Wurtweiler war, was die Massaker betraf, nicht völlig verzweifelt. Die Verfolgung durch die Nazis werde sich als Wendepunkt der jüdischen Geschichte erweisen, glaubte er. Sie würde den jüdischen Staat schaffen. Die politische Linie, der die Juden und ihre Freunde jetzt folgen müßten, habe jetzt unnachgiebig und mit allen Mitteln zu lauten: *Öffnung Palästinas für die europäischen Juden!* Sein Komitee denke daran, der Verlautbarung der Alliierten massiven öffentlichen Druck auf Washington folgen zu lassen; er wollte wissen, was Slote davon halte. »Marsch der Millionen«, solle das Unternehmen genannt werden; Amerikaner aller Glaubensrichtungen sollten daran teilnehmen. Eine von einer Million Menschen unterzeichnete Petition sollte im Weißen Haus überreicht werden; um den Preis der Fortführung der Warenlieferungen im Rahmen der Leih- und Pachtverträge verlange man, daß London das *White Paper* abschaffe. Viele Senatoren und Kongreßabgeordnete seien bereit, eine solche Resolution zu unterstützen.
»Sagen Sie mir offen, was Sie davon halten«, sagte Wurtweiler und machte sich über ein Käseomelett her, während Selma an einem Obstsalat herumpickte und Slote einen warnenden Blick zuwarf.
Slote stellte ein paar harmlose Fragen. Angenommen, die Briten gäben nach – wie könnten die Juden im deutschbesetzten Europa dann nach Palästina gelangen? Kein Problem, erwiderte Wurtweiler; es stehe reichlich neutraler Schiffsraum zur Verfügung: türkische, spanische, schwedische Schiffe. Im übrigen könnten leere alliierte Schiffe, die Güter aus dem Leih- und

Pachtvertrag transportierten, das unter einer Waffenstillstandsflagge übernehmen.
Ob aber die Deutschen eine Waffenstillstandsflagge respektieren und die Juden überhaupt freilassen würden?
Nun, Hitler wolle ein judenfreies Europa, sagte Wurtweiler, und das würde er mit diesem Plan erreichen; warum sollte er sich dann nicht einverstanden erklären? Die Nazis würden ein gewaltiges Lösegeld verlangen, daran zweifle er nicht. Gut, dann müßten die Juden in den freien Ländern alles hergeben, was sie hätten und zu Bettlern werden, um Hitlers Gefangene zu befreien. Er selbst sei dazu bereit. Und seine vier Brüder auch.
Zu seiner Verwunderung ertappte Slote sich dabei, daß er in Foxys ›Washingtoner Denkweise‹ auf die naive Selbstsicherheit dieses Mannes reagierte. Er wies darauf hin, daß ein so gewaltiger Transfer ausländischen Geldes die Nazis instand setzen würde, Unmengen knappen Kriegsmaterials zu kaufen. Hitler werde also das Leben von Juden gegen die Mittel verhökern, mit denen er alliierte Soldaten umbringen könne.
»Das sehe ich anders!« Wurtweilers Antwort verriet einen Hauch Ungeduld. »Das heißt, relativ fernliegende militärische Überlegungen abzuwägen gegen den sicheren Tod Unschuldiger. Es geht doch schlicht und einfach darum, Menschen zu retten, ehe es zu spät ist.«
Slote erwähnte, mit Hilfe arabischer Sabotage könne der Suez-Kanal über Nacht gesperrt werden. Auf den ›alten Hut‹ hatte Wurtweiler rasch eine Antwort bei der Hand. Die Bedrohung des Kanals sei beendet. Rommel laufe aus Ägypten weg. Eisenhower und Montgomery nähmen ihn jetzt in die Zange. Die Araber hängten ihr Mäntelchen nach dem Wind und würden es nicht wagen, den Kanal anzutasten.
Mittlerweile waren sie beim Kaffee angelangt. So schonend und einfühlsam wie möglich warnte Slote Wurtweiler davor, auf so eine große einfache Lösung, wie sie ihm vorschwebe, hereinzufallen: mit dem Marsch der Millionen die Öffnung Palästinas zu erzwingen. Er glaube weder, daß die Briten sich dazu bereiterklären würden – noch, daß es für die Juden im nazibeherrschten Europa eine Möglichkeit gäbe, dorthin zu gelangen.
»Dann sind Sie ein hoffnungsloser Pessimist. Sie glauben also, sie müssen alle sterben.«
Durchaus nicht, entgegnete Slote. Zwei Dinge gäbe es, auf die man hinarbeiten müsse: auf lange Sicht darauf, Nazi-Deutschland zu vernichten, und kurzfristig darauf, den Nazis eine solche Angst einzujagen, daß sie mit dem Morden aufhörten. In der Welt der Alliierten gäbe es viele tausend spärlich besiedelte Quadratkilometer. Fünftausend Juden, die in zwanzig Ländern

einreisen dürften – vielleicht sogar Palästina eingeschlossen –, das würde bereits hunderttausend gerettete Seelen bedeuten. Eine gemeinsame Entscheidung der Alliierten, ihnen einen Hafen zu bieten, werde die Deutschen augenblicklich aufhorchen lassen. Im Augenblick machten die Nazis sich lustig über die Welt draußen. ›Wenn ihr der Juden wegen so besorgt seid, warum nehmt ihr sie dann nicht bei euch auf?‹ Die einzige Antwort darauf sei verschämtes Schweigen. Damit müsse es ein Ende haben. Wenn Amerika dabei die Führung übernähme, würden zwanzig andere Länder nachfolgen. Wenn die Alliierten zu erkennen gäben, daß ihnen das Schicksal der Juden wirklich am Herzen liege, würde das Hitlers Schergen vielleicht doch Angst einjagen und die Mordaktion verlangsamen, wo nicht gar ganz aufhalten. Agitation, um die Öffnung Palästinas zu erzwingen, sei vergeblich und sinnlos.

Die Stirn gefurcht und die Augen aufmerksam auf Slote gerichtet, hörte Wurtweiler zu. Slote dachte bereits, er sei ein wenig vorangekommen. »Nun, ich habe verstanden, was Sie meinen«, sagte Wurtweiler zuletzt, »aber ich kann mich Ihrer Meinung nicht anschließen. Hunderttausend Juden! Wo es um Millionen geht, denen das furchtbarste Schicksal bevorsteht. Sobald wir uns mit dem bißchen Kraft, das wir haben, für ein solches Programm einsetzen, bedeutet das das Ende Palästinas. Außerdem würden Ihre zwanzig Länder ohnehin im letzten Augenblick einen Rückzieher machen. Und die meisten Juden würden nicht einmal dorthin wollen.«

Mit dem freundlichsten Lebewohl zog Wurtweiler sich zurück, nachdem er die Rechnung bezahlt, seine Frau geküßt und Slote dringend aufgefordert hatte, bald zum Essen nach Baltimore zu kommen.

»Dein Mann gefällt mir«, wagte Slote zu sagen, als der Kellner ihnen Kaffee nachschenkte.

Selma hatte so gut wie nichts gegessen und war sehr blaß geworden. Jetzt brach es aus ihr heraus: »Er ist ein grundanständiger Mensch und hat ein so gutes Herz! Er hat ein Vermögen für die Rettungswerke gegeben, aber seine zionistische Lösung bleibt ein Traum. Ich streite nicht mehr mit ihm. Er und seine Freunde stecken so voller Pläne, organisieren Zusammenkünfte, Projekte, Demonstrationen, Märsche, Kundgebungen, was weiß ich nicht alles! Sie meinen es so gut! Es gibt so viele andere Komitees mit anderen Plänen, Zusammenkünften, Kundgebungen! Und er meint, das seien die Fehlgeleiteten! Diese amerikanischen Juden! Sie rennen im Kreis herum wie vergiftete Mäuse, und alles ist zu spät. Ich mache ihnen keinen Vorwurf! Ich mache auch dem Kongreß keinen Vorwurf, oder euren Leuten im Außenministerium. Sie sind weder böse noch dumm – diese Sache geht einfach über ihr Vorstellungsvermögen hinaus!«

»Ein paar von ihnen sind ziemlich böse und ziemlich dumm.«
Abwehrend hob sie eine Hand. »Die Deutschen sind die Mörder. Und im Grunde kann man nicht mal ihnen einen Vorwurf machen. Von einem Wahnsinnigen aufgepeitscht, haben sie sich in reißende Tiere verwandelt. Es ist alles so hoffnungslos und so entsetzlich. Tut mir leid, daß wir das ganze Essen über von nichts anderem geredet haben. Ich werde heute nacht Alpträume haben.« Sie preßte beide Hände gegen die Schläfen und zwang sich zu einem Lächeln. »Was ist denn aus der Frau geworden, die mir ähnlich sehen soll? Und ihrem kleinen Kind?«
Als sie seine Antwort hörte, wurden ihre Züge hart. »Lourdes! Mein Gott! Ist sie denn da nicht in schrecklicher Gefahr?«
»Sie ist nicht mehr in Gefahr als unsere Konsularbeamten dort auch.«
»Obwohl sie Jüdin ist?«
Slote zuckte mit den Achseln. »Ich hoffe es.«
»Davon werde ich heute nacht träumen. Ich träume immer, ich bin wieder in Deutschland – und daß wir nie rausgekommen sind. Ich kann dir kaum sagen, was für schreckliche Träume ich habe. Mein Vater ist tot, meine Mutter krank, und ich bin hier in einem fremden Land. Ich habe immer solche Angst vor der Nacht.« Wie benommen blickte sie sich im Restaurant um und nahm dann in einiger Erregung ihre Handtasche und ihre Handschuhe auf. »Aber es ist eine Sünde, so undankbar zu sein. Ich lebe wenigstens. Und jetzt mache ich meine Einkäufe. Nimmst du Julius' Einladung an, zu uns zu kommen?«
»Selbstverständlich«, sagte Slote allzu höflich.
Ihr Gesichtsausdruck verriet Skepsis und Verzagtheit. Auf dem Bürgersteig draußen sagte sie: »Deine Idee für die Flüchtlinge ist nicht schlecht. Du solltest versuchen, sie durchzusetzen. Die Deutschen verlieren den Krieg. Sie werden bald anfangen, sich zu überlegen, wie sie den eigenen Hals retten. Darin sind die Deutschen sehr gut. Wenn Amerika und zwanzig andere Länder wirklich hunderttausend Juden aufnehmen würden, könnte das diesen SS-Ungeheuern zu denken geben. Möglich, daß sie anfingen, Entschuldigungen zu suchen, um Juden zu retten, damit sie hinterher mit weißer Weste dastehen. Das hat Sinn und Verstand, Leslie.«
»Wenn du das glaubst, gibt mir das Mut.«
»Gibt es denn eine Möglichkeit, daß sowas geschieht?«
»Das werde ich herausfinden.«
»Gott segne dich.« Sie reichte ihm die Hand. »Ist sie kalt?«
»Eiskalt.«
»Siehst du? Völlig verändert hat Amerika mich nicht. Auf Wiedersehen. Ich hoffe, deine Freundin und ihr Kind werden gerettet.«

Unter einem aufklarenden Himmel, gegen den kalten Wind ankämpfend, arbeitete Slote sich zum Außenministerium voran. Dann blieb er stehen, blickte durch den Zaun des Weißen Hauses über den verschneiten Rasen hinweg und versuchte, sich Franklin Delano Roosevelt vorzustellen, wie er irgendwo in dem großen Gebäude arbeitete. Trotz aller Kaminplaudereien, Reden, Wochenschauen und Millionen von gedruckten Worten in Zeitungen über ihn, war Roosevelt für Slote ein Mann, den er nicht begriff. Haftete einem solchen Politiker nicht ein Hauch von Betrug an, der den Europäern als großer humanitärer Retter erschien und dessen Politik trotzdem, wenn Foxy recht hatte, nicht minder kalt und unmenschlich war wie die Napoleons?

Tolstois großes Thema in *Krieg und Frieden* war ja – dachte Slote, als er weitereilte – Napoleons Absinken in Pierre Besuchows Vorstellung vom liberalen Erretter Europas zum blutrünstigen Eroberer Rußlands. Nach Tolstois zweifelhafter Kriegstheorie war Napoleon nur ein Affe, der einen Elefanten ritt; ein impotenter Egozentriker, den Zeit und Geschichte trugen, der Befehle erteilte, die er erteilen mußte, Schlachten gewann, die er gewinnen mußte, und zwar aufgrund kleiner Wendungen des Kriegsglücks, von denen er nichts wußte und mit denen er nichts zu tun hatte; und der dann später mit den gleichen ›Geniestreichen‹, die ihm einst Siege eingetragen hatten, Kriege verlor, weil der Gang der Geschichte einen anderen Verlauf nahm, von ihm wegführte und ihn dem Scheitern anheimgab.

Wenn Foxy Roosevelts Politik, was die Juden betraf, richtig wiedergab, wenn der Präsident es nicht einmal auf einen Zusammenstoß mit dem Kongreß ankommen ließ, um dem gewaltigen Verbrechen ein Ende zu setzen, glich er dann nicht auch dem Affen Tolstois – ein belangloser Mann, vom starken Wind der Geschichte aufgebläht zu einer grandiosen Figur, die den Krieg nur deshalb zu gewinnen schien, weil die Strömungen des industriellen Könnens nun einmal in diese Richtung führten – eine Marionette der Zeit, weniger frei, dem Hitler-Horror zu begegnen, als ein einzelner, angstgeschüttelter Jude, der über die Pyrenäen entkam, weil dieser Jude den Mordzoll wenigstens um einen Menschen senkte?

Slote wollte es einfach nicht glauben.

Die Sonnenstrahlen, die durch die hohen Fenster von Breckinridge Longs Arbeitszimmer hereinfielen, waren dem Auge nicht angenehmer und auch nicht wärmer oder fröhlicher als der Anblick des Staatssekretärs selbst, der wie ein junger Mann durch das Zimmer auf Slote zukam, um ihm die Hand zu schütteln. Zu Longs Patriziergesicht, dem fein gemeißelten Mund, gut geschnittenem, leicht gekräuseltem Haar und der untersetzten,

sportlichen Figur kam noch ein gutgeschneiderter dunkelgrauer Anzug, manikürte Nägel, graue Seidenkrawatte und weißes Taschentuch in der Brusttasche. Er war all das, was man sich unter einem Staatssekretär vorstellt; er machte keineswegs den Eindruck, sorgengequält oder verbittert zu sein oder auf einem Schleudersitz zu thronen; man konnte eher den Eindruck gewinnen, Breckinridge Long heiße in seinem Landhaus einen alten Freund willkommen.
»Aha, Leslie Slote! Wir hätten uns längst kennenlernen sollen. Wie geht es Ihrem Vater?«
Slote blinzelte. »Wieso, sehr gut, Sir.« Die Frage verwirrte ihn. Er konnte sich nicht erinnern, seinen Vater jemals von Breckinridge Long sprechen gehört zu haben.
»Hab' ihn wer weiß wie lange nicht mehr gesehen. Du lieber Gott! Wir beide zusammen sind praktisch der ganze Ivy Club gewesen, haben fast jeden Tag Tennis miteinander gespielt, sind zusammen gesegelt, sind uns bei den Mädchen ins Gehege gekommen . . .« Mit einem wehmütigen, aber charmanten Lächeln wies er auf das Sofa. »Ach, ja! Wahrscheinlich sehen Sie Timmy Slote heute ähnlicher als er selbst, möchte ich meinen. Ha-ha.«
Mit einem verlegenen Lächeln nahm Slote Platz und forschte in seiner Erinnerung. An der Juristischen Fakultät von Harvard hatte sein Vater angefangen, seine ›vertanen‹ Jahre in Princeton voller Verachtung zu beklagen; das sei ein Country Club für reiche Leichtfüße, die alles taten, um einer soliden Ausbildung aus dem Wege zu gehen. Er hatte seinem Sohn mit Nachdruck geraten, woanders hinzugehen und hatte im übrigen nur wenig von seinen College-Erfahrungen erzählt. Aber wie merkwürdig, einem Sohn im auswärtigen Dienst gegenüber nicht zu erwähnen, daß er einen Botschafter, einen Staatssekretär persönlich kannte!
Long bot ihm aus silbernem Etui eine Zigarette an, lehnte sich auf dem Sofa zurück, fingerte an seinem Kavalierstaschentuch herum und sagte frozzelnd-fröhlich: »Wie kommt es überhaupt, daß Sie sich eine solche halbseidene Universität wie Yale ausgesucht haben? Wieso hat Timmy da kein Machtwort gesprochen?« Er gluckste in sich hinein, und betrachtete Slote mit väterlichem Blick. »Aber Sie haben sich ja trotz dieses Handicaps zu einem erstklassigen Diplomaten gemausert. Ich kenne Ihren Personalbogen.«
Sollte das jetzt reiner Hohn sein?
»Nun, Sir, ich hab's versucht. Aber manchmal komme ich mir ziemlich hilflos vor.«
»Wie gut ich dieses Gefühl kenne! Wie geht es Bill Tuttle?«
»Vorzüglich, Sir.«
»Bill ist ein vernünftiger Mann. Ich habe ein paar betrübliche Berichte von ihm

erhalten. Er sitzt da an einem empfindlichen Platz in Bern.« Breckinridge Longs Lider schlossen sich bis zur Hälfte. »Sie beide haben die ganze Angelegenheit dort außerordentlich klug behandelt. Hätten wir ein paar von unseren radikalen jungen Leuten in dieser Botschaft sitzen, dann wäre das Zeug, das Sie da aufgetan haben, womöglich durch die gesamte Weltpresse gegangen.«
»Herr Staatssekretär . . .«
»Heute ist ein besonderer Tag, junger Mann, und Sie sind Tim Slotes Sohn. Nennen Sie mich Breck.«
Plötzlich fiel Slote ein, daß sein Vater bei Unterhaltungen mit seiner Mutter vor vielen, vielen Jahren von einem ›Breck‹ geredet hatte; einer nebulösen Gestalt aus seiner Jugend, in der er ein bißchen über die Stränge gehauen hatte.
»Danke, Breck. Ich halte das Material, das ich mitgebracht habe, für authentisch und erschreckend.«
»Ja, das tut Bill auch. Das hat er mir sehr deutlich erklärt. Um so größer Ihrer beider Verdienst, gespürt zu haben, was Sie zu tun hatten.« Breckinridge Long fingerte an seinem Taschentuch herum und strich seine Krawatte glatt. »Ich wünschte, manche von diesen wildblickenden Burschen, die wir hier in Washington bekommen, wären ein bißchen mehr wie Sie, Leslie. Sie wissen zumindest, daß ein Mann, der das Brot der Regierung ißt, sein Land nicht in Verlegenheit bringen sollte. Diese Lektion haben Sie ja wohl aus der kleinen Episode in Moskau gelernt. Durchaus verständlich und verzeihlich. Was die Nazis mit den Juden machen, erregt auch mein schieres Entsetzen. Es ist abstoßend und barbarisch. Ich habe diese Politik schon 1935 verdammt. Meine Memoranden aus jener Zeit verstauben hier irgendwo in den Akten. Nun ja, junger Mann. Jetzt möchte ich Ihnen darlegen, was ich mit Ihnen vorhabe.«
Es dauerte eine Zeitlang, ehe Slote begriff, um was es ging. Zuerst erzählte Long von den neunzehn Abteilungen, denen er vorstand. Cordell Hull lasse ihn im Augenblick einen Plan für einen nach dem Krieg zu gründenden neuen Völkerbund ausarbeiten. *Das* sei eine Herausforderung! Er arbeite nachts und sonntags, seine Gesundheit gehe dabei zum Teufel, doch das spiele keine Rolle. Er habe miterlebt, wie Woodrow Wilson 1919 darüber zugrunde gegangen sei, daß der Kongreß den Völkerbund ablehnte. Das dürfe seinem alten Freund Franklin Roosevelt, der den Weltfrieden anvisiere, nicht passieren.
Außerdem müsse der Kongreß bei der Stange gehalten werden; der Minister habe ihn damit beauftragt, mit dem Kapitol zu verhandeln. *Das* sei zermürbend! Wenn der Kongreß sich den Lieferungen im Rahmen des Leih- und Pachtvertrages an Rußland widersetzte, könnte Stalin über Nacht einen Separatfrieden mit den Deutschen abschließen. In diesem Krieg sei bis zum

Ende, bis der letzte Schuß abgefeuert sei, alles offen. Auch den Briten könne man nicht trauen. Schon jetzt versuchten sie, de Gaulle in Nordafrika einzusetzen, um nach dem Krieg das Mittelmeer kontrollieren zu können. Sie sähen in diesem Krieg nur ihre eigenen Interessen; die Briten hätten sich nie richtig gewandelt.

Nach diesen weltumspannenden Überlegungen kam Breckinridge Long endlich zur Sache. Irgendjemand in der Abteilung für Europäische Angelegenheiten solle Sachen, die die Juden beträfen, erledigen und sie nicht an ihn weiterleiten – all die vielen Eingaben, Delegationen, wichtigen Einzelpersönlichkeiten, die mit Samthandschuhen angefaßt werden müßten, und dergleichen mehr. Die Situation fordere den richtigen Mann, der das Schiff auf dem richtigen Kurs hielte, und er, Long, glaube, daß Leslie dieser Mann sei. Daß Leslie im Ruf stehe, mit den Juden zu sympathisieren, sei nur von Vorteil. Wie sehr man sich auf ihn verlassen könne, das habe er durch die Diskretion bewiesen, die er in Bern habe walten lassen. Er komme aus einem guten Stall und der Apfel sei nicht weit vom Stamm gefallen. Er habe eine große Karriere im Außenministerium vor sich. Hier biete sich ihm die Möglichkeit, einen heiklen Posten zu übernehmen, zu zeigen, was er könne.

Slote war von alledem erschrocken. Als Puffer für Breckinridge Long zu fungieren und ständig mit diplomatischer Doppelzüngigkeit *Nein, Nein und nochmals Nein* sagen zu müssen, das war alles andere als verlockend. Das Ende seiner Laufbahn schien ihm kaum weiter entfernt als die Tür zu Longs Arbeitszimmer, und es war ihm ziemlich egal.

»Sir . . .«

»Breck.«

»Breck, ich möchte nicht auf einen solchen Posten gestellt werden, es sei denn, ich könnte den Menschen, die zu mir kommen, wirklich helfen.«

»Aber das ist es doch, was ich mir von Ihnen erhoffe.«

»Aber was kann ich anderes tun, als sie abzuweisen? Auf jede windige Weise, die mir einfällt, ›Nein‹ zu sagen?«

Breckinridge richtete sich auf und sah Slote eindringlich und redlich an. »Aber wenn Sie eine Möglichkeit sehen, jemandem zu helfen, sollen Sie Ja sagen und nicht Nein.«

»Aber die bestehenden Vorschriften machen das doch nahezu unmöglich.«

»Wieso? Das müssen Sie mir erklären«, forderte Breckinridge Long ihn sehr freundlich auf. Ein Muskel an seinem Kinn zuckte; er befingerte erst das Taschentuch und dann die Krawatte.

Slote fing an, ihm die widersinnige Vorschrift auseinanderzusetzen, derzufolge die Juden gezwungen waren, ein Ausreisevisum und ein Führungszeug-

nis von der Polizei ihres Heimatlandes vorzulegen. Verwirrt die Brauen hochziehend, unterbrach ihn Long: »Aber Leslie, das sind doch Standardvorschriften, um kriminelle Elemente, illegale Flüchtlinge und anderen Abschaum fernzuhalten. Wie sollen wir das umgehen? Kein Mensch hat das gottgegebene Recht, in die Vereinigten Staaten einzureisen. Die Leute müssen beweisen, daß sie auch gute Amerikaner werden, wenn wir sie hereinlassen.«
»Breck, Juden müssen sich solche Papiere von der Gestapo holen. Und es liegt doch auf der Hand, daß das eine absurde Forderung ist.«
»Ja, ja, für die New Yorker Presse ist das natürlich ein Reizwort. Gestapo bedeutet doch nichts anderes als Geheime Staatspolizei. Ich habe selbst mit Leuten von der Gestapo zu tun gehabt. Das sind Deutsche wie alle anderen auch. Sicher, ihre Methoden sind verdammt rigoros, aber wir haben doch selbst einen Geheimdienst, der nicht zimperlich ist. Den hat jedes Land. Außerdem kommen nicht alle Juden aus Deutschland.«
Slote widerstand nur mit Mühe dem auf überreizten Nerven beruhenden Impuls, seinen Hut zu nehmen und sich einen anderen Job zu suchen; was er hier bei Long zu spüren meinte, war ein ganz besonderer Hauch redlicher, wenngleich widersinniger Vernünftigkeit. Er sagte daher: »Woher diese Juden auch immer kommen, sie sind geflohen, weil es darum ging, das nackte Leben zu retten. Wie sollten sie da vorher um offizielle Führungszeugnisse nachsuchen?«
»Aber wenn wir diese Vorschriften fallen lassen«, sagte Long geduldig, »wie sollen wir da Saboteure, Spione und alle möglichen unerwünschten Elemente davon abhalten, zu Tausenden als arme Flüchtlinge ins Land zu kommen? Sagen Sie mir das doch mal! Wenn ich beim deutschen Geheimdienst wäre, würde mir der Tip bestimmt nicht entgehen.«
»Verlangen Sie andere Beweise für einen guten Charakter, Untersuchung durch die Quäker. Eidesstattliche Erklärungen über persönliche Lebensgeschichten. Unterschrift durch den jeweiligen US-Konsul. Oder durch irgendeine zuverlässige Hilfsorganisation wie zum Beispiel den Joint. Wenn wir danach Ausschau halten, gibt es immer Mittel und Wege.«
Die Hände unterm Kinn gefaltet, saß Breckinridge Long da und sah Slote nachdenklich an. Seine Antwort kam langsam und mit äußerster Vorsicht. »Ja, ja, ich sehe, das hat einiges für sich. Die Vorschriften können für bestimmte Personen außerordentlich beschwerlich sein. Ich war mit anderen Dingen beschäftigt – wie etwa dem Aufbau der Nachkriegswelt. Ich bin weder stur, noch bin ich« – und jetzt war sein Lächeln ausgesprochen gequält – »Antisemit, trotz aller Verunglimpfungen in der Presse. Ich bin ein Diener der Regierung und ihrer Gesetze. Und ich gebe mir Mühe, ein guter zu sein. Würden Sie bitte

ein Memorandum über Ihre Vorstellungen für mich verfassen, damit ich es an die Visa-Abteilung weitergeben kann?«
Slote mochte kaum glauben, daß er Breckinridge Long angerührt hatte, doch der Mann sprach mit warmherziger Aufrichtigkeit. Ermutigt fragte er daher: »Darf ich Ihnen noch ein paar andere Gedanken darlegen?«
»Nur zu, Leslie. Ich finde diese Unterhaltung sehr nützlich.«
Slote beschrieb seinen Plan, in zwanzig Ländern hunderttausend Juden unterzubringen. Breckinridge Long hörte aufmerksam zu; seine Finger wanderten vom Taschentuch zur Krawatte und wieder zurück.
»Leslie, Sie sprechen von einem zweiten Evian, einer internationalen Konferenz größeren Stils über das Flüchtlingsproblem.«
»Hoffentlich nicht. Denn Evian hat sich als Schlag ins Wasser erwiesen. Noch eine solche Konferenz würde viel Zeit brauchen, und währenddessen werden Menschen abgeschlachtet.«
»Aber das Flüchtlingsproblem heute ist brennender denn je, Leslie, und es gibt keine andere Möglichkeit, um so etwas in die Wege zu leiten. Eine Politik dieser Größenordnung kann nicht auf Abteilungsebene in die Wege geleitet werden.« Longs Augen wurden schmal. »Trotzdem ist es ein einfallsreicher Vorschlag, der auch noch Substanz hat. Würden Sie mir dazu eine vertrauliche Aktennotiz hereingeben? Nur für mich allein bestimmt – vorläufig jedenfalls. Und zählen Sie alle praktikablen Einzelheiten auf, die Ihnen einfallen.«
»Breck, sind Sie wirklich daran interessiert?«
»Was Sie auch von mir gehört haben mögen«, sagte der Staatssekretär mit einer Spur von Müdigkeit und Duldsamkeit, »ich neige nicht dazu, meine Zeit zu verschwenden. Und auch nicht die meiner Mitarbeiter. Dazu tragen wir alle an einer zu schweren Last.«
Trotzdem – der Mann konnte ihn auf diese Weise abwimmeln. *Schreiben Sie mir ein Memorandum* – das war ein alter Trick, um jemandem auszuweichen.
»Sir, Sie wissen von der Verlautbarung der Alliierten über die Juden, nehme ich an?«
Long nickte schweigend.
»Glauben Sie – wie ich es tue –, daß darin die reine Wahrheit gesagt wird? Daß die Deutschen Millionen europäischer Juden umbringen und vorhaben, sie alle zu ermorden?«
Ein Lächeln erschien in Longs Gesicht und verschwand wieder; ein leeres Lächeln; kaum, daß die Mundwinkel zuckten.
»Ich weiß zufälligerweise eine ganze Menge über diese Verlautbarung. Anthony Eden hat sie unter Druck aufgesetzt; sie ist nur dazu da, irgendwelchen britischen Staatsangehörigen jüdischer Herkunft Honig um

den Bart zu schmieren. Ich glaube, diese Verlautbarung wird mehr Unheil anrichten als Gutes tun. Sie wird die Nazis provozieren, noch härtere Maßnahmen zu ergreifen. Aber es steht uns nicht zu, diese unglücklichen Menschen ihrem Schicksal zu überlassen. Wir müssen ihnen, wenn wir können, im Rahmen des Gesetzes helfen. Das ist meine Meinung, und deshalb möchte ich umgehend ein Memorandum zu dieser Konferenz haben. Was Sie mir da vorgetragen haben, klingt machbar und konstruktiv.« Breckinridge stand auf und streckte die Hand aus. »Also, wie ist es, Leslie – wollen Sie mir helfen? Ich brauche Ihre Hilfe.«
Slote stand gleichfalls auf, ergriff die dargebotene Hand und wagte den Sprung ins Wasser. »Ich will's versuchen, Breck.«
Der vierseitige Brief, den Slote an diesem Abend an William Tuttle schrieb, endete so:

Also haben Sie vielleicht doch recht gehabt! Es ist fast zu schön, um wahr zu sein, diese Möglichkeit, daß ich einigen Einfluß auf die Situation nehmen, die schlimmsten Mißbräuche verhindern und Tausenden von unschuldigen Menschen helfen kann, weiterzuleben – wenn auch nur aufgrund des Zufalls, daß mein Vater dem Jahrgang '05 in Princeton und dem Ivy Club angehörte. Manchmal ergeben sich solche Sachen in unserer Alice-im-Wunderland-Welt. Sollte ich, was Gott verhüten möge, einer Illusion aufgesessen sein, wird sich das bald herausstellen. Bis dahin kann Breckinridge Long meiner Unterstützung sicher sein. Vielen Dank für alles. Ich halte Sie auf dem laufenden.

9

Slote und Foxy Davis waren dabei, die Presseberichte zur Verlautbarung der Vereinten Nationen durchzusehen, um dem Minister einen ersten Überblick über die Reaktion in Amerika vorlegen zu können, als es Slote einfiel, daß er zum Abendessen im Hause Henry eingeladen war. »Die hier nehme ich mit«, sagte er und stopfte einen Haufen Ausschnitte in seine Aktenmappe, »und mache heute abend schon mal einen ersten Entwurf.«
»Ich beneide Sie nicht«, sagte Foxy. »Nichts Halbes und nichts Ganzes.«
»Naja, die letzten Reaktionen haben wir ja noch nicht.«
Als er zur Straßenecke ging, um ein Taxi zu bekommen, sah er neben einem Zeitungskiosk einen frischen Stapel von *Time*-Magazinen auf dem Bürgersteig liegen. Er und Foxy waren auf diese Ausgabe besonders neugierig gewesen, denn ein Reporter von *Time* hatte Foxy nahezu eine Stunde lang nach den Beweisen für das Massaker ausgefragt. Slote erstand eine Nummer und blätterte sie im Schein einer Straßenlaterne trotz des Nieselregens, der die Seiten feucht und klebrig machte, erwartungsvoll durch. Nichts im Nachrichtenteil; nichts im redaktionellen Teil: von vorn bis hinten: *nichts*. Wie war das möglich? Die *New York Times* hatte wenigstens auf der ersten Seite etwas gebracht: einen enttäuschenden, einspaltigen Artikel, der völlig unterging neben einer Balkenüberschrift auf der rechten Seite zur Flucht von Rommel und einem zweispaltigen Bericht über Benzinrationierung. Die meisten anderen großen Zeitungen hatten erst im Innenteil etwas gebracht, die *Washington Post* auf Seite zehn, aber gemacht hatten alle etwas daraus. Wie konnte *Time* ein solches Ereignis einfach mit Stillschweigen übergehen? Noch einmal blätterte er die Nummer durch.
Nicht ein Wort.
In der Spalte der *Personalien* erregte das Bild Pamelas und ihres Vaters, das er schon von der *Montreal Gazette* her kannte, seine Aufmerksamkeit.

Pamela Tudsbury, Verlobte von Air Vice Marshal Lord Duncan Burne-Wilke (Time vom 16. Febr.) *wird nächsten Monat von London nach Washington übersiedeln, um die Arbeit ihres Vaters als Korrespondent des* Observer *weiterzuführen. Bis eine Landmine bei El Alamein dem Leben Alistair Tudsburys ein Ende setzte (Time vom 16. Nov.)*, ist die zukünftige Lady Burne-Wilke, *die sich vom Dienst als Air-Force-Helferin hat beurlauben lassen, zusammen mit dem wortgewaltigen und korpulenten Tudsbury um die Welt gereist und hat an vielen seiner Berichte mitgearbeitet. In Singapore und Java entging sie nur mit knapper Not der japanischen Gefangenschaft.*

Nun, dachte er, das könnte Captain Henry interessieren. Das kurze Aufwallen von Bosheit in ihm beschwichtigte seine Enttäuschung. Slote mochte Henry nicht sonderlich. Für seine Begriffe waren Offiziere durch die Bank in der Entwicklung stehengebliebene Boy-Scouts, schlimmstenfalls Trunkenbolde, die ihre Dienstzeit abrissen, und bestenfalls tüchtige Konformisten und samt und sonders engstirnige Konservative. Captain Victor Henry irritierte Slote insofern, als er nicht so ganz in dieses Klischee paßte. Dazu besaß er einen viel zu lebhaften und scharfen Verstand. An jenem denkwürdigen Abend im Kreml hatte Henry dem furchteinflößenden Stalin durchaus die Meinung gesagt und auch noch das Kunststück fertiggebracht, die Front vor Moskau besuchen zu dürfen. Aber der Mann hatte keine Lebensart; außerdem erinnerte er Slote an seine bitteren Mißerfolge bei Natalie und Pamela. Slote hatte die Essenseinladung nur angenommen, weil er es für seine Pflicht hielt, Byrons Familie alles zu erzählen, was er wußte.

Als Victor Henry Slote an der Tür des Hauses in der Foxhall Road begrüßte, verzog sich sein Gesicht kaum zu einem Lächeln. Er sah viel älter aus und machte in seinem braunen Anzug einen eigentümlich erschöpften Eindruck. »Haben Sie das hier schon gesehen?« Slote zog die Ausgabe von *Time*-Magazin aus dem Mantel, an der Stelle mit Pamelas Photo aufgeschlagen.

Henry warf einen Blick auf die Seite, als Slote seinen feuchten Mantel an die Garderobe hängte. »Nein. Zu schrecklich, das mit dem alten Talky, nicht wahr? Kommen Sie herein. Ich glaube, Rhoda kennen Sie bereits, und das hier ist unsere Tochter Madeline.«

Das Wohnzimmer war erstaunlich groß. Alles in allem machte das Haus den Eindruck, als könne ein Navy-Offizier es sich nicht leisten. Die beiden Frauen saßen in der Nähe eines geschmückten Christbaums auf einem Sofa und tranken Cocktails. Captain Henry reichte seiner Frau das Magazin. »Du wolltest doch wissen, was Pamela jetzt machen wird.«

»Ach du Schreck! Kommt hierher! Verlobt mit Lord Burne-Wilke!« Mrs. Henry bedachte ihren Mann mit einem Seitenblick und reichte das Magazin an Madeline weiter. »Nun, für sich hat sie bestimmt die richtige Entscheidung getroffen.«

»Himmelherrgott, sieht die alt und abgewirtschaftet aus«, sagte Madeline. »Ich weiß noch, als ich sie kennenlernte, trug sie ein malvenfarbenes Trägerkleid« – sie wedelte mit einer kleinen weißen Hand vor ihrem eigenen Busen – »ganz abscheulich. War nicht Lord Burne-Wilke auch dabei? Dieser blonde Traum von einem Beau mit dem himmlischen Akzent?«
»Ja, das war er«, sagte Rhoda. »Es war auf meiner Dinner-Party für das Wohltätigkeitskonzert.«
»Burne-Wilke ist ein überragender Mann«, sagte Pug.
Slote konnte nicht die Spur von Gefühl in diesen Worten entdecken; dennoch war er sicher, daß Pamela Tudsbury und dieser aufrechte Gentleman in Moskau ein ziemlich heißes Techtelmechtel miteinander gehabt hatten. Ja, daß Henry so sehr bei Pamela angekommen war, hatte ihn dermaßen erbost, daß er alle professionelle Vorsicht fallen lassen und die Minsker Dokumente einem Mann von der *New York Times* zugespielt hatte, was der Anfang seines Abstiegs gewesen war, der zu seinem augenblicklichen Tiefpunkt geführt hatte. Die Art, wie Pamela in London auf die Neuigkeiten über Henry reagiert hatte, bewies, daß die Romanze noch nicht begraben war. Wenn Victor Henry nicht die stoische Seele eines Indianers hatte, dann tat er jedenfalls so und machte das fabelhaft.
»Oh, seine Lordschaft sind unvergeßlich«, rief Madeline aus. »In Fliegerblau, die Brust voll Orden und Ehrenzeichen, und dabei gertenschlank und so aufrecht und blond! Eine Art ernsthafter Leslie Howard. Ist das nicht ein verrücktes Paar? Er ist genauso alt wie du, Dad – mindestens. Und sie muß in meinem Alter sein.«
»Oh, älter als du ist sie schon«, sagte Rhoda.
»Ich habe sie in London kurz gesehen«, sagte Slote. »Da war sie noch ziemlich am Boden – wegen ihres Vaters.«
»Was gibt es Neues über Natalie?« fragte Pug Slote unvermittelt.
»Sie sind noch in Lourdes, und noch sicher. Das ist im wesentlichen alles. Aber es gibt eine Menge zu erzählen.«
»Madeline, Liebling, laß uns das Essen auftragen.« Rhoda erhob sich und nahm ihr Glas mit. »Wir können uns bei Tisch unterhalten.«
Im kerzenerleuchteten Eßzimmer hingen ein paar schöne Seestücke an den Wänden, und im Kamin flackerte das Feuer. Mutter und Tochter trugen das Essen auf. Das Roastbeef war vorzüglich, und das Geschirr aus feinstem Porzellan wesentlich eleganter, als Slote erwartet hatte. Während sie aßen, erzählte er von Natalies Odyssee, wie sie sich in ihren frühen Briefen, einigen Schweizer Berichten und dem, was man sich in Zionistenkreisen in Genf erzählte, und dem Bericht Byrons darstellte. Es war eine skizzenhafte

131

Erzählung, mit viel Erratenem zusammengeflickt. Slote hatte keine Ahnung von dem Druck, den Werner Beck auf Jastrow ausgeübt hatte, um ihn zu seinen Rundfunkvorträgen zu bewegen. So, wie er es erzählte, hörte es sich an, als habe ein deutscher Diplomat sich mit Natalie und ihrem Onkel angefreundet und die beiden sicher in Siena untergebracht. Im Juli seien sie dann gemeinsam mit ein paar zionistischen Flüchtlingen entflohen und Monate später plötzlich in Marseille aufgetaucht, wo Byron sie für ein paar Stunden zu sehen bekommen hatte. Sie hatten vorgehabt, in Lissabon zu ihm zu stoßen, doch habe die Landung in Nordafrika die Deutschen nach Marseille hineingebracht und Natalie und Aaron Jastrow an ihrer Abreise gehindert. Jetzt säßen sie zusammen mit den amerikanischen Diplomaten und Journalisten in Lourdes in Südfrankreich. Daß Natalie sich geweigert hatte, mit ihrem Mann zu gehen, überging Slote; sollte Byron das der Familie selbst klarmachen, dachte er.

»Warum in Lourdes?« fragte Captain Henry. »Warum sind sie dort interniert?«

»Das weiß ich wirklich nicht. Ich bin überzeugt, daß die Vichy-Leute sie genau da hingebracht haben, wo die Deutschen sie haben wollten.«

Madeline sagte: »Aber können denn die Deutschen sie nicht von Lourdes aus mit ihrem Onkel und ihrem Baby überall hinschaffen, wo sie wollen, in irgendein Lager? Sie womöglich zu Seife verarbeiten?«

»Aber Madeline, um Gottes willen!« rief Rhoda aus.

»Mom, das sind doch die Schauergeschichten, die überall umgehen. Du hast bestimmt auch schon davon gehört.« Madeline wandte sich an Slote. »Nun, was hat es mit alledem auf sich? Mein Boss behauptet, das ist alles dummes Zeug, nichts weiter als durchsichtige britische Greuel-Propaganda, genau wie im vorigen Krieg. Ich weiß wirklich nicht, was ich glauben soll. Weiß jemand sonst das vielleicht?«

Mit nachdenklichen Augen betrachtete Slote über eine Blumenschale mit scharlachroten Weihnachtssternen hinweg dieses aufgeweckte, hübsche Mädchen. Für Madeline Henry waren diese Dinge Geschehnisse, die sich irgendwo in weiter Ferne zutrugen. »Liest Ihr Boß die *New York Times*? Die hat vorgestern auf der Titelseite einen Bericht darüber gebracht. Elf verbündete Regierungen haben als Tatsache verkündet, daß Deutschland dabei ist, die europäischen Juden auszurotten.«

»In der *Times*? Ganz sicher?« fragte Madeline. »Die lese ich immer ganz durch. Ich hab' einen solchen Bericht nicht gesehen.«

»Dann haben Sie ihn übersehen.«

»Ich habe ihn auch überlesen, und ich lese die *Times* gleichfalls«, bemerkte Victor Henry. »Und in der *Washington Post* hat auch nichts davon gestanden.«

»Es hat in beiden Zeitungen gestanden.«

Selbst ein Mann wie Victor Henry, dachte Slote voller Verzweiflung, hatte unbewußt den Bericht nicht zur Kenntnis nehmen wollen, hatte seine Augen über die unangenehme Überschrift hinweggleiten lassen, ohne sie wahrzunehmen.

»Nun, dann sitzen sie ja schön in der Tinte. Nach dem, was Sie erzählt haben, sind ihre Papiere gefälscht.« Madeline ließ nicht locker. »Wirklich: werden diese Deutschen denn nicht klug und lassen sie laufen?«

»Noch sind sie offiziell in französischem Gewahrsam, Madeline, und damit ist ihre Position anders als die der übrigen Juden. Sie sind interniert, verstehen Sie, nicht inhaftiert.«

»Da kann ich Ihnen nicht folgen«, sagte Madeline und verzog ihr hübsches Gesicht.

»Und ich auch nicht«, sagte Rhoda.

»Tut mir leid. Aber in Bern ist uns diese Unterscheidung zur zweiten Natur geworden. *Interniert* wird man, wenn man in Feindesland vom Krieg überrascht wird, Mrs. Henry. Man hat nichts Böses getan, verstehen Sie. Man ist nur das Opfer der Zeit. Internierte werden ausgetauscht: Zeitungsleute, Angehörige des Auswärtigen Dienstes und so weiter. Wir gehen davon aus, daß das auch mit unseren Landsleuten in Lourdes geschehen wird. Und mit Natalie und ihrem Onkel auch. Wenn man jedoch bei Ausbruch eines Krieges inhaftiert wird, egal, ob man bei Rot über die Kreuzung gefahren ist oder ob man im Verdacht steht, ein Spion zu sein, hat man eben Pech gehabt. Dann hat man keinerlei Rechte. Nicht einmal das Rote Kreuz kann Ihnen helfen. Das ist das Problem bei den europäischen Juden. Das Rote Kreuz kommt nicht an sie ran, weil die Deutschen behaupten, sie hätten die Juden in Schutzhaft genommen, also *inhaftiert* und nicht *interniert*.«

»Himmelherrgott, daß das Leben von Menschen an ein paar gottverdammten Ausdrücken hängt!« erregte sich Madeline. »Da kann einem ja übel werden!« Diese todbringende Formsache, dachte Slote, ist durch den harten Panzer dieses Mädchens durchgedrungen. »Nun ja, die Ausdrücke bedeuten schon etwas, aber im großen und ganzen bin ich Ihrer Meinung.«

»Wird sie dann jemals nach Hause kommen?« fragte Rhoda klagend.

»Das ist schwer zu sagen. Die Verhandlungen über den Austausch sind weit gediehen, aber ...«

Es klingelte. Madeline sprang auf und bedachte Slote mit einem bezaubernden Lächeln. »All dies ist ja wahnsinnig interessant, aber ich gehe ins National Theatre, und mein Freund kommt mich abholen. Bitte entschuldigen Sie mich.«

»Selbstverständlich.«
Die Haustür ging auf, wurde wieder geschlossen, und ein kalter Luftzug fuhr durchs Zimmer. Rhoda deckte ab, und Pug ging mit Slote in die Bibliothek. Brandyschwenker in der Hand, saßen sie einander in Lehnsesseln gegenüber.
»Meine Tochter ist ein bißchen oberflächlich«, sagte Pug.
»Im Gegenteil«, sagte Slote und hielt abwehrend die Hand hoch, »sie ist sehr aufgeweckt. Machen Sie ihr keinen Vorwurf daraus, daß sie wegen der Juden nicht mehr bestürzt ist als der Präsident.«
Victor Henry runzelte die Stirn. »Er *ist* bestürzt.«
»Kann er nachts deswegen nicht schlafen?«
»Er kann es sich nicht leisten, nicht zu schlafen.«
Slote fuhr sich mit der Hand durchs Haar. »Dabei sind die Beweise, die das Außenministerium in Händen hat, ungeheuerlich. Was davon bis zum Präsidenten raufkommt, weiß ich natürlich nicht und kann ich auch nicht feststellen. Das ist, als wollte man versuchen, mit schmierigen Händen im Dunkeln einen glitschigen Aal zu fangen.«
»Ich spreche nächste Woche wieder im Weißen Haus vor. Kann ich für Natalie irgend etwas tun?«
Slote setzte sich auf. »Im Weißen Haus? Dann haben Sie immer noch Kontakt mit Harry Hopkins?«
»Nun, er redet mich immer noch mit meinem Spitznamen an.«
»Na, schön denn. Es hatte keinen Sinn, Sie vorher zu alarmieren.« Slote lehnte sich vor und umfaßte seinen Brandyschwenker so hart, daß Pug fürchtete, er könnte ihn zerbrechen. »Captain Henry, sie werden nicht in Lourdes bleiben.«
»Warum nicht?«
»Die Franzosen sind hilflos. In Wirklichkeit haben wir es mit den Deutschen zu tun. Sie haben ein paar amerikanische Zivilisten in die Hand bekommen, und den Vorteil nutzen sie bis zum Äußersten. Zum Austausch wollen sie einen Haufen Agenten aus Südamerika und Nordafrika. Aus der Schweiz haben wir schon sehr deutliche Hinweise bekommen, daß die Leute aus Lourdes bald nach Deutschland gebracht werden, um den Verhandlungsdruck zu verstärken. Damit vergrößert sich die Gefahr für Natalie enorm.«
»Das liegt auf der Hand, aber was kann das Weiße Haus tun?«
»Dafür sorgen, daß Natalie und Aaron aus Lourdes verschwinden, bevor sie nach Deutschland verlegt werden. Das ließe sich durch unsere Leute in Spanien bewerkstelligen. Die spanische Grenze ist nur sechzig Kilometer von Lourdes entfernt. Es lassen sich immer informelle Abmachungen treffen, manchmal indirekt sogar mit der Gestapo. Leute wie Franz Werfel und Stefan Zweig hat man auch über die Grenze hinweggezaubert. Ich behaupte nicht, daß das in

jedem Falle klappt. Ich sage nur, ich hielte es für besser, Sie versuchten es.«
»Aber wie?«
»Ich könnte einen Versuch machen. Ich weiß, mit wem ich beim Außenministerium reden müßte. Ich weiß, wohin die Telegramme gehen müssen. Ein Anruf von Mr. Hopkins könnte mich instand setzen, etwas zu tun. Kennen Sie ihn so gut?«
Schweigend trank Victor Henry.
Slotes Stimme bekam etwas Gehetztes. »Ich möchte keine Panik verbreiten, aber ich kann Ihnen nur dringend raten, es zu versuchen. Wenn der Krieg noch zwei Jahre weitergeht, werden alle Juden in Europa tot sein. Natalie ist keine Journalistin. Ihre Papiere sind gefälscht. Wenn das rauskommt, ist sie geliefert. Und ihr Kind auch.«
»Hat in diesem Artikel in der New York Times gestanden, daß die deutsche Regierung vorhat, alle Juden umzubringen, die sie in die Hand bekommt?«
»Oh, der Text ist hingetrimmt worden, aber im Grunde geht genau das daraus hervor.«
»Warum hat denn eine solche Verlautbarung nicht mehr Lärm erzeugt?«
Mit einem geradezu wahnwitzig-belustigten Grinsen sagte Leslie Slote: »Das würde ich gern von Ihnen erfahren, Captain.«
Sich das Kinn stützend und es hart reibend, sah Victor Henry Leslie Slote lange fragend an. »Wie steht es denn mit dem Papst? Wenn so etwas geschieht, müßte er davon doch wissen.«
»Der Papst war von jeher ein reaktionärer Politiker. Ein aufrechter deutscher Priester, mit dem ich in Bern sprach, hat mir gesagt, er bete jeden Abend, der Papst möge tot umfallen. Ich kenne die Menschen, und daher erwarte ich mir auch von einem Papst nicht viel. Aber dieser Papst macht wirklich alles kaputt, was nach Galilei vom Christentum noch übriggeblieben ist. – Ich sehe, daß Sie das verletzt, Captain. Tut mir leid. Mir ging es nur darum, Ihnen deutlich zu verstehen zu geben, daß dies der Zeitpunkt ist, alles zu fordern, was das Weiße Haus Ihnen schuldig ist. *Versuchen Sie, Natalie aus Lourdes rauszukriegen.*«
»Ich werde darüber nachdenken und rufe Sie dann an.«
Nervös sprang Slote auf die Füße. »Gut. Verzeihen Sie, daß ich mich so erregt habe. Ob Ihre Frau es als unhöflich empfindet, wenn ich jetzt gehe? Ich habe heute abend noch eine Menge zu tun.«
»Ich werde Sie bei ihr entschuldigen.« Pug erhob sich. »Übrigens, Slote, wann wird Pamela heiraten? Hat sie Ihnen das gesagt?«
Slote unterdrückte das Grinsen des Jägersmannes, der beobachtet, wie der Fuchs aus der Deckung kommt. In seinem überspannten Zustand empfand er es sogar als eine Art komischer Erleichterung. »Ach, Sie wissen ja, Captain, *la*

donna è mobile! Früher hat Pam sich mal darüber beklagt, daß seine Lordschaft ein Sklaventreiber ist, ein Snob und ein Langweiler. Vielleicht wird überhaupt nichts draus.«
Pug ließ ihn zur Haustür hinaus. Er hörte, wie Rhoda in der Küche rumorte. Auf dem Tisch im Wohnzimmer lag die Ausgabe von *Time*. Pug schlug sie auf und vertiefte sich in das Magazin.
Beim Untergang der *Northampton* war ein Schnappschuß von Pamela mit untergegangen, doch ihr Bild war in seine Erinnerung eingegraben. Die Nachricht von ihrer bevorstehenden Heirat war ein harter Schlag für ihn gewesen, sich gleichmütig zu zeigen, hatte ihn Mühe gekostet. Sie sah auf diesem Zufallsphoto alles andere als gut aus. Da sie den Kopf gerade gesenkt hatte, erschien ihre Nase lang und ihr Mund zimperlich schmal. Die Wüstensonne bewirkte, daß sie schwarze Ringe um die Augen hatte. Und trotzdem entfachte dieses armselige Bild einer Frau, die fünftausend Kilometer weit von ihm entfernt war, einen Sturm in ihm, während er seiner attraktiven Frau gegenüber, die in Fleisch und Blut nur durch eine Wand von ihm getrennt war, völlig unempfänglich blieb. Es war schon eine vertrackte Sache! Er schleppte sich in die Bibliothek zurück, wo er noch saß und Brandy trank und *Time* las, als Madeline und Sime Anderson in überschäumender Laune aus dem Theater nach Hause zurückkamen. »Ist dieses Schreckgespenst aus dem Außenministerium fort? Gott sei Dank«, sagte sie.
»Wie war das Stück? Soll ich es mir mit deiner Mutter ansehen?«
»Himmel, ja, soll die alte Dame doch mal wieder richtig kichern, Pop. Du wirst selbst deine Freude daran haben, wie diese vier Mädchen, die in Washington eine Wohnung teilen, spärlich bekleidet aus irgendwelchen Schränken rauskommen...«
Voller Unbehagen grinsend, sagte Anderson: »Es ist nicht viel dran, Sir.«
»Ach, nun komm schon, du hast dich doch halb kaputtgelacht, Sime, und die Augen sind dir fast aus dem Kopf gefallen.« Madeline bemerkte das Warren-Album, und plötzlich wurde sie nüchtern.«Was ist das?«
»Hast du das denn noch nicht gesehen? Das hat deine Mutter zusammengestellt.«
»Nein«, sagte Madeline. »Komm her, Sime.«
Die Köpfe zusammengesteckt, blätterten sie das Album durch, zuerst schweigend, doch dann kam es von ihrer Seite bei vielen Seiten zu kleinen Ausrufen und Kommentaren. Eine Goldmedaille erinnerte sie daran, wie Warren nach einem Sportfest, auf dem er einen spektakulären Hochsprung geschafft hatte, von seinen Schulkameraden auf den Schultern vom Sportplatz hinweggetragen worden war. »Oh, mein Gott, und seine Geburtstagsparty in

San Francisco! Schau mal: ich, schielend und mit einem Papierhütchen auf dem Kopf! Da war doch dieser schreckliche Knabe, der unter den Tisch kroch und den Mädchen unter die Röcke sah! Warren hätte ihn fast umgebracht. Mein Gott, diese Erinnerungen, die einem dabei kommen!«
»Das hat deine Mutter wunderbar gemacht!« sagte Sime Anderson.
»Oh ja, Mom! Für was Systematisches hat sie immer was übrig gehabt. Himmel, Himmel, wie *hübsch* er ausgesehen hat! Was sagst du zu diesem Abgangsphoto, Sime? Andere sehen darauf immer so blöde aus.«
Mit einem kühlen, ruhigen Gesichtsausdruck sah ihr Vater zu und lauschte. Während Madeline umblätterte, erstarben ihre Kommentare mehr und mehr. Ihre Hand zuckte zurück und ihr Mund zitterte; heftig klappte sie das Album zu, ließ den Kopf auf die Arme sinken und löste sich in Tränen auf. Linkisch legte Anderson den Arm um sie und blickte verlegen zu Pug hinüber. Nach einer Weile trocknete Madeline sich die Augen, sagte: »Tut mir leid, Sime. Aber du gehst jetzt besser nach Hause«. Sie ging mit ihm hinaus, kam aber bald wieder, setzte sich, schlug die wohlgeformten Beine übereinander und war offensichtlich ganz wieder so selbstsicher wie zuvor. Immer noch versetzte es Victor Henry einen Stich zu sehen, wie sie sich mit der Selbstverständlichkeit eines Matrosen eine Zigarette anzündete. »Sag mal, Dad – so eine karibische Sonnenbräune steht Sime Anderson ausgesprochen gut, findest du nicht auch? Du solltest dich mal mit ihm unterhalten. Ungeheuerlich, was er von der Jagd auf die U-Boote erzählt.«
»Ich habe Sime immer gemocht.«
»Hm, früher hat er mich an Senf erinnert. Eierpudding, verstehst du? Nichtssagend, farblos und blond. Er ist reifer geworden und – schon gut, schon gut, du brauchst gar nicht so zu grinsen. Jedenfalls freue ich mich, daß er Weihnachten zu uns zum Essen kommt.« Sie nahm einen tiefen Zug aus der Zigarette und sah ihren Vater betreten an. »Ich will dir was sagen. Die *Glückliche Stunde* wird mir allmählich peinlich. Da ziehen wir von Lager zu Lager und verdienen Geld damit, daß harmlose junge Leute in Uniform sich vor der Kamera lächerlich machen. Diese neunmalklugen Skriptschreiber, mit denen ich zusammenarbeite, lachen sich über Seeleute und Soldaten ins Fäustchen, die im Grunde viel besser sind als sie selbst. Und das kann mich wahnsinnig fuchsen.«
»Warum schmeißt du denn den ganzen Kram nicht hin, Madeline?«
»Und was soll ich sonst machen?«
»Du könntest doch hier in Washington Arbeit finden. Wir haben hier dieses schöne Haus, das praktisch leer steht. Und deine Mutter ist allein.«
Der Ausdruck auf ihrem Gesicht beunruhigte ihn – sie schien traurig,

ängstlich, von trotzigen Dummheiten nicht weit entfernt. So hatte sie mit vierzehn ausgesehen, wenn sie mit einem schlechten Zeugnis zu ihm gekommen war. »Tja, ehrlich, genau daran habe ich heute abend auch denken müssen. Es ist nur so, daß ich nicht so ohne weiteres wegkann.«
»Sie finden schon jemand, der mit dem Firlefanz fertig wird.«
»Oh, meine Arbeit macht mir Spaß. Und das Geld gefällt mir auch, das ich verdiene. Es macht mir Spaß zu sehen, wie der Pegelstand meines Kontos sich sprunghaft nach oben bewegt.«
»Bist du glücklich?«
»Ach, es geht mir gut, Pop. Es gibt nichts, womit ich nicht fertig würde.«
Victor Henry sah seine Tochter bei diesem Besuch seit anderthalb Jahren zum erstenmal wieder. Der Brief, den sie ihm nach Pearl Harbor geschrieben und in dem sie ihn gewarnt hatte, sie könnte möglicherweise in einen Scheidungsprozeß verwickelt werden, wurde mit keinem Wort erwähnt. Gleichwohl schickte Madeline ständig Signale der Verzweiflung aus, er mußte sich schon sehr täuschen, wenn es nicht so war.
»Vielleicht sollte ich mal mit diesem Cleveland reden.«
»Aber worüber denn, um alles auf der Welt?«
»Über dich.«
Ihr Lachen klang aufgesetzt. »Komischerweise möchte er mit dir reden. Ich habe mich fast geschämt, es zu erwähnen.« Sie schnippte Asche von ihrem Kleid. »Sag mal, wie geht das bei der Einberufungsbehörde eigentlich zu? Weißt du das? Da gibt es junge Burschen, die ich kenne, unverheiratet, kerngesund, die ihre Einberufung noch nicht bekommen haben. Hugh Cleveland aber wohl.«
»So? Schön«, sagte Pug. »Dann können wir ja jetzt den Krieg gewinnen.«
»Sei nicht biestig! Der Vorsitzende der Einberufungskommission ist einer von diesen Kleingeistern, denen es Freude macht, einer Berühmtheit eins auszuwischen. Hugh meint, es sei wohl besser, wenn er die Uniform anzieht. Er will sich freiwillig melden, verstehst du, und mit der *Glücklichen Stunde* weitermachen. Kennst du jemand bei der Öffentlichkeitsarbeit der Navy?«
Bedächtig und wortlos schüttelte Victor Henry den Kopf.
»Okay.« Madeline schien erleichtert. »Ich habe meine Pflicht getan. Ich habe dich gefragt. Ich hatte es ihm versprochen. Das ist nämlich sein Problem. Bloß, Hugh sollte wirklich nicht mit einem Gewehr herumlaufen. Er hat zwei linke Hände. Er wäre mehr eine Gefahr für unsere Seite als für den Feind.«
»Hat er denn nicht alle möglichen Kontakte zu Leuten vom Militär?«
»Du würdest es nicht für möglich halten, wie zurückhaltend die sind, sobald sie wissen, daß er seine Einberufung bekommen hat.«

»Das freut mich zu hören. Du solltest dich auch von ihm absetzen. Er bringt dich nur in Schwierigkeiten.«
»Ich habe keine Schwierigkeit mit Mr. Cleveland.« Madeline erhob sich, warf den Kopf genauso zurück, wie sie es schon getan hatte, als sie erst fünf Jahre alt gewesen war, und gab ihrem Vater einen Kuß. »Wenn überhaupt, drückt der Schuh ganz woanders. Gute Nacht, Pop.«
Eine wirklich erwachsene Frau, dachte Pug, als sie hinausging, verstünde sich besser aufs Flunkern. Zweifellos war sie in einer schwierigen Lage. Aber sie war jung, sie durfte noch Fehler machen, und im übrigen konnte er nichts daran ändern. Einfach nicht dran denken!
Er nahm das *Time*-Magazin wieder zur Hand und betrachtete noch einmal das Bild von Pamela und ihrem toten Vater. »Die zukünftige Lady Burne-Wilke« kam nach Washington. Noch etwas, woran er besser nicht dachte; und ein ausgezeichneter Vorwand, den Posten als Verantwortlicher für die Beschaffung von Landungsfahrzeugen auszuschlagen und zum Pazifik zurückzukehren. Rhoda hatte, was zur Rettung ihrer Ehe führen konnte, geschickt mit dem Warren-Album hier auf den Tisch gelegt, in den traulichen Lichtkreis der Lampe, in dem Madeline es zugeklappt hatte. Der Tod und die Vergangenheit verbanden sie miteinander. Ihr nicht noch mehr Schmerz zuzufügen, war das mindeste, was er tun konnte. Vielleicht überlebte er den Krieg gar nicht. Und wenn doch, waren sie hinterher alt. Sie würden noch fünf oder zehn Jahre nebeneinander herleben. Sie zeigte sich bejammernswert zerknirscht; ganz bestimmt machte sie nicht noch ein zweitesmal einen Fehler; an dem, was geschehen war, konnte sie nichts mehr ändern. Sollte die Zeit die Wunden heilen. Er warf das Magazin in den ledernen Papierkorb, unterdrückte den kindischen Wunsch, Pamelas Bild herauszureißen, und ging in sein Ankleidezimmer.
Rhoda in ihrem Boudoir dachte gleichfalls nach. Ermüdet von der Arbeit in der Küche, war sie mehr als bereit, schlafenzugehen. Sollte sie Pug von ihrem Gespräch mit Pamela erzählen? Es war die alte Frage, wie sie sich in jeder Ehe stellt: etwas auf den Tisch zu legen, oder es auf sich beruhen lassen? Rhoda kam zu dem Schluß: je weniger gesagt wurde, desto besser. Sie war der Reue überdrüssig. Ob ihn diese üblen anonymen Briefe bedrückten? Nun, er selbst war auch nicht gerade ein Heiliger gewesen. Vielleicht klärte es die Atmosphäre, wenn sie die Wahrheit vor ihm ausbreitete. Die Nachricht von Pamelas Verlobung gab ihr eine Handhabe, das zu tun. Vielleicht gab es eine stürmische Szene. Bestimmt kam das Thema Fred Kirby zur Sprache, und möglicherweise auch die Briefe. Aber vielleicht war das sogar noch besser als die bleierne Schwere von Pugs hartnäckigem Schweigen. Ihre Ehe ging aus wie

eine Kerze unter einem Einmachglas – einfach deshalb, weil es an Luft fehlte. Daran änderte auch die Tatsache, daß sie miteinander schliefen, nur wenig. Ihr war der Gedanke entsetzlich, daß ihr Mann sich im Bett Mühe gab, höflich zu sein und sich nichts anmerken zu lassen. Rhoda zog ein schwarzes Spitzennachthemd an, bürstete sich das Haar, statt es hochzustecken, und ging hinaus, bereit, den Frieden anzunehmen wie das Schwert. Er saß aufrecht im Bett und las in seiner alten Shakespeare-Ausgabe mit dem gesprungenen braunen Ledereinband, die er immer auf dem Nachttisch liegen hatte.

»Hallo, Liebling«, sagte sie.

Er legte das Buch auf den Nachttisch. »Sag mal, Rhoda – dieser Slote hat eine Idee, wie man Natalie vielleicht helfen könnte.«

»Oh?« Sie schlüpfte unter die Decke und hörte zu, den Rücken gegen das Kopfteil gelehnt, die Stirn gerunzelt.

Pug war es ehrlich um ihre Meinung zu tun; er versuchte damit zu ihrer früheren Vertrautheit zurückzukehren. Sie hörte sich an, was er zu sagen hatte, nickte und unterbrach ihn nicht. »Warum das nicht versuchen, Pug? Zu verlieren gibt es doch nichts.«

»Nun, ich möchte im Weißen Haus nicht noch mehr Schwierigkeiten machen, als sie ohnehin schon haben.«

»Das sehe ich nicht so. Harry Hopkins kann es dir abschlagen, vielleicht hat er seine Gründe. Aber solche Bitten werden doch täglich an ihn gerichtet. Sie gehören schließlich zu deiner Familie, und sie sind in Gefahr. Für mich stellt sich die Frage anders. Angenommen, er ist bereit, es zu versuchen – was dann? Traust du Slote so sehr?«

»Warum nicht? Er kennt sich in diesen Sachen aus.«

»Aber er ist so, ich weiß nicht – so besessen davon. Pug, ich habe Angst, man könnte gerade das Falsche tun. Wir sind so weit weg. Wir wissen nicht, was eigentlich geschieht. Wenn man versucht, über das Weiße Haus etwas Besonderes für sie zu erreichen, richtet man da nicht das Scheinwerferlicht auf sie? Und besteht nicht ihre Taktik darin, nicht aufzufallen? Nichts zu sein als zwei Namen auf einer Liste von Amerikanern, bis sie ausgetauscht werden? Außerdem ist Natalie eine schöne Frau mit einem Baby. Die schlimmsten Teufel auf der Welt würden sich doch für sie umbringen! Vielleicht pfuscht man dem Schicksal ins Handwerk, wenn man sich einmischt.«

Er nahm ihre Hand und drückte sie. »Das ist eine bedenkenswerte Überlegung.«

»Oh, ich weiß nicht, ob ich recht habe. Sei nur sehr vorsichtig.«

»Rhoda, Madeline fängt an, Gefallen an Sime Anderson zu finden. Hat sie sich dir anvertraut? Hat sie in New York Schwierigkeiten?«

Rhoda brachte es nicht ohne weiteres fertig, Pug ihren eigenen Verdacht mitzuteilen – Liebschaften waren ein Hochspannungsthema. »Madeline bewahrt immer einen kühlen Kopf. Die Leute vom Funk sind im Grunde nicht der Umgang, den sie sich wünscht. Wenn sie sich mit Sime anfreundet, kann das nur gut für sie sein.«
»Sie sagt, das Stück sei äußerst schlüpfrig. Ich werde uns Karten für die erste Reihe besorgen.«
»Ach, wie schön!« Rhoda ließ ein unsicheres Lachen erklingen. »Du bist ein alter Schwerenöter, ich hab's immer gewußt.« Sie beschloß, während sie das sagte, das Thema Madeline auf sich beruhen zu lassen.
Als sie am nächsten Tag den Papierkorb leerte, konnte sie der Versuchung nicht widerstehen, im *Time*-Magazin zu blättern, bis sie das Bild von Pamela Tudsbury gefunden hatte. Natürlich war es noch da. Sie kam sich so töricht vor. Durchaus keine so attraktive Frau, dachte sie; eine, die rasch alt wurde. Außerdem verlobt mit Lord Burne-Wilke. Nicht dran rühren, dachte sie. Einfach nicht dran rühren.

10

Eines Juden Reise
(Auszug aus Aaron Jastrows Manuskript)

Weihnachten 1942
Lourdes

Als ich heute morgen aufwachte, dachte ich an Oswiecim. Für dieses eine Mal wurde es den Amerikanern in allen vier Hotels gestattet, gemeinsam in die Kirche zu gehen, zur Mitternachtsmesse in der Basilika. Wie gewöhnlich begleiteten uns unsere verhältnismäßig angenehmen Schatten von der Sureté und die deutschen Soldaten, die uns seit letzter Woche auf unseren Spaziergängen, bei unseren Einkäufen und den Besuchen beim Arzt, Zahnarzt oder Barbier folgen. Die Soldaten ärgerten sich offensichtlich, ausgerechnet am Heiligen Abend einen so unangenehmen Dienst zu machen (es ist sehr kalt hier oben in den Pyrenäen, und natürlich sind weder die Kirchen noch die Hotelhallen geheizt); sie hätten die Geburt ihres Erlösers lieber mit dem trunkenen Absingen von Weihnachtsliedern gefeiert oder mit tierischen Ekstasen auf den Körpern der armen französischen Huren, die den Eroberern hier zu Diensten sind. Natalie wollte nicht zur Messe gehen, ich jedoch schon. Es ist lange her, daß ich einer Messe beigewohnt habe. In dieser Pilgerstadt hat man das Erlebnis mit einer Menge echter Gläubiger; und wegen der Grotte befinden sich unter denen, die kommen, auch Lahme und Krüppel, Blinde, Entstellte und Sterbende – ein schrecklicher Zug; eine Parade von Gottes grausamen Scherzen oder auf Unfähigkeit beruhenden Fehlern, wenn man ernstlich glauben will, daß ohne Seinen Willen kein Sperling vom Dach fällt. So kalt es auch in der Wallfahrtskirche war – verglichen mit der Eiseskälte, die sich während der Messe in meinem Herzen ausbreitete, war die Luft warm wie im Mai. Gesang, Niederknien, Glöckchen, Wiederaufstehen, und so weiter. Es wäre nur ein Gebot der Höflichkeit gewesen, an den vorgesehenen Stellen gleichfalls das Knie zu beugen, wie alle es taten, denn schließlich war ich aus freien Stücken hergekommen; doch trotz all der mißbilligenden Blicke brachte ich, der halsstarrige Jude, es nicht fertig, niederzuknien. Ebensowenig konnte ich mich dazu verstehen, hinterher zu einer Weihnachtsfeier ins *Hôtel des Ambassadeurs* zu gehen, wo, wie man mir gesagt hatte, der auf dem Schwarzen Markt erstandene Wein in Strömen fließen würde und es gleichfalls auf dem Schwarzen Markt erstandenen Truthahn und Würste geben sollte. Ich kehrte ins *Gallia* zurück; ein mürrischer Deutscher, der abscheulich aus dem Mund roch, brachte mich bis an die Tür meines Zimmers. Ich legte mich schlafen, und als ich aufwachte, mußte ich an Oswiecim denken. Es geschah nämlich in der Yeshiva von Oswiecim, daß ich zum erstenmal mit meiner eigenen Religion brach. Ich weiß es noch, als wäre es gestern gewesen. Noch heute spüre ich meine Wange brennen, als der *Maschgiach*, der Vorsteher im Schulraum, mir eine Maulschelle versetzte und ich am violett überhauchten Abend durch den Schnee des Stadtplatzes stapfte, nachdem man mich wegen ungehöriger Ketzerei hinausgeworfen hatte. Jahrelang hatte ich nicht mehr an diese Episode gedacht, und dennoch wallt es in mir auf als eine unerträgliche Schmach. In der Yeshiva einer größeren Stadt – sagen wir: in Warschau oder in Krakau – wäre der *Maschgiach* vermutlich so vernünftig gewesen, über meine Unverschämtheit zu lächeln. Dann wäre womöglich mein ganzes Leben anders verlaufen. Diese Maulschelle war der geringfügige Anlaß, der den Sturzbach in eine andere Richtung lenkte.

Sie war so außerordentlich ungerecht! Schließlich war ich ein braver Bub, ein ›seidiger Junge‹, wie man auf Jiddisch sagt. Ich brillierte bei den abstrusen Gesetzesauslegungen, die Fleisch und Ruhm des Talmud darstellen, jenen feinsinnigen ethischen Nuancen, welche die Toren ›Haarspalterei‹ nennen. Diese Streitgespräche vollziehen sich mit einer strengen, nahezu geometrischen Eleganz, an der man nicht nur Geschmack gewinnt, sondern nach der man dürstet. Ich war von diesem Durst erfüllt. Ich war ein Mustertalmudschüler. Ich war heller und aufgeweckter als der *Maschgiach*. Vielleicht war er ein engstirniger, dickschädliger und schwarzbekappter bärtiger Narr, nur zu froh, über die Gelegenheit, mir einen Dämpfer aufzusetzen: und so schlug er mich ins Gesicht, hieß mich, die Studierstube zu verlassen, und lenkte mich auf den Pfad, der zum Kreuz führte.

Ich weiß noch, um was es ging: um die *Passah-Opfer*. Ich weiß noch das Thema: böse Geister und wie man ihnen ausweicht, ihnen entgegentritt und sie beschwört. Ich weiß auch noch, womit ich mir die Maulschelle verdiente. Ich fragte: »Aber, Reb Laizar, gibt es denn wirklich so etwas wie böse Geister?« Ich habe bis heute nicht vergessen, wie der bärtige Narr mich anbrüllte, als ich mit brennender Wange auf dem Boden lag. »Steh auf! Hinaus! *Scheikez* (Verworfener)!« Und so stolperte ich hinaus in das trübe, verschneite Oswiecim.

Fünfzehn war ich damals. Oswiecim war für mich immer noch eine große Stadt. In der riesigen Metropole Krakau war ich nur einmal gewesen. Unser Dorf, Medzice, rund zehn Kilometer weichselaufwärts gelegen, bestand nur aus Holzhütten und verwinkelten und verschlammten Wegen. Selbst die Kirche von Medzice – um die wir Kinder einen Bogen machten, als wäre es ein Heim für Aussätzige – war aus Holz gebaut. Oswiecim hingegen hatte gerade, gepflasterte Straßen, einen großen Bahnhof und Häuser aus Stein, Geschäfte mit erleuchteten Schaufenstern und etliche steinerne Gotteshäuser.

Gut kannte ich mich in der Stadt nicht aus. Wir führten in der Yeshiva ein streng geregeltes Leben und wagten uns nur selten über die Stallungen und Remisen hinaus, die unser kleines Schlafhaus und die Häuser der Lehrer umgaben. Doch mein rebellischer Zorn an diesem Tag trieb mich über die Remisen hinaus und hinein in die Stadt. Ich wanderte in ganz Oswiecim umher, schäumte eingedenk der mir widerfahrenen Mißhandlung und gab endlich den unterdrückten Zweifeln nach, die mich schon seit Jahren geplagt hatten.

Denn ich war kein Dummkopf. Ich verstand deutsch und polnisch, las Zeitungen und Romane, und gerade weil ich ein aufgeweckter Talmudschüler war, konnte ich über das *Bet Midrasch* hinaussehen und die Außenwelt betrachten; eine Welt voll merkwürdiger Gefahren und böser Versuchungen, und zugleich eine Welt, größer als diejenige, die man wahrnahm, wenn man sich nur auf den geraden, schmalen Pfaden des Talmud bewegte, abgegrenzt von weisen, wiewohl ermüdenden Kommentatoren, deren erschöpfende Analyse des vierzehn Jahrhunderte alten Haupttextes Geist und Energie des Schülers voll beanspruchten. Zwischen meinem elften Lebensjahr und dem Augenblick, da ich die Maulschelle empfing, war ich in immer stärkerem Maße hin und hergerissen zwischen dem natürlichen Ehrgeiz eines Yeshiva-Jungen, ein weltberühmter *Ilui* (Wunderkind) zu werden, und dem bösen Geflüster in meiner Brust, ich *verschwendete meine Zeit*.

Über all dies nachgrübelnd, während ich durch den knöcheltiefen Schnee stapfte, und durch den Zorn des *Maschiach* frei, umherzustreunen wie ein heimatloser Hund, blieb ich vor der größten Oswiecimer Kirche stehen. Sonderbar, daß ich vergessen habe, wie sie heißt! Diejenige, die der Yeshiva am nächsten lag, hieß *Calvaria*, daran erinnere ich mich noch. Dies jedoch war ein anderes und sehr viel eindrucksvolleres Bauwerk am Hauptplatz der Stadt.

Meine Erregung war noch nicht abgeklungen. Im Gegenteil – als mein vier Jahre hindurch unterdrücktes Aufbegehren die Fesseln einer streng geübten Zucht und eines äußerst empfindsamen religiösen Gewissens zerriß, tat ich etwas, was mir noch vor wenigen Stunden genauso undenkbar erschienen wäre wie etwa, daß ich mir die Pulsadern aufgeschnitten hätte. Ich schlüpfte in die Kirche hinein. Gegen die Kälte in meinen Mantel gehüllt, sah ich vermutlich nicht viel anders aus als ein christlicher Jüngling. Auf jeden Fall wurde gerade eine Art Gottesdienst abgehalten, und alle blickten nach vorn. Niemand achtete auf mich.

Mein Lebtag werde ich nicht die Erschütterung vergessen, als ich an der Stirnwand vor mir, dort, wo in einer Synagoge die Bundeslade gestanden hätte, einen großen nackten und blutigen Christus am Kreuz hängen sah. Auch den fremden, süßlichen Geruch des Weihrauchs vergesse ich nicht, und die großen gemalten Heiligen an den Wänden. Ich war wie vor den Kopf geschlagen, als ich überlegte, daß dies für die ›Welt draußen‹ (wie sie es für mich damals immer noch war) Religion sein sollte, der Weg, der zu Gott führte. Halb entsetzt und halb fasziniert verweilte ich lange Zeit. Nie wieder habe ich mich seither so fremd und so einsam gefühlt, so unmittelbar an der Schwelle einer mich bis in die Grundfesten erschütternden Veränderung in meiner Seele, von der es kein Zurück mehr gab.

Niemals – bis gestern abend.

Ob es nun an der aufgestauten Wirkung lag, seit Wochen in der erschreckenden Kommerzialisierung von Lourdes gelebt zu haben, die selbst außerhalb der Saison, ja selbst im Winter noch grell und aufdringlich das Leben in der Stadt bestimmte, oder an der rührenden Versammlung der Bresthaften in der Basilika, oder ob jetzt das, was Natalie und mir zugestoßen war, alles beiseite fegte, was diese Dinge in mir nicht wahr haben wollte – einerlei, was es war, fest steht, daß ich mich bei der Mitternachtsmesse, angesichts des am Kreuz hängenden Christus, der mir noch nachgerade jetzt sehr vertraut ist, und obwohl mir die religiöse Kunst Europas inzwischen viel bedeutet, in dieser Nacht genauso fremd und verlassen fühlte wie mit fünfzehn Jahren in der Kirche von Oswiecim.

Als ich heute morgen aufwachte, mußte ich daran denken. Ich schreibe diese Zeilen, während ich meinen Morgenkaffee trinke. So schlecht ist der Kaffee gar nicht. Für Geld bekommt man in Frankreich mitten im Krieg und unter der Knute der Eroberer immer noch alles. Die Schwarzmarktpreise in Lourdes sind noch nicht einmal besonders hoch. Es ist eben keine Saison.

Seit unserer Ankunft in Lourdes habe ich dies Tagebuch vernachlässigt – ehrlich gesagt, weil ich hoffte, es auf einem Schiff auf der Fahrt nach Hause wiederaufnehmen zu können. Diese Hoffnung schwindet zusehends. Wahrscheinlich ist unsere Lage schlechter, als meine Nichte und ich uns gegenseitig eingestehen. Ich kann nur hoffen, daß ihre Fröhlichkeit echter ist als meine. Sie weiß weniger als ich. Der Generalkonsul vermeidet es klugerweise, sie mit den

Hintergründen unseres Problems zu belasten; mir gegenüber ist er jedoch ziemlich offen.
Für das, was fehlgeschlagen ist, kann niemand etwas. Selbstverständlich war es schon ein schreckliches Mißgeschick, daß wir es bis auf ein paar Tage nicht schafften, Vichy-Frankreich auf legale Weise zu verlassen. Alles war in Ordnung, wir waren im Besitz der kostbaren Papiere; doch als die ersten Nachrichten von der Landung der Amerikaner in Nordafrika eintrafen, wurde der gesamte Eisenbahnverkehr unterbrochen und die Grenze geschlossen. Jim Gaither bewahrte einen kühlen Kopf und schützte uns dadurch, daß er uns mit auf das Jahr 1939 rückdatierten Presseausweisen versah, die besagten, daß wir für die Illustrierte *Life* arbeiteten, in der ja in der Tat ein paar Aufsätze über das kriegführende Europa von mir abgedruckt sind.
Aber er ging sogar noch weiter. In den Akten des Konsulats, die verbrannt werden sollten, gruben sie sogar ein paar Briefe von der *Life*-Redaktion aus, in denen um verschiedene Gefälligkeiten für eine Reihe von Schriftstellern und Photographen gebeten wurde. In Marseille gibt es einen ausnehmend tüchtigen Ring von Leuten, die Papiere für Flüchtlinge fälschen, und der unter der Leitung eines bemerkenswerten katholischen Priesters arbeitet. Der Generalkonsul verschaffte uns trotz aller Dinge, die er in der plötzlichen Krise noch erledigen mußte, durch seine Untergrundkontakte gefälschte Briefe mit dem Briefkopf von *Life*, wonach Natalie und ich zu regelmäßigen Korrespondenten wurden, Dokumente, die auch insofern echt aussahen, als sie immer wieder gefaltet und der Sonne ausgesetzt worden waren, daß sie vergilbt wirkten wie eben etliche Jahre alte Briefe.
James Gaither nahm nicht an, daß diese gefälschten Papiere und Dokumente uns lange schützen würden, meinte jedoch, daß sie wirksam blieben, bis wir das Land verlassen konnten. Freilich, je mehr Zeit vergeht, desto größer wird das Risiko. Zuerst meinte er, unsere Freilassung sei nur eine Frage von Tagen oder höchstens Wochen. Schließlich befinden wir uns mit Vichy-Frankreich nicht im Kriegszustand. Nur sind die Beziehungen abgerissen; im Grunde sind Amerikaner keine ›Feinde‹ und dürften überhaupt nicht ›interniert‹ werden. Aber unsere Gruppe hier in Lourdes, alles in allem hundertsechzig Mann, ist ganz fraglos interniert. Von Anfang an haben wir unter strenger französischer Polizeiüberwachung gestanden und durften uns nicht frei bewegen, es sei denn, unter den Augen eines uniformierten Beamten. Vor ein paar Tagen sind dann in allen vier Hotels, in denen wir Amerikaner festgehalten werden, Gestapo-Beamte eingezogen. Seither stehen wir nicht nur unter offizieller französischer Polizeiaufsicht, sondern auch unter deutscher Bewachung. Die Franzosen empfinden das irgendwie als Demüti-

gung, es ist ihnen peinlich, und sie versuchen, uns den Aufenthalt durch Kleinigkeiten etwas angenehmer zu gestalten. Aber die Deutschen sind immer dabei, marschieren stumpf hinter uns her, wohin wir auch gehen, starren uns in den Hotelhallen an und rufen uns barsch zur Ordnung, wenn wir irgendeine Boche-Verordnung übertreten.

Nach und nach bin ich auch dahinter gekommen, was es mit der ganzen Verzögerung auf sich hat. Der amerikanische Geschäftsträger, der mit dem gesamten Botschaftspersonal von Vichy hierhergebracht wurde, wohnt in einem anderen Hotel, und zu telephonieren ist uns verboten. Der Geschäftsträger, ein fähiger Mann namens Tuck – ein großer Bewunderer meiner Arbeiten, obwohl das nichts zu bedeuten hat –, darf offenbar pro Tag ein kurzes Telephongespräch mit dem Schweizer Vertreter in Vichy führen. Folglich sind wir praktisch von der Welt abgeschnitten, insbesondere hier im *Gallia*, und wir tappen ziemlich im dunkeln.

Der Hinderungsgrund erweist sich als ganz einfach. Das Vichy-Personal in den Vereinigten Staaten, gegen das wir ausgetauscht werden sollten, hat sich fast ausnahmslos geweigert, nach Frankreich zurückzugehen, was angesichts der Tatsache, daß der Hunne jetzt ganz Frankreich besetzt hat, durchaus verständlich ist. Dennoch hat es große Verwirrung gestiftet, und jetzt haben die Deutschen, die ihren Vorteil wittern, eingegriffen und nutzen das aus. Zwar sprechen sie noch über ihre Marionetten in Vichy zu uns, doch ist offenkundig, daß sie es sind, die über uns verhandeln.

In der ersten oder auch den ersten beiden Wochen wäre es noch ganz einfach gewesen, fortzukommen, wenn die Franzosen uns nur die sechzig Kilometer bis an die spanische Grenze gebracht hätten. Es wäre nur recht und billig gewesen, sich dafür erkenntlich zu zeigen, daß Amerika diese Regierung jahrelang großzügig mit Medikamenten und Nahrungsmitteln versorgt hat. Aber die Vichy-Leute sind schon eine widerwärtige Gesellschaft – der schmierige Bodensatz, der von der Anti-Dreyfußbewegung vom Ende des vorigen Jahrhunderts übriggeblieben ist: unterwürfig, speichelleckerisch, kriecherisch, selbstgefällig, antisemitisch, reaktionär und leicht militaristisch, kurz, ganz und gar niedrig und unwürdig der französischen Kultur. Wir sind also nicht hinausgekommen, und da sitzen wir nun, ein Faustpfand, mit dem die Deutschen um alle möglichen Nazi-Agenten schachern, die irgendwo im Ausland festgehalten werden; und daß sie soviel wie möglich herausholen wollen, versteht sich von selbst.

Aber ich dachte beim Aufwachen auch noch aus einem anderen Grunde an Oswiecim.

Während der Zeit unseres langen Aufenthalts in der Wohnung der Mendelsons in Marseille machte ein ganzer Strom von Flüchtlingen dort Zwischenstation; es waren Leute, die meist nur ein oder zwei Nächte dort verbrachten. Natürlich hatte das zur Folge, daß wir eine Menge grauenhafter Dinge hörten, die im jüdischen Untergrund über die Schändlichkeiten im Osten zirkulieren: Massenerschießungen und Vergasungen in abgedichteten Lastwagen, die Lager, in denen jeder, der ankommt, entweder auf der Stelle ermordet wird oder verhungert oder arbeiten muß, bis er tot umfällt. Ich war mir nie klar darüber, wieweit ich diesen Gerüchten Glauben schenken soll, und weiß es heute noch nicht, doch eines ist sicher: ein Ortsname, der immer wieder auftaucht, aber nie anders als im Flüsterton genannt wird, ist der Name Oswiecim – gewöhnlich in seiner germanisierten Form ausgesprochen, an die ich mich so gut erinnere: *Auschwitz*.

Wenn an diesen Gerüchten mehr ist als krankhafte, durch Leiden erzeugte Massenangst, dann stellt Oswiecim den Brennpunkt des ganzen Schreckens dar; mein Oswiecim, das Städtchen, in dem ich als Knabe studiert habe, wo mein Vater mir ein Fahrrad kaufte, wo manchmal die gesamte Familie zusammenkam, um den Sabbath zu feiern und einen großen Kantor oder *Magid* anzuhören, einen jiddischen Erweckungsprediger; und wo ich zum erstenmal das Innere einer Kirche sah und einen lebensgroßen Christus am Kreuz.

Das schlimmste Schicksal, das uns treffen könnte, wäre, in das geheimnisumwitterte, schreckenerregende Lager von Oswiecim abtransportiert zu werden. Für mich schlösse sich damit ein Kreis. Doch auf so künstlerischen Wegen läuft unser Zufallsdasein auf diesem armseligen Planeten nicht ab – dieser Gedanke tröstet mich wirklich –, und wir sind über einen Erdteil von Oswiecim und nur sechzig Kilometer von Spanien und der Sicherheit entfernt. Noch glaube ich, daß wir am Ende heimkommen werden. In Zeiten der Gefahr ist es lebensnotwendig, die Hoffnung nicht aufzugeben, wach zu bleiben und, wenn es sein muß, Bürokraten und Unmenschen die Stirn zu bieten. Dazu gehört Mut.

Natalie und ihr Kind, die eine Chance hatten zu entkommen, sitzen hier in der Falle, weil es ihr in einem entscheidenden Augenblick an Mut gebrach. Ich schrieb eine zweifellos übertriebene, unbeherrschte Tagebuchnotiz über Byrons Blitzbesuch und seine kläglichen Folgen. Mein Zorn auf Natalie nährte sich auch von meinem Schuldbewußtsein, weil ich sie und ihr Kind in diese immer bedrohlicher werdende Lage hineingebracht habe. Sie läßt nie zu, daß ich das ausspreche; sie fällt mir jedesmal ins Wort und sagt, sie sei erwachsen, habe aus freien Stücken gehandelt, trage mir nichts nach, sei mir nicht böse.

Jetzt sind wir schon eine Woche lang von den Deutschen beschattet und herumkommandiert worden; und obwohl ich immer noch finde, sie hätte die Gelegenheit beim Schopfe packen und mit Byron fortgehen sollen, beginne ich, ihre Bedenken zu verstehen. Es wäre schon schrecklich, diesen harten, ungehobelten Männern mit falschen Papieren in die Hände zu fallen. Alle Polizeibeamten müssen im Verhältnis zu denen, die sie bewachen, hölzern, feindselig und grausam erscheinen; um ihren Befehlen nachzukommen, müssen sie jedes menschliche Mitgefühl in sich unterdrücken. Es ist wirklich nichts Positives über die italienischen und französischen Polizisten zu sagen, mit denen ich in den vergangenen beiden Jahren zu tun gehabt habe – und, was das betrifft, im übrigen auch nicht über gewisse amerikanische Konsuln.
Aber diese Deutschen sind anders. Ihre Befehle scheinen nicht nur ihre Handlungen zu bestimmen; Befehle scheinen gleichsam ihre Seelen auszufüllen und keinen Raum mehr zu lassen für eine noch so flüchtige menschliche Regung. Sie sind die Herdenbewacher, und wir sind das Vieh; sie sind Soldatenameisen und wir die Blattläuse. Ihre Befehle zerschneiden sämtliche Bande zwischen ihnen und uns. Es ist unheimlich. Wahrhaftig, wenn ich ihren kalten, leeren Gesichtsausdruck sehe, überläuft mich ein Schauder. Zwar habe ich gehört, einer oder zwei von den Vorgesetzten seien ›ganz anständig‹ (so Gaithers Worte), doch bis jetzt bin ich ihnen noch nicht begegnet. Auch ich habe früher einmal Deutsche gekannt, die ›ganz anständig‹ waren. Hier begegnet man nur dem anderen Gesicht der Teutonen.
Natalie könnte es mit Byron durchaus geschafft haben; ich kenne keinen entschlosseneren und findigeren jungen Mann als ihn, und überdies hatte er einen Diplomatenpaß. Es ging darum, einen raschen Sprung durch die Flammen zu wagen. Wäre sie doch die Natalie von früher gewesen, sie hätte ihn gewagt. Doch jetzt scheute sie sich des Kindes wegen. James Gaither ist nach wie vor der Meinung (allerdings rückt er immer mehr davon ab), ihr den richtigen Rat gegeben zu haben und daß noch alles gut werden wird. Ich glaube, er zweifelt allmählich selber daran. Gestern abend haben wir noch einmal alles durchgesprochen, Gaither und ich, als wir durch den Schnee zur Mitternachtsmesse gingen. Er behauptet steif und fest, daß die Deutschen, die mit diesem Austausch soviele ihrer Agenten wie möglich zurückhaben wollen, unsere Papiere nicht genau unter die Lupe nehmen würden. Natalie, Louis und ich seien drei Menschen von Fleisch und Blut, die man vielleicht gegen fünfzehn Hunnen austauschen könne. Damit würden sie sich zufrieden geben und nicht weiter nachforschen.
Er meint, wichtig sei es vor allem, nicht aufzufallen. Bis jetzt haben wir es mit Franzosen und Deutschen zu tun, von denen wahrscheinlich keiner seit Jahren

ein Buch gelesen hat, geschweige denn eines von meinen Büchern. Er behauptet, daß meine Unterlagen, die mich als Journalisten ausweisen, einer Prüfung standhalten, und daß bisher keiner von den Polizeibeamten mich als ›Berühmtheit‹ ausgesondert hat, und auch nicht als Juden. Aus diesem Grunde unterdrückte er auch den Vorschlag, daß ich vor der Gruppe in unserem Hotel einen Vortrag halten sollte. Der Mann von United Press arrangiert hier im *Gallia* eine Vortragsreihe, um die Zeit totzuschlagen. Das Thema, das er mir vorschlug, war – wie konnte es anders sein – Jesus. Das war vor ein paar Tagen; wenn Jim Gaither nicht Einspruch erhoben hätte, ich wäre einverstanden gewesen.

Aber seit meinem Erlebnis in der Mitternachtsmesse würde ich unter keinen Umständen – nicht einmal daheim in den Vereinigten Staaten und wenn man mir ein großes Honorar dafür böte – einen Vortrag über Jesus halten. Mit mir ist irgend etwas geschehen, was ich noch auszuloten habe. In den vergangenen Wochen ist es mir immer schwerer gefallen, auch nur über Martin Luther weiterzuarbeiten. Und in der letzten Nacht ist irgend etwas in mir an die Oberfläche gekommen. Ich muß mich darauf konzentrieren und herausfinden, was es ist. Irgendwann einmal werde ich in diesem Tagebuch den Weg zurückverfolgen, der mich elf Jahre nach meinem ersten flüchtigen Blick auf den gekreuzigten Christus in Oswiecim zu meiner nur kurze Zeit andauernden Bekehrung zum Christentum in Boston führte. Gerade eben ist Natalie mit Louis aus dem Schlafzimmer gekommen; das Kind ist warm eingepackt für den Morgenspaziergang. Unter der offenen Tür macht unser deutscher Schatten ein finsteres Gesicht.

11

Zum Jahresende überraschte Pug Rhoda mit dem Vorschlag, Silvester im Army-Navy-Club zu feiern. Sie wußte, daß ihm der Firlefanz, Papierhütchen, Feuerwerkskörper und beschwipste Küsserei im Grunde zuwider waren, doch heute nacht, so erklärte er, brauche er Ablenkung. Rhoda jedoch liebte den Silvesterunfug und war guter Dinge, als sie sich zurechtmachte; und in der fröhlichen Menge höherer Offiziere und ihrer Frauen, die sich durch die Lobby schob, spürte sie, daß nur wenige Frauen so hübsch oder so blendend aussahen wie sie in dem Silberlamé-Kleid, das sie noch von einer früheren, ähnlichen Gelegenheit her besaß. Einen Moment überkam sie ein Gefühl des Unbehagens, als sie den Speisesaal betraten und Colonel Harrison Peters sich erhob und sie an seinen Tisch winkte. Ihr Verhältnis zu Peters war makellos; doch was, wenn er nun Palmer Kirby erwähnte oder sich ihr gegenüber allzu vertraulich gab?
Sie standen Arm in Arm da. Pug spürte ihr Zögern und sah sie fragend an. Sie beschloß, sich nicht darum zu kümmern. Sollte es doch endlich herauskommen! »Ach, wen sehe ich denn da? Colonel Peters. Komm, setzen wir uns zu ihm«, erklärte sie fröhlich. »Er ist ein netter Mann. Ich habe ihn in der Kirche kennengelernt. Aber wo um alles in der Welt hat er denn dieses Tingeltangelmädchen aufgegabelt? Kann ich es wagen, dich mit ihr an einen Tisch zu setzen?«
Peters überragte Pug Henry um Haupteslänge. Sie schüttelten sich die Hand. Seine blonde, vollbusige junge Begleiterin in einem weißen, togaähnlichen Kleid, das viel rosige Haut durchschimmern ließ, erwies sich als eine Sekretärin von der Britischen Beschaffungskommission. Rhoda erwähnte, sie kenne Pamela Tudsbury. »Ach, wirklich? Die zukünftige Lady Burne-Wilke?« trillerte das Mädchen, dessen Akzent Victor Henry einen Stich versetzte. »Die gute Pam! Wir bei der Kommission wären fast auf den Rücken gefallen! Pamela war in unserem Team immer die rebellischste; der alte Sklaventreiber hat von ihr einiges zu hören bekommen! Aber jetzt wird Seine Lordschaft für die vielen Überstunden bezahlen! Wer hätte das gedacht!«
Die Stunde vor Mitternacht verging unter langweiligem Kriegsgerede bei

langweiligem Club-Essen und sehr fadem Champagner. Ein Colonel vom Army Air Corps mit violetten Kinnbacken wetterte ausgiebig dagegen, daß der CBI-Kriegsschauplatz, von dem er gerade komme, so sträflich vernachlässigt werde; mit CBI meinte er China, Burma und Indien. Die Hälfte der Menschheit lebe dort, erklärte der Colonel; sogar Lenin habe es als die saftigste Kriegsbeute der Welt bezeichnet. Wenn der an die Japaner fiele, sollte der Weiße Mann sich besser einen anderen Planeten suchen, denn dann würde es auf der Erde bald zu ungemütlich für ihn werden. Das scheine in Washington kein Mensch zu begreifen.

Ein Brigadegeneral von der Army mit auffallend mehr Ordensbändern als Peters oder der CBI-Colonel ließ sich über die Ermordung von General Darlan aus, den er, wie er sagte, in Algier gut gekannt habe. »Das mit Popeye ist wirklich ein Jammer. So haben wir von Ikes Stab ihn alle genannt: Popeye. Der Mann sah aus wie ein beleidigter Frosch. Selbstverständlich war er ein erklärter Freund der Nazis, aber er war auch ein Realist, und nachdem wir ihn geschnappt hatten, packte er aus und hat damit verdammt vielen Amerikanern das Leben gerettet. Dieser de Gaulle, den sie jetzt haben, hält sich für die Jungfrau von Orleans in Person. Von dem haben wir nicht mehr als schöne Worte und Kummer. Aber machen Sie das mal diesen Schreibtischstrategen klar!«

Was Colonel Peters betraf, hätte Rhoda sich keine Sorgen zu machen brauchen. Er sah kaum zu ihr hin, musterte dafür um so eindringlicher den gedrungenen Ehegatten mit dem grimmigen, müden Gesicht. Pug sagte keinen Ton. Zuletzt fragte Peters, wie denn seiner Meinung nach der Krieg gehe.

»Wo?« fragte Pug.

»Überall. Wie sieht die Navy es?«

»Ach, Colonel, das kommt ganz darauf an, wo man in der Navy sitzt.«

»Dann von der Stelle aus, an der Sie sitzen.«

Ein wenig verwirrt von der fruchtlos-bohrenden Fragerei dieses großen, gutaussehenden Mannes, antwortete Pug: »Ich sehe die Hölle hinter uns, und die Hölle vor uns.«

»Ganz meine Meinung«, sagte Peters, als die Lampen in dem von Stimmengewirr erfüllten Speisesaal erst aufblinkten und dann verglommen. »Das ist ein besserer Jahresrückblick als alles, was ich in all den Zeitungen gelesen habe. Nun, meine Damen und Herren, noch fünf Minuten bis Mitternacht. Gestatten, Mrs. Henry?« Sie saß neben ihm, und auf eine eigentümlich behutsame und angenehme Art und Weise, an der Pug, wie sie dachte, wirklich nichts auszusetzen haben konnte, setzte er ihr eine Schäferinnenhaube auf den Kopf und stülpte sich selbst einen vergoldeten Papphelm auf das graue Haar.

Nicht jeder am Tisch setzte ein Papierhütchen auf, wohl aber zu Rhodas Verwunderung ihr Mann. Das hatte sie seit den Kindergeburtstagen nicht mehr bei ihm erlebt. Auf Victor Henrys Kopf nahm sich das rosa Hütchen mit goldenen Troddeln daran alles andere als verspielt oder lustig aus; es betonte vielmehr die tiefe Traurigkeit seines Gesichts.
»Oh, Pug, nicht!«
»Ein frohes Neues Jahr, Rhoda.«
Champagnergläser in der Hand, erhoben sich die Gäste, küßten sich und sangen bei Kerzenlicht *Auld Lang Syne*. Pug gab seiner Frau einen flüchtigen Kuß und drängte sie, einen höflichen Kuß von Colonel Peters anzunehmen. Er mußte an all das denken, was im Laufe des Jahres 1942 geschehen war. Er dachte an Warren, wie er in der Tür zu seiner Kabine auf der *Northampton* stand, die eine Hand an die Türfüllung gelehnt, und sagte: »*Hallo, Dad. Wenn du zuviel zu tun hast, sag's nur!*« Und an die Offiziere und Mannschaften, die eingesargt im gesunkenen Rumpf der *Northampton* lagen, in den schwarzen Gewässern vor Guadalcanal. Und in den Tiefen seines Kummers dachte er daran, daß er Hopkins doch bitten würde, Natalie und ihr Baby aus Lourdes herauszuholen. Sie war jedenfalls noch am Leben.

Harry Hopkins' Schlafzimmer im Weißen Haus lag am Ende eines langen, düsteren Ganges, nur wenige Türen vom Oval Office entfernt. In einem grauen Anzug, in dem er aussah wie eine Vogelscheuche, stand er da und schaute hinaus auf das sonnenbeschienene Washington-Monument. »Hallo, Pug! Frohes Neues Jahr.«
Er hielt die faltigen Hände hinterm Rücken verschränkt, als er sich umdrehte. Der gebeugte, ausgemergelte, gelbgesichtige Zivilist bildete einen scharfen Gegensatz zu dem fleischigen Konteradmiral Carton, der in maßgeschneiderter blau-goldener Uniform mit goldenen Achselstücken hochaufgerichtet neben ihm stand. Den Zeitungsberichten nach wirkte Hopkins manchmal wie eine Gestalt von Alexandre Dumas, eine Art schattenhafter Mazarin, eine graue Eminenz, die im Dunstkreis des Präsidenten aus dem Hintergrund wirkte; doch als er Pug jetzt von Angesicht zu Angesicht gegenüberstand, kam er ihm eher wie ein abgetakelter Playboy vor, der sich, dem Aufblitzen in seinen Augen und dem schlaffen Grinsen nach zu urteilen, immer noch ein wenig Spaß vom Leben erhoffte. Mit einem kurzen Blick streifte Pug das stark nachgedunkelte Lincoln-Porträt mit der Plakette, auf der zu lesen stand, daß in diesem Raum das Gesetz über die Sklavenbefreiung unterzeichnet worden war; dazu die anheimelnden Anzeichen häuslichen Lebens – ein ziemlich zerknautschter roter Morgenmantel auf dem ungemachten Himmelbett,

neben dem ein spitzenbesetztes Nachthemd lag, rosa Pantöffelchen auf dem Fußboden und einige Fläschchen mit Medikamenten auf dem Nachttisch.
»Vielen Dank, daß Sie mich empfangen, Sir.«
»Ist mir doch immer ein Vergnügen. Setzen Sie sich.« Carton zog sich zurück, und Hopkins setzte sich Pug gegenüber auf ein bordeauxfarbenes Sofa, dessen Armlehnen schon ganz abgewetzt waren. »Ja, der CincPac will Sie also auch haben. Sie sind ein vielbegehrter Mann, was?« Pug war so überrascht, daß er nichts dazu sagte. »Ich nehme an, damit ist Ihre Wahl entschieden, oder?«
»Selbstverständlich ziehe ich militärische Aufgaben vor.«
»Und was ist mit der Sowjetunion?«
»Ich bin nicht interessiert, Sir.«
Hopkins schlug knochendünne Beine übereinander und fuhr sich mit der Hand über das lange Kinn. »Erinnern Sie sich an einen General Yevlenko?«
»Ja. Ein großer, stämmiger Mann. Ich habe ihn auf meiner Fahrt an die Front vor Moskau kennengelernt.«
»Genau. Dieser Yevlenko ist jetzt der entscheidende Mann für die ganzen Leih- und Pachtgeschichten. Admiral Standley meint, Sie könnten in dem Bereich eine enorme Hilfe sein. Yevlenko hat Sie Standley gegenüber erwähnt. Und Alistair Tudsburys Tochter, die Sie, wie ich höre, auf dieser Fahrt begleitet hat.«
»Jawohl, das hat sie.«
»Nun, Sie beide haben großen Eindruck auf ihn gemacht. Wissen Sie, Pug, Ihr Bericht über die Moskauer Front vorigen Dezember hat uns sehr geholfen. Ich war hier ein einsamer Rufer in der Wüste, der immer wieder behauptete, daß die Russen durchhalten würden. Die Army hat mit ihrem Geheimdienstbericht völlig daneben gelegen. Ihr Brief hat den Präsidenten beeindruckt. Er meint, Sie hätten gesunden Menschenverstand, und das hat hier schon immer Seltenheitswert gehabt.«
»Und ich dachte, ich hätte mich hier durch meinen unerbetenen Brief über die Minsker Juden unbeliebt gemacht.«
»Durchaus nicht.« Hopkins fegte Pugs Worte lässig beiseite. »Unter uns gesagt, Pug, das Judenproblem bereitet uns entsetzliche Kopfschmerzen. Der Präsident muß dauernd irgendwelchen Rabbis gegenüber Ausflüchte machen. Das Außenministerium versucht, sie gar nicht erst an ihn herankommen zu lassen, aber manche schaffen es doch. Es ist schon eine schreckliche Sache, aber was soll er ihnen sagen? Sie kauen immer wieder dieselben deprimierenden Dinge durch. Eine Landung in Frankreich und die Zerschlagung des Nazisystems – das wäre die einzige Möglichkeit, die Russen bei der Stange zu halten, die Juden zu retten und diesem verdammten Krieg ein Ende zu setzen.

Und der Schlüssel *dazu*, mein Freund, sind Landungsfahrzeuge.« Hopkins sah Pug aufmerksam an und lehnte sich auf dem Sofa zurück.

In dem Versuch, diesem gefährlichen Thema aus dem Weg zu gehen, sagte Pug: »Sir, warum lassen wir denn nicht mehr Flüchtlinge ins Land?«

»Die Einwanderungsbestimmungen ändern, meinen Sie?« sagte Hopkins munter. »Das ist ein harter Brocken.« Er nahm ein blaugebundenes Buch von einem Seitentisch und reichte es Pug. Der Titel lautete *America's Ju-Deal.**

»Haben Sie das schon mal gesehen?«

»Nein, Sir.« Pug machte ein angewidertes Gesicht. »Nazi-Propaganda?«

»Vielleicht. Das FBI sagt, es sei schon seit Jahren im Umlauf. Es kam mit der Post und hätte eigentlich in den Papierkorb gehört. Durch Zufall kam es auf meinen Schreibtisch, und da hat Louise es gesehen. Das Buch hat sie ganz krank gemacht. Wir kriegen Berge von Haß-Post, Pug. In der Hälfte davon werden wir als dreckige Juden beschimpft, worüber man lachen könnte, wenn es nicht so tragisch wäre. Und seit dem Baruch-Dinner hat diese Flut ihren absoluten Höchststand erreicht.«

Victor Henry verstand nicht.

»Waren Sie da noch auf See? Barney Baruch hat uns ein verspätetes – und offengestanden unüberlegtes – Hochzeitsdinner gegeben. Irgendwelche Reporter haben die Speisekarte in die Hand bekommen. Sie können sich's ja vorstellen, Pug, typisch Baruchsche Übertreibung. *Pâté de foie gras*, Champagner, Kaviar, so in dem Stil. Bei der Unzufriedenheit wegen der Rationierung und Warenknappheit hab ich natürlich mein Fett abgekriegt. Das und dazu noch die hundsgemeine Lüge, daß Beaverbrook Louise ein Smaragdhalsband im Wert von einer halben Million zur Hochzeit geschenkt haben soll, hat den Topf zum Überkochen gebracht. Ich habe weiß Gott ein dickes Fell, aber dadurch, daß ich Louise heiratete, habe ich auch sie alledem ausgesetzt. Es ist schrecklich.« Er wies mit einer Geste des Abscheus auf das Buch. »Und wenn Sie jetzt versuchen, ein neues Einwanderungsgesetz zu schaffen, breitet sich dieses Gift im ganzen Land aus. Ganz abgesehen davon, daß wir im Kongreß wahrscheinlich nicht mal damit durchkommen würden. Auf jeden Fall würden die Kriegsanstrengungen leiden. Und was hätten wir am Schluß davon? Wir können die Juden ohnehin nicht aus den Klauen der Deutschen befreien.« Er bedachte Victor Henry mit einem fragenden Blick.

»Wo ist denn Ihre Schwiegertochter im Augenblick?«

»Sir, deshalb habe ich um diese Unterredung gebeten.«

---

*) America's Ju-Deal, direkte Anspielung auf das 1933 von Präsident Roosevelt propagierte Reformprogramm des New Deal. Ju = verkürzte Schreibweise von Jew, Jude. A.d.Ü.

Pug beschrieb Natalies unseliges Geschick und trug Slotes Idee vor, sie aus Lourdes herauszuholen. Um einen Gefallen zu bitten, fiel Victor Henry schwer; er mußte nach den richtigen Worten suchen. Die dünnen Lippen geschürzt, lauschte Hopkins. Seine Antwort kam schnell und ganz hart. »Das heißt, man muß mit dem Feind verhandeln. Das müßte dem Präsidenten vorgelegt werden, und der würde es weiterleiten an Welles. Lourdes, ja? Und wie heißt noch dieser Mann beim Außenministerium?« Er kritzelte Leslie Slotes Namen und Telephonnummer mit Bleistift auf ein Stück Papier, das er aus seiner Tasche herausfischte. »Ich werde mich drum kümmern.«
»Ich bin Ihnen sehr dankbar, Sir.« Pug schickte sich an aufzustehen.
»Bleiben Sie sitzen. Der Präsident wird mich gleich rufen lassen. Er ist erkältet und steht deshalb später auf als sonst.« Mit einem Grinsen im Gesicht entfaltete Hopkins ein gelbes Blatt, das er aus seiner Brusttasche hervorholte. »Ganz normaler Arbeitstag für ihn. Möchten Sie mal hören? *Punkt eins: Chinesen rufen ihre Militärmission zurück.* Das ist eine ganz vertrackte Sache, Pug. Ihre Hilfsforderungen sind einfach unsinnig, angesichts dessen, was wir in Europa benötigen. Auf der anderen Seite ist die Chinafront ein ständiger Aderlaß für die Japaner. Die Chinesen sind länger in diesem Krieg als wir alle, und wir müssen sie beschwichtigen.«
»*Punkt zwei. Heizölkrise in Neu-England.* Gott, was für eine Pleite! Das Wetter hat uns zum Narren gehalten; der Winter ist wesentlich strenger als vorhergesagt. Von New Jersey bis Maine bibbert alles vor Kälte. Die Big Inch Pipeline liegt mit ihren Lieferungen um ein halbes Jahr im Rückstand. Mehr Stichproben, mehr Ärger.«
Sodann las er seine Liste herunter:

3. *Hindernisse auf der Sibirienroute für Leih- und Pachtlieferungen.*
4. *Unvorhergesehene Engpässe bei der Versorgung mit Molybdän.*
5. *Pessimistischer überarbeiteter Bericht über Gummi.*
6. *Bedenkliche Zunahme der Schiffsverluste durch U-Boote im Atlantik.*
7. *Deutsche Verstärkungen in Tunesien werfen Eisenhowers Vorausabteilungen zurück; Hungersnot in Marokko bedroht unsere Nachschublinien.*
8. *General MacArthur meldet nochmals, daß er für Neuguinea dringend mehr Truppen und mehr Flugzeuge braucht.*
9. *Neufassung des Berichts zur Lage der Nation.*
10. *Pläne für das Treffen mit Churchill in Nordafrika.*

»Der letzte Punkt ist streng geheim, Pug.« Hopkins schüttelte die Hand mit dem knisternden Zettel. »Wir fliegen voraussichtlich in einer Woche nach

Casablanca. Mit den Stabschefs der verschiedenen Waffengattungen. Stalin hat seine Zusage zur Teilnahme zurückgezogen – wegen Stalingrad, aber wir halten ihn auf dem laufenden. Es geht darum, die Strategie unseres weiteren Vorgehens für den Rest des Kriegs festzulegen. Der Präsident war seit neun Jahren, seit seiner Amtsübernahme, nicht mehr an Bord eines Flugzeuges. Außerdem ist *noch nie* ein amerikanischer Präsident ins Ausland geflogen. Er ist aufgeregt wie ein kleiner Junge.«

Victor Henry fing an sich zu fragen, was es mit Harry Hopkins' Gesprächigkeit auf sich habe; doch da kam auch schon die Erklärung. Hopkins neigte sich vor und berührte Pugs Knie. »Verstehen Sie, Stalin verlangt, daß wir noch dieses Jahr auf Biegen und Brechen den Kanal überqueren. Damit wäre er dreißig oder vierzig deutsche Divisionen los, die von seiner Front abgezogen werden würden. Dann könnte er die Deutschen wahrscheinlich aus Rußland rauswerfen. Er behauptet, wir hätten ihm die zweite Front schon im vergangenen Jahr versprochen. Aber wir hatten einfach nicht die Landungsfahrzeuge und waren auch sonst in keiner Hinsicht darauf gerüstet. Die Briten hassen schon den Gedanken an eine Landung in Frankreich. Sie schieben in Casablanca bestimmt wieder die Knappheit an Landungsfahrzeugen vor.«

Wider Willen hereingezogen, fragte Pug: »Wie sehen die Zahlen denn jetzt aus, Sir?«

»Kommen Sie mit.« Hopkins geleitete Henry in ein anderes Zimmer. Es war klein, stickig, vollgestopft mit uneleganten alten Möbeln und einem viel zu großen Kartentisch voller Akten und Papiere. »Setzen Sie sich. Dieses Zimmer wird Monroe-Room genannt, Pug. Hier hat er die Monroe-Doktrin unterzeichnet – aber das ist ja wie verhext! Ich habe mir das Zahlenmaterial doch gerade angesehen.« Er wühlte unter den Papieren auf dem Tisch; einige fielen herunter, doch er achtete nicht darauf, sondern zog eine ganz gewöhnliche Karteikarte hervor und wedelte damit siegessicher in der Luft. Pug Henry wunderte sich darüber, was für eine Lässigkeit hier am Angelpunkt des Krieges herrschte. »Da haben wir sie. Angaben nach dem Stand vom fünfzehnten Dezember. Die Zahlen sind etwas undurchsichtig, weil die Verluste in Nordafrika noch nicht ganz erfaßt sind.«

Die Daten für den Bau von Landungsschiffen kannte Victor Henry auswendig; schließlich hatte er sie bei der Argentia-Konferenz vortragen müssen. Jetzt sträubten sich ihm die Haare, als er die Zahlen hörte, die Hopkins von der Karteikarte ablas. »Aber Mr. Hopkins, was um alles in der Welt ist denn mit der Produktion geschehen?«

Hopkins warf die Karte wieder auf den Tisch. »Es ist ein Alptraum, Pug. Wir haben ein ganzes Jahr verloren. Und zwar nicht nur bei den Landungsfahrzeu-

gen, sondern auf allen Gebieten. Das lag an der wechselnden Vorrangigkeit. Am Tauziehen zwischen der Army, der Industrie, dem Eigenbedarf. Streitereien zwischen diesem Vorstand und jenem, Eifersüchteleien zwischen manchen guten Leuten. Jeder behauptete, sein Vorhaben sei das allerwichtigste, und so kam überhaupt nichts dabei heraus. Wir standen vor einer total verrückten Vorrangigkeitsinflation. Prioritäten wurden bedeutungslos wie verfallene Wechsel. Das Durcheinander spottete jeder Beschreibung. Und dann kam Victor Henry.«
Hopkins lachte, als er sah, wie Pug verwundert mit den Augenlidern klapperte. »Natürlich nicht Sie persönlich. Aber ein Mann Ihres Schlages. Ferdie Eberstadt heißt er. Einer von diesen Leuten, von denen man nie etwas hört und die es dann fertigbringen, daß etwas getan wird. Ausgerechnet Börsenmakler war er, können Sie sich das vorstellen? Ein Princeton-Typ, direkt aus der Wall Street. Nie in der Regierung gewesen. Sie bestellten ihn in die Aufsichtsbehörde für die Kriegsproduktion, und dort erstellte Ferdie ein nagelneues Prioritätensystem: den *Material-Kontroll-Plan*. Nach diesem Plan werden sämtliche Produktionspläne auf die Anlieferung von drei Grundmaterialien abgestimmt: Stahl, Kupfer und Aluminium. Diese Rohstoffe werden jetzt gezielt zugeteilt, je nachdem, was produziert wird. Geleitschutzzerstörer, Langstreckenbomber, schwere Lastwagen für die Sowjets – einerlei, was es ist, die Rohstoffe werden zugeteilt, um jedes Einzelteil der Sache herzustellen. Mal hier etwas, mal dort, etwas für die Streitkräfte, etwas für die Fabriken« – Hopkins schwenkte seine langen Arme – »je nachdem, wer die besten Beziehungen in Washington hat. Nun ja, es ist ein Wunder. Die Produktionsziffern schießen überall im Lande in die Höhe.«
Er ging beim Sprechen auf und ab, das hagere Gesicht gespannt und lebhaft. Dann ließ er sich auf einen Stuhl fallen, der neben dem Victor Henrys stand. »Pug, Sie können sich nicht vorstellen, was hier los war, ehe Eberstadt die Sache in die Hand nahm. Wahnsinn allerorten! Und eine Verschwendung – es war nicht zu fassen. Ein Fußballstadion voller Flugzeugrümpfe – aber Motoren und Kontrollgeräte nicht mal in der Produktion. Zehntausend Panzerketten, aber keine Panzer, die mit ihnen fahren könnten. Hunderte von Infanterie-Landungsfahrzeugen, die vor Anker lagen und vor sich hinrosteten, nur weil die Winschen fehlten, um die Landungsrampen hochzukurbeln oder runterzulassen! Diese schreckliche Zeit ist vorbei; heute können wir die Landungsfahrzeuge haben, die wir brauchen, nur muß die Navy dauernd dahinter her sein. Das bedeutet, daß ein guter Organisator wie Ferdie Eberstadt mit der Sache betraut werden muß. Ich habe mit Minister Forrestal und Vizeadmiral Patterson gesprochen. Beide kennen Sie und Ihren Werdegang. Beide sind für

Sie.« Mit blitzenden Augen, das Brillengestell am Mund, lehnte Hopkins sich zurück.
»Na, mein Lieber? Wollen Sie die Sache nicht doch übernehmen?«
Das Telephon auf dem Kartentisch klingelte. »Jawohl, Mr. President. Sofort. Übrigens, zufällig ist Pug Henry hier . . . Jawohl, Sir. Selbstverständlich.« Er legte auf. »Pug, der Boß möchte Sie begrüßen.«
Sie traten auf den Gang hinaus, der ins Oval Office führte. Hopkins nahm Pug am Ellbogen. »Wie steht's? Soll ich dem Präsidenten sagen, daß Sie es machen? Es gibt eine Menge Navy-Captains, die Generalstabsarbeit beim CincPac machen können. Aber es gibt nur einen Pug Henry, der das Problem der Landungsfahrzeuge von A bis Z beherrscht.«
Victor Henry hatte mit Harry Hopkins noch nie eine Meinungsverschiedenheit ausgetragen. Dieser Mann trug das große Siegel der Präsidentschaft in der Tasche; dennoch war er nicht der Oberkommandierende, nicht der Mann, der die Befehle gab. Das leutselige Geplauder des Eingeweihten, die Schmeichelei mit Eberstadt – all das waren die Taktiken eines einflußreichen Untergebenen. Hopkins hatte es sich in den Kopf gesetzt, ihm die Verantwortung für den Bau der Landungsfahrzeuge zu übertragen; daß er, Pug, Natalie wegen vorsprach, hatte ihm eine Handhabe gegeben. Vermutlich übte er derlei Überredungskünste jeden Tag aus. Er war verdammt gut darin. Trotzdem wollte Victor Henry zum CincPac. Wie überheblich Hopkins darüber geredet hatte, verriet den Zivilisten. Auch für das Landungsfahrzeugprogramm gab es viele gute Leute.
Sie gingen am Oval Office vorbei auf die offene Schlafzimmertür zu. Die sonst so sonore Stimme des Präsidenten klang heute morgen heiser. Ehrfürchtiger Schrecken fuhr Pug in die Glieder, als er Roosevelts Akzent hörte.
»Mr. Hopkins, das bedeutet wahrscheinlich den Rest meines Kriegsdienstes. Ich möchte mit BuShips noch mal darüber reden.«
Harry Hopkins lächelte. »Gut. Ich weiß, sie sind alle dafür.«
Sie betraten das Schlafzimmer genau in dem Augenblick, als der Präsident geräuschvoll in ein großes weißes Taschentuch nieste. Konteradmiral McIntire, der Leibarzt des Präsidenten, stand in voller Uniform am Bett. Er und etliche ältere Zivilisten im Zimmer sagten im Chor: »Gesundheit!«
Pug kannte keinen der Zivilisten. Gewichtig dreinschauend, standen sie da und starrten ihn an, während McIntire, den er von San Diego her kannte, ihn mit einem leichten Kopfnicken begrüßte. Sich die gerötete Nase putzend, blickte der Präsident aus verquollenen Augen zu Pug auf. Man hatte ihm Kissen in den Rücken gestopft, und er trug über dem zerknitterten Pyjama ein königsblaues Cape, auf dem in Rot das Monogramm FDR gestickt war. Er nahm seinen

Kneifer vom Frühstückstablett und sagte: »Nun, Pug, wie geht's? Sind Rhoda und Sie gut ins Neue Jahr gekommen?«
»Jawohl, vielen Dank, Mr. President.«
»Gut. Und was haben Sie und Harry gerade ausgeheckt? Wohin gehen Sie als nächstes?«
Es war eine beiläufig gestellte, höfliche Frage. Die anderen Männer im Zimmer sahen Henry an wie einen Eindringling, wie etwa eines der Enkelkinder Roosevelts, das sich zufällig hierher verirrt hatte. Trotz der Erkältung des Präsidenten, die sich in der geröteten Nase und den verquollenen Augen kundtat, ging etwas Fröhliches von ihm aus; es war, als freute er sich auf den vor ihm liegenden Tag.
Victor Henry ging sofort darauf ein; er hatte Angst, Hopkins könnte zuviel versprechen, wenn er als erster redete. »Ich bin nicht sicher, Mr. President. Admiral Nimitz hat mich als Stellvertretenden Stabschef angefordert.«
»Oh, verstehe! Wirklich!« Der Präsident hob die schweren Brauen, als er Hopkins ansah. Das hatte er offensichtlich nicht gewußt. Ein leichter Ausdruck von Ärger huschte flüchtig über Hopkins' Gesicht. »Ja, dann werden Sie das wohl annehmen, nehme ich an. Ich kann es Ihnen nicht übelnehmen. Alles Gute.«
Roosevelt rieb sich mit zwei Fingern die Augen und setzte den Kneifer auf. Das veränderte sein Aussehen. Er sah jünger, eindrucksvoller aus, mehr der Präsident, wie man ihn von den Zeitungsbildern her kannte, und weniger wie ein alter Mann mit zerzaustem grauem Haar, der mit einer Erkältung das Bett hütete. Offensichtlich war er mit Pug Henry fertig und bereit, sich seiner Morgenarbeit zu widmen. Er wandte sich den anderen Männern zu.
Es war Pug, der die Sache weitertrieb, und zwar mit ein paar Worten, die ihn sein Leben lang nicht loslassen sollten. Die Reaktion des Präsidenten hatte eine gewisse Enttäuschung verraten, ein resigniertes Sich-damit-Abfinden, daß ein Navy-Offizier dem Wunsch nachgab, seine persönliche Karriere im Auge zu behalten. Und diese Regung veranlaßte ihn zu sagen: »Nun, Mr. President, Sie brauchen nur über mich zu verfügen.«
Mit einem überraschten und bezaubernden Lächeln wandte Präsident Roosevelt sich ihm wieder zu. »Nun, Pug – es ist schon so, daß Admiral Standley das Gefühl hat, er könnte Sie in Moskau gebrauchen. Erst gestern habe ich wieder ein Telegramm von ihm bekommen. Er hat dort drüben alle Hände voll zu tun.« Das Kinn des Präsidenten hob sich. Er bekam etwas Gebieterisches, als er sich unterm Cape aufrichtete. »Wir führen einen großen Krieg, Pug. So etwas hat es noch nie gegeben. Die Russen sind schwierige Verbündete. Manchmal ist es wirklich schrecklich, mit ihnen zu tun zu haben, das weiß der Himmel,

aber sie binden dreieinhalb Millionen deutsche Soldaten, und wenn sie das weiterhin tun, werden wir diesen Krieg gewinnen. Wenn sie das aber aus irgendeinem Grunde nicht mehr tun, könnten wir ihn verlieren. Wenn Sie also draußen in Rußland helfen könnten – und mein Mann in Moskau meint, das könnten Sie –, dann sollten Sie vielleicht dort hingehen.«
Die Gesichter der anderen Männer wandten sich Pug mit gelinder Neugier zu, aber er spürte ihre Blicke kaum. Er hatte nur das schwermütige Gesicht des Präsidenten vor sich; das Gesicht eines Mannes, den er einst als schmucken Staatssekretär im Marineministerium gekannt hatte, der wie ein Junge die Leiter eines Zerstörers heraufgeklettert war; jetzt war es das Antlitz der amerikanischen Geschichte, das Gesicht eines verschlissenen alten Krüppels.
»*Aye, aye, Sir.* Wenn das so ist, gehe ich von hier zur Personalabteilung und fordere meine Marschbefehle an.«
In den Augen des Präsidenten leuchtete es auf. Mit weitausholender Geste reichte er ihm die Hand, vermittelte damit männliche Dankbarkeit und Bewunderung. Das war die einzige Belohnung, die Victor Henry jemals erhielt. Wenn er in späteren Jahren an diese Szene zurückdachte, fand er stets, es sei genug gewesen. Etwas wie Liebe zu diesem Mann wallte in ihm auf, als die beiden sich die Hand schüttelten. Er kostete das ätzende Vergnügen des Opfers, und den Stolz, der hohen Meinung gerecht zu werden, die der Präsident von ihm hatte.
»Viel Glück, Pug.«
»Ich danke Ihnen, Mr. President.«
Ein freundliches Nicken und ein Lächeln von Franklin Delano Roosevelt, und Victor Henry verließ das Schlafzimmer; der Kurs, den seine Tage nehmen sollten, war geändert. Hopkins, der in der Nähe der Tür stand, sagte trocken: »*So long*, Pug.« Seine Augen waren schmal, sein Lächeln kühl.

Rhoda sprang auf, als ihr Mann ins Wohnzimmer trat. »Nun? Wie ist es ausgegangen?«
Er sagte es ihr. Als er sah, wie ihr Gesicht erschlaffte, wurde seine alte Liebe zu ihr kurz wieder wach, doch das verriet ihm nur, wie weit sie schon für ihn verloren war.
»Ach, Lieber, und ich hatte so sehr gehofft, es würde Washington sein. War es das, was du dir gewünscht hattest – nochmals nach Moskau zu gehen?«
»Nein, es war das, was der Präsident wollte.«
»Das bedeutet ein Jahr. Vielleicht sogar zwei.«
»Auf jeden Fall eine lange Zeit.«
Sie nahm seine Hand und verschränkte ihre Finger mit den seinen. »Nun ja.

161

Immerhin hatten wir ein paar wunderbare Wochen. Wann fliegst du?«
»Ja, das ist so, Rho« – Pug setzte ein verlegenes Gesicht auf – »BuPers hat seinen Einfluß geltend gemacht und mich auf einem Flugboot untergebracht, das schon morgen abfliegt.«
»Morgen schon!«
»Dakar, Kairo, Teheran, Moskau. Admiral Standley scheint wirklich Wert auf mich zu legen.«
Zum Abendessen tranken sie ihren besten Wein, redeten über alte Zeiten, über die vielen Trennungen und Wiedervereinigungen, gingen der Spur der Jahre nach, bis sie an jenem Abend angekommen waren, an dem Pug Rhoda seinen Heiratsantrag gemacht hatte. Lachend sagte Rhoda: »Kein Mensch kann behaupten, du hättest mich nicht gewarnt. Ehrlich, Pug, du hast von nichts anderem geredet als davon, wie grauenhaft es sei, die Frau eines Navy-Offiziers zu sein. Die Trennungen, die schlechte Bezahlung, die dauernden Versetzungen, das ständige Kotaumachen vor den Frauen der höheren Ränge – mein Gott, du hast nichts ausgelassen. Einmal, das *schwöre* ich, hatte ich ernstlich das Gefühl, du wolltest es mir ausreden. Und da sagte ich mir: Nichts zu machen, Mister! Es war deine Idee, und jetzt zappelst du am Haken.«
»Ich dachte, du müßtest wissen, worauf du dich einließest.«
»Ich hab's ja nie bedauert.« Rhoda seufzte und trank ihren Wein. »Es ist ein Jammer. Jetzt wirst du Byron verpassen. Der Geleitzug, mit dem er kommt, müßte jeden Tag eintreffen.«
»Ich weiß. Und es gefällt mir auch nicht.«
Sie redeten so entspannt miteinander, und Rhoda war Frau genug, und es war auch dem Ende nahe genug, daß sie nicht widerstehen konnte, ganz beiläufig hinzuzufügen: »Und Pamela Tudsbury wirst du auch verpassen.«
Er sah ihr in die Augen. Dinge, über die sie nie gesprochen hatten, lagen plötzlich offen auf dem Tisch – seine Liebelei mit Pamela und ihre Affäre mit Palmer Kirby, dessen Name ebensowenig über seine Lippen gekommen war wie der von Warren. »Richtig, ich werde Pamela verpassen.«
Lange Sekunden gingen vorüber. Rhoda senkte den Blick. »Ja, wenn du jetzt Lust drauf hast – ich hab' eine Apfeltorte gebacken.«
»Wunderbar. Apfeltorte bekomme ich in Moskau bestimmt nicht.«
Sie gingen früh zu Bett. Als sie sich liebten, geschah es mit einer gewissen Gehemmtheit. Es war jedoch bald vorüber, und Pug schlief tief und fest. Nachdem sie eine Zigarette geraucht hatte, stand Rhoda nochmals auf, zog einen warmen Hausmantel über und ging ins Wohnzimmer hinunter. Das Schallplattenalbum, das sie aus dem Regal zog, war verstaubt, die Platte zerkratzt und angesprungen; auf dem orangefarbenen Titel in der Mitte hatte

jemand mit Ölkreide etwas geschrieben – irgendwann war das Album den Kindern in die Hände gefallen, und sie hatten die Platten immer wieder abgespielt. Die alte Aufnahme hatte etwas Blechernes, Schrilles; eine geisterhafte Stimme aus ferner Vergangenheit, die schwach und gedämpft aus dem Lautsprecher tönte:

> *It's three o'clock in the morning*
> *We've danced the whole night through*
> *And daylight soon will be dawning*
> *Just one more waltz with you ...*

Sie war wieder im Offiziers-Club in Annapolis. Fähnrich Pug Henry, der Football-Star der Navy, führte sie groß aus. Eigentlich war er für sie viel zu kurz geraten, dabei jedoch sehr süß und irgendwie anders; und wahnsinnig in sie verliebt. Das spürte man an jedem seiner Worte und Blicke. Nicht besonders hübsch, aber männlich, vielversprechend und lieb. Unwiderstehlich, wirklich.

> *That melody so entrancing*
> *Seems to be made for us two*
> *I could just keep right on dancing*
> *Forever dear with you.*

Die alte Jazz-Band klang so blechern und unmodern; und wie schnell war die Platte zu Ende! Die Nadel kratzte und kratzte, und Rhoda saß da und starrte trockenen Auges auf den Plattenspieler.

.

Zweiter Teil

Pug und Pamela

12

Pug verpaßte Byron nur knapp.
Zwei Tage, nachdem das Flugboot auf seinem umständlichen Kurs nach Moskau zum ersten Zwischenziel – den Azoren – abflog, dampfte der Kreuzer *Brown* kanalaufwärts in den Hafen von New York. Vergnügte Seeleute, die Hände tief in den Taschen ihrer Überzieher, drängten sich auf der Schiffsbrücke, stampften mit den Füßen auf, atmeten weiße Wölkchen und ergingen sich in lockeren Reden über ihre Aussichten an Land. Byron in seinem schweren blauen Mantel, weißem Seidenschal und weißer Mütze stand ein wenig abseits von ihnen und starrte zur Freiheitsstatue hinüber, einem grünen Koloß, der im Licht der aufgehenden Wintersonne an ihnen vorüberglitt. Die Crew ging diesem Offizier, der praktisch als Passagier an Bord war, lieber aus dem Weg. Da zu wenig Offiziere an Bord waren, hatte er unterwegs Deckswachen übernommen; ein kühler Kopf, der sich auf Schiffen offensichtlich auskannte und auf der Brücke wenig sprach und noch weniger lächelte. Als er mit auf die Liste der Wachoffiziere gesetzt wurde, hatte Byron das Gefühl gehabt, wieder im Krieg zu sein; die Offiziere der *Brown*, die erleichtert waren, nicht mehr eine über die andere Glasen Dienst tun zu müssen, hatten ihn dankbar als ihresgleichen anerkannt.
Als der Geleitzug sich auflöste, die Frachter entweder auf das Ufer von New Jersey oder auf die sonnenbeschienenen Wolkenkratzer von Manhattan zuliefen, während die Geleitschiffe nach Brooklyn gingen, klimperte Byron voller Ungeduld mit einer Handvoll Vierteldollars in der Manteltasche. Als die *Brown* zum Ölbunkern anlegte, war er der erste, der die Gangway hinunterschoß und hinein in die einsame Telephonzelle auf dem Kai. Als er endlich zum Außenministerium in Washington durchgekommen war, standen die Seeleute vor der Tür Schlange.
»Byron! Wo bist du? Seit wann bist du zurück?« Leslie Slotes Stimme klang heiser und gequält.
»Im Navy-Hafen von Brooklyn. Wir haben grade eben festgemacht. Was ist mit Natalie und dem Kind?«
»Ja . . .« Als er Slotes Zögern merkte, wurde Byron nahezu übel. »Es geht

ihnen gut – es ist alles in Ordnung, und das ist ja die Hauptsache, nicht wahr? Es ist so, daß sie mit den anderen Amerikanern, mit denen sie in Lourdes zusammen waren, nach Baden-Baden verlegt worden sind. Nur vorübergehend, verstehst du? Ehe sie alle ausgetauscht werden und . . .«
»Baden-Baden?« fiel Byron ihm ins Wort. »Soll das heißen, in Deutschland? Natalie ist in *Deutschland?*«
»Hm, ja, aber . . .«
»*Himmelherrgott!*«
»Hör doch mal, das hat auch positive Seiten. Sie sind in einem erstklassigen Hotel untergebracht und werden bevorzugt behandelt. Brenners Park-Hotel. Sie gelten als Journalisten und sind immer noch mit den Diplomaten, den Zeitungsleuten, Rote-Kreuz-Arbeitern und so weiter zusammen. Unser Geschäftsträger in Vichy, Pinkney Tuck, steht an der Spitze der Gruppe; ein sehr fähiger Mann. Ein Schweizer Diplomat ist bei ihnen im Hotel und wacht über ihre Rechte. Außerdem ein Deutscher vom Auswärtigen Amt und ein französischer Beamter. Wir haben genug Deutsche in der Hand, die ihre Regierung unbedingt zurückhaben will. Es ist eine schreckliche Schacherei.«
»Und sind da noch andere Juden in der Gruppe?«
»Das weiß ich nicht. Aber hör mal, Byron, ich stecke bis über beide Ohren in Arbeit. Ruf mich heute abend zu Hause an, wenn du möchtest.« Er gab ihm seine Privatnummer und legte auf.
Als Byron kreideweiß im Gesicht durch die Messe ging, in der sich die Offiziere in Ausgehuniform drängten, erstarb die allgemeine Frozzelei. Während er in seiner Kammer seine Uniformen in die Seekiste packte, versuchte er sich darüber klar zu werden, was er als nächstes tun sollte, konnte jedoch nicht klar und folgerichtig denken. Wenn für Natalie schon eine einzige Begegnung mit Deutschen in einem französischen Zug ein allzu großes Risiko gewesen war, was war dann jetzt? Sie war in Nazi-Deutschland, war auf der anderen Seite. Unvorstellbar! Sie mußte wahnsinnig sein vor Angst. In Lissabon hatte Slote über die Behandlung der Juden Dinge erzählt, daß einem die Haare zu Berge standen; er hatte sogar behauptet, er kehre mit der ausdrücklichen Absicht nach Washington zurück, Präsident Roosevelt Beweise dafür vorzulegen. Byron fand die Geschichte einfach unglaubwürdig, er hielt sie für eine hysterische Übertreibung dessen, was im Nebel des Krieges in Deutschland vor sich ging. Er hatte keine Angst, daß seine Frau und sein kleiner Sohn Gefahr liefen, in den ganz Europa umfassenden Prozeß hineinzugeraten, bei dem Juden mit der Bahn in geheime Lager in Polen geschafft wurden, wo man sie vergaste und ihre Leichen dann verbrannte. Das war ein Märchen; zu dergleichen waren nicht einmal die Deutschen fähig.

Aber er fürchtete, daß sie des diplomatischen Schutzes verlustig gehen könnten. Sie waren illegale Flüchtlinge aus dem faschistischen Italien, und ihre Journalistenausweise waren gefälscht. Wenn die Deutschen gemein wurden, konnte es geschehen, daß sie schlechter behandelt würden als die anderen in Baden-Baden festgehaltenen Amerikaner. Louis konnte krank werden oder bei falscher Behandlung sogar sterben; er war doch noch so klein! Byron war hundeelend zumute, als er von Bord der *Brown* ging.

Mit der Seekiste auf dem Rücken schleppte er sich durch die Navy-Anlagen von Brooklyn, in denen die Hafenarbeiter gerade Mittagspause machten. Er beschloß, Madeline aufzustöbern; wenn ihm das gelang, konnte er über Nacht in New York bleiben, dann nach Washington weiterfahren und von dort nach San Francisco oder Pearl Harbor weiterfliegen, falls die *Moray* bereits ausgelaufen war. Aber wie Madeline ausfindig machen? Seine Mutter hatte ihm geschrieben, sie arbeite wieder für Hugh Cleveland; er hatte eine Adresse an der Claremont Avenue, ganz in der Nähe vom Campus der Columbia Universität. Vielleicht konnte er seine Sachen fürs erste in dem Haus seiner alten Studentenverbindung unterstellen und dort auch übernachten, wenn er sie nicht fand. Seit sie einander in Kalifornien Lebewohl gesagt hatten, hatte er nichts mehr von ihr gehört.

Das Taxi wand sich durch Brooklyn, fuhr auf die Williamsburg-Brücke hinaus, die nochmals einen hinreißenden Blick auf die Wolkenkratzer freigab, und schob sich dann in die Lower East Side von Manhattan hinein, auf dessen Bürgersteigen es von Juden wimmelte. In Gedanken kehrte er wieder zurück zu Natalie. Von Anfang an hatte er in ihr eine sehr weltgewandte intellektuelle Amerikanerin gesehen, die ein würziger Hauch von Judentum nur noch verführerischer machte; sie selbst hatte früher auf ihr Judentum allenfalls in selbstspöttischer Weise angespielt oder aber in Verachtung Slote gegenüber, weil er zugab, daß es für ihn eine Rolle spielte. In Marseille jedoch war sie von ihrem Judentum überwältigt und wie erstarrt erschienen. Byron konnte das nicht verstehen. Für ihn spielten Rassenunterschiede kaum eine Rolle; er hielt das Ganze für Voreingenommenheit und Unsinn, den Nazi-Lehren begegnete er mit fassungsloser Verachtung. Das Ganze war ihm nicht geheuer; was er empfand, war Zorn und Frustration seiner halsstarrigen Frau gegenüber und kaum erträgliche Angst um seinen Sohn.

Im Studentenheim hingen immer noch dieselben verstaubten Fahnen und Trophäen wie zu seiner Zeit. Im gemauerten Kamin häuften sich kalte Asche, Orangenschalen, leere Zigarettenschachteln und Kippen wie eh und je; das Porträt eines früheren Mäzens überm Kaminsims war durch weitere Jahre von Zigaretten- und Pfeifenqualm womöglich noch dunkler geworden. Wie immer

spielten zwei Studenten Tischtennis; Müßiggänger auf längst durchgesessenen alten Sofas sahen ihnen zu, und an den Wänden brach sich ohrenbetäubender Jazz. Erstaunlich milchbärtige und verpickelte High-School-Boys schienen das Regiment in diesem Haus übernommen zu haben. Der Verpickeltste von ihnen stellte sich Byron als Hauspräsident vor. Er hatte offensichtlich noch nie von Byron gehört, doch die Uniform beeindruckte ihn.
»Hey«, belferte er die Treppe hinauf, »benutzt im Moment jemand Jeffs Zimmer? Hier's 'n alter Herr, der heute nacht hier pennen will.«
Keine Antwort. Der picklige Präsident stieg zusammen mit Byron zu einem Zimmer hinauf, in dem noch immer dieselbe sepiafarbene Aufnahme von Marlene Dietrich hing wie früher, zerknittert und windschief. Der Präsident erklärte, Jeff, der im Begriff gestanden habe, sämtliche Arbeiten zu schmeißen, habe sich von einem Tag auf den anderen zur Marine-Infanterie gemeldet. Das überlegene Grinsen des Studenten bewirkte, daß Byron sich ein bißchen mehr wie zu Hause fühlte.
Ein Uhr mittags. Unfug, Madeline jetzt aufspüren zu wollen; die Leute vom Funk waren jetzt bestimmt alle beim Lunch. Byron hatte zwischen Mitternacht und vier Uhr morgens Wache geschoben und seither kein Auge zugedrückt. Er stellte seinen Wecker auf drei und streckte sich auf dem schmuddeligen Bett aus. Die schrillen Dissonanzen des Jazz hinderten ihn nicht daran, binnen weniger Minuten einzuschlafen.

Cleveland, Hugh, Enterprises, Inc. 630 Fifth Avenue. Das Telephonbuch war zwar schon ein paar Jahre alt, aber Byron versuchte es mit der Nummer. Eine muntere, mädchenhafte Stimme antwortete: »Programmabteilung, Miß Blaine.«
»Hallo, ich bin der Bruder von Madeline Henry. Ist sie da?«
»Was? Sind Sie Byron, der U-Boot-Offizier? Wirklich?«
»Ja, der bin ich. Ich bin hier in New York.«
»Ach, wie aufregend! Sie ist in einer Besprechung. Wo kann sie Sie erreichen? In einer Stunde oder so ist sie wieder da!«
Byron gab ihr die Nummer des Münztelephons, stöberte den verpickelten Hauspräsidenten auf und nahm ihm das Versprechen ab, jede Nachricht für ihn festzuhalten. Dann entfloh er dem Jazz-Gedröhn in die windige Frostluft der Straße, wo er eine andere Musik hörte: den »Washington Post March«. Auf dem South Field exerzierten mit geschultertem Gewehr Züge blauberockter Oberfähnriche. Zu Byrons Zeit waren die einzigen Märsche, die auf dem South Field stattgefunden hatten, anarchische Antikriegsdemonstrationen gewesen. Diese Burschen hatten vielleicht noch ein Jahr vor sich, bis sie Dienst auf See

machen würden, dachte Byron, und dann vergingen vielleicht noch Monate, bis sie imstande waren, eine Wache zu übernehmen. Als er die Reservisten, die noch kein Pulver gerochen hatten, hin- und hermarschieren sah, fühlte er Stolz auf seine Kampferfahrungen in sich aufsteigen; doch gleich darauf fragte er sich in seiner allgemeinen Niedergeschlagenheit, was denn eigentlich so Rühmenswertes daran sei, wenn man mehrfach in Gefahr geraten war, getötet zu werden.

Warum nicht hinübergehen zur *Prairie State*, auf der er selbst seine Grundausbildung genossen hatte? Er hatte sonst nichts zu tun. Also marschierte er den Broadway hinauf und dann über die 125th Street zum Fluß hinüber. Da lag das alte, längst außer Dienst gestellte Schlachtschiff, auf dessen Deck es von jungen Fähnrichen wimmelte. Der Geruch des Hudson, das Tuten und Lautsprechergedröhn verstärkten seine schwermütige Sehnsucht nach dem Vergangenen. An Bord der *Prairie State* hatten sie in ihren langen nächtlichen Unterhaltungen viel über die Art von Frauen geredet, die sie sich wünschten. Hitler und die Nazis waren damals lächerliche Figuren in der Wochenschau gewesen; Demonstranten von der Columbia Universität hatten Unterschriften gesammelt, mit denen die Regierung beschworen werden sollte, sich auf keinen Fall in einen Krieg hineinziehen zu lassen. Hier, in der vertrauten Umgebung, kam ihm Natalies Schicksal wie ein verschwommener, unglaublicher Alptraum vor.

Byron kam die Idee, durch die Claremont Avenue zum Studentenheim zurückzukehren, Madeline eine Nachricht unter die Tür zu schieben, wo er anzutreffen sei. Er fand das Haus und drückte auf die Klingel neben ihrem Namensschild unten an der Haustür. Es summte, und er konnte eintreten; also war sie zu Hause. Er eilte die beiden Treppen hinauf und klingelte an ihrer Wohnungstür.

Es ist fast nie ratsam, eine Frau ohne Voranmeldung aufzusuchen; weder eine Geliebte noch eine Ehefrau oder Mutter und ganz bestimmt keine Schwester. Madeline, in einem wallenden, blauen Negligé, das schwarze Haar offen bis zur Schulter, starrte ihn an. Ihre Augen weiteten sich und ein Schrei löste sich von ihren Lippen, als hätte er sie nackt überrascht, oder als wäre er eine Ratte oder eine Schlange.

Ehe Byron auch nur ein einziges Wort sagen konnte, ließ sich von innen eine tiefe Männerstimme vernehmen. »Was ist denn, Liebling?« Hugh Cleveland trat ins Bild, bis zur Hüfte nackt, und darunter bedeckt mit einem flatternden Lendentuch aus buntbedrucktem Kattun; er kratzte sich die behaarte Brust.

»Es ist *Byron*«, rief Madeline atemlos. »Wie geht's dir, Byron? Mein Gott, seit wann bist du denn zurück?«

Nicht weniger verwirrt als sie, fragte Byron: »Hat man dir denn nichts ausgerichtet?«
»Was denn ausgerichtet? Nein, nichts. Na, wenn du schon da bist – tritt ein!«
»Hallo, Byron«, sagte Hugh Cleveland mit dem bestrickenden Lächeln, das all seine blendendweißen Zähne sehen ließ.
»Sagt mal – seid ihr inzwischen verheiratet?« sagte Byron und trat in das wohlmöblierte Wohnzimmer, in dem ein Eiskübel mit einer Whiskyflasche sowie kleine Flaschen mit Sodawasser auf dem Tisch standen. Cleveland und Madeline wechselten einen Blick, und Madeline sagte: »Lieber, wie lange bleibst du, und wo wohnst du überhaupt? Himmelherrgott, warum hast du denn nicht geschrieben oder mich angerufen oder sonstwas?«
Die Tür zum Schlafzimmer stand offen, und Byron konnte ein zerwühltes Doppelbett sehen. Obwohl er sich in der Theorie mit der Möglichkeit abgefunden hatte, daß seine Schwester sich schlecht benahm, traute er buchstäblich seinen Augen nicht. Mit unbeholfener und völlig unangebrachter Direktheit fragte er: »Madeline, sag schon, seid ihr verheiratet inzwischen, oder was?«
Hugh Cleveland wäre gut beraten gewesen, an dieser Stelle den Mund zu halten. Aber er lächelte sein breites, weißblendendes Lächeln, breitete die Hände aus und sagte: »Hören Sie, Byron, wir sind doch erwachsen, und wir leben im zwanzigsten Jahrhundert. Wenn Sie also . . .«
Trotz des hinderlichen dicken Mantels holte Byron aus und hieb Cleveland seine Faust in das lächelnde Gesicht.
Madeline schrie abermals, lauter und womöglich noch schriller als zuvor. Cleveland ging zu Boden wie ein gefällter Ochse, war jedoch nicht besinnungslos; er landete auf Händen und Knien, kroch ein wenig hin und her und erhob sich. Dabei fiel sein Lendenschurz herunter, und er stand splitternackt da; über seinen spindeldürren Beinen und seinem Geschlechtsteil wölbte sich ein ansehnlicher weißer Bauch. Doch dieser wenig einnehmende Anblick wurde noch übertroffen von einer erstaunlichen Veränderung seines Gesichts. Er sah aus wie Dracula. Alle seine großen Vorderzähne waren pfeilspitz zugefeilt, die Eckzähne schienen ein wenig länger zu sein als die Schneidezähne.
»Himmelherrgottnochmal, Hugh!« schrie Madeline auf. »Deine Zähne! Was ist denn mit deinen *Zähnen*?«
Hugh Cleveland wankte auf einen Wandspiegel zu, grinste sich an und stieß einen unheimlich klagenden Laut aus. »Jefuf Chriftuf, meine Prothewe! Die hat mich anderthalbtauwend befiffene Dollarf gekoftet! Wo zum Teufel fteckt fie nur?« Von Entsetzen gepackt, blickte er suchend um sich, wandte sich dann

Byron zu und lispelte voller Abscheu: »Warum haben Sie mich geflagen? Wie lächerlich kann sich ein Menf nur benehmen? Lof, sehen wir nach, daf wir meine Brücke finden, und zwar ein bifchen dalli!«

»Ach, Hugh«, sagte Madeline nervös, »zieh doch was über, um Gottes willen! Du stolzierst hier nackt herum wie ein Idiot.«

Cleveland sah mit blinkernden Augen an seinem unbekleideten Körper herunter, griff nach dem Lendenschurz und befestigte ihn, während er im Zimmer herumtappte und nach seiner verlorengegangenen Prothese suchte. Byron sah das weiße Ding unter einem Stuhl auf dem Teppich liegen. »Ist es das hier?« fragte er, hob die Brücke hoch und reichte sie Cleveland. »Tut mir leid, daß ich das getan habe.« Im Grunde tat es Byron durchaus nicht leid, zumindest nicht sehr, aber der Mann bot einen so jämmerlich idiotischen Anblick mit seinen zugefeilten Zahnenden und dem lässig seinen vorquellenden Bauch bedeckenden Lendenschurz.

»Ja, daf ift sie!« Cleveland trat wieder vor den Spiegel und drückte sich das Ding mit beiden Daumen in den Mund. Dann drehte er sich um. »Na, wie sieht es jetzt aus?« Er sah wieder normal aus und hatte das strahlende Lächeln aufgesetzt, das Byron aus vielen Anzeigen von Clevelands Hauptsponsor, einer Zahnpastafirma, kannte.

»Himmel, ja, das sieht besser aus«, sagte Madeline. »Byron, jetzt entschuldigst du dich bei Hugh.«

»Hab' ich schon«, sagte Byron.

Nachdem er vorm Spiegel sich selbst noch ein paar Grimassen geschnitten und die Zähne zusammengebissen hatte, um zu sehen, wie fest die Brücke saß, wandte Cleveland sich wieder zu ihnen um. »War das ein Glück, daß das Ding nicht kaputtgegangen ist. Ich bin doch heute Toastmaster beim Bankett der Handelskammer; dabei fällt mir ein, Mad, daß Arnold mir mein Manuskript noch nicht gegeben hat. Was mach ich denn bloß – Jefuf, sie löft sich fon wieder, sie hält nicht!« Noch während er sprach, sah Byron, wie die Zähne sich wieder lösten und ihm aus dem Mund fielen. Cleveland fing sie auf, trat dabei auf den Saum seines Lendenschurzes und fiel, wieder nackt, aufs Gesicht, wobei der geblümte Fetzen sich abermals löste und unter ihm in sich zusammenfiel.

Madeline schlug die Hand vors Gesicht und zwinkerte zu Byron hinüber; ihre Augen glitzerten wie in ihrer Kindheit, wenn sie sich gemeinsam köstlich über etwas amüsiert hatten. Zu Cleveland hineilend, sagte sie jedoch in einem Ton zärtlicher Besorgnis: »Hast du dir wehgetan, Liebling?«

»Wehgetan? Scheife, nein!« Die Prothese fest in der Hand, richtete Cleveland sich wieder auf und schritt ins Schlafzimmer hinüber, wobei er mit seinem

dicken weißen Hinterteil wackelte. »Daſ iſt eine verdammt ernſthafte Sache, Mad. Ich ruf meinen Zahnarſt an! Hoffentlich iſt der auch da! Ich krieg' tauwend Dollar dafür, daſ ich heute abend den Toaſtmaſter ſpiele. Sowaſ Blödeſ!« Er schlug die Tür hinter sich zu.
Madeline hob den Lendenschurz auf und fuhr auf Byron zu: »Oh du! Wie kannst du nur so *gemein* sein!«
Byron sah sich im Zimmer um. »Ehrlich, Madeline, was soll das hier heißen? Lebt er hier bei dir?«
»Was? Wie stellst du dir das vor? Er hat doch Familie, du Trottel!«
»Ja, was machst du denn sonst?« Sie machte einen Schmollmund, und antwortete nicht. »Mad, machst du nur ab und zu einen drauf mit diesem fetten alten Kerl? Wie ist das möglich?«
»Ach, du verstehst überhaupt nichts. Hugh ist ein Freund, ein guter, lieber Freund. Du wirst nie begreifen, wie gut er zu mir gewesen ist, und, was noch mehr zählt . . .«
»Was du machst, ist Ehebruch, Madeline!«
Flüchtig malte sich so etwas wie Kummer auf ihrem Gesicht; doch dann wedelte sie mit der Hand, schüttelte den Kopf und setzte ein superkluges weibliches Lächeln auf. »Ach, bist du naiv! Mit seiner Ehe geht es jetzt besser, *viel* besser als früher. Und ich bin ein viel besserer Mensch. Es gibt nicht nur eine Art zu leben, Briny. Du und ich, wir stammen aus einer Familie von Fossilien. Ich weiß, daß Hugh mich heiraten würde, wenn ich ihn drängte; er ist verrückt nach mir, aber nur . . .«
Halb angezogen steckte Cleveland den Kopf durch die Schlafzimmertür und lispelte laut für Madeline bestimmt, sein Zahnarzt komme von Scarsdale her. »Ruf Sam gleich an. Sag ihm, er soll machen, daſ er in ſehn Minuten hier iſt. Himmel, waſ für eine Scheiſe!«
»Sam?« fragte Byron, als Cleveland die Tür wieder schloß.
»Sam ist sein Chauffeur«, sagte Madeline, eilte zum Telephon hinüber und wählte eine Nummer. »Ach, Byron, bin ich jetzt erledigt für dich? Soll ich dir was zum Abendessen kochen? Wollen wir uns heute abend besaufen? Willst du hierbleiben? Da ist noch ein Gästezimmer. Wann mußt du wieder weg? Was gibt's Neues von Natalie? – Hallo? Hallo, ich möchte Sam sprechen . . . Ja, dann such ihn, Carol. Ja, ja. Ich *weiß*, daß mein Bruder in der Stadt ist. Und *ob* ich das weiß . . . Schon gut, such jetzt vor allem Sam und sag ihm, er soll in genau zehn Minuten hier sein.«
Als sie auflegte, sagte sie: »Byron, ich arbeite seit vier Jahren für Hugh, und ich hab' keine Ahnung gehabt, daß er eine Prothese trägt.«
»Der Mensch lernt eben nicht aus, Mad.«

»Wenn die ganze Sache nicht so schrecklich wäre«, sagte sie, »und du dich nicht aufgeführt hättest wie ein Neandertaler, wäre das die umwerfendste Geschichte, die ich je erlebt habe.« In ihren Mundwinkeln bildeten sich Fältchen, als sie ihr Lachen unterdrückte. »Jahrelang hab' ich ihm im Nacken gesessen, er soll sich seinen schrecklichen Bauch runterhungern. Sieh dich mal an! Flach wie ein Schuljunge, genau wie Dad. Gibst du deiner ehebrecherischen Schwester jetzt einen Kuß?«

»*Unzucht, Wollust, Unzucht; immer noch Krieg und Unzucht; nichts bleibt hartnäckiger in Brauch*«, wütet der griesgrämige Thersites. »*Sollen sie doch zur Hölle fahren!*«

Janice war gewarnt worden und deshalb imstande, Byron in gespielter Unschuld zu empfangen; genau so, wie auch Madeline es getan hätte, hätte sie auch nur die geringste Chance gehabt.

Als ihr Schwiegervater durch Honolulu kam und sie ihm ihre Affäre mit Carter Aster verschwieg, hatte sie deswegen keine Gewissensbisse empfunden. Es ging ihn nichts an. Kein Mann konnte darüber denken wie eine Frau, am allerwenigsten Captain Victor Henry, der am Sonntag nicht einmal Karten spielte. Wäre sie ehrlich gewesen, so hätte ihn das nur in Verlegenheit gebracht, und genützt hätte es niemandem. Byrons Telegramm dagegen stellte Janice vor ein Problem.

Aster hatte ihr erzählt, daß ihr Schwager sich auf der *Moray* melden würde. Byron war schon ein sonderbarer Vogel – ebenso flott wie Warren, aber von einer Einstellung Frauen gegenüber, die sich als höchst ungelegen erweisen konnte. Seine Moralvorstellungen schienen ebenso eng wie die seines Vaters. Seine Erzählung von dem Mädchen in Australien war kaum zu glauben gewesen; dennoch hatte Janice sie geglaubt. Weshalb hätte er lügen sollen, wenn es ihn nur als prüden und beschränkten Geist hingestellt haben würde? Und dennoch – wenn schon Krieg war, die Männer weit weg von zu Hause und einsam, und wenn sich viel, wenn nicht alles bei ihnen um das drehte, was Aster rundheraus und höchst zutreffend als ›illegitimen Beischlaf‹ bezeichnete (ein Ausdruck, der Janice im höchsten Maße amüsierte, wiewohl sie jedesmal so tat, als wäre sie beleidigt) –, warum sollte Byron sich da eine natürliche und wunderschöne Begegnung versagt haben? Zu Janices Affäre mit Aster war es mehr oder weniger zufällig gekommen. Nach Midway hatte ein Anfall von Denguefieber sie ans Bett gefesselt; Carter Aster hatte sie jeden Tag besucht, sich darum gekümmert, daß sie Medikamente und genug zu essen bekam, und so hatte eines zum anderen geführt.

Sie wußte, daß Byron entsetzt wäre, wenn er dahinterkäme. Diese Seite seines Wesens verstand Janice nicht; er war so verdammt anders als sein Bruder. Seine Prüderie war für sie eine unverständliche Schwäche, die man ihm nachsehen mußte; und ihn enttäuschen wollte sie auf gar keinen Fall. Sie betrachtete sich als eine Henry, mochte die Familie ihres Mannes lieber als ihre eigene und hatte Byron immer als ausnehmend attraktiven Mann empfunden. Es war wunderbar, ihn um sich zu haben.

Als Aster sich daher eines Abends anzog, um auf sein Unterseeboot zurückzukehren, beschloß Janice, den Stier bei den Hörnern zu packen. Nackt unterm Laken, saß sie im Bett und rauchte eine Zigarette.

»Byron ist morgen hier, Honey.«

»So?« Aster hielt beim Anziehen seiner Khakihose inne. »So schnell? Woher weißt du das?«

»Er hat mir von San Francisco ein Telegramm geschickt. Er fliegt mit einer Maschine der Navy.«

»Das ist gut! Es wird auch höchste Zeit. Wir brauchen ihn an Bord.«

Mitternacht war schon vorbei. Aster blieb nie bis zum Morgen. Er hatte es gern, beim Wecken auf seinem Schiff zu sein; außerdem nahm er Rücksicht auf Janices Ruf, die in einer Häuserzeile mit frühaufstehenden Nachbarn wohnte. Janice liebte Aster oder liebte zumindest die Stunden des Zusammenseins mit ihm, aber sie sehnte sich nicht nach etwas Dauerhafterem. Er hatte nicht Warrens weitgefächerte Interessen, las nur Schund und konnte über nichts anderes reden als über die Navy. Er erinnerte sie an die vielen Piloten, die sie in Pensacola gelangweilt hatten, bevor sie Warren begegnet war. Aster war ein fähiger Schiffsingenieur, besessen von dem Drang, sich hervorzutun und zu töten, ein geborener U-Boot-Fahrer. Außerdem war er ein rücksichtsvoller und befriedigender Liebhaber; gewissermaßen der vollendete Partner für ›illegitimen Beischlaf‹, wenn auch nicht mehr. Wenn er spürte, daß Janice bei aller Zuneigung durchaus Vorbehalte ihm gegenüber hatte, ließ er es sich jedenfalls nicht anmerken.

»Weißt du, mein Lieber«, sagte sie, »daß mit unserem Techtelmechtel für eine Zeitlang Schluß sein muß?« Er bedachte sie mit einem kühlen, fragenden Blick und stopfte sich das Hemd in die Hose. »Ich meine, du kennst Byron doch. Ich mag ihn wirklich gern. Und ich möchte nicht, daß er sich in irgendeiner Weise aufregt und mir Vorwürfe macht. Das will ich einfach nicht.«

»Jetzt mal genau, damit ich's auch kapiere. Heißt das, daß du Schluß machst?«

»Ach – würde dir das soviel ausmachen?«

»Verdammt nochmal, ja, Janice, es würde mir was ausmachen!«

»Nun mach nicht so ein tragisches Gesicht. Lächle!«

»Warum muß Byron davon erfahren?«
»Solange ihr im Hafen liegt, wird er hier übernachten.«
»Ja, das ist richtig. Trotzdem ...«
Aster trat ans Bett, setzte sich und schloß sie in die Arme.
Nach ein paar atemlosen Küssen murmelte sie: »Na, wir werden sehen. Nur eines, Carter! Byron darf das nie, nie erfahren. Verstanden?«
»Selbstverständlich«, sagte Aster. »Muß er ja auch nicht.«

Am Vormittag seiner Ankunft blieb Byron gerade lange genug, um zu frühstücken, dann suchte er das U-Boot auf; doch die kurze Zeit genügte, daß er sich rückhaltlos und verbittert alles von der Seele redete, was in Marseille geschehen war. Die Nachricht, daß Natalie und ihr Kind jetzt in Deutschland festsaßen, entsetzte Janice. Automatisch verteidigte sie die Haltung ihrer Schwägerin und versuchte Byron zu versichern, alles werde sich zum Guten wenden. Als sie zusah, wie er, bevor er fortging, im Garten mit Vic spielte, mußte sie alle Kraft zusammennehmen, um nicht loszuheulen. Der augenblicklich spürbare wechselseitige Magnetismus zwischen Onkel und Kind versetzte ihr einen Stich. Als Byron sagte, jetzt müsse er gehen, klammerte Victor sich mit Armen und Beinen an ihn, wie er es bei Warren nie getan hatte. Die *Moray* sollte noch etliche Wochen im Hafen von Pearl Harbor bleiben, war jedoch die meiste Zeit auf Manöverfahrt. War das Boot im Hafen, verbrachte Byron eine über die andere Nacht in Janices Häuschen. Als er zum ersten Mal an Bord blieb, rief Aster an. Janice wußte nicht, was sie tun sollte. Sie sagte ihm, er solle kommen, aber erst, wenn Vic im Bett sei und schlafe. Dieser Besuch war eine Pleite. Sie war von Unruhe erfüllt, was Aster rasch merkte; nach ein paar Gläsern ging er, ohne sie angerührt zu haben. Danach sah sie ihn nur noch ein einziges Mal, ehe die *Moray* auf Feindfahrt ging. Als Byron ihr mitteilte, daß sie am Morgen ausliefen, sagte sie: »So? Warum lädst du dann nicht Carter zum Abendessen ein? Er ist schrecklich nett zu Vic und mir gewesen.«
»Das tue ich gern, Jan. Darf er ein Mädchen mitbringen?«
»Wenn er möchte, sicher.«
Aster brachte kein Mädchen mit. Die drei aßen bei Kerzenlicht, tranken viel Wein, und allmählich kam eine lustige Stimmung auf. Seit er wieder auf einem U-Boot Dienst tat, war Byron längst nicht mehr so niedergedrückt wie zuvor. Asters richtige Mischung von Formlosigkeit und Zurückhaltung trug ihm Janices ganze Dankbarkeit ein. Als sie das Radio anstellten, um Nachrichten zu hören, erfuhren sie, daß die Deutschen bei Stalingrad kapituliert hatten. Daraufhin machten sie noch eine Flasche Wein auf.

»Da fahren sie hin, die Krauts«, sagte Byron und erhob sein Glas. »Das wird aber auch höchste Zeit.« Für sein weinbenebeltes Denken signalisierte die Nachricht, daß seine kleine Familie bald frei sein werde.
»Damit hast du verdammt recht. Und wir knöpfen uns die Japse vor«, sagte Aster.

Als der Abend vorüber war und Janice allein zurückblieb, drehte sich ihr Kopf, und sie fand voller Entzücken und in mädchenhafter Verwirrung, daß der Tod ihres Mannes hinter ihr lag und daß sie nun zwei Männer aufrichtig liebte.

13

Weltweites Waterloo
4 Stalingrad
(Auszug aus ›Welt im Untergang‹ von Armin von Roon)

Anmerkung des Übersetzers: Mit der Diskussion und Darstellung der Schlacht um Stalingrad schließt General von Roon jenen Teil von ›Welt im Untergang‹ ab, der strategischen Analysen gewidmet ist. Im Original werden sämtliche Feldzüge und Schlachten bis zum Ende des Krieges zumindest skizziert. Freilich wird dieser Teil kurz und mit viel anekdotischem Interesse in dem Epilog von Roons magnum opus gestreift werden, einer persönlichen Erinnerung an seine Erlebnisse mit Adolf Hitler unter dem Titel ›Hitler als Feldherr‹. Dieser Bericht gestattet einen aufschlußreichen Blick auf den Führer während des sich an allen Fronten ankündigenden Zusammenbruchs. Meine Übersetzung geht mit Auszügen aus den Erinnerungen weiter und bringt im übrigen am Schluß nur noch von Roons Essay über die Schlacht von Leyte.

*Bei von Roons Schrift über Stalingrad habe ich mir einige Freiheiten herausgenommen. Isoliert betrachtet, handelt es sich bei der Schlacht um Stalingrad um ein sinnloses, fünf Monate währendes Zerrieben- und Zermahlenwerden einer ganzen deutschen Armee in einer abgelegenen Industriestadt an der Wolga. Man ist auf den Kontext angewiesen, das heißt, auf die Ereignisse der Sommeroffensive des Jahres 1942, um zu begreifen, was in Stalingrad wirklich geschah. Doch Roons Analyse von ›Fall Blau‹ wird wegen der vielen russischen Städte- und Flußnamen und Truppenbewegungen der Deutschen dermaßen undurchsichtig, daß amerikanische Leser sich nicht hindurchfinden würden. Aus diesem Grunde habe ich einige Seiten aus ›Hitler als Feldherr‹ eingefügt, um einerseits das Bild zu erhellen, andererseits aber nur Armin von Roon sprechen zu lassen. Verwirrende technische und geographische Angaben habe ich soweit als möglich gestrichen. –
V. H.*

Stalingrad erfüllte auf dem Schlachtfeld die prophetische Vision Spenglers vom Untergang des Abendlandes. Stalingrad war das Singapore der christlichen Zivilisation.

Die Tragödie von Stalingrad liegt eigentlich darin, daß sie nie hätte stattzufinden brauchen. Der Westen besaß die Kraft, sie zu verhindern. Anders als beim Fall von Rom oder Konstantinopel oder auch nur von Singapore handelte es sich nicht um den Höhepunkt einer welthistorischen Auseinandersetzung zwischen einer schwachen und einer starken Kultur. Im Gegenteil. Hätte die Gemeinschaft des christlichen Westens nur zusammengestanden, es wäre ihr ein Leichtes gewesen, die barbarischen Skythen aus den Steppen in ihrer neuen Verkleidung marxisti-

scher Raubtiere zurückzuwerfen. Wir hätten Rußland für ein Jahrhundert befrieden und seine bedrohliche Natur umgestalten können.
Doch das sollte nicht sein. Franklin Delano Roosevelts Kriegsziel, dem er alles andere unterordnete, war die Vernichtung Deutschlands, um dem amerikanischen Monopolkapital die unbestrittene Herrschaft über die Welt zu verschaffen. Er begriff, daß England am Ende war. Doch was die Bedrohung durch den Bolschewismus betrifft, war er entweder blind, oder er sah keine Möglichkeit, sie zu beseitigen. So kam er zu dem Schluß, daß Deutschland der Konkurrent sei, den er vernichten könne.
Der große Hegel hat uns gelehrt, daß es sinnlos ist, die Moral welthistorischer Persönlichkeiten herauszufordern. Bewertet man heute, wie die christliche Kultur von marxistischer Barbarei hinweggefegt wird, so gehört Franklin Roosevelt zu den Erzschurken der Menschheit. Militärgeschichtlich betrachtet, begreift man nur zu gut, in welchem Maße er das politische Ziel eines Kriegsherrn erreichte. Mag Roosevelt auch noch so kurzsichtig gewesen sein, sein Ziel, die Vernichtung Deutschlands, hat er erreicht.

Abendrot

Unser zweiter, ›Fall Blau‹*) benannter Angriff auf die Sowjetunion führte zu Stalingrad. Dieser Offensive lag ein wohldurchdachter Plan zugrunde, der zur Hauptsache auf Hitler zurückging und ums Haar auch erfolgreich verlaufen wäre. Hitler selbst hat ihn ruiniert.
Der Gegensatz von Franklin Roosevelts Art der Kriegsführung und der von Adolf Hitler hat geradezu etwas Plutarchisches. Bis ins einzelne gehende Berechnung gegen reines Vabanque-Spiel; beständige Planung gegen augenblicksgeborene Improvisation; vorsichtiger Einsatz begrenzter gegen gigantische Verschwendung überwältigender Waffenstärke; kluges Sich-Verlassen auf Generale gegen rücksichtsloses Überstimmen derselben; echte Sorge um die Truppe gegen den rücksichtslosen Einsatz von ›Menschenmaterial‹; der zögernde Versuch, mit einer Zehe in den Kampf einzusteigen, gegen den totalen Krieg und den Einsatz der letzten Reserven; das war der Unterschied zwischen den beiden Weltgegnern, als sie 1942 – neun Jahre, nachdem sie beide die Macht übernommen hatten – einander gegenüberstanden.
In der Rückschau sieht die Welt Hitler als den abscheuerregenden Jämmerling, der er 1945 im Bunker war; Roosevelts Opfer, eine im Zerfall begriffene, zitternde, reuelose, unverbesserliche, traumverlorene Schreckensgestalt, die das am Boden liegende Reich nur mit Terror-Maßnahmen immer noch im Würgegriff hielt. Doch

---

*) Der Deckname ›Fall Blau‹ wurde im Verlauf des Feldzugs in ›Braunschweig‹ umgewandelt. In meiner Übersetzung verwende ich einheitlich die Bezeichnung ›Fall Blau‹. – V. H.

das war nicht der Hitler vom Juli des Jahres 1942. Damals war er noch unser Führer: ein entrückter, fordernder, schwieriger Kriegsherr, aber der Herrscher über ein Reich, wie nicht einmal Alexander, Caesar, Karl der Große und Napoleon es gehabt hatten. Der Glanz, der von den deutschen Siegen ausging, erhellte den Planeten. Nur in der Rückschau erkennen wir, daß es zugleich ein Abendrot war.

›Fall Blau‹

›Fall Blau‹ war eine Sommeroffensive, die den Krieg im Osten beenden sollte. Unser großer Vorstoß im Jahre 1941 unter dem Namen ›Barbarossa‹ hatte die Vernichtung der Roten Armee zum Ziel gehabt. Sie hatte den bolschewistischen Staat durch einen in drei Richtungen vorgetragenen Sommerfeldzug in den Grundfesten erschüttern sollen. Wir hatten dem Gegner bedeutende Schläge zugefügt, doch der Russe ist ein stumpfer und unempfindlicher Fatalist von ungeheurer Leidens- und Widerstandsfähigkeit. Die Weigerung der Japaner, Sibirien anzugreifen – über die Stalin durch einen in unserer Tokioer Botschaft sitzenden Spion unterrichtet wurde –, hatte den roten Diktator instand gesetzt, seine asiatische Front weitgehend von Truppen zu entblößen und uns frische Divisionen ausdauernder und roher Mongolen entgegenzuwerfen. Diese winterlichen Gegenangriffe waren zum Erliegen gekommen, hatten jedoch bewirkt, daß wir vor Moskau steckenblieben. Als das Frühjahr kam, hielten wir immer noch eine Landfläche der Sowjetunion besetzt, die ungefähr dem Gebiet der Vereinigten Staaten östlich des Mississippi gleichkam. Wer will bezweifeln, daß die leichtlebigen Amerikaner unter einer solchen Besetzung zusammengebrochen wären? Doch die Russen sind ein anderer Menschenschlag; es bedurfte eines weiteren Sieges, sie zu überzeugen.

Bei ›Fall Blau‹ handelte es sich um die Weiterführung des Planes ›Barbarossa‹ im Süden der Sowjetunion. Das Ziel war, Südrußland mit seinem landwirtschaftlich-industriellen Potential und seinen reichen Bodenschätzen in die Hand zu bekommen. Die Aufgabe war klar umgrenzt: *Im Norden und im Mittelabschnitt stillzuhalten und im Süden zu gewinnen.* Geht man davon aus, daß Hitlers kontinentale Mentalität nicht imstande war, die Mittelmeerstrategie zu begreifen, war dies die zweitbeste Lösung. Wir standen bereits in Rußland, wir mußten angreifen. Überdies sah es nicht so aus, als könnten wir den Krieg ohne das kaukasische Öl zu einem siegreichen Ende bringen.

Hinter dem verworrenen politischen Wortschwall von Hitlers berühmtem Führerbefehl Nr. 41, den er nach Jodls sachlichem Entwurf eigenhändig neu geschrieben hatte, kristallisierten sich die Leitgedanken von ›Fall Blau‹ folgendermaßen heraus:

1. Frontbegradigung dort, wo im Winter Einbrüche vorgefallen waren.
2. Im Nord- und Mittelabschnitt die Linie Leningrad-Moskau-Orel halten.

3. Im Süden die Eroberung der Gebiete bis zur iranischen und türkischen Grenze.
4. Einnahme Leningrads, möglichst auch Moskaus.
5. Waren die Hauptziele in Rußland einmal erreicht und kämpfte der Gegner immer noch weiter, im Osten die Linie vom Finnischen Meerbusen bis zum Kaspischen Meer befestigen und dem entkräfteten und ausgebluteten Gegner gegenüber nur noch eine Verteidigungshaltung einnehmen.

Im Grunde verschob sich das ursprüngliche Ziel des Planes ›Barbarossa‹ nur wenig; es ging um die Errichtung einer quer durch Rußland verlaufenden, aus befestigten Stellungen bestehenden Großen Mauer vom Finnischen Meerbusen bis zu den großen Ölfeldern von Baku am Kaspischen Meer, die unser ›Slavisches Indien‹ gegen jeden Übergriff von außen abriegeln sollte. War diesem Feldzug Erfolg beschieden, ergaben sich dadurch wichtige Vorteile – wie etwa die Unterbindung der amerikanischen Materiallieferungen im Rahmen des Leih- und Pachtvertrages über den Persischen Golf, das Herüberziehen der Türkei auf unsere Seite und die Schließung des persischen Ölhahns für den Gegner. Vielleicht ergab sich sogar die Möglichkeit, bis nach Indien vorzustoßen, oder östlich der Wolga durch einen Stoß nach Norden die Umfassung Moskaus. Zugegeben, das war eine abenteuerliche Politik. Einmal waren wir bereits gescheitert, und jetzt versuchten wir es mit geschwächten Kräften ein zweitesmal. Doch auch Rußland war geschwächt. Der Griff des deutschen Volkes unter Hitler nach der Weltherrschaft war ohnehin nur ein fortgesetztes Vabanquespiel.
Wenn es uns gelänge, das Gleichgewicht des Krieges dadurch zu unseren Gunsten zu beeinflussen, daß wir Rußlands Weizen und Öl in die Hand bekamen und dann die Front im Osten konsolidierten, ergaben sich möglicherweise zwei politische Lösungen des Krieges: ein Sinneswandel der Angelsachsen angesichts unserer Kräfte und Leistungen – oder aber ein realistischer Friede mit Stalin. Roosevelts Angst vor einem Separatfrieden im Osten bestimmte für ihn sein ganzes Handeln im Krieg. Stalin seinerseits wurde während des ganzen Krieges den Verdacht nicht los, daß die Plutokratien planten, ihn im Stich zu lassen. Bis zu unserer Kapitulation blieb es unsicher, ob die ungereimte Allianz unserer Gegner nicht doch auseinanderbrechen würde.
In der Tat – warum haben die Amerikaner und die Briten eigentlich nie begriffen, daß die Weltflut des Bolschewismus einzig und allein dadurch aufgehalten werden konnte, daß man uns gegen Rußland gewinnen ließ? Churchill wollte immerhin auf dem Balkan landen, um Stalin in Mitteleuropa zuvorzukommen. Das war keine gute Strategie, denn wir waren zu stark und das Gelände zu schwierig; aber es war eine bewegliche Politik. Davon freilich wollte Roosevelt nichts wissen. Solange er uns selbst nicht vernichten konnte, wollte er den Bolschewisten helfen, das zu tun. Deshalb opferte er das christliche Europa dem amerikanischen Monopolkapital – um den Preis eines neuen dunklen Zeitalters, das jetzt rasch auf die Welt herniedersinkt.

Antworten an die Kritiker von ›Fall Blau‹.

Nach jedem Krieg bereitet es Lehrstuhlstrategen und Geschichtsprofessoren ein besonderes Vergnügen, denjenigen, die in der Schlacht geblutet haben, zu sagen, wie sie hätten handeln sollen. Eine oberflächliche Kritik zum ›Fall Blau‹ wurde solange wiederholt, bis sie die falsche Aura der Wahrheit annahm. Stalingrad war ein großer, schicksalhafter Wendepunkt der Weltgeschichte, und die Ereignisse, die dazu führten, sollten klar sein.
In *strategischer* Hinsicht war ›Blau‹ ein guter Plan.
In *taktischer* Hinsicht versagte ›Blau‹, weil Hitler sich tagtäglich einmischte.
Die Kritiker behaupten, das einzig annehmbare Ziel eines bedeutenden Feldzugplans sei die Vernichtung der gegnerischen Streitkräfte. Im Sommer 1942 hatte Stalin seine Armeen um Moskau stationiert, weil er davon ausging, daß wir versuchen würden, den Krieg durch die Zerschlagung seiner Hauptstreitkräfte und die Besetzung der Hauptstadt zu beenden. Unsere Kritiker sind noch heute der Ansicht, daß wir dies hätten tun sollen. Damit wären wir in der Tat einer orthodoxen Strategie gefolgt. Doch indem wir nach Süden vorstießen, gelang uns eine gefährliche Überraschung. Auch das entspricht orthodoxer Strategie.

Anmerkung des Übersetzers: Russische Quellen bestätigen Roons Ansicht. Stalin war fest überzeugt, daß der Angriff im Süden eine Finte sei, um ihn zu bewegen, den Verteidigungsring um Moskau von Truppen zu entblößen; er klammerte sich derart an diese Idee, daß nur Hitlers taktische Fehler Stalingrad und möglicherweise die ganze Sowjetunion retteten. – V. H.

Des weiteren wird uns vorgehalten, das strategische Ziel von ›Fall Blau‹ sei wirtschaftlicher Natur und daher verfehlt gewesen. Zuerst müsse man die Streitkräfte des Gegners vernichten; danach könne man nach Belieben mit seinen Reichtümern verfahren; soweit diese banale Ermahnung. Diese Kritiker haben überhaupt nicht begriffen, um was es bei ›Fall Blau‹ eigentlich ging. Es ging darum, *dem armen und dennoch beherrschenden nördlichen Rumpf der Sowjetunion eine gigantische Landblockade* aufzuzwingen und ihn vom Nachschub an Lebensmitteln, Treibstoff und Gütern der Schwerindustrie abzuschneiden. Eine solche Blockade ist eine langwierige und mühselige, aber erprobte Möglichkeit, den Gegner in die Knie zu zwingen. Als ›Fall Blau‹ ausgearbeitet wurde, waren die Japaner im Pazifik und in Südostasien ungeschlagen. Wir gingen davon aus, daß sie die Vereinigten Staaten für ein Jahr oder womöglich noch länger neutralisieren würden. Aber die überwältigenden Siege von Midway und Guadalcanal setzten Roosevelt instand, die Russen 1942 mit einer Flut von Leih- und Pachtlieferungen zu überschwemmen. Das machte einen gewaltigen Unterschied.

Schließlich behaupten die Kritiker, das Doppelziel von ›Fall Blau‹ – Stalingrad und der Kaukasus – habe es erforderlich gemacht, die Südfront weit über die Möglichkeiten der Wehrmacht hinaus zu verlängern und sie zu halten, so daß das Scheitern des Feldzugs von vornherein festgestanden habe. *Doch Stalingrad war nicht das Ziel von ›Plan Blau‹. Es war Hitlers Ziel, nachdem er im September die Herrschaft über sich selbst verloren hatte.*

Die Strategie von ›Fall Blau‹

Don und Wolga vereinigen sich bei Stalingrad auf höchst eindrucksvolle Weise. Die beiden mächtigen Ströme nähern sich bis auf eine schmale Landbrücke von rund sechzig Kilometern. Die erste Phase von ›Fall Blau‹ galt der Besetzung dieser strategisch wichtigen Landbrücke, um Angriffe aus dem Norden auf unsere Invasionstruppen abzufangen und gleichzeitig die Wolga als Versorgungsroute für Treibstoff und Lebensmittel nach dem Norden zu sperren.

An der Wolga dehnte sich an den Steilhängen des Westufers eine mittelgroße Industriestadt: *Stalingrad.* Wir brauchten sie nicht einzunehmen, sondern nur durch Bombardierung oder Beschießung zu neutralisieren, um den erwähnten Engpaß zu beherrschen. Unser Plan sah vor, mit zwei kraftvollen Zangenbewegungen am Ober- und Unterlauf des Don vorzustoßen und auf diese Weise den Großteil der Südrußland verteidigenden Sowjettruppen einzukesseln und zu vernichten. Die erste Zangenbewegung wurde getragen von der Heeresgruppe B, die sich als erste in Bewegung setzte, da sie den längeren Weg zurückzulegen hatte; sie sollte dem Oberlauf des Don folgen. Die Heeresgruppe A sollte am Unterlauf vorstoßen. Auf der Landbrücke zwischen Don und Wolga in der Nähe von Stalingrad sollten die beiden Heeresgruppen sich vereinigen. Nach der Zerschlagung der eingekesselten Sowjetverbände sollten die beiden Heeresgruppen zur zweiten oder Eroberungsphase von ›Fall Blau‹ übergehen. Die Heeresgruppe A sollte den Don überqueren und in südlicher Richtung bis zum Schwarzen Meer vorstoßen, von dort weiter bis ans Kaspische Meer und über die Hochpässe hinweg bis an die Grenzen der Türkei und des Iran. Die Heeresgruppe B sollte die gefährlich bloßliegenden Flanken am Lauf des Don verteidigen, der während unseres Vormarsches von drei Satellitenarmeen – Ungarn, Italienern und Rumänen – besetzt worden war.

Das war das schwache Glied im ›Fall Blau‹, und das wußten wir auch. Nur hatten wir bereits fast eine Million Menschen im Krieg verloren und waren an der Grenze unserer Truppenreserven angelangt. Wir mußten diese Hilfstruppen an den Flanken einsetzen, während die Wehrmacht weiter vorstieß. Daß sie die Front am Don gegen einen von der Roten Armee vorgetragenen vollen Angriff halten sollten, war jedoch nicht vorgesehen. Das geschah nur, weil der Führer den Kopf verlor und den vorgesehenen Zeitplan des Unternehmens durcheinanderbrachte.

Anmerkung des Übersetzers: *Bei der Herausgabe der Werke Roons habe ich Mansteins Eroberung der Krim und Sewastopols sowie Timoschenkos fehlgeschlagenen Mai-Vorstoß auf Charkow ausgelassen. Diese großen deutschen Siege schwächten Rußland im Süden und sorgten dafür, daß ›Fall Blau‹ zu einem durchaus vielversprechenden Unternehmen wurde. – V. H.*

(Aus ›Hitler als Feldherr‹)

Fehlschläge

In jedem Hauptquartier herrscht während eines Feldzugs eine gereizte Atmosphäre. Tag für Tag verfolgt man im Kartenraum die Entwicklung der Dinge. Die Kämpfe scheinen sich endlos hinzuziehen. Draußen an der Front ist Wirklichkeit: Hunderttausende von Menschen, die über freies Gelände und durch Städte ziehen, ungeheure Mengen an Waffen und Material bewegen, mit dem Feind in Berührung geraten. Im Hauptquartier sieht man immer dieselben Gesichter, dieselben Wände, dieselben Karten; man ißt an demselben Tisch mit denselben älteren müden Männern in Uniform. Die Atmosphäre ist angespannt und ruhig, die Luft muffig. Das Nervenzentrum eines Krieges hat etwas Unwirkliches und Abstraktes. Die ständige Spannung und immer wieder neu belebte Hoffnung zerrt an den Nerven.

All dies traf im ukrainischen Winniza während unseres Vormarsches doppelt zu. »Werwolf«, wie Hitler das Hauptquartier nannte, bestand aus einer Ansammlung von Blockhäusern und Holzhütten in offenem, fichtenbestandenem Gelände am Unterlauf des Bug. Gesellschaftlich gab es keinerlei Abwechslung. Wir konnten hingehen und im träge dahinfließenden, schlammigen Fluß baden, wenn es uns Spaß machte, unsere Haut Schwärmen von stechenden Insekten auszusetzen. Das Wetter war so drückend, daß Hitler nicht einmal mit seinem Hund spazierengehen mochte, seine einzige körperliche Betätigung.

Dorthin jedenfalls zogen wir Mitte Juli auf dem Höhepunkt des Feldzugs um. Hitler konnte die Hitze nicht gut vertragen. Starker Sonnenschein bereitete ihm Unbehagen, und alles in allem war es eine höchst unbehagliche Situation. Um seine Verdauung war es schlechter bestellt denn je, und seine Blähungen waren eine Zumutung für jeden, der zusammen mit ihm in einem Raum war. Selbst Blondi, der Hund, fühlte sich nicht wohl und winselte ständig vor sich hin.

Doch schon vorher, als wir uns noch in unserer kühleren und behaglicheren Anlage in den ostpreußischen Wäldern aufhielten, hatte er durch sein drastisches Umkrempeln der Pläne für die Heeresgruppe A und die Vierte Panzerarmee Anzeichen von Überanstrengung und Unentschlossenheit erkennen lassen.

(Aus ›Welt im Untergang‹)

Das Mißlingen von ›Fall Blau‹ läßt sich genau auf den dreizehnten Juli datieren. Hitlers Besorgnis war von Tag zu Tag größer geworden. Er begriff nicht, daß wir nicht ebensoviele Gefangene machten wie bei den großen Kesselschlachten des Jahres 1941. Ob Stalin endlich gelernt hatte, seinen Truppen nicht zu befehlen, die Stellungen um jeden Preis zu halten und sich gefangennehmen zu lassen; oder ob die Verbände im Süden vor uns sich auflösten; oder ob die Front einfach nur schwach besetzt war; oder ob die Russen zu ihrer klassischen Taktik Zuflucht nahmen, Gelände preiszugeben, um Zeit zu gewinnen – Tatsache war, daß wir nicht Hunderttausende von Gefangenen machten, sondern nur Zehntausende. Am 13. Juli entschied Hitler plötzlich, *den gesamten Vorstoß nach Osten von der Landbrücke bei Stalingrad in südwestliche Richtung auf Rostow umzudirigieren.* Auf diese Weise hoffte er, mittels einer enger gefaßten Umzingelungsbewegung gewaltige Verbände der Roten Armee einzukesseln, von denen er annahm, daß sie im Donbogen stünden. Die gesamte Heeresgruppe A schwenkte zu diesem Behufe ab. Er zog von der Heeresgruppe B sogar die Vierte Panzerarmee ab und ließ sie auf Rostow vorpreschen, obwohl Halder heftig und bitter dagegen war, so viele Panzer auf ein zweitrangiges Ziel anzusetzen. Der Vorstoß der Heeresgruppe B kam daraufhin nach und nach zum Erliegen; um ihre Treibstoffversorgung war es schlecht bestellt, denn der Hauptnachschub sollte in das Abenteuer der Gefangennahme von Russen einfließen.

Der gewaltige Vorstoß hatte die Einnahme Rostows und die Gefangennahme von rund vierzigtausend russischen Soldaten zur Folge. Gleichzeitig war jedoch kostbare Zeit verloren gegangen und der gesamte ›Fall Blau‹ ins Rutschen geraten. Die Heeresgruppe A, verstärkt um die vierte Panzerarmee, mahlte bei Rostow durcheinander, verstopfte die Nachschublinien und schuf bei der improvisierten Organisation unvorstellbare Schwierigkeiten.

In diesem kritischen Augenblick kam Hitler wie aus heiterem Himmel für unser wie vom Donner gerührtes Hauptquartier mit seinem berüchtigten und katastrophal folgenreichen Führerbefehl Nr. 45 heraus, dem schlimmsten militärischen Befehl, der jemals gegeben wurde. Er bedeutete die Aufgabe von ›Fall Blau‹! Ein verantwortungsbewußter Generalstab hätte eine solche Operation monatelang analysiert, im Sandkasten durchgespielt und organisiert; dergleichen hätte bis zu einem Jahr dauern können. Hitler hingegen warf ihn in seiner Überheblichkeit in ein, zwei Tagen aufs Papier, und zwar, soviel ich weiß, ganz allein. Falls Jodl ihm geholfen haben sollte – gerühmt hat er sich dessen nie.

Im wesentlichen ging es bei diesem Führerbefehl Nr. 45 um folgende drei Dinge:

1. Es wurde *einfach behauptet* (und keineswegs nachgewiesen), daß das erste Ziel des Feldzugs erreicht und die Rote Armee im Süden ›weitgehend aufgerieben‹ sei.

2. Die Heeresgruppe B sollte ihren Vorstoß auf Stalingrad wiederaufnehmen, die Vierte Panzerarmee sich ihr wieder anschließen.
3. Die Heeresgruppe A unter List sollte sofort in südlicher Richtung weiter vorstoßen, wobei zu der ursprünglich schon schwierigen Aufgabe noch weitere hinzukamen wie zum Beispiel die Sicherung der gesamten Schwarzmeerküste.

Das war Hitlers letzter Angriffsbefehl, und es war auch der Punkt, an dem uns im Oberkommando der Wehrmacht das Herz sank, obwohl draußen im Feld die Dinge immer noch ganz rosig aussahen. Halder, der Generalstabschef, war entsetzt. In seinem Tagebuch notierte er – und sprach es mir gegenüber auch unumwunden aus –, daß diese Befehle nichts mehr mit den militärischen Wirklichkeiten zu tun hätten.

Die *Grundvoraussetzungen* für die vernünftige Durchführung unseres Sommerfeldzugs waren jetzt dahingeschmolzen. Weder der Oberlauf des Don noch die strategisch so wichtige Landbrücke waren fest in unserer Hand. Die Heeresgruppe A, welche die südliche Zangenbewegung von Phase Eins hatte ausführen sollen, hatte *nur dann* nach Süden abbiegen dürfen, wenn die Don-Flanke bis Stalingrad gesichert war. Jetzt sollten die beiden großen Kampfverbände sich trennen und ohne Flankendeckung in verschiedenen Richtungen vorgehen – wobei sie unterschiedliche Missionen erfüllten und die Lücke, die zwischen ihnen klaffte, immer größer wurde.

Überdies hatte zur Durchführung von ›Fall Blau‹ auch noch Mansteins Elfte Armee gehören sollen, welche die Krim und Sewastopol eingenommen hatte; sie sollte bis zum Kaukasus vorstoßen und List bei seinem Vormarsch unterstützen. Doch in seiner Freude über den Fall von Rostow glaubte Hitler, alles laufe viel zu prächtig, um Manstein zu verschwenden; *statt dessen gab er Manstein Befehl, den größten Teil seiner Elften Armee anderthalbtausend Kilometer nach Norden zu verlegen und Leningrad anzugreifen.*

Hitlers numerierte Führerbefehle enden im Jahre 1943 mit der Nummer 51, doch sollten sie nach dieser fatalen Nummer 45 zunehmend defensiven Charakter erhalten. Mit dem Führerbefehl Nr. 45 ergriff er zum letztenmal die Initiative. Mangel an Erfahrung sowie die Anmaßung, mit der er sämtliche politische wie militärische Autorität in Deutschland für seine Person beanspruchte, machten sich bei seinem reizbaren Temperament, seinem beweglichen Geist und seinem furchtbaren Willen endlich bemerkbar. Der Befehl war heller Wahnsinn. Gleichwohl wurde dieser Wahnsinn nur von dem innersten Beraterkreis im Führerhauptquartier durchschaut. Die Wehrmacht gehorchte und marschierte auf zwei verschiedenen Wegen in die entferntesten Winkel Rußlands, ihrem düsteren Schicksal entgegen.

Ankunft bei Stalingrad

Von nun an nahm die Tragödie ihren vorgezeichneten Weg. Die Heeresgruppe A verbrachte wahre Wunder, durchquerte bei sengender Mittsommersonne weite Steppengebiete, überwand Gebirge mit schneebedeckten Gipfeln, besetzte die Küste des Schwarzen Meeres und schickte Vorausabteilungen sogar bis ans Kaspische Meer. Dennoch wurde keines der vorgesehenen Ziele erreicht. Was Hitler befohlen hatte, überstieg unsere Möglichkeiten an Menschen, Material und Nachschub. Wegen Treibstoffmangels und wegen Mangels an Tankwagen traten die Verbände bis zu zehn Tagen auf der Stelle. Einmal wurde der Treibstoff sogar auf Kamelrücken befördert! Lists Armeen saßen in den Bergen fest, wurden von zähen roten Einheiten immer wieder angegriffen und waren unfähig, weiter vorzustoßen.

Gleichzeitig erreichte die 6. Armee am 23. August nördlich von Stalingrad das Ufer der Wolga, und mit schweren Luftangriffen und Artilleriefeuer begann die Neutralisierungsphase. Anfangs war der Widerstand nur gering. Ein oder zwei Tage lang sah es so aus, als könnte Stalingrad im Handstreich fallen. Doch das geschah nicht. Wir hatten alle unsere Möglichkeiten bis zum Äußersten angespannt, und Stalingrad hielt dem ersten Ansturm stand.

Anmerkung des Übersetzers: Diese trockenen Bemerkungen geben kaum die Wirklichkeit wieder, wie sie die Russen sahen.
Der Vorstoß der 6. Armee auf Stalingrad war für sie offenbar das schlimmste Ereignis des ›Großen Vaterländischen Krieges‹. Die Armeekommandeure, die Bevölkerung und Stalin selbst waren überwältigt von diesem erneuten Vorstoß der Deutschen in die Kerngebiete ihres Landes. Die Beschießung vom dreiundzwanzigsten August war eine der furchtbarsten Feuerproben, welche die Russen jemals über sich ergehen lassen mußten. Rund vierzigtausend Zivilisten kamen dabei ums Leben. Auf den brennenden Straßen der Stadt floß buchstäblich das Blut. Alle Verbindungen mit Moskau waren unterbrochen. Etliche Stunden hindurch glaubte Josef Stalin, Stalingrad sei gefallen. Und obwohl die Stadt eine der schlimmsten Bestrafungen der Kriegsgeschichte erleben sollte – das war der Tiefpunkt.
Die meisten Militärschriftsteller kommen zu dem Schluß, daß die Heeresgruppe B, wenn Hitler sich in den Ablauf von ›Fall Blau‹ nicht eingemischt hätte, den Strom bereits Wochen früher erreicht haben würde, solange Stalin noch glaubte, der Angriff im Süden sei nur eine Finte. Stalingrad wäre als Ergebnis einer gelungenen Anfangsüberraschung gefallen, und vielleicht wäre der gesamte Krieg anders verlaufen. Hitler selbst versetzte dem Gelingen von ›Fall Blau‹ den Todesstoß, indem er den Angriff auf Rostow ablenkte. – V. H.

Die Katastrophe von Stalingrad

Wie bereits gesagt, stellte die Einnahme von Stalingrad *keine* militärische Notwendigkeit dar. Unser Ziel war es, die Landbrücke zwischen den beiden Flüssen in unsere Hand zu bringen und es den Sowjets unmöglich zu machen, die Wolga als Nachschubstraße zu benutzen. Jetzt standen wir an der Wolga. Wir brauchten die Stadt nur einzukreisen und solange zu beschießen, bis kein Stein mehr auf dem anderen stand. Immerhin belagerten wir Leningrad seit nunmehr zwei Jahren. Rund eine Million Russen starben auf den Straßen Leningrads vor Hunger, und unter dem Gesichtspunkt der Kriegsziele, um die es vor allem ging, war die Stadt ein verwelkter Leichnam. Es gab keinen militärischen Grund, mit Stalingrad nicht genauso zu verfahren.

Andererseits gab es einen *politischen* Grund. Denn trotz Hitlers blindwütigem Drängen blieb die Heeresgruppe A in den wilden Bergpässen stecken; da Rommel bei El Alamein gestoppt worden war, mit zwei Angriffsversuchen nicht durchkam und schließlich den zermalmenden Angriff der Briten über sich ergehen lassen mußte; da die *Royal Air Force* ihre barbarischen Feuerüberfälle auf unsere Städte verstärkte, Tausende von unschuldigen Frauen und Kindern tötete und wichtige Fabriken in Schutt und Asche legte; da die Zahl der Unterseeboote, die von der Feindfahrt nicht zurückkehrten, plötzlich alarmierend anstieg; da die Amerikaner mit ihrer Landung in Nordafrika die Welt in den Grundfesten erschütterten; da all dies geschah und seine Wirkung nicht verfehlte, Hitlers Hochgefühl vom Sommer immer mehr einer Ernüchterung wich und die ersten Risse in seinem gigantischen Imperium sichtbar wurden, verspürte der arg bedrängte Führer immer mehr das Bedürfnis nach einem Prestigesieg, der all diesem Einhalt gebot.
STALINGRAD!
STALINGRAD, die Stadt, die den Namen seines wichtigsten Gegners trug! STALINGRAD, Symbol des Bolschewismus, den er sein Leben lang bekämpft hatte! STALINGRAD, die Stadt, deren Name in den Schlagzeilen der Weltpresse immer häufiger als Angelpunkt des gesamten Kriegsgeschehens genannt wurde! Stalingrad einzunehmen wurde für Adolf Hitler zu einer wilden Besessenheit. Seine Befehle in den folgenden Wochen waren geballter Wahnsinn. Die 6. Armee, die mit ihrer Beweglichkeit und Schlagkraft in Polen, Frankreich und Rußland einen Sieg nach dem anderen errungen hatte, wurde jetzt Division um Division dem Fleischwolf von Stalingrads zerstörten Straßenzügen überantwortet, wo auf Beweglichkeit gegründete Taktik nichts fruchtete. Slavische Heckenschützen mähten in einem ›Rattenkrieg‹ von Haus zu Haus die Veteranen der 6. Armee nieder. Der Russische Generalstab schleuste über die Wolga hinweg Verteidiger in die Stadt ein, um diesen Vernichtungsschlag abzuwehren, und bereitete gleichzeitig einen gewaltigen Gegenangriff auf die schwachen Satellitenarmeen an der Don-Flanke vor. Endlich hatte Josef Stalin begriffen, daß Hitler ihm dadurch, daß er

seine besten Divisionen dem Moloch von Stalingrad opferte, eine wunderbare Chance bot. Ende November wurde der Schlag ausgeführt. Die Rote Armee setzte in aller Eile über den Don und berannte die rumänische Armee, welche die Flanke der Heeresgruppe B nordwestlich von Stalingrad deckte. Die unkriegerischen Hilfskräfte gaben nach wie Käse einer scharfen Klinge. Ein ähnlicher Angriff trieb das rumänische Hilfskorps an der Südflanke unserer 4. Panzerarmee in die Flucht. Als die Angriffe sich bis in den Dezember hinzogen, überrannten die Russen uns überall dort am Don, wo Italiener und Ungarn der 6. Armee den Rücken freihalten sollten; damit schnappte über dreihunderttausend deutschen Soldaten, der Blüte der Wehrmacht, eine Stahlfalle zu.

(Aus ›Hitler als Feldherr‹)

Hitlers Veränderung

... Zufälligerweise war ich während dieser äußerst kritischen Zeit nicht im Führerhauptquartier, sondern befand mich auf einer langen Inspektionsreise. Als ich Ende August abfuhr, stand in Rußland noch alles einigermaßen gut. Beide Heeresgruppen waren an ihren immer weiter auseinanderrückenden Fronten auf dem Vormarsch; die Rote Armee schien immer noch dahinzuschwinden und sich die ständig größer werdende Lücke in unseren Frontlinien nicht zunutze zu machen. Hitler, wiewohl angespannt und nervös, was nur verständlich war, und obwohl er schrecklich unter der Hitze litt, schien guten Mutes.
Bei meiner Rückkehr stellte ich im Führerhauptquartier eine erschütternde Veränderung fest. Halder war nicht mehr da – an die Luft gesetzt. Niemand hatte ihn abgelöst. General List, der Oberbefehlshaber der Heeresgruppe A, war gleichfalls seines Postens enthoben worden. Auch er war von niemandem abgelöst worden. Hitler hatte beide Posten übernommen.
Adolf Hitler war jetzt nicht nur das Oberhaupt des Deutschen Reiches, Führer der nationalsozialistischen Partei und Oberkommandierender der Wehrmacht; nein, er war jetzt auch noch sein eigener Stabschef und hatte direkt das Kommando einer Heeresgruppe übernommen, die tausend Kilometer entfernt in den Bergen festsaß. Und das alles war kein Alptraum – all dies war Wirklichkeit.
Hitler sprach nicht mehr mit Jodl, seinem langjährigen Vertrauten. Er sprach mit niemandem mehr. Er nahm seine Mahlzeiten allein ein, verbrachte die meiste Zeit in seinem abgedunkelten Zimmer und grübelte. Bei seinen Lagebesprechungen lösten die Stenographen einander ab und hielten jedes Wort fest, das gesprochen wurde; und mit diesen Stenographen redete Hitler – mit niemandem sonst. Der Bruch mit der Wehrmacht war vollständig.
Nach und nach konnte ich mir ein Bild von dem machen, was geschehen war. Halders Einwände dagegen, daß Hitler sinnlos weiter den Angriff auf Stalingrad

und die Einnahme der Stadt verlangte, hatten dazu geführt, daß er im September all seiner Posten enthoben worden war; damit war auch der letzte vernünftige Kopf von uns, der einzige Generalstabsoffizier, der es jahrelang gewagt hatte, Hitler auch einmal zu widersprechen, nicht mehr da.
Was den weniger unbequemen Jodl betraf, so hatte der Führer ihn per Flugzeug zur Heeresgruppe A geschickt, damit er List dränge, den Vormarsch um jeden Preis wiederaufzunehmen. Doch Jodl war zurückgekommen und hatte Hitler zumindest dieses eine Mal die Wahrheit gesagt – daß List nicht weiter vorrücken könne, solange der Nachschub nicht gesichert sei. Daraufhin war Hitler böse geworden; woraufhin Jodl in einem erstaunlichen Aufwallen von Tollkühnheit seinen Herrn und Meister angefahren und ihm sämtliche Befehle heruntergerattert hatte, die in diese ausweglose Situation geführt hatten. Zuletzt hatten die beiden Männer sich gegenseitig angeschrien wie zwei Marktweiber, und fortan hatte auch Jodl sich in der Gegenwart des großen Mannes nicht mehr blicken lassen dürfen.
Es dauerte etliche Tage, bis ich zu einer Lagebesprechung hinzugezogen wurde. Ich war durchaus vorbereitet, über Rommels katastrophale Versorgungslage Bericht zu erstatten, auch wenn es meinen Kopf kosten sollte. Wie der Zufall es wollte, forderte Hitler mich nicht zum Sprechen auf. Aber ich werde nie den Blick vergessen, mit dem er mich musterte, als ich den Lageraum betrat. Grau im Gesicht, mit rotgeränderten Augen und hochgezogenen Schultern in seinem Sessel zusammengesunken, die eine zitternde Hand mit der anderen haltend, forschte er in meinem Gesicht, was für Nachrichten ich wohl zu bringen hätte, hielt er nach einem bißchen Zuversicht oder einem Hoffnungsschimmer Ausschau. Was er sah, erregte nicht sein Wohlgefallen. Drohend funkelte er mich an, bleckte die Zähne und wandte den Kopf ab. Was ich vor mir sah, war ein in die Enge getriebenes Tier. Ich begriff, daß er erkannt hatte, ›Fall Blau‹ verdorben und damit Deutschlands letzte Chance vertan und den Krieg verloren zu haben; und daß sich aus allen Teilen der Erde die Henker mit dem Strick näherten.
Doch es war nicht seine Art, Fehler zuzugeben. Alles, was wir in den schrecklichen Wochen, bis die Armee sich ergab, zu hören bekamen – ja, bis Hitler sich 1945 im Bunker in Berlin erschoß – war, daß und wie die Generale ihn im Stich gelassen hätten; daß Bocks Zögern vor Woronesch ihn Stalingrad gekostet habe; daß List unfähig sei; daß Rommel in der Schlacht die Nerven verloren habe; und so weiter und so fort, ohne Ende. Selbst als der Kessel von Stalingrad kapitulierte, fiel ihm nichts anderes ein, als Paulus zum Feldmarschall zu befördern; und als Paulus sich nicht umbrachte, sondern vielmehr die Waffen streckte, bekam er einen seiner schlimmsten Tobsuchtsanfälle. Daß neunzigtausend seiner besten Soldaten in die Gefangenschaft gingen; daß über zweihunderttausend weitere seinetwegen ein furchtbares Ende gefunden hatten – all das bedeutete diesem Mann nichts. Paulus hatte es verabsäumt, die geziemende Dankbarkeit für die Beförderung zu zeigen und sich eine Kugel durch den Kopf zu jagen. Allein diese Tatsache brachte Hitler in Wut.

(Aus ›Welt im Untergang‹)

Post Mortem

Hitler wollte der 6. Armee die einzige Chance, die sie hatte – nämlich kämpfend nach Westen durchzubrechen und sich abzusetzen –, nicht zugestehen – weder in der Anfangsphase der Einkesselung, als sie sich noch aus eigener Kraft hätte freikämpfen können, noch im Dezember, als Manstein an der Spitze neuaufgestellter Verbände sich durch den Schnee bis auf fünfzig Kilometer an den Kessel von Stalingrad herankämpfte, so daß eine Wiedervereinigung mit den Eingeschlossenen in greifbare Nähe gerückt war. Er gab Paulus nicht ein einziges Mal die Erlaubnis, auszubrechen. Die mit hysterischem Kreischen immer wieder vorgebrachte Forderung, die wie ein Refrain im Führerhauptquartier widerhallte, lautete: »*Ich gehe nicht von der Wolga weg!*«
Töricht tönte er immer wieder von der ›Festung Stalingrad‹, doch es gab keine ›Festung‹, sondern nur eine immer kleiner werdende, eingeschlossene Armee. Im Radio hatte er Ende Oktober schon davon geredet, er habe Stalingrad bereits eingenommen und säubere jetzt nur in aller Ruhe kleinere Widerstandsnester, denn er wolle »kein zweites Verdun«! Zeit spiele keine Rolle. So brach er öffentlich die Brücken hinter sich ab und verurteilte die 6. Armee dazu, standzuhalten und zu sterben.
Einige Militäranalytiker schieben jetzt Göring die Schuld zu, der versprochen habe, er werde die eingeschlossene Armee täglich mit siebenhundert Tonnen Nachschub versorgen. Die Luftwaffe schaffte bei allen Bemühungen jedoch nicht mehr als zweihundert Tonnen pro Tag, wofür Göring das schlechte Wetter verantwortlich machte. Selbstverständlich tanzte Göring nur nach der Pfeife seines Herrn und Meisters. Sie waren schließlich alte Waffenkameraden. Er wußte genau, was Hitler von ihm erwartete, und verurteilte deshalb zahlreiche Piloten der Luftwaffe zu einem sinnlosen Tod. Hitler machte Göring deshalb niemals Vorwürfe. Er wollte an der Wolga bleiben, bis die Tragödie sich vollzogen hatte, und Görings durchsichtige Lüge half ihm, das zu tun.
Jodl bezeugte in Nürnberg, Hitler habe ihm gegenüber bereits Anfang November privat zugegeben, daß die 6. Armee verloren sei; sie habe geopfert werden müssen, um den Rückzug der Armeen aus dem Kaukasus zu schützen. Welch unsinniges Geschwätz! Ein erkämpfter Rückzug aus Stalingrad wäre wesentlich vernünftiger gewesen. Doch der Propagandist in Hitler muß gespürt haben, daß das Drama einer verlorenen Armee das Volk zu ihm eilen lassen würde, wohingegen es seinem Prestige sehr abträglich gewesen wäre, wenn er seine Großsprechereien durch einen Rückzug schmachvoll hätte zurücknehmen müssen. Aufgrund solcher Überlegungen opferte er eine hervorragende schlagkräftige Armee kampferprobter Männer, die durch nichts zu ersetzen war.

Roosevelts Triumph

Daß Franklin Delano Roosevelt auf der Konferenz von Casablanca im Januar die Losung von der ›bedingungslosen Kapitulation‹ ausgab, war in jeder Hinsicht ein meisterlicher Zug. Kritiker dieser Losung – zu denen auch General Eisenhower gehörte – begreifen einfach nicht, was Roosevelt mit diesem Donnerschlag erreichte, den er übrigens ganz beiläufig im Laufe einer Pressekonferenz bekanntgab.

Zunächst einmal machte er der ganzen Welt und vor allem dem deutschen Volk unmißverständlich klar, daß wir dabei waren, den Krieg zu verlieren. Der Wendepunkt der Weltlage wurde in diesen beiden Worten deutlich. Das allein war ein überwältigender Propagandaerfolg.

Zum zweiten signalisierte er Stalin in aller Öffentlichkeit, daß die Anglo-Amerikaner sich verpflichteten, im Westen keinen Separatfrieden zu schließen. Stalin blieb zweifellos auch weiterhin mißtrauisch, aber noch lauter und noch nachhaltiger konnte Roosevelt seine Bereitschaft nicht bekunden.

Zum dritten gab Roosevelt den unentschlossenen Ländern wie der Türkei und Spanien sowie den unterworfenen Völkern in ganz Europa und den ständig ihre Meinung wechselnden Arabern zu verstehen, daß die Westmächte nach der Wende in Rußland nicht ausruhen und dem Bolschewismus gestatten würden, über ganz Europa und den Mittleren Osten hinwegzufluten.

Zum vierten nannte er seinem eigenen verwöhnten und verweichlichten Volk bei der ersten Gelegenheit, die ein Erfolg ihm gab, ein klares und leicht zu begreifendes Kriegsziel, das seiner einfältigen Psyche entsprach, und entzog Vorstellungen von einem kurzen Krieg und einem Verhandlungsfrieden jeglichen Boden.

Dem ist entgegengehalten worden, das deutsche Volk habe sich darauf versteift, unter Hitlers Führung bis zuletzt Widerstand zu leisten, und daß Roosevelt über seinen Kopf hinweg an Volk und Wehrmacht hätte appellieren müssen, das Nazi-Regime abzuschütteln und um einen ehrenhaften Frieden nachzusuchen. Dieser Einwand beweist eine törichte Ahnungslosigkeit in bezug auf das, was das Dritte Reich wirklich war.

Hitler hatte Deutschland in das umgemodelt, was er haben wollte: ein System kopfloser Strukturen – die Wehrmacht eingeschlossen –, wobei alle Macht auf ihn selbst konzentriert blieb. *Es gab niemanden, der die Nazis hätte stürzen können.* Unser Schicksal als Nation war auf Gedeih und Verderb mit diesem Manne verbunden. Das zu erreichen, war, nachdem er einmal die Macht ergriffen hatte, Ziel all seines Handelns gewesen; und dieses Ziel hatte er erreicht.

Er war Deutschland. Die Wehrmacht war auf ihn vereidigt. Der gescheiterte Attentatsversuch vom Juli 1944 war unüberlegt und verräterisch. Ich habe mich nicht daran beteiligt und diesen Entschluß auch nie bedauert. Es hätte jedem General, ebenso wie mir selbst, sonnenklar sein müssen, daß es Verrat bedeutete,

193

Männern zu befehlen, ihr Leben im Felde für einen Führer zu lassen, und dann diesen Führer zu ermorden (mochte er noch so viel zu wünschen übrig lassen). Mehr als einmal dachte ich in schlimmen Stunden im Führerhauptquartier darüber nach, wie relativ leicht es für einen von uns wäre, Hitler zu erschießen. Der jedoch wußte, daß er sich auf zwei Stützen des deutschen Charakters verlassen konnte: auf das Gefühl für Ehre und Pflichterfüllung.

Das deutsche Volk war in eine tragische Geschichtsfalle hineingeraten. Es war verdammt, noch über zweieinhalb furchtbare Jahre für einen Mann zu kämpfen, der es immer tiefer ins Verderben führte. Zu spät erkannten wir den tödlichen Fehler des *Führerprinzips*.

Ein Monarch kann um Frieden bitten und dabei die Ehre und den inneren Zusammenhalt seines Volkes auch in der Niederlage bewahren, so wie es der japanische Kaiser tat. Ein Diktator, der im Krieg versagt, ist nur ein verhinderter Usurpator, der bis zum letzten kämpfen und immer tiefer durch Blut waten muß wie Shakespeares Macbeth.

Hitler konnte nicht abtreten; keiner der Nazis konnte abtreten. Das hatte ihnen das heimliche Massaker an den Juden unmöglich gemacht. Die Forderung nach ›bedingungsloser Kapitulation‹ änderte weder für sie etwas noch für das deutsche Volk. Nichts vermochte nunmehr Hitler und die Deutschen voneinander zu trennen und dem Krieg ein Ende zu setzen als die *Götterdämmerung*.

Anmerkung des Übersetzers: General von Roons Darstellung des Geschicks der Heeresgruppe A, die sich an den Stalingrad-Bericht anschließt, trägt die Überschrift ›Epische Anabasis der Heeresgruppe A‹. Sie bildet das längste Kapitel von ›Welt im Untergang‹. Ich kann mir nicht vorstellen, daß der amerikanische Leser dafür das gleiche Interesse aufbringt wie von Roons deutsche Leser. Im wesentlichen geht es um folgendes: nachdem Paulus in Stalingrad die Waffen gestreckt hatte, mußte die Heeresgruppe fürchten, vollständig von ihren Rückzuglinien abgeschnitten zu werden. Nach langem Hin und Her unterstellte Hitler die nördlichste und am meisten bedrohte Armee dieser glücklosen Verbände dem Befehl des sehr fähigen Generals von Manstein, der ihm aus der Patsche helfen sollte. Das tat von Manstein mit Hilfe einiger brillanter Schachzüge unter den schlimmsten Winterverhältnissen. Ein anderer General, von Kleist, leitete den Rückzug der südlichen Verbände bis zu einem Brückenkopf am Schwarzen Meer. Zum Schluß gelang der Heeresgruppe ein recht geordneter Rückzug; sie vermochte der Roten Armee dabei sogar noch einige empfindliche Schläge zu versetzen; doch dann fanden die Deutschen sich mehr oder weniger in den Ausgangsstellungen wieder, von denen aus sie zum Sprung für den ›Fall Blau‹ angesetzt hatten. Dank Deutschlands oberstem, sich auf seine ›Eingebungen‹ verlassenden Genius, der ihn erst befahl und dann verdarb, wurde das Ganze zu einer gewaltigen, unnützen militärischen Kraftanstrengung. In der Wehrmacht setzte sich für diesen Feldzug eine bittere Bezeichnung durch: ›Einmal Kaukasus, hin und zurück‹.

Ich hatte Gelegenheit, Hitler zu begegnen, und ich weiß, wie vernünftig und sogar liebenswürdig er sein konnte – er verfügte über das ganze Durchsetzungsvermögen und die ganze Verschlagenheit eines Gangsterbosses. Doch das ist für mich keine Größe. Hitlers Anfangserfolge waren nichts anderes als die verwirrenden Sprünge eines entschlossenen Raubtiers, das sich zum Staatsoberhaupt aufgeschwungen hat und nun, mit der Kraft eines großen Volkes im Rücken, planlos um sich schlägt.

Warum die Deutschen sich ihm verpflichteten, wird für immer ein Rätsel bleiben. Sie wußten, was ihnen bevorstand. In ›Mein Kampf‹ hatte er es unmißverständlich ausgesprochen. Er und seine nationalsozialistischen Kohorten waren von Anfang an eine Bande gefährlicher Schurken und als solche durchaus zu erkennen gewesen. Doch bis zum bösen Erwachen bei Stalingrad und sogar noch danach waren die Deutschen diesen Ungeheuern in Verehrung verfallen. – V. H.

14

Eines Juden Reise
(Aus Aaron Jastrows Manuskript)

20. Februar 1943
Baden-Baden

Nie werde ich den Augenblick vergessen, in dem der Zug die geöffneten Schranken passierte, über denen eine große Hakenkreuzfahne flatterte, und Schilder in deutscher Sprache an der Strecke auftauchten. Wir saßen im Speisewagen und verzehrten ein schauderhaftes Menü aus gesalzenem Fisch und fauligen Kartoffeln. Die amerikanischen Gesichter ringsum waren sehenswert. Ich ertrug es kaum, zu meiner Nichte hinzusehen. Sie hat mir erzählt, sie hätte sich in einem derartigen Schockzustand befunden, daß sie gar nicht mitbekommen habe, wie wir über die Grenze gerollt seien. Das behauptet sie jedenfalls heute. Damals bemerkte ich auf ihrem Gesicht das Entsetzen eines Menschen, der über die Niagarafälle hinübergerissen wird.
Für mich war der Sturz ins kalte Wasser nicht ganz so schlimm. Meine Erinnerungen an das Deutschland vor Hitler waren durchaus angenehm; während meines kurzen und zögernden Besuchs der Olympischen Spiele von 1936, zu dem ich mich aufraffte, um für eine Illustrierte Berichte zu schreiben, wehten zwar Hakenkreuzflaggen, wohin man den Blick auch wandte, doch ich begegnete keinen Schwierigkeiten außer meiner eigenen Unsicherheit. Ich kannte ein paar Juden, die geschäftlich in Hitler-Deutschland unterwegs gewesen waren und ein paar besonders dickhäutige, die es nur zum Vergnügen bereist hatten. Auch für sie hatte keine große Gefahr bestanden. Die reisenden Juden waren Touristen, genauso wie ich damals Journalist gewesen war. Auf diesen teutonischen Charakterzug gebe ich viel. Selbst wenn die schlimmsten Berichte über deutsche Brutalität sich als wahr erweisen sollten, befinden wir uns jetzt auf diplomatischem Geleise. Ich kann mir nicht vorstellen, daß sich auf diesem Geleise Antisemitismus breitmacht und uns schadet, zumal wir gegen Naziagenten verschachert werden sollen, vermutlich zu einer Rate von vier oder fünf gegen einen.

Trotzdem tat ich während unserer ersten Tage hier keinen ruhigen Atemzug. Natalie konnte eine ganze Woche lang weder schlafen noch essen. Der trotzige und zugleich gehetzte Schimmer in ihren Augen, wenn sie ihr Kind auf dem Schoß hielt, hatte schon etwas, das an Wahnsinn grenzte. Doch nach einer Weile beruhigten wir uns beide. Es ist eine alte Geschichte: nichts ist so erschreckend wie das Unbekannte. Was man am meisten fürchtet, erweist sich, wenn es erst einmal da ist, nur in den seltensten Fällen als so schlimm, wie man es sich vorgestellt hat. Das Leben in Brenners Park-Hotel ist zwar durchaus kein Honigschlecken, doch daran sind wir mittlerweile gewöhnt; unsere Hauptklage ist, daß es uns zum Hals heraushängt. Wenn man uns fragte, was uns in Baden-Baden mehr zu schaffen machte, die Angst oder die Langeweile, würde ich antworten müssen: ›Bei weitem die Langeweile.‹

Für die Einheimischen leben wir in Quarantäne. Unsere Kurzwellenradios sind beschlagnahmt, und wir hören nur die Nachrichten des Deutschlandsenders. Unsere einzigen Zeitungen und Zeitschriften sind Nazipublikationen, dazu ein paar französische Blätter, die in der Sprache Molières, Voltaires, Lamartines und Victor Hugos die plattesten deutschen Lügen verbreiten. Diese Art der Prostitution ist schlimmer als die einer französischen Hure, die die Lust eines behaarten Hunnen über sich ergehen läßt. Wäre ich ein französischer Journalist, ließe ich mich eher erschießen, als daß ich meine eigene Ehre und die Ehre meiner eleganten Muttersprache so befleckte. Zumindest hoffe ich, daß ich das tun würde.

Da wir so wenig zu lesen haben und keinerlei echte Nachrichten zu hören bekommen, geht es mit allen hier in Baden-Baden eingesperrten Amerikanern immer mehr bergab, mit mir selber vielleicht noch mehr als mit den anderen. Seit fünf Wochen habe ich kein Tagebuch mehr geschrieben. Ich, der einst so stolz war auf seine Arbeitsdisziplin; ich, der ebenso flüssig Worte fand wie Anthony Trollope; ich, der sonst nichts zu tun und dabei soviel zu erzählen hat – ich habe zugelassen, daß diese Aufzeichnungen genauso versanden wie die eines Backfisches, dessen erste Begeisterung fürs Tagebuchschreiben allmählich nachläßt und der das fast leere Buch in einer Schreibtischschublade verstauben läßt, bis es zwanzig Jahre später von der eigenen im Schulalter stehenden Tochter gefunden wird, die sich darüber ausschütten will vor Lachen.

Aber Hosiannah und Trompenschall! Gestern kamen die ersten Lebensmittelpakete des Roten Kreuzes, und plötzlich war bei allen die Langeweile wie weggeblasen. *Büchsenschinken! Corned beef! Käse! Lachs in Dosen! Ölsardinen! Büchsen mit Ananas! Pfirsiche in Dosen! Eipulver! Pulverkaffee! Zucker! Margarine!* Welch Vergnügen es mir allein bereitet, diese Dinge auch nur hinzuschreiben! Wie wundersam sich diese amerikanischen Dutzendprodukte in unseren Augen ausnehmen! Wie sie unseren Gaumen kitzeln und wie belebend sie auf unsere müden Körper wirken! Wie um alles in der Welt können diese Deutschen bei ihrem ewigen Schwarzbrot, Kartoffeln und verdorbenem Gemüse Krieg führen? Ohne Zweifel bekommen die Soldaten, was an anständigen Lebensmitteln vorhanden ist; aber die Zivilisten? Man sagt uns, wir bekämen fünfzig Prozent mehr als die Durchschnittsdeutschen. Zwar kann man sich mit Stärke und Zellulose den Bauch vollschlagen, aber bei solcher Ernährung könnte auch ein Hund nicht gedeihen. Ich sage nichts über die widerwärtige Küche in diesem berühmten Hotel! Der Schweizer Vertreter versichert uns, daß wir nicht schlecht behandelt würden und das Hotelessen in ganz Deutschland heute schlechter sei als das, was wir vorgesetzt bekommen. Irgendwann beschreibe ich, was wir gegessen haben, die sonderbaren Zusammenstellungen im Speisesaal, den schlechten Wein, den Kartoffelschnaps vom Schwarzen Markt, überhaupt, wie wir bei unseren deutschen ›Gastgebern‹ leben. All das ist durchaus festhaltenswert. Doch zunächst muß ich verlorenen Boden zurückgewinnen.

Es ist elf Uhr morgens und sehr kalt. Ich sitze im bleichen Sonnenschein auf dem Balkon und habe mich in eine Decke gewickelt. Die Proteine und Vitamine vom Roten Kreuz kreisen in meinem Körper; ich bin wieder der alte und genieße die Sonne, die frische Luft und die übers Papier huschende Feder.

Um meine Verdauung war es schlecht bestellt, seit wir Marseille verlassen haben. In Lourdes dachte ich, es läge bloß an der nervlichen Anspannung. Doch im Zug wurde ich nach diesem entsetzlichen Mittagessen wirklich krank, und meine Eingeweide sind seither immer noch in ziemlicher Unordnung. Dennoch fühle ich mich heute fit wie ein Jüngling. Ich habe (lächerlich, so etwas hinzuschreiben, doch es stimmt) einen normalen Stuhl gehabt, über dem ich am liebsten Laute des Entzückens ausgestoßen hätte wie eine Henne über ihrem Ei. Und es liegt nicht nur an der Ernährung, die das bewirkt hat, da bin ich ganz sicher. Da muß noch etwas Psychisches mitspielen; mein Magen erkennt das amerikanische Essen wieder. Ich könnte ihn zu seiner vernünftigen Politik beglückwünschen.

Zu Louis.
Er ist der erklärte Liebling des Hotels. Von Woche zu Woche haben seine Geschicklichkeit, sein Wortschatz und sein Charme zugenommen. Zuerst hat er die Gruppe im Zug bezaubert. In Lourdes hatte niemand viel von ihm zu sehen bekommen; doch am Bahnhof hat ihm irgendwer einen Spielzeugaffen

geschenkt, der quietschte, wenn man ihn drückte; und Louis lief auf kurzen Beinen hin und her, bewahrte wunderbar sein Gleichgewicht, wenn der Zug schwankte, und bot sein Äffchen den Leuten an, damit sie es drückten. Das machte ihm solchen Spaß, daß Natalie ihn einfach herumstreunen ließ. So vertrieb er die ganze gedrückte Stimmung, die in unserem Waggon herrschte. Er brachte sein Äffchen sogar dem Gestapomann in Uniform, der zögerte, das Plüschtier dann jedoch nahm und es quietschen ließ, ohne freilich das Gesicht zu einem Lächeln zu verziehen.

Es würde – nach Meredith – eines zweiten Traktats über das Wesen des Komischen bedürfen, um zu erklären, weshalb jeder im Wagen zu lachen anfing. Der Gestapomann blickte sich verlegen um und lachte dann auch; die schreckliche Absurdität des Krieges schien uns allen aufzugehen, auch ihm, wenn auch nur in diesem Augenblick. Dieser Zwischenfall im Zug war allgemeiner Gesprächsstoff, und der kleine Junge mit dem Äffchen wurde zu unserer ersten Berühmtheit in Brenners Park-Hotel.

Ich habe einem trivialen Zwischenfall mehr Raum gewidmet, als er vielleicht verdient, und zwar, um aufzuzeigen, wie bestrickend das Wesen dieses Kindes ist. Während der Anfälle von Krankheit in den vergangenen Wochen (von denen einige durchaus ernst waren) hat mich vor allem ein Gedanke davon abgehalten, in Apathie zu versinken. Ich kann und will nicht untergehen, bevor Natalie und Louis in Sicherheit sind. Wenn es sein muß, behüte ich sie bis in den Tod hinein, und ich wehre mich gegen Niedergeschlagenheit und Krankheit, um dazu imstande zu sein. Unsere leicht als Fälschungen zu erkennenden Journalistenausweise stützen sich auf die paar Artikel, die ich für Illustrierte geschrieben habe. Die Vorzugsbehandlung, die wir erfahren – die Zwei-Zimmer-Suite in einem der Obergeschosse mit einem Balkon, der auf den Hotelgarten und einen öffentlichen Park hinausgeht –, verdanken wir gewiß nur meinem literarischen Ruhm. Es könnte sein, daß unser Leben davon abhängt, daß eines meiner Bücher zum Hauptvorschlagsband in einer Buchgemeinschaft gemacht wurde und ich damit aus akademischer Obskurität aufgestiegen bin und mir einen gewissen Namen gemacht habe.

Zwar sind viele Kinder in der Gruppe, doch Louis fällt aus dem Rahmen. Er ist ein privilegierter kleiner Racker, der von dem Marine-Attaché, einem Meister im Organisieren, mehr und besseres Essen bekommt als die anderen. Seit dieser Mann herausfand, daß Natalie die Frau eines Marineoffiziers ist, ist er ihr sklavisch ergeben. In einer Vertraulichkeit von (dessen bin ich sicher) aseptischer Reinheit sind sie sich sehr nahe. Er besorgt Milch, Eier und Fleisch für Louis. Er hat sogar eine verbotene elektrische Kochplatte aufgetrieben, und jetzt kocht Natalie draußen auf dem Balkon, damit der Duft sie nicht verrät.

Seit Tagen beredet er sie, die Rolle der Eliza in *Pygmalion* zu übernehmen, den er mit einer Schauspielgruppe aufführen möchte. Sie zieht es in Erwägung. Oft spielen wir drei zusammen Karten oder Anagramme. Angesichts der Tatsache, daß wir uns auf dem Boden von Hitlers Deutschland befinden, führen Natalie und ich ein merkwürdig banales Dasein, wie Passagiere auf einer endlosen Kreuzfahrt an Bord eines drittklassigen Schiffes, die dauernd versuchen, die Zeit totzuschlagen. Langeweile bildet den grollenden Grundton unserer Tage, die Angst einen schrillen Piccoloton, der immer wieder einmal durchbricht. Daß wir Juden sind, weiß man. Der Mann vom deutschen Auswärtigen Amt, der hier im Brenners Park-Hotel untergebracht ist, hat mir ein Kompliment wegen *Eines Juden Jesus* gemacht und einige kluge Dinge darüber gesagt. Zuerst war ich erschrocken, aber wenn man bedenkt, wie gründlich die Deutschen sind, erscheint es mir naiv zu hoffen, daß man uns nicht auf die Schliche kommen würde. Ich stehe im *International Who's Who* und im *Writer's Directory* und etlichen anderen wissenschaftlichen Nachschlagewerken. Bis jetzt hat die Tatsache, daß ich Jude bin, nichts ausgemacht; meine Quasi-Berühmtheit hat uns geholfen. Die Deutschen respektieren Schriftsteller und Professoren.

Darauf führe ich auch die medizinische Betreuung zurück, die man mir angedeihen läßt. Unser amerikanischer Arzt, ein Mann vom Roten Kreuz, neigte dazu, meine gastritischen Beschwerden achselzuckend als ›Haftsyndrom‹ abzutun – mit diesem Ausdruck bezeichnet er spöttisch die Malaise, die unsere Gruppe befallen hat. Doch in der dritten Woche wurde ich so krank, daß er mich ins Krankenhaus bringen ließ. So kam es, daß ich im Städtischen Krankenhaus von Baden-Baden Herrn Dr. R---- kennenlernte. Ich möchte seinen richtigen Namen nicht einmal in dieser mühseligen jiddischen Verschlüsselung ausschreiben. Ich werde ein Porträt von Dr. R---- entwerfen, wenn ich etwas mehr Zeit habe. Natalie ruft mich zum Mittagessen. Wir haben etwas von unseren kostbaren Rote-Kreuz-Paketen an die Küche weitergegeben, die versprochen hat, den Inhalt zuzubereiten, wie es sich gehört. Es soll ein Frikassee von Corned beef geben; endlich, endlich eine Möglichkeit, diese infernalischen Kartoffeln genießbar zu machen.

21. Februar
Baden-Baden

Heute nacht ging es mir sehr schlecht, und ich bin weit entfernt davon, mich erholt zu haben. Gleichwohl bin ich entschlossen, diesen Bericht nun auch weiterzuschreiben. Wenn ich mit einer Feder über ein Blatt Papier fahre, habe ich jedenfalls das Gefühl, lebendig zu sein.

Die Hotelküche hat es fertiggebracht, das gute Frikassee zu verderben, daß es mir hochgekommen ist. Ohne Zweifel hat meine Wut zu meiner Magenverstimmung beigetragen. Was wäre denn einfacher zu bereiten, als ein solches Gericht? Was sie uns vorsetzten, war angebrannt, verklumpt, kalt, fettig und schmeckte durch und durch abscheulich. Das ist uns eine Lehre gewesen.
Natalie, der Attaché und ich, wir werden unsere Sachen vom Roten Kreuz zusammenlegen und sie auf unserem Zimmer kochen und essen – einerlei, was die verdammten *Boches* sagen. Andere tun es auch; der Duft zieht durch die Flure.
Den neuesten Gerüchten zufolge soll der Austausch um die Osterzeit herum stattfinden, um den Respekt Deutschlands vor der Religion zu beweisen. Pinkney Tuck selbst hat mir diese Ausgeburt des Wunschdenkens mitgeteilt; die Gerüchteküche brodelt weiter. Die Psychologie dieser Gruppe ist faszinierend. Man könnte einen Roman darüber schreiben, der ebenso gut wäre wie der *Zauberberg*; ein Jammer, daß ich nichts Schöpferisches in mir habe. Wenn Louis älter wäre, könnte er sehr wohl unser Thomas Mann sein; möglicherweise nimmt sein wacher kleiner Geist mehr auf, als wir alle ahnen.
Die Erwähnung von Ostern erinnert mich daran, daß ich in meinen Eintragungen in Lourdes angefangen habe, das Thema meiner mißlungenen Bekehrung zum Katholizismus zu behandeln. Das ist eine alte, traurige und beschwerliche Geschichte; sie weckte nur längst vergessene Geister. Aber sei's drum – wenn diese Seiten, falls sie mich überleben, das letzte Zeugnis meines kurzen und unbedeutenden Aufenthalts auf dieser Erde sein sollten, ist es vielleicht doch gut, die Hauptereignisse kurz festzuhalten. Es dürfte eigentlich nicht mehr als einen, zwei Absätze in Anspruch nehmen. Meine Entfremdung von der Yeshiva in Oswiecim habe ich schon beschrieben, und darin liegt der Schlüssel zu allem.
Meinem Vater konnte ich davon nicht erzählen. Dazu war die Achtung vor den Eltern zu tief in uns polnischen Juden verwurzelt. Er war ein liebenswerter Mann, der mit landwirtschaftlichen Geräten und auch mit Fahrrädern handelte. Es ging uns recht gut, und er war in Maßen fromm und gebildet. Er wäre daran zerbrochen, wenn er erfahren hätte, daß ich ein *epikoros*, ein Ungläubiger war. Deshalb fuhr ich fort, weiterhin den glänzenden Talmud-Schüler zu spielen und mich gleichzeitig insgeheim lustig zu machen über Reb Laizar und die fügsamen Hohlköpfe um mich herum.
Unser Hausarzt war ein jiddisch sprechender Agnostiker. Es kam damals oft vor, daß die jungen jüdischen Ärzte, die von der Universität kamen, nach Schweinefleisch rochen. Eines Tages ging ich, einer Eingebung des Augenblicks nachgebend, zu ihm und bat ihn, mir Darwins Buch zu leihen. *Dar-veen*,

201

so ging das Gerücht in der Yeshiva, sei das *non plus ultra* der modernen Gottlosigkeit. Nun, ›Dar-veen‹ auf Deutsch war eine harte Nuß; doch ich verschlang *Vom Ursprung der Arten* heimlich bei Kerzenlicht oder außerhalb meines Elternhauses. Daß ich zum ersten Mal in meinem Leben ausdrücklich gegen ein Sabbathgebot verstieß, bestand darin, daß ich Darwins Buch in der Tasche hinuntertrug zur Wiese am Fluß. Am Sabbath ist es verboten, ›im öffentlichen Bereich‹ Lasten zu tragen, und ein Buch zählt als eine Last. Sonderbar, es jetzt auszusprechen, denn im Geiste war ich schon weit vom Glauben entfernt, aber dieses Buch an einem Samstag aus dem Haus meines Vaters hinauszutragen, das war schrecklich schwer.

Danach lieh der Arzt mir Haeckel, Spinoza, Schopenhauer und Nietzsche. Ich verschlang all diese Bücher mit gemischten Gefühlen, neugierig und zugleich voller Scham, und suchte aufgeregt nach den gegen die Religion gerichteten Passagen; nach Verunglimpfungen von Wundern und Gott selbst, nach Angriffen auf die Bibel und dergleichen. Zwei Bücher werde ich nie vergessen, billige deutsche Anthologien in grünen Schutzumschlägen: *Einführung in die Naturwissenschaften* und *Große moderne Denker*. Galilei, Kopernikus, Newton, Voltaire, Hobbes, Hume, Rousseau, Kant – die ganze strahlende Gesellschaft überfiel mich, einen fünfzehn Jahre alten jüdischen Jungen, der allein am Ufer der Weichsel im Gras lag. Nach etlichen Wochen fieberhafter Lektüre stürzten meine Welt und die Welt meines Vaters in sich zusammen: kaputtgemacht, vernichtet, zu Staub zerfallen, genauso wenig wieder aufzubauen wie die Werke des Ozymandias.

Es war wie eine Befreiung meines Geistes.

Als meine Familie in die Vereinigten Staaten kam, war ich das frühreife Wunder der High School von Brooklyn. Ich lernte Englisch wie das kleine Einmaleins, absolvierte die Schule binnen zweier Jahre und bekam ein Stipendium für Harvard. Mittlerweile hatten meine Eltern zusehen müssen, wie ich der Sprache, der Kleidung und den Manieren nach zum Yankee-Doodle geworden war. Zwar waren sie stolz auf den Harvard-Studenten, sie hatten aber auch Angst. Doch, wie hätten sie mich zurückhalten sollen? So zog ich fort.

In Harvard galt ich als Wunderkind. Die Professoren und ihre Frauen konnten sich nicht genugtun, mich zu loben. Ich wurde in reiche Häuser eingeladen, in denen mein Englisch mit dem Yeshiva-Akzent den Reiz des Neuen hatte. Ich ließ es über mich ergehen, daß man mich verwöhnte, als sei das mein gutes Recht. Ich war damals ein gutaussehender junger Mann, besaß so etwas wie den natürlichen Charme von Louis Henry und ein Talent zum Plaudern. Ich brachte es fertig, den hochgebildeten und alteingesessenen Neuengländern die

Erregung zu vermitteln, die mich bei der Entdeckung der westlichen Kultur befiel. Ich liebte Amerika; ich las ausgiebig amerikanische Literatur und Geschichte und kannte einen Großteil von Mark Twain auswendig. Mein in der Yeshiva trainiertes Gedächtnis behielt alles, was ich las. Ich redete mit einer Fülle von Einfällen und Anspielungen, die die Bostoner einfach hinreißend fanden. Auch verstand ich es, meine Rede mit talmudischer Überlieferung zu würzen. Auf diese Weise stolperte ich geradezu über eine Entdeckung, mit der ich mir später einen Namen machen sollte: daß Christen fasziniert sind, wenn man ihnen den Judaismus mit Würde und einem Hauch von Ironie als einen vernachlässigten Teil ihrer eigenen Tradition präsentiert. Dreißig Jahre später schrieb ich mein Buch *Talmudische Themen im frühen Christentum*, das sich unter einem eingängigeren Titel, *Eines Juden Jesus*, zum Bestseller mauserte. Ich bin nicht stolz auf das, was dann geschah, und ich will es kurz machen. Wie sich doch im Leben alles wiederholt! Was ist abgegriffener als die Geschichte einer Liebe zwischen einem reichen Mädchen und einem armen Hauslehrer? Komische Opern, Romane, Tragödien, Filme ranken sich um dieses Thema. Ich habe es gelebt. Sie war ein katholisches Mädchen aus einer prominenten Bostoner Familie. Anfang zwanzig ist man nicht weise und in der Liebe nicht ehrlich, weder anderen, noch sich selbst gegenüber. Mein Reichtum an Gedanken und Einfällen wandte sich jetzt gegen mich selbst, überzeugte mich, daß Christus in meinem Herzen Einzug gehalten habe. Der Rest war einfach. Der Katholizismus war die wahre Tradition, die Schatzkammer christlicher Kunst und Philosophie; außerdem hatte er ein überzeugend ausgearbeitetes rituelles System, die einzige Art von Glauben, die ich verstand. Ich konvertierte.
Es war ein oberflächlicher Traum. Das Erwachen war furchtbar, und ich übergehe es mit Schweigen. Im Grunde meines Herzens blieb ich trotz allen Wissens der Yeshiva-Junge aus Oswiecim und bin es heute noch, der aus dem Schnee in eine Kirche kam und bis in die Grundfesten erschüttert war, an der gegenüberliegenden Wand, dort, wo in der Synagoge die Bundeslade stand, das Bild des Gekreuzigten zu erblicken. Hätte ihre Familie mich nicht hinausgeworfen, hätte sie zu mir gehalten, statt sich in Tränen aufzulösen wie eine Zuckerpuppe im Regen, so wäre ich wohl dennoch vom Glauben abgefallen. Wenn ich Jesus von Nazareth bewundert, bemitleidet, geliebt, endlos studiert und über ihn geschrieben habe, wie ich es tat – so nur deshalb, weil ich nicht an ihn glauben kann.
Nach den Nürnberger Gesetzen, und da all dies vor 1933 geschah und ich nie etwas unternommen habe, um mich vom katholischen Glauben wieder loszusagen, könnte ich praktisch gesehen sicher sein vor der Verfolgung als

Jude. Soweit ich weiß, sind deutsche Halbjuden davon ausgenommen, und als Amerikaner könnte mir diese Wohltat, falls notwendig, gleichfalls zuteil werden. Als es 1941 mit meinen Paßproblemen immer heikler wurde, hat ein guter Freund mir in Boston Photokopien jener Dokumente besorgt, die meine Konversion bezeugen. Ich besitze diese vergilbten und verschwommenen Papiere immer noch. Bis jetzt habe ich sie freilich noch nie offiziell vorgelegt, weil ich dadurch irgendwie von Natalie getrennt werden könnte. Das jedoch darf nicht geschehen. Wenn ich ihr damit helfen kann, werde ich es tun. Wenn es darum geht, mein eigenes Leben zu retten – nun, der größte Teil davon ist ohnehin vorüber. An das Luther-Buch werde ich nicht wieder herangehen. Mit dieser Reformationsgestalt hatte ich vorgehabt, mein Bild von Christi Gang durch die Geschichte abzurunden. Doch der rohe und schrille Teutonismus meines Helden hat mich veranlaßt, immer häufiger immer längere Pausen einzulegen – ganz zu schweigen von seinen Schmähreden gegen die Juden, die sich in nichts von dem Gezeter des Dr. Goebbels unterscheiden. Daß er ein religiöses Genie war, bezweifle ich nicht. Aber er war nun einmal ein deutsches Genie, ein Engel der Zerstörung. Am besten und brillantesten war Luther immer dann, wenn es darum ging, das Papsttum und die Kirche zu zertrümmern. Sein Blick für Schwächen ist erschreckend, seine Beredsamkeit explosiv. In seinem mutigen, ehrfurchtslosen Haß auf alte Institutionen und Strukturen schlägt er den wahren deutschen Ton an, das mißtönende Gebrüll aus dem Teutoburger Wald, das Grollen von Thors Hammer. Wir hören diese Töne auch bei Marx, einem Juden, der Deutscher wurde und die fanatischen Elemente des Juden wie des Deutschen in sich vereinigte; desgleichen hören wir sie in Wagners Musik und in Wagners Schriften; in Hitler bringen sie die Welt zum Zittern.
Sollen doch andere berichten, was groß war an Luther. Ich schriebe gern ein paar Dialoge in der Art Platons, die sich in der ungezwungenen Weise meiner Gespräche in Harvard über die philosophischen und politischen Probleme dieses katastrophengeladenen Jahrhunderts ergehen. Neues könnte ich nicht dazu beitragen; aber in der leichten Art, in der ich schreibe, könnte ich vielleicht ein paar Leser dazu bewegen, in ihrer gedankenlosen Jagd nach Vergnügungen und Geld innezuhalten und einen Blick auf jene Dinge zu werfen, auf die es ankommt.

Wieder eine geschwätzige Eintragung! Aber ich habe meine sechs Seiten abgeleistet. Ich habe unter Leibschmerzen geschrieben und mußte die Zähne zusammenbeißen, um die Worte zu Papier zu bringen. Es wird mir schwerfallen, mich aus diesem Sessel zu erheben; ich fühle mich schwach und komme mir ein wenig verloren vor. Irgend etwas stimmt ganz und gar nicht mit mir. Das sind keine psychosomatischen Spasmen. Das da sind Alarmsignale, die mein Körper von sich gibt. Ich werde den Arzt bestimmt noch einmal aufsuchen.

26. Februar 1943
Baden-Baden

Ich fühle mich jetzt ein bißchen besser als im Krankenhaus. De facto war es eine Erleichterung, drei Tage lang der Langeweile und dem Geruch des schlechten Essens von Brenners Park-Hotel zu entfliehen. Die Gelees und Puddings in der Klinik habe ich gut vertragen, obwohl ich sicher bin, daß deutscher Erfindungsgeist sie aus Erdöl oder alten Autoreifen herausdestilliert hat. Man hat alle nur denkbaren gastro-intestinalen Untersuchungen an mir vorgenommen. Noch steht die Diagnose aus. Die Zeit im Krankenhaus verging rasch, weil ich mich viel mit Dr. R--- unterhalten habe.

Wenn es nach ihm geht, soll ich, wenn ich einmal in die Vereinigten Staaten zurückkehre, bezeugen, daß das ›andere Deutschland‹ lebt, wenn auch durch das Hitler-Regime zum Schweigen gebracht, entsetzt und voller Scham; das ›andere Deutschland‹, das Deutschland der Dichter und Denker, Goethes und Beethovens, der wissenschaftlichen Pioniere, der vorausschauenden Sozialgesetzgeber von Weimar, der fortschrittlichen Gewerkschaftsbewegung, die Hitler zerschlagen hat, der redlichen, einfachen Leute, die bei der letzten freien Wahl gegen die Nazis gestimmt hatten – um dann betrogen zu werden von Politikern der alten Garde wie von Papen und dem senilen Hindenburg, der Hitler, nachdem er seinen Höhepunkt schon hinter sich hatte, in die Regierung hereinnahm und damit die große Katastrophe auslöste.

Angesichts dessen, was dann geschah, bittet er mich, mir einmal auszumalen, daß in den Vereinigten Staaten der Ku-Klux-Klan die Macht an sich risse. Genau das sei es, was in Deutschland geschehen ist, sagt er. Die Nazi-Partei sei ein riesiger deutscher Ku-Klux-Klan. Er weist mich auf die eindrucksvolle Verwendung nächtlicher Feuerrituale hin, den Antisemitismus, die absonderlichen Uniformen, den wütenden, durch keinerlei Wissen getrübten Haß auf freiheitliches Gedankengut, auf Fremde und so weiter. Ich hielt dem entgegen, beim Ku-Klux-Klan handle es sich nur um nichts weiter als um eine verrückte Randgruppe, nicht um eine größere Partei, die imstande wäre, die Nation zu regieren. Daraufhin wies er auf den Klan der Wiederaufbauzeit hin, eine achtbare und weitverbreitete Bewegung, der seinerzeit viele führende Südstaatler beitraten; und auf die Rolle des modernen Klan innerhalb der Politik der demokratischen Partei in den zwanziger Jahren.

Der Extremismus, so sagt er, sei die universale Pest der modernen Gesellschaft: eine Weltinfektion voller Ressentiments, hervorgebracht durch allzu rasche Veränderungen und den Zusammenbruch der alten Werte. In den stabileren Nationen würden die Pestbazillen im Narbengewebe abgekapselt, und damit würden sie zur harmlosen Aufregung einiger Verrückter. In Zeiten sozialer Unordnung jedoch, des wirtschaftlichen Niedergangs, des Kriegs oder der Revolution könnten die Keime ausbrechen und die ganze Nation anstecken. Das sei in Deutschland geschehen und könne überall passieren, sogar in den Vereinigten Staaten.

Deutschland ist von der Infektion todkrank, sagt der Doktor. Millionen von Deutschen wissen das und sind tief bekümmert. Er selbst ist Sozialdemokrat. Eines Tages werde Deutschland auf diesen Pfad zurückkehren, den einzigen Weg, der in die Zukunft und in die Freiheit führt. Niemals dürfe man die deutsche Kultur oder das deutsche Volk dafür verantwortlich machen, daß es Hitler hervorgebracht hat und für das, was er den Juden antut. Das größte Unglück der Hitler-Ära habe die Deutschen selber befallen. Soweit Dr. R---s These.

Ob Hitler bei den Deutschen beliebt sei? Nun, er behauptet, daß Terror und totale Beherrschung von Presse und Funk eine Scheinbeliebtheit hervorgebracht hätten. Ich aber habe Illustriertenartikel über Hitler geschrieben, ich kenne Fakten und Zahlen. Ich weiß, daß die Universitäten wie ein Mann zu Hitler übergegangen sind, weiß, wie eifrig Deutschlands beste Geister diesen großen Mann des Schicksals gepriesen haben, wie bereitwillig und enthusiastisch Beamte, Geschäftsleute, Juristen und Soldaten ihm Treue geschworen haben. Ich habe dem Arzt erklärt, spätere Studien dieser Wahnsinnsära würden zu erläutern haben, weshalb das deutsche Volk sich Hitler geistig in die Arme geworfen habe. Wenn er diese Bewegung einen Ku-Klux-Klan nenne, dann wäre ganz Deutschland über Nacht zu Klan-Anhängern geworden, als hätte es auf deutschem Boden so etwas wie Liberalismus, Humanismus und Demokratie nie gegeben.

Seine Entgegnung: amerikanische Denkweise könne das deutsche Dilemma nicht begreifen. Die Deutschen lebten eingezwängt auf einem schmalen Streifen des ärmsten mitteleuropäischen Bodens, stünden seit Jahrhunderten unter der Bedrohung durch die Russen, wobei Frankreich ihnen im Rücken zu schaffen mache und keine Ruhe gäbe. Die beiden großen kulturellen Zentren der deutschen Nation, Preußen und Österreich, hätten unter dem Marschtritt der napoleonischen Armeen geächzt. Ein Jahrhundert lang habe sich England mit dem zaristischen Rußland verbündet, um Deutschland nicht hochkommen zu lassen. Das habe zum Aufstieg Bismarcks geführt; und angesichts seines

halsstarrigen Festhaltens am Absolutismus zu einer Zeit, da durch ganz Europa ein liberaler Wind wehte, sei das deutsche Volk politisch unreif geblieben. Als das amorphe Weimarer System in der Zeit der Weltwirtschaftskrise auseinanderzufallen begann und Hitlers starker und klarer Befehlston alles andere übertönte, sei es zum Ausbruch eines geballten Enthusiasmus gekommen. Hitler habe an die besten Eigenschaften des deutschen Volkes zu appellieren verstanden, um damit einen wirtschaftlichen Aufschwung in Gang zu setzen, der Roosevelts ›New Deal‹ nicht unähnlich sei. Unseligerweise hätten seine militärischen Erfolge bei diesem nach Selbstachtung hungernden Volk den Widerstand gegen alle seine bösen Neigungen beiseitegefegt. Ob die Amerikaner nicht selber Erfolgsanbeter seien?
Auf meinem Bett lag eine Ausgabe der für das Ausland bestimmten Zeitschrift des Propagandaministeriums, *Signal;* sie enthielt einen langen, in französischer Sprache abgefaßten, vernebelnden Bericht über die Kapitulation von Stalingrad. Nach diesem Artikel war der Fall Stalingrad fast so etwas wie ein Sieg. Selbstverständlich erfährt man hier in Baden-Baden nicht viel über Stalingrad, doch offensichtlich handelte es sich um eine haushohe Niederlage, möglicherweise um den Wendepunkt des ganzen Krieges. Trotzdem heißt es in *Signal,* alles sei nach Plan verlaufen: durch die Aufopferung der 6. Armee sei die Ostfront gestärkt und die Offensive der Bolschewisten fehlgeschlagen. Ob Dr. R--- meine, fragte ich, daß das deutsche Volk das schlucken oder ob der Widerstand gegen Hitler jetzt wachsen werde?
Er meinte, meine eindrucksvollen Einsichten in den Lauf der Geschichte gälten nicht für das, was im Augenblick auf militärischem Gebiet geschähe. In der Tat habe das Unternehmen Stalingrad die Ostfront gefestigt. Sein eigener Sohn, der Offizier bei der Wehrmacht sei, habe ihm in diesem Sinne geschrieben. Auf jeden Fall trage das nichts zur Diskussion von Wesen und Kultur des deutschen Volkes bei. Für ihn sei es sehr wichtig, sagte er, daß ein Mann meines Zuschnitts diese Gedanken begreife; denn es werde eine Zeit kommen, da dies der Welt von einer machtvollen literarischen Stimme erklärt werden müsse. Mir ist der Gedanke gekommen, daß der Arzt ein Gestapoagent sein könnte, doch habe ich nicht den Eindruck. Er ist ein ungeheuer aufrichtiger Mann. Er ist groß, blond, trägt eine Brille mit dicken Gläsern und hat sehr kleine Augen, die großen Ernst ausstrahlen, wenn er sagt, worauf es ihm ankommt. Er spricht leise, schaut unbewußt hin und wieder über die Schulter auf die Wand meines Zimmers. Ich glaube, er ist in aller Arglosigkeit an mich herangetreten, um mich zu überzeugen, daß ›das andere Deutschland‹ noch lebt. Das tut es ohne Zweifel, und ich glaube, er gehört dazu. Ein Jammer, daß das so wenig bedeutet.

27. Februar
Die vorläufige Diagnose lautet auf Divertikelentzündung. Die Therapie: eine Spezialdiät, Bettruhe und ständige Behandlung mit Medikamenten. Unter Geschwüren und anderen Erkrankungen des Verdauungstrakts leiden auch andere Mitglieder unserer Gruppe. Einer der Korrespondenten von *United Press*, ein Trinker, ist vorige Woche unter Gestapobewachung nach Frankfurt gebracht worden, wo er operiert werden soll. Falls mein Zustand sich wesentlich verschlechtert, könnte es sein, daß ich gleichfalls nach Frankfurt muß, um mich dort operieren zu lassen. Ob das eine Trennung von Natalie bedeuten würde? Darüber muß ich mit Pinkney Tuck reden. Das darf nicht geschehen, und wenn ich hier sterben muß.

15

Seit dem Tag, an dem Miriam Castelnuovo ins Kinderheim am Stadtrand von Toulouse gekommen war, gehörte sie zu den Lieblingen der Heimleiterin. In glücklicheren Tagen, vor langer Zeit, hatte Madame Rosen – die weder verheiratet noch hübsch war und sich auch keinerlei Hoffnungen mehr machte – ihre Ferien in Italien verbracht; sie liebte italienische Kunst und Musik und hätte ums Haar einmal einen freundlichen italienischen Juden geheiratet, der jedoch zu schwer herzleidend war, um dergleichen zu überstehen. Miriams glockenreines Toskanisch ruft diese goldenen Tage in ihre Erinnerung zurück; außerdem ist Miriam so bezaubernd, daß Madame Rosen, die sich bemüht, unter ihren Schutzbefohlenen keine persönlichen Lieblinge zu haben – das Heim ist für dreihundert Kinder eingerichtet, und jetzt ist es mit achthundert vollgestopft –, wider Willen diesen Neuankömmling besonders ins Herz geschlossen hat.
Es ist die Zeit vorm Zubettgehen, die Kinder dürfen eine Weile für sich spielen. Madame Rosen weiß, wo sie Miriam wahrscheinlich findet. Das Mädchen hat auch einen Liebling, ein kleines französisches Waisenkind namens Jean Halpha, kaum anderthalb Jahre alt. Jean ähnelt Louis Henry; wenn er lächelt, leuchten seine blauen Augen. Als Miriam noch bei ihren Eltern war, hat sie nie aufgehört, von Louis zu reden. Sie hörte bald auf, Fragen zu stellen, die ihre Mutter traurig machten und ihren Vater zornig. Aber sie redete unablässig von ihm und bewies dabei ein Gedächtnis wie eine Film-Bibliothek. Jetzt, wo ihre Eltern fort sind und sie niemanden sonst hat, hat sie sich an Jean angeschlossen. Der kleine Junge liebt sie von Herzen, und wenn sie mit ihm zusammen ist, ist sie glücklich.
Madame Rosen findet beide, wie sie auf dem Boden von Jeans großem Schlafsaal inmitten durcheinanderwuselnder anderer Kinder sorgsam Bausteine aufeinandertürmen. Madame Rosen schilt Miriam, weil sie auf dem kalten Boden hockt; dabei sind die Kinder dick angezogen, als spielten sie draußen im Schnee. Das Kinderheim hat in diesem Monat seine Kohlenzuteilung noch nicht bekommen. Was von den Kohlen des Vormonats übrig ist, wird gebraucht, um die Wasserleitungen vorm Zufrieren zu bewahren und das

Essen zu kochen. Miriam trägt das fransenbesetzte rote Umschlagtuch, das Madame Rosen ihr geschenkt hat. Das Tuch ist so groß, daß ihr kleines Gesicht fast nicht zu sehen ist, aber es ist sehr warm. Miriam und Jean setzen sich auf ein Bettchen, und Madame Rosen redet auf italienisch mit Miriam. Das mag Miriam immer gern; sie hält Jean auf dem Schoß, spielt mit seinen Händchen und bringt ihm italienische Wörter bei. Der Besuch von Madame Rosen dauert nicht lange. Erwärmt und aufgemuntert kehrt sie in ihr kleines Büro zurück, wo sie sich mit ihren Problemen beschäftigt.

Es sind die alten verwaltungstechnischen Probleme, nur daß diese jetzt um ein Vielfaches größer geworden sind: Überbelegung, Lebensmittelknappheit, die Schwierigkeit, Betreuer und anderes Personal zu bekommen, Geldmangel. Jetzt, da es die kleine Toulouser jüdische Gemeinde praktisch nicht mehr gibt, ist das alles fast zu viel für sie. Glücklicherweise ist der Bürgermeister von Toulouse ein freundlicher Mann. Wenn es verzweifelt schlimm wird, wie im Augenblick mit Heizmaterial, Medikamenten, Bettzeug und der Milchversorgung, wendet sie sich an ihn. Sie nimmt wieder an ihrem Schreibtisch Platz, um ihren Brief weiterzuschreiben – diesmal freilich mit sehr zurückgeschraubten Erwartungen. Die französischen Freunde der jüdischen Kinder hüten sich, ihr Mitgefühl zu zeigen. Die verwelkte und runzelige gelbgesichtige Frau Ende fünfzig in dem verschossenen Mantel und mit dem zerrissenen Umschlagtuch weint beim Schreiben. Die Situation sieht so hoffnungslos aus, wie sie sie darlegt. Aber sie muß etwas unternehmen, denn was wird sonst aus den Kindern?

Noch schlimmer – Warnungen sind den wenigen in der Gegend verbliebenen Juden in die Glieder gefahren: *Eine neue Aktion steht bevor.* Madame Rosen selbst fühlt sich sicher. Sie bekleidet einen offiziellen Posten, und ihre Papiere weisen sie eindeutig als französische Staatsbürgerin aus. Bis jetzt sind nur die ausländischen Juden fortgebracht worden; unter den zuletzt Deportierten allerdings befanden sich auch einige naturalisierte Mitbürger. Madame Rosens Besorgnis gilt den Kindern. Fast alle Neuankömmlinge sind Ausländer. Hunderte sind es. Etwa ein Drittel davon hat überhaupt keine Papiere. Die Polizei hat sie ihr einfach übergeben; die französische Regierung trennt Kinder von Eltern, die nach dem Osten deportiert werden, und bringt sie irgendwo unter. Die jüdischen Waisenhäuser werden vollgestopft, bis es nicht mehr geht. Die Anordnungen scheinen menschlich begründet, trotz der Qual, die sie für die auseinandergerissenen Familien bedeutet, denn es gehen grauenhafte Gerüchte über das um, was im Osten passiert; aber warum wird so wenig Vorsorge für die Kinder getroffen?

Und was passiert, wenn bei dieser neuen Aktion die Polizei kommt und ihre kleinen ausländischen Schützlinge fordert? Kann sie es wagen, zu behaupten, sie habe keinerlei Unterlagen über die Herkunft der Kinder? Oder, da das im bürokratischen Frankreich weit hergeholt erscheint, kann sie vorschützen, sie habe bei der Landung der Alliierten in Nordafrika alle Unterlagen verbrannt? Wäre es vielleicht besser, die Unterlagen *jetzt* zu verbrennen? Schützt sie dadurch die ausländischen Waisenkinder, oder verdammt sie damit die in Frankreich geborenen nur dazu, gleichfalls abtransportiert zu werden? Madame Rosen hat keinen Grund, zu glauben, daß die Deutschen die ausländischen Kinder einsammeln. Bis jetzt ist ihr davon nichts zu Ohren gekommen. Und die Tatsache, daß man sie einfach ihr überantwortet hat, könnte auch bedeuten, daß man sie von der Deportation ausnehmen will. Es ist fast Mitternacht und bitterkalt; mit klammen Fingern faltet sie den Brief bei Kerzenlicht zusammen (der Strom ist längst abgeschaltet worden), da hört sie heftiges Klopfen an der Vordertür.

Ihr kleines Büro liegt nahe der Straße. Das Klopfen läßt sie von ihrem Stuhl hochfahren. Poch! Poch! Poch! Mein Gott, die Kinder werden aufwachen! Sie werden sich zu Tode ängstigen.

»*Ouvrez! Ouvrez!*« Laute, heisere Männerstimmen. »*Ouvrez!*«

SS-Obersturmführer Nagel hat gleichfalls ein Problem.

Etwas Unerhörtes ist passiert: eine nicht erfüllte Quote und ein zum Teil leerer Zug, der heute vormittag durch Toulouse kommen soll. Der Beauftragte der SS für Judenfragen in Paris tobt vor Wut, doch in dieser Präfektur sind einfach nicht mehr viele Juden übrig. Sie sind auf dem Lande verschwunden oder in die von Italienern besetzte Zone geflüchtet. Obersturmführer Nagel kann einfach keine drei Güterwagen voll zusammenbringen. Fünfhundert hat die Aktion in Toulouse bis jetzt erbracht. Paris jedoch verlangt tausendfünfhundert.

Nach den Unterlagen der Toulouser Polizei beträgt die Zahl der Kinder samt Personal genau neunhundertundsieben Juden. Nagel hat aus Paris Erlaubnis erhalten, sie mitzunehmen, während Suchkommandos Toulouse durchkämmen, um die noch Fehlenden aufzugreifen; einerlei, was für Juden, Pardon wird nicht gewährt. Deshalb sitzt der Obersturmführer im Auto gegenüber vom Kinderheim und beobachtet, wie die französische Polizei an die Tür klopft. Ließe man ihnen auch nur die geringste Möglichkeit, würden die Kerle sich mit irgendeiner lahmen Ausrede zurückmelden und keinerlei Resultate vorweisen. Er wird hier sitzenbleiben, bis der französische Polizeichef herauskommt und ihm Meldung erstattet.

Die Geschichte, die Nagel dem Polizeichef erzählt hat, ist gut. Die Besatzungsbehörde braucht das Gebäude als Erholungsheim für verwundete deutsche

Soldaten. Deshalb werden die Kinder und ihre Betreuer in einen Wintersportort in Tirol verlegt, in dem alle Hotels zu einem riesigen Zentrum für die Betreuung von Kindern umgebaut worden sind – samt Schule, Krankenhaus und Spielplätzen; fünftausend Kinder aus den größeren Lagern der Umgebung von Paris sind dort bereits untergebracht. Es gehört zu den Standardvorkehrungen, beim Abtransport den Juden irgendeine Geschichte zu erzählen, um sie zu beruhigen. Geheime Anweisungen aus Berlin, die herumgegeben wurden, betonen nachdrücklich, daß Juden sehr vertrauensselig sind und jedes bißchen offizieller Information glauben, auch wenn sie noch so fadenscheinig ist. Das erleichtert die Behandlung der Juden enorm.

Die Tür geht auf, die Polizei verschwindet im Heim. Obersturmführer Nagel wartet. Er ist bereits bei seiner dritten Zigarette angelangt, fröstelt ziemlich trotz des neuen warmen Wintermantels und der gefütterten Dienststiefel; er ist so nervös, daß er schon erwägt, selbst hinüberzugehen, obwohl die jüdischen Angestellten es beim Anblick seiner Uniform vielleicht mit der Angst zu tun bekommen; doch da öffnet sich die Tür abermals, und der Polizeichef kommt heraus.

Der Kerl schafft es irgendwie, bei den mageren französischen Rationen rund und fett zu bleiben; in diesem Bauch steckt bestimmt eine Menge Schwarzmarktfett. Er tritt an den Wagen heran und meldet mit stark nach Knoblauch stinkendem Atem, alles sei geregelt. Das Personal packe seine Sachen sowie die Hauptunterlagen des Heims ein. Nagel hat eigens betont, wie wichtig es sei, die Unterlagen mitzunehmen; dadurch gewinnt seine Geschichte an Glaubwürdigkeit. Die Kinder werden um drei Uhr geweckt und erhalten dann eine warme Mahlzeit. Um fünf fahren dann die Lastwagen und Transporter der Polizei vor. Um sechs werden alle auf dem Bahnsteig sein. Das fette Gesicht des Franzosen im bleichen Mondlicht ist bar jeden Ausdrucks, und als Obersturmführer Nagel »Bon!« sagt, hebt sich der herunterhängende Schnurrbart, und sein Gesicht verzieht sich zu einem gemeinen und traurigen Lächeln.

Es läuft also alles gut. Der Zug ist für viertel vor sieben angesagt; um die Zeit sind die meisten Leute in der Stadt noch nicht aufgestanden. Das ist immerhin ein Glück, denkt Nagel, als er in sein Quartier zurückfährt, um noch etwas zu schlafen, bevor die Morgenarbeit beginnt. Seine Weisungen lauten dahin, kein Mitleid bei der Bevölkerung zu wecken, wenn Transporte abgehen. Immer wieder war in Berichten von unangenehmen Zwischenfällen zu lesen, besonders, wenn Kinder auf öffentlichen Plätzen verladen wurden.

Es stellt sich heraus, daß es ein düsterer Morgen ist; als der Zug auf dem Bahnhof einläuft, ist es fast noch dunkel. Die Juden, schattenhafte Gestalten, klettern in die Güterwagen. Die Bahnhofsbeleuchtung mußte eingeschaltet werden, um die Verladung der Kinder zu beschleunigen. Still marschieren sie die hölzernen Rampen hinauf in die Güterwagen, immer zwei nebeneinander, Hand in Hand, wie es ihnen eingeschärft worden ist. Die Jüngsten werden vom Personal hineingetragen. Miriam Castelnuovo geht zusammen mit dem kleinen Jean. Sie ist nun bereits mehrere Male auf diese Weise verlegt worden; sie ist es gewohnt. Diesmal ist es nicht so schlimm wie damals, als man sie ihren Eltern weggenommen hat. Jeans Hand in der ihren macht sie glücklich. Ein Baby auf dem Arm, folgt ihr Madame Rosen, und auch das ist beruhigend. Obersturmführer Nagel überlegt im letzten Augenblick, ob es einen Sinn hat, auch die zwölf großen Kartons mit den Akten des Heims in den Güterwagen zu verladen. Sie stören höchstens, und die Leute am Bestimmungsort würden sich wundern. Doch dann sieht er das entsetzte bleiche Gesicht von Madame Rosen, die aus dem Güterwagen zu den Kartons hinüberstarrt, als hinge ihr Leben davon ab, was mit ihnen geschieht. Warum sie in Panik versetzen? Sie ist es, die die Kinder unterwegs ruhig halten wird. Mit seinem Stock zeigt er auf die Kartons. Die SS-Leute laden sie in den Wagen und schieben die großen Türen hinter den Kindern zu. Schwarzbehandschuhte Fäuste packen die großen Eisenriegel und lassen sie einrasten.

Ohne Pfeifen setzt sich der Zug in Bewegung. Man hört nur das Schnaufen der Lokomotive.

16

Pug Henry hatte die Reise in die Sowjetunion sofort angetreten. Dennoch sollte es noch eine Weile dauern, bis er dort war.
Als der Clipper ruckend und schlingernd den Hafen von Baltimore hinter sich ließ und dröhnend in den tiefhängenden grauen Januarhimmel aufstieg, zog er zwei Briefe aus seiner Mappe, die zu lesen er bis jetzt keine Zeit gefunden hatte. Zuerst öffnete er den dicken Umschlag aus dem Weißen Haus, um die maschinegeschriebenen Ausführungen von Hopkins über die Probleme des Leih- und Pachtvertrags zu überfliegen.
»Was darf ich Ihnen zum Frühstück bringen?« Ein weißgekleideter Steward berührte ihn am Ellbogen. Pug bestellte Schinken und Ei sowie Pfannkuchen, obwohl seine Uniform, nachdem Rhoda zwei Wochen für sein leibliches Wohl gesorgt hatte, ziemlich stramm saß. Für die Sowjetunion aß er sich besser einen kleinen Wanst an, dachte er, wie der Bär, der sich auf den Winterschlaf vorbereitet. Was seine Karriere betraf, ging er tatsächlich in den Winterschlaf, verdammtnochmal; er hatte Hunger, verdammtnochmal, und er würde essen, verdammtnochmal! Und Harry Hopkins gründliche Einweisung konnte warten, verdammtnochmal, bis er wußte, was Pamela Tudsbury bewegte. Die eckige Handschrift auf dem Luftpostumschlag aus London war offensichtlich die ihre. Pug riß den Umschlag mit größerem Eifer auf, als er sich eingestehen wollte.

20. Dezember 1942
Lieber Victor –
nur rasch ein paar Zeilen; ich bin auf dem Weg nach Schottland, wo ich einen Bericht über die Transportpiloten schreiben soll. Du weißt gewiß, daß mein Vater nicht mehr ist; er fiel bei El Alamein einer Landmine zum Opfer. Der *Observer* gibt mir großzügigerweise Gelegenheit, als Korrespondentin weiterzuarbeiten. Es hat keinen Sinn, groß über Talky zu schreiben. Ich habe mich zusammengerissen, wenn ich auch eine Zeitlang das Gefühl hatte, gleichfalls gestorben zu sein oder sterben zu müssen.

Hast Du meinen langen Brief aus Ägypten erhalten, bevor Du Dein Schiff verloren hast? Die Nachricht war wie ein Schlag für mich, doch glücklicherweise erfuhr ich bald darauf, daß Du in Sicherheit und bereits auf dem Weg nach Washington seist, wohin auch ich mich bald aufmachen werde. Unter anderem stand in meinem Brief, daß Duncan Burne-Wilke mich heiraten will. Ich glaube, ich habe Dich sogar um Deinen Segen gebeten. Eine Antwort habe ich nicht bekommen. Inzwischen sind wir verlobt, und er ist in Indien, als Auchinlecks neuer Stellvertretender Stabschef für den Luftkrieg.
Es könnte sein, daß ich nicht lange in Washington bleibe. Das große Knirschen von Stalingrad hat meine Redakteure auf die Idee gebracht, mich wieder in die Sowjetunion zu schicken. Nur bin ich auf mysteriöse Visa-Schwierigkeiten gestoßen, um die der *Observer* sich kümmert, und bis das geklärt ist, bleibe ich hier. Wenn ich aus unergründlichen marxistischen Gründen nicht nach Moskau zurückkann, wird meine Nützlichkeit schwinden. Möglich, daß ich dann einfach aufgebe, meine Sachen packe und Duncan als Memsahib auf seiner Fahrt begleite. Man wird sehen.
Sicher weißt Du, daß ich in Washington mit Rhoda gesprochen und ihr von uns erzählt habe. Ich wollte einfach aus dem Bild verschwinden und bin überzeugt, daß Du es mir nicht verübelst. Jetzt bin ich mit einem wirklich liebenswerten Mann verlobt, und damit ist meine Zukunft gesichert. Das wär's also. Am oder um den 15. Januar bin ich im Wardman Park Hotel. Ob Du mich dort anrufst? Ich weiß nicht, wie Rhoda reagieren würde, wenn ich Dich anrufe, obwohl ich ja keine Bedrohung für sie darstelle. Allerdings möchte ich die Freiheit haben, mich mit Dir zu treffen. Daraus möchte ich kein Hehl machen und ganz offen sein. Ich möchte nicht so tun müssen, als gäbe es Dich nicht.

Alles Liebe
Pamela

Also hat Rhoda es die ganze Zeit über gewußt und nichts gesagt, dachte Pug – erstaunt, amüsiert und beeindruckt. Gute Taktik, kluges Mädchen! Vielleicht hatte ihr der Poststempel verraten, daß dieser Brief aus London kam, als sie ihm die Briefe gab. Was die Enthüllung betraf, fühlte er sich zwar unschuldig, aber ein wenig für dumm verkauft. Rhoda war schon eine tolle Frau! Pamelas Brief hatte nichts Anrüchiges, er klang ruhig und freundlich; gut geschrieben, wenn man die Lage bedachte.
Frohgemut verzehrte er sein Frühstück, trotz der düsteren Wolken, die am Fenster des ruckenden Clippers vorbeihuschten; frohgemut auch, weil eine

geringe Chance bestand, daß er die zukünftige Lady Burne-Wilke in der Sowjetunion wiedersah.

Dann las er den Brief von Hopkins.

THE WHITE HOUSE

12. Januar

Lieber Pug,
Sie haben dem Boß neulich eine große Freude gemacht, die er bestimmt nicht vergessen wird. Das Problem mit den Landungsfahrzeugen läuft nicht weg. Vielleicht packen Sie's doch noch an, je nachdem, wie lange Botschafter Standley Sie braucht. Der besonderen Bitte Ihrer Schwiegertochter wegen war entsprochen worden; doch die Deutschen haben alles vermasselt, indem sie die Leute nach Baden-Baden verlegt haben. Welles behauptet, sie seien nicht in Gefahr, und die Verhandlungen über den Austausch seien schon weit gediehen.

Doch zur Sache.

Admiral Standley ist auf eigenen Wunsch nach Washington gekommen, weil er der Meinung ist, wir begingen mit den Leih- und Pachtlieferungen Fehler. Aber es gibt nur zwei Möglichkeiten, Leih und Pacht durchzuziehen: bedingungslose Hilfe oder Hilfe auf einer *quid pro quo*-Basis. Es macht den alten Admiral ganz krank, daß wir geben, geben und nochmals geben; daß wir keinerlei Verrechnung, für Bitten um bestimmte Dinge keine Erklärungen und keine Gegenleistungen verlangen. Gut, das ist unsere Politik. Standley ist ein gewiefter alter Fuchs, doch im allgemeinen ist der Präsident ihm meilenweit voraus.

Die grundlegende Politik des Präsidenten den Russen gegenüber läuft dreigleisig und ist sehr einfach. Vergessen Sie sie nicht, Pug:

1. *Es ist dafür zu sorgen, daß die Rote Armee weiter gegen die Deutschen kämpft.*
2. *Es muß erreicht werden, daß die Rote Armee auch gegen Japan kämpft.*
3. *Nach dem Kriege ist ein stärkerer Völkerbund zu schaffen, dem auch die Sowjetunion angehört.*

Lenin hat sich 1917, wie Sie wissen, aus dem Ersten Weltkrieg zurückgezogen, indem er sich mit dem Kaiser arrangierte. Stalin wollte sich aus diesem Krieg heraushalten, indem er sich mit Hitler arrangierte. Er würde sich immer noch

heraushalten, wenn Hitler ihn nicht angegriffen hätte. Solche Fakten vergißt der Präsident nicht.
Trotz aller Beteuerungen Stalins bezweifle ich, daß Hitler für ihn ein so großes Übel ist. Auch ist er ein Diktator, der über einen Polizeistaat herrscht und über zwei Jahre lang mit Hitler recht gut ausgekommen ist. Jetzt sind die Deutschen in Rußland eingefallen, und er muß kämpfen. Er ist ein Pragmatiker reinsten Wassers, und unser Geheimdienst sagt uns, daß sie drüben Friedensfühler ausgestreckt haben. Ein Separatfrieden im Osten ist immer möglich, falls Deutschland ein Angebot macht, das verlockend genug ist.
Vielleicht steht das im Moment nicht zur Debatte. Hitler muß seinem Volk schon ein paar territoriale Zugewinne zeigen können, dazu ist dort zuviel deutsches Blut vergossen worden. Je stärker wir die Russen machen, desto weniger wahrscheinlich ist es, daß Stalin einen solchen Handel abschließt. Wir möchten, daß er die Deutschen ganz aus Rußland hinauswirft und auch an seinen Grenzen nicht haltmacht, sondern weitermarschiert bis nach Berlin. Damit retten wir Millionen von Amerikanern das Leben; unser Kriegsziel ist es, den Nazismus auszurotten, und wir werden nicht nachlassen, bevor dieses Ziel erreicht ist.
Es hieße, die Dinge falsch einzuschätzen, wenn man beim Leih- und Pachtvertrag auf einem *quid pro quo* bestünde. Das *quid pro quo* besteht darin, daß die Russen viele deutsche Soldaten töten, die nicht mehr gegen uns kämpfen können, wenn wir in Frankreich landen.
Wir sind unseren Leih- und Pacht-Verpflichtungen nicht ganz nachgekommen. Nur etwa bis zu siebzig Prozent. Wir haben getan, was wir konnten, und unsere Lieferungen sind gewaltig; aber die U-Boote haben einen hohen Zoll gefordert, der Krieg mit Japan kostet uns gleichfalls viel Material; außerdem mußten wir vom Leih- und Pachtmaterial nehmen, um die Landung in Nordafrika auf die Beine stellen zu können. Auch haben wir bis jetzt unser Versprechen einer zweiten Front in Europa nicht eingelöst. Folglich sind wir nicht in der Lage, den Russen dumm zu kommen.
Selbst wenn wir das könnten, wäre es schlechte Taktik. Wir brauchen sie mehr als sie uns. In dieser Hinsicht kann man Stalin nichts vormachen. Er ist eine sehr schillernde Gestalt, und es ist nicht leicht, mit ihm zurechtzukommen; er ist eine Art Iwan der Schreckliche, aber ich bin heilfroh, daß wir ihn und sein Volk in diesem Krieg auf unserer Seite haben. Daraus mache ich auch in der Öffentlichkeit keinen Hehl, wofür ich viele Schläge einstecken muß.
Admiral Standley wird wollen, daß Sie Gegenleistungen für uns herausholen. Er hat eine hohe Meinung von Ihrer Fähigkeit, mit den Russen umzugehen. Es stimmt schon, daß sie hinsichtlich der Lufttransportwege, in Dingen des

militärischen Geheimdienstes, was Flugplätze für Zwischenlandungen für unsere Bomber betrifft und die Freilassung unserer Piloten, die über Sibirien runtergegangen sind und so weiter, wesentlich entgegenkommender sein könnten. Vielleicht machen Sie Standley glücklich, indem Sie Erfolg haben, wo andere gescheitert sind. Was jedoch das grundlegende Problem betrifft, so hat General Marshall dem Präsidenten gesagt, daß nichts, was die Russen uns als Gegenleistung für unsere Lieferungen im Rahmen des Leih- und Pachtvertrages geben können, unsere Strategie oder unsere Taktik in diesem Krieg ändern würde. Er ist voll und ganz für bedingungslose Hilfe.

Der Präsident möchte, daß Sie sich über all diese Dinge klar sind und ihm wieder informelle Berichte schicken, wie seinerzeit aus Deutschland. Er hat nochmals erwähnt, daß Sie es waren, der 1939 den Stalin-Hitler-Pakt vorausgesagt hat. Er bittet Sie (und das ist keineswegs humorvoll gemeint), falls Sie in Ihrer Kristallkugel irgend etwas entdecken, was auf einen Separatfrieden hinweist, ihn das schnellstens wissen zu lassen.

Harry H.

Kaum ein ermutigender Brief; Pug war auf dem Wege, unter einem ehemaligen Oberkommandierenden der Navy Dienst zu tun, und man legte ihm gleich zu Anfang nahe, den alten Admiral mit ›informellen Berichten‹ an den obersten Boß zu umgehen. Auf dem neuen Posten würde er offensichtlich zwischen zwei Stühlen sitzen.

Pug entnahm seiner Mappe einen Stapel Geheimdienstberichte über die Sowjetunion und vertiefte sich in sie. Arbeit ist immer das beste Mittel, solche Gedanken nicht aufkommen zu lassen.

Der Clipper wurde nach Bermuda umgeleitet; keine Erklärung. Als die Fluggäste im Strandhotel beim Mittagessen saßen, konnten sie durch die Fenster des Speisesaals sehen, wie ihr Flugboot schwerfällig aufstieg und im Regen verschwand. Sie blieben wochenlang in Bermuda. Später erfuhren sie dann, daß das Flugzeug zurückgerufen worden war, um Franklin Delano Roosevelt zur Konferenz nach Casablanca zu bringen. Diese Konferenz war die große Sensation in den Nachrichten und in der Presse; sie teilte sich die Schlagzeilen mit Nachrichten über den immer katastrophaleren deutschen Zusammenbruch bei Stalingrad.

Pug hatte nichts gegen diese Verzögerung. Er hatte es nicht besonders eilig, nach Rußland zu kommen. Die kleine grüne Insel, weit draußen im Atlantik, in

Friedenszeiten ein stilles, blumenübersätes Paradies ohne Autos, war jetzt ein Navy-Außenposten der Amerikaner. Jeeps, Lastwagen und Bulldozer dröhnten unter Wolken von Auspuffgasen und Korallenstaub umher; Aufklärungsbomber brausten über sie hinweg, graue Kriegsschiffe lagen in der Bucht, Matrosen drängten sich in den Geschäften und in den engen Gassen. Die müßigen Reichen in den bonbonfarbenen Villen schienen sich versteckt zu haben und nur darauf zu warten, daß die Amerikaner alle lästigen Unterseeboote versenkten, den Krieg gewännen und wieder abzögen; die schwarzen Einwohner dagegen machten trotz aller Abgase und allen Lärms einen heiteren und zufriedenen Eindruck.

Der Kommandant brachte Pug in seinem hübschen, neugebauten Quartier unter, zu dem auch ein Tennisplatz gehörte. Abgesehen von einer gelegentlichen Partie Tennis oder Karten mit dem Admiral verbrachte Pug die Zeit damit, über die Sowjetunion zu lesen. Die Geheimdienstberichte, die er mitbekommen hatte, waren ziemlich dürftig. Beim Stöbern in den Buchhandlungen und Bibliotheken von Bermuda stieß er auf gelehrte britische Bücher, die den Sowjets äußerst positiv gegenüberstanden – Bücher von George Bernard Shaw, einen Mann namens Laski und einem Ehepaar Beatrice und Sidney Webb. Er mühte sich emsig durch die langen eleganten Lobgesänge auf den sowjetischen Sozialismus, stieß dabei jedoch nur auf wenig Substanz von militärischem Nutzen.

Er fand auch entschieden ablehnende Bücher aus der Feder von Abtrünnigen und Entlarvern; unheimliche Berichte über Pseudoprozesse, gigantische Massenmorde, von der Regierung ins Werk gesetzte Hungersnöte und geheime Zwangsarbeitslager, die über das ganze kommunistische Paradies verteilt waren und in denen Millionen von Menschen zu Tode geschunden wurden. Die Verbrechen, die in diesen Büchern Stalin zugeschrieben wurden, schienen schlimmer als die Untaten Hitlers. Wo lag die Wahrheit? Diese Mauer von Widersprüchen brachte Victor Henry lebhaft seine letzte Reise in die Sowjetunion mit der Harriman-Delegation vor Augen; das Gefühl der Isolation, das man sich nicht erklären konnte, die Qual, es mit Leuten zu tun zu haben, die aussahen und handelten wie ganz gewöhnliche Menschen, die einen herzlichen, wenngleich scheuen Charme ausstrahlten und dennoch von einem Augenblick auf den anderen anfangen konnten, sich wie Marsmenschen zu benehmen, unfähig, den Partner zu verstehen, und erfüllt von einer eisigen, distanzierten Feindseligkeit.

Als er weiterfliegen sollte, kaufte er sich eine dreibändige Taschenbuchausgabe über die Russische Revolution von Leo Trotzki und las unterwegs darin. Pug wußte, daß Trotzki ein Jude war, der die Rote Armee aufgebaut hatte, der zweite Mann unter Lenin während der Revolution; er wußte aber auch, daß Stalin Trotzki nach Lenins Tod beim Ringen um die Macht ausmanövriert, ins Exil getrieben und – zumindest nach den unfreundlichen Büchern – Meuchelmörder ausgeschickt hatte, die ihn in Mexiko umbrachten. Was ihn überraschte, war die literarische Brillanz des Werks; sein Inhalt erschreckte ihn.

Die sechs Tage seines Fluges über den Atlantik, über Nordafrika und durch den Mittleren Osten bis nach Teheran vergingen mühelos; so oft Wolken die prachtvolle Geographie verdeckten, die sich tief unten entrollte, so oft er auf eine Anschlußmaschine warten mußte oder die Nacht in einer elenden Nissenhütte auf einem Flugplatz verbrachte, hatte er Trotzki, auf den er zurückgreifen konnte.

Auf diesem Flug über einen Großteil der Erdoberfläche sich immer wieder im flammenden Epos vom Sturz des Zarentums zu verlieren, war schon ein eigenartiges Erlebnis. Trotzki schrieb von finsteren Verschwörungen und Gegenverschwörungen übler, bösartiger Männer beim Kampf um die Macht, die ihn packten wie ein Roman; dann wieder folgten lange Passagen voll marxistischer Terminologie, die seinem redlichen Bemühen widerstanden. Verschwommen ging ihm auf, daß im Rußland des Jahres 1917 eine vulkanische gesellschaftliche Kraft zum Ausbruch gekommen war, die einen großartigen utopischen Traum verwirklichen wollte; doch er begriff, daß das Ganze nach Trotzkis eigenem Zeugnis – immerhin sollte das Buch die Revolution feiern – in einem Meer blutigen Schreckens zusammengebrochen war.

Abgesehen davon, daß er von einem heißen und staubigen Flugplatz zum anderen flog, bekam Pug vom Krieg in Nordafrika nur wenig zu sehen, wo den Rundfunkberichten zufolge Rommel den Invasoren das Leben sauer machte. Grüne Urwälder blieben unter ihm zurück, leere Wüsten, zerklüftete Gebirge, Tag für Tag. Endlich versanken hinter ihm die Pyramiden und der Nil, der inmitten einer schmalen Grünzone glitzerte. Ein Aufenthalt von einem halben Tag in Palästina ermöglichte es ihm, nach Jerusalem zu fahren und durch die verwinkelten Gassen zu streifen, durch die Christus sein Kreuz getragen hatte; dann saß er wieder in einem Flugzeug hoch über der Erde und las von Verschwörung, Gefangenschaft, Foltern, Vergiftungen, Erschießungen, notwendig im Namen der sozialistischen Brüderschaft der Menschen, unvermeidlich unter der Herrschaft des Marxismus. Als er in Teheran ankam, fing er gerade beim dritten Band an, ließ jedoch das ungelesene Buch im Flugzeug liegen. Schon auf dem nächsten Flugplatz wäre Trotzki Konterbande gewesen.

»Das wichtigste ist jetzt, Henry«, sagte Admiral Standley, »zu diesem General Yevlenko durchzukommen. Und wenn jemand das fertigbringt, dann Sie.«
»Welche Stellung nimmt Yevlenko denn offiziell ein, Admiral?«
Standley vollführte mit knorriger Hand eine unbestimmte Geste. »Wenn ich das wüßte und es Ihnen sagte, wären Sie auch nicht klüger. Er ist der Große Mann in allen Leih- und Pachtdingen, das ist alles. Ich vermute, daß er Frontsoldat war. Hat in der Schlacht um Moskau eine Hand verloren und trägt eine Prothese mit einem Lederhandschuh.«
Sie aßen allein am langen Eßtisch des Spaso House. Pug war vor kaum einer Stunde von Kuibyshew angekommen und hätte gern auf das Abendessen verzichtet, ein Bad genommen und dann geschlafen. Doch das sollte nicht sein. In dem kleinen alten Admiral, der sich in diesem prachtvollen und geräumigen Botschaftsgebäude, das früher einmal das Haus eines Zuckerhändlers gewesen war, ganz verloren ausnahm, hatte sich eine Menge Dampf aufgestaut, und Pugs Ankunft hatte das Sicherheitsventil geöffnet.
In Washington, so sagte Standley, habe der Präsident ihm versprochen, daß die Leih- und Pachtkommission ihm allein unterstehen würde. Die Befehle seien auch rausgegangen, doch der Missionschef, ein gewisser General Faymonville, setze sich über den Präsidenten hinweg. Puterrot im Gesicht und kaum an seinem gekochten Huhn stochernd, hieb Standley immer und immer wieder mit der Faust auf den Tisch und erklärte, Harry Hopkins müsse hinter alledem stecken und Faymonville zu verstehen gegeben haben, daß der Befehl nichts zu sagen habe, und daß die Aktion der großzügigen Geschenke so weitergehen solle. Er, Standley, sei auf Bitten des Präsidenten aus dem Ruhestand zurückgekehrt, um diesen Posten zu übernehmen. Er werde für die wohlverstandenen Interessen Amerikas kämpfen, einerlei, was da auch komme, die Hölle oder Harry Hopkins.
»Übrigens, Pug«, sagte Standley und funkelte ihn plötzlich an, »als ich mich einmal mit diesem General Yevlenko unterhielt, hat er mehrfach von Ihnen gesprochen und Sie dabei immer Harry Hopkins' Militärberater genannt? Was hat es damit auf sich?«
Pug antwortete sehr vorsichtig. »Admiral, als wir 1941 mit Harriman herkamen, wünschte der Präsident einen Augenzeugenbericht von der Front. Mr. Hopkins hat mich damit beauftragt, weil ich einen Intensivkurs in Russisch mitgemacht hatte. Ich habe Yevlenko an der Front kennengelernt, und vielleicht hat der Geheimpolizist, der mich begleitete, ihm diese Idee in den Kopf gesetzt.«
»Aha, wirklich?« Langsam verwandelte sich das Funkeln des Botschafters in ein verschmitztes Grinsen. »Ich verstehe. Nun, wenn das so ist, dann wollen

wir dem Burschen weiter keinen Strick daraus drehen. Wenn er wirklich meint, Sie seien *Garry Gopkins* Mann, dann bringen Sie ihn vielleicht auch dazu, daß er mal was unternimmt. *Garry Gopkins* ist hierzulande so eine Art Weihnachtsmann.«

Pug erinnerte sich noch, wie er William Standley vor zehn Jahren zum ersten Mal begegnet war; er war Operationschef der Navy gewesen und hatte in dieser Eigenschaft der *West Virginia* einen Besuch abgestattet, ein straffer, strenger Vier-Sterne-Admiral in Weiß und Gold, Nummer Eins bei der Navy, der dem kleinen Lieutenant Commander Henry ein paar freundliche Worte zum Trefferrekord des Schlachtschiffes gesagt hatte. Standley war immer noch voller Feuer, doch welch eine Veränderung seither! Beim Abendessen kam es Victor Henry vor, als hätte er den Posten beim CincPac nur in den Wind geschlagen, um einem reizbaren alten Mann zu helfen, mit Kanonen auf Spatzen zu schießen. Das Lamento nahm kein Ende. Die Gaben der Hilfe-für-Rußland-Gesellschaft, für die Standleys eigene Frau so hart gearbeitet hatte, würden einfach nicht anerkannt. Das Amerikanische Rote Kreuz sei in der Sowjetunion kaum bekannt geworden. Die Russen gäben keinerlei Gegenleistung für Lieferungen aus dem Leih- und Pachtvertrag. Nachdem er sich diese Klagen eine Stunde lang angehört hatte, wagte Pug es, Standley beim Kaffee zu fragen, was dieser sich eigentlich davon verspreche, wenn er, Pug, General Yevlenko aufsuche.

»Das ist Dienst«, sagte der Botschafter. »Darauf kommen wir morgen früh zurück. Sie sehen ein bißchen müde aus. Jetzt schlafen Sie sich erstmal aus!«

Vielleicht lag es daran, daß die Sonne so hell in die Bibliothek des Botschafters hereinfiel, oder daran, daß er morgens seine beste Zeit hatte – auf jeden Fall verlief ihre nächste Begegnung besser. Standley hatte wieder etwas von dem alten Operationschef der Navy.

Im Kongreß debattiere man über die Fortschreibung des Leih- und Pachtgesetzes, erklärte er, und das Außenministerium wünsche sich von den Sowjets einen Bericht über den tatsächlichen Nutzen des im Rahmen des Leih- und Pachtvertrags gelieferten Materials auf dem Schlachtfeld. Dazu habe Molotow sich »im Prinzip« bereiterklärt – eine tödliche russische Phrase, die bedeutete, daß etwas auf die lange Bank geschoben werde. Jedenfalls habe Molotow die Bitte an Yevlenko weitergegeben. Standley habe Faymonville im Nacken gesessen, damit dieser Yevlenko Dampf mache, und Faymonville behaupte auch, er tue sein Bestes, aber es geschehe überhaupt nichts.

Ja, weniger als nichts. In Stalins letztem Tagesbefehl habe der Diktator erklärt, die Rote Armee trage die gesamte Last des Krieges allein und bekomme keinerlei Hilfe von ihren Verbündeten! Was der Kongreß wohl *dazu* sagen werde? Diese verdammten Russen, sagte Standley kühl, hätten einfach keine Ahnung, wie tief die antibolschewistischen Gefühle in Amerika säßen. Er, Standley, bewundere ihren Kampfgeist. Nur müsse er sie vor sich selbst retten. So oder so müsse er eine Verlautbarung über den Einfluß der Leih- und Pachtlieferungen auf das aktuelle Kriegsgeschehen erhalten. Sonst gäbe es womöglich im Juni keine Fortschreibung des Gesetzes. Dann könne die ganze Allianz zusammenbrechen und der verdammte Krieg verloren werden. Pug stritt sich nicht mit dem Admiral, obwohl er glaubte, daß Standley übertrieb. Selbstverständlich waren die Russen ungeschickt und grob, und seine erste undankbare Aufgabe bestand darin, Yevlenko aufzuspüren und dafür zu sorgen, daß in der Richtung etwas geschähe.

Zwei Tage lang klapperte er unter Massen schäbig gekleideter Fußgänger die mit einer schmutzigen Eisschicht bedeckten Moskauer Straßen ab und lief in dem durch keinen Lageplan erfaßten Regierungsviertel von einem Gebäude zum anderen, nur um herauszufinden, wo sich General Yevlenkos Dienststelle befand. Er bekam weder eine Telephonnummer noch die genaue Adresse. Der Attaché der Royal Air Force, den er von Berlin her kannte, nahm ihn zuletzt bei der Hand und zeigte ihm das Haus, in dem Yevlenko ihn vor noch gar nicht langer Zeit heruntergeputzt hatte, weil vierzig Aircobra-Jagdflugzeuge von den Leih- und Pachtlieferungen von den britischen Streitkräften für die Landung in Nordafrika abgezweigt worden waren. Doch als Pug versuchte, das Gebäude zu betreten, hielt ihm ein vierschrötiger, rotgesichtiger junger Wachsoldat das Gewehr mit dem aufgepflanzten Bajonett vor die Brust und stellte sich den in holprigem Russisch vorgebrachten Protesten gegenüber taub. Pug kehrte in sein Büro zurück, diktierte einen langen Brief und trug ihn in das Gebäude. Der Brief wurde zwar von einem anderen Wachsoldaten angenommen, doch vergingen Tage, ohne daß eine Antwort kam.

In der Zwischenzeit lernte Pug General Faymonville kennen, einen Army-Offizier, der nicht viel mit dem Ungeheuer gemein hatte, als das Standley ihn beschrieben hatte. Faymonville sagte, seines Wissens sei Yevlenko in Leningrad, doch die Amerikaner hätten dienstlich nie mit ihm zu tun. Das werde über seinen Verbindungsoffizier abgewickelt, einen General mit einem Namen, der ein schierer Zungenbrecher war. Standleys Attachés hatten Pug bereits gewarnt – an diesen General Zungenbrecher heranzutreten, sei reine Zeitverschwendung; seine Aufgabe bestehe einzig darin, Fragen und Forderungen zu schlucken wie ein Federkissen; eine Antwort erhalte man nie, und darin könne ihm keiner das Wasser reichen.

Nach etwa einer frustrierenden Woche wachte Pug in seinem Schlafzimmer im Spaso House auf und fand eine Nachricht unter seiner Tür.

*Henry,
ein paar amerikanische Journalisten kehren von einer Reise an die Südfront
zurück; ich treffe mich heute morgen um 0900 in der Bibliothek mit ihnen.
Bitte seien Sie schon um 0845 da.*

Standley saß allein an seinem Schreibtisch. Sein Gesicht war gerötet, und seine Augen blitzten gefährlich. Der Admiral schob ihm eine Packung Chesterfield über die Schreibtischplatte hin. Pug nahm sie auf. Mit leuchtend violetter Farbe stand auf der Packung: VON DEN GENOSSEN DER ARBEITERPARTEI, NEW YORK.

»Das sind entweder Rot Kreuz- oder Leih- und Pacht-Zigaretten!« Der Admiral brachte die Worte kaum hervor. »Woanders können sie gar nicht herkommen. Wir schicken sie zu Millionen an die Rote Armee. Diese Packung habe ich gestern abend von einem Tschechen bekommen. Der sagte mir, er habe sie von einem Offizier der Roten Armee, der ihm gesagt habe, großzügige kommunistische Genossen in New York versorgten damit die ganze Armee.«

Pug Henry konnte nur den Kopf schütteln.

»Die Journalisten sind in zehn Minuten hier«, krächzte Standley, »und sie werden was von mir zu hören bekommen.«

»Admiral, noch in dieser Woche wird über das neue Leih- und Pachtgesetz abgestimmt. Ist das der richtige Augenblick, Alarm zu schlagen?«

»Es ist der einzig wirksame und richtige Zeitpunkt. Diesen Halunken muß einmal der Schreck in die Glieder fahren. Sollen Sie doch sehen, wozu Undankbarkeit führen kann, wenn man es mit dem amerikanischen Volk zu tun hat.«

Pug wies auf die Zigarettenschachtel. »Sir, das hier ist doch nur Stimmungsmache auf sehr niedrigem Niveau. Ich würde das nicht breittreten.«

»Das? Ganz meine Meinung. Es lohnt sich nicht, darüber zu reden.«

Die Journalisten traten ein – gelangweilt und offensichtlich enttäuscht von ihrer Tour. Wie gewöhnlich, erklärten sie, seien sie an die eigentliche Front gar nicht herangekommen. Standley fragte sie, ob sie draußen im Feld irgendwelches amerikanisches Material gesehen hätten. Das hätten sie nicht. Einer der Journalisten fragte, ob der Botschafter meine, daß das neue Leih- und Pachtgesetz den Kongreß passieren werde.

»Dazu eine Prognose abzugeben, würde ich nicht wagen.« Standley blickte zu Victor Henry hinüber und legte dann alle zehn Finger der gespreizten Hand vor sich auf den Tisch, daß sie aussahen wie die Geschützrohre einer Batterie, die im Begriff stand, eine Breitseite abzufeuern. »Sehen Sie – seit ich hier in Moskau bin, habe ich nach Beweisen dafür Ausschau gehalten, daß die Russen

von den Engländern und von uns Hilfe bekommen. Nicht nur Materiallieferungen im Rahmen des Leih- und Pachtvertrags, sondern auch vom Roten Kreuz und von der Hilfe-für-Rußland-Gesellschaft. Aber ich habe sie bis heute nicht gefunden.«
Die Journalisten sahen erst einander und dann den Botschafter an.
»Doch, das stimmt!« fuhr dieser fort und trommelte mit den Fingern auf der Tischplatte. »Ich habe außerdem versucht, Beweise dafür zu erhalten, daß unsere Rüstungsgüter tatsächlich von den Russen an der Front verwendet werden. Auch das ist mir nicht gelungen. Die russischen Behörden scheinen die Tatsache vertuschen zu wollen, daß sie von draußen Hilfe erhalten. Augenscheinlich liegt ihnen daran, ihr Volk glauben zu machen, daß die Rote Armee diesen Krieg ganz allein führt.«
»Das meinen Sie selbstverständlich vertraulich, Exzellenz«, sagte einer der Journalisten, die gleichwohl Block und Bleistift zückten.
»Nein, machen Sie Gebrauch davon.« Standley sprach betont langsam weiter, er diktierte buchstäblich. Seine Finger trommelten schneller, und in den Pausen, die er einlegte, hörte sich das Kratzen der Bleistifte an wie ein wütendes Zischen. »*Die Sowjetbehörden versuchen augenscheinlich hier wie im Ausland den Eindruck zu erwecken, sie führten diesen Krieg ganz auf sich allein gestellt und aus eigenen Mitteln. Ich sehe keinen Grund, warum Sie meine Bemerkung nicht verwenden sollten, falls Sie das möchten.*«
Die Journalisten stellten noch ein paar aufgeregte Fragen; dann schossen sie zur Tür heraus.
Als Pug am nächsten Morgen zu Fuß durch die verschneiten Straßen vom National Hotel zum Spaso House ging, überlegte er, ob er darauf gefaßt sein müsse, daß der Botschafter bereits abberufen worden war. Beim Frühstück mit den Journalisten im Hotel hatte man ihm gesagt, Standleys Bemerkungen hätten in der gesamten Presse der Vereinigten Staaten und Großbritanniens Schlagzeilen gemacht. Das Außenministerium hätte sich geweigert, dazu Stellung zu nehmen; der Präsident habe eine bereits anberaumte Pressekonferenz wieder abgesagt, und im Kongreß sei der Teufel los. Die ganze Welt frage sich jetzt, ob Standley nur für sich selbst oder für Roosevelt gesprochen habe. Und man habe gerüchteweise gehört, daß die russischen Zensoren, welche die Verlautbarung hätten hinausgehen lassen, verhaftet worden seien.
Auf den breiten, vom Schnee verwehten Moskauer Straßen zwischen Hunderten von Russen, die vorüberschlurften, und den üblichen Lastwagen voller Soldaten, die hin- und herfuhren, kam ihm die ganze Aufregung kleinlich und weit hergeholt vor. Dennoch hatte Standley etwas Unerhörtes getan; er hatte zu einem heiklen und hochexplosiven Thema zwischen den

225

Vereinigten Staaten und der Sowjetunion gesprochen und seinem versöhnlichen Zorn freien Lauf gelassen. Wie konnte er das überleben? In dem kleinen Zimmer, das ihm als Büro zugewiesen worden war, fand er auf dem Schreibtisch eine Nachricht vom Telephonisten: *Bitte, rufen Sie die Nummer 0743 an.*
Er ließ sich verbinden, vernahm das übliche Knacken und Knistern und die Allerweltsgeräusche, die im Moskauer Telephonnetz an der Tagesordnung sind, und dann eine knarrende Baßstimme:
»*Slushayu!*«
»*Govorit Kapitan Victor Genry.*«
»*Yasno. Yevlenko.*«

Diesmal salutierte die Wache steif und ließ den amerikanischen Navy-Offizier wortlos passieren. In der großen, marmorgetäfelten Halle blickte ein Uniformierter an einem Schreibtisch auf, verzog keine Miene, und drückte auf einen Knopf. »*Kapitan Genry?*«
»*Da.*«
Ein uniformiertes Mädchen, das gleichfalls keine Miene verzog, kam die schön geschwungene breite Teppe herunter und sprach in ungeübtem, gleichwohl fehlerlosem Englisch. »*How do you do? Well,* General Yevlenkos Arbeitszimmer ist im zweiten Obergeschoß. Wenn Sie bitte mitkommen würden?«
Verschnörkelte Geländer, marmorne Treppenstufen, Marmorsäulen, gewölbte hohe Decken: auch dies offensichtlich ein ehemaliges Adelspalais aus der Zarenzeit, das man mit Lenin- und Stalinbüsten aus rotem Marmor auf den neuesten Stand gebracht hatte. Große Flecken abblätternder alter Farbe gaben dem Gebäude ein Aussehen kriegsbedingter Vernächlässigung. Hinter den geschlossenen Türen des langen Korridors, der zu Yevlenkos Arbeitszimmer führte, klapperten Schreibmaschinen. In Pugs Erinnerung war Yevlenko ein Riese; doch als er sich, ohne eine Miene zu verziehen, erhob und ihm, Pug, über den Schreibtisch hinweg die linke Hand zum Gruß reichte, sah er gar nicht so groß aus; vielleicht lag das an den riesigen Ausmaßen von Schreibtisch und Zimmer oder an der Überlebensgröße des Leninbildes hinter ihm an der Wand. An den anderen Wänden hingen Schwarzweißreproduktionen alter zaristischer Generalsporträts. Hohe verstaubte rote Vorhänge schlossen das mittwinterlich graue Moskauer Tageslicht aus. An einem reichverschnörkelten Messingkandelaber strahlten nackte Glühbirnen.
Der Druck von Yevlenkos linker Hand war ein wenig unbeholfen, aber fest. Sein großes Gesicht mit der energischen Kinnpartie wirkte noch müder und trauriger als damals an der Front vor Moskau, als die Deutschen durchbrachen.

Er trug viele Orden, darunter das rotgelbe Verwundetenabzeichen, und seine straff sitzende grünbraune Uniform war mit neuen Goldlitzen besetzt. Sie begrüßten einander auf Russisch, und Yevlenko wies auf das Mädchen. »Nun, werden wir die Dolmetscherin brauchen?«
Unbewegt erwiderte sie Pugs Blick: hübsches Gesicht, fülliges Blondhaar, reizvoller roter Mund, schöner Busen und nichtssagende kühle Augen. Seit seinem Abflug aus Washington hatte Pug jeden Tag zwei Stunden lang Vokabeln und Grammatik gepaukt; sein Russisch war wieder so gut wie damals nach dem Intensivkurs im Jahre 1941. Instinktiv sagte er daher: »*Nyet!*«, woraufhin das Mädchen sich wie eine Marionette umdrehte und herausging. Pug nahm an, daß Mikrophone trotzdem alles aufnehmen würden, was er sagte, doch sah er keinen Grund, vorsichtig zu sein; Yevlenko konnte ohne Zweifel für sich selbst sorgen. »Ein paar Augen und Ohren weniger«, sagte er. General Yevlenko lächelte. Pug mußte an jenen Abend denken, an dem sie in der Hütte in der Nähe der Front gezecht hatten. Yevlenko hatte damals mit Pamela getanzt und dabei auf diese besondere Weise gelacht. Jetzt wies er mit seiner künstlichen rechten Hand auf ein Sofa und einen niedrigen Tisch; erschreckend zu sehen, wie sie, in einen braunen Lederhandschuh gehüllt, steif aus seinem Ärmel ragte. Auf dem Tisch standen Teller mit Gebäck und in Papier gewickelte Bonbons, Flaschen mit alkoholfreien Getränken und Mineralwasser, eine Flasche Wodka sowie große und kleine Gläser. Obwohl Pug nichts wollte, nahm er ein Stück Gebäck und ein Glas Limonade. Yevlenko nahm das gleiche, paffte eine Zigarette, die er mit Hilfe eines Metallrings an seiner künstlichen Hand befestigt hatte und sagte: »Ich habe Ihren Brief erhalten. Entschuldigen Sie bitte, daß es so lange gedauert hat, bis ich antworten konnte. Ich dachte, es wäre besser, sich zu unterhalten, statt zu schreiben.«
»Ganz meine Meinung.«
»Sie bitten um Informationen darüber, wie das Material, das wir durch den Leih- und Pachtvertrag erhalten, an der Front eingesetzt wird. Selbstverständlich haben wir dieses Material sehr gut eingesetzt.« Er sprach betont langsam und wählte einfache Wörter, damit Pug keine Schwierigkeiten hatte, ihn zu verstehen. Die tiefe, rauhe Stimme brachte einen Hauch von der Front in dieses Arbeitszimmer. »Aber auch die Hitlerfaschisten wären sehr froh, Genaues über Menge, Qualität und Bewährung von Leih- und Pachtmaterial zu erfahren, das gegen sie eingesetzt wird. Bekanntermaßen haben sie Zugang zur *New York Times*, zum *Columbia Broadcasting System* und so weiter. Man darf die lange Nase des Feindes nicht außer Acht lassen.«
»Dann enthüllen Sie eben nichts, was die Deutschen gebrauchen könnten. Eine

allgemeingehaltene Verlautbarung genügt. Der Leih- und Pachtvertrag kostet uns einen Haufen Geld, wissen Sie, und unser Präsident ist auf die Unterstützung durch die Öffentlichkeit angewiesen, wenn er weiter fortgeführt werden soll.«

»Aber haben denn Siege wie die bei Stalingrad nicht dafür gesorgt, daß die öffentliche Meinung vom Leih- und Pachtvertrag überzeugt ist?« Yevlenko fuhr sich mit der gesunden Hand über den kurzrasierten Schädel. »Wir haben eine Reihe deutscher Heeresgruppen zerschlagen. Wir haben eine Wende im Kriegsgeschehen herbeigeführt. Wenn Sie Ihre lange verzögerte zweite Front in Europa errichten, werden Ihre Soldaten einem sehr geschwächten Feind gegenüberstehen und weit geringere Verluste hinnehmen müssen, als wir es tun. Die Amerikaner sind klug. Sie verstehen diese schlichten Tatsachen. Deshalb werden sie den Leih- und Pachtvertrag unterstützen. Aber nicht aufgrund einer ›allgemein gehaltenen Verlautbarung‹.«

Da das genau das war, was Pug auch dachte, fiel es ihm schwer, etwas darauf zu erwidern. Eine blödsinnige Aufgabe, mit Kanonen auf Standleys Spatzen zu schießen! Er schenkte sich seine Limonade ein und nippte an dem klebrigsüßen, roten Getränk. General Yevlenko ging zu seinem Schreibtisch hinüber, brachte einen dicken Aktenordner mit und schlug ihn auf dem Tisch auf. Mit der gesunden Hand blätterte er Zeitungsausschnitte durch, die auf graues Papier geklebt waren. »Und im übrigen – schlafen Ihre Moskauer Zeitungskorrespondenten? Das hier sind nur einige von den neueren Artikeln, die in der *Prawda*, im *Trud* und dem *Roten Stern* erschienen sind. Da haben Sie allgemeingehaltene Verlautbarungen. Lesen Sie selbst.« Er zog ein letztes Mal an der festgeklemmten Zigarettenkippe und drückte sie dann mit geübten Bewegungen seiner leblosen Hand aus.

»General, Mr. Stalin hat in seinem letzten Tagesbefehl erklärt, die Rote Armee trage die Hauptlast des Krieges und erhalte keinerlei Hilfe von ihren Verbündeten.«

»Er hat nach Stalingrad gesprochen.« Scharf und eindeutig kam diese Erwiderung. »Hat er denn nicht die Wahrheit gesagt? Die Hitlerfaschisten haben die Atlantikküste praktisch von ihren Truppen entblößt und alles gegen uns ins Feld geworfen. Trotzdem wollte Churchill sich nicht rühren. Selbst Ihr großer Präsident hat ihn zu nichts bewegen können. Wir mußten den Sieg ganz auf uns allein gestellt erringen.«

Dieses Thema führte zu nichts, und ein Hinweis auf Nordafrika würde auch nicht helfen. Da Pug verpflichtet war, Standley Meldung zu erstatten, beschloß er, seine Kanonen gleich auf alle Spatzen abzufeuern. »Es geht nicht nur um den Leih- und Pachtvertrag. Auch das Rote Kreuz und die Hilfe-für-Rußland-

Gesellschaft haben dem sowjetischen Volk viel Unterstützung zukommen lassen – Dinge, die niemals anerkannt worden sind.«

Ungläubig verzog Yevlenko das Gesicht und sagte: »Sprechen Sie von den Geschenken im Werte von ein paar Millionen Dollar? Wir sind ein dankbares Volk, und wir beweisen diese Dankbarkeit dadurch, daß wir kämpfen. Was erwarten Sie sonst noch von uns?«

»Mein Botschafter ist der Meinung, diese Geschenke würden hier publizistisch nur ungenügend gewürdigt.«

»Ihr Botschafter? Der spricht doch wohl für seine Regierung und nicht für sich selbst, oder?«

Pug, dem immer unbehaglicher zumute wurde, erwiderte: »Die Bitte um Verlautbarung zur Verwendung von Leih- und Pachtmaterial kommt vom Außenministerium. Die Erneuerung des Vertrages liegt, wie Sie wissen, dem Kongreß vor.«

Yevlenko steckte eine neue Zigarette in seinen Klemmring. Sein Feuerzeug versagte, und er knurrte etwas vor sich hin, bis es funktionierte. »Aber unsere Botschaft in Washington sagt, daß die Erneuerung den Kongreß ohne weiteres passieren wird. Deshalb ist Admiral Standleys Ausbruch im höchsten Maße störend. Signalisiert er eine Veränderung in Mr. Roosevelts Politik?«

»Für Präsident Roosevelt kann ich nicht sprechen.«

»Und was ist mit Mr. Hopkins?« Yevlenko bedachte ihn durch die Rauchgekräusel hindurch mit einem harten, wissenden Blick.

»Harry Hopkins ist ein großer Freund der Sowjetunion.«

»Das wissen wir. Deshalb würde ich übrigens gern auf Harry Hopkins' Gesundheit mit Ihnen anstoßen«, sagte Yevlenko und griff nach der Wodkaflasche. »Halten Sie mit?«

Daher also weht der Wind, dachte Pug. Er nickte. Der Wodka rann ihm die Kehle hinunter. Yevlenko schmatzte und überraschte Pug, indem er ihm vertraulich zuzwinkerte. »Welchen Rang bekleiden Sie eigentlich, wenn ich fragen darf?«

Pug zeigte auf die Streifen auf den Achselstücken seines Uniformmantels – es war kalt im Zimmer, und er hatte ihn anbehalten – und sagte: »Vier Streifen. Captain der US-Navy.«

Yevlenko setzte ein überlegenes Lächeln auf. »Ja, das sehe ich. Ich will Ihnen eine wahre Geschichte erzählen. Als Ihr Land die UdSSR anerkannte, schickten wir als Marineattachés einen Admiral und einen Vizeadmiral nach Washington. Ihre Regierung beschwerte sich, so hohe Ränge verursachten Protokollschwierigkeiten. Am nächsten Tag wurden sie zum Captain und Commander degradiert, und alles war in Ordnung.«

»Ich bin nichts weiter als Captain.«
»Und dennoch ist Harry Hopkins nach Ihrem Präsidenten der mächtigste Mann in Ihrem Land.«
»Durchaus nicht. Aber wie dem auch sei, das hat nichts mit mir zu tun.«
»Ihre Botschaft ist doch mit Militärattachés ausgestattet, nicht wahr? Was ist also Ihre Position, wenn ich fragen darf? Vertreten Sie Harry Hopkins?«
»Nein.« Pug meinte, es könne nicht schaden, sondern eher einiges für sich haben, wenn er noch hinzufügte: »Falls es Sie interessiert, ich bin hier aufgrund eines persönlichen Befehls von Präsident Roosevelt. Trotzdem bin ich nichts weiter als ein Captain der Navy, das versichere ich Ihnen.«
Mit ernstem Gesicht starrte General Yevlenko ihn an. Pug hielt diesem Blick mit nicht minder ernstem Gesicht stand. Sollen die Russen doch zur Abwechslung selbst herausfinden, was los ist, dachte er. »Ich verstehe. Nun gut, vielleicht können Sie mir dann als Abgesandter des Präsidenten einmal erklären, was er in Hinsicht auf den Leih- und Pachtvertrag befürchtet«, sagte Yevlenko, »und was zu dem störenden Ausbruch Ihres Botschafters geführt hat.«
»Das zu tun, bin ich nicht befugt.«
»Captain Henry, als freundliche Geste Harry Hopkins gegenüber haben Sie 1941 die Front vor Moskau besuchen dürfen, als es dort sehr schlecht stand. Außerdem haben auf Ihre Bitte hin ein britischer Journalist und seine Tochter, die ihm als Sekretärin diente, sie begleiten dürfen.«
»Richtig. Und ich habe Ihre Gastfreundschaft bei Kanonendonner nicht vergessen.«
»Nun, wie der Zufall es will, freue ich mich, Ihnen noch einmal einen solchen Frontbesuch vorschlagen zu können. Ich stehe im Begriff, Moskau zu verlassen und draußen im Feld die Situation im Hinblick auf die Leih- und Pachtlieferungen zu inspizieren. Dabei werde ich Frontabschnitte besuchen, an denen wirklich gekämpft wird. Regelrechte Feuerzonen werde ich nicht besuchen« – kurzes Grinsen mit großen Zähnen – »zumindest nicht absichtlich, aber Gefahren könnte es schon geben. Wenn Sie Lust haben, mich zu begleiten und Mr. Hopkins sowie Ihrem Präsidenten einen Augenzeugenbericht darüber zu erstatten, auf welche Weise wir das Kriegsmaterial verwenden, das uns im Rahmen des Leih- und Pachtvertrages geliefert wird, so läßt sich das machen. Und vielleicht kommen wir dann auch zu einer Einigung, was die ›allgemein gehaltene Verlautbarung‹ betrifft.«
»Die Einladung nehme ich an. Wann geht es los?« Wiewohl überrascht, ergriff Pug die ihm gebotene Gelegenheit. Sollte Standley sein Veto einlegen, wenn er was dagegen hatte.

»Einfach so? Typisch amerikanisch.« Yevlenko stand auf und reichte ihm die linke Hand. »Ich werde es Sie wissen lassen. Vermutlich gehen wir zuerst nach Leningrad, wo – soviel ich weiß – seit über einem Jahr kein Korrespondent und kein Ausländer gewesen ist. Leningrad wird, wie Sie wissen, immer noch belagert, doch die Blockade ist gebrochen. Es gibt Wege dorthin, die nicht allzu gefährlich sind. Ich stamme aus Leningrad, und deshalb gehe ich dort besonders gern hin. Ich war nicht mehr dort, seit meine Mutter während der Belagerung gestorben ist.«

»Das tut mir leid«, sagte Pug etwas unbeholfen. »Ist sie bei der Beschießung ums Leben gekommen?«

»Nein. Sie ist verhungert.«

17

Verhungert.
Vielleicht war es die schlimmste Belagerung, die die Welt je erlebt hat. Es war eine Belagerung mit biblischen Schrecken; eine Belagerung, wie die von Jerusalem, in deren Verlauf, wie es in den Klageliedern Jeremiä heißt, Frauen ihre Kinder kochten und aßen. Zu Beginn des Krieges war Leningrad eine Stadt von nahezu drei Millionen Einwohnern. Als Victor Henry Leningrad besuchte, waren davon nur noch rund sechshunderttausend Menschen übrig. Die Hälfte derer, die die Stadt verlassen hatten, war evakuiert worden; die andere Hälfte war umgekommen. Hartnäckig halten sich Gerüchte, daß nicht wenige aufgegessen wurden. Doch damals dachte man in der Welt draußen nicht oft an die Belagerung und die Hungersnot; bis heute bleibt noch viel davon unerzählt; die Unterlagen darüber ruhen versiegelt in den sowjetischen Archiven oder sind vernichtet worden. Vielleicht weiß niemand auf hunderttausend Menschen genau, wieviel Menschen in Leningrad verhungert oder an Krankheiten, die infolge des Hungers auftraten, gestorben sind. Man spricht von Zahlen zwischen einer Million und anderthalb Millionen.
Sowjetische Historiker sind, was Leningrad betrifft, einigermaßen in Verlegenheit. Einerseits birgt der dreijährige erfolgreiche Widerstand Material für ein Epos von globalem Ausmaß. Andererseits haben die Deutschen die Rote Armee überrollt, sind binnen weniger Wochen bis an die Stadt vorgerückt und haben damit dem Drama die Bühne bereitet. Wie will die unfehlbare kommunistische Partei das erklären? Und wie will sie erklären, daß diese große, von Wasserläufen eingeschlossene Stadt nicht durch eine rasche Evakuierung der nutzlosen Esser und durch das Anlegen von Vorräten aller lebensnotwendigen Güter für eine Belagerung gerüstet wurde, obwohl mächtige Armeen immer näherrückten?
Westlichen Historikern steht es frei, die Schuld an Niederlagen und Katastrophen ihren Regierungen zuzuschieben. Die Sowjetunion wird jedoch von einer Partei regiert, die für alle Probleme die unfehlbar richtige Lösung weiß. Das bringt den Historiker in eine gewisse Verlegenheit. Nur die Partei entscheidet, wieviel Papier für den Druck von historischen Werken bereitgestellt wird. Die Belagerung Leningrads steckt den sowjetischen Historikern, die

ihre Arbeit gedruckt sehen möchten, quer im Hals wie ein Knochen. Deshalb kann diese hinreißende russische Heldentat in ihrer bitteren und großen Wahrheit nur halb erzählt werden.
In letzter Zeit haben diese Historiker mit größter Behutsamkeit an einige der Dinge gerührt, die im Großen Vaterländischen Krieg mißlungen sind; dazu gehört, daß die Rote Armee 1941 vollkommen überrascht war und ums Haar ganz zusammengebrochen wäre, und daß sie es dreieinhalb Jahre hindurch nicht geschafft hat, halb Rußland von den Deutschen zu befreien, einem wesentlich kleineren Volk, das zudem auch noch an anderen Fronten Krieg führte. Die Erklärung liegt darin, daß Stalin grobe Fehler gemacht hat. Doch auch in dieser Hinsicht ist nicht alles klar. Im Verlauf der Jahre und der Veränderungen in der hohen sowjetischen Politik, fällt und steigt Stalins Ansehen als Führer in Kriegszeiten. Bis jetzt ist er noch nie für das verantwortlich gemacht worden, was bei Leningrad geschah. Die Partei aber kann nicht schuldig gesprochen werden.
Nicht zu leugnen jedoch ist, daß die rund vierhunderttausend Mann starke deutsche Heeresgruppe Nord in zügigem Vormarsch im Laufe des Sommers bis an die Außenbezirke der Stadt heranrückte und sie von ihren Verbindungen mit der ›großen Erde‹ – dem unbesetzten Teil der Sowjetunion – abschnitt. Hitler war gegen einen sofortigen Großangriff. Er befahl, die Stadt durch eine Blockade zur Unterwerfung zu zwingen, die Verteidiger auszuhungern oder zu vernichten, keinen Stein auf dem anderen zu lassen und sie in eine Wüste zu verwandeln.
Die Leningrader wußten, daß sie nicht viel Besseres zu erwarten hatten. Die Stadt Leningrad wie Paris zu einer offenen Stadt zu erklären, wie es unzählige feindliche Flugblätter immer wieder forderten, kam nicht in Betracht. Im weiteren Verlauf des Winters fingen die Bewohner an, unter dem Feuer der deutschen Geschütze über den zugefrorenen Ladoga-See Nachschub in die Stadt zu schaffen. Die Belagerer versuchten, das Eis durch Artillerie zu zertrümmern; doch eine zwei Meter dicke Eisdecke ist nicht so leicht aufzusprengen. Konvois fuhren im Schutze der Dunkelheit, bei Schneestürmen und unter verheerendem Artilleriebeschuß übers Eis, und Leningrad ergab sich nicht. In dem Maße, wie Lebensmittel eintrafen, wurden auf den leeren Lastwagen nutzlose Esser aus der Stadt hinausgeschafft. Und als das Eis im Frühling schmolz, war zwischen Essern und Lebensmittelvorräten halbwegs ein Gleichgewicht hergestellt.
Im Januar 1943, kurz vor Victor Henrys Besuch in der eingeschlossenen Stadt, gelang es Einheiten der Roten Armee, die die Stadt verteidigten, die Deutschen unter schrecklichen Verlusten zurückzudrängen und die Eisenbahnverbindung

wieder herzustellen. Damit war die Blockade gebrochen. Unter dem Krachen der deutschen Granaten wurde die Versorgung durch eine schmale Schneise, die ›Todeskorridor‹ genannt wurde, immer wieder aufs neue aufgenommen und von den deutschen Granaten immer wieder unterbrochen. Die Mehrzahl von Menschen und Material kam sicher hindurch, und auf diesem Weg gelangte auch Victor Henry in die Stadt. General Yevlenkos Flugzeug landete in der Nähe des befreiten Eisenbahndepots, in dem Victor Henry gewaltige Berge von Lebensmitteln mit amerikanischer Beschriftung sah; desgleichen große Mengen amerikanischer Jeeps und Armeelaster mit dem roten Stern an der Seite. Bei absoluter Verdunkelung fuhren sie mit dem Zug nach Leningrad hinein. Vor den Fenstern des Abteils flammte das Mündungsfeuer der deutschen Geschütze auf.

Das Frühstück in der eisigen Kaserne bestand aus Schwarzbrot, Rührei aus Eipulver und aufbereiteter Trockenmilch. Yevlenko und Pug aßen zusammen mit einer Schar junger Soldaten an langen Metalltischen. Mit einer Handbewegung auf die Eier sagte Yevlenko: »Leih- und Pacht-Lieferungen.«
»Ich kenne das Zeug.« Pug hatte an Bord der *Northampton* viel davon gegessen, als die Frischeier im Kühlraum verbraucht waren.
Die künstliche Hand wies auf die Soldaten. »Auch die Uniformen und Stiefel dieses Bataillons.«
»Wissen die Leute, was sie tragen?«
Yevlenko fragte den Soldaten, der neben ihm saß. »Ist das eine neue Uniform?«
»Jawohl, General.« Rasche Antwort, das gerötete junge Gesicht lebhaft und ernst. »Aus Amerika. Gutes Material, gute Uniform, General.«
Yevlenko sah zu Pug hinüber, der befriedigt nickte.
»Russischer Körper«, bemerkte Yevlenko; Pug lachte kurz auf.
Draußen wurde es hell. Ein Studebaker-Kommandowagen fuhr vor; die dicken Reifen sprühten Schnee hoch, der Fahrer salutierte. »Nun, sehen wir uns mal an, was aus meiner Vaterstadt geworden ist«, sagte Yevlenko, schlug den Kragen seines langen braunen Mantels hoch und setzte seine Pelzmütze auf.
Victor Henry hatte keine Ahnung, was ihn erwartete; vielleicht ein zweites trostloses Moskau, durch Feuer verwüstet und durch Bomben zerstört wie London. Die Wirklichkeit erschütterte ihn.
Bis auf die silbrigen Sperrballons, die heiter in der stillen Luft standen, schien sich in Leningrad kein Leben zu regen. Sauberer Schnee, nirgends von Fahrspuren zerrissen, bedeckte die von eindrucksvollen alten Bauten gesäumten Boulevards. Nirgends Menschen oder Autos. Es war wie an einem Sonntagmorgen daheim, doch Pug hatte sein Lebtag keine Feiertagsruhe erlebt

wie diese. Ein unheimliches Schweigen lag über allem; ein Schweigen, das nicht weiß war, sondern blau, vom Blau des aufhellenden Himmels, das sich im jungfräulichen Schnee fing und von ihm reflektiert wurde. Pug wußte nichts von den bezaubernden Kanälen und Brücken, hatte sich aber auch keine prächtigen Kathedralen, keine wunderbaren breiten Boulevards vorgestellt, die es mit den Champs-Elysées aufnehmen konnten und jetzt in kristallklarer Luft, von einer glitzernden Schneedecke eingehüllt, vor ihm lagen. Auch die vornehmen Häuser an den granitbefestigten Uferböschungen eines zugefrorenen Flusses, der breiter war als die Seine, beeindruckten ihn. Der ganze Atem, die Kraft, die Geschichte und der Ruhm Rußlands schien unversehens vor ihm aufzutauchen, als der Kommandowagen auf den überwältigenden Platz vorm Winterpalast hinausfuhr, dessen Fassade ihm majestätischer und eindrucksvoller erschien als die von Versailles. Er erinnerte sich aus Filmen aus der Revolutionszeit an diesen Platz, wo es hier von wogenden Menschenmengen und der Gardekavallerie des Zaren gewimmelt hatte. Jetzt lag er ausgestorben da. Nicht eine Radspur durchschnitt den Schnee.
Das Auto stoppte.
»Das ist die schönste Stadt, die ich je gesehen habe«, sagte Pug.
»Paris soll schöner sein, heißt es. Und Washington.«
»Es gibt keine schönere Stadt als diese.« Und impulsiv der Eingebung des Augenblicks nachgebend, fügte er noch hinzu: »Moskau ist ein Dorf dagegen.«
Yevlenko bedachte ihn mit einem eigentümlichen Blick.
»Beleidige ich damit irgend jemand? Ich habe nur gesagt, was ich denke.«
»Sehr undiplomatisch«, knurrte Yevlenko. Doch das Knurren hatte viel von einem Schnurren.
Im weiteren Verlauf des Tages bekam Pug viel von den Verheerungen zu sehen, die das Artilleriefeuer angerichtet hatte; zusammengestürzte Häuser, verbarrikadierte Straßen, Hunderte von notdürftig mit Brettern zugenagelte Fenster. Die Sonne ging auf, und der Schnee auf den Prachtstraßen blendete dermaßen, daß sie zeitweilig die Augen schließen mußten. Die Stadt erwachte zum Leben, insbesondere im südlichen Teil, dem den deutschen Linien näher gelegenen Industriegebiet. Hier waren die Schäden durch den Artilleriebeschuß schlimmer: ganze Häuserblocks waren ausgebrannt. Fußgänger bewegten sich in den freigeschaufelten Straßen, gelegentlich ratterte sogar eine Straßenbahn vorbei. An anderen Stellen herrschte dichter Verkehr von Militärlastern und Mannschaftswagen. Pug vernahm den immer wieder aufflackernden Donner der deutschen Geschütze. Die Hauswände trugen Beschriftungen wie: BÜRGER! BEI ARTILLERIEBESCHUSS IST DIESE STRASSENSEITE GEFÄHRLICHER. Gleichwohl ergab sich auch hier der

Eindruck einer fast leeren und nahezu friedlichen großen Stadt; spätere und mehr der rauhen Wirklichkeit entsprechende Eindrücke konnten Pug Henrys morgendliche Vision einer schlafenden Dornröschenstadt, einer verzauberten blauen Totenstadt nicht auslöschen.

Selbst die Kirow-Werke, in denen, wie Yevlenko sagte, Hochbetrieb herrschen werde, hatten etwas Trostloses. In einer der zerbombten Hallen standen reihenweise halb zusammengebaute Lastwagen unter den verkohlten Trümmern des Daches; Dutzende von Frauen in schwarzen Umschlagtüchern schafften geduldig den Schutt und die Trümmer fort. An einer Stelle herrschte wirklich Hochbetrieb: ein immenses Lager von Lastwagen unter freiem Himmel, nur geschützt durch ein riesiges Tarnnetz, das sich über ganze Häuserblocks erstreckte. Hier wurden unter Hochdruck Instandsetzungsarbeiten durchgeführt: Werkzeug klirrte, Arbeiter riefen durcheinander; hier wurde der Leih- und Pachtvertrag endlich Wirklichkeit. Was hier stand, war in Detroit, zehntausend Kilometer entfernt und auf der anderen Seite des U-Boot-Gürtels, vom Band gelaufen: zahllose schwer mitgenommene amerikanische Lastwagen. Yevlenko sagte, die meisten davon seien den Winter über auf der Eisstraße über den Ladoga-See eingesetzt gewesen. Jetzt jedoch werde das Eis brüchig; doch man brauche diese Route wahrscheinlich nicht mehr, da die Eisenbahnverbindung wieder frei sei. Nach Wiederinstandsetzung und Überholung sollten die Lastwagen im Mittel- und Südabschnitt der Front eingesetzt werden, wo die Deutschen durch große Gegenangriffe zurückgeworfen würden.

Danach fuhr Yevlenko mit ihm zu einem Flugplatz, umringt von Flakgeschützen, in denen Pug Batterien der US-Navy wiedererkannte. Russische Jagdflugzeuge vom Typ Yak und amerikanische Aircobras waren am Rande des Flugfeldes unter Tarnnetzen abgestellt.

»Mein Sohn fliegt eine solche Maschine«, sagte Yevlenko und schlug mit der Hand an die Kanzel einer Aircobra. »Ein gutes Flugzeug. Sie werden ihn kennenlernen, wenn wir nach Charkow kommen.«

Kurz vor Sonnenuntergang holten sie Yevlenkos Schwiegertochter ab, die als freiwillige Krankenschwester in einem Hospital Dienst tat. Das Auto rollte durch schweigende Straßen, die aussahen, als hätte ein Wirbelsturm sämtliche Häuser bis auf die niedrigen Grundmauern fortgeweht. All die Holzhäuser hier, erklärte Yevlenko, seien abgerissen und verheizt worden. Am Rand einer öden Fläche, auf der Reihen von Grabsteinen aus dem Schnee ragten, hielt der Wagen. Ein großer Teil des Friedhofs war wahllos mit Trümmerstücken markiert – hier ein zersplittertes Rohr, dort eine Latte, ein Stuhlbein – oder mit rohen Holz- oder Metallkreuzen gekennzeichnet. Yevlenko und seine

Schwiegertochter stiegen aus und suchten unter den Kreuzen. Dann kniete der General in der Ferne im Schnee.
»Nun, sie war fast achtzig«, sagte er zu Pug, als der Wagen den Friedhof verließ. Sein Gesicht war gefaßt, sein Mund eine bittere Linie. »Sie hat ein schweres Leben gehabt. Vor der Revolution war sie Zimmermädchen. Besonders gebildet war sie nicht. Aber sie schrieb Gedichte, schöne Gedichte. Vera hat ein paar, die sie kurz vor ihrem Tode geschrieben hat. Wir könnten jetzt in die Kaserne zurück, aber Vera lädt uns in ihre Wohnung ein. Was meinen Sie? In der Kaserne ist das Essen bestimmt besser. Die Soldaten bekommen das beste, was wir haben.«
»Das Essen spielt keine Rolle«, sagte Pug. Eine Einladung in eine russische Wohnung war etwas ganz Außergewöhnliches.
»Gut. Dann sehen Sie auch, wie die Leningrader heute leben.«
Vera lächelte Pug an, und trotz ihrer schlechten Zähne wirkte sie plötzlich weniger häßlich. Ihre Augen waren grün-blau, und eine reizvolle Herzlichkeit leuchtete aus ihrem früher wohl ein wenig fülligen Gesicht. Jetzt war es faltig, die Nase war sehr spitz und die Augenhöhlen dunkel.
In einem kaum beschädigten Viertel betraten sie ein dämmeriges Treppenhaus, in dem es nach verstopften Toiletten und Speiseöl roch, und stiegen dann vier völlig dunkle Treppen hinauf. Ein Schlüssel knarrte in einem Schloß, Vera zündete eine Petroleumlampe an, und in dem grünlichen Schimmer erblickte Pug einen winzigen Raum, vollgestopft mit einem Bett, zwei Stühlen, einem Tisch und einem Kachelofen, dessen Ofenrohr zu einem holzverschalten Fenster hinausführte. Hier drinnen war es kälter als draußen, wo gerade die Sonne untergegangen war. Vera machte Feuer, zerbrach eine Eisschicht auf einem Eimer und goß Wasser in einen Kessel. Aus einem Leinenbeutel, den er die Treppe heraufgetragen hatte, stellte der General eine Flasche Wodka auf dem Tisch. Pug war trotz der dicken Unterwäsche und der unförmigen Stiefel, trotz Handschuhen und Pullover durchgefroren und genoß es, mit dem General etliche Gläschen zu trinken.
Yevlenko deutete auf das Bett, auf dem er saß. »Hier ist sie gestorben und hat zwei Wochen tot dagelegen. Vera konnte keinen Sarg für sie auftreiben. Kein Holz. Es war sehr kalt, weit unter null Grad, und so konnte nichts passieren. Sie meinen vielleicht, es müsse grauenhaft gewesen sein. Aber Vera sagt, sie habe die ganze lange Zeit über ausgesehen, als ob sie friedlich schliefe. Selbstverständlich sind die alten Leute als erste gestorben, sie hatten ja nicht viel zuzusetzen.«
Es wurde rasch warm in dem kleinen Zimmer. Vera buk auf dem Ofen Pfannkuchen und legte den Schal und den pelzgefütterten Mantel ab. Jetzt trug

sie nur einen fadenscheinigen Pullover und einen Rock über dicken Hosen und Stiefeln. »Die Leute haben merkwürdige Sachen gegessen«, sagte sie ruhig. »Lederriemen. Den Kleister, den sie von den Tapeten kratzten. Sogar Hunde und Katzen, Ratten, Mäuse und Spatzen. Ich allerdings nicht – nichts dergleichen. Im Hospital hörten wir schreckliche Geschichten.« Sie deutete auf die Pfannkuchen, die auf dem Ofen zu brutzeln anfingen. »Die habe ich mit Sägemehl und Paraffin gebacken. Schrecklich war das, es wurde einem ganz übel davon, aber es füllte den Magen. Es gab zwar eine kleine Zuteilung an Brot, aber die habe ich Mama gegeben. Nach einer Weile hörte sie jedoch ganz auf zu essen, so teilnahmslos war sie.«

»Erzähl ihm das mit dem Sarg«, forderte Yevlenko sie auf.

»Unten im Haus wohnt ein Dichter«, sagte Vera und wandte sich den brutzelnden Pfannkuchen zu. »Er heiß Lyzukow und ist hier in Leningrad recht bekannt. Der hat seinen Schreibtisch auseinandergenommen und einen Sarg für Mama daraus gezimmert. Er hat immer noch keinen Schreibtisch.«

»Und das mit der Säuberungsaktion«, sagte der General.

Die Schwiegertochter wurde unversehens ärgerlich und fauchte den General an. »Captain Henry möchte nicht von diesen traurigen Sachen hören.«

Stockend sagte Pug: »Wenn es Sie traurig macht, sollten Sie nicht darüber sprechen. Aber es interessiert mich.«

»Gut, vielleicht später. Jetzt lassen Sie uns essen.« Sie deckte den Tisch.

Yevlenko nahm das Bild eines jungen Mannes in Uniform von der Wand. »Das ist mein Sohn.«

Das Licht der Petroleumlampe ließ ein gutes slavisches Gesicht erkennen: feingekräuseltes Haar, breite Stirn, hochsitzende Backenknochen und ein offener, kluger Gesichtsausdruck. »Stattlich«, sagte Pug.

»Wenn ich mich recht erinnere, haben Sie mir einmal erzählt, Sie hätten auch einen Sohn bei den Fliegern.«

»Ich hatte. Er ist bei der Schlacht um Midway gefallen.«

Yevlenko starrte ihn an und packte ihn dann mit der heilen Hand an der Schulter. Vera stellte eine Flasche Rotwein auf den Tisch, die sie dem Leinenbeutel entnommen hatte. Yevlenko entkorkte die Flasche. »Sein Name?«

»Warren.«

Der General erhob sich und schenkte drei Gläser voll. Auch Pug stand auf.

»Warren Viktorovich Genry«, sagte Yevlenko. Als Pug den dünnen, säuerlichen Wein trank, in diesem armseligen, nur vom Schein der Petroleumlampe erhellten Raum, der von der Ofenhitze allmählich stickig wurde, verspürte er – zum ersten Mal – bei dem Gedanken an Warrens Tod ein Gefühl,

das nicht nur reiner Schmerz war. Für einen Augenblick überbrückte der Tod den Abgrund zwischen zwei Welten, die einander so fremd waren. Yevlenko stellte das leere Glas hin. »Wir wissen von der Schlacht um Midway. Es war ein bedeutender Sieg der amerikanischen Flotte, der die Wende im Pazifik herbeiführte.«
Pug brachte kein Wort heraus. Er nickte.
Zu den Pfannkuchen gab es Würstchen und amerikanischen Obstsalat aus der Dose; beides hatte der General in seinem Beutel mitgebracht. Rasch leerten sie die Flasche Wein und öffneten eine zweite. Vera fing an, von der Belagerung zu erzählen. Am schlimmsten, berichtete sie, sei es gewesen, als im letzten Frühjahr der Schnee angefangen habe zu schmelzen. Überall seien Leichen zum Vorschein gekommen, Tote und Erfrorene, die monatelang unbeerdigt dagelegen hatten – Leute, die einfach auf der Straße zusammengebrochen und gestorben waren. Der Müll, die Trümmer und die Abfälle, die zusammen mit Tausenden von Leichen aufgetaucht seien, hätten eine grausige Situation geschaffen; überall habe es übelkeiterregend gerochen, und der Ausbruch einer Seuche habe drohend in der Luft gelegen. Die Behörden jedoch hätten jeden Bewohner eingesetzt, und durch eine gigantische Säuberungsaktion sei die Stadt gerettet worden. Man habe die Leichen in riesige Massengräber geworfen; viele seien identifiziert worden, viele nicht.
»Sehen Sie, es sind ganze Familien verhungert«, sagte Vera. »Oder es blieb nur ein einziger übrig, krank und apathisch. Es wurde eben niemand vermißt. Ach, man merkte es, wenn jemand bereit war zum Sterben. Es war die Apathie. Solange man sie ins Hospital bringen oder ins Bett stecken und ihnen was zu essen geben konnte, half das manchmal noch. Aber sie behaupteten einfach, es fehle ihnen nichts, und sie bestanden darauf, zur Arbeit zu gehen. Dann setzten sie sich auf dem Bürgersteig hin oder legten sich nieder und starben im Schnee.« Mit funkelnden Augen sah sie Yevlenko an, und ihre Stimme wurde ganz leise. »Oft genug hat man ihnen die Lebensmittelkarten gestohlen. Manche Menschen wurden zu reißenden Tieren.«
Yevlenko trank Wein und stellte das Glas heftig hin. »Ach, genug davon! Es sind schwere Fehler begangen worden. Krasse, dumme, unverzeihliche Fehler.«
Sie hatten genug getrunken, daß Pug sich ein Herz faßte, zu fragen: »Von wem?«
Augenblicklich dachte er, er hätte ein Verbrechen begangen. Yevlenko bedachte ihn mit einem häßlichen Blick und zeigte seine großen, gelben Zähne. »Eine Million alter Leute, Kinder und andere, die nicht ganz gesund waren, hätten evakuiert werden müssen. Als die Deutschen nur noch hundertfünfzig

Kilometer entfernt waren und die Bomber rund um die Uhr ihre Angriffe flogen, hätte man die Lebensmittelvorräte nicht in den alten hölzernen Speichern lassen dürfen. Die Vorräte für ein halbes Jahr sind in einer Nacht verbrannt. Tonnen von Zucker schmolzen und liefen auf die Erde. Die Leute haben diesen Dreck gegessen.«
»Ich auch«, sagte Vera. »Und ich habe dafür bezahlen müssen.«
»Die Menschen aßen Schlimmeres als das.« Yevlenko hatte sich erhoben. »Aber die Deutschen haben Leningrad nicht eingenommen. Moskau hat die Befehle gegeben, aber Leningrad hat sich selber gerettet.« Seine Rede klang gedämpft und undeutlich, und als er seinen Mantel überzog, wandte er Pug den Rücken zu, der meinte, noch zu hören, wie er hinzufügte: »Trotz der Befehle.« Er drehte sich um und sagte: »Nun, morgen geht's los, *Kapitan.* Sie werden ein paar Städte zu sehen bekommen, die die Deutschen eingenommen hatten.«

Yevlenko reiste mit beängstigendem Tempo. Die Ortsnamen gingen ineinander über – Tichwin, Rschew, Moshaisk, Wjasma, Tula, Liwny. Wie Städte aus dem Mittleren Westen der USA waren es Siedlungen auf einer großen, flachen Ebene unter einem riesigen Himmel, von denen eine so aussah wie die andere. Während sie Hunderte von Kilometern mit dem Flugzeug zurücklegten und nur landeten, um hier ein Hauptquartier, das in einem Dorf aufgeschlagen worden war, oder dort ein Depot von Panzern und Lastkraftwagen oder einen funktionierenden Flugplatz zu besuchen, erhielt Pug einen Eindruck von der russischen Front, gewaltig in ihrer Weite und erschütternd durch das Ausmaß der Zerstörung und des Todes.
Die Deutschen hatten das Prinzip der verbrannten Erde verfolgt. Was wert war, mitgenommen zu werden, hatten sie mitgenommen; was brannte, hatten sie angezündet; was nicht brannte, hatten sie gesprengt. Über Tausende und Abertausende von Quadratkilometern hatten sie das Land kahlgefressen wie die Heuschrecken. In Landstrichen, die sie schon vor längerer Zeit geräumt hatten, wuchsen neue Häuser in die Höhe. Wo sie erst vor kurzem hinausgeworfen worden waren, suchten in Lumpen gekleidete, ausgemergelte Bauern mit tiefliegenden Augen in den Trümmern herum oder bestatteten ihre Toten; oder sie standen an Feldküchen der Roten Armee Schlange und wurden unter freiem Himmel auf der flachen, verschneiten Ebene verpflegt.
Hier stand das Problem des Separatfriedens in großen Buchstaben unverhüllt über das verwüstete Land geschrieben. Daß die Russen die deutschen Eindringlinge haßten und verabscheuten, lag auf der Hand. Jedes Dorf, jede Stadt hatte ihre Schreckensgeschichten: Berichte von Greueltaten, Photos von Prügelstrafen, Erschießungen, Vergewaltigungen und Leichenhaufen. In ihrer

grauenhaften Wiederholung bewirkten die Bilder, daß man dagegen abstumpfte und sich langweilte. Daß die Russen Rache wollten, lag gleichfalls auf der Hand. Doch wenn die verhaßten Eindringlinge nach ein paar weiteren blutigen Niederlagen bereit wären, sowjetischen Boden zu verlassen und aufzuhören, diese Menschen zu quälen, und für den Schaden zu bezahlen, den sie angerichtet hatten – würde man den Russen dann einen Vorwurf daraus machen können, wenn sie Frieden schließen wollten?
Pug sah gewaltige Mengen an Leih- und Pacht-Material im Einsatz. Was am meisten ins Auge fiel, waren die Lastwagen. Sie waren überall. In einem Depot im Süden, in dem olivfarbene Laster, die noch nicht den Sowjetstern trugen, in langen Reihen nebeneinanderstanden, soweit das Auge reichte, sagte Yevlenko zu ihm: »Ihr habt uns auf Räder gestellt. Und das macht viel aus. Jetzt gehen den Deutschen die Räder kaputt, und sie kommen auf die Pferde zurück. Eines Tages werden sie die Pferde essen und dann zu Fuß aus Rußland verschwinden.«
In einem Armee-Hauptquartier in einer großen, an einem Fluß gelegenen Stadt namens Woronesch bekamen sie ein typisch russisches Abendessen: Kohlsuppe, Büchsenfisch und eine Art gebratener Grütze. Die Adjutanten hatten ihren eigenen Tisch. Yevlenko und Pug saßen allein. »Wir werden doch nicht nach Charkow fahren, *Kapitan Genry*«, sagte der General förmlich. »Die Deutschen unternehmen einen Gegenangriff.«
»Ändern Sie meinetwegen nicht Ihren Reiseplan.«
Yevlenko bedachte ihn mit jenem beunruhigenden Blick, den er von Leningrad her kannte. »Nun, es handelt sich um eine größere Offensive. Wir gehen statt dessen nach Stalingrad.«
»Es tut mir leid, daß ich Ihren Sohn nicht kennenlerne.«
»Sein Geschwader ist im Einsatz, wir würden ihn ohnehin nicht sehen. Er ist kein schlechter junger Mann. Vielleicht lernen Sie ihn ein andermal kennen.«

Aus der Luft gesehen, glich die Umgebung von Stalingrad einer Mondlandschaft. Riesige Bombenkrater, Tausende von Granattrichtern zerrissen eine verschneite Erde, besät mit Kriegsmaterial. Stalingrad selbst, das lang hingestreckt an einem breiten schwarzen Fluß lag, auf dem weiße Eisschollen trieben, nahm sich aus wie eine ausgegrabene antike Stadt ohne Dächer. Während Yevlenko und die Adjutanten auf die Ruinen hinabstarrten, mußte Pug an seine Gefühle denken, als er nach dem Angriff in Pearl Harbor gelandet war. Doch Honolulu war unbeschädigt geblieben; nur die Flotte hatte es getroffen. Keine Stadt auf amerikanischem Boden war so zerstört worden. In der Sowjetunion war das überall der Fall, am schlimmsten jedoch dort unten.

Und dennoch: als sie an ausgebrannten Hütten und Gebäuden, zusammengestürzten Ziegelbauten und Bergen von vernichtetem Kriegsmaterial vorbeifuhren, wirkten die Kolonnen von Arbeitern, die den Schutt wegräumten, gesund und guten Mutes. Fröhliche Kinder spielten in den Trümmern. Vieles erinnerte an die Deutschen, die abgezogen waren: Straßenschilder mit schwarzer Beschriftung, zerstörte Panzer, Geschütze und Kraftwagen, teils unter den Trümmern begraben, ein Soldatenfriedhof in einem kraternarbigen Park mit hölzernen Grabmarkierungen in der Form des Eisernen Kreuzes. Hoch oben an einer Mauer bemerkte Pug ein halbabgekratztes Propagandaplakat: ein deutsches Schulmädchen mit blonden Zöpfen, das vor einem zähnefletschenden Affen in der Uniform der Roten Armee kauerte, der mit behaarten Pranken nach ihren Brüsten griff.
Der Jeep hielt vor einem von Gewehrkugeln genarbten Gebäude an einem weiten Platz, um den herum alle anderen Gebäude zerbombt waren. Im Inneren war die sowjetische Verwaltung dabei, sich wieder einzurichten – mit Aktenordnern, klappernden Schreibmaschinen, graugesichtigen Männern an rohen Tischen und Frauen, die Tee brachten. Yevlenko sagte: »Heute habe ich viel zu tun. Ich werde Sie Gondin anvertrauen. Während der Schlacht war er Sekretär des Zentralkomitees. Er hat sechs Monate kaum geschlafen, und jetzt ist er ziemlich krank.«
Ein sehr großer, kräftig aussehender grauhaariger Mann in Uniform, im Gesicht tiefe Falten der Erschöpfung, saß unter einem Stalinbild an einem einfachen Tisch. Eine große haarige Faust auf der Tischplatte, sah er den Mann im blauen Marinemantel streitsüchtig an. Yevlenko stellte Victor Henry vor. Gondin maß den Fremden mit einem langen Blick, streckte dann das Kinn vor und fragte sardonisch: »*Sprechen Sie Deutsch?*«
»*Govaryu po-russki nemnogo* – ich spreche etwas Russisch«, entgegnete Pug sanft.
Der Beamte hob die Brauen und sah Yevlenko fragend an, der seine heile Hand auf Victor Henrys Schulter legte. »*Nash*«, sagte er. (»Einer von uns.«)
Pug vergaß das nie. Er begriff auch nie, was Yevlenko veranlaßt hatte, es zu sagen. Auf jeden Fall wirkte das Wort bei Gondin wie ein Zauberspruch. Zwei Stunden lang marschierte und fuhr er mit Pug durch die verwüstete Stadt, hinaus in die Berge, hinein in die Schluchten, die zum Fluß hintergingen, am Fluß entlang. Pug hatte Mühe, den raschen russischen Erklärungen Gondins über den Schlachtverlauf zu folgen, dem Wortschwall, mit dem er in steigender Erregung Namen von Kommandeuren, Nummern von Einheiten, Daten und einzelne Manöver herunterratterte. Gondin erlebte die Schlacht noch einmal, sonnte sich in ihr, und Victor Henry begriff, was der Mann ihm

erläutern wollte: daß die Verteidiger mit der Wolga im Rücken gekämpft hatten, daß sie von den Vorräten und von Nachschub und Verstärkungen gelebt hatten, die über den breiten Fluß oder übers Eis herangeschafft werden mußten. Die Kampflosung: *Es gibt kein Land östlich der Wolga;* das lähmende Entsetzen beim Anblick der Deutschen auf den Hügeln, auf Häuserdächern, in Bezirken, die sie in die Hand bekommen hatten, oder in den Panzern, die die Straßen entlangratterten; der furchtbare, ohrenbetäubende Kampf Haus um Haus oder Keller um Keller, bisweilen im Regen oder im Schneesturm unter ständigem Bomben- und Artilleriefeuer, Woche um Woche, Monat um Monat. In den Außenbezirken der Stadt stand die Niederlage der Deutschen in den Schnee geschrieben: kampfunfähige Panzer am Rand der Straßen, Selbstfahrlafetten, Haubitzen, Lastwagen und Kleinlaster, vor allem aber die in Feldgrau gekleideten Toten, die noch zu Tausenden wie Abfall über das von Bomben- und Granattrichtern zerrissene Land verstreut lagen. »Es ist eine gewaltige Aufgabe«, sagte Gondin. »Ich glaube, letzten Endes werden wir sie auf Haufen werfen und wie tote Ratten verbrennen müssen. Noch sind wir mit unseren eigenen Toten beschäftigt. Aber sie kommen nicht mehr zurück, um die ihren zu begraben.«

An diesem Abend erlebte Pug in einem Keller jene Art von Festmahl, wie die Russen es wohl überall und unter allen Umständen zu feiern verstehen: viele verschiedene Arten Fisch, Schwarzbrot und Weißbrot, Rotwein, Weißwein und endlos Wodka auf einfachen rohen Tischen. Die Schmausenden waren Offiziere der Roten Armee, Parteileute, rund fünfzehn Männer; die Vorstellung war rasch vorüber und spielte offensichtlich keine Rolle. Es war Yevlenkos Fest, und drei Themen beherrschten die ruhmselige Unterhaltung, die Lieder und die Trinksprüche: der Sieg bei Stalingrad, die Dankbarkeit für die amerikanischen Leih- und Pachtlieferungen, sind die zwingende Notwendigkeit, im Westen eine zweite Front zu errichten. Pug vermutete, daß seine Anwesenheit für diese hohen Tiere ein Vorwand war, sich ein wenig gehen zu lassen. Auch er trug an einer schweren Bürde von Gefühlen und innerer Spannung. Auch er ließ sich gehen; er aß und trank, als gäbe es kein Morgen. Am nächsten Morgen weckte ein Adjutant ihn in frostiger Dunkelheit; verschwommene Erinnerungen ließen ihn den brummenden Schädel schütteln. Wenn es kein Traum war, dann waren Yevlenko und er gemeinsam einen Korridor entlanggewankt, und Yevlenko hatte beim Abschied zu ihm gesagt: »Die Deutschen haben Charkow zurückerobert.«

Nach seiner Rundreise durch das kriegzerrissene Rußland kam Pug Moskau genauso unberührt, friedlich und heiter vor wie San Francisco – ungeachtet der

vielen halbfertigen und langsam verfallenen Gebäude, des spärlichen Verkehrs, der Schwierigkeiten, sich zurechtzufinden, der schmutzigen Eishügel an den Straßen und des Gesamteindrucks kriegsbedingter Vernachlässigung.
Der Botschafter war bester Laune. Die *Prawda* hatte den Stettinius-Bericht über die Leih- und Pachtlieferungen Wort für Wort abgedruckt, den Anfang sogar auf der Titelseite! Überall in der gesamten sowjetischen Presse erschienen plötzlich Artikel über das Thema Leih- und Pachtvertrag, und Radio Moskau brachte fast jeden Tag etwas darüber.
In Washington hatte der Senat der Fortschreibung des Vertrags einmütig zugestimmt; im Repräsentantenhaus war es nur zu wenigen Stimmenthaltungen gekommen. Standley wurde mit Glückwünschen überhäuft, weil er es gewagt hatte, den Mund aufzumachen. Der Präsident hatte den Journalisten gegenüber alles mit einem vielsagenden Scherz beiseitegefegt und gemeint, Admiräle neigten nun mal dazu, entweder zuwenig oder zuviel zu sagen. »Bei Gott, Pug, vielleicht fordert man für das, was ich getan habe, immer noch meinen Kopf, aber – bei Gott – es hat was genützt. Die werden es sich jetzt zweimal überlegen, ob sie uns nochmal wie dumme Jungen behandeln.«
So Standley in der behaglich warmen, schönen Bibliothek des Spaso House, bei ausgezeichnetem amerikanischen Kaffee, weißen Brötchen und Butter; leuchtende Augen in runzligem Gesicht, der hagere und sehnige Hals vor Freude gerötet. Er sprudelte das alles heraus, bevor Victor Henry auch nur ein Wort von seiner Rundreise berichten konnte. Pug erzählte auch nicht viel. Er werde seine Beobachtungen sofort zu Papier bringen, sagte er, und sie Standley dann vorlegen.
»Fein, Pug. Gut! Leningrad, Rschew, Woronesch, Stalingrad, ja? Mein Gott, da haben Sie aber eine Menge zu sehen bekommen! Wenn Faymonville nur nicht die Augen aus dem Kopf fallen! Da hockt er auf seinem Zauberkasten, mächtiger Gebieter über die Segnungen des Leih- und Pachtvertrages, erfährt kaum jemals, was wirklich geschieht – und dann kommen Sie und kriegen alles auf einmal serviert. Hervorragend, Pug!«
»Admiral, ich profitiere hier nur von der irrigen Annahme, daß ich jemand bin.«
»Bei Gott, Sie sind ja auch jemand! Geben Sie mir den Bericht so schnell wie möglich. Was sagen Sie übrigens dazu, daß die Deutschen Charkow zurückerobert haben? Dieser Wahnsinnsmensch Hitler hat neun Leben. Viele bedripste Gesichter bei den Russkis gestern abend in der schwedischen Botschaft.«
Unter den Briefen, die auf Pugs Schreibtisch lagen, erregte ein Umschlag vom Außenministerium seine Aufmerksamkeit: in der linken unteren Ecke stand

mit roter Tinte handschriftlich *Leslie Slote.* Zuerst jedoch las er Rhodas Brief. Der veränderte Ton nach der forschen Art ihrer bisherigen Briefe fiel auf. »*Ich habe mein Bestes getan, Dich glücklich zu machen, als Du hier warst, Pug. Ich war sehr glücklich, Gott weiß das. Aber ich weiß wirklich nicht mehr, wie Du zu mir stehst.*« Das war der Grundton einiger gedämpfter Seiten. Byron war durch Washington gekommen und hatte von Natalies Verlegung nach Baden-Baden berichtet. »*Es tut mir so leid, daß Du Byron verpaßt hast. Er ist ein Mann, jeder Zoll ein Mann! Du würdest stolz sein. Aber genau wie Du kann er schweigen, daß einem angst und bange wird. Selbst wenn Natalie heil und gesund mit dem Kind zurückkommt, was, wie Mr. Slote mir versichert, bestimmt der Fall sein wird, bin ich mir nicht sicher, ob sie es schafft, jemals wieder mit ihm zurechtzukommen. Er sorgt sich zu Tode wegen des Kindes und meint, sie hätte ihn im Stich gelassen.*«

Slotes Brief war auf längliche Bogen gelben Konzeptpapiers geschrieben. Die rote Tinte, für die keinerlei Erklärung abgegeben wurde, ließ den Inhalt noch sensationeller erscheinen als er vielleicht war.

1. März 1943

Lieber Captain Henry!
Wie gut, daß es die Diplomatenpost gibt. Ich habe ein paar Neuigkeiten für Sie und eine Bitte.
Zunächst die Bitte. Pam Tudsbury ist, wie Sie wissen, hier und arbeitet für den *London Observer.* Sie möchte nach Moskau, wo ja tatsächlich heutzutage all die großen Kriegsgeschichten zu finden sind. Sie hat vor einiger Zeit um ein Visum nachgesucht. Nichts zu machen. Pam sieht ihre Karriere als Journalistin nicht in den rosigsten Farben; dabei fängt sie an, sich wirklich für ihre Arbeit zu interessieren und möchte dabei bleiben.
Schlicht gesagt: können Sie etwas tun? Und wenn, wären Sie auch bereit dazu? Als ich Pam vorschlug, Ihnen zu schreiben, änderte sie plötzlich ihre Meinung und sagte, das komme überhaupt nicht in Frage, sie dächte nicht im Traum daran, Sie zu behelligen. Doch als ich Sie in Moskau in Aktion sah, hatte ich das Gefühl, Sie könnten es schaffen. Ich habe Pamela zwar gesagt, daß ich an Sie schreiben würde; doch daraufhin wurde sie puterrot im Gesicht und sagte: »Leslie, daß Du es mir nicht wagst! Ich will nichts davon hören!« Woraufhin ich an die sprichwörtliche Doppelzüngigkeit der Engländerin dachte und mir das mit »Oh ja, bitte, tu das!« übersetzte.
Man kann nie sicher sein, warum das Narkomindel sich taub stellt oder schmollt. Falls Sie versuchen wollen, dran zu drehen – vielleicht liegt es an

einigen vierzig Aircobras aus dem Leih- und Pachtvertrag. Diese Flugzeuge waren für die Sowjetunion bestimmt, doch gelang es den Engländern, sie für die Invasion in Nordafrika abzuzweigen. Lord Burne-Wilke hatte seine Hand dabei im Spiel. Auch möglich, daß es an was ganz anderem liegt. Ich erwähne es nur deshalb, weil Pam es vermutete.

Jetzt zu meinen Neuigkeiten. Der Versuch, Natalie und ihren Onkel aus Lourdes rauszuholen, hat nicht geklappt. Die Deutschen haben die ganze Gruppe nach Baden-Baden verlegt, was eindeutig gegen das internationale Recht verstößt. Dr. Jastrow ist vor etwa einem Monat gefährlich an einer Darmsache erkrankt, die eine Operation erforderlich machte. Die Operationsmöglichkeiten in Baden-Baden waren offensichtlich beschränkt. Ein Chirurg aus Frankfurt kam, sah ihn sich an und empfahl dann, ihn nach Paris zu bringen. Der beste Mann für eine solche Operation arbeitet dort im Amerikanischen Krankenhaus, hat man uns gesagt.

Das Schweizer Außenministerium hat das Ganze sehr reibungslos abgewickelt. Natalie, Dr. Jastrow und das Kind sind jetzt in Paris. Die Deutschen zeigten sich ganz anständig, als es darum ging, die drei zusammenzulassen. Offenbar bestand Lebensgefahr; es gab Komplikationen. Er ist zweimal operiert worden, und die Genesung schreitet nur langsam voran.

Paris muß für Natalie angenehmer sein als Baden-Baden. Sie steht unter Schweizer Schutz, und wir sind mit Frankreich nicht im Krieg. Es gibt auch noch andere Amerikaner, die unter besonderen Umständen in Paris leben und auf den großen Baden-Baden-Austausch warten, bei dem sie dann mitgehen sollen. Sie müssen sich ständig bei der Polizei melden, und so weiter, werden aber von den Franzosen sehr freundlich behandelt. Die Deutschen halten sich zurück, solange alles, was das Gesetz erfordert, erfüllt wird. Wenn Aaron und Natalie bis zum Austausch in Paris bleiben können, werden die anderen in Baden-Baden sie beneiden. Selbstverständlich ist da das Problem, daß sie Juden sind; ich kann nicht so tun, als gäbe das keinen Anlaß zur Sorge. Doch das war in Baden-Baden nicht anders, vielleicht sogar noch brennender. Kurz gesagt, ich mache mir zwar weiterhin Sorgen, doch mit etwas Glück sollte eigentlich alles gut gehen. Die Geschichte in Lourdes war einen Versuch wert, und ich bedaure, daß es nicht geklappt hat. Ich bin sehr beeindruckt von dem Gewicht, das Ihr Wort bei Harry Hopkins hat.

Byron habe ich gesehen, als er hier durch Washington fegte. Zum ersten Mal ist mir aufgefallen, daß er Ihnen ähnlich sieht. Früher hat er immer ausgesehen wie ein angehender Hollywood-Star. Auch mit Ihrer Frau habe ich lange telephoniert – wegen Natalie, was sie einigermaßen beruhigt hat. Natalies Mutter ruft mich jede Woche an, die Ärmste!

Von mir selbst gibt's nur wenig zu berichten, Gutes schon gar nicht, und deshalb will ich Sie damit nicht langweilen. Ich hoffe, Sie können etwas für Pamela tun. Sie ginge gern nach Moskau.

Freundliche Grüße
Ihr Leslie Slote

General Yevlenko stand nicht auf und schüttelte Pug auch nicht die Hand; er grüßte nur mit einem Nicken, wedelte seinen Adjutanten hinaus und wies mit der künstlichen Hand auf einen Stuhl. Erfrischungen waren diesmal nicht in Sicht.
»Ich danke Ihnen, daß Sie mich empfangen haben.«
Nicken.
»Ich freue mich auf die Statistik über das Leih- und Pacht-Material, die Sie mir geben wollten.«
»Sie ist noch nicht fertig. Ich sagte es Ihnen schon am Telephon.«
»Deswegen bin ich nicht hier. Vorige Woche erwähnten Sie den Journalisten, der zusammen mit mir an die Moskauer Front kam, Alistair Tudsbury.«
»Ja?«
»Er ist in Nordafrika durch eine Landmine getötet worden. Seine Tochter führt seine Arbeit fort. Sie hat Schwierigkeiten, ein Journalistenvisum für die Sowjetunion zu bekommen.«
Kühl und ungläubig lächelnd sagte Yevlenko: »*Kapitan Genry*, in der Angelegenheit müssen Sie sich an die Visa-Abteilung des Narkomindel wenden.«
Pug ließ sich von dieser einkalkulierten Abfuhr nicht einschüchtern. »Ich würde ihr gern helfen.«
»Sie ist eine *sehr gute* Freundin von Ihnen?« Verständiges Zwinkern von Mann zu Mann bei dem russischen Wort *osobaya*.
»Ja.«
»Vielleicht irre ich mich dann. Von den britischen Korrespondenten hier habe ich gehört, sie sei mit Lord Duncan Burne-Wilke verlobt.«
»Das stimmt. Trotzdem sind wir gute Freunde.«
Der General legte seine heile Hand auf die künstliche Prothese auf seinem Schreibtisch. Er hatte aufgesetzt, was Pug sein ›offizielles Gesicht‹ nannte: kein Lächeln, die Augen halb geschlossen, die Mundwinkel der fleischigen Lippen herabgezogen. So sah er für gewöhnlich aus, und so wirkte er angriffslustig. »Nun ja, wie ich gesagt habe, Visa fallen nicht in mein Ressort. Tut mir leid. Gibt es noch etwas?«

»Haben Sie von Ihrem Sohn aus Charkow gehört?«
»Noch nicht, nein. Vielen Dank für die Nachfrage«, erwiderte Yevlenko in einem Ton, der etwas Endgültiges hatte, und stand auf. »Sagen Sie, hat Ihr Botschafter immer noch das Gefühl, wir unterdrückten die Tatsachen des Leih- und Pachtvertrags?«
»Er ist äußerst befriedigt darüber, in welchem Maß das Thema in der sowjetischen Presse und im Rundfunk behandelt wird.«
»Gut. Selbstverständlich läßt man manches besser unter den Tisch fallen. Zum Beispiel, daß die Vereinigten Staaten ihre Zusage, im Rahmen des Vertrages Aircobras zu schicken, brechen und zusehen, daß die Briten sie für sich abzweigen, obwohl sie von unseren Geschwadern dringend gebraucht werden. Die Veröffentlichung solcher Dinge würde unseren Feinden nur Freude bereiten. Aber trotzdem, finden Sie nicht, daß solche Vertrauensbrüche zwischen Verbündeten eine sehr bedenkliche Sache sind?«
»Vorkommnisse dieser Art sind uns nicht bekannt.«
»Wirklich? Leih- und Pacht scheint doch Ihr Aufgabenbereich hier zu sein. Unsere britischen Freunde haben selbstverständlich Angst, die Sowjetunion zu stark werden zu lassen. Sie denken schon an die Zeit nach dem Krieg? Das ist sehr weitsichtig.« Yevlenko stand da, beide Hände auf die Platte seines Schreibtisches gestemmt, und knarrte diese sarkastischen Worte heraus. »Winston Churchill hat 1919 versucht, unsere sozialistische Revolution zu verhindern. Gewiß hat er seine geringe Meinung über unsere Regierungsform nicht geändert. Das ist höchst bedauerlich. Aber was wird inzwischen aus dem Krieg gegen Hitler? Sogar Churchill möchte diesen Krieg gewinnen. Unseligerweise besteht die einzige Möglichkeit, das zu tun, darin, daß man deutsche Soldaten tötet. Wie Sie sich selbst überzeugen konnten, haben wir unseren Anteil an deutschen Soldaten getötet. Die Engländer hingegen zeigen größte Zurückhaltung, wenn es darum geht, gegen deutsche Soldaten zu kämpfen. Diese Aircobras wurden zufälligerweise von Lord Duncan Burne-Wilke für die Landung in Nordafrika umdirigiert; da gab es keine deutschen Soldaten.«
Und jedesmal, wenn Yevlenko in dieser Tirade die Wörter *nemetskie soldati* – deutsche Soldaten – wiederholte, tat er es mit schier unerträglichem, schneidendem Haß und Hohn.
»Ich habe gesagt, davon ist mir nichts bekannt.« Pug reagierte rasch und entschieden. Er hatte seine Antwort wegen Pamelas Visum, doch die Sache ging weit darüber hinaus. »Wenn meine Regierung einen Vertrag gebrochen hat, so ist das eine ernste Angelegenheit. Was jedoch Premierminister Churchill betrifft, so haben die Engländer unter seiner Führung ein ganzes Jahr lang ganz auf sich allein gestellt gegen Deutschland gekämpft, während die

Sowjetunion Hitler mit Material belieferte. Bei El Alamein und anderswo haben sie ihren Anteil an deutschen Soldaten getötet. Ihre Tausend-Bomber-Angriffe auf Deutschland richten großen Schaden an und binden bei der Fliegerabwehr viele Soldaten. Ein Mißverständnis wie diese Angelegenheit mit den Aircobras sollte zwar nicht in der Öffentlichkeit bekannt, aber unter uns richtiggestellt werden. Der Leih- und Pachtvertrag muß trotz solcher Zwischenfälle und trotz unserer schweren Verluste weiterlaufen. Einer unserer Geleitzüge mit Leih- und Pacht-Material hat gerade jetzt den schlimmsten U-Bootangriff des ganzen Krieges über sich ergehen lassen müssen. Einundzwanzig Schiffe, versenkt von einem Rudel U-Boote. Tausende von amerikanischen und britischen Seeleuten, die im eisigen Wasser ertrunken sind, damit die Lieferungen aus dem Leih- und Pachtgesetz auch bei Ihnen anlangen.«
Yevlenkos Ton klang nicht mehr ganz so schneidend, als er fragte: »Haben Sie Harry Hopkins schon über Ihre Rundreise mit uns berichtet?«
»Mein Bericht ist noch nicht abgeschlossen. Ich werde noch eine Beschwerde wegen der Aircobras hinzufügen. Und Ihre statistische Zusammenfassung soll auch noch hinein.«
»Die haben Sie am Montag.«
»Vielen Dank.«
»Könnte ich dafür als Gegenleistung einen Durchschlag Ihres Berichts an Mr. Hopkins haben?«
»Den bringe ich Ihnen persönlich.«
Yevlenko reichte ihm die Linke.

Pug schrieb einen zwanzigseitigen Bericht. Admiral Standley, entzückt über eine solche Fülle von Informationen über den Leih- und Pachtvertrag, befahl, ihn zu vervielfältigen und nach einem bestimmten politischen Verteilerschlüssel zu versenden, unter anderem auch an den Präsidenten.
Außerdem schickte Pug einen handgeschriebenen Brief an Harry Hopkins. Er saß eines Abends noch spät auf und schrieb, ließ sich von kleinen Schlucken Wodka inspirieren, und hatte die Absicht, den Brief eine Stunde vorm Abflug des Kuriers in den Postsack zu stecken. Zwar war es ihm zuwider, Standley heimlich zu übergehen, doch gerade darin bestand ja seine Aufgabe, sofern mit seiner wenig definierten Stellung hier überhaupt eine Aufgabe verbunden war.

27. März 1943
Dear Mr. Hopkins –
Botschafter Standley schickt Ihnen und anderen meinen vertraulichen Bericht über eine einwöchige Inspektionsreise durch die Sowjetunion mit General Yuri Yevlenko. Alle Fakten stehen in dem Bericht. Hier folgen, wie gewünscht, einige Fußnoten aus der ›Kristallkugel‹.
Zum Leih- und Pachtvertrag: die Reise hat mich davon überzeugt, daß die Politik des Präsidenten, zu geben, ohne Gegenleistungen zu verlangen, die einzig vernünftige ist. Der Kongreß hat sich seiner würdig erwiesen, als er zu erkennen gab, wie gut er das verstanden hat. Selbst wenn die Russen nicht große Mengen unserer Feinde umbrächten, wäre es kleinlich, unsere Hilfe an Bedingungen zu knüpfen. Einmal wird dieser Krieg ein Ende haben, und dann werden wir mit der Sowjetunion leben müssen. Wenn wir jetzt anfangen, um den Preis eines Rettungsrings zu feilschen, ehe wir ihn einem Ertrinkenden zuwerfen, würde der zwar bezahlen, was man verlangte; aber vergessen würde er es nie.
Wie ich es sehe, sind die Russen dabei, dem Hitlerregime das Rückgrat zu brechen, aber zu einem furchtbaren Preis. Ich male mir immer wieder aus, daß die Japaner an unserer Pazifikküste an Land stürmten, den halben Kontinent überschwemmten, dabei zwanzig Millionen Amerikaner umbrächten oder gefangennähmen, ein paar Millionen Amerikaner zur Sklavenarbeit nach Nippon verschleppten und überall Zerstörung säten und Greueltaten verübten. Das ist ungefähr, was die Russen durchgemacht haben. Daß sie nicht schlapp gemacht, sondern zurückgeschlagen haben, ist erstaunlich. Ohne Zweifel hat der Leih- und Pachtvertrag dazu beigetragen, aber einem Volk ohne große innere Kraft hätte auch das nicht geholfen. General Yevlenko hat mir Soldaten in neuen Uniformen gezeigt, welche wir ihnen geschickt haben, und dazu lapidar bemerkt: Russische Körper. Dies, scheint mir, ist das erste und letzte Wort, das über den Leih- und Pachtvertrag gesagt werden kann.
Ebenso erstaunlich sind jedoch die deutschen Kriegsanstrengungen. Wir sehen diese Dinge auf Karten und lesen darüber; es ist aber etwas ganz anderes, anderthalbtausend Kilometer über die Frontlinie zu fliegen und die Wirklichkeit zu erleben. Wenn man bedenkt, daß Hitler außerdem von Norwegen bis zu den Pyrenäen noch große Streitkräfte in Westeuropa unterhält, in Nordafrika massive Unternehmungen durchführt und einen U-Bootkrieg großen Stils führt – und daß ich nicht einmal bis zum Kaukasus hinuntergekommen bin, wo sich noch einmal eine riesige Front erstreckt –, wenn man all das bedenkt, ist dieser unablässige Ansturm auf ein Land, das zehnmal so groß ist wie Deutschland, mit einer doppelt so großen Bevölkerung, hochindustrialisiert

und militärisch ausgerichtet, zum Erschrecken. Vielleicht ist es die bemerkenswerteste (und hassenswerteste) militärische Leistung in der Geschichte. Könnten wir und die Briten diese ungeheure, raubgierige Kraft ohne Rußland vernichten? Auch hier wieder halte ich die Politik des Präsidenten, die Sowjetunion bei der Stange zu halten, für die einzig vernünftige.

Damit komme ich zur Frage eines möglichen Separatfriedens, zu der Sie meine Meinung hören wollten. Leider übersteigt die Sowjetunion mein Fassungsvermögen – das russische Volk, die Regierung, die Gesellschaftsphilosophie, überhaupt alles. Und damit stehe ich nicht allein da.

Ich habe nicht das Gefühl, daß die Russen ihre kommunistische Regierung lieben oder auch nur gern sähen. Sie ist ihnen durch die Wechselfälle einer mißlungenen Revolution beschert worden. Trotz des Propagandamantels, der alles zudeckt, scheinen sie zu spüren, daß Stalin und seine brutale Clique zu Anfang des Krieges alles verpatzt haben und daß der Krieg ums Haar verloren gewesen wäre. Vielleicht wird dieses große und geduldige Volk eines Tages mit dem Regime abrechnen, wie es das mit den Romanows getan hat. Bis dahin bleibt Stalin im Sattel und läßt sie die harte, vorwärtstreibende Hand spüren, die sie brauchen. Es ist möglich, daß er sich entscheidet, einen Separatfrieden zu schließen. Das Volk wird gehorchen. Kein Mensch wird gegen Stalin aufmucken, seit die Deutschen hier gehaust haben.

Im Moment wäre ein solcher Sonderfrieden eine perfide Sache; doch wenn ich unter Russen bin, spüre ich so etwas wie Perfidie nicht und fürchte sie auch nicht. Kriegsmüdigkeit ist etwas anderes. Die Spannkraft der Deutschen, die sich jetzt wieder in der Rückeroberung von Charkow gezeigt hat, ist geradezu unheimlich. Ich frage mich, warum die russischen Behörden mir diese ungewöhnliche Fahrt gestattet haben. Und warum hat General Yevlenko mich in die ärmliche Behausung seiner Schwiegertochter in Leningrad eingeladen und sie aufgefordert, mir Schauergeschichten über die Belagerung zu erzählen? Vielleicht, um uns mit unseren Klagen über die Undankbarkeit der Russen ins Unrecht zu setzen. Vielleicht aber auch, um mir mit aller Deutlichkeit klarzumachen – denn wie ich in meinem Bericht deutlich gemacht habe, bin ich hier als *Ihr* inoffizieller Vertreter behandelt worden –, daß das Durchhaltevermögen und die Leidensfähigkeit der Russen auch Grenzen haben. Die manchmal subtilen, doch im allgemeinen recht unverblümten Hinweise auf eine zweite Front in Europa sind nicht zu überhören.

Ich habe im Pazifik selbst eine ziemlich grausame Kriegsführung erlebt, doch das war und ist im großen und ganzen ein Krieg zwischen Profis. Hier jedoch ist es ein wirklich totaler Krieg – zwei Völker, die sich gegenseitig an die Gurgel wollen. Die Russen kämpfen nicht um ihr Leben, um uns einen Gefallen zu

251

tun; nur wirkt es sich auf diese Weise aus. Der Leih- und Pachtvertrag ist eine außerordentlich kluge und große Politik. Nur: die Entscheidung eines Krieges fällt auf dem Schlachtfeld; und ohne Hoffnung auf Erlösung können Menschen nur ein bestimmtes Maß davon ertragen.
Was meine ›Kristallkugel‹ mir sagt, ist im Grunde eine Binsenweisheit: wenn wir die Russen davon überzeugen können, daß es uns mit einer zweiten Front im Westen ernst ist, und wenn sie bald kommt, brauchen wir uns wegen eines Separatfriedens im Osten keine Sorgen mehr zu machen. Sonst allerdings ist das Risiko groß.

Mit freundlichen Grüßen
Victor Henry

»Die Sache mit den Aircobras habe ich auf den Seiten siebzehn und achtzehn zur Sprache gebracht«, sagte Pug.
Ein Wochenende war vergangen. Er und Yevlenko tauschten Papiere aus: eine Durchschrift seines Berichts an Yevlenko, ein dickes, gebundenes Dokument an ihn. Pig blätterte Yevlenkos Zusammenfassung durch – Seiten um Seiten mit Zahlen, graphischen Darstellungen und Erklärungen in russischer Sprache.
»Nun, selbstverständlich kann ich Ihren Bericht nicht selbst lesen.« Yevlenko hatte zwar einen Plauderton angeschlagen, doch schien er es eilig zu haben. Er ließ den Bericht in die Reisemappe auf seinem Schreibtisch gleiten; sein pelzgefütterter Mantel und ein Koffer lagen auf dem Sofa. »Ich bin im Begriff, an die Front im Süden zu fliegen; mein Adjutant wird mir im Flugzeug eine Stegreifübersetzung vorlesen.«
»General, ich habe außerdem einen persönlichen Brief an Harry Hopkins geschrieben.« Pug zog noch mehr Blätter aus seiner Aktenmappe. »Ich habe ihn selbst für Sie ins Russische übersetzt, obwohl ich dabei auf Wörterbuch und Grammatik angewiesen war.«
»Wozu? Wir haben ausgezeichnete Übersetzer.«
»Wir auch. Aber ich möchte keine Kopie bei Ihnen zurücklassen. Wenn Sie einverstanden sind, ihn durchzulesen und ihn mir dann zurückzugeben – damit wäre ich einverstanden.«
Yevlenko schien erstaunt, seine Miene verriet Argwohn; dann jedoch bedachte er Pug mit einem breiten, gönnerhaften Lächeln. »Nun, das nenne ich vorsichtige Geheimniskrämerei, wie man sie uns Russen so oft vorwirft.«
Pug sagte: »Vielleicht ist das ansteckend.«
»Leider habe ich im Augenblick sehr wenig Zeit, *Kapitan Genry*.«

»In dem Falle stehe ich Ihnen bei Ihrer Rückkehr gern zur Verfügung.«
Yevlenko griff nach dem Telephon und knurrte ein paar hastige Worte hinein; dann legte er auf und streckte die Hand aus. Pug reichte ihm den übersetzten Brief. Yevlenko zündete sich eine Zigarette an, immer noch das schiefe Grinsen im Gesicht, und fing an zu lesen. Das Lächeln verschwand. Ein paarmal schoß er Pug jenen häßlichen Blick zu, wie Pug ihn zum erstenmal in der Wohnung seiner Schwiegertochter in Leningrad erlebt hatte. Nachdem er die letzte Seite umgeblättert hatte, saß er da und starrte den Brief an. Dann reichte er ihn Pug zurück. Sein Gesichtsausdruck verriet nichts. »Sie müssen noch an Ihren russischen Verben arbeiten.«
»Falls Sie irgend etwas zu bemerken haben – ich würde es gern Harry Hopkins übermitteln.«
»Vielleicht gefällt Ihnen gar nicht, was ich zu bemerken habe.«
»Das spielt keine Rolle.«
»Ihr politisches Verständnis der Sowjetunion ist sehr oberflächlich, mit Vorurteilen belastet und uninformiert. Aber jetzt muß ich gehen.« Yevlenko stand auf. »Sie haben sich nach meinem Sohn in Charkow erkundigt. Wir haben von ihm gehört. Es ist alles in Ordnung mit ihm.«
»Das freut mich von Herzen.«
Yevlenko schnarrte einen Befehl ins Telephon und schlüpfte dann mit der Prothese zuerst in seinen Mantel. Ein Adjutant trat ein und bemächtigte sich seines Gepäcks. »Was Miß Pamela Tudsbury betrifft – ihr Visum ist ausgestellt worden. Der Fahrer bringt Sie zurück in Ihre Wohnung. Auf Wiedersehen.«
»Auf Wiedersehen«, sagte Pug, viel zu überrumpelt, um auf die Nachricht über Pamela reagieren zu können. Er meinte, Yevlenko wollte ihm die gesunde Hand reichen, doch die fuhr bis zu seiner Schulter hinauf und drückte sie ganz kurz, aber so heftig, daß es fast schmerzte. Dann ging Yevlenko.

18

Keine Lokomotive wird jemals über die Schienen fahren, mit denen Berel Jastrow, Samuel Mutterperl und die anderen Juden vom Sonderkommando 1005 umgehen; auch sind die schweren Schwellen, die in der Nähe gestapelt sind, nicht dazu bestimmt, das Gewicht rollender Züge zu tragen. Schienen und Schwellen sollten ursprünglich für Straßenausbesserungsarbeiten dienen. Aber Standartenführer Blobel hat eine andere Verwendung für sie gefunden. Seit Morgengrauen ist das Kommando bei der Arbeit und hat den Stahlrahmen zusammengebaut. Dieser Rahmen ist das Geheimnis des Kommandos 1005. Für einen Mann wie Blobel, der im Zivilberuf Architekt war, stellte es keine Schwierigkeit dar, ihn zu entwerfen, zu bauen und nun auch zu verwenden. Nur leuchten den Dickschädeln in Auschwitz und in den anderen Lagern die Vorteile nicht ein. Blobel hat Blaupausen seines Entwurfs an die Lagerkommandanten geschickt. Bis jetzt zeigten sie nur wenig Interesse; nur dieser Höß von Auschwitz hat angedeutet, daß er es mal damit versuchen wolle. Der Rahmen stellt die Antwort auf das Leichenbeseitigungsproblem dar, um dessentwillen er so laut jammert, so viele Ausflüchte macht, und das im Grunde ein ernstes gesundheitliches Problem darstellt. Nur hat der Kerl offenbar nicht kapiert, um was es ging, als Blobel es ihm beschrieb; er hatte Angst, seine Beschränktheit zuzugeben und deshalb nur genickt und gelächelt und die Sache einfach weitergegeben. Nichts weiter als ein alter KZ-Hengst – ohne jede Bildung und ohne einen Funken Phantasie.

Heute morgen ist Standartenführer Blobel zur Stelle, als die Arbeit beginnt. Das ist ungewöhnlich. Was er haben wollte, hat er klipp und klar gesagt, und dieser letzte Arbeitstrupp von Auschwitz – endlich mal ein paar Juden, die was aushalten, schwer arbeitende Leute und Vorarbeiter mit Köpfchen – hat schnell begriffen, um was es geht. Für gewöhnlich sitzt Blobel um diese Stunde in seinem Wagen oder in seiner Wohnung in der Stadt, falls der Arbeitsplatz nicht allzu weit entfernt ist, und trinkt Schnaps, um die Morgenkühle zu vertreiben. Auf diesem Posten ist man einsam, alles wiederholt sich, ist langweilig und setzt dem Nervensystem verdammt hart zu. Die SS-Männer bekommen ihre Schnapszuteilung am Abend; tagsüber, während der Arbeitszeit, sollen sie ein Auge auf die Juden haben. Die Fluchtrate liegt hoch, höher jedenfalls, als Blobel nach Berlin meldet. Offizier zu sein, hat seine Vorteile, und für gewöhnlich beginnt Standartenführer Blobel seinen Tag mit ein paar Gläschen, doch heute ist ein besonderer Tag. Er ist stocknüchtern. Gestern wurde die Grube geöffnet. Glücklicherweise ist in der Nacht nur wenig Schnee gefallen. Da liegen die Leichen in Reihen, nur mit einer dünnen Schneeschicht bedeckt. Eine mittelgroße Aufgabe, vielleicht zweitausend. Der Geruch ist wie immer widerwärtig, aber Kälte und Schnee drücken ihn weg, und der Rahmen steht auf der windabgekehrten Seite, das hilft. Blobel freut sich, wie schnell der Rahmen wächst. Der jüdische Vorarbeiter, ›Sam‹, hatte eine gute Idee: nämlich Nummern in die Schienen zu schneiden, damit man weiß, wohin was gehört. Da steht er jetzt, verschraubt und verstrebt, fertig; in einer knappen halben Stunde kann man anfangen – ein langgestrecktes Gerüst aus Eisenbahnschienen, die mit stählernen Querstreben zusammengehalten werden, wie ein Gleisabschnitt auf Stelzen. Und dann der Scheiterhaufen: eine Lage hölzerner Bahnschwellen, eine Reihe Leichen und ölgetränkter Lumpen, Holz, Leichen, Holz, Leichen, und obendrauf eine Reihe schwerer Stahlträger, um das Ganze zu halten, bis sämtliche Leichen aus dem Loch raus sind oder der Scheiterhaufen umzukippen droht, weil er zu hoch ist.

Was Blobel sich anzusehen gekommen ist, ist das neue Durchsuchungsverfahren. Die Fledderei ist außer Kontrolle geraten. Hier handelt es sich um frühe Gräber im Bezirk Minsk, noch von den Erschießungen aus dem Jahre 1941 her. Damals wußte noch kein Mensch, wie man das macht. Man hat die Juden einfach zu Hunderttausenden hinausgeführt, erschossen und in ihren Kleidern verscharrt, ohne auch nur an eine Durchsuchung zu denken. Ringe, Uhren, Goldmünzen, altes Papiergeld (darunter viele amerikanische Dollars), verklebt von gestocktem Blut, aber immer noch zu verwenden, finden sich in diesen Massengräbern in ganz Weißrußland. In After und Scheide dieses jüdischen Abschaums findet man womöglich wertvolle Steine; nicht gerade ein Spaß, danach zu suchen, aber es lohnt sich. Hier und da haben Einheimische die Gräber bereits geplündert; um sie davon abzuhalten, hat Blobel ein paar Jugendliche, die offenbar Anlagen zu solcher Leichenschänderei hatten, erschießen lassen müssen. Deutschland braucht allen Reichtum, dessen es habhaft werden kann, um dieses welthistorische Ringen fortzusetzen. In der Heimat sammeln sie Töpfe und Pfannen für den Führer; dabei liegen hier die eigentlichen Schätze verborgen, inmitten dieses halb vermoderten Drecks, den man verbrennen muß.

Bis heute ist nur nach Zufall und Laune nach diesem Schatz gesucht, eine Menge wertvoller Dinge sorglos den Flammen überantwortet worden; ein Teil ist auch in den Taschen der unteren SS-Chargen verschwunden; manche Juden in ihrer jiddischen Habgier haben die Stirn gehabt, sich daran zu bereichern, so daß man sie mit Beute erwischt hat. Blobel hat den Verdacht, daß viele Ausbrüche nur deshalb gelungen sind, weil man die Wachen mit Schmuck und Geld bestochen hat; bei dieser harten Aufgabe gehen SS-Moral und -Erziehung rasch in die Binsen. Er hat ein Exempel statuieren und sieben kerngesunde Juden erschießen lassen müssen, die ihm jetzt bei der Arbeit fehlen.

Er sieht zu, wie das neue System ausprobiert wird. Ausgezeichnet! Juden durchsuchen die Leichen, Juden sammeln die Ausbeute ein, Juden legen Listen darüber an, Juden brechen den Toten mit Zangen die Goldzähne aus. Unter der Aufsicht der SS machen sie sich jetzt daran, die Leichen zu bearbeiten, die herausgereicht und in Reihen im Schnee nebeneinandergelegt werden. Die Leitung liegt in der Hand von Obersturmführer Greiser. Dieser junge Bursche wird jetzt nichts anderes tun, als sich um die ›wirtschaftliche Verwertung‹ kümmern, wie Blobel es genannt hat, und zwar solange, wie das Sonderkommando 1005 die Massengräber des Jahres 1941 öffnet und unkenntlich macht. Greiser ist ein gut aussehender, von Idealen beseelter Mann aus Breslau, der genau zur SS paßt und mit dem Blobel sich gern unterhält – ein ehemaliger Buchhalter, der Wirtschaftswissenschaften studiert hat; man kann sich darauf verlassen, daß er seine Sache gut macht. Das Sonderkommando 1005 wird eine Menge von diesem Zeugs an die Zentralbank in Berlin abliefern, was wiederum in Blobels Personalpapieren, die für die Beförderung so wichtig sind, gebührend vermerkt werden wird.

Der Durchsuchung wegen zieht das Ganze sich natürlich in die Länge, wenn auch nicht so sehr, wie er befürchtet hatte. Die meisten von den Leuten waren bettelarm und hatten nichts bei sich. Das Dumme ist nur, daß man nie weiß, wann man auf einen Reichen stößt. Der Befehl des Standartenführers lautet: »*Alle werden durchsucht, auch die Kinder!*« Ist ja ein alter Trick von diesen Jidden, Kinder wertvolle Dinge am Leib tragen zu lassen und sie auf diese Weise zu verbergen.

Nun ja, immerhin etwas geschafft!

Sie sind fertig. Die Leichen der Erschossenen sind mit dem Holz von den Eisenbahnschwellen und den Schienen aufeinandergestapelt worden. Als die Juden die Leitern raufklettern, um Altöl und Benzin über das Ganze zu gießen, winkt Blobel seinem Chauffeur. Benzin für die Verbrennungen zu bekommen, ist ein echtes Problem. Die Wehrmacht wird immer knauseriger; auch stellt sie nie genug Soldaten zur Verfügung, das Gelände, auf dem gearbeitet wird, abzuschirmen. Aber ohne Benzin brennt das Zeug nicht. Es kann vorkommen, daß ein solcher Scheiterhaufen tagelang schwelt, und das ist scheußlich. Heute ist jedoch genug Benzin vorhanden. Von einem Augenblick zum anderen geht dieser Stapel von über tausend Juden, die schon lange unter der Erde gelegen haben, in eine riesige lodernde Fackel auf. Der Anprall der Hitze ist so plötzlich, daß Blobel ein paar Schritte zurückweichen muß.

Er kehrt zu seinem Dienstwagen zurück, kippt ein paar Gläschen Schnaps und entwirft einen Bericht über sein Vorgehen, der nach Berlin gehen soll. Es zahlt sich aus, solche Dinge schriftlich festzuhalten. Kein Mensch sonst kann Anspruch darauf erheben, der Erfinder des Gerüsts zu sein; darüber hat er einen ausführlichen Bericht verfaßt und besonders darauf hingewiesen, daß das Hauptproblem bei der Verbrennung von Leichen, insbesondere von alten, darin besteht, genug Sauerstoff an das Brennmaterial heranzuführen. Diese offenen Gruben in Auschwitz – nun, auch er hat offene Glühgruben benutzt: das geht langsam, ist bei Nacht weithin sichtbar, und man benötigt die vierfache Menge an Öl und Benzin als bei seinem Gestell – einfach deshalb, weil kein Sauerstoff dort hinunterkommt. Die Glühgruben in Chelmno haben drei Tage hindurch kirschrot gebrannt, und hinterher hatte man immer noch das Problem mit den Knochen. Alles, was er zu dem Thema Gruben sagen kann, ist, daß Gruben besser sind als Krematorien.

Vergeblich hat er sich gegen die Krematorien von Auschwitz den Mund fusselig geredet, und dann hat er es aufgegeben. Er versteht von dieser Sache mehr als jeder andere – aber was soll's? Die Idee mit den Gaskammern war gut, denn damit kann man reibungslos große Mengen beseitigen; nur haben die Dummköpfe, die die Gaskammern entworfen haben, sie so groß gemacht, daß man viermal soviel Juden vergasen als verbrennen kann. In Spitzenzeiten ergibt das ein furchtbares Durcheinander. Aber sollen diese Klugscheißer in Berlin doch Geld ausgeben und knappes Material und Gerät verschwenden. Sollen sie doch selbst dahinterkommen, daß keine Schornsteinauskleidung die Hitze aufhält, die bei der Verbrennung von Hunderttausenden von Leichen entsteht, wo Hunderte von Kubikmetern toten Fleisches rund um die Uhr verbrennen. Mit diesen großen und komplizierten Einrichtungen wird man nichts als Schwierigkeiten haben. Der Gipfel der Torheit: Laienarchitektur und laienhafte Beseitigungsmethoden. Bürokraten, die Tausende von Kilometern vom Ort des Geschehens entfernt sitzen und wunderschöne Installationen zusammenträumen! Alles, was sie brauchen, ist viel von Gottes freier Luft – und Paul Blobels Gerüst!

Je nach Wind dauert die Verbrennungszeit bei einem Gerüst zwischen zwei bis zehn Stunden. Ein paar Juden beaufsichtigen den knisternden Scheiterhaufen mit Mistforken. Andere, darunter Jastrow und Mutterperl, arbeiten unten in der langen, schmalen Grube und reichen die Leichen hinauf. Es fängt wieder an zu schneien. Schwarzer Rauch und rote Flammen steigen im weißen fallenden Schnee empor – ein wunderschöner Anblick, falls ein Auge hier für etwas wie Schönheit empfänglich ist. Aber die rund vierzig SS-Leute, die – den Karabiner in der Hand – einen Kreis um sie gebildet haben, langweilen sich, frieren und warten darauf, abgelöst zu werden; die Juden – soweit sie noch so klar bei Verstand sind, daß sie merken, was vorgeht – werden angetrieben und sind beschäftigt.

Viele dieser Juden sind mittlerweile harmlose Irre. Sie arbeiten, weil sie etwas zu essen bekommen, wenn sie es tun, und Hunger und Prügel erdulden müssen, wenn sie es nicht tun. Tagein, tagaus widerliche Massengräber von halbverwesten Leichen aufzudecken, in sie hineinzusteigen, ausgedörrte, halbvermoderte Leichen anzufassen, die einem in der lederbehandschuhten Hand auseinandergehen, aus denen fette Würmer herausfallen, die gemordeten jüdischen Brüder aufeinanderzustapeln und sie in Brand zu setzen – all das ging über ihre Kraft. Geist und Seele haben nachgegeben, sind auseinandergefallen wie die Leichen. Diese willfährigen, wahnsinnigen Automaten, die längst den Verstand verloren haben, machen ihren Bewachern nicht mehr Schwierigkeiten als Herdenvieh; und so werden die SS-Leute auch mit dem Arbeitskommando fertig: mit Hilfe von Schreien und Hunden.

Aber nicht alle haben Seele und Verstand verloren. Es gibt noch Leute mit einem ungeheuer zähen Überlebenswillen. Auch sie gehorchen den SS-Leuten, freilich aus Selbstschutz, mit hellwachen Augen und Ohren. Für Jastrow und Mutterperl hat die Tatsache, daß sie unten in der Grube arbeiten, auch Vorteile – sobald man sich innerlich dagegen gewappnet hat, den ganzen Tag lang schlaffe Leichen mit offenen Mündern anzufassen und mit ihnen zu hantieren. Die SS erlaubt einem, ein Tuch vor Mund und Nase zu binden, und die Wachen, die keine große Lust verspüren, den Anblick und den Geruch der Leichen zu ertragen, stehen in beträchtlicher Entfernung um die Löcher herum. Sklavenarbeiter kann man ohne Anruf erschießen, wenn sie bei ihrer Arbeit miteinander reden, doch Jastrow und Mutterperl führen hinter ihren Masken lange Gespräche.

Heute fechten sie wieder mal einen alten Streit aus. Berel Jastrow ist gegen einen Versuch, von hier zu fliehen. Gewiß, er kennt die Wälder, er kennt Wege und Verstecke von Partisanen, er erinnert sich sogar noch an alte Losungsworte; und genau das führt Samuel Mutterperl ins Feld: daß Jastrow sich hier auskennt wie in seiner Westentasche, und daß es sich daher lohnt, einen Versuch zu machen.

Doch Berel denkt weiter voraus. Es geht nicht darum, in die Wälder zu fliehen und nur die nackte Haut zu retten. Es geht darum, Photographien und Dokumente über Auschwitz nach Prag zu bringen, wo der organisierte Widerstand das Material hinausschaffen kann in die Welt draußen, insbesondere zu den Amerikanern. Doch das Kommando 1005 hat sich immer weiter von Prag entfernt. Wenn sie hier fliehen, werden sie sich durch ganz Polen durch die Wälder schlagen müssen, hinter den deutschen Linien. Einige der Polen sind in Ordnung, doch viele ihrer Partisanengruppen in den Wäldern sind den Juden gegenüber so unfreundlich eingestellt, daß sie sie auch umbringen; und den Polen in den Dörfern ist es jederzeit zuzutrauen, daß sie Juden bei den Deutschen denunzieren. Berel hat gehört, wie die SS-Offiziere sich darüber unterhielten, daß das Kommando 1005 in allernächster Zukunft in die Ukraine verlegt werden soll. Damit hätte man sich Prag um viele hundert Kilometer genähert. Mutterperl mag sich jedoch nicht auf das SS-Gerede verlassen. Vielleicht werden sie überhaupt nicht verlegt. Er möchte handeln. Er ist derjenige, der, während sie sich die Reihe entlangarbeiten, am meisten redet. Sie heben jede Leiche mit soviel Ehrfurcht hoch, wie sie können, reichen sie an die oben wartenden Hände weiter oder geben den Obenstehenden ein Zeichen, ein Segeltuch herunterzuwerfen, um sie darin einzuhüllen, wenn eine Leiche allzu sehr auseinanderzufallen droht.

Berel Jastrow rezitiert bei seiner Arbeit Psalmen für die Toten. Er kennt den Psalter auswendig. Jeden Tag sagt er alle hundertundfünfzig *t'hilim* mehrere Male nacheinander auf. Die Toten schrecken Berel nicht. In den alten Tagen hat er als Angehöriger der Bestattungsgesellschaft, der *hevra kadisha*, so manche Leiche gewaschen und zur Bestattung vorbereitet. Nicht einmal der furchtbare Geruch und der grauenhafte Zustand der Leichen, die schon so lange unter der Erde liegen, vermag seiner tiefen Zuneigung etwas anzuhaben. Sie können nichts dafür, wie sie gestorben sind, diese erbarmungswürdigen Juden, von denen viele noch Blut auf der Haut tragen, das aus sichtbaren Kugellöchern herausgeflossen ist.

Für Berel Jastrow haben diese verwesten Überreste die ganze traurige und geheiligte Süße des Todes; arme, kalte und schweigende Gestalten, einst warme, glückliche Geschöpfe, die vor Leben sprühten, jetzt fühllos und regungslos, ohne einen Funken Gottes in ihnen, aber dennoch bestimmt, eines Tages, wenn Er es will, wieder aufzuerstehen. So lehrt es der jüdische Glaube. Berel entledigt sich seiner grausigen Aufgabe voller Liebe und murmelt Psalmen. Er kann diese Toten nicht mit Wasser waschen, wie es die orthodoxe Sitte verlangt, aber Feuer reinigt auch, und die Psalmen werden ihren Seelen Trost spenden. Die hebräischen Verse sind so tief in sein Gedächtnis eingegraben, daß er Mutterperl gleichzeitig zuhören kann, ja, sogar abbrechen kann er sie, um Samuel etwas entgegenzuhalten, ohne später ein einziges Wort des Psalms auszulassen.

Mutterperl fängt an, Berel Jastrow zu beunruhigen. Um Samuels Gesundheit steht es nicht gut; der Mann ist stämmig, und das Sonderkommando 1005 ernährt seine Leichenausgräber gut, bis sie (wie jedem klar ist) an die Reihe kommen, erschossen und auf dem Gerüst verbrannt zu werden. Bis vor kurzem schien Samuel seine geistige Gesundheit bewahren zu können, doch jetzt redet er wirklich Unsinn. Die Vorstellung, Polen auf dem Weg durch die Wälder zu durchqueren, genügt ihm heute nicht mehr. Er möchte die kräftigsten Juden ihres Kommandos zu einer Gruppe zusammenfassen, damit sie als Gruppe ausbrechen können; *sich der Gewehre einiger der Wachen bemächtigen und so viele SS-Männer wie möglich töten, ehe sie in die Wälder gehen.*

Samuel redet derart aufgeregt, daß sein Atem unter seiner Stoffmaske verräterischen weißen Dunst bildet. Hier ist die Situation nicht so wie in Auschwitz, behauptet er. Keine elektrisch geladenen Zäune. Die SS-Leute sind beschränkt, faul, betrunken, überhaupt eine sehr schlampige Bande. Der Ring von Wehrmachtssoldaten weit von ihnen entfernt und außerdem nur beauftragt, die Bauern vom Massengrab fernzuhalten. Wenn es ihnen gelänge, zwei oder drei Maschinenpistolen in ihre Gewalt zu bringen, könnten sie ein ganzes Dutzend Deutsche umlegen, vielleicht sogar noch mehr, bevor sie abhauen.

Berel hält dem entgegen, die Organisierung eines Aufstands und das Töten von einem Dutzend Deutschen würde beim Entkommen zwar helfen, gut – aber wie denn eigentlich, unter welchen Gefahren? Die Chancen, daß man denunziert und gefaßt wird, steigen mit jedem Juden, an den sie herantreten. Eine schweigende Flucht habe immer noch die größten Aussichten auf Erfolg. Wenn man Deutsche zusätzlich umbringt, werde Zeter und Mordio geschrien und die ganze Feldgendarmerie Weißrußlands hinter den Flüchtenden hergehetzt werden. Warum also?

Samuel Mutterperl reicht gerade ein kleines Mädchen in einem violetten Kleid aus dem Grab hinauf. Ihr Gesicht ist nur ein grinsender, leerblickender Schädel, auf dem noch Fetzen grüner Haut kleben; doch ihr dunkles, fließendes Haar ist weiblich und schön. »Um ihretwillen«, sagt er, als ein Jude oben das Mädchen in Empfang nimmt. Der blitzende Blick, den er Berel aus weit aufgerissenen Augen über seine Maske hinweg zuwirft, ist schrecklicher als das Gesicht des toten Mädchens.

Berel gibt keine Antwort. Er reicht Leiche um Leiche hinauf – sie sind alle nicht schwer, diese toten Juden, man packt sie bei der Hüfte, dreht sie leicht heraus

und hebt sie hinauf zu den wartenden Händen oben – und fährt fort, Psalmen zu murmeln. Auf diese Weise schafft Berel Jastrow es, nicht den Verstand zu verlieren. Er verrichtet *hevra kadisha*-Arbeit; seine Religiosität setzt ihn instand, sogar diesen furchtbaren Schrecken in sich aufzunehmen und zu ertragen. Warum so viele Juden einem solchen irrsinnigen Tod zum Opfer gefallen sind, vermag er nicht zu ergründen. Gott wird viele Fragen beantworten müssen! Dennoch: nicht Gott hat dies hier getan, sondern die Deutschen. Warum hat Gott kein Wunder gewirkt, warum ist er den Deutschen in den Arm gefallen? Könnte es sein, daß diese Generation keines Wunders würdig war, es nicht verdient hat? So nahmen die Dinge ihren natürlichen Verlauf, fielen die Deutschen über ganz Europa her und brachten die Juden um. In diesem engen Eichhörnchenkäfig von Fragen und Antworten rasen Jastrows Gedanken, wenn er sich derlei Überlegungen gestattet. Er tut sein bestes, um sie zu unterdrücken.
Nach langem Schweigen sagt Mutterperl: »Ich rede heute abend mit Gottkind und Finkelstein.«
Er meint es also ernst!
Was soll man ihm sagen? Mutterperl weiß ebensogut wie Jastrow, daß jenseits dieses Grabes, aus dem lebendige Juden in einer langen Reihe anderen lebendigen Juden tote Juden hinaufreichen, jenseits des Scheiterhaufens, der jetzt herunterbrennt zu glühender Asche, der Ring der SS-Leute stets mit Maschinenpistolen im Anschlag und mit angeleinten Hunden dasteht, die, wenn man sie losläßt, jeden sich bewegenden Häftling zerreißen. Diese Arbeit verändert die Menschen auf höchst unterschiedliche Weise. Da sind diejenigen, die den Verstand verloren haben; Berel hat Verständnis für sie. Da gibt es diejenigen, die die Leichen ausplünderten und – gewöhnlich waren es dieselben – sich bei der SS einschmeichelten und andere Juden anzeigten, überhaupt alles taten, um mehr Essen zu erhalten, mehr Bequemlichkeit, mehr Hoffnung zu überleben. Selbst sie kann er verstehen. Gott hat das Wesen des Menschen nicht stark genug geschaffen, daß es aushält, was die Deutschen tun.
Die korrupten Kapos in Auschwitz, die Judenräte in Warschau und anderen Städten, die andere Juden zur Deportation bestimmten und dabei ihre Verwandten und Freunde schützten – sie alle sind Produkte der deutschen Grausamkeit. Er kann sie verstehen. Die unbegreifliche, blindwütige Wildheit der Deutschen kann kein Mensch aushalten; da werden ganz normale Menschen zu Bestien. Die Hunderttausende von Juden, die jetzt hier in diesen Gräbern liegen, marschierten lammfromm zu den Gruben, stellten sich an den Rand und ließen sich mit ihren Frauen, ihren Kindern, ihren Eltern und allen anderen erschießen. Warum? Weil das, was die Deutschen taten, menschliches

Begreifen überstieg. Die Überraschung lähmte den Verstand. So etwas konnte nicht geschehen. Menschen taten so etwas nicht – unter keinen Umständen. Noch am Rand dieser Gruben, noch während die Deutschen oder ihre lettischen oder ukrainischen Helfershelfer die Gewehre auf sie richteten, dachten diese bekleideten oder nackten Juden wahrscheinlich noch, das alles müsse ein Fehler sein, ein übler Scherz oder ein Traum.
Jetzt will Mutterperl kämpfen. Gut, vielleicht ist das der richtige Weg – aber dann überlegt, und nicht kopflos und verrückt. Als Berel bei den Partisanen war, haben sie ein paar Deutsche getötet. Dasjenige jedoch, wovon Mutterperl redet, ist reiner Selbstmord; die Arbeit macht ihn fertig, er möchte wirklich sterben, ob er es nun weiß oder nicht; und das ist falsch. Sie haben nicht das Recht auf die Ruhe des Todes. Sie müssen nach Prag durchkommen.
»Da ist er«, sagt Mutterperl, heiser vor Haß. »*Ut iz er.*«
Ein SS-Mann, den Karabiner unter den Arm geklemmt, ist an den Rand des Loches herangetreten. Er sieht hinunter, gähnt, holt ein blasses Glied heraus und uriniert auf die Leichen. Das tut dieser Kerl Tag für Tag, gewöhnlich sogar mehrmals. Entweder macht es ihm Spaß, oder es ist für ihn eine besondere Art, seiner Verachtung für die Juden Ausdruck zu geben. Er sieht nicht schlecht aus – ein junger Deutscher mit langem, schmalen Gesicht, dichtem Blondhaar und leuchtend blauen Augen. Sonst wissen sie nichts von ihm; sie nennen ihn einfach den ›Pisser‹. Auf dem Hinweg oder auf dem Rückweg von der Arbeitsstelle ist er wie die anderen SS-Leute, hart und barsch, aber er gehört nicht zu den Sadisten, die nach Vorwänden Ausschau halten, um Juden zu prügeln. Es macht ihm einfach Spaß, auf die Toten zu pissen.
Mutterperl sagt: »Den möchte ich umlegen!«
Später, als beide Männer an der Knochenmühle stehen und warme Knochenteile oder ganze Schlüsselbeine, Schenkel und Schädel aus den rauchenden Aschenhaufen heraussharken und in das Mahlwerk werfen, stößt Mutterperl Jastrow mit dem Ellbogen an.
»*Ut iz er.*«
Der SS-Mann steht an der Grube und schlägt abermals sein Wasser ab, hat sich aber eine Stelle ausgesucht, an der noch Leichen liegen.
Mutterperl wiederholt: »*Den* möchte ich umlegen.«

Die Sonne ist untergegangen. Es ist fast dunkel und bitterkalt. Die letzte Charge des Tages ist bereits über die ganze Länge des Gerüsts tief herabgebrannt, die Glut beleuchtet die Gesichter und Arme jener Juden, die die zusammengefallene Asche nach Knochenresten durchsuchen. Die Lastwagen sind gekommen. Dieses Grab liegt allzu weit von der Stadt entfernt, als daß es möglich wäre, das Kommando den Weg hin und zurück zu Fuß marschieren zu lassen; nicht, daß es gälte, die Juden zu verzärteln, aber Zeit ist wichtig. Blobel hat schon einen Rüffel dafür einstecken müssen, daß er Juden mit kostbarem Benzin ›spazierenfährt‹, wie ein kritischer SS-Inspekteur es einmal ausdrückte; aber er hat ein dickes Fell und macht seine Arbeit, wie er es für richtig hält. Nur er kennt das wahre Ausmaß und die Dringlichkeit seiner Aufgabe. Er weiß sogar mehr darüber als Himmler, der sie ihm übertragen hat, weil er an Ort und Stelle ist und sämtliche Karten und Berichte der Erschießungskommandos in Händen hat.

Folglich werden die Juden zu den Kuhställen einer aufgelassenen Milchwirtschaft in Minsk zurückgefahren. Natürlich gibt es weder Rindvieh noch Pferde im besetzten Rußland. Die haben die Deutschen längst weggeschafft. Blobels Sonderkommando 1005 hat keine Schwierigkeiten, seine Juden in diesem oder jenem Viehstall unterzubringen; die SS-Leute, die sie bewachen, schmeißen einfach so viele Russen aus ihren Häusern heraus wie nötig. Proviant für die Feldküche ist immer ein Problem, weil die Wehrmacht sich knauserig zeigt, doch Blobels Leute sind jetzt alte Hasen und verstehen sich darauf, bei den Einheimischen Lebensmittel aufzustöbern und zu beschlagnahmen. Selbst in diesem armseligen, verwüsteten Teil der Sowjetunion findet man Nahrung. Menschen müssen essen. Man muß bloß wissen, wie man an ihre Vorräte herankommt, das ist alles.

Im letzten Schein des Feuers schließt Untersturmführer Greiser persönlich die Wertgegenstände weg, die man bei den Leichen gefunden hat, in schweren Leinwandsäcken, wie sie zum Transport von geheimem SS-Schriftgut verwendet werden.

Morgen geht es weiter mit dieser unangenehmen Arbeit: es ist doch ein recht tiefes Grab, noch liegen zwei Schichten Leichen dort unten. Es kostet einen halben Tag Arbeit, die Grube zu säubern, dann die Asche hineinzuschaufeln, die Grube wieder zuzuwerfen und zu glätten und Grassaat darüber zu verstreuen. Nächstes Frühjahr wird es schwer halten, die Stelle zu finden. In zwei Jahren ist sie mit Gestrüpp bedeckt; in fünf Jahren wird der Wald sich seiner mit jungem Baumwuchs bemächtigt haben, und das wär's dann.

Standartenführer Blobels Wagen kommt herangefahren. Im fahlen Widerschein der Glut steigt der Fahrer aus und grüßt stramm. Untersturmführer Greiser soll sich sofort beim Standartenführer melden; er komme, ihn mit dem Wagen abzuholen. Greiser ist überrascht und macht sich Sorgen. Der Standartenführer scheint ihn zu mögen, doch wenn man zu einem Vorgesetzen gerufen wird, kann das immer etwas Schlechtes bedeuten. Vermutlich erwartet der Chef einen Bericht über die wirtschaftliche Verwertung. Greiser

übergibt die Säcke der Obhut seines Unterscharführers, behält die Schlüssel aber selbst. Der Wagen fährt in Richtung Minsk davon.
Wie gern Greiser baden würde, ehe er sich meldet! Es nützt nichts, von den Leichen, dem Feuer und dem Rauch Abstand zu halten; der Geruch läßt sich einfach nicht vertreiben. Er läßt die Geruchsnerven nicht in Ruhe. Selbst nach dem Bad hat man ihn in der Nase, wenn man sich hinsetzt und sein Abendessen genießen möchte. Ein Scheißdienst!
Als Untersturmführer Greiser sich zum Sonderkommando 1005 meldete, waren ihm großer Diensteifer und hohe Intelligenz bescheinigt worden. Sein Vater ist alter Parteigenosse und hat eine leitende Stelle bei der Post. Greiser ist mit der Hitler-Bewegung aufgewachsen. Die Sonderbehandlung der Juden zu schlucken, war schon verdammt hart, als er bei einem geheimen Lehrgang der SS zum erstenmal davon erfuhr. Doch jetzt versteht er das. Trotzdem versteht er die Aufgabe von Sonderkommando 1005 noch nicht ganz. Warum die Gräber verbergen und auflösen? Im Gegenteil – nach dem Sieg der neuen Ordnung sollten diese Stellen als Denkmäler kenntlich gemacht werden, um zu zeigen, wo die Feinde der Menschheit durch die Hände des deutschen Volkes zugrunde gingen. Retter der westlichen Kultur. Einmal hat er sich ein Herz gefaßt und das dem Standartenführer gesagt. Blobel erklärte ihm daraufhin, wenn der neue Tag für die Menschheit heraufdämmere, sei es am besten, diese Bösewichter und die Weltkriege, die sie angezettelt hätten, zu vergessen, damit unschuldige Kinder in einer judenfreien Welt aufwachsen könnten, ohne jede Erinnerung an die böse Vergangenheit.
Dem jedoch hielt Greiser entgegen, was die Welt wohl meine, was mit den elf Millionen Juden in Europa geschehen sei; ob die sich einfach in Luft aufgelöst hätten? Mit nachsichtigem Lächeln riet Blobel dem jungen Mann, in *Mein Kampf* einmal das nachzulesen, was der Führer über die Beschränktheit und das kurze Gedächtnis der Massen geschrieben habe.
Standartenführer Blobel hat schon ein gehöriges Maß Alkohol in sich, wie jeden Abend. Er hockt über seinen SS-Karten der Ukraine und wartet darauf, daß Greiser kommt. Ihm gefällt die ergebene Naivität des jungen Offiziers. Blobel konnte ihm die Wahrheit über die Operation von Sonderkommando 1005 nicht sagen, die er selbst zwar geahnt, über die er jedoch nie ein Wort hat verlauten lassen. Sie besteht darin, daß Himmler jetzt meint, Deutschland könnte den Krieg verlieren, und Schritte unternimmt, um Deutschlands guten Ruf zu bewahren. Blobel findet, das sei sehr weise vom Reichsführer-SS. Man kann nur hoffen, daß der Führer es doch noch schafft, trotz des harten Schlages, den sie in Stalingrad haben einstecken müssen. Doch jetzt ist es an der Zeit, sich auf einen ungünstigen Ausgang des Krieges vorzubereiten.

Was auch geschieht – die Vernichtung der Juden wird Deutschlands historische Leistung sein. Zweitausend Jahre lang haben die europäischen Völker versucht, sie zum Christentum zu bekehren, sie zu isolieren oder zu vertreiben. Trotzdem waren sie noch da, als der Führer die Macht übernahm. Nur der Chef des Sonderkommandos 1005 vermag die Größe Adolf Hitlers voll und ganz zu begreifen. Wie Himmler gesagt hat: »Darüber werden wir nie zur Welt reden.« Selbst das stumme Zeugnis der Leichen darf es nicht geben. Sonst werden die dekadenten Demokratien so tun, als packte sie heiliges Entsetzen über die Sondermaßnahmen, die Deutschland den Juden gegenüber ergriffen hat. Dabei können sie selbst mit den Juden nichts anfangen; und die Bolschewisten werden grob verzerrte Greuelpropaganda über alles verbreiten, was dem Ansehen des Reiches schaden könnte.

Kurzum, das Sonderkommando 1005 ist zum Wächter über das große und heilige Reichsgeheimnis bestellt worden; ja, zum Bewahrer der nationalen Ehre Deutschlands. Er, Paul Blobel, ist letzten Endes ein ebenso wichtiger Bewahrer dieser Ehre, wie die berühmtesten Generale des Krieges; nur wird die schwierige Aufgabe, die er zu bewältigen hat, nie in dem Maße gewürdigt werden, wie sie es verdient. Er ist ein deutscher Held, der nicht besungen wird. Betrunken oder nüchtern, das ist, was Paul Blobel denkt. Er ist kein gewöhnlicher Konzentrationslager-Scherge, der schmutzige Arbeit tut – nein, wahrhaftig nicht! Er ist ein gebildeter und kultivierter Mann, in Friedenszeiten ein freier Architekt, ein treuer Deutscher, der deutsche Weltphilosophie versteht und mit Herz und Seele in einer sehr große Anforderungen stellenden Kriegsaufgabe seinen Dienst tut. Man braucht wirklich eiserne Nerven.

Als Greiser das Haus in Minsk, das Standartenführer Blobel sich genommen hat, betritt, erfährt er, daß es seinem Chef nicht um einen Bericht über die wirtschaftliche Verwertung geht. Große Neuigkeiten! Das Kommando 1005 geht in die Ukraine! Der Standartenführer hat Berlin einen ganzen Monat lang gedrängt, den entsprechenden Befehl zu erteilen. Er ist bester Laune und nötigt dem jungen Offizier ein Glas Schnaps auf, und der ist froh, eines zu bekommen. Da unten in der Ukraine wird es rund gehen, denn da weiß er Bescheid, sagt Blobel. Dort kennt er sich aus. Er war einer der leitenden Offiziere der *Einsatzgruppe C* und hat von Anfang an darauf bestanden, daß anständige Lagepläne gezeichnet und Berichte mit genauen Zahlenangaben geschrieben wurden. Deshalb kann man in der Ukraine auch systematisch vorgehen. Bei der planlosen Suche nach Massengräbern verliert man nur kostbare Zeit, ganz abgesehen davon, daß der Boden im Norden noch gefroren ist. Während sie die Ukraine säubern, möchte er einen Offizier nach Berlin schicken, der in das ganze Durcheinander von Berichten, Karten und

Unterlagen der *Einsatzgruppen A* und *B* Ordnung bringt. Dieser Offizier soll dann zurückkehren und *im voraus* die Gräber aufsuchen und kennzeichnen. In Greiser regt sich Hoffnung, nach Berlin abkommandiert zu werden; doch das ist es nicht. Blobel hat eine andere Aufgabe für ihn. Die Gräber in der Ukraine sind gewaltig, viel größer als alles, was Greiser bisher gesehen hat. Das einzige Gerüst, das sie bis jetzt haben, reicht dort unten nicht; wenn sie gute Ergebnisse erzielen wollten, müßten sie mindestens mit dreien solcher Gerüste arbeiten. Greiser soll sich sofort mit einer Gruppe von hundert Juden und entsprechenden SS-Wachen nach Kiew begeben und sich dort in der Dienststelle des Reichskommissars für die Ukraine melden. Blobel werde ihm die nötigen Papiere ausstellen, damit er bei der Beschaffung des Materials und bei den Schweißarbeiten bevorzugt behandelt wird. Der Vorarbeiter Mutterperl verstehe etwas vom Baugeschäft, und so werde Greiser keine Schwierigkeiten haben, die Gerüste binnen einer Woche herzustellen. Blobel will, daß sie einsatzbereit dastehen, sobald das Sonderkommando 1005 in Kiew eintrifft. Bis dahin werde es noch ein weiteres kleineres Massengrab säubern, das heute westlich von Minsk entdeckt wurde.
Schüchtern erkundigt sich Greiser nach der wirtschaftlichen Verwertung der neuen Gräber. Da sei nur wenig zu tun, sagt Blobel; die Leichen in den Gräbern seien nackt.

Doch Standartenführer Blobels Plan zur Verlegung in die Ukraine verzögert sich gleich zu Beginn durch einen schwerwiegenden Zwischenfall auf dem Bahnhof von Minsk.
Gegen neun Uhr vormittags, nachdem der Zug sich bereits um zwei Stunden verspätet hatte und die Juden in ihrer gestreiften Häftlingskleidung müde und mit hängenden Schultern in Zweierreihen auf dem Bahnsteig herumstanden, während die SS-Bewacher sich in Gruppen unterhielten, um die Zeit totzuschlagen, bricht plötzlich aus der Reihe der Juden eine vierschrötige Gestalt aus, entreißt einer der Wachen die Maschinenpistole und feuert wild um sich. Wessen Maschinenpistole er an sich riß, wurde nie festgestellt, weil etliche Bewacher stürzen und ihre Waffen klirrend über den Bahnsteig schliddern. Doch die anderen Juden haben keine Zeit, die Maschinenpistolen aufzunehmen und größeren Schaden anzurichten. Von beiden Enden des Bahnsteigs kommen SS-Leute herbeigestürmt und durchsieben Samuel Mutterperl. Die Maschinenpistole immer noch in der Hand, bricht er zusammen. Blut färbt seine gestreifte Häftlingskleidung.
Die überlebenden Wachen nehmen ihn wutentbrannt in die Mitte und durchsieben ihn mit ihren Feuerstößen; wohl an die hundert Kugeln schlagen

in den zerfetzten Leichnam ein. Sie befördern ihn mit Fußtritten über den ganzen Bahnsteig und treten ihm immer wieder ins Gesicht, bis es nur noch ein Brei aus Blut und zertrümmerten Knochen ist, und hundert Juden sehen vor Angst erstarrt zu. Gleichwohl gelingt es den Wachen nicht, die Andeutung eines Grinsens aus dem verwüsteten Gesicht herauszutreten.
Vier SS-Leute liegen tot auf dem Bahnsteig, einer kriecht verwundet umher, zieht eine Blutspur hinter sich her und weint wie eine Frau. Es ist der Pisser, und nach wenigen Minuten liegt auch er still da, so tot wie je ein Leichnam, auf den er herabgepißt hat. Sein Blut spritzt auf die Schienen und die hölzernen Eisenbahnschwellen.
In seinem Bericht gibt Greiser die Schuld jenem Scharführer, der die Wachen befehligte und hin und her ging, statt die Doppelreihe der Juden in Abständen von SS-Männern bewachen zu lassen, wie die Vorschriften es verlangen. Der jüdische Vorarbeiter Mutterperl habe viele Vorteile genossen und besondere Essensrationen erhalten. Der Zwischenfall beweise aufs neue die Unberechenbarkeit der jüdischen Untermenschen. Daher sei die einzig sichere Methode, mit ihnen umzugehen, sie mit härtester und aufmerksamster Strenge zu behandeln.

Die Arbeitsgruppe marschiert vom Bahnhof aus zurück und trägt die Leichen. Die toten SS-Leute bleiben in Minsk und sollen ein ehrenvolles Begräbnis auf einem deutschen Soldatenfriedhof erhalten. Mutterperls blutige, von Kugeln zerfetzte Überreste werden mit dem Lastwagen zum Massengrab gebracht, wo sie zusammen mit den heute exhumierten Leichen verbrannt werden sollen. Berel Jastrow sieht den Leichnam, hört unten in der Grube die Geschichte, die man ihm im Flüsterton erzählt, und spricht den Segen gegen böse Nachrichten. *Gesegnet sei der gerechte Richter.* Als der Scheiterhaufen heruntergebrannt ist, stellt er sich an das Gerüst und harkt die Knochenreste heraus, von denen er annimmt, daß es Mutterperls sind. Als er sie in die Knochenmühle wirft, murmelt er die uralten Begräbnisworte:
»*Herr, voll der Gnaden, der Du in der Höhe wohnst, gibt ewige Ruhe unter den Schwingen der Gegenwart, unter den Heiligen und den Reinen, der Seele Samuels, Sohn des Nahum Mendel, so eingegangen ist in seine Ewigkeit ... Gesegnet sei der Herr, der dich gerecht geschaffen, dich gerecht ernährt und erhalten, dir gerecht den Tod gegeben hat, und dich in der Zukunft gerecht auferwecken wird ...*«
So lehrt es der Glaube. Doch welch eine Auferstehung kann es geben für diese verbrannten und zu Staub zermahlenen Überreste? Nun, im Talmud wird das Problem der vom Feuer verzehrten Körper behandelt. Dort heißt es, daß in

jedem Juden ein kleiner Knochen steckt, dem kein Feuer etwas anhaben, den nichts zertrümmern kann; und aus diesem winzigen unzerstörbaren Knochen der wiederauferstandene Körper erwächst und aufsteigt.
»Geh in Frieden, Samuel«, sagt Berel, als es zu Ende ist.
Jetzt ist es seine Sache, nach Prag zu gehen.

19

Um die amerikanischen Torpedos war es, als die *Moray* zur ersten Feindfahrt auslief, immer noch schlecht bestellt. Die beiden Hauptprobleme, mit denen SubPac sich herumschlug, hatten mit Blindgängern zu tun, und zwar sowohl bei Torpedos, als auch im übertragenen Sinne bei Kapitänen. Gewiß, man sprach über diese Mißstände nur hinter vorgehaltener Hand, doch die U-Bootleute wußten von der Unzuverlässigkeit der Magnetzündung des Mark Fourteen und von den Kapitänen, die entweder wegen übertriebener Vorsicht an Land versetzt gehörten oder aber – wie Branch Hoban – im Ernstfall die Nerven verloren. Asse wie Captain Aster, die kaltblütigen Mut mit Können und Glück im Einsatz verbanden, gab es nur wenige. Männer mit malerischen Spitznamen wie Mush Morton, Fearless Freddie Warter, Lady Aster und Red Coe gaben beim SubPac das Tempo an und rissen auch die anderen Skipper trotz der verdammten Torpedo-Pleiten mit. Innerhalb weitgezogener Grenzen konnten sie sich schlechthin alles leisten.

Ein großes Plakat über Admiral Halseys Hauptquartier auf den Salomon-Inseln trug die Aufschrift:

TÖTET JAPSE!
TÖTET JAPSE!
TÖTET MEHR JAPSE!

Ein Photo dieses Plakats hing am Schott von Captain Asters Kammer auf der *Moray*.

19. April 1943: wieder ein Kriegstag; ein Tag, der sich in Byron Henrys Erinnerung eingrub. Aber auch für andere an anderem Ort war der 19. April 1943 ein schicksalsträchtiger Tag.

Am 19. April wurde nach mancherlei Verzögerungen die Internationale Bermuda-Konferenz eröffnet, um über Mittel und Wege der Hilfe für ›Kriegsflüchtlinge‹ zu entscheiden; Leslie Slote nahm als Angehöriger der amerikanischen Delegation daran teil. Am gleichen 19. April, dem Vorabend des Passah-Festes, begann der Aufstand der Juden im Warschauer Ghetto, nachdem sie erfahren hatten, daß die Deutschen im Begriff seien, das Ghetto auszulöschen – wenige Untergrundkämpfer, die es mit der gesamten Wehrmacht aufnahmen und nichts weiter suchten als einen Tod wie Samuel Mutterperl, der ihn im Kampf und unter Tötung einiger Deutscher gefunden hatte.

Am 19. April verbrannten trauernde Japaner die sterblichen Überreste Admiral Yamamotos. Die Japaner konnten es immer noch nicht fassen, daß die Amerikaner ihre Codes entschlüsselt hatten; infolgedessen war der Plan von Yamamotos gefährlicher und riskanter Inspektionstour zu vorgeschobenen Basen chiffriert in die Welt hinausgefunkt worden. Amerikanische Jagdflugzeuge lauerten ihm am Himmel auf, schossen sich durch die Jagdbegleitung hindurch und brachten mit ihren Bordwaffen den Bomber des Admirals zum Absturz. Die Suchabteilung, die sich durch den Bougainvillea-Dschungel hindurcharbeitete, fand Yamamotos versengten Leichnam in voller Uniform; der Admiral hielt sein Schwert noch umklammert. So fand der beste Mann, den Japan hatte, den Tod.

Am 19. April schlossen die amerikanischen und britischen Einheiten in Nordafrika einen Ring um Rommels Verbände in Tunis – und das war eine Niederlage der Deutschen, die Stalingrad in nichts nachstand.

Außerdem kam es am 19. April dazu, daß die sowjetische Regierung sämtliche Verbindungen mit der polnischen Exilregierung abbrach. Nazi-Propagandisten hatten die Entdeckung von einigen zehntausend Leichen in der Uniform polnischer Armeeoffiziere in die Welt hinausposaunt, die in den Wäldern von Katyn verscharrt worden waren, in einem Gebiet, das die Russen von 1941 an besetzt gehalten hatten. Unter Bekundung selbstgerechten Abscheus über diese sowjetische Greueltat luden die Deutschen neutrale Delegationen ein, zu kommen und sich die Massengräber anzusehen. Da Stalin kein Hehl daraus gemacht hatte, eine Unzahl von Offizieren der Roten Armee erschossen zu haben, leuchtete der Vorwurf ein, und die polnischen Politiker in London hatten zu denen gehört, die eine Untersuchung vorschlugen. Der Wutausbruch der russischen Regierung angesichts dieser Zumutung war vulkanisch, und am 19. April erreichte die Sensation ihren Höhepunkt.

Also geschah durchaus etwas; gleichwohl nahm der Krieg an den Fronten in aller Welt nur seinen Verlauf, schwerfällig hier, andernorts stürmisch. Es kam an diesem 19. April zu keinem dramatischen Wendepunkt. Aber kein Mann an Bord der *Moray* sollte diesen Tag jemals vergessen.

Es begann mit einem Schuß auf Kollisionskurs.
»Vordere Mündungsklappen öffnen!« befahl Aster.

Byron überlief eine Gänsehaut. U-Boot-Leute redeten viel über Torpedoschüsse ›auf Kollisionskurs‹; gewöhnlich in der behaglichen Sicherheit einer Kneipe an Land, oder abends in der Messe. Aster hatte oft gesagt, daß er einen solchen Schuß nur im äußersten Notfall wagen würde; und beim Üben mit dem neuen Boot vor Honolulu hatte er so manchen Übungsschuß auf einen Zerstörer abgefeuert, der geradewegs auf ihn zugerast kam. Schon diese Angriffe mit den Übungsaalen waren haarsträubend gewesen. Nur wenige Skipper hatten diesen gewagten Schuß jemals auf ein feindliches Schiff abgefeuert und waren unversehrt von der Feindfahrt zurückgekehrt, um davon erzählen zu können.

Aster griff nach dem Mikrophon. Seine Stimme klang ruhig, gleichwohl verriet ihr verhaltenes Zittern seine beherrschte Wut. »Alle Mann herhören! Er rauscht parallel zur Blasenspur unserer Torpedos auf uns zu. Ich werde ihm einen Schuß in die Fresse jagen. Wir schleichen jetzt schon seit drei Tagen hinter diesem Geleitzug her, und den laß ich mir wegen dieser Torpedoblindgänger nicht durch die Lappen gehen. Unsere Aale sind schnurgerade gelaufen, aber es waren Blindgänger. Wir haben noch zwölf Torpedos an Bord, und oben schippern außerordentlich lohnende Ziele rum: ein Truppentransporter und zwei dicke Frachter. Der Zerstörer ist das einzige Begleitschiff, und wenn er uns jetzt in den Keller jagt, entwischen die uns. Ich greife ihn deshalb mit Aufprallzündern und sehr kurzer Laufzeit an. Mast- und Schotbruch!«

Das Sehrohr blieb oben. Der Erste Wachoffizier ratterte Entfernungen, Peilwinkel und Zielwinkel herunter; seine Stimme klang immer gepreßter, aber auch ruhiger; Pete Betmann, ein Dreißigjähriger, glatzköpfig wie ein Ei und ebenso wortkarg wie bärbeißig. Hastig gab Byron die Daten in den Vorhaltrechner; er gab dem Zerstörer eine geschätzte Geschwindigkeit von vierzig Knoten. Der Angriff entwickelte sich mit unglaublicher Geschwindigkeit. Kein Übungsschuß dieser Art im Angriffstrainer oder auf See vor Honolulu war jemals so schnell gegangen.

»Entfernung zwölfhundert. Peilung null eins null, mit Abdrift nach Backbord.«

»*Rohr eins Feuer!*«

Ein leichter Ruck, und der Torpedo hatte das Rohr verlassen; die Flurplatten unter ihren Füßen sprangen in die Höhe. Byron hielt wenig von diesem extrem spitzen Schußwinkel. Da mußte das Glück entscheiden.

»Blasenspur treibt nach Steuerbord ab, Captain«, sagte Betmann.

»Verflucht!«

»Entfernung achthundertzwanzig – Entfernung siebenhundertfünfzig ...«

Asters Chancen schmolzen dahin wie eine Handvoll Schnee im Feuer. Er

konnte befehlen: »*Tiefer gehen – noch vorlastiger*« und steil in die Tiefe rauschen; oder er konnte eine Wendung um neunzig Grad machen, würde wahrscheinlich von wohlgezielten Wasserbomben furchtbar gebeutelt werden, durfte aber hoffen, danach auf größere Tiefe gehen und mit heiler Haut davonkommen zu können. Oder er konnte nochmals feuern. So oder so, für die *Moray* ging es um Sekunden.
»Entfernung siebenhundertdreißig.«
Funktionierte ein Torpedo auf diese kurze Entfernung überhaupt? Wenn er das Rohr verließ, war der Zünder noch gesichert. Bei siebenhundertdreißig Metern und der Geschwindigkeit, mit der sie aufeinander zuliefen, konnte es sein, daß er beim Aufprall noch nicht scharf war...
»*Rohr zwei Feuer! Rohr drei Feuer! Rohr vier Feuer!*«
Byron schlug das Herz bis zum Hals hinauf, es schien seine ganze Brust auszufüllen, so daß er nach Luft schnappen mußte. Die Geschwindigkeit, mit der Zerstörer und Torpedos einander näherten, mußte bei siebzig Knoten liegen. Schraubengeräusch, das näherkam, ker-da-TRUMM, ker-da-TRUMM, ker-da-TRUMM...
WUMMMM!
Schrei des Ersten: »TREFFER! Mein Gott, Käpt'n, Sie haben ihm den Bug weggepustet! Er ist in zwei Teile auseinandergebrochen.«
Donnerndes Grollen schüttelt den Rumpf.
»GETROFFEN! Oh, Käpt'n, der ist ein einziges Feuerwerk! Seine Magazine gehen hoch wie Knallfrösche. Da fliegt ein Geschütz durch die Luft! Und Trümmer, und Leichen, und sein Motorboot, von vorn bis hinten...«
»Lassen Sie mich sehen«, schnappte Aster. Der Erste gab mit verzerrtem Gesicht das Sehrohr frei; seine nackte Kopfhaut schimmerte. Aster drehte das Sehrohr hin und her und rief: »Okay, die beiden Frachter machen, daß sie wegkommen, aber der Truppentransporter *läuft auf uns zu!* Der Kapitän muß verrückt geworden oder in Panik geraten sein. Sehr gut! Sehrohr runter!«
Aster klappte die Handgriffe hoch, trat von dem ölglatt herunterfahrenden Schaft des Angriffssehrohrs zurück und sprach klar und deutlich ins Mikrophon. »Alle Mann herhören! Die *Moray* hat ihren ersten Sieg errungen. Der Zerstörer der Japse ist in zwei Teile auseinandergebrochen und sinkt. Gut gemacht! Und die Beute, um die es uns hauptsächlich geht, der Truppentransporter, läuft auf uns zu. Es ist ein Zehntausend-Tonnen-Pott voller Soldaten. Die große Chance also. Wir werden ihn abschießen und dann über Wasser die Frachter verfolgen. Holen wir sie uns diesmal alle, als Ausgleich für den Geleitzug, dessen Spur wir verloren haben, und für all die Torpedo-Blindgänger. Ein Abwaschen!«

Begeisterte Rufe drangen widerhallend durchs Schiff. Daraufhin Aster, knapp und laut: »Schiebt das auf! Gefeiert wird, wenn wir sie alle haben. Vordere Torpedorohre klarmachen!«
Es wurde ein klassischer Angriff, wie bei einer Übung an der Wandtafel. Betmann fuhr das Sehrohr immer wieder für kurze Zeit aus und ratterte knapp und präzise die technischen Daten herunter. Auf dem Koppeltisch kam der Japaner in Position. Da er von dem sinkenden Zerstörer weghielt, bildete er sich vielleicht ein, er befinde sich auf Fluchtkurs.
»Mündungsklappen öffnen!«
Byron hatte das Angriffsdiagramm klar und deutlich vor Augen: das ständig sich verändernde Dreieck, auf dem die gesamte U-Boot-Kriegsführung beruhte: der Truppentransporter, der mit zwanzig Knoten Geschwindigkeit im Sonnenschein dahindampfte, die *Moray* – rund zwanzig Meter unter Wasser – siebenhundert Meter voraus, die Torpedos in den gewässerten offenen Heckrohren, bereit, mit einer Geschwindigkeit von fünfundvierzig Knoten vom U-Boot zum Transporter zu rasen. Nur ein technischer Fehler konnte den Japaner jetzt noch retten.
»Letzte Peilung und Feuer!«
»Sehrohr hoch! Festhalten: Peilwinkel Null Null Drei. Sehrohr runter!«
Aster ließ einen Fächer von drei Torpedos los. Nach wenigen Sekunden erschütterten die Explosionen den Kommandoturm, heftige, ohrenbetäubende Detonationen hallten durch den Schiffskörper. Hurrageschrei, Gebrüll, Gelächter und Gejohle brachen im gesamten Boot aus. Im überfüllten Turm knufften sich die Matrosen in die Seite und vollführten Freudensprünge. Der Erste rief: »Käpt'n, zwei eindeutige Treffer, achtern und mittschiffs. Ich sehe *Flammen*! Jetzt kommt Rauch, also brennt er. Er hat Schlagseite nach Steuerbord.«
»Auftauchen und Geschütze bemannen!«
Die frische Luft, die hereinrauschte, als das Brückenluk aufsprang, das dicke Bündel Sonnenstrahlen, die Tropfen glitzernden Meerwassers, das gesunde Aufbrummen der Dieselmotoren, all das ließ in Byron eine Welle der Freude aufwallen. Ihm war, als *schwebte* er die Leiter zur Brücke hinauf.
»Himmelherrgott – ist das ein Anblick!« sagte Betmann, als er neben ihn trat. Es war ein wunderschöner Tag: klarer blauer Himmel, nur hoch oben ein paar Lämmerwölkchen, eine sanft wogende blaue See und eine blendend weiße Sonne. Die Luft hier am Äquator war feucht und sehr heiß. Nicht weit von ihnen entfernt, krängte der Truppentransporter unter einer Rauchwolke immer mehr über, der rote Rumpf ragte aus dem Wasser. Schrill gellte eine Alarmglocke, und schreiende Männer in Schwimmwesten kletterten über die

Reling und an den Frachtnetzen hinunter. Ein paar Meilen achteraus trieb der Vorderteil des Zerstörers immer noch über Wasser; ein paar Gestalten klammerten sich daran fest, und nahebei dümpelten überfüllte Rettungsboote.
»Fahren wir um den Pott rum«, sagte Captain Aster und kaute auf seiner Zigarre, »und sehen wir mal nach, wo die Frachter geblieben sind.«
Seine Stimme klang liebenswürdig, doch als er die Zigarre aus dem Mund nahm, sah Byron, daß seine Hand zitterte. Schon jetzt war diese Feindfahrt ein großer Erfolg, doch wie Asters Miene verriet, dürstete er nach mehr; verkniffener, dabei grinsender Mund, kalt glitzernde Augen. Siebenunddreißig Tage lang, noch verstärkt durch die Torpedoblindgänger, hatte sich diese Kampflust in ihm aufgestaut. Bis vor einer Viertelstunde hatte es so ausgesehen, als würde diese erste Feindfahrt völlig ergebnislos verlaufen; doch jetzt war alles anders.
Als sie das Heck umrundeten, an der gewaltigen messingenen Schiffsschraube vorbei, die ganz aus dem Wasser herausragte, bot sich ihnen ein ungeheuerlicher Anblick. Der Truppentransporter ließ seine Mannschaften auf dieser Seite von Bord gehen, in geschlossene Barkassen, in offene Landungsfahrzeuge und Motorboote, auf große graue Flöße – Tausende japanischer Soldaten; Hunderte schwärmten noch übers Deck, kletterten die herunterhängenden Frachtnetze und Strickleitern herunter. »Wie Ameisen auf einer heißen Herdplatte«, meinte Aster fröhlich. Die blaue See war halb grau von Soldaten, die in kapokgefüllten Schwimmwesten auf- und abdümpelten.
»Mein Gott«, entfuhr es Betmann, »wieviele sind denn bloß auf so einem Pott?«
Aster spähte durch sein Fernrohr und hielt nach den beiden fernen Frachtern Ausschau: »Ach, diese Japse sind wie Rindvieh. Die pferchen sie einfach rein. Wie ist die Entfernung bis zu den beiden Frachtern, Pete?«
Betmann schaute durch seinen tropfenden Diopter. Ein Feuerstoß eines Maschinengewehrs übertönte seine Antwort; eine voll beladene, geschlossene Barkasse spuckte Rauch und Flammen.
»Das gibt's doch nicht«, sagte Aster lächelnd. »Der will uns ein Loch in den Bauch schießen. Wir müssen was tun, sonst gelingt ihm das womöglich noch.« Die Hände trichterförmig vor den Mund legend, rief er: »Geschütz Zwo! Versenkt sie!«
Das Vier-Zentimeter-Geschütz eröffnete das Feuer. Die Japaner sprangen aus der Barkasse, Stücke der Bordwand flogen in die Luft, doch fuhr sie noch ein paar Sekunden fort zu feuern; dann sank das kleine rauchende Wrack. Viele regungslose Körper in grüner Uniform und grauer Schwimmweste trieben im Wasser.

Aster wandte sich an Betmann. »Wie weit ist die Entfernung jetzt?«
»Sechstausendfünfhundert, Captain!«
»Okay. Wir fahren jetzt nochmal drum herum, laden unsere Batterien auf und machen Aufnahmen von diesem Transporter.« Aster blickte erst auf seine Armbanduhr und dann zur Sonne hinauf. »Die beiden anderen Affen holen wir bis Sonnenuntergang mit Leichtigkeit ein. Bis dahin versenken wir diese Boote und Flöße und schicken alle, die im Wasser treiben, zu ihren ehrenwerten Ahnen.«
Byron wurde mehr übel, als daß es ihn überraschte; doch was der Erste Wachoffizier tat, überraschte ihn. Betmann legte Aster die Hand fest auf den Unterarm, als der Kommandant gerade das Brückenmikrophon an den Mund heben wollte. »Käpt'n, tun Sie das nicht!« *Sotto voce* war das gesagt. Byron, der direkt neben Aster stand, hörte es kaum.
»Warum nicht?« Aster war nicht im geringsten betroffen.
»Das ist Schlächterei.«
»Aber wozu sind wir denn hier? Das sind Kampftruppen. Wenn die aufgefischt werden, schießen sie nächste Woche in Neuguinea auf unsere Jungs.«
»Das ist dasselbe, als ob man Gefangene erschießt.«
»Aber, aber, Pete. Was war denn mit den Jungs von Bataan? Und was mit denen, die heute noch im Rumpf der *Arizona* stecken?« Aster schüttelte Betmanns Hand ab. Seine Stimme tönte laut übers Deck. »Geschützmannschaften, mal herhören. Alle diese Boote, Barkassen und Flösse sind legitime Kriegsziele. Das gleiche gilt für die Männer im Wasser. Wenn wir sie nicht töten, bleiben sie am Leben und töten unsere Leute. *Feuer frei!*«
Im gleichen Augenblick spie jedes Geschützrohr auf der *Moray* gelbes Feuer und weißen Rauch.
»Langsame Fahrt voraus!« rief Aster ins Sprachrohr hinein. »Batterien voll aufladen!« Dann wandte er sich an Byron. »Rufen Sie den Quartermaster. Er soll Aufnahmen von diesem Zerstörer machen, solange er noch nicht weggesackt ist – und vor allem von diesem dicken Kahn.«
»*Aye, aye, Sir.*« Byron gab die Befehle über sein Telephon weiter.
Wie gehetzt sprangen die Japaner von den Booten und Flößen. Die Geschütze der *Moray* knöpften sich ein Boot nach dem anderen vor, und eines nach dem anderen flog auseinander. Bald waren Flöße und Beiboote leer, die Soldaten trieben im Wasser. Manche mühten sich, die Schwimmwesten abzustreifen, um zu tauchen. Die Geschosse der Maschinengewehre peitschten weiße Streifen ins Wasser. Byron sah, wie Köpfe rot auseinanderklafften wie reife Melonen, die hart auf den Boden fallen.
»Captain«, sagte Betmann, »ich gehe nach unten.«

»In Ordnung, Pete.« Aster steckte sich eine frische Zigarre an. »Tun Sie das.«
Als der Truppentransporter endlich sein Heck in die Höhe reckte und sank, trieben um die *Moray* herum unzählige leblose Japaner im blutig gefärbten Wasser. Einige schwammen noch immer, wie Tümmler, die von einem Hai angegriffen werden.
»Tja, das wär's dann wohl«, sagte Carter Aster. »Zeitverschwendung, Byron. Wir müssen sehen, daß wir die Frachter einholen. Die Geschützmannschaften nach unten. Setzen Sie die normale Wache ein. Und dann volle Kraft voraus!«

Die Sonne stand bereits tief am Horizont, als die *Moray*, die die Frachter in großem Abstand verfolgt und überholt hatte, auf Tauchstation ging. Die ungeschützten Schiffe liefen nur elf Knoten. Lieutenant Betmann kehrte ans Sehrohr zurück, gut gelaunt und ganz bei der Sache, als hätten ihm die Ereignisse des Vormittags überhaupt nichts ausgemacht. Bei der Crew hatten sie jedoch ihren Eindruck nicht verfehlt. Während der den ganzen Tag andauernden Jagd war Byron, so oft er auf eine Gruppe von Matrosen gestoßen war, Schweigen und sonderbaren Blicken begegnet, als wären sie in einer Unterhaltung begriffen, die nicht für die Ohren eines Offiziers bestimmt war. Es waren Männer einer neuen Crew, die sich noch aneinander gewöhnen mußten; sie hätten ihre Erfolge laut feiern können; doch das taten sie nicht. Aus Lieutenant Betmann wurde Byron nicht recht klug. Er war vom BuOrd zur *Moray* gekommen, gehörte der *Christian Science* an und hatte im Boot freiwillige (und wenig besuchte) Gottesdienste abgehalten. Was für Skrupel ihn heute morgen auch geplagt haben mochten, jetzt war er wieder voll eifriger Angriffslust.
Aster setzte drei der noch vorhandenen fünf Torpedos für einen Fächerschuß auf die beiden dicht nebeneinander herlaufenden Schiffe ein. Betmann meldete einen Treffer, der sich durch eine Feuersäule in der Nacht kundtat; die Explosion hallte durch den Rumpf der *Moray*.
»Auftauchen!«
Das Licht im Turm war dämmerig und rot, um das Sehvermögen nicht zu beeinträchtigen, doch Byron sah, daß Carter Aster enttäuscht das Gesicht verzog. Die *Moray* tauchte auf. Der Mond schien auf eine kabbelige See. Das unbeschädigte Schiff drehte von seinem getroffenen Gefährten ab. Schwarzer Rauch entquoll seinem Schornstein und verdunkelte die Sterne.
»Volle Kraft voraus!«
Beide Frachter fingen nun an, wie wild auf den schwarzen Schatten zu feuern, der mit schimmernder Bugwelle durch die Wogen schnitt. Dem Mündungsfeuer nach zu urteilen, waren sie nicht nur mit Maschinengewehren, sondern

auch mit Zwei-Zentimeter-Geschützen ausgerüstet. Ein gutsitzender Treffer aus diesen Geschützen konnte auch einem Unterseeboot zum Verhängnis werden. Doch Aster rauschte durch die rote Leuchtspurmunition und durch die winselnden Granaten hindurch, als wären es Luftschlangen bei einer Siegesparade, und scherte dann vor dem Bug des fliehenden Frachters ein, der sich auf der wogenden See hob und senkte wie ein großer Passagierdampfer, und auf dem überall Mündungsfeuer aufblitzte.
»Ruder hart backbord! Mündungsklappen öffnen!« Das Boot vollführte unter einem Regen feuerroter Leuchtspurgeschosse und pfeifender Granaten eine Wendung. Die Ausgucks duckten sich hinter ihrem Kugelschutz. Byron desgleichen. Aster, der unbeirrt aufrecht dastand, ließ einen Torpedo abfeuern. Die Nacht wurde zu einem flammendroten Tag. Auf dem Frachter schlugen mittschiffs Flammen in die Höhe.
»Tauchen! Tauchen! Tauchen!«
Byron, dem die Knie zitterten, konnte das Manöver nur bewundern. Da beide Ziele getroffen waren und keine Fahrt mehr machten, brauchte Aster sich auch nicht dem Geschützfeuer auszusetzen.
»Okay, achterer Torpedoraum«, sprach Astern ins Mikrophon, als das Boot stark vorlastig in die Tiefe glitt, »wir haben ihn getroffen. Jetzt kommt unser letzter Aal. Der letzte Schuß auf dieser Feindfahrt. Es geht um den, dem wir schon eine verpaßt haben. Er hockt auf der Stelle. Versetzen wir ihm den Gnadenstoß. Aber kein Risiko eingehen! In den Keller mit ihm, und dann zurück in den Stall.«
Aster kroch an den angeschlagenen Frachter heran, wendete das Boot und schoß aus einer Entfernung von fünfhundertfünfzig Metern los. Die *Moray* machte bei der nahen Unterwasserexplosion einen Satz, und die Crew brach in Hochrufe aus.
»Auftauchen! Auftauchen! Auftauchen! Ich bin stolz auf euch Rasselbande! Ich könnte heulen vor Freude!« Und in der Tat, Asters Stimme klang erstickt vor innerer Erregung. »Ihr seid die phantastischste Crew in der ganzen Navy. Und eines laßt euch gesagt sein: die *Moray* hat erst angefangen, Japse zu töten!«
Wie sehr sie innerlich auch mit ihm uneins gewesen sein mochten, jetzt stand die Crew wieder hinter ihm. Das Sich-Beglückwünschen, Umarmen, Hochrufen und Händedrücken ging endlos weiter, bis der Quartermaster die Luke öffnete, die Diesel wieder aufheulten und mondglitzerndes Seewasser die Leiter heruntertropfte.
Als Byron wieder in die heiße Nacht hinaustrat, lagen die beiden brennenden Schiffe tief im Wasser. Kein Geschützfeuer. Der eine Frachter sank schnell, die

Flammen gingen aus wie eine Kerze, die man ausbläst. Doch der andere brannte weiter, sein aufgerissener Rumpf weigerte sich unterzugehen, bis Aster Betmann gähnend den Befehl gab, ihm mit dem Geschütz den Rest zu geben. Von Granaten eingedeckt, brauchte er dennoch lange, bis er versank. Die See wurde dunkel, bis auf den gelben Pfad des tief hängenden Halbmonds.
»Jetzt mal herhören, die Herren von U.S.S. *Moray*«, verkündete Aster, »wir gehen jetzt auf Kurs null sechs sieben – das ist der Kurs, der nach Pearl Harbor führt. Wenn wir an der Kanalboje Nummer Eins vorüberlaufen – das heißt: heute in zehn Tagen – dann werden wir einen Besen ans Sehrohr binden. Alle Maschinen voraus, normal, und Gott beschütze euch alle, ihr großartige Bande kämpfender Narren.«
So verlief der 19. April für Byron Henry.

Der Besen ragte am Sehrohr, als sie in Pearl Harbor einliefen. An einem langen Wimpel hinter dem Besen flatterten vier kleine japanische Flaggen. Sirenen, Nebelhörner, Dampfpfeifen begleiteten die *Moray* den ganzen Kanal hinauf. An der Pier des U-Boot-Stützpunktes bot sich eine Riesenüberraschung: inmitten des gesamten Stabs von SubPac wartete in schneeweißer Uniform Admiral Nimitz. Als die Laufplanke ausgelegt war, ließ Aster die Männer an Deck antreten. Nimitz kam allein an Bord. »Captain, ich möchte den Mannschaften und Offizieren dieses Bootes die Hand drücken, und zwar jedem einzelnen.« Er tat es, schritt mit leuchtenden Augen im runzligen Gesicht über die Back; dann schwärmte der Stab vom SubPac übers Deck. Irgend jemand hatte den *Honolulu Advertiser* mitgebracht. Die Balkenüberschrift auf der ersten Seite lautete:

ERSTE FEINDFAHRT: VIER AUF EINEN STREICH
Unterseeboot versenkt Geleitzug samt Begleitschiff.
»Ein-Boot- U-Bootrudel« – Lockwood.

Das Bild des in greller Sonne grinsenden Aster war ziemlich neu, doch von Betmann hatte die Zeitung nur das Abgangsphoto von der Marineakademie ausgegraben, und darauf sah er mit seiner verschwenderischen Haarpracht entschieden komisch aus.
Festen Boden unter den Füßen zu haben, tat gut. Byron ging langsam zum Gebäude des ComSubPac. Die Geschichte vom Abschießen der im Wasser schwimmenden Japaner hatte rasch die Runde gemacht, und so wurde der lange Weg zu einer Art Probeabstimmung über Asters Tat. Offiziere hielten ihn an, um Näheres zu erfahren; ihre Reaktionen schwankten zwischen

angewiderter Mißbilligung bis zu blutrünstiger Zustimmung. Das Ergebnis schien gegen Aster auszufallen, wenn auch nicht mit großer Mehrheit. Später am Tag flog Janice ihm mit einem hemmungslosen Kuß an den Hals, der ihn ganz schwindelig machte, ihn elektrisierte und auflodern ließ.
»Heiliger Bimbam«, sagte er atemlos, »*Janice!*«
»Ach, verdammt, ich liebe dich, Briny. Weißt du das nicht? Aber keine Angst, ich freß dich nicht auf.« Mit leuchtenden Augen riß sie sich von ihm los. Ihr hellblondes Haar wirbelte durcheinander. Ihr dünnes rosafarbenes Kleid raschelte, als sie auf einen Tisch zuschoß, auf dem der *Advertiser* lag. Sie griff ihn und schwenkte ihn triumphierend.
»Hast du das gesehen?«
»Na, klar.«
»Und hast du meine Nachricht erhalten? Kommt Carter zum Essen?«
»Er kommt.«
Aster war durchaus nicht mehr nüchtern, als er eintraf. Er trug etliche *Leis* um den Hals, die ihm im Offiziersclub umgehängt worden waren. Eine dieser Blumengirlanden legte er jetzt Byron um den Hals und eine zweite Janice, die sich mit einem sittsamen Kuß bei ihm bedankte. Sie spülten ein Festmahl aus Shrimps, Steaks, gebackenen Kartoffeln und Apfeltorte mit vier Flaschen kalifornischen Champagners hinunter, waren lustig und lachten, bis sie nicht mehr konnten. Hinterher band Janice eine Schürze um und befahl ihnen, ihr beim Abräumen nicht zu helfen. »Helden, die auf Eroberung aus sind«, erklärte sie mit ein wenig schwerer Zunge, »haben in meiner Küche nichts zu suchen. Geht raus auf die Veranda. Heute gibt es keine Moskitos. Der Wind kommt von See her.«
Auf der dunklen Veranda, die auf den Kanal hinausging, sanken sie in die Korbstühle. Die Weinflasche stand zwischen ihnen. Mit völlig nüchterner Stimme erklärte Aster plötzlich: »Pete Betmann hat um Versetzung gebeten.« Nach langem Schweigen fragte Byron: »Und? Woher kriegen wir einen neuen Eins W.O.?«
»Ich hab' dem Admiral gesagt, ich wollte dich.«
»Mich?« Byron schwamm der Kopf vom Champagner, alles drehte sich. Er versuchte, sich zusammenzureißen. »Das ist doch nicht möglich.«
»Warum?«
»Dazu bin ich zu jung. Und auch nur Reserveoffizier. Auf Gefechtsstation, klar – am Sehrohr zu stehen, würd' mich riesig freuen. Aber als Verwaltungsmann bin ich eine Null!«
»In der Musterrolle steht, daß du die Prüfung bestanden hast. Und die Fähigkeiten dazu hast du. Der Admiral will sich's überlegen. Du wärst zwar

erst der dritte Reserveoffizier, der beim SubPac als Erster Wachoffizier eingesetzt würde, aber er neigt dazu, mir zu geben, was ich will. Die beiden anderen sind schon länger dabei; sie machen seit '39 aktiven Dienst. Aber dafür hast du eine Menge Kampferfahrung.«
»Aber die ganze Zeit im Mittelmeer – das war doch eine Flaute für mich.«
»Wartungsdienst auf einem vorgeschobenen Stützpunkt kann man nicht als Flaute bezeichnen.«
Byron schenkte beide Gläser voll. Sie tranken in der Dunkelheit. Über dem Geklirr und Gespritze in der Küche hörten sie Janice singen: *Lovely Hula Hands*.
Nach einer Weile sagte Aster: »Oder teilst du Pete Betmanns Meinung? Willst du nicht noch mal mit mir raus? Auch das ließe sich einrichten.«
Während der langen Rückfahrt hatten sie in der Messe nur wenig über das Abschießen der Japaner geredet. Byron zögerte, sagte dann aber: »Ich habe nicht um Versetzung gebeten.«
»Wir laufen doch aus, um Japaner zu töten, oder?«
»Im Wasser hatten sie keine Chance zu kämpfen.«
»Unsinn!« Das Wort klang wie ein Peitschenhieb; Aster bemühte sich, nicht zu fluchen. »Wir sind im Krieg. Wenn man ihn gewinnen und auf lange Sicht Menschenleben retten will, dann muß man möglichst viele Feinde erledigen. Stimmt's? Oder stimmt's nicht?« Keine Antwort von Byron. »Nun?«
»Lady, es hat dir Spaß gemacht.«
»Ich hab' nichts dagegen gehabt, die Kerle abzuknallen. Das geb' ich zu. Sie haben schließlich den Krieg angefangen.«
Schweigen im Dunkeln.
»Sie haben deinen Bruder getötet.«
»Ich habe gesagt, ich hab' nicht um Versetzung gebeten. Hör auf damit, Käpt'n.«
Janice saß noch lange mit Byron zusammen, nachdem Aster gegangen war. Sie redeten über die Feindfahrt und dann über Warren; liebevoll tauschten sie Erinnerungen, wie sie es noch nie zuvor getan hatten. Von Natalie sagte er kein Wort, nur, daß er am Morgen im Außenministerium anrufen wolle. Als er zu Bett ging, streckte er ihr die Arme entgegen und gab ihr einen leidenschaftlichen Kuß. Überrascht und gerührt zugleich sah sie ihm in die Augen. »Der war ja wohl für Natalie, oder?«
»Nein. Gute Nacht.«
Bevor sie ging, warf sie noch einen Blick in sein Zimmer und lauschte seinem ruhigen Atem. Der Ausweis der Militärregierung an ihrem Wagen sorgte dafür, daß sie keine Probleme mit der Ausgangssperre hatte. Durch die

verdunkelte Stadt fuhr sie zu dem kleinen Hotel, in dem Aster jetzt abstieg, wenn sie sich treffen wollten. Ein paar Stunden später stahl sie sich wieder in ihr Haus, müde und noch angeregt von den flüchtigen Ekstasen des ›illegalen Beischlafs‹. Abermals lauschte sie Byrons Atem: tief, regelmäßig, keine Veränderung. Gelöst in Körper und Seele ging Janice ins Bett; trotzdem regte sich ein vages Schuldgefühl in ihr, fast so, als hätte sie Ehebruch begangen.

Die Kontroverse darüber, daß Aster das Feuer auf die japanischen Soldaten freigegeben hatte, wogte im SubPac lange hin und her. Nie gelangte etwas davon in die Zeitungen; nicht einmal der Rest der Navy erfuhr davon. Die U-Bootwaffe hütete die Sache wie ein Familiengeheimnis. Lange nach dem Krieg, als die Kriegstagebücher der Feindfahrten nicht mehr als Verschlußsache galten, kam die Geschichte endlich ans Licht. Carter Aster machte in seinem Bericht keinerlei Hehl daraus, und das ComSubPac gab ihm nicht nur seinen Segen, sondern überhäufte ihn auch noch mit Lob. Auch der Bericht des Stabschefs wurde freigegeben. Er hatte sich lang darüber ausgelassen, daß das Abknallen hilflos im Wasser treibender Schiffbrüchiger zu mißbilligen sei. Der Admiral hatte diesen Absatz mit einem zornigen Federstrich gelöscht; noch heute verunzieren Tintenkleckse diese Seite, die in den Kriegsarchiven der Navy ruht.
»Wenn ich noch zehn so aggressive Killer wie Aster unter meinem Kommando hätte«, sagte der Admiral damals zu seinem Stabschef, »könnte der Krieg ein Jahr früher zu Ende sein. Ich denke nicht daran, Lieutenant Commander Aster dafür zu kritisieren, daß er Japse umgebracht hat. Es war eine gloriose Feindfahrt, und ich werde ihn für sein zweites *Navy Cross* vorschlagen.«

20

Anfang Juli hörte der amerikanische Gesandte in Bern nach langem Schweigen zum ersten Mal wieder von Leslie Slote. Seit die Deutschen auch Südfrankreich besetzt hatten, war die normale Verbindung mit den Vereinigten Staaten abgeschnitten; die offizielle Diplomatenpost gab es nicht mehr. Nur noch über die Diplomatenpost der neutralen Kollegen gelangten gelegentlich Briefe und Berichte hin und her. Einer von Slotes alten Freunden im Schweizer Außenministerium brachte Tuttle einen dicken Umschlag, er überreichte ihn nach Abschluß einer Besprechung, bei der es um etwas ganz anderes ging, um sich dann ohne ein Wort zurückzuziehen.

3. Juni 1943

Lieber Bill –

ich möchte gleich zu Anfang um Entschuldigung für die Unleserlichkeit meiner Denkschrift über die Bermuda-Konferenz bitten, die ich diesem Brief beifüge. Ich habe mir den Fuß verstaucht und schreibe im Bett. Ich bin aus dem Auswärtigen Dienst ausgeschieden und habe deshalb weder Büro noch Sekretärin.

Der verstauchte Fuß ist die Folge eines Fallschirmabsprungs. Diese Zeilen schreibt ein völlig anderer Leslie Slote! Ich war, gelinde gesagt, nie ein Held, sondern immer ein ziemlicher Angsthase. Doch nachdem ich den Dienst beim Außenministerium quittiert hatte, bin ich ausgerechnet im *Office of Strategic Services* gelandet. Seither bin ich dauernd auf Trab und habe keine Ahnung, wohin das alles noch führen soll. Das einzige, was ich habe, ist ein erschrockenes Gefühl der Euphorie, wie es wohl jemand empfindet, der aus einem Flugzeug herausfällt und – wenn auch nur für einen kurzen Augenblick – im Fall den weiten Rundblick und die kalte Brise genießt. Bilder vom Fallen stellen sich nach meinem gestrigen Fallschirmabsprung mühelos immer wieder ein: ein Alptraum, gleichzeitig aber auch auf eine haarsträubende Weise erheiternd.

Selbstverständlich wissen Sie, um was es sich beim OSS handelt. Wenn ich

mich recht erinnere, hat General ›Wild Bill‹ Donovan Ihnen ganz schön den Marsch geblasen, als er voriges Jahr wie ein Wirbelwind durch Bern fuhr. Es handelt sich um einen improvisierten Geheimdienst, eine sehr merkwürdige Sache. Es liegt auf der Hand, daß ich Ihnen von meiner Tätigkeit nur wenig erzählen kann. *Aber ich tue etwas!* Und das ist nach dem Außenministerium ein gutes Gefühl. Beruflich ist das alles für mich eine Katastrophe, doch es kam viel zu schnell, um uns Zeit zum Mitleid mit mir selbst zu lassen.
Bill, das Außenministerium ist ein Harem, dessen Schönheiten entführt wurden; zurückgeblieben sind nur Scharen fistelnder Eunuchen, die nichts zu tun haben. Der größte Teil der außenpolitischen Belange ist zwischen Mr. Roosevelt und Mr. Hopkins aufgeteilt und wird von ihnen wahrgenommen. Was dann noch bleibt, wird von General Donovan und seinen Mannen erledigt; die Kastraten des Außenministeriums begnügen sich damit, Papiere herumzureichen, die man ebensogut als Toilettenpapier benutzen könnte.
Wenn all dies nach Verbitterung klingt, denken Sie bitte daran, daß ich meine ganze Laufbahn kaputtgemacht und zehn für meine Karriere kostbare Jahre verloren habe. Ich denke, das ist die Wahrheit. Was das Außenministerium sich auf der Bermuda-Konferenz geleistet hat, hat mir den Rest gegeben, obwohl es wohl nur eine Frage der Zeit war, bevor ich ohnehin gegangen wäre. Die jüdische Frage hat sich bei mir zu einer Besessenheit ausgewachsen, und Breckinridge Long hat mich in der Beziehung zum Wahnsinn getrieben. Jetzt bin ich *draußen* und komme allmählich wieder auf die Beine.
Long holte mich, wie Sie wissen, in seine Abteilung für Europäische Angelegenheiten, meine Zuständigkeit sollte das Judenproblem sein. Er stand damals unter großem Druck, die Visabeschränkungen aufzuheben, mit denen sich Leute, die vor Hitler flüchteten, herumschlagen mußten; außerdem sollte er etwas für die Juden unternehmen, die mit der Eisenbahn zur Vernichtung nach Polen gebracht wurden. Breckinridge Long ist ein von allen Seiten bedrängter Mann, der sich in letzter Zeit zunehmend an Strohhalme klammert. Ich vermute, daß er in seiner Abteilung einen Mann mit einem ›projüdischen‹ Ruf haben wollte, der mitfühlend mit den Juden reden konnte, aber dabei keinerlei Macht besaß, ihnen zu helfen. Und dabei hat er wohl auf mich gezählt, daß ich als guter und loyaler Beamter des Außenministeriums, der wieder in Washington war, seiner Politik folgen würde, einerlei, wie sehr sie mir gegen den Strich ging. Die eigentliche Frage lautet: Warum habe ich diesen Job überhaupt angenommen? Und die Antwort lautet: Ich weiß es nicht. Ich nehme an, ich hatte gehofft, Long werde zu dem stehen, was er sagte, und daß ich ein wenig Einfluß auf die Art gewinnen könnte, wie die jüdischen Angelegenheiten behandelt wurden.

Wenn dem so war, habe ich mir selbst etwas vorgemacht. Von Anfang an bis zu dem Augenblick, da ich nach Bermuda abflog und dann mitten während einer Sitzung die Konferenz verließ, bin ich gegen eine Mauer gelaufen. Heute tut Breckinridge Long mir leid. Für mich ist er nicht einmal der Bösewicht in diesem Stück. Er kann nicht anders sein, als er ist. Er schickte mich nach Bermuda, wo ich so etwas wie ein nichtjüdischer Sol Bloom sein sollte, ein Diplomat, der die offizielle Meinung vertrat und gleichwohl nachweislich projüdische Sympathien aufwies – jemand, den man bei künftigen Untersuchungsausschüssen im Kongreß zitieren konnte. Daß ich meinen Dienst quittierte, nimmt sich auf meinem Personalbogen nicht besonders gut aus, doch bin ich jetzt selbstverständlich nicht mehr daran interessiert, die Fassade aufrechtzuerhalten, die das Außenministerium aufgerichtet hat.

Und was für eine Fassade das war! Wie sorgfältig da von unserem und dem britischen Außenministerium Regie geführt wurde, um jeden Druck, jede Herausforderung und jede Kontroverse zu verhindern! Zeitungsleute waren von vornherein nicht zugelassen. Gewerkschaftsführer, führende Persönlichkeiten des Judentums, Protestmarschierer – vor alledem schützte der weite Ozean die Kongreßteilnehmer. Bermuda war bezaubernd – überall Frühlingsblumen; die Sitzungen fanden in wunderschönen Hotels statt, weit von den Militärstützpunkten entfernt; wir hatten jede Menge Zeit, in den Swimmingpools zu baden und uns die berühmten Punschgetränke der Insel zu Gemüte zu führen. Abends, bei den gesellschaftlichen Zusammenkünften mit der Oberschicht von Bermuda, konnte man fast vergessen, daß Krieg ist.

Der arme Dr. Harold Dodds – der Präsident von Princeton, den man mit List und Tücke dazu bewogen hatte, den Vorsitz unserer Delegation zu übernehmen – beschwor mich zu bleiben, doch nach dem dritten Tag reichte es mir. Ich sagte ihm, ich würde entweder die Frage der von der Ausrottung bedrohten Juden aufs Tapet bringen *(sie waren auf der Konferenz ein verbotenes Thema!)* oder aber nach Washington zurückfliegen und den Auswärtigen Dienst quittieren. Dodds war hilflos. Er konnte mich unmöglich ermächtigen, die politischen Linien zu mißachten, auf die man ihn vergattert hatte. Deshalb flog ich zurück und rettete auf diese Weise einen kleinen Rest meiner Selbstachtung.

Bis jetzt ist über den Verlauf der Konferenz nichts veröffentlicht worden. Man bemüht sich hektisch um Geheimhaltung, und zwar »um jene Maßnahmen zu schützen, die getroffen wurden« um politischen Flüchtlingen zu helfen«. In Wirklichkeit hoffen die Herren Hull und Long, daß das Interesse an der Konferenz allmählich abklingt und sie sich niemals verantworten müssen. Doch so wird es nicht laufen. Der Druck, die Karten offen auf den Tisch zu

legen, wird weiter wachsen, und wenn die Wahrheit ans Licht kommt, dann wird es einen unerhörten Knall geben.
Meine Denkschrift wird Ihnen eine Ahnung von dem geben, was in Bermuda wirklich geschah. Sie erinnern sich an jenes entsetzliche Dokument, das ich in einem Berner Kino zugesteckt bekam, und in dem die Wannsee-Konferenz beschrieben wurde? Ich konnte die Echtheit dieses Dokuments damals nicht nachweisen; das haben die Ereignisse seither weiß Gott überzeugend getan. Wenn Präsident Roosevelt nicht bald etwas unternimmt, wird die Geschichte sagen, daß die europäischen Juden zwischen dem Hammer der Wannsee-Konferenz und dem Amboß der Bermuda-Konferenz vernichtet wurden. Man wird dem amerikanischen Volk unter Roosevelt genauso wie den Deutschen unter Hitler die Schuld an diesem Massaker geben! Das ist zwar eine grausame Verdrehung der Tatsachen, doch leider genau das, was Breckinridge Long erreichen wird.
Sie kennen Präsident Roosevelt gut. Ich schicke Ihnen meine Denkschrift; Sie können damit machen, was Sie wollen. Sie enthält eine deutliche Warnung – nicht nur vor dem, was nach Bermuda für die europäischen Juden auf dem Spiel steht, sondern auch im Hinblick auf den historischen Ruf von Franklin Delano Roosevelt und auf das moralische Ansehen Amerikas in der Welt nach dem Krieg. Bitte, lesen Sie sie sorgfältig und überlegen Sie, ob sie – umgeschrieben oder erweitert – dem Präsidenten zugeleitet werden sollte.
Auf einen Wirbelsturm ist man nie vorbereitet, Bill, und wenn man erst improvisierte Sicherheitsvorkehrungen treffen muß, ist der größte Schaden bereits angerichtet. Das deutsche Massaker an den Juden ist ein solcher Wirbelsturm. Es hat nie etwas Vergleichbares gegeben. Das ganze vollzieht sich hinter dem Nebelvorhang des Kriegs, in einer Nation, die alle Bindungen zur zivilisierten Welt abgebrochen hat. Sonst wäre das alles nicht möglich. Die Erkenntnis dessen, was geschieht, hat sich nur langsam durchgesetzt, und Maßnahmen, etwas dagegen zu unternehmen, hinken den Ereignissen hinterher. Doch all diese mildernden Umstände werden in späteren Jahren nicht mehr gelten. In der Rückschau wird man die Bermuda-Konferenz als eine skrupellose und herzlose Farce betrachten, aufgeführt von Amerika und England, um zu verhindern, daß etwas getan wird, während Millionen unschuldiger Menschen hingeschlachtet wurden.
Solange Breck Long diese Verantwortung dafür nicht abgenommen wird, wird diese Verzerrung noch vertieft werden und sich verhärten; dennoch wird die Schande zuletzt nicht auf ihm lasten, denn er wird ein vergessener kleiner Mann sein. Falls die Bermuda-Konferenz das letzte Wort der Alliierten zur Barbarei der Nazis bleibt, wird Franklin Delano Roosevelt als der große

amerikanische Präsident in die Geschichte eingehen, der zwar sein Land aus der Weltwirtschaftskrise hinaus- und in einen Welttriumph hineingeführt hat, aber dennoch in voller Kenntnis der ungeheuerlichen Massaker den Juden jede Hilfe versagte. Lassen Sie nicht zu, daß es dazu kommt, Bill. Warnen Sie den Präsidenten!

Um nicht den Verstand zu verlieren, löse ich mit dieser Denkschrift meine zufällige Verwicklung in das schlimmste Verbrechen der Geschichte der Menschheit. Die Bürde hat nie auf mir gelegen, höchstens in dem Sinne, daß sie jedes Menschen Bürde ist. Bis jetzt weigert die Welt sich, sie zu schultern. Ich habe es versucht, bin jedoch gescheitert, weil ich ein Niemand und ohne jede Macht bin. Diese mit Blut – meinem Blut und dem der Juden – geschriebene Denkschrift ist mein aus der Erfahrung gewonnenes Vermächtnis.

Mit den besten Grüßen
Leslie Slote

William Tuttle erkannte in der beigefügten, auf gelbem Konzeptpapier geschriebenen Denkschrift mühelos den verzweifelten Erguß eines Untergebenen, der seine Stellung voller Zorn verläßt. Der Stil, in dem sie abgefaßt war, verriet Eile, der Ton Zügellosigkeit. Daß dieser sorgsame und eher schüchterne Mann einen Job angenommen hatte, zu dem auch Fallschirmsprünge gehörten, bewies, wie erschüttert er war.

Trotzdem – die Denkschrift beunruhigte Tuttle. Er hatte sich ohnehin Gedanken über die Bermuda-Konferenz gemacht. Er schlief ein paar Nächte lang schlecht und zerbrach sich den Kopf, was er tun solle. Breckinridge Long war in seinen Augen immer ein durchaus vernünftiger Mann gewesen: ein geschliffener, selbstsicherer Gentleman, ein echter Insider, jemand, auf dessen Urteil man etwas geben konnte, alles andere jedenfalls als ein Schurke.

Doch Tuttle hatte immer noch etwas gegen die kürzlich ergangene Weisung vom Außenministerium, er solle aufhören, über die Kanäle des Außenministeriums jüdische Berichte aus Genf über die Vernichtungen weiterzuleiten; er wußte durchaus, daß sämtliche Informationen, die er an die Abteilung für Europäische Angelegenheiten geschickt hatte, in Schweigen untergegangen waren. Er selbst verspürte wenig Lust, sich eingehend mit den jüdischen Schrecken zu befassen, und hatte die ausbleibenden Reaktionen auf die langsam mahlenden Mühlen des Außenministeriums und auf Gedankenlosigkeit geschoben. Doch wenn das alles auf Long zurückging, sollte der Präsident es vielleicht doch erfahren. Wie es ihm beibringen?

Zuletzt strich er Slotes Denkschrift drastisch zusammen und milderte die bitteren Ausfälle gegen Breckinridge Long ein wenig ab. Auf dem Umweg über die Schweizer Diplomatenpost schickte er die Neufassung sauber getippt nach Washington, und zwar zusammen mit einem Handschreiben, mit der Zeile *Persönlich und dringend, für den Präsidenten* auf dem Umschlag.

5. August 1943

Mr. President:

Der Autor der beigefügten Denkschrift hat an der Bermuda-Konferenz teilgenommen und aus Protest den Auswärtigen Dienst quittiert. Er ist ein Rhodes-Stipendiat, der hier in Bern mit mir zusammengearbeitet hat. Meiner Meinung nach ist es ein Mann von seltener Intelligenz, auf den man sich immer und in jeder Weise verlassen konnte.

Ich zögere, den Bürden, an denen Sie zu tragen haben, eine weitere hinzuzufügen, doch zweierlei Sorgen zwingen mich, es dennoch zu tun: erstens das furchtbare Schicksal, das die europäischen Juden erleiden, und zweitens Ihr Ruf in der Geschichte. Vielleicht hilft dieser Bericht Ihnen, sich ein zutreffendes Bild von dem zu machen, was sich auf der Bermuda-Konferenz hinter den offiziellen Sitzungen abgespielt hat. Ich persönlich neige dazu, Leslie Slote Glauben zu schenken.

Mit dem Ausdruck tiefster Achtung und Bewunderung

Ihr
Bill Tuttle

VERTRAULICHE DENKSCHRIFT

Die Bermuda-Konferenz: Amerikaner und Briten Komplizen bei der Ausrottung der europäischen Juden

1. *Historischer Hintergrund*

Seit Beginn des Jahres 1941 beschäftigt sich die deutsche Regierung mit der Durchführung eines Geheimplans zur systematischen Ausrottung der Juden Europas. Diese ungeschminkte Tatsache übersteigt alle bisherige menschliche Erfahrung, und es gibt keine gesellschaftlichen Mechanismen, damit fertig zu werden.

Bedingt durch den Krieg ist die deutsche Regierung international geächtet und nur dem deutschen Volk verantwortlich. Mit Hilfe des Polizeiterrors hat das

Nazi-Regime die Deutschen zu gefügiger Duldung dieser brutalen Handlungen gezwungen. Gleichwohl bleibt die traurige Wahrheit, daß es gegen die Nazipolitik dem Judentum gegenüber seit Hitlers Machtübernahme keinen öffentlichen Widerstand mehr gibt.
Die Wurzeln des Massakers sind in einem ausgeprägten Zug der deutschen Kultur zu suchen, einer Art von verzweifeltem romantischem Nationalismus, einer extremen Reaktion auf den humanen Liberalismus des Westens. Dieses Gedankengebäude ist eine grobe Selbstbeweihräucherung kriegerischer deutscher Kultur; zu der, wenn das auch nicht immer offen zum Ausdruck kommt, ein virulenter Antisemitismus gehört. Das Ganze ist ein vielschichtiges und dunkles Thema. Der italienische Philosoph Benedetto Croce verfolgt diesen barbarischen Zug bis in römische Zeiten zurück, auf den Sieg des Arminius im Teutoburger Wald, durch den die Germanenstämme vom wohltätigen Einfluß römischer Gesetze und römischer Lebensart abgeschnitten wurden. Doch wo die Ursprünge auch immer liegen mögen, der Aufstieg und die Beliebtheit Adolf Hitlers beweisen, in welchem Maße dieser Zug immer noch vorhanden ist.

2. *Die Situation der Alliierten*
Die Bermuda-Konferenz fand statt, weil das Geheimnis des Massakers nach und nach ruchbar wurde. Am 17. Dezember 1942 warnten die Regierungen der Vereinten Nationen in einer gemeinsamen öffentlichen Erklärung, daß die an diesem Verbrechen Beteiligten zur Rechenschaft gezogen würden. Die Veröffentlichung dieser Erklärung gab den Anstoß dafür, daß in den Vereinigten Staaten und in Großbritannien in der Öffentlichkeit die Forderung wuchs, etwas zu unternehmen.
Unseligerweise traf Adolf Hitler mit seiner Judenpolitik die Achillesferse des westlichen Liberalismus.
Abgesehen von den Juden selbst, wurde die Forderung, etwas zu tun, auch von der Presse, der Kirche, von fortschrittlichen Politikern und Intellektuellen erhoben. Andere Kräfte jedoch, die sich in eisiges Schweigen hüllten und sich nicht rührten, haben verhindert, daß etwas unternommen wurde.
Was die Juden von England wollen, ist die Freigabe Palästinas für unbeschränkte jüdische Einwanderung, eine Maßnahme, die auf der Hand liegt, wenn es darum geht, dem Druck der Nazis ein Ventil zu öffnen.
Das Foreign Office glaubt jedoch, in dieser Phase des Krieges eine Opposition von arabischer Seite nicht riskieren zu können. Was die Vereinigten Staaten betrifft, so wäre ein auf der Hand liegender Schritt eine Notgesetzgebung, um den bedrohten Opfern Hitlers die Einreise zu ermöglichen. Unsere drastisch

restriktiven Einwanderungsgesetze entsprechen jedoch dem Willen des Kongresses, der dagegen ist, etwas an der ›rassischen Zusammensetzung‹ unseres Landes zu ändern. Wenn der alliierte Liberalismus Regierungspolitik wäre und nicht ein Mittelding zwischen Ideal und Mythos, würden diese Schritte unternommen werden. So, wie die Dinge stehen, hat Adolf Hitler die Alliierten in die größte Verlegenheit gebracht.

Deshalb die Bermuda-Konferenz. Einberufen wurde sie unter Fanfarenstößen als Antwort der Alliierten auf die Nazi-Schrecken. Die Konferenz erweckte den Anschein, als würde etwas unternommen; damit wollte man diejenigen, die etwas forderten, beschwichtigen; des weiteren löste die Konferenz eine Untätigkeit aus, die der Politik entsprach. Die Konferenz war eine Farce. Die Lakaien vom diplomatischen Dienst brachten sie mit sehr schlechtem Gewissen hinter sich; und dem schlechten Gewissen wiederum begegneten sie mit Maulheldentum, Lügenhaftigkeit und Magengeschwüren.

Dabei lag in alledem nicht so sehr Schurkerei als vielmehr eine rührende Unfähigkeit, die ungeheuerlichste Schurkerei der Geschichte zu begreifen. Das ist das Schlimmste von allem. Die Nazi-Massaker an den Juden sind für die meisten Menschen immer noch weithergesuchtes Zeitungsgeschwätz, das im Schatten großartiger Schlachtberichte mitläuft. Was die Deutschen machen, ist so ungeheuerlich, so unfaßlich und so weltweit von jener gelinden Abneigung Juden gegenüber entfernt, wie man sie überall kennt, daß die öffentliche Meinung es nicht wahrhaben will. Der Krieg blendet so sehr, daß man vor allem anderen leicht die Augen verschließt.

3. Die Konferenz

Allgemein anerkannter Zweck der Konferenz war es, sich *mit dem Problem der politischen Flüchtlinge* zu beschäftigen. Man legte größten Wert darauf, das Wort ›Juden‹ nicht auf die Tagesordnung zu bringen. Die einzigen ›politischen Flüchtlinge‹, über die man reden konnte, waren diejenigen in den neutralen Ländern, Menschen, die ohnehin schon in Sicherheit waren! Diese Richtlinien waren geheim. Darüber ist nie auch nur ein Wort an die Presse gelangt. Irgendwann jedoch werden die Details ans Licht kommen. Sie werden nichts weiter erkennen lassen als einen faulen Zauber, eine widerwärtige Übung in diplomatischem Ausweichen, Schattenboxen und Doppelzüngigkeit. Jeder Versuch, die Tagesordnung um einige Punkte zu erweitern, wurde abgeschmettert; jeder Vorschlag, etwas zu unternehmen – auch wenn es nur darum ging, daß die Zahl der Flüchtlinge in den neutralen Ländern abgebaut wurde – fiel unter den Tisch. Es sind keine Gelder vorhanden, kein Schiffsraum; oder es gibt keinen Ort, wo man diese Leute hinbringen könnte; oder sie bilden ein zu

großes Sicherheitsrisiko, da sich ja Spione und Saboteure unter ihnen befinden könnten; oder ins Auge gefaßte Maßnahmen könnten sich ›hinderlich auf die Kriegsanstrengungen‹ auswirken.
Einer schiebt den Schwarzen Peter dem anderen zu. Die Amerikaner versteifen sich darauf, die Flüchtlinge in Nordafrika und dem Mittleren Osten unterzubringen. Die Briten bestehen darauf, die westliche Hemisphäre für sie zu öffnen. Am Schluß herrscht herzliches Einvernehmen darüber, daß man zu keinem Schluß habe kommen können; und um den Anschein zu erwecken, als würde doch etwas getan, einigt man sich darauf, das bereits in den letzten Zügen liegende, auf der Konferenz von Evian im Jahre 1938 entstandene Flüchtlingskomitee wieder zum Leben zu erwecken. Es ist leicht, die Delegierten zu verdammen, die gezwungen waren, diese verachtenswerte Farce aufzuführen. Doch sie waren nur Marionetten, welche die Politik ihrer Regierungen ausführten und damit den öffentlich erklärten Willen ihrer Völker.

4. Die Notwendigkeit weiterer Maßnahmen
Was läßt sich nach dem Desaster der Konferenz noch tun? Bestenfalls nur sehr wenig. Die Deutschen sind entschlossen, ihr ungeheuerliches Werk zu vollenden. Sie haben die meisten europäischen Juden in ihrer Gewalt. Nur ein Sieg der Alliierten kann sie daran hindern, ihr Vorhaben auszuführen. *Wenn wir jedoch mit aller Kraft zumindest das wenige tun, was wir überhaupt tun können, wird man uns später nicht der Mittäterschaft an diesem Nazi-Verbrechen beschuldigen.* Wie die Dinge liegen, hat die Bermuda-Konferenz die Vereinigten Staaten in die Lage eines Menschen gebracht, der tatenlos zusieht, wie ein Mord verübt wird.
In rund sechzehn Monaten finden Präsidentschaftswahlen statt. Möglich, daß das Massaker an den europäischen Juden bis dahin so gut wie abgeschlossen ist. Das amerikanische Volk hat also noch anderthalb Jahre Zeit, sich dieses unfaßlichen Verbrechens bewußt zu werden. Die Beweise dafür werden zu einer gewaltigen Flut anschwellen und nicht mehr zu übersehen sein. Vielleicht haben wir bis dahin auf dem europäischen Festland Fuß gefaßt und einige von diesen Mordlagern erobert. Das amerikanische Publikum ist ein menschliches Publikum. Obwohl es heute ›all diese Juden‹ nicht ins Land lassen möchte, wird es Ende 1944 nach jemandem Ausschau halten, dem man die Schuld dafür geben kann, daß all dies hat geschehen können. Und diese Schuld wird voll und ganz diejenigen treffen, die heute an der Macht sind.
Der Verfasser dieser Denkschrift weiß, daß der Präsident ein wahrhafter Menschenfreund ist, der den Juden gern helfen würde. Nur handelt es sich

innerhalb dieses weltumspannenden Ringens um ein zweitrangiges oder gar drittrangiges Problem. Da wirklich nur bitter wenig getan werden kann und dasjenige, worum es dabei geht, so grausig ist, kann man Mr. Roosevelt kaum verargen, daß er sich mit anderen Dingen beschäftigt.
Die Bemühungen um die Öffnung Palästinas für die Einwanderung der Juden oder die Revision der Einwanderungsbestimmungen in den Vereinigten Staaten scheinen hoffnungslos. Weit hergesuchte Versuche, die Betroffenen in Massen freizukaufen, und Vorschläge, nichtmilitärische Ziele wie Konzentrationslager zu bombardieren, liegen im Konflikt mit den Grundprinzipien der Kriegführung. Dennoch gibt es Möglichkeiten zu handeln.

5. Kurzfristige Maßnahmen
Die dringendste, zugleich wichtigste und nützlichste Maßnahme, die Präsident Roosevelt ergreifen könnte, wäre, *das gesamte Flüchtlingsproblem aus der Kompetenz des Außenministeriums herauszunehmen* und vor allem Mr. Breckinridge Long *davon zu entlasten.* Im Augenblick ist er für dieses Problem verantwortlich, und er ist eine Katastrophe. Dieser unglückliche Mann, an den Rand negativen Verhaltens gedrängt, ist entschlossen, so wenig zu tun wie möglich; jeden anderen daran zu hindern, mehr zu tun; und Himmel und Hölle in Bewegung zu setzen, um zu beweisen, daß er recht hat und immer recht hatte, und daß niemand ein besserer Freund der Juden sein könnte als er. Im Grunde seines Herzens scheint er immer noch zu glauben, das ganze Gerede von den Nazi-Massakern sei zur Hauptsache ein cleverer Trick, um die Einwanderungsbestimmungen zu umgehen.
Die Mitarbeiter im Außenministerium sind auf diesen Standpunkt vergattert worden. Zu viele von ihnen teilen Longs restriktive Überzeugung. Um die Moral des Außenministeriums ist es schlecht bestellt, und seine Möglichkeiten, auf humanitärem Gebiet tätig zu werden, sind äußerst dürftig. Es gilt, eine mit entsprechenden Befugnissen ausgestattete Behörde zu schaffen, die jeder Möglichkeit nachgeht, das Leben von Juden zu retten, und vor allem schnell zu handeln. Eine vernünftige Anpassung der Visa-Regeln allein könnte bereits eine größere Anzahl von Juden retten, *die nach den augenblicklich geltenden Einwanderungsquoten* nicht zu uns kommen können. Finanziell würden sie keine Last darstellen. Die jüdischen Organisationen würden Hilfsgelder in fast jeder beliebigen Höhe zur Verfügung stellen.
Die Einwanderungsbeschränkungen der lateinamerikanischen Länder richten sich nach den unseren. Sobald die neu zu schaffende Behörde den lateinamerikanischen Ländern die veränderte Haltung der Vereinigten Staaten vor Augen führt, werden einige dieser Länder gewiß nachziehen.

Die neue Behörde sollte sofort so viele Flüchtlinge wie möglich aus den vier neutralen europäischen Zufluchtshäfen – der Schweiz, Schweden, Spanien und Portugal – herausholen, damit diese Länder entlastet und veranlaßt werden, von ihrer augenblicklichen Haltung (›das Boot ist voll‹) abzurücken und jene gejagten Juden aufzunehmen, denen es noch gelingt, ihre Grenzen zu erreichen.

Die neue Behörde sollte die führenden Kongreßabgeordneten bearbeiten, zumindest vorläufig mindestens zwanzigtausend Flüchtlinge aufzunehmen. Wenn auf der ganzen Welt nur zehn weitere Länder diesem Beispiel folgten, würde das für die Schlächter selbst und für die Satellitenregierungen, die ihre jüdischen Mitbürger noch nicht an die Deutschen ausgeliefert haben, ein unüberhörbares und deutliches Zeichen dafür sein, daß die Alliierten es ernst meinen.

Sobald sich das Kriegsglück wendet, werden die Mörder nicht mehr so schnell bei der Hand sein, ihre Tat fortzusetzen. Früher oder später werden sie und ihre Komplizen es mit der Angst bekommen. Zu diesem Wendepunkt kann es kommen, wenn bereits neunundneunzig Prozent aller Juden tot sind, vielleicht aber auch bereits, wenn erst sechzig oder siebzig Prozent tot sind. Auf noch bessere Prozentsätze kann man nur hoffen; doch auch das wäre bereits eine historische Leistung.

Leslie Slote

William Tuttle erhielt nie eine Bestätigung dafür, daß der Präsident seinen Brief erhalten hatte. Historisch bewiesene Tatsache ist es jedoch, daß die Reaktion der Öffentlichkeit im Jahre 1943 zu einem allgemeinen Aufschrei anschwoll, als die Tatsachen über die Bermuda-Konferenz bekannt wurden. Am 22. Januar 1944 wurde das Flüchtlingsproblem durch eine Anweisung aus dem Weißen Haus aus der Verantwortlichkeit des Außenministeriums herausgenommen. Man schuf eine mit entsprechenden Vollmachten ausgestattete Behörde, die ermächtigt war, sich mit den ›Nazi-Plänen zur Ausrottung aller Juden‹ zu beschäftigen. Damit wurde eine Politik tatkräftiger amerikanischer Rettungsaktionen eingeleitet. Doch der Orkan hatte seinen Höhepunkt bereits erreicht.

21

Der Schweizer Diplomat, der neben Jastrows Rollstuhl das Hospital betrat, überbrachte dem Direktor, dem Comte Aldebert de Chambrun, einen Brief des deutschen Botschafters. »Sie kennen natürlich Monsieurs Meisterwerk«, ließ er beiläufig einfließen. »*Le Jésus d'un Juif.*«
Der Comte de Chambrun war ein pensionierter General, Finanzier, Aristokrat aus einer alten Familie und verschwägert mit Premierminister Laval; nichts konnte ihn erschüttern, auch in diesen aus den Fugen geratenen Zeiten nicht. Er nickte, als er den Brief überflog, in dem um die bestmögliche Behandlung für den »bedeutenden Autor« gebeten wurde. Seit der größte Teil des Personals nach Pearl Harbor von einem Tag auf den anderen abgereist war, hatte der Comte die Direktion des *American Hospital* übernommen. Die wenigen noch in Paris zurückgebliebenen Amerikaner kamen hierher, um sich behandeln zu lassen; Jastrow war der erste Patient aus der Baden-Badener Gruppe. Der Comte war nicht auf dem laufenden mit der zeitgenössischen amerikanischen Literatur und war sich nicht sicher, jemals von Jastrow gehört zu haben. *Eines Juden Jesus!* Merkwürdiger Brief, unter den herrschenden Umständen.
»Sie sehen«, fuhr der Schweizer fort, als ob er in seinen Gedanken läse, »daß die rassische Herkunft für die Besatzungsmacht keine Rolle spielt.«
»Gewiß«, erwiderte der Comte. »Vorurteile sollten vor den Mauern eines Krankenhauses haltmachen.«
Der Schweizer registrierte diese Meinung mit einem Zucken im Gesicht und ging. Schon nach einer Stunde rief man aus der Deutschen Botschaft an, erkundigte sich nach Jastrows Befinden und der Art seiner Unterbringung. Damit war alles geregelt. Als Jastrow sich nach einer schwierigen Operation in zwei Phasen und ein paar schlimmen Tagen wieder auf dem Weg der Besserung befand, ließ der Direktor ihn in einem sonnigen Zimmer unterbringen und sorgte dafür, daß er rund um die Uhr gepflegt wurde.
Der Comte de Chambrun sprach mit seiner Frau, einer höchst lebensbejahenden Amerikanerin, die auf alles und jedes rasch eine Antwort zur Hand hatte, über diese sonderbare deutsche Sorge um Jastrow. Die Comtesse war eine *grande dame*: eine geborene Longworth, mit den Roosevelts verwandt,

Schwester eines ehemaligen Sprechers des Repräsentantenhauses. Sie brachte den Krieg damit hinter sich, daß sie die Leitung der amerikanischen Bibliothek in ihre Hände nahm und im übrigen weiter ihren Shakespeare-Studien nachging. Ihr Sohn war mit der Tochter Pierre Lavals verheiratet. Die Comtesse hatte längst die französische Staatsangehörigkeit angenommen; in der Art jedoch, zu reden und sich zu geben, war sie unter einer feinen Patina von rabiater französischer Uralt-Adelsversnobtheit auffallend amerikanisch geblieben; kurz, sie stellte eine wandelnde Anomalie dar, die der Feder eines Proust würdig gewesen wäre.

Die Sache sei nicht im geringsten sonderbar, sagte die Comtesse munter zu ihrem Mann. Sie hatte *Eines Juden Jesus* gelesen, hielt freilich nicht sonderlich viel davon; immerhin, der Mann hatte einen Namen. Bald werde er nach Hause zurückkehren. Was er über die Behandlung zu sagen habe, die er hier erfahren hätte, werde in den amerikanischen Zeitungen und Illustrierten weithin veröffentlicht werden. Das sei einmal eine Gelegenheit für die Boches, der unvorteilhaften Propaganda hinsichtlich ihrer Judenpolitik etwas entgegenzusetzen; sie wundere sich nur über das Maß an Vernunft, das die Deutschen hier bewiesen, die sie für eine ungehobelte und begriffsstutzige Gesellschaft hielt.

General de Chambrun erzählte ihr auch von Jastrows Nichte. Er hatte während der Besuchszeiten mit ihr geplaudert und war beeindruckt von ihrer mageren, traurigen Schönheit, ihrem vollendeten Französisch und ihrer wachen Intelligenz. Die junge Dame könne sich doch in der Bibliothek nützlich machen, schlug er vor, wenn Jastrow für seine Rekonvaleszenz schon einige Zeit brauche. Die Comtesse ging mit Freuden auf diesen Vorschlag ein. Die Bibliothek sei alles andere als geordnet, und die abgereisten Amerikaner hätten 1940 ganze Stöße von noch nicht katalogisierten Büchern zurückgelassen. Vielleicht erhoben die Boches Einspruch dagegen; aber, wie gesagt, die amerikanische Nichte eines berühmten Autors, Frau eines U-Bootoffiziers, sei möglicherweise genau die richtige Person, auch wenn sie Jüdin sei. Die Comtesse fragte bei dem deutschen Beamten nach, der die Bibliotheken und Museen unter sich hatte und ihr bereitwillig die Erlaubnis gab, Mrs. Henry zu beschäftigen.

Woraufhin sie keine Zeit verlor. Natalie besuchte Aaron gerade im Hospital, als die Comtesse ins Zimmer gerauscht kam und sich vorstellte. Natalies Aussehen gefiel ihr sofort; recht *chic* für jemand, der eigentlich ein Flüchtling war, hatte sie doch etwas angenehm Amerikanisches und war überdies von einer südländischen Schönheit, die ohne weiteres auch auf eine italienische oder selbst auf eine französische Abkunft hindeuten konnte. Der alte Jude im

Bett hingegen wirkte mehr tot als lebendig: grauer Bart, gewaltige Nase, große, schwermütige braune Augen, die fiebrig im eingefallenen, wächsernen Gesicht glänzten.

»Ihr Onkel scheint in der Tat sehr krank zu sein«, sagte die Comtesse im Arztzimmer, wo sie Natalie zu einer Tasse ›Verbenen-Tee‹ einlud, der sehr nach aufgebrühtem Gras schmeckte und es vielleicht auch war.

»Er wäre beinahe innerlich verblutet«, sagte Natalie.

»Mein Mann sagt, er kann vorläufig nicht nach Baden-Baden zurück. Wenn es ihm gut genug geht, wird er in unser Erholungsheim verlegt. Nun, Mrs. Henry, der General hat mir erzählt, Sie hätten Radcliffe besucht und hier an der Sorbonne Examen gemacht. *Pas mal.* Würden Sie sich nicht gern ein wenig nützlich machen?«

Zu Fuß begleitete sie Natalie zu ihrer Pension; erklärte, in so etwas dürfe ein Amerikaner nicht einmal als Leiche liegen; gurrte oder vielmehr krächzte über Louis und erbot sich schließlich, Natalie anständig unterzubringen. Sodann marschierte sie mit ihr zu einer alten Villa in der Nähe des Hospitals, die in kleine Wohnungen unterteilt worden war, in denen Angestellte des Hospitals wohnten, und erreichte auf der Stelle, daß Natalie und ihr Kind aufgenommen und verpflegt wurden. Als es Abend wurde, waren sie in ihrer neuen Unterkunft, waren mit Hilfe der Comtesse sämtliche notwendigen Papiere bei der Präfektur ausgefüllt und unterzeichnet und sie bei dem deutschen Stadtteilkommandanten des vornehmen Neuilly gemeldet. Als sie ging, versprach sie, am Morgen wiederzukommen und Natalie mit der Métro in die Bibliothek zu bringen. Sie werde schon dafür sorgen, daß jemand sich um Louis kümmere.

Natalie war überwältigt von dieser nervösen und nicht ganz zu durchschauenden alten Märchenfee, die gleichsam aus dem Nichts aufgetaucht war. Ihre Verlegung nach Deutschland hatte sie in eine Art leichten Schock versetzt. In Baden-Baden, in dem Hotel mit der unfreundlichen deutschen Bedienung, dem ständigen Deutsch-Gerede, dem deutschen Essen und den deutschen Verkehrsschildern, den Gestapoleuten in der Halle und auf den Korridoren und den mißmutigen amerikanischen Internierten hatte sich ihr Bewußtsein auf sich selbst und Louis und die tagtäglichen Bedürfnisse und möglichen Gefahren beschränkt. Die Gelegenheit, nach Paris zu gehen, war wie ein Freispruch von einem Gefängnisurteil gewesen, nachdem der Schweizer Vertreter ihr versichert hatte, es lebten noch etliche Amerikaner, durchweg Sonderfälle, frei im deutschbesetzten Paris; sie werde dort unter schweizerischer Überwachung stehen, genauso wie in Baden-Baden. Doch bevor die Comtesse sich ihrer annahm, hatte sie nur wenig von Paris zu sehen bekommen. Sie hatte sich in ihrem Zimmer vergraben, mit Louis gespielt oder alte Romane gelesen. Morgens und abends war sie ins Hospital geeilt, um ihren Onkel zu besuchen, dann in aller Eile zurück, immer in der Angst, einmal von der Polizei angehalten zu werden, und ohne rechtes Zutrauen zu ihren Papieren.

Mit ihrer Beschäftigung in der Bibliothek begann eine neue Zeit. Sie hatte Arbeit, das beste schmerzstillende Mittel. Sie kam herum. Die erste angstvolle Überprüfung ihrer Papiere in der Métro verlief ohne Schwierigkeiten. Paris war ihr fast so vertraut wie New York, und es hatte sich nicht wesentlich verändert. Die Menschenmassen in der Métro, darunter viele junge deutsche Soldaten, waren eine unangenehme neue Erfahrung, doch gab es bis auf das Fahrrad, wackelige alte Pferdedroschken und sonderbare Fahrradtaxis, die einen an Rikschas erinnerten, sonst keine Möglichkeit, sich in Paris zu bewegen. Die Arbeit in der Bibliothek war einfach, und die Comtesse war bezaubert von ihrer raschen Auffassungsgabe und der Schnelligkeit, mit der sie arbeitete.

Natalie hegte dieser merkwürdigen alten Frau gegenüber gemischte Gefühle. Ihre Ansichten über Literatur waren klug, die ständigen Anekdoten von berühmten Leuten waren urkomisch und amüsant; außerdem verstand sie wirklich eine ganze Menge von Shakespeare. Sich hingegen mit ihren politischen und gesellschaftlichen Auffassungen abzufinden, war nicht leicht. Frankreich habe den Krieg aus drei Gründen verloren, behauptete sie immer wieder: weil Herbert Hoover angesichts der deutschen Kriegsvorbereitungen nichts unternommen habe, weil Frankreich durch die Volksfront geschwächt gewesen sei, und weil die Briten es bei Dünkirchen im Stich gelassen hätten. Frankreich habe sich durch die Engländer und ihre eigenen vernagelten Politiker dazu verleiten lassen, Deutschland anzugreifen (Natalie glaubte bei dieser Bemerkung ihren Ohren nicht zu trauen). Doch gleichviel, würde die französische Armee nur auf ihren Mann gehört und seine Panzer in Panzerdivisionen zusammengefaßt haben, statt sie auf die vielen Infanterieverbände aufzuteilen, dann hätte ein Gegenangriff die deutschen Panzervorstöße bei ihrem raschen Vormarsch auf die Atlantikküste abschneiden und den Krieg zu einem siegreichen Ende bringen können.

Sie machte sich nie die Mühe, ihre Meinungen und Urteile aufeinander abzustimmen oder zu begründen; sie gab sie einfach von sich wie Knallfrösche. Pierre Laval sei der mißverstandene Erlöser Frankreichs; Charles de Gaulle ein Scharlatan, der sich in Positur werfe; seine Behauptung: »Frankreich hat eine Schlacht verloren, nicht einen Krieg«, sei unverantwortlicher Unsinn. Bei der ganzen Résistance handele es sich um einen verlotterten Haufen von

Kommunisten und Bohemiens, die ihre französischen Mitbürger bespitzelten und sie Repressalien aussetzten, ohne den Deutschen weh zu tun. Und was die Besetzung betreffe, so habe sie trotz der Härten, die sie selbstverständlich mit sich bringe, einiges für sich. Das Theater sei jetzt wesentlich lebendiger als zuvor; es würden Klassiker und anständige Komödien gespielt, nicht mehr die frivolen Farcen und abgeschmackten Boulevard-Stücke von gestern; und die Konzerte seien ohne die grausigen modernen Dissonanzen, die ohnehin kein Mensch verstehe, wesentlich genußreicher geworden.

Natalie konnte sagen, was sie wollte – alles setzte nur einen Monolog in Gang. Einmal, als sie gemeinsam an ein paar Kartons voller Bücher arbeiteten, die ein amerikanischer Filmproduzent zurückgelassen hatte, meinte Natalie, das Leben in Paris sei merkwürdigerweise fast normal.

»Mein liebes Kind, normal? Es ist abscheulich! Selbstverständlich ist den *Boches* daran gelegen, den Anschein zu erwecken, als gehe das Leben hier seinen normalen Gang, ja, als sei es bezaubernd. Paris ist was zum Vorzeigen, verstehen Sie? Ein Schaustück der ›Neuen Ordnung‹.« Diesen Satz sprach sie mit beißendem Sarkasmus in der Stimme. »Das ist doch gerade der Grund, warum sämtliche Theater, die Oper und die Konzerte erhalten bleiben, ja, warum man sie sogar finanziell unterstützt. Das ist der Grund, warum unsere armselige kleine Bibliothek nicht geschlossen wird. Du lieber Gott, die Boches bringen sich doch fast um, sich zivilisiert zu geben; dabei sind sie in Wirklichkeit gänzlich kulturlos – wenn auch viel besser als die Bolschewiken. Ja, wenn Hitler nur soviel gesunden Menschenverstand besessen hätte, nicht in Frankreich einzumarschieren, sondern die Sowjetunion zu erledigen, wie er es 1940 ganz offensichtlich hätte tun können, würde er heute in der ganzen Welt als Held gefeiert werden, und wir hätten Frieden. Jetzt müssen wir warten, bis Amerika uns rettet.«

Natalie sah den ersten gelben Stern, als sie zusammen mit der Comtesse über einen geschäftigen Boulevard zum Mittagessen ging. Zwei Frauen in eleganten Schneiderkostümen kamen an ihnen vorüber, wobei die eine lebhaft auf die andere einredete. Auf beiden Damenkostümen über der linken Brust leuchtete der Stern. Die Comtesse nahm das überhaupt nicht wahr. Im Laufe der Zeit sah Natalie noch ein paar mehr: nicht viele, nur gelegentlich einen gelben Stern, der ganz sachlich getragen wurde. Rabinovitz hatte ihr von dem einen gewaltigen Zusammentreiben von Juden in Paris vor einem Jahr erzählt; entweder waren die meisten bei der Gelegenheit fortgebracht worden, oder sie ließen sich nach Möglichkeit nicht blicken. Die Schilder, auf denen Juden der Zutritt zu Restaurants und öffentlichen Telephonzellen verboten wurde, wurden mit der Zeit knittrig und verstaubten. Der beiläufig vorgebrachte

Antisemitismus, wie er ihr jeden Tag in so vertrauten Blättern wie *Paris-Soir* oder *Le Matin* entgegensprang, schreckte sie, denn die Titelseiten sahen nicht anders aus als in Friedenszeiten auch; sogar einige der Leitartikel waren dieselben geblieben.

Das Paris der Besatzungszeit hatte seine bezaubernden Seiten; stille saubere Straßen, frei von hupenden Taxis und ineinander verkeilten Automobilen, klare, abgasfreie Luft, buntgekleidete Kinder, die in nicht überfüllten, blumenbewachsenen Parks spielten, Pferdewagen mit Frauen in hinreißenden Pariser Kleidern darin, alles wie auf alten Gemälden. Gleichwohl waren häßliche Spuren der Besatzung allgegenwärtig: Straßenschilder mit großer schwarzer Beschriftung in deutscher Sprache; gelbe Plakate an den Hauswänden mit langen Listen hingerichteter Saboteure; Hakenkreuzflaggen auf allen öffentlichen Gebäuden, auf dem Arc de Triomphe, auf dem Eiffelturm; mit Kreide aufgeschriebene Speisenfolge in deutscher Sprache vor den Restaurants, deutsche Wehrmachtsfahrzeuge, welche die breiten leeren Boulevards hinunterrollten, und Soldaten, die dienstfrei hatten und in ihren feldgrauen Uniformen mit ihren Photoapparaten gemächlich die leeren Boulevards entlangschlenderten. Einmal stieß Natalie auf einen Musikzug, der mit schriller Marschmusik an der Spitze einer Wacheinheit im Paradeschritt die Champs-Elysées hinaufmarschierte: die Besatzung, eingefangen in einem einzigen, sonderbaren Bild.

Die Anpassungsfähigkeit des menschlichen Geistes hat etwas Wunderbares. Solange Natalie mit Arbeit in der Bibliothek überhäuft war oder den Abend zusammen mit Louis verbrachte oder nach dem Mittagessen an der Seine spazierenging und sich bei den Bouquinisten umschaute, war alles in Ordnung. Einmal wöchentlich meldete sie sich in der Schweizer Gesandtschaft. An einem Tag, an dem Louis krank war und sie zu Hause blieb, stattete ein gutgekleideter Schweizer Diplomat ihr einen Besuch ab, um sich zu vergewissern, daß alles in Ordnung sei. Das war beruhigend. Paris war weniger beängstigend als Marseille; die Menschen sahen weniger gehetzt und besser ernährt aus, und die Polizei verhielt sich zivilisierter.

Nach drei Wochen wurde Aaron in das Genesungsheim verlegt und bekam ein Zimmer, das auf den Garten hinausging. Immer noch schwach und lethargisch, kaum imstande zu reden, schien er die luxuriöse Behandlung als selbstverständlich hinzunehmen. Natalie hingegen konnte sich keinen rechten Vers darauf machen. Sie hatte die Verlegung nach Paris in aller Harmlosigkeit hingenommen; der Arzt in Baden-Baden hatte erklärt, das Amerikanische Krankenhaus in Paris sei mit ausgezeichnetem Personal versorgt und ihr Onkel dort besser aufgehoben als in Frankfurt. Paris war unvergleichlich viel angenehmer als Baden-Baden. Dennoch – eine gewisse schattenhafte Furcht verließ sie nie ganz, eine Furcht, wie ein Kind sie vor einem verschlossenen Zimmer haben mag, die Angst vor etwas Unbekanntem; das unbehagliche Gefühl, daß die freundliche Behandlung ihres Onkels und ihre eigene Freiheit in einer von den Deutschen besetzten Stadt nicht einfache Glücksfälle wären, sondern ein Rätsel. Als die Antwort darauf in der Amerikanischen Bibliothek endlich kam, wirkte sie weniger als Überraschung, denn als Angst davor, das dunkle, verschlossene Zimmer zu öffnen.

Die Comtesse rief vom Vorzimmer her. »Natalie, wir haben Besuch. Ein alter Freund von Ihnen.«

Sie hockte inmitten von Bücherstapeln im Hinterzimmer und stellte Listen zusammen. Sie strich sich das Haar aus dem Gesicht und eilte ins Büro. Dort stand Werner Beck, schlug die Hacken zusammen, verneigte sich, und die Haut um seine Augen, die ein freundliches Lächeln umspielte, zog sich in winzigen Fältchen zusammen.

»Der Geschäftsträger der deutschen Botschaft«, sagte die Comtesse. »Warum haben Sie mir nie erzählt, daß Sie Werner kennen?«

Seit sie Siena verließ, hatte sie kein einziges Mal ein Abendkleid angehabt; dort allerdings hatte sie bisweilen trotz des lässig gehandhabten italienischen Hausarrests ein verschossenes langes Kleid angezogen und war einen Abend ausgegangen. Weil sie seither nur noch aus dem Koffer lebte und nacheinander immer wieder dieselben paar Reisekleider anzog, war ihr das zu einer selbstverständlichen Lebensweise geworden. In Natalies benommener und angstgeschüttelter Geistesverfassung hatte dieser Abend, zu dem sie so etwas wie ein Aschenputtelkleid anzog, das die Comtesse für sie besorgt hatte, etwas Groteskes und Lächerliches, etwas von einem unheimlichen, endgültigen Abschied von ihrer Weiblichkeit. Alles paßte; die Cousine der Comtesse hatte genau ihre Größe. Perlenmatt schimmernde Seidenstrümpfe bis zum Hüftgürtel hochzuziehen, erfüllte Natalie mit einem ganz eigentümlichen Gefühl. Woher bekamen selbst reiche Pariserinnen heutzutage solche Strümpfe? Wie es wohl wäre, wenn sie sich in Friedenszeiten zum Ausgehen mit Byron so zurechtmachte wie jetzt für diesen grausigen Alptraum?

Sie tat ihr bestes, sich zu schminken, daß die Farbe zu dem hochmodischen grauen Seidenkreppkleid paßte, besaß jedoch nur das allernotwendigste, und das wenige war, da es nie benutzt worden war, inzwischen trocken und rissig geworden: ein Döschen mit Rouge, ein Lippenstift, der Rest eines Augenbrauenstifts und ein bißchen Maskara. Louis sah ihr mit weit aufgerissenen Augen zu, als legte sie Feuer an sich selbst. Sie war noch damit beschäftigt, als die

grauhaarige Babysitterin hereinschaute: »Madame, Ihr Herr ist da, unten in seinem Wagen – ach, Madame sind einfach hinreißend!«
Es war ihr keine andere Wahl geblieben, als Becks Einladung anzunehmen; hätte sie jedoch eine gehabt, sie wäre viel zu verängstigt gewesen, um abzusagen. Auf den dünnlippig vorgebrachten Kommentar der Comtesse – »Ich sag's ja: Der deutsche Geschäftsträger und *Figaros Hochzeit! Pas mal!*« – war es aus ihr herausgebrochen: »Aber wie kann er nur? Abgesehen davon, daß ich eine feindliche Ausländerin bin, weiß er, daß ich Jüdin bin.«
Mit runzlig herabgezogenen Mundwinkeln – sie hatten dieses Thema nie zuvor erwähnt – erwiderte die Comtesse: »Meine Liebe, die Deutschen gefallen sich in sowas, *ils sont les vainqueurs.* Die Frage ist doch einzig und allein: was ziehen Sie an?«
Keine Frage nach Natalies Beziehung zu Beck, keine boshafte Bemerkung – nur das nüchterne Problem, eine Geschlechtsgenossin für einen eleganten Abend in Paris herauszustaffieren. Die Cousine der Comtesse, eine dunkelhaarige junge Frau mit vorstehenden Zähnen, war völlig verdattert, als die Comtesse plötzlich mit dieser Amerikanerin in ihrer Wohnung aufkreuzte. Ohne viele Worte zu machen, aber auch ohne sichtbare Freude, rückte sie sanftmütig die Sachen heraus, die man von ihr verlangte. Die Comtesse gab zu jedem Kleidungsstück, das ihr vorgeführt wurde, ihr Urteil ab und bestand sogar noch auf einem Fläschchen guten Parfums. Ob sie das aus Freundlichkeit tat, oder um sich bei dem deutschen Geschäftsträger lieb Kind zu machen, vermochte Natalie nicht zu sagen. Sie tat es einfach, und zwar im Eiltempo.
Louis machte ein gekränktes Gesicht, als seine Mutter ging, ohne ihm einen Kuß zu geben. Ihre Lippen fühlten sich dick und schmierig an; sie hatte Angst, ihn zu beschmutzen und sich selbst auch. Sie stieg in einem bordeauxfarbenen, kapuzenbewehrten Samtcape die Treppe hinunter und spürte trotz allem die weibliche Erregung, gut zurechtgemacht zu sein. Sie sah wunderschön aus, er war ein Mann, und sie stand unter schweizerischem Schutz. Es war das Schreckenerregendste, was ihr in diesen endlosen Monaten der Heimsuchung widerfahren war, aber sie hatte vieles überlebt und war innerlich bereit, sich verzweifelt zur Wehr zu setzen.
Der Mercedes stand in der bläulichen Straßenbeleuchtung und im Licht eines vollen Mondes. Komplimente murmelnd, stieg Werner Beck aus und öffnete ihr den Wagenschlag. Der Abend war warm, es roch nach den blühenden Bäumen im abgezäunten Vorgarten des alten Hauses.
Als der Motor ansprang, sagte Natalie: »Es ist vielleicht eine taktlose Frage, aber können Sie es sich leisten, sich mit einer Jüdin zu zeigen?«
Sein vom Schimmer des Armaturenbretts nur schwach erhelltes, ernstes

Gesicht verzog sich zu einem Lächeln. »Der Botschafter weiß, daß Sie und Ihr Onkel hier in Paris sind. Und die Gestapo weiß das selbstverständlich auch. Und sie wissen auch, daß ich Sie heute abend in die Oper ausführe. Wer Sie sind, geht niemanden etwas an. Sind Sie beunruhigt?«
»Furchtbar.«
»Was kann ich tun, um Ihnen dieses Gefühl zu nehmen? Oder möchten Sie lieber nicht hin? Sie zu zwingen, einen unangenehmen Abend zu verbringen, wäre das letzte, was ich möchte. Ich hatte gedacht, es würde Ihnen vielleicht Freude machen. Von mir aus war es als freundliche oder zumindest versöhnliche Geste gemeint.«
Natalie mußte unbedingt herausfinden, was dieser Mann vorhatte. »Nun, ich bin dafür angezogen. Es ist sehr freundlich von Ihnen.«
»Mögen Sie Mozart?«
»Selbstverständlich. Ich habe *Figaros Hochzeit* schon seit Jahren nicht mehr gehört.«
»Dann freue ich mich, wenn ich eine angenehme Unterhaltung ausgesucht habe.«
»Wie lange wissen Sie schon, daß wir in Paris sind?«
»Mrs. Henry, ich habe gewußt, daß Sie in Lourdes waren.« Langsam fuhr er die leeren, schwarzen Straßen hinunter. »Wissen Sie, Winston Churchill hat General Rommel während des Afrika-Feldzugs ein hübsches Kompliment gemacht. ›Über den Abgrund des Krieges hinweg‹, hat er gesagt, ›grüße ich einen großen General.‹ Ihr Onkel ist ein brillanter Gelehrter, Mrs. Henry, aber ein kräftiger, praktischer Mensch ist er nicht. Es von Siena bis nach Marseille zu schaffen, war bestimmt Ihr Werk. Ihre Flucht hat mich in beträchtliche Verlegenheit gebracht. Aber: ›Über den Abgrund des Krieges hinweg‹ grüße ich Sie. Sie haben sehr viel Mut.«
Die linke Hand auf dem Steuerrad, bot er Natalie die fleischige rechte. Natalie blieb nichts anderes übrig, als sie zu schütteln. Sie fühlte sich feucht und kalt an.
»Wie haben Sie herausgefunden, daß wir in Lourdes waren?« Sie ertappte sich dabei, wie sie unwillkürlich die Hand an ihrem Cape abwischte, und hoffte, er habe es nicht bemerkt.
»Durch die Freilassungsbemühungen. Die Franzosen brachten uns das selbstverständlich sofort zur Kenntnis, und . . .«
»Was für Freilassungsbemühungen? Davon haben wir ja gar nichts gewußt!«
»Wirklich nicht?« Verwundert wandte er ihr das Gesicht zu.
»Ich höre zum erstenmal davon.«
»Das ist interessant.« Er nickte mehrere Male. »Nun, Washington ist an uns

herangetreten mit der Bitte, Sie ohne Aufhebens die spanische Grenze überschreiten zu lassen. Mir fiel selbstverständlich ein Stein vom Herzen, als Sie endlich wieder auftauchten. Ich hatte schon gefürchtet, es wäre Ihnen etwas zugestoßen.«

Natalie war wie vom Donner gerührt. Wer hatte versucht, sie freizubekommen? Wie wirkte sich das jetzt auf ihr weiteres Schicksal aus? »Und dadurch erfuhren Sie von unserer Anwesenheit?«

»Ach, ich hätte es ohnehin herausgefunden. Wir von der Botschaft haben Ihre Gruppe die ganze Zeit über nie aus den Augen verloren. Ziemlich bunt zusammengewürfelt, meinen Sie nicht auch? Diplomaten, Journalisten, Quäker, Ehefrauen, Babys und was sonst noch. Übrigens hat der Arzt vom Victoria-Heim mich heute wissen lassen, daß die Genesung Ihres Onkels beträchtliche Fortschritte macht.«

Natalie schwieg, und nach einer Weile ergriff Beck wieder das Wort. »Finden Sie nicht auch, daß die Comtesse de Chambrun eine interessante Frau ist? Sehr kultiviert.«

»Sie ist zweifellos ein Original.«

»Ja, besser kann man es nicht ausdrücken.«

Damit war die Plauderei beendet. Als sie ins strahlend erleuchtete Foyer der Oper traten, war Natalie wie geblendet. Es war, als hätte eine Zeitmaschine sie in das Paris des Jahres 1937 zurückversetzt. Nichts unterschied den heutigen Abend von ihren Opernbesuchen mit Leslie Slote, nur daß eine Menge deutscher Uniformen zu sehen waren. Hier hatte sie Kern und Wesen jenes Paris, wie sie es kannte: das großartige Foyer mit den Marmorsäulen und der prachtvollen Treppe, dem reichen Statuenschmuck; die langhaarigen Studenten in Regenmänteln mit ihren kurzberockten Freundinnen, welche sich dem Strom derer anschlossen, die auf die billigen Plätze zustrebten; die Mittelschicht-Ehepaare, denen es recht gut zu gehen schien und die das Orchester aufsuchten; und das glitzernde schmale Rinnsal der *beau monde*, das sich durch die Menge zwängte. Der Lärm hatte etwas höchst Angeregtes und klang sehr französisch, die Gesichter – vielleicht ein wenig verkniffener und blasser als früher – verrieten meistens die Franzosen, und die wenigen wirklich eleganten Opernbesucher waren ganz und gar französisch, von Kopf bis Fuß; besonders die Frauen, die eleganten Pariserinnen, wunderbar frisiert und zurechtgemacht, brachten mit jedem Aufblitzen der Augen, jeder Wendung des bloßen Arms, jedem rasch aufperlenden Lachen die Kunst zur Geltung, zu glänzen und zu gefallen. Einige standen mit Franzosen im Smoking zusammen, andere mit deutschen Offizieren. In der Menge sah man viele deutsche Soldaten gleichfalls in Begleitung französischer Mädchen, die sich

hübsch hergerichtet hatten und in jungmädchenhafter Lebhaftigkeit schimmerten.
Vielleicht lag es daran, daß Natalie sich in einem Zustand leichter Erregung befand und die alarmierende Nähe von Dr. Beck einen Adrenalinstoß nach dem anderen in ihr Blut jagte – jedenfalls fühlte sie sich jetzt, so unvermittelt im Foyer der Pariser Oper, nicht nur vom Licht geblendet, sondern auch innerlich ging ihr unversehens ein Licht auf. Wer, dachte sie, sind denn eigentlich die ›Kollaborateure‹, über die man sich in der Presse und in den Rundfunksendungen de Gaulles das Maul zerriß und an denen man kein gutes Haar ließ? Da hatte sie sie vor sich! War es nicht so? Das waren die Franzosen. Sie hatten verloren. Sie hatten Ströme von Blut vergossen, um den Ersten Weltkrieg zu gewinnen, hatten zwanzig Jahre lang ihre Steuern bezahlt, hatten getan, was ihre Politiker von ihnen verlangten, hatten die Maginot-Linie gebaut, waren unter ruhmreichen Generälen wieder in den Krieg gezogen; und die Deutschen hatten Paris eingenommen. *Eh bien, je m'en fiche!* Wenn die Amerikaner kamen, sie zu retten, schön und gut. Doch bis dahin würden sie ihre französische Lebensweise eben unter den Boches weiterführen. Und da der Nöte und Schwierigkeiten viele waren und der Freuden nur wenige, galt es, letztere um so mehr zu genießen. In diesem Augenblick glaubte Natalie die Comtesse de Chambrun halbwegs zu verstehen. Einen Unterschied zu 1937 gab es jedoch sehr wohl, das begriff sie, als sie und Beck sich durch die Menge den Weg zu ihren Plätzen bahnten. Damals hatte man viele jüdische Gesichter in der Oper gesehen. Heute sah man keines.
Die ersten Klänge der Ouvertüre strichen über ihre Nerven wie Wind durch Harfensaiten und ließen sie erschauern. Sie versuchte, sich der Musik hinzugeben, doch schon nach ein paar Takten beschäftigten sich ihre Gedanken wieder mit dem, was Beck ihr enthüllt hatte. Wer mochte während ihres Aufenthalts in Lourdes den Anstoß zu dieser vergeblichen Kontaktaufnahme gegeben haben? Noch während sie sich darüber den Kopf zerbrach, ging der Vorhang über einem Bühnenbild auf, das so üppig war wie nur je in Friedenszeiten. Der Figaro und die Susanna, beides ausgezeichnete Sänger, rissen ihre unsterblichen, geistreichen Possen. Natalie hatte nicht viel von dieser *Marriage de Figaro*. Wie gehetzt schossen ihre Gedanken von einer Möglichkeit ihrer mißlichen Lage zur anderen.
Für die Pause hatte Beck einen kleinen Tisch in einem der kleineren Theaterrestaurants reservieren lassen. Der Kellner begrüßte sie mit einem liebenswürdigen Lächeln und verbeugte sich. »*Bonsoir, Madame, bonsoir, Monsieur le Ministre.*« Mit flinker Handbewegung entfernte er das Kärtchen mit dem Aufdruck *Réservé* und brachte Champagner und süßes Gebäck.

»Übrigens«, sagte Beck nach etlichen sachkundigen Kommentaren zu den Sängern, als er an den Keksen knabberte und am Champagner nippte, »ich habe die Rundfunkvorträge Ihres Onkels noch einmal gelesen. Wissen Sie eigentlich, daß er sich dabei als ausgesprochen vorausschauend gezeigt hat? Das, was er vor einem Jahr geschrieben hat, wird heute überall in der Welt der Alliierten gesagt. Vizepräsident Henry Wallace hat neulich eine Rede gehalten, die den Vorträgen Ihres Onkels entnommen sein könnte. Bernard Shaw, Bertrand Russell, viele erlauchte Geister sagen diese Dinge schon seit langer Zeit. Erstaunlich.«

»Ich habe nicht viel Kontakt mit der Welt der Alliierten.«

»Ja. Nun, ich habe die Presseausschnitte. Wenn es Dr. Jastrow besser geht, sollte er sie sich ansehen. Ich bin versucht gewesen, seine Sachen zu veröffentlichen. Wirklich, daß er daran noch glätten und herumfeilen wollte, war einfach Unsinn. Es sind Kostbarkeiten. Erinnerungswürdige Essays, in denen er seine Gedanken wunderschön entwickelt.« Beck hielt inne, während der Kellner sein Glas nachfüllte. Natalie netzte sich die Lippen mit dem Wein. »Glauben Sie nicht, daß er sie jetzt vielleicht gern im Funk senden würde? Vielleicht über Radio Paris? Wirklich, das ist er mir schuldig.«

»Er ist zu schwach, um über so etwas zu diskutieren.«

»Aber sein Arzt hat mir heute versichert, in ein paar Wochen würde er wieder bei Kräften sein. Hat er es behaglich im Victoria-Heim?«

»Er hat von allem das Beste.«

»Gut. Darauf habe ich bestanden. Das Frankfurter Krankenhaus ist auch sehr gut, aber ich habe gewußt, daß er hier glücklicher sein würde – ach, schon das erste Läuten, und Sie haben an dem Champagner kaum genippt. Stimmt etwas nicht damit?«

Natalie trank ihr Glas aus. »Er ist vorzüglich.«

Der Sturzbach brillanter Musik ging an Natalie vorüber wie das Rauschen eines fernen Eisenbahnzugs. Grauenhafte Möglichkeiten bedrängten sie, während die Sänger auf der Bühne in farcenhafter Vermummung ihren Schabernack trieben. Abermals erwies sich die Wirklichkeit als die schlimmste aller Möglichkeiten. Daß ihr Onkel in ein Pariser Krankenhaus verlegt worden war, war keineswegs harmlos gewesen. Dr. Beck hatte ausdrücklich den Wunsch gehabt, sie dort zu haben; er hatte seine Zeit abgewartet und das Mißgeschick der Erkrankung Aarons genutzt; ein brutaleres Vorgehen hätte ihn vielleicht den Schweizern gegenüber in Verlegenheit gebracht. Und was jetzt? Aaron würde sich bestimmt mit Händen und Füßen dagegen wehren, im Rundfunk zu sprechen; und selbst wenn er sich einverstanden erklärte – würde er damit nicht nur sein Schicksal besiegeln und ihres vermutlich auch? Gewiß,

gleich nach seiner Rückkehr in die Vereinigten Staaten konnte er diese Rundfunksendung widerrufen, und Dr. Beck war klug genug, das zu wissen. Sobald die Deutschen die Sendungen aufgenommen hatten, würden sie Aaron erst recht nicht freigeben, und sie höchstwahrscheinlich auch nicht. Konnte man sich in einem solchen Fall auf den schweizerischen ›Schutz‹ verlassen – zumal, wenn man ihren zweifelhaften Status bedachte?
Doch was, wenn Aaron Werner Beck sein Ansinnen rundheraus abschlug? In Follonica hatte er ganz auf Zeitgewinn und Verzögerung gespielt.
Auf jeden Fall saßen sie jetzt endgültig in der Falle; zumindest erschien es ihr so. Ein grauenhaftes Gefühl, in einem geliehenen Modellkleid von Worth in der Pariser Oper zu sitzen, mit dick geschminktem Gesicht und einem nervös auf das Glas Champagner reagierenden Magen, neben einem höflichen und intelligenten Mann, einem ehemaligen Yale-Studenten, der mit jedem fein abgewogenen Wort und Benehmen den kultivierten und gebildeten Europäer verriet und dennoch, bei Licht betrachtet, sie und ihr Kind mit einer nebulösen, grauenhaften Zukunft bedrohte. Und das alles war kein schauerlicher Traum, aus dem sie gleich erwachen würde; es war die Wirklichkeit.
»Einfach bezaubernd«, sagte Dr. Beck, als der Vorhang unter großem Beifall herniederging und die Sänger sich verneigten. »Und jetzt ein Happen zum Abendessen, nicht wahr?«
»Ich muß nach Haus zu meinem Kind, Dr. Beck.«
»Sie werden sehr früh zu Hause sein, das verspreche ich Ihnen.«
Er führte sie in ein sehr besetztes, dämmerig beleuchtetes Restaurant. Früher hatte Natalie davon gehört; viel zu teuer für Studentenbrieftaschen, und außerdem mußte man mindestens einen Tag vorher reservieren lassen. Die uniformtragenden deutschen Gäste waren kahlköpfige oder ergraute Generale; die anwesenden Franzosen neigten zu Spitzbauch und schütterem Haarkranz. Natalie erkannte zwei Politiker und einen berühmten Schauspieler. Einige der Frauen waren grau und pummelig, doch in der Mehrzahl handelte es sich um hinreißend gekleidete, charmante, exquisite junge Pariserinnen.
Allein der Duft der Speisen bereitete Natalie Übelkeit. Beck riet ihr, vom Loire-Lachs zu kosten; dies sei das einzige Restaurant in ganz Paris, wo man im Augenblick Loire-Lachs bekommen könne. Sie machte Ausflüchte und bat um ein Omelett; als es kam, aß sie nur ganz wenig davon, während Beck seinen Lachs mit gelassenem Appetit vertilgte. Um sie herum taten sich die reichen französischen Prominenten und ihre Frauen an Ente, ganzen frischen Fischen und Kurzgebratenem gütlich und tranken dazu gute Weine, stritten sich, lachten und waren guter Dinge. Es war ein unglaublicher Anblick. Die

Lebensmittelzuteilung wurde in Paris sehr streng gehandhabt. In den Zeitungen las man säuerlich-humorvolle Artikel über die Nahrungsmittelknappheit. Im Genesungsheim galt Aarons tägliche Portion von kräftigendem Eierpudding, für den man ein ganzes Ei brauchte, bereits als königlich. Doch für diejenigen, die Einfluß oder Geld genug hatten, war Paris – zumindest in dieser dämmerigen Oase – immer noch Paris.

Um nicht undankbar zu erscheinen, trank Natalie auf Becks Drängen ein wenig Weißwein. Was sie hier erlebte, so dachte sie, war wirklich etwas Ungeheuerliches; die gutlaunige Unterhaltung, um sie weichzumachen, und gleichzeitig der eiserne Druck seiner Forderungen, bei denen er schwatzhaft während des ganzen Abendessens verweilte. Als das Essen noch gar nicht gekommen war, hatte er das Thema schon wieder angeschnitten. Gleich nach ihrer Ankunft in Lourdes, sagte er, habe das Gestapo-Hauptquartier in Paris sie als jüdische Flüchtlinge aus Italien mit gefälschten Papieren in Gewahrsam nehmen wollen. Glücklicherweise sei Botschafter Otto Abetz ein kultivierter Mensch. Dank Dr. Abetz seien sie nach Baden-Baden gekommen. Dr. Abetz habe Dr. Jastrows Rundfunkvorträge voller Begeisterung gelesen. Nach Dr. Abetz' Ansicht bestehe die einzige Möglichkeit für die Anglo-Amerikaner, den Krieg positiv zu beenden, in der Erkenntnis, daß Deutschland ihren Kampf kämpfe, den Kampf der abendländischen Zivilisation gegen den slawischen Imperialismus. Alles, was der Verständigung mit dem Westen förderlich sei, betrachte Botschafter Abetz als von allergrößter Wichtigkeit.

Soweit der Zucker. Die bittere Pille kam beim Essen. Beck brachte es ihr ganz beiläufig bei und schmatzte dabei vor Vergnügen über den Lachs. Der Druck der Gestapo, sie zu verhaften, habe nie nachgelassen, berichtete er. Die Gestapo sei außerordentlich daran interessiert, sie wegen ihrer Flucht von Siena nach Marseille zu verhören. Polizisten müßten schließlich ihrem Beruf nachgehen. Bis jetzt habe Dr. Abetz seine Hand über Dr. Jastrow gehalten, sagte Beck, doch wenn er ihnen seinen Schutz entzöge, würde die Gestapo sie sofort vereinnahmen. Beck könnte für das, was danach geschehe, nicht die Verantwortung übernehmen, wiewohl es ihn außerordentlich bekümmern würde. Der diplomatische Schutz der Schweizer sei in Fällen wie diesem wie ein Schutzwall aus Stroh gegen ein Feuer. Die Schweizer seien im Besitz der Unterlagen über ihre illegale Flucht aus Italien. Angesichts von Natalies und Dr. Jastrows offenkundiger krimineller Vergangenheit seien die Schweizer machtlos. Dr. Abetz sei ihr Schild und ihre einzige Hilfe.

»Nun«, sagte Dr. Beck und stellte vor ihrem Haus den Motor ab, »ich hoffe, der Abend hat sich doch nicht als so übel erwiesen.«

»Haben Sie vielen Dank für die Oper und das Essen.«

»Es war mir ein Vergnügen. Trotz allem, was Sie mitgemacht haben, Mrs. Henry – ich muß sagen, Sie sehen bezaubernder aus denn je.«
Guter Gott, wollte er ihr jetzt auch noch Avancen machen? Überstürzt und kalt sagte sie: »Jedes Stück, das ich am Leib habe, ist geliehen.«
»Die Comtesse?«
»Ja, die Comtesse.«
»Das hatte ich mir gedacht. Dr. Abetz wird einen Bericht über unseren gemeinsamen Abend von mir erwarten. Was kann ich ihm sagen?«
»Sagen Sie ihm, ich hätte *Figaros Hochzeit* genossen.«
»Das wird ihn bezaubern«, sagte Beck, lächelte und schloß dabei die Augen, »aber vor allem interessiert er sich für Ihre Haltung hinsichtlich der Rundfunkvorträge.«
»Das liegt bei meinem Onkel.«
»Sie selbst weisen den Gedanken nicht von vornherein von sich?«
Bitter dachte Natalie, wieviel einfacher es doch wäre – wenn auch allein beim Gedanken daran sie eine Gänsehaut überlief –, wenn er wirklich mit ihr schlafen wollte.
»Mir bleibt ja wohl kaum eine Wahl, oder?«
Ein befriedigtes Lächeln auf dem Gesicht, nickte er. »Mrs. Henry, wenn Sie das begriffen haben, war dieser Abend nicht vertan. Ich würde zu gern einen Blick auf Ihren reizenden Jungen werfen, aber ich vermute, er schläft schon.«
»Oh ja, schon seit Stunden.«
Nach einer langen Zeit, während Dr. Beck schweigend lächelte, stieg er aus und machte ihr die Tür auf.
Die Wohnung lag im Dunkeln.
»*Maman?*« Eine hellwache Stimme.
Natalie schaltete das Licht an. Im Wohnzimmer neben Louis' Kinderbett schlummerte die alte Frau unter einer Wolldecke auf dem Sessel. Louis saß aufrecht da, blinkerte mit den Augen und lächelte freudig, wiewohl seine Bäckchen Tränenspuren aufwiesen. Das Licht weckte die alte Frau. Sie entschuldigte sich, eingeschlafen zu sein, und watschelte gähnend hinaus. Rasch rieb sich Natalie mit einem verschlissenen Handtuch die ganze Schminke herunter und wusch sich dann das Gesicht mit Seife. Danach erst ging sie zu Louis, schloß ihn in die Arme und küßte ihn. Er klammerte sich an sie.
»Louis, jetzt mußt du aber schlafen.«
»*Oui, maman.*« Seit Korsika war sie *Maman*.
Als er sich unter seine Bettdecke kuschelte, sang sie auf jiddisch jenes Wiegenlied, das seit Marseille zu ihrem Gute-Nacht-Ritual gehörte.

Unter meines Lieblings Wiege
liegt eine kleine weiße Ziege.
Zicklein macht einen Laden auf,
und das tust einst auch du:
Rosinen und Mandeln,
Schlaf ein, mein Kind, und ruh.

Verschlafen sang Louis mit, sprach das Jiddisch auf seine kindliche Art aus:

Rozhinkes mit mandlen,
Schlof, mein ingele, schlof.

Ein einziger Blick auf Natalies Gesicht verriet der Comtesse, daß der Abend in der Oper keine ungetrübte Freude gewesen war. Als Natalie die beiden Kleiderpäckchen neben ihren Schreibtisch stellte, fragte sie, wie es denn gegangen sei.
»Ganz gut. Es war furchtbar nett von Ihrer Cousine.«
Damit ging Natalie schweigend an ihre Arbeit und schrieb in ihrem winzigen Arbeitsraum Titel auf Katalogkarten. Nach einer Weile kam die Comtesse zu ihr und schloß die Tür hinter sich. »Was ist los?« verlangte sie mit dröhnender Stimme zu wissen, die diesmal überhaupt nicht nach einer französischen Adligen klang.
Natalie sah sie nur mit großen, gehetzten Augen an, sagte aber nichts. In dem Wust von Angst, der sie umhüllte, zögerte sie, auch nur den kleinsten Schritt zu tun. Wußte sie, wo überall um sie Fallgruben lauerten? Konnte sie der Frau dieses Kollaborateurs trauen? Diese Frage hatte sie die ganze Nacht über wach gehalten. Die Comtesse setzte sich auf einen kleinen Bibliothekshocker. »Nun kommen Sie schon. Wir sind beide Amerikanerinnen. Lassen Sie hören.«
Natalie erzählte der Comtesse die ganze Geschichte. Es dauerte sehr lange. Sie stand unter einer derartigen Spannung, daß ihr zweimal die Stimme den Dienst versagte und sie einen Schluck Wasser aus der Karaffe trinken mußte. Wortlos hörte die Comtesse zu, ihre Augen leuchteten wie die eines Vogels, und als sie geendet hatte, sagte sie: »Das beste ist, Sie gehen sofort zurück nach Baden-Baden.«
»Wieder nach Deutschland? Wie soll das helfen?«
»Der Geschäftsträger ist Ihr bester Schutz. Tuck ist zwar ein vehementer Verfechter des New Deal, aber er kennt sich aus und ist zäh. Hier haben Sie

keinen Fürsprecher. Die Schweizer können nur auf formalem Wege vorgehen. Tuck jedoch wird kämpfen. Er hat immerhin das Druckmittel der in den USA internierten Deutschen in der Hand. Sie befinden sich in einer Lage, in der es zu spät sein könnte zu protestieren, wenn erst einmal etwas ins Rollen kommt. Ist Ihr Onkel transportfähig?«
»Wenn er muß, wird er es sein.«
»Sagen Sie den Schweizern, Sie möchten zurück zu Ihrer Gruppe. Ihr Onkel vermisse seine Kollegen, die Journalisten. Die Deutschen haben kein Recht, Sie hier festzuhalten. Bitten Sie sie, sich sofort mit Tuck in Verbindung zu setzen und alles für Ihre Rückkehr nach Baden-Baden in die Wege zu leiten. Sonst mache ich das.«
»Es ist riskant für Sie, sich einzumischen, Comtesse.«
Mit ingrimmig zuckendem Lächeln ihrer strichschmalen Lippen stand die Comtesse auf. »Gehen wir und reden wir mit dem Comte.«
Natalie ging mit. Das war immerhin ein Plan; sonst war sie am Ende ihrer Weisheit. Die Comtesse hielt beim Hospital, während Natalie ins Genesungsheim weiterfuhr. Aarons Lebensgeister waren noch viel zu wenig wieder geweckt, als daß er heftig auf die Neuigkeit von Becks Anwesenheit in Paris hätte reagieren können. Matt schüttelte er den Kopf und murmelte: »Nemesis.« Was den Vorschlag, nach Baden-Baden zurückzukehren, betreffe, so sagte er, das überlasse er Natalie; sie solle nur tun, was für sie und Louis das Beste sei. Er fühle sich für die Fahrt kräftig genug, wenn es darum gehe.
Als Natalie sich im Hospital wieder mit der Comtesse traf, hatte ihr Gatte bereits mit dem Schweizer Gesandten gesprochen, der versprach, sich mit Tuck in Verbindung zu setzen und alles für die Rückkehr von Mrs. Henry, dem Kind und Dr. Jastrow nach Baden-Baden in die Wege zu leiten, wobei er keinerlei Schwierigkeiten erwarte.
Es schien in der Tat keine zu geben. Die Schweizer Gesandtschaft rief Natalie am nächsten Tag in der Bibliothek an, um ihr mitzuteilen, alles sei in Ordnung. Die Deutschen seien mit ihrer Rückkehr einverstanden, die Fahrkarten für die Eisenbahn lägen für sie bereit. Die Telephonverbindung mit Tuck in Baden-Baden sei begrenzt und hätte durch die Berliner Vermittlung hergestellt werden müssen, doch sei man zuversichtlich, ihn noch vor Jastrows Abfahrt aus Paris benachrichtigen zu können. Am Nachmittag desselben Tages riefen die Schweizer nochmals an: es gäbe doch ein Hindernis. Botschafter Abetz sei persönlich an dem berühmten Schriftsteller interessiert und werde seinen eigenen Arzt vorbeischicken, um Jastrow zu untersuchen und sich bestätigen zu lassen, daß er reisefähig sei.
Als Natalie das hörte, wußte sie, daß das Spiel aus war. Und das war es. Die

Schweizer Gesandtschaft berichtete am nächsten Tag, der deutsche Arzt habe bescheinigt, Jastrow sei in einem schlechten Zustand und noch für einen Monat nicht transportfähig. Botschafter Abetz glaube es daher nicht verantworten zu können, wenn er Paris verlasse.

22

Die Festung Europa zerbricht

(aus ›Hitler als Feldherr‹, dem Epilog zu ›Die Land-, See- und Luftunternehmungen des Zweiten Weltkrieges‹ von Armin von Roon)

Anmerkung des Übersetzers: Armin von Roons Epilog zeichnet ein lebendiges Bild des Führers in Aktion, besonders während der Zeit seines Verfalls. In seinen Erinnerungen urteilt von Roon wesentlich härter über Hitler als in der Analyse der einzelnen Schlachten. Sein deutscher Herausgeber erklärt, von Roon habe diesen Teil auf seinem letzten Krankenbett niedergeschrieben und niemals überarbeitet. Die Erinnerungen beginnen mit folgenden Worten:

»Über vier Jahre lang habe ich Adolf Hitler im Führerhauptquartier aus der Nähe beobachten können. Keitel und Jodl, die gleichfalls Gelegenheit dazu hatten, wurden von den Alliierten gehängt. Die meisten Generale, die den Führer gut kannten, hat er entweder erschießen lassen, oder sie wurden krank und starben an dem Übermaß an Belastung, oder sie fanden den Heldentod. Ich kenne keine Memoiren eines Militärs, in denen er als Mensch gezeichnet wurde. Die Bücher von Guderian und Manstein übergehen die persönlichen Aspekte mit begreiflichem Schweigen.

In meiner Militärgeschichte habe ich seiner Geschicklichkeit und seiner inspirierenden Kraft als Politiker Anerkennung gezollt und seine Begabung für strategische und taktische Kriegsentscheidungen gewürdigt, insbesondere, wenn es um den Überraschungseffekt ging. Ich habe angedeutet, daß er für uns auf dem Höhepunkt seiner Macht die Seele des wiedergeborenen Deutschland darstellte. Außerdem habe ich sein ernsthaftes Versagen als Oberkommandierender geschildert, das schließlich zur Katastrophe führte.

Persönlich enthüllte er sich in der Zeit der Bedrängnis als ein niedriger und gewöhnlicher Charakter. Wer er wirklich war, erhellt aus dem Verhalten, das er nach dem Attentat am 20. Juli 1944 an den Tag legte. Niemand, der – wie ich – neben ihm saß und sah, wie er sich hämisch freute und Beifall klatschte, als ihm Filme von großen deutschen Generalen – meinen verehrten Vorgesetzten und Freunden – vorgeführt wurden, die nackt mit Klaviersaiten erdrosselt wurden, wie ihre Augen ihnen aus den blutleeren Gesichtern quollen und sie die violetten Zungen herausstreckten, Blut, Urin und Kot an ihren zuckenden Leibern herunterlief – niemand, der das erlebt hat, konnte für Adolf Hitler noch etwas anderes empfinden als Abscheu.

Falls Deutschland jemals wieder zur Größe aufsteigt, müssen wir die politischen und kulturellen Schwächen ausmerzen, die uns dazu gebracht haben, einem Mann wie diesem bis in die Niederlage, die Schande und die

Teilung des Reiches hinein zu folgen. Aus diesem Grunde habe ich dieses Persönlichkeitsporträt des Führers geschrieben, wie ich ihn im Oberkommando der Wehrmacht kennengelernt habe, ohne ihn auch nur im geringsten zu schonen.«

Das ist ein himmelweiter Unterschied zu den Lobgesängen in Roons erstem Band seiner Land- See und Luftunternehmungen, wie etwa: »Ein romantischer Idealist, ein begeisternder Führer, der große Träume von neuen Höhen und Tiefen menschlicher Möglichkeiten träumte, gleichzeitig ein mit eiserner Willenskraft begabter, eiskalter Rechner, war er die Seele Deutschlands.«
Von Roon schien gewillt zu sein, vor seinem Tode noch mit dem Führer abzurechnen. Vielleicht ist es aber auch so, daß er ihm freundlicher gesonnen war, als er über die siegreichen Jahre des Anfangs schrieb; bei der Arbeit am zweiten Band kam ihm die Bitterkeit des Zusammenbruchs vielleicht wieder richtig zu Bewußtsein. Auf jeden Fall stellt der Epilog ein ungeschminktes Bild Hitlers dar und bietet außerdem einen Überblick über den ganzen Krieg. Meine Übersetzung von Welt im Untergang *schließt mit Auszügen, die den Krieg in großen Zügen bis zum Ende umfassen. – V. H.*

Tunis und Kursk

Die ›Festung Europa‹ – Hitlers Wahnidee, ein reines Propagandagebilde – begann im Juli 1943 sichtbar zu wanken, als die Rote Armee unsere große Sommeroffensive bei Kursk zum Erliegen brachte, die Anglo-Amerikaner in Sizilien landeten und Mussolini gestürzt wurde.
Diese katastrophalen Niederlagen waren die unmittelbare Folge der beiden kolossalsten und auf Sturheit beruhenden Fehler Hitlers: Stalingrad und Tunis. Als ich von meiner Inspektionsreise nach Tunis zurückkehrte, erklärte ich Hitler, Rommel habe recht: unsere Erfolge den frischen amerikanischen Truppen am Kasserine-Pass gegenüber seien vorübergehender Natur; außerdem könnten wir dreihunderttausend italienische und deutsche Soldaten nicht auf lange Sicht über ein Meer hinweg mit Nachschub versorgen, das von den Kriegsflotten des Feindes beherrscht werde. Doch Göring versicherte Hitler leichtfertig, Tunis sei nur ›einen Katzensprung‹ von Italien entfernt, und die Luftwaffe werde die Versorgung der Truppen mit Nachschub übernehmen. Obwohl Göring ein ähnlich prahlerisches Versprechen bei Stalingrad gebrochen hatte, akzeptierte Hitler das und fuhr fort, immer noch mehr Truppen nach Nordafrika zu werfen. Er hätte besser daran getan, diejenigen, die schon dort waren, zurückzuholen. Hätte er all diese Verbände als Einsatzreserve nach Italien verlegt, wäre es uns vielleicht gelungen, die Alliierten wieder aus Sizilien hinauszuwerfen und Italien bei der Stange zu halten. Wir haben uns nie von dem Aderlaß von Tunis erholt.

Mit der Offensive bei Kursk war er genauso schlecht beraten. Mein Sohn Helmut ist dort am 7. Juli an der Spitze eines Panzerbataillons unter Manstein gefallen. Er war ein eifriger, sanfter junger Mann, der vielleicht, wäre nicht das Beispiel seines Vaters gewesen, niemals Berufssoldat geworden wäre. Er opferte sein Leben im Verlauf einer gigantischen und völlig vergeblichen, Zitadelle genannten Unternehmung; mit diesem Unternehmen versuchte Deutschland zum letzten Mal, die Initiative zu ergreifen.

Wie Guderian und Kleist war ich gegen das Unternehmen Zitadelle. Die Engländer und Amerikaner mußten bald irgendwo auf dem europäischen Festland landen; es galt für uns, beweglich zu bleiben und uns nirgends festzulegen, bis wir wußten, wo dieser Schlag fiel. Es wäre ein Gebot der Vernunft gewesen, im Osten die Front zu begradigen, starke Reserven aufzubauen, die Russen sich verbeißen zu lassen und sie dann mit einem Gegenangriff zu vernichten, wie wir es bei Charkow gemacht hatten. Manstein war ein Meister dieser Taktik; noch ein solcher blutiger Rückschlag, und vielleicht wären die Sowjets bei den geheimen Friedensgesprächen flexibler gewesen. Die Russen bekundeten schon Interesse, aber noch waren sie in ihren Forderungen zu unrealistisch. Es kann keinen Zweifel geben, um was es Hitler bei Kursk ging: er wollte einen großen Sieg, um seine Verhandlungsposition Stalin gegenüber zu stärken.

Doch Manstein und Kluge verliebten sich in das Unternehmen Zitadelle. Ein Schauspieler, dem man in einem schlechten Stück eine Starrolle anbietet, wird sie in der Hoffnung annehmen, damit Erfolg zu haben; ebenso berauschen sich Generale an Operations-Plänen großen Ausmaßes, die unter ihrem Befehl durchgeführt werden sollen. An der Nahtstelle unserer Front, zwischen Mansteins Heeresgruppe Süd und Kluges Heeresgruppe Mitte, war es den Russen gelungen, um die Stadt Kursk herum bei ihren Gegenangriffen im Winter einen großen Buckel nach Westen vorzuschieben. Manstein und Kluge sollten mit Panzerkeilen von Norden und Süden her vorstoßen, diesen Buckel abschneiden, ähnlich viele Gefangene machen wie seinerzeit die Russen bei Stalingrad und dann durch dieses Loch, das sie in die sowjetischen Linien gerissen hatten, weiter vorstoßen zu weiß Gott welch großen Siegen.

Eine verführerische Idee; nur fehlten uns zu ihrer Durchführung die Mittel.

Hitler ratterte mit Vorliebe Zahlen von Divisionen herunter, die zur Verfügung stehen sollten. Wir hatten eine Menge solcher ›Divisionen‹; nur waren die Zahlen dummes Zeug. Nahezu alle diese Einheiten waren unterbemannt, und bei ihren Verlusten handelte es sich um die besten Kampftruppen; was geblieben war, war eine schwächliche administrative Nachhut. Andere Divisionen waren schlichtweg vernichtet worden und bestanden nur noch auf dem Papier. Doch Hitler hatte befohlen, daß sie ›wieder aufgestellt‹ würden; und wahrhaftig, allein dadurch, daß er diesen Befehl aussprach, waren – zumindest in seinem Kopf – jene gut ausgebildeten Verbände in voller Kampfstärke wieder da, die er sinnlos an der Wolga, im Kaukasus und in Tunis verschwendet hatte. Er zog sich in eine

Traumwelt zurück, in der er immer noch der triumphierende Herr des ganzen Erdteils war und die stärkste Armee der Welt befehligte. Dieses Sich-in-sich-Zurückziehen setzte sich weiter fort, bis es in regelrechtem Wahn endete. Gleichwohl ging von diesem ganz persönlichen Traumland bis zum April 1945 ein Strom unsinniger Befehle aus, die der deutsche Frontsoldat auf dem harten, blutigen Boden des Schlachtfeldes ausführen mußte.

Ja, mehr noch: während es mit der Wehrmacht immer weiter bergab ging, hatte die Rote Armee sich wieder gefangen und war gewachsen. Die sowjetischen Generale hatten unsere Taktik zwei Jahre hindurch studiert. Amerikanische Lastwagen, Konserven, Panzer und Flugzeuge – alles Lieferungen im Rahmen des Leih- und Pachtvertrages – zusammen mit neuen russischen Panzern aus Fabriken jenseits des Ural hatten den tatsächlichen und nicht nur als Wunschgebilde existierenden neuen Divisionen, die aus Rußlands grenzenlosem Menschenreservoir aufgestellt worden waren, den Rücken gestärkt. Vor allen diesen Faktoren, die gegen uns sprachen, warnte uns unser Geheimdienst, doch Hitler schlug alle Warnungen in den Wind.

Trotzdem hätte der Angriff bei Kursk noch im Mai, wie ursprünglich geplant, eine Chance haben können; die Russen waren noch von ihren Gegenangriffen erschöpft und hatten sich noch nicht in ihren neuen Stellungen eingegraben. Hitler schob den Angriff jedoch um sechs Wochen hinaus, weil er unsere allerneuesten Panzer einsetzen wollte. Ich warnte Jodl, damit werde das Unternehmen aller Wahrscheinlichkeit nach genau in den Zeitraum der anglo-amerikanischen Landung auf dem europäischen Festland fallen, doch diese Warnung blieb wie gewöhnlich unbeachtet. Die Russen nutzten die Zeit gut, um die Flanken des Buckels bei Kursk mit Minenfeldern, Panzergräben und Panzersperren zu befestigen und immer mehr Truppen heranzubringen.

Unser Geheimdienst sprach von einer *halben Million Eisenbahnwaggons* mit Menschen und Material, die an diesen vorgeschobenen sowjetischen Frontabschnitt herangeführt worden seien. Hitlers Antwort darauf bestand darin, mehr und immer mehr Divisionen und Luftgeschwader für das Unternehmen Zitadelle bereitzustellen. Wie bei einem amerikanischen Pokerspiel, wurden die Einsätze auf beiden Seiten immer weiter erhöht, bis Hitler ebensoviele Panzer aufgeboten hatte, wie während des gesamten Frankreichfeldzugs im Jahre 1940. Zuletzt, am 5. Juli, gab Hitler trotz ernstlicher Bedenken Mansteins und Kluges wegen der zweimonatigen Verspätung den Angriffsbefehl. Was sich daraus entwickelte, war die größte Panzer- und Luftschlacht der Welt – und ein vollständiges Fiasko. Unsere Panzerkeile hatten es bei den befestigten russischen Verteidigungslinien und ganzen Schwärmen von Panzern außerordentlich schwer und schafften nur einen Durchbruch von wenigen Kilometern. Der Angriff war erst fünf Tage alt und lief alles andere als gut, da landeten die Alliierten in Sizilien.

Wie reagierte Hitler? In einer hastig zusammengerufenen Besprechung verkündete er mit gespielter Freude, jetzt böten Engländer und Amerikaner ihm endlich die Gelegenheit, sie im Mittelmeer, dem ›eigentlichen und entscheidenden Kriegsschauplatz‹ zu vernichten. Das Unternehmen Zitadelle werde abgeblasen. Damit wand er sich aus einer Niederlage heraus. Kein Wort der Entschuldigung, des Bedauerns oder der Einsicht, einen Fehler gemacht zu haben. Achtzehn der besten uns noch verbliebenen motorisierten Panzerdivisionen, eine schlagkräftige Streitmacht, die wir nie ersetzen konnten und als kostbare Reserve in der Hinterhand hätten behalten sollen, waren in träumerische Erinnerung an die grandiosen Sommerfeldzüge der Vergangenheit bei Kursk geopfert worden. Das Unternehmen Zitadelle war der Schlußpunkt der deutschen Offensiven. Bei sämtlichen Angriffen, die wir den Rest des Krieges über noch machten, handelte es sich um taktische Gegenstöße, um die Niederlage hinauszuzögern.

Hitler sollte bald erfahren, daß man eine größere ›Offensive‹ nicht einfach abblasen konnte. Immerhin war eine Kleinigkeit zu berücksichtigen: der Feind. Auf beiden Seiten der Kursker Front schlugen die Russen zurück und eroberten binnen Monatsfrist zwei Grundpfeiler unserer Front im Osten, die Städte Orel und Belgorod. Nach dem Unternehmen Zitadelle brach unsere gesamte Front langsam aber unaufhaltsam vor dem russischen Vormarsch zusammen, der erst am Brandenburger Tor zum Stillstand kommen sollte. Wenn Stalingrad der psychologische Wendepunkt im Osten gewesen war, dann war Kursk der militärische.

Meine Gefühle für meinen Sohn gehören nicht hierher. Er fiel auf dem Vormarsch bei Kursk. Und noch Millionen von Deutschlands Söhnen sollten auf dem Rückzug ihr Leben lassen, damit Männer wie Hitler und Göring den Kopf auf den Schultern behalten konnten.

Der Sturz Mussolinis

Inzwischen überzeugte mich meine Inspektionsreise nach Sizilien und Rom davon, daß Italien im Begriff stand, sich aus dem Krieg zurückzuziehen oder die Seiten zu wechseln. Ich erkannte, daß wir, um Verluste zu vermeiden, im Appennin am nördlichen Ende des italienischen Stiefels starke Verteidigungslinien ausbauen mußten. Mit dem Versuch, Italien zu behalten, war nichts zu gewinnen. Von Beginn des Krieges an waren die Italiener nur eine gigantische *bouche inutile*, die gewaltige Mengen deutschen Kriegsmaterials schluckte, ohne daß irgendetwas dabei herauskam. Die Südfront war ein chronischer Entzündungsherd. Sollten die Angelsachsen doch Italien besetzen und ernähren, schrieb ich in der Zusammenfassung meines Berichts; die Verbände, die dadurch für uns frei wurden, würden helfen, die Ostfront zu stabilisieren und den Westen zu verteidigen.

Als ich Keitel das in Berchtesgaden vortrug, machte er ein Gesicht wie ein Beerdigungsunternehmer und riet mir, das nicht laut zu sagen. Doch mir war alles einerlei. Mein einziger Sohn war tot. Ich selbst litt bedenklich unter zu hohem Blutdruck. Vom Oberkommando der Wehrmacht an die Front abkommandiert zu werden, schien mir eine verlockende Aussicht.

So entwarf ich denn bei einer Lagebesprechung das Bild so, wie es sich mir darstellte. Die Alliierten waren in Sizilien im Besitz der totalen Luftherrschaft; Palermo war dem Erdboden gleichgemacht worden. Die sizilianischen Divisionen, die ihre Insel verteidigen sollten, lösten sich auf und versickerten im Landesinneren. In dem von uns besetzten Teil von Sizilien verfluchten die Sizilianer unsere Soldaten und bespuckten sie. Rom sah aus wie eine Stadt, die mit dem Krieg nichts mehr zu tun hatte; Soldaten waren auf der Straße kaum zu sehen. Unsere deutschen Truppen ließen sich nicht blicken, und die italienischen Soldaten zogen truppweise ihre Uniformen aus. Ich war bei Badoglio nur ausweichenden Reaktionen begegnet, was die Frage betraf, weitere deutsche Divisionen nach Italien zu werfen. Und die Italiener *bauten ihre Alpenbefestigungen aus*, was nun wirklich nicht anders als gegen Deutschland gerichtet gedeutet werden konnte. So der Lagebericht, den ich Hitler gab.

Den Kopf gesenkt, die Schultern hochgezogen, stand er da, hörte zu und funkelte mich unter seinen ergrauenden Augenbrauen hervor an, kräuselte ab und zu einen Mundwinkel zu jenem Halb-Lächeln und Halb-Knurren, das seinen Schnurrbart verzerrte, seine Zähne sehen ließ und außerordentlichen Unmut signalisierte. Seine einzige Bemerkung ging dahin, es müsse »doch noch ein paar Leute in Italien geben, um die es sich lohnt. Sie können doch nicht alle verdorben sein«. Was Sizilien betraf, dachte er sogar daran, das Kommando dort persönlich zu übernehmen. Was selbstverständlich nichts, aber auch gar nichts an der Lage änderte.

Immerhin muß mein Bericht doch einigen Eindruck gemacht haben, denn er ließ ein Treffen mit Mussolini vereinbaren, das in einem Landhaus in Norditalien stattfand, ein paar Tage vor dem Sturz des Duce; es war schon eine klägliche Angelegenheit. Hitler hatte dem krank aussehenden und entmutigten Mussolini und seinem Stab nichts Neues anzubieten. Er erging sich in einem Schwall optimistischer Statistiken über unseren Mannschaftsstand, unsere Rohstoffe und Waffenproduktion, über Einzelheiten verbesserter oder neuer Waffensysteme, und die Italiener warfen einander vielsagende, trübselige Blicke zu. Das Ende stand ihnen in den Gesichtern geschrieben. Während des Treffens erhielt Mussolini ein Telegramm, in dem es hieß, die Alliierten flögen ihren ersten Luftangriff auf Rom. Er reichte Hitler die Meldung weiter, der kaum einen Blick darauf warf und fortfuhr, mit unserer Waffenproduktion und von unseren neuen Wunderwaffen zu prahlen.

Die Szenen, zu denen es im Führerhauptquartier kam, als Mussolini gestürzt wurde, waren erschreckend. Hitler war außer sich vor Wut. Er brüllte und tobte gegen den Verrat des italienischen Hofes, den Vatikan und die faschistische Clique, die Mussolini abgesetzt hatte. Seine rüde Ausdrucksweise und seine Drohungen waren furchterregend. Er werde Rom mit Gewalt nehmen, sagte er, und »diesen Abschaum, diesen Auswurf« – womit er König Viktor Emanuel, die königliche Familie und den ganzen Hof meinte – festnehmen lassen und demütigen, bis sie sich vor ihm im Staub wänden. Er werde den Vatikan besetzen

und »das ganze Pfaffengeschmeiß« davonjagen, das diplomatische Corps erschießen, das sich dort vergrabe, sich der Geheimdokumente bemächtigen und dann behaupten, es habe sich um ein ›Versehen im Krieg‹ gehandelt.
Immer wieder versuchte er, Göring telephonisch zu erreichen. »Das ist ein eiskalter Bursche«, sagte er. »Eiskalt. In solchen Zeiten braucht man einen Mann, der eiskalt ist. Schafft mir Göring herbei, sage ich. Hart wie Stahl. Mit dem habe ich schon so manchen Strauß ausgefochten. Eiskalt, der Bursche, eiskalt.« Göring eilte herbei, tat aber nichts weiter, als allem zuzustimmen, was Hitler sagte, zu fluchen und schlechte Witze zu machen. Das hieß, eiskalt sein.
Die hundert dringenden Entscheidungen und Maßnahmen, um Italien im Krieg zu halten, bis wir kampflos genug deutsche Truppen dorthin geworfen hatten, um das Land zu übernehmen, wurden im OKW hinausgehämmert. Hitler plante derweil fieberhaft einen Staatsstreich in Rom, um Mussolini wieder einzusetzen – ein Plan, der sich jedoch als unrealisierbar erwies und daher fallengelassen wurde; es kam nur zur Befreiung des gefangengesetzten Mussolini durch Fallschirmjäger – ein Handstreich, der erfolgreich verlief und beiden hätte Auftrieb geben können; mehr jedoch wurde nicht erreicht. Gewiß, das Bild eines fröhlichen, uniformtragenden Hitler neben dem in einen schlechtsitzenden schwarzen Mantel gekleideten Ex-Duce mit schwarzem Schlapphut und einem verzagten Lächeln in dem weißen Gesicht ging um die Welt; es verkündete lauter als alle Schlagzeilen, daß die berühmte Achse tot war und das Schicksal der Festung Europa besiegelt.

Mein Aufstieg

All dies hatte für mich die überraschende und unwillkommene Folge, daß ich bei Hitler wieder in Gunst stand. Er behauptete, ich hätte den italienischen Verrat früher erkannt als alle anderen, daß »der gute Armin einen klaren Kopf hat«, und so weiter. Im übrigen hatte er von Helmuts Tod gehört und zog eine tragische Miene, um mir sein Mitgefühl zu bekunden. Bei den Lagebesprechungen lobte er mich und – was einem Generalstabsoffizier damals nur selten widerfuhr – lud mich zum Abendessen ein. Speer, Himmler und ein Industrieller waren an diesem Abend Gäste.
Es war kein erhebendes Erlebnis. Hitler muß fünf Stunden lang ununterbrochen geredet haben. Niemand sonst äußerte etwas, von gelegentlicher pflichtschuldiger Zustimmung abgesehen. Er erging sich in hochtrabendem Gewäsch über Geschichte und Philosophie und vor allem über die Juden. Das wirklich Schlimme mit den Italienern, sagte er, sei, daß das Mark des Volkes durch das Krebsgeschwür der Kirche ausgehöhlt worden sei. Das ganze Christentum sei nur ein hinterlistiger jüdischer Plan, die Weltherrschaft dadurch an sich zu reißen, daß Schwäche höher eingeschätzt werde als Stärke. Überhaupt sei Jesus kein Jude gewesen, sondern der uneheliche Sohn eines römischen Soldaten. Paulus sei der

größte jüdische Schwindler aller Zeiten. Und so weiter, *ad nauseam*. Später am Abend machte er ein paar interessante Bemerkungen über Karl den Großen, aber ich war viel zu benommen, um genauer hinzuhören. Alle unterdrückten ihr Gähnen. Alles in allem war sein anmaßendes Gerede ebenso unerträglich wie seine Blähsucht. Zugegeben, das war eine Schwäche, die er nicht bezwingen konnte; sie beruhte auf seiner schlechten Ernährung und seinen unregelmäßigen Lebensgewohnheiten; doch bei Tisch neben dem Führer zu sitzen, war kein Vergnügen. Wie ein Mann wie Bormann das jahrelang ausgehalten hat, ist mir unerfindlich.

Ich wurde auch nicht wieder eingeladen, doch meine Hoffnungen, dem Hauptquartier zu entkommen und draußen im Feld zu dienen, mußte ich aufgeben. Jodl und Keitel waren plötzlich die Liebenswürdigkeit in Person. Ich bekam einen Monat Genesungsurlaub und konnte zu meiner Frau fahren und sie trösten. Als ich in die Wolfsschanze zurückkehrte, hatte Italien kapituliert, und unser von langer Hand vorbereitetes Unternehmen Alarich, mit dem wir die Halbinsel in die Hand bekommen wollten, war voll im Gange.

Der Aderlaß im Süden sollte weitergehen bis zum Ende. Hitler konnte sich nicht mit dem politischen Rückschlag abfinden, Italien verloren zu haben. Dabei zwangen unsere Wehrmachtsverbände die weit überlegenen angloamerikanischen Truppen, den Stiefel nur schrittweise und unter großen Verlusten hinaufzukriechen. Doch auch das war, vom militärischen Standpunkt aus gesehen, ein großer Fehler. Der beschränkte politische Egoismus Hitlers, auf dessen Befehl wir unsere Kräfte im Süden verschwendeten, während wir die Alpensperre mit einem Bruchteil von Kesselrings Truppen hätten halten können, bereitete das Feld für die totale nationale Niederlage unter dem Druck von Ost und West.

23

Obwohl Pamela Tudsbury oft verliebt gewesen war, hatte sie die wirklich große Liebe nur einmal kennengelernt; und jetzt flog sie im August von Washington nach Moskau, um Captain Henry, den Mann, den sie liebte, noch ein letztes Mal zu sehen, bevor sie einen anderen heiratete. Lange, nachdem sie die Hoffnung auf die Sowjetunion längst aufgegeben hatte, ja, nachdem sie den ganzen Journalismus aufgegeben und beschlossen hatte, zu Burne-Wilke nach Neu-Delhi zu fliegen, war das Visum plötzlich doch noch erteilt worden. Daraufhin änderte sie ihre Reiseroute so, daß sie auch über Moskau führte, und schob ihre Kündigung beim *Observer* hinaus. Pamela war von Natur überaus leidenschaftlich, doch sie behielt stets einen klaren Kopf und wußte ohne jeden Zweifel, daß ihre Schreiberei nur das schwache Echo des Könnens eines Toten war. Die Konzepte ihres Vaters zu redigieren, war eine Sache; doch eigene Berichte mit seiner Einsicht und seinem Schwung zu schreiben, überstieg ihre Kraft. Sie war keine Vollblut-Journalistin, sondern nur ein Ghost-writer. Was ihre Gründe betraf, Lord Burne-Wilke zu heiraten, machte sie sich nichts vor. Wie der Versuch, sich journalistisch zu betätigen, war auch dieser Entschluß in jenem Vakuum entstanden, das Tudsburys Tod hinterlassen hatte. Der Lord hatte ihr seinen Antrag in einem Augenblick gemacht, in dem sie sehr verwundbar gewesen war und in dem ihr ein Leben von erschreckender Traurigkeit und Leere bevorstand. Er war ein gütiger Mann und zugleich eine ungewöhnliche Partie, und so hatte sie eingewilligt. Sie bedauerte es nicht. Sie konnten durchaus miteinander glücklich werden, dachte sie, und sie konnte froh darüber sein, daß er sie begehrenswert fand. Warum dann der Umweg über Moskau? Hauptsächlich um dessentwillen, was sie bei zufälligen Begegnungen und Parties von Rhoda Henry gesehen hatte, die gewöhnlich in der Gesellschaft eines hochgewachsenen, grauhaarigen Heeresobersten erschien. Rhoda hatte sich ihr gegenüber munter und herzlich gegeben und, wie ihr schien, dem imposanten Offizier gegenüber eher besitzergreifend. Vor ihrem Abflug aus Washington hatte Pamela sie angerufen; was hatte sie schon zu verlieren, hatte sie sich gesagt. Rhoda hatte ihr fröhlich erzählt, Byron sei jetzt Erster Wachoffizier auf seinem U-Boot; das

Pug mitzuteilen, dürfe Pamela unter keinen Umständen vergessen. »Und sagen Sie ihm, er soll aufpassen, daß er nicht zu dick wird!« Keine Spur von eifersüchtiger Sorge oder aufgesetzter Liebenswürdigkeit; höchst wunderlich. Was war aus der Ehe zwischen den beiden geworden? War die Versöhnung so vollkommen gewesen, daß Rhoda tun und lassen konnte, was sie wollte? Oder betrog sie Pug abermals oder steuerte darauf zu, das zu tun? Pamela konnte sich keinen Vers darauf machen.

Seit Midway hatte sie kein Wort mehr von ihm gehört, nicht einmal einen Kondolenzbrief zum Tod ihres Vaters. Auf die Post konnte man sich in Kriegszeiten nicht verlassen. In ihrem Brief aus Ägypten über Burne-Wilke hatte sie ihn aufgefordert, Einspruch gegen ihre Verlobung zu erheben; keine Antwort. Aber hatte dieser Brief ihn erreicht, bevor die *Northampton* gesunken war? Auch da tappte sie im dunkeln. Pamela wollte wissen, wie es um Victor Henry stand, und die einzige Möglichkeit, das herauszufinden, bestand darin, ihm gegenüberzutreten. Die Tausende von Extrakilometern, die sie mitten im Kriege zurücklegen mußte, hatten kein Gewicht.

Aber sie waren anstrengend. Fast wäre sie im Wagen der Botschaft, der sie vom Flughafen Moskau abholte, zusammengebrochen. Zunächst war sie recht zügig über Nordafrika hinweggeflogen; doch die drei Tage, die sie danach in der staubigen, von Fliegen wimmelnden Hölle von Teheran hatte warten müssen, hatten sie erschöpft. Der Fahrer, ein kleiner, adrett in Schwarz gekleideter Londoner, der nicht unter der Moskauer Hitze zu leiden schien, musterte sie immer wieder im Rückspiegel. Wenn sie auch sehr angespannt schien, sah Lord Burne-Wilkes schlanke Verlobte in ihrem weißen Leinenkostüm und dem weißen Strohhut für die Begriffe des heimwehkranken Mannes so unrussisch elegant, so jeder Zoll die künftige Vicomtesse aus, daß es ihm ein Vergnügen war, sie zu fahren. Er war sicher, daß ihre Arbeit als Journalistin nur noch eine Marotte war.

Moskau selbst schien der erschöpften Pamela recht unverändert: endlos aneinandergereihte, freudlose, flache Häuserzeilen; viele des Krieges wegen nicht fertiggebaute Häuser, Wind und Wetter ausgesetzt; auch die dicken Sperrballons hingen immer noch in der Luft. Nur die Menschen hatten sich verändert. Als sie 1941 die Stadt mit ihrem Vater überstürzt verlassen hatte, als die Deutschen heranrückten und alle großen Tiere Hals über Kopf nach Kuibyschew flüchteten, hatten die dickvermummten Moskauer, die durch die Straßen trotteten oder Panzergräben aushoben, einen ziemlich verhärmten Eindruck gemacht. Jetzt gingen sie im Sonnenschein auf den Bürgersteigen spazieren, die Frauen in leichten, buntbedruckten Baumwollkleidern, die Männer, sofern sie nicht Uniform trugen, in Sporthemden und Sporthosen;

Kinder tollten und spielten sorglos lärmend auf der Straße und in den Parks. Der Krieg war weit weg.

Die Britische Botschaft, auf einem vornehmen Grundstück an der Moskwa gegenüber dem Kreml gelegen, war wie das Spaso-House die einstige Residenz eines zaristischen Kaufherrn. Als Pamela durch die Terrassentüren hinaustrat, stieß sie auf den mit bloßem Oberkörper inmitten einer gackernden weißen Hühnerschar in der Sonne liegenden Botschafter. Die ursprünglich klassische Gartenanlage war in einen großen Gemüsegarten verwandelt worden. Philip Rule, der sich auf einem Safari-Stuhl neben dem Botschafter räkelte, erhob sich und verneigte sich spöttisch. »Ahhh? Lady Burne-Wilke, wie ich annehme?«

Trocken erwiderte sie: »Noch nicht ganz, Philip.«

Der Botschafter wies mit einer ausholenden Gebärde auf den Garten, als er aufstand, um ihr die Hand zu schütteln. »Willkommen, Pam. Wie Sie sehen, hat sich hier einiges verändert. Wenn man hier in Moskau regelmäßig etwas zu essen haben möchte, tut man gut daran, sich sein Gemüse selber zu ziehen.«

»Das kann ich mir vorstellen.«

»Wir haben versucht, Sie im National unterzubringen, aber es ist gestopft voll. Nächsten Freitag können Sie hin; bis dahin wohnen Sie hier bei uns.«

»Sehr freundlich von Ihnen.«

»Aber warum denn?« sagte Rule. »Ich wußte nicht, daß das ein Problem wäre. United Press hat gerade gestern eine Suite im Metropol aufgegeben. Das Wohnzimmer ist riesig und ein phantastischeres Badezimmer gibt es in ganz Moskau nicht.«

»Kann ich die haben?«

»Komm mit und laß uns sehen. Es ist ja nur fünf Minuten von hier. Der Manager ist ein entfernter Verwandter meiner Frau.«

»Das Badezimmer gibt bei mir den Ausschlag«, sagte Pamela und fuhr sich über die schweißnasse Stirn. »Ich könnte eine ganze Woche in der Wanne sitzen.«

Der Botschafter sagte: »Das kann ich verstehen. Aber denken Sie daran, heute abend zu unserer Party zu kommen, Pam. Einen besseren Ort, das Siegesfeuerwerk zu bewundern, gibt es nicht.«

Im Auto erkundigte sich Pamela bei Rule: »Was für ein Sieg?«

»Der Durchbruch bei Kursk. Du hast doch bestimmt davon gehört?«

»Kursk hat in den Staaten keine große Rolle gespielt. Da dreht sich alles um Sizilien.«

»Typisch, kein Zweifel. Yankee-Zeitungsmacher. Sizilien! Das hat zwar Mussolini zu Fall gebracht, aber militärisch war es eine zweitrangige Sache.

Kursk war die größte Panzerschlacht aller Zeiten, Pamela. Der Wendepunkt des Krieges.«
»Ist das nicht schon Wochen her, Phil?«
»Der Durchbruch, ja. Der Gegenangriff ist gestern bis nach Orel und Belgorod gekommen. Das waren die Schlüsselstellungen der Deutschen an diesem Abschnitt; jetzt ist ihnen dort das Rückgrat gebrochen, endlich. Stalin hat den ersten Siegessalut des Krieges befohlen: hundertundzwanzig Artilleriesalven. Eine wirklich große Sache.«
»Nun, dann wird mir diese Party kaum erspart bleiben.«
»Aber du *mußt* hin.«
»Ich bin zum Umfallen müde und fühle mich hundeelend.«
»Zu schade! Das Narkomindel hat die ausländische Presse für morgen zu einer Fahrt auf die Schlachtfelder eingeladen. Wir werden eine ganze Woche auf Achse sein. Das kannst du dir nicht entgehen lassen.«
Pamela stöhnte.
»Übrigens kommt die ganze US-Botschaft heute abend, um das Feuerwerk bei uns zu erleben. Nur Captain Henry wird nicht dabei sein.«
»Ach, er nicht? Kennst du ihn?«
»Natürlich. Stämmiger, sportlicher Typ, so um die fünfzig. Bißchen sauertöpfisch, oder? Spricht nicht viel.«
»Genau der ist es. Ist er der Marineattaché?«
»Nein, das ist Captain Joyce. Henry ist Verbindungsoffizier für besondere militärische Angelegenheiten. Von den Insidern hört man, er sei Harry Hopkins' Mann in Moskau. Im Moment schwirrt er irgendwo in Sibirien herum.«
»Nun, von mir aus.«
»Warum?«
»Weil ich aussehe wie ein lebender Leichnam.«
»Aber Pam, du siehst hinreißend aus.« Er berührte ihren Arm.
Sie zog ihn fort. »Wie geht es deiner Frau?«
»Valentina? Gut, nehme ich an. Sie ist mit ihrer Ballettgruppe auf Fronttournee. Sie tanzt auf Lastwagen, auf Rollbahnen – überall wo sie ihre Sprünge machen kann, ohne sich die Fußgelenke zu brechen.«
Die Suite im Metropol war so, wie Philip Rule sie beschrieben hatte. Der Salon war mit einem Konzertflügel, einem riesigen Perserteppich und einer Menge zweifelhafter Statuen ausgestattet. Nachdem Pamela einen Blick ins Bad geworfen hatte, sagte sie: »Sieh dir diese Wanne an. Da muß man ja schwimmen können.«
»Möchtest du die Suite haben?«

»Ja. Egal, was sie kostet.«
»Dann bringe ich das für dich in Ordnung. Gib mir deine Papiere. Ich melde dich beim Narkomindel auch gleich für die Informationstour an die Front an. Soll ich dich um halb elf abholen? Salut und Feuerwerk beginnen um Mitternacht.«
Sie war gerade dabei, vor einem blindfleckigen Spiegel den Hut abzunehmen; er stand hinter ihr und bewunderte sie unverhohlen. Rule wurde dick, und sein Blondhaar war noch schütterer als zuvor, seine Nase schien größer und breiter. Bis auf eine unangenehme Erinnerung bedeutete er ihr nichts. Seit der Episode am Weihnachtsabend in Singapore reagierte sie empfindlich darauf, von ihm angefaßt zu werden; das war alles. Sie wußte, daß sie immer noch anziehend auf ihn wirkte; doch das war sein Problem, nicht ihres. Wenn man ihn sich vom Leib hielt, war Philip Rule recht harmlos; er konnte sogar sehr hilfreich sein. Sie dachte an seine Grabrede auf ihren Vater auf dem Friedhof von Alexandria: *Ein Engländer für Engländer, ein Journalist für Journalisten, ein Sänger mit Presseausweis, der im Takt des Triumphmarsches dem Empire den Grabgesang singt.*
Sie drehte sich um, gab sich einen Ruck und reichte ihm die Hand. »Das ist nett von dir, Phil. Also dann um halb elf.«

Pamela war es gewohnt, daß Männer sie mit ihren Blicken auszogen; von Frauenaugen entkleidet zu werden, war eine neue Erfahrung. Die Russinnen auf der Party der Britischen Botschaft musterten sie von Kopf bis Fuß, von den Schuhen bis zur Frisur. Sie hätte ebensogut ein Mannequin sein können, das dafür bezahlt wird, sich zur Schau zu stellen. Nur hatten diese Blicke nichts Gemeines, nichts absichtlich Rüdes – sie verrieten nur sehnsüchtige Neugier. Und das war kein Wunder, wenn man ihre Abendkleider sah; einige kurz, einige lang, diese weit und glockig geschnitten, jene eng, durch die Bank jedoch scheußlich und in abscheulichen Farben.
Pam war bald von Männern umringt: westlichen Korrespondenten, Offizieren und Diplomaten, die den Anblick einer eleganten Frau aus ihrer Welt genossen, und russischen Offizieren, deren Uniformen ebenso schneidig waren wie die Kleider ihrer Frauen hausbacken, und die ihre Blicke schweigend auf Pamela ruhen ließen wie auf einem Kunstwerk von unschätzbarem Wert. Der langgestreckte, holzgetäfelte Raum war mit den vierzig oder fünfzig Gästen keineswegs überfüllt; viele drängten sich um eine silberne Bowlenschüssel, andere tanzten auf einem kleinen Stück Parkettboden, von dem der Teppich fortgenommen worden war, nach einer amerikanischen Jazzplatte, während der Rest, die Gläser in der Hand, sich unterhielt und lachte.

Ein großer, gutaussehender, junger russischer Offizier mit vielen Orden auf der Brust sprengte den Kreis um Pamela und bat in holprigem Englisch um einen Tanz. Sein Lächeln gefiel ihr, sie nickte. Er war ein ausgesprochen schlechter Tänzer, wie sie selbst eine ausgesprochen schlechte Tänzerin war, aber die Freude, die aus seinem gesunden roten Gesicht leuchtete, als er die schöne Engländerin betont respektvoll umfaßte, bezauberte sie.
»Was machen Sie im Krieg?« fragte sie und bemühte ihr eingerostetes Russisch.
»*Ubivayu nemtsey!*« erwiderte er und übersetzte dann zögernd: »*I – killing Tschermans.*«
»Ich verstehe. Wunderbar.«
Er nickte und grinste verwegen, wobei seine Augen und seine Zähne leuchteten.
Als die Platte zu Ende war und der Russe sich mit einer Verneigung von Pamela verabschiedete, wartete Philip Rule am Rand der Tanzfläche mit zwei Gläsern Punsch. »Das war einer von ihren großen Panzerkommandeuren«, sagte Rule.
»Er war bei den Kämpfen um Kursk dabei.«
»Wirklich? Er sieht aus wie ein halbes Kind.«
»Dieser Krieg wird von halben Kindern ausgetragen. Wenn die Politiker hingehen und kämpfen müßten, hätten wir morgen schon die Weltverbrüderung.«
Mit Rule geht es bergab, dachte Pamela. Vor fünf Jahren hätte er eine solche Plattheit nicht mit dem Air dessen von sich gegeben, der etwas Kluges sagt. Eine neue Platte setzte an: *Lili Marlen*. Sie sahen einander in die Augen. Für Pamela bedeutete dieses Lied Nordafrika und den Tod ihres Vaters. Rule sagte: »Komisch, nicht? Das einzige gute Soldatenlied in diesem Krieg ist eine billige, weinerliche deutsche Ballade.« Er nahm ihr das Glas aus der Hand. »Aber was soll's, Pamela – laß uns tanzen!«
Für Pug Henry, der gerade mit Botschafter Standley und einem Fliegergeneral hereinkam, bedeutete *Lili Marlen* Pamela Tudsbury. Die wehmütige, allzu deutsche Melodie hatte durch irgendeinen launigen Zufall das ganze bittersüße Wesen einer flüchtigen Kriegsliebe eingefangen, das quälende Gefühl eines Soldaten, der im Dunkeln die Geliebte umwirbt, bevor er in die Schlacht zieht – jene Art von Liebe, die er und Pamela nie kennenlernen würden. Das blecherne Geplärr des Grammophons überfiel ihn, als er eintrat.
Natürlich war er wie vom Donner gerührt, als Pamela plötzlich vor ihm auftauchte. Also hatte es mit dem Visum doch noch geklappt! Sie jetzt in Philip Rules Armen zu sehen, erhöhte seine Überraschung. Insgeheim konnte er den Mann seit Singapore nicht ausstehen; seine Reaktion war nicht eigentlich

Eifersucht, denn von Pamela zu träumen hatte er längst aufgegeben. Dennoch erfüllte ihn der Anblick ebenso mit Abscheu wie mit Erstaunen.
Als sie die gedrungene Gestalt in Blau und Gold vorbeigehen sah, nahm Pamela an, daß er sie gesehen hatte und nur weiterging, weil sie mit Rule tanzte. Guter Gott, dachte sie, warum mußte er auch so unvermutet auftauchen? Warum klappt es nie mit uns? Und seit wann ist er denn so grau geworden? Sie ließ Philip stehen und lief hinter Pug her, doch er und der hochgewachsene Fliegergeneral verschwanden in der Menge um die Bowlenschale, die sich gleich wieder um sie schloß. Sie wußte nicht, ob sie sich zu ihm durchkämpfen sollte, und als sie sich endlich entschloß, es zu tun, gingen die Lampen ein paarmal an und aus. »Fünf Minuten vor Mitternacht«, verkündete der Botschafter, als die Unterhaltung verstummte. »Wir schalten jetzt die Beleuchtung aus und öffnen die Vorhänge.«
Von der Schar der aufgeregten Gäste wurde Pamela an ein geländerbewehrtes offenes Fenster geschwemmt. Die Nacht war sternklar, es wehte eine angenehme kühle Brise. Von laut Plappernden eingekeilt, stand sie da und blickte zu der schwarzen Masse des Kreml hinüber.
»Hallo, Pamela.« Seine Stimme, die Stimme Victor Henrys, im Dunkel neben ihr.
In diesem Augenblick fuhren Raketen zum Himmel hinauf und zersprangen in grellrotem Leuchten. Geschütze donnerten. Der Fußboden unter ihnen erbebte. Die Partygäste brachten Hochrufe aus. Ein vulkanisches Sperrfeuer ging über der ganzen Stadt los – keine Feuerwerkskörper, sondern Kriegsmunition: Leuchtraketen, Signalkugeln, rote Leuchtspurgeschosse, Granaten, die grellgelb platzten, ein Baldachin aus vielfarbenem Schlachtfeuer, das einen Lärm vollführte, in dem das gargantualische Dröhnen von hundertundzwanzig schweren Geschützen nahezu unterging.
»Ja, hallo! Erinnert dich das an was?« hauchte sie der schattenhaften Gestalt zu, die neben ihr stand. Genau so hatten sie beieinander gestanden und beobachtet, wie 1940 London mit Brandbomben eingedeckt worden war und er zum erstenmal den Arm um sie legte.
»Doch. Aber das war kein Siegesfeuerwerk.«
BUMM... BUMM... BUMM...
Das Sperrfeuer erreichte seinen Höhepunkt und erhellte den ganzen Himmel, ließ in unheimlicher Beleuchtung den Fluß, die Kathedrale, den Kreml erkennbar werden. Unter dem Gebrüll der schweren Geschütze sagte er: »Das mit deinem Vater tut mir leid, Pam. Hast du meinen Brief bekommen?«
»Nein. Hast du denn jemals einen von mir bekommen?«
BUMM...

»Nur den aus Washington, in dem du mir deine Verlobung mitteiltest. Bist du verheiratet?«
»Nein. Ich habe aber noch einen Brief geschrieben, einen sehr langen, an die *Northampton*.«
BUMM ...
»Den habe ich nie bekommen.«
Immer wieder wurden Salven abgefeuert, bis das Dröhnen schließlich verstummte. Der Feuerausbruch erstarb, schwarze Rauchwölkchen trieben vor den Sternen und lösten sich auf. In der plötzlichen Stille draußen auf der Böschung unversehens ein Prasseln und Klirren. »Du lieber Gott, das sind Granatsplitter!« ließ sich die Stimme des Botschafters vernehmen. »Zurück von den Fenstern, alle!«
Als das Licht wieder anging, stand der Fliegergeneral, ein hochaufgeschossener, hagerer Mann mit gewelltem blondem Haar und abweisend kühler Miene neben Pug. »Verschwenderische Flak-Darbietung«, sagte er. »Schade, daß sie mit nützlichen Informationen nicht so freizügig sind.«
Pug stellte ihn Pamela vor. Die Miene des Generals hellte sich auf. »Nein, wirklich! Ich war vor drei Wochen in Neu-Delhi mit Duncan Burne-Wilke zusammen. Er hatte gerade erfahren, daß Sie kämen, und war sehr froh darüber. Jetzt begreife ich, warum.«
Sie lächelte. »Geht es ihm gut?«
»Es geht. China, Burma, Indien – das ist wirklich ein undankbarer Kriegsschauplatz. Pug, wir sollten uns jetzt wieder unseren Karten widmen. Ich mache meine Abschiedsrunde.«
»Jawohl, Sir.«
Der General ging. Pug sagte zu ihr: »Tut mir leid, daß ich ihn am Hals habe, Pam. Ich kann mich schlecht freimachen. Es geht darum, neue Routen für die Überführung von Leih- und Pacht-Flugzeugen für die Russen festzulegen. Können wir uns übermorgen irgendwann sehen?«
Sie erzählte ihm von der Informationstour nach Kursk. Er machte ein langes Gesicht, das sie ein wenig ermutigte. »Eine ganze Woche?« sagte er. »Zu dumm!«
»In Washington habe ich deine Frau getroffen. Hast du von ihr gehört?«
»Oh ja, hin und wieder. Es scheint ihr gut zu gehen. Wie sah sie aus?«
»Fabelhaft. Ich soll dir sagen, daß Byron jetzt Erster Wachoffizier auf seinem Schiff geworden ist.«
»Eins W. O.!« Er hob die buschigen Brauen in die Höhe. Wie sein Haar, waren auch sie grauer geworden, sein Gesicht wirkte gesetzter. »Das ist schon merkwürdig. Er ist doch noch so jung, und außerdem ist er Reservist.«

»Dein General sieht aus, als wollte er gehen.«
»Das sehe ich auch.«
Sein Händedruck war freundschaftlich. Sie wollte fester zufassen, um ihm zu vermitteln, was sie in Worten nicht sagen konnte. Doch bei diesem Zusammentreffen, gleichsam zwischen Tür und Angel, schien selbst das eine kränkende Treulosigkeit Burne-Wilke gegenüber. So ein Mist! dachte sie; Mist, Mist, Mist!
»Nun, dann in einer Woche also«, sagte er. »Sofern ich dann wieder in Moskau bin. Bis jetzt steht allerdings noch nichts für mich auf dem Plan.«
»Ja, ja. Wir müssen über so vieles reden.«
»Das machen wir. Ruf mich an, wenn du wieder da bist, Pam.«

Eine Woche später, kaum daß sie ihre Suite im Metropol betrat, die sie verschwenderischerweise behalten und bezahlt hatte, rief sie in der amerikanischen Botschaft an. Sie war überzeugt, daß er wieder fort war und daß sie einander auch diesmal verpassen würden; dieser Abstecher nach Moskau würde sie nur Zeit und Selbstbewußtsein kosten. Aber er war da und schien sich zu freuen, von ihr zu hören.
»Hallo, Pam. Wie war es?«
»Grauenhaft. Ohne Talky hat es einfach keinen Sinn, Pug. Und was noch schlimmer ist: mir reicht es restlos, verwüstete Städte, zerschossene Panzer und stinkende deutsche Leichen zu sehen. Ich kann keine Photos von russischen Frauen und Kindern mehr sehen, die man aufgeknüpft hat. Ich habe diesen Irrsinnskrieg, dieses mörderische Gemetzel satt bis oben hin. Wann sehen wir uns?«
»Wie wär's mit morgen?«
»Hat Philip Rule dich wegen heute abend angerufen?«
»Rule?« Seine Stimme klang nüchtern. »Nein, er hat nicht.«
Hastig sagte sie: »Dann tut er es bestimmt noch. Seine Frau ist zurück. Sie hat Geburtstag, und er gibt hier in meiner Suite eine Party für sie. Die Suite ist gigantisch, und weil er sie mir besorgt hat, konnte ich nicht gut nein sagen. Es kommen die Auslandskorrespondenten, ein paar Leute von der Botschaft, ihre Kollegen vom Ballett und so. Wenn du keine Lust hast, laß ich sie lieber sausen, und wir treffen uns irgendwo anders.«
»Nichts zu machen, Pamela. Die Rote Armee gibt ein Abschiedsessen für meinen General. Übrigens auch im Metropol. Wir haben es geschafft, das Übereinkommen unter Dach und Fach zu bringen, um dessentwillen er hergekommen ist.«
»Wie wunderbar.«

»Das bleibt abzuwarten. Wenn Russen einem Übereinkommen zustimmen, kann das ganz schön surreal sein. Aber jetzt muß es erstmal gefeiert und begossen werden, und ich kann mich unmöglich freimachen. Ich ruf' dich morgen an.«
»Verdammt«, sagte Pamela. »Oh, verflucht und zugenäht.«
Er lachte leise. »Pam, du kannst doch fluchen wie ein Journalist.«
»Du hast keine Ahnung, wie ich fluchen kann. Dann bis morgen.«

Rules Frau war fast zu schön, um wirklich zu sein: ein vollkommenes ovales Gesicht, riesige klare hellblaue Augen, eine Fülle strohgelben Haars und wunderbar gewachsene Hände und Arme. Sie saß in einer Ecke, sprach und bewegte sich kaum, lächelte nie. Die Suite war überfüllt, die Musik schmetterte, und die Gäste tranken und aßen und tanzten. Nur wollte keine rechte Stimmung unter ihnen aufkommen – vielleicht nur, weil das Geburtstagskind ein Gesicht machte wie drei Tage Regenwetter.
Weit entfernt davon, bei diesen westlichen Tänzen ballettartige Anmut zu zeigen, waren die Russen schwerfällig wie Elefanten. Pamela tanzte mit einem Mann, den sie einst als Prinzen in *Schwanensee* erlebt hatte. Er hatte das Gesicht eines Fauns, einen hübschen schwarzen Haarschopf und trotz des schlechtsitzenden Anzugs eine hinreißende Figur; aber er kannte die Schritte nicht und hörte nicht auf, sich in unverständlichem Russisch zu entschuldigen. So lief überhaupt die ganze Party. Phil kippte einen Wodka nach dem anderen, tanzte täppisch mit einem Mädchen nach dem anderen und lachte gekünstelt. Valentina sah aus, als wünschte sie, sie wäre tot. Pamela wußte nicht, woran es lag. Manches an diesem Unbehagen mochte auf die Unbeholfenheit der Russen im Umgang mit Ausländern zurückzuführen sein; vielleicht gab es auch Spannungen zwischen Rule und seiner Märchenprinzessin, von denen sie nichts wußte.
Captain Joyce, der amerikanische Marineattaché, ein lustiger Ire mit wissenden Augen, bat Pamela zum Tanz. Als er seinen Arm um sie legte, sagte sie: »Zu schade, daß Captain Henry da unten festsitzt.«
»Ach, Sie kennen Pug?« sagte Joyce.
»Sehr gut sogar.« Das wissende Auge funkelte sie an. Sie fügte hinzu: »Er und mein Vater waren gute Freunde.«
»Ach so. Nun, der Mann ist toll. Er hat wieder etwas geschafft, was sonst keinem gelungen ist.«
»Dürfen Sie darüber reden?«
»Wenn Sie es nicht gerade in Ihrer Zeitung breittreten.«
»Einverstanden.«

Unter dem Klang der Musik und im Gedränge der Tanzenden flüsterte Joyce ihr ins Ohr, Botschafter Standley habe seit Monaten vergeblich versucht, wegen der Flugroute der Leih- und Pachtmaschinen über Sibirien etwas zu erreichen. Auch bei einem früheren Besuch in der Sowjetunion, bei dem General Fitzgerald die Sache hatte durchfechten wollen, sei nichts herausgekommen. Diesmal habe Standley das Problem Pug übertragen, und man war zu einer Einigung gekommen. Statt der umständlichen Route über Südamerika und Afrika mit vielen Bruchlandungen, oder anstatt sie in Einzelteile verpackt auf Geleitschiffen zu transportieren, die U-Booten zum Opfer fallen konnten, würden die Maschinen jetzt auf direktem, sicherem Wege herangeflogen. Das versprach weniger Verzögerungen und größere Lieferquoten; und außerdem weniger Ärger auf beiden Seiten.
»Werden die Russen ihr Wort halten?« fragte Pamela, als die Musik aufhörte und sie an den Tisch mit Erfrischungen herantraten.
»Das bleibt abzuwarten. Jetzt jedenfalls feiern sie unten ein regelrechtes Liebesmahl. Pug Henry versteht sich verdammt gut darauf, mit diesen Klötzen fertigzuwerden.« Pamela lehnte Wodka ab; Joyce dagegen kippte ein ansehnliches Glas, hustete und warf einen Blick auf die Uhr. »Die sollten da unten allmählich zum Ende kommen. Ob ich mal versuche, Pug raufzulotsen?«
»Oh, bitte, *bitte!*«
Es vergingen etwa zehn Minuten. Dann stürmten vier Offiziere der Roten Armee in voller Kriegsbemalung herein, gefolgt von Joyce, Pug Henry und General Fitzgerald. Einer der Russen war ein stämmiger Glatzkopf mit großer Ordensschnalle und einer künstlichen Hand im Lederhandschuh. Die anderen waren wesentlich jünger und wirkten längst nicht so aufgekratzt wie der General, der mit einem auf Russisch hinausgeschmetterten *Happy Birthday* hereingestürmt kam. Er marschierte auf Rules Frau zu, beugte sich über ihre Hand, küßte sie und forderte sie zum Tanz auf. Valentina lächelte – zum erstenmal an diesem Abend, wie es Pamela erschien, und es war wie ein Sonnenaufgang über eisigen Bergesgipfeln –, sprang auf und kam in seine Arme.
»Erkennst du ihn wieder?« fragte Pug Pamela, als das Paar zu den Klängen von *The Boogie-Woogie Washerwoman* übers Parkett glitt.
»Ist das nicht der, der uns in seinem Hauptquartier an der Front ein Essen gab und dann wie verrückt tanzte?«
»Richtig. Yuri Yevlenko.«
»Meine Herren, einen so lebendigen Mann habe ich lange nicht erlebt«, sagte Captain Joyce. »Der kleine Offizier mit dem verkniffenen Mund und der Narbe muß sein politischer Adjutant sein. Oder einer vom NKWD. Er hat versucht,

ihn davon abzuhalten, mit raufzukommen. Hat irgendwas von Verbrüderung mit Ausländern gemurmelt. Und wissen Sie, was der General gesagt hat? Er sagte: ›So? Was können Sie mir tun? Mir auch noch die andere Hand abhacken?‹«

... And the Boogie-Woogie Washerwoman washes away ...

»Mir ist«, sagte Pug zu Pamela, »als hätten wir dieses alberne Geräusch schon mal irgendwo gehört. Wollen wir tanzen?«
»Muß das sein?«
»Du möchtest lieber nicht? Gott sei Dank.« Er verschränkte seine Finger mit den ihren und führte sie zu einem kleinen Sofa. »Beim Toast haben sie mich bei meinem Weißwein-Trick erwischt. Da mußte ich wieder zu Wodka zurückkehren, und jetzt dreht sich alles um mich.«
Während Yevlenko ausgelassen mit der strahlenden Valentina herumtappte, gingen einige Russen von ihrem hölzernen Foxtrott zum Lindy Hop über, der ihren elastischen Tanzmuskeln eher entsprach. Wenn auch niemand sie für Amerikaner halten konnte, wirbelten einige von ihnen doch ganz sachkundig umher.
Pamela sagte: »Du siehst aber noch ganz nüchtern aus.« Er saß in seiner weißen Ausgehuniform mit den leuchtenden Goldknöpfen und Goldbalken auf dem Schulterstück und einem Streifen bunter Ordensbänder kerzengerade da. Der Wodka hatte Leben in seine Augen gebracht und sein Gesicht gerötet. Nichts hatte sich verändert in den vergangenen vierzehn Monaten, nur sein Haar war grauer geworden, und er hatte ein wenig zugenommen. »Übrigens, deine Frau hat mir noch etwas aufgetragen. Ich soll dich ermahnen, auf dein Gewicht aufzupassen.«
»Oh, ja, sie kennt mich. Dann halt mir mal eine Standpauke! Wenn ich Dienst wie diesen hier habe, esse und trinke ich. Auf der *Northampton* war ich dürr wie eine Zaunlatte.«
Inzwischen tanzten sie fast alle, bis auf die drei jungen Offiziere der Roten Armee, die mit unbewegten Gesichtern an der Wand saßen, und General Fitzgerald, der mit einem wunderschönen Ballettmädchen in einem schaurigen roten Satinkleid flirtete. Es war so laut, daß Rule das Grammophon lauter stellen mußte. Pamela mußte fast schreien, als sie sagte: »Erzähl mir von der *Northampton*, Victor.«
»Okay.« Während er ihr erzählte, was auf See nach Midway passiert war, und sogar von der Katastrophe bei Tassafaronga, strahlte er innerlich, oder zumindest schien es Pamela so. Er berichtete ihr von dem Posten unter

Spruance, den er hätte haben können, und wie er statt dessen auf Roosevelts Wunsch diesen hier angenommen hatte. Er sprach ohne Bitterkeit oder Bedauern darüber, legte ihr sein Leben dar, wie es war. Um sie herum brodelte die Party, und sie saß da, hörte ihm zu, unendlich zufrieden, an seiner Seite zu sitzen, erwärmt, aber auch ein wenig verunsichert durch seine körperliche Nähe. Das war alles, was sie wollte, dachte sie immer wieder, nur in seiner Nähe sein, bis an ihr seliges Ende. Jetzt, da sie neben ihm auf dem Sofa saß, kam sie sich wieder ganz lebendig vor. Er war nicht glücklich. Das war klar. Sie spürte, daß sie ihn glücklich machen könnte; und wenn sie es tat, rechtfertigte sie damit ihr eigenes Leben.

Als das Grammophon zwischendurch einmal verstummte, sammelten sich Yevlenko und die Leute vom Ballett um den Flügel und tuschelten aufgeregt miteinander. Ein Mädchen setzte sich an das Instrument und klimperte auf völlig verstimmten Saiten, was ein allgemeines Gelächter zur Folge hatte. Yevlenko rief laut: »*Nitschewo! Igraitye!*« (»Macht nichts. Spiel!«) Sie hämmerte eine russische Weise heraus, Yevlenko röhrte einen Befehl, woraufhin sämtliche Russen, sogar die drei jüngeren Offiziere, sich aufstellten und einen wirbelnden Gruppentanz vorführten: sie stießen Rufe aus, stampften mit den Füßen und warfen die Beine, während die Westeuropäer und Amerikaner im Kreis um sie herumstanden, zum Takt in die Hände klatschten und sie anfeuerten. Danach gab es kein Eis mehr, das gebrochen werden mußte. Yevlenko zog seinen ordenbesäten Waffenrock aus und tanzte in verschwitzter Bluse den Tanz, den er auch in dem Haus an der Front vor Moskau getanzt hatte; er ging in die Hocke, sprang federnd wieder auf und erntete jedesmal den rauschenden Applaus der Zuschauer. Danach erntete Valentina begeisterte Zurufe, indem sie seinen Rock anzog und einen Burlesktanz vorführte: die Imitation eines aufgeblasenen Generals.

Nochmals erregte Beratung am Flügel; dann bat Valentina um Ruhe und verkündete munter, sie und ihre Freunde würden jetzt das Ballett aufführen, das sie für ihre Fronttournee einstudiert hätten. Sie würde den Hitler tanzen, ein anderes Mädchen Goebbels, ein drittes Göring und ein viertes Mussolini, obwohl sie ihre Masken nicht dabei hätten. Ihre vier männlichen Kollegen würden die Rote Armee darstellen.

Pug und Pamela unterbrachen ihre Unterhaltung, um dieser satirischen Pantomime zuzusehen. Die vier Bösewichter stolzierten zu martialischer Musik einher und mimten eine Invasion; sie freuten sich hämisch über ihren Sieg; gerieten bei der Aufteilung der Beute in Streit; prügelten sich untereinander. Dann kam unter den Klängen der *Internationale* die Rote Armee hereinmarschiert. Übertriebene pantomimische Darstellung von

Feigheit auf der Seite der Bösewichter. Komische Hetzjagd immer und immer wieder im Kreis herum. Tod der vier Schurken; und nachdem diese einer nach dem anderen niedergesunken waren, bildeten ihre verkrümmten Körper auf dem Boden ein Hakenkreuz.

Mitten im Applaus riß sich plötzlich der *Schwanensee*-Prinz Jackett und Schlips vom Leib, streifte die Schuhe ab und gab der Pianistin ein Zeichen. In offenem weißem Hemd, Hose und auf Strümpfen führte er einen hinreißenden Tanz mit Sprüngen und Wirbeln auf, die ihm einen Hochruf nach dem anderen eintrugen. Dieser Höhepunkt war nicht mehr zu überbieten; zumindest schien es so. Als er keuchend dastand, die Gratulanten ihn umringten und rundum der Wodka nachgeschenkt wurde, wurde am Piano ein schriller Ton angeschlagen. Der stocksteife, hochdekorierte General Fitzgerald betrat die Tanzfläche. Er zog seinen Rock nicht aus. Auf sein schroffes Zeichen hin begann die Pianistin einen schnellen *Kozotzki* zu spielen; der hagere Fliegergeneral ging in die Hocke und tanzte: die Arme untergeschlagen, das blonde Haar flatternd, die langen Beine gebeugt und gestreckt. Die Überraschung war gewaltig. Der *Schwanensee*-Prinz ging neben Fitzgerald in die Hocke, und unter einem Tumult anfeuernder Rufe, Füßegestampfe und Beifallklatschen brachten die beiden den Tanz als Duo zu Ende.

»Dein General gefällt mir«, sagte Pamela.

»Mir gefallen diese Leute«, sagte Pug. »Sie sind unmöglich, aber ich mag sie.«

General Yevlenko reichte Fitzgerald ein Glas Wodka und stieß mit ihm an. Unter großem Beifall leerten sie die Gläser. Danach trat Fitzgerald an den Tisch mit den Erfrischungen, der neben Pugs Sofa stand, ergriff zwei offene Wodka-Flaschen – sie waren nicht sehr groß, dafür aber voll – und sagte: »Wir müssen etwas für unseren guten Ruf tun, Pug!« Dann schritt er zurück und reichte mit herausfordernder Geste Yevlenko eine der Flaschen.

»Eh? *Horoshi tshelovyek!*« (»Prächtiger Bursche!«) krächzte Yevlenko, dessen großflächiges Gesicht und nackter Schädel mittlerweile lachsrot leuchteten. Unter dem aufmunternden Drängen aller – mit Ausnahme des Offiziers mit der Narbe, der, wie Pug bemerkte, fassungslos dasaß wie eine Gouvernante, der man nicht gehorcht – hoben die beiden Generale die Flaschen an den Mund und ließen einander dabei nicht aus den Augen. Fitzgerald hatte zuerst ausgetrunken und schmetterte die Flasche in den ziegelgemauerten Kamin. Gleich darauf folgte ihm Yevlenkos Flasche. Unter Hochrufen umarmten sie sich, und das Mädchen am Flügel spielte die kaum erkennbare Melodie von *Stars and Stripes Forever*.

»Himmel, ich muß ihn wohl jetzt in die Botschaft zurückbringen«, sagte Pug. »Er hat, seit er hier ist, ein Glas nach dem anderen gekippt.«

Aber irgendwer hatte den *Tiger Rag* aufgelegt, und Fitzgerald tanzte bereits mit dem Mädchen im roten Satinkleid, das im Ballett den klumpfüßigen Goebbels imitiert hatte. Yevlenko führte Pamela auf die Tanzfläche. Es war schon nach zwei Uhr morgens; dieser letzte Ausbruch der Tanzwut dauerte nicht lange. Allmählich gingen die Gäste, die Gesellschaft wurde immer kleiner. Als sie wieder mit dem *Schwanensee*-Prinzen tanzte, bemerkte Pamela, daß Pug, Yevlenko und Fitzgerald die Köpfe zusammensteckten und Rule zuhörte. Ihr journalistischer Instinkt wurde wach, und sie ging hinüber und setzte sich neben Pug.
»Okay. Reden wir jetzt frei von der Leber weg?« sagte Fitzgerald zu Pug. Die beiden Generale saßen sich auf zwei Sofas gegenüber und funkelten sich gegenseitig an.
»Frei von der Leber weg!« polterte Yevlenko mit einer unmißverständlichen Handbewegung.
»Dann sagen Sie ihm, ich hätte das ganze Gerede von einer zweiten Front satt bis obenhin. Damit hat man mir wochenlang in den Ohren gelegen. Was ist denn mit Nordafrika und Sizilien, den beiden größten amphibischen Landeunternehmungen der Geschichte? Und was ist mit den Bombenangriffen auf deutsche Städte, bei denen wir tausend Bomber auf einmal einsetzen? Und was mit dem Krieg im Pazifik, wo wir die Japse davon abhalten, ihnen in den Rücken zu fallen?«
»Auf unseren guten Ruf«, murmelte Pug und brachte damit ein frostiges Grinsen auf Fitzgeralds Gesicht. Er übersetzte und dolmetschte bei dem jetzt folgenden Wortgefecht, so schnell er konnte.
Yevlenko nickte und nickte zu Pugs Worten, sein Gesicht wurde hart. Dann zeigte er mit dem Finger auf Fitzgeralds Gesicht. »*Kräfte konzentrieren und an den entscheidenden Stellen zuschlagen! Schwerpunktbildung!* Steht dieses Prinzip in West Point nicht auf dem Lehrplan? Die entscheidende Stelle, das ist Hitler-Deutschland. Ja oder Nein? Und der Weg, Hitler-Deutschland anzugreifen, führt durch Frankreich. Ja oder Nein?«
»Fragen Sie ihn, warum Rußland keine zweite Front errichtet hat, als England ein ganzes Jahr lang allein gegen Hitler-Deutschland kämpfte.«
Krächzend hielt Yevlenko Fitzgerald entgegen: »Damals handelte es sich um einen imperialistischen Kampf um Weltmärkte. Der ging unsere Arbeiter und Bauern nichts an.«
Philip Rule, der, während er zuhörte, sein Glas ständig neu füllte, sagte jetzt mit ziemlich belegter Zunge zu Fitzgerald: »Muß jetzt noch darüber gesprochen werden?«
»Warum nicht? Außerdem hat er damit angefangen«, versetzte Fitzgerald

bissig. »Pug, fragen Sie ihn, warum wir uns ein Bein ausreißen sollen, um einem Volk zu helfen, das sich vorgenommen hat, unsere Lebensweise zu vernichten?«
»Oh, Gott!« murmelte Rule.
Yevlenkos Gefunkel wurde kriegerischer. »Wir glauben, daß eure Lebensweise sich durch seine inneren Widersprüche selbst vernichten wird. Wir werden sie nicht vernichten. Aber Hitler kann es. Warum macht ihr denn nicht mit, um Hitler zu schlagen? 1919 hat Churchill versucht, unsere Lebensweise zu vernichten. Jetzt ist er unser Gast im Kreml. Geschichte vollzieht sich in Schüben, hat Lenin gesagt. Manchmal vorwärts, manchmal zurück. Jetzt ist es an der Zeit, vorwärts zu gehen.«
»Aber ihr traut uns nicht über den Weg. Warum also sollten wir mitmachen?« Pug hatte Schwierigkeiten, diese Redewendung zu übersetzen, doch Yevlenko begriff, um was es ging. »Ja, ja. Das ist eine alte Klage. Nun, Sir, Ihr Land hat noch keine Invasion erlebt. Unser Land jedoch ist immer und immer wieder besetzt worden. Die meisten unserer Verbündeten – das hat die Geschichte gelehrt – haben früher oder später die Fronten gewechselt und Rußland angegriffen. Wir haben gelernt, ein bißchen vorsichtig zu sein.«
»Amerika wird Rußland nicht angreifen. Ihr habt nichts, was wir brauchten.«
»Nun, und sobald wir Hitler geschlagen haben, wollen wir nichts weiter von euch, als in Ruhe gelassen zu werden.«
»Können wir darauf nicht ein letztes Glas trinken?« sagte Rule.
»Unser Gastgeber wird müde«, sagte Yevlenko liebenswürdig zu Fitzgerald und ließ den harten Ton der Debatte fallen.
Rule begann, würdevoll auf Russisch eine Ansprache zu halten und die Worte mit trunkenen Gesten zu unterstreichen; Pug übersetzte aus dem Stegreif für Fitzgerald. »Das ist doch alles Gerede im luftleeren Raum. Die weiße Rasse führt wieder mal einen großen Bürgerkrieg. Rasse, General Yevlenko, und nicht Ökonomie bestimmt das menschliche Zusammenleben. Technisch ist die weiße Rasse brillant, aber moralisch ist sie primitiv. Der Deutsche verkörpert den Weißen Mann am reinsten, er ist der Übermensch, damit hat Hitler vollkommen recht. Und wie der Rote Mann muß jetzt auch der Weiße Mann aus der Geschichte abtreten, nachdem er den halben Erdball durch seine Bürgerkriege verwüstet hat. Auch mit dem Demokratie-Gewäsch des Weißen Mannes ist es aus, nachdem durch die Demokratie Kerle wie Chamberlain, Daladier und Hitler an die Macht gekommen sind. Als nächstes ist China an der Reihe. China ist das Reich der Mitte, das Schwerpunktzentrum der menschlichen Rasse. Der einzige echte Marxist, der in der Welt etwas bewirken wird, lebt in einer Höhle in Yünnan. Er heißt Mao Tse-tung.«

Rule entledigte sich dieser Rede mit unerträglicher alkoholischer Zuversicht und sah oft zu Pamela hinüber, während Pug übersetzte.
Fitzgerald gähnte, setzte sich auf und zog Rock und Krawatte gerade. »General, kann ich meine Flugzeuge über Wladiwostok herfliegen oder nicht?«
»Halten Sie sich an unsere Abmachungen. Wir tun es auch.«
»Und noch etwas. Werden Sie nochmal ein Geschäft mit den Nazis machen, wie Sie es 1939 getan haben?«
Pug wurde nervös, als er das übersetzte, doch Yevlenko erwiderte ungerührt: »Wenn wir Wind davon bekommen sollten, daß ihr nochmal ein Münchner Abkommen aushandelt, dann machen wir auch kehrt, und es geschieht euch recht. Aber wenn ihr kämpft, werden auch wir kämpfen. Und wenn ihr es nicht tut, werden wir die Hitlerbarbaren allein zermalmen.«
»Okay, Pug. Und jetzt sagen Sie ihm, daß ich mir – als Kriegsplaner – den Mund gegen den Nordafrika-Feldzug fußlig geredet habe. Sagen Sie ihm, ich hätte sechs lange Monate dafür gekämpft, daß wir noch in diesem Jahr in Frankreich eine Zweite Front eröffnen. Nur zu! Sagen Sie ihm das.«
Pug gehorchte. Yevlenko hörte zu, verengte die Augen, faßte Fitzgerald ins Auge und bekam einen ganz schmalen Mund.
»Sagen Sie ihm, er täte gut daran, zu glauben, daß Amerika anders ist als alle anderen Länder in der Geschichte.«
Ein rätselhaftes Lächeln war Yevlenkos einzige Reaktion.
»Und ich hoffe, sein tyrannisches Regime läßt zu, daß sein Volk das begreift – weil das auf lange Sicht der einzige Weg ist, um zu einem Frieden zu gelangen.«
Das Lächeln schwand, zurück blieb ein steinernes Gesicht.
»Und Sie, General«, sagte Fitzgerald, erhob sich und bot ihm die Hand, »sind ein Teufelskerl! Ich bin völlig betrunken. Sollte ich irgendwas Beleidigendes gesagt haben, so zählt das nicht. Pug, bringen Sie mich zurück ins Spaso-House. Ich muß schnell packen.«
Yevlenko stemmte sich gleichfalls hoch, streckte die Linke aus und sagte: »*Ich* werde Sie zurückbringen ins Spaso-House.«
»Wirklich? Das ist sehr, sehr nett von Ihnen. Im Namen der alliierten Freundschaft, nehme ich an. Jetzt muß ich mich nur noch vom Geburtstagskind verabschieden.«
Inzwischen waren außer ihnen nur noch die Offiziere der Roten Armee und Valentina im Raum. Yevlenko rief den jungen Offizieren knurrend etwas zu, woraufhin diese ganz steif wurden. Einer von ihnen sprach zu Fitzgerald – in recht passablem Englisch, wie Pug bemerkte – und der Fliegergeneral ging mit ihm hinaus. Valentina riß Rule aus dem Sessel hoch, auf dem er zusammenge-

sunken hockte, und führte den Stolpernden hinaus. Pug, Pamela und General Yevlenko blieben als einzige zurück.

Yevlenko nahm Pamelas Hand in seine Linke und sagte: »Und Sie werden jetzt Air Vice Marshal Duncan Burne-Wilke heiraten, der uns vierzig Aircobras gestohlen hat.«

»General, wir kämpfen mit diesen Aircobras gegen denselben Feind.«

»*I yevo?*« (»Und er?«) Yevlenko richtete seine leblose Hand auf Pug Henry. Sie riß die Augen weit auf und machte seine Geste nach. »*Sprasitye yevo!*« (»Fragen Sie ihn.«)

Pug sprach rasch auf Yevlenko ein. Pamela unterbrach. »Aber, aber, was soll das heißen?«

»Ich sage ihm gerade, daß er es mißversteht. Daß wir gute alte Freunde sind.«

In langsamem, klarem Russisch wandte Yevlenko sich an Pamela und stieß den Zeigefinger gegen Pugs Schulter. »Sie sind in Moskau, weil *er* Ihnen Ihr Visum verschafft hat, meine Liebe. *Genry*«, fuhr er fort und knöpfte sich dabei den Waffenrock bis zum Hals zu, »*ne bood durakom!*«

Damit drehte er sich unvermittelt um, ging hinaus und schloß die Tür hinter sich.

»*Ne bood durakom* – sei nicht – was?« fragte Pamela. »Was heißt *durakom*?«

»Ein gottverdammter Narr.«

»Ach so«, entfuhr es Pamela. Sie schlang die Arme um seinen Hals und küßte ihn auf den Mund. »Du hast mich also nach Moskau gebracht, weil wir gute alte Freunde sind.« Er zog sie heftig an sich, küßte sie hart und ließ sie dann wieder frei. Dann trat er ans Fenster und riß die Vorhänge zurück. Es war Tag, der frühe Morgen eines russischen Hochsommertags. Das kühle Licht ließ die Szene nach der Party noch trauriger und trostloser erscheinen, als sie es schon vorher gewesen war. Pamela trat neben ihn und schaute zu den Wolken hinüber, die das Rosa der aufgehenden Sonne leicht überhauchte. »Du liebst mich.«

»Ich ändere mich nicht sehr.«

»Ich liebe Duncan nicht. Das habe ich dir in dem Brief geschrieben, der dich auf der *Northampton* erreichen sollte. Er weiß es. Und er weiß auch von dir. Ich habe dich in dem Brief gebeten, es auszusprechen oder für immer den Mund zu halten. Aber du hast ihn nie bekommen.«

»Warum heiratest du einen Mann, den du nicht liebst?«

»Auch das habe ich dir erklärt. Ich war es leid, zu schwimmen. Ich wollte an Land. Heute mehr als je zuvor. Damals hatte ich Talky noch; jetzt habe ich niemanden mehr.«

Es dauerte eine Weile, bis er sprach. »Pamela, als ich nach Hause kam, hat

Rhoda sich aufgeführt wie eine türkische Haremsdame. Sie war meine Sklavin. Sie ist schuld daran, es tut ihr leid, und sie ist traurig und verlassen. Ich bin sicher, sie hat mit dem anderen nichts mehr. Und ich bin nicht der liebe Gott, ich bin ihr Mann. Ich kann sie nicht einfach vor die Tür setzen.«
Sie ist schuld daran, es tut mir leid. Traurig und verlassen! Wie wenig paßte das zu der Frau, die Pamela in Washington erlebt hatte! Pug war es, der traurig war und verlassen, das drückte sich in jeder Falte seines Gesichts aus. *Und wenn sie dir wieder untreu wird?* Diese Frage lag Pamela auf der Zunge. Doch als sie Pug Henry in das zerfurchte, redliche Gesicht und in die ernsten Augen blickte, brachte sie es nicht über sich, sie auszusprechen. »Also gut, ich bin da. Du hast mich hergeholt. Was willst du von mir?«
»Nun, Slote schrieb mir, du hättest Schwierigkeiten mit deinem Visum.« Sie stand ihm gegenüber, sah ihm fest in die Augen. »Muß ich es sagen? Ich wollte dich hier haben, weil dich zu sehen für mich der Himmel auf Erden ist.«
»Selbst, wenn ich mit Phil Rule tanze?«
»Nun, das ist eben passiert.«
»Phil bedeutet mir nichts.«
»Ich weiß.«
»Pug, wir haben aber auch ein gottverdammtes Pech, findest du nicht?« Ihre Augen füllten sich mit Tränen. »Ich kann nicht hier in Moskau herumhängen, nur um in deiner Nähe zu sein. Du willst nicht mit mir schlafen, nicht wahr?«
Mit einem brennenden und bitteren Blick sagte er: »Ich bin nicht frei, mit dir zu schlafen. Und du auch nicht.«
»Dann gehe ich nach Neu-Delhi. Und heirate Duncan.«
»Du bist so jung. Warum willst du das tun? Es kommt bestimmt noch ein Mann, den du lieben kannst.«
»Himmelherrgott – dafür ist *kein Platz!* Verstehst du mich nicht? Wie deutlich muß ich denn noch werden? Duncans sexueller Geschmack sind hübsche junge Mädchen, von denen er umschwärmt und angehimmelt wird, womit für mich ein Problem mehr oder weniger gelöst wäre. Er möchte eine Dame in seinem Leben, und er ist, was mich betrifft, sehr liebevoll und romantisch. Er hält mich für ein hinreißendes Geschöpf, und vor allem für dekorativ.« Sie legte Pug beide Hände auf die Schultern. »Aber ich liebe nun einmal dich. Ich würde was dagegen tun, wenn ich könnte. Aber ich kann nicht.«
Er schloß sie in die Arme. Die Sonne brach durch die niedrigen Wolken und zeichnete einen gelben Fleck an die Wand.
»Bei allen Göttern – Sonnenaufgang«, sagte er.
»Victor, leg die Arme fest um mich.«
Nach einem langen, langen Schweigen sagte er: »Möglich, daß ich jetzt die

richtigen Worte finde. Du sagst, wir haben gottverdammtes Pech gehabt. Nun, ich bin dankbar dafür, wie die Dinge stehen, Pam. Was ich für dich empfinde, ist ein wunderbares Geschenk Gottes. Bleib eine Zeitlang hier.«
»Eine Woche«, sagte Pamela mit erstickter Stimme. »Ich will versuchen, eine Woche zu bleiben.«
»Wirklich? Eine Woche? Das reicht für ein ganzes Leben! Jetzt muß ich gehen und General Fitzgerald ins Flugzeug setzen.«
Sie strich ihm übers Haar, fuhr mit dem Finger über seine Brauen und küßte ihn. Er schritt hinaus, ohne sich noch einmal umzublicken. Vom Fenster aus sah sie hinunter, bis die aufrechte, kleine, ganz in Weiß gekleidete Gestalt in ihr Blickfeld kam und lebhaft ausschreitend den stillen, sonnenbeschienenen Boulevard hinaufging, bis sie ihn nicht mehr sehen konnte. Die Melodie von *Lili Marlen* ging ihr immer und immer wieder im Kopf herum, und sie dachte darüber nach, wann er wohl herausfinden würde, was mit seiner Frau los war.

24

In einer wilden Schlucht hoch in den Karpaten fällt verschwommes Licht, durch die gilbenden Blätter gefiltert, auf einen gewundenen Weg – vielleicht den Pfad eines Jägers oder eine Wildfährte, oder vielleicht überhaupt kein Weg, sondern nur eine optische Täuschung des Lichts, das durch die Bäume herniederfällt. Während die Sonne untergeht und die Wolken sich röten, kommt mit weitausgreifenden Schritten eine dick vermummte Gestalt den Weg herunter; sie trägt ein schweres Bündel auf dem Rücken und hat ein Gewehr geschultert. Es ist eine zierliche Frau, die das Gesicht mit einem dicken Schal umhüllt hat und deren Atem als weiße Wolke sichtbar wird. Als sie an einer vom Blitz gespaltenen Eiche anlangt, verschwindet sie wie ein Waldgeist in der Erde.

Sie ist kein Waldgeist, sondern eine sogenannte Wald-Frau, die Frau eines Partisanenkommandeurs, und sie ist durch ein wohlgetarntes Loch in einen Unterstand hinabgeglitten, den sie ohne die gespaltene Eiche in der Dämmerung vielleicht selbst nicht gefunden hätte. Die Partisanendisziplin verwehrt Männern geringeren Ranges solche kreatürlichen Tröstungen, doch für einen Führer ist eine Frau, die sein Bett mit ihm teilt, ein Prestigesymbol – wie eine neue Nagant-Pistole, eine Höhle für sich allein und eine lederne Windjacke. Major Sidor Nikonow hat Bronka Ginsberg, die er zuerst mehr oder weniger vergewaltigt hat, recht lieb gewonnen; abgesehen davon, daß er ihren Körper benutzt, unterhält er sich viel mit ihr und hört sich ihre Meinung an. Jetzt hat er auf sie gewartet, damit sie ihm entscheiden hilft, ob er den verdächtigen Eindringling, der gefesselt im Küchenunterstand liegt, erschießen lassen soll oder nicht.

Der Kerl schwört Stein und Bein, er sei kein Eindringling, sondern ein Rotarmist, der aus einem Gefangenenlager außerhalb von Ternopol entkommen sei und sich dann einer Partisanengruppe angeschlossen habe, die von den Deutschen aufgerieben wurde. Er sei, behauptet er, in westlicher Richtung durch die Berge gewandert und habe von Wurzeln und Beeren oder gelegentlichen Gaben der Bauern gelebt. Seine Geschichte ist einleuchtend, und er ist wahrhaftig ausgemergelt und abgerissen genug; aber sein russischer

Akzent ist merkwürdig, er sieht aus, als wäre er schon über sechzig, und hat überhaupt nichts, womit er sich ausweisen kann.
Bronka Ginsberg geht, sich ein Bild von dem Mann zu machen. Im Dreck in der Erde des Küchenunterstandes hockend und von den Essensgerüchen mehr gequält als von den Stricken, die ihm Fußgelenke und Handgelenke abschnüren, wirft Berel Jastrow einen Blick auf ihr Gesicht und beschließt, alles auf eine Karte zu setzen.
»*Yir zeit a yiddishe tochter, nane?*« (»Ihr seid eine jüdische Tochter, nicht wahr?«)
»*Richtig. Und ver zeit ir?*« (»Richtig. Und wer seid Ihr?«)
Das rauh hervorgestoßene galizische Jiddisch trifft seine Ohren wie ein Lied. Er gibt klare Antworten auf Bronkas tastende Fragen.
Die beiden bärtigen Köche, die in den Suppenkesseln rühren, zwinkern sich zu, als sie das jiddische Gerede hören. Bronka Ginsberg ist für sie eine alte Geschichte. Vor langer Zeit hat der Major das dünnlippige Geschöpf mit dem harten Gesicht aus dem Lager einiger jüdischer Familien in den Bergen geholt; sie sollte Männer pflegen, die bei einem Überfall verwundet worden waren. Jetzt spielt diese verdammte jüdische Hexe hier die erste Geige. Aber sie ist eine ausgebildete Krankenschwester, und es gibt niemals Scherereien ihretwegen. Schon deshalb nicht, weil Sidor Nikonow jeden über den Haufen schießen würde, der es wagte, nach der Frau zu schielen.
Während sie weiter mit dem Gefangenen redet, verlieren die Köche das Interesse an ihm. Wenn der Kerl ein Jid ist, kann er kein Eindringling sein; folglich brauchen sie ihn nicht in den Wald hinauszuführen und zu erschießen. Dafür sorgt sie bestimmt. Schade. Es kann Spaß machen, wie sie um Gnade winseln. Die beiden Köche sind ukrainische Bauern, die zur Gruppe eingezogen worden sind; im Küchenunterstand haben sie es schön warm, schlagen sich die Bäuche voll und brauchen beim Organisieren von Lebensmitteln und beim Sprengen der Eisenbahnlinien nicht mitzumachen. Sie verabscheuen Bronka Ginsberg, hüten sich aber, etwas gegen sie zu unternehmen.
Warum er denen, fragt sie Jastrow, die ihn gefangengenommen hätten, nicht die Wahrheit gesagt habe? Die Partisanen wissen von den Massengräbern; weshalb also die Geschichte mit Ternopol? Mit einem Blick auf die Köche sagt er, sie sollte eigentlich wissen, wie verräterisch die ukrainischen Hinterwäldler seien, schlimmer noch als die Litauer. Die Benderovce-Banden könnten einen Juden genausogut abknallen, wie ihm was zu essen geben und ihn seines Weges ziehen lassen. In Auschwitz hätten die Ukrainer zu den Schlimmsten gehört. Deshalb habe er die Geschichte erfunden. Andere Banden hätten ihm zu essen gegeben. Warum er hier gefesselt werde wie ein Hund?

Bronka Ginsberg erklärt ihm, vor einer Woche sei eine Einheit russischer Überläufer unter deutscher Führung in die Schlucht eingedrungen, um Nikonows Gruppe zu vernichten. Einer davon hätte jedoch die Deutschen aufs Kreuz gelegt und die Partisanen benachrichtigt. Folglich hätten sie ihnen aufgelauert und die meisten von ihnen umgebracht; seither seien sie hinter den wenigen her, die in den Wäldern verschwunden seien. Jastrow könne von Glück sagen, daß er nicht ohne Anruf abgeknallt worden sei.
Sie nehmen Berel die Fesseln ab und geben ihm zu essen. Später, im Kommandounterstand, wiederholt er vor Major Nikonow und dem Politoffizier, Genossen Polchenko, einem verrunzelten Mann mit schwarzen Zähnen, seine Geschichte noch einmal auf Russisch. Bronka Ginsberg sitzt dabei und näht. Die Offiziere bringen Berel dazu, die schlanken Aluminiumröhrchen mit den Filmen aus seinem Mantelfutter herauszuschneiden. Im Schein der Ölfunzel starren sie die Zylinder an. Dann beginnt die abendliche Sendung des Zentralen Partisanenstabs aus Moskau. Sie legen die Röhrchen mit den Filmen beiseite und lauschen. Aus einem schnarrenden und krächzenden Holzkasten kommen in klarer Sprache einfache Befehle unter Decknamen an verschiedene Abteilungen; es folgen aufmunternde Nachrichten über einen Sieg westlich des wiedereingenommenen Charkow, schwere Bombenangriffe auf Deutschland und die Kapitulation Italiens.
Die Diskussion über Berel wird wieder aufgenommen. Der Politoffizier ist dafür, die Filme mit der nächsten Maschine, die Munition bringt, nach Moskau zu schicken und den Juden freizulassen. Major Nikonow ist dagegen; die Filme werden verlorengehen oder kein Mensch wird begreifen, was sie bedeuten. Wenn die Filme schon nach Moskau gehen sollen, dann müsse der Jude mitgeschickt werden.
Der Major zeigt sich Polchenko gegenüber recht barsch. Politoffiziere innerhalb der Partisaneneinheit sind Störenfriede. Die meisten dieser Banden bestehen aus Rotarmisten, die hinter den deutschen Linien festsaßen und sich in die Wälder schlugen, um zu überleben. Sie greifen feindliche Einheiten oder die örtliche Gendarmerie an, um Lebensmittel, Waffen und Munition in die Hand zu bekommen, oder um für Bauern Rache zu üben, die man bestraft hat, weil sie ihnen helfen. Die heldenhaften Partisanengeschichten sind im großen und ganzen Propaganda; die meisten dieser Männer sind zu Waldtieren geworden, die zunächst einmal an ihre eigene Sicherheit denken. Das paßt Moskau verständlicherweise nicht; also hat man Leute wie Polchenko über den Partisanenwäldern abspringen lassen, damit sie die Banden aufstacheln, wirklich etwas zu tun und die Befehle des Zentralstabs auszuführen.
Wie der Zufall es will, ist Nikonows Gruppe eine Einheit, die schon mal etwas

wagt und mit einer ganzen Liste von Sabotageakten deutschen Nachschubwegen gegenüber aufwarten kann. Nikonow selbst ist regulärer Offizier der Roten Armee, der auch an seine eigene Zukunft denkt, nachdem es zu einer Wende im Krieg gekommen ist. Aber die Karpaten sind weit von Moskau entfernt, und die Rote Armee steht weit von den Karpaten entfernt.
Die Sowjetbürokratie, von diesem schwarzzahnigen Mann repräsentiert, hat hier nicht viel Gewicht; hier hat Nikonow das Sagen. Das erkennt Berel Jastrow, der begierig der Unterhaltung folgt. Polchenko ist in der Auseinandersetzung mit dem Major höflich, ja fast schmeichlerisch.
Bronka Ginsberg sieht von ihrer Arbeit auf. »Ihr redet beide Unsinn. Warum sich wegen diesem Kerl groß Gedanken machen? Was bedeutet er schon für uns? Hat Moskau nach ihm und seinen Filmen verlangt? Schickt ihn rauf in Levines Lager. Die päppeln ihn hoch, und dann kann er weiter nach Prag oder weiß der Teufel wohin. Wenn sein Gewährsmann in Prag tatsächlich Kontakt mit den Amerikanern hat, wer weiß, vielleicht bringt dann die New York Times einen großen Artikel über die Helden von der Sidor-Nikonow-Bande. Na?« Sie wendet sich an Berel. »Würdet Ihr Major Nikonow Gerechtigkeit widerfahren lassen? Und seiner Partisanenabteilung, die in der ganzen westlichen Ukraine Züge und Brücken der Deutschen in die Luft sprengt?«
»Ich werde nach Prag gehen«, sagt Berel, »und die Amerikaner werden von der Partisanenbrigade Nikonow hören.«
Major Nikonows Bande ist bei weitem keine Brigade – sie ist einige vierhundert Mann stark, die locker durch Nikonow zusammengehalten werden. Diese Worte gefallen ihm.
»Na schön, dann bring ihn morgen zu Levine«, sagt er zu Bronka. »Du kannst dir Maultiere nehmen. Der Kerl ist ja halb tot.«
»Ach, der schleppt noch seine eigene Leiche den Berg hinauf, da mach dir nur keine Sorgen.«
Der Politoffizier schüttelt mit verärgerter Miene den Kopf und spuckt in den Dreck auf den Boden.

Dr. Levines Juden, Flüchtlinge vom letzten Massaker in Schitomir, haben sich an einem kleinen See nahe der slowakischen Grenze in einem zerfallenen Jagdlager niedergelassen. Die Zimmerleute haben längst die undichten Dächer der verlassenen Blockhütten und des Hauptgebäudes ausgebessert, die Mauern abgedichtet und Läden vor den Fenstern angebracht; sie haben das Notwendigste an Möbeln zusammengetischlert und auf diese Weise eine wohnliche Zufluchtsstätte für die Überlebenden von rund achtzig Familien geschaffen, die auf ihrem langen Treck in den Westen durch Frost, Unterernährung und

Krankheit stark dezimiert worden sind. Sidor Nikonow hat diese Juden überfallen, als sie hierherkamen; er hat ihnen das meiste an Lebensmitteln und Waffen weggenommen und Bronka entführt. Nachdem er sie mit Gewalt genommen hatte, hat Bronka ihm klar gemacht, daß es sich bei Levines Männern um Handwerker handelt, die die Deutschen in Schitomir verschont hatten: Elektriker, Zimmerleute, Schmiede, Mechaniker und einen Büchsenmeister, einen Bäcker, einen Uhrmacher und dergleichen. Seither haben die Partisanen Proviant, Kleidung, Munition und Waffen an die Juden geliefert – zwar wenig, aber ausreichend, um sie am Leben und instand zu halten, Eindringlinge abzuwehren –, und als Gegenleistung haben die Juden sich um ihre Fahrzeuge und Maschinen gekümmert, neue Waffen zusammengebastelt, einfache Sprengladungen und ihre Generatoren und ihre Signaleinrichtungen repariert. Sie sind wie ein Instandhaltungs-Zug, sehr nützlich.

Die Partnerschaft hat sich für beide Teile ausgezahlt. Einmal, als eine SS-Patrouille, denen ein Antisemit unten in der Ebene einen Hinweis gegeben hatte, in die Berge hinaufstieg, um die Juden zu kassieren, hat Nikonow sie gewarnt. Samt Kindern, Alten und Gebrechlichen waren sie in den Wäldern verschwunden. Die Deutschen fanden nur ein leeres Lager vor. Als sie noch dabei waren, zu stehlen, was nicht niet- und nagelfest war, fielen Nikonows Männer über sie her und brachten sie alle um. Die Deutschen sind nie wieder gekommen, um nach Juden zu suchen. Andererseits, als Nikonow fort war, um einen mit Truppen beladenen Zug in die Luft zu sprengen, stieß eine Bande von Ukrainern, die zu den Deutschen übergelaufen war, durch einen Zufall auf seine Unterstände und setzte nach kurzem Schußwechsel mit den Wachen das kleine Arsenal in Brand. Es brannte stundenlang, und zurück blieb nur ein rauchender Haufen verbogener, rotglühender Gewehrläufe. Die Juden richteten die Läufe, reparierten die Schlösser, schnitzten neue Schäfte und brachten die Waffen in Nikonows Arsenal, wo man sie wieder verwenden konnte, bis ihm mehr Gewehre in die Hände fielen.

Von all diesen Dingen erzählt Bronka Ginsberg Jastrow, als sie sich den Bergpfad hinaufmühen. »Wenn man bedenkt, daß er ein *Goy* ist, ist Sidor Nikonow eigentlich gar kein so schlechter Mann«, faßt sie das Gesagte mit einem Seufzer zusammen. »Jedenfalls ist er kein wildes Tier, wie manche von ihnen. Mein Großvater war Rabbi in Brjansk. Und mein Vater Vorsitzender der Zionisten von Schitomir. Und jetzt seht mich an, ja? Eine Wald-Frau. Iwan Iwanowitschs Hure.«

Jastrow sagt: »Ihr seid eine *aishess khayil*.«

Bronka, die vor ihm hergeht, blickt sich nach ihm um, und ihr verwittertes Gesicht ist von Röte übergossen. *Aishess khayil* – das stammt aus den

Sprüchen Salomonis und bedeutet soviel wie ›Weib mit mutigem Herzen‹; das höchste fromme Lob für eine Jüdin.

Spät in der Nacht ist Bronka Ginsberg die einzige Frau im Kreise des Rats in der Haupthütte. Die anderen Gesichter, vom Schein des Feuers erhellt, sind bis auf das des glatt rasierten Arztes bärtig, rauh und finster. »Erzählt ihnen von den Ketten«, sagt sie. Ihr Gesicht ist ebenso hart wie die Gesichter der Männer. »Und von den Hunden. Damit sie sich ein Bild machen können.«

Jastrow berichtet dem Rat von Dr. Levines Schar. Sie sitzen um einen großen steinernen Kamin herum, in dem dicke Kloben flackern. Ihre Hinweise helfen ihm. Nach dem langen Aufstieg, den Magen voll Brot und Suppe, ist er zum Umfallen müde.

Blobels Juden mußten in Ketten arbeiten, berichtet er, nachdem ein Kamerad losgerannt ist, sich einer Maschinenpistole bemächtigt und ein paar von den SS-Bewachern erschossen hatte. Jeder vierte, willkürlich abgezählt, wurde aufgeknüpft; alle anderen wurden zu mehreren am Hals und an den Füßen aneinandergekettet. Die Anzahl der Wachhunde wurde verdoppelt.

Aber die Flucht seiner kleinen Gruppe war monatelang geplant. Sie warteten darauf, daß zwei Ereignisse zusammentrafen: ein Fluß in der Nähe und ein schweres Gewitter mit Regen. In diesen Monaten bearbeiteten sie ihre Ketten mit Schraubenziehern, mit Schlüsseln und Dietrichen und anderen Werkzeugen, die sie in den Kleidern der Toten fanden. Obwohl sie eine von Übelkeit geplagte, geschlagene und verängstigte Schar waren, wußten sie, daß sie schon längst erschossen und verbrannt werden sollten, so daß selbst die Schwächsten von ihnen bereit waren, einen Ausbruch zu versuchen.

Ein Gewitter kurz vor Sonnenuntergang, in den Wäldern außerhalb von Ternopol, an einem Massengrab auf einem Hügel in der Nähe des Flusses Seret gab ihnen ihre Chance. Tausend Leichen, auf den Gerüsten mit Brennholz übereinandergeschichtet und mit Altöl übergossen, waren gerade angezündet worden. Der Wolkenbruch sorgte dafür, daß eine dichte stinkende Qualmwolke über die SS-Männer hinwegtrieb, die daraufhin mit ihren Hunden zurückwichen. Jastrows Gruppe warf inmitten des strömenden Regens und des Rauchs die Ketten ab, lief in den Wald und auf den Fluß zu. Als Jastrow den steilen Hang hinunterrutschte, hörte er die Hunde, die Schüsse und die Schreie; aber er erreichte das Wasser und stürzte sich hinein. Er ließ sich von der Strömung weit flußabwärts treiben und kroch dann am anderen Ufer an Land. Am nächsten Morgen, als er sich den Weg durch die tropfenden Wälder bahnte, stieß er auf zwei andere, die es geschafft hatten – polnische Juden, die versuchten, zu ihren Heimatstädten durchzukommen, wo sie hofften, etwas zu essen zu bekommen und versteckt zu werden. Was die anderen betreffe,

meinte er, so sei vielleicht die Hälfte entkommen, aber er habe sie nie wiedergesehen.
»Ihr habt die Filme noch bei Euch?« fragt Dr. Levine, ein rundgesichtiger, schwarzhaariger Mann in den Dreißigern in einer geflickten Wehrmachtsuniform. Mit seiner randlosen Brille und seinem freundlichen Lächeln wirkt er eher wie ein städtischer Intellektueller als wie der Führer dieser finsteren Gestalten am Feuer. Laut Bronka ist er Gynäkologe und Zahnarzt zugleich. In den Bergweilern und in den Dörfern unten auf der Ebene mögen die Bewohner Levine: er nimmt weite Wege auf sich, um ihre Kranken zu behandeln.
»Ja, ich habe sie.«
»Erlaubt Ihr, daß Ephraim sie entwickelt?« Levine zeigt mit dem Daumen auf einen langnasigen Mann mit einem roten Backenbart, der fast sein ganzes Gesicht bedeckt. »Ephraim ist unser Photospezialist. Und Physikprofessor. Dann können wir sie uns ansehen.«
»Ja.«
»Gut. Sobald Ihr wieder zu Kräften gekommen seid, schicken wir Euch zu Leuten, die Euch helfen werden, über die Grenze zu kommen.«
Der Mann mit dem roten Backenbart sagt: »Sind die Krematorien auf den Bildern zu sehen?«
»Das weiß ich nicht.«
»Wer hat sie denn aufgenommen? Und womit?«
»In Auschwitz gibt es Tausende von Photoapparaten. Und Berge von Filmen.« Berels Antwort klingt schwach und erschöpft. »Auschwitz ist das größte Schatzhaus der Welt. Dort liegt all das Zeug, das man unseren toten Brüdern gestohlen hat. In dreißig großen Lagerhäusern sitzen Jüdinnen und sortieren die Beute. Das soll zwar alles nach Deutschland geschafft werden, aber ein großer Teil davon wird von der SS gestohlen. Auch wir lassen so manches verschwinden. Es gibt einen guten tschechischen Untergrund. Das sind gute Juden, diese Tschechen. Sie halten was aus und halten zusammen. Sie haben die Photoapparate und die Filme gestohlen. Sie haben die Aufnahmen gemacht.« Berel Jastrow ist so erschöpft, daß ihm beim Sprechen die Augen zufallen und er im Halbtraum spricht. Ihm ist, als sähe er die langen Reihen der Auschwitzer Baracken im grell von Scheinwerfern beleuchteten Schnee, die gebeugt sich hinschleppenden Juden in ihrer gestreiften Häftlingskleidung und die großen Lagerhallen – »Kanada« – wo unter schneebedeckten Persenningen die Beute gestapelt liegt, während in der Ferne die dunklen Schornsteine schwarzen Rauch und Flammen speien.
»Laßt ihn sich ausruhen«, hört er Dr. Levine sagen. »Bringt ihn bei Ephraim unter.«

Berel hat seit Wochen nicht mehr in einem Bett gelegen. Die Strohschütte und die löcherigen Wolldecken in einem roh zusammengeschlagenen dreistöckigen Bett sind für ihn ein beseligender Luxus. Er schläft und schläft. Als er aufwacht, bringt eine alte Frau ihm heiße Suppe und Brot. Er ißt und döst wieder weg. So geht das zwei Tage lang, dann ist er wieder auf den Beinen, badet um die Mittagsstunden, wenn die Sonne das eisige Wasser erwärmt, im See, dann geht er in einer deutschen Winteruniform, die Ephraim ihm gibt, im Lager umher und sieht sich um. Diese Berghütten am kleinen See, umringt von herbstbraunen Berggipfeln, bieten ein merkwürdig friedliches Bild. Fadenscheinige Kleider trocknen in der Sonne, Frauen schrubben, nähen und kochen und plaudern miteinander, während Männer in kleinen Werkstätten hämmern und sägen. Ein Schmied bringt mit einem Blasebalg seine Esse zum Glühen, kleine Kinder sehen dabei zu. Andere Kinder sagen im Freien auf, was sie gelernt haben: Bibelkunde, Mathematik, zionistische Geschichte; sogar Talmudunterricht wird gegeben. Es gibt nur wenige Bücher, keine Bleistifte, kein Papier; die Unterrichtsmethode ist das Auswendiglernen auf jiddisch. Die Kinder mit den spitzen Gesichtern machen einen genauso gelangweilten und leicht gequälten Eindruck wie in jedem Klassenzimmer, und hier wie dort sind einige immer wieder dabei, Unsinn zu machen.

Junge Männer und Frauen, mit Gewehren bewaffnet, stehen Wache im Lager. Ephraim erzählt Berel, weiter unten an den Bergpfaden und Pässen seien mit Funkgeräten ausgerüstete Wachen aufgestellt. Es ist unwahrscheinlich, daß das Lager einmal überrascht wird. Mit etwaigen Eindringlingen oder kleinen Banden würden die bewaffneten Wachen allein fertig, doch wenn sie sich vor ernsten Bedrohungen schützen müssen, rufen sie Nikonow zu Hilfe. Die besten ihrer jungen Leute seien fort. Sie wollten Rache für die Morde in Schitomir; manche haben sich Kovpaks berühmtem Partisanenregiment angeschlossen, andere jener von dem legendären Juden, Onkel Moishe, angeführten Einheit. Dr. Levine war damit einverstanden.

Im Lauf der Woche, die Berel hier zubringt, bekommt er eine Fülle von Geschichten zu hören, die meisten davon grausig, manche heroisch, andere wieder komisch – und alle stammen sie aus dem jüdischen Untergrund im Wald. Auch er kann von seinen Abenteuern berichten. Als er eines Abends beim Nachtmahl von seinen Tagen bei den frühen jüdischen Partisanen außerhalb von Minsk erzählt, erfährt er, daß sein eigener Sohn noch am Leben ist. Daran kann kein Zweifel bestehen. Ein spindeldürrer, verpickelter junger Mann mit einer Augenklappe, der unter Kovpak diente, bis ihn eine deutsche Granate halb blind machte, ist monatelang mit einem Mendel Jastrow durch die Ukraine gezogen. Jetzt stellt sich heraus, daß Mendel nicht nur lebt,

sondern daß er bei den Partisanen ist – der stille Mendel, der überfromme Jeshiva-Junge –, und daß die Schwiegertochter und ihr Kind, nach dem, was der junge Bursche zuletzt gehört hat, sich auf einem Bauernhof bei Woloschin verborgen hält.
Zum ersten Mal nach zwei Jahren des Umherirrens und der Gefangenschaft hört Berel von seiner Familie. Ungeachtet all des Mißbrauchs, der Schmerzen und des Hungers, die ihm zugesetzt haben, hat er nie die Hoffnung aufgegeben, daß sich alles noch einmal zum Guten wenden werde. Er nimmt die Nachricht gefaßt auf; doch sie ist für ihn ein Zeichen dafür, daß der dunkelste Teil der Nacht jetzt vorübergeht. Er fühlt sich kräftiger, und er ist bereit, sich weiter bis Prag durchzuschlagen.
Im großen Raum der Haupthütte wirft Ephraim vor Berels Abreise für ausgewählte Erwachsene die Photos an die Wand, Berels entwickelte Filme, auf größere Platten kopiert und auf ein altersgraues und schon fadenscheiniges Bettlaken geworfen durch das Licht eines Projektors, dessen Bogenlampe von zwei Kohlenbatterien gespeist wird. Das Sprühen und Flackern der improvisierten Lichtquelle gibt den Bildern etwas unheimlich Lebendiges. Die nackten Frauen scheinen zu erschauern, als sie mit ihren Kindern in die Gaskammer marschieren; die Gefangenen, die unter SS-Bewachung Leichen die Goldzähne ausbrechen, scheinen vor Anstrengung den Brustkorb anzuspannen; über der offenen Grube, in der lange Reihen von Menschenleichen brennen, während Sonderkommandos mit Fleischerhaken mehr Leichen heranziehen, wabert und quillt der Rauch. Einige Bilder sind zu verschwommen, als daß man etwas darauf erkennen könnte; die übrigen erzählen die Geschichte des Lagers von Oswiecim mit erdrückender Wahrhaftigkeit.
Des schlechten Lichtes wegen sind die photographierten Dokumente schlecht zu lesen. Eine lange Seite aus einem Hauptbuch weist an ein und demselben Tag mehrere hundert Todesfälle aufgrund von ›Herzversagen‹ auf; es gibt Schmuck- und Juwelenverzeichnisse, Gold, Pelze, Bargeld, Uhren, Kerzenhalter, Kameras, Füllfederhalter, alles einzeln mit Preis säuberlich auf deutsch aufgeführt; sechs Seiten eines Berichts über ein medizinisches Experiment mit zwanzig eineiigen Zwillingen samt Angaben über ihre Reaktion auf extreme Hitze, Kälte und Elektroschocks sowie die Länge der Zeit, die sie brauchten, um nach einer Phenolinjektion tot zu sein, sowie eine ausführliche Statistik über vergleichende Anatomie nach der Autopsie. Berel Jastrow hat diese Dokumente nie gesehen und ist auch nicht Zeuge der photographisch festgehaltenen Szenen. Entsetzt und bekümmert tröstet es ihn, jetzt zu wissen, wie vernichtend dieses Material ist.
Wortlos schlurfen diejenigen, die die Bilder gesehen haben, zur Hütte hinaus;

nur der Rat bleibt zurück. Dr. Levine starrt lange ins Feuer. »Berel, man kennt mich in den Dörfern. Ich bringe Euch selbst über die Grenze. Die jüdischen Partisanen in der Slowakei sind straff organisiert und werden Euch nach Prag schaffen.«

Der Zug von Pardubice nach Prag ist überfüllt, auf den Gängen stehen sie wie die Heringe. Tschechische Polizeibeamte arbeiten sich geduldig von einem Abteil zum anderen durch und kontrollieren die Ausweise. In diesem gefügigen Protektorat, das man in München verraten hat, das vor dem Krieg von den Deutschen geschluckt wurde und das unter den Vergeltungsmaßnahmen für das Heydrich-Attentat stöhnt, taucht bei den Zuginspektionen nie etwas auf. Trotzdem verlangt das Gestapohauptquartier in Prag, daß sie vorgenommen werden.

Ein alter Mann, in eine deutsche Zeitung vertieft, muß von dem Polizisten erst von der Seite angestoßen werden, damit er seine Papiere vorzeigt. Wie abwesend zieht er eine abgetragene Brieftasche, in der sein Ausweis und seine Erlaubnisscheine stecken, reicht sie hin und liest weiter. Reinhold Henkle, deutscher Bauarbeiter aus Pardubice, Name der Mutter ungarisch, was das glattrasierte, breite slawische Gesicht erklärt; der Polizist wirft einen Blick auf den fadenscheinigen Anzug und die verarbeiteten Hände des Fahrgasts, reicht ihm die Papiere zurück und wendet sich dem nächsten zu. Berel Jastrow taucht aus dem Untergrund auf.

Der Zug schaukelt am glitzernden Lauf der Elbe entlang, durch üppige Weinberge, durch Obstgärten mit Obstpflückern und durch abgeerntete Stoppelfelder. Die anderen Leute im Abteil sind eine dicke alte Dame mit unruhigen Augen, junge Frauen, die ständig etwas zu kichern haben, und ein junger uniformierter Mann auf Krücken. Diese erste Begegnung mit der Polizei, für die Berel eine ganze Woche immer wieder geprobt hat, ist gekommen und vorübergegangen wie ein rasch vergessener schlechter Witz. Er hat schon groteske Dinge erlebt, doch dieser Übergang von der wilden Welt der Massengräber und der Bergpartisanen zu dem, was einst für ihn Alltagswirklichkeit war – ein Sitz auf einem fahrenden Zug, Mädchen in hübschen Kleidern, die nach billigem Parfum riechen und lachen, seine eigene Krawatte, der oben eingedellte Hut und das weiße Hemd mit dem runden Kragen – welch ein Riesensprung! So müßte es ein, wenn man von den Toten wiederauferstünde; das normale Leben mutet an wie ein Spott, ein emsiges Spielchen, bei dem man so tut als ob und das die furchtbare Wahrheit draußen ausschließt.

Prag erstaunt ihn. Er kennt die Stadt von seinen Geschäftsreisen her gut. Die bezaubernde Altstadt sieht aus, als hätte es nie einen Krieg gegeben, als wären die vergangenen vier Jahre, die in seinem Geist eingegraben sind, nicht mehr gewesen als ein böser Traum. Die Hakenkreuzflaggen, die laut im starken Wind knattern, waren auch in Friedenszeiten nicht zu übersehen, als die Nazis für die Rückgabe des Sudetenlandes agitierten. Wie immer drängen sich die Menschen auf den Straßen im nachmittäglichen Sonnenschein; es ist eine Zeit, da die meisten Büros schließen. Gutgekleidet und zufrieden mit den Dingen, wie sie sind, füllen sie die Straßencafés. Prag ist heute höchstens noch heiterer als in den turbulenten Tagen, in denen Hitler das Feuer gegen Benesch entfachte. Nicht ein jüdisches Gesicht entdeckt Berel unter den Gästen der Straßencafés. Das ist etwas Neues. Das ist das einzige unmißverständliche Zeichen in Prag, daß der Krieg kein Traum ist.

Die Instruktionen, die er auswendig gelernt hat, enthalten noch eine weitere Adresse, falls die Buchhandlung nicht mehr existieren sollte; aber sie ist da, in einer verwinkelten Gasse der Mala Strana, der Kleinseite.

N. MASTNY
BUCHHANDLUNG UND ANTIQUARIAT

Als er die Tür aufmacht, klingelt ein Glöckchen. Der Raum ist voller Bücher, die gestapelt auf den Regalen und auf dem Boden liegen; es riecht muffig. Eine weißhaarige Frau in grauem Kittel sitzt an einem mit Büchern beladenen Tisch und schreibt Katalogkarten aus. Gütig und mit einem flüchtigen Lächeln, das mehr wie ein Zucken um den Mund ist, sagt sie etwas auf tschechisch.
»*Sprechen Sie deutsch?*«
»*Ja.*«
»Haben Sie in Ihrem Antiquariat Bücher über Philosophie?«
»Ja, eine ganze Menge.«
»Haben Sie Immanuel Kants *Kritik der reinen Vernunft?*«
»Ich bin mir nicht sicher.« Sie blinkerte ihn an. »Verzeihen Sie, aber Sie sehen nicht aus wie jemand, der sich für ein solches Buch interessieren könnte.«
»Es ist für meinen Sohn Erich. Er schreibt seine Doktorarbeit.«
Nach einem langen, abschätzenden Blick steht sie auf. »Lassen Sie mich meinen Mann fragen.«
Durch einen Vorhang im Hintergrund verschwindet sie. Bald tritt ein kleiner, gebeugter, glatzköpfiger Mann in zerrissenem Sweater mit einem grünen Augenschirm über den Augen heraus und nippt an einer Tasse. »Verzeihen Sie, aber ich habe gerade Tee aufgebrüht, und noch ist er heiß.«
Im Gegensatz zum bisherigen Dialog ist das kein Signal. Berel antwortet nicht.

Der Mann kramt unter den Büchern und schlürft laut seinen Tee. Er holt ein abgegriffenes Buch aus dem Regal, bläst den Staub ab und reicht es Berel; aufgeschlagen ist das Buch auf dem Vorsatzblatt, auf dem mit Tinte ein Name und eine Adresse geschrieben steht. »Man sollte niemals etwas in Bücher hineinschreiben.« Bei dem Buch handelt es sich um eine Reisebeschreibung Persiens; der Name des Autors ist bedeutungslos. »Es ist fast eine Entweihung.«
»Vielen Dank, aber das ist nicht, woran ich gedacht hatte.«
Der Mann zuckt mit den Achseln, murmelt mit ausdruckslosem Gesicht eine Entschuldigung und verschwindet mit dem Buch hinter dem Vorhang.
Die Adresse liegt am entgegengesetzten Ende der Stadt. Berel fährt mit einem Trolleybus hin und geht dann zu Fuß durch ein ärmliches Viertel mit vierstöckigen Miethäusern. Im Flur des Hauses, das er sucht, hängt das Schild eines Zahnarztes. Als der Summer ertönt, öffnet er die Tür. Zwei Männer mit schmerzverzogenem Gesicht warten in der Halle auf einer Bank. Eine Frau in schmutzigem Kittel, die wie eine Zugehfrau aussieht, kommt aus dem Behandlungszimmer, aus dem man das Geräusch eines Bohrers und leises Stöhnen vernimmt.
»Tut mir leid, aber der Herr Doktor kann heute keine Patienten mehr annehmen.«
»Es handelt sich um einen Notfall, Madame, um einen schlimmen Abszeß.«
»Dann müssen Sie warten, bis Sie an der Reihe sind!«
Er wartet fast eine Stunde. Der Arzt im weißen Kittel mit roten Blutspritzern wäscht sich gerade die Hände im Ausguß, als Berel eintritt. »Nehmen Sie Platz, ich kümmere mich gleich um Sie«, sagt er über die Schulter hinweg.
»Ich komme von Mastny, dem Buchhändler.«
Der Arzt strafft sich und dreht sich um: buschiges, sandfarbenes Haar, breites, kantiges Gesicht mit ausgeprägter Kinnlade. Mit zusammengekniffenen Augen mustert er Berel und sagt ein paar Worte auf tschechisch. Berel gibt die auswendig gelernte Antwort.
»Wer sind Sie?« fragt der Zahnarzt.
»Ich komme aus Oswiecim.«
»Aus Oswiecim? Mit *Filmen*?«
»Ja.«
»Mein Gott! Wir hatten Sie längst als tot aufgegeben.« Der Arzt ist außerordentlich aufgeregt. Er lacht. Er packt Berel bei den Schultern. »Wir hatten zwei von Ihnen erwartet.«
»Der andere ist tot. Hier sind die Filme.«
Fast feierlich überreicht Berel dem Zahnarzt die Aluminiumzylinder.

An diesem Abend sitzt er in der Küche im zweiten Stock des Hauses mit dem Zahnarzt und seiner Frau beim Abendbrot; es gibt gekochte Kartoffeln, Pflaumen, Brot und Tee. Seine Stimme versagt ihm, denn er hat so viel erzählt, von seiner langen Reise berichtet und den Abenteuern, die er unterwegs bestanden hat. Lange verweilt er bei der Woche in Levines Lager, und bei dem großen Augenblick, an dem er erfuhr, daß sein Sohn lebte.

Die Frau, die Gläser und eine Flasche Sliwowitz auf den Tisch stellt, sagt beiläufig zu ihrem Mann: »Es ist aber auch schon ein merkwürdiger Name. Hat nicht bei der letzten Komiteesitzung jemand von einem Jastrow erzählt, den sie jetzt in Theresienstadt haben? Einem der *Prominenten*?«

»Das ist ein Amerikaner.« Der Zahnarzt macht eine wegwerfende Handbewegung. »Ein reicher jüdischer Schriftsteller, der sich in Frankreich hat erwischen lassen, der Narr.« Zu Berel sagte er: »Und wie sind Sie über die Grenze gekommen? Über Turka?«

Berel bleibt ihm die Antwort schuldig.

Die beiden Männer sehen einander an.

»Was haben Sie denn?« fragt der Zahnarzt.

»Aaron Jastrow? In Theresienstadt?«

»Ja, ich glaube, sein Vorname war Aaron«, sagt der Zahnarzt. »Warum?«

Dritter Teil

Das Paradies-Ghetto

25

Im Gegensatz zu Auschwitz unterliegt Theresienstadt keiner Geheimhaltung. Die Reichsregierung hat sich sogar ausdrücklich bemüht, das ›Paradies-Ghetto‹ in der tschechischen Festungsstadt Terezin bei Prag, in dem, wie Berel Jastrow jetzt hört, sein Vetter eingesperrt ist, mit Zeitungsartikeln und Photos bekannt zu machen.

Dieser völlig von der Norm abweichende, unter der Schirmherrschaft der Nazis stehende rettende Hafen für Juden, der auch *Theresienbad* genannt wird, ist in ganz Europa zu einem Begriff geworden. Einflußreiche und wohlhabende Juden setzen verzweifelt alles daran, dorthin gebracht zu werden. Die Gestapo verkauft ihnen bequeme Theresienstädter Wohnungen mit garantierter lebenslanger medizinischer Versorgung, Hotel-Bedienung und Lebensmittelzuteilung für ungeheure Summen. Führende Juden einiger großer Städte werden dorthin verbracht, nachdem Krankheiten, Hunger und Deportationen ›nach dem Osten‹ ihre Gemeinden dezimiert haben. Halbjuden, verdiente alte Leute, bekannte Künstler und Gelehrte, hochdekorierte Weltkriegsteilnehmer leben mit ihren Familien in dieser Stadt. Auch privilegierte Juden aus den Niederlanden und Dänemark landen dort.

Neue Bilder in europäischen Blättern zeigen diese vom Glück begünstigten Juden, von denen viele dem Namen oder dem Aussehen nach bekannt sind; sie alle tragen den gelben Stern, sitzen gelassen in kleinen Cafés, besuchen Vorträge und Konzerte und arbeiten in Fabriken oder Läden, gehen in einem Park mit Blumenbeeten spazieren, sind dabei, eine Oper oder ein Theaterstück einzustudieren, schauen bei einem Fußballspiel zu und versammeln sich, in ihren Gebetsschal gehüllt, in einer wohleingerichteten Synagoge, ja, sie tanzen sogar in überfüllten kleinen Nachtlokalen. Außerhalb des von den Nazis beherrschten Europa gibt es nur spärliche, verzerrte Nachrichten über Theresienstadt, doch die Existenz dieses Ghettos ist durch günstig lautende Berichte des Roten Kreuzes verbürgt. Europäische Juden, die noch nicht ›in den Osten‹ gebracht worden sind, würden mit Freuden den Platz mit Aaron Jastrow tauschen und alles dafür hergeben, was sie noch besitzen.

Ein solcher behaglicher Kurort für Juden inmitten eines von antisemitischer

Propaganda überschwemmten und unter den Härten des Krieges leidenden Europa hat selbstverständlich Ressentiments hervorgerufen. Dr. Goebbels hat sie in einer seiner Reden zum Ausdruck gebracht:

. . .Während die Juden in Theresienstadt im Café sitzen, Kaffee trinken, Kuchen essen und tanzen, müssen unsere Soldaten all das Elend und die Entbehrungen auf sich nehmen, um ihr Vaterland zu verteidigen . . .

Selbstverständlich mangelt es im Ausland nicht an Hinweisen, daß es sich bei Theresienstadt nur um ein Potemkinsches Dorf handelt, ein zynisch von den Nazis aufgezogenes Theater. Deshalb wurden Vertreter des Deutschen Roten Kreuzes eingeladen, zu kommen und sich selbst zu überzeugen; sie haben die Existenz dieser merkwürdigen Zufluchtsstätte öffentlich bestätigt. Die Deutschen behaupten, die Judenlager ›im Osten‹ seien alle wie Theresienstadt, nur nicht ganz so luxuriös. Was das betrifft, so müssen das Rote Kreuz und die Welt sich auf ihr Wort verlassen.
Es gibt nur wenige amerikanische Juden in Theresienstadt, ja, überhaupt im besetzten Europa. Die meisten von ihnen sind vor dem Krieg aus der alten Welt geflohen. Von den wenigen, die noch geblieben sind, überlebten einige aufgrund ihres Einflusses, ihres Rufes, ihres Reichtums oder aufgrund von purem Glück, wie etwa Bernard Berenson und Gertrude Stein; manche hielten sich versteckt und schafften es, den Krieg zu überstehen; manche sind auch schon in Auschwitz vergast worden, wobei ihre amerikanische Staatsbürgerschaft der reine Hohn war. Natalie, ihr Onkel und ihr Kind sind im Paradies-Ghetto gelandet.

Das nationalsozialistische Deutschland scheint eine neue Art menschlichen Zusammenlebens gewesen zu sein. Seine Wurzeln waren alt, der Boden auch, und doch stellte es eine durch Mutation entstandene Variante dar. Sparta und Platons imaginärer Staat waren sehr entfernte Vorbilder. Obwohl Hitler umfassende Anleihen bei Lenin und Mussolini machte, war er nicht mit irgendwelchen Politikern der Neuzeit zu vergleichen. Kein Philosoph, von Aristoteles bis Marx und Nietzsche, hat jemals etwas wie ihn vorausgesehen, und keiner konnte etwas über die menschliche Natur aussagen, das ihn begreiflich werden ließe. Das Dritte Reich tauchte völlig unverhofft in der Geschichte auf. Es hat noch nicht einmal ein Dutzend Jahre bestanden. Es ist verschwunden. Historiker, Soziologen und Politologen graben immer noch in den berghohen Trümmerhaufen noch nie dagewesener Aufschlüsse über die menschliche Gesellschaft herum – Trümmern, die das Dritte Reich hinterließ.

Normale Menschen ziehen es vor, das Ganze zu vergessen: diese häßliche, zwölf Jahre währende Episode in einer Zeit des Niedergangs, die man am besten unter den Teppich kehrte. Gelehrte versenken sie in die eine oder andere akademische Schublade: nationalistische Schreckensherrschaft, kapitalistische Gegenrevolution, Wiederaufflackern des Bonapartismus, Diktatur der Rechten, Triumph eines Demagogen – historische Etikettierungen ohne Ende, die in dicken Wälzern erläutert werden. Keine von ihnen erklärt das Dritte Reich wirklich. Der sich immer noch ausbreitende, immer noch unfaßliche und unheimliche rote Schandfleck des nationalsozialistischen Deutschland für die gesamte Menschheit – schlimmer noch als Bevölkerungsexplosion, Atombombe und Umweltzerstörung – ist die grundlegende Frage im gegenwärtigen Zusammenleben der Völker; eine Frage, der man stets ausweicht.
Theresienstadt wirft einiges Licht darauf; im Gegensatz zu Auschwitz ist das Paradies-Ghetto nicht unauslotbar. Es war ein Werk der Nationalsozialisten und hatte als solches seinen Sinn. Wenn wir unsere Phantasie bemühen, können wir es begreifen. Es war nichts weiter als ein Riesenschwindel. Die Mittel einer mächtigen Regierung wurden hineingesteckt, und deshalb funktionierte es. Natalie Jastrows größte Hoffnung, mit ihrem Kind zu überleben, beruhte sonderbarerweise auf diesem überdimensionalen Betrug, den aufzubauen die Deutschen sich so unendlich viel Mühe gaben.
Das Ziel, alle Juden in Europa – und im Maß der Ausbreitung des deutschen Einflusses in der ganzen Welt – umzubringen, ist von Hitler und seinen Vertrauten wohl nie in Frage gestellt worden. Dieses Ziel kristallisierte sich schon zu Anfang des Krieges in Taten und Dokumenten heraus. Die belegbaren Nachweise bleiben spärlich, und Hitler hat offensichtlich nie etwas unterschrieben, aber daß der Befehl, seine in *Mein Kampf* ausgesprochenen Drohungen in die Tat umzusetzen, von ihm ausging, liegt auf der Hand. Altmodische Vorstellungen in der außerdeutschen Welt bereiteten jedoch Schwierigkeiten: Gnade, Gerechtigkeit, das Recht aller Menschen auf Leben und Sicherheit, der Abscheu davor, Frauen und Kinder umzubringen. Für die Nationalsozialisten lag das Töten jedoch im Wesen des Krieges; deutsche Frauen und Kinder starben im Bombenhagel; zu bestimmen, wer als *Feind* galt, war Sache der Regierung. Daß die Juden Deutschlands Hauptfeinde waren, gehörte zum Kern der nationalsozialistischen Politik. Das ist der Grund, warum selbst 1944, als der Zusammenbruch Deutschlands begann, wichtige Mittel weiterhin in die Ausrottung der Juden gesteckt wurden. Für den kritischen militärischen Denker ergab das keinen Sinn. Für die Führer jedoch, denen das deutsche Volk leidenschaftlich bis zuletzt folgte, war es durchaus sinnvoll. In dem Testament, das Adolf Hitler schrieb, ehe er sich in seinem

Berliner Bunker eine Kugel durch den Kopf jagte, rühmte er sich noch seines ›humanen‹ – er benutzte dieses Wort – Massakers an den Juden und rief das geschlagene deutsche Volk auf, damit fortzufahren.

Um mit den weichherzigen Vorurteilen der ahnungslosen Außenwelt während des großen Abschlachtens fertigzuwerden, bediente sich die nationalsozialistische Politik im wesentlichen des *Schwindels*. Die kriegsbedingte Geheimhaltung ermöglichte es, die Morde als solche zu vertuschen. Keine Journalisten begleiteten die Einsatzgruppen oder gelangten nach Auschwitz. Zunächst ging es darum, etwas gegen die ständig steigende Flut von Gerüchten und durchsickernden Berichten zu unternehmen, und dann darum, die Beweise zu vernichten. Die Leichenverbrennungs-Kommandos Paul Blobels und das Paradies-Ghetto von Theresienstadt waren sich ergänzende Aspekte ein und desselben Sachverhalts. Theresienstadt sollte zeigen, daß die Ermordungen nicht stattfanden. Und die Leichenverbrennungs-Kommandos sollten jeden Beweis vernichten, daß sie jemals stattgefunden hatten.

Heute mag uns der Gedanke, die Ermordung von Abermillionen Menschen verheimlichen zu wollen, völlig absurd vorkommen. Aber Hitler stand die ganze Energie und der Einfallsreichtum des deutschen Volkes zu Gebote. Die Deutschen vollbrachten auch noch andere wahnsinnige Großtaten für ihn.

Der triumphalste Teil des Schwindels war für die Juden selber bestimmt. Die ganzen vier Jahre des gigantischen Massenmordens hindurch erfuhren die meisten von ihnen nie, daß sie in den Tod fuhren; nur wenige ahnten es, und nur ein Bruchteil von ihnen glaubte es wirklich. Die Deutschen beschwichtigten sie mit allen möglichen Lügen darüber, wohin sie gebracht wurden und was ihnen blühte, wenn sie einmal dort waren. Diese Lügen dauerten bis zu den letzten Augenblicken ihres Lebens, wenn man sie nackt in die ›Duschräume zum Desinfizieren‹ führte, die nichts anderes waren als Gaskammern.

Heute mag es uns vorkommen, als müßten die Millionen todgeweihter Juden höchst einfältig gewesen sein, um diesen Schwindel zu schlucken und sich wie die Schafe zur Schlachtbank führen zu lassen. Aber wie ein Patient sich weigert zu glauben, daß er unheilbar krank ist, und sich an jeden Strohhalm klammert, der ihm geboten wird, wollten auch die europäischen Juden den immer häufiger auftretenden Gerüchten keinen Glauben schenken, daß die Deutschen einfach vorhatten, sie umzubringen.

Um das zu tun, hätten sie schließlich glauben müssen, daß die legale deutsche Regierung systematisch und offiziell einen Völkermord von gigantischem Ausmaß beging, der alle Vorstellungen überstieg. Sie hätten glauben müssen, daß der Staat selbst, den die menschliche Gesellschaft zum Zwecke des Selbstschutzes ersonnen hatte, in einem fortschrittlichen abendländischen

Volk zu der Funktion mutiert war, insgeheim massenweise Männer, Frauen und Kinder umzubringen, die nichts Böses getan hatten – ohne Warnung, ohne Anklage und ohne Gerichtsverhandlung. Das war zwar die Wahrheit, aber die meisten Juden, die starben, begriffen es nicht. Und auch wir können ihnen, nicht einmal in der Rückschau, daraus einen Vorwurf machen, denn diese unumstößliche Tatsache ist auch für uns absolut unfaßlich.

Die Rolle, die Theresienstadt bei diesem Schwindel spielte, war sehr vielschichtig, und im Gewirr dieser widersprüchlichen Absichten lag Natalies Überlebenschance.
Das Paradies-Ghetto war nichts anderes als ein Durchgangslager, ein Zwischenaufenthalt auf dem Weg ›in den Osten‹. Die Juden nannten es eine ›Schleuse‹. Freilich, ein Unterschied zeichnete dieses Durchgangslager aus. Die privilegierten Juden wurden bei ihrer Ankunft herzlich willkommen geheißen, bekamen eine Mahlzeit vorgesetzt und wurden ermuntert, Vordrucke auszufüllen und anzugeben, welche Art von Unterbringung in Hotels oder Wohnungen sie vorzögen – und welche Besitztümer an Schmuck und Bargeld sie mitgebracht hätten. Danach plünderte man sie bis auf die Haut aus; selbst ihre Körperöffnungen wurden nach Wertgegenständen durchsucht. Das herzliche Vorspiel vereinfachte die Ausplünderung. Hinterher wurden sie genauso behandelt wie alle anderen gewöhnlichen Juden auch, welche die Häuser und Straßen des Ghettos überschwemmten.
Wenn größere Judentransporte eintrafen, unterblieb die Willkommens-Farce manchmal. Die Neueingetroffenen wurden einfach in einen Saal getrieben, *en masse* aller Dinge beraubt, die sie mitgebracht hatten; alte abgelegte Kleidungsstücke wurden an sie ausgegeben, und dann wurden sie hinausgeführt in die überfüllte, verlauste, verwanzte und von Krankheiten heimgesuchte Stadt; dort mußten sie Unterkunft suchen in Vier-Etagen-Betten, auf zugigen Dachböden, die bereits mit kranken und hungernden Leuten vollgestopft waren, in einem Zimmer für vier, in dem sich jetzt vierzig Menschen zusammendrängten, oder auf einem Hausflur oder in einem Treppenhaus, voll von den Leibern unglücklicher lebendiger Menschen.
Immerhin – die Neuankömmlinge wurden nicht geradewegs in die Gaskammer geführt. Was das betrifft, so war Theresienstadt wirklich ein Paradies-Ghetto. Dinge, die von den Deutschen nicht einmal vorgesehen waren, trugen dazu bei, eine Scheinfassade aufzurichten. Gleich zu Anfang hatten die gut organisierten Prager Juden die SS bewogen, in der Stadt ein jüdisches Gemeindewesen einzurichten, eine Regierung, die halb ein Witz und halb Wirklichkeit war; ein Witz deshalb, weil sie nur das zu tun hatte, was die Deutschen befahlen, wozu

auch das Aufstellen von Listen jener gehörte, die ›in den Osten‹ abtransportiert werden sollten; und dennoch real, da die jüdischen Stellen für das Gesundheitswesen, die Verteilung von Arbeit und Lebensmitteln, Unterkunft und Kultur verantwortlich waren. Die Deutschen kümmerten sich ausschließlich um die strengen Sicherheitsvorkehrungen, ihre eigene Bequemlichkeit und ihr Vergnügen, um die Arbeitsnormen der Fabriken und die Lieferung von Menschen, die die Züge füllten. In allen anderen Angelegenheiten konnten sich die Juden selbst um sich kümmern.

Es gab sogar eine Bank, die besonderes, hübsches Theresienstadt-Geld druckte – mit einem erstaunlichen Stich darauf, den irgendein namenloser Künstler gefertigt hatte, und der einen leidenden Moses mit den Gesetzestafeln darstellte. Das Geld war selbstverständlich ein Ghetto-Witz. Man konnte nichts dafür kaufen. Gleichwohl verlangten die Deutschen von der Bank und den jüdischen Arbeitern, daß sie über Löhne und Gehälter, Sparguthaben und Auszahlungen genau Buch führten – was außerdem noch einen guten Eindruck machte, wenn ein zufälliger Beobachter vom Roten Kreuz sie in Augenschein nahm. Was die Deutschen in Theresienstadt unternahmen, war von vorn bis hinten ein Riesenschwindel; man ging nie so weit, die Lebensmittelzuteilungen über Hungerrationen anzuheben, Medikamente zur Verfügung zu stellen oder den Strom der ankommenden Juden einzudämmen.

Theresienstadt war ein hübsches Städtchen und keine Riesenansammlung von Baracken auf sandigem und sumpfigen Gelände wie Auschwitz. Die aus Stein gebauten Häuser und langgestreckten, aus dem neunzehnten Jahrhundert stammenden Kasernen an den rechtwinklig angelegten Straßen waren dem Auge angenehm – sofern man keinen Blick ins Innere und auf die Massen von kranken und hungrigen Bewohnern warf, die jedesmal außer Sicht getrieben wurden, wenn Besucher kamen. Einschließlich der in den Kasernen untergebrachten Soldaten konnte Terezin in normalen Zeiten vier- bis fünftausend Menschen beherbergen. Das Ghetto umfaßte im Durchschnitt fünfzig- bis sechzigtausend Seelen. Es war wie eine Stadt am Rande einer Erdbebenzone, in der die Zahl der Überlebenden ständig stieg; der Bevölkerungsdruck wurde nur durch die extrem hohe Sterberate und durch die Schleuse ›in den Osten‹ gemildert.

Mit den Vorträgen, den Konzerten, Theater- und Opernaufführungen machte man in der Tat weiter. Mit diesen paradiesischen Beschäftigungen gestatteten die Deutschen den begabten Insassen, den Hunger, die Krankheiten, die Überfüllung und die Angst zeitweilig zu vergessen. Cafés und Nachtlokale gab es wirklich. Zwar bekam man dort nichts zu essen oder zu trinken, doch Musiker gab es in großer Zahl, und so konnten die Juden sich den gespenstischen Vergnügungen der Friedenszeit hingeben, bis sie an die Reihe kamen, abtransportiert zu werden. Die Bibliothek, in der Aaron Jastrow arbeitete, war ausgezeichnet – die Bücher stammten alle von den eintreffenden Juden und waren ihnen weggenommen worden. Es gab sogar Scheinfassaden von Geschäften mit Schaufenstern, in denen Waren lagen, die man den Vorüberschlendernden gestohlen hatte. Verkauft wurde selbstverständlich nichts.

Eine Zeitlang durften nur Abgesandte des Deutschen Roten Kreuzes nach Theresienstadt hinein. Es kostete die SS keine sonderliche Mühe, von ihnen vorteilhafte Berichte zu erhalten. Doch der Erfolg, den sie mit diesem Schwindel hatten, brachte die Deutschen in eine unerwartete Klemme. Immer öfter wurde gefordert, das Paradies-Ghetto *von neutralen Rot-Kreuz-Beobachtern* besuchen zu lassen. Dieser Umstand führte zu der groteskesten Episode in der grotesken Geschichte Theresienstadts: der *Verschönerungsaktion*. Und diese führte eine Wende in Natalies Schicksal herbei.

26

Natalie ist bei der Arbeit nicht zu erkennen, weil ihr Gesicht unterhalb der Augen von einem Taschentuch bedeckt ist. Glimmerstaub, der beim Zuschneiden und Schleifen entsteht, wölkt über den langen Tischreihen, an denen Frauen den ganzen Tag sitzen, um das schichtweise strukturierte Mineral in dünne Glimmerblätter zu spalten. Natalie ist nur ein gebeugter Rücken unter vielen in dieser bunt zusammengewürfelten, abgerissenen Gruppe von Arbeiterinnen. Die Arbeit erfordert eine gewisse Geschicklichkeit und ist langweilig, aber nicht schwer.
Wozu die Deutschen das Zeug verwenden, weiß sie nicht genau. Zu irgendetwas beim Bau von Elektrogeräten. Offensichtlich handelt es sich um einen sehr knappen Rohstoff, denn Bruch und Abfälle, die an den Tischen entstehen, werden zermahlen. Das Glimmerpulver wird in Kisten gefüllt und wie die geglätteten Glimmerblätter nach Deutschland geschickt. Natalies Aufgabe ist es, einen Block oder ein ›Buch‹, wie es heißt, in dünnere und durchsichtigere Blätter zu spalten, bis das Werkzeug es nicht mehr schafft, noch eine weitere Schicht abzutrennen. Sie muß darauf achten, daß sie keine Blätter zerbricht und keine Schläge von einer durch eine Armbinde gekennzeichneten französisch-jüdischen Dirne einsteckt, die in dieser Abteilung auf- und abgeht und sie beaufsichtigt. Also ist es recht einfach.
In diesem niedrigen, langgestreckten, rohen Holzschuppen bringt sie jeden Tag elf Stunden zu. Er ist nur dämmrig durch schwache Glühbirnen erhellt, die an langen schwarzen Kabeln herabhängen, und da er nicht geheizt ist, ist es darin fast genau so kalt wie draußen im Schnee, auf jeden Fall jedoch feuchter; das kommt vom Schlamm auf dem Boden und dem Atem der dicht nebeneinander sitzenden Frauen; außerdem stinkt es von dem abscheulich überlaufenden Abort, der nur einmal wöchentlich von einer bejammernswerten Gruppe von Lehrern, Schriftstellern, Komponisten und Wissenschaftlern mit dem Judenstern an der Brust geleert wird, welche die Deutschen mit Vorliebe für das Latrinensäubern und den Abtransport des Kots einsetzen. Dazu kommt noch der schlechte Körpergeruch der dicht zusammengedrängten, abgerissenen und ungewaschenen Frauen, die kaum genug Wasser zum Trinken bekommen,

geschweige denn, um darin zu baden oder ihre Kleider zu waschen. Für einen Besucher von außerhalb müßte dies die Hölle sein. Natalie jedoch ist daran gewöhnt.

Die meisten Frauen stammen aus gebildeten Kreisen, wie sie selbst. Es sind Tschechinnen, Österreicherinnen, Deutsche, Holländerinnen, Polinnen, Französinnen und Däninnen. Theresienstadt ist ein wahrer Schmelztiegel. Viele von ihnen waren früher wohlhabend, und eine ganze Reihe von ihnen hat eine höhere Schule besucht. Die Glimmerfabrik ist für bevorzugte Frauen im Ghetto da. Die grausige Drohung des ›Abtransportes nach dem Osten‹ hängt über ganz Theresienstadt wie die Drohung des Sterbens über dem normalen Leben. Der Zoll, den diese Transporte fordern, ist höchst unterschiedlich, schlägt aber gelegentlich tiefe und breite Schneisen in die Bevölkerung, wie die Pest; Arbeiterinnen der Glimmerfabrik jedoch und ihre Familien werden nicht abtransportiert. Bis jetzt jedenfalls nicht.

Die meisten Frauen, die diese leichte Handarbeit verrichten, sind schon älter, und daß Natalie dieser Fabrik zugeteilt wurde, weist auf irgendeine verhüllte *Protektion* hin. Dasselbe gilt auch für Aarons Arbeit in der Bibliothek. Daß sie nach Theresienstadt verschlagen worden sind – so unbegreiflich und schrecklich das auch ist –, beruht nicht auf irgendeinem zufälligen Pech. Dahinter steckt etwas. Sie wissen nicht, was. Vorerst jedenfalls halten sie von Tag zu Tag aus.

Die Sechsuhrglocke.

Die Maschinen stehen still. Die gebeugten Frauen stehen auf, verstauen ihre Werkzeuge, raffen Umschlagtücher, Sweater und Lumpen um sich und gehen schweren Schritts hinaus. Sie bewegen sich steif, aber schnell, um sich zum Essenfassen anzustellen, solange die dünne Brühe noch warm ist. Draußen zieht Natalie das Taschentuch von einem nahezu unveränderten Gesicht; strenger, blasser, immer noch schön, der Mund schmaler, die Kinnpartie entschlossener. Ein frischer Wind hat den sonst vorherrschenden Theresienstädter Geruch nach verstopfter Kanalisation, Ausscheidungen, vermoderndem Müll und kranken, verschmutzten Menschen von diesen verschneiten schnurgeraden Straßen vertrieben; sonst riecht es nach Slum, dazu gelegentlich nach Toten, die auf Handkarren fortgeschafft werden in das Krematorium außerhalb der Stadtmauer, in dem sie verbrannt werden; nach Juden, die eines ›natürlichen‹ Todes gestorben sind, nicht ermordet, allerdings in einem Umfang, der von den Vernichtungslagern nicht sonderlich übertroffen wird. Zwischen den geraden Linien der Hausdächer schimmern, als sie durch die Stadt ins Kleinkinderheim hinübereilt, Sterne am Himmel. Die Sichel des zunehmenden Mondes hängt niedrig über den Festungsmauern, daneben hellleuchtend der Abendstern. Ihre dankbaren Lungen füllen sich mit sauberer, süßer Luft, und sie denkt über Aarons mit verzogenem Mund vorgebrachte Bemerkung nach: »Weißt du eigentlich, daß heute *Thanksgiving* ist, meine Liebe? Alles in allem gibt es schon manches, wofür wir dankbar sein können.« Sie macht einen Bogen um die hohen Bretterzäune, die den Juden den Zugang zum Hauptplatz verwehren, wo, wie sie hört, im SS-Café die Kapelle spielt. Um die Essenszeit sind die Straßen weniger überfüllt und stiller, obwohl noch einige alte Leute in den Abfallhaufen herumstochern. Die Schlange der nach Essen Anstehenden reicht manchmal bis auf die Straße hinaus. Es stehen Leute herum, die mit gierig vorquellenden Augen Reste von Blechtellern in ihren Mund schieben. Dieser Anblick gehört zu den traurigeren im Ghetto: diese kultivierten Europäer schlürfen ihre dünne Suppe wie die Hunde.

Eine hagere Gestalt in langem, zerrissenem Mantel und Stoffmütze ist plötzlich neben ihr. »*Nu, wie geht's?*« erkundigt sich der Mann, der Udam genannt wird.

In jiddischem Tonfall, der ihr jetzt ganz geläufig ist, erwidert sie: »Wie soll's schon gehen?«

Sie fängt an, die Sprache genau so rasch zu sprechen wie ihre Großmutter. Ab und zu hält ein holländischer oder französischer Leidensgenosse sie sogar für eine polnische Jüdin. Wenn sie englisch spricht, verfällt sie wieder in ihre amerikanische Aussprache, doch das hört sich hier seltsam an. Sie und Aaron reden jetzt häufiger jiddisch miteinander, denn auch er benutzt es viel in der Bibliothek und in seinem Talmud-Kurs, obwohl er seine Vorträge auf deutsch oder französisch hält.

»Jesselsons Streichquartett spielt heute abend wieder«, sagt Udam. »Sie wollen uns hinterher haben. Ich hab' ein paar neue Einfälle.«

»Wann können wir denn proben?«

»Warum nicht nach dem Besuch bei den Kindern?«

»Ich gebe um sieben Englischunterricht.«

»Es ist ganz einfach und wird nicht lange dauern.«

»Na, schön.«

Louis hält an der Tür seines Schlafsaals nach ihr Ausschau. Mit einem Freudenschrei stürzt er sich in ihre Arme. Als sie seinen kräftigen Körper unter ihren Händen spürt, vergißt Natalie den Glimmer, die Langeweile, das Elend und die Angst. Er überschwemmt sie förmlich mit guter Laune und heitert sie auf. Welche Höllenwinde auch immer wehen – dieser Flamme ist es nicht bestimmt, ausgeblasen zu werden.

Seit er auf die Welt gekommen ist, ist Louis das Licht ihres Lebens gewesen; niemals jedoch so sehr wie hier. Obwohl er von ihr getrennt inmitten von

Hunderten anderer Kinder in einem Kleinkinderheim lebt und sie an den meisten Abenden nur ein paar Minuten zu sehen bekommt, obwohl er in diesem feuchten, dunklen alten Steinhaus von fremden Frauen beaufsichtigt wird, in einer Holzkiste schläft wie in einem Sarg, nur derbes und aus Abfällen zusammengekochtes Essen bekommt – dabei sind die Zuteilungen für die Kinder noch die besten im Ghetto –, blüht und gedeiht Louis wie Unkraut. Andere Kinder verzehren sich, werden krank, verfallen in Teilnahmslosigkeit, werden durch Weinkrämpfe geschwächt, leiden Hunger und sterben dahin. Die Sterberate in diesem Heim ist erschreckend hoch. Aber ob seine Reisen – der ständige Wechsel von Wasser, Luft, Nahrung, Schlafgelegenheiten und Gesellschaft – ihn nun abgehärtet haben oder die Verbindung der zähen Jastrows mit den zähen Henrys einen Darwin'schen Super-Überleber hervorgebracht hat, wie sie manchmal denkt – Louis strotzt vor Lebenskraft. Er ist immer Klassenerster, einerlei, ob es dabei um Malen mit den Fingern, Tanzen oder Singen geht. Er tut sich überall hervor, ohne, wie es scheint, sich im geringsten anzustrengen. Auch bei den Kinderstreichen ist er immer allen voran. Die Frauen im Heim lieben ihn zwar, aber gleichzeitig treibt er sie zur Verzweiflung. Er wird Byron im Aussehen immer ähnlicher, behält aber die großen Augen seiner Mutter. Sein ebenso bezauberndes wie schwermütiges Lächeln ist ganz das des Vaters.
Hier im Kinderheim ißt Natalie, denn sie hat hier regelmäßig Nachtdienst. Auch Udam ißt hier. Für gewöhnlich gelingt es ihm, sich so einzurichten, wie er es will; auf diese Weise verbringt er außerplanmäßig Zeit mit seiner dreijährigen Tochter. Seine Frau ist nicht mehr da – abtransportiert. Heute abend ist die Suppe dick von Kartoffeln, die Frost bekommen haben und scheußlich schmecken, aber sie sind jedenfalls nahrhaft. Beim Essen geht er mit ihr den neuen Dialog durch; seine Tochter spielt derweil mit Louis. Das tragbare Puppentheater ist im Spielzimmer im Keller verstaut, und nach dem Essen dürfen die beiden Kinder mit hinunter und ihnen beim Proben zuschauen. Das Kasperlestück, das Natalie sich ursprünglich ausgedacht hat, um die Kinder zu erheitern, ist durch Udams bissigen Dialog zu einem heimlichen Ghetto-Schlager geworden. Dadurch ist sie bekannter geworden als durch ihre amerikanische Staatsbürgerschaft, die nur für kurze Zeit ein Wunder war und dann als selbstverständlich hingenommen wurde. Vom Pech verfolgt oder dumm, sie ist hier, und damit hat es sich für die Ghettobewohner.
Natalie kann in dieser Wiederbelebung eines jahrelang vernachlässigten Kindervergnügens vollkommen aufgehen und glücklich sein. Es bereitet ihr unendlichen Spaß, die Puppen zu basteln, sie anzuziehen, sie mit den Fingern

zu bewegen und Gebärden zu erzeugen, die Udams Text an Komik in nichts nachstehen. Einmal hat sie sogar im SS-Café, in dem er singt, eine Vorstellung gegeben. Zitternd mußte sie dasitzen, während Udam seine gepfefferten deutschen Lieder vortrug, zu denen die rauhen SS-Leute brüllten, und einige gefühlsselige Balladen wie *Lili Marlen*, bei denen allen die Augen feucht wurden; hinterher zitterten ihr die Hände dermaßen, daß sie kaum mit den Puppen hantieren konnte. Glücklicherweise war diese Vorführung kein Erfolg, und sie wurden nie wieder hinbestellt. Es gibt andere, weit gekonntere Aufführungen von Puppentheatern, die die SS für sich anfordern kann. Ohne Udams ätzenden Witz ist Natalies kleine Darbietung recht fade.

Udam ist der Sohn eines polnischen Kantors, ein ausgemergeltes Knochengestell von einem Mann mit brennenden Augen und einem dichtgekräuselten, roten Haarschopf. Komponist und Sänger flotter, sogar schlüpfriger Lieder, hat er am Yom-Kippur-Fest den Chor in der Synagoge geleitet. Udam ist mit den ersten Transporten aus Prag nach Theresienstadt gekommen und gehört zu jenen Zionisten, die das schattenhafte jüdische Gemeinwesen organisiert und geleitet haben. Jetzt werden sie von Berliner und Wiener Typen verdrängt, denn die SS bevorzugt die deutschen Juden. Udam arbeitet in der Theresienstädter Bank, die eine Farce und dennoch eine Domäne dieser später gekommenen Juden ist, die sich immer noch an ihr Überlegenheitsgefühl klammern und dazu neigen, andere auszuschließen. Udam weiß mehr von Ghetto-Politik und Ghetto-Möglichkeiten, als Natalie überhaupt verarbeiten kann. Eigentlich heißt er Josef Smulowitz, doch alle Welt nennt ihn ›Udam‹. Sie hat sogar erlebt, daß SS-Leute ihn so riefen.

Heute abend setzt er ihrem beliebtesten Stück, *Der König von Frost-Kuckuck-Land*, ein paar neue Glanzlichter auf.

Natalie stülpt Kasper eine Krone auf den Kopf; er bekommt eine sehr lange rote Nase, an der Eiszapfen hängen – er ist der König. Frost-Kuckuck-Land ist dabei, einen Krieg zu verlieren. Der König schiebt die Schuld an den Unglücksnachrichten immer wieder den Eskimos zu. »Bringt die Eskimos um! Bringt sie alle um!« fordert er wutschnaubend immer wieder. Die Komik entsteht dadurch, daß ständig ein Minister in einer Art Uniform und gleichfalls mit eiszapfenbestückter Nase rein- und rausrennt und nacheinander Materialverknappungen, Aufstände und Niederlagen meldet, die den König zum Heulen und zum Veitstanz bringen – und mit Meldungen über noch mehr umgebrachte Eskimos, woraufhin der König vor Freude auf- und abhopst. Zum Schluß kommt der Minister herein und erklärt, alle Eskimos seien jetzt liquidiert. Schon schickt der König sich an, einen Freudentanz aufzuführen – da hält er unversehens inne und brüllt: »Warte! Warte! Wem soll ich jetzt die Schuld geben? Mit wem soll ich jetzt meinen Krieg führen? Das ist schrecklich! Schick sofort ein Flugzeug nach Alaska und laß mehr Eskimos holen! Eskimos! Ich brauche mehr und immer mehr Eskimos!« Vorhang.

So sonderbar es ist, aber die Juden finden diese grobe und makabre Parallele umwerfend komisch. Die Hiobsbotschaften, die der Minister bringt, ähneln den letzten Nachrichten aus Deutschland. Der Minister verkündet sie mit der bombastischen Doppelzüngigkeit der Nazipropaganda. Diese Art von riskantem Untergrund-Humor ist eine große Erleichterung im Ghetto-Leben; es gibt eine ganze Menge von schwarzem Humor, doch offenbar hinterbringt es niemand den Deutschen, denn es geht damit weiter und immer weiter.

Natalie handhabt die Puppen mit einer gewissen Verbissenheit. Sie ist nicht mehr eine amerikanische Jüdin, die, fassungslos bei dem Gedanken, in die Klauen der Deutschen zu fallen, sich an die Vorstellung klammert, daß ihr Talisman, ihr Paß, Sicherheit für sie bedeutet. Der Talisman hat versagt. Das Schlimmste ist eingetreten. Auf eine merkwürdige Weise fühlt sie sich jetzt freier und kann wohl auch klarer denken. Ihr ganzes Dasein ist nur auf ein einziges Ziel gerichtet: es zusammen mit Louis zu überleben.

Udams neuer Dialog bezieht sich auf neueste Ghetto-Gerüchte: Hitler hat Krebs, die Deutschen haben kein Benzin mehr, um ihren Krieg fortzusetzen, die Amerikaner werden Weihnachten überraschend in Frankreich landen – Dinge, die dem Wunschdenken entspringen, das in Theresienstadt viele Blüten treibt. Natalie denkt sich Bewegungen für ihre Puppen aus, die zu Udams Worten passen, während seine Tochter und Louis, denen Worte nichts bedeuten, sich ausschütten wollen vor Lachen über die rotnasigen Puppen. Nach der Probe umarmt sie Louis; ihn in die Arme zu schließen, erfüllt sie mit neuer Spannkraft. Dann geht sie, Englischunterricht zu geben.

In dem Haus, in dem die über zehn Jahre alten Kinder untergebracht sind, wird Tag und Nacht unterrichtet. Offiziell ist das Unterrichten jüdischer Kinder verboten; aber sie haben sonst nichts zu tun. Die Deutschen prüfen das nicht ernsthaft nach; schließlich wissen sie, wie das Ende dieser Kinder aussieht, und es ist ihnen gleichgültig, welche Worte in welchen Sprachen sie im Schlachthaus ausstoßen werden. Diese spindeldürren Jungen mit den großen Augen geben eine kleine Zeitung heraus, lernen Sprachen und Musikinstrumente spielen; machen Theateraufführungen, diskutieren über Zionismus und singen hebräische Lieder. Viele von ihnen sind zynische, gewiefte ›Organisierer‹ und Lügner und sexuell sehr frühreif. Die Blicke, mit denen sie Natalie manchmal begrüßen, bereiten ihr Unbehagen; dabei hält sie selbst sich in ihrem unförmigen braunen Wollkleid mit dem gelben Stern für eine reizlose, um nicht zu sagen abstoßende weibliche Person.

Sobald die Jungen sich zum Lernen hinsetzen, sind sie ganz Aufmerksamkeit. Der Unterricht ist freiwillig, sie sind alle Anfänger, nur neun insgesamt, die alle Englisch lernen wollen, um »nach dem Krieg nach Amerika zu gehen«. Zwei fehlen heute abend; sie nehmen an einer Probe zur *Entführung aus dem Serail* teil. Diese ehrgeizige Mozartoper wird einstudiert, weil man einen Nachfolger für den großen Schlager des Ghettos, *Die Verkaufte Braut*, braucht, die selbst der SS gefallen hat. Natalie hat nur eine schwache Aufführung dieses besonders beliebten Stücks gesehen, weil die Besetzung gerade durch einen Transport dezimiert worden war. Sie hat sogar gehört, daß irgendwo in einem Keller Verdis *Requiem* einstudiert wird, obwohl das allzu phantastisch klingt. Nachdem der Unterricht zu Ende ist, eilt sie durch die windige, sternklare Nacht zu dem Dachboden, in dem sie spielen soll.

Das Streichquartett spielt bereits am anderen Ende des langgestreckten niedrigen Raums mit der schrägen Decke, in dem früher große Zusammenkünfte abgehalten wurden, den jetzt jedoch mehr und mehr Pritschen füllen, weil der Zustrom zum Ghetto nicht abreißt und weit größer ist als die Transporte ›nach dem Osten‹. Die ganze Hoffnung dieser Ghetto-Juden ist, daß die Amerikaner und die Russen das *Frost-Kuckuck-Land* rechtzeitig genug zerschlagen, um diejenigen zu retten, die sich hier am Schleusentor Theresienstadt sammeln. Bis dahin besteht ihr einziges Lebensziel darin, einem Abtransport zu entgehen und die Tage und Nächte durch kulturelle Veranstaltungen erträglich zu machen.

Jesselsons Quartett macht vorzügliche Musik: drei grauhaarige Männer und eine sehr häßliche Frau in mittleren Jahre spielen Instrumente, die ins Ghetto hineingeschmuggelt worden sind. Ihre schäbig gekleideten Körper wiegen sich zu den funkelnden Haydn-Melodien, ihre Gesichter verraten höchste Aufmerksamkeit und strahlen ein inneres Licht aus. Der Dachboden ist gedrängt voll. Die Leute sitzen oder liegen auf den Pritschen, hocken auf dem Boden oder stehen an den Wänden neben den Hunderten, die dicht an dicht auf Holzbänken sitzen. Natalie wartet, bis das Stück zu Ende ist, um nicht zu stören, dann arbeitet sie sich nach vorn. Die Leute erkennen sie und machen ihr Platz.

Das Puppentheater ist bereits hinter den Musikern aufgebaut. Sie setzt sich vorn in der ersten Reihe neben Udam auf den Boden und läßt den Balsam der Musik – Dvořák jetzt – über ihre Seele strömen: die süßen Violinen und die Bratsche, das schluchzende und grollende Cello, die sich in der anmutigen Arabeske eines Volkslieds umeinanderranken. Danach spielen die Musiker noch ein spätes Beethoven-Quartett. Die Programme in Theresienstadt sind lang, das Publikum lauscht dankbar und hingerissen; nur hier und da sieht man einen von den Älteren oder Kranken einnicken.

Bevor das Puppentheater beginnt, singt Udam eine neue jiddische Komposition, *Mi Kumt* (»Sie kommen«). Abermals handelt es sich um eine seiner doppelsinnigen politischen Nummern. Ein einsamer alter Mann singt an seinem Geburtstag, alle Welt habe ihn vergessen, und jetzt sitze er traurig und allein in seinem Zimmer in Prag. Plötzlich treffen seine Verwandten ein. Im Refrain singt er jetzt seine Freude hinaus, hüpft tanzend über die Bühne und schnippt mit den Fingern:

»*Oi, sie kommen, sie kommen also doch!*
Kommen aus dem Osten, kommen aus dem Westen,
englische Vettern, russische Vettern,
amerikanische Vettern,
Vettern von überallher!
Sie kommen per Flugzeug, sie kommen per Schiff –
Oi, welche Freude, oi, welch ein Tag!
Oi, Dank Gott! Aus dem Osten, aus dem Westen –
Oi, Dank Gott, daß sie kommen!

Das schlägt ein! Bei der Wiederholung nimmt das Pulikum den Refrain auf, klatscht rhythmisch in die Hände: *Kommen aus dem Osten, kommen aus dem Westen.* Und in dieser Hochstimmung beginnt das Puppentheater.
Vor *Der König von Frost-Kuckuck-Land* führen sie ein anderes, außerordentlich beliebtes Stück auf. Kasper ist ein Ghetto-Beamter, dem der Sinn danach steht, mit seiner Frau zu schlafen. Gretel macht tausend Ausflüchte. Sie seien nirgends allein, sie sei hungrig, sie habe nicht gebadet, die Pritsche sei zu schmal, und so weiter, alles vertraute Ghetto-Ausflüchte, die brüllendes Gelächter hervorrufen. Er nimmt sie mit in sein Arbeitszimmer. Dort sind sie allein; kokett willigt sie ein, doch als sie zur Tat schreiten, kommen dauernd seine Untergebenen mit Ghetto-Problemen dazwischen. Udams verliebtes Gegurre und Gestöhn, zwischendurch immer wieder Kaspers erregter Befehlston und Gretels frustriertes Gekeif nebst saftigen Aussprüchen und entsprechendem Handeln ergeben alles in allem einen urkomischen Sketch. Selbst Natalie, die neben Udam auf den Knien hockt und die Handpuppen bewegt, muß zwischendurch immer wieder kichern.
Auch die erweiterte Fassung von *Frost-Kuckuck-Land* hat großes Gelächter zur Folge, und so kommen Udam und Natalie mit geröteten Gesichtern hinter dem Kasperltheater zum Vorschein und verneigen sich unzählige Male.
Hier und da werden Rufe auf dem Dachboden laut: »Udam!«
Er schüttelt den Kopf und macht abweisende Handbewegungen.

Doch die Rufe werden zahlreicher: »Udam! Udam! Udam!«
Udam gebietet durch beschwichtigende Gesten Schweigen und entschuldigt sich, er sei müde, nicht in Stimmung und überdies erkältet; ein andermal.
»Nein, nein! Jetzt! *Udam! Udam!*«
Das geschieht nach jeder Aufführung des Puppentheaters. Manchmal behält das Publikum die Oberhand, manchmal gelingt es Udam, sich mit Vorwänden zu entschuldigen. Natalie setzt sich. Er stellt sich in Positur wie ein Konzertsänger, hat die Hände zusammengelegt und hebt mit einem tiefen Kantorsbariton einen trauervollen Gesang an.
Udam ... udam ... udam ...
Jedesmal, wenn er beginnt, läuft Natalie ein Schauer über den Rücken. Der Gesang zur Yom Kippur-Liturgie. *Udam yesoidoi may-ufar vay soifoi lay-ufar ...*«

Der Mensch ist aus Staub gemacht und wird zu Staub. Er ist wie ein zerbrochener Scherben, eine welkende Blume, wie ein treibendes Staubkorn, wie ein Schatten, der vorübergeht, und wie ein Traum, der davonfliegt.

Nach jedem Bilderpaar kommt der Refrain der Eingangsmelodie, der leise vom Publikum gesungen wird: *Udam ... udam ... udam ...*
Das bedeutet:
Mensch ... Mensch ... Mensch ... Das hebräische Wort für *Mensch* ist *Adam*.
Udam wiederum ist die polnisch-jiddische Variante von *Adam*.
Dieser herzzerreißende leise Gesang aus den Kehlen der Theresienstädter Juden – *Adam, Adam, Adam* –, alle im Schatten des Todes, wie sie jetzt singen, was ihr eigener Grabgesang sein könnte, all das rührt in Natalie Henry Dinge auf, von denen sie vor ihrer Verhaftung nicht gewußt hatte, daß es sie überhaupt gab. Als Udam in eine melodische Vorsängerpassage überleitet, schluchzt seine Stimme und schwillt an wie ein Cello. Er schließt die Augen. Sein Körper wiegt sich vor dem Hintergrund des kleinen Puppentheaters. Er streckt die Hände aus und reckt sie in die Höhe. Die Qual, die Ehrfurcht, die Liebe zu Gott und zu den Menschen in seiner Stimme – nicht zu fassen, bei einem Mann, der nur wenige Minuten zuvor mit den gewagtesten Schlüpfrigkeiten aufgewartet hat.
»*Wie ein treibendes Staubkorn, wie ein Schatten, der vorübergeht ...*«
Udam ... udam ... udam ...
Er stellt sich auf die Zehenspitzen, seine Arme recken sich in die Höhe, er hat die Augen offen, funkelt damit das Publikum an wie aus offenen Ofentüren.

»Und wie ein TRAUM ...«
Die feurigen Augen schließen sich wieder. Die Hände fallen herunter, der Körper sackt in sich zusammen, fast, als stürzte er wirklich. Die letzten Worte gehen in einem zermalmten Flüstern unter ...
»... der davonfliegt.«
Bei ihm gibt es nie eine Zugabe. Er nimmt den Beifall mit steifen Verbeugungen und erschöpftem, weißem Gesicht entgegen.
Früher hatte Natalie es einigermaßen schauerlich gefunden, einen Unterhaltungsabend mit dieser aufrüttelnden liturgischen Arie abzuschließen. Heute versteht sie es. Das ist Theresienstadt in reiner Form. Sie selbst spürt etwas von der reinigenden Wirkung, die sie auf den Gesichtern rings um sich her wahrnimmt. Das Publikum ist müde, befriedigt und bereit zu schlafen, bereit, wieder einen Tag in diesem Tal der Schatten durchzustehen. Ihr ergeht es nicht anders.

»Was zum Teufel ist *das*?«
Ein graues Wollkleid mit gelbem Stern liegt auf ihrer Pritsche. Daneben Baumwollstrümpfe und neue Schuhe. Auf Aarons Pritsche gegenüber liegen ein Herrenanzug und Schuhe. Er sitzt an dem kleinen Tisch zwischen den Pritschen und ist in einen großen braunen Talmud-Band vertieft. Abwehrend hält er eine Hand in die Höhe. »Laß mich das hier eben zu Ende lesen.«
Die Protektion, die ihnen zuteil wird, ist hier offenkundig: ein Zimmer für sie beide allein, wenn auch nur eine winzige Kammer mit einem Fenster, durch eine Pappwand vom übrigen Raum abgetrennt, der ursprünglich das Eßzimmer im Privathaus einer wohlhabenden tschechischen Familie gewesen ist. Jenseits der Trennwand drängen sich Hunderte von Juden auf vierstöckigen Pritschen. Hier stehen zwei Pritschen, ein Tisch, eine kleine dämmerige Lampe und ein Pappschrank, groß wie eine Telephonzelle – der Gipfel des Ghetto-Luxus. Nicht einmal die Mitglieder des Judenrats leben besser. Niemals ist ihnen eine Erklärung für diese Vorzugsbehandlung gegeben worden, außer der, daß sie eben *Prominente* sind. Aaron bekommt hier sein Essen und braucht nicht danach anzustehen. Der Hausälteste hat ein Mädchen beauftragt, es ihm zu bringen. Freilich ißt er kaum etwas. Er scheint von Luft zu leben. Gewöhnlich sind immer noch kleine Happen und etwas von der dünnen Brühe übrig, wenn sie heimkommt, falls sie sie haben möchte. Sonst schlingen die Leute an der anderen Seite der Trennwand sie herunter.
Was hat es jetzt mit dem grauen Kleid auf sich? Sie hält es an sich; vorzügliches Material, gut geschnitten; es paßt ihr sogar, wenn es auch etwas reichlich ist. Das Kleid verströmt ein leichtes, bezauberndes Rosenparfum. Es hat einer

vornehmen Frau gehört. Ob sie noch lebt? Oder tot ist? Oder abtransportiert? Aaron Jastrow klappt das Buch mit einem tiefen Seufzer zu und sieht sie an. Sein Haar, sein Bart sind weiß. Seine Haut ist wie sanfter Glimmer; Knochen und Adern sind darunter sichtbar. Seit seiner Genesung ist er hinfällig, aber doch gelassen und von einer erstaunlichen Ausdauer. Tagtäglich unterrichtet er, hält Vorträge, besucht Konzerte und Theateraufführungen. In der Bibliothek leistet er einen vollen Arbeitstag und katalogisiert hebräische Bücher.

Er sagt: »Die Sachen sind heute abend gebracht worden. Eine ziemliche Überraschung. Später ist Eppstein vorbeigekommen, um es mir zu erklären.« Eppstein ist im Augenblick das Oberhaupt des Gemeinwesens, eine Art Bürgermeister mit dem Titel *Ältester*. Früher Dozent für Soziologie und Vorsitzender der ›Vereinigung der Juden in Deutschland‹, ist er jetzt ein demütiger, geschlagener Mann, einer, der die Gestapohaft überlebt hat. Gezwungen, der SS dienstbar zu sein, versucht er auf seine ruhige Art, manches Gute zu tun, doch die anderen Juden sehen in ihm wenig mehr als eine Marionette der Deutschen. Ihm bleibt kaum eine andere Wahl und kaum Kraft, das, was ihm an Möglichkeiten bleibt, auszunutzen.

»Was hat Eppstein denn gesagt?«

»Wir sollen morgen ins SS-Hauptquartier. Aber wir sind *nicht* in Gefahr. Wir sollen weitere besondere Vorrechte bekommen. Er schwört darauf, Natalie.« Natalie war, als hätte sie plötzlich einen Eisklumpen im Magen und in den Knochen Eis statt Mark. »Und was sollen wir da?«

»Ein Gespräch mit Obersturmbannführer Eichmann.«

»*Eichmann?*«

Die Namen von SS-Leuten, die jeder in Theresienstadt kennt, sind die der Lokalgrößen: Roehn, Haindl, Moese und so weiter. Der Name von Obersturmbannführer Eichmann steht für etwas Fernes, Bedrohliches, Böses; es ist ein Name, den man nur im Flüsterton nennt. Trotz seines niedrigen Rangs kommt er im Bewußtsein der Ghetto-Bewohner gleich hinter Himmler und Hitler.

Aarons Ausdruck ist freundlich und voller Mitgefühl. Er zeigt kaum Angst. »Ja. Welch eine Ehre«, sagte er mit ruhiger Ironie. »Aber diese Kleidung kann nur Gutes bedeuten, nicht wahr? Irgendwer möchte, daß wir wenigstens anständig aussehen. Laß es uns also tun, meine Liebe.«

27

»Festhalten! Haleakala, null acht sieben. Festhalten! Mauna Loa, eins drei zwo.« Über die Kippregel gebeugt, rief Byron einem Maat, der im Schein einer roten Taschenlampe mitschrieb, Peilungen zu, während die *Moray* ein phosphoreszierendes Kielwasser durch die ruhige See zog. Die warme Brise, die von der Küste her wehte, roch für Byron – und das war zweifellos eine angenehme Halluzination – wie das schwache Parfum, das Janice zu tragen pflegte. Der Maat ging nach unten, um die Peilungen auszuwerten, und gab dann durch das Sprachrohr ihre Position nach oben durch. Byron rief Aster in seiner Kammer an.

»Captain, der Mond ist hell genug, daß ich eine Positionsbestimmung machen konnte. Wir sind schon ein ziemliches Stück innerhalb der Sperrzone.«

»In Ordnung. Vielleicht belegen uns die Airedales bei Morgengrauen mit Bomben. Setzen Sie Kurs und Geschwindigkeit fest, damit wir um sieben in den Kanal einlaufen können.«

»Aye, aye, Sir.«

»Sagen Sie mal, Herr Erster Wachoffizier, ich habe mir grade Ihren Fahrtbericht durchgesehen. Er ist vorzüglich.«

»Nun, ich habe getan, was ich konnte.«

»Du bist durchaus keine Niete, was den Papierkrieg betrifft. Jedenfalls nicht mehr. Nur, daß die Geschichte um so schlimmer klingt, je klarer du alles darlegst.«

»Captain, wie haben noch mehr Feindfahrten vor uns.« Asters Niedergeschlagenheit hatte Byron während der ganzen Heimfahrt zu schaffen gemacht. Der Captain hatte sich in seiner Kammer eingeschlossen, kistenweise billige Zigarren gequalmt, zerfledderte Krimis aus der Schiffsbibliothek gelesen und die Führung des Boots seinem I W.O. überlassen.

»Nichts ist nun mal nichts, Byron.«

»Feigheit können sie dir nicht vorwerfen. Du hast dich freiwillig für das Japanische Meer gemeldet.«

»Habe ich, und ich will auch wieder hin, aber nächstes Mal mit Elektrotorpedos. Sonst kann der Admiral mich an Land versetzen. Ich habe die Nase gestrichen voll von diesem Mark Fourteen.« Byron hörte förmlich, wie der Hörer aufgeknallt wurde.

Als Byron am nächsten Tag mit einem Navy-Jeep zu Janices Haus fuhr, war ihm danach, seine Schwägerin in die Arme zu schließen und die ganze verdammte Feindfahrt zu vergessen. Einsamkeit, das Verstreichen der Zeit, Natalies Verschwinden, das Anheimelnde von Janices Haus, die stille Zuneigung, die ihm die hübsche Witwe seines Bruders entgegenbrachte – all das verschmolz zu etwas wie einer unausgesprochenen Liebe, die jedesmal süßer wurde, wenn er von See zurückkam. Die Flamme nährte sich von einer explosiven Mischung aus Intimität und verweigerter Erfüllung. Angesichts seiner gelegentlichen Träumereien von einem Leben mit Janice und Victor plagten Byron Schuldgefühle. Er hatte den Verdacht, daß Janice insgeheim ähnliche Gedanken hegte. Normale Beziehungen können durch die Spannungen und Trennungen des Krieges verformt oder zerstört werden; was Byron erlebte, war im Moment auf der ganzen Welt gang und gäbe. Nur die Gewissensbisse, die er dabei hatte, fielen ein wenig aus dem Rahmen.

Irgendwas stimmte diesmal nicht. Er wußte es sofort, als er die Tür aufmachte und ihr ernstes, ungeschminktes Gesicht sah. Sie erwartete ihn, denn er hatte angerufen, aber sie hatte sich nicht umgezogen und zurechtgemacht, sondern trug noch ihr hausbackenes blaues Hauskleid; auch reichte sie ihm nicht den üblichen Willkommenstrunk. Es war, als hätte er sie beim Kochen oder Saubermachen überrascht. Ohne Umschweife sagte sie: »Da ist ein Brief von Natalie für dich. Übers Rote Kreuz.«

»Was! Mein Gott, endlich!« Über das Internationale Rote Kreuz hatte er mehrere Briefe nach Baden-Baden geschickt und als Absender Janices Adresse angegeben. Alles an dem Umschlag, den sie ihm reichte, war beunruhigend: das dünne, graue Papier, die violetten Blockbuchstaben, mit denen die Adresse und unten in eine Ecke der Absender N. HENRY geschrieben waren; die vielen, zum Teil übereinandergedrückten Stempel in verschiedenen Sprachen und Farben, unter denen das Rot-Kreuz-Symbol fast verschwand; vor allem aber der Poststempel. »Terezin? Wo ist denn das?«

»Irgendwo in der Tschechoslowakei, in der Nähe von Prag. Danach habe ich mich bei meinem Vater erkundigt, Byron. Er hat mit dem Außenministerium gesprochen. Aber lies erst den Brief.«

Er sank auf einen Sessel und schlitzte den Umschlag mit einem Federmesser auf. Der einzelne graue Briefbogen war ebenfalls mit violetter Tinte und in Blockbuchstaben beschrieben.

THERESIENSTADT
7. SEPT. 1943

LIEBSTER BYRON BESONDERES PRIVILEG FÜR ›PROMINENTE‹: MONATLICH EIN BRIEF HUNDERT WÖRTER. LOUIS WUNDERBAR. AARON GANZ GUT. SELBST GUTEN MUTES. DEINE BRIEFE VERSPÄTET ABER HERRLICH ZU HABEN. SCHREIBE HIERHER. ROTKREUZPAKETE LEBENSMITTEL HÖCHST WILLKOMMEN. MACH DIR KEINE SORGEN UM MICH. THERESIENSTADT BESONDERER HAFEN FÜR PRIVILEGIERTE KRIEGSHELDEN KÜNSTLER GELEHRTE USW. HABEN HIER BESTE SONNIGE WOHNUNG IM ERDGESCHOSS. AARON BIBLIOTHEKAR HEBRÄISCHE SAMMLUNG. LOUIS KINDERGARTENSTAR UND GRÖSSTER STREICHEMACHER. MEINE ARBEIT IN RÜSTUNGSBETRIEB ERFORDERT GESCHICKLICHKEIT ABER NICHT ANSTRENGEND. LIEBE DICH HERZ UND SEELE! LEBE FÜR TAG AN DEM ICH DICH IN ARMEN HALTEN KANN. RUF MEINE MUTTER AN. ALLES LIEBE NATALIE

Byron warf einen Blick auf die Armbanduhr. »Ob dein Vater wohl noch im Kriegsministerium ist?«
»Er läßt dir ausrichten, du sollst Mr. Sylvester Aherne im Außenministerium anrufen. Die Nummer liegt neben dem Telephon.«
Byron rief die Vermittlung an und ließ sich verbinden. Das Mittagessen nach jeder Rückkehr von einer Feindfahrt war mehr und mehr zu einem ausgelassenen Ritual geworden: starke Mixgetränke auf Rumbasis, ein chinesisches Gericht, eine Vase mit scharlachroten Hibiskusblüten auf dem Tisch, heiterer Austausch kleiner Erlebnisse, die sie gehabt hatten. Doch diesmal konnten weder die Drinks noch Janices würziges Eier-Foo Yong und das Pfeffersteak die gedrückte Stimmung vertreiben, die der Brief hervorgerufen hatte. Auch konnte Byron nichts von der glücklosen Feindfahrt berichten. Deprimiert aßen sie, und er sprang förmlich auf das Telephon zu, als es klingelte.
Nach der Art, wie Sylvester Aherne redete, stellte Byron sich einen kleinen Mann mit Kneifer vor, der die Lippen schürzte und die Fingerspitzen aneinander tanzen ließ. Als Byron ihm den Brief vorlas, sagte Aherne: »Hm!... Hmmmm! Hmmm!... *Hmmm!* Das ist immerhin ein Lichtblick, nicht wahr? Alles in allem recht ermutigend! Sehr ermutigend! Da haben wir jedenfalls was an der Hand, womit wir arbeiten können. Schicken Sie uns bitte sofort eine Photokopie.«

»Was wissen Sie von meiner Frau und meinem Sohn, Mr. Aherne, und was über Theresienstadt?«

Langsam und bedächtig berichtete Aherne, Natalie und Jastrow hätten sich vor einigen Monaten nicht mehr bei den Schweizern in Paris gemeldet; sie seien einfach aus dem Blickfeld verschwunden. Hartnäckiges Nachfragen der Schweizer und des Amerikanischen Geschäftsträgers in Baden-Baden hätte bis jetzt noch keine Reaktion aus Deutschland gezeitigt. Jetzt, da das Außenministerium wisse, wo sie seien, könnten die Bemühungen um sie verdoppelt werden. Seit er von Senator Lacouture über die Sache informiert worden sei, habe er, Aherne, sich mit der Situation in Theresienstadt beschäftigt. Dem Roten Kreuz sei über irgendwelche Entlassungen aus diesem Musterghetto nichts bekannt; aber der Fall Jastrow sei einmalig. Und was ihn selbst betreffe, so sei er immer lieber Optimist.

»Mr. Aherne, sind meine Frau und mein Sohn dort sicher?«

»Wenn man berücksichtigt, daß Ihre Frau Jüdin ist, Lieutenant, und daß man sie dabei erwischt hat, wie sie illegal in deutsch besetztem Gebiet gereist ist – wie Sie wissen, sind ihre Journalistenausweise in Marseille gefälscht worden –, kann sie von Glück sagen, dort gelandet zu sein. Und wie sie selbst schreibt, geht es ihr im Moment gut.«

»Können Sie mich mit einem anderen Beamten in Ihrer Abteilung verbinden, Mr. Leslie Slote?«

»Äh – Leslie Slote? Mr. Slote ist schon vor geraumer Zeit aus dem Auswärtigen Dienst ausgeschieden.«

»Wo kann ich ihn erreichen?«

»Tut mir leid, das kann ich Ihnen nicht sagen.«

Byron bat Janice, ihre Mutter anzurufen, die vielleicht wußte, wo Slote war; und dann kehrte er in gedrückter Stimmung auf die *Moray* zurück.

Gleich nachdem er gegangen war, begann Janice sich schön zu machen, was sie Byrons wegen diesmal unterlassen hatte. Ob das Gefühl zwischen ihnen jemals wieder aufflackern würde, wußte sie nicht, aber sie wußte, daß sie im Augenblick besser auf Distanz ging. Natalie tat Janice von Herzen leid. Sie hatte nie die Absicht gehabt, ihr Byron auszuspannen. Aber was sollte geschehen, wenn sie überhaupt nicht zurückkam? Der Brief aus Theresienstadt war für Janice ein böses Omen. Sie wünschte aufrichtig, Natalie könnte sich retten und heil mit ihrem Kind heimkommen, doch schienen die Chancen immer geringer zu werden. Inzwischen genoß sie das Füllhorngefühl, jedesmal, wenn die *Moray* im Hafen festmachte, für zwei Männer da zu sein. Im großen und ganzen zog sie Byron vor, doch Aster hatte auch manches für sich, und zweifellos hatte er Erholung verdient, wenn er aus dem Kampf

heimkam. Janice tat sich nicht sonderlich schwer mit dem Kunststück, den Kuchen aufzuessen und doch zu behalten. Sie hatte Byron sein rituelles Mittagessen vorgesetzt, und jetzt kam das rituelle Rendezvous mit Aster. Byron fand Aster, der in der Messe auf ihn wartete. Der Captain hatte sich landfein gemacht und schien guter Dinge. »Ja, Briny, der Admiral ist einverstanden. Alles vergeben und vergessen. Wir kriegen unsere Mark Eighteen-Torpedos und ein Zielschiff zum Üben. Zwei Wochen kannst du es dir noch überlegen, dann geht es zurück ins Japanische Meer. Am Freitag kommt Admiral Nimitz an Bord, um uns offiziell eine Belobigung für den Erfolg unserer ersten Feindfahrt auszusprechen. Samstag um sechs Uhr dann Übungsschießen mit E-Torpedos. Fragen?«
»Verdammt nochmal, ja. Was ist mit Urlaub und Freizeit für die Crew?«
»Dazu komme ich noch. Eine Woche Trockendock, um den neuen Sonarkopf einzubauen und für Reparaturen an den achteren Mündungsklappen. Landurlaub für alle. Danach drei Tage Übungsfahrt, und dann geht's nach Midway und durch die Meerenge von La Pérouse.«
»Eine Woche für die Männer ist nicht genug.«
»Aber gewiß ist es das«, fauchte Aster. »Diese Crew ist in ihrem Stolz gekränkt worden. Für sie sind Siege jetzt wichtiger als Freizeit und Erholung. Wieso bist du überhaupt so kleinmütig? Was ist denn los mit dir? Wie geht es Janice?«
»Der geht's gut. Hör zu, Captain, ich dachte, wir bekämen heute noch vom Dock 'ne Telephonleitung rübergelegt, aber Hansen hat mir gerade erzählt, es wird nichts draus. Würdest du sie anrufen, wenn du an Land bist? Sag ihr, sie möchte mich im Offiziersklub anrufen, so um zehn Uhr.«
»Wird gemacht«, erklärte Aster mit einem seltsamen Grinsen und ging.
Byron nahm an, daß Aster irgendwo in Honolulu eine Freundin hatte, doch war ihm nie in den Sinn gekommen, daß Janice diese Freundin sein könnte. Bis jetzt hatte Aster Janices Spiel mitgespielt; aber er hatte dieser Verstellung keinen Geschmack abgewinnen können. Für seine Begriffe hielt Janice ihren Schwager zum Narren. Byrons naive Ahnungslosigkeit bedrückte ihn; spürte er denn nicht, was hier vorging? Aster sah in dem, was er und Janice taten, kein Unrecht. Beide waren sie frei, und keiner von ihnen wollte eine Heirat. Er nahm nicht an, daß Byron etwas dagegen haben würde; Janice jedoch behauptete, das würde er sehr wohl: er würde entsetzt sein und sich ihr entziehen, und deshalb bestand sie weiterhin auf Diskretion. So war das nun eben. Das Thema wurde zwischen ihnen nicht mehr angesprochen.
Aber Aster war schlechter Laune, und daß er eine Menge trank, half auch nicht sonderlich, sie zu bessern. Es wurmte ihn, als sie um zehn Uhr im Offiziersklub anrief, nackt im Bett sitzend und noch erhitzt vom Liebesspiel.

»Hallo, Briny. Leslie Slote erwartet morgen nachmittag um ein Uhr deinen Anruf in seinem Büro«, sagte sie sanft und ungerührt, als wäre sie daheim und hätte ein Strickzeug auf dem Schoß. »Das ist nach unserer Zeit sieben Uhr morgens. Schreib dir die Nummer auf.« Sie las sie von einem Zettel ab.
»Hast du mit Slote gesprochen?«
»Nein. Übrigens war es Lieutenant Commander Anderson, der ihn aufgestöbert und mich dann angerufen hat. Kennst du ihn? Simon Anderson. Er scheint vorübergehend bei deiner Mutter zu wohnen. Hat irgendwas mit einem Brand in seinem Apartmenthaus zu tun; jedenfalls hat sie ihn für ein paar Wochen bei sich aufgenommen.«
»Simon Anderson ist ein alter Verehrer von Madeline.«
»Ach, das erklärt vielleicht alles. Deine Mutter war nicht da. Erst kam Madeline an den Apparat. Sie hörte sich puppenlustig an, stand im Begriff, sich irgendwo wegen einem Job vorzustellen, und hat mich dann an Anderson weitergegeben.«
»Dann bleibt Madeline also in Washington?«
»Scheint so.«
»Aber das wäre ja phantastisch!«
»Kommst du morgen zum Mittagessen, Briny?«
»Leider nichts zu machen. Kapitänsinspektion.«
»Dann ruf mich an und erzähl mir, was Slote sagt.«
»Mach' ich.«
Aster besaß viel Erfahrung mit Frauen; er hatte Situationen wie diese mit den Freundinnen anderer Männer erlebt und einmal auch mit einer verheirateten Frau. Gewöhnlich hatte er für die armen Narren am anderen Ende der Leitung Mitgefühl und eine Spur Verachtung gehegt; doch diesmal war es Byron Henry, der sich von Janices Theater bluffen ließ.
»Himmelherrgott, Janice«, sagte Aster, nachdem sie aufgelegt hatte. »Machst du Byron immer noch blauen Dunst vor, während Natalie in einem Konzentrationslager sitzt?«
»Ach, halt den Mund!« Aster war den ganzen Abend schwierig gewesen. Er hatte nicht ein Wort von der Feindfahrt erzählt und war ziemlich rasch betrunken gewesen, was zur Folge hatte, daß es auch im Bett nicht gerade gut gelaufen war; außerdem war sie selber gereizt. »Ich habe nicht gesagt, daß sie in einem Konzentrationslager ist.«
»Sicher hast du das. In der Tschechoslowakei, hast du gesagt.«
»Hör mal, du bist viel zu blau, um zu wissen, was ich gesagt habe. Es tut mir leid, daß deine Feindfahrt offenbar eine Pleite war. Nächstes Mal wird's schon besser werden. Wie wär's, wenn ich jetzt einfach nach Haus ginge?«

»Mach, was du willst, Baby.« Aster rollte sich auf die Seite und schlief ein. Nachdem sie es sich noch einmal überlegt hatte, folgte Janice seinem Beispiel.

Am nächsten Morgen war eine Telephonleitung zwischen dem Dock und der *Moray* verlegt worden, und Byron konnte sich mit Leslie Slote verbinden lassen, was freilich einige Stunden dauerte. Es krächzte in der Leitung, und nachdem er Natalies Brief vorgelesen hatte, folgte eine so lange von Knistern und Knacken erfüllte Pause, daß er fragte: »Bist du noch da, Leslie?«

»Ja, ich bin.« Slote stieß einen Seufzer aus, der fast schon ein Stöhnen war. »Was kann ich für dich tun, Byron? Oder für sie? Was kann irgendein Mensch da tun? Wenn du meinen Rat willst: versuch einfach, nicht mehr dran zu denken!«

»Wie stellst du dir das vor?«

»Das ist deine Sache. Kein Mensch weiß viel über das Muster-Ghetto. Aber es existiert – und vielleicht ist es für sie wirklich der rettende Hafen. Ich kann es dir nicht sagen. Schick ihr Briefe und Rot-Kreuz-Pakete, und fahre fort, Japse zu versenken, das ist alles. Es hilft nicht, den Verstand zu verlieren.«

»Davon bin ich weit entfernt.«

»Gut. Ich auch. Ich bin überhaupt ein neuer Mensch. Jetzt bin ich schon fünfmal mit dem Fallschirm abgesprungen – Übungssprünge. Fünfmal! Erinnerst du dich noch an die Geschichte auf der Praha-Straße?«

»Was für eine Geschichte?« fragte Byron, obwohl er nie mit Slote sprechen konnte, ohne dabei an seinen feigen Zusammenbruch im Gefecht bei Warschau zu denken.

»Das weißt du nicht mehr? Ganz sicher weißt du es noch. Aber einerlei: kannst du dir vorstellen, daß ich mit dem Fallschirm abspringe?«

»Ich bin auf einem U-Boot, Leslie, und ich habe die Navy immer gehaßt.«

»Unsinn! Du stammst aus einer Offiziersfamilie. Ich bin Diplomat, Linguist, alles in allem ein bebrillter Schaumschläger. Ich sterbe bei jedem Absprung vierzig Tode. Und trotzdem genieße ich das auf eine unheimliche Weise.«

»Fallschirmabsprünge – wozu?«

»Militärischer Geheimdienst! Im Krieg zu kämpfen, ist die beste Methode, um zu vergessen, um was es geht, Byron. Soweit hatte ich bisher noch nicht gedacht, aber es ist enorm erhellend.«

»Leslie, wie steht es mit Natalies Chancen?«

Abermals eine lange, von Kratzen und Knacken erfüllte Pause.

»Leslie?«

»Byron, sie ist in einer Teufelssituation. Das war sie immer schon, seit Aaron 1939 Italien nicht verlassen wollte. Wie du weißt, habe ich ihn gebeten, wegzugehen. Du hast doch daneben gesessen. Sie haben törichte und

unüberlegte Dinge getan, und nun ist das Kind im Brunnen. Aber sie ist zäh und stark und klug. Kämpfe, Byron! Kämpfe! Stürz dich in den Kampf und vergiß deine Frau. Sie und all die anderen Juden. Das habe ich auch getan. Stürz dich in den Kampf und vergiß, woran du sowieso nichts ändern kannst. Wenn du beten kannst, bete! Selbstverständlich würde ich nicht so reden, wenn ich noch im Außenministerium wäre. Auf Wiedersehen!«
Als die Moray wieder auslief, fehlten von der Crew mehr Leute als auf allen bisherigen Feindfahrten zusammen: Bitten um Versetzung, plötzliche Erkrankungen und sogar ein paar Entfernungen von der Truppe.

Der Himmel über Midway war niedrig und grau, der Wind feuchtkalt. Sie waren mit dem Treibstoffbunkern fast fertig. Die Hände in die Taschen seiner Windjacke gestopft, wanderte Byron im strengen Geruch des Dieselöls an Deck auf und ab und inspizierte vor der langen Fahrt nach Japan noch ein letztes Mal das Schiff. Jede Abfahrt von Midway ließ düstere Gedanken in ihm aufkommen. Irgendwo hier auf dem Grund des Ozeans ruhten im Rumpf eines abgeschossenen Flugzeugs die Gebeine seines Bruders. Von Midway auszulaufen bedeutete, sich vom letzten Außenposten loszureißen und auf eine lange, einsame Jagd zu gehen. Es bedeutete das Abschätzen von Entfernungen und Chancen, und wie lange man mit Treibstoff und Lebensmittelvorräten auskam; und einem ganz bestimmten Nervenzustand von Kapitän und Mannschaft. Aster tauchte in frischer Khaki-Uniform und Bordmütze auf; seine Augen waren nach ein paar Tagen ohne Alkohol wieder klar; er war jeder Zoll der Killer-Captain, dachte Byron, selbst wenn er zu dick auftrug, um seine deprimierte und leicht gereizte Mannschaft ein wenig aufzumuntern.
»Übrigens, Briny, Mullen kommt doch mit uns«, rief er zur Back hinunter.
»Wirklich? Hat er sich's anders überlegt?«
»Ich habe mit ihm geredet.«
Mullen war der Schreibstuben-Maat der Moray. Seine Kommandierung zur Offiziersschule war eingetroffen; eigentlich sollte er von Midway aus in die Staaten zurückfliegen. Doch wie alle U-Boot-Leute war die Mannschaft der Moray abergläubisch, und viele hielten den Schreibstuben-Maat für eine Art Maskottchen, und zwar nur, weil er den Spitznamen Hufeisen trug. Der Name hatte mit seinem Glück nichts zu tun; vielmehr verlor er ständig beim Kartenspiel und beim Knobeln, fiel den Niedergang herunter, ließ sich an Land von der Militärpolizei einbuchten und so weiter. Trotzdem hatte er den Spitznamen Hufeisen weg, seit er in einem Segellager vor Jahren beim Hufeisenwerfen gewonnen hatte. Byron hatte mehr als eine von dunklen Vorahnungen getragene Bemerkung über Mullens Versetzung mitbekom-

men; trotzdem ging es ihm wider den Strich, daß Aster den Mann bearbeitet hatte. Er fand Mullen in der kleinen Schreibstube, eine dicke Zigarre in seinem dicken runden Gesicht, an der Schreibmaschine; wenn Byron sich nicht sehr irrte, handelte es sich um eine von Asters Havanas. Der vierschrötige kleine Maat hatte schon die weiße Ausgehuniform angehabt, um an Land zu gehen; jetzt trug er wieder seine ausgebleichten Arbeitsklamotten.
»Was soll das alles heißen, Mullen?«
»Nur, daß ich noch eine Feindfahrt auf diesem Teufelsschiff mitmachen möchte, Sir. Das Essen ist so beschissen, daß ich richtig vom Fleisch falle, und das gefällt den Mädchen in den Staaten.«
»Wenn Sie abmustern wollen, sagen Sie es, dann können Sie abmustern.«
Der Maat nahm einen ausgiebigen Zug aus seiner teuren Zigarre, und sein gutmütiges Gesicht wurde hart. »Mr. Henry, ich würde Captain Aster bis in die Hölle folgen. Er ist der größte Skipper beim ganzen SubPac, und jetzt, wo wir diese Mark Eighteen-Aale haben, wird das die größte Feindfahrt, die die *Moray Maru* jemals erlebt hat. Die laß ich mir nicht entgehen. – Sir, wo liegt Tarawa?«
»Tarawa? Bei den Gilbert Inseln. Warum?«
»Da kriegt die Marine-Infanterie die Hucke voll. Sehen Sie sich das mal an.« Er machte Durchschläge von den letzten Nachrichten aus Pearl Harbor. Der Ton der Nachrichten war ernst: *heftiger Widerstand. . . . sehr schwere Verluste. . . . was dabei herauskommt, zweifelhaft. . .*
»Nun, der erste Tag bei einem Landeunternehmen ist immer der schlimmste.«
»Die Leute denken immer, wir haben einen harten Dienst.« Hufeisen schüttelte den Kopf. »Die Marine-Infanterie ist in diesem Krieg wirklich am beschissensten dran.«

In schwermütigem Nieselregen verließ die *Moray* Midway. Vier Tage lang wurde das Wetter zunehmend schlechter. Das Boot lief über Wasser nie besonders gut, und in diesen kalten und stürmischen Breiten war das Leben an Bord ein ständiges Ausrutschen, ein ständiger Kampf mit der Seekrankheit, überschwappenden kalten Mahlzeiten und zufälligem Schlaf im Laufe nicht endenwollender Tage und Nächte. Es war unwahrscheinlich, daß die Japaner im Nordwest-Pazifik – dieser aufgewühlten, ständig brodelnden Wasserwüste – viele Aufklärungsfahrten unternehmen; die Sicht war beschränkt. Trotzdem befahl Aster Tag und Nacht Gefechtsausguck, und jedesmal, wenn die Wachoffiziere und die durchgefrorenen Ausgucks von der Wache kamen, sprangen Eisschichten von ihrem Ölzeug ab.
Während sie innerhalb der japanischen Luftüberwachungszone an den felsigen

Kurilen entlangliefen, behielt Aster fünfzehn Knoten bei und verdoppelte lediglich die Ausgucks. Die *Moray* sei kein Unterseeboot, sondern ein »Taucher«, pflegte er zu sagen – das heißt, ein Überwasserschiff, das auch tauchen konnte; die Schleichfahrt unter Wasser führe nirgendwohin. Byron stimmte ihm darin zwar zu, meinte jedoch, manchmal verwische Aster die Trennlinie zwischen Mut und Unbesonnenheit. Inzwischen waren schon mehrere Unterseeboote im Japanischen Meer auf Jagd gegangen; die *Wahoo* war dort verschwunden; es war durchaus möglich, daß der Feind regelmäßig Aufklärungsflüge unternahm. Glücklicherweise fuhr die *Moray* die meiste Zeit in Nebel und Schneeregen. Byrons Positionsbestimmungen wurden immer schwieriger.

Sieben Tage nach ihrem Auslaufen aus Midway drehte der Wind, und der Nebel lichtete sich; die Berge von Hokkaido standen vor dem grauen Himmel am Horizont. Steuerbords tauchte eine höhere schwarze Masse auf: die Südspitze von Sachalin.

»*Soya Kaikyo!*« Aster nannte die La Pérouse-Straße spielerisch bei ihrem japanischen Namen und gab Byron einen Klaps auf die Schulter. »Gut gemacht, Mister Steuermann.« Die *Moray* rollte in schweren Backstagswogen, und ein heftiger achterlicher Wind ließ sein Haar flattern, als er mit zusammengekniffenen Augen zum Festland hinüberspähte. »Also, wie weit gehen wir ran, bis du auf Tauchstation gehst? Haben die Japse da oben auf den Bergen schon Radar oder nicht?«

»Versuchen wir lieber nicht, das rauszufinden«, sagte Byron. »Noch nicht.« Aster nickte langsam und widerstrebend und sagte dann: »Einverstanden. Also dann runter von der Brücke.«

In Sehrohrtiefe dahinzufahren war eine erholsame Abwechslung nach einer Woche Rollen und Schlingern. Seekranke Männer kletterten aus ihren Kojen, verzehrten an geradestehenden Tischen Sandwiches und aßen ihre Suppe, ohne daß sie überschwappte. Byron am Sehrohr war tief beeindruckt von der Schönheit dessen, was er zu sehen bekam. Als die *Moray* sich der südlichen Zufahrt näherte, schickte die untergehende Sonne rote Strahlen unter die Wolkendecke und umgab den Berg Maru Yama auf Hokkaido mit einem rosenfarbenen Heiligenschein. Eine bezaubernde Vision schoß Byron durch den Kopf. Während seiner ersten College-Jahre hatte es ihm japanische Kunst angetan; die Bilder, Romane und Gedichte hatten Märchenlandschaften beschworen, zarte fremdländische Bauten und sonderbar gekleidete kleine Leute mit erlesenen Manieren und verfeinertem Schönheitssinn. Dieses Bild wollte so gar nicht zu den ›Japsen‹ passen, den Barbaren, die Pearl Harbor bombardiert, Nanking vergewaltigt und die Philippinen und Singapore besetzt, seinen Bruder umgebracht und ein Weltreich gestohlen hatten. Es bereitete ihm ein ingrimmiges Vergnügen, ›Japse‹ zu torpedieren. Doch ein flüchtiger Blick auf den nebelverhangenen Maru Yama im Widerschein der untergehenden Sonne brachte ihm jene frühen Eindrücke wieder zum Bewußtsein. Ob die ›Japse‹ die Amerikaner wohl für Barbaren hielten? Er kam sich nicht wie ein Barbar vor, und auch die in Arbeitsuniformen steckenden Matrosen sahen nicht wie Barbaren aus. Dennoch schlich sich die Moray an das merkwürdige Märchenland heran, um verstohlen so viele ›Japse‹ umzubringen wie nur irgend möglich.

Mit einem Wort: Krieg.

Byron rief den Kommandanten herbei, um ihm durch das Sehrohr zwei Fahrzeuge zu zeigen, die mit voller Beleuchtung in östlicher Richtung dahindampften: die roten und grünen Positonslaternen sowie die weißen Topplichter waren im Dämmer deutlich zu erkennen.

»Russkis, ohne Zweifel«, sagte Aster. »Halten sie sich an die vorgesehene Route?«

»Haargenau«, sagte Byron.

»Gut, da sind dann jedenfalls keine Minen.«

Schon beim letzten Mal hatte Aster sich über diesen grotesken Aspekt des Krieges ausgelassen: daß sowjetische Schiffe mit ihren Ladungen von Leih- und Pachtmaterial ungestraft durch japanische Hoheitsgewässer fahren durften, obwohl eine Niederlage Deutschlands auch unweigerlich Japan mit hinabziehen würde. Jetzt meinte er, als er durchs Sehrohr blickte, sehr nüchtern: »Sag mal, warum fahren wir nicht durch und zeigen einfach unsere Lichter? Falls die Japse da oben Radar haben, ist das eine bessere Tarnung, als wenn wir mit gelöschten Lichtern führen.«

»Und wenn wir angerufen werden?«

»Dann sind wir eben dumme Russen, die nicht verstanden haben.«

»Ich bin dafür, Captain.«

Und so setzte die Moray direkt vor der japanischen Küste etwa eine Stunde nach Einsetzen der Dunkelheit alle ihre Lichter. Für Byron, der im eiskalten Wind auf der Brücke stand, war das der merkwürdigste Augenblick im ganzen Krieg. Er war bislang noch nie auf einem voll erleuchteten Boot gefahren. Die weißen Topplichter vorn und achtern waren hell wie kleine Sonnen; die roten und grünen Positionslaternen schienen ihr Licht backbords wie steuerbords eine halbe Meile ins Dunkel hinaus zu verströmen. Die Moray war so offensichtlich, ja, so *unverkennbar* ein Untersee-Boot! Wenn auch nur von der Brücke aus. Vom japanischen Festland aus, zehn Meilen weiter, war sie bestimmt nichts weiter als nur ein paar Lichter.

Die Lichter wurden gesichtet. Während die *Moray* sich durch die kohlenschwarze Meerenge hindurchpflügte, blinkte auf Hokkaido ein Signalscheinwerfer auf. Aster und Byron wirbelten ihre Arme wie Windmühlenflügel und stampften auf der Brücke mit den Füßen auf. Nochmals blinkte das Signal auf. Und nochmals. »Nix sprechen Japanisch«, sagte Aster.
Die Signale hörten auf. Die *Moray* rauschte weiter in das Japanische Meer hinein, löschte dann vor Morgengrauen ihre Lichter und ging auf Tauchstation.
Gegen Mittag krochen sie auf südlichem Kurs dahin und entdeckten einen kleinen Frachter von vielleicht achthundert Tonnen. Aster und Byron beratschlagten, ob sie angreifen sollten oder nicht. Eigentlich lohnte sich die Beute schon, aber wenn sie SOS funkte, konnte dadurch im gesamten Japanischen Meer eine U-Boot-Jagd zu Wasser und in der Luft ausgelöst werden. Störte man die Japse jetzt nicht, war die Beute morgen weiter im Süden vermutlich leichter und fetter. Aster rechnete mit drei Jagdtagen und einem Fluchttag. »Immerhin verdienen die Mark Eighteen-Torpedos es, mal ausprobiert zu werden«, sagte er zuletzt und steckte sich eine Havana an. »Fahren wir doch mal einen Angriffskurs, Mister Steuermann. Wir lassen nur einen Aal los.« Byrons fragendem Blick begegnete er mit einem kalten, herausfordernden Grinsen. »Der Mark Eighteen hinterläßt keine Schaumspur. Geht der Schuß vorbei, bleiben unsere Freunde ahnungslos, stimmt's? Und wenn's ein Treffer ist, kommen sie vielleicht gar nicht erst dazu, SOS zu funken.«
Aster fuhr den Angriff, ohne viel Worte zu machen. Die Begeisterung, mit der die Besatzung darauf reagierte, erwärmte Byron das Herz. Der Elektro-Torpedo hatte eine längere Laufzeit als der Mark Fourteen, lief dafür aber auch langsamer. Byron war nicht gewohnt, so lange auf eine Detonation zu warten; durchs Sehrohr spähend, wollte er schon einen Fehlschuß melden, als über dem Frachter eine Säule aus Rauch und weißem Wasser aufstieg; eine Sekunde darauf etwa ging das Dröhnen der Zerstörung durch den Rumpf der *Moray*. Nie hatte er ein Schiff so schnell sinken sehen. In weniger als fünf Minuten – er war immer noch dabei, durchs Sehrohr Aufnahmen zu machen – war außer einer Wolke aus Rauch, Flammen und Dampf nichts mehr von dem Frachter zu sehen.
Aster griff nach dem Lautsprechermikrophon. »Alle Mann herhören: Ihr könnt eine Kerbe für einen japanischen Frachter einschneiden. Und außerdem einen Sieg für den Mark Eighteen-Torpedo verbuchen – den ersten einer ganzen Reihe für die *Moray Maru*.«
Die Hurraschreie ließen Byron prickelnde Schauer über den Rücken laufen. Es

war lange her, daß er dieses triumphierende männliche Gebell gehört hatte. In dieser Nacht fuhr Aster weiter nach Süden, um sich auf der Schiffahrtsstraße nach Korea auf die Lauer zu legen, wo es bei der letzten Feindfahrt so zahlreiche lohnende Ziele gegeben hatte und die Resultate so schändlich gewesen waren. Gegen Morgengrauen meldete der Wachhabende Lichter voraus, was bedeutete, daß trotz der Versenkung des Frachters im Japanischen Meer noch kein U-Boot-Alarm gegeben worden war. Aster befahl, auf Tauchstation zu gehen. Im Sehrohr bot sich, als der Tag heller wurde, ein Anblick, daß einem das Wasser im Mund zusammenlief: Schiffe, die friedlich und ohne Kriegsschiffgeleit dahindampften, wohin man den Blick auch wandte. Byron sah sich vor ein Problem gestellt, das einem Navigationskurs in Annapolis wohl angestanden hätte: ein Ziel nach dem anderen anzugreifen, möglichst viele Treffer zu landen und die Opfer so wenig wie möglich zu warnen.

Vom Kommandanten abwärts wurde die gesamte *Moray* lebendig. Aster beschloß, als erstes einen großen Tanker anzugreifen; er ging bis auf achthundert Meter heran, machte einen einzelnen Torpedoschuß los und erzielte einen Treffer. Er ließ das schwer angeschlagene und lichterloh brennende Schiff liegen und steuerte dann in weitem Bogen auf den bei weitem fettesten Happen zu, offenbar einen großen Truppentransporter. An dieses Opfer heranzukommen, dauerte Stunden. Aster wanderte in der Zentrale auf und ab, ging in seine Kammer, tauchte wieder auf, würgte am Kartentisch ein Riesensteak herunter, das ihm von der Kombüse gebracht wurde, und zerriß beim ungeduldigen Umblättern die Seiten einer Illustrierten mit vielen hübschen Mädchen darin. Endlich in Angriffsposition, und mit Byron am Angriffssehrohr, machte er bei der ersten Gelegenheit und auf extrem weite Entfernung einen von drei Torpedos los. Nach überlangem Warten schrie Byron: »*Getroffen!* Mein Gott, von dem ist *überhaupt nichts mehr übrig! Er ist verschwunden!*« Als der die Sicht behindernde Vorhang aus Rauch und Gischt sich hob, war das Schiff zwar noch da, allerdings lag es mit dem Bug tief im Wasser und hatte beträchtliche Schlagseite; zweifellos würde es bald sinken. Als Aster das über den Lautsprecher verkündete, gab es wieder fröhliche Schreie.

Dieses Ziel hatte er mit zwei anderen im Blickwinkel gewählt: zwei großen Frachtern, die nicht weit entfernt denselben Kurs liefen. Diese Fahrzeuge drehten ab, nahmen Fahrt auf und entfernten sich von dem angeschlagenen Truppentransporter.

»Getaucht holen wir sie nicht ein! Sobald es dunkel wird, nehmen wir über Wasser die Verfolgung auf«, sagte Aster. »Sie laufen in östlicher Richtung nach Hause, wo sie Geleitschutz aus der Luft haben. Morgen wird's härter werden. Aber« – und damit schlug er Byron auf die Schulter – »kein schlechter Fang für einen Tag.«

Überschäumende Lebensfreude herrschte überall im Boot, als Byron einen Routinegang durchs ganze Schiff machte: in der Befehlszentrale, im Geräteraum, in der Messe, ja, selbst unten in den Maschinenräumen. Die schwitzenden, halbnackten und ölverschmierten Seeleute grüßten ihn mit dem breiten, glücklichen Grinsen von Fußballspielern nach einem großen Sieg. Während er noch unten war, tauchte das U-Boot auf, und die Diesel erwachten zu ohrenbetäubendem Leben. Er eilte nach oben. Auf der Brücke verzehrte Aster in Parka und Fausthandschuhen ein dickes Sandwich. Es war eine sternfunkelnde Nacht; am Horizont erinnerte ein rötlicher Hauch noch an den Sonnenuntergang. Direkt voraus waren die beiden winzigen schwarzen Punkte der Frachter zu erkennen.

»Die beiden Affen holen wir uns im Morgengrauen«, sagte der Kommandant.

»Wie steht's mit unserem Treibstoff?«

»Fünfundfünfzigtausend Gallonen.«

»Nicht schlecht. Das Roastbeef ist phantastisch. Laß dir von Haynes ein Sandwich machen.«

»Ich glaube, ich hol' mir erst eine Mütze voll Schlaf.«

»Du bleibst dir immer treu, was?«

Aster hatte in den vergangenen Wochen nicht oft gelacht und sich auch nicht über Byron lustig gemacht. Tatsächlich war Byron mit sehr wenig Schlaf ausgekommen, doch daß er ein Vielschläfer sei, das hing ihm nun mal an, und er war froh, daß Aster wieder zum Frotzeln aufgelegt war.

»Naja, Lady, wir können vorläufig nichts anderes machen als hinterherlaufen. Bis gegen drei Uhr gibt's nicht viel zu tun.« Nach einem Blick zum Himmel lehnte Byron sich auf das Schanzkleid. Er war entspannt und hatte es nicht eilig, nach unten zu gehen. »Schöne Nacht.«

»Wunderschön! Noch ein Jagdtag wie heute, Briny, und sie können mich jederzeit in die Staaten zurückbeordern.«

»Dir geht's besser, was?«

»Himmel, ja. Und wie steht's mit dir?«

»Naja, an einem Tag wie diesem geht's mir einfach gut. Sonst nicht so.«

Langes Schweigen, bis auf das Schwappen der See und das Seufzen des Windes.

»Du denkst an Natalie.«

»Ach, das immer. Und den Jungen. Und auch an Janice, was das betrifft.«

»Janice?« Aster zögerte. Dann faßte er sich ein Herz und fragte: »Wieso an Janice?«

Sie konnten ihre Gesichter im Sternenlicht kaum erkennen. Der Wachhabende stand ganz in der Nähe und hatte das Fernglas an die Augen gepreßt.
Byrons Antwort war kaum hörbar. »Ich hab' sie abscheulich behandelt.«
Aster bestellte in der Kombüse noch ein Sandwich und einen Becher Kaffee, dann sagte er: »Wieso denn, um Gottes willen? Ich finde, du hast dich Janice gegenüber verhalten wie ein Ritter ohne Furcht und Tadel.« Byron gab keine Antwort. »Aber du brauchst natürlich nicht darüber zu reden.«
Doch nach der langen Spannung hatte Byron durchaus das Bedürfnis, darüber zu reden, obwohl es ihm schwer fiel, die richtigen Worte zu finden. »Wir lieben uns, Lady. Hast du das nicht gemerkt? Und das liegt nur an mir und ist nur ein blöder Traum. Dieser Brief von Natalie hat mir die Augen geöffnet. Ich muß irgendwie Schluß machen, und damit mach ich's für uns beide kaputt. Ich weiß nicht, was zum Teufel in mich gefahren ist, all die Monate.«
»Aber hör mal, Briny, du bist einsam«, meinte Aster nach einer Pause mit leiser, freundlicher Stimme und in einem Ton, der an ihm fremd wirkte. »Sie ist eine schöne Frau, und du bist auch nicht ohne. Immerhin habt ihr unter demselben Dach geschlafen, da ist sowas kein Wunder. Wenn du mich fragst: du hast eher einen Orden dafür verdient, Natalie treu geblieben zu sein.«
Byron versetzte seinem Kapitän einen spielerischen Stoß gegen die Schulter. »Ja, Lady, so stellst du dir das vor. Körperliche Verfassung: top-fit! Aber von mir aus gesehen sieht es so aus, als hätte sie sich in mich verknallt, weil ich sie dazu ermuntert habe. Ich hab' daraus verdammtnochmal kein Hehl gemacht. Aber solange Natalie lebt, ist das doch hoffnungslos, oder? Und möchte ich denn, daß Natalie tot ist? Ich hab' mich benommen wie ein Schwein.«
»Himmelherrgott«, entfuhr es Aster, »jetzt reicht's aber! Briny, in mancher Hinsicht bewundere ich dich, aber manchmal kann man nur Mitleid mit dir haben. Du lebst in einer anderen Welt, oder du bist nie erwachsen geworden. Ich weiß nicht, was, aber...«
»Was soll das alles jetzt?«
Byron und Aster standen nebeneinander, lehnten die Ellbogen auf das Schanzkleid und sahen auf die See hinaus. Aster warf einen Blick über die Schulter zum Wachhabenden.
»Nun hör mal zu, du Narr. Ich schlafe jetzt seit einem Jahr mit Janice. Wie hast du nur so gottverdammt blind sein können, das nicht zu merken?«
Byron richtete sich auf. »*Was?*« Das Wort klang wie das Grollen eines Tieres.
»Es stimmt. Vielleicht sollte ich's dir nicht sagen, aber wenn du ...«
In diesem Augenblick kam der Messesteward mit einem Tablett den Niedergang herauf. Aster griff nach dem Sandwich und nahm einen großen Schluck Kaffee. »Vielen Dank, Haynes.«

Byron stand da wie vom Donner gerührt und starrte Aster an.
Als der Steward fort war, nahm Aster den Faden wieder auf. »Himmel, Mann, du hast vielleicht Sorgen! Machst dir Gewissensbisse daraus, Janice in die Irre geführt zu haben! Zum Lachen wär' das, wenn es nicht so rührend wäre!«
»Seit einem Jahr?« wiederholte Byron und schüttelte benommen den Kopf.
»Seit einem Jahr? Du?«
Aster biß in das Sandwich und sprach dann mit vollem Mund. »Verdammt, hab' ich einen Hunger. Ja, ich würde sagen, seit einem Jahr. Seit sie das Dengue-Fieber hatte. Bis dahin, und seit dein Bruder gefallen war und du im Mittelmeer warst, hat sie ganz schön Trübsal geblasen. Aber daß du mich nicht falsch verstehst: sie *mag* dich, Byron. Du hast ihr sehr gefehlt, als du im Mittelmeer warst. *Mann!* Ich meine – was haben wir denn Böses getan? Sie ist ein wunderbares Mädchen! Was haben wir gelacht! Sie hat solche Angst vor dir und deinem Vater gehabt. Meinte, ihr würdet was dagegen haben.« Er trank Kaffee, biß noch einmal ab und heftete den Blick auf Byron, der schweigend und regungslos dastand. »Und vielleicht hast du auch was dagegen. Stimmts? Ich weiß immer noch nicht, was in deinem Gehirn vorgeht. Auf jeden Fall verschwende jetzt keine Energie mehr darauf, Janices wegen unter Schuldgefühlen zu leiden. Okay?«
Unvermittelt verließ Byron die Brücke.
Um drei Uhr morgens kam er in die Kommandozentrale und fand Aster mit den Angriffsplanern am Vorhalterechner; er rauchte eine lange, dünne Zigarre und sah weiß und angespannt aus. »Hallo, Briny. Unser Radar hat sich den passendsten Zeitpunkt ausgesucht, um auszufallen. Wir tappen im Dunkeln. Sicht höchstens tausend Meter. Wir versuchen, sie mit dem Sonar zu orten, aber auch da sind die Bedingungen beschissen. Unsere letzte Positonsbestimmung ist zwei Stunden alt; wenn sie den Kurs ändern, können sie uns durch die Lappen gehen.«
»Nicht, wenn sie zum Hafen zurückkehren.«
»Gut. Der Meinung sind wir auch. Ich halte Kurs und Geschwindigkeit.«
Er folgte Byron in die Messe. Beim Kaffee und nach einem ausgedehnten Schweigen fragte er: »Geschlafen?«
»Klar.«
»Sauer auf mich?«
Byron bedachte ihn mit einem offenen, harten Blick, der Aster an Captain Victor Henry erinnerte. »Warum? Du hast mir eine Last von der Seele genommen.«
»Das war auch meine Absicht.«
Als der Morgen dämmerte, waren sie wieder oben auf der Brücke und

strengten ihre Augen an, durchs Fernrohr etwas zu erkennen. Das Radar funktionierte noch nicht wieder. Die Sicht hatte sich etwas gebessert, doch hingen immer noch dichte Wolken niedrig über der See. Von den Frachtern keine Spur. Es war Hufeisen-Mullen, ihr bester Ausguck, der vom Zigarettendeck aus sang: »*Ziel Steuerbord voraus! Entfernung dreitausend Meter.*«
»Dreitausend?« sagte Aster und schwenkte sein Fernrohr nach Steuerbord. »Diese Halunken! Haben sie also doch den Kurs geändert. Und einen von ihnen müssen wir abschreiben.«
Byron machte in seinem Glas einen schwachen kleinen grauen Schatten aus. »Ja. Das ist einer von den Frachtern. Hat das gleiche Ladegeschirr.«
Aster rief durch das Luk hinunter: »*Dreimal äußerste Kraft! Ruder hart Steuerbord.*«
»Fünf Meilen«, sagte Byron. »Wenn er jetzt nicht zickzackt, hat er's geschafft.«
»Wieso? Wir können ihn überholen.«
Byron wandte sich ihm zu und starrte ihn an. »Du meinst, *über Wasser?*«
Aster zeigte mit dem Daumen auf die niedrig hängende Wolkendecke. »Was für Luftaufklärung wollen die bei den Wolken schon fliegen?«
»Lady, diese Frachter haben alles getan, uns abzuschütteln. Du mußt davon ausgehen, daß dieser hier die ganze Nacht über seinen Kurs, seine Geschwindigkeit und seine Position gemeldet hat und daß in diesem Gebiet Flugzeuge fliegen.«
»Auf 175 Grad gehen«, rief Aster.
Byron ließ nicht locker. »Die können sich wie ein Hornissenschwarm durch jede Wolkenlücke auf uns stürzen. Und was noch schlimmer ist: wir wissen nicht mal, ob die Japse ihre Maschinen mit Radar ausgerüstet haben.«
Das Unterseeboot krängte und nahm Fahrt auf. Grünes Wasser rauschte über die niedrige Back und deckte alle auf der Brücke mit Gischt ein. Aster grinste Byron an, klopfte ihm auf den Arm und zog schnuppernd die Luft durch die Nase. »Wunderschöner Morgen, was? Jetzt laß mal hell das Jagdhorn erschallen!«
»Hör mal, wir befinden uns immer noch in der Schiffahrtsstraße, Lady. Es muß hier doch von anderen Zielen wimmeln. Laß uns tauchen!«
»Dieser Frachter gehört uns, Briny. Wir waren ihm jetzt die ganze Nacht auf den Fersen, und jetzt holen wir ihn uns.«
Die Überwasserjagd dauerte nahezu eine Stunde. Je heller es wurde, desto nervöser wurde Byron. Dabei bildeten die Wolken nach wie vor eine niedrighängende, undurchdringliche Decke über ihnen. Sie waren fast schon dabei, den Frachter zu überholen und hatten sich nahe genug herangeschoben,

um sicher zu sein, daß sie dasselbe Schiff vor sich hatten wie in der Nacht. Byron sah die Flugzeuge nicht. Er hörte Mullen aufschreien: »*Flugzeug achteraus, kommt im Tiefflug auf uns zu*«, und noch jemand anders: »*Flugzeug an Backbord...*« Der Rest ging im Hämmern, Winseln und *Zing!* vieler Geschosse unter. Er warf sich aufs Deck, und eine ungeheure Explosion sprengte ihm fast das Trommelfell. Ein Schwall Wasser ergoß sich über ihn: die Wasserfontäne einer Bombe oder einer Wasserbombe, die sie nur ums Haar verfehlt hatte.

»*Runter mit ihr! Tauchen, tauchen, tauchen!*« brüllte Aster. Überall vom schlingernden Schiff prallten Querschläger ab. Die Matrosen und Offiziere rafften sich mit weichen Knien auf und suchten einer nach dem anderen Zuflucht durchs Luk: das ging schnell und war Routine. In Minutenschnelle war die Kommandozentrale voll von den triefnassen Männern der Deckswache.

BAMMMM!

Noch einmal haarscharf daneben.

RAT-TAT-TAT! PING! PING! Ein Geschoßhagel, der auf Deck niederging. Eine ganze Wassersäule rauschte durchs Brückenluk in die Zentrale, verteilte sich fußhoch auf den Flurplatten, näßte Byron bis zum Knie.

»Der Captain! Wo ist der Captain?« schrie er.

Gleichsam wie zur Antwort ertönte von Deck her eine schmerzverzerrte Stimme: »BYRON, MICH HAT'S ERWISCHT! ICH SCHAFF'S NICHT! TAUCHT! TAUCHT!«

Einen Augenblick wie festgenagelt, sich dann entsetzt umblickend, schrie Byron die Crew an. »Fehlt sonst noch einer?«

»Hufeisen ist tot, Mr. Henry«, schrie ihm der Maat zu. »Er liegt draußen auf dem Zigarettendeck. Es hat ihn im Gesicht erwischt. Ich hab' versucht, ihn runterzuschleppen, aber er ist tot.«

Byron schrie: »Captain, ich komm' und hol' dich!« Damit stürzte er sich in den Wasserfall hinein, der gerade in diesem Augenblick von oben heruntergerauscht kam, und wollte den Niedergang hinaufklettern.

»Byron, ich bin *gelähmt!* Ich kann mich nicht bewegen!« Asters Stimme war ein ohrenbetäubender Schrei. »Du kannst mir nicht helfen! Es sind fünf Maschinen, die im Sturzflug das Schiff aus Korn nehmen! Taucht! TAUCHT!«

BAMM!

Die *Moray* legte sich weit nach Steuerbord über.

Eine Sturzflut von Salzwasser ergoß sich durchs Luk, schwappte über die Meßinstrumente. Funken stoben, und plötzlich stank es brandig. Die Männer rutschten hin und her, stolperten im hin- und herschwappenden Wasser übereinander und starrten mit weißgeränderten Augen auf Byron, der verzweifelt rechnete, wieviel Zeit es kosten würde, auf Deck zu klettern und den gelähmten Kommandanten in Sicherheit zu schleppen. Bei diesem Angriff würde die *Moray* wahrscheinlich in wenigen Sekunden mit Mann und Maus verloren sein.

»Geh auf Tauchstation, Byron! Mit mir ist's aus!« Asters Stimme wurde schwächer.

Gegen den prasselnden Wasserfall von oben unternahm Byron einen letzten Versuch, hinauszuklettern. Er schaffte es nicht. Unter Aufbäumung aller Kräfte gelang es ihm gerade noch, das Brückenluk zuzuwerfen. Bis auf die Haut naß, Wasser würgend und die Stimme brechend vor Kummer, erteilte er seinen ersten Befehl als Kommandant eines Unterseebootes.

»*Tauchen auf hundert Meter!*«

Das einzige Grabgeläut für Captain Aster war jener Klang, den er vielleicht am meisten liebte, obwohl niemand wissen konnte, ob er ihn noch hörte.

A-OOGHA... A-OOGHA... A-OOGHA....

28

THE WHITE HOUSE

1. Oktober 1943

Lieber Pug –
Bill Standley ist nach Washington zurückgekommen und singt Ihr Lob. Ich kann gar nicht sagen, wie dankbar ich Ihnen für alles bin, was Sie dort drüben geschafft haben.
Ich habe Harry Hopkins gebeten, Ihnen den beiliegenden Brief zu schreiben. Damit kommen Sie jedenfalls aus Moskau heraus! Sie haben ein Gespür für Tatsachen; übernehmen Sie bitte diese Aufgabe und tun Sie, was Sie können. Ein Kabel, was Sie in bezug auf Teheran entscheiden, wüßte ich sehr zu schätzen.
Übrigens läuft bald eine Reihe großer neuer Schlachtschiffe vom Stapel. Eines wird für Sie sein, sobald wir Sie loseisen können.

FDR

Diese Zeilen waren auf einen der vertrauten blaßgrünen Bogen Notizpapier gekritzelt. Hopkins' mit der Schreibmaschine geschriebener Brief war wesentlich länger.

Lieber Pug –
Sie haben bei den Russen Großartiges geleistet. Dank Ihres Inspektionsberichtes über die Zwischenlandeplätze für unsere Bomber haben die Planer der Vereinigten Stabschefs die Arbeit am Poltawa-Projekt bereits aufnehmen können. General Fitzgerald schrieb mir einen schönen Brief über Sie; ich habe der Personalabteilung der Navy eine Kopie davon geschickt. Auch daß Sie den Bau des Hospitals und Erholungsheims für unsere Leute in Murmansk so vorantreiben konnten, daß sie jetzt fertig sind, ist ein Triumph über die russische Bürokratie. Wie ich höre, hat sich die Stimmung bei den Geleitzügen daraufhin merklich gebessert.
Doch nun zur bevorstehenden Konferenz der Staatsoberhäupter. Stalin will

nicht weiter reisen als bis nach Teheran, das gleich hinter seiner Kaukasusgrenze liegt. Er behauptet, er müsse in Kontakt mit der militärischen Situation bleiben. Ob das stimmt, ob er sich ziert, oder ob er um seinen Ruf besorgt ist, wissen wir nicht. Auf jeden Fall will er davon nicht abrücken.
Der Präsident würde fast überallhin reisen, um diesen verdammten Krieg zu gewinnen; nur bietet Teheran verfassungsmäßige Schwierigkeiten. Wenn der Kongreß ein Gesetz verabschiedet, gegen das er sein Veto einlegen will, muß er das eigenhändig binnen zehn Tagen tun, sonst tritt es automatisch in Kraft. Ein telegraphisches oder telephonisches Veto genügt nicht. Teheran ist von Washington aus in knapp zehn Tagen zu erreichen, sofern uns das Wetter keinen Strich durch die Rechnung macht. Nun hat man uns gesagt, das Teheraner Wetter sei äußerst launisch und überhaupt katastrophal. Dann wieder heißt es, so schlimm sei es gar nicht. Niemand weiß Genaues über Persien. Für uns hier könnte es ebensogut auf dem Mond liegen.
Ich habe vorgeschlagen, daß Sie hinfliegen, sich erkundigen und uns wegen der Wetterverhältnisse Ende November Bescheid geben; desgleichen über Fragen der Sicherheit, denn dort wimmelt es von Agenten der Achsenmächte. Außerdem paukt der Präsident Fakten und Zahlen, um mit Stalin reden zu können; das Problem des Leih- und Pachtvertrags kommt bestimmt zur Sprache. Berichte haben wir stapelweise; was wir jedoch gut gebrauchen könnten, wäre ein Augenzeugenbericht über die tatsächlichen Verhältnisse im persischen Nachschubkorridor. Im Gegensatz zu den meisten Verfassern von Berichten brauchen Sie kein Blatt vor den Mund zu nehmen.
Kommandant unseres Amirabad-Flugplatzes vor den Toren von Teheran ist General Connolly, ein guter Mann, ein alter Army-Ingenieur. Früher, das ist Jahre her, habe ich ihn gut gekannt; ich leitete damals das Arbeitsbeschaffungsprogramm, und er stand einigen der großen Bauvorhaben vor. Ich habe Sie telegraphisch bei ihm avisiert. Connolly wird dafür sorgen, daß Sie sich rasch ein Bild von den Hafenanlagen für unsere Leih- und Pachtlieferungen machen können; außerdem sollten Sie Eisenbahnlinien und Lastwagenrouten, Fabriken und Depots inspizieren; Sie können fragen, was Sie wollen, und hingehen, wo Sie wollen, und reden, mit wem Sie wollen. Der Präsident hätte Sie gern gesprochen, bevor er mit Stalin spricht; und wenn Sie Ihre Beobachtungen auf einem Blatt Papier zusammenfassen könnten, wäre das sehr hilfreich.
Übrigens hat die Produktion von Landungsfahrzeugen das kritische Stadium erreicht – genau so, wie ich es vorausgesehen hatte. Es ist ein gefährlicher Engpaß, der alle unsere Bemühungen zum Scheitern bringen kann. Zwar steigt die Produktion, aber sie könnte noch wesentlich besser laufen. Aber Sie werden

ja bald zu Ihrer ersten Liebe, der See, zurückkehren. Der Präsident weiß, daß Sie sich vorkommen wie ein gestrandeter Wal.

Ihr
Harry Hopkins

Die Briefe wurden von Victor Henry mit freudiger Erleichterung aufgenommen. Admiral Standley war nach seinem Alleingang nicht lange auf seinem Posten verblieben; Harriman war sein Nachfolger geworden und hatte eine Militärmission unter Führung eines Drei-Sterne-Generals mitgebracht, die das Ende von Victor Henrys Aufgabe signalisierte. Doch bis jetzt hatte er noch keine Befehle erhalten und schon geglaubt, das BuPers hätte ihn völlig aus den Augen verloren. Moskau lag wieder unter einer dicken Schneedecke. Er hatte seit Monaten nichts von Rhoda und von seinen Kindern gehört. Endlich konnte er der Langeweile des Spaso-House-Geplauders, dem ständigen Gerede der frustrierten und stets unter Wodka stehenden amerikanischen Zeitungsleute und den unfreundlichen, stets ausweichend reagierenden und sturen sowjetischen Bürokraten entfliehen. Am Nachmittag desselben Tages, an dem er die Briefe erhielt, saß er schon an Bord einer russischen Militärmaschine nach Kuibyschew – es war eine letzte Gefälligkeit von General Yevlenko. Am nächsten Tag nahm General Connolly Pug am Flugplatz Amirabad, dem neu errichteten riesigen Stützpunkt in der Wüste, in Empfang und brachte ihn in seiner eigenen Wohnung unter, lud ihn zu einem Wildessen ein und reichte ihm bei Kaffee und Brandy einen Reiseplan, angesichts dessen Pug der Mund offen blieb.

»Dazu brauchen Sie rund eine Woche«, sagte Connolly, ein bärbeißiger West Point-Absolvent Mitte sechzig, der die Worte herausratterte wie ein Maschinengewehr, »aber dann können Sie Harry Hopkins einiges erzählen. Was wir hier machen, ist schierer Wahnsinn. Ein Land, die USA, versucht, ein anderes Land, die UdSSR, unter Beaufsichtigung oder vielmehr unter hinderlicher Einmischung eines dritten Landes, Englands, auf dem Umweg über ein viertes Land, Persien, in dem keiner von uns was zu suchen hat, mit Material zu beliefern. Und...«

»Da komme ich nicht mit. Wieso sollte England uns Knüppel zwischen die Beine werfen?«

»Sie sind neu im Mittleren Osten.« Connolly stieß heftig den Atem aus. »Lassen Sie mich versuchen, es Ihnen zu erklären. Die Briten sind hier, weil sie einmarschiert sind und das Land besetzt haben, verstehen Sie? Die Russen desgleichen. Briten und Russen haben das Land 1941 unter sich aufgeteilt, um deutsche Aktivitäten hier zu unterbinden. So jedenfalls die vorgegebenen Gründe. Und jetzt passen Sie gut auf. *Wir* haben kein Recht, hier zu sein, weil wir nicht in Persien einmarschiert sind. Kapiert? Klar wie dicke Tinte, ja? Theoretisch sind wir hier, um den Briten zu helfen, Rußland zu helfen. Die hohen Herren können sich darüber immer noch nicht beruhigen. Inzwischen schaffen wir das Material auf jedem möglichen Weg weiter, soweit die Tommies uns lassen und die Perser es nicht klauen, und die Russkis kommen und es abholen. In den sowjetischen Depots stapelt sich das Zeugs bis zum Himmel.«

»Was Sie nicht sagen! Und in Moskau können Sie den Hals nicht vollkriegen.«

»Aber natürlich! Das hat doch nichts mit ihrem Transportwesen zu tun, das ziemlich im argen liegt. Im August mußte ich für eine Woche ein Eisenbahnembargo verhängen, bis sie kamen und am nördlichen Eisenbahnende einen ganzen Berg von Material abholten. Sobald ihre Piloten, Lastwagenfahrer und Eisenbahner mal aus dem Arbeiterparadies raus sind, verweilen sie gern ein bißchen. Da Sie frisch von Moskau kommen, können Sie das vermutlich nicht verstehen.«

»Vermutlich.« Sie sahen sich mit breitem amerikanischem Grinsen an. Pug sagte: »Außerdem muß ich mich um das Wetter hier kümmern.«

»Was soll denn mit dem Wetter sein?«

Als Pug ihm die verfassungsmäßigen Schwierigkeiten des Präsidenten auseinandersetzte, verzog General Connolly schmerzlich das Gesicht. »Wollen Sie mich auf den Arm nehmen? Warum hat denn niemand *mich* gefragt? Das Wetter ist veränderlich, und die Sandstürme können schon unangenehm sein, gewiß. Aber wir haben doch das ganze Jahr über zweimal in der Woche regelmäßige Flüge durchführen können. FDR und Stalin müssen Katz und Maus miteinander spielen. Stalin will, daß er den ganzen Weg bis zu seinem Hintereingang macht, und der Große Vater pocht auf seine Würde. Hoffentlich hält er das auch durch. Der alte Joseph könnte sich doch selbst auf die Socken machen. Die Russen haben nichts für Leute übrig, die sich rumkommandieren lassen.«

»General, in Washington weiß man nicht viel über Persien.«

»Da haben Sie ein wahres Wort gesprochen. Aber sehen Sie – selbst wenn wir auf beiden Seiten heftige Winterstürme bekommen« – Connolly kratzte sich mit der Hand, die eine dicke, glühende Zigarre hielt, den Kopf – »könnte doch das Gesetz, gegen das er ein Veto einlegen möchte, binnen fünf Tagen nach Tunis gebracht werden, und wir könnten ihn in einer B-24 hinfliegen. Mit dem Flug hin und zurück verpaßt er nur einen einzigen Tag. Das ist doch weiter kein Problem.«

»Nun, all das werde ich Hopkins telegraphieren. Aber außerdem muß ich mich auch um die Sicherheit hier kümmern.«
»Das macht keine Schwierigkeit, da können Sie von mir alle Informationen bekommen. Spielen Sie Backgammon?« Connolly schenkte beiden Brandy nach.
Pug hatte im Laufe der Jahre viel Gelegenheit zum Spielen gehabt. Er schlug den General zweimal hintereinander und war gerade dabei, auch das dritte Spiel zu gewinnen, als der General vom Brett aufblickte, ein Auge zusammenkniff und fragte: »Sagen Sie mal, Henry, wir haben doch einen gemeinsamen Bekannten, nicht wahr?«
»Wen?«
»Hack Peters.« Als Pug ihn verständnislos ansah, erklärte er: »Colonel Harrison Peters, Ingenieur, Offiziersakademie Jahrgang 1913. Baumlanger Kerl, Junggeselle.«
»Oh ja. Ich habe ihn im Army-Navy-Club kennengelernt.«
Connolly nickte bedächtig mit dem Kopf. »Er hat mir von einem Navy-Captain geschrieben, der Harry Hopkins Mann in Moskau ist. Und jetzt treffen wir uns hier in diesem gottverlassenen Nest. Die Welt ist schon ein Dorf.«
Pug spielte weiter, ohne etwas zu entgegnen, und verlor. Hochzufrieden klappte der General das elegant eingelegte Spielbrett mit den elfenbeinernen Spielmarken zusammen. »Hack arbeitet an einer Sache, mit der der Krieg über Nacht beendet werden kann. Er hüllt sich ziemlich in Schweigen, aber es geht um das größte Ding, das die Army-Ingenieure bisher angepackt haben.«
»Davon weiß ich nichts.«
Als er sich in einer eiskalten Wüstennacht in dem harten Feldbett und unter den rauhen Wolldecken ausstreckte, überlegte Pug, was Colonel Peters wohl über ihn geschrieben haben mochte; schließlich hatten sie sich nur zufällig in der Sylvesternacht beim Champagnertrinken und mit ulkigen Hüten auf dem Kopf im Club kennengelernt. Rhoda hatte Peters ab und zu erwähnt, einen Mann, den sie von der Kirche her kannte. Der Gedanke, daß er wegen der Uran-Bombe möglicherweise mit Palmer Kirby zusammenhängen könnte, bewirkte, daß sich Pug der Magen zusammenkrampfte. Schließlich – warum schrieb Rhoda nicht mehr? Die Postverbindung mit Moskau war schwierig, aber sie lief. Doch dieses monatelange Schweigen . . . Abgespanntheit und Brandy halfen, daß er einschlief und nicht mehr daran dachte.
Dem Reiseplan zufolge, den General Connolly aufgestellt hatte, mußte Pug den Iran von Süden bis zum Norden durchqueren, mit der Eisenbahn und mit Lastwagenkolonnen; ein Mann von der britischen Gesandtschaft, Granville Seaton, sollte ihn auf dem Eisenbahnweg zeitweilig begleiten. Bei den

Lastwagenkolonnen handelte es sich um eine rein amerikanische Angelegenheit, um den Überlandverkehr zu stärken, der – wie Connolly sagte – unter folgenden Dingen litt: Sabotage, Straßenschäden, Diebstahl, Unfällen, Überfällen, bei denen ganze Laster entführt wurden, und der von den Deutschen genutzten und durch persische und britische Mißwirtschaft verstärkten Untüchtigkeit.

»Granville Seaton kennt sich hier in Persien wirklich aus«, sagte Connolly. »Er ist Historiker. Ein sonderbarer Kauz, aber es lohnt sich, ihm zuzuhören. Er trinkt mit Vorliebe Bourbon. Ich gebe Ihnen ein paar Flaschen Old Crow mit auf den Weg.«

Auf dem Flug nach Abadan war es in der kleinen Maschine zu laut, um sich zu unterhalten. Bei dem lange andauernden, schweißtreibenden Rundgang durch eine erstaunlich große Montagefabrik für Flugzeuge auf der öden Ebene am Meer, auf der eine Temperatur von über vierzig Grad herrschte, trottete Granville Seaton neben Pug und dem Fabrikleiter her, rauchte und machte den Mund nicht auf. Danach fuhren sie nach Bandar Shahpur, dem Eisenbahnendpunkt am Persischen Golf. Seaton plauderte beim Dinner im britischen Offizierskasino, doch was er sagte, kam so verschwommen und unverständlich heraus, daß er genausogut hätte persisch reden können. Nie hatte Pug einen Menschen erlebt, der so viel rauchte. Seaton selbst sah aus wie geräuchert: vertrocknet, bräunlich, klapperdürr und mit einer klaffenden Lücke zwischen den großen, nikotinbraunen Schneidezähnen. Flüchtig stellte Pug sich vor, daß dieser Mann, wenn er verletzt würde, tabakbraunes Blut von sich gäbe.

Am nächsten Tag, beim Frühstück, zauberte Pug eine Flasche Old Crow hervor. Bei diesem Anblick verzog Seaton das Gesicht wie ein kleiner Junge. »Verruchter geht's nicht«, sagte er und hielt Pug sein Wasserglas hin.

Die eingleisige Eisenbahnstrecke durchquerte leblose Salzebenen und wand sich dann in kahle Bergzüge hinauf. Vom Flugzeug aus gesehen, war dieses Land schon schlimm genug, doch aus den Abteilfenstern heraus sah es noch trostloser aus. Kein Baum und kein Strauch, meilenweit nur Sand, Sand und nochmal Sand. Der Zug hielt, um eine zweite Diesellok anzukuppeln, und sie stiegen aus, sich die Beine zu vertreten. Nicht einmal eine Natter oder eine Eidechse bewegten sich über den Sand. Nur Schwärme von Fliegen.

»Dabei könnte hier der Garten Eden gewesen sein«, fing Seaton unvermittelt an. »Und könnte es wieder werden – dazu brauchte es nur Wasser, Energie und Menschen, die den Boden bearbeiten. Aber der Iran liegt kraftlos auf dieser Landschaft wie eine Qualle am Strand. Ihr Amerikaner könntet helfen – und tätet gut daran, es zu tun.«

Sie stiegen wieder ein. Ratternd und ächzend kroch der Zug auf den

Haarnadelkurven einer Gleisbettung eine felsige Schlucht hinauf. Seaton wickelte Sandwiches aus, die mit amerikanischem Dosenschinken belegt waren, und Pug holte die Bourbon-Flasche hervor.

»Was sollten wir denn für den Iran tun?« fragte Pug, als er den Whisky in die Pappbecher goß.

»Ihn vor den Russen schützen«, erwiderte Seaton. »Entweder, weil sie altruistisch und anti-imperialistisch sind, was zu sein sie ja behaupten, oder weil sie es lieber hätten, wenn die Sowjetunion nicht als die weltbeherrschende Macht aus diesem Krieg hervorgeht.«

»Die weltbeherrschende Kraft?« fragte Pug skeptisch. »Wieso?«

»Wegen der Geographie.« Seaton trank einen Schluck und sah Pug eindringlich an. »Das ist der Schlüssel zu allem. Die iranische Hochebene trennt Rußland von den eisfreien Häfen; folglich hat es sechs Monate im Jahr keinen Zugang zum Meer. Und sie versperrt ihr auch den Weg nach Indien. Lenin hat Indien einmal beutelüstern als Kraftreserve der Erde bezeichnet. Indien sei der große Preis, um den es bei seiner Politik in Asien gehe. Aber Persien, das eine weitschauende Vorsehung wie einen riesigen Riegel vor den Kaukasus gelegt hat, hält den russischen Bären zurück. Es ist so groß wie ganz Westeuropa und besteht zum größten Teil aus unwirtlichen Gebirgen und Salzwüsten wie der, die wir gerade vor uns haben. Bewohnt wird es von wilden Bergstämmen, Nomaden, Feudalherren, denen ganze Dörfer gehören, und gerissenen Landbesitzern, die alle nicht leicht zu bändigen sind.« Sein Pappbecher war leer, und Pug schenkte ihm rasch nach. »Ah, vielen Dank. Die grundlegende Wahrheit der modernen persischen Geschichte, Captain, ist ganz einfach folgende, und Sie sollten sie sich gut merken: *Rußlands Feind ist der Freund des Iran.* Das ist seit 1800 die Rolle von uns Briten gewesen. Obwohl wir sie im großen und ganzen verdammt schlecht gespielt haben und jetzt als das perfide Albion dastehen.«

Heulend fuhr der Zug in einen langen, tintenschwarzen Tunnel ein. Als er wieder ins Sonnenlicht hinausratterte, spielte Seaton mit einem leeren Pappbecher. Pug füllte ihn wieder. »Ah, wunderbar!«

»Das perfide Albion, haben Sie gesagt.«

»Richtig. Sehen Sie, von Zeit zu Zeit waren wir in Europa auf die Hilfe Rußlands angewiesen – gegen Napoleon, gegen den Kaiser und jetzt wieder gegen Hitler – und haben dabei, was Persien betrifft, jedesmal ein Auge zudrücken müssen. Jedesmal hat der Bär die Gelegenheit wahrgenommen, sich einen großen Happen einzuverleiben. Als wir gemeinsam gegen Napoleon kämpften, hat der Zar sich den ganzen Kaukasus genommen. Die Perser haben zwar gekämpft, um ihr Land zurückzugewinnen, aber wir konnten ihnen

damals nicht helfen, und so mußten sie abziehen. Auf diese Weise ist Rußland in den Besitz der Ölfelder von Baku und Maikop gekommen.«
»All das«, sagte Pug, »ist mir neu.«
»Nun, es kommt noch trauriger. Als Kaiser Wilhelm 1907 frech zu werden begann, waren wir in Europa wieder auf Rußland angewiesen. Der Kaiser fühlte mit seiner Bagdad-Bahn im Mittleren Osten vor, und da haben wir und die Russen Persien in Einflußsphären aufgeteilt: der Norden für sie, und der Süden für uns – dazwischen lag ein neutraler Wüstengürtel. Das taten wir, ohne die Perser auch nur gefragt zu haben. Und jetzt haben haben wir durch bewaffneten Einmarsch das Land wieder unter uns aufgeteilt. Das war zwar ein unfreundlicher Akt, aber der Schah war entschieden pro-deutsch eingestellt, und so blieb uns gar nichts anderes übrig, wenn wir unsere Position im Mittleren Osten nicht aufs Spiel setzen wollten. Trotzdem kann man dem Schah keinen Vorwurf machen, meinen Sie nicht auch? Von seinem Standpunkt aus gesehen schlug Hitler gegen die beiden Mächte los, die seit anderthalb Jahrhunderten an der Grenze Persiens herumknabberten.«
»Sie sind außerordentlich freimütig.«
»Ach, wir sind ja unter Freunden. Jetzt versetzen Sie sich mal für einen Augenblick in Stalins Lage, wenn Sie das können. Polen hat er sich mit Hitler geteilt. In unseren Augen ist das eine Sünde. Mit uns hat er sich Persien geteilt. Und das ist in unseren Augen ganz in Ordnung. Wenn man an seine bessere Natur appelliert, bringt man ihn vielleicht ein bißchen durcheinander. Ihr Amerikaner müßtet diese Sache fest in die Hand nehmen.«
»Warum sollten wir uns denn überhaupt auf diesen ganzen Schlamassel einlassen?« fragte Pug.
»Captain, die Rote Armee hält im Moment den Norden des Iran besetzt. Wir sitzen im Süden. Aufgrund der Atlantik-Charta sind wir gehalten, nach dem Kriege abzuziehen. Ihr werdet darauf dringen, daß wir dieser Verpflichtung nachkommen. Aber was ist mit den Russen? Wer wirft die raus? Ob unter zaristischer oder kommunistischer Herrschaft – Rußland bleibt immer dasselbe, das können Sie mir glauben.«
Ernst blickte er Pug an. Pug erwiderte den Blick, sagte aber nichts.
»Haben Sie das Bild vor sich? Wir hinterlassen ein Vakuum. Die Russen dagegen bleiben. Wie lange wird es dauern, bis sie die iranische Politik bestimmen? Und dann gleichsam eingeladen werden, bis an den Persischen Golf und an den Khayber-Paß vorzustoßen? Das Gleichgewicht der Welt unwiderruflich zu verändern, ohne einen einzigen Schuß abzufeuern?«
Nach einem verlegenen Schweigen fragte Pug: »Und wie sollen wir das verhindern?«

»Ende der ersten Lektion«, sagte Seaton. Er schob sich den gelben Strohhut über die Augen und schlief ein. Pug döste gleichfalls.

Als ein Rucken des Zuges sie weckte, standen sie auf einem riesigen Rangierbahnhof mit vielen Lokomotiven, geschlossenen und flachen offenen Güterwagen, Tankwagen, Kränen und Lastkraftwagen – alles in lärmender Geschäftigkeit: es wurde entladen, rangiert, unter viel Gebrüll von unrasierten amerikanischen Soldaten in Drillichanzügen und wild durcheinanderschnatternden Arbeitsgruppen von Einheimischen. Lagerhallen und Wagenschuppen waren brandneu; die meisten Schienenstränge sahen frisch verlegt aus. Seaton nahm Pug mit auf eine Jeepfahrt durch das Gelände. Trotz der kräftigen Nachmittagssonne war es windig und kühl. Der Rangierbahnhof erstreckte sich zwischen einer kleinen Stadt aus Lehmziegeln und einer Reihe schroffer Felsen über viele Hektar Wüstensand.

»Die Energie von euch Yankees verblüfft mich immer wieder. All dies hier habt ihr binnen weniger Monate aus dem Boden gestampft. Interessieren Sie sich für Archäologie?« Seaton zeigte auf einen kieselharten Hang. »Da oben sind sassanidische Felsengräber. Es lohnt sich, die Basreliefs anzuschauen.«

Sie stiegen aus und kletterten im böigen Wind hinauf. Seaton rauchte dabei und suchte sich den Weg wie eine Ziege. Seine Zähigkeit trotzte allen physischen Gesetzen. Als sie die dunklen Höhlen in der Bergwand erreichten, atmete er nicht so schwer wie Pug. Für Pugs ungeübtes Auge sahen die vom Wind beschädigten Reliefs assyrisch aus: Stiere, Löwen, steife Krieger mit Kräuselbärten. Hier oben war alles ruhig. Unten das Klirren und Quietschen des Rangierbahnhofs: ein kleines Fleckchen voll emsiger Geschäftigkeit auf dieser schweigenden, geschichtsträchtigen Wüstenerde.

»Wenn der Krieg erstmal gewonnen ist, können wir nicht im Iran bleiben«, bemerkte Pug und mußte die Stimme heben, um gegen den Wind anzukommen. »Das entspricht nicht der Denkweise der Amerikaner. All das Zeug da unten wird dann einfach verrosten und verrotten.«

»Nein, aber es gibt manches zu tun, bevor Sie wieder abziehen.«

Ein lautes, hohles Grollen erhob sich hinter ihnen im Grab. Seaton sagte verschmitzt: »Das ist der Wind, der über die Graböffnung oben hinstreicht. Sonderbare Wirkung, nicht wahr? Wie wenn man über eine offene Flasche hinbläst.«

»Ich wär' beinahe den Berg runtergesprungen«, sagte Pug.

»Die Einheimischen sagen, das seien die Seelen der Toten, die über Persiens Schicksal stöhnen. Nicht ganz unpassend. Aber jetzt hören Sie mal zu. Nach dem Einmarsch und nach der Teilung haben die drei Regierungen – die des Iran, der UdSSR und Großbritanniens – einen Vertrag unterzeichnet. Der Iran

verpflichtete sich, alle deutschen Agenten rauszuwerfen und keine Schwierigkeiten mehr zu machen, und wir und Rußland verpflichteten uns, nach dem Krieg wieder abzuziehen. Nun, Stalin wird sich um dieses Stück Papier einfach nicht scheren. Aber wenn *ihr* euch dem Vertrag anschließt – das heißt, wenn Stalin es *Roosevelt* verspricht – dann ist das etwas anderes. Dann könnte es sein, daß er tatsächlich geht. Unter Protest, mit Knurren und Gezeter; aber das ist die einzige Chance.«
»Wird daran gearbeitet?«
»Überhaupt nicht.«
»Warum nicht?«
Seaton warf die faltigen braunen Hände in die Höhe.
Gegen Abend ratterte der Zug an einer Reihe von zertrümmerten und umgeworfenen Güterwagen vorüber, die neben den Geleisen lagen. »Das hier war schlimm«, sagte Seaton. »Deutsche Agenten hatten Dynamit gelegt. Und die Einheimischen haben die Wagen geplündert. Sie waren offenbar gut informiert. Bei der Ladung handelte es sich um Lebensmittel, und die sind in diesem Lande Gold wert. Die hier das Sagen haben, hamstern das ganze Getreide und die meisten Eßwaren. Was es hier an Korruption gibt, kann sich jemand aus dem Westen überhaupt nicht vorstellen, aber so läuft das nun mal im Mittleren Osten. Byzanz und das Ottomanische Reich haben ihre Spuren hinterlassen.«
Er redete noch bis tief in die Nacht über die genialen Raubzüge und die Tricks und Kniffe, mit denen die Perser vorgingen – und was dabei an Leih- und Pachtmaterial verlorenging. Für persische Begriffe, sagte er, sei der Strom von Gütern, der sich plötzlich von Süden nach Norden durch ihr Land wälzte, nur ein weiterer Aspekt imperialistischen Wahnsinns. Dabei holten sie für sich raus, was nur irgend möglich sei; denn sie wußten, daß das nicht immer so weiterging. Zum Beispiel würden die kupfernen Telephonleitungen fast so schnell gestohlen, wie sie gelegt würden. Hunderte von Meilen Kupferdraht seien auf diese Weise verschwunden. Die Perser liebten Kupfergerät: Teller und Schalen; plötzlich seien die Basare überfüllt davon. Diese Leute seien jahrhundertelang bestohlen worden, sagte Seaton, von Eroberern und von ihren eigenen Oberherrn. *Plündern oder ausgeplündert werden* – diese Wahrheit sei ihnen bekannt.
»Sollte es euch gelingen, Stalin zum Abzug zu bewegen«, sagte er gähnend, »dann versucht um Gottes willen nicht, euer System freien Unternehmertums hier zu etablieren. Die Perser verstehen unter freiem Unternehmertum das, was sie mit eurem Kupferdraht machen. Demokratie in einem rückständigen oder unstabilen Land wird einfach von der bestorganisierten Machtbande

zerschlagen. Hier wird es eine kommunistische Bande sein, die für Stalin die Tore Asiens aufstoßen wird. Also vergeßt eure antiroyalistischen Grundsätze und stärkt die Monarchie.«

»Ich werde mein bestes tun«, sagte Pug und lächelte über den zynischen Freimut des Mannes.

Seaton erwiderte das Lächeln matt. »Es heißt, Sie hätten das Ohr der Großen.«

Die Konferenz von Teheran wurde bis zur letzten Minute immer wieder abgeblasen, neu festgesetzt und wieder abgeblasen. Eine aus siebzig Personen bestehende Präsidenten-Entourage brach über General Connolly herein: Geheimdienstler, Generale und Admirale, Diplomaten, Botschafter, Personal vom Weißen Haus und alle möglichen Leute, die zum Stab gehörten. Sie brachten den ganzen Flugplatz von Amirabad in unheilige Verwirrung. Connolly sagte seiner Sekretärin, er sei zu beschäftigt, um irgendeinen Menschen zu sprechen, doch als er hörte, daß Captain Henry wieder da sei, sprang er auf und ging ins Vorzimmer.

»Guter Gott! Wie sehen Sie denn aus!« Pug war unrasiert; er hatte eingefallene Backen und starrte vor Dreck.

»Die Lastwagenkolonne ist von einem Sandsturm überrascht worden«, sagte Pug. »Dann gerieten wir in den Bergen in einen Schneesturm. Ich bin seit Freitag nicht mehr aus meinen Kleidern gekommen. Wann ist der Präsident eingetroffen?«

»Gestern. In Ihrem Zimmer wohnt General Marshall, Henry. Wir haben Sie in den Offizierstrakt umquartiert.«

»Okay. Ihre Nachricht hat mich in Täbris erreicht, aber die Russen haben sie heillos verstümmelt.«

»Nun, Hopkins hat gefragt, wo Sie wären, das ist alles. Und deshalb hielt ich es für ratsam, Sie kämen zurück. Haben die Russen Sie nicht durch Täbris durchgelassen?«

»Ich mußte sie ziemlich lange bearbeiten. Wo ist Hopkins jetzt?«

»Unten in der Stadt, in der Sowjet-Botschaft. Er und der Präsident wohnen da.«

»In der *Sowjet*-Botschaft? Nicht hier – oder in unserer Gesandtschaft?«

»Nein. Es hat irgendwelche Gründe gegeben. Dafür haben wir fast alle anderen auf dem Hals.«

»Wo ist die Sowjet-Botschaft?«

»Mein Fahrer bringt Sie hin. Und ich glaube, Sie sollten sich beeilen.« Pug fuhr sich mit der Hand über das Stoppelkinn. Connolly zeigte auf eine Badezimmertür. »Benutzen Sie meinen Rasierapparat.«

Trotz der paar neuen Prachtstraßen, die der abgesetzte Schah quer durch Teheran hatte walzen lassen, bestand der größte Teil der Stadt aus engen, verwinkelten Gassen mit kahlen Lehmmauern zu beiden Seiten. Seaton hatte Pug erklärt, die persische Städtebauweise solle dazu dienen, eine einfallende Horde zu verwirren und aufzuhalten. Pugs Fahrer kam jedenfalls nur langsam voran, bis er endlich einen Boulevard erreichte und in die Innenstadt hinunterbrauste. Die Mauern um die Sowjet-Botschaft herum verliehen dem Ganzen das Aussehen eines streng bewachten Gefängnisses. Am Eingang, auf der Straße und an den Ecken standen stirnrunzelnde Soldaten mit aufgepflanzten Bajonetten. Einer von ihnen hielt den Wagen vor der eisernen Toreinfahrt an. Victor Henry kurbelte das Fenster herunter und erklärte in barschem, klarem Russisch: »Ich bin der Marineberater von Präsident Roosevelt.« Der Soldat trat einen Schritt zurück, grüßte stramm und sprang dann auf das Trittbrett, um den Fahrer durch die Anlage zu geleiten, einen weiträumigen Park, in dem zwischen herbstlich belaubten Bäumen, plätschernden Springbrunnen und weiten Rasenflächen mit Eichen darauf einzelne Villen standen. Vor der größten Villa hielten russische Wachen und amerikanische Geheimdienstleute den Wagen neuerlich an. Pug schaffte es mit Reden bis zur Eingangshalle, in der Männer in Zivil und in Uniform – Briten, Russen und Amerikaner – in mehreren Sprachen durcheinanderredeten. Pug entdeckte Harry Hopkins, der in einem grauen Anzug mit hängenden Schultern ganz allein stand und kränker und faltiger aussah denn je. Hopkins sah ihn, ein Leuchten ging über sein Gesicht, und sie schüttelten sich die Hand. »Stalin ist gerade gekommen, um den Boß zu sprechen.« Er zeigte auf eine geschlossene Holztür. »Sie sind da drin. Ein historischer Augenblick, was? Kommen Sie. Ich habe noch nicht ausgepackt. Was macht das Oberkommando Persischer Golf?«

Hinter der Tür saßen Franklin Delano Roosevelt und Joseph Stalin einander gegenüber. Außer ihnen und zwei Dolmetschern war niemand im Raum.
Auf der anderen Seite der schmalen Straße, die das Grundstück der sowjetischen von dem der britischen Botschaft trennte, schmollte Winston Churchill im Schlafzimmer und pflegte einen gereizten Hals und ein noch gereizteres Gemüt. Seit er und Roosevelt in verschiedenen Flugzeugen von Kairo aus eingetroffen waren, hatten sie noch nicht wieder miteinander gesprochen. Er hatte Roosevelt eingeladen, in seiner Botschaft abzusteigen und sein Gast zu sein, doch der Präsident hatte gedankt. Churchill hatte dringend um eine weitere Zusammenkunft gebeten, bevor Roosevelt mit Stalin sprach. Der Präsident hatte abgelehnt. Und jetzt trafen die beiden sich ohne ihn. Aus war es mit der alten Vertraulichkeit von der *Argentia* und Casablanca.

Botschafter Harriman gegenüber, der über die Straße gekommen war, um ihn zu beruhigen, hatte Churchill mürrisch gesagt, es sei ihm recht, »Befehlen zu gehorchen«; er wolle nichts weiter, als zwei Abende später an seinem neunundsechzigsten Geburtstag eine Dinner-Party geben, sich betrinken und dann am nächsten Morgen abfliegen.

Warum hatte Franklin Delano Roosevelt auf dem Botschaftsgelände der Sowjets Wohnung genommen?

Die Historiker erklären beiläufig, bei seiner Ankunft habe er für die Einladungen sowohl Stalins als auch Churchills gedankt, um keinen von beiden vor den Kopf zu stoßen. Um Mitternacht habe Molotow den britischen wie den amerikanischen Botschafter zu sich gebeten und sie vor einem Mordanschlag gewarnt, der hier in Teheran geplant werde. Stalin und Churchill hatten am nächsten Morgen zu einem ersten Gespräch in die amerikanische Botschaft kommen sollen. Die lag über zwei Kilometer von der britischen und russischen Botschaft entfernt, die ja praktisch nebeneinander lagen. Molotow forderte Roosevelt dringend auf, in eine von diesen beiden umzuziehen und deutete an, daß man sonst womöglich nicht in Sicherheit weiter konferieren könne.

Infolgedessen sah Roosevelt sich, als er am Morgen erwachte, vor die Wahl gestellt, entweder zu Churchill zu ziehen, seinem alten Verbündeten, dem er traute, der bequeme englischsprachige Gastlichkeit und verläßliches Alleinsein versprach; oder zu Stalin, dem wilden Bolschewiken, Hitlers ehemaligem Komplizen, der bunt zusammengewürfelte, unvertraute Bedienstete und vielleicht versteckte Mikrophone bot. Ein amerikanischer Geheimdienstmann hatte bereits die russische Villa überprüft, die Roosevelt angeboten wurde; aber konnten hochmoderne sowjetische Abhörapparate bei einer oberflächlichen Durchsuchung entdeckt werden?

Roosevelt entschied sich für die Russen. Churchill schreibt in seiner Geschichte, daß diese Entscheidung ihn erfreut habe, da die Russen mehr Raum gehabt hätten. Große Männer geben selten zu, daß sie verärgert sind.

Hat es wirklich ein Attentatskomplott gegeben?

Kein Mensch weiß es. In einem Buch behauptet ein betagter Ex-Nazi-Agent, daß er an einem solchen beteiligt gewesen sei. Aber solche Bücher werden dutzendweise geschrieben. Um das wenigste zu sagen: die Straßen Teherans waren gefährlich; es gab dort deutsche Agenten; Männer des öffentlichen Lebens wurden getötet, wenn sie durch die Straßen fuhren; der Erste Weltkrieg war durch ein solches Attentat ausgelöst worden. Der müde und behinderte Roosevelt tat zweifellos besser daran, in der Innenstadt zu bleiben. Trotzdem – *warum bei den Russen,* wo die Engländer doch direkt gegenüber wohnten?

Franklin Delano Roosevelt war über den halben Erdteil bis zu Stalins Hinterausgang gekommen. Dadurch hatte er sich vor der harten Tatsache verneigt, daß Rußland die Hauptlast an Leiden und Blutverlusten gegen Hitler auf sich genommen hatte. Jetzt diesen letzten Schritt zu tun, Stalins Gastfreundschaft anzunehmen und einem Tyrannen, der nur Heimlichkeiten und Mißtrauen kannte, mit Offenheit und Vertrauen zu begegnen – das war möglicherweise der subtile Schachzug eines alten Löwen, ein allerletztes Signal des guten Willens über den politischen Abgrund zwischen Ost und West hinweg.
Schloß Stalin daraus, daß Franklin Delano Roosevelt ein naiver, leichtgläubiger Optimist war, ein Weichling, jemand, den man herumkommandieren konnte?
Stalin hat das, was er dachte, selten preisgegeben. Doch einmal, im Kriege, hat er dem kommunistischen Schriftsteller Milovan Djilas gegenüber gesagt: »Churchill ist nur ein kleiner Taschendieb. Roosevelt klaut die großen Sachen.«
Dem verbissenen Ultra-Realisten, so sollte man nach diesen Worten meinen, war durchaus bewußt, daß die Russen zu Millionen starben und die Amerikaner nur zu Tausenden, und das in einem Krieg, der den Vereinigten Staaten eine Vormachtsstellung in der Welt eintragen sollte.
Uns sind die ersten Sätze überliefert, die sie tauschten.

ROOSEVELT: »*Ich hatte dies schon lange arrangieren wollen.*«
STALIN: »*Tut mir leid, es ist meine Schuld. Ich war zu sehr von militärischen Dingen in Anspruch genommen.*«

Ins Gemeinverständliche übersetzt, sagte Roosevelt, als er dem zweitmächtigsten Mann der Welt zum ersten Mal die Hand schüttelte: »*Nun, warum sind Sie solange so schwierig und mißtrauisch gewesen? Hier bin ich, unter Ihrem eigenen Dach.*«
Woraufhin Stalin, den sogar Lenin ungehobelt nannte, in seiner Antwort erst einmal auftrumpfen mußte: »*Weil wir den Hauptanteil am Kampf und an Menschenleben getragen haben, deshalb.*«
So trafen sich also diese beiden in den Sechzigern stehenden Männer an Stalins Hinterausgang in Persien und plauderten: der riesige, verkrüppelte Amerikaner in einem blaugrauen Anzug und der eher untersetzte Georgier in einer Armeeuniform mit breiten roten Streifen an der Hose; der eine ein friedlicher, dreimal gewählter Sozialreformer, dem man nicht die geringste politische Gewalttätigkeit nachsagen konnte, der andere ein revolutionärer Despot, dem

das Blut von Millionen seiner Landsleute an den Händen klebte. Ein merkwürdiges Zusammentreffen.
Alexis de Toqueville hat prophezeit, daß Amerika und Rußland einmal die Herrschaft über die Erde unter sich teilen würden, das eine als freies Land, das andere als Tyrannei. Hier wurde seine Zukunftsvision Wirklichkeit. Was diese Gegensätze zusammenführte, war einzig und allein die für beide Seiten zutreffende Notwendigkeit, von Osten wie von Westen kommend die tödliche Bedrohung der gesamten Menschheit zu vernichten, Adolf Hitlers Frost-Kuckuck-Land.

Ein Geheimdienstmann schaute zu Hopkins ins Zimmer. »Mr. Stalin ist soeben gegangen, Sir. Der Präsident möchte Sie sprechen.«
Hopkins wechselte gerade sein Hemd. Eilends stopfte er die Hemdenzipfel in den Bund seiner weiten Hose und zog einen roten Pullover mit einem Loch im Ärmel über den Kopf.
»Kommen Sie mit, Pug. Der Präsident hat sich gerade heute morgen nach Ihnen erkundigt.«
Alles an dieser Villa war überdimensional. Hopkins' Schlafzimmer war riesig. Die überfüllte Halle desgleichen. Der Raum, in dem Roosevelt saß, hätte einem ganzen Maskenball Platz geboten. Hohe Fenster ließen durch das welke Laub hoher Bäume eine Flut goldenen Sonnenscheins herein. Das Mobiliar war schwer, banal, bunt zusammengewürfelt und nicht allzu sauber. Auf einem Lehnstuhl in der Sonne saß Roosevelt und hielt mit einer Zigarettenspitze eine Zigarette zwischen den Zähnen, wie auf seinen Karikaturen.
»Oh, hallo, Pug. Freut mich, Sie zu sehen.« Seine Hand fuhr zu einem herzhaften Händedruck heraus. Der Präsident sah abgespannt aus, ausgemergelt und gealtert; demnoch war er immer noch der Kraft und – im Augenblick – beste Laune versprühende große Mann. Sein Gesicht mit dem energischen Kinn war gerötet. »Harry, es ist fabelhaft gelaufen. Er ist schon ein eindrucksvoller Bursche. Aber Himmel, braucht die Übersetzung eine Menge Zeit! Das ist wirklich anstrengend. Um vier Uhr treffen wir uns zur Plenarsitzung. Weiß Winnie Bescheid?«
»Averell ist hinübergegangen, es ihm zu sagen.« Hopkins warf einen Blick auf die Armbanduhr. »Das ist in zwanzig Minuten, Mr. President.«
»Ich weiß. Nun, Pug!« Er wies auf ein Sofa, auf dem sieben Mann Platz gehabt hätten. »Wir bekommen phantastische Aufstellungen über die Hilfsgüter, die über Leih und Pacht durch den persischen Korridor nach Rußland gehen. Haben Sie draußen irgendwas davon gesehen? Oder steht alles nur auf dem Papier, wie ich vermute?«

Zu dieser scherzhaften Ausdrucksweise gesellte sich ein breites Lächeln. Roosevelt war nach der aufregenden Begegnung mit Stalin immer noch nicht ganz wieder auf der Erde.
»Und ob man etwas davon sieht, Mr. President! Es ist nicht zu fassen, ein Gewaltakt. Sie bekommen heute noch einen Bericht von mir, auf einer Seite. Ich bin gerade zurückgekommen.«
»Eine Seite, ja?« Der Präsident lachte und warf Hopkins einen Blick zu. »Sehr schön. Ich lese sowieso immer nur die oberste Seite.«
»Er ist vom Golf bis in den Norden durch den ganzen Iran hin- und hergereist«, sagte Hopkins. »Mit der Bahn und per Lastwagen.«
»Was kann ich Onkel Joe sagen, Pug, falls das Thema Leih- und Pachtlieferungen aufkommt?« sagte Roosevelt, jetzt schon ein wenig ernsthafter. Und nebenher meinte er zu Hopkins gewandt: »Ich glaube aber nicht, daß er heute darauf kommt, Harry. Danach war ihm, scheint's, nicht zumute.«
»Er ist sehr unbeständig«, sagte Hopkins.
Rasch beschrieb Pug Henry die riesigen Materiallager, die er an den Sammelstellen im Norden gesehen hatte, besonders am Endpunkt der Lastwagenstraße. Die Russen weigerten sich, die Lastwagenkolonnen auch nur wenige Kilometer in die von ihnen besetzte Zone des Iran hereinzulassen, sagte er. Sie erlaubten nur eine Entladestelle weit von der russischen Grenze entfernt. Das sei der große Engpaß. Wenn die Laster geradewegs bis in die Häfen am Kaspischen Meer und zu den Grenzstationen am Kaukasus fahren könnten, würden die Russen schneller zu ihrem Material kommen. Der Präsident hörte aufmerksam zu.
»Das ist interessant. Schreiben Sie das bitte in Ihren Bericht hinein.«
»Keine Angst«, sagte Pug, ohne nachzudenken, was Roosevelt lachen machte.
»Pug hat sich in Sachen Iran gründlich eingearbeitet, Mr. Präsident«, sagte Hopkins. »Er macht sich für Pat Hurleys Idee stark, daß wir uns an dem Vertrag beteiligen sollten, der garantiert, daß die ausländischen Streitkräfte nach dem Krieg wieder abziehen.«
»Richtig, Pat fängt immer wieder davon an.« Flüchtig malte sich so etwas wie Ungeduld auf Roosevelts Gesicht. »Haben die Russen sich auf der Moskauer Konferenz nicht dagegen ausgesprochen?«
»Sie haben Ausflüchte gemacht.« Hopkins, der neben Pug saß, hob die knochige Hand. »Ich stimme zu, Sir, daß es kaum von uns ausgehen kann. Damit würden wir uns mit Gewalt in das alte imperialistische Spiel reindrängeln. Trotzdem...«
»Richtig. Und das will ich nicht.«
»Aber was ist mit den Iranern, Mr. President? Angenommen, *sie* verlangen

eine Garantie, daß wir wieder abziehen? Dann wäre eine neue Deklaration angebracht, die uns einschließen könnte.«

»Wir können die Iraner nicht auffordern, uns dazu aufzufordern«, entgegnete Roosevelt mit beiläufiger Offenheit, als befände er sich in seinem Oval Office und nicht in einem Haus, in dem mit größter Wahrscheinlichkeit jedes Wort, das er aussprach, mitgehört wurde. »Davon würde sich niemand täuschen lassen. Wir haben drei Tage hier. Bleiben wir beim Wesentlichen.«

Mit einem Lächeln und einem Händedruck entließ er Victor Henry. Pug bahnte sich seinen Weg durch die überfüllte Eingangshalle, da hörte er eine sehr britische Stimme: »Was – da ist ja Captain Henry!« Sie klang wie die Stimme Seatons. Er sah sich um und bemerkte zuerst nur Admiral King, der wie ein Gardegrenadier dastand und für die vielen uniformierten Russen sichtlich nicht viel übrig hatte. Neben ihm stand ein braungebrannter Mann in ordensgeschmückter blauer RAF-Uniform, der Pug lächelnd heranwinkte. Pug hatte Burne-Wilke etliche Jahre nicht gesehen; in seiner Erinnerung war er viel größer und eindrucksvoller. Neben King wirkte der Air-Marshal ausgesprochen klein; sein Gesichtsausdruck war eher mild und leicht gequält.

»Hallo«, sagte er, als Pug nähertrat. »Sie stehen aber nicht auf der Delegationsliste, oder? Pamela sagte, sie habe nachgesehen, und Ihr Name stand nicht drauf.«

»Henry, ich glaubte, Sie wären in Moskau«, sagte King in seiner kalten, knappen Sprechweise. Pug war bei den wenigen Begegnungen mit ihm nie besonders wohl in seiner Haut gewesen. Es war lange her, daß er zum letzten Mal an die *Northampton* gedacht hatte, doch jetzt stand blitzhaft sein brennender, untergehender Kreuzer vor seinem geistigen Auge, und er hatte den strengen Geruch von Treibstoff in der Nase.

»Ich bin mit einem Sonderauftrag im Iran, Admiral.«

»Dann gehören Sie also doch zur Delegation?«

»Nein, Sir.«

King starrte ihn an; er haßte unpräzise Antworten.

Burne-Wilke sagte: »Pug, wenn es sich irgend einrichten läßt, lassen Sie uns zusammenkommen, solange wir hier sind.«

So kühl wie irgend möglich erwiderte Pug: »Pamela ist bei Ihnen, sagen Sie?«

»Ja, sie ist hier. Ich wurde ganz kurzfristig aus Neu-Delhi herbeizitiert. Es gibt Probleme bei den Plänen für den Burmafeldzug. Sie ist immer noch dabei, die Karten und Berichte zu sortieren, die wir in aller Eile zusammengetragen haben. Sie ist jetzt meine Adjutantin, und zwar eine ganz vorzügliche. Ich begreife erst jetzt, was sie für den armen alten Talky geleistet hat.«

Kings Miene spiegelte seine Verachtung für dieses Geplauder; trotzdem ließ Pug sich nicht davon abbringen. »Wo ist sie?« fragte er.

»Ich habe sie in der Botschaft zurückgelassen. Sie hat viel zu tun.« Burne-Wilke wies mit einer ausholenden Gebärde auf das offene Portal. »Warum gehen Sie nicht hinüber und sagen ihr Guten Tag?«

29

Eines Juden Reise
(Aus Aaron Jastrows Manuskript)

Es wird nicht einfach sein, meine Begegnung mit Obersturmbannführer Adolf Eichmann festzuhalten. In gewisser Hinsicht fange ich mit diesem Bericht noch einmal ganz von vorn an; und nicht nur mit diesem Bericht! Alles, was ich bisher geschrieben habe, mein ganzes Leben lang, scheint jetzt in einem Kindertraum zusammengefaßt.
Was ich jetzt niederschreiben muß, ist zu gefährlich, als daß das bisherige Versteck meiner Papiere noch sicher genug wäre. Was die jiddische Umschreibung betrifft, so wäre es der SS ein leichtes, hinter meinen armseligen Trick zu kommen. Jeder der Unglücklichen in Theresienstadt würde das Manuskript für einen Teller Suppe entziffern, oder dafür, daß ihm Prügel erspart blieben. Ich habe ein wesentlich sicheres Versteck gefunden. Nicht einmal Natalie wird davon erfahren. Wenn ich mit einem der Transporte fortgehen sollte (was im Augenblick noch unwahrscheinlich erscheint), werden diese Seiten zerfallen, bis Abbrucharbeiter oder Renovierer, wohl längst nachdem dieser Krieg vorbei ist, das Sonnenlicht in die Mauern und Spalten der trauervollen alten Häuser von Theresienstadt hereinlassen. Sollte ich den Krieg überleben, werde ich die Papiere dort finden, wo ich sie verborgen habe.
Eppstein kam heute vormittag persönlich, um uns in SS-Hauptquartier zu begleiten. Er bemühte sich, nett zu sein, machte Natalie Komplimente über das gesunde Aussehen von Louis, den sie auf dem Arm an sich drückte. Eppstein ist in keiner beneidenswerten Lage: ein jüdisches Werkzeug, ein Aushängeschild – ein ›Ältester‹, der SS-Befehle auszuführen hat; ein schäbiger Jude mit seinem gelben Stern, genau wie wir anderen auch, der jedoch Wert darauf legt, ein sauberes, aber ausgefranstes Hemd und eine fadenscheinige Krawatte zu tragen, um seine hohe Stellung kundzutun. Sein bleiches, gedunsenes und sorgenerfülltes Gesicht verrät wahrheitsgetreuer, was es mit seinem Amt auf sich hat.
Wir sind noch nie zuvor im SS-Hauptquartier gewesen; ein hoher Holzzaun

trennt es samt dem ganzen Hauptplatz des Städtchens von den Juden. Die Wache ließ uns durch den Zaun, und wir gingen eine Straße hinunter, die an einem Park entlangführt, an einer Kirche und Regierungsgebäuden vorbei und dann in ein Haus mit Büros und schwarzen Anschlagbrettern und muffig riechenden Korridoren, in denen das Geklapper von Schreibmaschinen widerhallte. Es war schon höchst sonderbar, aus dem verwahrlosten Ghetto unversehens in ein Gebäude zu kommen, das – bis auf das Hitlerbild im Treppenhaus – zur vertrauten Ordnung der Dinge gehört. In seiner Gewöhnlichkeit hatte es geradezu etwas Beruhigendes, und das war das letzte, was ich vom SS-Hauptquartier erwartet hatte. Natürlich war ich sehr nervös. Trotz einer breiten, hohen Stirn wirkt Eichmann erstaunlich jung. Sein schütteres Haar ist schwarz, und er hat das gewandte, federnde Auftreten eines ehrgeizigen mittleren Beamten, der im Aufstieg begriffen ist. Als wir sein Arbeitszimmer betraten, saß er hinter einem großen Schreibtisch; neben ihm, auf einem Holzstuhl, saß Burger, der SS-Kommandant von Theresienstadt, ein grausamer, harter Mensch, dem man möglichst aus dem Wege geht. Ohne sich zu erheben, aber nicht unangenehm, gab Eichmann Natalie und mir mit einer Handbewegung zu verstehen, wir sollten auf Stühlen vor dem Schreibtisch Platz nehmen, und wies Eppstein mit einem Rucken des Kopfes auf ein schmieriges altes Sofa. Wäre das kalte und gemeine Aussehen Burgers nicht gewesen und die schwarzen Uniformen, hätten wir meinen können, wir seien da, um wegen eines Darlehens den Filialleiter einer Bank aufzusuchen oder um einen Diebstahl bei der Polizei zu melden.

Ich erinnere mich noch an jedes einzelne Wort der auf deutsch geführten Unterhaltung, die jetzt folgte, aber ich werde nur das Wesentliche festhalten. Zunächst erkundigte Eichmann sich nüchtern nach unserem Ergehen und unserer Unterbringung. Natalie sagte kein Wort; ich antwortete, wir fühlten uns gut behandelt. Als er sie anblickte, nickte sie zustimmend. Das völlig unbeeindruckte Kind saß auf ihrem Schoß und sah Eichmann mit großen Augen an. Er sagte daraufhin, die Verhältnisse in Theresienstadt gefielen ihm ganz und gar nicht. Er habe sich das Ghetto genau angesehen. In den nächsten Wochen hätten wir *gewaltige Verschönerungen* zu erwarten. Burger habe Anweisungen, uns als besondere ›prominente‹ Häftlinge zu behandeln. Und wenn sich die Verhältnisse in Theresienstadt besserten, würden wir die ersten sein, die davon profitierten.

Sodann verschaffte er uns Klarheit darüber – und ich fürchte, Genaueres werden wir darüber nie erfahren –, wieso wir dazu kommen, überhaupt hier zu sein. Aufmerksam gemacht habe man ihn, als ich in Paris im Krankenhaus gelegen hätte. Die OVRA habe verlangt, daß die Gestapo uns an sie ausliefere;

wir hätten uns der italienischen Justiz durch die Flucht entzogen. So, wie er es darstellt, wollte Werner Beck zunächst die Aufnahmen meiner Radiovorträge von mir haben und uns dann von der italienischen Polizei wegbringen lassen. Er malt ein sehr schwarzes Bild von Werner, das freilich verzerrt sein kann. Jedenfalls habe er über uns zu entscheiden gehabt. Wenn er uns an die Italiener überstellt hätte, würde das möglicherweise unseren Tod bedeutet haben; außerdem hätte es die Verhandlungen über den Austausch der Baden-Badener Gruppe kompliziert. Hätte man uns jedoch nach Baden-Baden zurückkehren lassen, nachdem man uns einmal entdeckt hatte, so hätte man damit Deutschlands einzigen europäischen Verbündeten vor den Kopf gestoßen; Italien habe sich zu dem Zeitpunkt noch im Kriege befunden. Die rücksichtsvollste Lösung sei es wohl gewesen, uns nach Theresienstadt zu schicken und das Auslieferungsersuchen der Italiener ›wohlwollend zu erwägen‹. Werner Becks Bitten, erst die Sendungen aufzunehmen, habe er beiseitegefegt. So verfahre man nicht mit prominenten Persönlichkeiten, nicht einmal mit Juden. Er bemühe sich, so sagte Eichmann, bei der strikten Durchführung der Judenpolitik des Führers, mit der er, wie er freimütig bekenne, vollkommen übereinstimme, so fair und so menschlich wie möglich vorzugehen. Auch glaube er nicht, daß die Sendungen irgendeinen Nutzen gehabt hätten. Und so seien wir, kurz gesagt, jetzt hier.
Und jetzt, sagte er, werde er Herrn Eppstein reden lassen.
Der ›Älteste‹, der mit gebeugten Schultern auf dem Sofa saß, hob an, mit monotoner Stimme seine Sätze herunterzurattern, wobei er gelegentlich mich oder Eichmann ansah, zumeist jedoch besorgt Burger, der ihn seinerseits anfunkelte. Der Ältestenrat, so sagte er, sei vor kurzem durch Abstimmung zu dem Entschluß gekommen, die Kulturabteilung von der Erziehungsabteilung zu trennen. Die kulturellen Aktivitäten hätten enorm zugenommen; sie seien der Stolz von Theresienstadt; nur würden sie nicht richtig geleitet und koordiniert. Der Rat wolle mich zum Ältesten machen, und ich solle der neuen Kulturabteilung vorstehen. Meine Vorträge über Byzanz, Martin Luther und den Heiligen Paulus seien das Stadtgespräch. Als amerikanischer Schriftsteller und Gelehrter genösse ich überall Respekt. Zweifellos hätte ich in meiner Universitätslaufbahn auch etwas von der Verwaltungsarbeit mitbekommen. Unvermittelt hörte Eppstein auf zu reden, sah mich mit einem mechanischen Lächeln an, das seine fleckigen Zähne sehen ließ.
Das einzig mögliche Motiv für mich, das Angebot anzunehmen, wäre Mitleid mit diesem Mann gewesen. Er tat offensichtlich, was man ihm befohlen hatte. Eichmann war es, der aus irgendeinem Grunde wollte, daß ich Leiter dieser neuen ›Kulturabteilung‹ würde.

Ich weiß nicht, woher ich den Mut nahm, so zu antworten, wie ich es tat. Fast wörtlich sagte ich: »Herr Obersturmbannführer, ich bin hier Ihr Gefangener, der Befehlen zu gehorchen hat. Dennoch gestatte ich mir, darauf hinzuweisen, daß mein Deutsch nur eben für den Alltag ausreicht. Um meine Gesundheit ist es schlecht bestellt. Ich habe wenig kritisches Verständnis für Musik, die das Rückgrat der kulturellen Aktivitäten in Theresienstadt bildet. Meine Bibliotheksarbeit, die mir viel Freude macht, beansprucht meine ganze Zeit. Ich weise die Ehre nicht zurück, aber ich bin nicht sonderlich dafür geeignet. Habe ich eine Wahl in dieser Angelegenheit?«

»Wenn Sie keine Wahl hätten, Dr. Jastrow«, sagte Eichmann munter und offenbar, ohne verärgert zu sein, »wäre diese Unterredung überflüssig. Sturmbannführer Burger hätte Ihnen einfach einen Befehl erteilen können. Aber ich glaube, es wäre eine schöne Aufgabe für Sie.«

Mich schreckte jedoch die Aussicht, einer von den unglücklichen Ältesten zu werden, die für ein paar elende Vorrechte – von denen ich die meisten ohnehin genieße – mit der schrecklichen Aufgabe belastet sind, den Juden alle harten SS-Anordnungen zur Kenntnis zu bringen und dafür zu sorgen, daß sie befolgt werden. Es bedeutete, mein obskures, aber zumindest erträgliches Dasein zugunsten eines höchst fragwürdigen Amtes aufzugeben, täglich mit der SS zu tun zu haben, und täglich mit schrecklichen Problemen befaßt zu sein, für die es keine anständige Lösung gibt. Ich nahm allen Mut zusammen, um noch einen Versuch zu unternehmen.

»Dann, wenn ich darf, aber nur, wenn ich darf, möchte ich ablehnen.«

»Selbstverständlich dürfen Sie. Wir wollen kein Wort weiter darüber verlieren. Es gibt noch etwas zu besprechen.« Damit wandte er sich Natalie zu, die die ganze Zeit mit steinernem Gesicht dagesessen und den Jungen an sich gedrückt hatte. Louis benahm sich wie ein Engel. Ich habe nicht den geringsten Zweifel, daß er die Todesangst seiner Mutter spürte und sein Möglichstes tat, um ihr zu helfen. »Aber wir halten Sie von Ihrer Arbeit ab. In der Glimmer-Fabrik, glaube ich, ja?« Natalie nickte. »Wie gefällt es Ihnen da?« Sie mußte sprechen. Ihre Stimme kam heiser und hohl. »Ich bin sehr froh, dort zu arbeiten.«

»Und Ihr Sohn sieht gesund aus. Also scheinen die Kinder in Theresienstadt anständig behandelt zu werden.«

»Es geht ihm sehr gut.«

Obersturmbannführer Eichmann stand auf, forderte Natalie durch eine Handbewegung auf, ihm zu folgen, und ging zur Tür. Dort sagte er ein paar beiläufige Worte zu einem SS-Mann auf dem Korridor, mit dem sie dann verschwand. Eichmann schloß die Tür und begab sich wieder auf seinen Platz

hinterm Schreibtisch. Er hat einen schmalen Mund, dicht beieinanderstehende Augen und ein spitzes Kinn. Kein gutaussehender Mann; doch jetzt sah er unversehens sehr böse aus. Sein Mund war auf der einen Seite heruntergezogen. Mit einem schrecklichen Aufbrüllen schrie er: »*Für was halten Sie sich eigentlich? Und wo, glauben Sie eigentlich, sind Sie?*«
Auf diese Worte hin sprang Burger auf, schoß auf mich zu und schlug mich. In meinem Ohr dröhnte es, und als er die Hand hob, krümmte ich mich zusammen. Der Schlag fegte mich vom Stuhl. Ich fiel hart auf die Knie. Meine Brille fiel herunter, so daß ich das, was dann geschah, nur sehr verschwommen mitbekam. Burger trat mich oder schob mich vielmehr mit seinem Stiefel, so daß ich auf die Seite rollte. Dann trat er mir in die Magengrube; nicht mit aller Kraft, aber immerhin so, daß es sehr weh tat und mir davon übel wurde. Er tat es mit den Anzeichen größten Abscheus, wie wenn man einen Hund tritt.
»*Ich* werde dir sagen, was du bist!« schrie Burger mich an. »Du bist nichts als *eine alte jüdische Drecksau!* Hörst du mich? Bildest du alte jüdische Drecksau dir vielleicht ein, du wärest noch in Amerika?« Er ging um mich herum; ich sah kaum mehr als seine schwarzen Stiefel. Als nächstes versetzte er mir einen heftigen Tritt ins Hinterteil: »Du bist in *Theresienstadt!* Verstanden? Dein Leben ist keinen Furz wert, wenn du das nicht in deinen alten Dreckschädel reinkriegst!« Mit diesen Worten versetzte er mir mit der Stiefelspitze einen wirklich hemmungslosen Tritt, der meine Wirbelsäule traf. Ein wütender Schmerz durchfuhr mich. Ich lag benommen da, blind, schmerzgepeinigt, schockiert. Ich hörte ihn sich entfernen, wobei er sagte: »Auf die Knie mit dir!« Am ganzen Leibe zitternd, gehorchte ich.
»Und jetzt sag mir, was du bist.«
Meine Kehle verkrampfte sich, ich bekam vor Angst kein Wort heraus.
»Hast du noch nicht genug? Sag, was du bist!«
Gott verzeihe mir, wenn ich nicht zuließ, daß er mich umbrachte. Wenn ich jetzt starb, dieser Gedanke schoß mir durch den Kopf, wären Natalie und Louis in noch größerer Gefahr.
»Ich bin eine alte jüdische Drecksau«, würgte ich hervor.
»Lauter! Ich habe nichts gehört.«
Ich wiederholte es.
»Lauter, du Scheißkerl! Schrei es laut heraus, so laut du kannst! Sonst tret' ich dich, bis du stinkende Judensau es herausschreist.«
»ICH BIN EINE ALTE JÜDISCHE DRECKSAU!«
»Geben Sie ihm seine Brille«, sagte Eichmann ganz sachlich. »Gut, stehen Sie jetzt auf.«
Mit zitternden Knien raffte ich mich auf, und eine Hand hielt mich am

Ellbogen, um mich zu stützen. Ich spürte, wie mir die Brille auf die Nase gesetzt wurde. Das Gesicht Eppsteins war das erste, was ich deutlich sah. Die ganzen zweitausend Jahre jüdischer Geschichte waren in dieses bleiche Gesicht eingegraben, wurden in seinen gehetzten Augen deutlich.
»Setzen Sie sich, Dr. Jastrow«, sagte Eichmann. Er saß an seinem Schreibtisch und rauchte eine Zigarette, gefaßt wie ein Bankdirektor. »Jetzt wollen wir mal vernünftig miteinander reden.«
Burger setzte sich neben ihn; er grinste vor Vergnügen.
Was danach geschah, ist mir nicht mehr klar erinnerlich, denn mir schwamm der Kopf und ich hatte furchtbare Schmerzen. Eichmanns Stimme klang immer noch ganz sachlich, hatte jedoch jetzt etwas Sarkastisches. Was er sagte, war fast ebenso erschreckend wie die körperliche Mißhandlung. Die SS wisse, daß ich Talmud-Unterricht gebe; und da Unterricht über jüdische Themen verboten ist, könnte man mich in das gefürchtete Gefängnis in der Kleinen Festung stecken, aus dem nur wenige lebendig wieder herauskommen. Noch erschreckender: er enthüllte mir, daß Natalie an zweifelhaften Untergrundaufführungen teilnimmt und sich über den Führer lustig macht, wofür man sie auf der Stelle festnehmen und erschießen könne. Natalie hat darüber nie mit mir geredet. Ich weiß nur, daß sie Puppentheater für die Kinder macht.
Offensichtlich erzählte mir Eichmann das alles, um dafür zu sorgen, daß ich die Lektion nicht vergäße, die Burger mir mit seinem brutalen Überfall erteilt hatte: daß es mit unseren Rechten als Amerikaner oder als Menschen der westlichen Zivilisation endgültig aus war. Wir haben die entscheidende Schwelle überschritten. Jeder Anspruch auf unseren früheren Baden-Badener Status ist aufgrund unserer Vergehen verwirkt; ein Damoklesschwert hängt über unserem Kopf. Mit besonders beißendem Freimut meinte er: »Nicht, daß es mir wirklich was ausmacht, womit ihr Juden euch amüsiert!« Er befahl mir, weiter zu unterrichten, und fügte noch hinzu, wenn Natalie mit ihren Satiren aufhörte, würde es für uns beide nur noch schlimmer werden. Ich dürfe ihr, wenn ich jetzt das SS-Hauptquartier verlasse, mit keinem Wort verraten, was geschehen sei. Nie dürfe ich irgendeinem Menschen ein Sterbenswörtchen davon sagen. Täte ich es, würde er bestimmt davon erfahren, und das hätte schlimme Folgen. Er sagte, Eppstein werde mir sagen, was ich in meiner neuen Eigenschaft als ›Ältester‹ zu tun hätte und wie man das machte. Mit einer Handbewegung entließ er mich. Ich konnte mich kaum vom Stuhl erheben. Eppstein mußte mir beim Hinaushinken helfen. Hinter uns hörten wir die beiden Deutschen witzeln und lachen.
Als wir das SS-Hauptquartier verließen, sagte Eppstein kein Wort. Beim Passieren der Wache am Zaun zwang ich mich, normaler zu gehen. Der

Schmerz, das stellte ich fest, war nicht so schlimm, wenn ich mich sehr aufrecht hielt und feste Schritte machte. Eppstein brachte mich zu einem Barbier, der mir die Haare und den Bart schnitt. Danach gingen wir in die Ratsstube, wo ein Photograph gerade dabei war, von den versammelten ›Ältesten‹ Aufnahmen zu machen. Eine Journalistin, eine ziemlich hübsche junge Deutsche im Pelzmantel, stellte Fragen und machte sich Notizen. Ich stellte mich mit dem ›Ältestenrat‹ auf. Dann wurde eine Aufnahme von mir allein gemacht. Ein Journalist plauderte mit mir und mit den anderen. Ich bin sicher, daß die beiden Zeitungsleute echt waren und daß sie, als sie wieder abfuhren, eine höchst einleuchtende Story hatten – an die sie möglicherweise sogar selbst glaubten – über den jüdischen Rat, der das Paradies-Ghetto verwaltete, eine heitere, wohlgekleidete Gruppe distinguierter Herren, zu denen auch Dr. Aaron Jastrow gehörte, der Autor von *Eines Juden Jesus*.

Daß Natalie und ich von diplomatischer Seite aus keine Hilfe mehr zu erwarten haben, liegt auf der Hand und ist durch die öffentliche Verwendung meines Namens und meines Gesichts besiegelt. Der Artikel ist zur Veröffentlichung in ganz Europa bestimmt, und man wird mit Sicherheit sogar in den Vereinigten Staaten davon erfahren. Der matte Glanz, den ich Theresienstadt verleihe, scheint weit wichtiger als all die Schwierigkeiten, die das amerikanische Außenministerium den Deutschen unseretwegen machen kann. Der Austausch von Auslandskorrespondenten kann sich über Jahre hinziehen. Unser Schicksal wird längst entschieden sein, bevor aus diesen schleppenden Verhandlungen irgendetwas wird.

Ein paar Bemerkungen noch zu alledem, bevor ich zu etwas komme, das den Schock, die Schmerzen und meine Erniedrigung aufwiegt: der Wiederkehr meines Vetters Berel von den Toten.

In den ganzen fünfundsechzig Jahren meines Lebens bin ich nur selten körperlicher Gewalt begegnet. Das letzte Mal, daß mir solches widerfuhr, ist in meiner Erinnerung jene Maulschelle, die Rabbi Laizar mir in der Yeshiva von Oswiecim verabreichte. Rabbi Laizar prügelte meine jüdische Identität gewissermaßen aus mir heraus; ein SS-Offizier hat sie mir wieder hineingeprügelt. Was ich tat, nachdem ich wieder in meinem Zimmer war, wird vielleicht kein Mensch außer mir selbst begreifen. Seit ich Siena verließ, trage ich einen kleinen Beutel bei mir, der die Diamanten und die photokopierten Dokumente über meinen Übertritt zum Katholizismus enthält. Als *Prominente* sind wir bis jetzt – Gott sei Dank – noch nie einer Leibesvisitation unterzogen worden. Ich hole die ziemlich mitgenommenen Unterlagen über meine Konversion aus dem Jahre 1900 hervor und zerriß sie in kleine Fetzen.

Heute morgen habe ich vielleicht zum erstenmal seit rund fünfzig Jahren Gebetsriemen angelegt, die ich mir von einem frommen alten Nachbarn lieh. Ich habe mir vorgenommen, das alle Tage zu tun, die mir noch auf dieser kranken und gepeinigten Erde bleiben.
Bedeutet das eine Rückkehr zum alten jüdischen Gott? Gleichviel! Mein Talmud-Unterricht war mit Sicherheit etwas anderes. In den bin ich irgendwie hineingeraten. Junge Leute in der Bibliothek fingen an, mir Fragen zu stellen. Der Kreis der Fragesteller wurde größer. Ich stellte fest, daß das elegante, alte logische Spiel mir Spaß machte, und so wurde Unterricht daraus. Die Gebetsriemen, die alten, schwarzgefleckten Kästchen mit den auf Pergamentstreifen geschriebenen Zitaten aus den Büchern Mose, gaben mir intellektuell und spirituell Auftrieb, als ich sie um Stirn und Arm wand. Obwohl ich allein war, kam ich mir übertrieben und albern vor. Dennoch werde ich mich daran halten. Das ist meine Antwort an Eichmann. Was den alten jüdischen Gott betrifft, so haben Er wie ich alte Rechnungen zu begleichen. Ich muß meinen Abfall erklären; Er hingegen muß mir Theresienstadt erklären. Jeremias, Hiob und die Klagelieder – alle lehren sie, daß wir Juden dazu neigen, in der Not zu wachsen. Daher die Gebetsriemen. Lassen wir es dabei bewenden.
Es sagt eine Menge über das Wesen des Menschen aus – oder zumindest eine Menge über meine eigene Verblendung –, daß ich mich viele Jahre geweigert habe, die Geschichten von den Greueltaten der Nazis gegenüber den Juden zu glauben. Ich glaubte nicht einmal den Beweisen, die ich selber vor Augen hatte. Heute bin ich überzeugt, daß sogar die allerschlimmsten Berichte auf Wahrheit beruhen.
Warum diese Umkehr? Was war so überaus überzeugend an dieser Begegnung mit Eichmann und Burger?
Schließlich habe ich schon ein gerüttelt Maß an Greueltaten und deutschem Verhalten hier zu sehen bekommen. Ich habe gesehen, wie ein SS-Mann eine alte Frau mit einem Gewehrkolben in den Schnee stieß, weil sie mit Zigarettenkippen handelte. Ich habe von Kindern gehört, die man in der Kleinen Festung aufgehängt hat, weil sie Lebensmittel gestohlen hatten. Dann war da die Zählung. Vor drei Wochen scheuchte die SS die gesamte Ghetto-Bevölkerung in bitterkaltem, windigem Wetter auf die Felder hinaus, zählte uns zwölf Stunden hindurch immer und immer wieder und ließ bis zu vierzigtausend Menschen in einer Regennacht draußen im Freien stehen. Gerüchte schwirrten durch die riesige, halbverhungerte Menge, man habe vor, uns in der Dunkelheit mit Maschinengewehren niederzumähen. Ein unkontrollierter Sturm auf die Stadttore setzte ein. Natalie und ich gingen den Massen aus dem Weg und kamen ohne Zwischenfall zurück, hörten jedoch,

daß am nächsten Morgen das Feld übersät gewesen sei mit den schneebedeckten Leichen von alten Leuten und Kindern, die man totgetrampelt hatte.
Dennoch ging mir bei alledem immer noch nicht die Wahrheit auf. Das bewirkte erst mein Zusammentreffen mit Eichmann. Warum? Es gehört zu den altbekannten psychologischen Wahrheiten, nehme ich an, daß es einem unmöglich ist, das Elend anderer wirklich nachzuvollziehen. Ja, schlimmer noch, wenn ich mich nur einmal in meinem Leben der rauhen Wirklichkeit stelle, muß ich bekennen: das Elend anderer kann bewirken, daß man froh und erleichtert ist, weil einem das gleiche erspart blieb.
Eichmann ist kein niedriger Polizeibüttel. Er ist auch kein banaler Bürokrat, obwohl er diese Rolle glänzend zu spielen versteht, wenn es ihm in den Kram paßt. In weit höherem Maß als der flammend-fanatische Hitler ist dieser sachlich-nüchterne Berliner Beamte die erschreckendste Figur, die das zwanzigste Jahrhundert heimgesucht und zwei Kriege herbeigeführt hat. Er ist ein der Vernunft durchaus zugänglicher, intelligenter, ja sogar freundlicher Bursche. Er ist einer von uns, ein zivilisierter Mensch des Abendlands. Trotzdem kann er von einem Augenblick zum anderen befehlen, daß ein schwacher alter Mann schrecklich zugerichtet wird. Er kann dabei seelenruhig zusehen und im Handumdrehen wieder zu seinen höflichen europäischen Manieren zurückkehren, ohne auch nur im geringsten das Gefühl zu haben, daß das nicht zueinander paßt. Ja, er kann sogar sarkastisch den Mund verziehen angesichts der Fassungslosigkeit des Opfers, das sich diese Abart des menschlichen Wesens einfach nicht vorstellen kann. Wie Hitler ist er Österreicher. Und wie er ist er *der Deutsche* schlechthin.
Ich habe diese unbequeme Wahrheit begriffen. Gleichwohl werde ich in den Tod gehen und mich weigern, ein ganzes Volk zu verdammen. Davon haben wir Juden mehr als genug gehabt. Ich werde an Karl Frisch denken, den Historiker, der von Yale nach Heidelberg kam, ein Deutscher bis in die Knochen, ein reizender, liberaler, hochgebildeter, mit einem wunderbaren Humor begabter Mann. Ich werde an das herrliche Aufblühen von Kunst und Denken im Berlin der zwanziger Jahre denken. Werde an die Hergesheimers denken, mit denen ich sechs Monate in München zusammen war, Menschen, denen man – das schwöre ich – nicht den geringsten Antisemitismus vorwerfen kann, und das zu einer Zeit, da diese Haltung zu einem vulkanischen politischen Grollen wurde. Solche Deutsche gibt es. Es gibt sie in großer Zahl. Es muß sie geben, sonst hätten sie nicht die Schönheit Deutschlands, die deutsche Kunst und Philosophie und die deutsche Wissenschaft schaffen können – das, was man *Kultur* nannte, längst bevor es gleichbedeutend wurde mit Fluch und Schrecken.

Ich begreife die Deutschen nicht. Attila, Alarich, Dschingis Khan, Tamerlan rotteten im Eroberungssturm alles aus, was sich ihnen entgegenstellte. Die moslemischen Türken schlachteten während des Ersten Weltkriegs die christlichen Armenier hin; allerdings hatten die Armenier sich auf die Seite des Feindes gestellt, des zaristischen Rußland, und es geschah auch in Kleinasien. Die Deutschen gehören zum christlichen Europa. Die Juden haben sich der deutschen Kultur leidenschaftlich gewidmet und deutsche Kunst und deutsche Wissenschaft bereichert. Während des Ersten Weltkriegs haben die deutschen Juden dem Kaiser bis zur Unvernunft die Treue gehalten. Nein, Ähnliches hat es zuvor nicht gegeben. Wir sind gefangen in einem geheimnisvollen und unerhörten historischen Prozeß, den krampfhaften Geburtswehen eines neuen Zeitalters; und wie zur Zeit der Morgendämmerung des Monotheismus und des Christentums ist es uns beschieden, im Mittelpunkt der Konvulsionen zu stehen und die Hauptlast ihrer Agonien zu tragen.

Das mit meiner lebenslangen Pose, der des gelehrten agnostischen Humanisten, war alles schön und gut. Meine Bücher über das Christentum waren nicht ohne Verdienst. Doch alles in allem war ich mein Leben lang auf der Flucht. Jetzt vollziehe ich eine Wendung und laufe nicht mehr davon. Ich bin Jude. Es gibt einen saftigen Spruch im Volksmund: »Was ein Mann braucht, ist ein kräftiger Tritt in den Arsch.« Mir scheint, das ist die Quintessenz meines Lebens.

Berel Jastrow ist in Prag.
Das ist fast alles, was ich weiß: daß er dort ist und im Untergrund arbeitet, nachdem es ihm gelungen ist, aus einem Konzentrationslager zu entkommen. Diese Nachricht hat er mir über den kommunistischen Kanal zukommen lassen, der Prag und Theresienstadt miteinander verbindet. Um sich zu erkennen zu geben, hat er eine hebräische Wendung gebraucht, die für Nichtjuden (Hauptübermittler ist die tschechische Gendarmerie) kaum zu entziffern ist. Trotzdem bin ich dahintergekommen: *hazak ve'emats*, ›sei stark und guten Mutes‹.

Es ist erstaunlich, daß dieser findige und mit einem eisernen Willen begabte Vetter lebt, ganz in der Nähe, und daß er um meine Einkerkerung weiß; doch in dem Chaos, das die Deutschen aus Europa gemacht haben, ist alles möglich. Ich habe Berel seit fünfzig Jahren nicht gesehen, und doch hat Natalies Beschreibung ihn als eine bestimmende Gestalt in meiner Vorstellung gegenwärtig werden lassen. Daß er etwas für uns tun kann, ist unwahrscheinlich. Einen Fluchtversuch würde ich bei meinem Gesundheitszustand nicht durchhalten, selbst wenn so etwas möglich wäre. Und des Kindes wegen ist er auch für Natalie zu riskant. Was also? Meine Hoffnung unterscheidet sich in nichts von der eines jeden Juden in dieser Mausefalle: daß die Amerikaner und Engländer bald in Frankreich landen und das nationalsozialistische Deutschland zwischen dem Ansturm aus Osten und aus Westen so rechtzeitig zermalmt wird, daß wir befreit werden.

Gleichwohl: es ist wunderbar, Berel in Prag zu wissen. Was für eine Odyssee muß er hinter sich haben, seit Natalie ihn vor vier Jahren zuletzt in Warschau sah! Das ist eine Ewigkeit her. Sein Überleben muß ein Wunder genannt werden; die Tatsache, daß er in solcher Nähe ist, ein weiteres Wunder. Solche Dinge flößen mir Hoffnung ein; sie machen mich ›*stark und guten Mutes*‹.

30

Pug Henry war irgendeinem endemischen persischen Bazillus zum Opfer gefallen und hatte tagelang gefiebert. Er war ununterbrochen Tag und Nacht in Eisenbahnzügen oder auf Lastwagen durch Städte und fruchtbares Land gefahren, hatte Sandstürme, öde Wüsten und verschneite Bergpässe hinter sich gebracht und befand sich nun in einem Zustand der Lethargie, in dem – besonders nachts – Fieberträume und Wirklichkeit durcheinandergingen. Ihm war leicht schwindlig gewesen, als er in Connollys Hauptquartier eintraf, und es war ihm schwergefallen, beim Gespräch mit Hopkins und Roosevelt wach zu bleiben. In diesen langen wirbelnden Stunden auf der Konvoi-Route waren in seinen hektischen Visionen Pamela und Burne-Wilke ebenso gekommen und gegangen wie sein gefallener Sohn, seine Kinder, die noch am Leben waren, und seine Frau. Wenn er bewußt nachdachte, konnte Pug Pamela und Warren in einen verbotenen Bereich seiner Erinnerung verbannen – aber gegen seine Träume war er machtlos.
Infolgedessen hatte der Anblick Burne-Wilkes in der Villa der sowjetischen Botschaft etwas leicht Erschreckendes: eine Gestalt aus einem Fiebertraum, neben dem kühlen und überaus wirklichen Ernest King. *Pamela in Teheran?* Solange King dabei war, konnte er unmöglich rundheraus fragen: »Seid ihr verheiratet?« Und so verließ er Roosevelts Villa, ohne zu wissen, ob er sich in der Britischen Gesandtschaft nach Lady Burne-Wilke oder nach Pamela Tudsbury erkundigen sollte.
Stalin und Molotow näherten sich im Gespräch auf einem Kiespfad, als Pug herauskam. Molotow redete sehr ernsthaft; Stalin rauchte eine Zigarette und sah sich um. Als er Pug erblickte, nickte er, ließ den Anflug eines Lächelns erkennen, und in seinen von Runzeln umringten Augen blitzte ganz offenkundig Wiedererkennen auf. Pug war an das erstaunliche Personengedächtnis von Politikern nachgerade gewöhnt, doch dies hier überraschte ihn. Es war über zwei Jahre her, daß er Stalin Hopkins' Brief übergeben hatte. Der Mann hatte seither die ungeheure Last eines gigantischen Krieges zu tragen gehabt; trotzdem schien er sich zu erinnern. Vierschrötig, grauhaarig, kleiner als Victor Henry, stieg er federnden Schritts die Stufen zur Villa hinauf. Pug

hatte fast ein Jahr Moskau mit Moskauer Bildern hinter sich – Statuen, Gemälden, überdimensionalen Photos – auf denen Stalin als entrückte, legendäre, von Weisheit geprägte Erlöserfigur dargestellt wurde, als Teil einer über den Wolken thronenden, außer ihm noch aus Marx und Lenin bestehenden Dreieinigkeit; und nun ging er hier an ihm vorüber, in Wirklichkeit aus Fleisch und Blut, ein kleiner, etwas spitzbäuchiger alter Mann in heller Uniform mit breiten roten Generalsstreifen an der Hose. Doch in gewisser Weise waren die Bilder wirklicher als die Wirklichkeit, dachte Pug und erinnerte sich an Szenen an der russischen Front, die beherrscht wurden von Stalins Willen – und an die Millionen, die er ermordet hatte. In Gestalt dieses kleinen alten Mannes war ein Koloß mit einem steinernen Herzen vorübergegangen.

Winston Churchill, dem er wesentlich häufiger begegnet war, erkannte ihn nicht wieder. In Begleitung zweier steif einherschreitender Generale sowie eines recht beleibten Admirals, auf einer Zigarre kauend, war er gerade dabei, das Gelände der Britischen Gesandtschaft zu verlassen, als Pug sich am Tor auswies. Mit trüben, klugen Augen sah er Pug an und durch ihn hindurch; dann marschierte die gebeugte, rundliche Gestalt in dem weißen Anzug weiter. Der Premierminister schien teilnahmslos; offenbar ging es ihm nicht gut.

Innerhalb des Gesandtschaftsgeländes marschierten im Garten ein paar bewaffnete Soldaten auf und ab; kleine Gruppen von Zivilisten unterhielten sich im Sonnenschein. Alles wirkte hier kleiner und ruhiger. Unter einem Baum, der goldene Blätter herabregnen ließ, blieb Pug stehen, um zu überlegen. Wo sie finden? Wie nach ihr fragen? Immerhin brachte er es fertig, über seine Ratlosigkeit zu grinsen. Hier vollzog sich ein erderschütterndes Ereignis; doch was ihn in dieser historischen Stunde am meisten erregte, war nicht der Anblick der drei Großen dieser Welt, sondern die Aussicht, seine Augen auf einer Frau verweilen zu lassen, die er aufgrund der Wechselfälle des Krieges nur ein oder zweimal im Jahr traf.

Ihre Woche in Moskau, die durch eine Laune Standleys noch um drei Tage verkürzt worden war, stand in seiner Erinnerung wie seine Flitterwochen: heiter, süß, nichts als Innigkeit bei gemeinsamen Mahlzeiten, langen Spaziergängen, Gesprächen im Spaso-House, Besuchen von Bolschoi-Theater und Zirkus und in ihrer Hotel-Suite. Endlos hatten sie geredet, wie Freunde, die sich ein Leben lang kennen, wie Mann und Frau, die sich nach einer Trennung wiedersehen. Am letzten Abend in ihrem Hotel hatte er sogar von Warren gesprochen. Gedanken und Gefühle waren aus ihm herausgebrochen. Am nächsten Tag hatten sie es geschafft, sich lächelnd und mit beiläufigen Worten voneinander zu verabschieden. Pamelas Gesichtsausdruck und ihre

kurzen mitfühlenden Bemerkungen hatten ihn getröstet. Keiner von beiden hatte ausgesprochen, daß es jetzt zu Ende sei; doch zumindest für Pug war es zu Ende gewesen. Und jetzt war sie wieder da. Er brachte es ebensowenig fertig, nicht nach ihr zu suchen, wie er es fertiggebracht hätte, nicht mehr zu atmen.
»Hallo! Da ist ja Captain Henry!« Diesmal war es wirklich Granville Seaton, der mit einigen Männern und Frauen in Uniform beisammenstand. Seaton kam und nahm seinen Arm mit mehr Herzlichkeit, als er auf der gemeinsamen Reise zu erkennen gegeben hatte. »Geht's gut, Captain? Anstrengend, diese Lastwagenroute, was? Sie sehen ziemlich mitgenommen aus.«
»Mit mir ist alles in Ordnung.« Pug wies mit einer Handbewegung zur Sowjetischen Botschaft hinüber. »Ich habe Harry Hopkins gerade eben Ihre Ideen bezüglich eines neuen Abkommens auseinandergesetzt.«
»Das haben Sie getan? Wirklich? Toll!« Seaton drückte seinen Arm, und sein Atem roch nach Tabakrauch. »Und wie hat er reagiert?«
»Ich kann Ihnen sagen, wie der Präsident reagiert hat«, platzte Pug in seinem leicht benebelten Zustand heraus. In seinen Schläfen pochte es, und er hatte weiche Knie.
Die Augen forschend auf Pugs Gesicht gerichtet, sagte Seaton sehr eindringlich: »Dann erzählen Sie es mir!«
»Die Angelegenheit ist vorigen Monat auf der Moskauer Außenministerkonferenz zur Sprache gekommen. Die Russen haben Ausflüchte gemacht. Damit hatte sich's. Der Präsident möchte sich nicht mit Gewalt in Ihre alten Rivalitäten einmischen. Für ihn gilt es, den Krieg zu gewinnen, und er braucht Stalin.«
Seatons Gesicht erschlaffte traurig. »Dann geht die Rote Armee nie mehr aus Persien heraus. Wenn das, was Sie gesagt haben, stimmt, dann hat Roosevelt auf lange Sicht Unheil angerichtet.«
Victor Henry zuckte mit den Achseln. »Ich nehme an, er ist dafür, jeweils nur einen Krieg zu führen.«
»Ein Sieg ist bedeutungslos«, erklärte Seaton, »außer in seinen Auswirkungen auf die Politik der Zukunft. Das müßt ihr endlich mal begreifen!«
»Nun, wenn die Initiative von den Iranern ausginge, wäre es vielleicht was anderes. Hat Hopkins gesagt.«
»Die Iraner?« Seaton zog eine Grimasse. »Verzeihen Sie, aber ihr Amerikaner seid, was Asien und asiatische Denkweise betrifft, schrecklich naiv. Die Iraner werden aus allen möglichen Gründen niemals die Initiative ergreifen.«
»Seaton, kennen Sie Lord Burne-Wilke?«
»Den Air Vice Marshal? Ja. Sie haben ihn wegen Burma hergeschafft. Im Augenblick nimmt er an der Plenarsitzung teil.«

»Ich suche seine Adjutantin, eine RAF-Helferin.«
»Hallo, Kate, komm doch bitte mal her!« rief Seaton und winkte. Eine hübsche Frau in der Uniform einer RAF-Helferin verließ den Kreis. »Captain Henry hier sucht die zukünftige Lady Burne-Wilke.«
Grüne Augen in stupsnasigem Gesicht blickten ihn aggressiv an und musterten ihn schnippisch. »Und das bei dem Durcheinander überall! Sie hat Massen von Karten und Meßblättern und was noch mitgebracht. Ich glaube, sie sitzt im Vorzimmer des Büros von Lord Gore.«
»Ich bringe Sie hin«, sagte Seaton.
Zwei Schreibtische füllten den kleinen Raum im zweiten Stock des Hauptgebäudes. An dem einen hämmerte ein Offizier mit rosigem Gesicht und buschigem Bart auf eine Schreibmaschine ein. Ja, sagte er verdrießlich, der zweite Schreibtisch sei für Burne-Wilkes Adjutantin hereingestellt worden. Sie habe stundenlang daran gearbeitet; aber vor ein paar Minuten sei sie losgezogen, um einen Einkaufsbummel durch den Teheraner Basar zu machen. Victor Henry nahm das erstbeste Papier, das er auf Pamelas Schreibtisch fand, und kritzelte: »Hallo! Ich bin hier, in der Offiziersunterkunft des US-Army-Stützpunktes. Pug«, und steckte den Zettel auf einen Zettelspieß. Als sie wieder hinausgingen, fragte er Seaton: »Wo ist der Basar?«
»Ich würde ihnen nicht empfehlen, dort nach ihr zu suchen.«
»Wo ist er?« Seaton erklärte es ihm.
General Connollys Fahrer brachte Pug in die Altstadt von Teheran und ließ ihn am Eingang zum Basar aussteigen. Die exotische Menge, die durchdringenden Gerüche, fremdländische Sprachfetzen, die Vielfalt der Aufschriften in der unvertrauten Schrift machten ihn schwindlig. Als er an den Steinarkaden des Eingangs entlangspähte, sah er im Halbdämmer daliegende Zugänge zu Geschäften, in denen es von Menschen wimmelte. Seaton hatte recht. Wie sollte man hier einen Menschen finden? Und dennoch – die Konferenz sollte nur drei Tage dauern. Der erste Tag war fast schon vorbei. In dieser orientalischen Stadt miteinander in Verbindung zu treten, zumal im Durcheinander einer improvisierten Konferenz – das mußte schon Zufall sein. Wenn er sich nicht ernsthaft bemühte, verpaßten sie einander womöglich.
»Die *zukünftige* Lady Burne-Wilke«, hatte Seaton sie genannt. Das war entscheidend. Pug stürzte sich in die Menge, um nach ihr zu suchen.
Er erblickte sie fast gleich oder bildete es sich zumindest ein. Er ging an mehreren Läden mit Wandbehängen und Polstern vorüber, als sich rechts eine schmale Gasse auftat, und in ihr entdeckte er zwischen schwarzverschleierten Frauen und stämmigen Männern und unter herbhängenden Ledermänteln und Schaffellbrücken eine adrette kleine Gestalt in Blau mit einer Mütze auf dem

Kopf, die aussah wie die Kappe der RAF-Helferinnen. Laut zu rufen, war hoffnungslos, dazu schrien die Händler zu laut, wurde rings zu stimmgewaltig gehandelt. Pug schob sich mit der Schulter voran durch die Menge und geriet auf einen breiteren Quergang, in dem die Teppichhändler ihre Läden hatten. Sie war nirgends zu sehen. Er eilte in der Richtung weiter, in der auch sie sich bewegt hatte. Er schob sich schwitzend eine ganze Stunde lang durch das von strengen Gerüchen durchzogene, menschenerfüllte, durcheinanderwogende Labyrinth; doch er sah sie nicht wieder.

Selbst wenn er kein Fieber gehabt hätte, wäre die quälende Suche in diesem von Menschen wimmelnden Irrgarten ein Alptraum gewesen. Nur allzu oft hatte er solche Alpträume auf der Suche nach Warren durchlebt. Ob er bei einem Fußballspiel nach ihm Ausschau hielt, bei einer Feier nach bestandenem Examen oder an Bord eines Flugzeugträgers – der Traum war immer der gleiche. Er erhaschte nur immer einen kurzen Blick auf seinen Sohn, oder man berichtete ihm, Warren müsse ganz in der Nähe sein, und er suchte und suchte, ohne ihn jemals zu finden. Als er schweißüberströmt in den überdachten Gängen hin- und hereilte und ihm immer schwindliger wurde und immer weicher in den Knien, dämmerte ihm allmählich, daß er sich nicht normal verhielt. Er tastete sich zurück zum Eingang, verhandelte in Zeichensprache mit einem Taxifahrer in einem rostigen Packard und zahlte einen unsinnig hohen Preis für eine Fahrt zum Luftwaffenstützpunkt Amirabad.

Das nächste, woran Pug sich klar bewußt erinnerte, war, daß jemand ihn wachrüttelte und sagte: »Admiral King möchte Sie sprechen.« Er lag angezogen und schweißgebadet auf einer Pritsche in der Offiziersunterkunft.

»In zehn Minuten bin ich bei ihm«, sagte Pug mit klappernden Zähnen. Er nahm eine doppelte Dosis von den Pillen, mit denen man die Krankheit angeblich in Schach hielt, und genehmigte sich hinterher noch einen tüchtigen Schluck Old Crow. Dann duschte er, zog sich an und eilte, in seinen schweren Uniformmantel gehüllt, durch die sternklare Nacht zu General Connollys Quartier. Als er Kings Wohnräume betrat, verwandelte sich der verbissene Ausdruck auf dem Gesicht des Admirals in blanke Besorgnis. »Henry, Sie gehören ins Krankenrevier. Sie sind verdammt grün um die Kiemen.«

»Mit mir ist alles in Ordnung, Admiral.«

»Sind Sie sicher? Möchten Sie ein Steak-Sandwich und ein Bier?« King zeigte auf ein Tablett auf dem Tisch zwischen Stößen von Photokopien.

»Nein, vielen Dank, Sir.«

»Nun, ich war heute Augenzeuge, wie Geschichte gemacht wurde.« King erzählte beim Essen; er war in ungewöhnlich aufgeräumter Stimmung. »Marshall und Arnold haben was verpaßt. Zur Eröffnungssitzung waren sie

nicht da, Henry. Tatsache! Der Stabschef unserer Army und der Boß unseres Air Corps sind wegen dieses Treffens mit Stalin um den halben Erdball geflogen, und dann haben sie irgendwie die Nachricht nicht erhalten und sind *sightseeing* gegangen. Waren nirgends aufzustöbern. Ha ha ha! Ist das nicht ein Jux für die Geschichtsbücher?«
King leerte sein Bierglas und betupfte sich selbstgefällig mit einer Serviette den Mund. »Schön, *ich* war jedenfalls da. Ist das ein hartgesottener Bursche, dieser Stalin! Ganz und gar obenauf, läßt sich kein X für ein U vormachen. Churchill hat er ganz schön Knüppel zwischen die Beine geworfen. Wenn Sie *mich* fragen, hat die ganze Wirtschaft im Mittelmeer jetzt ein für allemal ein Ende. Schluß, aus und vorbei! Jetzt beginnt ein neues Spiel!« Unverwandt und eindringlich sah King ihn an. »Wie ich höre, verstehen Sie was von Landungsfahrzeugen?«
»Jawohl, Sir.«
»Gut.« King suchte unter den Photokopien und zog ein paar Dokumente hervor. »Churchill läuft blau an, wenn das Thema Landungsfahrzeuge angeschnitten wird. Den Spaß habe ich ihm gründlich verdorben. Dreißig Prozent aller Neubauten sind für die Pazifikflotte bestimmt, und ich muß höllisch aufpassen, sonst verschwinden sie in seinen wahnsinnigen Invasionsplänen.« Er wedelte mit einem Stapel von Unterlagen in der Luft herum. »Das hier zum Beispiel: ein britischer Operationsplan für eine Landung auf Rhodos, die für meine Begriffe vollkommen idiotisch ist. Churchill behauptet, damit könnte man die Türken bewegen, in den Krieg einzutreten, könnte das Feuer auf dem Balkan schüren und was weiß ich sonst noch. Alles Bla-bla-bla! Was ich jetzt von Ihnen möchte...«
General Connolly klopfte und trat in einem großkarierten Hausmantel ein. »Admiral, Henry ist beim Hofminister des Kaisers zum Abendessen eingeladen. Das hier wurde gerade eben durch einen Boten überbracht. Draußen wartet ein Wagen.«
Connolly reichte Pug einen großen, cremefarbenen, unversiegelten Umschlag. »Wer ist denn der Hofminister?« fragte King. »Und woher zum Teufel kennen Sie ihn?«
»Ich kenne ihn gar nicht, Admiral.« Eine handschriftliche Notiz, die an eine wappengeschmückte Karte geheftet war, erklärte die Einladung, doch das erwähnte er King gegenüber nicht.

Hallo – ich bin hier Hausgast. Talky und der Minister
waren gute alte Freunde. Mir blieb nur die Wahl
zwischen diesem hier oder dem CVJF. Bitte, komm! P.

»Hussein Ala ist der zweit- oder drittwichtigste Mann in der Regierung, Admiral«, sagte General Connolly. »Eine Art Großwesir. Sie sollten Pug hingehen lassen. Die Perser haben ihre eigene Art, Dinge zu erledigen.«
»Wie die Heiden in China«, sagte King. Er warf die Dokumente auf den Tisch.
»Okay, Henry. Schauen Sie wieder rein, wenn Sie zurückkommen, einerlei, wie spät es ist.«
»Aye, aye, Sir.«
Der von einem schweigenden, schwarzgekleideten Mann gefahrene Daimler kurvte durch die Gassen von Alt-Teheran und hielt dann in einer schmalen, mondbeschienenen Straße. Der Fahrer öffnete eine kleine Tür in der Mauer; Victor Henry mußte sich bücken, um hindurchzukommen. Er trat in einen laternenerleuchteten Garten, so weitläufig wie der der Sowjet-Botschaft; glitzernde Springbrunnen, plätschernde Wasserläufe in Kanälen zwischen ragenden Bäumen und beschnittenen Hecken; und auf der anderen Seite dieses üppigen Privatparks viele hellerleuchtete Fenster. Ein Mann in langem, scharlachrotem Gewand und mit einem enormen, nach unten gezwirbelten schwarzen Schnurrbart verneigte sich vor Pug und führte ihn um die Springbrunnen und durch die Bäume. In der Halle des Landhauses erhielt Pug einen flüchtigen Eindruck von intarsiengeschmückten Wänden, einer hohen gekachelten Decke, reichen Tapeten, Wandteppichen und Möbeln. Da stand Pamela in Uniform. »Hallo! Komm, ich will dich dem Minister vorstellen. Duncan kommt später zum Essen. Er ist im Offiziersclub.«
Der Schnurrbärtige half Pug aus seinem Uniformmantel. Unfähig, seiner Freude angemessen Ausdruck zu verleihen, sagte Pug: »Nun, das ist mal eine Überraschung!«
»Nun, ich habe deine Nachricht erhalten und war nicht sicher, ob ich dich sonst noch sehen würde. Wir fliegen nämlich morgen nachmittag nach Neu-Delhi zurück. Der Minister war reizend, als es darum ging, dich einzuladen. Selbstverständlich habe ich ihm einiges über dich erzählt.« Sie legte die Hand an sein Gesicht, schaute besorgt drein, und er sah einen großen Brillanten aufblitzen. »Pug, ist auch alles in Ordnung mit dir?«
»Durchaus.«
Trotz seines vorzüglich geschnittenen britischen Anzugs und seiner angenehmen englischen Aussprache war es ein Großwesir, der Pug in einem prachtvollen Wohnraum begrüßte: eine allesbeherrschende Nase, dichtes, silbriges Haar, selbstbewußte Haltung und glatte, von einer Erziehung nach der alten Schule geprägte Manieren. Sie nahmen in einem mit Kissen ausgelegten Alkoven Platz, und während Pug und Pamela Whisky-Soda tranken, steuerte der Minister fast von Anfang an auf ein bestimmtes Thema

los. Für den Iran, sagte er, weise der Leih- und Pachtvertrag durchaus unvorteilhafte Aspekte auf. Die amerikanischen Löhne hätten eine wilde Inflation zur Folge: die Preise stiegen, so manches sei Mangelware geworden, und viele Güter verschwänden in den Speichern von Hamsterern. Die Russen machten alles noch schlimmer. Sie hätten einen Großteil des besten Ackerlandes besetzt und beanspruchten die Ernte für sich. Teheran stehe kurz vor Ausschreitungen wegen der mangelhaften Versorgung mit Lebensmitteln. Der Schah habe seine ganze Hoffnung auf die Vereinigten Staaten gesetzt.
»Gewiß – aber die Vereinigten Staaten versorgen schon fast die ganze Welt mit Lebensmitteln«, meinte Pamela. »China, Indien, Rußland. Selbst das arme alte England.«
Der Klang ihrer Stimme, als sie diese einfachen Worte sprach, bezauberten Pug. Ihre Gegenwart verwandelte die Zeit; jeder Augenblick war köstlich, machte ihn trunken; das war seine Reaktion darauf, sie wiederzusehen, durch das Fieber vielleicht noch gesteigert, aber es war so.
»Selbst das arme alte England.« Der Minister nickte. Die Andeutung eines Lächelns, die leichte Neigung des Kopfes ließen erkennen, daß er sich des Schrumpfens des Britischen Empire bewußt war. »Ja, die Vereinigten Staaten sind jetzt die Hoffnung der ganzen Menschheit. Nie hat es in der Geschichte eine Nation wie die Amerikaner gegeben. Aber bei all Ihrer Großzügigkeit, Captain Henry, müssen Sie lernen, nicht allzu vertrauensselig zu sein. Es gibt auch Wölfe im Schafspelz.«
»Und Bären«, sagte Pug.
»Richtig, richtig.« Hussein Ala setzte das strahlende förmliche Lächeln des Großwesirs auf. »Und Bären.«
Lord Burne-Wilke traf ein, und sie schritten zum Abendessen. Pug fürchtete ein schweres Mahl, doch das Essen war einfach, wenn auch alles andere fast übertrieben prunkvoll war – der Speisesaal mit der gewölbten Decke, die lange schwarze, spiegelblank geputzte Tafel, das handbemalte Porzellan und Untersetzteller, die aussahen wie Platin oder Weißgold. Es gab eine klare Suppe, ein Geflügelgericht, Scherbet und Wein. Pug brachte es fertig zu essen. Zunächst sorgte Burne-Wilke für die Unterhaltung – freilich alles andere als überschäumend. Die Konferenz habe schlecht angefangen. Dafür könne man niemand einen Vorwurf machen. Die Welt sei nun mal an einen Punkt gelangt, an dem »die Geschichte so nicht mehr weitergeht«. Diejenigen, die wüßten, was getan werden müsse, hätten nicht die Kraft, es zu tun. Denjenigen, die die Kraft dazu hätten, fehle es an Wissen. Pug erkannte an Burne-Wilkes gedrückter Stimmung, daß Stalin Churchill wohl wirklich Knüppel zwischen die Beine geworfen hatte – zu Ernest Kings Freude.

Der Minister erging sich geläufig über Aufstieg und Verfall von Weltreichen; über Eroberer, die durch ihre Eroberungen verweichlichten und sich von ihren Untertanen abhängig machten, damit diese ihnen weiterhin ihren Luxus erlaubten, und die dann früher oder später einem neuen Volk kraftvoller Kämpfer zum Opfer fielen. Das Rad habe sich weitergedreht von Persepolis bis zur Konferenz von Teheran. Ein Ende werde es da nie geben.
Währenddessen saßen Pug und Pamela einander schweigend gegenüber. Jedesmal, wenn ihre Blicke sich begegneten, überlief ihn ein freudiger Schauer. Er sah, daß sie Gesicht und Augen ebenso beherrschte wie er; die Notwendigkeit, seine Gefühle zu verbergen, verstärkte diese nur noch. Er überlegte, ob sich wohl jemals in seinem Leben erfüllen würde, was er für Pamela Tudsbury empfand. Sie trug Burne-Wilkes großen Brillanten am Finger, wie sie einst den kleineren Brillanten von Ted Gallard getragen hatte. Sie hatte den Flieger nicht geheiratet, und bis jetzt hatte sie auch Burne-Wilke noch nicht geheiratet, vier Monate nach dem herzzerreißenden Abschied in Moskau. Hatte es sie immer noch so gepackt wie ihn? Diese Liebe triumphierte über Zeit und Raum, über erschütternde Verluste, über jahrelange Trennungen. Ein zufälliges Kennenlernen auf einem Ozeandampfer hatte Schritt für Schritt zu dieser unwahrscheinlichen Begegnung in Persien geführt, zu diesen erregenden Blicken. Und jetzt? Wohin sollte es noch führen?
Pug kannte Duncan Burne-Wilke kaum, und die erregte Anteilnahme, mit der dieser Mann sich jetzt über den Hinduismus ausließ, erstaunte ihn. Das Gesicht des Air Vice Marshal rötete sich, seine Augen wurden weich und feucht, und er sprach, während sein Scherbet schmolz, lange über die *Bhagavad-Gita*. Sein Dienst in Indien, sagte er, habe ihm die Augen geöffnet. Indien sei voll umfassender, uralter Weisheit. Die Weltsicht des Hindu stelle einen vollkommenen Bruch mit der christlichen und abendländischen Denkweise dar und zeuge von tiefer Weisheit. Die *Bhagavad-Gita* biete die einzig annehmbare Philosophie, auf die er jemals gestoßen sei.
Der Krieger-Held der *Gita*, sagte er, habe in seinem Entsetzen über das sinnlose Töten im Krieg vor einer großen Schlacht seine Waffen ablegen wollen. Der Gott Krischna habe ihn jedoch davon überzeugt, daß es seine Aufgabe als Krieger sei, zu kämpfen, einerlei, wie töricht die Ursache des Streits sei und wie abscheuerregend das Morden; Ordnung in all das zu bringen, habe er dem Himmel und dem Schicksal zu überlassen. Ihr langes Zwiegespräch, sagte Burne-Wilke, übersteige als Dichtung selbst die Bibel; die Lehre, die dahinterstehe, sei, daß die materielle Welt nicht wirklich sei; menschlicher Verstand könne das Walten Gottes nicht begreifen, und Tod und Leben seien zwei zueinandergehörige Illusionen. Der Mensch könne sich

seinem Geschick nur stellen und gemäß seiner Natur und seiner Stellung im Leben handeln.

Mit einem leichten Zucken im Gesicht gab Pamela Pug zu verstehen, daß all dies ihr nur wenig bedeute; aber es sei nun einmal Burne-Wilkes Steckenpferd.

»Ich kenne die *Bhagavad-Gita*«, bemerkte Hussein Ala. »Einige unserer persischen Dichter schreiben in dieser Art. Ich halte das für zu schicksalsergeben. Gewiß kann man nicht sämtliche Konsequenzen seines Handelns beherrschen; aber man muß über sie nachdenken und seine Wahl treffen. Und was das betrifft, daß die Welt nicht wirklich ist, so frage ich mich in aller Bescheidenheit – *verglichen womit?*«

»Möglicherweise verglichen mit Gott«, sagte Duncan Burne-Wilke.

»Ah, aber der Definition nach ist Er mit nichts zu vergleichen. Das ist keine Antwort. Wir sind in einer Drehtür gefangen. Sagen Sie, was wird für den Iran aus dieser Konferenz an Gutem herauskommen? Wir sind schließlich Ihre Gastgeber.«

»Nichts. Stalin hat alle Fäden in der Hand. Der Präsident treibt in seinem Kielwasser, wie ich annehme, um seine guten Absichten zu zeigen. Und Churchill allein kann, so groß er ist, gegen zwei solche Schwergewichte nicht ankommen. Eine ominöse Zustandsbeschreibung – aber da haben Sie sie.«

»Vielleicht ist Präsident Roosevelt klüger, als wir wissen«, sagte der Hofminister und bedachte Viktor Henry mit einem pfiffigen Blick seiner alten Augen.

Jetzt kam Pug sich vor wie damals in Berlin, bevor er seinen Bericht über die Kampfbereitschaft Deutschlands abgeschickt hatte. Das war ein sehr gewagter Schachzug gewesen. Es hatte zu seiner Begegnung mit Roosevelt geführt und wahrscheinlich seine Karriere als Navy-Offizier ruiniert. Dennoch: jetzt saß Pamela ihm gegenüber, und dadurch hatte er sie kennengelernt. Vielleicht war doch etwas an der *Bhagavad-Gita*, am Walten des Schicksals, und daran, daß der Mensch entsprechend seiner Natur handeln müsse. In entscheidenden Augenblicken wagte er den Sprung. Das hatte er immer getan. Und er tat es auch jetzt.

»Wäre es nicht etwas Gutes«, meinte er, »wenn diese Konferenz bewirkte, daß die Vereinigten Staaten Ihrem Vertrag mit England und Rußland beiträten? Wenn alle drei Länder sich einigten, nach dem Krieg ihre Truppen zurückzuziehen?«

In den Augen des Ministers unter den schweren Lidern blitzte es. »Das wäre etwas Wunderbares. Aber diese Idee ist beim Außenministertreffen in Moskau zurückgewiesen worden. Wir haben daran zwar nicht teilgenommen, aber wir wissen es.«

»Warum bittet Ihre Regierung den Präsidenten nicht, das Thema bei Stalin nochmals aufzugreifen?«
Mit einem Blick auf Burne-Wilke, der Pug seltsam ansah, sagte der Minister: »Darf ich Ihnen eine indiskrete Frage stellen? Auf Ihrer Inspektionsfahrt wegen der Leih- und Pachteinrichtungen im Iran – waren Sie da nicht ein persönlicher Sendbote Präsident Roosevelts?«
»Ja.«
Der Minister nickte und musterte ihn mit verhangenem Blick. »Kennen Sie die Ansichten Ihres Präsidenten bezüglich eines neuen solchen Vertrages?«
»Ja. Der Präsident wird so etwas nicht von sich aus in die Wege leiten, weil es sich in den Augen der Russen wie eine imperialistische Einmischung ausnehmen würde. Aber einer Bitte des Iran um Rückversicherung könnte er entsprechen.«
Die Antwort des Ministers kam wie aus einem Schnellfeuergewehr. »Aber der Gedanke ist bereits durchgespielt worden. Ein entsprechender Anstoß bei Ihrer Vertretung in Teheran wurde nicht gerade günstig aufgenommen. Freilich hat man nicht nachgefaßt. Es ist schon eine sehr ernste Sache, eine mächtige Nation in einer so heiklen Angelegenheit zu drängen.«
»Zweifellos richtig; aber die Konferenz ist in ein paar Tagen vorüber. Wann wird sich eine solche Gelegenheit für den Iran wieder bieten? Wenn, wie Lord Burne-Wilke sagt, der Präsident sich in allem nach Stalin richtet, ist Stalin vielleicht in der richtigen Stimmung, ihm einen Gefallen zu tun.«
»Wollen wir den Kaffee nehmen?« Der Minister erhob sich und führte sie in eine verglaste Veranda, die auf den Garten hinausging. Hier ließ er sie allein und blieb etwa eine Viertelstunde fort. Sie räkelten sich auf kissenbelegten Divanen; Diener brachten Kaffee, Cognac und Konfekt.
»Ihr Gedanke war sehr gut«, meinte Burne-Wilke Pug gegenüber, als sie sich niederließen. »Die Konferenz ist ein solches Chaos, daß die Iraner es durch schieres Glück vielleicht schaffen. Der Versuch lohnt immerhin. Sonst sehe ich keinen Weg, daß die Sowjetunion Persien jemals wieder verläßt.«
Er sprach über den China-Burma-Indien-Kriegsschauplatz. Dort heiße es immer, ein Leben in Saus und Braus oder Hungersnot; entweder hätten die Truppen kaum zu beißen, oder sie würden plötzlich mit Unmengen von Nachschub überhäuft, woraufhin man dann von ihnen verlange, daß sie Wunder vollbrächten. Präsident Roosevelt sei von der Idee besessen, China bei der Stange und im Kriege zu halten. Das sei völliger Unsinn. Tschiang Kai-schek kämpfe nicht gegen die Japaner. Die Hälfte der Leih- und Pachtlieferungen bleibe ohnehin an seinen Händen kleben, und die andere Hälfte diene dazu, die chinesischen Kommunisten zu unterdrücken. General Stilwell habe Roosevelt

in Kairo reinen Wein eingeschenkt. Trotzdem habe der Präsident Tschiang einen Feldzug versprochen, um die Burma-Straße wieder zu öffnen; dabei seien die einzigen Truppen, die an Ort und Stelle verfügbar seien, britische und indische Einheiten, und Churchill sei gegen die ganze Idee. Mountbatten habe es klug vermieden, nach Teheran zu kommen, und die ganze unselige Burma-Angelegenheit ihm, Burne-Wilke, aufgehalst. Bei den Besprechungen mit den Amerikanern bewege man sich immer im Kreise. Er habe das Ganze satt bis obenhin und freue sich, dem allen in ein oder zwei Tagen entfliehen zu können.

»Pug, du siehst nicht gut aus«, sagte Pamela plötzlich und setzte sich auf.

Es hatte keinen Sinn, zu leugnen. Die lindernde Wirkung von Bourbon, Scotch und Wein verflog; der Adrenalinstoß über die Freude, Pamela wiederzusehen, verebbte. Der Raum schwamm ihm vor Augen, und er fühlte sich zu Tode schlecht.

»Das kommt und geht, Pam. Das persische Bauchgrimmen. Vielleicht ist es doch besser, ich fahre zum Stützpunkt zurück.«

Just in diesem Augenblick kehrte der Minister zurück; er befahl augenblicklich, daß Wagen und Fahrer vorm Gartentor vorführen.

»Ich bring' dich zum Wagen«, sagte Pamela.

Matt, doch mit einem freundlichen, verständnisvollen Lächeln schüttelte Burne-Wilke ihm die Hand. Der Minister brachte sie noch durch die reichgeschmückte Vorhalle.

»Vielen Dank für die Einladung«, sagte Pug.

»Ich freue mich, daß Sie kommen konnten«, sagte Hussein Ala und blickte Pug eindringlich an. »Außerordentlich sogar.«

Im Garten blieb Pamela an einer dunklen Stelle zwischen den Laternen stehen, ergriff Pugs schweißnasse Hand und drehte ihn zu sich um.

»Besser nicht, Pam«, murmelte er. »Es ist wahrscheinlich ansteckend.«

»Wirklich?« Sie schüttelte seinen Kopf zwischen ihren Händen und zog seinen Mund auf den ihren herunter. Sie küßte ihn dreimal – leichte, süße Küsse. »So, jetzt haben wir beide das persische Bauchgrimmen.«

»Warum habt ihr noch nicht geheiratet?«

»Das kommt noch. Du hast ja meinen Ring gesehen. Du konntest die Augen gar nicht davon abwenden.«

»Aber noch bist du nicht verheiratet.«

Ihr Ton bekam etwas Verzweifeltes. Beide redeten atemlos und leise. »Ach, weißt du, als ich nach Neu-Delhi kam, hatte Duncan eine Adjutantin, die einen wahnsinnig machen konnte, so dämlich war sie. Er bat mich einzuspringen. Ich habe meine Sache ganz gut gemacht. Ihm scheint es zu gefallen. Und irgendwie wär's schon komisch, wenn Lady Burne-Wilke das Vorzimmer bemannte; so

jedoch geht es. Wir sind ständig zusammen. Alles ist in Ordnung. Wenn es paßt, heiraten wir – aber wahrscheinlich erst, wenn wir nach England zurückkehren. Es eilt ja nicht.«
»Er ist ein großartiger Kerl«, sagte Pug.
»Heute abend ist er schrecklich deprimiert. Daher die *Bhagavad-Gita*. Er ist ein blendender Verwaltungsfachmann, ein furchtloser Flieger und sonst ein Lämmchen. Ich finde ihn süß.«
»Du hast Rhoda in Washington häufiger gesehen, nicht wahr?«
»Ja, drei- oder viermal.«
»War sie jemals mit einem Colonel von der Army namens Peters zusammen? Harrison Peters?«
»Wieso? Nein. Nicht, daß ich wüßte.« Sie wandte sich zum Gehen.
»Bist du ganz sicher?«
Er legte ihr die Hand auf den Arm.
Sie schüttelte sie ab, ging weiter und redete nervös: »Laß das! Was für eine sinnlose Frage! Es ist erbärmlich, so zu fragen.«
»Ich möchte es aber wissen.«
»*Was* denn?« Sie blieb stehen und wandte sich nach ihm um. »Hör mal, haben wir unseren Fall in Moskau nicht bis zur Erschöpfung durchgesprochen? Zwischen dir und Rhoda ist ein unlösbares Band. Zumindest seit Warren gefallen ist. Ich verstehe das. Es hat eine Zeitlang gedauert, aber jetzt habe ich es begriffen. Es wäre ein schrecklicher Fehler, noch einmal ganz von vorn anzufangen. Tu's nicht!«
Sie standen neben einem großen Springbrunnen in der Mitte des Gartens. Der große Mann im scharlachroten Gewand wartete – eine undeutliche Gestalt – an der Schwelle des Gartentors.
»Warum hast du den Minister bewogen, mich zum Essen einzuladen?«
»Das weißt du verdammt gut. Ich werde mich nicht ändern, bis ich sterbe. Vielleicht dann noch nicht einmal. Ich rede nicht im Fieberwahn, du aber wohl, und daher *geh*! Laß dich verarzten. Ich sehe morgen nach dir.«
»Pamela, in diesem Jahr habe ich vier Tage gelebt – diese vier Tage in Moskau. Was ist mit diesem Colonel Peters? Du kannst nicht besonders gut heucheln.«
»Aber wie kommst du jetzt darauf? Hast du noch mehr Giftbriefe bekommen?«
Er antwortete nicht. Sie faßte seine Hände und sah ihm offen in die Augen. »Na schön, hör zu. Einmal, bei einer großen Tanzerei – ich weiß nicht mehr, was es war – bin ich Rhoda zufällig begegnet. Sie war in Begleitung eines großen grauhaarigen Mannes in Army-Uniform. Alles sehr beiläufig, sehr korrekt. In Ordnung? Sie stellte ihn vor, und ich glaube, er hieß Peters. Ja, das ist alles. Mehr ist nicht daran. Eine Frau kann nicht allein auf eine Tanzerei gehen, Pug.

Du hast mich ganz schön erschreckt mit deiner plötzlichen Frage, sonst hätte ich es dir gleich erzählt.«

Er zögerte und sagte: »Ich glaube nicht, daß das alles ist.«

Pamela fuhr ihn geradezu an: »Pug Henry, diese rasch vorübergehenden Begegnungen zwischen uns sind romantisch wie sonstwas, und ich gestehe offen, daß es mich genauso gepackt hat wie dich. Ich kann einfach nicht anders. Ich kann's auch nicht verbergen. Duncan weiß das alles. Weil es vollkommen hoffnungslos ist, und weil es wunderschön war – warum es nicht einfach *vergessen?* Nenn' es eine Chimäre, die sich von der Einsamkeit nährt, von Trennungen und flüchtigen Blicken. Und jetzt, um Gottes willen, *geh!*« Ihre kalte Hand berührte ihn an der Wange. »Du bist wirklich krank. Ich sehe morgen nach dir.«

»Nun, es ist wirklich besser, ich gehe. Sonst denken sie noch, du bist in einen Brunnen gefallen.« Sie gingen durch den Garten. Sie umklammerte seine Hand wie ein Kind.

»Was ist mit Byron?«

»Soweit ich weiß, geht es ihm gut.«

»Natalie?«

»Nichts Neues.«

Der scharlachrot gewandete Mann stieg die Treppe hinauf und öffnete die Gartenpforte. Mondschein schimmerte auf dem Daimler. Vor der Treppe blieben sie stehen.

»Heirate ihn nicht«, sagte Pug.

Sie riß die Augen auf, und sie glänzten im Mondschein. »Aber ganz bestimmt werde ich das tun.«

»Nicht, bis ich wieder in Washington bin und weiß, wo Rhoda steht.«

»Du redest im Fieberwahn. Kehr zu ihr zurück und mach sie so glücklich, wie du kannst. Wenn dieser grauenhafte Krieg zu Ende ist, treffen wir uns vielleicht wieder. Ich werde versuchen, dich morgen zu sehen, ehe ich fliege.«

Sie küßte ihn auf den Mund und ging mit großen Schritten zurück in den Garten.

Das Auto fuhr durch die stille, frostige Stadt und in die vom Mond versilberte Wüste hinaus. An der Zufahrt zum Flugplatz Amirabad trat ein Soldat, der Wache stand, ans Fenster und grüßte. »Captain Henry?«

»Ja.«

»General Connolly würde Sie gern noch sehen, Sir.«

In seinem großkarierten Hausmantel und die Hornbrille auf der Nase, saß Connolly im Wohnzimmer seines Quartiers und schrieb. »Hallo, Pug. Wie geht es Ihnen?«

»Ich könnte einen Schluck Old Crow gebrauchen.«
»Himmel, wie Sie klappern! Setzen Sie sich neben den Ofen. Gegen Mitternacht kann es hier verdammt kalt werden. Stören Sie Admiral King nicht mehr. Er hat sich schon hingelegt. Um was ging es Hussein Ala?«
»Eine Bekannte von mir, eine Engländerin, wohnt bei ihm. Wir haben zusammen gegessen.«
»Ist das alles?«
»Das ist alles.« Pug schüttete den Whisky hinunter. »Übrigens, General, was hat Hack Peters über meine Frau geschrieben?«
Connolly nahm wieder an seinem Schreibtischstuhl Platz und lehnte sich zurück. Er nahm die Brille ab und starrte Pug an. »Wie bitte?«
»Sie haben vorige Woche gesagt, Peters hätte Ihnen über uns geschrieben.«
»Von Ihrer Frau habe ich nichts gesagt.«
»Richtig, aber eigentlich ist er ihr Freund und nicht meiner. Sie haben sich in der Kirche oder irgendwo sonst kennengelernt. Was hat er gesagt? Geht es ihr gut? Ich habe sehr, sehr lange nichts von ihr gehört.« Der General errötete; ihm war offensichtlich nicht wohl in seiner Haut. »Ist etwas mit ihr? Ist sie krank?«
»Nein, keineswegs.« Connolly schüttelte den Kopf und rieb sich die Stirn. »Aber es ist schon verdammt peinlich. Hack Peters ist mein ältester Freund, Pug. Wir machen uns keinen blauen Dunst vor, wenn wir uns schreiben. Ihre Frau scheint ein Ausbund an Tugend zu sein. Er hat sie zum Tanzen ausgeführt und was weiß ich sonst. Hack ist ein fabelhafter Tänzer, aber – ach, verdammt, warum drum herumreden? Hier – das ist es, was er über sie geschrieben hat. Ich werde es Ihnen vorlesen, Wort für Wort. Vielleicht hätte ich den Brief überhaupt nicht erwähnen sollen.«
Connolly kramte in seinem Schreibtisch herum, holte zuletzt einen kleinen Luftpost-Bogen hervor und las mit einem Vergrößerungsglas. Pug lauschte; in sich zusammengekauert saß er in seinem schweren Uniformmantel neben dem rauchenden Ofen; der Whisky brannte ihm im Magen, Fieberschauer schüttelten ihn. Es war das sentimentale, blumige Bild einer vollkommenen Frau – schön, überlegen, süß, klug, bescheiden, von unverbrüchlicher Treue ihrem Mann gegenüber, unnahbar wie eine Vestalin, und dennoch eine ideale Tanzpartnerin und Begleiterin fürs Kino und bei Konzerten. Peters pries die Haltung, mit der sie Warrens Tod bei Midway trug, und die Fassung, mit der sie das lange Schweigen ihres U-Boot-Sohnes und das lange Fernbleiben ihres Mannes in Rußland akzeptierte. Kurzum, es war ein Stöhnen darüber, daß er jetzt, nach einem leichtfertigen, viel zu lange währenden Junggesellendasein die einzig mögliche, passende Frau gefunden habe – und die sei völlig

unerreichbar. Er müsse schon dankbar sein, daß sie ihm erlaube, sie gelegentlich auszuführen.
Connolly ließ Brief und Vergrößerungsglas fallen. »Das nenne ich eine hinreißende Huldigung. Ich würde nichts dagegen haben, wenn jemand so etwas über meine Frau schriebe, Pug! Ihre Frau muß wirklich was Besonderes sein!«
»Ja, das ist sie. Nun, ich freue mich, daß er ihr ein bißchen Abwechslung bietet. Darauf hat sie, weiß Gott, ein Anrecht, denn sie hat schon ein verdammt hartes Los! Ich dachte, der Admiral erwartet mich.«
»Nein, er scheint das auszubrüten, was Sie schon haben. Der Präsident war heute abend beim Essen auch irgendwie merkwürdig. Mußte Churchill und Stalin ihrem Schicksal überlassen und sie ihr Fett allein durchkauen lassen. Der Geheimdienst hat furchtbare Angst vor einer Vergiftung, aber soweit ich höre, schläft er sich gesund. Nur das persische Bauchgrimmen. Persien ist nicht einfach für Neuankömmlinge.«
»Das ist es wirklich wahrhaftig nicht.«
»Wenn es Ihnen morgen früh nicht besser geht, gehen Sie ins Krankenhaus, Pug, und lassen Sie eine Blutuntersuchung machen.«
»Ich muß noch einen Bericht zu Ende schreiben, bevor ich mich hinlege. Der Präsident erwartet ihn morgen früh.«
Connolly schien beeindruckt, doch seine Entgegnung war kurz. »Das eilt nicht! Rufen Sie den diensthabenden Offizier, und es wird abgeholt, egal wann, heute nacht.«
Als er in die Offiziersunterkunft kam, fragte Pug einen Sergeanten, der am Eingang verschlafen über einem Comic-Heft saß: »Gibt es hier so etwas wie eine Schreibmaschine?«
»Ich hab' hier eine versenkbare Schreibmaschine, Sir.«
»Kann ich die benutzen?«
Der Sergeant blinzelte ihn an. »Jetzt, Sir? Die macht einen Höllenlärm.«
»Es dauert nicht lange.«
Er ging in sein Zimmer, nahm einen tüchtigen Schluck Whisky und kehrte mit den Notizen seiner Inspektionstour in die Eingangshalle zurück. Der Alkohol dämpfte sein Unwohlsein und versetzte ihn für kurze Zeit in einen euphorischen Zustand; und der Bericht, den er auf einer Seite herunterschrieb, wollte ihm fabelhaft vorkommen. Daß er am nächsten Morgen wie trunkenes Geschwätz wirken konnte, mußte er riskieren. Er versiegelte ihn und rief den diensthabenden Offizier. In seinem ungeheizten kleinen Zimmer fiel er in das kalte Bett und breitete jede verfügbare Wolldecke sowie seinen Uniformmantel über sich.

In völlig verschwitzten Laken wachte er auf. Ein verschwommener Blick auf seine Armbanduhr, der sonnenhelle Raum drehte sich um ihn, und als er aufstehen wollte, war er so schwach, daß ihm keine andere Wahl blieb als das Hospital.

31

Bei dem »Knüppel«, der Churchill zwischen die Beine geworfen wurde, handelte es sich um nichts Geringeres als darum, daß das britische Empire aus seiner führenden Stellung in der Welt hinausgedrängt wurde – mit höflichen Worten und während einer Besprechung in der Sowjetischen Botschaft.
Churchill war Stalin schon begegnet, Roosevelt dagegen nicht. Als Stalin und Roosevelt einander zum erstenmal von Angesicht zu Angesicht gegenübersaßen, verlagerte sich das Schwerpunktzentrum des Krieges und des zukünftigen Schicksals der Welt. Und derjenige, der diese Verlagerung mit seiner ganzen vernichtenden Gewalt zu spüren bekam, war Winston Churchill. Von Anfang an hatte es in Teheran Hinweise dafür gegeben, daß es mit seiner vertrauensvollen Zusammenarbeit mit Roosevelt in der Kriegführung bergab ging: so etwa das erste Zusammentreffen des Präsidenten mit Stalin *ohne* Churchill, dann der Umstand, daß er die Gastfreundschaft der Russen angenommen hatte. Doch erst bei der Plenarsitzung wurde die Veränderung von Churchills Rolle in der Geschichte deutlich sichtbar.
Ein großer Mann, ein scharfsinniger Historiker, konnte Churchill in Teheran nur die Karten ausspielen, die er hatte. Es war ein vergleichsweise schwaches Blatt. Mochte Roosevelt auch so etwas wie Zuneigung für ihn empfinden und Stalin nicht über den Weg trauen: bei diesem neuen Übereinkommen im alten Spiel hielt die Sowjetunion die Trümpfe – Kampfstärke und Willenskraft – in der Hand. In Teheran schieden die Briten aus dem Spiel; rund dreihundert Jahre westeuropäischer Führung in der Geschichte gingen zu Ende und die Gegenwart dämmerte düster herauf.
Das schlimmste, was man sich heute ausmalen könnte, wenn man auf diesen Krieg zurückschaut, ist, daß er auch ganz anders hätte ausgehen können. Das Bedrängendste an diesem Krieg – man muß versuchen, das zu begreifen und ein Gefühl für die damalige Zeit zu entwickeln – lag darin, daß kein Mensch wußte, wie er ausgehen würde. Franklin Delano Roosevelt hatte gut daran getan, sich an der Hintertür des Georgiers einzufinden. Überall auf der Welt starben massenweise Menschen im Kampf. Panzer brannten aus, Schiffe versanken, Flugzeuge stürzten vom Himmel, ganze Städte wurden in Schutt

und Asche gelegt, Rohstoffe wurden verschwendet: und dennoch war das, was aus dem Krieg herauskommen sollte, äußerst zweifelhaft, und es gab unter Hitlers Gegnern noch keinen Plan, wie man ihn gewinnen wollte. Nach zwei Jahren ständiger Gespräche lagen sich die amerikanischen und britischen Generalstäbe immer noch in den Haaren: die Amerikaner bestanden darauf, alles auf eine Karte zu setzen und 1944 in Frankreich zu landen, während die Briten nach wie vor für weniger riskante Unternehmungen auf dem Balkan und im östlichen Mittelmeerraum eintraten. Roosevelt konnte sich nicht darauf verlassen, daß die Sowjetunion nicht einen Separatfrieden mit den Deutschen schloß oder wie die Chinesen sich einfach weigerte, über einen bestimmten Punkt hinauszugehen und weiterzukämpfen; und daß Stalin Japan den Krieg erklären oder einem neuen Völkerbund beitreten würde, waren nicht mehr als vage Hoffnungen.

Mit der Konferenz von Teheran änderte sich das. Im Laufe von drei Tagen und auf drei Strategiebesprechungen am runden Tisch, die nur wenige Stunden dauerten, brachte der Präsident Josef Stalin mit sanfter Kunst – die in den Aufzeichnungen über die Konferenz anmutet wie gespielte Unbeholfenheit – dazu, sich ein für allemal gegen die zaghaften Vorschläge Winston Churchills auszusprechen und sich endgültig zugunsten von *Overlord* zu entscheiden, der grandiosen Landung über den Ärmelkanal hinweg in Frankreich. Stalin versprach einen zeitlich darauf abgestimmten Großangriff von Osten und verpflichtete sich, wenn Deutschland erst einmal in die Knie gezwungen wäre, Japan anzugreifen. Außerdem sicherte er zu, daß Rußland nach dem Kriege den Vereinten Nationen beitreten würde. Die langen, argwöhnischen Florettfechtereien der Großen Drei endeten in Teheran in einer unverbrüchlichen, soliden Allianz, die fest entschlossen war, den Nationalsozialismus hinwegzufegen. Zwar war diese Allianz nicht stark genug, um allen Nachkriegsveränderungen standzuhalten; aber der Krieg ließ sich mit ihr gewinnen. Franklin Delano Roosevelt ging nach Teheran, um den Krieg zu gewinnen.

Dieser Plan bedeutete, daß Churchills Lieblingsideen rücksichtslos vom Tisch gefegt wurden. Auf der Eröffnungssitzung erkundigte Roosevelt sich fast im Plauderton bei Stalin, was er vorziehe: den großen Angriff auf Frankreich oder den einen oder den anderen Mittelmeerplan; und als der mächtige und schwierige Russe sich für *Overlord* stark machte, war Churchill mit zwei zu eins überstimmt. Das war der »Knüppel zwischen die Beine«; mit ihm wurde seinem langen und verbissenen Kampf, den Krieg so zu führen, daß sein Empire bestehen blieb, der Todesstoß versetzt.

Am nächsten Tag, auf der zweiten formalen Sitzung, schlug er zurück und setzte sich lange und heftig für seine Mittelmeerstrategie ein, bis Stalin ihm

Einhalt gebot, indem er ihn eiskalt fragte: »Glauben die Briten wirklich an das Unternehmen *Overlord,* oder sagen sie das bloß, um die Russen zu beruhigen?« Das war ein so heikler Augenblick, daß Roosevelt sagte, es sei wohl besser, man gehe jetzt erst zum Essen. Stalin setzte Churchill während des ganzen Abendessens hart zu mit seiner Weichheit den Deutschen gegenüber. Zuletzt verließ der Premierminister wutschäumend das Zimmer; woraufhin der Russe ihm nachging und ihn gutmütig zurückholte.

In der Frühe des dritten Vormittags stattete Hopkins Churchill einen Besuch ab. Vielleicht brachte er dem alten Kämpen einen Rat von Roosevelt, daß es Zeit sei, aufzuhören; wir wissen es nicht. Auf jeden Fall erklärten die Briten kurz darauf auf einer Sitzung der vereinigten Stabschefs, man solle jetzt entweder das Datum für *Overlord* festsetzen oder nach Hause gehen. Damit endete das zweijährige Gerangel. Die Amerikaner zeigten weder Erleichterung noch Triumph. Churchill und Roosevelt erreichten in aller Eile eine einseitige Übereinkunft über *Overlord.* Beim Mittagessen schlug Churchill tapfer vor, Roosevelt solle sie Stalin vorlesen, was dieser auch tat. Mit verbissener Freude erklärte Stalin, die Rote Armee werde Rußlands Dankbarkeit dadurch zeigen, daß sie im Osten mit einem großangelegten Angriff losschlagen werde.

Am Abend dieses Tages fand in der Britischen Botschaft Churchills Geburtstagsparty statt. Am Kopfende der mit blitzendem Geschirr gedeckten Tafel saß Churchill, Roosevelt zu seiner Rechten und Josef Stalin zu seiner Linken und neben ihnen eine Reihe hoher Militärs und die Außenminister. Man aß und trank; rundum herrschte Optimismus und Freundschaft. Alles war erfüllt von dem Gefühl, daß sich eine bedeutende Wende in der Geschichte vollzogen hatte. Mehr und immer mehr Trinksprüche wurden ausgebracht. Zwar war es Churchills Vorrecht, den letzten auszubringen, doch überraschte Stalin die Runde damit, daß er dieses Privileg für sich erbat. Hier seine Worte:

»*Vom russischen Standpunkt aus möchte ich Ihnen sagen, was der Präsident und die Vereinigten Staaten getan haben, um den Kreig zu gewinnen. Das wichtigste in diesem Krieg ist die Motorisierung. Die Vereinigten Staaten haben bewiesen, daß sie Monat für Monat acht- bis zehntausend Flugzeuge produzieren können. Rußland kann höchstens dreitausend pro Monat herstellen. England produziert drei bis dreieinhalbtausend pro Monat, zur Hauptsache schwere Bomber.*
Die Vereinigten Staaten sind ein Land der Maschinen. Ohne diese Maschinen, die wir im Rahmen des Leih- und Pachtvertrages erhalten, würden wir diesen Krieg verlieren.«

Das war mehr, als Stalin bis zu seinem Tode jemals öffentlich seinem eigenen

Volk über den amerikanischen Beitrag zum Krieg gesagt hat. Unter den gegebenen Umständen hätte man ein Kompliment für Churchill und die Briten erwarten können; stattdessen entschloß sich das alte Ungeheuer, Amerika und den Leih- und Pachtvertrag zu preisen. Er hatte Churchill nie erlaubt, seine feindselige Einstellung dem Bolschewismus gegenüber zu vergessen; vielleicht war das sein letzter versteckter Hieb gegen den alternden Tory.
Es sollte noch ein Tag politischen Schacherns folgen, bei dem an erster Stelle das leidige Problem Polen stand, das ungelöst blieb, aber die Konferenz von Teheran war vorbei. Alle drei Führer konnten als Sieger nach Hause gehen. Stalin hatte seine großangelegte Invasion in Frankreich, die er gefordert hatte, seit Deutschland in sein Land eingefallen war. Wenn auch vor den Kopf gestoßen, konnte Churchill mit der Versicherung zu den Briten zurückkehren, daß der beinahe schon verlorene Krieg gewonnen würde; und wenn seine Mittelmeerpläne sich auch *Overlord* unterordnen mußten, sollte er sich doch weiterhin für sie verwenden und einige davon sogar durchsetzen.
Den Hauptgewinn hatte Roosevelt. Er hatte endlich ein festes Bündnis gegen Deutschland, jene Strategie der Verbündeten, die er wollte; die Gefahr eines Separatfriedens war gebannt, und außerdem hatte er Stalin das Versprechen abgenommen, Japan anzugreifen und sich den Vereinten Nationen anzuschließen. Das waren klare Zielvorstellungen. Aus seinen Memoiren geht hervor, daß Franklin Delano Roosevelt Teheran für seine größte Stunde hielt. Und vielleicht war es das auch.
Trotzdem kann kein Mensch in die Zukunft blicken; schon gar nicht im Pulverdampf eines Krieges. Schließlich waren die Vereinigten Staaten im Pazifik nicht auf die Hilfe Rußlands angewiesen; sie wären dadurch nur in Verlegenheit gebracht worden. Aber das Atombombenprojekt hatte sich zu einem hinkenden Fragezeichen entwickelt, und die Einnahme eines einzigen kleinen Atolls, Tarawa, war ein Blutbad gewesen. Man nahm an, daß der Krieg gegen Japan auch nach der Niederlage Deutschlands ein Jahr oder noch länger weitergehen würde; vielleicht stand am Ende eine Landung in der Bucht von Tokio, die Millionen Todesopfer kosten würde. Stalins Verpflichtungen waren wie ein Gottesgeschenk. Und was den späteren traurigen Niedergang der Vereinten Nationen betrifft – wer konnte ihn vorhersehen? Was blieb anderes übrig, als es zu versuchen?
Auch für die Juden, die noch in der grauenhaften Nacht Europas lebten, war Teheran so etwas wie eine Morgendämmerung, wenn auch eine düstere. Der über den Kanal vorgetragene Angriff auf Frankreich konnte nicht vor Mai oder Juni stattfinden. Scherzhaft meinte Roosevelt, als er Stalin diese schlechte Nachricht beibrachte, der Ärmelkanal sei »ein höchst unangenehmes Gewäs-

ser«. Churchill warf ein, die Briten hätten allen Grund, froh darüber zu sein, daß er so unangenehm sei. Von diesem Geplänkel hing das Leben unzähliger Juden ab. Zur Zeit der Konferenz von Teheran ging die »territoriale Lösung« endgültig in die Brüche. Die meisten der europäischen Juden waren bereits tot oder auf dem Weg in den Tod. Dennoch hätten noch viele durch eine rasche Vernichtung Nazi-Deutschlands gerettet werden können.

Niemand sprach in Teheran von den Juden; doch zu den großen Einsätzen, um die es bei dieser Konferenz ging, gehörte auch das Rennen zur Rettung der Überlebenden. Franklin Delano Roosevelt hatte dafür gesorgt, daß der Hitlerterror die Erde nicht länger verdunkelte; doch die deutsche Mordmaschine lief mittlerweile auf Hochtouren.

Was von der Konferenz von Teheran außer alten Worten und alten Photos bleibt, ist die Gestalt der modernen Welt. Wer das Denkmal von Teheran sieht, sehe sich um. Die malerische persische Stadt, in der sie stattfand, bietet heute ein verändertes Bild. Die Männer, die hier ihre Stunde des Sieges oder der Niederlage erlebten, sind nicht mehr. Ihr Werk jedoch bewegt heute noch das Rad der Geschichte. Der Rest ist für die Geschichtenerzähler.

Ein dicker, blasser Arzt von der Army, der durch die Doppelreihe von Betten hindurchging, kam zu Pug Henry, der in khakifarbenem Lazarettkittel aufsaß. »Wie geht es Ihnen?« fragte der Arzt müde. Er war selbst ein Neuankömmling und litt unter einem Anfall von persischem Bauchgrimmen.
»Ich habe Hunger. Darf ich Frühstück bestellen?«
»An was hatten Sie gedacht?«
»Schinken und Ei und Kartoffelpüree. Vielleicht sollte ich in die Offiziersmesse hinübergehen.«
Traurig grinste der Arzt, fühlte ihm den Puls und gab ihm einen Brief. »Wie wär's mit Trockenei, Trockenkartoffeln und Büchsenfleisch?«
»Klingt phantastisch.« Begierig riß Pug den Brief auf, der in Pamelas männlich steiler Handschrift adressiert war. Der Brief war vom Vortag.

Mein Lieber –
ich bin außer mir. Sie wollen mich nicht zu Dir lassen!
Man hat mir gesagt, Du bist noch zu schwach, um ins Besucherzimmer zu kommen, und Frauen dürfen nicht in die Station. Es ist wie verteufelt! Man hat mir aber auch gesagt, Amöben, Malaria oder irgendeinen von den hiesigen Schrecken hättest Du nicht; da fällt mir immerhin ein Stein vom Herzen. Trotzdem werde ich mir auf dem ganzen Rückflug nach Neu Delhi Sorgen

machen. *Bitte*, ehe Du abfährst, geh hinüber in die Britische Botschaft und frag nach Lieutenant Shinglewood (ein nettes grünäugiges Mädchen) und sag ihr, daß es Dir gut geht. Sie läßt es mich dann wissen.
Duncan ist über den Konferenzverlauf tief entsetzt. Er sagt, das sei das Ende des Empire. Folglich höre ich viel über die *Bhagavad-Gita*.
Und jetzt *hör zu!* Überstürzt und zweifellos höchst ungeschickt, aber sei's drum. Ich habe mich neulich abend in dem Garten idiotisch aufgeführt. Vielleicht gab es keine »richtige« Art, mich zu verhalten, als Du mir Deine Fragen über Rhoda an den Kopf warfst. Ich habe instinktiv reagiert und eine Tintenwolke verspritzt wie ein aufgescheuchter Krake. Warum? Bin mir nicht sicher. Solidarität der Geschlechter, Widerstreben, einer Rivalin das Messer in den Bauch zu rammen, was weiß ich? Jetzt habe ich darüber nachgedacht. Es steht zuviel auf dem Spiel – vielleicht das Glück einer Reihe von Menschen. Jedenfalls scheinst Du etwas zu wissen, möglicherweise mehr als ich.
Ich weiß wirklich nicht, daß Rhoda etwas Unrechtes getan hätte. Ich habe sie in der Tat mit einem Colonel Harrison Peters getroffen, und zwar nicht einmal, sondern mehrfach. Ihre Beziehung könnte unschuldig sein; nach ihrem Verhalten würde ich sogar meinen, daß sie es ist. Für harmlos halte ich sie allerdings nicht. Du solltest mit allen Mitteln sehen, daß Du so schnell wie möglich nach Washington und mit ihr ins Reine kommst.
Aber ich kann bis dahin nicht atemlos auf dem Nebengeleis stehen und auf Nachrichten warten. Ich habe mich sehr mit Duncan eingelassen. Wahrscheinlich sind wir verheiratet, bevor wir, Du und ich, uns wiedersehen oder auch nur voneinander hören. Ich gestehe, daß dieses dünne und doch eiserne Band zwischen uns über meinen Verstand geht. Es ist wie ein Faden im Märchen, den Riesen nicht zerreißen können. Aber wir können nichts tun, außer glücklich darüber zu sein, daß uns etwas so schmerzlich, so unbeschreiblich Zauberhaftes widerfahren ist.
Schreib mir auf jeden Fall, wenn Du Dich entschieden hast. Von ganzem Herzen beschwöre ich Dich, die Dinge *im Zweifelsfall für* Rhoda sprechen zu lassen. Sie ist eine beachtliche Frau; Du hast zwei großartige Söhne von ihr, und sie hat es verdammt schwer gehabt. Ich werde Dich immer lieben, immer von Dir hören wollen, Dir immer alles Gute wünschen. Jetzt haben wir in diesem Jahr schon fünf Tage gelebt, nicht wahr? Viele Menschen leben von der Wiege bis zur Bahre nicht einmal einen einzigen Tag.

                                             Ich liebe Dich.
                                                    Pamela

Pug brachte das Frühstück hinunter und fand, Dosenfleisch sei eine zu Unrecht verleumdete Delikatesse – zumal mit Trockenei, gleichfalls einer unterschätzten Köstlichkeit –, als der Arzt in die Station kam und sagte, er habe Besuch. Er ging hinaus, so schnell ihn seine zitternden Beine trugen. Der Lazarett-Bademantel flatterte ihm um die Knie. Auf einem schäbigen Sofa in dem leeren Vorraum saß Harry Hopkins. Er hob eine müde Hand. »Hallo. Wir fliegen in einer halben Stunde nach Kairo. Der Präsident hat mich gebeten, mich zu erkundigen, wie es Ihnen geht.«
»Das ist sehr aufmerksam von ihm. Es geht mir besser.«
»Pug, Ihre Denkschrift zum Leih- und Pachtvertrag war fabelhaft. Das soll ich Ihnen ausdrücklich sagen. Er hat sie nicht verwendet, wohl aber ich. Molotow fing bei einem Treffen der Außenminister an, sich mir gegenüber über Leih- und Pacht zu beklagen. Daraufhin habe ich mit Ihren Fakten gekontert. Er hat danach nicht nur den Mund gehalten, sondern sich auch noch entschuldigt und erklärt, die letzten Engpässe würden rasch beseitigt. Als ich dem Präsidenten davon berichtete, wollte er sich ausschütten vor Lachen. Er hat gesagt, damit sei für ihn der Tag gerettet. Nun, Sie haben nicht mit Pat Hurley gesprochen, oder?«
»Nein, Sir, ich bin überhaupt nicht mehr auf dem laufenden.«
»Nun, diese Idee eines neuen Abkommens über den Truppenrückzug nach dem Krieg hat sich durchgesetzt. Die Iraner haben sich von den drei Besatzungsmächten eine Absichtserklärung erbeten, und mehr brauchte der Präsident nicht. Stalin hat sich ihm gegenüber einverstanden erklärt. Daraufhin hat Hurley Himmel und Hölle in Bewegung gesetzt, um das Abkommen aufzusetzen und unterschrieben zu bekommen. Es heißt ›Iran-Erklärung‹. Der Schah unterzeichnet um Mitternacht.«
»Mr. Hopkins, wie sieht es mit den Landungsfahrzeugen aus?«
»Die haben nach dieser Konferenz gewaltig an Wichtigkeit und Dringlichkeit gewonnen.« Hopkins sah ihn fragend an. »Nächstes Jahr wird alles andere dahinter zurückstehen müssen. Warum?«
»Das ist, was ich als nächstes tun möchte.«
»Lieber das, als ein Schlachtschiff befehligen?« Das schmale, kränkliche Gesicht ließ lebhafte Skepsis erkennen. »Sie, Pug? Sie sind als Kommandant für eines vorgesehen, das weiß ich.«
»Nun, aus naheliegenden persönlichen Gründen, Mr. Hopkins. Ich möchte eine Zeitlang mit meiner Frau verbringen.«
Hopkins streckte ihm eine knochige Hand hin. »Fliegen Sie zurück, so rasch Sie können.«

Der erste Streitpunkt, der im April 1946 vor die Vereinten Nationen gebracht wurde, war eine Beschwerde des Iran darüber, daß die Sowjetunion – im Gegensatz zu Amerika und Großbritannien – ihre Truppen nicht entsprechend der Teheraner Übereinkunft zurückgezogen habe und nun versuche, im Norden eine kommunistische Marionettenregierung einzusetzen. Präsident Truman setzte sich mit Nachdruck für den Iran ein. Zuletzt zogen die Russen unter beträchtlichem Knurren ab. Die Marionettenrepublik brach zusammen, und der Iran kam wieder zu seinen Gebieten. Während dieser Krise sann Victor Henry darüber nach, ob nicht ein paar bei einem Abendessen in Persien gesprochene Worte sein Hauptbeitrag zum Krieg gewesen seien. Er sollte es nie erfahren.

32

Rund zwanzig schäbig gekleidete Männer mit dem gelben Stern auf der Brust sitzen in der Magdeburg-Kaserne um einen langen Tisch, unter ihnen Aaron Jastrow. Sie warten auf ihre erste Begegnung mit dem neuen Kommandanten von Theresienstadt. Nachdem er etliche Tage im trüben Februarwetter und grauen Schneematsch umhergefahren ist, um sich ein gründliches Bild vom Ghetto zu machen, hat der neue Mann den Ältestenrat zusammengerufen. Das Dreiergremium, das am Kopfende des Tisches sitzt – Eppstein und seine beiden Stellvertreter –, sagt nicht viel, aber sie machen lange Gesichter.
Der neue Mann, SS-Sturmbannführer Karl Rahm, ist hier kein Unbekannter. Jahrelang hat er im nahegelegenen Prag das Amt für jüdisches Eigentum geleitet, eine offizielle deutsche Regierungsbehörde zur Ausplünderung der Juden. In den meisten europäischen Hauptstädten gibt es ein solches Amt; sie wurden nach dem Modell von Eichmanns früherer Wiener Dienststelle errichtet, und Männer wie Rahm verwalten sie. Dem Ruf nach ist Rahm ein in der Wolle gefärbter Nazi, ein Österreicher, der bei der geringsten Herausforderung gefährlich in die Luft geht; seine Umgangsformen dagegen sollen nicht ganz so barsch und kalt sein wie die von Burger.
Die Ältesten, die Marionettenregierung von Theresienstadt, sind ob dieses Kommandowechsels besorgt. Burger war ein Teufel, an den sie gewöhnt waren. Unter ihm funktionierte das Ghetto auf einer brutalen, aber stabilen Grundlage. Seit Wochen sind keine Transporte mehr abgegangen. Was wird jetzt der unbekannte Teufel bringen? Das ist die Frage, die in den Gesichtern der um den Tisch Sitzenden zu lesen ist.
Sturmbannführer Rahm betritt mit Lageraufseher Haindl den Raum. Die Ältesten stehen auf.
Nur die schwarze Ausgehuniform mit den silbernen Litzen und Knöpfen, denkt Jastrow, gibt diesem nichtssagend aussehenden Mann einiges Gewicht. Solche Typen hat man schon zu Tausenden gesehen: blonde Dreißigjährige mit Doppelkinn, Bauch und ausladendem Gesäß, die auf den Prachtstraßen von München und Wien flanierten. Scharführer Haindl dagegen sieht genau so böse aus, wie er ist. Dieser österreichische Aufseher mit seinem Zigarettentick

ist ein ebenso gefürchteter wie verhaßter Mann. Er bringt es fertig, durchs Fenster zu springen, nur um Juden beim Rauchen zu erwischen; er beobachtet Arbeitsgruppen auf dem Feld mit dem Feldstecher und taucht überraschend in Krankenhäusern, Hospitälern, Kabaretts, ja, sogar auf den Abtritten auf. Wenn er auch nur eine einzige Zigarette findet, kann das Anlaß für ihn sein, ein Opfer halbtot zu prügeln oder zum Foltern in die Kleine Festung zu schicken. Trotzdem wird in Theresienstadt wüst geraucht; Zigaretten kommen als Währung im Wert gleich nach Gold und Juwelen; doch vor Haindl ist jedermann auf der Hut. Heute trägt er einen milden Gesichtsausdruck zur Schau, und seine feldgraue Uniform wirkt nicht ganz so schlampig wie sonst.
Sturmbannführer Rahm fordert die Ältesten auf, Platz zu nehmen. Vom Kopfende des Tisches aus, die Beine gegrätscht, steht er da und hält eine kleine Ansprache. Schon seine ersten Sätze lösen Verwunderung aus. Er hat vor, Theresienstadt jetzt wirklich zu einem Paradies-Ghetto zu machen, damit es den Namen nicht zu unrecht trägt. Die Ältesten kennen die Stadt, kennen ihre Abteilungen. An ihnen liege es jetzt, ihm Ideen zu liefern. Die gegenwärtigen Verhältnisse seien eine Schande. Theresienstadt sei heruntergekommen. Das werde er nicht länger dulden. Ihm gehe es darum, eine große Verschönerungsaktion in die Wege zu leiten.
Jastrow ist wie vor den Kopf geschlagen; genau dieselben Worte hat auch Eichmann gebraucht. Rahms Ansprache ist ein Echo dessen, was Eichmann vor zwei Monaten gesagt hat. Auch unter Burger war schon von ›Verschönerung‹ die Rede; doch die Vorstellung war so ungeheuerlich und Burger selbst schien so desinteressiert, daß die Ältesten darin nur eine trügerische deutsche Wortfassade gesehen haben. Das Dreiergremium erteilte nur Zufallsanweisungen zur Reinigung der Straßen und zum Anstreichen einiger Unterkünfte und Häuser.
Rahm spricht eine ganz andere Sprache. »Die große Verschönerungsaktion«, sagt er, sei sein Hauptanliegen. Er habe wichtige Befehle ausgegeben. Das alte Sokol-Rathaus solle sofort als Gemeindezentrum ausgebaut werden, mit Arbeitszimmern und Vortragssälen; außerdem eine Oper und ein Theater mit vollständiger Bühnenausrüstung. Alle anderen Vortragssäle und Versammlungsräume sollten aufgefrischt werden, die Kabaretts vergrößert und neu dekoriert. Es sollten neue Orchester aufgestellt, Opern, Ballette, Konzerte und Theateraufführungen einstudiert, verschiedene Unterhaltungen und Kunstausstellungen eingerichtet werden. Material für Kostüme, Kulissen und Bilder und so fort würden bereitgestellt. Die Hospitäler müßten blitzsauber hergerichtet werden. Ein Kinderspielplatz werde gebaut und ein schöner Park für die alten Leute.

Während Jastrow diesem überwältigenden Erguß lauscht und sich fragt, ob das Ganze ernst zu nehmen ist, wird ihm klar, um was es bei dieser ganzen Sache geht. Rahm erwähnt nicht eines von den Dingen, die Theresienstadt zu einer Hölle machen und nicht zu einem Paradies: die Hungerrationen, die schreckliche Überbelegung, der Mangel an warmer Kleidung, Heizung, Aborten, Heimen für Geistesschwache, Alte und Krüppel, was alles zu einer schrecklichen Sterberate beiträgt. Von alledem kein Wort. Alles, was er vorschlägt, ist das Schminken einer Leiche.
Jastrow hat schon lange den Verdacht, daß Eichmann ihn zur Galionsfigur des Ältestenrats gemacht hat, ja, ihn möglicherweise nach Theresienstadt geschickt hat in Erwartung eines Besuchs vom Vatikan oder vom neutralen Roten Kreuz. Irgend so etwas muß jetzt im Busch sein. Trotzdem scheint die Art, wie Rahm die Sache anfaßt, einfältig. Mag er noch soviel Arbeit in die Renovierung von Gebäuden und Anlagen stecken – wie lassen sich der überwältigende Schmutz, die vielen kränklichen, leidenden Gesichter, die Unterernährung und die Sterberate verheimlichen? Etwas mehr Lebensmittel, etwas mehr medizinische Versorgung würden im Ghetto rasch und mühelos einen Glücksausbruch zur Folge haben, der jeden täuschen könnte. Doch die Vorstellung, die Juden selbst auch nur um ein weniges besser zu behandeln, wenn es auch nur darum ginge, für kurze Zeit eine nützliche Illusion zu schaffen, übersteigt das Fassungsvermögen der Deutschen.
Rahm kommt zum Schluß seiner Ausführungen und fragt nach Vorschlägen. Um den Tisch herum blicken Augen in grauen Gesichtern von einem zum anderen. Keiner sagt ein Wort. Die sogenannten Ältesten – *de facto* Abteilungsleiter unterschiedlichen Alters – sind ein bunt zusammengewürfelter Haufe: einige anständig, andere korrupt, diese ausschließlich auf den eigenen Vorteil bedacht, jene menschlich. Doch alle klammern sich an ihren Posten. Eigene Wohnung, Ausgenommensein vom Abtransport, die Chance, Vorzüge und Gefälligkeiten zu verteilen und zu empfangen – all das überwiegt die Spannung und das Schuldgefühl, Werkzeug der SS zu sein. Keiner riskiert, als erster den Mund aufzumachen; das Schweigen wird unbehaglich. Draußen ein grauer Himmel; drinnen graues Schweigen und der überall vorherrschende, alles überlagernde Geruch von ungewaschenen Körpern. Ganz schwach in der Ferne hört man die Klänge der *Schönen blauen Donau;* das Stadtorchester beginnt mit seinem Morgenkonzert, hinter dem hohen Zaun auf dem Hauptplatz des Städtchens.
Jastrows Abteilung hat nichts mit den lebenswichtigen Dingen zu tun, von denen Rahm kein Wort hat verlauten lassen. Er tut nichts, was Natalie oder ihrem Kind schaden könnte; doch was ihn selbst betrifft, ist er seit der

Begegnung mit Eichmann merkwürdig frei von Furcht. Der Amerikaner in ihm findet diesen europäischen Alptraum, in dem er befangen ist, immer noch abscheuerregend und lächerlich absurd, den Pesthauch der Angst rings um ihn herum rührend. Denn für das polternde, fettgesichtige Mittelmaß in den protzigen schwarzen Uniformen empfindet er vor allem Verachtung, gemildert von Vorsicht.

Er hebt die Hand. Rahm nickt. Er steht auf und grüßt. »Herr Kommandant, ich bin der stinkende Jude Jastrow...«

Rahm unterbricht ihn und zeigt mit dickem Zeigefinger auf ihn. »Also, dieser Scheiß hört ab sofort auf!« Er wendet sich an Haindl, der auf einem Sessel sitzt und eine Zigarre raucht. »Neue Anweisungen! Keine idiotische Grüßerei und kein Mützenabnehmen mehr! Schluß mit dem Quatsch von wegen stinkender Jude! Theresienstadt ist kein Konzentrationslager. Es ist eine behagliche und glückliche Stadt zum Wohnen.«

In Haindls bösartigem Gesicht spielt Verwunderung. »Jawohl, Herr Kommandant!«

Verwunderung auch auf den Mienen der Ältesten. Bislang galt es als schwerwiegendes Ghetto-Vergehen, sich in Anwesenheit eines Deutschen nicht die Mütze vom Kopf zu reißen, ein Vergehen, das durch augenblickliche Prügelstrafe gesühnt wurde. Sich als ›Stinkenden Juden‹ zu bezeichnen war Vorschrift. Es wird nicht leicht sein, sich diese bereits zur zweiten Natur gewordenen Dinge wieder abzugewöhnen.

»Ich bitte vortragen zu dürfen«, fährt Jastrow fort, »daß in meiner Abteilung die Musik-Sektion dringend Papier benötigt.«

»Papier?« Rahms Gesicht legt sich in Falten. »Was für Papier?«

»Egal, was für Papier, Herr Kommandant.« Jastrow sagt die Wahrheit. Abgerissene Tapeten, selbst aus Leinen, werden benutzt, um Noten aufzuschreiben. Es ist nicht von Wichtigkeit und lohnt den Versuch. »Die Musiker ziehen die Notenlinien selbst. Obwohl richtiges Notenpapier natürlich besser wäre.«

»Richtiges Notenpapier.« Rahm wiederholt die Worte, als handle es sich um eine Fremdsprache. »Wieviel?«

Jastrows Stellvertreter, ein leichendürrer Orchesterleiter aus Wien, flüstert vom Platz neben ihm.

»Herr Kommandant«, sagt Jastrow, »für die Art großer kultureller Ausweitung, wie Sie sie planen, zunächst einmal fünfhundert Blatt.«

»Sorgen Sie dafür!« sagt Rahm zu Haindl. »Und ich danke Ihnen. Meine Herren, das sind Vorschläge, wie ich sie haben will. Was noch?« Einer nach dem anderen kommen die anderen Ältesten jetzt schüchtern mit unschuldigen

Bitten, die von Rahm wärmstens aufgenommen werden. Die Atmosphäre verbessert sich. Und wie im Einklang damit wird es draußen heller, Sonnenlicht fällt in den Raum. Abermals erhebt sich Jastrow. Ob die Musik-Sektion auch um mehr Musikinstrumente bitten dürfe, von besserer Qualität; Rahm lacht. Ja, warum denn nicht? Im Zentralamt in Prag seien zwei Speicher vollgestopft mit Musikinstrumenten: Geigen, Celli, Flöten, Klarinetten, Gitarren, Klavieren, was man wolle! »Kein Problem! Stellen Sie nur eine Liste auf!«

Kein einziger von den Ältesten erwähnt Lebensmittel, Medikamente oder Wohnraum. Jastrow glaubt zwar, daß er imstande wäre, auch diese Dinge zur Sprache zu bringen, doch was kann schon Gutes dabei herauskommen? Er würde den sonnigen Augenblick nur wieder verdüstern, sich selbst in Ungelegenheiten bringen und nichts erreichen. Jedenfalls nicht seine Abteilung.

Als Rahm und Haindl gehen, steht Eppstein auf. Das festgefrorene untertänige Lächeln von seinem Gesicht schwindet. Noch etwas, verkündet er.

Der neue Kommandant habe die Überfüllung der Stadt höchst ungesund und unschön gefunden; deshalb müßten sofort fünftausend Juden abtransportiert werden.

In einer gewöhnlichen Stadt von fünfzigtausend Einwohnern, über die ein Tornado hinwegfegt, der fünftausend Todesopfer fordert, mögen die Bewohner Ähnliches empfinden wie die Juden über einen Transport.

Man kann sich an diese in unregelmäßigen Abständen zuschlagende Geißel nicht gewöhnen. Jedesmal wird das Gewebe des Ghettos auseinandergerissen. Optimismus und Glaube schwinden. Das Gefühl, einem unausweichlichen Schicksal ausgeliefert zu sein, gewinnt wieder die Oberhand. Obgleich niemand genau weiß, was »der Osten« wirklich bedeutet, ist es ein Schreckenswort. Die Unglücklichen gehen einher wie in einem Schock, machen die Runde, um Abschied zu nehmen, verschenken die wenigen Habseligkeiten, die nicht in einen Koffer hineingehen. Das Zentralsekretariat wird belagert von Bittstellern, die jedes Mittel und jede Lücke nutzen wollen, um vom Abtransport befreit zu werden. Doch eine eiserne Vorgabe von Zahlen bildet den Rahmen der Tragödie: *fünftausend*. Fünftausend Juden müssen hinein in den Zug. Macht man bei einem eine Ausnahme, muß ein anderer seinen Platz einnehmen. Gelten fünfzig als entschuldigt, müssen fünfzig andere, die sich bisher sicher wähnten, den Blitz der grauen Transportkarten gewärtigen.

Die Juden, die die Transportabteilung bilden, sind eine geplagte Gruppe. Sie sind ihres Bruders Hüter, Erlöser und Henker in einem. Es ist ein Ghetto-Witz, daß Theresienstadt zum Schluß nur noch aus dem Kommandanten und der Transportabteilung bestehen wird. Jeder begegnet ihnen mit einem Lächeln; dabei wissen sie, daß sie verflucht und verachtet werden. Ihnen ist die Gewalt über Leben und Tod gegeben, eine Gewalt, die sie nie wollten. Sie sind Sonderkommandobeamte, die mit Federhalter und Stempeln über Menschenleben verfügen.

Kann man ihnen einen Vorwurf machen? Viele verzweifelte Juden stehen bereit, ihren Platz einzunehmen. Manche dieser Transport-Bürokraten gehören dem kommunistischen oder zionistischen Untergrund an und verbringen die Nächte damit, vergebliche Aufstandspläne zu schmieden. Manche denken nur daran, die eigene Haut zu retten. Ein paar Mutige versuchen, die schlimmsten Härten abzumildern. Ein paar Unselige neigen zur Bevorzugung einiger, nehmen Bestechungen an, nähren Groll bei anderen. Welcher Mensch kann sagen, wo er in diesem von deutscher Grausamkeit geschaffenen Spektrum menschlicher Natur seinen Platz gefunden hätte? Welcher Mensch, der nicht dabei war, kann die Judenräte, das Zentralsekretariat und die Transportabteilung verurteilen? *Gott verzeiht denen, die unter Zwang handeln*, lautet ein altes jüdisches Sprichwort, herausdestilliert aus bitteren Jahrtausenden.

Eine Parodie deutscher Gründlichkeit, reicht das Zentralsekretariat mit seinen grauen Aufforderungskarten überall hin. In einem halben Dutzend verschiedener Katalogsysteme sind Juden von anderen Juden verzettelt und mit Querverweisen eingeordnet worden. Wo immer ein Jude sich für eine Nacht niederlegt – sein Platz ist katalogisiert und mit dem Namen dessen festgehalten, der dort liegt. Jeden Tag wird eine namentliche Zählung durchgeführt. Die Toten und die Abtransportierten werden säuberlich aus den Karteien gestrichen. Neuankömmlinge werden bei ihrer Ankunft eingetragen, noch während sie ausgeplündert werden. Nur durch den Tod oder durch den Abtransport »nach dem Osten« kann man aus den Karteikarten herauskommen.

Die eigentliche Macht unter der SS in Theresienstadt ist nicht Eppstein oder das Dreiergremium oder der Ältestenrat, sondern das Zentralsekretariat. Aber das Sekretariat ist nicht jemand, mit dem man reden könnte. Es sind Freunde, Nachbarn, Verwandte oder einfach andere Juden. Es ist eine Abteilung, die bürokratisch die Befehle der Deutschen ausführt. Die Beschwerdeabteilung des Sekretariats, eine Reihe säuerlicher jüdischer Gesichter hinter Tischen, ist ein einziger Hohn; aber sie schafft viele Arbeitsplätze. Das Sekretariat ist enorm aufgebläht und mit Personal ausgestattet, weil es bisher Sicherheit bot. Doch

nun schlagen die grauen Karten auch innerhalb des Sekretariats zu. Das Ungeheuer beginnt, die eigenen Eingeweide zu fressen.
Das merkwürdigste ist, daß sich zu jedem Transport einige sogar freiwillig melden. Ihre Ehepartner, Eltern oder Kinder sind in einem früheren Transport fortgebracht worden. Sie sind einsam. So auf Rosen gebettet ist man in Theresienstadt auch wieder nicht, daß man um jeden Preis dableiben möchte. Also stellen sie sich mutig dem Unbekannten und hoffen, im Osten ihre Angehörigen wiederzutreffen. Manche haben Briefe und Postkarten erhalten und wissen, daß diejenigen, die sie suchen, noch am Leben sind. Selbst aus der Glimmerfabrik, dem sichersten Refugium in Theresienstadt, haben sich ein paar Frauen freiwillig gemeldet und sind nach dem Osten gegangen. Einem solchen Gesuch zeigen die Deutschen sich unweigerlich geneigt.

Als Natalie nach der Arbeit vorm Kinderheim auf Udam trifft, ist sie wie vom Donner gerührt, als er ihr seine graue Karte zeigt. Er hat bereits beim Sekretariat vorgesprochen. Er kennt Eppsteins Stellvertreter. Der Leiter der Transportabteilung ist ein alter zionistischer Gefährte noch von Prag her. Der Leiter der Bank hat sich ins Mittel gelegt. Nichts hilft. Vielleicht nimmt die SS Anstoß an seinen Darbietungen. Aber gleichviel, es ist alles vorbei. Heute abend geben sie ihre letzte Vorstellung. Morgen früh um sechs muß er seine Tochter abholen und sich am Bahnhof melden.
Ihre erste Reaktion ist eisige Furcht. Auch sie hat gespielt – Puppentheater; ist im Laufe des Tages auch in ihrer Wohnung eine graue Karte eingetroffen? Als er ihr Mienenspiel sieht, erklärt Udam, daß er sich erkundigt hat; für sie ist keine Aufforderung gekommen. Sie und Jastrow gehören der höchsten Ausnahmekategorie an. Wenn niemand sonst da ist, wenn »die Vettern aus Ost und West eintreffen« – sie beide werden da sein. Er hat sich noch ein paar neue, tagesbezogene Witze für *Frost-Kuckuck-Land* ausgedacht, und sie tun gut daran, noch zu proben, damit die Aufführung wirklich gut wird.
Sie legt ihm die Hand auf den Arm und meint, sie sollten sie besser abblasen. Jastrows Zuhörerschaft sei nur klein, und ihr sei bestimmt nicht nach Lachen zumute. Aarons Vortragsthema, ›Helden der *Ilias*‹, sei streng akademisch und kaum erhebend. Aaron hat um die Vorführung des Puppentheaters gebeten, weil er nie eine gesehen hat, doch Natalie hat insgeheim den Verdacht, daß beruflicher Ehrgeiz nur schwer stirbt und daß er in Wirklichkeit nur eine große Zuhörerschaft anlocken will. Es ist sein erster Vortrag, seit er Ältester geworden ist, und er muß wissen, daß er nicht gerade beliebt ist.
Aber Udam will von Abblasen nichts hören. Warum gute Witze verschenken?
Sie gehen zu den Kindern hinein. Louis begrüßt sie stürmisch wie immer im

schönsten Augenblick seines Tages. Während sie essen, redet Udam optimistisch vom »Osten«. Schließlich – kann es schlimmer sein als Theresienstadt? Die Postkarten, die er einmal im Monat von seiner Frau bekommt, sind kurz, aber sie machen Mut. Er zeigt Natalie die letzte Karte, datiert vor zwei Wochen:

Birkenau, Lager II-B
Mein Liebster!
Alles in Ordnung. Ich hoffe, Martha geht es gut. Vermisse Euch beide. Hier ist viel Schnee.

Herzlichst,
Hilda

»Birkenau?« fragt Natalie. »Wo liegt das?«
»In Polen, außerhalb von Oswiecim. Es ist nur ein kleines Dorf. Die Juden arbeiten dort in großen deutschen Fabriken und bekommen viel zu essen.«
Der Ton, in dem Udam das sagt, paßt nicht zu seinen Worten. Natalie ist vor Jahren mit Byron durch Oswiecim gekommen, auf dem Weg zur Hochzeit von Berels Sohn in Medzice. Sie kann sich kaum noch an die langweilige kleine Stadt mit dem großen Bahnhof erinnern. Im Ghetto wird erstaunlich wenig über den »Osten« geredet, über die Lager dort, und was dort geschieht; wie der Tod, wie Krebs oder die Erschießungen in der Kleinen Festung sind das Themen, die man lieber meidet. Trotzdem hat der Namen *Oswiecim* einen Schreckensklang. Natalie setzt Udam nicht weiter zu. Sie möchte nichts mehr hören.
Sie proben im Keller, und Louis tobt mit seiner Spielgefährtin, die er morgen nicht mehr sehen wird. Udams Scherze sind blaß, bis auf den mit der persischen Sklavin. Der Minister von *Frost-Kuckuck-Land* hat sie dem König mitgebracht, damit sie seinem Vergnügen diene. Sie kommt herein, eine verschleierte, mit den Hüften wackelnde Puppendame. Natalie bemüht sich beim Schmusen und Gurren mit dem verliebten König um ein möglichst erotisches Timbre. Er fragte sie nach ihrem Namen. Sie ziert sich und zögert, doch er liegt ihr solange in den Ohren, bis sie ihn preisgibt. »Nun, ich bin nach meiner Heimatstadt genannt.« – »Und das wäre?« Sie kichert. »*Tee-hee*, Teheran.«
Der König kreischt auf, die Eiszapfen brechen von seiner Nase ab – eine Standardnummer, die Natalie einstudiert hat –, und jagt sie mit einer Keule von der Bühne. Das wird ankommen. Berichte über die Konferenz von Teheran haben der Stimmung im Ghetto viel Auftrieb gegeben.
Hinterher eilt Natalie in ihre neue Wohnung zurück; sie hat immer noch

Angst, dort doch die graue Karte vorzufinden. Wer war sicherer als Udam? Wer hatte mehr Beziehungen als er? Wer konnte sich besser beschützt fühlen? Doch an Aarons Gesicht erkennt sie sofort, daß keine graue Karte gekommen ist, obwohl er nichts sagt, sondern nur von seinem Schreibtisch aufsieht, an dem er sich Notizen für seinen Vortrag macht, und ihr zunickt.
Der Luxus dieser beiden Zimmer mit Bad erfüllt sie immer noch mit Unbehagen. Seit Jastrow den Posten eines Ältesten angenommen hat, ist eine gewisse Kälte in ihrer Beziehung. Sie hat gesehen und gehört, wie Eichmann seine Weigerung akzeptierte. Er hat ihr nie erklärt, weshalb er es sich plötzlich anders überlegt hat. Hat der alte egoistische Wunsch nach Bequemlichkeit ihn übermannt? Es scheint ihm überhaupt nichts auszumachen, ein Werkzeug der SS zu sein. Nur seine plötzliche Frömmigkeit ist etwas Neues. Er legt Gebetsriemen an, verbringt viel Zeit überm Talmud und hat sich in einer stillen, zarten Gelassenheit eingekapselt; vielleicht, so denkt sie, um sich gegen ihr Mißfallen zu wappnen oder gegen seine eigene Selbstverachtung.
Jastrow weiß, was sie denkt. Er kann nichts dagegen tun. Die Erklärung wäre zu schreckenerregend. Natalie lebt ohnehin am Rande der Panik; sie ist jung, und sie hat ihr kleines Kind. Seit seiner Krankheit hat er sich mit dem Sterben abgefunden, wenn es sein muß. Laß sie ihren eigenen Angelegenheiten nachgehen, ohne das Schlimmste zu wissen. Falls die SS beschließt, zuzuschlagen, haben die skurrilen Vorführungen sie längst verurteilt. Es ist ein Wettlauf mit der Zeit. Sein Ziel ist es, durchzuhalten, bis Rettung kommt. Sie berichtet ihm von Udam und bittet ihn ohne große Hoffnung, etwas zu unternehmen. Trocken erwidert er, er habe sehr wenig Einfluß; es sei schlecht, Prestige und Position ausgerechnet mit einer Bitte aufs Spiel zu setzen, bei der von vornherein feststehe, daß sie abgeschlagen werde. Sie reden kaum noch miteinander, bis sie sich zu dem Haus aufmachen, in dessen Bodenraum Aaron seinen Vortrag halten soll.

Eine große, schweigende Zuhörerschaft hat sich versammelt. Gewöhnlich herrscht vor den abendlichen Ablenkungen ein lebhaftes Geplapper. Nicht so heute abend. Man ist in überraschend großer Zahl erschienen, aber die Stimmung ist gedrückt wie bei einer Beerdigung. Hinter dem roh zusammengezimmerten Rednerpult, ein wenig seitlich, steht das Puppentheater mit geschlossenen Vorhängen. Als Natalie den leeren Platz neben Udam einnimmt, schenkt er ihr ein leichtes Lächeln, daß es ihr das Herz zerreißt.
Aaron legt seine Notizen auf das Pult, sieht sich um und streicht sich den Bart. Leise, auf trockene Art, wie bei einer Vorlesung, beginnt er langsam und auf deutsch seinen Vortrag.

»Es ist interessant, daß Shakespeare für die Geschichte der *Ilias* nur Verachtung übrig zu haben scheint. Er erzählt sie in seinem Stück *Troilus und Cressida,* wobei er seine persönliche Meinung dem zynischen Feigling Thersites in den Mund legt: ›*Die ganze Geschichte dreht sich um einen Hahnrei und eine Hure.*‹ Falstaff, ein anderer, noch mehr gefeierter Held Shakespeares, ist wie Emerson der Auffassung, Krieg sei nichts anderes als periodisch wiederkehrender Wahnsinn. ›*Wer besitzt Ehr'? Er, der am Mittwoch starb.*‹ Wir nehmen an, daß Shakespeare mit diesem unsterblichen Fettkloß einer Meinung war. *Troilus,* Shakespeares Stück über den trojanischen Krieg, ist nicht seine beste Tragödie, denn Wahnsinn hat keine Tragik. Wahnsinn ist entweder komisch oder erschreckend, und das gilt auch für viele Kriegsbücher: den *Braven Soldaten Schweijk* oder *Im Westen nichts Neues.* Bei der *Ilias* hingegen handelt es sich um eine epische Tragödie. Es geht um dieselbe Geschichte wie in *Troilus und Cressida,* nur freilich mit einem entscheidenden Unterschied. Shakespeare hat die Götter fortgelassen. In der *Ilias* dagegen sind es die Götter, die die Tragödie so furchtbar machen. Homers Hektor und Achill werden hineingezogen in einen Streit der griechischen Götter. Die Götter nehmen Partei. Sie steigen in den Staub des Schlachtfeldes herab, um einzugreifen. Sie wenden Waffen ab, die mit tödlicher Absicht geschleudert wurden. Sie treten in Verkleidungen auf, um Schwierigkeiten zu machen oder ihren Lieblingen aus der Klemme zu helfen. Ein ehrenhafter Waffengang wird zum Hohn, zum geistreichen Spiel der Überirdischen, der unsichtbaren Zauberer. Die Kämpfenden sind nur noch hilflose Schachfiguren in einem Spiel.«

Natalie wirft einen Blick über die Schulter auf die Zuhörer. Welch ein Publikum! Ausgehungert nach Zeitvertreib, nach Lichtblicken, nach noch der geringsten Tröstung, hängen sie in Theresienstadt an den Lippen eines Vortragenden, der über ein literarisches Thema spricht, wie andernorts Leute gebannt einem großen Konzert lauschen, atemlos dem Vortrag eines berühmten Künstlers oder einem spannenden Film folgen.

Gleichbleibend pedantisch in seiner Art, enthüllt Jastrow den Hintergrund der *Ilias*: wie Paris beim Wettstreit der drei Göttinnen der Aphrodite den goldenen Apfel reicht und daraufhin auf dem Olymp Feindseligkeiten ausbrechen; wie Helena, die schönste Frau der Welt, von Paris entführt wird, dem Aphrodite sie zur Belohnung versprochen hat; und wie es darüber unvermeidlich zum Krieg kommt, da sie eine verheiratete griechische Königin ist und er ein trojanischer Prinz. Prachtvolle Männer auf beiden Seiten, die nichts auf einen Hahnrei, eine Hure oder einen Entführer geben, werden hineingezogen. Jetzt, da nun einmal Krieg ist, steht für sie die Ehre auf dem Spiel.

»Doch was verleiht den Helden der *Ilias* in diesem unsauberen Kampf soviel Größe? Ist es nicht, dem launischen Eingreifen der Götter zum Trotz, ihr unbezähmbarer Wille, zu kämpfen; ihr Leben für die Ehre aufs Spiel zu setzen in einer ungerechten und unergründlichen Situation, in welcher schlechte und beschränkte Männer triumphieren, gute und tapfere Männer fallen, sonderbare Zwischenfälle Schlachten in eine andere Richtung lenken und über sie entscheiden? In einem sinnlosen, unfairen, absurden Kampf weiterzukämpfen, bis zum Tode zu kämpfen, wie ein Mann zu kämpfen? Das ist eines der ältesten menschlichen Probleme: das Problem des unsinnigen Bösen, dramatisiert auf dem Schlachtfeld. Das ist die Tragödie, wie Homer sie gesehen hat, und über die Shakespeare einfach hinweggegangen ist.«
Jastrow hält inne, wendet ein Blatt um und schaut sein Publikum an. Sein ausgemergeltes Gesicht ist totenbleich, und seine Augen in den tiefen Höhlen sind groß. Waren die Zuhörer schon bisher leise, so sind sie jetzt stumm, als wären sie Leichen.
»Kurz gesagt, das Universum der *Ilias* ist eine kindische und verachtenswerte Falle. Hektors Glorie ist es, in einer solchen Falle so edel zu handeln, daß ein allmächtiger Gott, wenn es ihn gäbe, vor Stolz und Mitgefühl weinen würde. Stolz darauf, daß er aus einer Handvoll Staub ein so großartiges Wesen geschaffen hat. Und Mitgefühl, weil in seinem unvollkommenen Universum ein Hektor zu unrecht sterben muß und sein armer Leib durch den Staub geschleift wird. Aber Homer kennt keinen Allmächtigen. Da ist Zeus, der Göttervater; doch wer weiß, was er vorhat? Vielleicht besteigt er gerade in Gestalt des Gatten oder eines Stiers oder Schwans irgendeine betörte Sterbliche. Kein Wunder, daß die griechische Mythologie nicht mehr lebendig ist.«
Die verächtliche Geste, mit der Jastrow umblättert, entlockt einem hingerissen lauschenden Publikum ein unsicheres Lachen. Die Blätter in die Taschen stopfend, tritt Jastrow hinter dem Rednerpult hervor und starrt seine Zuhörer an. In seinem für gewöhnlich gelassenen Gesicht arbeitet es. Unvermittelt spricht er mit einer völlig veränderten Stimme und überrascht Natalie dadurch, daß er unversehens ins Jiddische verfällt, in dem er noch nie einen Vortrag gehalten hat.
»*Also gut!* Reden wir jetzt in unserer Muttersprache. Und sprechen wir von einem Epos, das uns selbst betrifft, unserem eigenen Epos. Denkt daran, was Satan zu Gott sagt: ›Gewiß, Hiob ist ein gottesfürchtiger Mann. Sieben Söhne und drei Töchter, der reichste Mann im Lande Uz. Warum soll er nicht gottesfürchtig sein? Sieh, wie es sich auszahlt. Ein vernünftiges Universum. Eine schöne Übereinkunft! Hiob ist nicht gottesfürchtig, er ist nur ein

gerissener Jude. Die Sünder sind verdammte Narren. Nimm ihm nur alles, womit du ihn belohnt hast, und sieh zu, was mit seiner Gottesfurcht geschieht!‹
›Na schön, nimm ihm alles fort‹, sagt Gott. Und an einem einzigen Tage schleppen Plünderer all sein Hab und Gut davon, kommen seine zehn Kinder in einem Sturm um. Und was tut Hiob? Er hüllt sich in Trauer. ›Ich bin nackt von meiner Mutter Leibe gekommen, und nackt werde ich wieder dahinfahren‹, sagt er. ›Der Herr hat's gegeben, der Herr hat's genommen; der Name des Herrn sei gelobt!‹
So führt Gott Satan in Versuchung. ›Siehst du? Er ist gottesfürchtig geblieben. Ein guter Mensch!‹
›Haut für Haut‹, entgegnet Satan. ›Alles, was ein Mann hat, läßt er für sein Leben. Machst du ihn zum Skelett – einem kranken, ausgeplünderten, alleingelassenen Skelett –, daß diesem stolzen Juden nichts bleibt als seine eigene vermodernde Haut . . .‹«
Jastrow versagt die Stimme. Er schüttelt den Kopf, räuspert sich, fährt sich mit der Hand über die Augen, um dann heiser fortzufahren: »Gott sagt: ›Gut, tu alles mit ihm, nur das Leben darfst du ihm nicht nehmen.‹ Hiob wird von einer furchtbaren Krankheit befallen. Da er nichts weiter ist als ein stinkender Haufe, verläßt er auf allen Vieren kriechend sein Haus, sitzt auf einem Aschenhaufen und kratzt sich mit einem Scherben die Fußsohlen. Er sagt nichts. All seines Reichtums beraubt, seine Kinder sinnlos getötet, sein Leib ein stinkendes, mit Schwären bedecktes Gerippe, schweigt er. Drei seiner frommen Freunde kommen, ihn zu trösten. Es entspinnt sich ein Streitgespräch.
Ach, meine Freunde, welch ein Streit! Welch ungebärdige Dichtung, welche Einsicht in das Wesen des Menschlichen! Ich sage euch, daß Homer angesichts Hiobs verblaßt; daß Aischylos hier auf jemanden trifft, der ebenso kraftvoll ist wie er, ihn aber im Verstehen weit übertrifft; daß Dante und Milton zu dieses Autors Füßen sitzen, ohne auch nur zu begreifen, was er sagt. Wer war er? Niemand weiß es. Irgendein alter Jude. Er wußte, um was es im Leben geht, das war alles, das ist alles. Er hat es gewußt, wie wir hier in Theresienstadt es wissen.«
Er legt eine Pause ein und blickt seine Nichte mit kummervollen, traurigen Augen an. Erschüttert, völlig verwirrt, am Rande der Tränen, hungert Natalie nach seinen nächsten Worten. Als er spricht, wendet er den Blick von ihr, doch sie hat das Gefühl, als spreche er vor allem zu ihr.
»Wie bei den meisten großen Kunstwerken, so ist auch im Buche Hiob das Grundmuster schlicht und einfach. Seine Tröster behaupten, da der Allmäch-

tige das Universum regiert, müsse es einen Sinn ergeben. Folglich müsse Hiob gesündigt haben. Soll er in seiner Seele nachforschen, seine Missetaten bekennen und bereuen. Man weiß nur nicht, worin seine Missetat bestanden hat.
Und eine Runde nach der anderen wehrt Hiob sich. Das, was man nicht weiß, muß bei Gott liegen, nicht bei ihm. Er ist ebenso fromm wie sie. Er weiß, daß der Allmächtige existiert und daß das Universum einen Sinn ergeben muß; daß gutes Verhalten kein Glück garantiert; daß sinnlose Ungerechtigkeit zur sichtbaren Welt und zum Leben gehört. Seine Religion, sein Glaube verlangt, daß er seine Unschuld beweist – *sonst entheiligt er den Namen Gottes!* Er geht so weit, zuzugeben, daß der Allmächtige das Leben eines einzelnen Menschen verpfuschen kann; aber wenn Gott *dazu* imstande ist, dann ist das ganze Universum verpfuscht, und Er ist nicht der Allmächtige. Dazu kann Hiob sich nicht verstehen. Er verlangt eine Antwort.
Und er bekommt seine Antwort. Ach, was für eine Antwort! Eine Antwort, die nichts beantwortet. Gott selbst spricht zuletzt aus einem tosenden Sturm heraus zu ihm: ›*Wer bist du, mich zur Rechenschaft zu ziehen? Bildest du dir ein, begreifen zu können, was ich tue oder warum? Warst du dabei, als ich die Erde schuf? Kannst du die Wunder der Sterne, der Tiere, die unendlichen Wunder des Seins begreifen? Du, ein Wurm, der ein paar Augenblicke lebt und dann stirbt?*‹
Meine Freunde: Hiob hat gewonnen. Begreift ihr das? Gott mit Seinem ganzen Tosen *hat Hiob den Hauptpunkt zugestanden: daß nämlich das, was fehlt, bei Ihm liegt!* Gott führt für sich nur ins Feld, daß seine Vernunft die Hiobs übersteigt! Und das zuzugeben, ist Hiob durchaus bereit. Da dieser Hauptpunkt geklärt ist, demütigt Hiob sich, ist mehr als zufrieden, fällt auf sein Antlitz nieder.
Und damit endet das Drama. Gott wirft den Tröstern vor, falsch von Ihm gesprochen zu haben, und preist Hiob, bei der Wahrheit geblieben zu sein. Er gibt Hiob seinen Reichtum zurück. Hiob bekommt sieben weitere Söhne und drei weitere Töchter. Er lebt hundertundvierzig Jahre, sieht Enkel und Urenkel heranwachsen und stirbt als hochbetagter, verehrter und wohlhabender Mann.«
Der reiche Fluß des gebildeten Jiddisch bricht ab. Jastrow tritt wieder an das Rednerpult zurück, zieht seine Notizen aus der Tasche und wendet etliche Blätter um. Suchend blickt er über seine Zuhörer hinweg.
»Zufrieden? Ein glückliches Ende, ja? Viel jüdischer als das absurde und tragische Ende der *Ilias*? Seid ihr so sicher? Meine lieben jüdischen Freunde, was ist mit den zehn Kindern, die sterben mußten? Wo blieb Gottes

Gerechtigkeit ihnen gegenüber? Und was ist mit dem Vater und der Mutter? Können diese Wunden in Hiobs Herzen verheilen – und sei es in hundertvierzig Jahren?
Doch das ist noch nicht das Schlimmste. Überlegt! Um was handelte es sich bei dem fehlenden Stück, das Hiobs Begreifen überstieg? *Wir* verstehen es, und sind wir so besonders klug? Satan hat Gott durch seinen Hohn und seinen Spott dazu gebracht, dieses sinnlose Gottesurteil zu befehlen. Kein Wunder, daß Gott aus einem Sturm heraus wettert, um Hiob zum Schweigen zu bringen! Schämt Er sich nicht vor Seinen eigenen Geschöpfen? Hat Hiob sich nicht besser verhalten als Gott?«
Jastrow zuckt mit den Achseln und breitet die Hände aus; sein Gesicht verzieht sich zu einem mutwilligen kleinen Lächeln, das Natalie an Charlie Chaplin denken läßt.
»Aber ich war dabei, die *Ilias* auszulegen. In der *Ilias* liegen die unsichtbaren Mächte in Widerstreit miteinander, und das hat eine sichtbare Welt sinnlosen Übels zur Folge. Anders bei Hiob. Satan hat überhaupt keine Gewalt. Er ist nicht der christliche Satan, nicht Dantes kolossales Ungeheuer, nicht Miltons stolzer Rebell, nicht im geringsten. Er braucht für alles, was er tut, Gottes Erlaubnis.
Wer also ist Satan? Und warum erwähnt Gott ihn in seiner Antwort aus dem Sturm heraus mit keinem Wort? Das Wort *satan* bedeutet im Hebräischen *Widersacher*. Was sagt uns die Bibel? Hat Gott mit sich selbst gestritten? Hat er sich gefragt, ob die unendlich große Schöpfung irgendeinen Zweck hat? Und als Antwort nicht auf die toten schimmernden Milchstraßen gewiesen, die sich über Tausende von Lichtjahren erstrecken, sondern auf eine Handvoll Schmutz, den Menschen, der Seine Gegenwart ahnen, Seinen Willen tun und diese Milchstraßen messen kann? Vor allem auf den aufrecht gehenden Menschen, jenes Staubkorn, das imstande ist, sich selbst an seinem Erschaffer zu messen, soweit es um Würde und um Güte geht? Und was geht sonst aus diesem Gottesurteil hervor?
Die Helden der *Ilias* erheben sich über die zänkische Ungerechtigkeit der schwachen und verachtenswerten Götter.
Bei Hiob muß Gott sich für alles und jedes verantworten, was geschieht, für das Gute ebenso wie für das Böse. Hiob ist der einzige Held in der Bibel. Es gibt in den anderen Büchern Kämpfer, Patriarchen, Gesetzgeber und Propheten. Hiob aber ist der Einzige, der es wagt, sich am Universum zu messen, an der Größe des Gottes Israel, während er auf einem Aschenhaufen sitzt; Hiob, ein armer, bis zum Skelett abgemagerter, gebrochener Bettler.
Wer ist Hiob?

Niemand. *Hiob wurde nie geboren,* heißt es im Talmud. *Er war ein Gleichnis.* Ein Gleichnis für welche Wahrheit?
Schön, fragen wir also danach. Wer in der ganzen Geschichte ist es, der nie zugeben will, daß es keinen Gott gibt, nie zugeben will, daß das Universum keinen Sinn hat? Wer ist es, der ein Gottesurteil nach dem anderen durchstehen muß, eine Plünderung nach der anderen, ein Massaker nach dem anderen, ein Jahrhundert nach dem anderen – und dennoch zum Himmel aufblickt, manchmal mit brechenden Augen, und ruft: ›Der Herr unser Gott, der Herr ist Einer‹?
Wer ist es, der am Ende der Tage von Gott die Antwort aus dem Sturm erzwingen wird? Wer wird die falschen Tröster zurückgewiesen sehen, die alte Herrlichkeit wiederhergestellt, und Generationen glücklicher Kinder und Enkelkinder bis ins vierte Glied? Wer wird bis dahin das fehlende Glied Gott überlassen und Seinen Namen lobpreisen, indem er ruft: ›Der Herr hat gegeben, der Herr hat genommen, gepriesen sei der Name des Herrn‹? Nicht das edle Griechisch der *Ilias,* das ist ausgestorben. Nein. Sondern kein anderer als das kranke, ausgeplünderte Gerippe auf dem Aschenhaufen. Keiner als der Geliebte des Herrn, der Wurm, der ein paar Augenblicke lebt und dann stirbt, die Handvoll Staub, welche die Schöpfung rechtfertigt. Kein anderer als Hiob. Er ist die einzige Antwort, falls es überhaupt eine gibt, auf die Herausforderung Satans an Gott, an einen Allmächtigen Gott, wenn es ihn gibt. Hiob, der stinkende Jude.«
Jastrow starrt wie benommen in das schweigende Publikum hinein. Dann wankt er auf die erste Reihe zu. Udam springt auf und hilft ihm behutsam, sich zu setzen. Die Zuhörer klatschen nicht in die Hände, reden nicht, bewegen sich nicht. Udam beginnt zu singen.
Udam ... udam ... udam ...
Keine Vorführung des Puppentheaters also! Natalie fällt in den Chor derer ein, die den tragischen Kehrreim singen. Udam singt sein Lied zum letztenmal in Theresienstadt, bis zu einem herzzerreißenden Crescendo.
Als es endet, keine Reaktion. Kein Applaus, kein Wort, nichts. Das Publikum schweigt und wartet.
Und dann tut Udam etwas, das er nie zuvor getan hat; er gibt eine Zugabe – eine Zugabe, ohne daß es Applaus gegeben hätte. Er hebt mit einem anderen Lied an, einem, das Natalie schon auf zionistischen Versammlungen gehört hat. Es handelt sich um einen schlichten synkopierten Refrain, in moll-Tonart, der auf einem Vers aus der Liturgie beruht: »*Gib, daß der Tempel wiederaufgebaut wird, bald in unserer Zeit, und gewähre uns einen Teil von Deinem Gesetz.*« Und während er singt, fängt Udam langsam an zu tanzen.

Sheh-yi-boneh beth-hamikdash
Bim-hera b'yomenu ...

Er tanzt wie ein alter Rabbi an einem heiligen Tag, bewußt, linkisch, die Arme, das Gesicht in die Höhe gereckt, die Augen geschlossen, und mit den Fingern den Rhythmus schnippend. Leise begleiten ihn die Juden, sie singen und klatschen in die Hände. Einer nach dem anderen steht auf. Udams Stimme wird mächtiger, seine Schritte kraftvoller. Er verliert sich im Tanz und im Gesang, treibt in eine Ekstase hinein, die schrecklich und schön zugleich ist. Kaum, daß er die Augen aufmacht, sich drehend und wendend, bewegt er sich auf Aaron Jastrow zu und streckt die Hand nach ihm aus. Jastrow erhebt sich, vereint seine Hand mit der Udams, und beide Männer tanzen und singen.
Es ist ein Totentanz. Natalie weiß es. Jeder weiß es. Der Anblick der beiden läßt sie erstarren und erhebt sie zugleich. Es ist der bewegendste Augenblick ihres Lebens, hier in diesem übelriechenden Bodenraum in einem Gefängnis-Ghetto. Sie ist überwältigt von der Qual ihres Schicksals und von dem Frohlocken darüber, Jüdin zu sein.

Oi, mach, daß der Tempel wiedererrichtet wird,
Oi, bald in unserer Zeit,
Oi, und gib uns einen Anteil an Deinem Gesetz!

Als der Tanz endet, schickt das Publikum sich an zu gehen. Jeder verläßt den Bodenraum wie nach einer Beerdigung. Es wird fast überhaupt nicht geredet. Udam klappt das Puppentheater zusammen und gibt Natalie einen Abschiedskuß.
»Ich glaube nicht, daß sie Lust auf meine Späße gehabt hätten«, sagt er. »Ich bringe es jetzt zurück ins Kinderheim. Spiel weiter für die Kinder. Leb wohl!«
»Das mit Teheran war eine gute Pointe«, sagt sie, und es ist, als hätte sie einen Kloß im Hals.
Aaron stützt sich schwer auf sie, als sie die Treppe hinuntergehen und hinaustreten auf die dunkle Straße. Aus der Menge derer, die auseinandergehen, tritt ein vierschrötiger Mann neben sie, fällt in ihren Schritt und sagt auf jiddisch: »*Gut gezagt, Arele, und gut getantzet. Natalie, scholem aleichem.*«
Im Dämmer erkennen sie ein kantiges, glattrasiertes Gesicht, das Gesicht eines völlig Fremden.
»Wer seid Ihr?« sagt sie.
Und Aaron Jastrow, der ihn seit fünfzig Jahren nicht mehr gesehen hat, sagt: »Berel?«

33

Jeffersonville Plaza Motor Hotel
Jeffersonville, Indiana
2. März 1944

Pamela, mein Herz –
ich sitze hier in einem Nest, von dem Du nie gehört hast, und tue, was ich immer getan habe, seit ich wieder in den Staaten bin: ich versuche alle möglichen beschränkten oder verwirrten Gauner zu überreden, das zu tun, was sie eigentlich ohnehin tun sollten, wenn wir jemals zu den Landungsfahrzeugen kommen wollen, die wir so dringend brauchen.
Dies ist für mich die erste Gelegenheit, Dir zu schreiben. Rhoda und ich haben erst vor kurzem Zeit gefunden, uns hinzusetzen und uns einmal gründlich auszusprechen. Ich war seit meiner Rückkehr ständig unterwegs. Außerdem grenzt Rhodas Fähigkeit, angesichts von Zweifeln oder Schwierigkeiten den Mund zu halten, nachgerade an Genialität; und wie Du weißt, fällt es auch mir nicht gerade leicht, über solche Dinge zu reden.
Vorige Woche ist Brigadegeneral Old aus Neu-Delhi nach Washington zurückgekehrt, um mehr Transportmaschinen für Burma loszueisen. Er hält viel von Burne-Wilke und mag offensichtlich auch Dich sehr gern. Mir fiel ein Mühlstein vom Herzen, als er Dich Pamela Tudsbury nannte und nicht Lady Burne-Wilke. Daher all das, was jetzt folgt. Rhoda sollte mich eigentlich heute abend oder morgen anrufen und mir sagen, wie die Sache mit Peters und ihr steht. Danach kann ich Dir alles im einzelnen erklären. Bis dahin, was es von mir sonst noch zu berichten gibt – und das ist seit Teheran eine ganze Menge. Zunächst einmal bin ich Stellvertretender Leiter der Produktionsabteilung im Büro für Beschaffung und Material; und nebenbei auch noch Kontrolloffizier der Abteilung Material und Produkte – mit anderen Worten: noch ein namenloser Mann in Uniform, der durch die Korridore Washingtons eilt. Bei Licht besehen, besteht meine Aufgabe darin, Verbindung mit der Industrie zu halten und da, wo es brennt, Feuerwehr zu spielen.
Ich bin relativ spät dazugekommen, nachdem das Programm der Landungsfahrzeuge schon ziemlich weit gediehen war. Folglich bin ich ein Außenseiter,

jemand, der überall eingesetzt werden kann und der innerhalb der Hierarchie keine Position aufzubauen oder zu verteidigen hat; das professionelle *alter ego* des Marineministers, wie man sagen könnte, eine Art Staatssekretär, der aufpaßt, ob sich irgendwo Probleme zusammenbrauen, der Verbindungen herstellt und dafür sorgt, daß es nicht zu größeren Verzögerungen kommt. Wenn ich meine Sache gut mache, merkt man nichts davon; dann kommen Katastrophen einfach nicht vor.

Es ist geradezu phantastisch, was für ein Leben plötzlich in unsere Industrie gekommen ist. Wir produzieren Waffen, Schiffe, Flugzeuge, Verbrennungsmotoren – und das alles in Mengen, die ans achte Weltwunder grenzen. Dabei hat man das alles mehr oder weniger aus dem Ärmel geschüttelt; neue Leute in neuen Fabriken machen Dinge, die sie nie zuvor gemacht haben. Man fährt leicht aus der Haut, der Druck ist unglaublich, und alle wetteifern miteinander und sind am Rande ihrer Nerven. Sobald Prioritäten sich ins Gehege kommen, verhärten ganze Ämter sich und igeln sich ein. Große Tiere geraten in Harnisch, Aktennotizen und Memos fliegen nur so.

Als Ingenieur und als Stratege habe ich einige Ahnung von Landungsfahrzeugen und weiß, welche Fabriken und welche Rohstoffe zur Verfügung stehen. Da ich in den wichtigsten Ausschüssen gesessen habe, sehe ich im allgemeinen im voraus, wo es Schwierigkeiten geben wird. Meine Aufgabe besteht darin, leicht reizbare und kämpferische Bosse dazu zu bringen, das zu tun, was ich ihnen sage. Als Vertreter des Ministers habe ich beträchtlichen Einfluß. Ich brauche mich nur selten an Hopkins zu wenden, obwohl ich auch das schon getan habe. Die Navy wird Eisenhower eine überwältigende Zahl von Landungsfahrzeugen zur Verfügung stellen.

Was den Karrierewettlauf betrifft, bin ich allerdings weit abgeschlagen. Meine Kameraden von der Akademie werden jetzt die noch bleibenden Seeschlachten schlagen. In den Japsen steckt noch verdammt viel Leben, aber ich habe nun mal meine letzte Chance auf See verpaßt. Aber das stört mich nicht weiter. Für jeden überragenden Krieger brauchen wir in diesem Krieg ein Dutzend guter Leute, die in der Industrie dafür sorgen, daß der Nachschub nicht abreißt; sonst ist es aus mit weiteren Siegen.

Ein Uhr morgens. Rhoda hat noch nicht angerufen. Mein Flugzeug nach Houston startet bei Morgengrauen, deshalb mache ich Schluß. Morgen mehr.

Houston, den 3. März
Hallo!
Wütendes Unwetter hier. Der Wind peitscht die Palmen, die vor meinem Zimmer stehen, und der Regen prasselt gegen die Scheiben. Das Wetter in

Texas neigt wie die Texaner zu Extremen. Aber die Texaner sind ganz in Ordnung, sobald sie kapiert haben, daß man (a) recht hat, es einem (b) ernst ist mit dem, was man sagt, und man (c) ein harter, aber flexibler Verhandlungspartner ist. Habe bis jetzt noch nichts von Rhoda gehört, erwarte es aber sicher für heute abend.
Weitere Neuigkeit: Byron ist auf dem Weg zu seinem neuen Posten als Eins W. O. durch Washington gekommen; sein Boot wird in Connecticut überholt. Er hat ein paar harte Augenblicke der Bewährung durchstehen müssen.

(Im Brief folgt ein Bericht über Carter Asters Tod und die Nachricht, daß Natalie jetzt in Theresienstadt ist.)

Ich habe mir das Protokoll der gerichtlichen Untersuchung über Asters Tod verschafft. Für Byron hing alles an einem seidenen Faden. Als Zeuge in eigener Sache hat er sich keinen Dienst erwiesen. Er wollte partout nicht sagen, daß er den Kapitän auch durch verzögertes Tauchen nicht hätte retten können. Aber sein L. J. gab den Ausschlag, indem er sagte: »Möglich, daß Captain Aster nicht recht hatte und vielleicht am Leben geblieben wäre; aber damit, daß die *Moray* auf keinen Fall davongekommen wäre, hatte er verdammt recht. Er war der größte U-Boot-Skipper dieses Krieges. Er hat die richtigen Befehle gegeben. Mr. Henry hat sie nur befolgt.« Und zu diesem Schluß hat das Gericht sich dann durchgerungen. Forrestal schlägt vor, Aster nachträglich die Kongreßmedaille zu verleihen. Möglich, daß Byron einen Bronze-Star bekommt; aber das wird ihm auch nicht weiter Auftrieb geben.
Warrens Frau ist um Weihnachten zurückgekommen, und Rhoda hat sie aufgenommen. Janice hat vor, im Herbst wieder Jura zu studieren. Sie ist eine wunderschöne Frau mit einem Prachtjungen und hat noch ihr ganzes Leben vor sich. Gewöhnlich ist sie recht aufgeräumt, aber als Byron bei uns war, verfiel sie in Depressionen. Byron wird Warren im Aussehen immer ähnlicher. Zweifellos hat das Janice bedrückt. Rhoda ertappte sie ein paarmal, wie sie dasaß und weinte. Seit er wieder fort ist, ist wieder alles in Ordnung mit ihr. Und was für ein Prachtjunge dieser Vic ist! Hübsch, liebevoll und leidenschaftlich. Er hat immer was vor und ist sehr ungezogen, aber auf eine verstohlene Weise. Die Streiche, die er macht, sind nicht impulsiv, sondern mit Vorbedacht *geplant*, wie ein taktisches Vorgehen; sie zielen darauf ab, ein Maximum an Unheil anzurichten und ein Minimum an Gelegenheit zu bieten, dabei erwischt zu werden. Er wird es noch weit bringen.
Madeline hat endlich diesem ewig grinsenden, schmerbäuchigen, salbungsvollen Radiofritzen den Laufpaß gegeben, von dem ich Dir erzählt habe. Sie hat

mir damit erspart, ihm mal tüchtig den Hintern zu versohlen, was ich bestimmt früher oder später getan hätte. Sie lebt zu Hause, arbeitet bei einem Washingtoner Sender und hat wieder mit einem alten Verehrer angebändelt, Simon Anderson, einem erstklassigen Navy-Offizier, der irgendwas mit neuen Waffensystemen zu tun hat. Vorige Woche hatte sie ein langes und tränenreiches Gespräch mit Rhoda, was und wieviel sie Simon von dem Radiomann erzählen soll, und ob überhaupt. Ich habe Rhoda gefragt, was sie ihr geraten hat. Woraufhin sie mich komisch ansah und sagte: ›Ich hab' ihr geraten, zu warten, bis er sie danach fragt.‹ Ich hätte Madeline geraten, Simon gegenüber alle Karten auf den Tisch zu legen und auf einer ehrlichen Basis neu anzufangen. Zweifellos war es das, weswegen sie Rhoda um Rat gefragt hat.
Das Telephon klingelt. Das muß meine Frau sein.

Sie war es.
Gut, jetzt kann ich von hinten anfangen und Dir erklären, was vorige Woche passiert ist. Wir saßen nach dem Abendessen zusammen. Es war an dem Tag, an dem General Old mich wissen ließ, daß Du immer noch unverheiratet bist. Ich sagte: »Rho, warum reden wir nicht mal über Hack Peters?« Sie zuckte nicht mit der Wimper. »Ja, warum nicht, mein Lieber? Am besten mixt du uns erstmal ein paar steife Drinks.« Typisch Rhoda – sie hatte gewartet, bis ich sie fragte. Aber sie war durchaus bereit, die Karten auf den Tisch zu legen.
Sie bestätigte, daß die Beziehung besteht, erklärte, für sie sei es das Wahre; nicht schuldbeladen, aber überzeugt. Ich glaube ihr. Colonel Peters hat sich als »vollendeter Gentleman« erwiesen, hält sie für zwanzigmal besser, als sie in Wirklichkeit ist – kurz, er sieht in ihr die vollkommene Frau. Rhoda sagt, es sei peinlich, dermaßen vergöttert zu werden, es tue aber auch gut und mache wieder jung. Ich habe sie rundheraus gefragt, ob es sie glücklicher machen würde, wenn wir uns scheiden ließen und sie Peters heiratete.
Rhoda nahm sich viel Zeit, die Frage zu beantworten. Schließlich sah sie mir in die Augen und sagte, ja, das wäre so. Der Hauptgrund, sagte sie, sei übrigens, daß sie meine gute Meinung verloren habe und sie nicht wiedererlangen könne, obgleich ich ihr verziehen hätte. Nachdem sie jahrelang von mir geliebt worden sei, sei es schon scheußlich, nur noch geduldet zu werden. Ich fragte sie, was sie von mir erwarte. Daraufhin kam sie zu dem Gespräch, das Du in Kalifornien mit ihr geführt hast. Ich sagte, ich hegte große Zuneigung zu Dir, aber Du seist verlobt, und damit hätte es sich. Ich habe ihr geraten, nach ihren Glücksaussichten zu entscheiden; ich würde tun, was immer sie wolle.
Offensichtlich hatte sie auf diese Art von grünem Licht von mir gewartet. Rhoda hat immer ein bißchen Angst vor mir gehabt. Warum, weiß ich nicht;

ich finde, ich habe immer ein wenig unterm Pantoffel gestanden. Jedenfalls sagte sie, sie brauche ein bißchen Zeit. Nun, viel hat sie nicht gebraucht. Darum ging es im Telephongespräch. Sie würde Harrison Peters liebend gern heiraten. Keine Frage, sie hat ihn am Bändel. Sie will in den nächsten Tagen mit unserem Anwalt reden und danach mit dem von Peters. Peters will auch »von Mann zu Mann« mit mir reden, wenn ich nach Washington zurückkomme. Ich könnte gut darauf verzichten.

Nun, Pamela, ich würde also frei sein, wenn das Wunder geschähe, daß Du mich immer noch willst. Willst Du meine Frau werden?
Ich bin kein reicher Mann – wenn man seinem Lande dient, wird man nicht reich –, aber schlecht würde es uns auch nicht gehen. Ich habe einunddreißig Jahre lang immer fünfzehn Prozent meines Gehalts gespart. Als ich bei BuShips und BuOrd war, hatte ich Gelegenheit, die Trends der Industrie zu verfolgen; ich habe entsprechend investiert und Glück dabei gehabt. Rhoda steht sich sehr gut, sie hat von ihrer Familie her ein beträchtliches Vermögen. Aber auch ohne das bin ich überzeugt, daß Peters gut für sie sorgen würde. Bin ich jetzt zu weltlich? Ich weiß nicht, wie man einen Antrag macht. Schließlich ist dies erst mein zweiter Versuch.
Falls wir wirklich heiraten, werde ich meinen Abschied früh nehmen, damit wir immer zusammen sein können. Es gibt genug Stellungen in der Industrie, die ich annehmen könnte; ich könnte sogar in England arbeiten.
Wenn wir ein oder zwei Kinder bekämen, würde ich sie gern christlich erziehen. Wärst Du damit einverstanden? Ich weiß, daß Du Freidenkerin bist. Ich selbst sehe nicht sonderlich viel Sinn im Leben, ohne Religion jedoch überhaupt keinen. Vielleicht wäre ich in meinen Fünfzigern ein hartschaliger, moosbewachsener Krebs von Vater; aber mit dem kleinen Vic komme ich gut zurecht. Könnte sein, daß ich Kinder eher verwöhne. Auf jeden Fall würde ich's gern versuchen.
Das wäre es also. Solltest Du inzwischen Lady Burne-Wilke sein, nimm meinen Brief als wehmütige Abschiedshuldigung an eine unbegreiflich schöne Liebe. Hätte ich 1939 nicht zufällig eine Überfahrt auf der *Bremen* gebucht, hauptsächlich, um mein Deutsch ein wenig aufzupolieren, so hätte ich Dich nie kennengelernt. Ich war glücklich mit Rhoda, habe sie geliebt und hatte mir nicht mehr erhofft. Dennoch läßt sich trotz unseres Altersunterschiedes, trotz der Tatsache, daß Du Engländerin bist und ich Amerikaner, trotz unterschiedlichster Herkunft und obwohl wir im Laufe von vier Jahren alles in allem vielleicht nur drei Wochen zusammengewesen sind, einfach nicht leugnen, daß Du meine andere Hälfte zu sein scheinst, die ich fand, als es fast schon zu spät

war. Die Möglichkeit, die sich jetzt auftut, daß Du vielleicht doch meine Frau werden kannst, ist eine Aussicht, die mir den Atem nimmt. Wahrscheinlich hat Rhoda außerhalb der Ehe nach dieser Schönheit gesucht, weil sie in ihr nicht vorhanden war; sie ist mir eine gute Frau gewesen, aber zufrieden war sie nicht.

In dem Garten in Persien hast Du gemeint, vielleicht sei das Ganze nur eine romantische Illusion. Darüber habe ich lange nachgedacht. Hätten wir bei unseren seltenen Zusammentreffen die Gelegenheit genutzt und wären miteinander ins Bett gegangen, so würde ich Dir zustimmen. Doch wir haben immer nur miteinander geredet – und trotzdem diese Nähe und Vertrautheit gespürt. Ich kann Dir versichern, daß unsere Ehe anders sein wird als diese quälenden Begegnungen irgendwo in der Welt; es wird Einkäufe geben, Wäsche, den Haushalt, die Hypothek, Rasenmähen, Streit, Packen und Auspacken, Kopfschmerzen, Halsweh und was nicht sonst noch alles. Gemeinsam mit Dir können das nur wunderbare Aussichten sein. Ich wünsche mir nichts anderes. Wenn Gott mir noch soviel schenkt, dann kann ich sagen – trotz allem, was in meinem Leben schiefgelaufen ist, und trotz aller meiner Narben –, daß ich ein glücklicher Mann sein werde und versuchen will, Dich glücklich zu machen.

Ich hoffe, dieser Brief kommt nicht zu spät.

Mit meiner ganzen Liebe,
Pug

Die Schlacht um Imphal war bereits im Gang, als Pug dies schrieb. Da Burne-Wilkes Hauptquartier nicht mehr in Neu-Delhi war, sondern auf vorgeschobenem Posten in Comilla, erreichte der Brief sie erst Mitte April, nachdem Burne-Wilke bei einem Flug über den Dschungel verschwunden war und immer noch nach ihm gesucht wurde.

Nicht nur im Krieg, sondern auch in der Kriegsberichterstattung und in der Geschichtsschreibung spielt das Glück eine Rolle. Imphal war ein britischer Sieg, der die Wolke von Singapore vertrieb; ein klassischer Entscheidungskampf wie bei El Alamein, geführt freilich auf einem ungünstigeren Terrain und an einer längeren Front. Die Schlacht stellt insofern etwas Besonderes dar, als die RAF dort schaffte, was der Luftwaffe bei Stalingrad nicht gelang: sie versorgte eine eingeschlossene Armee über Monate, bis zum Durchbruch und zum Sieg, mit Nachschub. Freilich fiel die Landung in der Normandie sowie der Fall Roms, von Scharen von Journalisten und Kameraleuten begierig verfolgt,

in dieselbe Zeit. So kam es, daß bei Imphal, in einem abgelegenen Tal in der Nähe des Himalaya, zweihunderttausend Mann eine lange Reihe blutiger Zusammenstöße durchstanden, ohne daß die Zeitungen überhaupt Notiz davon nahmen. Noch heute übergeht die Geschichtsschreibung Imphal mit Stillschweigen. Die Gefallenen kümmert das nicht. Die Überlebenden mit ihren verblassenden Erinnerungen treten unbemerkt von der Szene ab.
Imphal selbst ist eine Zusammenballung von Eingeborenendörfern um Tempel mit goldenen Kuppeln, auf einer fruchtbaren und schönen Ebene in der Nordostecke des indischen Subkontinents, nahe der burmesischen Grenze, eingeschlossen von gewaltigen Bergen. Die Unberechenbarkeit der Kriegswirren brachte es mit sich, daß sich ausgerechnet dort Briten und Japaner tödlich ineinander verbissen. Von den Japanern 1942 aus Malaya und Burma vertrieben, kannten die Briten in Südost-Asien nur ein Kriegsziel: ihr Empire zurückzuerobern. Die japanischen Eroberer hatten vor den großen Bergketten, die Burma von Indien trennen, halt gemacht. Die Amerikaner, selbst Roosevelt, hatten kein Interesse an diesem britischen Kriegsziel; sie hielten es für rückschrittlich, ungerecht und sinnlos. Roosevelt hatte Stalin in Teheran sogar gesagt, er würde Indien gern frei sehen. Allerdings lag den Amerikanern sehr an einem Korridor durch Nordburma, um China mit Waffen zu versorgen, es bei der Stange zu halten und an der chinesischen Küste Luftstützpunkte einzurichten, um von dort aus Japan bombardieren zu können.
Die Ebene von Imphal stellte den Schlüssel zu einem solchen Versorgungskorridor dar, ein Tor zwischen den Bergpässen. Die Briten hatten dort ihre Streitkräfte zusammengezogen, um eine Gegenoffensive zu starten, und befürworteten deshalb die amerikanische Strategie. Ihr Oberkommandierender, ein brillanter Kämpfer namens Slim, baute aus gemischten anglo-asiatischen Divisionen eine Streitmacht auf, die den Auftrag hatte, durch Nordburma vorzustoßen und sich mit den chinesischen Divisionen zu vereinigen, die unter dem amerikanischen General Stilwell gleichzeitig nach Süden marschierten, um auf diese Weise den Versorgungskorridor aufzuschließen. Daraufhin stießen die Japaner mit großer Macht nach Norden vor, um Slim entgegenzutreten. Sein verlockendes Aufgebot an Truppen und Material bot eine Chance, die Verteidiger Indiens mit einem Gegenschlag zu vernichten, und dann vielleicht weiter vorzustoßen und unter Subhas Chandra Bose, der auf die Seite der Japaner übergegangen war, in Indien eine Marionettenregierung aufzustellen.
Die Japaner griffen zuerst an und verfolgten den Briten gegenüber ihre alte Taktik im Dschungelkampf: zügige Vorstöße über die Nachschubwege hinaus

und anschließend rasche Zangenbewegungen von der Flanke her, wobei sie ihre Einheiten mit erbeuteten und im Stich gelassenen Nachschubgütern und Treibstoff versorgten. Doch diesmal stellten Slim und seine Truppen sich auf der Ebene von Imphal der Schlacht. Sie brachten den Vormarsch der Japaner unter blutigen Verlusten zum Stillstand und verwehrten ihnen ihre übliche Versorgung, bis sie verhungerten, zugrundegingen und davonliefen. Das zog sich über drei Monate hin. Während der Schlacht kam es zu zwei langen Belagerungen – die einer kleinen britischen Einheit, die in einem Dorf namens Kohima eingeschlossen war, und der Einkesselung von Slims Hauptstreitmacht in Imphal selbst durch eine kampferprobte und wilde japanische Dschungelarmee.

Über den Ausgang dieser Kesselschlachten entschied die Luftbrücke. Die Briten verbrauchten den Nachschub schneller als die Japaner, deren Soldaten eine Zeitlang von einer Handvoll Reis pro Tag leben konnten; aber die amerikanischen Transportmaschinen flogen Tag für Tag Hunderte von Tonnen Nachschub zu den Eingeschlossenen. Ihre Maschinen landeten auf überlasteten Flughäfen, nachdem die Piloten den Rest des Materials an Fallschirmen zu den offenen Flugzeugtüren hinausbefördert hatten. Burne-Wilkes taktisches Kommando schützte die Luftbrücke und suchte die japanische Armee durch Bomben- und Tiefangriffe zu schwächen.

Nach der Einschließung von Imphal überrannten die Japaner ein paar vorgeschobene Radar-Warnstationen, und eine Zeitlang sah die Luftsituation gar nicht gut aus. Nach einer Besprechung in Comilla beschloß Burne-Wilke, nach Imphal zu fliegen und sich die Sache selbst anzusehen. Seine auf der Ebene stationierten Spitfire-Geschwader meldeten, daß die Aufrechterhaltung der Luftherrschaft ohne ein entsprechendes Radar-Warnsystem zu einem Problem werden würde. Er bestieg eine Aufklärungsmaschine, setzte sich über Pamelas Einwände hinweg und flog allein los.

Burne-Wilke war ein erfahrener Pilot; er hatte bereits im Ersten Weltkrieg als Flieger gedient und in der RAF Karriere gemacht. Durch den Tod seines älteren Bruders war er zum Viscount geworden, aber gleichwohl Berufsoffizier geblieben. Für regelrechte Feindflüge inzwischen zu alt, nutzte er jede Gelegenheit, allein loszufliegen. Mountbatten hatte ihm deshalb schon einmal Vorhaltungen gemacht. Aber er flog für sein Leben gern ohne das Geplapper eines Ko-Piloten, das ihn nur ablenkte, allein über den Dschungel. Das verschaffte ihm so etwas wie den beruhigenden Frieden eines Fluges übers Wasser – diese grüne Bodendecke, die stundenlang unter ihm dahinzog, nur gelegentlich unterbrochen durch einen gewundenen braunen Flußlauf mit kleinen grünen Inseln darin. Das hüpfende und kurvenreiche Durchfliegen von Gebirgspässen zwischen baumbestandenen Gipfeln, die sich hoch über seine Tragflächen reckten, und am Ende der Anblick der Ebene und der schimmernden Goldkuppeln von Imphal, wobei hier und dort auf der breitgestreckten Ebene Rauchwölkchen anzeigten, wo gekämpft wurde – all das bereitete ihm ein verbissenes Vergnügen, das ihm half, seine hartnäckigen Depressionen abzustreifen.

Für Duncan Burne-Wilke war der Kampf um Imphal eine Schlacht aus der *Bhagavad-Gita*. Er war kein langjähriger Asienkenner, aber als gebildeter britischer Offizier kannte er den Fernen Osten. Für seine Begriffe verrieten die strategischen Vorstellungen der Amerikaner über China bemitleidenswerte Unkenntnis; der gewaltige Einsatz, den Burma-Korridor freizukämpfen, zu dem sie die Briten gedrängt hatten, war für ihn eine vergebliche Verschwendung von Menschen und Material. Auf lange Sicht spielte es keine Rolle, wer bei Imphal gewann. Den Japanern, die unter der Wucht der amerikanischen Angriffe im Pazifik schwächer wurden, fehlte es an Kraft, weit nach Indien hinein vorzustoßen. Die Chinesen unter Tschiang Kai-schek spielten im Krieg keine nennenswerte Rolle; Tschiang bemühte sich vornehmlich darum, im Norden die chinesischen Kommunisten abzuwehren. Auf jeden Fall würde Gandhis widerspenstige nationalistische Bewegung nach dem Krieg die Briten aus Indien hinausdrängen. Das stand für Burne-Wilkes Begriffe mit Sicherheit fest. Gleichwohl waren die Ereignisse hier in Bewegung geraten, und ein Mann hatte zu kämpfen.

Wie gewöhnlich erwies es sich als lohnend, an Ort und Stelle mit den Truppen zu reden. Burne-Wilke versammelte seine Piloten in der großen Bambus-Kantine von Imphal und hörte sich ihre Klagen und Beschwerden ebenso an wie ihre Beobachtungen und Ideen. Aus den Hunderten von jungen Männern kam eine Menge Reaktion, insbesondere Beschwerden.

»Marshal, wir finden uns mit den roten Ameisen und den schwarzen Spinnen ab, mit den Hitzebläschen und dem Dünnschiß«, ließ sich eine Cockney-Stimme aus dem Hintergrund vernehmen, »mit den knappen Rationen, dem Schweiß und der Juckerei, den Kobras und allem anderen, was zu diesem Zirkus hier gehört. Aber was wir dafür haben möchten, Sir, ist genug Treibstoff, damit wir vom Morgengrauen bis zum Abenddämmer auf Feindflug gehen können. Ist das etwa zuviel verlangt?« Diesen Worten folgte zustimmendes Gebrüll und Applaus; dennoch mußte Burne-Wilke ihnen sagen, daß die Transportmaschinen soviel Treibstoff nicht heranfliegen könnten.

Im weiteren Verlauf des Treffens kam eine Idee zur Sprache, über die die

Flieger schon unter sich geredet hatten. Die japanischen Überfälle wurden stets durch zwei Bergpässe in die Ebene von Imphal vorgetragen. Die Leute meinten, man sollte nicht hinter den Angreifern herlaufen, sondern sich selbst in den Pässen einnisten. Entweder sahen sich die japanischen Piloten auf dem Rückflug in diesen schmalen Fallen den überlegenen Spitfires gegenüber, oder sie stürzten wegen Treibstoffmangel ab, wenn sie versuchten, über die Berge zu entkommen. Burne-Wilke erwärmte sich sehr für diesen Vorschlag und befahl, ihn zu verwirklichen. Er versprach, bei den anderen Engpässen – wenn auch nicht beim Treibstoff – Abhilfe zu schaffen, und flog unter Hochrufen ab. Auf diesem Rückflug verschwand er in einem Gewitter.

Pamela machte eine furchtbare Woche durch, bis aus Imphal berichtet wurde, Dorfbewohner hätten ihn lebendig hingebracht. Ausgerechnet in dieser Woche erhielt sie zusammen mit einem Stapel anderer persönlicher Post aus Neu-Delhi Pugs Brief nachgeschickt. Sie hatte mehr zu tun als sonst; sie arbeitete für den stellvertretenden Oberkommandierenden. Burne-Wilkes Verschwinden machte ihr arg zu schaffen. Als seine Verlobte stand sie auf dem Stützpunkt im Mittelpunkt aller Sorge um ihn. Die auf dem Briefpapier des Plaza Motor Hotels in Jeffersonville getippten Seiten kamen ihr vor wie aus einer anderen Welt. Für Pamela hieß die Alltagswirklichkeit jetzt Comilla, diese heiße, schimmlige Stadt in Bengalen, dreihundert Kilometer östlich von Kalkutta, in der die Mauern von Monsunregen getränkt waren und vermoderten, das Laub fast genauso grün und geil wucherte wie im Dschungel, deren Hauptcharakteristikum eine Unmenge von Denkmälern für von bengalischen Terroristen ermordete britische Beamte war und in deren Army-Hauptquartier es von asiatischen Gesichtern wimmelte.

Jeffersonville, Indiana! Wie sah es dort aus? Was für Menschen lebten dort? Der Name paßte irgendwie zu Victor Henry – schlicht, amerikanisch, reglos, bis auf den noblen Hinweis auf Jefferson. Pugs Heiratsantrag, seine nüchternen finanziellen Erwägungen und die wenigen unbeholfenen Liebesworte amüsierten Pamela und warfen sie zugleich aus der Bahn. Es war lieb gemeint, aber zu diesem ungünstigen Zeitpunkt konnte sie nicht damit fertigwerden, und so antwortete sie nicht. Als sie nach Burne-Wilkes Rückkehr wieder an den Brief dachte, kam er ihr immer unwirklicher vor. Im Grunde konnte sie nicht glauben, daß Rhoda Henry mit ihrem letzten Schachzug durchkommen würde. All das war so weit, weit weg.

Nach ein paar Tagen im Hospital von Imphal wurde Burne-Wilke nach Comilla zurückgeflogen. Er hatte sich das Schlüsselbein sowie beide Fußgelenke gebrochen und fieberte. Das Schlimmste, zumindest zum Anschauen, waren die eitrigen Wunden von den Blutegeln. Kläglich berichtete er Pamela, daß er

sich das selbst zuzuschreiben habe: er hatte sich die Blutegel vom Körper abgerissen, und ihre Köpfe waren unter der Haut zurückgeblieben. Eigentlich hätte er es besser wissen müssen; doch er sei in einem Morast wieder zu sich gekommen, in zerrissener Uniform, sein ganzer Körper bedeckt mit diesen fetten schwarzen Würmern. Benommen und entsetzt, habe er angefangen, an ihnen zu zerren, ehe er sich an die Regel erinnerte, daß man sie sich vollsaugen lassen müsse, bis sie von selbst abfielen. Die Maschine sei ins Trudeln geraten, berichtete er, doch sei es ihm gelungen, sie wieder hochzureißen und dann in die Baumkronen hineinzufliegen. Nachdem er wieder zu sich gekommen sei, habe er sich durch den Dschungel bis zu einem Flußbett durchgeschlagen und sei zwei Tage lang daran entlanggewankt, bis er auf die Dorfbewohner gestoßen sei.
»Ich habe fürchterliches Schwein gehabt«, sagte er zu Pamela. In Bandagen eingewickelt, lag er im Lazarettbett, sein zaghaft lächelndes Gesicht aufgedunsen und schrecklich verfärbt von den Schwären der Blutegel. »Die Nagas sollen Kopfjäger sein. Es wäre ihnen ein leichtes gewesen, sich meinen Kopf zu holen, kein Hahn hätte jemals danach gekräht. Aber sie waren überraschend freundlich. Ehrlich, Liebling, ich möchte nie wieder einen Baum sehen.«
Sie saß Tag für Tag stundenlang an seinem Bett. Er war sehr niedergedrückt und rührend abhängig von ihrer Zuneigung und ihrem Zuspruch. Sie waren sich auf eine stille Weise auch früher sehr nahe gewesen, doch jetzt war es, als seien sie schon ein Ehepaar. Zuletzt schrieb Pamela Pug auf ihrem Flug von Neu-Delhi nach London recht verzweifelt einen Brief. Nach zwei Wochen Lazarettaufenthalt wurde Burne-Wilke gegen seinen Willen zur weiteren Behandlung in die Heimat geschickt. Sie erzählte, was geschehen sei, um zu erklären, warum sie mit ihrer Antwort solange in Verzug geraten sei, und fuhr fort:

Und jetzt zu Deinem Antrag, Pug. Ich lege meine Arme um Deinen Hals und segne Dich. Es fällt mir sehr schwer, weiterzuschreiben, aber Tatsache ist, daß es nicht sein darf. Duncan ist jämmerlich krank. Ich kann ihm jetzt nicht den Laufpaß geben. Ich will es nicht. Ich habe ihn gern, ich bewundere ihn und liebe ihn. Er ist ein wunderbarer Mann. Ich habe weder ihm noch Dir vorgemacht, daß ich für ihn jene merkwürdige Liebe verspüre, die uns verbindet. Aber ich bin nahe daran, alle Leidenschaft aufzugeben. Ich habe damit nie viel Glück gehabt.
Auch er hat mir nie etwas vorgemacht. Zu Anfang, als er mir seinen Antrag machte, habe ich ihn gefragt: Aber warum willst Du mich dann, Duncan?

Woraufhin er mit einem leisen Lächeln antwortete: Weil du zu mir paßt.
Liebling, ich glaube Deinem Brief einfach nicht ganz. Sei mir nicht böse. Ich weiß, daß Rhoda ihren neuen Mann noch nicht hat. Das wird noch dauern, bis er sie vor den Altar geführt hat. Da kann noch soviel passieren! Die unerreichbare Frau eines anderen Mannes und die künftige Gattin können sich in den Augen eines eingefleischten Junggesellen, dem mit dem Altar gedroht wird, sehr unterschiedlich ausnehmen.
Du wirst Rhoda immer wieder zurücknehmen, und ich finde auch, Du solltest das tun. Man kann Dir keinen Vorwurf daraus machen. Ich kann Dir keinen Warren schenken (gegen die christliche Erziehung hätte ich nichts, Du Lieber, aber – ach!), und was immer uns verbindet, es ist nichts verglichen mit den Banden der Erinnerung zwischen Dir und Rhoda.
Ich lese diese hastig hingeworfenen Absätze noch einmal durch, und es fällt mir schwer, meinen verschwommenen Augen zu glauben.
Ich liebe Dich, das weißt Du, werde Dich immer lieben. Ich habe nie einen Mann wie Dich kennengelernt. Höre nicht auf, mich zu lieben. Es hat einfach nicht sein sollen: der falsche Zeitpunkt, Pech, Verpflichtungen, die dazwischenkamen. Aber es war wunderschön! Laß uns gute Freunde bleiben, wenn dieser verdammte Krieg einmal ein Ende hat. Wenn Rhoda ihren Mann kriegt, such Dir eine amerikanische Schöne, die Dich glücklich macht. Es gibt bei Euch soviele von ihnen, ach, mein Liebling, wie Gänseblümchen auf einer Juniwiese. Du hast Dich nur nie umgesehen. Jetzt kannst Du es. Aber vergiß nicht
          Deine arme, Dich liebende
          Pamela.

34

Eines Juden Reise
(Aus Aaron Jastrows Manuskript)

22. April 1944

Ich warte auf Natalie – sie muß von einer geheimen zionistischen Versammlung zurückkommen –, ich warte und mache mir Sorgen in dieser kühlen Frühlingsnacht, während von den Geranien in den Blumenkästen, die uns gestern von den Verschönerungsarbeitern auf die Fensterbank gestellt wurden, angenehme Düfte hereintreiben. Ich glaube, Natalie stolpert in eine akute Gefahr hinein. Selbst wenn sich eine Szene daraus ergibt, für die ich eigentlich nicht mehr die Kraft habe – ich muß es mit ihr ausfechten, wenn sie heimkommt.
Wann habe ich die letzte Tagebucheintragung gemacht? Ich weiß es nicht genau. Die Blätter sind schon lange ins Versteck gewandert. Die Verschönerungsaktion überfordert mich mehr oder weniger, sowohl in der Bibliothek als auch im Rat. Außerdem war das unerwartete Auftauchen Berels nach meinem *Ilias*-Vortrag ein Thema, über das sich nicht leicht schreiben läßt; ich habe es immer wieder hinausgeschoben und dabei das ganze Tagebuch vernachlässigt. Jetzt will ich versuchen, das Fehlende nachzutragen. Ich habe den Talmud-Abschnitt für morgen vorbereitet, und so ist dies die beste Möglichkeit, die Zeit totzuschlagen. Ich will nicht schlafen, bevor sie nicht heimkommt.
Berel hat mich an jenem Abend zu Tode erschreckt, als er plötzlich aus der Finsternis heraustrat. Was für eine unheimliche Begegnung! Seit fünfzig Jahren habe ich ihn nicht gesehen. Und ach, wie die Zeit die Menschen verändert! Aus dem rotwangigen, etwas pummeligen Jungen ist ein hart aussehender älterer Mann mit buschigem grauem Haar geworden, der ein kräftig vorspringendes Kinn hat, dicke, häufig sich zusammenziehende Brauen und tief eingekerbte Linien in seinem glattrasierten Gesicht. Sein Lächeln hat etwas gespenstisch Vertrautes, aber das ist auch alles. Schäbig gekleidet, aus Tarnungsgründen den gelben Stern auf der Brust seiner zerlöcherten Schafsfelljacke, sah er mehr wie ein Pole als wie ein Jude aus, falls überhaupt etwas an diesen Vorstellungen von rassischen Physiognomien ist – ein

schlesischer Bauer, der keiner Menschenseele traut. Er war bis zum äußersten nervös und blickte beim Gehen immer wieder hinter sich. Er habe im Ghetto etwas zu erledigen gehabt, sagte er, und müsse noch vor Morgengrauen wieder fort; kein Wort der Erklärung, wann und wie er gekommen ist und wie er wieder hinauskommen will.

Er ging mit uns in unsere Wohnung und erbot sich ohne Umschweife, Louis aus Theresienstadt hinauszubringen! Natalie erbleichte allein bei dem Gedanken daran. Aber es war gerade die Zusammenstellung eines neuen Transports befohlen worden, sie war immer noch erschüttert, und zuzuhören war sie und ist sie immer bereit. Berels Idee war, das Kind bei tschechischen Bauern unterzubringen, wie es auch einigen Prager Juden mit ihren Kleinkindern gelungen war, bevor sie nach Theresienstadt gebracht wurden. Das hat gut funktioniert; die Eltern hören dann und wann von ihren Kindern, sie erhalten sogar hereingeschmuggelte Briefe von den älteren. Um Louis hinauszuschaffen, müsse er aufgrund irgendeiner vorgeschobenen Diagnose ins Hospital eingeliefert werden, wofür Berel, wie er sagt, die notwendigen Beziehungen habe. Man werde dann einen Totenschein ausfüllen, um das Zentralsekretariat zu befriedigen, und vielleicht könne man sogar ein falsches Begräbnis oder eine falsche Einäscherung vornehmen. Inzwischen werde Louis heimlich aus dem Hospital herausgeholt und nach Prag geschafft. Dort werde Berel ihn in Empfang nehmen und auf den Bauernhof hinausbringen, ihn regelmäßig besuchen und Natalie Nachrichten von ihm zukommen lassen. Der Krieg könne noch ein Jahr oder länger dauern; doch was auch geschehe, Berel werde über ihn wachen.

Natalies Gesicht wurde, während Berel sprach, immer länger und verschlossener. Warum das nötig sei, fragte sie. Louis sei anpassungsfähig und blühe und gedeihe. Seine Mutter jeden Tag zu sehen, tue ihm gut. Darüber stritt Berel nicht mit ihr, erklärte jedoch eindringlich, alles in allem sei es das beste, Louis gehen zu lassen. Krankheit, Unterernährung, Abtransport und deutsche Grausamkeit seien hier allgegenwärtige Gefahren, schlimmer jedenfalls als die einmalige und vorübergehende Gefahr, das Risiko zu wagen und ihn aus dem Ghetto hinauszuschaffen. Natalie gab keinen Zentimeter nach. Was ich hier aufschreibe, ist die Quintessenz eines leise und jiddisch geführten Gesprächs, das über eine Stunde dauerte, bis Berel das Thema fallenließ und sagte, er habe noch mit mir zu reden. Daraufhin ging sie zu Bett. Wir sprachen polnisch, was sie nicht versteht.

Jetzt sträubt sich mir der Bleistift. Wie soll ich niederschreiben, was er mir erzählt hat?

Ich will nicht versuchen, seine Wanderungen zu rekapitulieren. Das übersteigt jede Vorstellungskraft, und der Glaube versagt. Berel ist durch alle sieben Kreise der Hölle gegangen, zu denen die Deutschen Osteuropa gemacht haben. Die allerschlimmsten Gerüchte über das Schicksal der Juden stimmen nicht nur, sie stellen nur blasse und vorsichtige Andeutungen dessen dar, was sich wirklich abspielt. Mit seinen eigenen Händen hat mein Vetter Tausende ermordeter Männer, Frauen und Kinder aus Massengräbern ausgegraben und verbrannt. Solche Gräber gibt es überall in Osteuropa in der Nähe von Städten, in denen einst Juden gelebt haben. Anderthalb Millionen vergrabene Leichen, nach seiner vorsichtigen Schätzung.

In bestimmten Lagern – darunter dem vor den Toren unseres alten Yeshiwa-Städtchens Oswiecim – gibt es riesige Giftgaskeller, in denen man Tausende von Menschen gleichzeitig umbringen kann. Eine Menge, groß wie ein voll besetztes Opernhaus, in enorme Kellerräume zusammengepfercht und alle auf einmal erstickt! In versiegelten Eisenbahnwaggons werden sie zugweise aus ganz Europa dorthin geschafft und gleich bei ihrer Ankunft ermordet. Die Leichen werden in großen Krematorien verbrannt. Hohe Schornsteine beherrschen die Lagerlandschaft, sie speien Feuer und stoßen, wenn eine »Aktion« im Gange ist, rund um die Uhr schmierigen Rauch und die Asche von Menschen aus. Berel erzählt nicht nur vom Hörensagen. Er hat bei einem Bautrupp gearbeitet, der eine solche Leichenverbrennungsanlage errichtet hat. Die Juden, die nicht sofort umgebracht werden, läßt man in gigantischen Rüstungsbetrieben Sklavenarbeit verrichten. Sie sollen sich bei genau berechneten Lebensmittelrationen zu Tode schuften.

Wir Theresienstädter Juden, sagt er, seien Ochsen im Stall, die nur darauf warten, daß sie an die Reihe kommen. Die Verschönerungsaktion sei eine Gnadenfrist; aber sobald die Vertreter der neutralen Rot-Kreuz-Organisationen ihren Besuch gemacht hätten, würden die Transporte wieder rollen. Unsere einzige Hoffnung sei ein Sieg der Alliierten. Der Krieg verlaufe ohne jeden Zweifel zuungunsten der Deutschen, aber das Ende sei noch nicht abzusehen, und die Vernichtung der Juden werde beschleunigt. Seine Organisation, die er nicht preisgab (ich würde meinen, die Kommunisten), plane einen Aufstand, falls der Befehl zu einem Massentransport gegeben oder eine Tötungsaktion von der SS hier in Theresienstadt vorbereitet werde. Doch das sei eine Verzweiflungstat, die Natalie und Louis kaum überleben dürften. Das jüdische Volk müsse den Blick in die Zukunft richten, sagte er. Und Louis sei die Zukunft. Ihn müsse man retten.

Er wollte Natalie nichts von den Vernichtungslagern erzählen, weil er sähe, daß sie eigentlich guten Mutes sei – und das sei das Geheimnis des Überlebens

unter den Deutschen. Ich müsse versuchen, sie zu bewegen, Louis ziehen zu lassen, ohne ihr allzuviel Angst zu machen.
Ich fragte ihn, wie weit das Wissen um die Vernichtungslager in Theresienstadt bekannt sei. Er sagte, hochgestellten Persönlichkeiten sei davon berichtet worden; er selbst habe mit zweien von ihnen darüber gesprochen. Die übliche Reaktion sei Ungläubigkeit oder Wut auf denjenigen, der solche »Panikmache« verbreite; man wechsle dann rasch das Thema.
Ich fragte, ob die Außenwelt eine Ahnung davon habe. Erst jetzt, so sagte er, erschienen hier und dort in der Presse Artikel und im Rundfunk Sendungen zum Thema. Die auf Mikrofilm aufgenommenen Dokumente und Bilder, die er aus Oswiecim herausgeschmuggelt habe, seien in die Schweiz gelangt; vielleicht seien manche Berichte auf sie zurückzuführen. Doch die Leute in England und Amerika schienen ebensowenig geneigt, die Sache zu glauben, wie die Juden hier in Theresienstadt, die die SS immerhin gut kennen. Sogar im Lager Oswiecim selbst, sagte Berel, wo man aus den Schornsteinen nachts habe Flammen herausfahren sehen und wo alles nach verbranntem Haar, Fleisch und Fett gerochen habe, mieden die Häftlinge das Thema der Vergasungen oder leugneten rundheraus, daß so was überhaupt geschehe.
(Meine Hand zitterte, als ich diese Worte schrieb; daher die krakelige Schrift auf dieser Seite.)
Um den Bericht über Berels Besuch rasch abzuschließen: es kam noch zu einem traurigen Austausch von Familienklatsch. Bis auf mich und die Kinder eines Sohnes sei unser Zweig des Jastrow-Klans in Europa ausgerottet, und zwar mit Stumpf und Stiel. Sein ältester Sohn kämpfe in Weißrußland als jüdischer Partisan hinter den deutschen Linien. Seine Schwiegertochter und seine Enkel seien sicher auf einem lettischen Bauernhof untergetaucht. Alle anderen Angehörigen hat Berel verloren, und genauso geht es mir; ein ganzes Netz kluger und liebenswerter Verwandter, die ich seit meiner Ausreise nach Amerika zwar nie wiedergesehen, jedoch in angenehmer Erinnerung behalten habe. Auf allen seinen Wegen hat er ein zerknittertes Bild seines Enkels retten können, dermaßen zerkratzt und fleckig von Wasser, daß man nur noch ein verschwommenes Kindergesicht wahrnimmt. »Die Zukunft«, sagte Berel, als er es mir zeigte. »*Der osed.*«
Er erklärte mir genau, wie ich ihn benachrichtigen solle, sobald Natalie sich Louis' wegen eines Besseren besänne. Dann umarmten wir uns. Ich hatte Berel zum letzten Mal vor einem halben Jahrhundert in Medzice umarmt, als ich nach Amerika ausreiste; nichts ist merkwürdiger als das, was wirklich geschieht. Als er mich losließ, warf er mir jene Art von blitzendem Blick zu und neigte dabei verschmitzt den Kopf zur Seite – wie früher, wenn es um eine

knifflige Frage über den Talmud ging; dabei zog er eine Schulter hoch – ein Tick, den er trotz aller Leiden in all den Jahren beibehalten hat. »Arele, man sagt, du hast geschrieben ein Buch über jenen Menschen!« *(Oso ho-ish,* Jesus.) »Ja.«
»Wozu hast du *dafka* müssen schreiben über diesen Menschen?«
Dafka ist unübersetzbar. Es ist ein Talmud-Wort und bedeutet vielerlei: *notwendigerweise, aus eben diesem Grunde, keck herausfordernd, trotz allem.* Juden neigen dazu, Dinge *dafka* zu tun. Das ist ein Wesenszug dieser eigensinnigen Menschen. So haben sie zum Beispiel am Fuß des Berges Sinai *dafka* das Goldene Kalb anbeten müssen.
Es war ein Augenblick der Wahrheit. Ich antwortete: »Ich habe es geschrieben, um Geld zu verdienen, Berel, und mir einen Namen zu machen unter den *Gojim.*«
»Schau, was es dir hat geholfen«, sagte er.
Ich holte die Gebetsriemen aus der Schublade, für die ich vor kurzem einen Diamanten hergegeben habe, und zeigte sie ihm.
»So?« Er lächelte traurig. »In Theresienstadt?«
»In Theresienstadt, *dafka*, Berel.«
Wir umarmten uns ein letztes Mal, und er schlüpfte hinaus. Seit zwei Monaten habe ich nichts mehr von ihm oder über ihn gehört. Ich nehme an, er ist heil davongekommen. Im Ersten Weltkrieg ist Berel zweimal aus Kriegsgefangenenlagern ausgebrochen. Er ist aus hartem Holz geschnitzt und äußerst einfallsreich.

Schon nach Mitternacht. Nichts von ihr zu sehen und zu hören. Es ist nicht ratsam, so spät nachts noch unterwegs zu sein; freilich, ihr Ausweis als Hilfsschwester ist ein gewisser Schutz.

Jetzt möchte ich rasch die Verschönerungsaktion skizzieren, eine Geschichte, die in künftigen Jahren wird erzählt werden müssen. Für kommende Generationen wird sie vielleicht noch unglaublicher sein als selbst die Gaskammern von Oswiecim, die schließlich, wenn auch auf klägliche Weise, das natürliche Endergebnis des Nationalsozialismus darstellen. Man muß nur einfach begreifen, daß Hitler es ernst meinte mit dem, was er sagte, und daß die gehorsamen Deutschen hingingen und es taten.
Die Verschönerungsaktion ist merkwürdiger als das. Es handelt sich dabei um das sorgfältige Bemühen, den Anschein zu erwecken, als wären die Deutschen Europäer wie alle anderen auch, die sich nach den Grundsätzen der europäischen Zivilisation richten; daß man über Gerüchte und Berichte über

die Juden kein Wort zu verlieren brauche – sie seien entweder albern oder nichts anderes als grausame Greuelpropaganda der Alliierten. Was die Deutschen hier aufführen, ist eine umfassende Leugnung ihres Kernbemühens in diesem Krieg; die Ausrottung eines Volkes und zweier Weltreligionen. Jawohl, zweier. Ich glaube von ganzem Herzen, daß die Juden und der mosaische Glaube letzten Endes weiterleben werden; doch das Christentum kann diese von einem christlichen Volk begangene Tat nicht überleben. Nietzsches Antichrist ist gekommen, in Knobelbechern und Hakenkreuzbinde. Alle Kruzifixe Europas gehen im Rauch und in den Flammen auf, die aus den Oswiecimer Schornsteinen schlagen.

Unser neuer Kommandant, Rahm, ist ein eiskalter Unhold. Wie er die Verschönerungsaktion plant, das steigert die Heuchelei in Bereiche hinein, die es bis dahin nicht gegeben hat. Als Ältester und Leiter der Kulturabteilung bin ich tief darin verstrickt. Ich habe in seinem Büro Stunden über dem Stadtplan verbracht, in dem der Weg der Besucher rot eingezeichnet und jede Stelle, an der sie sich aufhalten werden, mit einer Nummer bezeichnet ist. Eine Wandkarte zeigt den Fortschritt der Renovierung und der Neubauten an jedem der gekennzeichneten Haltepunkte. Meine Abteilung ist verantwortlich für die Aufführung von Musik- und Theaterstücken auf dem Wege, doch die eigentliche Arbeit obliegt meinen Stellvertretern. Meine Rolle an »dem Tag« wird darin bestehen, die Besucher in der wundervoll renovierten Bibliothek umherzuführen; schon jetzt arbeiten zwanzig Leute an der Erstellung des Katalogs, und immer mehr herrliche Bücher kommen herein. Wir tragen die schönste Judaica-Sammlung zusammen, die es in ganz Europa noch gibt – und das alles nur für das Theater eines einzigen Tages.

Der Besuch wird geplant wie die Aufführung eines Passionsspiels: eines Spektakels, an dem die gesamte Stadt teilnimmt. Die Handlung selbst beschränkt sich jedoch auf die auf der Karte eingezeichnete Route. Hundert Meter links und rechts von diesem Weg herrschen nach wie vor Schmutz, Krankheit, Überfüllung und Hunger. Unter ungeheurem Aufwand wird der leere Schein, das Phantom eines idyllischen Badeortes vorgegaukelt, und es werden keine Kosten gescheut, herzurichten, worauf der Blick der Besucher fallen könnte. Bilden die Deutschen sich wirklich ein, mit diesem grotesken Täuschungsmanöver durchzukommen? Es scheint so. Frühere Inspektionen von Vertretern des Deutschen Roten Kreuzes waren kein Problem. Die Besucher kamen und gingen und verbreiteten glühende Berichte über das Paradies-Ghetto. Doch diesmal wird es sich um Besucher aus dem neutralen Ausland handeln. Wie können die Deutschen so sicher sein, sie zu kontrollieren und bei der Stange zu halten? Ein entschlossener schwedischer oder Schweizer Rot-Kreuz-Mann brauchte ja nur zu sagen: »Gehen wir mal diese Straße hinunter« oder: »Sehen wir uns mal die Häuser dahinten an« – und die Seifenblase platzt. Denn hinter der schillernden falschen Oberfläche liegen Schrecken, bei denen jedem Neutralen die Haare zu Berge stünden; obwohl wir daran gewöhnt sind und obwohl das nichts ist im Vergleich zu Oswiecim.

Hat Rahm listige Pläne, um solche peinlichen Fragen und Bitten abzuschlagen? Verläßt er sich auf glatte und sanfte Einschüchterung? Oder stellt die ganze Verschönerungsaktion, wie ich argwöhne, nur ein Paradebeispiel für die idiotische Gründlichkeit dar, die alles ausgezeichnet hat, was die Deutschen getan haben, seit Hitler an die Macht gekommen ist?

In ihrer Fähigkeit, etwas zu schaffen, in der Energie und der Aufmerksamkeit, die sie dem Detail schenken, in ihrem überragenden wissenschaftlichen und industriellen Können sind sie den Amerikanern gleich, ja, vielleicht sogar überlegen. Außerdem können sie äußerst charmant sein, sie haben Intelligenz und Geschmack. Das Besondere an ihnen ist, daß sie sich mit ganzem Herzen, einem einzigartigen Schwung daran machen können, Pläne und Befehle auszuführen, die so verrückt und ungeheuerlich sind, wie die Menschen es sich früher nicht einmal haben vorstellen können. Warum das so ist, daran kann die Welt noch tausend Jahre herumrätseln; im Augenblick aber geschieht es. Und dadurch ist ein Zerstörungskrieg in Gang gekommen, der mit Sicherheit mit der Vernichtung Deutschlands enden wird. Im innersten Kern dieses ungeheuren Opfers liegt das, was sie meinem Volke antun. Und im Kern dieses Kerns wiederum ruht diese Verschönerungsaktion – das deutsche Antlitz harmlos der Welt draußen zugewandt mit der klagenden Feststellung: »Seht, wie ungerecht ihr seid, wenn ihr uns beschuldigt, Böses zu tun?«

Die idiotische Gründlichkeit, mit welcher diese Verschönerungsaktion durchgeführt wird, hat etwas Erschreckendes. Es gibt nichts, woran Rahm und seine Ratgeber nicht gedacht hätten, immer unter der Voraussetzung, daß er seine Besucher innerhalb der roten Zone halten kann. Bis jetzt ist noch sehr wenig fertig, aber der Ablauf des Ganzen liegt bereits fest. Das Bild geschäftigen Durcheinanders, das Theresienstadt heute bietet, hat etwas von einer Bühne, die schon halb für eine Generalprobe fertig ist. Zwei- oder dreitausend kräftige und gesunde Juden schuften von morgens bis abends – hier und da auch bei Scheinwerferbeleuchtung –, um diesen phantastischen schmalen Pfad der Illusion aufzubauen.

Der Weg, auf dem die Besucher hindurchgeführt werden sollen, liegt seit Monaten fest. Rahm trägt eine dicke, in schwarz-rot gestreiften Stoff gebundene Mappe mit sich herum, die wir vom Ältestenrat die »Verschönerungsbibel« nennen. Sämtliche Abteilungsleiter haben dazu beigetragen, aber die Berücksichtigung auch der geringsten Details kann nur deutschen Ursprungs sein. Dazu gehört die Auswahl dessen, was das Gemeindeorchester auf dem Stadtplatz spielen soll, obgleich die Technische Abteilung erst jetzt die Grundmauern für den Pavillon legt. Unsere Musiker sind ständig damit beschäftigt, Noten zu kopieren – zwei Rossini-Ouvertüren, ein paar Militärmärsche, etliche Straußsche Walzer und Potpourris von Donizetti und Bizet. Notenpapier gibt es jetzt in Fülle. Vorzügliche neue Instrumente sind hereingekommen. Wie Prosperos Zauberreich wird Theresienstadt mehr und mehr zu einem Ort, dessen Luft erfüllt ist von Melodien.

Wenn sie in das Opernhaus in der Stadthalle hineinschauen, werden die Besucher erleben, wie ein vollständiges Orchester und ein riesiger Chor Verdis *Requiem* proben: über hundertundfünfzig begabte Juden in adretter, sauberer Kleidung, mit gelbem Stern und allem, was dazugehört, bei der Probe zu einer Aufführung, die es wert wäre, in Paris oder Wien veranstaltet zu werden. Unten, in einem kleineren Theatersaal, werden sie auf eine Kostümprobe der bezaubernden originalen Kinderoper *Brundibar* stoßen, die der große Schlager im Ghetto ist. Wenn sie durch blumengesäumte Straßen ziehen, werden sie in einem Privathaus hören, wie ein Streichquartett Beethoven spielt; in einem anderen singt eine hinreißende Altistin Schubert-Lieder, und in einem dritten übt ein großer Klarinettist Weber. In den Cafés werden die Besucher eine Erfrischung zu sich nehmen, und dort werden Gäste bezahlen, kommen und gehen – nach einem äußerst natürlich erscheinenden, genau einstudierten Plan.

Die Besucher werden Läden zu sehen bekommen, die mit allen möglichen feinen Waren, sogar mit Luxusgütern assortiert sind und in denen Käufer beiläufig kommen und gehen und kaufen, was ihnen gefällt, und dafür mit dem Theresienstädter Papiergeld bezahlen, auf dem ein Bild von Moses aufgedruckt ist. Dieses wertlose Geld ist der grotekeste Witz des Ghettos. Übrigens enthält Rahms Bibel eine strenge Warnung, derzufolge die »Kunden« nach der Abfahrt der Besucher alle ihre »Einkäufe« zurückzugeben haben; wer dem nicht folgt, wird streng bestraft. Für fehlende Eßwaren droht dem Missetäter die Kleine Festung.

Der Plan berücksichtigt jede Phase des Ghettolebens. Ein blitzsauberes Hospital, das der reine Hohn ist, ein Kinderspielplatz, gleichfalls ein Spott, eine Pseudo-Druckerei für Männer, eine Pseudo-Kleiderfabrik für Frauen, ein Pseudo-Sportplatz – alles ist in Arbeit. Die Bank wird neu gestrichen. Eine Pseudo-Knabenschule ist bereits fertig; ein brandneues Gebäude, bis ins letzte eingerichtet mit Wandtafeln, Kreide und Schulbüchern, das nie benutzt worden ist und nie benutzt werden wird, außer für Proben der Musiker. Ein »Haupt-Kantinen-Bau«, eine geräumige Baracke, wird errichtet, um darin eine einzige Mahlzeit zu servieren – das Mittagessen der Besucher – und in der rings um sie her auch Juden nach Herzenslust schmausen werden. Die SS muß sich noch etwas einfallen lassen, um zu verhindern, daß ein paar Juden nicht doch beköstigt werden. Das ist der einzige Schwachpunkt in Rahms Bibel. Die Cafébesucher dürfen sich selbstredend nur so lange an Kaffee und Kuchen gütlich tun, so lange die Besucher in Sicht sind, sonst sollen sie braune Brühe trinken, die nur wie Kaffee aussieht, und vor Tellern mit Kuchen sitzen, den sie nicht anrühren dürfen.

Es ist ein Uhr. Warum fahre ich mit diesem bitteren Geschreibsel fort? Nun, selbst der Galgenhumor, der sich in der Verschönerungsaktion ausdrückt, lenkt von den Gedanken über Berels Enthüllungen ab und von meiner Sorge um Natalies langes Ausbleiben. Sie muß um sechs Uhr aufstehen. Bevor sie zur Arbeit in der Glimmerfabrik geht, muß sie für den Besuch proben – auf dem Kinderspielplatz und im Kindergarten. Dazu ist sie gerade zusammen mit einigen anderen attraktiven Frauen eingeteilt worden. Was sie zu tun haben, ist genau vorgeschrieben: mit den Kindern die kleinen Sprüche einüben, die sie aufzusagen haben, und Zufriedenheit vortäuschen. Beim Mittagessen, hat sie mir verraten, sollen die Kinder ausrufen: »Was, schon wieder Sardinen?« Die ganze Zwanzig-Minuten-Scharade ist vorgeschrieben. Hier bewirkt die Verschönerungsaktion wirklich etwas Gutes: die SS hat die Rationen für die Kinder erhöht. Man will, daß die Besucher pausbäckige Kinder beim Spielen zu sehen bekommen; deshalb werden sie gemästet, wie es die Hexe mit Hänsel und Gretel getan hat.
Ich kann einfach nicht glauben, daß eine solche Komödie einen Menschen hinters Licht führen kann. Doch angenommen, es gelingt: was versprechen die Deutschen sich eigentlich davon? Die Juden verschwinden, Millionen sind bereits tot; kann ein so entsetzliches Geschehen wirklich auf Dauer verborgen bleiben? Ich begreife es nicht. Das Ganze ergibt keinen Sinn. Nein, es ist wie mit dem unartigen Kind, nur in monumentalem und schrecklichem Ausmaß; das unartige Kind wird mit einem leeren Marmeladenglas erwischt, sein Gesicht, seine Hände und sein Kleid sind verschmiert, doch es lächelt und leugnet, Marmelade geschleckt zu haben.
Doch was das betrifft – welchen Sinn haben die Gaskeller von Oswiecim? Wochenlang habe ich jetzt darüber nachgedacht, mir den Kopf darüber zerbrochen. Die Deutschen Sadisten, Schlächter, Tiere und Wilde zu schimpfen – damit ist nichts erklärt; sie sind Männer und Frauen wie wir. Ich

habe eine Idee, und die werde ich mit aller Überzeugung hier festhalten. Die Wurzel all dessen kann nicht Hitler sein. Mit dieser Prämisse fange ich an. So etwas muß sich jahrhundertelang zusammengebraut und unter den Deutschen kaum Widerstand gefunden haben.

Napoleon hat den Deutschen Freiheit und Gleichheit aufgezwungen. Mit Kanonen und Marschtrommeln ist er in ein Durcheinander despotisch regierter Kleinstaaten eingefallen, die kaum dem Feudalismus entronnen waren. Er hat die Deutschen mit der Idee der Brüderlichkeit aller Menschen geplagt. Die Emanzipation der Juden gehörte zu diesem neuen liberalen Humanismus. Das entsprach zwar nicht der Natur der Deutschen, aber sie machten mit.

Ach, und wir Juden glaubten an diesen Wandel, was die Deutschen im tiefsten Herzensgrunde nie taten. Der Glaube an den Menschen war der Glaube eines Eroberers. Er breitete sich mit Windeseile in Europa aus, nur nicht in Deutschland. Ihre Philosophen im Zeitalter der Romantik verurteilten die undeutsche Aufklärung, ihre antisemitischen Parteien schossen wie Pilze aus dem Boden, während Deutschland wuchs und sich zu einem Industriegiganten entwickelte, der nie von den ›westlichen‹ Ideen überzeugt war.

Die Niederlage unter dem Kaiser, die verheerende Inflation und die Weltwirtschaftskrise ließen eine ohnmächtige Wut in ihnen entstehen. Die Kommunisten drohten mit Chaos und Umsturz, die Weimarer Republik zerfiel. Als Hitler wie ein Spukorakel aus Macbeth aus diesem Hexengebräu aufstieg und mit dem Finger auf die Juden in den großen Warenhäusern und in den Opernhäusern zeigte; als er verkündete, sie seien nicht nur die sichtbaren Nutznießer des an Deutschland begangenen Unrechts, sondern auch dessen Ursache; als diese wahnsinnige historische Formel, genauso eingängig wie marxistische Parolen, blutrünstig ins Rollen kam – da entlud sich der deutsche Zorn in einer Explosion nationaler Energie. Der Besessene, der sie ins Rollen gebracht hatte, hielt seine Mordwaffe in der Hand. Der abgrundtiefe Mangel an Reue oder Bedenken bei den Deutschen sorgte dafür, daß sie diesem Mann besonders gut in der Hand lag. Die Erkenntnis dieses verwirrenden Charakterzugs mußte mir eingeprügelt werden. Ich begreife ihn immer noch nicht recht. Wirft meine Arbeit über Luther einiges Licht darauf? Vor Hitler hat einzig Luther so voll und ganz die deutsche Stimme ertönen lassen, um lang aufgestautem Zorn gegen das Papsttum freien Lauf zu lassen. Die Ähnlichkeit in der machtvollen, grobschlächtigen und sarkastischen Rhetorik beider Männer hat mich – als ich noch Luthers bewundernder Biograph war – so manches Mal innehalten lassen. Luthers Protestantismus ist eine großartige Theologie, ist tönendes, ernstes, nüchternes und starrköpfiges Christentum,

durchaus jenes Christus würdig, den er vor der Hure Babylon zu retten behauptete. Aber selbst dieses hausgemachte Produkt hat den Deutschen schwer im Magen gelegen.
Die Deutschen sind im christlichen Europa nie ganz heimisch gewesen, sind sich nie ganz schlüssig geworden, ob sie nun Vandalen oder Römer waren, Zerstörer aus dem Norden oder abendländische Menschen. Der Deutsche schillert und schwankt, spielt einmal diese, einmal jene Rolle, je nach Lage der geschichtlichen Gegebenheiten. Für den Vandalen in ihm sind christliche Reue und französischer Liberalismus barer Unsinn; für ihn sind Vernunft und Logik der Aufklärung nur Tünche über der eigentlichen menschlichen Natur; der Kern ist Zerstörung und Despotie, und Schlächterei ist ein uraltes Vergnügen. Nach Jahrhunderten lutherischer Zurückhaltung hat die rüde deutsche Stimme in Nietzsche noch einmal die radikale Abkehr von den sanftmütigen Werten des Christentums herausgepoltert. Durchaus zutreffend hat Nietzsche all diese Güte, Bedenken und Gewissensbisse dem jüdischen Glauben angekreidet.
Aber er sah nicht voraus, daß der losgelassene Vandale in einem irrsinnigen industrialisierten Racherausch darangehen würde, Christus elfmillionenfach ans Kreuz zu nageln.

Ach, Geschreibsel, Geschreibsel, Geschreibsel! Ich sehe mir diese hastig hingeworfenen Seiten noch einmal an, und mir sinkt das Herz. Kein Wunder, daß ich das Tagebuch vernachlässigt habe; mein Geist wird mit dem, was er jetzt weiß, einfach nicht fertig. Wie soll man dieses Thema behandeln – ohne eine allgemeine Theorie des Nationalismus? Ohne den Sozialismus bis zu seinen Ursprüngen zurückzuverfolgen und aufzuzeigen, wie diese beiden Strömungen in Hitler zusammenfließen? Ohne die Drohung der Russischen Revolution zu berücksichtigen?
Habe ich in all diesem oberflächlichen Gekritzel jemals Kontakt mit den Deutschen gehabt? Gehorchen der stinkende Jude Jastrow, der in Theresienstadt die Gebetsriemen anlegt, und der Deutsche, der mit rumpelnden Heeren und dröhnenden Luftflotten in ganz Europa zuschlägt, wirklich ein und demselben menschlichen Grundtrieb, der auf einen winzigen Rest von Identität schließen ließe? Wollen sie uns umbringen, weil Juden und jüdischer Glaube eine ständige Herausforderung für den primitiven Germanismus darstellen? Oder ist all dies nur leerer Dünkel, sind es nur die Ergüsse des müden und überspannten Gehirns eines lebenslangen Liberalen, in Oswiecim und der Verschönerungsaktion noch einen Rest von Sinn entdecken zu wollen, um den Abgrund zu überbrücken, der zwischen mir und Karl Rahm klafft?

Wäre es sonst so, daß wir, wenn er mich auch totschlüge, wenn schon nicht vor Gott, so doch zumindest nach Darwin immer noch Brüder sind?

Endlich Natalie!

Am nächsten Morgen.
Es ist noch schlimmer, als ich befürchtet hatte. Sie steckt ganz tief drin. Sie war zwar müde, als sie zurückkam, aber sie glühte. Auf dieser zionistischen Versammlung wurde über Mittel und Wege beraten, die Verschönerungsaktion zum Scheitern zu bringen und den Besuchern des Roten Kreuzes die Wahrheit über Theresienstadt zu signalisieren, ohne die SS zu alarmieren. An jeder Stelle, wo sie anhalten, soll ein damit beauftragter Jude alle Fragen der Leute vom Roten Kreuz mit ein und demselben Satz beantworten: »*Oh ja, es ist alles sehr, sehr neu. Und es gibt noch viel mehr zu sehen.*«
Darauf haben sie sich, wie ich vermute, nach unendlichem Hin und Her geeinigt. Diese wortwörtlichen Wiederholungen, glauben sie, müßten die Besucher als Zeichen werten. Die Juden sollen den Satz beiläufig, aber mit bedeutsamen Blicken und möglichst außer Hörweite der SS vorbringen. Sie hoffen, daß die Besucher dahinterkommen werden, daß man ihnen nur brandneue Pseudoeinrichtungen zeigt, daß es sich um ein riesiges Potemkinsches Dorf handelt, und daß sie dann vom vorgeplanten Weg abweichen werden, weil »noch soviel mehr« zu sehen sei.
Ich habe geduldig zugehört. Dann erklärte ich ihr, daß sie im Begriff sei, in die endemische Ghetto-Träumerei hineinzurutschen und ihr Leben und das von Louis zu gefährden. Die Deutschen sind erfahrene und äußerst wachsame Gefängnisaufseher, die Besucher dagegen sanfte und höfliche Wohlfahrtsbeamte. Die Verschönerungsaktion sei ein bedeutendes deutsches Unternehmen, bei dem sie sich besondere Mühe gegeben hätten, und wenn sie auf etwas besonders achtgeben würden, so sei es ein solches jüdisches Komplott, den Besuchern einen Tip zu geben. All dies hielt ich ihr entgegen, doch sie entgegnete nur, die Juden müßten sich wehren, so oder so. Und da wir keine andere Waffe als unseren Verstand hätten, müßten wir ihn benutzen.
Da entschloß ich mich zu einem drastischen Schritt und weihte sie in Berels Enthüllungen über Oswiecim ein. Meine Absicht war, sie wachzurütteln und ihr die Gefahr der Deportation bewußt zu machen. Selbstverständlich war sie in den Grundfesten erschüttert; aber sie fiel nicht aus allen Wolken; natürlich gehen solche Berichte auch hier um. Aber sie zog die falschen Schlüsse. Umso mehr Grund, erklärte sie, den Argwohn des Roten Kreuzes zu erregen; im übrigen müsse Berels Bericht übertrieben sein, denn Udam habe Postkarten

von seiner Frau aus Oswiecim erhalten, und ihre Freundinnen erhielten gerade jetzt Post von den Verwandten, die mit dem Transport im Februar abgegangen seien.

Ich wiederholte, was Berel mir erzählt hatte: daß die SS in Oswiecim ein besonderes »Familienlager Theresienstadt« eingerichtet habe – für den Fall, daß das Rote Kreuz jemals mit seinen Verhandlungen Erfolg haben sollte, auch diesen Ort des Schreckens zu besuchen; daß jeder in Oswiecim bei seiner Ankunft um Monate vorausdatierte Postkarten schreiben müsse; und daß das Theresienstadt-Lager periodisch von den Kranken, den Schwachen, den Alten und den Kindern »gereinigt« werde, um Platz zu schaffen für weitere Transporte aus Theresienstadt. Udam erhalte zweifellos Post von einer Frau, die längst zu Asche geworden sei.

Dann erklärte sie, ihre Gruppe habe über die Untergrundverbindungen mit Prag erfahren, daß nach dem deutschen militärischen Geheimdienst die Amerikaner definitiv am 15. Mai in Frankreich landen würden. Das könne in ganz Europa Aufstände entfesseln und zum schnellen Zusammenbruch des Nazi-Reiches führen. Auf jeden Fall würden die SS-Leute anfangen, sich Gedanken zu machen, wie sie den eigenen Kopf retten könnten, und von weiteren Transporten absehen.

Gegen ein Wunschdenken, das sich zu einem reinen Wahn steigert, verschlagen keine Argumente. Ich drängte sie, wenn sie schon vorhabe, in dieser Richtung weiterzuarbeiten, zumindest Berel zu benachrichtigen, er solle Louis herausholen. Doch davon wollte sie nichts hören; sie bestritt einfach, daß sie Louis dadurch noch mehr gefährde, als es ohnehin schon der Fall sei; zuletzt wurde sie entschieden scharf und ging zu Bett.

Das war vor wenigen Stunden. Als sie aufwachte, war sie in besserer Stimmung und entschuldigte sich für ihren Zornesausbruch. Von Louis sagte sie nichts mehr. Und ich auch nicht.

Entfernt davon, etwas gegen den Zionismus zu haben, dem sie sich seit neuestem in die Arme geworfen hat, bin ich sogar froh darüber, daß es ihn gibt. Sie scheint darin eine ähnliche Selbstbestätigung gefunden zu haben wie ich in meiner alten Religion. Man braucht solche Stützen, um im Ghetto überleben zu können, sofern man nicht beide Augen vor der Wahrheit zudrückt oder Schwarzmarktgeschäfte macht. Aber was ist, wenn ein Denunziant in ihren Kreis gerät? Das würde, nachdem ihre gewagten Puppenspiele bereits aktenkundig sind, ihr Ende bedeuten.

Ich selbst war nie Zionist. Ich stehe der Vorstellung, daß die Juden in jene trostlosen, von unfreundlichen Arabern bewohnten Landstriche im Mittleren Osten zurückkehren, sehr skeptisch gegenüber. Gewiß, die Zionisten haben die europäische Katastrophe bereits vorausgesehen, als die Wolke der Bedrohung noch kaum faustgroß war. Aber folgert daraus, daß ihre visionäre Lösung möglich und richtig war? Nur eine Handvoll Träumer ist vor Hitler jemals nach Palästina ausgewandert. Und selbst sie wurden durch Pogrome dorthin getrieben; nichts davon, daß das sonnenversengte Heilige Land sie unwiderstehlich angezogen hätte.

Ich gestehe, ich bin mir heute nicht mehr so sicher wie früher. Zweifellos ist der jüdische Nationalismus ein verlockender Weg zur Identität; für mich aber ist Nationalismus der Fluch der modernen Zeit. Ich kann einfach nicht glauben, daß wir armen Juden am Saum des Mittelmeers jemals eine Armee und eine Flotte, ein Parlament und Minister, Grenzen, Häfen, Flugplätze und Universitäten haben sollten. Welch süßer und eitler Traum! Soll Natalie ihn träumen, wenn es ihr hilft, Theresienstadt zu überstehen. Sie behauptet, wenn es einen jüdischen Staat gäbe, und sei er auch nur so groß wie Liechtenstein, würden alle diese Schrecken nicht passieren; ein solcher Staat müsse entstehen, um zu verhindern, daß sie sich wiederholen. Messianische Rethorik; ich fürchte nur, daß dieser neue, fiebrige Enthusiasmus ihren sonst unerschütterlichen gesunden Menschenverstand übersteigt, sie blind macht und zu übereilten Handlungen hinreißt, die sie und Louis vernichten.

35

Durch die geschlossene Schlafzimmertür hindurch hörte es sich an wie Weinen, aber Rhoda weinte so selten, daß Victor Henry nur die Achseln zuckte und zum Gästezimmer weiterging, in dem er neuerdings schlief. Er hatte nach dem Abendessen in der Bibliothek noch stundenlang über den Unterlagen für das Landungsfahrzeugprogramm gesessen, um sich auf seine Besprechung mit Colonel Peters vorzubereiten – ein Gespräch, auf das er sich wahrhaftig nicht freute; aber da es um Prioritäten ging, blieb kein anderer Ausweg. Er zog sich aus, duschte, trank noch einen Whisky mit Wasser, und als er zurückging, um sich hinzulegen, blieb er stehen und lauschte vor Rhodas Tür. Jetzt waren die Geräusche unverkennbar: heftiges Stöhnen, unterbrochen von Schluchzern.
»Rhoda?«
Keine Antwort. Die Laute hörten auf wie abgeschnitten.
»Rho! Komm schon – was ist?«
Gedämpfte, traurige Stimme: »Ach, es ist alles in Ordnung. Geh schlafen!«
»Laß mich rein.«
»Die Tür ist offen.«
Das Zimmer lag im Dunkel. Als er das Licht anknipste, saß Rhoda in austerfarbenem Nachthemd im Bett und betupfte sich mit einem Papiertaschentuch die geschwollenen Augen. »Hab' ich solch einen Lärm gemacht? Ich dachte, ich wäre ganz leise.«
»Was ist denn?«
»Ach, Pug, ich bin erledigt. Alles ist aus. Du kannst froh sein, daß du mich los bist.«
»Ich glaube, du kannst einen Drink vertragen.«
»Ich muß ganz *abscheulich* aussehen! Oder nicht?« Sie griff sich an das zerzauste Haar.
»Willst du nicht mit runterkommen in die Bibliothek und darüber reden?«
»Du bist ein Engel. Scotch und Soda. Bin gleich da.« Sie steckte wohlgeformte weiße Beine und Schenkel aus dem Bett. Pug ging in die Bibliothek hinunter und mischte die Drinks. Bald danach erschien sie in einem reizvollen, spitzenbesetzten Morgenmantel überm Nachthemd und fuhr sich mit der

vertrauten, bezaubernden Geste durchs Haar, die er nicht mehr gesehen hatte, seit er in das Gästezimmer umgezogen war. Sie hatte ein wenig Puder aufgelegt und irgendetwas mit ihren Augen gemacht, denn sie waren hell und klar.
»Ich hab' mir das Gesicht gewaschen und mich schon vor *Stunden* ins Bett gelegt! Aber dann konnte ich nicht einschlafen.«
»Aber warum? Weil ich mich mit Colonel Peters treffe? Es geht doch um rein Dienstliches, Rhoda, das habe ich dir doch gesagt.« Er reichte ihr das Glas. »Vielleicht hätte ich es nicht erwähnen sollen, aber du kannst ganz beruhigt sein, ich mache dir keine Schwierigkeiten.«
»Pug, ich bin so verzweifelt!« Sie nahm einen großen Schluck. »Irgendwer hat Hack anonyme Briefe geschrieben. Er hat mindestens fünf oder sechs bekommen. Die ersten hat er zerrissen, aber zwei hat er mir gezeigt. Er hat sich gewunden und sich entschuldigt, aber er hat sie mir gezeigt. Sie sind ihm unter die Haut gegangen.«
Rhoda schenkte ihrem Mann einen ihrer flehentlichsten Blicke. Er wollte schon von den anonymen Briefen reden, die auch er erhalten hatte, sah dann jedoch keinen Nutzen darin. Möglich, daß Pamela Rhoda davon erzählt hatte; es hatte keinen Sinn, all das wieder aufzurühren. Er sagte also nichts.
Da brach es aus ihr heraus. »Wie gemein das ist! Damals hab' ich Hack ja noch nicht mal *gekannt*, oder? Da ist die Rede von deiner doppelten Moral! Dabei, wenn du ihn hörst, hat er mit allen *möglichen* Frauen geschlafen! Mit alleinstehenden, verheirateten, geschiedenen – er macht überhaupt kein Hehl daraus, redet sogar darüber und sagt immer, wie anders ich bin. Und das bin ich auch. Ja, *wirklich!* Es hat ja nur Palmer Kirby gegeben. Dabei weiß ich bis heute nicht, wie es dazu gekommen ist. Ich bin eben keins von diesen Flittchen, mit denen er sein Leben lang zusammengewesen ist. Aber diese Briefe machen alles kaputt. Er macht einen so unglücklichen, einen so *zermalmten* Eindruck! Natürlich habe ich alles abgestritten. Das mußte ich schon um *seinetwillen* tun. Für einen so erfahrenen Mann ist er merkwürdig *naiv.*«
Was Pug am meisten erstaunte und schmerzte, war das eher beiläufige Eingeständnis ihres Ehebruchs – »es hat ja nur Palmer Kirby gegeben«. Zwar war es nicht die Qual des ersten Schocks, nicht wie ihr Brief, in dem sie ihm um die Scheidung gebeten hatte, aber es schmerzte dennoch. Ein eindeutiges Eingeständnis war Rhoda ihm bis jetzt schuldig geblieben. Ihre Gewohnheit, zu schweigen, hatte ihr wohl angestanden und sich ausgezahlt; aber jetzt waren ihr die Worte herausgefahren: jetzt war Peters der Mann, auf den es ankam. Das war wirklich das Ende, dachte Pug. Wie Kirby gehörte er zu ihrer Vergangenheit. Sie brauchte keine Rücksicht mehr auf ihn zu nehmen.
»Der Mann liebt dich, Rhoda. Er wird dir glauben und die Briefe vergessen.«

»Ach, meinst du? Und was ist, wenn er *dich* morgen danach fragt?«
»Das ist undenkbar.«
»So undenkbar nun auch wieder nicht. Du triffst ihn doch zum ersten Mal, seitdem das alles geschehen ist.«
»Rhoda, wir müssen für ein außerordentlich heikles Prioritätenproblem eine Lösung finden. Er kommt bestimmt nicht mit persönlichen Dingen. Und ganz sicher nicht mit diesen anonymen Briefen. Nicht mir gegenüber. Allein bei dem Gedanken daran würde es ihm kalt über den Rücken laufen.«
Amüsiert und unglücklich zugleich sah sie ihn an. »Männlicher Stolz, meinst du?«
»Nenn es das. Vergiß es. Schlaf jetzt, und träum was Schönes.«
»Krieg' ich noch ein Glas?«
»Aber sicher.«
»Erzählst du mir hinterher, wie es gelaufen ist? Ich meine, worüber ihr gesprochen habt?«
»Nicht über das Dienstliche.«
»Das Dienstliche interessiert mich nicht.«
»Wenn Persönliches zur Sprache kommt, werde ich es dir erzählen.« Er reichte ihr das Glas. »Hast du eine Ahnung, wer diese Briefe schreibt?«
»Nein. Es muß eine Frau sein. Irgendeine gemeine Hexe. Ach, von denen gibt's Tausende, Pug, wie Sand am Meer. Sie benutzt grüne Tinte und schreibt mit einer merkwürdig steilen Handschrift auf dünnen, getönten Bögen. Die Fakten, die sie angibt, stimmen alle nicht ganz, aber sie erwähnt Palmer Kirby auf sehr häßliche Weise. Daten, Orte, alles. Ekelhaft!«
»Und wo ist Kirby jetzt?«
»Das weiß ich nicht. Das letzte Mal hab' ich ihn in Chicago gesehen, auf meinem Rückflug von Kalifornien, gleich nach – gleich nach Midway. Ich hab' dort eine Zwischenlandung gemacht, nur ein paar Stunden, um ein für allemal Schluß zu machen. Komischerweise habe ich ausgerechnet dort Hack kennengelernt.«
Während sie trank, beschrieb Rhoda ihre Begegnung im *Pump Room*, und wie sie Colonel Peters dann im Zug nach New York wiedergetroffen hatte.
»Ich werde nie begreifen, wieso ich es ihm *so* angetan habe, Pug. Ich war an diesem Abend im Bar-Wagen betont zurückhaltend. Ja, ich hab' Eiseskälte ausgestrahlt und war ganz unnahbar. Mir war noch hundeelend wegen Palmer und dir, und allem, und das mit Warren hatte ich auch noch nicht hinter mir. Ich wollte mich nicht zu einem Glas einladen, wollte mich nicht ins Gespräch ziehen lassen. Ich meine, es war so *offensichtlich*, daß er gerade eben aus dem Heu kam mit diesem Mädchen im grünen Kleid. Er hatte noch das gewisse

Glitzern im Auge, und ich wollte auf keinen Fall, daß er auf irgendwelche Ideen käme! Am nächsten Morgen im Speisewagen setzte der Kellner ihn ausgerechnet an meinen Tisch. Es war beim Frühstück so voll, und ich konnte nicht gut was dagegen haben, obwohl – ich weiß nicht, vielleicht hat er dem Kellner was zugesteckt. Jedenfalls war's das. Er sagte, Palmer hätte ihm von mir erzählt, und er bewunderte mich, wie gefaßt ich alles ertrüge, und so weiter. Trotzdem gab ich mich immer noch distanziert, bin es immer geblieben. Er hat mich regelrecht *verfolgt*, wie ein Gentleman zwar, aber immerhin, er richtete es ein, daß wir in der Kirche zusammentrafen, bei Navy-Veranstaltungen, und bei der Spenden-für-England-Aktion. Das alles hat sich nach und nach ergeben. Es hat Monate gedauert, ehe ich mich auch nur dazu herabließ, mit ihm ins Kino zu gehen. Vielleicht ist es gerade das gewesen, was Hack so für mich eingenommen hat – für ihn war es was Neues. Vielleicht, daß es mein mädchenhafter Charme gewesen ist. Aber wenn er jetzt zurückdenkt an den Tag, an dem wir uns kennengelernt haben – da habe ich immerhin Palmer Kirby besucht. Das macht diese entsetzlichen Briefe so *einleuchtend*.«
Das war mehr, als Rhoda in all den Monaten seit Pugs Rückkehr über ihre Romanze von sich gegeben hatte. Sie redete sich jetzt offensichtlich alles vom Herzen. Pug sagte: »Und jetzt fühlst du dich besser, oder?«
»Mir ist ein Stein vom Herzen gefallen. Du bist so lieb und gibst mir soviel Rückhalt. Ich bin sonst keine Heulsuse, das weißt du, Pug, aber diese Briefe haben mich umgeworfen. Als du mir erzähltest, daß du morgen mit ihm zusammenkommst, bin ich schlichtweg in Panik geraten. Palmer *kann* Hack nicht fragen. Das geht einfach nicht. Und außerdem würde Palmer nichts sagen. Du bist der einzige andere Mensch, der es weiß. Du bist der gekränkte Ehemann, nun, und da habe ich über alle schrecklichen Möglichkeiten nachgedacht.« Sie trank ihr Glas aus und schlüpfte wieder in ihre rosaroten Pantöffelchen.
»Ich habe nichts davon gewußt, Rhoda. Bis heute abend nicht.«
Sie erstarrte, starrte ihn an, hatte ein Pantöffelchen noch in der Hand; offensichtlich überlegte sie gehetzt, was sie gesagt hatte. »Ach, Unsinn!« Sie pfefferte das Pantöffelchen auf den Boden. »Selbstverständlich hast du es gewußt. Tu nicht so, Pug! Wie hättest du es *nicht* wissen sollen? Um was ist denn schließlich alles gegangen?«
Pug saß an dem Schreibtisch mit dem großen, ledergebundenen Warren-Album darauf, das noch neben seinen Aktenordnern lag. »Irgendwie bin ich wieder hellwach«, sagte er und schlug einen Ordner auf. »Ich werde noch etwas arbeiten.«

MANHATTAN, PIONIERABTEILUNG
Brig. General Leslie R. Groves, USA, Leiter
Colonel Harrison Peters, Stellvertr. Leiter

Die Schilder auf den beiden nebeneinanderliegenden Türen im obersten Stock des Außenministeriums waren so unscheinbar, daß Pug an ihnen vorüberging und dann umkehren mußte. Colonel Peters kam hinter seinem Schreibtisch hervor, um ihm die Hand zu schütteln. »Hallo! Es wird höchste Zeit, daß wir uns wiedersehen.«
Pug war entfallen, wie groß Peters war, bestimmt über einsneunzig, und wie gut er aussah: strahlend blaue Augen, langes, knochiges Gesicht von gesunder Farbe, aufrechte Haltung, ohne auch nur einen Ansatz von Bauch, und dazu die knapp sitzende, gut geschneiderte Uniform. Trotz der grauen Haare machte er den Eindruck jugendlicher Männlichkeit, bis auf eine gewisse Unsicherheit in seinem breiten Lächeln. Kein Zweifel, er war verlegen. Pug empfand diesem Army-Mann gegenüber nur wenig Groll. Es war gut, daß dieser Mann ihm keine Hörner aufgesetzt hatte. Davon war Pug fest überzeugt, und zwar vor allem, weil das für Rhoda die einzige Möglichkeit gewesen war, sich diesen besonderen Fisch zu angeln.
Der kleine Schreibtisch war leer. Das einzige andere Möbel im Raum war ein Sessel. Es hingen keine Bilder an der Wand, es gab keine Akten, kein Bücherregal, keine Sekretärin; kein besonders hoher Posten, konnte man meinen, eine Aufgabe, die man einem x-beliebigen Colonel hatte anvertrauen können. Pug lehnte den Kaffe ab und nahm auf dem Sessel Platz.
»Ehe wir zum Dienstlichen kommen«, sagte Peters errötend, »möchte ich Ihnen etwas sagen. Ich habe größte Hochachtung vor Ihnen. Rhoda ist, was sie ist – eine Frau unter Millionen –, auch wegen der Jahre mit Ihnen. Ich bedaure, daß wir noch nicht darüber gesprochen haben. Wir haben beide wahnsinnig viel um die Ohren, ich weiß, aber irgendwann müssen wir das unbedingt tun.«
»Unbedingt.«
»Zigarre?« Peters holte eine Schachtel langer Havannas aus einer Schreibtischschublade.
»Vielen Dank.« Pug wollte keine Zigarre; aber wenn er eine annahm, half das vielleicht, die Atmosphäre zu verbessern.
Peters nahm sich Zeit, die seine anzustecken. »Tut mir leid, daß ich solange gebraucht habe, auf Sie zu reagieren.«
»Ich nehme an, der Anruf von Harry Hopkins hat geholfen.«
»Das hätte nichts genützt, wenn die Sicherheitsüberprüfung nicht klargegangen wäre.«

»Also gut, kommen wir zur Sache«, sagte Pug. »Als ich Marineattaché in Berlin war, habe ich das S-1-Komitee mit vertraulichen Informationen über das beliefert, was die Deutschen auf industriellem Gebiet in Sachen Graphit, Schweres Wasser, Uran und Thorium machten. Ich weiß, daß die Army mit höchsten Prioritäten eine Uran-Bombe entwickelt und dabei praktisch *plein pouvoir* für alles hat. Das ist der Grund meines Hierseins. Die Produktion von Landungsfahrzeugen ist auf diese Verbindungsstücke angewiesen, von denen ich am Telephon gesprochen habe.«
»Woher wissen Sie, daß wir sie haben?« Peters lehnte sich zurück und verschränkte die Hände im Nacken. Ein härterer, professionellerer Ton lag in seiner Stimme.
»Sie haben sie nicht. Sie lagern noch in Pennsylvania. Die Firma Dresser wollte nicht mehr verraten, als daß sie im Auftrag der Army arbeite. Der Hauptzulieferer, Kellogg, wollte überhaupt nichts sagen. Im Rüstungsministerium bin ich gegen Mauern gerannt. Die Leute sind einfach zugeklappt wie Austern. Das Landungsfahrzeugprogramm ist der Uran-Bombe bisher nicht ins Gehege gekommen. Und da habe ich mir überlegt, daß es gar nichts anderes sein konnte. Also habe ich Sie angerufen.«
»Wie kommen Sie darauf, daß ich etwas mit der Uran-Bombe zu tun haben könnte?«
»General Connolly hat mir in Teheran erzählt, Sie arbeiteten an einer ganz großen Sache. Ich habe einfach einen Schuß ins Dunkle gewagt.«
»Soll das heißen«, sagte Peters ungläubig, »Sie hätten mich auf Verdacht hin angerufen?«
»Ja. Bekommen wir diese Verbundstücke, Colonel?«
Nach einer langen Pause, während der sich ihre Blicke miteinander maßen, erwiderte Peters: »Tut mir leid, nein.«
»Warum nicht? Wozu verwenden Sie sie?«
»Himmelherrgott, Henry! Für ein Produktionsverfahren von allergrößter nationaler Dringlichkeit.«
»Das ist mir bekannt. Aber ist dieses Einzelteil nicht austauschbar? Man braucht es doch nur zur Verbindung von Rohren. Und es gibt viele Möglichkeiten, Rohre miteinander zu verbinden.«
»Dann verwenden Sie bei Ihren Landungsfahrzeugen eine andere Art.«
»Wenn ich Ihnen mein Problem auseinandersetzen dürfte?«
»Möchten Sie wirklich keinen Kaffee?«
»Danke, ja. Schwarz, ohne Zucker. Die Zigarre ist vorzüglich.«
»Die beste auf der ganzen Welt.« Peters bestellte über die Gegensprechanlage Kaffee. Je unzugänglicher der Mann wurde, desto besser gefiel er Pug. Dieser

rasche Schlagabtausch war wie auf dem Tennisplatz. Bis jetzt hatte Peters nur harte, aber keine verschlagenen oder trickreichen Bälle zurückgegeben.

»Ich höre.« Peters lehnte sich auf seinem Drehstuhl zurück und umfaßte ein Knie.

»Okay. Unsere Werften sind dermaßen überlastet, daß wir in England Subunternehmer angeheuert haben. Wir schicken Einzelteile hin, die von halbausgebildeten Kräften zusammengebaut werden und dann binnen weniger Tage vom Stapel laufen können. Das heißt, nur dann, wenn die richtigen Teile da sind. Nun geht es mit diesen Dresser-Verbundstücken schneller als mit Schweißen oder Nieten. Man braucht dazu nur wenig Erfahrung und kaum besondere Kraft. Außerdem lassen sie sich einfach trennen, um Schadstellen an den Rohren festzustellen. Colonel, die *Queen Mary* läuft am Freitag mit fünfzehntausend Mann an Bord aus, und ich habe Frachtraum reservieren lassen für diese Teile. In Pennsylvania stehen Lastwagen bereit, sie nach New York zu bringen. Ich rede übrigens von Verbundstücken für vierzig Landungsboote. Wenn sie termingerecht vom Stapel laufen, kann Eisenhower mit größerer Kraft an den französischen Stränden landen, als das sonst möglich wäre.«

»Sowas bekommen wir dauernd zu hören«, sagte Peters. »Die Engländer werden die Rohre schon irgendwie zusammensetzen.«

»Hören Sie, die Entscheidung, diese Landungsfahrzeuge in England zusammenzubauen, beruht auf sehr knappen Terminen. Als wir die Teile rüberschickten, waren diese Verbundstücke verfügbar. Und jetzt funken Sie uns mit Ihrer Priorität dazwischen. Warum?«

Peters paffte an seiner Zigarrre und sah durch den Rauch hindurch aus schmalen Augen Pug an. »Na, gut«, sagte er. »Eines sehr großen Netzes von Unterwasserleitungen wegen. Wir sind ebenso auf Schnelligkeit und Einfachheit der Handhabung angewiesen wie Sie. Aber bei uns drängt es noch mehr.«

»Ich habe eine Idee, wie man das Problem lösen könnte«, sagte Pug. »Und das wäre sauberer, als zum Präsidenten zu gehen, was zu tun ich aber gleichfalls bereit bin.«

»Woran denken Sie?«

»Ich habe alles geprüft, was Dresser da hat. Es wäre für Sie ein leichtes, ein etwas größeres Verbundstück, das sie haben, für Ihre Spezifikationen abzuwandeln. Dabei würde sich die Lieferung nur um zehn Tage verzögern. Ich habe sogar Muster von diesem Ersatzverbundstück mitgebracht. Wie wär's, wenn ich zu Ihrer Anlage ginge und mit den verantwortlichen Ingenieuren redete?«

»Himmel, das ist unmöglich.«

»Warum? Peters, die Leute vor Ort können innerhalb weniger Stunden klären, ob ja oder nein. Präsident Roosevelt hat den Kopf voll mit anderen Dingen, und außerdem würde General Groves es bestimmt nicht gern haben, wenn einfach über ihn hinweggegangen und ihm ein Befehl erteilt würde. Warum versuchen wir nicht, das zu verhindern?«
»Woher wollen Sie wissen, wie der Präsident entscheidet?«
»Ich war in Teheran. Mit dem Landungsfahrzeugprogramm sind wir nicht nur bei Churchill, sondern auch noch bei Stalin im Wort.«
»Die Erlaubnis für einen solchen Besuch – falls sich das überhaupt einrichten ließe – würde eine Woche dauern.«
»Das ist nicht gut, Colonel. Die Laster müssen laden können und Bradford, Pennsylvania, Donnerstag morgen verlassen.«
»Dann werden Sie sich an den Präsidenten wenden müssen. Daran kann ich nichts ändern.«
»Okay, dann mach' ich das«, sagte Pug und drückte seine Zigarrre aus. Colonel Peters erhob sich, reichte ihm die Hand und trat mit Pug auf den Korridor hinaus. »Lassen Sie mich eruieren, wie die Möglichkeiten stehen. Ich rufe Sie morgen vor Mittag an.«
»Ich warte auf Ihren Anruf.«
Peters rief bereits eine Stunde später an. »Können Sie mich auf einer kleinen Reise begleiten? Sie würden zwei Nächte von Washington fort sein.«
»Selbstverständlich.«
»Dann treffen wir uns fünf Minuten vor sieben an der Union Station, Gleis achtzehn. Ich werde Karten für den Schlafwagen haben.«
»Und wohin geht's?«
»Nach Knoxville, Tennessee. Und vergessen Sie das Ersatzverbundstück nicht.«
Gewonnen, dachte Pug.

Oak Ridge war ein riesiges, recht rückständiges, von der Welt abgeschirmtes Gebiet an einem wenig bekannten Fluß in Tennessee; hier war in aller Heimlichkeit ein Industriekomplex hochgezogen worden, der auf eine neue Art und in noch nie dagewesenem Ausmaß einem Massenmord die Wege bereiten sollte. Manche meinen daher heute, Oak Ridge sei mit Auschwitz zu vergleichen.
Natürlich wurde in Oak Ridge niemand umgebracht. Und natürlich wurde dort auch keine Sklavenarbeit verrichtet. Vielmehr arbeiteten dort fröhliche Amerikaner bei hohem Lohn, errichteten gigantische Gebäude und installierten ungeheure Massen von Apparaten, ohne eine Ahnung zu haben, wozu das

ganze eigentlich dienen sollte. Das Geheimnis von Oak Ridge war besser gehütet als das von Auschwitz. Nur Angestellte auf sehr hohen Posten wußten davon. Und nach außen drangen nur ein paar Gerüchte.
Wie es in Deutschland für taktlos galt, die Juden zu erwähnen, war es in Oak Ridge ein Zeichen schlechten Benehmens, über den Zweck der Anlage zu reden. In Deutschland wußten die Menschen, daß mit den Juden irgend etwas Schreckliches passierte, und die Deutschen in Auschwitz wußten genau, was geschah; die Arbeiter in Oak Ridge dagegen tappten bis zu dem Tag, an dem die Bombe auf Hiroshima fiel, im Dunkeln. In schöner, bewaldeter Gegend schufteten sie tagsüber in knöchelhohem Schlamm und amüsierten sich, so gut es ging, in roh zusammengezimmerten Baracken und Wohnwagen, ohne irgendwelche Fragen zu stellen; oder sie gaben scherzhafte Gerüchte weiter: etwa daß sie ein Werk zur Produktion von Vorderteilen von Pferden bauten, die zur Endmontage nach Washington gebracht wurden.
Gleichviel – im Hin und Her der Nachkriegsauseinandersetzungen kann man, was die Folgen von Auschwitz und Oak Ridge betrifft, zwischen Amerikanern und Deutschen keinen Unterschied machen; beide machten sich der neuen Barbarei gleichermaßen schuldig. Es ist ein Punkt, an dem die Gemüter sich immer wieder erhitzen. Nach jedem Krieg stellt sich ein großer und verständlicher Ekel vor dem entsetzlichen Blutvergießen ein. Die Unterschiede verwischen sich. Alle begingen schändliche Greuel. Alle handelten gleichermaßen verbrecherisch. So etwa der allgemeine Aufschrei. Es war wahrhaftig ein scheußlicher Krieg; so scheußlich, daß die Menschheit keinen weiteren will; womit immerhin ein erster Schritt zur Abschaffung dieses menschlichen Wahnsinns gemacht ist.
Dennoch sollte man in der Rückschau nicht alles in einer allgemeinen Schuld verschwimmen lassen. Es gab Unterschiede.
Zunächst erschloß das Bemühen um Oak Ridge neue Erkenntnisse der Physik, der Chemie und der industriellen Gewinnung von Uran-235. Als Leistung des technischen und wissenschaftlichen Genius der Menschheit war es eine Großtat von einzigartigem Ausmaß. Von den deutschen Gaskammern läßt sich kaum Ähnliches sagen.
Und weiter. Wenn man im Kriege angegriffen wird, kann man entweder aufgeben und sich der Ausplünderung unterwerfen, oder man kann sich wehren. Sich wehren heißt, die andere Seite soweit in Angst und Schrecken zu versetzen, daß der Krieg beendet wird. Politische Konflikte zwischen Staaten sind unvermeidlich; und zweifellos sollten sie in einem aufgeklärten Zeitalter durch andere Mittel gelöst werden als durch Massenmord. Doch diesen Weg wählten die deutschen und japanischen Politiker, und die dachten, damit

durchzukommen; man konnte sie nur durch die Anwendung der gleichen Mittel davon abbringen. Als die Amerikaner sich auf den Wettlauf um die Herstellung der Uranbombe einließen, wußten sie nicht, ob ihre Angreifer nicht auf demselben Wege waren und die Bombe, wenn sie sie hätten, nicht als erste anwenden würden. Diese Überlegung konnte einem schon angst machen, und motivierend war sie allemal.

Deshalb scheint die Analogie zwischen Auschwitz und Oak Ridge ziemlich weit hergeholt. Es gibt Ähnlichkeiten. Bei beiden handelte es sich um hochgeheime Massenvernichtungsvorkehrungen; beide warfen Probleme im Bereiche der menschlichen Erfahrung auf, die bis heute ungelöst geblieben sind. Wenn es das nationalsozialistische Deutschland nicht gegeben hätte, hätte es weder Auschwitz noch Hiroshima gegeben. Doch der Zweck von Auschwitz war sinnloses Töten. Oak Ridge sollte dazu dienen, den von Deutschland vom Zaun gebrochenen Krieg zu beenden, und dieses Ziel wurde erreicht.

Doch als Pug Henry im Spätfrühling des Jahres 1944 nach Oak Ridge kam, galt das Projekt *Manhattan* als die größte Pleite des ganzen Kriegs, als die irrsinnigste Verschwendung von Zeit und Energie aller Zeiten. Die ganze Sache war wirtschaftlich gesehen ein Verlustgeschäft, das an hellen Wahnsinn grenzte. Einzig der Wettlauf um den Bau einer entscheidenden Waffe konnte es rechtfertigen. Im Jahre 1944 schwand die Angst, daß die Deutschen oder die Japaner den Amerikanern im Wettlauf nach der Bombe zuvorkommen könnten; das neue Ziel hieß: den Krieg abkürzen. Deshalb hatte die Army aufgrund dreier verschiedener Theorien drei gigantische Industrieanlagen errichtet, um Teile herzustellen, die für den Bau der Bombe unentbehrlich waren. In der Hanford-Anlage am Columbia River bemühte man sich um die Plutoniumgewinnung. Wenn es sich dabei auch um ein recht zweifelhaftes Unternehmen handelte, schien es doch höchst erfolgverheißend im Vergleich mit den beiden kolossalen Anlagen in Oak Ridge, bei denen es darum ging, Uran-235 nach zwei verschiedenen Methoden zu gewinnen, die beide noch nicht richtig funktionierten.

Nur wenige Leute in höchsten Stellungen kannten das genaue Ausmaß der Pleite, die hier drohte. Colonel Peters wußte darum. Der führende wissenschaftliche Kopf des ganzen Bomben-Projekts, Dr. Robert Oppenheimer, wußte darum. Und der entschlossene Army-Mann mit dem dicken Fell, der dem Ganzen vorstand, Brigadegeneral Leslie Groves, wußte darum. Keiner jedoch hatte eine Ahnung, was man machen sollte. Dr. Oppenheimer hatte eine Idee, und Colonel Peters fuhr nach Oak Ridge, um sich mit Oppenheimer und einem kleinen auserwählten Kreis zu beraten.

Im Vergleich mit der Krise als solcher war Captain Henrys Bitte um die

Dresser'schen Verbundstücke eine Kleinigkeit. Statt sich auf Schwierigkeiten mit dem Weißen Haus einzulassen, nahm Peters ihn lieber mit, da Henrys Sicherheitsüberprüfung hieb- und stichfest war. Oppenheimers Idee war es, die Navy einzuspannen, und die Beziehungen zwischen Army und Navy wären äußerst heikel. Eine Geste, die Bereitschaft zur Zusammenarbeit verhieß, schien im Augenblick sehr vernünftig.

Peters hatte keine Ahnung von dem Thermo-Diffusionssystem, nach dem die Navy arbeitete. »Abschottung der verschiedenen Abteilungen gegeneinander«, lautete General Groves' oberste Regel: Mauern zwischen den verschiedenen am Bau der Bombe beteiligten Abteilungen, die keine Kommunikation zuließen. Leute, die auf einem Gleis arbeiteten, wußten nicht, was woanders getan wurde. Groves hatte die Thermodiffusion 1942 untersucht und war zu dem Ergebnis gekommen, daß die Navy nur ihre Zeit damit verschwendete. Jetzt hatte Oppenheimer an Groves geschrieben und vorgeschlagen, sich die Resultate der Navy doch noch einmal anzuschauen.

Pug Henry hatte sein Leben lang militärische Kontrollpunkte passiert, doch die Straßenabsperrung in Oak Ridge war auch für ihn etwas Neues. Die Wachen hatten eine Menge neuer Arbeiter abzufertigen, die sich in ziemlicher Aufregung befanden; sie ließen sie einen nach dem anderen wie abgezählte Goldstücke zu Bussen hinübergehen, die hinterm Tor warteten. Das Ersatzverbundstück, das Pug mitgebracht hatte, wurde von Militärpolizisten mit ernsten Gesichtern genau untersucht und vor einen Röntgenschirm gehalten. Er selbst mußte sich eine Leibesvisitation und etliche harte Fragen gefallen lassen. Dann kehrte er zurück in Peters' Army-Wagen, nachdem man ihm verschiedene Abzeichen und einen Strahlungsmesser angesteckt hatte.

»Fahren wir«, sagte Peters zu dem Sergeanten, der am Steuer saß. »Halten Sie beim Aussichtspunkt.«

Sie rollten eine schmale Teerstraße entlang, durch dichte grüne Wälder, in denen hier und da Judasbäume und Hartriegelsträucher blühten.

»Bob McDermott wird an der Burg sein, ich habe angerufen«, sagte Peters. »Dem übergebe ich Sie.«

»Wer ist das? Und was ist die ›Burg‹?«

»Er wird Ihre Bitte weiterleiten. Bob ist der Oberingenieur. Und die Burg, das ist der Verwaltungsbau.«

Kilometerweit ging es durch die Wälder. Der Colonel war mit Papieren beschäftigt wie schon im Zug und auf der Fahrt von Knoxville. Seit Washington hatten die beiden Männer kaum miteinander geredet. Pug hatte seine eigenen Unterlagen dabei, und Schweigen paßte ihm immer. Es war ein

warmer Morgen; der Waldduft, der durch die heruntergekurbelten Fenster hereinkam, war bezaubernd. Die Straße wand sich durch dichtes Judasbaumgehölz dahin. Nach einer Kurve fuhr der Fahrer an den Straßenrand und hielt.
»Allmächtiger!« entfuhr es Pug.
»K-25«, sagte Peters.
Ein langes, breites Tal erstreckte sich unter ihnen, eine verwirrend chaotische, aufgeweichte Baustelle rings um ein unfertiges Gebäude, das aussah wie sämtliche Flugzeughangars von Amerika zusammengenommen – das riesigste Gebäude, das Pug jemals gesehen hatte. Drumherum gruppiert flache Baracken und Tausende von Wohnwagen, Reihen von Kasernenbauten und Dutzende von Gebäuden, soweit das Auge reichte. Aus dieser Entfernung war der erste Eindruck eine merkwürdige Mischung aus Militärstützpunkt, Science-Fiction-Vision und Goldgräberstadt in einem See von rotem Lehm.
»Die Unterwasserleitungen sind für die große Anlage bestimmt«, sagte Peters.
»Das ist was, oder? Die Techniker fahren darin auf Fahrrädern. Das Ding funktioniert schon, aber wir bauen immer noch an. Auf der anderen Seite der Hügel ist noch so eine Anlage, allerdings nicht ganz so groß; sie arbeitet nach einem anderen Prinzip.«
Sie fuhren in das geschäftige Tal hinunter, an roh zusammengezimmerten Hütten vorüber, zwischen denen überm Lehm verlegte Knüppelpfade hindurchführten, vorüber an langen Reihen von Arbeitern und Arbeiterinnen an Bushaltestellen und Läden, vorüber an hundert kleineren Baustellen, an denen emsig gearbeitet wurde, und vorbei an dem gigantischen K-25-Komplex zur ›Burg‹. Pug erwartete nicht, ein vertrautes Gesicht zu sehen; doch im Korridor stand Sime Anderson in Uniform und unterhielt sich mit hemdsärmeligen Zivilisten. Sime erwiderte Pugs formloses Winken mit einem strammen Gruß.
»Kennen Sie den jungen Mann?« fragte Peters.
»Er ist ein Verehrer meiner Tochter. Lieutenant Commander Anderson.«
»Ach ja, Rhoda hat von ihm gesprochen.«
Es war das erstemal, daß Rhoda auf dieser Reise erwähnt wurde.
Die Wände des kleinen Arbeitszimmers des Leitenden Ingenieurs waren bedeckt mit Karten und Blaupausen. McDermott war ein massiger, schnurrbärtiger Mann mit verbissen-lustigem Ausdruck in den leicht vorquellenden braunen Augen, gleichsam als verliere er nur dann nicht den Verstand, wenn er Oak Ridge als einen Riesenjux betrachtete. Seine gebügelten Hosen stecken in kniehohen Gummistiefeln, die über und über von rotem Lehm verkrustet waren. »Hoffentlich macht es Ihnen nichts aus, durch aufgeweichten Lehm zu waten«, sagte er zu Pug, als sie sich die Hand schüttelten.
»Wenn es mir diese Verbundstücke einbringt, nicht im geringsten.«

McDermott sah sich das Ersatzverbundstück an, das Pug ihm zeigte. »Und warum verwenden Sie das Ding nicht auf Ihren Landungsfahrzeugen?«
»Für uns ist die Verzögerung, die mit der Abwandlung verbunden ist, unannehmbar.«
»Und für uns?« erkundigte sich McDermott bei Peters.
»Die Frage stellt sich erst hinterher«, erwiderte Peters. »Zunächst geht es darum, festzustellen, ob wir mit diesem Ding zurechtkämen.«
McDermott wandte sich zu Pug, zeigte mit dem Daumen auf einen Haufen verdreckter Stiefel und sagte: »Ziehen Sie sich ein Paar von den Dingern über, und dann lassen Sie uns gehen.«
»Wie lange wird es dauern?« fragte Peters.
»Gegen vier Uhr bringe ich ihn zurück.«
»Einverstanden. Sind die neuen Trennkammern aus Detroit eingetroffen?«
McDermott nickte. Die verbissene Lustigkeit legte sich über sein Gesicht wie eine Maske. »Aber sie taugen nichts.«
»Himmelherrgott«, sagte Peters. »Der General wird die Wände hochgehen!«
»Nun, sie werden noch getestet.«
»Ich bin soweit«, sagte Pug. Die Stiefel waren ihm zu groß, und er hoffte, daß sie nicht im Schlamm steckenblieben.
»Dann wollen wir mal«, sagte McDermott.
Auf dem Korridor hatte sich ein bebrillter, nahezu glatzköpfiger Colonel mit scharfen Gesichtszügen zu Anderson und den Zivilisten gesellt. Peters stellte Pug dem Army-Boss von Oak Ridge vor, Colonel Nichols.
»Bekommt die Navy die Landungsfahrzeuge denn rechtzeitig?« fragte Nichols Pug, und seine Direktheit wurde nur durch eine angenehme Art gemildert.
»Nicht, wenn Sie unsere Einzelteile mit Beschlag belegen.«
Nichols wandte sich an McDermott: »Was ist denn das Problem?«
»Es geht um die Dresser-Verbundstücke für die Unterwasserleitungen.«
»Ach so, ja. Gut, tun Sie, was Sie können.«
»Ich will's versuchen.«
»Hallo«, sagte Pug zu Anderson. Der junge Offizier setzte ein schüchternes Lächeln auf, und Pug zog mit McDermott ab.

Ein zerbrechlich und jung aussehender, pfeiferauchender Mann betrat das Gebäude, als Pug hinausging. Die Aussicht, bei einer Sitzung das Wort zu ergreifen, an der auch Dr. Oppenheimer teilnahm, hatte bewirkt, daß Sime Anderson weiche Knie bekam. Oppenheimer war in Andersons Augen der wahrscheinlich brillanteste Kopf unter allen lebenden Menschen; sein Geist durchdrang die Natur, als wäre der Herrgott selbst sein Lehrer, und mit

Dummköpfen kannte er kein Erbarmen. Simes Boß, Abelson, hatte Sime unerwarteterweise nach Oak Ridge geschickt, um einigen Schlüsselfiguren und Projektleitern dort die Thermodiffusions-Anlage zu erklären. Erst bei seiner Ankunft hatte Sime erfahren, daß Oppenheimer dabei sein würde. Jetzt half nichts mehr. Er kam sich erschreckend unvorbereitet vor und folgte Dr. Oppenheimer in das kleine Besprechungszimmer, das der Wandtafel wegen etwas von einem Hörsaal an sich hatte. Rund zwanzig Männer, die meisten davon in Hemdsärmeln, bewirkten, daß es darin verräuchert und stickig war. Anderson in seiner schweren blauen Uniform brach der Schweiß aus, als Nichols ihn vorstellte. Doch als er, ein Stück Kreide in der Hand, über seine Arbeit redete, fühlte er sich bald wieder zu Hause. Er vermied es, Oppenheimer anzublicken, der rauchend in der zweiten Reihe saß. Als Anderson endlich innehielt, um Fragen zu beantworten, waren vierzig Minuten wie im Fluge vergangen und die Tafel mit Diagrammen und Gleichungen vollgekritzelt. Seine kleine Zuhörerschar schien ganz Aufmerksamkeit, interessiert und verwirrt.
Nichols unterbrach das kurze Schweigen. »Der Trennfaktor Zwei – das ist theoretisch gesehen das, was Sie zu erreichen hoffen?«
»Das ist, was unser System hergibt, Sir.«
»Sie erhalten diese Konzentration von U-235? *Jetzt?*«
»Jawohl, Sir. Eins Komma Vier. Eins zu siebzig.«
Nichols sah Oppenheimer direkt an.
Oppenheimer erhob sich, trat vor und schüttelte Sime die Hand, wobei er so etwas wie Wiedererkennen zu verstehen gab. »Gut gemacht, Anderson.« Sime nahm Platz, und ihm fiel ein Mühlstein vom Herzen.
Mit großen, ernsten Augen sah Oppenheimer sich um. »Das Ergebnis Eins Komma Vier ist der Anlaß unserer Zusammenkunft. Wir haben einen grundlegenden, sehr ernsten und außerordentlich peinlichen Fehler gemacht«, sagte er mit müder, schleppender Stimme, »und zwar wir alle, die wir uns die Verantwortung für dieses Unternehmen teilen. Offenbar haben wir uns von der größeren Eleganz und Originalität der Gasdiffusion und der elektromagnetischen Trennung blenden lassen. Außerdem waren wir von der Vorstellung besessen, auf Anhieb eine Anreicherung von neunzig Prozent zu erreichen. Jedenfalls ist uns nicht der Gedanke gekommen, daß eine Kombination von Verfahren uns schneller ans Ziel bringen könnte. Und jetzt stehen wir da wie die begossenen Pudel. Nach den letzten Ergebnissen der Trennkammern wird es in diesem Krieg mit K-25 nichts mehr werden. Hanford ist gleichfalls fraglich. In New Mexico werden Bombenanordnungen für einen Sprengstoff getestet, den es noch gar nicht gibt. Jedenfalls nicht in brauchbaren Mengen.«

Oppenheimer nahm ein Stück Kreide zur Hand und fuhr fort: »Nun ergibt die Thermodiffusion auch nicht die Anreicherung, die wir brauchen, aber bei einer Kombination von Thermodiffusion mit dem Y-12-Verfahren werden wir im Juli 1945 eine Bombe haben. Soviel steht fest.« Rasch kritzelte er Zahlen an die Tafel, aus denen eine Vervierfachung der elektromagnetischen Trennung der Y-12-Anlage hervorging, wenn man sie mit einer Anreicherung von eins zu siebzig fütterte. »Die Frage lautet: kann eine Thermoanlage großen Ausmaßes innerhalb weniger Monate errichtet werden, um Y-12 zu füttern? Ich habe General Groves das dringlichst vorgeschlagen. Wir sitzen hier zusammen, um über Mittel und Wege zu beraten.«

Gebeugt, ausgemergelt, schwermütig kehrte Oppenheimer auf seinen Platz zurück. Jetzt, wo die Besprechung ein konkretes Ziel hatte, kamen von den Fachleuten formelhaft verkürzte Ideen und Fragen. Sime Anderson mußte eine Fülle von Fragen beantworten. Er wurde hinsichtlich des Kernstücks der Navy-Anlage hart in die Zange genommen – vierzehneinhalb Meter lange, aufrecht stehende Dampfrohre aus konzentrischen Eisen-, Kupfer- und Nickelzylindern.

»Aber die Navy verwendet doch nur hundert davon, die dazu noch von Hand gefertigt wurden«, rief ein großer, rotgesichtiger Zivilist in der ersten Reihe. »Das ist doch kaum mehr als eine Laborausrüstung. Wir hier reden von etlichen Tausend dieser verdammten Dinger, oder? Einem ganzen Röhrenwald! Noch dazu fabrikmäßig hergestellten Röhren! Das ist ein Alptraum für jeden Techniker, Colonel Nichols. Sie werden in den Staaten kein Werk finden, das einen sochen Auftrag übernimmt. Drei*tausend* Röhren von der Länge, mit diesen Toleranzen, binnen weniger *Monate*? Das können Sie vergessen.«

Die Versammlung teilte sich zum Essen in zwei Gruppen: die eine, um mit Oppenheimer und Anderson über die Anordnung zu reden, die andere mit Nichols und Peters über Bau und Fertigung. »Der General will, daß die Sache unter Dach und Fach kommt«, faßte Colonel Nichols das Ergebnis noch einmal zusammen. »Und deshalb wird's auch gemacht. Wir treffen uns um zwei wieder und fangen damit an, ein paar Entscheidungen zu fällen.«

Mit einer Bewegung der Pfeife hielt Oppenheimer Sime im Raum zurück. Als sie allein waren, trat er zur Tafel und sagte: »Eins minus, Anderson.« Er nahm ein Stück Kreide und korrigierte mit ein paar hingekritzelten Symbolen eine Gleichung, stellte dann eine Reihe rascher Fragen und überraschte den Marineoffizier damit, wie gründlich er das gesamte Problem der Thermodiffusion in jeder Einzelheit beherrschte. »Nun lassen Sie uns in die Cafeteria gehen«, sagte er und ließ die Kreide fallen. »Schließen wir uns den anderen an.«

»Jawohl, Sir.«
An einen Tisch gelehnt, die Arme vor der Brust verschränkt, machte Oppenheimer keine Anstalten, zu gehen. »Was steht denn jetzt für Sie an?«
»Ich kehre noch heute abend nach Washington zurück, Sir.«
»Das weiß ich. Jetzt, wo die Army sich auf die Thermodiffusion einläßt – wie wär's mit einer neuen Aufgabe? Kommen Sie und stoßen Sie in New Mexico zu uns.«
»Sind Sie sicher, daß die Army es macht?«
»Es bleibt ihnen gar nichts anderes übrig. Es gibt keine Alternative. Aber die Waffe selbst gibt auch noch ein paar hübsche Nüsse zu knacken auf. Keine Löwenjagd, sozusagen, aber eine lebhafte Karnickeljagd. Sind Sie verheiratet, Anderson?«
»Ah – nein, das bin ich nicht.«
»Um so besser. Die Mesa ist ein schon eigenartiger Fleck Erde. Völlig isoliert. Manche von den Frauen haben was dafür übrig – aber andere – nun, das braucht Sie nicht zu kümmern. Sie werden bald von Captain Parsons hören.«
»Captain Parsons? Ist er jetzt in New Mexico?«
»Er ist einer der Abteilungsleiter. Sie kommen doch, nicht wahr? Es gibt da eine Menge vorzüglicher Köpfe.«
»Ich gehe dahin, wohin ich befohlen werde, Dr. Oppenheimer.«
»Befehle sind kein Problem.«

Das Herumstapfen im zähen Lehm und Schlamm ermüdete Victor Henry. McDermott hatte zwar einen Jeep, aber die schmalen, ausgefahrenen Straßen endeten meist unversehens im Gestrüpp oder Lehm, manchmal weit von der Stelle entfernt, zu der sie wollten. Aber Pug hatte nichts gegen das mühsame Sich-Voranarbeiten, denn er bekam die Resultate, die er wollte. Einer nach dem anderen bestätigten die Techniker, daß man mit einem modifizierten Verbundstück, einer abgewandelten Manschette und einem dickeren Dichtungsring hinkommen werde. Es war die alte Geschichte – in Washington bürokratische Sturheit, und bei den verdreckten Stiefeln gutmütiger, gesunder Menschenverstand. Pug hatte auf diese Weise schon so manchen Versorgungsengpaß überwunden.
»Ich bin überzeugt«, schrie McDermott über das Gerumpel des Jeeps hinweg, als sie unter tiefhängenden Sturmwolken zurückfuhren. Sie waren stundenlang unterwegs gewesen und hatten in einer Feldkantine nur ein paar Sandwiches und Kaffee zu sich genommen. »Jetzt brauchen Sie nur noch die Army zu überzeugen, Captain.«

36

Auf der Rückfahrt nach Washington hatten Pug und Peters im Zug ein Salonabteil für sich allein; sie hängten ihre durchnäßte Kleidung zum Trocknen auf. Der Zug setzte sich in Bewegung. Pug lehnte den Whisky ab, den der Army-Mann ihm anbot. Ihm war nicht sonderlich danach zumute, mit dem Mann zu trinken, den seine Frau liebte. Sime Anderson, den der Colonel hatte rufen lassen, trat ein. »Bleiben Sie nur«, sagte Peters zu Pug, als er sich erbot, sie allein zu lassen, »ich möchte, daß Sie dabei sind.«
Pug begriff bald, daß die Army sich plötzlich brennend für ein von der Navy praktiziertes Verfahren zur Urananreicherung interessierte. Er hielt den Mund, während der Colonel, dessen große Gestalt den engen Raum fast auszufüllen schien, eine Zigarre paffte, Whisky trank und Anderson Fragen stellte. Der Zug nahm Fahrt auf, die Räder ratterten, Regen prasselte gegen die schwarzen Fenster, und Pug bekam Hunger.
»Sir, ich bin zwar mit einem Sonderauftrag unterwegs, aber ich unterstehe dem Labor«, erwiderte Anderson auf eine Frage nach der Zuständigkeit bei diesem Projekt. »Da müssen Sie sich schon an Dr. Abelson wenden.«
»Das werde ich tun. Ich sehe nur einen Ausweg aus diesem Dilemma«, sagte Peters und steckte sein Notizbuch in die Brusttasche. »Wir müssen zwanzig haargenaue Kopien Ihrer Anlage bauen. Sie einfach vervielfältigen und dann hintereinandermontieren. Eine zweitausend-Säulen-Anlage zu planen, das kann Monate dauern.«
»Sie könnten bei Ihrer Planung auf größere Effizienz hinarbeiten, Sir.«
»Gewiß – für den nächsten Krieg. Zunächst geht es darum, Waffen für diesen zu bauen. Gut, Commander. Vielen Dank!«
Als Anderson sich zurückzog, fragte Peters Pug: »Kennen Sie Admiral Purnell? Ich überlege, wie ich vorgehe, um die Blaupausen der Navy für die Thermodiffusion möglichst schnell zu bekommen.«
»Dann müssen Sie sich an Ernest King halten.«
»Aber King hat vielleicht keinen Schimmer von Uran. Purnell vertritt die Navy im Komitee für Militärtaktik.«
»Ich weiß, aber das spielt keine Rolle. Wenden Sie sich an King.«

»Würden Sie das für mich tun?«
»Was? Ich soll mich bei King für die Army stark machen? Ausgerechnet *ich*?«
Als er diese ungläubigen Töne hörte, weitete sich Peters' fleischiger Mund zu einem Grinsen, das Frauen zweifellos bestrickend fanden; das naive, aufmunternde Grinsen eines reifen Mannes, eines grauhaarigen, jungenhaften Mannes, der nicht viel Leid erfahren hatte. »Sehen Sie, Henry, ich kann nicht über Kanäle im Uran-Bereich vorgehen, und ich kann keine Briefe schreiben. Normalerweise gehe ich mit einer Sache wie dieser in die nächste Sitzung des Komitees für Militärtaktik; aber das dauert mir zu lange. Das Schlimme ist – und das liegt nicht an mir –, daß wir der Navy jahrelang die kalte Schulter gezeigt haben. Wir haben Abelson ausgeschlossen. Wir sind sogar muffig geworden, als es darum ging, ihm Uran-Hexafluorid zu liefern, obwohl es, verdammt noch mal, ursprünglich Abelson war, der das Zeug für uns gewonnen hat. Das habe ich erst heute erfahren. Engstirnige Politik – und jetzt sind wir auf die Navy angewiesen. Sie kennen King doch, nicht wahr?«
»Recht gut.«
»Ich hab' das Gefühl, Sie könnten für uns vermitteln.«
»Hören Sie, Colonel, auch nur bei Ernest King angemeldet zu werden, kann Tage dauern. Aber ich sage Ihnen eines. Sie geben die Verbundstücke frei – ich meine, Sie rufen morgen früh von der Union Station aus in Pennsylvania an – und ich setze mich ins Taxi und versuche, beim Chief of Naval Operations vorgelassen zu werden.«
»Pug, über diese Priorität kann nur der General entscheiden.« Peters' breites Grinsen wirkte müde und unsicher. »Mich könnte das den Kopf kosten.«
»Das haben Sie gesagt. Mich kann es den Kopf kosten, wenn ich ohne vorherige Anmeldung bei Ernest King reinplatze. Und dann noch mit einer Bitte von der *Army*.«
Colonel Peters starrte Pug an und rieb sich das Kinn; dann lachte er plötzlich. »Was soll's, die Leute in Oak Ridge waren doch mit Ihren Verbundstücken einverstanden, oder etwa nicht? Sie haben sie! Darauf lassen Sie uns einen trinken.«
»Ich würde lieber was essen. Ich bin hungrig wie ein Wolf. Kommen Sie mit?«
»Gehen Sie nur vor«, sagte Peters. Offensichtlich nahm er Pug diese zweite Absage übel. »Ich komme nach.«
Sime Anderson stand in der Schlange vor dem Speisewagen und zerbrach sich den Kopf über ein Dilemma, in dem während des Krieges so mancher steckte. Sollte er Madeline einen Antrag machen, bevor er abreiste, um an einem abgelegenen Ort Dienst zu tun, oder nicht? Zwar konnte er sie mit hinausnehmen auf die Mesa von New Mexico – aber würde sie damit

einverstanden sein, und falls ja, wäre sie dort auch glücklich? Oppenheimer hatte angedeutet, daß manche Ehefrauen da draußen einen Koller bekamen. Als Madelines Vater sich plötzlich anstellte, ergriff er die Gelegenheit, sich im Speisewagen mit ihm an einen Tisch für zwei Personen zu setzen. Während sie lauwarme Tomatensuppe löffelten und sehr fettige Schweinekoteletts aßen, der Wagen schwankte und der Regen gegen die Scheiben prasselte, vertraute er sich Pug mit seinem Problem an. Pug sprach erst, nachdem er alles gesagt hatte, und auch da nicht sofort.
»Ihr liebt euch?« fragte er schließlich.
»Jawohl, Sir.«
»Ja, und? Jüngere Navy-Offiziere sind es gewohnt, an den unmöglichsten Orten zu leben.«
»Sie ist nach New York gegangen, um das Klischee vom jüngeren Navy-Offizier zu durchbrechen.« Bis jetzt hatte Sime Hugh Cleveland noch nicht erwähnt. Der jämmerliche Blick, mit dem er Pug ansah, verriet, daß Madeline ihm nichts verschwiegen hatte und daß er sich schwer getan hatte, es zu schlucken.
»Sime, sie ist wieder nach Hause gekommen.«
»Ja. In eine andere Großstadt, und um wieder einen Job beim Funk zu übernehmen.«
»Wollen Sie meinen Rat?«
»Jawohl, Sir.«
»Nehmen Sie Ihre Chance wahr. Ich glaube, sie wird mit Ihnen gehen und bei Ihnen bleiben.« Pug reichte ihm die Hand. »Viel Glück!«
»Vielen Dank, Sir.«
Im Barwagen trank Pug in zufriedener Gemütsverfassung einen großen Brandy. Jahrelang hatte es so ausgesehen, als sei Madeline das schwarze Schaf der Familie – und jetzt das hier! Bilder von Madeline in den verschiedensten Altersstufen zogen vor seinem geistigen Auge vorüber, und er dachte über sie nach: das bezaubernde Kind, die Märchenprinzessin in einer Schüleraufführung, das verwirrende, kokette Mädchen mit den knospenden Brüsten, schimmernden Augen und unerfahrenem Make-up auf dem Weg zu ihrer ersten Tanzerei, der freche Schrecken von New York. Und jetzt sah es so aus, als schaffte Madeline es endlich doch; zumindest hatte sie eine verdammt gute Chance, nach einem verpatzten Start.
Pug wollte sich die gute Laune nicht dadurch verderben lassen, daß er sich im gleichen Abteil mit Colonel Harrison Peters zur Ruhe begab. Er war es gewohnt, in Eisenbahnwagen und auf Flugzeugsitzen zu schlafen, und so beschloß er, die Nacht im Barwagen zu verbringen. Zum Abendessen war

Peters nicht erschienen. Wahrscheinlich hatte er sich einen Whisky nach dem anderen genehmigt und sich hingelegt. Trotz der Beleuchtung und der Trinkenden um ihn herum döste Pug ein, nachdem er dem Barmann zehn Dollar zugesteckt hatte, um ungestört zu bleiben.
Der Wagen war in Dämmer gehüllt, und es war still geworden bis auf das rasche Geratter der Räder, da wurde er hochgeschreckt. Eine große, in einen Bademantel gehüllte Gestalt schwankte über ihm. Peters sagte: »Es steht ein schönes Bett für Sie bereit.«
Gähnend und mit steifen Gliedern fiel Pug nichts ein, um sich elegant aus der Affäre zu ziehen. So wankte er hinter Peters her in den Schlafwagen, in dem es auch nicht viel anders nach Whisky und altem Zigarrenrauch roch als im Barwagen; aber das frischbezogene obere Bett sah verlockend aus. Rasch zog er sich aus.
»Noch einen zum Abgewöhnen?« Peters schenkte aus einer fast leeren Flasche ein.
»Nein, vielen Dank.«
»Pug, haben Sie was dagegen, mit mir zu trinken?«
Ohne Kommentar nahm Pug das Glas entgegen. Sie tranken, stiegen in ihre Kojen und löschten das Licht. Pug war nun doch froh, unter einer Decke zu liegen. Mit einem Seufzer entspannte er sich und war schon im Begriff einzuschlafen.
»Sagen Sie mal, Pug.« Peters' Stimme von unten, warm und leicht betrunken. »Dieser Anderson – aus dem wird nochmal was. Rhoda meint, zwischen ihm und Madeline wäre es ernst. Sie sind damit einverstanden, nicht wahr?«
»Ja.«
Schweigen. Zuggeräusche.
»Pug, darf ich Ihnen eine sehr persönliche Frage stellen?«
Keine Antwort.
»Tut mir verdammt leid, Sie zu irritieren. Aber die Sache ist ungeheuer wichtig für mich.«
»Schießen Sie los.«
»Warum ist es zwischen Ihnen und Rhoda zum Bruch gekommen?«
Wenn Victor Henry sich bemüht hatte, die Nacht nicht zusammen mit dem Mann von der Army zu verbringen, so nur, um dieser Frage aus dem Wege zu gehen.
Er antwortete nicht.
»Der Grund war doch nicht ich, nicht wahr? Ich finde es unglaublich mies, hinter der Frau eines Mannes her zu sein, der im Ausland Dienst tut. Aber soviel ich weiß, waren Sie einander schon fremd geworden.«

»Ja, das stimmt.«
»Sonst – glauben Sie mir – so attraktiv sie ist, ich wäre Ihnen nicht ins Gehege gekommen.«
»Das glaube ich Ihnen.«
»Sie und Rhoda sind mit die besten Menschen, die ich kenne. Was ist passiert?«
»Ich habe mich in eine Engländerin verliebt.«
Pause.
»Das sagt Rhoda auch.«
»Das ist es.«
»Es sieht Ihnen aber gar nicht ähnlich.«
Pug schwieg.
»Werden Sie sie heiraten?«
»Ich hatte daran gedacht, aber sie hat mir einen Korb gegeben.« Peters brachte es auf diese Weise fertig, daß Victor Henry zum erstenmal von Pamelas verblüffendem Brief sprach, den er aus seinen Gedanken zu verbannen versucht hatte.
»Himmel! Man weiß bei Frauen wirklich nie, woran man ist, nicht wahr, Pug? Tut mir leid, das zu hören.«
»Gute Nacht, Colonel!« Das kam in scharfem Ton, der das Gespräch beenden sollte.
»Pug, nur noch eine Frage. Hatte Dr. Fred Kirby etwas damit zu tun?«
Da war es heraus. Jetzt geschah genau das, was Rhoda befürchtet hatte. Victor Henrys Antwort konnte für sie Glück oder Unglück bedeuten, bis an ihr Lebensende; und er mußte schnell antworten, denn jedes Zögern hätte Peters mißtrauisch werden lassen.
»Was soll das heißen?« Pug hoffte, das rechte Maß an Verständnislosigkeit und einen Hauch von Zorn in seinen Ton hineinzulegen.
»Ich habe Briefe bekommen, Pug, widerwärtige anonyme Briefe über Rhoda und Dr. Kirby. Ich schäme mich zwar, sie überhaupt zur Kenntnis zu nehmen, aber . . .«
»Das sollten Sie auch. Fred Kirby ist ein alter Freund von mir. Wir haben uns kennengelernt, als ich in Berlin stationiert war. Rhoda mußte nach Hause, als der Krieg ausbrach. Fred war damals in Washington; er hat Tennis mit ihr gespielt und ist mit ihr ins Kino gegangen – so ähnlich, wie Sie es auch tun, allerdings ohne Komplikationen. Ich wußte davon und war damit einverstanden. Mir schmeckt diese Unterhaltung ganz und gar nicht, und ich möchte jetzt schlafen.«
»Tut mir leid, Pug.«
»Ist schon okay.«

Schweigen. Dann nochmals Peters' Stimme, bedrückt, verwirrt und betrunken. »Es ist ja nur, weil ich Rhoda so vergöttere. Ich bin mehr als durcheinander, Pug, es quält mich wirklich. Ich habe eine Menge Frauen gekannt, die hübscher waren als Rhoda, und die mehr Sex hatten. Aber sie ist tugendhaft. Das ist es, was sie so unvergleichlich macht. Ich weiß, es klingt komisch, wenn ausgerechnet ich das sage, aber so ist mir nun mal zumute. Rhoda ist in jeder Hinsicht die erste wirkliche Dame, die ich je kennengelernt habe, bis auf meine Mutter. Sie ist vollkommen! Sie ist elegant, bescheiden, anständig und wahrhaftig. Sie lügt nie. Himmel, den meisten Frauen fällt das Lügen nicht schwerer als das Atmen. Und man kann ihnen nicht mal einen Vorwurf daraus machen. Wir können es nicht lassen, mit ihnen ins Bett zu gehen; sie spielen ein verzweifeltes Spiel, und alles ist fair. Meinen Sie nicht auch?«
Peters hatte die ganze Flasche geleert, dachte Pug, um sich Mut für diese Auseinandersetzung anzutrinken. Sein Gerede konnte die ganze Nacht andauern. Er gab keine Antwort.
»Ich meine, ich rede nicht von diesen hausbackenen Frauen – ich meine die flotten, eleganten. Meine Mutter war noch mit zweiundachtzig umwerfend. Sie sah noch im Sarg aus wie ein Mannequin. Und trotzdem muß ich Ihnen sagen, sie war eine Heilige. Wie Rhoda ging sie jeden Sonntag in die Kirche, ob's regnete oder schneite oder ob die Sonne schien. Rhoda ist elegant wie eine Filmdiva, und trotzdem hat auch sie was Heiligmäßiges. Deshalb beutelt mich diese Sache ja so sehr, Pug, und wenn ich Sie gekränkt habe, sollte es mir leid tun. Ich habe die größte Hochachtung vor Ihnen.«
»Wir haben morgen viel zu tun, Colonel.«
»Richtig, Pug.«
Nach ein paar Minuten schnarchte Colonel Peters.

In Kings Vorzimmer saßen zwei Admiräle, als Pug direkt von der Union Station dort eintraf. Er überredete die Ordonnanz, eine kurze Notiz zu King hineinzuschicken, der ihn umgehend rufen ließ. Der CNO saß in dem trüben Raum hinter seinem großen Schreibtisch und rauchte eine Zigarette. »Sie sehen besser aus als in Teheran«, sagte er, ohne Pug einen Stuhl anzubieten. »Was ist das für eine Uran-Geschichte? Ich habe Ihre Notiz in den Papierkorb für den Reißwolf geworfen.«
Pug umriß in knappen Worten die Situation in Oak Ridge. Auf Kings kahlem Schädel und seinem faltigen Gesicht erschien ein Anflug von Röte. Um seinen harten Mund zuckte es; Pug nahm an, daß er sich sehr zusammennehmen mußte, um nicht zu grinsen.

»Wollen Sie damit sagen«, fiel King ihm schroff ins Wort, »daß die Army, obwohl sie über alle Wissenschaftler und Fabriken der Nation verfügt und Milliardenbeträge ausgegeben hat, immer noch keine Bombe hat, während wir in unserem lächerlichen kleinen Labor in Anacostia eine zusammengebastelt haben?«

»Nicht ganz, Admiral. Das Verfahren der Army weist eine Lücke auf, die mit dem Verfahren der Navy geschlossen werden kann. Sie wollen unsere Methode übernehmen und in gewaltigem, industriellem Maßstab damit arbeiten.«

»Und auf diese Weise glauben sie, die Waffe zu bekommen? Sonst nicht?«

»Wenn ich recht verstanden habe, ja. Jedenfalls nicht rechtzeitig genug, um sie in diesem Krieg noch einzusetzen.«

»Na gut, dann gebe ich ihnen alles, was sie brauchen. Warum nicht? Damit würden wir ziemlich gut in den Geschichtsbüchern dastehen, was? Nur, daß die Army die Geschichte schreibt und wir darin nicht vorkommen. Wieso haben Sie überhaupt damit zu tun?«

King hörte sich die Geschichte mit den Verbundstücken an, nickte und rauchte wieder mit unbewegtem Gesicht. »Colonel Peters hat bei der Firma Dresser angerufen«, schloß Pug. »Es ist alles klar. Ich fliege jetzt nach Pennsylvania, um dafür zu sorgen, daß das Zeug verladen und nach New York gebracht wird.«

»Gute Idee. Fliegen Sie gleich?«

»Mit einer Navy-Maschine, von Andrews.«

»Wissen Sie schon, wie Sie dort hinkommen?«

»Noch nicht.«

King griff nach dem Telephon und bestellte einen Wagen mit Fahrer für Captain Henry. »Also, was soll ich Ihrer Meinung nach tun, Henry?«

»Versichern Sie Colonel Peters, daß die Navy mitzieht, Admiral. Bevor er mit Hochdruck an den Nachbau der Anlage geht, möchte er wissen, ob er Grund unter den Füßen hat.«

»Geben Sie meiner Ordonnanz seine Telephonnummer. Ich rufe ihn an.«

»Jawohl, Sir.«

»Ich habe gehört, wie Sie das Fertigungsprogramm für Landungsfahrzeuge auf Trab gebracht haben. Der Minister ist überaus zufrieden.« King stand auf und streckte Pug einen bis zum Ellbogen mit Gold inkrustierten Arm hin. »Und jetzt machen Sie sich auf den Weg.«

Als Pug, aus Pennsylvania zurückgekehrt, den Taxifahrer bezahlte, öffnete Madeline ihm die Haustür. Sie sah fast so aus wie damals, als sie zu ihrer ersten

Tanzerei gegangen war: gerötet, mit leuchtenden Augen und viel zu angemalt. Sie sagte nichts, sondern umarmte ihn nur und führte ihn ins Wohnzimmer. Dort saß Rhoda, viel zu elegant für einen normalen Werktagsabend, an einem niedrigen Tisch, auf dem in silbernem Kübel eine Flasche Champagner stand. Sime Anderson stand mit verwirrtem Gesicht neben ihr.
»Guten Abend, Sir.«
»Nun! Heimkehr des Kriegers!« sagte Rhoda. »Ist dir also doch eingefallen, daß du noch eine Familie hast! Wie nett von dir! Hast du nächsten Samstag was vor?«
»Nicht, daß ich wüßte.«
»Oh, das paßt gut. Wie wär's, wenn du dann zur Saint-John's-Kirche kämest und Madeline diesem jungen Seemann zur Frau gäbest?«
Mutter, Tochter und Bräutigam lachten fröhlich. Pug schloß Madeline in die Arme. Sie klammerte sich an ihn und drückte ihre tränenfeuchte Wange an die seine. Er schüttelte Sime Anderson die Hand und schloß auch ihn in die Arme. Der junge Mann benutzte offenbar dasselbe Rasierwasser, das auch Warren benutzt hatte; der Duft versetzte Pug einen kleinen Stich. Rhoda sprang auf, küßte Pug und rief aus: »Okay – die Überraschung ist vorüber, jetzt kommt der Champagner.« Es folgte eine Unterhaltung über praktische Dinge: Hochzeitsvorbereitungen, Brautkleid, Lohndiener, Gästeliste, Unterbringung für Simes Familie und so weiter; Rhoda machte sich ständig kleine Notizen auf einem Stenoblock.
Dann nahm Pug Anderson mit in die Bibliothek.
»Sime, wie steht es mit deinen Finanzen?«
Der junge Mann gestand, zwei kostspielige Hobbys zu haben: die Jagd, die er von seinem Vater gelernt hatte, und klassische Musik. Er hatte mehr als tausend Dollars in Schallplatten und einen Capehart-Plattenspieler gesteckt, und fast die gleiche Summe in eine Sammlung von Flinten und Jagdbüchsen. Zweifellos sei es unvernünftig gewesen, so planlos zu leben; er könne sich jetzt in seiner Wohnung kaum umdrehen; aber schließlich habe er sich bisher kaum um Mädchen gekümmert. Jetzt würde er das Zeug irgendwo einlagern und eines Tages vielleicht verkaufen. Im Moment habe er nur Ersparnisse in Höhe von zwölfhundert Dollar.
»Na, das ist besser als nichts. Von deinem Gehalt kannst du leben. Madeline hat auch Ersparnisse. Und ein paar Anteile an dieser verdammten Radioshow.« Anderson machte ein betretenes Gesicht. »Ja. Sie steht besser da als ich.«
»Leb nicht auf größerem Fuß, als dein Einkommen es dir erlaubt. Und laß sie mit ihrem Geld machen, was sie will.«
»Das habe ich auch vor.«

»Und jetzt hör zu, Sime. Ich habe fünfzehntausend Dollar für sie auf die Seite gelegt. Das Geld gehört euch!«
»Himmel, das ist ja phantastisch!« Eine harmlos-habgierige Freude erhellte das Gesicht des jungen Mannes. »Das hätte ich nie erwartet.«
»Ich würde vorschlagen, ihr kauft euch ein Haus in der Nähe von Washington, falls du vorhast, bei der Navy zu bleiben.«
»Selbstverständlich bleibe ich bei der Navy. Darüber haben wir uns gründlich ausgesprochen. Forschung und Entwicklung haben nach dem Krieg bestimmt gute Aussichten.«
Pug legte Anderson die Hand auf die Schultern. »Sie hat im Laufe der Jahre wohl tausendmal beteuert, daß sie nie und nimmer einen Navy-Offizier heiraten würde. Gut gemacht!«
Das junge Paar schwirrte fröhlich ab, um zu feiern. Pug und Rhoda saßen im Wohnzimmer und tranken den Champagner aus.
»So«, sagte Rhoda, »damit verläßt nun auch das Jüngste das Nest.« Sie warf Pug über den Rand des Champagnerglases hinweg einen koketten Blick zu. »Soll ich dich zum Abendessen ausführen?«
»Oh nein. Ich habe amerikanischen Kaviar für uns beide. Und außerdem ist da noch eine Flasche Champagner. Wie war die Fahrt? Konnte Hack dir behilflich sein?«
»Sogar sehr.«
»Das freut mich. Er hat einen sehr einflußreichen Posten, nicht wahr, Pug?«
»Er könnte nicht einflußreicher sein.«
Frisch geschnittene Blumen auf dem kerzenbeleuchteten Tisch; grüner Salat mit Roquefort-Sauce; hervorragend zubereiteter amerikanischer Kaviar mit knusprig gebratenen Speckscheiben; gegrillte Kartoffeln mit Sahnequark und Schnittlauch und eine frischgebackene Heidelbeertorte; offensichtlich hatte Rhoda das alles für seine Rückkehr geplant. Sie kochte alles selbst, trug dann auf und setzte sich in einem grauen Seidenkleid und fabelhaft frisiert zu Tisch – wie ein schicker Gast an ihrer eigenen Tafel. Sie war wunderbar in Stimmung und erzählte Pug, was sie alles für die Hochzeit vorhatte. Oder war das alles nur Schauspiel? Ein Champagnerglitzern lag in ihren Augen.
Das war die Rhoda, dachte Pug, die ihn trotz all ihrer vertrauten Fehler – Reizbarkeit, Flatterhaftigkeit, Oberflächlichkeit – fünfundzwanzig Jahre lang glücklich gemacht hatte; die Kirby und Peters eingewickelt hatte und jeden Mann ihres Alters bestricken konnte; schön, tüchtig, energisch, bedacht darauf, es einem Mann behaglich zu machen, unendlich weiblich, imstande, Leidenschaft zu wecken. Was war geschehen? Warum war er so erstarrt, daß sie nicht mehr an ihn herankam? Was war so irreparabel? Schon längst hatte er

es hingenommen, daß an ihrer Affäre mit Kirby der Krieg schuld war, daß es ein persönliches Unglück war in einer Zeit großer Umwälzungen. Auch Sime Anderson hatte Madelines Vergangenheit mit einem Achselzucken abgetan und den Start in ein neues Leben gewagt.

Die Antwort auf diese Frage blieb sich immer gleich. Er liebte Rhoda nicht mehr, wußte nichts mehr mit ihr anzufangen. Er konnte einfach nicht anders. Mit Verzeihen hatte das nichts zu tun. Er hatte ihr verziehen. Sime Anderson und Madeline vereinte ein lebendiger Nerv, Rhoda dagegen hatte den Lebensnerv ihrer Ehe durchtrennt. Sie war erloschen und tot. Manche Ehen überleben einen Seitensprung; ihre hatte es nicht getan. In der Erinnerung an ihren gefallenen Sohn war er bereit gewesen, die Ehe weiterzuführen, aber es war besser für Rhoda, mit einem Mann zu leben, der sie liebte. Daß sie nun Schwierigkeiten mit Peters hatte, erregte nur sein Mitleid.

»Fabelhafte Torte«, sagte Pug.

»Vielen Dank, sehr freundlich, Sir; und weißt du, was ich jetzt vorschlage? Daß wir in den Garten hinausgehen und dort Kaffee und Armagnac trinken. Die ganzen Iris sind aufgeblüht, und der Duft ist der reinste Himmel!«

»Mit Vergnügen.«

Es hatte Rhoda ein paar Jahre gekostet, den verwahrlosten kleinen Garten von Unkraut zu befreien und neu anzulegen. Jetzt war daraus ein bezaubernder, mauerumschlossener Winkel geworden; Farben sprühten, die Luft war vom Blütenduft erfüllt, und alles war um einen melodisch plätschernden kleinen Springbrunnen gruppiert, dessen Anlage sie sich einiges hatte kosten lassen. Sie trug das Kaffeeservice zu einem gußeisernen Tischchen zwischen gepolsterten Liegestühlen, und Pug holte den Armagnac und die Gläser.

»Übrigens«, sagte sie, als sie es sich bequem machten, »da ist ein Brief von Byron. Das habe ich in der Aufregung ganz vergessen. Es geht ihm gut. Er ist nur eine Seite lang.«

»Steht was Neues drin?« Pug bemühte sich, sich seine Erleichterung nicht anmerken zu lassen.

»Nun, die erste Feindfahrt war ein Erfolg, und er hat alle Chancen, Kommandant zu werden. Aber du kennst Byron ja. Er sagt nie viel.«

»Hat er den *Bronze Star* bekommen?«

»Darüber schreibt er nichts. Er macht sich furchtbare Sorgen um Natalie und bittet uns, ihm zu telegraphieren, wenn wir auch nur das geringste erfahren.«

Pug saß da und starrte auf die Blumenbeete. »Wir könnten mal wieder im Außenministerium nachfragen.«

»Das habe ich heute getan. Das Dänische Rote Kreuz soll Theresienstadt besuchen; vielleicht erfahren wir auf diese Weise etwas Neues.«

Pug sah sich in der Zeit zurückversetzt, durchlebte noch einmal eine alte Szene. Rhodas »*Übrigens, da ist ein Brief von Byron*« war das auslösende Wort gewesen. Genau so hatten sie vorm Krieg dagesessen und Armagnac getrunken, an dem Tag, da Admiral Preble ihm den Posten des Marine-Attachés in Berlin angeboten hatte. »*Übrigens, da ist ein Brief von Byron*«, hatte Rhoda gesagt, und auch damals war ihm ein Stein vom Herzen gefallen, denn sie hatten seit Monaten nichts von ihm gehört. Es war der erste Brief über Natalie. Am gleichen Tag hatte Warren ihnen eröffnet, daß er sich für einen Nachtfluglehrgang gemeldet habe. Und immer noch am gleichen Tag hatte Madeline versucht, nach New York zu fahren, wovon er sie nur unter Schwierigkeiten hatte abbringen können. In der Rückschau ein großer Wendepunkt, dieser Tag.

»Rhoda, ich habe versprochen, dir alles zu berichten, was ich mit Peters besprochen habe.«

»Ja?« Rhoda setzte sich auf.

»Wir haben uns unterhalten.«

Sie kippte den Cognac. »Schieß los!«

Pug berichtete über das Gespräch im verdunkelten Schlafwagenabteil. Rhoda nippte vernös immer wieder am Brandy. Ein Seufzen entrang sich ihrer Brust, als er beschrieb, wie Peters angefangen hatte zu schnarchen. »Nun, das war sehr, sehr ritterlich von dir, Pug«, sagte sie. »Das ist mehr, als ich von dir erwarten konnte. Vielen Dank, und Gott segne dich dafür.«

»Aber das war noch nicht alles, Rho.«

Das Gesicht kreideweiß und angespannt im Dämmer, sah sie ihren Mann an. »Aber du hast doch gesagt, er ist eingeschlafen.«

»Ja, das ist er. Ich bin früh wach geworden und habe mich hinausgeschlichen, um zu frühstücken. Der Kellner brachte mir gerade Orangensaft, da tauchte der Colonel auf, frisch rasiert und zurechtgemacht, und setzte sich zu mir. Wir waren allein im Speisewagen. Er bestellte Kaffee und sagte dann ohne weitere Umschweife, sehr nüchtern und ruhig: ›Ich glaube, Sie haben es gestern abend unterlassen, mir über Dr. Kirby reinen Wein einzuschenken.‹«

»Oh Gott! Und was hast du gesagt?«

»Nun, ich war nicht darauf gefaßt gewesen, verstehst du. Ich sagte: ›Wie hätte ich offener sein sollen?‹ – oder so ähnlich. Seine Antwort war – ich versuche genau zu wiederholen, was er sagte – ›Ich will Sie nicht ins Kreuzverhör nehmen, Pug. Und ich habe auch nicht vor, Rhoda den Laufpaß zu geben. Aber ich meine, ich sollte die Wahrheit wissen. Eine Ehe sollte nicht mit einer Lüge beginnen. Wenn Sie Gelegenheit haben, Rhoda das zu sagen, bitte, tun Sie es. Vielleicht hilft das, die Atmosphäre zu reinigen.‹«

»Und was hast du darauf gesagt?« Ihre Stimme zitterte, und auch ihre Hand zitterte, als sie sich das Glas vollschenkte.
»Ich sagte: ›Es gibt keine Atmosphäre zu reinigen – es sei denn in Ihrem Kopf. Wenn verleumderische Briefe es schaffen, Sie zu vergiften, verdienen Sie die Liebe keiner Frau, geschweige denn Rhodas.‹«
»Wunderbar, Darling. Wunderbar!«
»Ich bin mir nicht so sicher. Er sah mir ins Auge und sagte nur: ›Okay, Pug.‹ Er wechselte das Thema und wir redeten von anderen Dingen. Er ist nie wieder auf dich zurückgekommen.«
Rhoda nahm einen großen Schluck. »Ich bin verloren. Du bist kein guter Lügner, Pug, obwohl du weiß Gott dein Bestes getan hast.«
»Rhoda, ich kann lügen, und manchmal lüge ich verdammt gut.«
»Wenn es um die Pflicht geht!« Verächtlich wedelte sie mit der Hand. »Davon rede ich nicht.« Sie trank, schenkte sich nochmals nach und sagte: »Ich bin erledigt, das ist alles. Dieses verfluchte Frauenzimmer! Wer immer sie sein mag – ich könnte sie umbringen! Oops!« Ihr Glas floß über.
»Du bist betrunken.«
»Warum nicht?«
»Rhoda, er hat gesagt, er gibt dir nicht den Laufpaß.«
»Oh nein! Er wird es durchziehen. Ehrenmann, und so weiter! Und ich werde ihn kaum daran hindern können. Welche Alternative habe ich denn? Trotzdem ist alles kaputt.«
»Warum erzählst du es ihm nicht einfach, Rhoda?«
Rhoda saß da, blickte ihn an, sagte aber nichts.
»Ich meine das ernst. Sieh dir doch Madeline und Sime an. Sie hat es ihm erzählt. Sie könnten nicht glücklicher sein.«
Mit dem weiblichen Sarkasmus, den er so gut an ihr kannte, sagte sie: »Pug, du Unschuldsengel, ach, Lieber, was ist das für ein Vergleich? Himmel, ich bin eine *alte Schachtel!* Sime ist noch keine dreißig! Und Madeline ist ein Mädchen, bei der jedem Mann das Wasser im Mund zusammenläuft. Hack war in mich verknallt, und es war schon bezaubernd. Aber in unserem Alter spielt sich das alles zumeist im Kopf ab. Und jetzt steh' ich mit dem Rücken zur Wand. Ich bin verdammt, wenn ich es tue, und bin auch verdammt, wenn ich's nicht tue. Ich bin eine gute Frau – du weißt, daß ich das bin – und ich weiß, ich könnte ihn glücklich machen. Aber er mußte nun mal dies makellose Bild von mir haben! Und damit ist es jetzt aus!«
»Es war doch eine Illusion, Rho.«
»Was hast du gegen Illusionen?« Rhodas Stimme klang gepreßt, und zuletzt brach sie. »Tut mir leid. Ich geh' jetzt zu Bett. Vielen Dank, Liebling. Vielen

Dank dafür, daß du's versucht hast. Du bist ein großartiger Mann, und ich liebe dich.«

Sie erhoben sich. Rhoda machte ein, zwei federnde kleine Schritte, schlang die Arme um ihn und gab ihm einen sinnlichen, nach Brandy schmeckenden Kuß. So hatten sie sich seit einem vollen Jahr nicht mehr geküßt. Und es wirkte immer noch. Pug konnte nicht anders, er mußte sie an sich reißen und den Kuß erwidern.

Mit einem gurrenden Lachen riß sie sich halb von ihm los. »Spar dir das für Pamela auf, Liebling.«

»Pamela hat mir einen Korb gegeben.«

Rhoda erstarrte in seinen Armen, und ihre Augen wurden ganz groß. »Hat das vorige Woche in ihrem Brief gestanden? Das *kann* doch nicht sein!«

»Doch.«

»Mein Gott, kannst du verschwiegen sein! Warum? Wie *konnte* sie nur? Hat sie Burne-Wilke geheiratet?«

»Bis jetzt noch nicht. Burne-Wilke ist in Indien verwundet worden. Sie sind jetzt wieder in England. Sie hat ihn gepflegt, und – nun ja, Rhoda, sie hat nein gesagt, und damit hat sich's.«

Rhoda lachte kehlig. »Und damit hast du dich abgefunden?«

»Was sollte ich sonst tun?«

»Ach, Süßer, ich bin betrunken genug, um dir auch das noch zu sagen! Wirb um sie! Das ist alles, was sie will.«

»Ich glaube nicht, daß sie so ist. Der Brief klang ziemlich endgültig.«

»So sind wir *alle*! Ich sage, ich bin stockbetrunken. Möglich, daß du mir die Treppe hinaufhelfen mußt.«

»Okay, laß uns gehen!«

»Das war doch nur Spaß.« Sie strich ihm über den Arm. »Trink du nur deinen Brandy, Lieber, und genieß den herrlichen Mond. Ich komm' schon nach oben!«

»Bist du sicher?«

»Sicher. Nacht, Liebling.«

Ein kühler, sanfter Kuß auf den Mund, und Rhoda ging ein wenig schwankend ins Haus.

Als Pug fast eine Stunde später nach oben ging, stand Rhodas Tür weit offen. Im Schlafzimmer war es dunkel. Seit seiner Rückkehr aus Teheran hatte die Tür nicht mehr offen gestanden.

»Pug, bist du das?«

»Ja.«

»Nun, dann nochmals Gute Nacht, Liebling.«

Es lag alles im Tonfall. Rhoda redete nicht, sie gab Signale, und Pug erkannte das Signal klar und unmißverständlich. Offensichtlich hatte sie ihre Gedanken nochmals genau abgewogen – im Licht von Peters' Verdacht, Pams Absage und der allgemeinen Freude über Madelines Glück. Seine alte Ehe rief ihn zurück. Es war Rhodas letzter Versuch. »*Sie spielen ein verzweifeltes Spiel*«, hatte Peters gesagt. Wie wahr! Doch es war auch ein machtvolles Spiel. Er brauchte nur durch die Tür zu treten, in die süßen Düfte des dunklen Zimmers, an die er sich so gut erinnerte.
Er ging an der Tür vorbei, und seine Augen wurden feucht. »Gute Nacht, Rhoda.«

37

Mitternacht ist vorüber. Am Firmament zieht der Vollmond seine Bahn; er versilbert die verlassenen Straßen und den langen, sehr langen Güterzug, der ratternd und quietschend in die Bahnhofstraße einfährt und vor der Hamburg-Kaserne zum Stehen kommt. Der Lärm hallt in den Straßen wider und weckt unruhige Schläfer. »*Hast du das gehört?*« In vielen Sprachen gehen diese fragenden Worte im Flüsterton durch die gedrängten Reihen von Drei-Etagen-Betten.
Es hat schon lange keinen Transport mehr gegeben. Der Zug könnte mehr Material für die verrückte Verschönerungsaktion bringen. Vielleicht soll er aber auch die Erzeugnisse der Fabriken abholen. So geht das besorgte Flüstern hin und her, obwohl gewöhnlich Last- und Pferdewagen und nicht Eisenbahnwaggons alles herein- und hinausbringen – bis auf Menschen. Natürlich könnte es sich auch um einen ankommenden Transport handeln; doch die treffen gewöhnlich am Tage ein.
Auch Aaron Jastrow, der in seiner mit grotesker Eleganz möblierten Wohnung im Erdgeschoß eines Hauses in der Seestraße (einer Station auf dem Weg der Besucher vom Roten Kreuz) über dem Talmud brütet, hört den Zug. Natalie wacht auf. Das ist nur gut! Der Ältestenrat hat sich seit Tagen mit dem Transportbefehl herumgeschlagen. Die Übersichtszahlen sind in Jastrows Gehirn eingebrannt:

Juden in Theresienstadt, insgesamt: 35 000
Unter deutschem Schutz (Prominente, Halbjuden, Dänen, Männer mit Kriegsauszeichnungen, Verwundete aus dem Ersten Weltkrieg mit ihren Familienangehörigen) 9500
Unter dem Schutz des Zentralsekretariats (Verwaltungspersonal, Künstler, Arbeiter in den Rüstungsbetrieben) 6500
Unter besonderem Schutz, insgesamt 16 000
Verfügbar für den Abtransport 19 000

Siebentausendfünfhundert müssen fort – fast die Hälfte der ›Verfügbaren‹, ein Fünftel der gesamten Ghetto-Bevölkerung. Welche Ironie der Daten! In Theresienstadt erwartet man die Landung der Alliierten am 15. Mai. Die Menschen haben auf diesen Tag hingelebt, haben darum gebetet. Jetzt ordnet die Transport-Abteilung die Karteikarten für den ersten Transport hektisch neu und immer wieder neu. Am 15. Mai zweitausendfünfhundert Personen; der Transport soll an drei aufeinanderfolgenden Tagen in drei verschiedenen Zügen abgehen.

Dieser Transport wird die Verschönerungsaktion arg in Bedrängnis bringen. Die Technische Abteilung verliert durch ihn viele von ihren Arbeitern, die Häuser neu streichen, Blumenrabatten bepflanzen, Rasen anlegen, Gebäude errichten und Renovierungsarbeiten ausführen. Die Orchester, die Chöre und die Theater- und Opernensembles werden zerschlagen. Doch die SS kümmert das nicht. Rahm hat gedroht, die Arbeit werde getan werden und die Aufführungen klappen, sonst werde es den Verantwortlichen leid tun. Die Verschönerungsaktion ist Ursache des Abtransports. Je näher der Besuch des Roten Kreuzes heranrückt, desto nervöser wird der Kommandant. Wird es ihm gelingen, die vorgesehene Route einzuhalten? Das gesamte Ghetto wird gesäubert, und um die Überbelegung zu mildern, wird die Schleuse der Abtransporte nochmals geöffnet.

Jastrow ist von der ganzen Tragödie zutiefst getroffen und bekümmert wegen eines persönlichen Verlustes. Vom Hauptquartier ist befohlen worden, daß sämtliche Waisenkinder zum Transport kommen. Besucher vom Roten Kreuz, die ein Kind nach seinen Eltern fragen, dürfen nicht hören, daß sie tot oder – ein Wort, das tabu ist – ›abtransportiert‹ seien. Die Hälfte seiner Talmudschüler sind Waisenkinder – auch sein Musterschüler, Shmuel Horowitz: ein schüchterner, magerer Jüngling von sechzehn Jahren mit langem Haar, seidenfeinem Bart, unendlich traurigen Augen und einem glasklaren Verstand. Wie wird er es ertragen, Shmuel zu verlieren? Wenn doch die Alliierten nur landen würden! Wenn nur der Schock den Abtransport verzögern oder vielleicht sogar verhindern würde! Siebentausendfünfhundert Juden vor dem sicheren Tod zu bewahren, das wäre schon ein Wunder. Auch nur Shmuel allein zu retten, wäre ein Wunder. Nach Jastrows liebevoller Einschätzung könnte die brennende Kraft seines Verstandes die Zukunft des ganzen jüdischen Volkes erhellen. Er könnte ein neuer Maimonides, ein neuer Raschi werden. Einen solchen Geist zu verlieren – in einem einzigen kurzen und schrecklichen Aufflackern über Oswiecim!

Ohne eine Ahnung von dem wartenden Zug zu haben, geht Natalie am Morgen in die Glimmerfabrik. Jastrow begibt sich in die in einem anderen

Gebäude neu untergebrachte, herrlich ausgestattete und bestückte Bibliothek, die einem College alle Ehre machen würde: Räume voll neuer Stahlregale, helle Beleuchtung, blankpolierte Lesetische, gute Stühle; selbst Teppiche fehlen nicht; eine reichhaltige Sammlung von Büchern in den europäischen Hauptsprachen sowie eine überwältigende Sammlung von Judaica, alle sorgfältig aufgenommen und katalogisiert. Selbstverständlich benutzt niemand diese luxuriöse Bildungsstätte. Leser und Ausleiher werden noch proben müssen, damit für die dänischen Besucher alles ganz natürlich aussieht.
Keiner von Jastrows Mitarbeitern erwähnt den Zug. Der Tag geht in den späten Nachmittag über. Nichts ist geschehen; Jastrow schöpft Hoffnung, daß noch alles gut ausgehen wird. Aber schließlich kommen sie doch: zwei schäbige Juden von der Transport-Abteilung. Ein großer Bursche mit wallendem rotem Schopf trägt das Bündel der Gestellungskarten und ein gelbgesichtiger Gnom eine Liste, auf der unterschrieben werden muß. Die beiden wissen, daß sie sich in einer Aura von Haß bewegen. Sie trampeln schwerfällig durch die Räume, nageln jeden, der für den Abtransport ausgewählt worden ist, fest, geben ihm seine Karte und lassen ihn unterschreiben. Die Bibliothek trifft es schwer; von seinen sieben Mitarbeitern verliert Jastrow fünf, darunter Shmuel Horowitz. Die graue Karte in der Hand, steht Shmuel vor Aaron Jastrows Schreibtisch, streicht sich über den jugendlichen Bart und schaut seinen Lehrer an. Langsam kehrt er die Handflächen nach außen und hebt sie in die Höhe; seine dunklen Augen sind geweitet und haben dunkle Ringe; sie sind von Trauer erfüllt wie die Augen eines Christus in einem byzantinischen Mosaik.
Als Jastrow in seine Wohnung zurückkehrt, ist Natalie da. Auch sie schaut ihn mit weit aufgerissenen Augen an und hält ihm zwei graue Karten hin. Sie und Louis sind für den dritten Zug eingeteilt, der am Siebzehnten »*zwecks Wiederansiedelung in der Gegend von Dresden*« abgehen soll. Ihre Transportnummern stehen auf den Karten. Sie hat sich zusammen mit Louis am sechzehnten in der Hamburg-Kaserne zu melden und folgendes mitzubringen: leichtes Gepäck, Wäsche zum Wechseln und Verpflegung für vierundzwanzig Stunden.
»Das muß ein Irrtum sein«, sagt Jastrow. »Ich gehe zu Eppstein.«
Natalies Gesicht ist grau wie die Karte. »Meinst du?«
»Daran ist nicht zu zweifeln. Du gehörst zu den *Prominenten*, arbeitest in der Glimmerfabrik und bist außerdem Oberbetreuerin des Kinderpavillons. Die Transport-Abteilung ist das reinste Tollhaus. Jemand hat die falsche Karte herausgezogen. In einer Stunde bin ich wieder hier. Kopf hoch!«
Vor der Magdeburg-Kaserne herrscht ein wahrer Aufruhr. Fluchende Ghetto-Wachen versuchen, die Wartenden in die Schlangen zurückzudrängen und

benutzen dazu Fäuste, Schultern und gelegentlich auch den Gummiknüppel.
Jastrow gelangt durch einen Eingang für Bevorzugte hinein. Vom entgegengesetzten Ende des Hauptkorridors dringen die wütenden und angstvollen Stimmen der Bittsteller, die die Transport-Abteilung umlagern. Auch vor Eppsteins Büro steht eine Schlange. Jastrow erkennt hohe Beamte der Wirtschafts- und der Technischen Abteilung. Der Transport schlägt eine tiefe Bresche. Jastrow braucht sich nicht anzustellen. Der Rang eines Ältesten ist eine elende Bürde, aber er verschafft einem immerhin Zugang zu den großen Tieren; selbst – wenn man wirklich etwas mit ihnen zu tun hat – zur SS. Eppsteins hübsche Berliner Sekretärin sieht abgespannt und verärgert aus, doch schafft sie es, ein Lächeln aufzusetzen, als sie Jastrow sieht, und läßt ihn eintreten.
Eppstein sitzt mit gefalteten Händen an seinem schönen neuen Mahagonischreibtisch. Sein Büro könnte das eines Prager Bankiers sein, so elegant ist es ausgestattet; hier sollen die Besucher vom Roten Kreuz einen langen Einführungsvortrag über sich ergehen lassen. Er macht ein überrasches Gesicht, als er Jastrow erblickt, und zeigt, was Natalie betrifft, Verständnis und Mitgefühl. Jawohl, ein Irrtum sei nicht ausgeschlossen. Die armen Teufel von der Transport-Abteilung seien völlig kopflos. Er werde sich um die Angelegenheit kümmern. Ob Jastrows Nichte vielleicht auf irgendeine Weise aufgefallen sei?
Jastrow sagt: »Nein, bestimmt nicht«, und versucht, Eppstein die grauen Karten in die Hand zu drücken.
Doch davor zuckt der Vorsitzende des Ältestenrats zurück. »Nein, nein, nein, die soll sie behalten, bloß nichts durcheinanderbringen. Wenn der Irrtum berichtigt worden ist, erhält sie Nachricht, die Karten zurückzugeben.«
Drei lange Tage kommt keinerlei Nachricht von Eppstein. Jastrow versucht immer wieder, zu ihm vorzudringen, doch die Berliner Sekretärin wird plötzlich eiskalt, förmlich und sogar kratzbürstig. Ihr in den Ohren zu liegen, sei völlig sinnlos, sagt sie. Der Vorsitzende des Ältestenrats gebe sofort Nachricht, wenn er etwas Neues höre. Inzwischen erfährt Natalie, daß sämtliche Mitglieder ihres zionistischen Kreises eine Transportkarte erhalten haben. Widerwillig gibt sie zu, daß Jastrows Vermutung zuträfe; ein Denunziant müsse sie verraten haben. Zu ihrem Kreis gehöre der Leitende Chirurg des Krankenhauses, der Stellvertretende Leiter der Versorgungsabteilung und der ehemalige Präsident des Vereins jüdischer Kriegsteilnehmer in Deutschland. Für diese Gruppe gibt es keinen Schutz mehr.
Die ersten beiden Züge gehen ab. Bis auf Natalie sind alle Beteiligten ihres kleinen Kreises dabei. Ein dritter, aus vielen Viehwaggons bestehender Zug

rollt quietschend in die Bahnhofstraße ein. Aus ganz Theresienstadt trotten die für den Abtransport ausgewählten Juden im strahlenden Nachmittagssonnenschein mit Gepäck, Verpflegung und kleinen Kindern auf dem Arm zur Hamburg-Kaserne.

Jastrow kehrt von seinem allerletzten Versuch, Eppstein zu sprechen, in ihre Wohnung zurück. Er hat nichts ausgerichtet, doch gibt es noch einen letzten Hoffnungsschimmer. Einer seiner Schüler, der im Zentralsekretariat arbeitet, hat ihm Neuigkeiten zugeflüstert. Die Transport-Abteilung habe grobe Schnitzer begangen. Über achttausend Gestellungskarten seien ausgegeben worden, doch die SS habe bei der Reichsbahn nur einen Zug für siebentausendfünfhundert Menschen angefordert. Die Reichsbahn nennt diese Züge ›Sonderzüge‹ und berechnet der SS Fahrkosten für Gruppenreisen Dritter Klasse zu ermäßigter Gebühr. Es seien nur Waggons für siebentausendfünfhundert gekommen. Der Transportbefehl für mindestens fünfhundert Personen müsse rückgängig gemacht werden; fünfhundert zum Abtransport vorgesehene Juden, die noch einmal davonkommen könnten!

Natalie sitzt auf der Couch und näht. Louis hockt neben ihr, als Jastrow ihr diese Neuigkeit berichtet. Sie reagiert nicht freudig darauf. Sie reagiert überhaupt nicht. Natalie hat sich in ihr Schneckenhaus aus Benommenheit und Unempfindlichkeit zurückgezogen, das sie in schlimmen Zeiten beschützt.

Im Augenblick überlege sie, erklärt sie Jastrow, was sie anziehen solle. Sie hat Louis wie einen kleinen Prinzen ausstaffiert und sich von Familien, die hierbleiben, Kleider gekauft oder geborgt. Mit ruhiger, verträumter, fast schizoider Logik setzt sie Aaron Jastrow auseinander, ihre äußere Erscheinung sei wichtig, denn jetzt stehe sie nicht mehr unter dem Schutz ihres berühmten Onkels. Sie werde ganz auf sich allein gestellt sein. Folglich gälte es, möglichst vorteilhaft auszusehen. Wenn es ihr gelinge, bei ihrer Ankunft Gefallen in den Augen der SS-Bewacher zu erwecken und nachzuweisen, daß sie Amerikanerin sei, müßten doch ihr Aussehen, Louis' Charme und das Mitgefühl für eine junge Mutter etwas ausrichten können. Ob sie das verführerische lila Kleid für die Reise anziehen solle? Während sie reden, ist sie dabei, einen gelben Stern auf das Kleid zu nähen. Es sei ja warm, sagt sie, und vielleicht wäre das Kleid für die Fahrt genau das richtige. Was Aaron davon halte?

Liebevoll stellt er sich auf ihre Geistesverfassung ein. Nein, das lila Kleid könne ihr von seiten der Deutschen auch Übergriffe eintragen. Das graue Schneiderkostüm hingegen sei elegant, typisch deutsch, und bringe ihre Figur vorteilhaft zur Geltung. Sie und Louis würden bei ihrer Ankunft bestimmt auffallen. Natalie nickt ernst; sie stimmt zu, legt das Kleid mit dem gelben Stern in ihren

Koffer und meint, es könne ihr immer noch gelegen kommen. Sie entwickelt eine hektische Betriebsamkeit und kümmert sich weiterhin um ihr Gepäck. Dabei führt sie Selbstgespräche, was sie mitnehmen soll und was nicht. Aaron schließt eine Schreibtischschublade auf, nimmt ein Messer zur Hand und trennt ein paar feste Nähte seines derben rechten Stiefels auf. Trotz ihrer Benommenheit findet sie das merkwürdig. »Was machst du denn da?« Der Schuh sei zu eng, sagt er und geht nach nebenan. Als er wieder zum Vorschein kommt, trägt er seinen besten Anzug und seinen alten Schlapphut. Er sieht eher aus wie einer, der abtransportiert werden soll. Sein Gesicht ist sehr ernst oder erregt oder verängstigt – sie weiß es nicht.
»Natalie, ich kümmere mich jetzt um diese Sache mit den rückgängig gemachten Transportbefehlen.«
»Aber ich muß bald zur Hamburg-Kaserne.«
»Ich bleibe nicht lange. Auf jeden Fall kann ich dich heute abend dort besuchen.«
Mißtrauisch sieht sie ihn an. »Ehrlich – meinst du, es besteht noch Hoffnung?« Sie sagt das skeptisch mit ein wenig fremder Stimme.
»Das wird man sehen.« Aaron läßt sich neben Louis, der auf dem Boden mit Natalies Kasperpuppe spielt, auf ein Knie nieder. »*Nu*, Louis«, sagt er auf jiddisch, »lebe wohl, und Gott behüte dich.« Er küßt den Jungen, den der kitzelige Bart zum Lachen bringt.
Natalie ist fertig mit dem Packen, macht die Koffer zu und verschnürt die Bündel. Jetzt hat sie nichts mehr zu tun – ein unerträglicher Zustand. Beschäftigung ist das beste Mittel gegen die Angst. Sie weiß sehr wohl, daß ihr und Louis' Schicksal an einem seidenen Faden hängt. Sie hat Berels Bericht über das, was ›im Osten‹ geschieht, nicht vergessen; sie hat ihn verdrängt. Sie und Aaron haben Oswiecim kein einziges Mal wieder erwähnt. Auf der Transportkarte steht nichts von Oswiecim. Sie muß sich innerlich gegen den Gedanken wappnen, daß sie wahrscheinlich dorthin gebracht wird. Bis jetzt bedauert sie nicht einmal, sich mit den Untergrund-Zionisten eingelassen zu haben. Das hat ihr Mut gemacht, ihr eine Handhabe geboten, ihr Schicksal vielleicht selbst zu bestimmen, es nicht sinnlos erscheinen zu lassen.
Daß die Deutschen die Juden so unter Druck setzen können, liegt daran, daß sie kein eigenes Vaterland haben und sich nicht verteidigen können. Das Unglück wollte es, daß sie, Natalie, in die Katastrophe hereingeraten ist. Doch der abendländische Liberalismus war immer eine Fata Morgana. Assimilation ist unmöglich. Sie selbst hat bisher ein leeres jüdisches Leben geführt; doch jetzt hat sie sich gefunden. Wenn sie mit dem Leben davonkommt, wird sie dazu beitragen, daß auf dem Boden Palästinas ein jüdisches Volk wiederersteht.

Daran glaubt sie. Es ist ihr neues Glaubensbekenntnis. Zumindest glaubt sie, daß sie daran glaubt. Eine leise, spöttische amerikanische Stimme in ihr ist nie ganz verstummt und flüstert ihr zu, was sie wirklich will: das hier überstehen, zu Byron zurückkehren und in San Francisco oder Colorado leben. Ihre plötzliche Bekehrung zum Judentum sei nichts anderes als geistiges Morphium gegen das schmerzende Gefühl, in der Falle zu sitzen. Doch ob Morphium oder Glaubensbekenntnis, sie hat ihr Leben dafür aufs Spiel gesetzt, steht im Begriff, den Preis dafür zu bezahlen, und bedauert es immer noch nicht. Sie bedauert einzig, daß sie nicht sofort auf Berels Angebot eingegangen ist, Louis hier herauszuholen. Wenn das doch jetzt noch möglich wäre!

Sie kann nicht länger auf Aaron warten. Louis auf ungeschickten Beinchen neben sich, macht sie sich, das Bündel mit der Verpflegung und ihren Toilettensachen auf dem Rücken und in jeder Hand einen Koffer, auf den Weg zur Hamburg-Kaserne. Sie schließt sich einer gedrückten, schäbigen Prozession von Juden an, die alle in dieselbe Richtung ziehen. Es ist ein wunderschöner Nachmittag. Überall stehen Blumen in Blüte, sprießt das junge Gras grüner Rasenflächen, die in den vergangenen Wochen angelegt worden sind. Theresienstadts Straßen sind sauber. Es riecht wie Frühling in der Stadt. Die Häuser leuchten in neuer gelber Farbe. Wenn auch die Verschönerungsaktion noch nicht abgeschlossen ist, könnten die Rot-Kreuz-Besucher fast jetzt schon hinters Licht geführt werden, überlegt Natalie; hinters Licht geführt freilich nur, wenn sie nicht in die Unterkünfte einträten oder nicht danach fragten, was es denn mit dem Eisenbahngleis auf sich habe, das in die Stadt hineinführt, oder mit der hohen Sterberate.

Sie stellt sich am Ende der langen Schlange vor der Hamburg-Kaserne an, hält Louis' Hand fest umklammert und schiebt ihre Koffer beim Vorrücken mit dem Fuß weiter. Auf der anderen Seite der Straße, unterm Bahnhofsdach, wartet die schwarze Lokomotive. Am Hofeingang, unter den Augen von SS-Männern, kontrollieren Angehörige der Transport-Abteilung an rohen Holztischen die Leute, die sich zum Abtransport melden – sie stellen Fragen, rufen Namen und Nummern auf, drücken Stempel auf Papiere, daß es knallt, und tragen die gleiche Erregbarkeit zur Schau wie die Einwanderungsbeamten an jeder Grenze.

Natalie kommt an die Reihe. Der Beamte, der ihre Papiere entgegennimmt, ist ein kleines Männchen mit einer roten Mütze auf den Kopf. Er schreit sie auf deutsch an, stempelt ihre Papiere ab und kritzelt etwas auf ein Stück Papier. Er nimmt ihre Transportkarten und gibt lautstark ihre Nummern nach hinten weiter. Ein Mann mit einem drei Tage alten Bart bringt zwei Pappzeichen mit einem Stück Schnur. Die Nummern von Natalies grauen Karten werden mit großen schwarzen Ziffern auf das Stück Pappe geschrieben. Natalie hängt sich ihre Nummer um den Hals, die andere Louis.

Im Hauptquartier der SS steht Aaron Jastrow, den Hut in der Hand, vorm Arbeitszimmer des Kommandanten; der Adjutant hat ihm befohlen, auf dem Korridor zu warten. Uniformierte Deutsche gehen an ihm vorüber, ohne ihn zu beachten. Ein Juden-Ältester, der zu Sturmbannführer Rahm befohlen wird, ist kein ungewöhnlicher Anblick, seit die Verschönerungsaktion mit Volldampf vorangetrieben wird. Der alte Mann hat vor Angst weiche Knie. Trotzdem wagt er es nicht, sich an die Wand zu lehnen. Ein Jude in lässiger Haltung fordert in der Gegenwart von Deutschen – Verschönerungsaktion oder nicht – Faustschläge oder einen Hieb mit einem Stock heraus. Die Müdigkeit macht sich wie Blei in seinen Beinen bemerkbar. Unter großen Mühen hält er sich kerzengerade aufrecht.
Am schlimmsten war die Angst, als er sich in der Wohnung zu dem Entschluß durchrang. Seine Hand zitterte beim Auftrennen der Naht dermaßen, daß beim ersten Versuch das Messer abglitt und ihm in den linken Daumen fuhr, der noch immer blutet, obwohl er ihn mit einem Lappen verbunden hat. Das hat Natalie in ihrem benommenen Zustand glücklicherweise nicht bemerkt, obwohl sie sah, wie er die Naht auftrennte. Aber nachdem sein Entschluß einmal feststand, hat er seine Angst so weit bezwungen, daß er sich ans Werk machen konnte. Alles andere liegt in Gottes Hand. Jetzt ist es an ihm, einen letzten Einsatz zu wagen. *Die Alliierten werden landen*; wenn nicht im Mai, dann im Juni oder Juli. Die Deutschen verlieren an allen Fronten. Möglich, daß der Krieg ganz plötzlich zu Ende geht. Louis und Natalie dürfen nicht mit diesem Zug abtransportiert werden.
»*Doron, t'fila, milkhama!*«
Immer und immer wieder murmelt Aaron Jastrow diese drei hebräischen Worte vor sich hin. Sie machen ihm Mut. »*Doron, t'fila, milkhama!*« Er kennt sie noch aus dem Religionsunterricht über Jakob und Esau, aus der Kindheit. Nach vierundzwanzigjähriger Trennung sollen die beiden Brüder sich wieder treffen, und Jakob hört, daß Esau sich mit vierhundert Bewaffneten nähert. Jakob schickt ihm reichlich Geschenke entgegen, ganze Viehherden, Esel und Kamele; er macht seine Karawane kampfbereit; er fleht Gott um Hilfe an. Raschis Kommentar dazu lautet: »Die drei Wege, sich auf den Feind vorzubereiten: Tribut, Gebet und Kampf – *doron, t'fila, milkhama.*«
Jastrow hat gebetet. Er hat einen außerordentlich kostbaren Tribut mitgebracht. Und wenn es sein muß, ist er auch bereit zu kämpfen.
Der Adjutant, ein Österreicher mit rosigem Gesicht, der noch keine

fünfundzwanzig sein kann und dessen Lederkoppel seinen Bauch in der feldgrauen Uniform in zwei Wülste auseinanderzwingt, reißt die Tür zum Arbeitszimmer auf. »Na schön, du da! Hier rein!«
Jastrow durchquert den Vorraum und betritt durch die offenstehende Tür Rahms Arbeitszimmer. Der finsterblickende Kommandant sitzt arbeitend an seinem Schreibtisch. Der Adjutant macht die Tür hinter Jastrow zu. Rahm blickt nicht auf. Seine Feder kratzt und fliegt übers Papier. Jastrow verspürt den Drang, seine Blase zu leeren. Er war noch nie in diesem Arbeitszimmer. Die großen Bilder von Hitler und Himmler, die Hakenkreuzflagge, der Doppelblitz der SS-Runen, die in großen Medaillons an der Wand prangen – all das macht ihn außerordentlich nervös. Unter allen anderen Umständen würde er jetzt darum bitten, die Toilette aufsuchen zu dürfen. Hier jedoch wagt er nicht, den Mund aufzumachen.
»Was zum Teufel willst du?« fährt Rahm ihn urplötzlich an, funkelt ihn an und bekommt ein puterrotes Gesicht.
»Herr Kommandant, dürfte ich ergebenst . . .«
»Ergebenst was? Bildest du dir vielleicht ein, ich wüßte nicht, weshalb du hier bist? Nur ein Wort über diese Judenhure, deine Nichte, und ich laß dich zusammenschlagen und hinauswerfen! Verstanden? Du glaubst, nur weil du ein beschissener Ältester bist, kannst du einfach hier ins Hauptquartier kommen und für eine Judensau betteln, die Verrat gegen die Reichsregierung geplant hat?«
Das ist Rahms Art. Er ist sehr aufbrausend, und in solchen Augenblicken kann er gefährlich sein. Jastrow ist nahe daran zusammenzubrechen. Mit der Faust auf den Schreibtisch schlagend und aufstehend, schreit Rahm ihn an: »*Nun, Jude?* Du hast den Kommandanten sprechen wollen, ja? Ich gebe dir zwei Minuten, und wenn du dieses Miststück, deine Nichte, auch nur mit einem Wort erwähnst, schlag ich dir die Zähne aus deiner Schweinefresse! *Rede!*«
Leise bringt Jastrow heraus: »Ich habe ein ernstes Verbrechen begangen, das ich Ihnen gestehen möchte.«
»Was? Was? Ein Verbrechen?« Das Gesicht des Cholerikers verzerrt sich, verrät Nichtbegreifen.
Jastrow zieht ein gelbes Samtbeutelchen aus der Tasche. Mit heftig zitternden Händen legt er es auf den Schreibtisch. Den funkelnden Blick von ihm wendend, schaut Rahm es an, hebt es hoch und schüttet sechs blitzende Steine auf den Tisch.
»Ich habe sie in Rom gekauft, Herr Kommandant, 1940, für fünfundzwanzigtausend Dollar. Damals habe ich in Italien gelebt, in Siena.« Jastrows Stimme gewinnt beim Sprechen etwas an Festigkeit. »Als Mussolini in den Krieg

eintrat, traf ich die Vorsichtsmaßnahme, Geld in Diamanten anzulegen. Als *Prominenter* wurde ich bei meiner Ankunft in Theresienstadt nicht durchsucht. Aber nach den Vorschriften hätte ich die Edelsteine abliefern müssen. Das weiß ich. Ich bedaure dieses ernste Vergehen und bin gekommen, um ein Geständnis abzulegen.«

Rahm setzt sich auf seinen Schreibtischsessel und betrachtet die Diamanten mit einem säuerlichen Grinsen.

»Ich dachte, ich sollte sie dem Herrn Kommandanten übergeben«, fügt Jastrow hinzu, »weil sie so wertvoll sind.«

Nachdem er Jastrow lange und zynisch angestarrt hat, lacht Rahm plötzlich laut auf. »Wertvoll! Vermutlich hast du sie von einem Judenbetrüger gekauft, und sie sind aus Glas.«

»Ich habe sie bei Bulgari gekauft, Herr Kommandant. Zweifellos haben Sie schon von dem besten Juwelier Italiens gehört. Der Beutel trägt sein Firmenzeichen.«

Rahm sieht den Beutel nicht an. Mit dem Handrücken fegt er die Steine beiseite, sie rollen gegen seinen Tintenlöscher.

»Wo hast du sie versteckt gehalten?«

»In meinem Stiefel.«

»Ha! Ein alter Judentrick! Was hast du sonst noch versteckt?« Rahm ist in einen sarkastischen Unterhaltungston verfallen. Auch das ist seine Art. Wenn sein erster Zorn verraucht ist, kann man mit ihm reden. Eppstein sagt: »*Hunde die bellen, beißen nicht – so einer ist Rahm.*« Doch er beißt. Die Bestechung liegt auf seinem Schreibtisch. Rahm nimmt sie nicht an. Jetzt steht Jastrows Schicksal auf der Kippe.

»Mehr habe ich nicht.«

»Wenn man dich in der Kleinen Festung bei den Eiern packte, fiele dir vielleicht noch was ein, was du vergessen hast.«

»Da ist nichts mehr, Herr Kommandant.« Jastrow wird von Schauern gebeutelt; doch seine Antwort hat etwas Überzeugendes.

Einen nach dem anderen nimmt Rahm die Diamanten auf und hält sie gegen das Licht. »Fünfundzwanzigtausend Dollar! Da hat man dich kräftig übers Ohr gehauen, wo immer du sie her hast. Ich kenne mich in geschliffenen Steinen aus. Die hier taugen nichts.«

»Ein Jahr später habe ich sie schätzen lassen, in Mailand, und man hat sie mir für vierzigtausend Dollar abkaufen wollen, Herr Kommandant.« Diese verlockende Variante fügt Jastrow aus eigenem hinzu. Rahm zieht die Augenbrauen in die Höhe.

»Und deine Nichte, diese Hure, weiß natürlich von den Steinen.«

»Ich habe ihr nie davon erzählt. Ich hielt es für klüger, es nicht zu tun. Kein Mensch weiß davon, Herr Kommandant, nur Sie und ich.«
Lange sieht Sturmbannführer Rahm Jastrow mit blutunterlaufenen Augen an. Er läßt die Diamanten in das Beutelchen fallen. »Jedenfalls kommen die Hure und ihr Bankert zum Transport.«
»Herr Kommandant, soviel ich gehört habe, sind zu viele Transportkarten ausgeschrieben worden. Einige davon müssen gestrichen werden.«
Eigensinnig schüttelte Rahm den Kopf. »Sie fährt mit! Sie kann von Glück sagen, daß sie nicht in die Kleine Festung geschickt und erschossen worden ist. Und jetzt raus hier!« Er greift nach dem Federhalter und fängt wieder an zu schreiben.
Immerhin hat das *doron* einen kleinen Vorteil gebracht. Die Entlassung ist barsch, aber nicht heftig. Aaron Jastrow muß jetzt in Sekundenschnelle eine heikle Entscheidung treffen. Selbstverständlich kann Rahm nicht zugeben, daß er bestochen wurde. Aber wird er auch wirklich dafür sorgen, daß Natalie nicht mitgeht?
»Ich hab' gesagt, heb' deinen Scheißarsch weg von hier!« belfert Rahm.
Jastrow beschließt, seine schwache Waffe einzusetzen.
»Herr Kommandant, dann muß ich Ihnen sagen, wenn meine Nichte abtransportiert wird, trete ich als Ältester zurück. Ich lege auch meine Arbeit an der Bibliothek nieder und nehme nicht mehr teil an der Verschönerungsaktion. Ich werde nicht mit den Rot-Kreuz-Besuchern in meiner Wohnung reden. Nichts kann mich zwingen, diesen Entschluß zu widerrufen.« Nervös sprudelt er die auswendig gelernten Sätze heraus.
Seine Kühnheit überrascht Rahm und macht ihn perplex. Er läßt den Federhalter fallen. Seine Stimme wird zu einem furchtbaren Grollen. »Willst du Selbstmord begehen, Jude? Auf der Stelle?«
Weitere einstudierte Sätze sprudeln heraus. »Herr Kommandant, Obersturmbannführer Eichmann hat sich große Mühe gemacht, mich von Paris hierher nach Theresienstadt zu bringen. Ich bin ein ausgezeichnetes Schaustück! Deutsche Journalisten haben hier Aufnahmen gemacht. Meine Bücher sind in Dänemark veröffentlicht worden. Die Rot-Kreuz-Besucher werden sehr daran interessiert sein, mich zu sehen, und . . .«
»Halt deine schmierige Schnauze!« sagte Rahm mit einer Stimme, die merkwürdig wenig Gefühl verrät. »Und mach, daß du hier rauskommst, wenn dir dein Leben lieb ist.«
»Herr Kommandant, mein Leben gilt mir nicht viel. Ich bin alt und es geht mir durchaus nicht gut. Bringen Sie mich um, und Sie werden Obersturmbannführer Eichmann erklären müssen, was aus seinem Schaustück geworden ist.

Foltern Sie mich, und wenn ich überlebe – welchen Eindruck mache ich dann schon auf das Rote Kreuz? Wenn Sie den Transportbefehl für meine Nichte zurückziehen, garantiere ich meine Bereitschaft, mitzumachen, wenn das Rote Kreuz kommt. Und ich stehe dafür ein, daß sie keine Dummheiten mehr macht.«
Rahm drückt auf eine Klingel und nimmt den Federhalter zur Hand. Der Adjutant macht die Tür auf. Auf Rahms mörderischen Blick und seine Entlassungsgeste mit dem Federhalter hin macht Jastrow, daß er hinauskommt.
Der Platz vorm Hauptquartier ist mit einer Fülle blühender Bäume bepflanzt. Als Jastrow auf die Straße hinauskommt, füllt der süße Duft seine Nasenlöcher. Die Kapelle spielt das Abendkonzert – einen Walzer aus der *Fledermaus*. Tief und rot hängt der Mond über den Baumkronen. Jastrow wankt auf das Straßencafé zu, in dem Juden sitzen und schwarzes Wasser trinken dürfen. Als Ältester darf er an der Reihe der Wartenden vorbeigehen. Er fällt auf einen Stuhl und birgt erschöpft und zugleich erleichtert das Gesicht in den Händen. Er lebt, und es ist ihm nichts geschehen. Was er bewirkt hat, weiß er nicht, aber er hat getan, was er konnte.

Suchscheinwerfer werfen ihren grellen Schein von den Dächern der Hamburg-Kaserne auf den Rasen. Geblendet und verängstigt schließt Natalie ihren schlafenden Sohn in die Arme. Er wimmert.
»*Aufstehen! In Dreierreihen antreten!*« Ghetto-Wachen stapfen über den Rasen und schreien. »*Alle aus der Kaserne raus! Auf den Hof! Aufstellen! Beeilt euch! Aufstehen und in Dreierreihen antreten!*« Für den Abtransport vorgesehene Juden kommen auf den Hof heraus und ziehen hastig ihre Mäntel über. Das sind die Vorausschauenden, die sich frühzeitig gemeldet haben, um eine der Pritschen zu ergattern. Sie wissen, daß die SS die Kaserne geräumt hat, weil sie als Sammelstelle dienen soll. Die zweitausend Juden, die hier gelebt haben, mußten ausziehen und zusehen, wo sie unterkamen.
Ein Wort geht wie ein Lauffeuer durch die Reihen der Wartenden: *Freistellungen!* Was soll sonst geschehen? Alle wissen inzwischen von den überzähligen Transportkarten, die ausgegeben worden sind. Von Eppstein persönlich angeführt, betritt die Gruppe der Ältesten den Hof; Wachen stellen auf dem Rasen zwei Tische auf. Angehörige der Transport-Abteilung nehmen mit ihren Stapeln von grauen Karten, Papieren, ihren Gummistempeln und Drahtkörben daran Platz. Dann erscheint Kommandant Rahm.
Die Kolonne von dreitausend Juden beginnt vor Rahms Augen einen langsamen schlurfenden Rundgang. Er zeigt mit einem Stöckchen auf diesen und jenen und stellt sie frei. Die Glücklichen müssen sich in einer Ecke

aufstellen. Gelgentlich befragt Rahm die Ältesten, sonst sucht er einfach gut aussehende Männer und Frauen heraus. Die ganze Kolonne in Dreierreihen muß die Musterung über sich ergehen lassen; dann das gleiche noch einmal. Es dauert lange. Louis knicken die Beine ein; Natalie muß ihn huckepack nehmen, denn sie hat auch noch die Koffer zu schleppen. Als sie wieder vorüberkommt, sieht sie, wie Aaron Jastrow sich an Rahm wendet. Der Kommandant droht ihm mit dem Stöckchen und kehrt ihm dann den Rücken zu. Weiter und weiter geht der Marsch im grellen Scheinwerferlicht.
Plötzlich Tumult und Durcheinander!
Die Wachen rufen: »Halt!« Sturmbannführer Rahm flucht und fuchtelt wütend mit seinem Stöckchen vor den verlegen nach Ausreden suchenden Leuten der Transport-Abteilung. Offenbar ist falsch gezählt worden. Es kommt zu einer langen Verzögerung. Ob Rahm nun betrunken ist, oder ob die völlig verschüchterten Juden an den Tischen nicht zählen können – das Schindluder, das hier mit Menschenleben getrieben wird, zieht sich bis nach Mitternacht hin. Zuletzt setzt sich die Kolonne wieder in Bewegung. Natalie trottet hoffnungslos und völlig benommen hinter einer hinkenden alten Dame in einem zerrissenen Mantel mit schwarzem zerfleddertem Kragen her, demselben Rücken, dem sie nun schon stundenlang gefolgt ist. Sie fühlt sich roh am Ärmel gezerrt, so daß sie herumfährt und aus dem Glied heraustritt. »Was ist denn los mit dir, du blöde Kuh?« murmelt eine bärtige Wache. Kommandant Rahm zeigt mit seinem Stöckchen auf sie; sein Gesicht ist zu einer Fratze verzogen.
Die Scheinwerfer erlöschen. Der Kommandant, die Ältesten und die Leute von der Transport-Abteilung verlassen den Hof. Die vom Transport freigestellten Juden werden in einen Raum voller Pritschen getrieben. Der Rothaarige von der Transport-Abteilung, der die Transportkarten verteilt hat, erklärt ihnen, sie bildeten jetzt die ›Reserve‹. Der Kommandant ist wegen der Fehlzählung fuchsteufelswild. Morgen, wenn der Zug beladen wird, kommt es noch einmal zu einer Zählung. Bis dahin haben sie alle in diesem Raum zu bleiben. Natalie verbringt eine schlaflose Nacht, während Louis in ihren Armen schlummert. Am nächsten Tag kommt der Rotschopf mit einer getippten Liste und ruft noch einmal fünfzig Namen auf, die zum Zug gehen müssen. Die Liste ist nicht alphabetisch geordnet, und so steigt die Spannung in den Gesichtern der Lauschenden, bis der letzte Name verlesen worden ist. Natalie ist nicht aufgerufen worden. Die fünfzig Unglücklichen nehmen ihre Koffer und gehen hinaus. Nochmals langes Warten; dann hört Natalie das klagende Pfeifen der Lokomotive, die zischend und ruckend anfährt, und das Klirren der Waggons, die sich in Bewegung setzen.

Der Rothaarige steckt den Kopf zur Tür herein und ruft: »Legt eure Nummern auf den Tisch und macht, daß ihr rauskommt. Zurück in eure Unterkünfte!«
So sehr sie auch von Mitleid erfüllt ist für die Menschen im Zug, besonders für diejenigen, mit denen sie die Nacht hier verbracht hat, ist es für Natalie die größte Freude ihres Lebens, Louis die Nummer vom Hals zu nehmen.
Aaron Jastrow wartet draußen vor dem Kaserneneingang unter der Menge der Verwandten und Freunde. Die Freude über das Wiedersehen ist überall gedämpft. Er nickt ihr nur zu. »Ich nehme die Koffer.«
»Nein, trag Louis, er ist völlig erschöpft!« Sie senkt die Stimme: »Und um Gottes willen, laß uns sehen, daß wir Kontakt mit Berel aufnehmen.«

In der Glimmerfabrik tritt ein paar Tage später ein Ghetto-Aufseher zu Natalie und sagt ihr, sie habe sich am nächsten Morgen um acht mit ihrem Kind im SS-Hauptquartier zu melden. Als der Arbeitstag zu Ende geht, rennt sie den ganzen Weg bis zur Wohnung in der Seestraße. Aaron ist da und sitzt murmelnd über dem Talmud. Die Nachricht scheint ihn nicht zu beunruhigen. Wahrscheinlich wolle man sie verwarnen, sagt er. Schließlich wisse die SS von dem Plan, das Rote Kreuz zu alarmieren, und sie ist die einzige der zionistischen Gruppe, die noch im Ghetto zurückgeblieben ist. Sie solle sich demütig und zerknirscht zeigen und müsse versprechen, von nun an zur Zusammenarbeit bereit zu sein. Mehr konnten die Deutschen kaum von ihr wollen.
»Aber warum Louis? Warum soll ich ihn mitbringen?«
»Du hast ihn auch beim letzten Mal mitgenommen. Wahrscheinlich erinnert sich der Adjutant daran. Versuch, dir keine Gedanken zu machen. Behalt den Kopf oben. Das ist unbedingt notwendig.«
»Hast du schon von Berel gehört?«
Jastrow schüttelt den Kopf. »Sie sagen, es kann eine Woche und noch länger dauern.«
In dieser Nacht macht Natalie kein Auge zu. Als es vor den Fenstern grau wird, steht sie auf; ihr ist hundeelend zumute. Sie zieht das graue Kostüm an, tut ihr bestes mit ihrer Frisur und mit einem Hauch Rouge aus der ausgetrockneten Dose, um einigermaßen vorzeigbar zu sein.
»Es wird schon alles gut werden«, sagt Jastrow, als sie sich anschickt zu gehen. Er sieht trotz seines aufmunternden Lächelns selbst aus, als wäre ihm hundeelend zumute. Sie tun etwas, was sonst nicht üblich ist zwischen ihnen; sie küssen sich.
Sie eilt ins Kinderheim, zieht Louis an und füttert ihn. Als die Kirchturmuhr acht schlägt, betritt sie das SS-Hauptquartier. Der gelangweilt dreinschauende

SS-Mann am Empfangstisch nickt, als sie ihren Namen nennt. »Kommen Sie mit.« Sie gehen den Korridor entlang, steigen eine Treppe hinunter und gehen einen anderen, noch düstereren Korridor entlang. Louis sitzt auf dem Arm seiner Mutter, sieht sich mit neugierigen Augen um und hält einen Zinnsoldaten in der Hand. Der SS-Mann bleibt vor einer Holztür stehen. »Da rein! Warten Sie!« Er schließt die Tür hinter Natalie zu. Es ist ein fensterloser, weißgetünchter Raum, der von einer drahtumflochtenen Glühbirne erhellt wird und in dem es riecht wie in einem Keller. Die Wände sind aus Stein, der Boden Zement. An der einen Wand stehen drei Holzstühle und in der Ecke ein Mop und ein Eimer mit Wasser.

Natalie setzt sich auf einen der Stühle und hält Louis auf dem Schoß. Es vergeht eine lange Zeit. Sie kann nicht sagen, wie lange. Louis redet mit seinem Zinnsoldaten.

Die Tür geht auf. Natalie erhebt sich. Kommandant Rahm tritt ein. Inspektor Haindl folgt ihm und macht die Tür hinter sich zu. Rahm trägt seine schwarze Uniform, Haindl die übliche feldgraue. Rahm tritt dicht vor sie hin und brüllt ihr ins Gesicht: »*Du bist also die Judenhure, die ein Komplott gegen die Reichsregierung geschmiedet hat?*«

Natalie schnürt es den Hals zu. Sie öffnet den Mund, versucht zu sprechen, doch kein Laut kommt heraus.

»*Bist du das oder nicht?*« brüllt Rahm.

»Ich . . . ich . . . « leise, erstickte Laute.

Rahm sagt zu Haindl: »Nehmen Sie ihr den Scheißbankert ab!«

Der Inspektor reißt Louis aus Natalies Armen. Sie kann einfach nicht glauben, daß dies hier wirklich passiert, aber Louis Klagegeschrei läßt sie heisere Worte hervorwürgen. »Ich war von Sinnen, ich war irregeführt, ich tue, was Sie wollen, nur, tun Sie meinem Kind nichts . . .«

»Ihm nichts tun? *Den gibt es schon nicht mehr*, du Drecksau, ist dir das immer noch nicht klar?« Mit einer Handbewegung weist Rahm auf den Mop und den Eimer mit Wasser. »Das ist dazu da, den Brei aufzuwischen, der von ihm übrigbleiben wird. Du selbst wirst das machen. Hast du gedacht, du kämst damit durch, was?«

Haindl, ein untersetzter, vierschrötiger Mann, läßt Louis an den Beinen hängen, ein Bein in jeder behaarten Hand. Die Jacke des Jungen hängt ihm ums Gesicht. Der Zinnsoldat fällt mit leisem Klirren zu Boden, und Louis stößt ein gedämpftes Geschrei aus.

»Er ist schon *tot*!« schreit Rahm sie an. »Los, machen Sie schon, Haindl, bringen Sie's hinter sich. Reißen Sie ihn auseinander!«

Natalie stößt einen Schrei aus und stürzt auf Haindl zu, rutscht jedoch aus und

schlägt auf den Zementboden. Sie erhebt sich auf Hände und Knie. »Nicht umbringen! Ich tue alles, was Sie wollen! *Nur nicht umbringen!*« Lachend zeigt Rahm mit seinem Stöckchen auf Haindl, der das klagende Kind immer noch kopfüber in die Höhe hält. »Alles? Schön, dann wollen wir mal sehen, wie du dem Inspektor den Schwanz lutschst!«
Es schockiert sie nicht. Natalie ist nur noch ein zum Wahnsinn getriebenes Tier, das versucht, sein Junges zu schützen. »Ja, ja, gut. Ich mach's!« Haindl nimmt Louis' Fußgelenke in eine Hand und hält das wimmernde Kind wie ein Huhn. Er knöpft seinen Hosenstall auf und zieht aus buschigem Haar sein kleines Glied heraus. Auf Händen und Füßen kriecht Natalie auf ihn zu. Das Glied hängt schlaff herunter. So unaussprechlich all dies für sie wäre, wäre sie bei vollen Verstand und Bewußtsein, weiß Natalie nur, daß ihrem Kind vielleicht nichts geschieht, wenn sie dieses Ding in den Mund nimmt. Haindl macht einen Schritt zurück, als sie näherkriecht. Beide Männer lachen. »Sehen Sie, Sturmbannführer, sie tut es wirklich«, sagt Haindl.
Rahm feixt. »Ach, im Grunde sind alle diese Jüdinnen Schwanzlutscher. Machen Sie schon, soll sie ihren Spaß haben. Deutsche Schwänze mögen Sie besonders.«
Haindl bleibt stehen, Natalie kriecht bis zu seinen Füssen und hebt den Mund, um das Schreckliche zu tun.
Haindl hebt einen Stiefel, tritt ihr damit ins Gesicht, daß sie rücklings auf den Boden fällt. Hart schlägt sie mit dem Hinterkopf auf den Boden auf. Sie sieht Blitze. »Weg von mir! Glaubst du, ich laß mir von deinem jüdischen Scheißmaul den Schwanz ansauen?« Er steht über Natalie, spuckt ihr ins Gesicht und läßt ihr Louis auf den Bauch fallen. »Lutsch deinen Onkel, den Talmud-Rabbi!«
Sie setzt sich hin, preßt das Kind an sich, reißt ihm die Jacke von dem bläulich angelaufenen Gesicht. Er ringt nach Atem, seine Augen sind gerötet und gequollen, und er muß sich übergeben.
»Steh auf!« sagt Rahm.
Natalie gehorcht.
»Und jetzt hör zu, *hör gut zu,* Judensau. Wenn das Rote Kreuz kommt, wirst du die Führung durch die Kinderabteilung übernehmen. Du wirst den allerbesten Eindruck machen. Sie werden in ihrem Bericht über dich schreiben, was für eine glückliche amerikanische Jüdin du bist. Der Kinderpavillon wird dein Stolz und deine Freude sein. *Verstanden?*«
»Natürlich. Natürlich. Ja.«
»Und wenn das Rote Kreuz wieder fort ist und du dich in irgendeiner Weise falsch benommen hast, kommst du mit deinem Balg sofort hierher. Dann wird

Haindl ihn vor deinen Augen wie einen nassen Lappen auseinanderreißen. Du wirst mit eigenen Händen den blutigen Dreck aufsammeln und ins Krematorium bringen. Und dann kommst du raus zu einer Arbeitskolonne von Kriegsgefangenen. Zweihundert stinkende Ukrainer werden dich eine Woche lang einer nach dem anderen durchziehen. Und wenn dein Hurenleib das übersteht, kommst du in die Kleine Festung und wirst erschossen! Verstanden, Hure?«
»Ich werde alles tun, was Sie sagen. Ich werde einen wunderbaren Eindruck machen, den allerbesten.«
»Na schön. Und *ein Wort* über all dies, zu deinem Onkel oder sonstwem, und du bist *erledigt!*« Er schiebt sein Gesicht direkt vor ihr Gesicht, von dem noch der Speichel herunterläuft, und brüllt mit todriechendem Atem so laut, daß ihr die Ohren klingen: »*Glaubst du das?*«
»Ja, ich glaube es, ja.«
»Und jetzt schaffen Sie sie raus!«
Der Inspektor reißt sie am Arm aus dem Raum, die Treppe hinauf, den Korridor entlang, und stößt sie mit dem reglosen Kind auf den Armen hinaus auf den Platz, auf dem die Bäume so herrlich blühen. Die Kapelle spielt das Morgenkonzert, Auszüge aus Gounods *Faust*.
Jastrow wartet, als sie zurückkehrt. Das Kind, das Gesicht noch verschmiert von Erbrochenem, sieht völlig fassungslos aus, und Natalies Gesicht bewirkt, daß Jastrow ganz elend wird. Ihre Augen sind rund und weißgerändert, die Haut schmutziggrün, auf ihrem Gesicht steht Todesangst.
»Und?« sagt er.
»Es war eine Warnung, aber es ist alles in Ordnung mit mir. Ich muß mich umziehen und zur Arbeit gehen.«
Eine halbe Stunde später ist er immer noch da, als sie in ihrem abgewetzten braunen Kleid mit dem Kind herauskommt, das sie gewaschen hat und das jetzt besser aussieht. Ihr Gesicht ist aschgrau, aber der höllische Ausdruck ist verschwunden. »Warum bist du nicht in der Bibliothek?«
»Ich wollte dir noch sagen, daß Nachricht von Berel gekommen ist.«
»Ja?« Sie packt ihn bei der Schulter. Ihre Augen blicken wild.
»Sie werden es versuchen.«

38

Finis Germaniae
(Aus ›Welt im Untergang‹ von Armin von Roon)

Anmerkung des Übersetzers: Von Roon behandelt die Landung in der Normandie und die sowjetischen Junioffensiven als aufeinander abgestimmte Operationen. Das trifft nur in sehr allgemeinem Sinne zu. In Teheran einigten sich die Alliierten darauf, Deutschland gleichzeitig von Osten und von Westen her anzugreifen. Aber weder kannten die Russen unsere Operationspläne, noch wir die ihren. Nachdem wir einmal gelandet waren, hing wochenlang alles davon ab, ob Stalin sein Wort halten und angreifen würde.
Dieses Kapitel verbindet Passagen aus Roons strategischer Untersuchung mit seinen letzten Erinnerungen an Hitler. – V.H.

Im Juni 1944 begann der in Teheran geschmiedete Schraubstock sich zu schließen. Das deutsche Volk, die letzte Bastion christlicher Kultur und Gesittung in Mitteleuropa, wurde von Westen und von Osten in einem von langer Hand vorbereiteten Doppelangriff des plutokratischen Kapitalismus und des slavischen Kommunismus in die Zange genommen.
Im westlichen Schrifttum gelten die Landung in der Normandie und der russische Angriff immer noch als Triumph der ›Menschlichkeit‹. Ernsthafte Historiker freilich beginnen den Rauchvorhang der Kriegspropaganda zu durchschauen. In Teheran lieferte Franklin D. Roosevelt Osteuropa den Klauen der Roten aus. Weshalb? Um Deutschland, den mächtigsten Rivalen des amerikanischen Monopolkapitals, zu vernichten. England hatte man bereits das Fell über die Ohren gezogen – wie einem Hasen, wie Hitler es einmal sehr bildhaft ausgedrückt hat: und zwar sowohl durch seine Kriegsanstrengungen, mit denen es sich schlichtweg übernommen hatte, als auch durch Roosevelts verschlagenen Antikolonialismus. Das tapfere Japan sank im ungleichen Kampf mit Nimitz' wachsender Seemacht in die Knie. Nur Deutschland sperrte noch den Weg zur Weltherrschaft des Dollar.
Es ist ein billiger Gemeinplatz, daß Roosevelt sich auf der späteren Konferenz von Yalta ›übers Ohr hauen‹ ließ und Stalin zuviel Zugeständnisse machte. In Wirklichkeit hatte er bereits in Teheran alles weggegeben, was er besaß. Nachdem er sich verpflichtet hatte, in Frankreich anzugreifen, war der bolschewistisch-asiatische Vorstoß ins Herz Europas unvermeidlich geworden.
Um ihn zu gewährleisten, überschwemmte er die Sowjetunion mit einer Flut von

Leih- und Pachtmaterial: rund vierhunderttausend Motorfahrzeuge, zweitausend Lokomotiven, elftausend Eisenbahnwaggons, siebentausend Panzer, über sechstausend Selbstfahrlafetten und Schützenpanzer; dazu zwei Millionen siebenhunderttausend Tonnen Öl und andere Erzeugnisse, deren es bedurfte, um die primitiven slawischen Horden zu motorisieren, ganz zu schweigen von den fünfzehntausend Flugzeugen und Millionen Tonnen Lebensmitteln, zu denen noch Rohstoffe, Munition und technische Ausrüstung in unübersehbaren Mengen hinzukamen.

Das Bild Roosevelts als das eines naiven, bei seinen Verhandlungen mit Stalin übertölpelten Menschenfreundes war sein größter Propagandaschwindel. Diese beiden eiskalten Schlächter verstanden einander nur zu gut. Für die Propaganda und für die Geschichte nahmen sie sehr unterschiedliche Posen ein. Roosevelt saß immer am längeren Hebel: Rußland war halb verwüstet und in einer verzweifelten Zwangslage, Amerika dagegen war reich, stark und völlig unversehrt. Stalin blieb keine andere Wahl, als Millionen von Russen zu opfern, um den amerikanischen Monopolisten den Weg zur Weltherrschaft zu ebnen. Er erforschte in streng geheimen Gesprächen, von denen wir im Oberkommando der Wehrmacht damals keine Ahnung hatten, die Möglichkeit eines Separatfriedens zu vernünftigen Bedingungen; doch dabei kam uns Roosevelts Leih- und Pacht->Großzügigkeit< äußerst hinderlich in die Quere. Selbstverständlich war Hitler nicht bereit, alles, was wir gewonnen hatten, wieder herzugeben. Angesichts der Tatsache, daß ihm dieses gewaltige Material zur Verfügung gestellt wurde, kam Stalin zu dem Schluß, daß es besser sei, weiterzukämpfen – unter Aufopferung von Strömen deutschen und russischen Blutes.

Die ewig aufsässigen und verarmten Länder Osteuropas waren es, mit denen Roosevelt Stalin bestach, seinem Land diese furchtbaren Opfer aufzuerlegen. Roosevelts Politik bestand einfach darin, diese Länder an die Russen fallen zu lassen. Freilich waren die verräterischen Balkanstaaten eine sehr zweifelhafte Beute. Schon jetzt haben die Sowjets von der Okkupation dieser unversöhnlichen Völker Magendrücken bekommen und geben Rülpser von sich. Diese gebeutelte Halbinsel hat nicht mehr jene strategische Bedeutung, die ihr in früheren Jahrhunderten eignete und die sie für uns noch 1944 als Lieferweg für türkisches Chrom besaß. Gleichviel – den slawischen Kommunismus bis zur Elbe und Donau vorzustoßen zu lassen, war ungeheuerlich. Churchills Absicht, den Hauptvorstoß der Alliierten über den Balkan vorzutragen, verrät jedenfalls politisches Gespür und ein gewisses Verantwortungsbewußtsein Mitteleuropa und der christlichen Zivilisation gegenüber. Churchill war nicht so kaltblütig wie Roosevelt. Roosevelt gab keinen Pfifferling für den Balkan und für Polen; obwohl er Stalin in einem Augenblick der Aufrichtigkeit in Teheran sagte, was Polens Zukunft betreffe, müsse er einigen Theaterlärm veranstalten – wegen der vielen Stimmen polnischer Einwanderer, auf die er in der auf ihn zukommenden Wahl Rücksicht nehmen müsse.

Zusammenstoß auf höchster Ebene

Roosevelt nahm mit der Landung in der Normandie ein gewaltiges Risiko auf sich. Das ist nicht allgemein bekannt. Erwägt man die sich gegenüberstehenden Gegner, die Elemente von Raum und Zeit und das Problem des Übersetzens mittels Schiffen, so versteht man, daß Churchills Hinauszögern der Entscheidung durchaus sinnvoll war. Die Landung war vom Zufall abhängig und hätte in einer Katastrophe enden können. Eine Eskalation von Fehlern auf unserer Seite sorgte dafür, daß Roosevelt mit seinem einzigen wirklichen mutigen militärischen Schachzug Erfolg hatte.

Eisenhower selbst war sich des Risikos, das er mit *Overlord* einging, durchaus bewußt. Noch während in einer stürmischen Nacht seine fünftausend Fahrzeuge auf die normannische Küste zudampften, entwarf er eine Erklärung für das Scheitern des Unternehmens; der Zufall hat sie uns überliefert: *»Bei unseren Landungen im Bereich Cherbourg-Le Havre ist es uns nicht gelungen, ausreichend Fuß zu fassen. Ich habe die Truppen zurückgezogen. Meine Entscheidung, zu diesem Zeitpunkt und an dieser Stelle anzugreifen, beruhte auf den besten uns zur Verfügung stehenden Informationen. Heerestruppen, Luftwaffe und Navy haben alles getan, was Mut und Pflichterfüllung vermögen. Falls jemand für den Versuch Vorwürfe zu machen sind oder irgendeiner die Schuld daran trägt, so bin ich es allein.«*

Daß dieses Dokument nicht zur offiziellen alliierten Verlautbarung wurde, ist auf eine ganze Reihe von Faktoren zurückzuführen, zur Hauptsache auf:

a. das Versagen unseres Geheimdienstes;
b. unsere verwirrte und flaue Reaktion auf den Angriff in den ersten entscheidenden Stunden;
c. Adolf Hitlers unglaubliche Stümperei;
d. die Unfähigkeit der Luftwaffe, mit der alliierten Luftüberlegenheit fertigzuwerden.

Die Aufstellung der Invasionsflotte war zweifellos eine ebenso hervorragende technologische Leistung wie die Bereitschaftstellung riesiger Luftflotten und Mannschaften nebst fliegendem Personal. Wie General Marshall die Landarmeen, die in die Normandie eindrangen, eingeteilt, ausgerüstet und ausgebildet hat, beweist, daß er ein amerikanischer Scharnhorst ist.

Der US-Infanterist war zwar auf übertrieben reichhaltigen Nachschub angewiesen, schlug sich aber in Frankreich sehr tapfer: er war kampfungewohnt, wohlgenährt, und kannte noch keine Angst. Der britische Tommy unter Montgomery war zwar schwerfällig wie immer, bewies jedoch verbissenen Mut. Im Wesentlichen brachte Roosevelt Hitler in der Normandie eine Niederlage bei wie Wellington Napoleon bei Waterloo. In der Normandie trafen die beiden Männer aufeinander. Hitlers

Fehler brachten Roosevelt den Sieg ein; wie bei Waterloo war es weniger Wellington, der gewann, als vielmehr Napoleon, der verlor..
Im Grund beruhten Roosevelts militärische Fähigkeiten auf folgenden simplen Regeln: sich Generäle und Admiräle mit großer Sorgfalt auszusuchen; ihnen Strategie und Taktik zu überlassen und sich selbst nur um die Kriegspolitik zu kümmern; sich nie in die militärische Führung einzumischen; niemals Männer abzulösen, die eine ehrenvolle Schlappe hatten einstecken müssen; und den Ruhm ungeteilt denen zukommen zu lassen, die Siege errungen hatten. Als Roosevelt starb, bestand sein Oberkommando praktisch immer noch aus demselben Kreis wie bei Kriegseintritt. Diese Beständigkeit zahlte sich aus. Umbildungen in der militärischen Führungsspitze können einen beträchtlichen Verlust an Elan und Kampfkraft zur Folge haben. Daß Hitler dauernd die Generäle wechselte, war unser Unglück.
Der Führer hatte das Oberkommando der Wehrmacht in verblendeter Selbstüberhebung an sich gerissen, was uns schlimme Niederlagen eintrug. Er war unfähig, zuzugeben, daß er für irgendeinen Rückschlag verantwortlich sei; folglich mußten immer wieder Köpfe rollen. Ehrgeizige Nachwuchskommandeure, die mit Freuden bereit waren einzuspringen, wenn ihre älteren Kameraden für Hitlers Fehler büßen mußten, gab es genug. Ich habe diese Günstlinge des Führers kommen und gehen sehen. Ich war dabei, wenn sie übereifrig das Kommando übernahmen, nur um zu erleben, daß Hitler ihnen dazwischenfunkte und sie für seine Fehlentscheidungen büßen mußten. Daß sie Selbstmord begingen oder an Herzversagen starben, kam nicht selten vor. Das war eine traurige Sache und absurde Kriegführung.

Die Landungen in der Normandie

Drei Fragen beherrschten das Invasionsproblem, von denen das Schicksal unseres Volkes abhing:

1. Wo werden sie landen?
2. Wann werden sie landen?
3. Wo treten wir ihnen entgegen?

Nach aller militärischen Logik war die Dover gegenüberliegende französische Küste am Pas de Calais die Stelle, an der die Anglo-Amerikaner landen mußten. Von dort aus führte der kürzeste Weg ins Ruhrgebiet, das industrielle Herz Deutschlands. Der Kanal hat dort die schmalste Stelle. Solange Truppen an Bord eines Schiffes sind, sind sie ziemlich hilflos, und der gesunde Menschenverstand sagt, daß sie auf dem raschestmöglichen Weg an Land geworfen werden müssen. Die Fahrzeit für Schiffe und die Flugzeit für die Luftunterstützung wären an der Achse Dover-Calais am kürzesten gewesen. Die Küste der Normandie, an der der

Gegner zuschlug, war sowohl auf dem See- als auch auf dem Luftweg nur in wesentlich längerer Zeit zu erreichen.
Dadurch, daß wir uns am Pas de Calais so gut auf eine Invasion vorbereiteten, gerieten wir in eine Denkschablone. Wir verrannten uns in eingleisigem Denken und gaben dem Feind Gelegenheit, uns zu überraschen. Hitler hatte irgendwie geahnt, daß die Landung in der Normandie erfolgen würde. Bei einer Stabsbesprechung zeigte er mit dem Finger auf die Karte und sagte: »Hier werden sie landen« – mit einer Überzeugung, die wir seinen unleugbaren *coup d'œil* nannten. Er erging sich im Laufe des Krieges in vielen solcher Mutmaßungen, erinnerte sich jedoch nur an solche, die sich als richtig erwiesen hatten. Rommel, der den Auftrag hatte, die Invasion zurückzuwerfen, machte sich gleichfalls Sorgen um die Normandie. So befestigten wir die dortigen Strände erst zu einem sehr späten Zeitpunkt und verstärkten die bewaffneten Streitkräfte, die dort lagen; trotz der Überraschung hätten wir die Landungen abweisen können, wäre nicht am ersten Tag alles so unaussprechbar verdorben worden.
Der britische Chefplaner, General Morgan, hat geschrieben: »Man hofft und plant Kämpfe, die möglichst weit von der Küste entfernt stattfinden; *wenn die Invasionskämpfe sich schon am Strand abspielen, ist man bereits geschlagen.*« Ich gestehe, daß wir vom OKW uns darin irrten. Wir stimmten mit Rundstedt überein, daß eine bewegliche Einsatzreserve alarmbereit sein müsse, und zwar so weit im Landesinneren, daß die Beschießung von See her und das Bombardement aus der Luft in unmittelbarer Küstennähe vermieden wurden. Wenn Eisenhower Fuß gefaßt hätte und in großer Stärke ins Inland vorzustoßen versuchte, würden wir angreifen und das ganze Unternehmen zunichte machen, wie wir es zu wiederholten Malen mit den Russen getan hatten. Das war unsere ›Ostfront-Mentalität‹. Rommel wußte es besser. Er hatte in Nordafrika einen Bewegungskrieg gegen einen Gegner geführt, der den Luftraum beherrschte. Wir hatten zwischen zwei Möglichkeiten zu wählen, die beide gleich unangenehm waren, und der einzige Zeitpunkt, die Invasion in der Normandie zum Stoppen zu bringen, war die Spanne, in der der Gegner unter unserem Geschützenfeuer an Land stolperte. Rommel befestigte den sogenannten Atlantikwall und richtete sich in allen seinen Vorbereitungen nach diesem Grundsatz. Hätten wir uns am Tag X nach seinen Planungen gerichtet, wir würden womöglich gewonnen und den Krieg zu unseren Gunsten entschieden haben.

Anmerkung des Übersetzers: Von Roon verliert kein Wort über die meist auf britische Überlegungen zurückgehenden Überraschungstaktiken, welche die Deutschen in ihren Wunschvorstellungen bestärkten, wo wir landen würden. Dafür wurde ungeheuer viel eingesetzt: Luftangriffe und Beschießungen von See her, am Pas de Calais stärker als in der Normandie, Flächenbombardierungen von Eisenbahnstrecken und Landstraßen, Attrappen von Landungsfahrzeugen und Army-Unterkünften in der Nähe von Dover und eine Vielzahl immer noch geheimgehaltener Propagandatricks. Die Deutschen waren nicht sonderlich phantasiebegabt. Sie schluckten sämtliche Hinweise, die ihre Überzeugung bestätigten, daß wir über den Pas de Calais hinüberstoßen würden. – V.H.

Fehlschläge bei den Vorbereitungen

Uns deutschen Generalen wird manchmal vorgeworfen, daß wir Hitler, dem toten Politiker, die Schuld für den verlorenen Krieg zuschieben, den zu gewinnen unsere Aufgabe war. Gleichviel, die Niederlage in Frankreich war Hitlers Werk. Er verfehlte die einzige geringe Chance, die wir hatten. Vor dieser Tatsache kann man in einer professionellen Analyse die Augen nicht verschließen.

Seine *grundsätzliche* Einschätzung war nicht schlecht. Bereits im November gab er den berühmten Führerbefehl Nr. 51 heraus, der darauf hinauslief, Kampfkraft nach Westen zu verlagern. Durchaus zutreffend wies er darauf hin, daß wir im Osten Raum aufgeben und auf Zeitgewinn setzen könnten; wenn der Gegner sich dagegen in Frankreich festsetzte, so würde das ›verheerende‹ Folgen haben: die Ruhr, unsere Waffenschmiede, geriete damit in Reichweite des Gegners. Die Anweisung war nüchtern, das Programm realistisch. Hätte er sich nur daran gehalten! Doch von Januar bis Juni zog er Kampfverbände aus dem Westen ab und verlegte sie an drei andere Kriegsschauplätze: zur Besetzung Ungarns, zur Verstärkung der Ostfront und an die italienische Front südlich von Rom. Außerdem stationierte er unnötig starke Kräfte in Norwegen, auf dem Balkan, in Dänemark und in Südfrankreich, um dort mögliche Landeversuche abzuwehren, statt alle diese Verbände an der Kanalküste zusammenzuziehen.

Natürlich stand er unter Druck. Die fünftausend Kilometer europäischer Küstenlinie lag feindlichen Angriffen preisgegeben da. Im Osten kämpften weiterhin die Russen nach Hitlers Wort wie ›Sumpftiere‹; sie befreiten Leningrad, eroberten die Krim zurück und bedrohten unsere gesamte Südflanke. Partisanentätigkeit beunruhigte ganz Europa. Die Politiker in unseren Satellitenstaaten begannen wankelmütig zu werden. In Italien schob sich der Gegner immer weiter nach Norden hinauf. Die barbarischen alliierten Luftangriffe nahmen an Umfang und Treffsicherheit zu; trotz Görings großspurigem Gerede war die Luftwaffe im Osten und über unseren Industriestädten gebunden. Wie England im Jahre 1940 hatten wir zu wenig Truppen, Waffen und Rohstoffe. Das Blatt hatte sich gewendet; aber wir hatten keinen völlig unversehrten Bundesgenossen in Übersee, der die Kastanien für uns aus dem Feuer holte.

In solchen Zeiten hätte ein wahrhaft großer Führer gut daran getan, auf Stabilisierung zu setzen. Der Führerbefehl Nr. 51 hatte Hitlers Kurs vorgezeichnet:

1. Politisch Schwankende durch einen Sieg wieder zu einer festeren Haltung zurückzuführen und nicht durch Besetzung von Ländern wie Ungarn und Italien.

2. Sich in Italien bis auf die leicht zu verteidigende Linie von Alpen und Apennin zurückzuziehen und die dadurch freiwerdenden Divisionen nach Frankreich zu werfen.
3. Den Gegner im Osten durch bewegliche Nadelstichtaktiken aufzuhalten, statt unter großem Aufwand Stellungen nur aus Prestigegründen zu halten.
4. Nur das unbedingt Notwendige an Truppen in Gebieten zu stationieren, in denen keine Invasion zu erwarten war, und am Kanal alles auf eine Karte zu setzen.

Auf diese Weise gewannen Nimitz und Spruance wider alles Erwarten die Schlacht von Midway: sie gingen große Risiken ein und zogen ihre Verbände am entscheidenden Punkt zusammen. Das ist ein ehernes Prinzip der Kriegführung. Doch Hitlers Nervosität gestattete nicht, sich an diesen Grundsatz zu halten. Stur war er, aber nicht fest.

Sein ›Atlantikwall‹ am Kanal, von dem er soviel Aufheben machte, war von vornherein schlecht konzipiert. In seiner einsamen Weisheit entschied er, daß die Invasionsstreitkräfte auf einen größeren Hafen zusteuern würden. Anderthalb Millionen Tonnen Beton und unzählbare Arbeitsstunden wurden in den Bau von Panzerabwehrstellungen, Maschinengewehrnestern und Geschützstellungen investiert, die der genialste Feldherr und genialste Bauherr aller Zeiten persönlich entworfen hatte und von denen die Umgebung der französischen Haupthäfen starrten. In weiser Voraussicht ließ Rommel auch die offenen Strände befestigen: Minengürtel auf dem Land und im Wasser, Unterwasserhindernisse, die landenden feindlichen Fahrzeugen den Boden aufreißen sollten, gespitzte Pfähle in Bereichen hinter den Stränden, um Lastensegler am Landen zu hindern, Myriaden weiterer Maschinengewehrnester, Panzerabwehr- und Geschützstellungen die Küste entlang.

Doch der Mangel an Arbeitskräften beschränkte diese Anstrengungen; gleichzeitig wurde der Boden für grandiose bombensichere unterirdische Flugzeugfabriken ausgehoben sowie die Wiederherstellung unserer zerstörten Städte in Angriff genommen. Was bedeuteten diese Dinge im Verhältnis zur *Invasion*? Gleichwohl stellte Hitler sich nicht hinter Rommels zusätzliche Befestigungen am Atlantikwall, und so blieb der ›Wall‹ insgesamt weitgehend ein reines Propagandagebilde. Rommel befahl, auf den mußmaßlichen Landungsplätzen für Lastensegler im Hinterland der Strände fünfzig Millionen Minen zu verlegen. Wäre diesem Befehl Folge geleistet worden, so wären die Luftlandungen vereitelt worden; es wurden jedoch noch nicht einmal zehn Prozent der Minen verlegt, und so gelangen sie.

Auf dem Papier verfügten wir über rund sechzig Divisionen, um Frankreich zu verteidigen; doch die Einheiten, die an der Küste stationiert waren, hatte man aus allen möglichen Resten zusammengekratzt; sie entsprachen zudem keineswegs der normalen Mannschaftsstärke. Hier und da waren ein paar kampfstarke Infanterie-Divisionen verstreut; doch unsere Hoffnung beruhte auf den zehn motorisierten und gepanzerten Einheiten. Fünf davon, nicht weit vom Kanal stationiert, konnten ebensogut in der Normandie wie am Pas de Calais eingesetzt werden. Rommel hatte vor, die erste Welle von Landungsfahrzeugen an den Strandabschnitten zu vernichten; dort jedoch befehligte er nur fünf Divisionen. Deshalb bat er um das Kommando auch über die Panzereinheiten. Vergeblich. Von Rundstedt, der Oberbefehlshaber West, plädierte dafür, die Invasoren zu zerschlagen, *nachdem* sie sich festgesetzt hätten. Zwischen diesen beiden taktischen Möglichkeiten schwankend, konnte Hitler sich für keine entscheiden. Er erließ Befehle, nach denen die Panzer drei verschiedenen Kommandos unterstellt wurden; *außerdem behielt er sich, tausend Kilometer entfernt in Berchtesgaden sitzend, den Einsatzbefehl über die vier nahe der Küste der Normandie stationierten Panzerdivisionen persönlich vor.* Das war eine folgenschwere Entscheidung. Damit waren Rommel die Hände gebunden, als er darauf angewiesen war, rasch und kraftvoll zuzuschlagen. Und als es zur Landung kam, befand sich das deutsche Oberkommando in einem derart chaotischen Zustand, daß es schwer fällt zu sagen, welche Unterlassungen, welche Fehler und welche Torheiten das Ende Deutschlands besiegelten. Der Tag, an dem die Landung begann, war ein Sturzbach von Unterlassungssünden, Fehlern und törichten Entscheidungen.

Fehlschläge am Tag X

Am katastrophalsten wirkte sich der Pas de Calais-Fehler aus. Daß wir keine Geheimagenten in England hatten, die das ›Geheimnis‹ auskundschafteten, an dem zwei Millionen Menschen beteiligt waren; daß wir uns von Täuschungsmanövern in die Irre führen ließen und unsere Abwehr unfähig war, uns genau zu sagen, in welcher Richtung der Angriff vorgetragen werden sollte, der nur wenige läppische Kilometer von uns entfernt, praktisch also vor unseren Augen, vorbereitet wurde – das ist ein bitteres Rätsel!
Wir erfuhren nicht einmal, daß sie bei Ebbe landen würden. Unsere Geschütze waren auf Hochwasserziele eingestellt. Wir gingen von folgender Überlegung aus: Warum sollten sie sich dazu entschließen, unter Beschuß sieben- bis achthundert Meter schlammigen Sandstrand zu überwinden? Genau das taten sie jedoch. Eisenhowers erste Angriffswelle landete, als alle unsere gefährlichen Unterwasserhindernisse auf dem Trockenen lagen und von Pionieren rasch beseitigt werden konnten, und seine Truppen überwanden den sonst von Wasser überspülten Strand.
Auch in der Frage des *Wann* versagten wir jämmerlich. Als die feindliche Armada den Kanal überquerte, war Rommel gerade zu Besuch bei seiner Frau in Deutschland. Am fünften Juni wehte ein Wind von nahezu Sturmstärke, der nach der Vorhersage noch drei Tage andauernd sollte. Diese ungünstigen Witterungsverhältnisse lullten Rommel und alle anderen ein. Eisenhower hingegen stützte

sich auf Wettervorhersagen, nach denen der Wind abflauen würde. Daraufhin riskierte er es, den Befehl zum Angriff zu geben. Die verstreuten Luftlandeunternehmungen in den frühen Morgenstunden alarmierten uns nicht sonderlich. Erst als unsere Soldaten in den Widerstandsnestern mit bloßem Auge das ungeheure Ausmaß von ›Overlord‹ erkannten – Tausende und Abertausende von Fahrzeugen, die im diesigen Morgengrauen näherkamen –, wurde bei uns Gefechtsalarm gegeben.
Tatsächlich hatten wir vom Geheimdienst eine Warnung bekommen, die jedoch in den Wind geschlagen worden war. Unsere Informanten in der Résistance hatten die BBC-Signale herausbekommen, mit denen am Tag X zur Sabotage aufgerufen wurde. Unsere Abhörstationen empfingen diese Signale. Sämtliche Kommandostellen erhielten die Warnung. Im OKW wurden sie Jodl gemeldet, der sie für belanglos hielt. Später hörte Ich, wie Rundstedt den Alarm lachend mit der Bemerkung abtat: »Als ob Eisenhower die Invasion über BBC bekanntgeben würde!« Das war die allgemeine Haltung.

Meine Fahrt an die Front
(Aus ›Hitler als Feldherr‹)

... Es sah aus, als würde Hitler an diesem Morgen überhaupt nicht wach werden. Ich rief Jodl mehrfach an und sagte ihm, er solle ihn wecken lassen; Rundstedt verlangte den Einsatzbefehl für die Panzer. Offenbar war es mit der Invasion ernst! Jodl hielt Rundstedt hin, eine Entscheidung, die die Historiker ihm heute noch ankreiden. Doch als Hitler Jodl dann um zehn Uhr nach einem behaglichen Frühstück endlich vorließ, war er sehr einverstanden damit, Rundstedts dringliche Bitte abzuschlagen.
Die Situation in Berchtesgaden war absurd. Hitler saß in seinem Bergnest, Jodl in der ›Kleinen Kanzlei‹; das OKW befand sich in der Kaserne am anderen Ende der Stadt. Wir kamen nie von der Strippe los. Rommel war nicht zu erreichen; er befand sich auf dem Rückweg an die Front; Rundstedt saß in Paris, Rommels Stabschef Speidel an der Küste. Panzergeneral Geyr von Schweppenburg ließ sämtliche Telephon- und Fernschreibleitungen nach Berchtesgaden heißlaufen. Die mittägliche Lagebesprechung sollte zu Ehren einiger ungarischer Staatsbesucher auf Schloß Klessheim stattfinden, einem bezaubernden Schlößchen eine Stunde von der Stadt entfernt. Hitler dachte nicht daran, das abzublasen. Nein, der Stab mußte per Auto hinausfahren, um sich dort in dem kleinen Kartenraum mit ihm zu treffen, in dem er das ›Theater‹ probte – eine Lagebesprechung für Besucher! Danach mußten wir alle auf die Besprechung warten, während unsere Soldaten unter alliiertem Bombenhagel und Artilleriebeschuß fielen und die Brückenköpfe des Gegners von Stunde zu Stunde größer wurden.
Ich sehe den Führer noch heute, wie er gegen Mittag in den Kartenraum trat, ein

Lächeln im teigigen Gesicht, mit zuckendem Schnurrbart, und wie er den Stab mit Bemerkungen begrüßte wie etwa: »So, jetzt geht's los, was? Jetzt haben wir sie da, wo wir sie treffen können. Drüben in England waren sie sicher.« Die schlimmen Meldungen schienen ihn nicht zu erschüttern. Diese Landung sei doch bloß ein großer Bluff, wie wir ihn schon seit langem erwartet hätten. Wir ließen uns doch nicht zum Narren halten! Wir stünden bereit am Kanal. Dieser Scheinangriff werde für sie zu einem zweiten blutigen Dieppe werden. Großartig!
Genau dasselbe behauptete er später im großen Besprechungszimmer mit den weichen Sesseln und den eindrucksvollen Kriegskarten. Er bombardierte die Ungarn mit widerlichen Prahlereien über die Stärke unserer Streitkräfte in Frankreich, die Überlegenheit unserer Waffen, unsere neuen ›Wunderwaffen‹, die bald eingesetzt werden würden, die Unerfahrenheit der amerikanischen Army, und so weiter. Daß Rom zwei Tage zuvor gefallen war, tat er als nebensächlich ab; er riß sogar noch seine groben Witze darüber – er sei froh, anderthalb Millionen Italiener samt ihren syphilitischen Huren den Amerikanern zu übergeben; sollten die jetzt sehen, wie sie sie satt bekämen. Was die unterwürfigen Ungarn dachten, wußte natürlich niemand. Ich persönlich meine, daß Hitler sich selbst überzeugen wollte, als er diese Tagträume von sich gab. Nachdem die Charade vorbei war, bat ich um die Erlaubnis, an die Front in der Normandie zu fliegen. Der unberechenbare Führer stimmte nicht nur zu, sondern entband mich auch von der Vorschrift, daß höhere Offiziere nicht mit dem Flugzeug fliegen durften. Ich könne bis Paris fliegen und herausfinden, was los sei. Als meine Maschine einige Stunden später die Hakenkreuzfahne auf dem Eiffelturm umkreiste und zur Landung ansetzte, mußte ich unwillkürlich denken: *Wie lange wird sie dort noch flattern?*
In Rundstedts Lageraum ging alles drunter und drüber. Hitler hatte inzwischen den Befehl zum Einsatz *einer* Panzerdivision gegeben, doch innerhalb des Stabs gingen die Meinungen auseinander, *wo* sie eingesetzt werden sollte. Jüngere Offiziere rannten unter dem Geklapper der Fernschreiber hin und her. Die Karte des Kampfgebietes starrte von kleinen Zeichen für Schiffs- und Fallschirmjägereinheiten. Rote Fähnchen, die die Infanterie darstellten, markierten einen sechzig Kilometer langen Frontstreifen von bereits erstaunlicher Tiefe – bis auf eine Stelle, an der wir die Amerikaner praktisch am Landen gehindert hatten und sie nur einen ganz schmalen Strandstreifen besetzt hielten.
Von Rundstedt war nach außen hin die Ruhe selbst, aber er wirkte hager und pessimistisch. Er benahm sich nicht wie der Oberbefehlshaber West, sondern eher wie ein gramgebeugter, sorgenbeutelter, kraftloser Mann. Er warnte mich vor der Gefahr, von Fallschirmspringern gefangengenommen zu werden; doch auch das tat er nur halbherzig. Er glaubte immer noch, daß es sich nur um ein Ablenkungsmanöver großen Stils handelte. Doch die Invasoren ins Meer zurückzuwerfen, würde dem Vaterland neuen Mut machen und den Gegner aufhalten; folglich mußte es getan werden.
Am nächsten Vormittag ging von der schönen französischen Landschaft mit den

fetten Kühen und den hart arbeitenden Bauern eine sonderbare Ruhe aus. Der junge Adjutant Rundstedts, der mich begleitete, mußte dem Fahrer immer und immer wieder Anweisungen geben, Umwege um gesprengte Brücken zu machen. Der Schaden wochenlanger methodischer Bombardierungen war offenkundig: verwüstete Rangierbahnhöfe, zerstörte Brücken, ausgebrannte Züge und Bahnhöfe, umgeworfene Lokomotiven. Churchills ›Eisenbahnwüste‹ war Wirklichkeit geworden. Taktisch handelte es sich bei dem Terrain um eine Reihe von Inseln und nicht um einen Landstrich, der für den Nachschub geeignet gewesen wäre. Kein Wunder: *allein am Tag X fünfzehntausend Lufteinsätze,* und praktisch ohne Widerstand! Das geht aus den nach dem Krieg veröffentlichten Unterlagen hervor.

Als ich durch Saint-Lô fuhr, geriet ich in eine Kolonne unserer Fallschirmjäger, die in Richtung Carentan unterwegs war. Ich nahm den Major in meinem Wagen mit. Französische Saboteure hätten seine Telephonleitungen gekappt, berichtete er, und so sei er am Tag der Invasion von allen Verbindungen abgeschnitten gewesen; erst am späten Abend habe er Verbindung mit seinem General aufnehmen können. Jetzt hatte er Befehl, den schmalen amerikanischen Brückenkopf bei Varreville anzugreifen.

Die merkwürdig bukolische Stille blieb bestehen, bis wir uns der Küste näherten. Der Major und ich kletterten auf den Turm einer Dorfkirche, um einen Überblick zu haben. Das Bild, das sich uns bot, war überwältigend: der Kanal von einem Ende des Horizonts bis zum anderen dicht gesprenkelt mit feindlichen Schiffen; Boote pendelten wie Millionen von Wasserinsekten zwischen der Küste und den Schiffen hin und her. Durchs Fernglas sichtbar, war am Strand selbst ein kolossales und dabei fast friedliches Unternehmen im Gange. Landungsfahrzeuge lagen dicht nebeneinander, soweit das Auge reichte, und ihnen entquollen Männer, Ausrüstung und Material. Kilometerweit war der Strand schwarz von Kisten, Säcken und Fahrzeugen, von Soldaten, die Entladearbeiten verrichteten, und einer langsam ins Inland vorrückenden Kolonne von Lastwagen.

Die ›Schlacht um Frankreich‹ – wahrhaftig! Diese Truppen bereiteten sich darauf vor, Deutschland zu zerstören, und sahen dabei aus, als ginge es um ein Picknick! Ich hörte kein Geschützfeuer, nur hin und wieder ein paar Gewehrschüsse. Welch ein Kontrast zu dem großspurigen Gerede des Führers in Klessheim, der sich gebrüstet hatte, ›die Invasoren im Sand zu zertreten‹ und ›ihnen mit einem Vorhang aus Stahl und Feuer zu begegnen‹!

Als wir in Richtung Osten weiterfuhren, hörten wir den Lärm von Geschützduellen. Dörfer brannten in der immer noch vorherrschenden Stille. Wo ich Gelegenheit fand, fragte ich Offiziere aus und erfuhr den Grund für die sonderbare Ruhe. Bei Morgengrauen hatte ein gewaltiges kombiniertes Bombardement aus der Luft und von See her unsere Stellungen mit einem Hagel von Geschossen und Feuer überschüttet. Den Verwundeten, mit denen ich sprach, stand der Schrecken noch im Gesicht. Ein älterer Mann, dem ein Arm abgerissen worden war, erzählte mir, er habe noch Verdun mitgemacht, doch so etwas habe er noch nicht erlebt. Überall

traf ich auf Fatalismus, Apathie, abgerissene Verbindungen und aufgeriebene Einheiten. Widerspruchsvolle Befehle sorgten für Verwirrung. Die gigantische Armada, die Luftflotten, die über uns dahinbrausten, und die grauenhaften Bombenangriffe hatten bereits das Gefühl entstehen lassen, daß der Krieg verloren sei.
Daß eine möglicherweise vernichtende Krise bevorstand, war nicht mehr zu übersehen. Ich fuhr in aller Eile nach Paris zurück und erklärte Jodl, es handelte sich nicht um einen Scheinangriff, sondern um die Invasion selbst; wir mußten uns ihr mit allen Kräften entgegenwerfen und bei Nacht vorrücken, um nicht aus der Luft belästigt zu werden. Jodls Antwort lautete: »Gut, kommen Sie zurück. Aber ich rate Ihnen, seien Sie vorsichtig mit dem, was Sie sagen.« Das war ein überflüssiger Rat. Ich wurde überhaupt nicht angehört. Bei den nächsten beiden Lagebesprechungen wurde ich nicht aufgefordert, das Wort zu ergreifen. Hitler wich meinen Augen absichtlich aus. Die Lage in der Normandie verschlechterte sich zusehends, und was ich zu berichten gehabt hätte, war bald überholt.
Zwei Eindrücke sind mir aus diesem wunderbaren Juni geblieben, in dem unsere deutsche Welt zerbrach, während Hitler in Berchtesgaden bei Tee und Gebäck gesellschaftliche Kontakte pflegte. Am 19. Juni fegte ein heftiger Sturm über die Küste der Normandie hinweg. Er hielt vier Tage an und hinderte die Invasoren mehr am Vorrücken, als unsere Streitkräfte es getan hatten. Er zerstörte die künstlichen Häfen und warf fast tausend Fahrzeuge an den Strand. Photos von Aufklärungsflugzeugen zeigten eine Katastrophe so gigantischen Ausmaßes, daß in mir ein letztes Mal Hoffnung aufflackerte. Hitler schwebte im siebten Himmel und faselte ständig vom Schicksal der spanischen Armada. Als das Wetter aufklarte, nahm der Gegner seine Angriffe zu Lande, zur See und in der Luft wieder auf, als sei nur ein Sommergewitter über ihn dahingegangen. Sein Nachschub aus dem für uns unerreichbaren Füllhorn der USA war erschreckend. Wir hörten nichts mehr von der spanischen Armada.
Der zweite Eindruck betrifft eine Lagebesprechung, die etwa um die Zeit stattfand, als Cherbourg fiel. Hitler stand an der Karte, hatte seine Brille mit den dicken Gläsern aufgesetzt und zeigte uns mit dem Lineal, welch kleinen Teil Frankreichs die Invasoren erobert hatten im Vergleich zu dem Gebiet, das wir noch immer besetzt hielten. Und das erzählte er hohen Stabsoffizieren, die ihn seit Wochen gewarnt hatten und wußten: wenn die Verteidigungslinie an der Küste durchstoßen war, konnte der Gegner den Rest Frankreichs durchqueren, ohne vorm Westwall an der Grenze und am Rhein auf nennenswerte deutsche Stellungen zu stoßen. Das war ein schlimmer Augenblick; es war, als fielen mir Scheuklappen von den Augen, und mir wurde endgültig klar, daß der Führer sich in ein krankes Ungeheuer verwandelt hatte, das hinter einer Maske aus Tollkühnheit um sein Leben zitterte.

Die Normandie: Zusammenfassung
(Aus ›Welt im Untergang‹)

... Wäre Hitler Ende Juni auf die Vorschläge Rommels und Rundstedts eingegangen, den Krieg zu beenden, so hätten wir die Knie beugen und uns einen drakonischen Frieden diktieren lassen müssen. Aber die Teilung Deutschlands hätte sich vielleicht vermeiden lassen; zumindest wäre unserer Bevökerung ein Jahr schwerster Bombenangriffe, zu denen auch der furchtbare Angriff auf Dresden gehörte, und Eisenhowers sogenannter ›Kreuzzug‹ zur Elbe erspart geblieben, und im Osten der Schrecken bolschewistischer Plünderung und Vergewaltigung, vor dem Millionen unserer Zivilisten Haus und Hof verlassen und nach Westen fliehen mußten, um nie wieder in ihre Heimat zurückzukehren.

1918 hatten wir gleichfalls noch in Feindesland gestanden, hatten Ludendorff und Hindenburg auf ähnliche Weise zur Kapitulation geraten, bevor unsere Feinde die Zerstörung des Krieges auf deutschen Boden tragen konnten. Aber 1918 hatten die Politiker nach der Abdankung des Kaisers rechtzeitig verhandeln können. Jetzt jedoch war die politische und die militärische Führung in Hitler zu einer Einheit verschmolzen. Konnte er politisch die Waffen strecken, ohne sich damit dem Henker auszuliefern? Ihm blieb gar nichts anderes übrig, als weiterzukämpfen.

Nun gut – und wie war es um seine Strategie bestellt: war sie gut oder schlecht? Sie war starr, selbstgefällig und nicht besonders intelligent. Er verlor die Normandie. Hätte er die Panzerdivisionen freigegeben und massiert eingesetzt, so hätte Rommels überaus fähiger Stabschef, Speidel, sie trotz der feindlichen Luftüberlegenheit und der Beschießung von See her den nur mühsam vorankommenden GIs und Tommys entgegenwerfen können. Das Ergebnis wäre ein Blutbad von historischen Ausmaßen gewesen. Am Küstenabschnitt ›Omaha‹ waren die Amerikaner durch eine einzige Infanteriedivision wieder ins Meer zurückgedrängt worden. Was hätte man durch einen geplanten und konzentrierten Gegenangriff in jenen ersten Stunden nicht alles erreichen können!

Hätten wir es geschafft, die fünf Divisionen der ersten Landungswelle zu zerschlagen, so würde das Blatt sich vielleicht noch einmal gewendet haben. Die Anglo-Amerikaner waren keine Russen; sie hätten einen derartigen Aderlaß weder politisch noch militärisch verkraften können. Alle diese phantastischen Vorbereitungen, dieser gewaltige Fluß von technischem Gerät und Kriegsmaterial hätten die hohen Verluste am ersten, entscheidenden Tag der Landung nicht verhindern können. Ich glaube, daß Eisenhower, Roosevelt und Churchill allen Mut verloren und einen Rückzug befohlen hätten, bei dem sie das ›Gesicht‹ hätten wahren können. Die politischen Folgen wären spektakulär gewesen: der Sturz Churchills, eine Wahlniederlage Roosevelts und vonseiten Stalins Vorwürfe, daß man den Westmächten nicht trauen könne; möglicherweise sogar eine Art dauerhaften Separatfriedens im Osten, wer weiß? Doch Adolf Hitler wollte die Panzerdivisionen unbedingt von Berchtesgaden aus befehligen!

Je bedrohlicher die Lage wurde, desto hartnäckiger klammerte Hitler sich an drei Wunschphantasien, von denen er ständig redete:

1. Das Zerbrechen des Bündnisses der Alliierten.
2. Eine Wende im Kriegsgeschehen, hervorgerufen durch neue ›Wunderwaffen‹.
3. Eine plötzliche Produktion unserer Fabriken von neuen Düsen-Jagdflugzeugen, die den Gegner vom Himmel vertreiben würden.

Sieben entscheidende Wochen lang bestand er darauf, ein ganzes Armeekorps in Erwartung der ›Hauptinvasion‹ untätig am Pas de Calais in Stellung zu belassen, weil sich dort die Abschußbasen seiner kostbaren V-1 und V-2-Raketen befanden. Doch die Raketen erwiesen sich, als sie endlich flogen, als Waffen von minderer Bedeutung, die in London Zufallszerstörungen anrichteten und ohne militärische Bedeutung blieben. Die Jagdflugzeuge erschienen erst 1945 am Himmel, und da war es bereits viel zu spät. Und was die einzige neue Waffe von echter Bedeutung betrifft, die Atombombe, so hatte er unsere führende Stellung bei der Atomspaltung verschenkt, indem er es versäumte, das Projekt nachhaltig zu unterstützen, und die jüdischen Wissenschaftler vertrieb, die sie dann für unsere Gegner bauten.

Das Auseinanderbrechen des Bündnisses wäre in der Tat unsere einzige Rettung gewesen; doch Roosevelts politischer Schachzug in Teheran hatte diesen Notausgang versperrt. Und so begann am 22. Juni, drei Jahre auf den Tag genau nach unserem Einmarsch in die Sowjetunion, die für uns schlimmste Katastrophe: die Schlacht um Weißrußland. Sie entsprach genau der Rolle, die Stalin bei dem in Teheran geschmiedeten Plan zugefallen war.

Und dieser grausamen Episode wende ich mich jetzt zu.

Anmerkung des Übersetzers: In dieser stark gekürzten Zusammenfassung von Roons Ansichten habe ich versucht, deutlich zu machen, wie die Deutschen die Landung in der Normandie sahen; dabei habe ich viele Einzelheiten, die aus volkstümlicher Geschichtsschreibung und aus Filmen bekannt sind, ausgelassen. Stalin hat in seinem Telegramm an Churchill die phantastische Leistung von ›Overlord‹ ebensogut gewürdigt wie jeden anderen Bericht: »*Die Kriegsgeschichte kennt, was das Ausmaß, die umfassende Planung und die meisterliche Durchführung betrifft, kein vergleichbares Unternehmen.*«

Daß von Roon alle Schuld Hitler in die Schuhe schiebt, mag übertrieben sein. Selbst wenn Rommel den Oberbefehl über die Panzerdivisionen gehabt hätte, würden unsere Verbände wahrscheinlich gesiegt haben. Unser Geheimdienst – von den Aufklärungsflügen über die französische Résistance bis zu den geknackten Codes – hatte Hervorragendes geleistet. Wir hätten die Panzer aus der Luft vernichten können, noch bevor sie überhaupt zum Einsatz gelangten. Was nicht heißt, daß der Erfolg der Landung von vornherein gesichert gewesen wäre. Es handelte sich bis in die letzte Einzelheit um ein außerordentlich risikoreiches, genau berechnetes Unternehmen, aber es gelang.

Und was das betrifft, daß Hitler zu einem pathologischen Ungeheuer entartete, so ist er nie etwas anderes gewesen – obwohl er bei seinen anfänglichen tollkühnen Unternehmen eine gute Hand hatte. Weshalb sein demagogischer Unsinn die Deutschen dazu anspornte, ihre Kriege und Verbrechen zu begehen, wird immer eine offene Frage bleiben.

Die Scheuklappen fielen nicht von selbst von Roons Augen. Sie mußten ihm weggeschossen werden. – V.H.

39

JEDBURGH-GRUPPE ›MAURICE‹
USA: Leslie Slote (Militärischer Geheimdienst)
Frankreich: Dr. Jean R. Latour (Französische Widerstandsbewegung)
England: Fallschirmjäger Ira N. Thompson (Royal Air Force)

Als Pamela Slotes Namen auf der strenggeheimen Liste der Jedburgh-Fallschirmspringer las, beschloß sie, sofort hinzufahren und ihn zu besuchen. Nachgerade wartete sie verzweifelt auf eine Nachricht von Victor Henry. Seit sie ihm ihren Absagebrief geschrieben hatte – der Gedanke daran machte sie desto kränker, je mehr Zeit verstrich –, hatte sie nichts von ihm gehört. Absolutes Schweigen! Sie fand einen offiziellen Vorwand, nach Milton Hall zu fahren, jenes schöne, rund hundert Kilometer nördlich von London gelegene Herrenhaus, wo die Jedburghs trainierten, und fuhr am nächsten Tag mit einem Jeep hinauf. In Milton Hall erledigte sie, was sie offiziell zu erledigen hatte, im Handumdrehen. Leslie Slote, so wurde ihr gesagt, sei bei einer Feldübung. Sie hinterließ eine Nachricht samt Telephonnummer und war bereits auf dem Weg zu ihrem Jeep, als sie hinter sich rufen hörte: »Pamela?« Kein zuversichtlicher Ausruf, eher eine unsichere Frage. Sie drehte sich um. Dichter blonder Schnauzbart, sehr kurz geschorenes Haar, keinerlei Abzeichen auf der ungebügelten braunen Uniform: ein sehr veränderter Leslie Slote, wenn überhaupt derselbe Mann. »Hallo? Leslie, nicht wahr?«
Der Bart sträubte sich zu Slotes altem, frostigem Lächeln. Er kam näher und schüttelte ihr die Hand. »Ich hab' mich wohl ein bißchen verändert, ja? Was in aller Welt treibst du denn hier in Milton Hall, Pam? Hast du Zeit für einen Drink?«
»Ach, lieber nicht, ich muß noch sechzig Kilometer fahren. Mein Jeep steht unten auf dem Parkplatz.«
»Heißt es schon Lady Burne-Wilke?«
»Nein, er erholt sich immer noch von seinem Absturz in Indien. Ich fahre jetzt nach Stoneford, das ist sein Haus in Coombe Hill.« Neugierig musterte sie ihn. »Du bist also ein Jedburgh?«

Sein Gesicht erstarrte. »Woher weißt du das?«
»Liebling, ich arbeite in der Abteilung des Luftfahrt-Ministeriums, die für deinen Einsatz zuständig ist.«
Er stieß ein rauhes, herzhaftes Gelächter aus. »Wieviel Zeit hast du denn? Komm, setzen wir uns irgendwo hin, reden wir. Himmel, es ist herrlich, ein vertrautes Gesicht zu sehen. Ja, ich bin ein Jed.«
Das gab Pamela immerhin einen Anknüpfungspunkt.
»Victor Henry erwähnte, daß du für den militärischen Geheimdienst arbeitest.«
»Ah, ja. Siehst du ihn öfters?«
»Er hat mir hin und wieder geschrieben. Allerdings in letzter Zeit nicht.«
»Aber Pamela, er ist *hier*.«
»Hier? In England?«
»Aber gewiß doch. Hast du das nicht gewußt? Er ist schon seit geraumer Zeit hier.«
»Was du nicht sagst! Können wir da drüben beim Lilienteich ungestört miteinander reden? Ich sehe dort eine Steinbank. Laß uns ein paar Minuten plaudern.«
Slote erinnerte sich sehr wohl daran, wie eilig Pamela es gehabt hatte, nach Moskau zu kommen, als Henry dort gewesen war. Ihre Nonchalance wirkte übertrieben, und er vermutete, daß ihr die Neuigkeit in die Glieder gefahren war. Gemächlich gingen sie zur Bank hinüber und setzten sich am Teich nieder, in dem die Frösche quakten, während die Sonne hinter den Bäumen unterging. Pamela hatte es in der Tat die Sprache verschlagen; Slote bestritt die Unterhaltung allein. Er sprudelte nur so über. Seit Monaten hätte er mit niemandem reden können. Er erzählte der mit ernsten Augen lauschenden Pamela, er sei zum Geheimdienst gegangen wegen seines Wissens um die deutschen Judenmassaker, über die übrigens von Monat zu Monat mehr ans Licht komme, ein Beweis dafür, daß er doch nicht nur verbohrt gewesen sei; aber die Unbeweglichkeit des Außenministeriums habe ihn wahnsinnig gemacht. Dieser drastische Schritt habe ihn gänzlich umgemodelt. Zu seiner Überraschung sei er dahintergekommen, daß die meisten Männer ebensoviel Angst hatten wie er selbst. Er habe beim Fallschirmspringen nicht schlechter abgeschnitten als die anderen, ja, sogar besser als mancher andere. Als Junge habe er Gewalttätigkeit gehaßt; die Kraftprotzen hätten das schnell rausgehabt und es auf ihn abgesehen und ihn damit auf eine Ängstlichkeit festgelegt, die sich bei ihm zu einer Besessenheit ausgewachsen habe. Andere Männer geständen sich ihre Angst nicht ein; für den amerikanischen Mann gelte immer noch das Ideal des unbekümmerten Draufgängers; er jedoch sei immer

viel zu selbstkritisch gewesen und habe sich selbst viel zu sehr analysiert, um so zu tun, als sei er etwas anderes als ein Feigling.
»Ich habe mich enorm verändert, Pam.«
Beim ersten Fallschirmabsprung, noch daheim in den Staaten, habe ein bulliger Captain von der Army, der sich beim Training sehr gut gemacht habe, einfach den Sprung verweigert; er habe sich die Landschaft tief unten angesehen, sei erstarrt und habe sich mit einem hysterischen Knurren dagegen gesperrt, sich vom Ausbilder hinausstoßen zu lassen. Nachdem er den Platz freigemacht hatte, sei Slote mit – wie er es ausdrückte – »einer idiotischen Freude« in den rauschenden Sog hinausgesprungen; dann habe die Reißleine seinen Fallschirm geöffnet, der Schock habe ihn hochgerissen, und sei in stolzer Ekstase hinuntergeschwebt und gelandet wie ein Zirkusakrobat. Hinterher habe er tagelang gezittert und geschwitzt und er sei mit stolzgeschwellter Brust herumgelaufen. Nie wieder sei ihm ein Sprung auch nur halb so gut gelungen. Das Abspringen sei für ihn eine scheußliche Sache; er hasse es. Doch das gehe einer ganzen Reihe von *Jeds* so, sie gäben es auch bereitwilligst zu; andere hingegen liebten das Fallschirmspringen.
»Daß ich die psychologischen Tests bestanden habe, ist mir heute noch unbegreiflich, Pamela. Ich hatte größte Bedenken, mich freiwillig zu melden. Dem Aufnahmekomitee der Jedburghs habe ich gleich gesagt, ich sei ein schrecklicher Hasenfuß. Sie machten jedoch skeptische Gesichter und fragten, warum ich mich dann gemeldet hätte. Daraufhin habe ich ihnen gesagt, daß es wegen der Juden dazu gekommen sei. Sie stuften mich als ›fraglich‹ ein. Doch nachdem ich wochenlang von Psychiatern beobachtet worden war, habe ich dann bestanden. Sie mußten schon verdammt knapp an Bewerbern sein. Körperlich bin ich natürlich fit, und mein Französisch ist blendend, zumindest für amerikanische Ohren.«
Pamela begriff, daß er immer weiter von sich erzählen und nichts mehr über Victor Henry sagen würde. »Ich muß jetzt gehen, Leslie. Bring mich zum Jeep.« Erst als sie den Motor anließ, fragte sie ihn: »Und wo ist Captain Henry genau? Weißt du das?«
»Es heißt jetzt Admiral Henry, Pamela«, sagte Slote und mußte ein Lächeln unterdrücken. »Das habe ich dir doch schon gesagt.«
»Ich dachte, das sollte ein Witz sein.«
»Nein, nein – Konteradmiral Victor Henry, mit dicken goldenen Kolbenringen am Ärmel und Orden und Ehrenzeichen auf der Brust. Ich bin ihm in eurer Botschaft in die Arme gelaufen. Versuch's bei der US-Amphibienbasis in Exeter. Da wollte er jedenfalls hin.«
Sie streckte die Hand aus und ergriff die seine. Er gab ihr rasch einen Kuß auf

die Wange. »Bis wir uns wiedersehen, Pam. Himmel, Paris ist schon eine Ewigkeit her, was? Letzten Monat habe ich in London mit Phil Rule ein paar gehoben. Er ist furchtbar dick geworden.«
»Das macht der Alkohol. Ich traf ihn voriges Jahr in Moskau. Er war schon ziemlich aufgeschwemmt und teigig und hat sich sinnlos betrunken. Victor schrieb mir, daß Natalie den Krieg in einem tschechischen Ghetto abwartet.«
»Ja, das hat er mir auch gesagt.« Slote nickte, doch sein Gesicht wurde lang. »Ja, Pamela, in Paris waren wir noch jung und unbekümmert.«
»Waren wir das? Ich finde, wir haben uns verdammt viel Mühe gegeben, wie Figuren Hemingways auszusehen. Viel zu frivol. Ich weiß noch, wie Phil sich einen schwarzen Kamm unter die Nase hielt und Hitler nachmachte. Haben wir da gelacht!« Sie legte den Gang ein und hob die Stimme. »Sehr komisch. Waren das noch Zeiten! Viel Glück bei deinem Unternehmen, Leslie. Ich bewundere dich.«

»Es hat lange gedauert, bis ich dich aufgestöbert hatte.« Pamelas Stimme am Telephon klang liebevoll und fröhlich. Ihr heiserer Klang war sehr schmerzlich für Victor Henry. »Bist du zufällig am Donnerstag in London?«
»Ja, Pamela, das bin ich.«
»Großartig. Dann komm zum Dinner zu uns – zu Duncan und mir – nach Stoneford. Es ist nur eine halbe Stunde Fahrt von der Stadt.«
Pug saß im Admirals-Büro der Devonporter Werft. Vorm Fenster lagen Landungsfahrzeuge zu Hunderten, eines hinter dem anderen vertäut, bis sie sich im grauen Nieselregen verloren; eine Phalanx schwimmender Fahrzeuge, so dicht an dicht, daß vom einen bis zum anderen Ufer praktisch kein Wasser mehr zu sehen war. Daheim hatte Pug es mit Abstraktem zu tun gehabt: mit Produktionsterminen, Arbeitsberichten, Bestandsaufnahmen, Planungen. Das hier war die Wirklichkeit: Unmengen von plumpen grauen Booten – LCIs, LCMs, LSTs und LCVPs, und wie die Abkürzungen für die Landungsfahrzeuge sonst noch hießen –, merkwürdigen Gebilden von sehr unterschiedlicher Größe, zahllos wie Weizenkörner einer amerikanischen Ernte. Aber Pug kannte die genaue Nummer aller Typen hier und an jedem anderen Sammelpunkt an der Küste. Er hatte schwer geschuftet, war von einem Stützpunkt zum anderen gefahren und hatte sich schon sehr überwinden müssen, Pamela Tudsbury nicht anzurufen; und nun hatte sie ihn gefunden.
»Wie komme ich dorthin?«
»Nimm einen von den SHAEF-Bussen bis Bushey Park. Dort hole ich dich gegen vier ab; dann haben wir Gelegenheit, uns ein bißchen zu unterhalten. Duncan schläft von vier bis sechs. Auf Anweisung des Arztes.«

»Und wie geht es ihm?«
»Ach – nicht besonders gut. Es kommen noch ein paar Gäste zum Dinner, unter anderem General Eisenhower.«
»Alle Wetter! Hohe Gesellschaft für mich, Pamela.«
»Das glaub' ich kaum, Admiral Henry.«
»Das sind nur zwei Sterne. Eine flüchtige Würde.«
»Leigh-Mallory wird kommen, Eisenhowers Oberbefehlshaber Luft.« Schweigen. Dann sagte Pam: »Nun, machen wir beide weiter mit dem Krieg, ja? Also bis Donnerstag um vier.«
Pug wußte nicht recht, was er von dieser Einladung halten sollte. Und Pamela wollte es ihm auch nicht sagen. Natürlich wollte sie ihn sehen; aber wenn sie ihn zu einem Dinner mit so hochgestellten Militärs dazulud, so hatte das bestimmt einen besonderen Grund.
In diesen erregten letzten Tagen vor dem Tag X wurde über die Luftlandung am Küstenabschnitt ›Utah‹, dem am weitesten nach Westen vorspringenden Landebereich der Amerikaner, noch heftig disputiert. Die sumpfige Lagune hinter dem Strand war nur über schmale Dämme zu durchqueren, die von Luftlandetruppen genommen werden mußten, bevor die Deutschen sie blockierten oder sprengten. Sonst saßen die Landungstruppen auf dem Strand fest, unfähig, weiter vorzustoßen und leicht zu vernichten. ›Utah Beach‹ war gleichzeitig der Cherbourg am nächsten gelegene Küstenabschnitt. Nach Eisenhowers Vorstellungen mußten die Alliierten ihn in die Hand bekommen, wenn ›Overlord‹ erfolgreich verlaufen sollte.
Sir Trafford Leigh-Mallory, der für den Einsatz der Lastensegler und der Fallschirmspringer verantwortlich war, war gegen das Luftlandeunternehmen. Man würde über der Halbinsel Cotentin in heftigstes Flakfeuer geraten, führte er ins Feld; die Verluste würden über fünfzig Prozent betragen; und diejenigen, die durchkamen, würden dann am Boden überwältigt werden; das Ganze sei ein unverantwortliches Verheizen zweier Elite-Divisionen. Selbst wenn es hieß, die Landung am Küstenabschnitt ›Utah‹ ganz abzublasen, plädierte er für einen Verzicht auf den Angriff aus der Luft. Die amerikanischen Generale dagegen wollten von einem Verzicht auf die Landung und die Operation aus der Luft nichts hören. Aber Leigh-Mallory kämpfte seit nunmehr fünf Jahren in der Luft gegen die Deutschen. Sein Wissen und seine Standhaftigkeit waren unbestritten. Man war an einem toten Punkt angelangt.
Die Geschichte der Bündniskriegführung verzeichnet immer wieder solche scheinbar aussichtslosen Situationen, die sich manchmal als Katastrophen erwiesen. Adolf Hitler konnte mit Recht bis zuletzt hoffen, daß seine Gegner sich über einer solchen Frage in die Haare gerieten. Die anglo-amerikanische

Invasion war von Anfang bis Ende von solchen Meinungsverschiedenheiten belastet; doch Dwight D. Eisenhower hielt den großen Angriff zusammen, bis seine Verbände an der Elbe mit denen der Russen zusammentrafen. Auf diese Weise sicherte er sich seinen Platz in der Militärgeschichte. Um die Sache abzuschließen – der Angriff auf den ›Utah-Abschnitt‹ gehört nicht zu unserer Erzählung –, nahm Eisenhower am Schluß die Verantwortung auf sich und befahl Leigh-Mallory, es zu tun. Mit der Luftunterstützung seiner Verbände ging die Utah-Landung glatt vonstatten, man brachte die Dämme in alliierte Hand, und die Verluste waren leichter als angenommen. Leigh-Mallory entschuldigte sich am nächsten Tag bei Eisenhower, seine »Bürden noch vergrößert« zu haben. Jahre später hat Eisenhower einmal gesagt, es sei sein glücklichster Augenblick im ganzen Krieg gewesen, als die Nachricht eintraf, die beiden Luftlandedivisionen hätten am Strandabschnitt ›Utah‹ den Kampf aufgenommen.
Als Pamela Pug anrief, widersetzte sich Leigh-Mallory dem Utah-Unternehmen noch immer. Burne-Wilke hatte zum Dinner mit Eisenhower eingeladen, um seinem alten Freund Gelegenheit zu geben, seine Ansichten darzulegen. Telegraph Cottage, Eisenhowers Landhaus, lag in der Nähe von Stoneford. Der kränkelnde Burne-Wilke hielt einen guten Reitstall, und Eisenhower ritt gern; Burne-Wilke war ein passabler Bridge-Spieler, und Eisenhower spielte leidenschaftlich gern Bridge. Es war Zufall, daß sie Nachbarn wurden, nachdem sie bereits in Nordafrika zusammengearbeitet hatten.
Auch Burne-Wilke war der Meinung, daß die Landung aus der Luft am Strandabschnitt ›Utah‹ eine verhängnisvolle Sache sei. Im allgemeinen sah Burne-Wilke die Welt und den Krieg durch den Schleier der durch seine Invalidität hervorgerufenen gedrückten Stimmung. Die Überflutung Englands mit amerikanischen Truppen und Waffen hatte für ihn einen Anstrich von Weltuntergang; er sah den Stolz des Empire zusammenbrechen unter Schokolade, Kaugummi, Virginia-Zigaretten und Dosenbier. Doch als Pamela vorschlug, Pug Henry einzuladen, stimmte er von Herzen zu. Eifersucht war entweder etwas, das es bei Lord Burne-Wilke nicht gab, oder er verstand es, sie restlos zu verbergen. Konteradmiral Henrys Anwesenheit, meinte er, sei vielleicht ein Mittel, die Spannung bei Tisch zu vermindern.
Pug war Eisenhower einmal kurz begegnet; bei seiner Ankunft in England hatte er ihm eine mündliche Botschaft von Präsident Roosevelt überbracht, bei der es um die Bombardierungen von französischen Eisenbahneinrichtungen, Bahnhöfen, Lokomotiven und Brücken ging. Die Briten sorgten sich um die politischen Konsequenzen, die sich ergeben konnten, wenn Franzosen dabei umkamen, die schließlich ihre Waffengefährten gewesen waren; sie bedräng-

ten Eisenhower, davon abzulassen und die Franzosen zu schonen. Roosevelt ließ durch Victor Henry bestellen, sein Wille sei, daß an diesen Bombenangriffen festgehalten werde. (Später mußte der Präsident diese Ansicht, da Churchill weiterhin Schwierigkeiten machte, auch noch schriftlich von sich geben.) Eisenhower quittierte die Nachricht mit einem kalten, zufriedenen Nicken und verlor weiter kein Wort darüber. Er äußerte ein paar freundliche Worte über das Können, das Pug früher bei Football-Spielen gegen die Army bewiesen habe; dann verhörte er ihn eingehend über die Wirkung von Schiffsgeschützen bei Landeunternehmungen im Pazifik und stellte klare Fragen nach den Navy-Plänen für die Feuerunterstützung von See her. Nach einer halben Stunde wurde Pug entlassen. Er glaubte, bei diesem Mann jene Aura von Führertum entdeckt zu haben, wie er sie von Roosevelt her kannte, und daß hinter seinem charmanten Lächeln zumindest ein ebenso zäher Mann steckte wie Ernest King; die Invasion würde gelingen.

Die Aussicht, jetzt mit ihm zu Abend zu essen, erregte Pug nicht. Er hatte genug von den Großen des Krieges. Auch wußte er nicht, wie er darauf reagieren würde, Pamela wiederzusehen. Eines jedoch wußte er: daß sie ihm den Schmerz einer Zurückweisung nicht ein zweites Mal zufügen würde, und daß er weder durch Worte noch durch Gesten versuchen würde, sie zu beeinflussen.

Als Pamela in Burne-Wilkes Bentley nach Bushey Park fuhr, war sie von Angst, gleichzeitig aber auch von Sehnsucht erfüllt, Pug Henry noch einmal wiederzusehen. Eine Frau wird mit fast allem fertig, außer mit Gleichgültigkeit; die Entdeckung, daß er in England war, hatte sie fast umgeworfen.

Seit ihrer Rückkehr nach England war Pamela hinter die weniger erfreulichen Aspekte ihrer Verbindung mit Burne-Wilke gekommen. Zu seiner Familie gehörte, wie sie jetzt wußte, eine ungeheuer vitale Mutter von siebenundachtzig Jahren, die Pam, wenn sie sie besuchte, wie eine bezahlte Pflegerin behandelte; dazu ein ganzer Schwarm von Brüdern und Schwestern, Neffen und Nichten, die sich in ihrer versnobten Ablehnung ihrer Person einig zu sein schienen. Alles in allem herrschte zwischen Burne-Wilke und ihr immer noch die alte unbeschwerte RAF-Vertraulichkeit, nur machten Krankheit und erzwungenes Nichtstun ihn quengelig. Unter dem Streß des Krieges hatte sie gelernt, ihn gern zu haben; und weil sie sonst keine Zukunft für sich sah, hatte sie seinen Antrag angenommen. Pugs unvermuteter Antrag war viel zu spät gekommen. Trotzdem – Stoneford war eindrucksvoll, aber doch eine große Last. Eine weitere Last war Duncans Familie; beides wäre zu ertragen gewesen, wäre sie bis über beide Ohren in Duncan verliebt; doch wie die Dinge lagen, war alles eher düster und beunruhigend. Das wirklich Schlimme jedoch war, daß ihr Absagebrief an Pug in Wirklichkeit nichts geklärt hatte. Keine Reaktion seit Wochen! Und dann unversehens von einem Außenstehenden zu erfahren, daß er hier war! Hatte dieser eine Brief, das einzig Verletzende, was sie jemals getan hatte, ihn so kalt und starr werden lassen, wie er es seiner Frau gegenüber geworden war? War er so leicht zu verunsichern? In diesem Zustand fuhr sie nach Bushey Park und fand Victor Henry an der Bushaltestelle.

»Toll siehst du aus!« Das waren Worte und Tonfall eines Schulmädchens. Sein Lächeln war schief und zurückhaltend. »Der breite Streifen hilft.«
»Ach, das ist es nicht, Admiral.« Ihre Augen durchforschten sein Gesicht. »Eigentlich siehst du sogar ein wenig mitgenommen aus, Victor. Aber so *amerikanisch*! So wahnsinnig amerikanisch! Sie sollten deinen Kopf aus dem Mount Rushmore herausmeißeln.«
»Nett gesagt, Pamela. Ist das nicht das Kleid, das du auf der *Bremen* anhattest?«
»Das weißt du noch?« Ihr Gesicht übergoß sich mit brennender Röte. »Mir war einfach danach, mal keine Uniform zu tragen. Da hing es im Schrank, und ich probierte, ob ich wohl noch hineinpaßte. Wie lange bleibst du hier?«
»Ich fliege morgen nacht zurück!«
»Morgen! So bald schon?«
»Eine Nacht in Washington, dann zum Pazifik. Erzähl mir von Duncan.«
Gründlich verwirrt (*morgen!*) schilderte sie Burne-Wilkes Symptome so ruhig, wie sie nur konnte: die Schmerzen im Unterleib, die immer wieder auftretenden Anfälle von leichtem Fieber, die Tage extremer Müdigkeit, die mit offenbar völlig normalen Tagen wechselten. Im Augenblick ließ er wieder den Kopf hängen und schaffte es kaum, im Garten spazierenzugehen. Die Ärzte mutmaßten, daß die Verletzung und der Schock irgendeine tropische Infektion begünstigt hätten. Monate, oder sogar ein Jahr könne vergehen, bis er das los sei. Bis dahin müsse er wie ein Kranker behandelt werden: ein Minimum an Tätigkeit, jeden Tag ausgedehnte Bettruhe und viele Pillen.
»Da muß er ja verrückt werden.«
»Das hat er schon hinter sich. Jetzt sitzt er in der Sonne und liest. Außerdem schreibt er, ziemlich mystisches Zeug â la Saint-Exupéry. Fliegen plus *Bhagavad-Gita*. Dabei vertragen sich die Fliegerei und Krishna für meinen Geschmack nicht sonderlich gut miteinander. Ich möchte, daß er über den chinesisch-burmesisch-indischen Kriegsschauplatz schreibt – das ist eine große Sache, die viel zu wenig gewürdigt wird. Aber er behauptet, da saßen zuviele Kröten unter den Steinen. – Sieh, das da ist Stoneford.«

»Pam, das ist prachtvoll.«
»Ja, ist die Fassade nicht bezaubernd?« Sie lenkte den Wagen durch das offene schmiedeeiserne Tor. Vor ihnen erstreckte sich mitten durch die große grüne Rasenfläche hindurch eine lange, kiesbestreute Eichenallee. Die Bäume waren riesig und alt, und der Weg führte schnurgerade auf ein breit hingelagertes Herrenhaus aus Backstein zu, das in der Sonne schimmerte. »Der erste Viscount hat das Anwesen gekauft und die Seitenflügel anbauen lassen. Drinnen ist es völlig verwahrlost. Lady Caroline hat während der Luftangriffe auf London Massen von Slumkindern aufgenommen, die das Haus ziemlich ramponiert haben. Duncan hatte noch keine Gelegenheit, es wieder herzurichten. Wir wohnen im Gästeflügel. Bis dahin sind die kleinen Wilden noch nie vorgedrungen. Wir können im Garten spazierengehen, bis Duncan aufwacht.«
Als sie in den zweiten Stock hinaufstiegen, flocht Pamela beiläufig ein, daß sie und Burne-Wilke in entgegengesetzten Flügeln des Hauses lebten; sein Ausblick ging auf die Eichen, der ihre auf den Park. »Du brauchst nicht auf Zehenspitzen zu gehen«, sagte sie, als sie an seiner Tür vorüberkamen. »Er schläft wie ein Murmeltier.«
Eine ältere Frau in Zofenkleid servierte ihnen ungeschickt den Tee. Pug und Pamela saßen an hohen Fenstern, vor denen sich unkrautüberwucherte Blumenbeete breiteten. »Das Ganze ist ein Dschungel«, sagte sie. »Man bekommt hier keine Leute. Die kämpfen in allen Erdteilen. Mrs. Robinson und ihr Mann kümmern sich um das Anwesen. Sie hat immer noch nicht gelernt, den Tee zu servieren; früher war sie die Waschfrau. Er ist ein seniler Trunkenbold. Duncans alte Köchin ist noch da; vom Essen haben wir nichts zu befürchten. Ich habe eine Stellung im Ministerium und schaffe es meist, nach Feierabend hierher zu kommen. Soviel über mich, Pug. Was gibt's von dir zu berichten?«
»Madeline hat den jungen Navy-Offizier geheiratet.«
»Wunderbar!«
»Sie sind in New Mexico. Das ist die angenehmste Veränderung in meinem Leben. Byron hat seinen *Bronze Star* bekommen, und nach allem, was ich höre, ist er ein tüchtiger U-Boot-Mann. Janice studiert Jura, mein Enkel ist drei und blitzgescheit. Was Natalie betrifft, gibt es einige Hoffnung. Eine neutrale Rot-Kreuz-Delegation soll ihr Lager oder Ghetto, oder was immer es ist, besuchen, also werden wir wohl bald von ihr hören. Die Deutschen lassen das Rote Kreuz rein, also kann es nicht allzu schlimm sein. Soviel von mir.«
Pamela konnte nicht anders, obwohl Pugs Ton etwas Abschließendes hatte. »Und Rhoda?«

»Ist in Reno, um ihre Scheidung durchzubringen. Sagtest du nicht etwas von einem Spaziergang im Park?«

Um ihre Scheidung durchzubringen! Aber seine Art war so distanziert und entmutigend, daß sie nichts weiter dazu sagen konnte.

Sie waren draußen, bis er wieder sprach. »Von Dschungel kann aber keine Rede sein.« Der Rosengarten strotzte von einer Fülle wohlgepflegter Rosensträucher, deren Knospen gerade aufbrachen.

»Rosen sind Duncans Hobby. Wenn es ihm gut geht, bringt er hier Stunden zu. Erzähl mir von deiner Beförderung.«

Pug Henry strahlte. »Ach, das ist eine lange Geschichte, Pam.«

Der Präsident, sagte er, habe ihn nach Hyde Park eingeladen. Seit Teheran habe er ihn nicht mehr gesehen gehabt und fand ihn nun erschreckend gealtert. Sie hätten an einem langen Tisch mit nur noch einem anderen Gast – seiner Tochter – zu Abend gegessen. Hinterher habe Roosevelt in einem kleinen Arbeitszimmer über das Landungsfahrzeug-Programm geredet. Eine merkwürdige Angst habe den Präsidenten bedrückt – er habe befürchtet, daß durch Einsätze des Gegners in den ersten Tagen eine große Anzahl der Landungsboote beschädigt oder gar versenkt werden könnte. Vielleicht würden Wochen vergehen, bis Cherbourg eingenommen sei und große Versorgungsschiffe den Nachschub sichern konnten; bis dahin sei es unbedingt notwendig, versenkte oder beschädigte Fahrzeuge so schnell wie möglich wieder flott zu machen. Er habe um Berichte über entsprechende Vorkehrungen gebeten und nichts Zufriedenstellendes gehört. Er würde ›ruhiger schlafen‹, wenn Pug nach England flöge und sich die Einrichtungen einmal ansähe. Am Morgen, als Pug sich verabschiedete, habe der Präsident scherzhaft noch etwas Verwirrendes gesagt – es läge »gutes Segelwetter« vor ihm. Gleich nachdem er von Hyde Park nach Washington zurückgekehrt sei, habe Admiral King ihn rufen lassen, um ihm persönlich zu sagen, daß er seine beiden Sterne bekäme und das Kommando über einen Schlachtschiffverband im Pazifik.

»Einen Schlachtschiff*verband*, Pug!« Sie gingen durch einen voll in Blüte stehenden Apfelgarten. Pamela faßte ihn am Arm. »Aber das ist doch phantastisch! Ein *Verband*!«

»King sagte, er sei die Belohnung für getane Arbeit, und er wisse, daß ich einen Verband führen könnte. Es sind zwei Schiffe, Pam. Zwei unserer besten, die *Iowa* und die *New Jersey* und – was zum Teufel hast du denn?«

»Nichts, gar nichts.« Pamela tupfte sich mit dem Taschentuch die Augen. »Ach, Pug!«

»Nun, mehr konnte ich in meiner Laufbahn nicht erwarten. Jedenfalls war es eine Riesenüberraschung.« Pug zuckte die Achseln. »Ich weiß natürlich, daß der Krieg von den Flugzeugträgern entschieden wird. Die Schlachtschiffe beschießen hauptsächlich Küstenstellungen. Kann sein, daß ich bis zum Ende des Krieges nur in wunderbaren Admiralsräumen herumkutschiere und irgendwelche Papiere abzeichne. Ein Admiral auf See kann eine höchst überflüssige Figur sein.«

»Aber es ist atemberaubend«, sagte Pamela. »Es ist absolut umwerfend und ungeheuerlich!«

Pug bedachte sie mit dem trüben Lächeln, das es ihr auf der *Bremen* so angetan hatte und das es ihr jetzt wieder antat. »Nun, das finde ich im Grunde ja auch. Wacht Duncan denn nicht auf?«

»Guter Gott – schon sechs! Wo ist die Zeit geblieben? Wir müssen uns beeilen.«

Vorm Essen tranken sie einen Aperitif auf der Terrasse. Eisenhower verspätete sich. Er war blaß und schien gereizt. Whisky lehnte er ab, und als seine Fahrerin, Mrs. Summersby, mit Freuden einen annahm, musterte er sie mißbilligend. Pug sah diese Frau, über die so viel geklatscht wurde, zum ersten Mal. Selbst in Uniform sah Kay Summersby aus wie ein Mannequin, das sie vor dem Krieg auch gewesen war: schlank und rank, verführerisch hochsitzende Backenknochen und und große, Selbstsicherheit ausstrahlende Augen: eine professionelle Schönheit bis in die Fingerspitzen hinein, mit dünnem militärischem Firnis. Da der General nicht trank, kippten die anderen ihre Whisky-Sodas hinunter, und die Unterhaltung ließ sich recht zähflüssig an.

Das kleine Speisezimmer ging auf die Gärten hinaus, und durch die hohen offenen Fenster trieben Blumendüfte herein. Eine Zeitlang war das das einzig Angenehme. Braungebrannt, voller Narben und mager wie ein Gespenst unterhielt Burne-Wilke sich mit Mrs. Summersby, während die ehemalige Wäscherin unbeholfen Hammel, Salzkartoffeln und Rosenkohl servierte. Pamela, zwischen Eisenhower und Leigh-Mallory, vermochte weder den einen noch den anderen aus seiner Reserve zu locken. Sie saßen einfach da und stopften ihr Essen verdrossen in sich hinein. Pug Henry fand, das Ganze sei eine einzige Katastrophe. Leigh-Mallory, ein korrekter Air-Force-Mann, stocksteif und schnauzbärtig, warf immer wieder verstohlene Blicke auf die neben ihm sitzende Mrs. Summersby, als wäre sie splitternackt.

Aber Burne-Wilkes guter Rotspon und Pugs Anwesenheit halfen nach und nach, die Atmosphäre zu lockern. Leigh-Mallory erwähnte, daß hinter die Entsetzung von Imphal allmählich Dampf komme, und Burne-Wilke bemerkte, nur Leningrad sei in diesem Kriege länger belagert worden. Woraufhin Pamela sich vernehmen ließ: »Pug war während der Belagerung in Leningrad.«

Eisenhower schüttelte den Kopf und rieb sich die Augen, wie jemand, der gerade aufwacht. »Wirklich, Henry? In Leningrad? Das müssen Sie erzählen.«
Und Pug erzählte. Die unmittelbar bevorstehende Landung in Frankreich bedrückte die beiden Oberkommandierenden offensichtlich, also war eine ausführliche Schilderung durchaus angebracht. Das schweigende, verschneite Leningrad, die Wohnung von Yevlenkos Schwiegertochter, die Schreckensberichte von der Belagerung – über all das ließ sich mühelos reden. Leigh-Mallorys verkrampftes Gesicht entspannte sich und wurde ganz Aufmerksamkeit. Eisenhower zündete sich eine Zigarette an der anderen an. Als Pug fertig war, meinte er: »Hochinteressant. Ich wußte gar nicht, daß einer von uns jemals dort war. Ich kenne auch keinen Geheimbericht darüber.«
»Offiziell war ich Leih- und Pachtbeobachter, General. Ich habe einen Ergänzungsbericht über die Aspekte des Kampfes an den Abschirmdienst der Navy geschickt.«
»Kay, sag Lee morgen, daß er den Bericht beschaffen soll.«
»Jawohl, General.«
»Dieser Yevlenko hat Sie auch nach Stalingrad mitgenommen, sagen Sie?« erkundigte sich Leigh-Mallory.
»Ja, aber da waren die Kämpfe schon vorüber.«
»Erzählen Sie davon«, forderte Eisenhower ihn auf.
Burne-Wilke gab der Wäscherin ein Zeichen, mehr Rotspon zu bringen. Die Atmosphäre lockerte sich von Minute zu Minute. Als Eisenhower über Pugs Beschreibung des Besäufnisses in dem Keller in Stalingrad lachte, ließ auch Leigh-Mallory ein zögerndes Glucksen vernehmen.
Eisenhowers Gesicht verhärtete sich wieder, als er sagte: »Henry, Sie kennen die Russen. Wenn wir losschlagen – greifen sie dann im Osten an? Harriman hat mir versichert, daß der Angriff geplant ist. Aber bei uns herrscht allgemeine Skepsis.«
Pug überlegte einen Augenblick. »Sie werden losschlagen, Sir. Würde ich jedenfalls meinen. Politisch sind sie unberechenbar, in unseren Augen vielleicht sogar unzuverlässig. Es ist einfach so, daß sie die Welt anders sehen als wir und eine andere Sprache sprechen. Daran wird sich möglicherweise nie etwas ändern. Trotzdem glaube ich, daß sie einer militärischen Verpflichtung nachkommen werden.«
Der Oberkommandierende nickte nachdrücklich.
»Warum?« fragte Leigh-Mallory.
»Aus Eigeninteresse, versteht sich«, erklärte Eisenhower geradezu bissig. »Ich stimme Ihnen zu, Henry. Man schlägt zu, wenn der Gegner alle Hände voll zu tun hat. Sie *müssen* einfach losschlagen.«

»Aber auch«, sagte Pug, »aus Ehrgefühl. Das haben sie nämlich.«
»Wenn sie soviel mit uns gemeinsam haben«, sagte Eisenhower nüchtern, »werden wir auch mit ihnen auskommen. Darauf können wir bauen.«
»Ich weiß nicht recht«, sagte Leigh-Mallory betont scherzhaft. »Überlegen Sie mal, welche Schwierigkeiten *wir* haben, miteinander auszukommen, General, und wir haben immerhin die englische Sprache gemeinsam.«
»Das scheint nur so«, ließ sich Kay Summersby mit typischem Mayfair-Akzent vernehmen.
Leigh-Mallory wandte sich ihr zu, lachte unbekümmert, hob das Glas und trank ihr zu.
Eisenhower bedachte Mrs. Summersby mit einem breiten, herzlichen Schmunzeln. »Nun, Kay, dann werde ich mich eine Weile mit diesen beiden Air-Force-Leuten in Zeichensprache unterhalten müssen.« Ein Witz des Oberkommandierenden hatte natürlich ein lautes Lachen zur Folge. Alle erhoben sich. Eisenhower sagte zu Burne-Wilke: »Vielleicht spielen wir hinterher noch eine Partie Rubber.«
Pamela forderte Pug und Mrs. Summersby auf, Kaffee und Brandy auf der Terrasse zur trinken, doch als sie draußen waren, nahm Kay Summersby nicht Platz. »Hören Sie, Pam«, sagte sie mit einem ironischen Blick von Henry zu Pamela, »die Besprechung wird vermutlich ziemlich lange dauern. Ich habe drüben noch furchtbar viel zu tun, auf meinem Schreibtisch türmen sich Berge. Sie und der Admiral werden mich entschuldigen, nicht wahr, wenn ich rasch nochmal rüberfahre und zum Bridge wieder hier bin?«
Damit verschwand sie. Der Wagen des Generals rollte die kiesbestreute Auffahrt hinunter.
Pamela begriff durchaus, daß Mrs. Summersby ihr mit sicherem Instinkt eine letzte Chance gab. Sie ging zum Angriff über. Um etwas zu erreichen, mußte sie eine Szene provozieren. »Zweifellos mißbilligst du Kay abgrundtief. Oder lassen deine Grundsätze bei großen Männern eine Ausnahme zu?«
»Ich weiß nicht mehr von ihr als das, was man sieht.«
»Ich verstehe. Übrigens kenne ich beide ziemlich gut und bin überzeugt, daß mehr auch nicht dran ist.« Pug sagte nichts. »Schade, daß du, was deine Frau betrifft, nicht weitherziger sein kannst.«
»Ich war bereit, es durchzustehen. Das weißt du ja. Aber Rhoda hat es sich anders überlegt.«
»Du hast sie so eisig behandelt, daß ihr gar nichts anderes übriggeblieben ist.« Pug schwieg.
»Glaubst du, sie wird glücklich mit diesem Mann?«
»Das weiß ich nicht. Ich mache mir Sorgen, Pam.« Er erzählte ihr von den

anonymen Briefen und von seiner Unterhaltung mit Peters. »Seither habe ich ihn noch einmal gesehen – an dem Tag, an dem Rhoda nach Reno abflog. Er brachte sie an den Zug, und als sie ging, um sich zurechtzumachen, haben wir geredet. Er wirkte nicht gerade besonders glücklich. Ich glaube, daß er jetzt nur noch aus einem gewissen Ehrgefühl heraus handelt.«
»Arme Rhoda!« Das war alles, was Pamela zu sagen wußte. Das also war das letzte Stück des Puzzles. Colonel Peters hatte auf Pamela den Eindruck eines harten, klugen Mannes gemacht, und ihr Instinkt hatte ihr gesagt, daß er Rhoda Henry durchschauen würde, bevor es ihr gelang, ihn vor den Traualtar zu schleppen, und daß er sie dann fallen lassen würde. Er hatte sie in der Tat durchschaut; aber die Heirat war beschlossen, und Victor Henry war frei.
Mittlerweile war es dunkel geworden. Sie saßen im Sternenschimmer. In der Nähe schlug ein Vogel an. »Ist das nicht eine Nachtigall?« fragte Pug.
»Ja.«
»Das letzte Mal, daß ich eine gehört habe, war auf dem Flugplatz, als ich zum Rundflug über Berlin startete.«
»Oh, ja. Und hast du mich damals nicht auch auf die Probe gestellt? Allerdings hat es nur zwanzig Stunden gedauert und keine sechs Wochen.«
Eindringlich sah er sie an. »Sechs Wochen? Wovon redest du?«
»Sechs Wochen und drei Tage, um genau zu sein, seit ich dir geschrieben habe. Warum hast du meinen Brief nicht beantwortet? Nur ein Wort, irgend etwas? Und weshalb mußte ich zufällig darauf stoßen, daß du in England warst? Haßt du mich so sehr?«
»Ich hasse dich nicht, Pam. Das ist doch lächerlich.«
»Trotzdem habe ich nichts anderes verdient, als im Dunkeln gelassen zu werden.«
»Was hätte ich dir schreiben sollen?«
»Ach, ich weiß nicht. Sagen wir mal, ein hochherziges Lebewohl? Möglicherweise auch eine entschiedene Weigerung, dich mit meinem ›Nein‹ abzufinden? Irgendein kleines Zeichen, daß du mich meiner Entscheidung wegen nicht haßt oder verabscheust? Ich habe dir doch gesagt, ich war blind vor Tränen, als ich das schrieb. Hast du mir das nicht geglaubt?«
»Ich habe den hochherzigen Lebewohl-Brief geschrieben«, sagte er benommen. »Kannst du dir das nicht denken? Und ich habe auch geschrieben, daß ich mich mit deinem ›Nein‹ nicht abfinde. Aber ich habe alles wieder zerrissen, was ich geschrieben habe. Ich fand keine Möglichkeit, dir zu antworten. Ich halte nichts davon, eine Frau zu bedrängen, es sich noch einmal zu überlegen, und ich kann mir auch nicht vorstellen, daß Drängen hilft. Zumindest verstehe ich mich nicht besonders gut darauf.«

»Richtig. Es fällt dir nicht leicht, über deine Gefühle zu schreiben, nicht wahr? Du findest das peinlich.« Ein Glücksgefühl hatte Pamela überrieselt, als sie von den zerrissenen Briefen hörte, und so ließ sie nicht locker. »Dein Heiratsantrag! Wie du da über Geld und immer wieder Geld geschrieben hast. . .«
»Geld ist wichtig. Ein Mann sollte einer Frau klaren Wein einschenken. Überhaupt, was soll das Ganze, Pamela?«
»Verdammt nochmal, Victor, jetzt laß mich ausreden! Dein Brief traf im denkbar schlechtesten Zeitpunkt ein. Seit ich meine Antwort an dich abgeschickt habe, ist mir hundeelend zumute. Es war der größte Schock meines Lebens, als Slote mir erzählte, du wärest hier in England. Ich dachte, ich müßte sterben, so weh tat das. Dich zu sehen, ist unendlich schön und gleichzeitig eine unendliche Qual.« Pamela stand auf und trat zu Pug, der sitzen blieb. Im Schein des aufgehenden Mondes streckte sie die Arme nach ihm aus. »In Moskau habe ich es dir gesagt, in Teheran habe ich es dir gesagt, und jetzt sage ich es dir zum letzten Mal, daß ich *dich* liebe und nicht Duncan. So, jetzt ist es raus, und jetzt bist du an der Reihe. Sprich endlich, Victor Henry. Willst du mich oder willst du mich nicht?«
Nach einer Pause sagte er höflich: »Nun, ich werde es dir sagen, Pamela, ich werde darüber nachdenken.«
Diese Antwort war so ernüchternd, daß Pam ein oder zwei Sekunden glaubte, er mache Spaß. Sie sprang auf ihn zu, packte ihn bei den Schultern und schüttelte ihn.
»Du schüttelst den Mount Rushmore«, sagte er.
»Dann werde ich ihn schütteln, bis er umstürzt! Dieses blödsinnige, verstaubte Yankee-Monument!«
Er packte ihre Hände, stand auf, schloß sie in die Arme und gab ihr einen langen, leidenschaftlichen Kuß. Dann hielt er sie ein wenig von sich ab und betrachtete eindringlich ihre Züge. »Okay, Pamela. Vor sechs Wochen hast du mir einen Korb gegeben. Was ist anders geworden?«
»Rhoda ist fort. Daran hatte ich nicht geglaubt. Jetzt weiß ich, daß sie fort ist. Und du und ich, wir sind hier, zusammen, nicht getrennt durch den halben Erdball. Mir war hundeelend zumute, seit ich dir geschrieben habe. Und jetzt bin ich glücklich. Ich muß Duncan wehtun, das ist alles. Aber es ist schließlich mein Leben.«
»Das ist wirklich erstaunlich! Rhoda hat mir gesagt, du brauchtest nur ein wenig umworben zu werden.«
»Das hat sie gesagt? Eine weise Frau! Aber du hast mich nie wirklich umworben, und es hätte auch nichts genützt. Es ist doch gut, daß ich manchmal kein Blatt vor den Mund nehme, stimmt's?«

Er setzte sich auf die Balustrade und zog sie neben sich. »Jetzt hör zu, Pamela. Dieser Krieg im Pazifik kann noch lange dauern. Die Japaner machen uns das Leben dort noch verdammt schwer. Und wenn es zu irgendwelchen größeren Kämpfen auf See kommt, werde ich vermutlich dabei sein – möglich, daß ich dabei nicht wiederkomme.«
»So? Was willst du damit sagen? Daß es klug von mir wäre, mir Duncan in Reserve zu halten?«
»Ich sage nur, daß du dich noch nicht zu entscheiden brauchst. Ich liebe dich, und – weiß Gott! – ich möchte dich haben. Aber vergiß nicht, was du in Teheran gesagt hast.«
»Und was habe ich in Teheran gesagt?«
»Daß diese seltenen Begegnungen eine Illusion von Liebe schaffen, etwas Kriegsbedingtes, das keine Substanz hat, und so weiter...«
»Ich wette den Rest meines Lebens, daß das eine Lüge ist. Ich werde es Duncan rundheraus und gleich sagen müssen, Darling. Eine andere Möglichkeit gibt es jetzt nicht mehr. Überraschen wird es ihn nicht. Verletzen, ja, verdammt nochmal, und davor habe ich Angst, aber – ach, Himmel ich höre sie.« Die Stimmen der anderen Männer waren schwach im Haus zu hören. »Sie haben doch nicht so lange gebraucht, nicht wahr? Und wir sind immer noch zu keinem Ergebnis gekommen. Pug, mir schwindelt der Kopf, so glücklich bin ich. Ruf mich morgen früh um acht an, mein Lieber, und jetzt, um Gottes willen, küß mich noch einmal!«
Sie küßten sich. »Ist es möglich«, murmelte Pug und sah ihr forschend ins Gesicht, »ist es möglich, daß ich noch einmal glücklich sein soll?«
Er fuhr mit Leigh-Mallory nach London zurück. Die ganze Zeit, während der Wagen über die nur vom Mondlicht erhellten Straßen zur Stadt und dann durch die verdunkelten und verwinkelten Außenbezirke raste, um Pug in seine Wohnung zu bringen, sagte der Air-Marshal kein einziges Wort. Die Aussprache mit Eisenhower war offensichtlich schlecht verlaufen. Doch Pug empfand das Schweigen als eine Gnade, konnte er sich doch ganz der überwältigenden Freude hingeben, die ihn fast zu ersticken drohte.
Als der Wagen hielt, sagte Leigh-Mallory plötzlich heiser: »Was Sie über das Ehrgefühl der Russen gesagt haben, Admiral, hat mich sehr interessiert. Meinen Sie, wir Briten hätten auch so etwas wie ein Ehrgefühl?«
Die Bewegung seiner Stimme und seine angespannten Züge zwangen Pug, sich rasch wieder zu sammeln.
»Marshal, was immer wir Amerikaner haben, haben wir von euch gelernt.«
Leigh-Mallory schüttelte ihm die Hand, sah ihm ins Auge und sagte: »Ich freue mich, daß wir uns kennengelernt haben.«

Vorabend des Tages X, zehn Uhr.
In einem einsamen Halifax-Bomber überquert die Jedburgh-Gruppe Maurice im Tiefflug den Kanal. Die *Jeds* waren nur ein kleines Rädchen in der gigantischen Invasionsmaschinerie. Ihre Aufgabe war, mit der französischen Résistance Verbindung aufzunehmen, die Maquisards zu bewaffnen und in den alliierten Angriffsplan einzubeziehen. Diese aus jeweils drei Mann bestehenden Gruppen, die vom Tag X an mit dem Fallschirm über Frankreich abgesetzt wurden, erwarteten große Abenteuer; sie bewirkten einiges Gute und hatten etliche Verluste zu beklagen. Ohne sie wäre der Krieg zweifellos auch gewonnen worden, aber im Gesamtplan von ›Overlord‹ war auch diese kleine Einzelheit vorgesehen.
Und so kam es, daß Leslie Slote – Rhodes-Stipendiat, ehemaliger Beamter im diplomatischen Dienst, ein Mann, der seine eigene Feigheit sein Leben lang verachtet hatte – zusammen mit einem jungenhaft aussehenden Flieger aus Yorkshire, seinem Funker, und einem französischen Zahnarzt, seinem Kontaktmann zur Résistance, in der dröhnenden Maschine hockte und, während sie über das monderhellte Wasser dahinflogen, überlegte, ob er wohl Aussicht habe, noch lange zu leben. Um Rhodes-Stipendiat zu werden, mußte man besondere sportliche Leistungen aufweisen, und körperlich hatte er sich immer fit gehalten. Zaghaft war er nur im Geiste. Die Künste der Guerilla-Kriegführung hatte er einigermaßen gelernt: Fallschirmspringen, Arbeit mit dem Messer und mit dem Seil, lautlose Bewegung, schweigendes Töten, und was sonst noch dazugehört. Doch bis zu diesem Augenblick, da es tatsächlich losging, hatte er immer noch das Gefühl gehabt, alles wäre ein forciertes Alsob, ein Scheinkampf, wie für einen Hollywood-Film. Und jetzt war es Wirklichkeit. Vor allem war er erleichtert, einerlei, wie sehr die Angst in ihm nagte; das Warten war endlich vorbei. Den hundertundfünfundzwanzigtausend Soldaten, die nach Frankreich gehen sollten, war vermutlich nicht anders zumute. Hurra wurde am Tage X kaum geschrien. Die Ehre gebot, in dem unter Zuckungen, Bombenexplosionen und Artilleriebeschuß anlaufenden Maelstrom den Kopf oben zu behalten und zu tun, was befohlen worden war, es sei denn, man erwischte eine feindliche Kugel oder trat auf eine Mine.
Leslie Slote tat, was ihm befohlen worden war. Er sprang, als der Zeitpunkt gekommen war. Der Ruck, der ihn durchfuhr, als der Fallschirm sich entfaltete, war heftig; und Sekunden danach, so schien es ihm, durchfuhr ihn beim Aufprall auf dem Erdboden ein weiterer Schock. Wieder einmal von der verdammten RAF in zu geringer Höhe zum Absprung befördert; aber immerhin, er hatte es geschafft.
Kräftige Arme umschlangen ihn, als er noch dabei war, den Fallschirm

auszuklinken. Ein Bart streifte sein Gesicht. Ein französischer Dialekt, der Geruch nach Wein und Knoblauch im Atem der anderen. Der Zahnarzt tauchte aus der Nacht auf, dann der junge Mann aus Yorkshire, umringt von bewaffneten Franzosen mit wildentschlossenen Mienen.
Ich hab's geschafft, dachte Leslie Slote. *Ich möchte weiterleben, und bei Gott, das werde ich auch!* Daß Zuversicht und Selbstvertrauen so machtvoll in ihm aufwallten, war etwas Neues für ihn. Das Kommando führte der Zahnarzt. Slote führte zum ersten Mal freudig einen Befehl aus; der bestand darin, einen Steinkrug Wein auszutrinken. Dann machten sie sich auf, um in friedlich duftenden Wiesen unter einem glitzernden Mond die abgeworfenen Kisten einzusammeln.

40

Eines Juden Reise
(Aus Aaron Jastrows Manuskript)

22. Juni 1944

Ich bin von der ›Kostümprobe‹ heute völlig erschöpft. Morgen kommt das Rote Kreuz. Putzkolonnen und Männer mit Pinsel und Farbe arbeiten noch bei Scheinwerferlicht. Dabei sieht die Stadt schon besser aus als Baden-Baden. Überall die brandneuen Anstriche, die frischgemähten Rasenflächen, die Blumenbeete, die Sport- und Kinderspielplätze, dazu noch die künstlerischen Aufführungen und die gutgekleideten Juden, die so tun, als wären sie Urlauber in einem friedlichen Kurort – all das sammelt sich zu einer Art Freilichtkomödie und hat etwas vollkommen Unwirkliches. Obwohl die Deutschen keine Ahnung haben, was Menschlichkeit ist, haben sie hier eine gigantische Parodie eben dieser Menschlichkeit geschaffen. Eigentlich sollte sich kein Mensch davon einwickeln lassen, der nicht entschlossen ist, sich einwickeln zu lassen. Rabbi Baeck, der weise, sanfte Berliner Gelehrte, gewissermaßen der geistliche Vater des Ghettos, erhofft sich von diesem Besuch sehr viel. Die Leute vom Roten Kreuz lassen sich bestimmt nichts weismachen, dessen ist er sicher; sie werden bohrende Fragen stellen und versuchen, hinter die Kulisse zu blicken; ihr Bericht wird die Deutschen zwingen, die Verhältnisse in Theresienstadt und vielleicht sogar in all den anderen Lagern drastisch zu ändern. In ihm spiegelt sich der vorherrschende Optimismus. Wie wankelmütig sind wir doch hier in Theresienstadt! Die Gefängnismentalität, die Überfüllung, die ständige Furcht vor den Deutschen, die menschenunwürdige Ernährung und medizinische Versorgung, dazu das nervenaufreibende Nebeneinander von Juden aus aller Herren Ländern, die kaum mehr miteinander gemein haben als den gelben Stern – all das führt zu wirklichkeitsfremden Stimmungsausbrüchen. Nachdem die Alliierten in Frankreich gelandet sind und jetzt ein Besuch ›von außen‹ bevorsteht, ist die Stimmung im Augenblick manisch.

Aber ich versuche, die Wirklichkeit nicht aus dem Blick zu verlieren. Tatsache ist, daß die Alliierten in der Normandie nicht recht vorankommen. Die Russen im Osten haben offensichtlich versäumt anzugreifen. Welchen Verrats wäre

Stalin nicht fähig? Ist das Ungeheuer zu dem Schluß gekommen, daß es besser wäre, beide Seiten verbissen sich in Frankreich ineinander und bluteten sich gegenseitig aus, wonach er dann nach Belieben ganz Europa überrollen könnte? Ich befürchte das sehr.
Heute vor drei Jahren, genau am 22. Juni, sind die Deutschen in die Sowjetunion eingefallen. Wenn überhaupt, sollten die Russen, die doch soviel Sinn für dramatische Gesten haben, heute zum Gegenschlag ausholen. Aber nichts davon. Die Nachrichten der BBC waren alles andere als ermutigend. (Die BBC wird hier immer heimlich abgehört, und Nachrichten machen rasch die Runde; dabei steht auf das Nachrichtenhören die Todesstrafe.) Radio Berlin prahlte wieder, Eisenhowers Armeen säßen in den Sümpfen und Morästen der Normandie fest; Rommel werde sie bald ins Meer zurücktreiben, und dann würde Hitlers neue ›Wunderwaffe‹ sie das Fürchten lehren. Was die Russen betrifft, so behaupten die Deutschen, sie zahlten für ihren Vorstoß auf die Krim und in die Ukraine mit ›ungeheuren Verlusten an Menschen und Material‹ und seien am Ende ihrer Kräfte. Ist etwas Wahres daran? Nicht einmal die deutsche Heimatfront erträgt völlig erlogene Kriegsberichte. Wenn die Russen nicht sehr bald angreifen, und zwar in großer Stärke, wird sich die geringe Hoffnung, die wir hegen, wieder in saure Verzweiflung wandeln.
Ach, welch widerwärtige Farce, dieser Tag! Ein paar deutsche Subalternbeamte aus Prag spielten die Rolle der Besucher. Nur Rahm trug Uniform. Es war wie ein Traum: Haindl und die anderen SS-Männer in schlechtsitzenden Anzügen, mit Krawatte und Filzhut, verneigten sich vor uns, den Ältesten, halfen uns aus chauffeurgefahrenen Wagen heraus oder hinein, machten in Cafés und auf der Straße lächelnd jüdischen Frauen Platz. Das ganze lief ab wie ein Glockenspiel. Wenn die Gruppe weiterging, rannten Botenjungen voraus und sorgten für den nächsten Einsatz: ein Chor in einem Café, ein Streichquartett in einem Privathaus, eine Ballett-Probe, ein Kindertanz oder ein Fußballspiel. Wohin wir auch kamen, sahen wir glückliche, wohlgekleidete und gutaussehende, feiertägliche Spaziergänger, die Zigarren und Zigaretten rauchten. ›Mit der Präzision eines Uhrwerks‹ – das trifft den Nagel auf den Kopf. Die Juden spielten ihre kleinen Rollen mit der Steifheit lebender Puppen; und wenn die ›Besucher‹ vorüber waren, erstarrten sie und wurden wieder zu verängstigten Theresienstädter Häftlingen, die auf das nächste Zeichen warteten.
Drei recht ramponierte Rot-Kreuz-Pakete von Byron liegen neben mir auf dem Fußboden. Lastwagen rollten heute abend langsam durch das Ghetto, hochbeladen mit Paketen, die die Deutschen monatelang zurückgehalten haben. Die Besucher werden ein Ghetto erleben, das mit Rot-Kreuz-Vorräten überschwemmt ist. Die Deutschen haben an alles gedacht. Aus den Prager

Lagerhäusern für jüdische Beutestücke haben sie eine große Ladung von Kleidungsstücken für diejenigen gebracht, die vorgeführt werden. Ich zum Beispiel trage im Augenblick einen eleganten englischen Serge-Anzug und zwei goldene Ringe. Für die Frauen wurde ein Schönheitssalon eröffnet, Kosmetika sind verteilt worden. Hübsche Jüdinnen mit gelben Sternen auf ihren eleganten Kleidern flanierten heute wie Königinnen am Arm wohlgekleideter Begleiter auf den blumenbeetgesäumten Plätzen. Fast fühlte ich mich zurückversetzt in das Wien oder Berlin der Zeit vor dem Krieg. Die armen Frauen! Trotz allem genossen sie das kurze Vergnügen, gebadet, parfümiert und frisiert, elegant gekleidet und mit Schmuck behängt zu sein. Auf ihre Weise waren sie ebenso rührend wie die Wagenladungen von Leichen, die Tag und Nacht an uns vorüberfuhren, bis alle Kranken abtransportiert waren.

Natalie im Kinderpavillon trägt ein wunderschönes blaues Seidenkleid. Louis steckt in einem dunklen Samtanzug mit Spitzenkragen; es ist eine Freude, ihm beim Spiel zuzuschauen. Die SS hat die Kleinen gemästet wie Straßburger Gänse. Sie sind kugelrund, haben rote Bäckchen und strotzen vor Kraft, Louis vor allem. Wenn etwas die Besucher hinters Licht führen wird, dann ist es dieser bezaubernde Pavillon, der erst vor wenigen Tagen fertiggestellt wurde, reizend und drollig wie ein Puppenhaus, und die hübschen Kinder, die schaukeln und am Rundlauf spielen oder im kleinen Wasserbecken planschen.

Natalie ist gerade mit der Nachricht zurückgekommen, daß die Russen endlich zur Offensive angetreten sind! Um Mitternacht sind unabhängig voneinander zwei verschiedene Radiomeldungen aufgefangen worden; eine überschwengliche Nachrichtensendung von der BBC und eine Sendung in tschechischer Sprache aus Moskau. Die Sowjets nannten ihren Angriff »unseren Beitrag zur Zusammenarbeit mit unseren Alliierten in Frankreich«. Als Natalie mir das erzählte, murmelte ich den hebräischen Segen für gute Nachrichten. Dann fragte ich sie, ob sie auch jetzt noch an ihren Plänen für Louis festhalten wolle. Wer weiß, sagte ich – und ich war plötzlich selbst ganz außer mir –, aber was ist, wenn Deutschland jetzt schnell zusammenbricht? Lohnt sich das Risiko dann immer noch?

»Er kommt fort«, sagte sie. »Daran ändert sich nichts.«

Ich lasse die Feder fallen. Das Lied des armen Udam geht mir nicht aus dem Sinn: *»Oi, sie kommen, sie kommen also doch! Kommen aus dem Osten, kommen aus dem Westen...«*

Gott gebe ihnen Kraft!

Aus ›Welt im Untergang‹
von Armin von Roon

›Bagration‹

In der Nacht zum 22. Juni 1944, dem dritten Jahrestag des Beginns von ›Unternehmen Barbarossa', schlugen die Russen mit der ganzen Rachsucht des Ostens zu. In ganz Weißrußland kam es zu Partisanenerhebungen, in deren Verlauf Züge zum Entgleisen gebracht und Brücken gesprengt wurden. Von der Ostsee bis zu den Pripjet-Sümpfen stießen bei den Heeresgruppen Mitte und Nord Vorausabteilungen durch. Am nächsten Tag verwandelte ein Stahlgewitter aus hunderttausend schweren Geschützen die siebenhundert Kilometer lange Front in ein Inferno. Die Schützendivisionen, Panzer- und motorisierten Divisionen griffen massiert unter einem Himmel an, der schwarz war von sowjetischen Flugzeugen. Kein Jäger unserer Luftwaffe stieg auf, um sich ihnen entgegenzuwerfen. Die Russen griffen mit einer Million, zweihunderttausend Mann, fünftausend Panzern und sechstausend Flugzeugen an. Da hatten wir es: die östliche Backe von Roosevelts Schraubstock schraubte sich unerbittlich westwärts vor, um mit dem Vorstoß von ›Overlord‹ zusammenzutreffen.
BAGRATION! Vergeltung für Barbarossa!
Wie wir beschworen die Sowjets den Namen eines großen Feldherrn – des Helden der Schlacht von Borodino – für ihren Angriff vom 22. Juni. Wie wir zielten sie auf eine rasche Eroberung von Weißrußland und die Einkesselung der auf dieser großen bewaldeten Ebene stehenden Armeen ab. Und in der Tat: wie das Unternehmen ›Bagration‹ sich im OKW auf unseren Karten entfaltete, das spiegelte unseren erstaunten Augen auf erschreckende Weise die Bewegungen des Unternehmens ›Barbarossa‹ und ließ uns erkennen, daß die Russen ihre militärischen Lektionen nur allzu gut gelernt hatten.
Im Verlauf des mörderischen Winterfeldzugs zur Entsetzung Leningrads und der unnachgiebigen Vertreibung der Verbände Mansteins aus der Ukraine und der Krim im Frühjahr hatten wir ihre erschreckende Zähigkeit und Stalins verbissene Entschlossenheit kennengelernt, auch weiterhin rücksichtslos Menschen zu opfern. Doch hier in Weißrußland kam etwas Neues ins Spiel: unsere besten taktischen Konzepte wurden mit großem Geschick gegen uns eingesetzt. Um das Spiegelbild zu vervollständigen, war es diesmal an Hitler, Stalins verbohrte Befehle von 1941 zu wiederholen: »Bleibt, wo ihr seid! Kein Rückzug! Keine taktischen Bewegungen! Durchhalten bis zum letzten Blutstropfen!« Sie hatten die gleichen verheerenden Folgen – nur unter anderen Vorzeichen.
Den Sowjets gelang sogar der gleiche Überraschungserfolg.
1941 hatten sie in der Erwartung, daß Hitler auf die ukrainischen Kornkammern und die Ölfelder im Kaukasus vorstoßen werde, ihre Verbände im Süden konzentriert.

Dadurch war es uns rasch gelungen, ihren mittleren Frontabschnitt zu durchbrechen. Diesmal ›wußte‹ der unfehlbare Hitler trotz des gewaltigen sowjetischen Aufmarsches im Mittelabschnitt, daß die Russen ihren weit nach Westen hineinreichenden Buckel im Süden ausnutzen und in Richtung auf die rumänischen Ölfelder und den Balkan vorstoßen würden. Die Truppenkonzentration im Mittelabschnitt tat er in seiner bekannten, hochtrabenden Art als ›Finte‹ ab und konzentrierte seine Verbände in der Ukraine, um den Sowjets dort Widerstand zu leisten.

Die dringenden, auf Meldungen des Geheimdienstes beruhenden Warnungen von Busch, dem Oberkommandierenden der Heeresgruppe Mitte, und seine Bitten um Verstärkung blieben unbeachtet. Als die Russen dann losschlugen und die Front einbrach, feuerte Hitler Busch aufgrund seiner eigenen verbohrten Fehleinschätzung der Lage. Doch sein Nachfolger, General Model, sah seine Hände gleichfalls durch Hitlers ständige Einmischungen gebunden – insbesondere durch seinen Befehl, unsere Divisionen sollten sich, statt ihren Weg freizukämpfen, in den ›Widerstandskernen‹ jener Städte – Witebsk, Bobruisk, Orscha und Mogilew – einigeln, die die Russen bei ihrem raschen Vorstoß hatten links liegen lassen. Dieser Wahnsinn bedeutete das Ende unserer Front. Die ›Widerstandskerne‹ fielen binnen weniger Tage, und die eingeschlossenen Divisionen waren verloren. In unserer Front klafften Riesenlöcher, und durch diese kamen die Sowjets auf ungezählten Leih- und Pacht-Rädern hereingerollt wie die Tataren.

Meine unter dem Titel ›Die Schlacht um Weißrußland‹ erschienene Operationsanalyse von ›Bagration‹ ist sehr ausführlich; ich halte dieses wenig beachtete Ereignis für den entscheidenden Teil von Deutschlands Zusammenbruch im Zweiten Weltkrieg, entscheidender noch als die Landung der Alliierten in der Normandie. Wenn es in diesem Kriege wirklich ein ›zweites Stalingrad‹ gegeben hat, so war es das Unternehmen ›Bagration‹. In knapp zwei Wochen gelang es den Russen, gut dreihundert Kilometer vorzustoßen. Durch rasch vorgetragene Zangenbewegungen in Richtung Minsk wurden hunderttausend deutsche Soldaten eingekesselt; in den Kämpfen selbst verloren wir weitere hundertfünfzigtausend Mann. Die Reste der Heeresgruppe Mitte wichen bis westlich von Minsk zurück; ihre Einheiten wurden von sowjetischen Panzerspitzen zermahlen. Mitte Juli hatte die Heeresgruppe Mitte praktisch aufgehört zu existieren. Abermals mußten abgerissene Kolonnen von deutschen Kriegsgefangenen in Moskau über den Roten Platz ziehen. Die Rote Armee hatte Weißrußland zurückerobert und marschierte in Polen und Litauen ein. Sie bedrängte die ostpreußische Grenze; die Heeresgruppe Nord drohte durch einen Vorstoß zur Ostsee abgeschnitten zu werden. Während dieser Zeit waren die Anglo-Amerikaner immer noch dabei, aus der Normandie auszubrechen.

Und die ganze Zeit über starrte Adolf Hitler wie besessen auf den Westen! Die immer größere Ausmaße annehmende Krise im Osten fegte er bei den Lagebesprechungen mit barschen und voreiligen Urteilen einfach beiseite. Unsere streng kontrollierte Presse verschleierte die Katastrophe. Die Amerikaner und die Briten waren damals – wie ihre Historiker heute noch – ausschließlich mit den Vorgängen in Frankreich beschäftigt. Die Sowjets dagegen gaben kaum mehr als die nackten Tatsachen über ihren Vormarsch bekannt; und nach dem Kriege, als Stalin mehr und mehr in blutrünstigen Wahnsinn verfiel, wagten ihre Militärhistoriker nicht den Mund aufzumachen. Viele nützliche Informationen über die Kriegsereignisse drangen nicht aus dem unseligen Lande heraus.

So kam es, daß ›Bagration‹ nahezu in Vergessenheit geraten ist. Dabei war es diese Schlacht, die unsere Front im Osten zerbrach; die dafür sorgte, daß Finnland aus dem Krieg ausschied und die Balkan-Politiker jenen Verrat planten, der im folgenden Monat in Rumänien zu einer womöglich noch größeren Katastrophe führte. Außerdem war das Unternehmen ›Bagration‹ gleichsam die Zündschnur, die am 20. Juli die Bombe im Führerhauptquartier hochgehen ließ.

Anmerkung des Übersetzers: *In den letzten Jahren haben die Sowjets mehr und bessere Bücher über den Krieg herausgebracht. In Marschall Schukows Memoiren wird ›Bagration‹ ausführlich behandelt. Diese Bücher sind zwar sehr aufschlußreich, bleiben aber nach unseren Maßstäben nicht unbedingt bei der Wahrheit. In Rußland sind sämtliche Druckereien in den Händen der kommunistischen Regierung; in ihnen wird nichts gedruckt, was die – wie Hitler unfehlbare – Partei nicht in den Himmel hebt. – V.H.*

Im Morgengrauen des 23. Juni steht Natalie auf und kleidet sich für den Besuch der Rot-Kreuz-Delegation in einem Schlafzimmer an, das sich in jedem europäischen Hotel sehen lassen konnte: Möbel aus hellem Holz, ein kleiner Perserteppich, heiter geblümte Tapeten, Sessel und Lampenschirme; selbst Vasen mit frischen Blumen, die gestern abend von der Gärtnergruppe geliefert wurden, fehlten nicht. Jastrows Wohnung ist einer der Punkte, an denen die Delegation verweilen wird. Der bekannte Schriftsteller wird die Besucher durch die Räume führen, ihnen Cognac anbieten und sie dann in die Synagoge und die Judaica-Bibliothek begleiten. Deshalb räumt Natalie noch einmal gründlich auf, bevor sie davoneilt. Im Kinderpavillon gibt es noch eine Menge zu tun. Rahm hat in letzter Minute eine Umgruppierung der Einrichtung angeordnet und befohlen, daß noch mehr Tierbilder an den Wänden angebracht werden.

Gerade geht die Sonne auf. Gruppen von Frauen sind bereits auf der Straße und schrubben auf Händen und Knien im trüben gelben Licht die Bürgersteige. Der muffige Geruch dieser ausgemergelten Vogelscheuchen aus den überfüllten Unterkünften verpestet die Morgenbrise. Sobald ihre Arbeit getan ist, werden sie den parfümierten Frauen in ihren hübschen Kleidern das Feld räumen.

Natalies Sinne sind viel zu abgestumpft, als daß sie derlei Verschönerungs-Ironien noch wahrnähme. Ein immer wiederkehrender Alptraum hat ihr seit einem Monat den Schlaf geraubt – Haindl, der Louis an den Beinchen hält und seinen Kopf am Betonboden zerschmettert. Das Bild des Kindes, wie sein Schädel auseinanderklafft, wie das Blut und die weiße Hirnmasse hervorspritzen, hat für sie die gleiche Wirklichkeit angenommen wie ihre Erinnerung an den SS-Keller; in gewisser Hinsicht sogar noch vertrauter, denn das kurze Grauen dort kam und ging in einem Schock der Benommenheit, die furchtbare Vision mit dem Kind dagegen hat sie nunmehr Dutzende von Malen erlebt. Natalie ist kaum noch ein Mensch, ist kaum noch normal im Kopf. Nur eines hält sie aufrecht: die Hoffnung, daß es gelingt, Louis aus dem Ghetto hinauszuschaffen.

Der tschechische Polizist, der Berels Nachricht überbringt, sagt, daß das Unternehmen für die Woche nach dem Rot-Kreuz-Besuch geplant sei. Louis müsse krank sein und ins Hospital geschafft werden. Sie werde ihn nicht wiedersehen. Man werde ihr sagen, er sei an Typhus gestorben. Danach könne sie nur hoffen, eines Tages zu hören, daß er in Sicherheit sei. Es ist, als müßte sie ihn zu einer Notoperation schicken; sie kann nichts daran ändern, einerlei, wie groß das Risiko ist.

Von einem Handkarren draußen vor den Unterkünften der Dänen laden Gärtner voll erblühte Rosensträucher ab, tragen sie in den Garten und setzen sie in die vorbereiteten Löcher im Rasen. Rosenduft erfüllt die Luft, als Natalie vorübergeht. Unter den dänischen Juden tut sich offensichtlich etwas Besonderes. Doch das geht sie nichts an. Das einzige, was sie angeht, ist, dafür zu sorgen, daß heute alles fehlerlos klappt, daß Rahm nicht in Wut gerät, und daß sie Louis nicht in Gefahr bringt. Der Kinderpavillon ist der letzte Aufenthalt auf dem Rundweg, die größte Attraktion.

Wie die Dinge liegen, sind die dänischen Juden heute die wichtigsten; sie sind nur eine Handvoll, nicht mehr als vierhundertundfünfzig unter fünfunddreißigtausend – aber eine besondere Handvoll.

Die Geschichte der dänischen Judenheit ist erstaunlich. Bis auf diese wenigen sitzen alle anderen frei und sicher im neutralen Schweden. Als die dänische Regierung Wind davon bekam, daß die deutschen Besetzer vorhatten, die Juden zusammenzutreiben, alarmierte sie insgeheim die Bevölkerung, und in einer einzigen Nacht schafften dänische Freiwillige mit einer rasch zusammengestellten Flotte kleiner Fahrzeuge rund sechstausend Juden ins neutrale und gastliche Schweden hinüber. Deshalb ist den Deutschen nur eine kleine Gruppe in die Hand gefallen und nach Theresienstadt gebracht worden.

Seither hat das Dänische Rote Kreuz ständig gefordert, ihre jüdischen Mitbürger im Paradies-Ghetto besuchen zu dürfen. Der dänische Außenminister hat diese Forderung mit großem Nachdruck betrieben. Sonderbarerweise haben die Deutschen, statt ein paar Dänen zu erschießen und diese unangenehme Belästigung zu ersticken, recht unentschlossen gehandelt. Wenn sie den Besuch auch immer und immer wieder hinausgeschoben haben, zuletzt haben sie nachgegeben.
Vier Männer, im Nebel der Geschichte nur noch schattenhaft zu erkennen, gleichwohl jedoch namentlich bekannt, bilden die Gruppe der Besucher:
Frants Hvass, jener dänische Diplomat, der in Berlin wegen Theresienstadt immer wieder vorgesprochen hat.
Dr. *Juel Henningsen* vom Dänischen Roten Kreuz.
Dr. *M. Rossel* von der Deutschen Abteilung des Internationalen Roten Kreuzes in Berlin.
Und *Eberhard von Thadden*, ein deutscher Berufsdiplomat. Von Thadden ist im Auswärtigen Amt für jüdische Angelegenheiten zuständig. Eichmann deportiert Juden in die Todeslager. Von Thadden holt die Juden aus den Ländern, deren Staatsangehörigkeit sie haben, heraus und überstellt sie an Eichmann.
Der Rundgang beginnt Punkt zwölf Uhr mittags. Er dauert acht Stunden. Die ganze erstaunliche, sechs Monate währende Verschönerungsaktion wurde einzig und allein zu dem Zwecke veranstaltet, um diesen beiden Dänen und diesen beiden Deutschen Sand in die Augen zu streuen. Doch der Aufwand lohnt sich. Die schriftlichen Berichte von Hvass und den Leuten vom Roten Kreuz sind uns erhalten geblieben. Sie sind erfüllt von Anerkennung der Verhältnisse in Theresienstadt. »Mehr etwas von einer idealen Vorort-Gemeinde«, faßt einer es zusammen, »als von einem Konzentrationslager.«
Und warum auch nicht?
Die vier Besucher legen die von Rahm festgelegte Route mit einem ganzen Troß von hohen Nazi-Beamten aus Berlin und Prag ohne Stockung und genau nach Zeitplan zurück. Ihr Erscheinen löst einen bezaubernden Anblick nach dem anderen ab – hübsche Bauernmädchen, die fröhlich singen, während sie mit geschulterten Rechen zur Arbeit in der Gärtnerei abmarschieren, Unmengen von duftendem, frischem Gemüse, das vorm Kolonialwarenladen abgeladen wird; Juden, die offenbar guter Dinge sind, während sie sich zum Kauf anstellen; ein einheitlich gekleideter Chor aus achtzig Singstimmen, die plötzlich in ein atemberaubendes *Sanctus* ausbrechen; und beim Fußballspiel unter dem Jubel der Zuschauer ein Torschuß gerade in dem Augenblick, da die Besucher den Sportplatz erreichen.

Das Hospital sieht paradiesisch sauber aus und riecht auch so, die Bettwäsche ist blütenweiß, die Patienten sind guter Dinge und behaglich untergebracht; wenn sie gefragt werden, antworten sie auf alle Fragen und preisen die hervorragende Verpflegung und vorbildliche Behandlung. Wohin die Besucher sich wenden – ob ins Schlachthaus, in die Wäscherei, die Bank, die Büros der jüdischen Verwaltung, die Erdgeschoßwohnungen der *Prominenten*, die Unterkünfte der Dänen –, sie sehen nichts als Ordnung, Frische und Sauberkeit, Liebreiz und Zufriedenheit. Die dänischen Juden überbieten sich förmlich, Hvass und Henningsen zu versichern, daß es ihnen gut gehe und daß sie anständig behandelt würden.

Auch draußen bekommt man nur Angenehmes zu sehen. Die verschnörkelten Straßenschilder sind dem Auge ein Labsal. Wohlgekleidete Juden gehen müßig im Sonnenschein spazieren, wie es nur wenige Europäer in diesen harten Kriegszeiten noch tun können. Die Darbietungen im Café sind erstklassig, das cremegefüllte Gebäck köstlich. Über den Kaffee meint Herr von Thadden: »Der ist besser als der, den man in Berlin kriegt.«

Und welch vorzüglichen Eindruck erst der Kinderpavillon macht! Die bezaubernde, grazile jüdische Leiterin, die Nichte des berühmten Schriftstellers, scheint glücklich in ihrer Arbeit aufzugehen und hat auf alles eine rasche, positive Antwort! Offensichtlich steht sie auf freundlichstem Fuß mit dem Kommandanten Rahm und dem Inspektor Haindl. Das ist wirklich ein einnehmender Abschluß des Besuches: hübsche, gesunde Kinder, die schaukeln und rutschen, Ringelreihn tanzen, im Teich planschen, am Rundlauf hangeln und dabei, während die Sonne untergeht, lange Schatten auf das frische grüne Gras des Spielplatzes werfen; ihr Lachen perlt wie anmutige Musik. Hübsche junge Aufseherinnen behalten sie im Auge; doch keine ist auch nur halb so reizvoll und fröhlich wie die in dem blauen Kleid. Mit Erlaubnis des Kommandanten macht der Vertreter des Berliner Roten Kreuzes Aufnahmen, darunter eine von ihr, wie sie ihren Sohn im Arm hält, einen lebhaften kleinen Burschen mit einem zu Herzen gehenden Lächeln. Ein Abzug des Bildes, erklärt Herr Rossel ihr, werde ihrer Familie in Amerika zugeschickt werden.

Als Frants Hvass nach dem Krieg im dänischen Folketing aufgefordert wurde, zu erklären, wieso er sich dermaßen von den Deutschen habe hinters Licht führen lassen, erwidert er, er habe sich durchaus nicht täuschen lassen. Er habe gleich erkannt, daß der ganze Besuch nichts als Theater gewesen sei. Einen positiven Bericht habe er eingereicht, um zu gewährleisten, daß die dänischen Juden auch weiterhin gut behandelt würden und ihre Lebensmittelpakete aus der Heimat bekämen. Das sei sein Auftrag gewesen, nicht die Bloßstellung deutscher Falschheit. Hvass gesteht dem Parlament aber auch, daß ihm bei dem Besuch eine Last von der Seele gefallen sei. Angesichts der schrecklichen Berichte über deutsche Lager, die das Rote Kreuz bereits in Händen gehabt habe, hätte er halb gefürchtet, überall auf den Straßen Leichen herumliegen und im Pesthauch von Schmutz und Tod Halbtote umherstolpern zu sehen. Doch davon sei trotz allen Humbugs nichts zu sehen gewesen.

Die Welt fragt sich heute noch, warum das Internationale Rote Kreuz und der Vatikan den ganzen Krieg über Schweigen bewahrt haben, obwohl sie eindeutig von dem großen heimlichen Massaker wußten. Einer Erklärung am nächsten kommt immer wieder Frants Hvass' Überlegung: während des Krieges die Deutschen zu beschuldigen, Verbrechen zu begehen, die nicht bewiesen werden konnten, hätte die Lage der Juden, die noch in ihrer Gewalt waren, höchstens verschlimmern können. Das Rote Kreuz und der Vatikan kannten die Deutschen gut. Möglicherweise hatten ihre Argumente etwas für sich. Dennoch fragt man sich: Wie hätte die Lage der Juden noch schlechter werden können?

Der Erfolg der großen Verschönerungsaktion gab den höheren Stellen in Berlin einen Gedanken ein. Warum nicht einen Film über Theresienstadt drehen, in dem gezeigt wird, wie gut es den Juden unter den Nazis geht, um die zunehmende Greuelpropaganda der Alliierten über Vernichtungslager und Gaskammern als Lügen zu entlarven? Befehle gehen heraus, diesen Film sofort zu drehen. Titel: *Der Führer schenkt den Juden eine Stadt.* Zu den Drehbuchautoren gehört Dr. Aaron Jastrow; der Kinderpavillon soll besonders herausgestellt werden.

Aus ›Hitler als Feldherr‹
Der 20. Juli – Attentatsversuch auf Hitler.

. . . Die Lagebesprechung fand in einer Holzbaracke statt; der schwere Kommandobunker aus Beton wurde gegen Luftangriffe verstärkt, weil die Front immer näher an Rastenburg heranrückte. Dieser Umstand hat Hitler das Leben gerettet. Im Bunker hätte keiner von uns die Explosion überlebt.
Es war eine vertraute, langweilige Szene, bis die Bombe losging. Sauertöpfisch und eintönig erging Heusinger sich über Probleme der Ostfront. Hitler lehnte sich über den Kartentisch, starrte durch seine dicken Brillengläser, und ich stand unter

den Stabsoffizieren neben ihm. Es gab einen ohrenbetäubenden Knall, und der Raum war eingehüllt in gelben Qualm. Ich selbst fand mich mit furchtbaren Schmerzen auf dem Boden liegend wieder und stieß unwillkürlich Schmerzenslaute aus. Ich dachte zunächst an eine Fliegerbombe. Mein erster Gedanke war, mich vor dem Verbrennen bei lebendigem Leibe zu retten, denn ich hörte das Knistern von Flammen, und es roch brenzlig. Trotz meines gebrochenen Beins schleppte ich mich nach draußen, stolperte im Rauch und Dämmer über auf dem Boden Liegende hinweg. Das Stöhnen und die Schreie rings um mich her waren erschreckend. Draußen brach ich zusammen, jedoch in sitzende Stellung. Ich sah Hitler, auf den Arm von jemand gestützt, aus dem Rauch herauskommen. Er hatte Blut im Gesicht, sein Haar war völlig wirr und über und über mit Gipsstaub bedeckt. Durch seine aufgerissene schwarze Hose konnte ich seine nackten Beine sehen. Die weißen Spindelbeine, die geschwollenen Knie ließen ihn im Augenblick wie einen ganz gewöhnlichen und eher mitleiderregenden Menschen erscheinen, nicht wie den entschlossenen Kriegsherrn.

Über die Verschwörer ist eine ganze Literatur erschienen, die sie in günstigem Licht erscheinen läßt. Ich kann mich nicht zu irgendwelchen Sentimentalitäten versteigen. Daß ich dabei fast ums Leben gekommen wäre, hat damit überhaupt nichts zu tun. Für den Grafen Stauffenberg gehörte zweifellos Mut und Einfallsreichtum dazu, durch das komplizierte System von Toren und Sicherheitsüberprüfungen der Wolfsschanze hindurchzukommen und die Aktentasche mit dem Sprengstoff unter dem Tisch zu deponieren; doch wozu? Er war bereits ein Wrack und hatte nur noch ein Auge; in Nordafrika hatte er die rechte Hand und zwei Finger der linken Hand verloren. Warum hat er nicht alles gegeben? Gewiß, er stand an der Spitze der Verschwörung, doch deren einziges Ziel war die Vernichtung Hitlers; die einzig sichere Methode, das zu tun, wäre gewesen, mit der Bombe in der Hand auf ihn zuzugehen und sie zur Detonation zu bringen. Der verschwommene christliche Idealismus des Grafen veranlaßte ihn denn doch nicht, zum Märtyrer zu werden. Die Ironie des Schicksals wollte es, daß er ohnehin nur noch wenige Stunden länger lebte. Er wurde gefaßt und noch in derselben Nacht in Berlin hingerichtet.

Ich kannte fast alle Verschwörer, die der Wehrmacht angehörten. Daß einige, wie sich jetzt herausstellte, doch mitgemacht hatten, verwunderte mich. Bei anderen hätte ich es vermuten können; auch bei mir hatte man schon zu einem frühen Zeitpunkt vorgefühlt. Da ich den Betreffenden zum Schweigen brachte, trat man nie wieder an mich heran. Die Vorstellung, den Krieg zu beenden, indem man das Staatsoberhaupt umbrachte, hielt ich für Verrat, für unvereinbar mit unserem Fahneneid, und für falsch. Dazu stehe ich heute noch.

Am 20. Juli 1944 stand die Wehrmacht noch überall tief auf fremdem Boden; sie war neun Millionen Mann stark und kämpfte trotz unberechenbarer Führung hervorragend. Wenn auch von Luftangriffen mitgenommen, war die Heimat noch intakt. Das politische Rückgrat Deutschlands bildete – ob das nun gut oder schlecht war, sei dahingestellt – das Band zwischen dem deutschen Volk und Hitler. Seine Ermordung hätte nur zu einem Chaos geführt. Himmler, Göring und Goebbels, die noch den gesamten Staatsapparat in der Hand hatten, hätten aus Rache ein Blutbad von unvorstellbaren Ausmaßen angerichtet. Jeder Deutsche wäre gegen seinen Bruder aufgestanden. Unsere führerlosen Armeen wären zusammengebrochen. Die militärische Lage, mochte sie auch durchaus nicht gut sein, verbot eine solche Lösung; sie hätte uns in einen Zustand der Anarchie gestürzt und wäre gleichbedeutend gewesen mit einer Aufforderung an die bolschewistischen Barbaren, bis an den Rhein zu ziehen.

In der Tat war es so, daß der Attentatsversuch vom 20. Juli gleichsam einen zweiten Reichstagsbrand entfachte. Er lieferte Hitler den Vorwand, den er brauchte, um die gesamte noch überlebende Opposition hinzuschlachten. Mindestens fünftausend Menschen starben, die meisten von ihnen unschuldig. Der Generalstab und die unabhängige intellektuelle Elite – Politiker, Gewerkschaftsführer, Priester, Professoren und die Überreste des alten deutschen Adels – wurde nahezu ausgerottet. Nach meiner Überzeugung hat der 20. Juli den Krieg sogar noch verlängert. Wir standen unmittelbar vor den August-Katastrophen, die uns sehr wohl hätten zwingen können, uns Hitlers zu entledigen, um eine geordnete Kapitulation zu erreichen. Stattdessen versetzte der 20. Juli allen Deutschen einen solchen Schock, daß sie sich nur enger um den Führer scharten – bis er sich neun furchtbare Monate später erschoß. Unter den Deutschen hatte dieser verpatzte Versuch keinen Rückhalt. Die Verschwörer wurden verflucht, und Hitler stand wieder hoch im Kurs.

Im Krankenrevier der Wolfsschanze, dessen erinnere ich mich noch sehr gut, saß Hitler keine fünf Schritt von mir entfernt und unterhielt sich mit Göring, während die Ärzte sich mit seinen geplatzten Trommelfellen beschäftigten. *»Jetzt habe ich diese Bande da, wo ich sie haben wollte«*, sagte er. *»Jetzt kann ich handeln.«* Er wußte, daß das Fiasko seinem Regime noch einmal einen Aufschub verschafft hatte.

Hitlers Apologeten behaupten, er habe sich die Filme, die auf seinen Befehl hin von der Hinrichtung der Generale gedreht wurden, nicht angesehen. Ich habe während der Vorführung persönlich neben ihm gesessen. Sein Gekicher und seine Bemerkungen hätten eher zu einer Chaplin-Komödie gepaßt als zu den grauenhaften Verrenkungen meiner ehemaligen Waffengefährten, die nackt und an Schlingen aus Klavierdraht aufgehängt im Todeskampf zuckten. Ich habe danach nie mehr Achtung für ihn empfinden können. Und wenn ich es mir hier wieder in die Erinnerung zurückrufe, kann ich auch die Erinnerung an ihn nicht mehr achten.

Für mich war der 20. Juli in jeder Beziehung eine unselige Sache. Seither ziehe ich beim Gehen ein Bein nach, kann auf dem rechten Ohr nicht mehr hören und habe immer wieder Schwindelanfälle, bei denen ich manchmal stürze. Außerdem hatte ich keine Chance mehr, aus dem Oberkommando der Wehrmacht hinauszukommen. Wie die meisten der am 20. Juli Beteiligten entstamme ich einer begüterten konservativen Familie; ich hätte also durchaus Hitlers irrationalen Verdacht erregen und hingerichtet werden können. Möglicherweise ließen meine Verwundungen mich jedoch von vornherein unschuldig erscheinen. Vielleicht wußte aber die Gestapo auch, daß ich nichts damit zu tun hatte. Wie dem auch sei, ich war wieder »der gute alte Armin«, einer, der »anders war« als die anderen, und wurde von Hitler anständiger behandelt als nahezu jeder andere General, mit Ausnahme von Model und Guderian. So war ich gezwungen, Zeuge seines fortschreitenden Verfalls zu werden, bis ans bittere Ende im Berliner Bunker, und mußte dabei Tag für Tag die wüstesten Verunglimpfungen meines Berufes und meiner Klasse herunterschlucken.

Anmerkung des Übersetzers: *Der winzige Kreis der Verschwörer hatte etwas Liebenswert-Unbeholfenes. Sie legten Bomben, die nicht losgingen, planten Unternehmungen, die einer von ihnen verdarb, und stolperten überhaupt einer über den anderen. Dabei handelt es sich um sehr mutige Männer, und ihre Geschichte ist komplex und faszinierend. Roons Mißbilligung ihres Handelns wird in Deutschland kaum von anderen geteilt. Ich habe das Gefühl, daß von Roon darunter leidet, sich herausgehalten zu haben, und jetzt übertrieben hart urteilt.* – V.H.

Aus *Eines Juden Reise*

23. Juli

Rahm ist heute mit dem dänischen Juden, der bei dem Film Regie führen soll, durchs Ghetto gefahren. Im Drehbuch ist eine große Szene vor dem Kinderpavillon vorgesehen. Natalie wußte, daß sie kommen würden, und als es soweit war und die beiden Autos hielten, so sagte sie mir, sei sie am Rande ihrer Nerven gewesen. Doch Rahm nahm die Nachricht von Louis' Tod sehr leicht. »Hm, schade! Dann nimm eins von den anderen Bälgern«, war alles, was er dazu sagte. »Such dir einen lebhaften Jungen aus und bring ihm das französische Lied bei, das dein Gör gesungen hat.« Für ihn schien es ganz natürlich, daß das Kind an Typhus gestorben war; kein Beileid, aber offenbar auch kein Argwohn. Natürlich heißt es auch weiterhin, auf der Hut zu sein. Er könnte ja immer noch Nachforschungen anstellen. Doch vorerst ist die Erleichterung groß.

Möglicherweise waren Natalies makabre Vorsichtsmaßnahmen samt und sonders überflüssig: die Urne mit Louis' Asche in ihrem Schlafzimmer, die Gedenkkerzen, die Besprechungen mit dem Rabbi über die Trauerfeier, der Gang in die Synagoge, um das Totengebet zu sprechen, und alles andere. Immerhin hat es geholfen, sie zu beruhigen. Und reines Theaterspiel war es

auch nicht für sie. Die anhaltende Ungewißheit hat sie tief bedrückt. Seit drei Wochen nun schon nicht ein einziges Wort; nur den offiziellen Totenschein und die unheimliche Benachrichtigung vom Krematorium, sie könne für einen gewissen Preis seine Asche haben. Wir wissen nicht mehr, als daß es sich bei der Asche in Natalies Zimmer wirklich um die von Louis handelt. Selbstverständlich glauben wir das nicht; gleichviel, es war von Anfang bis Ende nur allzu überzeugend.
(Ach – wessen Asche mag es wohl sein?)
Die Kriegsnachrichten sind glorios. Jeden Tag wacht man auf und giert nach den neusten Meldungen. Deutsche Zeitungen, die hereingeschmuggelt oder der SS entwendet wurden, gehen von Hand zu Hand, denn sie haben sich als Quell großen Frohlockens erwiesen. Was die Goebbels-Presse zugibt, *muß* einfach wahr sein, und was man in letzter Zeit zu hören bekommt, läßt einen vor Erstaunen und Glück mit den Augen zwinkern. Eine Gruppe von deutschen Generalen hat versucht, Hitler umzubringen! Ich habe im *Völkischen Beobachter* einen ausführlichen Bericht darüber gelesen. Mit der Kampfmoral der Deutschen geht es offensichtlich bergab. Im fernen Pazifik hat die Navy mit der Eroberung der Marianen einen weiteren Sieg errungen; damit liegt Japan im Bereich amerikanischer Langstreckenbomber. Die japanische Regierung ist gestürzt worden.
Und jetzt ist auch noch der ganze Verschönerungswahnsinn wieder im Gange. Proben, Renovieren, die Errichtung von Theresienstädter Pseudoherrlichkeiten: eines öffentlichen ›Badestrands‹ am Flußufer, einer Freiluftbühne und weiß der liebe Himmel, was sonst noch alles! Der Film ist ein wahres Gottesgeschenk; er gewährt uns Aufschub. Allein die Vorbereitungen werden einen ganzen Monat in Anspruch nehmen; die Dreharbeiten selbst einen weiteren Monat. Die Deutschen sind darauf ebenso erpicht wie auf die Verschönerungsaktion. Wenn nicht irgendjemand im zusammenbrechenden Berlin auf die Idee kommt, alles abzublasen, könnte es sein, daß die Kameras selbst dann noch weiterschnurren, wenn amerikanische oder russische Panzer durchs Bohusovice-Tor in die Stadt einrollen.
Den Anglo-Amerikanern ist endlich der Ausbruch aus ihrem Brückenkopf in der Normandie gelungen. Die deutschen Zeitungen berichten von heftigen Kämpfen um Saint-Lô – ein Name, der bisher noch nie gefallen war. Was die Ostfront betrifft, so kommen in den deutschen Wehrmachtsberichten Städtenamen vor, die mir aus meiner Jugend vertraut sind; die Sowjets sind bereits weit ins östliche Polen vorgestoßen. Pinsk, Baranowitschi, Tarnopol und Lwów – große jüdische Städte, Heimat berühmter Yeshivas und erlauchter chassidischer Dynastien – wurden von der Roten Armee zurückerobert.

Von Lwów sind es – in gerader Linie – rund sechshundertundfünfzig Kilometer bis Theresienstadt. In den letzten drei Wochen sind die Russen dreihundert Kilometer vorgerückt. *In drei Wochen!* Es ist ein Wettlauf. Der Film gibt uns noch eine Chance. Gott sei Dank dafür, daß die Nazis eine solche Leidenschaft für groben Betrug haben!

6. August

Ich wurde aufgefordert, am Drehbuch mitzuarbeiten; daher die Lücke in meinen Aufzeichnungen. Ich schlug ein einfaches visuelles Hauptthema vor: das Fließen des Wassers ins Ghetto hinein und aus dem Ghetto hinaus; wobei ich daran dachte, daß intelligenten Zuschauern vielleicht das ›Schleusen-Symbol‹ aufgehen könnte. Der Regisseur hat das sofort kapiert, er brauchte es nicht einmal auszusprechen; ich las es in seinen Augen. Rahm, dieser Trottel, hat seine Zustimmung gegeben. Er hat eine geradezu kindische Freude an dem Filmprojekt; insbesondere an der Wahl der Mädchen für die Badeszene. Und immer noch nichts über Louis! Nichts, aber auch gar nichts! Gestern ist es einen Monat her, daß er im Hospital verschwand; Natalie reißt ihren Arbeitstag in der Glimmerfabrik ab und geht dann zum Kinderpavillon, um für die Filmarbeiten zu proben. Sie ißt nichts und erwähnt Louis nie. Vor ein paar Tagen ist sie in ihrer Verzweiflung ins Hospital gegangen und hat gebeten, mit dem Arzt sprechen zu dürfen, der Louis' Totenschein ausgefüllt hat. Man hat sie sehr grob abgewiesen.

18. August

Die Dreharbeiten haben begonnen. Ich habe das wirklich nicht sonderlich einfallsreiche Drehbuch mit vier Mitarbeitern Tag und Nacht umgeschrieben, wobei dieser beschränkte Rahm uns dauernd dazwischenfunkte. Keine Zeit zu atmen, und dennoch sei Gott dafür gedankt, daß wir diesen Film machen sollen. Eisenhowers Armeen sind über Frankreich ausgeschwärmt und haben die deutschen Verbände in einem Ort namens Falaise eingeschlossen. Die BBC redet von einem ›westlichen Stalingrad‹. Außerdem sind die Alliierten jetzt auch in Südfrankreich gelandet; die Deutschen sind heillos auf der Flucht. »Südfrankreich geht in Flammen auf«, hieß es in einer Sendung von Radio France Libre. Die Russen stehen an der Weichsel. Sie sind mit starken Verbänden in Praga einmarschiert, also nur noch durch den Fluß von Warschau getrennt. Die Polen erheben sich gegen die Deutschen, in Warschau wüten blutige Straßenkämpfe. Unsere Hoffnungen werden von Tag zu Tag größer.

30. August
Mit Louis ist alles in Ordnung! Und Paris ist befreit!
Das ist der schönste Tag, den ich in all meinen Jahren erlebt habe. Während der Filmarbeiten in der Bibliothek schob mir ein tschechischer Kameramann – ich weiß nicht, welcher, so schnell ging das im grellen Schein der Bogenlampen – einen Schnappschuß von Berel und dem Jungen in die Tasche. Sie stehen in hellem Sonnenlicht neben einem Heuhaufen. Louis sieht drall und gesund aus. Während ich diese Worte schreibe, sitzt Natalie mir gegenüber; sie weint immer noch Freudentränen über das Bild.
Die guten Nachrichten von den Schlachtfeldern überschlagen sich. Die amerikanischen Armeen haben Frankreich so schnell durchquert, daß ihnen Paris völlig unbeschädigt in die Hand gefallen ist. Die Deutschen sind einfach fort. Rumänien hat Deutschland den Krieg erklärt. Das hatten die Nazis, so scheint es, nun doch nicht erwartet. Laut Radio Moskau sind die Deutschen auf dem Balkan zwischen der einmarschierenden Roten Armee und den rumänischen Überläuferverbänden in einem Riesenkessel eingeschlossen. Kein Zweifel, daß ihnen an allen Fronten vernichtende Schläge zugefügt werden. Bei den alliierten Luftangriffen, so beklagt sich der *Völkische Beobachter*, handle es sich um die grauenhaftesten und erbarmungslosesten der Geschichte. Wie wunderschön! Die Goebbels'schen Leitartikel klingen immer mehr nach Götterdämmerung. Der Krieg kann jeden Augenblick zu Ende gehen.

10. September
Wie weit ist das Ende noch entfernt? Jetzt hat auch Bulgarien Deutschland den Krieg erklärt. Eisenhowers Armeen nähern sich dem Rhein, die fliehende Wehrmacht leistet kaum noch Widerstand. Der Warschauer Aufstand geht weiter. Irgendwie haben die Russen es nicht geschafft, über die Weichsel zu setzen und den Polen zu helfen. Selbstverständlich haben diese Blitzvorstöße ihren Nachschub auf die härteste Probe gestellt. Zweifellos ist das der Grund ihres Zögerns.
Jetzt hat Rahm nach tausend Einmischungen und Verzögerungen befohlen, daß der Film abgedreht wird. Keine Erklärung. Mir fällt dazu nur eine ein. Als die Sowjets Lublin einnahmen, überrollten sie dort das riesige Konzentrationslager Maidanek. Sie fanden Gaskammern, Krematorien, Massengräber, Tausende und Abertausende von lebenden Skeletten und unzählige Leichen, die herumlagen – genau so, wie Berel es von Oswiecim beschrieb. Die Russen haben dreißig westliche Journalisten hingebracht, damit sie sich mit eigenen Augen von den Schrecken überzeugen. Über die Einzelheiten wird von Radio

Moskau immer und immer wieder berichtet. Die schlimmsten Gerüchte stellen sich jetzt als Tatsachen heraus.

Das grausige deutsche Spiel ist also aus. *Der Führer schenkt den Juden eine Stadt* ist ein zweistündiger, idyllischer Dokumentarstreifen über das Paradies-Ghetto, der vermutlich nie gezeigt werden wird. Nach allem, was man in Lublin entdeckt hat, diskreditiert sich der Film von selbst als ungeschicktes Machwerk. In fünf Tagen ist unser ›Aufschub‹ zu Ende. Was dann? Das weiß bis jetzt kein Mensch.

Es ist schon merkwürdig. All diese überwältigenden Kriegsereignisse sind für uns wie fernes Donnergrollen. Wir lesen davon in der Zeitung, oder man flüstert uns zu, was irgendwelche ausländischen Sender zu berichten hatten. Theresienstadt selbst bleibt eine stagnierende kleine Gefängnisstadt, in der ein stickiger Sommertag dem anderen gleicht; ein lärmendes, mit unterernährten, kranken und verängstigten Menschen vollgestopftes Ghetto, durch die Unsinnsfilmerei leicht angeregt. Sonst jedoch herrscht hier eine Stille wie in einem Leichenhaus.

Aus ›Welt im Untergang‹
Das Septemberwunder

Im Laufe des August schien der Zusammenbruch des Reiches einigen übermütigen westlichen Journalisten nur »eine Frage von Tagen« zu sein. Die Backen des Ost-West-Schraubstocks hatten sich bis an Weichsel und Maas vorgeschoben. An den Fronten im Süden rollten die Anglo-Amerikaner das Rhonetal hinauf, ohne auf nennenswerten Widerstand zu stoßen. Den italienischen Stiefel hatten sie bereits bis nördlich von Rom besetzt. Die Russen, die in großen Massen durch unsere weit offene Südflanke in den verräterischen Balkan einströmten, hatten die Donau erreicht. An fast allen Fronten, an denen überhaupt noch gekämpft wurde, zogen unsere Streitkräfte sich entweder zurück oder waren eingeschlossen.

Später nannte Hitler selbst den 15. August »den schlimmsten Tag meines Lebens«. Das war der Tag, an dem die Alliierten in Südfrankreich landeten und im Norden General von Kluge im Kessel von Falaise verschwand. Nach dem 20. Juli von geradezu krankhaftem Mißtrauen erfüllt, fürchtete der Führer, Kluge habe sich abgesetzt, um zu verhandeln; so schlimm sah die Lage im Hauptquartier aus. Doch der tapfere Kluge schaffte es bald, wieder Verbindung mit uns aufzunehmen. Kurz darauf brachte er sich um; ob aus Verzweiflung über Hitlers hirnverbrannte Befehle, die seine Armee der Vernichtung preisgaben, oder weil er mit dem

Attentat zu tun hatte, weiß ich nicht. Ich gestehe, daß mir selber der Gedanke an Selbstmord im August nicht nur einmal nahe war.
Doch der September ging vorüber, und noch hatte kein feindlicher Soldat den Fuß auf deutschen Boden gesetzt.
Nachdem Rundstedts Verbände Montgomerys tollkühnen Zugriff auf Arnheim vereitelt hatten, kam auch Eisenhowers Eilmarsch zum Rhein zum Erliegen. Die Treibstofftanks waren leer, die Generale lagen sich in den Haaren, die Kräfte waren von den Niederlanden bis zu den Alpen verzettelt. Die Russen waren an der Weichsel aufgehalten worden und schlugen sich mit unseren Gegenangriffen herum. Auf der anderen Seite des Flusses machte die Waffen-SS Warschau mit Feuer und Sprengstoff dem Erdboden gleich, um den Aufstand zu ersticken. Alle Vorstöße im Süden wurden zum Halten gebracht. Trotz schwerster Schläge und im Kampf gegen die größte Übermacht der modernen Geschichte stand Deutschland trotzig da und erwehrte sich eines ganzen Kreises von Gegnern.
Wenn Englands einsames Ausharren im Jahre 1940 Lob verdient, warum dann nicht dieses heldenhafte Sich-Aufbäumen der Wehrmacht im September 1944?
Die Elemente des »Septemberwunders« sind klar. Der Osten wie der Westen hatten aufgrund ihrer aufsehenerregenden und sehr schnellen Vorstöße Nachschubschwierigkeiten; derweil festigte sich die deutsche Disziplin. Unter der Bedrohung unserer Heimat fand die totale Mobilmachung statt. Auch kann man nicht über das Nachlassen der Kampfmoral der Invasoren hinweggehen, zumal im Westen; die Euphorie, die durch raumgreifende Vorstöße, die Einnahme von Paris und den Attentatsversuch auf Hitler ausgelöst worden war, klang ab. Außerdem zahlte sich Hitlers Befehl, die französischen Häfen zu halten, einigermaßen aus. Eisenhower hatte zwar zwei Millionen Mann an Land, doch nur über Cherbourg und einen künstlichen Hafen wäre eine entscheidende Offensive auf den Westwall nicht mit Nachschub zu sichern gewesen. Er brauchte Antwerpen; doch die Scheldemündung beherrschten immer noch wir.
In der nach dem Krieg erschienenen militärischen Literatur finden Schreibtischstrategen an Eisenhower viel auszusetzen. Diese Autoren halten sich beim Entfernungsmessen und Truppenzählen auf, übersehen jedoch, daß es die mühseligen und verwickelten Nachschubprobleme sind, die den modernen Krieg entscheiden. Eisenhower war ein typischer amerikanischer Militär: im Feld ein Arbeitstier, auf dem Gebiet des Nachschubs fast ein Genie. Seine Vorsicht und seine Breitfrontstrategie waren durchaus nicht unvernünftig, wenn sie auch nichts Napoleonisches an sich hatten. Wir waren immer noch ein gefährlicher Gegner, und man muß es ihm hoch anrechnen, daß er sich im September nicht zu bestechenden Vabanquespielen hat hinreißen lassen.
Die Befürworter Montgomerys und Pattons führen an, daß beide, hätten sie nur genügend Treibstoff zur Verfügung gehabt, bis Berlin hätten vorstoßen und damit den Krieg rasch beenden können. General Blumentritt erklärte britischen Geheimdienstlern gegenüber, Montgomery hätte das ohne weiteres schaffen können. Ich

möchte in meiner Operationsanalyse die entscheidenden Faktoren nachweisen, die dem gegenüberstanden. Kurz gesagt, hätten die Flanken derart schmaler Nachschublinien zu einem katastrophalen Stoß geradezu herausgefordert, und was dabei herausgekommen wäre, wäre ein wesentlich größeres Arnheim gewesen. Ich kannte Blumentritt gut, und ich bezweifle, daß seine Äußerung seinen professionellen Ansichten entsprach. Er muß den Eroberern einfach nach dem Mund geredet und ihnen gesagt haben, was sie hören wollten. Hätten Montgomery und Patton Hafenanlagen und Verbindungen zur Verfügung gestanden, wie Eisenhower sie hatte, so wäre die Aufgabe vielleicht zu schaffen gewesen. Seine Truppen verzehrten jeden Tag siebenhundert Tonnen pro Division und Tag. Eine deutsche Division kämpfte mit weniger als zweihundert Tonnen.

Größere Risiken und Rückschläge konnte Eisenhower sich nicht leisten; immerhin berichtete ein Schwarm von Korrespondenten haarklein über alles, was vorging; außerdem sollten in zwei Monaten Präsidentschaftswahlen stattfinden. Die Koalition des Feindes war ziemlich unbeständig. Während des ganzen Sommerfeldzugs herrschte zwischen Engländern und Amerikanern ein ewiges Tauziehen in allen möglichen Fragen. Daß die Russen es dann nicht schafften, den Warschauer Aufstand zu unterstützen, bereitete bereits das Gift der polnischen Frage, die, als es soweit war, die widernatürliche Allianz zwischen Kapitalisten und Bolschewisten zerbrechen ließ.

Leider mangelte es uns an der nötigen Schlagkraft, um diese Spannungen unter unseren Gegnern auszunutzen. Hitlers sture Durchhalte-Politik auf dem Schlachtfeld hatte uns zuviel Blut gekostet. Im Verlauf der drei gewaltigen Sommerniederlagen – ›Bagration‹, Balkan und Westfrankreich – und bei einem Dutzend kleinerer Einkesselungen waren anderthalb Millionen deutsche Soldaten gefallen, in Gefangenschaft geraten, oder befanden sich ohne Waffen auf heilloser Flucht. Hätten diese Verbände elastisch in der Verteidigung eingesetzt werden können, hätten sie dem Vordringen unserer Feinde bei gleichzeitigem geordneten Rückzug in die Heimat Widerstand geleistet – wir hätten durchaus etwas aus dem Kriege retten können.

Doch wie die Dinge nun einmal standen, konnte auch das Septemberwunder die Katastrophe nicht mehr abwenden, sondern nur noch ein wenig hinausschieben. Selbst im Niedergang noch verlor Hitler nicht die hypnotische Macht, selbstmörderische Nervenkraft und Kampfenergie aus Deutschland herauszuholen. Schon Ende August hatte er seinen überraschenden Befehl für den Gegenangriff in den Ardennen ausgegeben. Schweren Herzens schmiedeten wir im OKW Pläne und erteilten vorläufige Befehle. So sehr dieser Mann auch versagte, seiner zähen Willenskraft konnte sich nichts widersetzen.

Anmerkung des Übersetzers: Aus der Ardennen-Offensive wurde die letzte große Panzerschlacht des Krieges, in der die Deutschen ihre Kräfte endgültig verausgabten. Es ist interessant, daß von Roon sich für Eisenhowers vorsichtige Breitfront-

Strategie stark macht, die viele Autoritäten auf diesem Gebiet verurteilen. Wollte man zu einem wirklich gültigen Urteil kommen, müßte man die außerordentlich komplizierten Statistiken über die Nachschubversorgung von ›Overlord‹ durch- und aufarbeiten. Das Glück ist den Mutigen zwar hold, aber das gilt nicht, wenn sie ohne Treibstoff und ohne Munition dastehen. Die merkwürdige Untätigkeit der Roten Armee, während die Deutschen vor ihren Augen auf der anderen Seite der Weichsel Warschau zerstörten, gibt gleichfalls noch Anlaß zu Kontroversen. Manche behaupten, daß von Stalins Gesichtspunkt aus der Aufstand von den falschen Polen geleitet worden sei. Die Russen hingegen beharren darauf, sie seien an den Grenzen ihres Nachschubs angelangt gewesen, und die Polen hätten sich nicht die Mühe gemacht, ihren Aufstand mit den Plänen der Roten Armee abzustimmen. – V.H.

Aus Eines Juden Reise

4. Oktober

Seit Beendigung der Filmarbeiten geht bereits der vierte Transport ab. Ich komme gerade von der Hamburg-Kaserne zurück, wo ich Yuri, Joshua und Jan Lebewohl gesagt habe. Das ist das Ende meiner Theresienstädter Talmud-Klasse.

Wir waren die ganze Nacht in der Bibliothek und haben bei Kerzenschein studiert, bis es anfing zu tagen. Die Jungen hatten ihre paar Habseligkeiten bereits gepackt und wollten bis zum letzten Augenblick lernen. Auch waren wir gerade bei einem merkwürdigen Thema angelangt: der met-mitzva, dem Leichnam eines Unbekannten, den man draußen auf dem Feld findet und dessen Bestattung unabdingbare Pflicht ist. Der Talmud geht schon in dramatische Extreme, um deutlich zu machen, um was es dabei geht. Ein Hohepriester, dem aufgrund besonderer ritueller Reinheitsgesetze jede Berührung mit einer Leiche verboten ist, darf nicht einmal seinen eigenen Vater oder seine Mutter begraben. Dennoch erhält gerade ein solcher Mann den Auftrag, einen met-mitzva eigenhändig zu begraben. In so hohem Ansehen steht bei den Juden die Menschenwürde, selbst im Tode noch. Die Stimme des Talmud spricht über zweitausend Jahre hinweg, um meinen jungen Schülern den Abgrund zwischen uns und den Deutschen klarzumachen.

Joshua, der flinkste Kopf unter den drei mir verbliebenen Burschen, fragte, als ich den alten Band zuschlug, unversehens: »Rebbe, wird man uns vergasen?« Damit riß er mich zurück in die Gegenwart. Im Ghetto brodelt es jetzt von Gerüchten, und nur wenige Menschen haben den Mut, ihnen entgegenzu-

treten. Gott sei Dank konnte ich antworten: »Nein. Du wirst zu deinem Vater kommen, Joshua, und ihr, Yuri und Jan, zu euren älteren Brüdern, und zwar bei einem Bauvorhaben in der Nähe von Dresden. Das hat man uns im Ältestenrat gesagt, und daran glaube ich auch.«
Ihre Gesichter strahlten, als hätte ich sie aus dem Gefängnis befreit. Selbst in der Kaserne, als sie bereits die Transportnummern um den Hals hängen hatten, waren sie noch guter Dinge, und ich sah, daß sie auch andere Menschen aufheiterten.
Habe ich ihnen etwas vorgemacht, wie mir selbst? Das Zossen-Bauprojekt außerhalb von Berlin – provisorische Regierungsunterkünfte – ist eine Tatsache. Die Arbeiter aus Theresienstadt mit ihren Familien werden dort sehr gut behandelt. Bei diesem Bauvorhaben in der Gegend von Dresden, das hat Rahm dem Rat ausdrücklich versichert, handelt es sich um ein ähnliches Unternehmen. An der Spitze dieses Aufgebotes steht Zucker, ein fähiger Mann, ein alter Zionist aus Prag und Ratsmitglied, der sich vortrefflich darauf versteht, mit den Deutschen umzugehen.
Die Pessimisten im Ältestenrat, die zumeist Zionisten und langjährige Ghetto-Insassen sind, glauben Rahm kein Wort. Ein Transportaufgebot von fünftausend gesunden Männern, behaupten sie, entzieht uns gerade jene Kräfte, die wir für einen Aufstand brauchen, wenn die SS beschließen sollte, das Ghetto zu liquidieren. Auch in anderen Ghettos hat es Aufstände gegeben; wir haben Berichte darüber erhalten. Als Eppstein nach Abschluß der Dreharbeiten verhaftet wurde und der Befehl für den riesigen Abtransport von Arbeitskräften kam, verflüchtigte sich die trügerische Sicherheit der Verschönerungsaktion und dieses idiotischen Films; der Rat wurde in Furcht und Schrecken gestürzt. Wir hatten seit fast fünf Monaten keinen Transport mehr zusammenstellen müssen. Ich hörte aufrührerisches Murmeln um den Tisch herum, das mich erstaunte; es kam zu zionistischen Versammlungen – zu denen ich nicht eingeladen wurde –, um über einen Aufstand zu beraten. Doch der Transport ging störungsfrei und pünktlich in drei Zügen ab.
Mit diesem vierten Transport hat es seine Last. Gewiß, es handelt sich um die Verwandten jener Bauarbeiter, die bereits fort sind. Vorige Woche gestattete die SS den Verwandten, freiwillig mitzufahren, was rund tausend von ihnen taten. Diese hingegen werden verladen, ob sie wollen oder nicht. Das einzige, was einigermaßen Zuversicht einflößt, ist die Tatsache, daß es sich bei denen, die mit diesen vier Transporten abgegangen sind, um eine einheitliche Gruppe handelt: die große Gruppe der Bauarbeiter und ihren Angehörigen. Rahm erklärt, man verfolge die Politik, die Familien zusammenzulassen. Möglich, daß das eine beschwichtigende Lüge ist; denkbar aber auch, daß es stimmt.

Das endlose Gerede innerhalb des Rates über unser wahrscheinliches weiteres Schicksal läßt sich auf zwei gegensätzliche Auffassungen reduzieren. (1) Die Deutschen haben den Krieg verloren und wissen es auch; folglich können wir erwarten, daß unsere SS-Gebieter in dem Maße, wie sie daran denken, ihre eigene Haut zu retten, weicher und nachgiebiger werden. (2) Die bevorstehende Niederlage erhöht die Gier der Deutschen nur noch, sämtliche Juden in Europa umzubringen; wenn sie schon keinen anderen Triumph erringen können, werden sie alles daran setzen, diesen zu erringen.
Ich schwanke zwischen diesen beiden Möglichkeiten. Die eine ist vernünftig, die andere wahnwitzig. Den Deutschen ist beides zuzutrauen.
Natalie ist durch und durch Pessimistin. Jetzt, da Louis in Sicherheit ist, gewinnt sie viel von ihrer bisherigen Zähigkeit zurück; gierig schlingt sie die schlimmsten dünnen Suppen hinunter und nimmt von Tag zu Tag an Gewicht und an Kraft zu. Sie behauptet, sie sei entschlossen zu überleben und Louis zu finden; und wenn auch sie einen Transportbefehl erhält, so sagt sie, will sie möglichst bei Kräften bleiben, um als Arbeiterin durchzukommen.

5. Oktober

Zwei Stunden, nachdem der vierte Transport abgefahren ist, haben wir Befehl bekommen, einen fünften zusammenzustellen: wahllos zusammengetriebene elfhundert Menschen. Keine Erklärung diesmal, kein Hinweis auf das Dresdner Bauprojekt. Viele Familien werden auseinandergerissen. Eine große Anzahl von Kranken und Frauen mit kleinen Kindern werden dabeisein. Wäre Louis noch hier, würde Natalie vermutlich unter den Unglücklichen sein. Die Deutschen haben wieder einmal gelogen.
Ich bin entschlossen, nicht zu verzweifeln. Trotz der merkwürdigen Ruhe an den verschiedenen Fronten bricht Hitlers Reich auseinander. Die zivilisierte Welt kann immer noch rechtzeitig bis zu dieser Wahnsinnsenklave in Nazi-Europa vorstoßen, um die letzten von uns zu retten. Wie Natalie, möchte auch ich am Leben bleiben. Mir liegt daran, diese Geschichte zu erzählen. Wenn es mir nicht gelingt, werden diese Krakel in ferner Zeit für mich sprechen.

41

Heftig wehte der Wind und gewaltig wogte die Dünung, als Schlachtschiffdivision Sieben – die *Iowa* voraus und die *New Jersey* mit Halseys Flagge am Mast achteraus – vor dem Ulithi-Atoll auf Einlaufkurs ging. Wenn die Schlachtschiffe mit dem Bug in die Wellen eintauchten, rauschte gurgelnd graues Wasser über die wuchtige Back, und die nach unten gerichteten langen Geschützrohre verschwanden in der Gischt. Die Begleitzerstörer entschwanden dem Blick, bis die dunklen Wogen, vom Nachtrab eines Taifuns gepeitscht, sie wieder emporhoben. Erst jetzt riß die Wolkendecke auf, und hier und da wurden blaue Flecken sichtbar.
Ihr Götter, dachte Victor Henry, während der feuchtwarme Wind, der salzige Gischtspritzer bis zur Admiralsbrücke der *Iowa* heraufriß und ihm das Gesicht näßte, wie liebe ich diesen Anblick! Seit er in seiner Kindheit in der Wochenschau *Dreadnoughts* – die ersten Typen der modernen Schlachtschiffe – die Meere durchpflügen sah, hatte der Anblick dieser gewaltigen Kriegsschiffe ihn angerührt wie martialische Marschmusik. Und jetzt waren es *seine* Schiffe, grandioser und mächtiger als alle, auf denen er je Dienst getan hatte. Die Zielgenauigkeit der von Radar kontrollierten Hauptbatterien hatte ihn nach dem ersten Übungsschießen, das er angesetzt hatte, in Erstaunen gesetzt. Das Stahlgewitter, das von den Flakgeschützen emporgeschleudert wurde, war beeindruckend wie das Siegesfeuerwerk über Moskau. Halseys Stab hatte in seiner unbekümmerten Art den Befehl für die Operation Leyte noch nicht ausgegeben, doch Pug Henry war überzeugt davon, daß dieses Landeunternehmen auf den Philippinen eine Seeschlacht bedeutete. Mit den Geschützen von *Iowa* und *New Jersey* für die *Northampton* Rache zu nehmen, war eine angenehme Aussicht.
Signalflaggen gingen auf Befehl von Pugs Stabschef knatternd und flatternd an den Fallen hoch: *Kiellinie zum Einlaufen in den Kanal.* Auf der *New Jersey*, den Flugzeugträgern und den Zerstörern gingen Antwortwimpel hoch. Reibungslos ordneten sich die Einheiten des Verbands. Pug hatte nur einen Vorbehalt gegenüber seinem neuen Leben: es gab nicht genug zu tun. Mit der Verwaltungsarbeit konnte er sich nach Herzenslust beschäftigen; in Wirklichkeit hatte sein Stab – fast ausschließlich Reserveoffiziere, aber gute Leute – und

sein Stabschef alles unter Kontrolle. Seine Funktion an Bord hatte nahezu etwas Zeremonielles, und dabei würde es bleiben, bis BatDiv Seven in einen Kampf verwickelt wurde.
Er konnte auf der *Iowa* nicht einmal richtig auf Erkundung gehen. Auf See machte sich bei ihm der tief verwurzelte Drang bemerkbar, alles kennenzulernen; er sehnte sich danach, sich in den Maschinenräumen umzusehen, in den Geschütztürmen, den Magazinen, den Reparaturwerkstätten, ja, sogar in den Mannschaftsunterkünften seines riesigen Schiffes. Doch wenn er das tat, sah es so aus, als schnüffelte er hinter dem Kapitän der *Iowa* und seinem Ersten Offizier her. Er hatte es nun einmal verpaßt, eines dieser Wunder der Ingenieurkunst selbst zu befehligen, und jetzt erhoben seine beiden Sterne ihn für alle Ewigkeit über die befriedigende Schmutzarbeit des Schlachtschiffkommandanten in die luftigen und makellos sauberen Höhen der Admiralsunterkunft.
Während die *Iowa* den Mugai-Kanal hinaufdampfte, hielt Pug nach U-Booten Ausschau; er hatte seit Monaten von Byron weder gehört noch ihn gesehen. Flugzeugträger, neue, schnelle Schlachtschiffe, Kreuzer, Zerstörer, Minensuchboote, Versorgungsschiffe – all das lag festgemacht in dieser zehntausend Meilen von daheim entfernten Lagune; von Palmen und Korallenstrand des Atolls war vor Kriegsschiffen kaum etwas zu sehen. Von Unterseebooten keine Spur. Daran war nichts Ungewöhnliches; ihr am weitesten vorgeschobener Stützpunkt war jetzt Saipan. Die Meldung, die ihm sein Adjutant brachte, als die Anker hinunterrasselten, enthielt daher eine beunruhigende Überraschung.

VON: CO BARRACUDA
AN: COMBATDIV SEVEN
ERBITTE GEHORSAMST ERLAUBNIS ZU EINEM BESUCH

Die Meldung sei über die Hafenleitung gekommen. Das U-Boot liege auf der südlichen Reede, sagte der Adjutant; es sei verdeckt von einer Reihe von Panzer-Landungsschiffen.
Wieso jedoch der Kommandant, überlegte Pug. Byron war schließlich Erster Wachoffizier. War er krank? Saß er irgendwie in der Tinte? War er gar nicht an Bord der *Barracuda*? Voller Unbehagen kritzelte Pug eine Antwort hin.

VON: COMBATDIV SEVEN
AN: CO BARRACUDA
MEINE BARKASSE HOLT SIE 17 UHR ZUM ABENDESSEN IN MEINEM QUARTIER

Zu Halseys durch den Taifun verzögerter Kommandobesprechung rauschten lange schwarze Barkassen mit weißbesternten blauen Standern durch das kabbelige Wasser auf die *New Jersey* zu. Bald darauf saßen die Admiräle in gestärkten Khakihemden mit offenem Kragen an dem langen grünen Tisch in Halseys Allerheiligstem. Pug hatte noch nie so viele mit Sternen besetzte Kragen und so viele Gesichter von Flaggoffizieren auf so engem Raum beisammen gesehen. Der Einsatzbefehl stand immer noch aus. Halseys Stabschef, der mit einem Zeigestock vor einer großen Pazifikkarte stand, beschrieb die bevorstehenden Schläge auf Luzon, Okinawa und Formosa, die dazu dienen sollten, den Luftangriffen auf MacArthurs Landeunternehmungen ein Ende zu bereiten. Danach redete Halsey, wenngleich abgekämpft und gealtert, sehr schwungvoll über das Unternehmen. Die Japse könnten es sich kaum leisten, ruhig zuzusehen, wie MacArthur die Philippinen zurückeroberte. Es sei daher durchaus möglich, daß sie mit allen zur Verfügung stehenden Einheiten zurückschlügen. Das sei jedoch *die* Gelegenheit, die Kaiserlich-Japanische Flotte ein für allemal zu vernichten – jene Chance, die Ray Spruance bei Saipan verpaßt habe.

In seinen Augen mit den dicken Tränensäcken darunter blitzte es, als er aus Nimitz' Operationsanweisung vorlas. Er hatte Befehl, die unter MacArthurs Kommando stehenden Einheiten zu decken und zu unterstützen, »*um zur Besetzung und der Erreichung aller Operationsziele im Zentralpazifik beizutragen*«. Das brachte er immerhin mit gleichbleibender Stimme vor. Dann jedoch bedachte er die versammelten Admiräle mit einem teils amüsierten, teils drohenden Blick und schloß bedächtig mit den Worten: »*Wenn es sich ergibt, einen größeren Teil der feindlichen Flotte zu vernichten oder eine Gelegenheit dazu herbeizuführen, gilt das als vordringlichste Aufgabe!*«

Das, sagte er, sei der Satz, der in Ray Spruances Operationsanweisung für Saipan gefehlt habe. Es habe zwar einiges gekostet, ihn in seine eigenen Befehle für Leyte eingefügt zu bekommen, aber da stehe er jetzt. Folglich wisse jeder, der an der Besprechung teilnahm, wozu die Dritte Flotte nach Leyte unterwegs sei; um die japanische Kriegsflotte zu vernichten, sobald die Invasion sie zwinge, aus ihrem Versteck herauszukommen.

Auf die eifrige Zustimmung am Tisch hin grinste der alte Haudegen müde, aber glücklich. Die Beratung drehte sich um Routineeinzelheiten der Lufteinsätze. Der Stabschef erwähnte, einige der Zeitungsleute, die vom Cincpac eingeflogen worden seien, um die Dritte Flotte im Einsatz zu beobachten, würden als Gäste des ComBatDiv Seven auf der *Iowa* untergebracht werden.

Amüsierte Blicke wandten sich Pug zu, dem es unwillkürlich entfuhr: »Oh, Gott, nein! Da hätte ich lieber ein paar Frauen an Bord!«
Brüllendes Gelächter.
»Admiral, ich meine alte, gebeugte, zahnlose Frauen mit Skrofulose!«
»Selbstverständlich, Pug. So wählerisch können wir hier draußen wirklich nicht sein.«
Die Besprechung endete in leichtfertiger Witzelei.
Als Pug auf die *Iowa* zurückkehrte, meldete ihm sein Stabschef, die Journalisten seien bereits an Bord und hätten Kammern in der Nähe der Offiziersmesse zugewiesen bekommen. »Sorgen Sie dafür, daß sie mir nicht zu nahe kommen«, knurrte Pug.
»Leider ist es so«, sagte der Stabschef, ein angenehmer und fähiger Kapitän vom Jahrgang '24 der Kriegsschule mit dichtem, frühzeitig weiß gewordenem Haar, »daß sie schon um eine Pressekonferenz mit Ihnen gebeten haben.«
Pug fluchte nur selten, doch das, womit er seinen Stabschef jetzt überschüttete, ließ diesen schnell das Weite suchen.
Post lag auf seinem Schreibtisch – in zwei verschiedenen Drahtkörben: ein dicker Stapel offizieller Post wie gewöhnlich, und ein paar Privatbriefe. Als erstes sah er stets nach, ob nicht ein Brief von Pamela dabei wäre. Ein Umschlag sah vielversprechend dick aus. Als er ihn herauszog, erkannte er einen kleinen rosaroten Umschlag mit gedrucktem Absender, der ihm immer noch einen Stich versetzte:

Mrs. Harrison Peters
1417 Foxhall Road
Washington, D.C.

Der Brief war flott geschrieben. Je länger Hack im Haus in der Foxhall Road lebe, schrieb Rhoda, desto besser gefalle es ihm dort. Er hätte größte Lust, es zu kaufen. Sie wisse ja, daß Pug sich dort nie ganz zu Hause gefühlt habe. Die Angelegenheit sei ziemlich verworren, da sie seit ihrer Scheidung zwar mietfrei dort wohnen könne; das Haus aber sei grundbuchamtlich auf seinen Namen eingetragen, bis sie darüber verfügen wolle. Wenn Pug einfach einen Brief an seinen Anwalt schriebe und einen Verkaufspreis vorschlüge, könne der ganze ›Papierkrieg‹ über die Bühne gehen. Rhoda berichtete, Janice sei viel mit einem Dozenten der juristischen Fakultät zusammen, und Vic mache sich in der Schule famos.

Auch Madeline ist mir ein großer Trost gewesen. Sie schreibt mir regelmäßig einmal im Monat und muntert mich auf. Sie scheint hingerissen von New Mexico. Auch von Byron habe ich endlich einen bezaubernden Brief bekommen. Ich habe mich immer wieder gefragt, wie er wohl damit fertig wird. Offen gestanden habe ich davor innerlich *Angst gehabt.* Er versteht es zwar ebensowenig wie ich selbst, wünscht mir und Hack jedoch Glück. Er schreibt, für ihn bliebe ich immer seine Mom, einerlei, was geschieht. Er könnte wirklich nicht liebevoller sein. Früher oder später wirst Du ihm ja begegnen. Wenn Du es ihm erklärst, spring bitte nicht allzu hart mit mir um. Die ganze Sache war schon schwer genug. Aber ich bin glücklich.

Herzlichst

Rho

Pug läutete nach Kaffee und sagte seinem Filipino-Stewart, er habe vor, in seinem Quartier mit einem Gast zu Abend zu essen. Dann schrieb er kurz und bündig eine Antwort an Rhoda, klebte den Umschlag zu und warf ihn in den Korb für die ausgehende Post. Vielleicht hatte Rhodas Brief ihn unangenehm berührt; daß Pamelas Brief so dick war, kam ihm jetzt unheilvoll vor. Die Kaffeetasse in der Hand, machte er es sich auf einem Sessel bequem und las. Es war in der Tat ein ernster Brief, der mit den Worten begann: »Tut mir leid, Liebling, aber ich werde über kaum etwas anderes schreiben als über den Tod.« Drei Verluste hatten sie in innerhalb zweier Wochen getroffen; der erste war der bei weitem schlimmste, und die anderen trafen sie im Grunde nur deshalb so tief, weil sie ohnehin verwundbar war. Burne-Wilke war gestorben, von einer rasch aufflammenden Lungenentzündung dahingerafft. Sie war schon vor Monaten aus Stoneford ausgezogen; die Familie hatte sie nicht benachrichtigt; deshalb habe sie erst im Luftfahrtministerium davon erfahren und sogar die Beerdigung verpaßt. Irgendwie fühle sie sich schuldig. Hätte er auch dann sterben müssen, wenn sie bei ihm geblieben wäre, für ihn gesorgt und nichts über die Zukunft gesagt hätte, bis der Krieg zu Ende war? Hatten der Schmerz und die Einsamkeit ihn geschwächt? Eine Antwort auf diese Frage würde sie nie erhalten, aber es mache sie unglücklich.

Dieser September war durch und durch fürchterlich. Ein nasser, brauner Herbst. Die Bombenangriffe waren schon schlimm genug, aber jetzt diese neuen Schrecken: riesige Raketen, die lautlos herankommen und uns allen eine Mordsangst einjagen. Nach all den langen Kriegsjahren, nach der grandiosen Landung in der Normandie und dem raschen Vorstoß durch

Frankreich, wo der Sieg schon zum Greifen nahe schien, sitzen wir jetzt wieder da wie zu Anfang des Krieges! Das ist einfach zuviel – die Sirenen, Brände, die ganze Nacht über, grauenhafte Explosionen, abgesperrte Straßen, ganze Straßenzüge in Schutt und Asche, Zivilisten, die dabei umgekommen sind, all das fängt noch einmal von vorn an –, grauenhaft, grauenhaft, grauenhaft! Und Montgomery hat in Holland trotz enormen Einsatzes von Fallschirmjägern ein bitteres Fiasko erlebt. Damit ist vermutlich die letzte Chance vertan, den Krieg vor Mitte '45 zu Ende zu bringen. Das Schlimmste ist, daß Monty den Zeitungen immer noch erzählt, es habe sich um einen ›Teilsieg‹ gehandelt! Uff!
Eine Rakete brachte auch Phil Rule den Tod, dem Ärmsten! Sie hat den Journalistenklub, in dem er verkehrte, pulverisiert; was übrigblieb, ist ein Krater mit einem Durchmesser von zwei Häuserblocks! Tage vergingen, bis sie auch nur eine halbwegs zuverlässige Totenliste zusammen hatten. Phil ist einfach verschwunden. Natürlich lebt er nicht mehr. Wie du weißt, empfand ich für Phil Rule wirklich nichts mehr; aber ich habe leider zuviel von meiner Jugend an ihn verschwendet, und so schmerzt sein Tod jetzt.
Leslie dagegen ist möglicherweise noch am Leben, aber wahrscheinlich ist es nicht. Der Zahnarzt, der zu seiner Gruppe gehörte, hat sich bis zu Bradleys Verbänden durchgeschlagen; ich habe seinen Bericht gelesen. Die Gruppe ist in Saint-Nazaire von einem Denunzianten verraten worden. Sie sind in Weinfässern versteckt in die Stadt hineingelangt, mit einer großen Lastwagenladung Wein für die deutsche Garnison. Es gelang ihnen auch, Geheiminformationen über die Verteidigungsanlagen hinauszuschmuggeln. Beim Versuch, einen Aufstand zu organisieren, wurden sie dann sorglos, was die Franzosen betraf, die sie ins Vertrauen zogen; die Deutschen haben sie in eine Falle gelockt. Ehe der Zahnarzt aus dem Haus fliehen konnte, in dem sie in den Hinterhalt gerieten, sah er Leslie von einem Schuß getroffen stürzen. Noch ein völlig sinnloser Tod! Wie du weißt, sind die Häfen in der Bretagne nicht mehr sehr wichtig. Eisenhower läßt die deutschen Garnisonen einfach eingehen. Leslies Tod, wenn er gefallen ist, ist reine Verschwendung.
Leslie Slote, Phil Rule und Natalie Jastrow! Pug, du lieber, guter, aufrechter Soldat – du kannst Dir nicht vorstellen, wie es war, Mitte der dreißiger Jahre in Paris jung zu sein! Was um alles auf der Welt ist aus der armen Natalie geworden? Ist sie womöglich auch tot?
Wozu überhaupt dieser ganze schauerliche Krieg? Kannst Du mir das sagen? Der arme Duncan glaubte – und ich bin überzeugt, er hatte damit recht –, daß Hindus und Moslems, sobald der Krieg zu Ende wäre und wir uns aus Indien zurückzögen, einander zu Millionen hinschlachten würden. Auch hat er

vorausgesagt, daß der chinesische Bürgerkrieg ›den Gelben Fluß rot färben‹ werde. Kein Zweifel, mit dem Empire ist es aus! Du hast Rußland erlebt: ein verwüstetes Schlachtfeld bis an die Wolga. Und was haben wir damit erreicht? Haben wir genug Deutsche und Japaner umgebracht, um sie zu der Überzeugung zu bringen, daß sie mit dem Versuch, die Welt zu plündern, aufhören müßten? Wie es scheint, sind wir nach fünf langen Jahren damit immer noch nicht fertig.

Duncan sagte auch – übrigens an unserem letzten gemeinsamen Abend in Stoneford; er war melancholisch, aber verständnisvoll und anständig wie immer –, daß der schlimmste Teil dieses Jahrhunderts nicht der Krieg sei, sondern die Zeit nach dem Krieg. Die junge Generation werde nach diesem sinnlosen, blutigen Gemetzel für ihre Eltern nur Verachtung übrig haben, und es werde zu einem allgemeinen Zusammenbruch der Religion, der Moral, der Werte und der politischen Grundsätze kommen. »Hitler wird seine ›Götterdämmerung‹ bekommen«, sagte Duncan. »Das jedenfalls hat er geschafft. Der Westen ist erledigt. Eine Zeitlang wird es noch so aussehen, als ob mit den Amerikanern alles in Ordnung sei, doch dann geht es auch mit ihnen bergab – in einem spektakulären und wahrscheinlich völlig unerwarteten Ausbruch von Rassenkrawallen.«

Ich wüßte gern, was Du dazu gesagt hättest! Duncan hatte aus verschiedenen Gründen für die Amerikaner nicht viel übrig, wobei Du und ich nicht unbedingt eine Ausnahme machten. Für ihn stand es fest, daß die Welt schließlich buddhistisch werden würde, vielleicht nach einem weiteren halben Jahrhundert der Schrecken und der Verarmung. Bis zur *Bhagavad-Gita* habe ich ihm nie folgen können, doch an diesem Abend war er von einer geradezu morbiden Überzeugungskraft; der Ärmste.

Nun, es ist ein regnerischer Vormittag.

Kannst Du Dir vorstellen, daß ich gestern abend ziemlich beschwipst war, als ich die vielen Seiten an Dich vollgetippt habe? Ich weiß nicht recht, ob ich eine so bedrückende Jeremiade überhaupt an Dich abschicken soll, solange Du noch draußen im Pazifik bist, in diesem Krieg immer noch kämpfen und deshalb an ihn glauben mußt. Nun, ich schicke ihn trotzdem ab. So sieht es nun mal in mir aus, und Du hörst immerhin was von mir. In ein paar Tagen schreibe ich Dir einen weiteren Brief, diesmal einen fröhlicheren. Mir wird schon nicht gerade eine V-2 auf den Kopf fallen, und wenn wirklich, so wäre das ein schneller und schmerzloser Abgang von dieser aus den Fugen geratenen Welt. Ich möchte nur weiterleben, um Dich lieben zu können. Alles andere ist dahin; doch das genügt mir, um darauf zu bauen. Ich schwöre, daß ich in meinem neuen Leben puppenlustig sein werde, besonders, wenn mein Abschied vom weiblichen

Hilfscorps angenommen wird und ich daran denken kann, wie ich zu Dir stoße. Die Sache läuft, völlig außer der Reihe, scheußlich unpatriotisch, aber es ist möglich, daß ich damit durchkomme. Ich kenne die Leute.

Mit all meiner Liebe
Pamela

Pug holte Pamelas Bild aus der Schublade und stellte es auf den Schreibtisch – in dem alten Silberrahmen, aus dem Rhoda ihn nahezu dreißig Jahre lang angelächelt und den er des Taifuns wegen in Sicherheit gebracht hatte. Pamela war in Uniform, Ganzaufnahme, mit gerunzelter Stirn. Das Bild war aus der Zeitung ausgeschnitten, eine verschwommene Vergrößerung und alles andere als schmeichelhaft, dafür jedoch recht echt, anders als Rhodas alte, weich beleuchtete Studioaufnahme, die schon seit Jahren hinten und vorn nicht mehr gestimmt hatte. Danach machte er sich an seine Dienstpost.

Der Läufer von der *Barracuda* klopfte an Byrons Kammertür. »Captain, die Barkasse des Admirals kommt längsseits.«
»Danke, Carsons.« Byron, in Unterhosen und mit schweißglänzendem Oberkörper, war gerade dabei, die Rot-Kreuz-Photographie von Natalie und Louis vom Schott abzunehmen. »Mr. Philby möchte oben auf mich warten.« Sich das verschossene graue Hemd zuknöpfend, trat er aufs Deck hinaus. Der neue Eins W. O. stand an der Gangway; ein fuchsgesichtiger Lieutenant, frisch von der Kriegsakademie, der (wie Byron argwöhnte) nicht gerade hingerissen war, unter einem Skipper zu dienen, der Reservist war. Die *Barracuda* war bei einem Munitionsschiff längsseits gegangen. Eine Arbeitsgruppe fluchte und machte einen Höllenlärm um einen Torpedo, der von einem Kran heruntergelassen wurde.
»Tom, wenn alle Aale an Bord sind, legen Sie ab und gehen zur Proviantübernahme längsseits der *Bridge*. Ich bin gegen 19 Uhr wieder hier.«
»*Aye, aye,* Sir.«
Die schnittige Barkasse des ComBatDiv Seven, auf der es von weißem Tauwerk und weißen Lederkissen nur so glänzte, legte schnurrend vom Unterseeboot ab. Dieser Luxus überzeugte Byron vom neuen Rang seines Vaters, aber in Gedanken war er mit der Scheidung seiner Eltern beschäftigt. Madeline hatte geschrieben, sie habe »das seit langem kommen sehen«. Byron verstand sie nicht. Für ihn war bis zum Eintreffen des langen, traurigen und zuckerigen Briefes von Rhoda die Ehe seiner Eltern etwas Untrennbares gewesen, buchstäblich »ein Fleisch«, wie es in der Bibel heißt. Ohne Zweifel

war seine leichtfertige Mutter schuld, doch aus einem Absatz des Briefes, den sein Vater ihm aus London geschrieben hatte, wurde er immer noch nicht klug: »Ich hoffe, Deine Mutter wird glücklich. Auch in meinem Leben hat es Dinge gegeben, über die man besser unter vier Augen spricht, sobald sich Gelegenheit dazu bietet.«
Jetzt würden sie unter vier Augen sein. Seinen Vater mochte es in Verlegenheit bringen, vielleicht war es sogar schmerzlich für ihn. Aber zumindest würde es ihn angenehm überraschen, zu sehen, wer Kommandant der *Barracuda* war. Im Wachbuch des Diensthabenden Offiziers auf der *Iowa* stand: *1730 Gast des Admirals. Stellvertretender Diensthabender begleitet ihn ins Flaggquartier.* Doch zwanzig Minuten nach fünf erschien der Admiral persönlich und schaute mit zusammengekniffenen Augen zur südlichen Reede hinüber. In der hellen Luft blendete die tiefstehende Sonne, und das Wasser der Lagune glitzerte, daß einem die Augen weh taten. Der Decksoffizier hatte Konteradmiral Henry nur selten aus so großer Nähe gesehen, diese abstrakte Größe unter der Bezeichnung ComBatDiv Seven, ein adretter, untersetzter, leicht angegrauter Mann, so unnahbar, daß man nicht den Mund aufzumachen wagte. Die Barkasse kam längsseits, und ein hochgewachsener Offizier in ziemlich schäbiger grauer Uniform kam die Leiter herauf und ließ die Sicherheitskette, die als Handlauf diente, klirren.
»Bitte um Erlaubnis, an Bord kommen zu dürfen.«
»Erlaubnis erteilt.«
»Guten Abend, Admiral.« Ein ernster Gruß des graugekleideten Offiziers.
»Ja, sowas!« Eine lässige Erwiderung. Der ComBatDiv Seven sagte zum OOD: »Tragen Sie meinen Besucher bitte ein. Kommandant der *Barracuda*, SS 204. Lieutenant Commander Byron Henry, United States Navy Reserve.«
Der OOD ließ den Blick vom Vater zum Sohn schweifen und wagte ein Grinsen. Ein flüchtiges kühles Lächeln des Admirals war die Antwort.
»Wann ist das denn alles passiert?« fragte Pug, als sie das Achterdeck verließen.
»Tatsächlich erst vor genau drei Tagen.«
Unwillkürlich packte Pugs Rechte kurz Byrons Schulter.
Im Laufschritt kletterten sie die Niedergänge innerhalb der Mittelaufbauten hinauf. »Du bist aber gut in Form«, sagte der Sohn keuchend.
»Vielleicht falle ich mal tot um, wenn ich sowas mache«, sagte Pug ziemlich atemlos. »Dann wäre ich der gesündeste Mann, der je auf See begraben wurde. Komm einen Augenblick mit auf meine Brücke.«
»Donnerwetter!« Byron legte die Hand über die Augen und schaute sich um.
»Einen solchen Blick hast du von einem U-Boot nicht.«

»Du lieber Gott, nein. Übertrifft das nicht alles, was es bisher gegeben hat?«
»Eisenhower hatte eine größere Flotte, um zur Normandie überzusetzen. Aber was die Schlagkraft betrifft, hast du recht – das hat es in der Tat noch nie gegeben.«
»Mein Gott – und die *Größe* der *Iowa!*« Byron ließ den Blick nach achtern schweifen. »Ist das ein schönes Schiff!«
»Ach, Briny, sie ist gebaut wie eine Schweizer Uhr. Vielleicht können wir uns später noch ein bißchen umschauen.«
Pug hatte die Überraschung immer noch nicht überwunden. *U-Boot-Kommandant!* Byron wurde dem toten Warren immer ähnlicher. Es hatte geradezu etwas Unheimliches; nur zu bleich war er und zu verkrampft in seinen Bewegungen.
»Ich hab' verdammt wenig Zeit, Dad.«
»Dann laß uns reingehen zum Essen.«
»Tolle Einrichtung!« sagte Byron, als sie das Admiralsquartier betraten. Sonnenlicht fiel durch die Bullaugen herein und erhellte den eindrucksvollen Arbeitsraum.
»Das ergibt sich so bei diesem Job. Ist jedenfalls besser als ein Schreibtisch in Washington.«
»Kann man wohl sagen . . .« Byron blieb unvermittelt stehen, und die Augen weiteten sich angesichts des silbergerahmten Photos auf dem Schreibtisch. »Wer ist denn *das?*« Noch ehe Pug antwortete, hatte er sich zu seinem Vater umgedreht. »Himmel, ist das nicht Pamela Tudsbury?«
»Ja. Das ist eine lange Geschichte.« Pug hatte nicht vorgehabt, es ihm auf diese Weise beizubringen, aber jetzt war es einmal geschehen. »Ich erklär' es dir beim Essen.«
Byrons rechte Hand – Handfläche und Finger steif und ganz Abwehr – fuhr in die Höhe. »Es ist dein Leben.« Er zog den Schnappschuß von Natalie und Louis aus der Brusttasche. »Ich glaube, davon habe ich dir schon geschrieben.«
»Ah. Das Rot-Kreuz-Bild!« Eingehend betrachtete Pug die Aufnahme. »Aber Byron, sie sehen beide gut aus. Wie groß der Junge ist!«
»Die Aufnahme stammt vom letzten Juni. Weiß der Himmel, was seither alles geschehen ist.«
»Das ist ein Kinderspielplatz, nicht wahr? Und die Kinder im Hintergrund sehen auch gut aus.«
»Ja, das ist schon recht ermutigend. Aber auf meine Briefe hat das Rote Kreuz nicht reagiert. Und vom Außenministerium auch nichts, gar nichts.«
Pug reichte ihm das Bild zurück. »Danke. Das zu sehen, tut dem Herzen gut. Setz dich!«

»Dad, vielleicht trinke ich bloß eine Tasse Kaffee und mache, daß ich wieder rüberkomme. Wir wollen um fünf auslaufen, ich habe einen neuen L. I., und...«
»Byron, das Essen dauert nicht länger als eine Viertelstunde.« Pug wies auf den langen Konferenztisch, an dessen einem Ende bereits für zwei Personen gedeckt war: weißes Tischleinen, Silber und Porzellan, eine Vase mit einem rosa Frangipanizweig. »Du mußt einfach mitessen.«
»Naja, wenn es nicht länger dauert.«
»Dafür werde ich sorgen.«
Pug ging hinaus. Byron ließ sich an seinem Schreibtisch in einen Sessel fallen und starrte ungläubig das Photo in dem alten Silberrahmen an, in dem, solange er zurückdenken konnte, immer das Bild seiner Mutter gesteckt hatte.
Söhne erfüllt es mit einem gewissen Unbehagen, wenn sie mit dem Geschlechtsleben ihrer Väter konfrontiert werden. Psychologen können die Gründe dafür bis ins Kleinste analysieren; es ist nun einmal eine Grundtatsache des menschlichen Lebens. Hätte das Bild einer Frau im Alter seiner Mutter in dem Rahmen gesteckt, wäre Byron eher mit dem Schock fertiggeworden. Aber *Pamela Tudsbury*, ein Mädchen, das zusammen mit Natalie Paris unsicher gemacht und ein lockeres Leben geführt hatte! Es hatte Byron durchaus gefallen, wie sie sich um seinen Vater gekümmert hatte. Dennoch hatte er sich gefragt, besonders in Gibraltar, wie ein so appetitlicher Vogel – Pamela hatte an diesem Hochsommertag am Mittelmeer ein weißes, ärmelloses Gazekleid angehabt – dazu kam, hinter einem alten Mann herzulaufen. Sie mußte einen Liebhaber haben, hatte er gedacht, wenn nicht gar mehrere. Ihr Bild auf dem Schreibtisch seines Vaters, noch dazu in diesem Rahmen, beschwor häßliche Szenen von rohem Sex zwischen nicht zueinander passenden Partnern, verstohlen in irgendwelchen Hinterzimmern genossenem Sex und Sex im Kriegs-London. Da starrte es ihn an, Pug Henrys laut herausgeschriene Schwäche, die Erklärung für die Scheidung. Sich vorzustellen, daß sein vergötterter Vater – während er und Natalie durch den Krieg voneinander getrennt waren – mit einem Mädchen in Natalies Alter in einem Londoner Bett herumgestöhnt hatte! Byron beschloß, nicht ein einziges Wort darüber zu verlieren und bei der ersten sich bietenden Gelegenheit zu sehen, daß er von diesem verdammten Schlachtschiff herunterkam.
»Das Essen ist da«, sagte sein Vater.
Sie nahmen am Tisch Platz, und der strahlende Stewart reichte ihnen Teller mit duftender Fischsuppe. Weil es für Pug ein so erlesener Augenblick war – er selbst Admiral, Byron frischgebackener U-Boot-Kommandant, und jetzt das erste Zusammentreffen in ihrem neuen Rang –, senkte er den Kopf und sprach

ein langes Tischgebet. Byron sagte: »*Amen*« und danach kein Wort mehr, während er die Suppe löffelte.

Daran war noch nichts Ungewöhnliches. Pug hatte immer Schwierigkeiten gehabt, mit Byron ins Gespräch zu kommen. Seine Anwesenheit bedeutete ihm genug. Pug begriff nicht, daß Pamelas Bild seinen Sohn tief erschüttert hatte. Er sah ein, daß es eine Überraschung war, die seinen Sohn durchaus aus der Fassung bringen konnte, und er hatte sich vorgenommen, alles zu erklären. Um die Unterhaltung wieder in Gang zu bringen, sagte er: »Sag mal, bist du nicht der erste Reserveoffizier in der ganzen U-Boot-Flotte, der es zum Kommandanten gebracht hat?«

»Nein, da sind inzwischen schon drei andere; Moose Holloway hat gerade das Kommando über die *Flounder* übertragen bekommen. Er ist der erste, der den Befehl über ein ganzes Rudel bekommen hat. Allerdings hat er schon vor Ewigkeiten das technische College von Yale absolviert und stammt außerdem aus einer alten Navy-Familie. Vermutlich hat es auch mir nicht geschadet, dein Sohn zu sein.«

»Du mußt aber schon eigene Verdienste haben, die zu Buche schlugen.«

»Gott, ja, Carter Aster hat mir meine Qualifikation schon vor langer Zeit bestätigt, aber einen Lehrgang auf See habe ich noch nicht gemacht. Es kam einfach so, daß mein Skipper vor Sibutu krank wurde.« Byron war froh, die Zeit mit Reden über Dinge hinter sich zu bringen, die nichts mit dem Privatleben seines Vaters zu tun hatten. »Er wachte eines Morgens mit Fieber auf und konnte keinen Schritt mehr gehen – jedenfalls nicht ohne unerträgliche Schmerzen. Eine Woche hat er sich rumgequält und Aspirin geschluckt. Er hat in dem Zustand einen Angriff auf einen Frachter gefahren und ihn total vermasselt. Offenbar war er inzwischen so krank, daß er auf dem kürzesten Weg hierher gekommen ist, statt nach Saipan zurückzukehren. Sie untersuchen ihn immer noch auf der *Solace*. Er ist halb gelähmt. Ich dachte, SubPac würde einen Captain rausfliegen lassen; stattdessen haben sie einen L.I. geschickt und für mich den Befehl, das Kommando zu übernehmen. Hat mich ganz schön umgehauen.«

»Da wir gerade bei Überraschungen sind«, versuchte Pug, zu Pamela überzuleiten, »diesen Leslie Slote hat's vermutlich auch erwischt. Erinnerst du dich noch an ihn?«

»Slote? Selbstverständlich. Er ist tot, sagst du?«

»Nun, jedenfalls schreibt Pam das.« Pug berichtete das Wenige, was er über Slotes Fallschirmmission wußte, seit der er offenbar vermißt wurde. »Was sagst du dazu? Hättest du gedacht, daß er sich jemals für eine besonders gefährliche Aufgabe melden würde?«

»Hast du Moms Bild noch?« sagte Byron, warf einen Blick auf die Armbanduhr und schob den halbleeren Teller von sich. »Wenn ja, nehm' ich es mit.«
»Natürlich habe ich es noch, aber nicht hier. Laß dir von Pamela erzählen.«
«Nicht, wenn's eine lange Geschichte ist, Dad. Ich muß gehen. Was ist mit dir und Mom passiert?«
»Ja, mein Sohn, der Krieg.«
»Hat Mom um die Scheidung gebeten, um Peters heiraten zu können? Oder wolltest du das *ihretwegen?*« Byron zeigte mit dem Daumen auf das Photo.
»Byron, du solltest nicht nach Schuldigen suchen.«
Pug konnte seinem Sohn unmöglich die Wahrheit sagen. Hätte er die nackten Tatsachen gekannt, würde Byron ihm vermutlich alles verziehen und seine Mutter verachtet haben; für diesen U-Boot-Mann mit dem harten Gesicht gab es offensichtlich nur Schwarz und Weiß, genau so, wie es schon vor dem Krieg seine Art gewesen war. Aber heute verurteilte Pug Rhoda nicht mehr wegen ihrer Affäre mit Kirby; heute tat sie ihm nur noch leid. Feine Unterscheidungen dieser Art machte man erst, wenn man älter wurde und mehr über sich selbst wußte, als Byron bis jetzt wissen konnte. Das Schweigen und das starre Gesicht seines Sohnes bereiteten Pug großes Unbehagen, und deshalb fügte er hinzu: »Ich weiß, Pamela ist jung. Das macht mir schon Sorgen, und vielleicht wird auch nichts aus der ganzen Sache.«
»Dad, ich weiß nicht, ob ich überhaupt zum Kommandanten geeignet bin.« Die Worte trafen Pug wie ein Keulenschlag.
»Das ComSubPac hält dich aber für geeignet.«
»Das ComSubPac kann nicht in meinen Kopf reinsehen.«
»Wie sieht dein Problem denn aus?«
»Möglicherweise mangelndes Stehvermögen im Streß des Kampfes.«
»Du bewahrst auch unter Streß einen klaren Kopf. Soviel weiß ich.«
»Meiner Natur nach, vielleicht. Ich bin aber in keinem natürlichen Zustand. Der Gedanke an Natalie und Louis läßt mich keinen Moment los. Warren ist gefallen; ich bin der einzige, den du noch hast. Außerdem bin ich Reservist, einer der ersten, und da wird's kritisch. Ich habe dir nachgeeifert, Dad, oder zumindest versucht, es zu tun. Ich bin heute hergekommen, um bei dir aufzutanken. Stattdessen . . .« Abermals der Daumen, der auf Pamelas Photo zeigte.
»Es tut mir leid, daß du es so nimmst, weil . . .«
»Aggressive Kommandanten sind immer gesucht«, fiel Byron seinem Vater ins Wort, etwas, das er sonst nie tat. »In den Akten gelte ich als aggressiv, das weiß ich. Das Schlimme ist nur, daß ich die Kraft dazu nicht mehr habe. Dies Bild« – er tippte an seine Brusttasche – »treibt mich zum Wahnsinn. Wenn

Natalie auf mich gehört und für ein paar Stunden das Risiko auf sich genommen hätte, mit einem französischen Eisenbahnzug zu fahren, wäre sie jetzt daheim. Es hilft nichts, daran zu denken. Und deine Scheidung auch nicht. Ich bin nicht gerade in der besten Verfassung, Dad. Ich kann die *Barracuda* nach Saipan zurückbringen und bitten, von diesem Posten enthoben zu werden. Oder ich kann, wie befohlen, vor Formosa auf Rettungsstation gehen, der Luftangriffe wegen. Was würdest du mir raten?«
»Das ist eine Entscheidung, die nur du allein treffen kannst.«
»Warum? Du warst doch bereit, über mein ganzes Leben für mich zu entscheiden, oder etwa nicht? Wenn du mich nicht zur U-Boot-Schule gedrängt hättest – wenn du nicht an dem Tag, an dem ich Natalie meinen Heiratsantrag machte, nach Miami gekommen wärst und eine Entscheidung von mir erzwungen hättest, während sie dabeisaß und zuhörte –, wäre sie nicht wieder nach Europa gegangen. Dann wären sie und mein Kind hier – wenn sie überhaupt noch am Leben sind.«
»Ich bedaure, daß ich das getan habe. Damals schien es mir das Richtige zu sein.«
Diese Antwort hatte zur Folge, daß Byrons Augen sich röteten. »*Okay, okay.* Ich will dir was sagen: es ist ein schlimmes Zeichen für mein Stehvermögen, daß ich das jetzt alles vor dir rausrotze.«
»Byron, als ich selbst in sehr schlechter Verfassung war, habe ich mich um das Kommando über die *Northampton* beworben. Ich fand, daß es das Leben erträglicher machte, ein Schiff zu befehligen, weil einem das überhaupt keine Zeit für irgend etwas anderes ließ.«
»Aber ich bin kein Berufsoffizier wie du. Und ein Unterseeboot – das heißt, die Verantwortung für das Leben von Menschen zu übernehmen.«
»Wenn du nach Saipan zurückkehrst, ertrinken vielleicht ein paar Flieger vor Formosa, die du retten könntest.«
Nach kurzem Schweigen sagte Byron: »Nun, dann gehe ich wohl besser zurück auf mein Boot.«
Sie sprachen erst wieder, als sie vor einem prachtvollen Sonnenuntergang auf dem warmen, windigen Achterdeck standen und sich nebeneinander auf das Schanzkleid lehnten. Als spräche er mit sich selbst, sagte Byron: »Da ist noch was anderes. Mein Erster kommt von der Kriegsakademie. Von mir Befehle entgegenzunehmen, geht ihm gewaltig gegen den Strich.«
»Beobachte, wie er sich draußen auf See macht. Und kümmere dich nicht um seine Gefühle.«
Die Barkasse kam scheppernd längsseits. Byron straffte sich und grüßte. Es tat Pug weh, seinem Sohn in die Augen zu blicken, die ganz weit weg zu sein

schienen. »Viel Glück bei der Jagd, und Mast- und Schotbruch, Byron.« Er erwiderte den Gruß, sie schüttelten sich die Hand; dann kletterte Byron das Fallreep hinunter.

Die Barkasse legte schnurrend ab. Pug kehrte in sein Quartier zurück und fand auf seinem Schreibtisch die Einsatzbefehle für den Angriff auf Formosa. Sich auf den dicken Stapel nach Tinte riechender Photokopien zu konzentrieren, war nahezu unmöglich. Immer wieder mußte Pug daran denken, daß er nicht normal weiterleben konnte, wenn er Byron verlor.

Nach diesem verkrampften Abschied liefen Vater und Sohn zur größten Seeschlacht aller Zeiten aus.

Vierter Teil

Der Golf von Leyte

42

Bei der großen Seeschlacht ging es um vier Elemente: zwei strategische, ein geographisches und ein menschliches. Das Schicksal von Victor Henry und seinem Sohn hing von diesen vier Elementen ab, und deshalb sollte man sie im Kopf behalten.

Das geographische Element betrifft die Gestalt der Philippinen, einer Gruppe von siebentausend Inseln, die sich von Norden nach Süden über eine Strecke von rund anderthalbtausend Kilometern zwischen Japan und Indonesien erstreckt. Die Einnahme der Philippinen bedeutete, Japan vom Öl, von Rohstoffen und Lebensmitteln abzuschneiden. Luzon, die größte der Inseln, stellt den Schlüssel zu diesem Archipel dar; und der Golf von Lingayen, das klassische Gebiet für eine Landung auf Luzon mit anschließendem Vorstoß nach Manila, öffnet sich in nordwestlicher Richtung am Südchinesischen Meer.

Als Sprungbrett für die Landung auf Luzon hatte MacArthur sich die wesentlich kleinere, südöstlich davon gelegene Insel Leyte ausgesucht und in der Bucht von Leyte ein großangelegtes Landeunternehmen geplant. Beim Golf von Leyte handelt es sich um ein von der Küste der Insel einerseits und kleineren Inseln andererseits eingeschlossenes Gewässer, das sich nach Osten dem Pazifischen Ozean öffnet. Von Osten kommend, konnten die amerikanischen Angreifer geradewegs in den Golf hineindampfen; vom Westen her stellten sich ihnen Landmassen und kleine zum Archipel gehörige Inseln in den Weg. Fast alle Wasserwege, die durch das Inselgewirr hindurchgehen, waren zu seicht, als daß die Kriegsflotte sie hätte benutzen können.

Von Japan kommend, konnten japanische Verbände, die zum Gegenangriff übergehen wollten, an der Ostseite des Archipels entlangfahren und direkt in den Golf von Leyte einlaufen. Für den jedoch, der von Westen oder Südwesten kam – etwa aus Singapore oder von Borneo –, gab es nur zwei schiffbare Wege durch den Archipel: die San Bernardino-Straße, in der ein Kriegsschiffverband an der großen Insel Samar vorüberlaufen konnte, um dann von Norden aus in den Golf einzuschwenken, oder die Surigao-Straße, durch die man den Golf von Süden her erreicht.

Um möglichst nahe der Treibstoffversorgung zu sein, war der Stützpunkt des Hauptflottenverbands der Japaner Singapore. In Borneo sollte sie auftanken, falls sie in den Philippinen zum Einsatz gelangen sollte.

Das menschliche Element betraf Admiral Halseys Geistesverfassung; sie wurde beherrscht von einem fünf Monate zurückliegenden Ereignis. Damals, im Juni, hatte die Pazifik-Flotte unter Spruance Saipan genommen, eine Insel, die zu den Marianen gehört und gleichfalls als Sprungbrett nach Japan dienen sollte. Im Verlauf dieses Landungsunternehmens war es zu einem größeren Flugzeugträgerduell gekommen, das von amerikanischen Marinefliegern als »Truthahnschießen bei den Marianen« bezeichnet wurde; es war eine Katastrophe für die Japaner gewesen, die fast den ganzen Rest ihrer überlebenden, geschulten Piloten verloren, während Spruance mit geringeren Verlusten davonkam. Die japanischen Flugzeugträger flohen. Die Amerikaner brachten mit einem kurzen, harten Handstreich Saipan und damit einen Luftwaffenstützpunkt in ihre Hand, von dem aus ihre Bomber Tokio erreichen konnten. Spruances Gegner bei Midway, Admiral Nagumo, der Mann, der den Überfall auf Pearl Harbor geleitet hatte, beging auf Saipan Harakiri; nachdem diese Bresche in den inneren Verteidigungsgürtel des Japanischen Kaiserreiches geschlagen worden war, hielt er den Krieg für verloren. Darin dachte er nicht anders als eine ganze Reihe von führenden Japanern. Der Sturz Tojos, des säbelrasselnden Premierministers, war eine Weltsensation, die Ursache dazu allerdings nicht. Der Kampf um Saipan wurde ausgetragen, während Eisenhowers Truppen unter größtem Kraftaufwand immer näher an Cherbourg heranrückten; deshalb wurde in den Zeitungen von Saipan ebensowenig Notiz genommen wie von der Schlacht um Imphal und dem Unternehmen ›Bagration‹.

Trotz dieses verhältnismäßig unbekannt gebliebenen Sieges von historischem Ausmaß mußte Spruance sich aus den eigenen Reihen heftige Kritik gefallen lassen. Die Kommandanten seiner Flugzeugträger hatten sich nichts sehnlicher erhofft, als aus Saipan auszulaufen und die herannahenden Japaner zu einer Entscheidungsschlacht zu zwingen; sie meinten, der Kaiserlich Japanischen Flotte den Todesstoß versetzen zu können. Zögernd erhob Spruance Einspruch. Er wollte das Landungsunternehmen, das zu decken und zu unterstützen seine Aufgabe war, nicht im Stich lassen, denn er wußte ja nicht, welche anderen gegnerischen Verbände sich hinter seinem Rücken einschleichen und den Brückenkopf zerschlagen konnten. So war es gekommen, daß sich die japanischen Flugzeuge in ganzen Schwärmen auf Spruances Verbände gestürzt hatten, die sich nicht von Saipan losreißen durften; sie waren bei diesem »Truthahnschießen« zwar größtenteils vom Himmel geholt worden, doch die meisten ihrer Flugzeugträger und Versorgungsfahrzeuge hatten entkommen können. King und Nimitz lobten Spruances Entscheidung später; dennoch bleibt sie umstritten. Es seien keine anderen feindlichen Verbände in der Nähe gewesen, führen Kritiker heute noch ins Feld, und so habe Spruance mit seiner übertriebenen Vorsicht die Chance einer vernichtenden Seeschlacht verpaßt, die den Krieg beträchtlich hätte abkürzen können.

Was die Strategie betrifft, gab es auf amerikanischer Seite zwei sich widersprechende Konzepte für den Krieg im Pazifik – MacArthurs von Australien aus in kleineren Landunternehmungen vorgetragener Angriff, die sogenannte ›Süd-Pazifik-Strategie‹, und das von der Navy vertretene, über gewaltige Entfernungen auf dem Meer zwischen Pearl Harbor und Tokio vorgetragene Inselhüpfen, die sogenannte ›Zentral-Pazifik-Strategie‹.
Die Kriegsplaner der Navy wollten die Philippinen überhaupt links liegen lassen, auf Formosa oder an der chinesischen Küste landen und den Japanern, die auf Rohstoffe aus dem von ihnen beherrschten Hinterindien angewiesen waren, den ›Versorgungshahn zudrehen‹. Die Bombardierung von Schifffahrtsstraßen, Häfen und Städten, so glaubten sie, würde den Gegner im Verein mit dem Würgegriff der Unterseeboote früher oder später zum Waffenstrecken zwingen. MacArthur dagegen vertrat die klassische Army-Ansicht, daß die Streitkräfte des Feindes an Land besiegt werden müßten. Neuguinea, die Philippinen, dann das japanische Inselreich selbst: das war sein Weg zum Sieg. King und Spruance, die Chefstrategen der Navy, hielten das für eine Verschwendung von Menschen und Zeit. Spruance setzte sich sogar für einen von See her vorgetragenen Angriff auf Iwo Jima und Okinawa ein. Von diesen beiden kleinen Inseln aus, die zu erobern und in der Hand zu behalten möglich sein müsse, könne man Japan durch einen kombinierten Luft- und U-Boot-Krieg in die Knie zwingen.
Nach Saipan fingen die Vereinigten Stabschefs an, sich für die Navy-Strategie zu interessieren. MacArthur schäumte. 1942 war er auf Befehl Roosevelts auf dem Luftweg von den Philippinen geflohen und hatte bei seiner Ankunft in Australien öffentlich geschworen: *Ich komme wieder.* Allerdings hatte er nicht vor, in der Maschine einer privaten Fluggesellschaft zurückzukehren, nachdem die Japaner durch die Navy-Strategie geschlagen waren. Er verlangte eine persönliche Unterredung mit dem Präsidenten, die ihm im Juli in Pearl Harbor gewährt wurde.
Roosevelt war gerade für eine vierte Amtsperiode als Präsidentschaftskandidat aufgestellt worden. Da der Krieg in Europa fabelhaft lief, wollte er keine

Schwierigkeiten mit MacArthur, den die politische Opposition als vernachlässigtes militärisches Genie hinstellte. Roosevelt war bereits ziemlich krank, als er in Pearl Harbor eintraf, und hörte sich nicht nur MacArthurs leidenschaftliches Eintreten für die Rückeroberung der Philippinen an, das ›die nationale Ehre‹ einfach erfordere, sondern auch Nimitz' sachlich-professionelle Darlegung des Navy-Plans.

MacArthur gewann. Die Landung auf den Philippinen war beschlossene Sache. Doch der Zwiespalt zwischen Army und Navy blieb. Nimitz wies MacArthur für dessen Amphibien-Unternehmen die gesamte Siebte Flotte unter Vizeadmiral Thomas Kinkaid zu: eine gewaltige Armada aus älteren Schlachtschiffen, Kreuzern, Geleitschutz-Flugzeugträgern sowie einem Troß von Zerstörern, Minensuchbooten und Tankern für die Treibstoffversorgung. Seine Hauptwaffe jedoch, die neuen Flugzeugträger und die schnellen Schlachtschiffe, gab Nimitz nicht aus der Hand; unter Spruance hieß sie die Fünfte, und während Halsey das Kommando führte, die Dritte Flotte.

Infolgedessen stand Kinkaid unter MacArthur an der Spitze eines riesigen Flottenverbands; Halsey führte unter Nimitz einen zweiten großen Flottenverband – *und es gab bei der Landung auf Leyte kein gemeinsames Oberkommando.*

Zur japanischen Strategie: die Schläge, die Halsey vor der Schlacht auf Formosa führte, hatten eine große japanische Siegesfeier zur Folge. Das Kaiserliche Hauptquartier verkündete jubelnd, die vorwitzigen Yankees hätten endlich eine große Schlappe einstecken müssen; Flugzeuge des japanischen Heeres und der japanischen Kriegsmarine seien in Schwärmen über die Dritte US-Flotte hergefallen und hätten sie vernichtet!

Elf Flugzeugträger wurden versenkt, acht beschädigt; zwei Schlachtschiffe versenkt, zwei beschädigt; drei Kreuzer versenkt, vier beschädigt; Zerstörer, leichte Kreuzer und Dutzende anderer nicht näher bestimmter Schiffe wurden vernichtet oder stehen in Flammen.

So der Wortlaut der offiziellen Meldung. Folglich hatte das Glück sich auf überwältigende Weise gewendet; Saipan war gerächt worden! Die drohende Landung auf den Philippinen war abgewendet. In ganz Japan kam es zu riesigen Freudenkundgebungen. Hitler und Mussolini schickten Glückwunschtelegramme. »Der Sieg ist zum Greifen nahe«, verkündete der neue Premierminister, und der Kaiser selbst gab eine Verlautbarung heraus, in der dieser Triumph gewürdigt wurde.

Die Wirklichkeit sah jedoch anders aus. Halseys Dritte Flotte hatte sich nach den Angriffen zurückgezogen und kein einziges Schiff verloren. Die Luftgeschwader des Kaiserlich Japanischen Heeres waren dezimiert und ihre Stützpunkte dem Erdboden gleichgemacht. Die Verluste der Japaner beliefen sich auf sechshundert abgeschossene und zweihundert am Boden zerstörte Maschinen. In einem Anfall von Überoptimismus hatte das japanische Oberkommando sogar die Maschinen von ihren Flugzeugträgern abgezogen und in den Kampf geworfen. Sowohl bei den Piloten des Heeres als auch der Marine handelte es sich fast ausschließlich um frisch ausgebildete Rekruten. Halseys kampfgewohnte Flieger hatten leichtes Spiel mit ihnen gehabt. Doch die wenigen japanischen Versprengten brachten lächerliche Siegesberichte mit zurück. Bombeneinschläge im Wasser oder die beim Absturz explodierenden Maschinen ihrer eigenen Kameraden hatten sich in ihren unschuldigen Augen wie brennende oder sinkende Schlachtschiffe und Flugzeugträger ausgenommen. Das japanische Oberkommando hatte die Meldungen schon auf die Hälfte heruntergeschraubt, doch auch das, was blieb, war nichts als Illusion.

Dann landeten MacArthurs Vorauseinheiten auf den Inseln im Golf von Leyte, und Aufklärungsflugzeuge der Japaner meldeten eine riesige Invasionsflotte – Kinkaids Siebte US-Flotte unter MacArthur, die aus über siebenhundert Schiffen bestand und sich den Philippinen näherte. Aufklärungsflugzeuge, die von Luzon aus starteten, entdeckten auch Halseys Dritte Flotte, die keineswegs vernichtet worden war, sondern intakt und auf der Pirsch. Die kriegsmüden Japaner erwachten aus ihrem Siegestaumel und erlebten einen Alptraum. An die Kaiserlich Japanische Flotte erging ein Befehl: *Plan SHO-EINS ausführen!* Das japanische Codewort *Sho* bedeutet ›erobern‹. Es gab vier Versionen von *Sho*, um einem Zugriff auf vier mögliche Punkte des schrumpfenden Schutzwalls um das Kaiserreich entgegenzutreten. *Sho-Eins* war der Philippinen-Plan.

Sho war eine Strategie der Verzweiflung. Die gesamte Kaiserliche Flotte sollte unter dem Schutz der Flugzeuggeschwader des Heeres nach den Philippinen und Formosa auslaufen, die amerikanischen Nachschub-Verbände durchbrechen, die Truppentransporter versenken und die Landungseinheiten mit Geschützfeuer auslöschen. Bei diesem Plan war man davon ausgegangen, daß die Japaner einer dreifachen Übermacht gegenüberstanden und Halsey allein mit seinen Flugzeugmutterschiffen und schnellen Schlachtschiffen der Kaiserlichen Flotte überlegen war.

Das Grundthema von *Sho* war daher *Überlistung*. Um die Überlegenheit des Gegners zu neutralisieren, sollten die Japan noch verbliebenen Flugzeugträger Halseys Dritte Flotte möglichst weit vom Ort der Invasion fortlocken. Die

Hauptflotte sollte dann an den Reserveeinheiten von Kinkaids Siebter Flotte vorüberrauschen, Tod und Verderben über MacArthurs Landungsstreitmacht bringen und sich wieder zurückziehen.
Doch der Formosa-›Sieg‹ hatte Sho bereits beeinträchtigt. Unterstützung aus der Luft durch die beträchtlich dezimierten Heeres-Geschwader stand kaum noch zu erwarten; auch die Flugzeugträger konnten ohne ihre Flugzeuge nicht mehr kämpfen. Sie konnten die Geschwader der Dritten Flotte bestenfalls vom Brückenkopf weglocken, um dann von ihnen versenkt zu werden. Das jedoch, zu dieser Überzeugung rang das japanische Oberkommando sich voller Bitterkeit durch, werde genügen. Wenn Halsey nur nach dem Köder schnappte, müsse es der aus Schlachtschiffen und schweren Kreuzern bestehenden japanischen Hauptflotte immer noch gelingen, in den Golf von Leyte einzulaufen und MacArthurs Brückenkopf auszulöschen. Ziel dieses Opfers konnte, wenn es erfolgreich verlief, nur eine annehmbare Friedensregelung sein. Im Grunde war das ganze Unternehmen ein gigantischer Kamikaze-Angriff. Die Flotte, die auslief, um sich zu opfern, war schon gewaltig – aber sie war ihrem Gegner hoffnungslos unterlegen.
War es falsch, die Reste einer großen Kriegsflotte auf einen Schlag zu opfern? Nach japanischer Denkweise kaum. Was hatte man noch zu verlieren? Wenn die Philippinen verloren gingen, wäre die Ölversorgung ohnehin unterbrochen. Dann wären die Kriegsschiffe wie Kinderspielzeug mit zerbrochenen Spiralfedern. Und jetzt kapitulieren? Das wäre zwar logisch gewesen, doch Logik gilt im Krieg nur für die Starken. Den Schwachen bleibt nur stolzer Trotz, der in Japan als edel gilt.
Das Ölproblem komplizierte Sho noch weiter. Durch die im U-Boot-Krieg erlittenen Verluste war es um die Versorgung des Landes so schlecht bestellt, daß die Flotte nicht einmal in ihren Heimathäfen auftanken konnte. Aus diesem Grunde war der Hauptverband unter Admiral Kurita – zwei neue Riesenschlachtschiffe, die größten und mächtigsten der Welt, dazu drei weitere Schlachtschiffe und viele Kreuzer und Zerstörer – vor Singapore stationiert, um Zugang zum Öl von Java und Borneo zu haben. Die als Lockvögel gedachten Flugzeugträger lagen in den heimatlichen Gewässern der japanischen Inlandsee.
So mußte das gigantische Täuschungsmanöver, das auf einer Vielzahl genau aufeinander abgestimmter Schachzüge beruhte, anrollen, obwohl die daran beteiligten Kampfverbände durch große Entfernungen voneinander getrennt waren und nur über Funk miteinander in Verbindung standen. Funkpersonal jedoch war, wie Piloten, knapp. Die besten Techniker hatten im Korallenmeer, bei Midway, um Guadalcanal und bei Saipan den Tod in den Wellen gefunden.

Die Kaiserlich Japanische Flotte lief aus, um *Sho* durchzuführen, aufgrund der Treibstoffknappheit über Tausende von Meilen verstreut und mit stotternden Funkverbindungen; gleichwohl war es immer noch eine mächtige Flotte, eine Flotte, die ganz auf Sieg oder auf Selbstopferung gesetzt hatte.

Am 20. Oktober landeten MacArthurs Streitkräfte auf Leyte. Der General watete den Strand hinauf, um im Radio zu verkünden: »*Volk der Philippinen, ich bin zurückgekehrt! Schart euch um mich!... Um Haus und Herd zu schützen, schlagt los! Um der Generation eurer Söhne und Töchter willen, schlagt los!... Möge es keinem Herzen an Kraft mangeln. Möge jeder Arm gestählt sein... In Seinem Namen, folgt mir bis zum Heiligen Gral des gerechten Sieges!*« Diese ebenso hochherzigen wie pathetischen Worte riefen unter den Besatzungen der Navy-Schiffe, die sich um die Radios scharten, viel ungehöriges Gekicher hervor.

Anfangs schienen die Japaner der Invasion keinen ernstlichen Widerstand zu bieten. Ihre Flotte setzte sich, soweit man sah, nicht in Bewegung. Admiral Halsey – begierig darauf, endlich seine große Vernichtungsschlacht schlagen zu können – redete schon davon, durch den Archipel durchzustoßen, ins Südchinesische Meer hineinzulaufen, den Feind auszuräuchern und den Schutz des Brückenkopfes Kinkaid zu überlassen. Eine ernste Depesche von Nimitz kühlte ihm den Kopf. Was sie jedoch nicht zu kühlen vermochte, war Halseys heißer Wunsch, die japanische Flotte zu züchtigen.

Und damit kam das menschliche Element ins Spiel. Halseys Leistungen im Kriege und der Ruf, den er in der Öffentlichkeit genoß, lagen seltsam im Widerspruch miteinander. Er war der einzige Admiral, dessen Namen man in der Heimat überhaupt kannte. Er strahlte die Männlichkeit und das Draufgängertum des Westernhelden aus. Er hatte viele Flugzeugträger-Unternehmungen befehligt. Im Südpazifik hatte er dafür gesorgt, die sinkende Kampfmoral der Amerikaner wieder zu heben, und damit das Unternehmen von Guadalcanal gerettet. Die Zeitungen und mit ihnen die Amerikaner liebten diesen rauhbeinigen und zähen Revolverhelden des Pazifik mit seinen höhnischen Bemerkungen, die sich so fabelhaft zitieren ließen. Aber da der Krieg nachgerade zu Ende ging, wurde es Zeit, daß Halsey einmal in einen richtigen Schußwechsel geriet. Er hatte sie alle verpaßt, während Spruance, sein alter Freund und Untergebener, bedeutende Schlachten geschlagen hatte und dabei Sieger geblieben war.

Halseys Stab war sich nicht sicher, daß der Gegner um Leyte kämpfen und es riskieren würde, durch eine der beiden Meerengen – die San Bernardino-Straße oder die Surigao-Straße – vorzurücken. Es sei, meinten sie, durchaus denkbar, daß die Japaner warteten, bis MacArthur auf Luzon landete; denn dort verfügten sie noch über ein schlagkräftiges Heer und über große Luftwaffenstützpunkte. Außerdem konnte die japanische Flotte ohne Schwierigkeiten in den Golf von Lingayen einlaufen und MacArthur zu Lande, zu Wasser und aus der Luft die Hölle heiß machen. Aufgrund solcher Überlegungen schickte Halsey die schlagkräftigste seiner vier Kampfgruppen, die aus fünf Flugzeugträgern bestand – insgesamt hatte er neunzehn – zur Erholung, zum Auftanken und zur Proviantübernahme nach dem rund achthundert Meilen entfernten Ulithi. Eine zweite Kampfgruppe erhielt am 23. Oktober Befehl, Kurs auf Ulithi zu nehmen, womit vier weitere Flugzeugträger aus dem Operationsgebiet abgezogen wurden.

Der Abzug dieser Kräfte bereitete Pug Henry großen Kummer. Er kannte Halsey noch von seinen Zerstörertagen her und konnte sich gut vorstellen, wie der Alte schäumend und zähneknirschend an Bord der *New Jersey* auf- und abtigerte, weil seine Dritte Flotte hundert Meilen vor den Philippinen nur von Feinden leergefegte tropische Gewässer abpatrouillierte und dabei nutzlos Treibstoff verbrauchte. Der Gedanke, in westlicher Richtung durch den Archipel ins Südchinesische Meer vorzustoßen – das war Halsey, wie er leibte und lebte. Dasselbe galt auch für das impulsive Umstoßen von Plänen und Befehlen in letzter Minute. Und darunter fiel für Pugs Begriffe auch das leichtfertige Fortschicken der Hälfte seiner Flugzeugträger drei Tage nach Beginn der Landung. Halsey konnte auf zweierlei Art vorgehen: entweder locker und ungezwungen – oder entschlossen und mit unerbittlicher Präzision. Gewiß, sein Flottenverband war seit nunmehr zehn Monaten auf See, und die Versorgung mit Treibstoff und Proviant hatte über das Versorgungssystem von ComServPac auf hoher See bemerkenswert gut geklappt. Die Männer waren müde. Die Schiffe brauchten Zeit im Hafen. Aber war nicht die Chance zu kämpfen wichtiger als alles andere? Halsey tat, als könne von einer Bedrohung Leytes von See her überhaupt nicht mehr die Rede sein. Dabei war die Frage nach dem Standort des Gegners nach wie vor offen.

Außerdem wünschte Pug, Halsey überließe die Führung der Flugzeugträger ihrem Oberkommandierenden, Marc Mitscher, dem im Lufteinsatz erfahrensten Admiral in der Navy. Halsey jedoch kommandierte die Flugzeugträger persönlich, und ihr eigentlicher Chef war zu einem schweigenden Passagier auf der *Enterprise* geworden. Ebensogut hätte Pug das Kommando der *Iowa* selbst übernehmen können! Spruance hatte Mitscher bei Saipan selbst mit seinen Schiffen kämpfen lassen und sich nur einmal bei ihm durchgesetzt, als er daran dachte, den Brückenkopf zu verlassen.

Trotzdem, die Flotte liebte Halsey. Die Seeleute erklärten, sie würden ihm bis in die Hölle folgen; Spruance hingegen hatten sie kaum gekannt. Pug selbst erregte es, wieder unter Halsey zu fahren. Halsey hatte erreicht, daß die gesamte Dritte Flotte auf den Kampf brannte. Das war schon etwas! Doch im Schlachtengetümmel einen kühlen Kopf zu behalten, war ebenso wichtig. Gerade das war, wie er zu wiederholten Malen bewiesen hatte, Spruances Stärke, und ob Halsey sie auch besaß, sollte die Navy jetzt zum erstenmal herausfinden.

43

AN: COM DRITTE FLOTTE
VON: DARTER
VIELE SCHIFFE GESICHTET DARUNTER WAHRSCHEINLICH DREI SCHLACHTSCHIFFE
STOP NEHME VERFOLGUNG AUF

»Anstoß!« dachte Pug. Die Meldung kam von einem weit nach Westen bis in die Palawan-Straße vorgestoßenen Unterseeboot, das auf halbem Wege zwischen Borneo und Leyte auf Patrouillenfahrt war; im Laufe der Nacht aufgegeben, enthielt der Funkspruch Position, Kurs und Geschwindigkeit dieser bedeutenden feindlichen Flotteneinheit. Pug trug die Information sofort mit orangefarbener Tinte auf seiner Gefechtskarte ein. Es war der 23. Oktober; die Sonne ging gerade auf.
Also würde es doch zu einem Kampf kommen. Die Schlachtschiffe hatten Kurs auf die Sibuyan-See und die San Bernardino-Straße genommen. Die Befehle, mit denen Halsey darauf reagierte, ließen Pugs Puls schneller schlagen. Er rief eine nach Ulithi beorderte Kampfgruppe aus Flugzeugträgern zurück. Gut! Die drei Flugzeugträger-Verbände, die zur Verfügung standen, sollten sich am nächsten Morgen auf einer Strecke von zweihundertundfünfzig Meilen vor der Ostküste der Philippinen postieren, um Aufklärungsflüge und tags darauf auch Angriffe zu fliegen, sobald die japanischen Schlachtschiffe in Reichweite gerieten. Halseys eigener Kampfverband, zu dem auch Pug Henrys Einheit gehörte, sollte vor der San Bernardino-Straße bereitliegen, um den Gegner, wenn er kam, in Empfang zu nehmen.

Bei den Schiffen, die das Unterseeboot gesichtet hatte, handelte es sich in der Tat um Vizeadmiral Kuritas Hauptflotte, die, von Borneo kommend, vorhatte, in den Golf von Leyte vorzudringen und MacArthurs Brückenkopf zu zerschlagen. Die beiden Hauptkontrahenten in diesem Kampf – Halsey und Kurita – berührten also über eine Entfernung von etwa sechshundert Meilen die Boxhandschuhe. Admirale gab es um den Golf von Leyte herum massenweise, doch die Entscheidung hing davon ab, was diese beiden Männer tun würden.

Takeo Kurita war ein willensstarker wortkarger Seebär von fünfundfünfzig Jahren. Seine Streitmacht – fünf Schlachtschiffe und zehn schwere Kreuzer mit leichten Kreuzern und Zerstörern – bot ein eindrucksvolles Bild, als sie die blaue Dünung der Palawan-Passage durchpflügte. Zu seinen Schlachtschiffen gehörten die beiden Siebentausend-Tonnen-Giganten *Musashi* und *Yamato*, heimlich und in Verletzung der Waffenbegrenzungsabkommen mit Fünfundvierzig-Zentimeter-Geschützen bestückt, aus denen noch nie ein Schuß auf einen Gegner abgegeben worden war. Pug Henrys *Iowa* und *New Jersey* waren mit Vierzig-Zentimeter-Geschützen ausgerüstet. Kein Schiff der Vereinigten Staaten trug Waffen größeren Kalibers. Der Kaliberunterschied von fünf Zentimetern bedeutete, daß Kurita außerhalb der Reichweite von Pug Henrys Geschützen Aufstellung nehmen und ihn mit Geschossen eindecken konnte, die vielleicht doppelt so wirkungsvoll waren als alles, womit er das Feuer erwidern konnte. Schon 1934 geplant und im Verlaufe von fünfzehn Jahren unter einem gewaltigen Aufwand von Arbeitskräften und Geldmitteln fertiggestellt, waren es die stärksten Schlachtschiffe der Welt. Hätten sie es nur mit Kriegsschifftypen wie jenen von Pugs Verband zu tun gehabt, wären sie möglicherweise unbesiegbar gewesen; nur war die Kriegstechnik bereits einen Schritt weiter. Unterseeboote und Flugzeugträger stellten Bedrohungen dar, gegen die schwere Geschütze nicht viel ausrichten konnten.

Von Admiral Kuritas Gesichtspunkt aus hing alles von den Flugzeugträgern ab, die als Lockvögel dienten. Wenn es ihnen gelang, Halsey aus dem Weg zu locken, dann war es vielleicht möglich, durch die San Bernardino-Straße zu dampfen und MacArthurs Brückenkopf zu vernichten. Die Flugzeugträger waren bereits unterwegs; sie hatten unter dem Befehl des fähigen Vizeadmirals Ozawa von Japan aus Kurs auf Luzon genommen. Das war so ziemlich alles, was Kurita wußte, denn beim Auslaufen waren die beiden Flottenverbände um dreißig Längengrade voneinander entfernt.

Noch einen weiteren entscheidenden Faktor mußte Kurita in seine Überlegungen einbeziehen. Die Strategen in Tokio mit ihrer besessenen Neigung zum Komplizierten hatten noch einen dritten Kampfverband aufgestellt – Schlachtschiffe, Kreuzer und Zerstörerschirm –, der weit nach Süden hinunterlaufen und durch die Surigao-Straße in den Golf von Leyte vordringen sollte. *Sho* mußte ein schönes Planspiel gewesen sein: Kurita, der mit seiner überstarken Armada durch die Zentralphilippinen marschierte, um den Golf von Leyte von Norden her zu erreichen; der andere Kampfverband, der von Süden her eine Zangenbewegung ausführte; und Ozawa, der in den Gewässern nördlich von Luzon den kampflüsternen Halsey so lange reizte, bis er die Truppen, die er eigentlich schützen sollte, verließ.

617

Doch in einem so langsam und auf einer tausend Meilen langen Bühne sich entfaltenden, von riesigen Kriegsschiffen aufgeführten Ballett war der richtige Zeitpunkt von entscheidender Bedeutung. Kurita mußte am Morgen des fünfundzwanzigsten in den Golf von Leyte einlaufen, weil zu diesem Zeitpunkt auch der durch die Surigao-Straße herannahende Kampfverband eintreffen sollte. Und schon vor diesem Morgen mußten die Flugzeugträger Halsey nach Norden gelockt haben. Nichts von alledem konnte auf Anhieb gelingen, höchstens zu einem sehr hohen Preis. Die Frage war, ob frühe Verluste *Sho* zum Erlahmen brachten, oder ob der Plan blutig seinen Lauf nehmen würde.

Ein Hinweis auf die Antwort kam bei Sonnenaufgang des dreiundzwanzigsten. Ohne jede Warnung trafen nacheinander vier Torpedos Kuritas Flaggschiff. Der gesamte Verband hatte gerade angefangen, den bei Tageslicht üblichen Zickzackkurs einzuschlagen. Als die Admiralsbrücke des Schweren Kreuzers *Atago* unter Kuritas Füßen erbebte, sah er, daß auch der achteraus in seinem Kielwasser laufende Kreuzer getroffen war und in Rauch, Flammen und gewaltigen weißen Wasserfontänen aufging. In Minutenschnelle stand die *Atago* in Flammen, wurde von Explosionen geschüttelt und sank. Kuritas Aufmerksamkeit war im Augenblick ausschließlich darauf gerichtet, das eigene Leben zu retten. Zerstörer näherten sich dem brennenden Wrack, um ihn an Bord zu nehmen, doch dazu reichte die Zeit nicht mehr. Der Admiral und sein Stab mußten in dem wogenden, warmen Salzwasser um ihr Leben schwimmen.

Ein Zerstörer fischte Kurita auf und nahm ihn an Bord. Dort bot sich seinen vom Salzwasser tränenden Augen ein weiterer trauriger Anblick: ein dritter, in der Nähe laufender Schwerer Kreuzer flog auseinander wie ein Feuerwerkskörper, wurde zu blasser Flamme und dickem, schwarzem Rauch; noch während Kurita triefend dastand, schlugen Wrackteile neben ihm ein. Der Tag war noch keine halbe Stunde alt, und Kurita hatte bei einem Unterseeboot-Angriff bereits zwei von zehn Schweren Kreuzern verloren: ein dritter lag manövrierunfähig im Wasser; und bis Leyte waren es noch zwei volle Tage! Die auf Patrouillenfahrt befindlichen U-Boote *Darter* und *Dace* hatten Kuritas Verband in der Nacht entdeckt, waren ihm über Wasser gefolgt und dann auf Tauchstation gegangen, um ihn im Morgengrauen anzugreifen. Sie entkamen dem Hagel der von den Zerstörern abgeworfenen Wasserbomben, die überall große Fontänen aufschießen ließen; doch bei dem Versuch, den angeschlagenen Kreuzer zu erledigen, lief die *Darter* auf ein Riff. Die Besatzung wurde von der *Dace* gerettet. Zwar war es die *Darter* gewesen, die Alarm geschlagen und sich das erste Opfer geholt hatte, doch sie kehrte nicht zurück.

Falschmeldungen von gesichteten Sehrohren brachten Kuritas Streitmacht den größten Teil dieses Tages über völlig durcheinander, bis es ihm gelang, mit seinem Stab auf die *Yamato* überzusiedeln. Dort, an Bord des mächtigsten Schlachtschiffes der Welt, in weiträumigen und eleganten Admiralsunterkünften, bekam er die Situation wieder in den Griff. Schließlich war seine Armada zum überwiegenden Teil noch intakt. Er hatte nicht erwartet, ohne Verluste durchzukommen. Bald würde die Nacht seine Bewegungen im Dunkel verbergen. Tokio ließ ihn über Funk wissen, daß die als Lockvögel eingesetzten Flugzeugträger noch keinen Kontakt mit Halsey hätten; folglich mußte er weiterhin auf Luftangriffe und Bedrohung durch Unterseeboote gefaßt sein. Und am Tag danach, so schien es jetzt, würde er am Eingang der San Bernardino-Straße mit Halsey zusammentreffen. Doch Takeo Kurita hatte sein Kommando übertragen bekommen, weil er ein Mann war, der Feuerwände durchschritt. Als die Sonne untergegangen war, lief er mit voller Kraft weiter.

Die Nacht gewährte ihm zwölf Stunden friedlicher schneller Fahrt. Mit dem Sonnenaufgang des vierundzwanzigsten Oktober setzten die Angriffe aus der Luft und von den Flugzeugträgern her ein und hörten den ganzen Tag nicht wieder auf. Fünf größere Angriffswellen, Hunderte von Einzeleinsätzen und immer wieder Angriffe mit Bomben und Torpedos sorgten dafür, daß die japanische Hauptstreitmacht den ganzen Tag beschäftigt blieb. Kurita war Luftunterstützung aus Luzon und Formosa zugesagt worden. Kein japanisches Flugzeug ließ sich blicken.

Trotzdem stieß er mannhaft weiter vor, kreuzte an bergigen kleinen Inseln vorüber, feuerte aus Hunderten von Flakgeschützen und schoß aus lauter Verzweiflung sogar aus seinen Hauptbatterien, wenn ganze Schwärme von Flugzeugen auf ihn zugerast kamen. In dieser größten aller Schlachten zwischen Flugzeugen und Überwasserfahrzeugen, die am vierundzwanzigsten Oktober ausgetragen wurde und jetzt ›Schlacht in der Sibuyan-See‹ genannt wird, hielt Kurita sich sehr gut. Nur der Supergigant *Musashi*, der schon früh einen Torpedotreffer abbekommen hatte, bekam die Raserei der angriffslustigen Yankee-Maschinen zu spüren. Die *Musashi* galt als unsinkbar, verkraftete im Verlauf von fünf Angriffen neunzehn Torpedos und ungezählte Bombentreffer; sie bekam immer mehr Tiefgang und ihre Schlagseite nahm, während sie achteraus liegenblieb, stündlich zu; die Zeit verging, und die Züchtigungen ließen nicht nach. Gegen Sonnenuntergang kenterte das Schiff und ging mit der halben Besatzung unter; es war nie richtig zum Einsatz gelangt und hatte nur mit winzigen Flugzeugen gekämpft.

Das war ein tragischer Verlust. Aber die Hauptstreitmacht hatte dem Ansturm machtvoll getrotzt, um ihren Auftrag auszuführen. Von Ozawas Lockvögeln kam bis jetzt kein Wort. Sollte es auf der ganzen Fahrt bis Leyte keinen Entsatz geben? Bis jetzt war Halsey offenbar noch nicht ins Garn gegangen; die schweren Schläge des Tages waren von Flugzeugträgern ausgeteilt worden. Kuritas in den Äther gefunkte Bitten um Luftunterstützung verhallten ungehört. Die Verluste – die *Musashi* kämpfte noch mit dem Tod, ein weiterer Kreuzer war nicht mehr einsatzfähig, die anderen Schiffe hatten schwere Bombenschäden erlitten – konnten hingenommen werden; aber wie lange konnte ein Kampfverband, der sich gegen Angriffe aus der Luft praktisch nicht wehren konnte, gegen fünfzehn oder zwanzig Flugzeugträger überleben? Gegen vier Uhr wendete Kurita mit seinen Schiffen und zog sich in westlicher Richtung zurück, um die Entfernung zwischen sich und Halseys Flugzeugträgern zu vergrößern und in offenen Gewässern manövrieren zu können. Dort konnten seine Kapitäne zumindest mit ihren erfolgreichen Ausweichmanövern fortfahren; sobald sie in eine der Wasserstraßen einliefen, konnten sie praktisch nicht mehr manövrieren und wurden zu leichten Zielen. Abermals ersuchte er in Tokio und Manila dringend um Luftunterstützung und gab seine Verluste an. Manila antwortete nicht. Der dortige Befehlshaber der Luftstreitkräfte hatte beschlossen, seine Maschinen gegen feindliche Flugzeugträger einzusetzen und nicht zum Schutz Kuritas.

Zu diesem Zeitpunkt, da seine Schiffe auf einer ruhigen, von langgestreckten grünen Inseln gesäumten See durcheinanderkreuzten und die schwer angeschlagene *Musashi* bei dem Versuch, auf Strand zu setzen, seinen Blicken entschwand – zu diesem Zeitpunkt sah es für Kurita aus, als sei der *Sho*-Plan schon jetzt ein Schlag ins Wasser. Die U-Boot- und Luftangriffe hatten den Zeitplan durcheinandergebracht. Die Luftunterstützung fehlte ganz. Die List mit den Lockvögeln war mißlungen. Dennoch ging er, nachdem er das Einlaufen in die schmale Wasserstraße bis zum Einbruch der Dunkelheit hinausgeschoben hatte, nochmals auf Gegenkurs und lief auf die San Bernardino-Straße zu. Und während er das tat, bat er den von Süden sich nähernden Kampfverband, seine Fahrt zu verlangsamen und den Zangenangriff auf den Golf von Leyte um ein paar Stunden zu verschieben. Das Hauptquartier in Tokio schien in hilfreicher Stimmung und schickte die Botschaft: *Alle Verbände gehen zum Angriff über und zählen auf göttlichen Beistand.*

Und abermals hüllte die Nacht die Hauptstreitmacht ein. Gleichwohl sah Kurita sich zunehmenden Gefahren gegenüber. Voraus erwarteten ihn schmale, schwer verminte Gewässer. Die San Bernardino-Straße konnte er nur passieren, wenn seine Flotte in Kiellinie lief. Zweifellos patrouillierten Halseys

Schlachtschiffe und Kreuzer vor der Einfahrt und warteten darauf, quer zur Formation des Gegners zu laufen und eines seiner Schiffe nach dem anderen zu vernichten. Mit diesem strategischen Manöver hatte die japanische Flotte im Jahre 1905 während der großen Seeschlacht von Tsushima die zaristische Flotte besiegt und einen Krieg gewonnen. Jetzt sah sich Kurita in der Lage der Russen während jener Schlacht, die er sein Leben lang studiert hatte, und es gab keinen Ausweg für ihn, als seinem Schicksal entgegenzudampfen und auf ›göttlichen Beistand zu zählen‹.

Achteraus ging über der dunklen Sibuyan-See ein gelber Viertelmond auf. Das japanische Oberkommando in Manila hatte die Navigationslichter der San Bernardino-Straße einschalten lassen. Die Nacht war klar. Kurita bezog auf der Admiralsbrücke des Giganten *Yamato* Stellung und erließ einen letzten Befehl an seine Mannschaften: *Obwohl wir Gefahr laufen, vernichtet zu werden, sind wir entschlossen, die gegnerischen Linien zu durchbrechen und den Feind zu schlagen.* Der Verband lief in die Meerenge ein; auf allen Einheiten gingen die Mannschaften auf Gefechtsstation. Trotz des höllischen Tages standen die ausgepumpten Mannschaften an ihren Geschützen. Es waren gute Seeleute, wohl ausgebildet im Nachtkampf. Kurita konnte sich darauf verlassen, daß sie den Amerikanern einen richtigen Kampf lieferten und, wenn es sein mußte, auch für den Kaiser starben.

Um Mitternacht verschwand der Mond. Eine halbe Stunde später lief der Hauptflottenverband der Japaner in sternerhellter Dunkelheit Schiff um Schiff in die stillen, offenen Gewässer der Philippinischen See. Admiral Kurita vermochte voraus nichts zu sehen. Ebenso erging es den Ausgucks auf allen seinen Schiffen. Die Radargeräte, welche das Meer im Umkreis von fünfzig Meilen abtasteten, fanden nichts.

Nichts! Nicht einmal ein einsamer Zerstörer bewachte die Einfahrt in die San Bernardino-Straße!

Fassungslos und von neuer Hoffnung erfüllt, ging Kurita in Gefechtsformation und nahm mit voller Kraft an der Küste von Samar entlang Kurs auf den Golf von Leyte. Er mußte seinen Sinnen trauen. Durch irgendeinen phantastischen Zufall war Halsey fort, und MacArthur war den größten Geschützen des Kaisers auf Gnade und Ungnade ausgeliefert.

44

Die merkwürdigen Ereignisse auf amerikanischer Seite, die zu dieser unfaßlichen Lage führten, werden umstritten bleiben, solange Menschen sich für Seeschlachten interessieren. Die Ereignisse selbst sind durchaus klar. Der Streit geht darum, wieso es zu ihnen kam. Victor Henry durchlebte sie im Stabsquartier der *Iowa*.

Er war an diesem vierundzwanzigsten Oktober lange vor Morgengrauen auf, prüfte in der Operationszentrale die Aufzeichnungen seines Stabs und verschaffte sich einen Überblick über die Lage, um jederzeit in den Kampf eingreifen zu können und, falls notwendig, sogar das Kommando über den ganzen Verband zu übernehmen. Pug wußte, welch ein Neuling er in Halseys Streitmacht war; doch irgendein Mißgeschick konnte ihm plötzlich eine ungeheure Verantwortung aufbürden. Er beschloß, sich so umfassend informiert zu halten, wie nur möglich, gleichsam als wäre er Halseys Stabschef.

Die Operationszentrale war ein großer, dämmerig erleuchteter, über seiner Unterkunft gelegener Raum, den er über einen eigenen Niedergang erreichte. Hier zeigten Radarschirme in phosphoreszierender, grüner Strichelung die Bewegungen von Schiffen und Flugzeugen; sie ließen Wetterturbulenzen und Landeformationen in der Nähe erkennen und boten – zumal bei Nacht – ein besseres Bild des Gegners, als man es mit bloßem Auge auf See sonst zu sehen bekam. Von Telephonisten beobachtete Plexiglasscheiben gaben auf einen Blick mit gelber und roter Fettkreide hingezeichnete Zusammenfassungen dessen, was sich abspielte. Meldungen für die Wachoffiziere liefen ein, um rasch verarbeitet und umgesetzt zu werden. Kaffee, Tabaksqualm und der Ozonduft elektronischer Geräte mischten sich im unverwechselbaren Operationszentralengeruch. Lautsprecher stießen blechern einen kurzen Schwall von Signaljargon nach dem anderen aus: »*Baker Jig How Seven, Baker Jig How Seven, hier Courthouse Four. Bitte Able Mike melden Peter Slant. Ende*«. Doch manchmal – wie jetzt um fünf Uhr früh, als der Admiral hereinblickte – war es in der Operationszentrale sehr ruhig. Schattenhafte Gestalten, die

Gesichter geisterhaft beleuchtet, saßen an den Schirmen; sie tranken Kaffee, rauchten und knabberten Süßigkeiten. Telephonisten murmelten in ihre Mikrophone oder zeichneten auf Plexiglas; hinter der Schauwand aufgereiht sitzend, schrieben sie geschickt in Spiegelschrift. Offiziere, über Karten gebeugt, stellten Berechnungen an und redeten halblaut miteinander. Der Stabschef saß bereits am Hauptkartentisch in der Mitte. Während der Angriffe auf Formosa hatte Captain Bradford Pug zur Genüge bewiesen, daß er imstande war, die Operationszentrale zu leiten und die wichtigsten Fakten aus dem Gewirr der Meldungen herauszusortieren. Pug ging nach unten und verzehrte, allein in seinem Quartier, Dosenpfirsiche, Cornflakes, Eier und Schinken sowie frische Brötchen mit Honig. Vielleicht dauerte es lange, bis er sich wieder zu einer Mahlzeit an einen Tisch setzen konnte. Er trank gerade Kaffee, als Bradford ihn anrief.

»Wir sind dabei, die Aufklärungsflugzeuge zu starten, Admiral.«

»In Ordnung, Ned.«

Pug stürmte den Niedergang hinauf, trat auf die Brückennock hinaus und beobachtete, wie die Sturzbomber der *Intrepid*, der *Hancock* und der *Independence* starteten und unter verblassenden Sternen davonzogen. Ein stummer Schmerz regte sich in seinem Herzen. *(Absalom, Absalom!)* Als die letzten Maschinen die Decks verlassen hatten, kehrte er in seinen kleinen, neben seiner Schlafkabine gelegenen Arbeitsraum zurück. Er war entschlossen, dort seine eigene Gefechtskarte zu führen. Nur im Kampf selbst wollte er zwischen den Radarschirmen, den Funkgeräten und der Admiralsbrücke Posten beziehen. Auf viele Stunden hinaus würden handfeste Fakten das Allerwichtigste sein: gesichtete feindliche Einheiten, Entfernungen, Kurse, Geschwindigkeiten, Schadensmeldungen, und was sich aus alledem ergab.

Es war eben doch wieder Blau gegen Orange, die alten Planspiele auf der Kriegsschule, die Flottenmanöver in Friedenszeiten. Der Ernstfall war zwar völlig anders, und doch gab es einen Faktor, der unverändert blieb. Selbst im Scheinkampf der Manöver war die größte Schwierigkeit, nicht den Kopf zu verlieren. Um wieviel wichtiger war das jetzt! Sollte Bradford die Aufregung und das Einlaufen der brandheißen neuesten Meldungen in der Operationszentrale genießen! Pug hatte sich vorgenommen, die wichtigen Dinge hier abzuwägen, bis die Schlacht begann, und mit seinem Stab nur zu reden, wenn es unbedingt nötig war.

Als er in der Ruhe seines Arbeitsraumes auf seiner Karte in Orange und Blau am Morgen gesichtete Schiffe und Angriffe eintrug, verblüffte ihn am meisten, daß die Japaner unaufhaltsam näherkamen. Diesem Burschen, der auf die San Bernardino-Straße zuhielt, war es ernst. Die gestern gemeldeten

Verluste durch U-Boot-Angriffe machten ihm offenbar nichts aus. Wenn die Angriffe aus der Luft ihn nicht zum Abdrehen bewogen, deutete alles auf eine nächtliche Schlacht hin, die vielleicht schon in sechzehn oder zwanzig Stunden vor der Einfahrt in die San Bernardino-Straße anlaufen würde.

Daß man frühzeitig weit im Süden noch einen zweiten Kampfverband sichtete, der auf die Surigao-Straße zuhielt, überraschte Pug nicht. Ablenkungsmanöver in der letzten Phase gehörten zur Standardtaktik der Japaner. Gerade deshalb hatte Spruance sich geweigert, den Brückenkopf von Saipan ohne Schutz zurückzulassen. Die Japaner setzten wirklich alles ein! Davisons Kampfgruppe im Süden würde sich mit dieser Streitmacht zu befassen haben. Nein, falsch: Halsey befahl ihm, sich gleichfalls auf die Einfahrt zur San Bernardino-Straße zu konzentrieren. Nun, Kinkaid unten im Golf verfügte über sechs ältere Schlachtschiffe – fünf davon, darunter die *California*, waren im Schiffsfriedhof von Pearl Harbor gehoben, repariert und wieder in Dienst gestellt worden –, dazu viele Kreuzer und Geleitschutzflugzeugträger, mit denen man schon etwas gegen diese Ablenkungsflotte, die Kurs auf die Surigao-Straße hielt, unternehmen konnte. Bei den Geleitschutzflugzeugträgern handelte es sich um umgebaute, schwerfällige und wenig stabile Frachter; aber im Zusammenspiel der Flotte konnte man ihnen schon einen Luftangriff zutrauen.

Erster Schaden für Halseys Flotte! Shermans Flugzeugträger, der am weitesten im Norden stationierte Verband, wird um halb zehn aus der Luft angegriffen; die *Princeton* erhält mehrere Bombentreffer und brennt. Die Flugzeuge können in Luzon oder von japanischen Trägern gestartet sein. Shermans Jäger richten ein Blutbad unter den gegnerischen Piloten an. Jetzt ein willkommener Funkspruch: Halsey ruft den vierten Flugzeugträgerverband zurück, der bis jetzt noch immer Kurs auf Ulithi hält. Endlich, und keinen Augenblick zu früh! Aus den Karten geht hervor, daß sie auf hoher See Treibstoff übernehmen müssen und noch einen ganzen Tag von hier entfernt sind. Wenn die Beschädigung der *Princeton* Halsey zu dieser Entscheidung veranlaßt hat, war sie nicht gänzlich sinnlos.

Weitere Angriffe auf die im Mittelabschnitt herannahenden Japaner; weitere Erfolgsmeldungen; Schlachtschiffe und Kreuzer von Bomben und Torpedos getroffen, in Flammen stehend oder kaum noch bewegungsfähig. Pugs Karte bot ein erregendes Bild. In der Sibuyan-See drängten sich die eingetragenen Zeichen für versenkte oder beschädigte Schiffe. Wenn die Meldungen stimmten, konnte der Japaner es nicht mehr schaffen, war er schon jetzt der Verlierer.

Aber wenn das so war, warum dann dieses stetige Weitervorrücken?

Er mußte Angriffe von dreißig bis siebzig Flugzeugen über sich ergehen lassen, ohne sich dagegen wehren zu können, und trotzdem rückte er immer weiter vor.
Warum erhielt er überhaupt keine Luftunterstützung? *Wo waren die japanischen Flugzeugträger?* Diese Frage hatte Victor Henry bereits den ganzen Tag beunruhigt; sie beunruhigte auch William Halsey, seinen Stab und die Kommandeure seiner Kampfverbände. Sie beunruhigte Admiral Nimitz in Pearl Harbor, wo es bereits Nacht war, und Admiral King in Washington. Die bisher unentdeckten Träger schützten weder die Streitmacht, die auf die San Bernardino-Straße zulief, noch die Ablenkungsreserve im Süden. Welche Rolle war ihnen in diesem Kampf zugedacht, bei dem es für die Kaiserlich Japanische Flotte um Leben und Tod ging? Daß sie in den Gewässern der Inlandsee untätig vor Anker lagen, war undenkbar. Pug sah zwei Möglichkeiten. Um später darüber lächeln oder stöhnen zu können, hielt er sie auf einem besonderen Blatt Papier fest.

24. Oktober, 14 Uhr 30, vor Leyte.
Frage: Wo befinden sich die Flugzeugträger des Gegners?
Antwort: (1) Sie halten sich außerhalb der Reichweite unserer Aufklärung im Südchinesischen Meer in Bereitschaft. Sobald die Sonne tief steht, laufen sie mit Höchstgeschwindigkeit auf uns zu, um morgen früh die während des nächtlichen Gefechts vor der San Bernardino-Straße angeschlagenen Schiffe zu erledigen. (2) Sie kommen von Norden herunter, um uns von der San Bernardino-Straße wegzulocken. Sollte das stimmen, werden sie dafür sorgen, vor Einsetzen der Dunkelheit gesichtet zu werden, vermutlich nördlich von Luzon.

Pugs zweite Mutmaßung hatte nichts mit Hellseherei zu tun. Mehrere von Halseys Verbandskommandeuren gingen von denselben Überlegungen aus. In einem japanischen taktischen Handbuch, das vom Abschirmdienst der Navy herumgeschickt worden war, war sogar in Erwägung gezogen worden, zum Zwecke der Ablenkung Flugzeugträger zu opfern. Irgendwie mußte es dem Flugzeugträgerverband gelungen sein, aus der japanischen Inlandsee auszulaufen, ohne von den amerikanischen Unterseebooten bemerkt zu werden. Möglich, daß sie jeden Augenblick in die Reichweite der Aufklärungsflugzeuge hineinliefen.
Die Antwort – das spürte Pug, als Halseys letztes Angriffsgeschwader sich auf den Rückflug machte – kam bestimmt vor Sonnenuntergang.
Vizeadmiral Ozawas als Lockvogel fungierende Flugzeugmutterschiffe stan-

den in der Tat nördlich von Luzon. Ozawa tat alles, um Halseys Aufmerksamkeit zu erregen, nur daß er nicht Kopfstand machte und mit den Ohren wackelte. Aber Halsey hatte die Aufklärung im nördlichen Bereich Sherman zugewiesen, und im Durcheinander der Luftangriffe und dem Ausbruch des Feuers auf der *Princeton* war der Start verschoben worden. Deshalb hatte Ozawa die restlichen Flugzeuge seiner Träger – insgesamt nur siebenundsechzig Maschinen – starten lassen, um Shermans Kampfgruppe anzugreifen; er hoffte, wenn er schon nichts anderes damit erreichte, so doch zumindest Halsey zu alarmieren. Dieser Angriff war weniger vom Glück begünstigt als die von Luzon aus geflogene Attacke auf die *Princeton*. Viele der Piloten wurden abgeschossen; die wenigen, die zurückkehrten, waren durchweg zu unerfahren, um auf einem fahrenden Flugzeugträger landen zu können; sie flogen deshalb entweder nach Luzon oder gingen auf dem Wasser nieder. Halsey jedenfalls wurde nicht alarmiert; er ging davon aus, daß dieser ungeordnete Angriff wohl von Land aus gestartet sein müsse.
Außerdem unterhielt Ozawa einen lebhaften Funkverkehr – in der Hoffnung, auf diese Weise entdeckt zu werden. Spät am Tage, verzweifelt darauf bedacht, gesehen und verfolgt zu werden, schickte er zwei Zwitterschlachtschiffe – groteske schwimmende Festungen mit aufgesetzten Flugdecks – aus, die Shermans Gruppe in ein Artillerieduell verwickeln sollten. Ozawa unterrichtete Kurita über Funk von all diesen Aktionen. Die beiden Verbände waren rund tausend Meilen voneinander entfernt, lagen also durchaus in Funkreichweite.
Doch Kurita erhielt keinen der Funksprüche Ozawas, weder direkt noch auf dem Umweg über Tokio oder Manila.
Halseys Plan für die nächtliche Schlacht kam gegen drei Uhr durch. Darin wurden vier Schlachtschiffe, darunter die *Iowa* und die *New Jersey*, zwei schwere Kreuzer, drei leichte Kreuzer und vierzehn Zerstörer namentlich genannt.

DIESE EINHEITEN BILDEN KAMPFGRUPPE 34 UNTER VIZEADMIRAL LEE STOP
AUFTRAG KAMPFGRUPPE 34 AUF WEITE ENTFERNUNG ENTSCHEIDEND EINZUGREIFEN

Klar zum Gefecht!
Pug Henry hatte sein Leben lang die Taktik des Flottenkampfes studiert. Das Handbuch kannte er auswendig. Wie oft hatte er an der Wandtafel die Skagerrak-Schlacht und die Schlacht bei Tsushima ebenso durchgespielt wie Nelsons klassisches Vorgehen bei Trafalgar und Saint Vincent! Der Entscheidungskampf zwischen Schiffen in Gefechtsordnung war für eine Kriegsflotte

eine Probe von höchster historischer Bedeutung. Bis jetzt hatten in diesem Krieg die plumpen, verletzlichen, schwimmende Scheunen genannten Flugzeugträger das Schlachtschiff in den Schatten gestellt. Und nun schickte Japan das Gros seiner Flotte durch die San Bernardino-Straße, um die Landung auf Leyte zu vereiteln, und Halsey schaffte es mit all seinen Flugzeugträgern nicht, sie daran zu hindern.
Klar zum Gefecht! Das war die Herausforderung. Mit hämmerndem Herzen, als wäre er erst zwanzig, griff Victor Henry zum Telephon und ließ sich mit Captain Bradford verbinden. »Stabsbesprechung bei mir um 16 Uhr. Ein Wachoffizier bleibt in der Zentrale.«
Pug war sich durchaus darüber im Klaren, daß Halsey auf der *New Jersey* das taktische Kommando über den Gesamtverband führte. Willis Lee befehligte die Kampfgruppe und machte seine Sache bestimmt hervorragend; doch dann würde Halsey den Oberbefehl übernehmen und die Schlacht schlagen. Welch ungeheure Aufregung mußte in der Operationszentrale der *New Jersey* herrschen! Wenn Pug Henry dreißig Jahre lang auf einen solchen Tag gewartet hatte, so hatte Bill Halsey vierzig Jahre gewartet! Von allen Admiralen der Geschichte war niemand begieriger und erpichter auf eine Entscheidungsschlacht, an der die gesamte Flotte teilnahm, als er. Hier kamen der Mann und die Stunde zusammen, um einen fabelhaften Sieg zu erstreiten.
Pug trat auf die Brücke hinaus, um frische Luft zu schöpfen. Er hatte inzwischen drei Päckchen Zigaretten aufgeraucht. Das Bild, das sich seinen Augen bot, konnte nicht ruhiger sein: Flugzeugträger, Schlachtschiffe und der Zerstörerschirm, soweit das Auge im Nachmittagssonnenschein reichte, über den Horizont im Norden und im Süden hinaus, die grauen vertrauten Silhouetten von Kriegsschiffen, die gemächlich in Flugabwehrformation dahindampften. Kein Land, kein Feind, kein Feuer und kein Rauch. Die Erregung konzentrierte sich im Quaken der Lautsprecher in der Operationszentrale, in den Fakten, die das Navy-Kauderwelsch verschlüsselter Meldungen übermittelte. Funkverbindung, Flugzeuge und schwarzes Öl hatten die Seekriegsführung auf eine neue Grundlage gestellt; man legte Hunderte, ja Tausende von Meilen zurück, um überhaupt miteinander in Berührung zu kommen, das Schlachtfeld umfaßte Millionen Quadratmeilen. Doch das Signal der Signale war seit Trafalgar, ja, zweifellos schon seit Salamis das gleiche geblieben.
Klar zum Gefecht!
Die Schlacht war das äußerste Risiko. Die gigantische *Iowa* konnte untergehen wie jedes andere Kriegsschiff auch. Pug hatte den Verlust der *Northampton* immer noch nicht verwunden. Er ging noch einmal durch, was er dem Stab

über mögliche Torpedoangriffe sagen mußte. Dennoch hatte er, als er allein in zerknitterter Khakiuniform auf der Brücke stand und tief die wehende tropische Seeluft einatmete, das Gefühl, daß diese Nacht dazu beitragen würde, sein Leben zu rechtfertigen. Jubel erfüllte ihn, obwohl er dabei ein schlechtes Gewissen hatte; es ging um nichts anderes als das Töten von Menschen – auch viele Amerikaner konnten dabei den Tod finden, und dennoch war er so verdammt glücklich darüber.

Die Stabsbesprechung dauerte noch keine Viertelstunde, als eine Meldung mit den neuesten Positionen der Japaner in der Sibuyan-See aus der Operationszentrale eintraf. Pug notierte sich Länge und Breite auf einem Zettel, bellte: »Entschlüsselung überprüfen! Da muß ein Fehler vorliegen«, und legte auf. Gleich darauf rief der Wachoffizier nochmals an. Inzwischen sei eine neue Positionsmeldung durchgekommen, eine sehr viel jüngere. Pug kritzelte die Zahlen hin, verschwand in seinem Arbeitsraum und rief gleich darauf seinen Stabschef.

»Was sagen Sie dazu?«

Auf seiner Karte schlug die orangefarbene Spur der japanischen Streitmacht einen Bogen zurück nach Westen. Rückzug!

»Admiral, mir war vollkommen unbegreiflich, wieso er solange weiter auf uns zukam, wie er es getan hat.« Bradford fuhr sich mit den Fingern durch das weiße Haar und schüttelte den Kopf. »Er war ja wie ein Schneeball auf einer heißen Herdplatte. Er wäre ja mit nichts angekommen.«

»Sie meinen, er gibt auf?«

»Jawohl, Sir.«

»Das glaube ich nicht. Die Besprechung ist vorläufig beendet. Gehen Sie nach oben, Ned, und sehen Sie die Meldungen nochmal durch. Achten Sie auf den Funkverkehr zwischen den Schiffen. Verdoppeln Sie das Personal an den Geräten. Wollen mal hören, was die anderen zu diesen Positionsmeldungen sagen.«

Bald ließ Bradford ihn übers Telephon wissen, die ganze Flotte sei verblüfft über das Abdrehen der Japaner. Pug starrte auf die Karte und berechnete wie nach einem überraschenden Zug bei einer Schachpartie die Möglichkeiten. Er fing an zu schreiben:

24. Oktober, 16 Uhr 45. Hauptstreitmacht dreht nach Westen ab. Warum?
1. Durch Luftangriffe zu schwer angeschlagen. Zurück nach Nippon.
2. Verfrühtes Eintreffen. Flugzeugträger noch nicht in Reichweite unserer Aufklärung. Zusammentreffen vor Leyte verpatzt. Um Zeit totzuschlagen. Und um uns zu verwirren.

3. Vermeidung eines Nachtgefechts. Kleinere japanische Kampfverbände kämpfen mit Vorliebe nachts wegen Torpedos mit großer Reichweite usw. Braucht gute Sicht für seine schweren Geschütze.
4. Um bei Tageslicht manövrierfähig zu bleiben.
5. Hat Schadens- und Verlustmeldungen nach Tokio durchgegeben und wartet auf weitere Befehle.
6. Dran denken, wie Spruance sich bei Midway ›zurückgezogen‹ hat? Hier ist ein zäher Bursche am Werk, eine starke Streitmacht, und ein Kopf, dem etwas einfällt. Versucht vielleicht, Halsey zu verlocken, durch die San Bernardino-Straße hinter ihm herzujagen, woraufhin er derjenige wäre, der quer zur Formation des Feindes laufen könnte.

Während Pug über diese verschiedenen Möglichkeiten nachgrübelte, klopfte es aufgeregt an seiner Tür. »Admiral, dies wollte ich Ihnen selber bringen.« Leuchtenden Auges legte Bradford einen entschlüsselten Funkspruch auf den Schreibtisch – Papierstreifen, die auf ein leeres Blatt geklebt waren. Er stammte von Halsey.

AN: BEFEHLSHABER ALLER KAMPFGRUPPEN UND VERBÄNDE DRITTE FLOTTE STOP SHERMAN MELDET 3 TRÄGER 2 LEICHTE KREUZER 3 ZERSTÖRER 18–32 NORD 125–28 OST

Pugs orangefarbener Stift stieß auf die Karte nieder. Nordöstlich von Luzon, zweihundert Meilen von der Küste entfernt; das war die Antwort auf die Frage nach den japanischen Flugzeugträgern.
»Ja! In letzter Zeit noch irgendwas Neues über die Verbände in der Sibuyan-See?«
»Nichts, Admiral.«
Sie sahen auf die Karte, blickten einander an und verzogen das Gesicht zu einem Grinsen. Pug sagte: »Okay, Sie sind Halsey. Was machen Sie?«
»Ich würde mit Volldampf auf diese Flugzeugträger losgehen.«
»Und was ist mit der San Bernardino-Straße? Und mit dem Burschen in der Sibuyan-See?«
»Der ist auf dem Rückzug. Wenn er kehrt macht und zurückkommt, hat er es mit unserem Hauptverband zu tun.«
»Dann laufen Sie also nur mit den Flugzeugträgern nach Norden und lassen die Schlachtschiffe zurück? Ist das nicht riskant?«
»Die Flugzeugträger können die beiden Schlachtschiffe von Sherman mitnehmen. Dann haben sie genug Feuerkraft, um es mit jedem Flugzeugträgerver-

band aufzunehmen, den die Japse noch haben.«
»Und wo bleibt die Konzentration der Kräfte?«
Bradford kratzte sich den Kopf. »Ja, die Japse haben sich nicht an diesen Grundsatz gehalten, oder? Sie laufen aus zwei Richtungen auf mich zu. Sie liegen zu weit auseinander, als daß ich einen Verband nach dem anderen mit konzentrierter Kraft vernichten könnte. Ich meine, die taktische Situation geht über das Prinzip. Deshalb muß ich meine Streitmacht teilen, um seine beiden Verbände zu treffen. Meine beiden Abteilungen sind den seinen ohnehin weit überlegen.« Pug bedachte ihn mit einem Stirnrunzeln. Unsicher fügte Bradford hinzu: »Admiral, ich werde dafür bezahlt, zu sagen, was ich denke, einerlei, wie dumm das sein mag.«
»Bei dem, was Sie gesagt haben, hätte sich Mahan bestimmt im Grabe umgedreht. Aber Sie haben recht. Gehen Sie wieder rauf, Ned.«
Der Stewart klopfte und erbot sich, dem Admiral sein Abendessen auf einem Tablett zu bringen. Pug glaubte nicht einmal eine Olive essen zu können. Er ließ sich Kaffee bringen, rauchte eine Zigarette nach der anderen und versuchte, sich in Halseys Gehirn hineinzudenken.
Der alte Artillerist war in größter Verlegenheit – zwei große Gefechte in Reichweite! Aus jedem der beiden konnte er als Lord Nelson hervorgehen. Aber nicht aus beiden zusammen; sie lagen zu weit voneinander entfernt, wie Bradford gesagt hatte. Die *New Jersey* mußte vom Gros der Flotte abgezogen werden, wenn er beschloß, mit den Flugzeugträgern nach Norden zu laufen. In diesem Fall würde Willis Lee die nächtliche Schlacht schlagen, wobei eines von Shermans Schlachtschiffen die Stelle der *New Jersey* einnehmen müßte. Oder Halsey blieb mit den Schlachtschiffen vor der Einfahrt in die San Bernardino-Straße liegen und schickte Mitschers Flugzeugträger los, damit sie sich die Japaner holten. Das war, was Ray Spruance bei Saipan zu tun sich geweigert hatte.
Entscheidender, zu diesem Schluß kam Pug, würde das Treffen an der San Bernardino-Straße sein. Hier drohte die große Gefahr für den Brückenkopf. Doch angenommen, der Japaner machte nicht kehrt und kam nicht zurück? Dann würde Bill Halsey mit schweigenden Geschützen vor der Einfahrt einer leeren Wasserstraße herumdampfen, während Marc Mitscher davonbrauste, um sich den größten Flugzeugträgersieg seit Midway zu holen.
Es ist hoffnungslos, dachte Pug Henry. Hoffnungslos. Bradford hatte recht. Auch Pug würde sich an Halseys Stelle sehr wohl entschließen können, selbst nach Norden zu gehen.
Aber er hoffte, daß Halsey nur die *New Jersey* abzog und nicht auch noch die *Iowa* mitnahm. Diese japanischen Flugzeugträger waren ein gefundenes

Fressen für Mitschers Piloten. Den Schlachtschiffen blieb im Norden bestimmt nicht mehr zu tun, als angeschlagene Krüppel auf den Grund des Meeres zu schicken. An der San Bernardino-Straße dagegen würde es zu einer richtigen Schlacht kommen. Dieser Japaner war nicht fort, das sagte Pug sein sechster Sinn.

Aus der Operationszentrale wurde ein Signal von Willis Lee an Halsey heruntergemeldet, das kurz vor Dunkelwerden abgegeben worden war. Es handelte sich um eine Lageanalyse, die der von Pug recht nahe kam, was ihm natürlich das Herz erwärmte. Lee war ein erfahrener Stratege. Bei den japanischen Flugzeugträgern handle es sich um schwache Lockvögel, sagte Lee, die kaum noch über Flugzeuge verfügten; das Wendemanöver in der Sibuyan-See sei nicht endgültig; diese Streitmacht werde zurückkehren und bei Nacht durch die Wasserstraße marschieren.

Die Meinungsverschiedenheiten in Halseys Stab mußten sehr tief gehen, nahm Pug an. Die Zeit verrann, es kamen keine Befehle, nicht einmal der, in Gefechtsordnung zu gehen. Gewiß, Willis Lee brauchte Zeit, um seine Kampfgruppe zu organisieren und aufzustellen. Kurz nach acht kamen die Befehle endlich durch. Bradford gab die entscheidende Meldung weder übers Telephon durch, noch brachte er sie persönlich. Er ließ sie vielmehr durch einen Läufer abgeben, was schon sehr merkwürdig war. Als Pug die lange Gefechtsanweisung durchlas, begriff er jedoch, warum.

Halsey ging nach Norden, um die Flugzeugträger zu verfolgen; aber er nahm die gesamte Dritte Flotte mit *und ließ nicht ein einziges Fahrzeug zurück, um die San Bernardino-Straße zu bewachen.*

Pug war noch dabei, diese Überraschung zu verdauen, als ihm – abermals durch Läufer – eine weitere Meldung überbracht wurde. Es war ein Bericht von einem Nachtaufklärer über den Flottenverband in der Sibuyan-See. Die Längenangaben bewirkten, daß es auf Pugs Kopfhaut prickelte, noch bevor er sie auf seiner Karte eintrug. Der Japaner hatte kehrt gemacht und lief mit zweiundzwanzig Knoten auf die San Bernardino-Straße zu.

Die Zeitangabe der Meldung lautete 2210 – zehn Minuten nach zehn in der Nacht des 24. Oktober 1944.

45

Eines Juden Reise
(Aus Aaron Jastrows Manuskript)

24. Oktober 1944

Natalie und ich haben unsere Transportbefehle erhalten. Wir sind für den elften Transport am 28. Oktober eingeteilt worden. Bitten um Revision sind sinnlos. Von diesen Transporten im Oktober gibt es keine Freistellung mehr. Theresienstadt bietet ein schreckliches Bild. Rund zwölftausend Menschen sind noch zurückgeblieben. Innerhalb eines Monats nach Beendigung der Filmarbeiten sind nahezu zwanzigtausend Menschen fortgeschafft worden, alle unter fünfundsechzig. Wer älter ist, dem passiert nichts, es sei denn, er hätte, wie ich, irgendeine Missetat begangen. Die Jungen, die Kräftigen, die Gesunden und Gutaussehenden sind fort. Die betagten Reste eines überfüllten und geschäftigen Ghettos schleppen sich durch die fast ausgestorbenen Straßen, frierend, verängstigt und hungrig. Verwaltung und Versorgung der Stadt sind zusammengebrochen. Es gibt keine warmen Mahlzeiten mehr, nicht einmal die elende Brühe früherer Zeiten. Köche sind nicht mehr da. Die Abfälle häufen sich, denn niemand ist da, sie fortzuschaffen. In verlassenen Unterkünften liegen Kleider, Bücher, Teppiche und Bilder in heilloser Wirrnis. Niemand macht sauber, und niemand hat ein Interesse daran, auf Beute auszugehen. Die Hospitäler sind leer, alle Kranken sind abtransportiert worden. Überall der Geruch von Verwesung, Verfall und Verlassenheit.
Der hohle Plunder der Verschönerungsaktion – die Straßenschilder, die Schaufenster, Musikemporen, Cafés und der Kinderpavillon – zerfällt bei dem rauhen Wetter, die Farbe bleicht aus und blättert ab. Trotz Androhung schwerer Strafen, die überall durch Plakate bekanntgemacht werden, stibitzen die alten Leute die Bretter dieser potemkinschen Bauten und verwenden sie als Brennholz. Man hört keine Musik mehr. Kinder sind kaum noch da, höchstens die aus Mischehen, von Kriegsveteranen, städtischen Angestellten und von *Prominenten*. Aber dieser elfte Transport, über zweitausend Seelen, schneidet wie eine Sense in die Reihen der Privilegierten. Es werden viele Kinder dazugehören.

Mein Vergehen besteht in der Weigerung, weiter mitzumachen. Der neue Vorsitzende des Ältestenrats, der Ende September den rührenden, auf geheimnisvolle Weise verschwundenen Eppstein ersetzte, ist ein gewisser Dr. Murmelstein aus Wien, ehemals Rabbi und Dozent an der Universität. Ich weiß, daß die SS von ihm verlangt hat, er solle mich zu seinem Stellvertreter ernennen. Wahrscheinlich wollte man mich als Aushängeschild haben, falls der Krieg plötzlich zu Ende wäre. Es würde, müssen sie sich in ihrer verdrehten Denkweise gesagt haben, einen guten Eindruck machen, wenn ein amerikanischer Jude die Eroberer begrüßen könnte. Nicht, daß es danach aussähe, als ginge der Krieg zu Ende. Sowohl im Osten als auch im Westen scheint man sich festgefahren zu haben; die Verbrechen der Deutschen werden noch monatelang ungesühnt weitergehen und vielleicht noch an Umfang zunehmen; jetzt ist die letzte Gelegenheit, sie zu begehen.
Stundenlang hat Murmelstein mich mit einer ermüdenden Flut von Schmeicheleien und Argumenten bearbeitet. Um dem ein Ende zu setzen, sagte ich, ich würde es mir überlegen. Natalie hat an diesem Abend ebenso reagiert wie ich. Ich wies sie darauf hin, daß sie, wenn ich wegen meiner Weigerung deportiert würde, wahrscheinlich mein Schicksal teilen würde. »Mach, was du willst«, sagte sie, »aber sage nicht um meinetwillen ja.«
Als ich Murmelstein am nächsten Tag meine Antwort gab, mußte ich sein ganzes Geseire noch einmal über mich ergehen lassen. Es endete in Drohungen, Erniedrigung, Anflehen und echten Tränen. Ohne Zweifel fürchtete er den Zorn seiner Herren, wenn er ihnen meine Weigerung überbrachte. Es lohnt sich, auf diesen letzten Seiten eine Skizze dieses Mannes und seiner Denkweise festzuhalten. Er ist ein typischer Vertreter seiner Art. Murmelsteins hat es überall in Europa gegeben. Sein Hauptargument ist, kurz gesagt, daß die Deutschen als direkte Aufseher und Aufpasser viel brutaler und mörderischer seien als die jüdischen Beauftragten, die bereit seien, sich als Puffer zwischen sie zu stellen, ihre Befehle auszuführen, bei Verzögerungen wegen Freistellungen, Ausflüchten und Ausreden ihren Zorn auf sich zu lenken, Haß und Verachtung ihrer jüdischen Brüder auf sich zu nehmen und unablässig daran zu arbeiten, die Leiden zu lindern und Leben zu retten.
Ich hielt ihm entgegen, daß – selbst wenn es früher in Theresienstadt einmal so gewesen sei – die Beauftragten heute nichts anderes täten, als die Transporte zu organisieren und auf den Weg zu schicken; und daran wolle ich kein Teil haben. Ich verzichtete auf den Hinweis, daß diese Beauftragten, indem sie ihre jüdischen Brüder dem Tode überantworteten, ihre eigene Haut retteten oder ihr Schicksal zumindest hinauszögerten. Epikur hat gesagt, alles in dieser Welt habe seine zwei Seiten. Ich verurteile Murmelstein nicht. Vielleicht ist doch

etwas Wahres daran, wenn er behauptet, daß die Dinge noch schlimmer wären, wenn nicht Juden wie er die Befehle der Deutschen ausführten und versuchten, die Wucht der Schläge abzumildern. Aber gleichviel – ich werde es nicht tun. Ich wußte, daß ich riskierte, gefoltert zu werden, als ich ablehnte, aber ich gab nicht nach.
Zu seinen Schmeicheleien gehörte ein Appell des Gelehrten an den Gelehrten. Unsere Fachgebiete decken sich teilweise; er hat an der Universität Wien altjüdische Geschichte gelesen. Ich habe ihn hier im Ghetto Vorträge halten hören und halte nicht viel von seiner Gelehrsamkeit. Er führte Flavius Josephus an, eine Gestalt, in die er sich im verzweifelten Versuch einer Selbstrechtfertigung klammert; ein Mann, der von den Juden als Kollaborateur und Werkzeug der Römer gehaßt wurde, dessen ganzes Streben jedoch dem Wohl seines Volkes galt. Das Urteil, das die Geschichte über Josephus gefällt hat, ist bestenfalls nicht eindeutig. Die Murmelsteins werden nicht so gut davonkommen.
Nachdem er mich mit vorquellenden Augen und verzweifelter Miene vor dem Zorn der SS gewarnt hatte, den ich mit meiner Weigerung auf mich zöge, brach er zusammen und weinte. Das war nicht gespielt; oder er mußte schon ein überragender Schauspieler gewesen sein, denn die Tränen schossen nur so hervor. Die Last, an der er trage, gehe über seine Kraft. Er achte mich mehr als alle anderen im Ghetto. Als Amerikaner hätte ich in der augenblicklichen Phase des Krieges ungewöhnlich viel Macht, mich bei den Deutschen ins Mittel zu legen und Gutes zu wirken. Wenn ich dadurch anderen Sinnes würde, sei er bereit, vor mir niederzuknien, um mich vor der Kleinen Festung zu bewahren und mich zu bewegen, die grauenhafte Verantwortung zu teilen, die er zu tragen habe. Allein schaffe er es einfach nicht mehr.
Ich sagte ihm, er werde ohne mich weitermachen müssen; was mein eigenes Schicksal betreffe, sei ich bereit, alles zu riskieren, was mein schwacher Körper noch zu ertragen imstande sei. Damit verließ ich ihn; er schüttelte den Kopf und trocknete sich die Tränen. Das ist nun fast drei Wochen her. Tagelang habe ich vor Angst geschlottert. Ich bin nicht mutiger geworden; aber es gibt Dinge, die schlimmer sind als Schmerzen, schlimmer als der Tod; ganz zu schweigen davon, daß ein Jude in der Gewalt der Deutschen auf lange Sicht wahrscheinlich keine Möglichkeit hat, dem Schmerz oder dem Tod zu entgehen, es sei denn, die Welt draußen rettete ihn. Er kann also ebensogut tun, was recht ist. Ich habe nichts weiter gehört, bis heute der Schlag fiel. Ich bin sicher, daß Murmelstein dabei keine Schuld trifft. Natürlich hat er die Befehle gegengezeichnet, wie bei allen, die abtransportiert werden sollen. Ich habe einfach auf der SS-Liste gestanden. Weil sie keine Verwendung mehr für mich haben

und kein Interesse daran, mich zu etwas zu zwingen wie beim Rot-Kreuz-Besuch, versuchen sie, mich loszuwerden. Solange sie nicht damit rechnen können, daß ich als ihr Werkzeug und als eine Art Komplize auf ihrer Seite stehe, nützt ihnen meine Anwesenheit nichts, wenn die Amerikaner kommen. Oder die Russen.

Die Benachrichtigungen kamen heute morgen, kurz bevor Natalie zur Arbeit in die Glimmerfabrik gehen wollte. Das Ganze ist so alltäglich geworden, daß wir beide es mehr oder weniger erwartet hatten. Ich erbot mich, zu Murmelstein zu gehen und ihm zu erklären, ich hätte es mir anders überlegt. Das war durchaus ernst gemeint. Ich wies darauf hin, sie habe immerhin ihren Sohn, für den sie alles tun müsse, um am Leben zu bleiben; wenn wir auch seit Monaten nichts mehr von ihm gehört hätten (alle Verbindungen zur Außenwelt sind seither abgerissen), habe sie doch allen Grund, zu hoffen, daß es ihm gut gehe, und daß sie ihn, wenn dieser lange Alptraum einmal vorüber und sie noch am Leben sei, auch wiederfinden werde.

Mit düsterer Miene, irgendwie enttäuscht und angstvoll, sagte sie – und ich möchte dieses kleine Gespräch festhalten, bevor ich diese Seiten versiegele und verstecke –: »Ich möchte nicht, daß du mich schützt, indem du Juden zum Transport schickst.«

»Natalie, genau das habe ich Murmelstein auch erklärt. Aber du und ich, wir wissen doch, daß die Transporte so oder so abgehen.«

»Aber ohne deine Beihilfe.«

Ich war tief bewegt. Ich sagte: »*Ye-horeg v'al ya-harog.*«

Sie hat von mir und den Zionisten ein bißchen Hebräisch gelernt, wenn auch nicht viel. Ihr Gesicht drückte Nichtverstehen aus. Ich erklärte es ihr: »Ein Wort aus dem Talmud. Es gibt drei Dinge, die sollte ein Jude auch unter Zwang nicht tun, sondern eher sterben, und dieses ist eines davon: *Laß dich töten, aber töte nicht.*«

»Für mich ist das ein Gebot des Anstands.«

»Nach Hillel ist die ganze Thora nichts weiter als normaler Anstand.«

»Was sind denn die beiden anderen Dinge, die ein Jude auf keinen Fall tun darf?«

»Die Verehrung falscher Götter und verbotenes Sexualverhalten.«

Sie wirkte nachdenklich; dann lächelte sie mich an wie die Mona Lisa und ging in die Glimmerfabrik.

Ich, der Jude Aaron Jastrow, begann mit der Niederschrift dieser Aufzeichnungen an Bord eines Schiffes, das im Dezember 1941 im Hafen von Neapel lag. Das Schiff sollte nach Palästina gehen. Meine Nichte und ich gingen vor

Auslaufen des Schiffes von Bord und wurden in Siena interniert. Mit Hilfe des Untergrunds gelang uns die Flucht aus dem faschistischen Italien; wir hatten vor, über Portugal nach Amerika zurückzukehren. Unglück und Fehleinschätzungen haben uns dann schließlich nach Theresienstadt gebracht.
Hier habe ich deutsche Barbarei und Doppelzüngigkeit mit eigenen Augen kennengelernt und versucht, die Wahrheit in unerschrockener Sprache festzuhalten. Ich habe nicht einmal ein Tausendstel der täglichen Quälereien, Brutalitäten und Erniedrigungen beschrieben, deren Zeuge ich geworden bin. Dabei soll Theresienstadt ein ›Muster-Ghetto‹ sein! Was dem Vernehmen nach in Lager wie Oswiecim geschieht, übersteigt alle menschliche Erfahrung. Worte versagen, wenn es gilt, das zu schildern. Wo ich über das Gehörte schreibe, habe ich mich bemüht, es in den schlichtesten Worten zu tun, die mir in den Sinn kamen. Der Thukydides, der diese Dinge so beschreibt, daß die Welt sie sich vorstellen, sie glauben und sich an sie erinnern kann, wird vielleicht in hundert Jahren nicht geboren. Ich bin ich es jedenfalls nicht.
Ich gehe meinem Tod entgegen. Ich habe gehört, daß kräftige junge Leute in Oswiecim zur Arbeit ausgesondert werden; so kann es sein, daß meine Nichte überlebt. Ich stehe in meinem achtundsechzigsten Jahr, und so fehlt mir nicht mehr viel an den siebzig Jahren der Bibel. Heute glaube ich, daß Millionen von Juden durch deutsche Hand umgebracht worden sind, die noch nicht einmal die Hälfte ihres Lebens gelebt haben. Über eine Million davon müssen kleine Kinder gewesen sein.
Die Welt wird viel Zeit brauchen, diese Tatsache der menschlichen Natur, dieses Neue, das die Deutschen getan haben, zu ergründen. Diese vollgekritzelten Blätter sind ein erbärmliches Fragment und zugleich ein Zeugnis der Wahrheit. Solche Aufzeichnungen wird man, wenn der nationalsozialistische Fluch verweht ist, überall in Europa finden.
Ich war ein Mann gewitzten talmudischen Geistes, eher rascher als tiefer Einsichten fähig und mit einer eher liebenswürdigen als mächtigen schriftstellerischen Begabung. In meiner Jugend war ich wohl so etwas wie ein Wunderkind. Meine Eltern brachten mich aus Polen nach Amerika. Dort habe ich meine Gaben darauf verwendet, den Nichtjuden angenehm zu sein. Ich wurde ein Abtrünniger, streifte mein Judentum äußerlich wie innerlich ab und bemühte mich einzig darum, wie andere Menschen zu sein und von ihnen akzeptiert zu werden. Darin war mir Erfolg beschieden. Dieser Abschnitt meines Lebens reichte von meinem siebzehnten Jahr, als ich in New York landete, bis zu meinem sechsundsechzigsten, als ich nach Theresienstadt kam. Hier, unter den Deutschen, habe ich mein Judentum wieder aufgenommen; sie zwangen mich dazu.

Ich habe ungefähr ein Jahr in Theresienstadt gelebt. Dieses eine Jahr bedeutet mir mehr als die einundfünfzig Jahre des *hefkerut*, des So-wie-die-anderen-Seins. Erniedrigt, hungernd, unterdrückt, geschlagen und eingeschüchtert, habe ich mich, meinen Gott und meine Selbstachtung wiedergefunden. Ich habe furchtbare Angst vorm Sterben. Ich beuge mich tief vor der Tragödie meines Volkes. Aber ich habe hier in Theresienstadt ein seltsam bitteres Glück kennengelernt, das dem amerikanischen Professor und dem Modeautor in seiner toskanischen Villa nie zuteil geworden ist. Ich war ganz ich selbst. Ich habe jüdische Knaben mit hellen Augen und wachem Verstand den Talmud gelehrt. Sie sind fort. Ich weiß nicht, ob noch einer von ihnen lebt. Aber die Worte des Talmud sind auf unseren Lippen lebendig geworden und haben sich in unseren Geist eingebrannt. Ich wurde geboren, diese Flamme weiterzugeben. Die Welt hat sich gewaltig verändert, und für mich war diese Veränderung zuviel, bis ich nach Theresienstadt kam. Hier lernte ich, mit der Veränderung fertigzuwerden und zu mir selbst zurückzukehren. Jetzt kehre ich nach Oswiecim zurück, wo ich in der Yeshiva studiert und den Talmud aufgegeben habe; dort wird eines Juden Reise enden. Ich bin bereit.

Es gibt noch so viel über Theresienstadt zu schreiben! Ach, wenn ein guter Engel mir nur ein einziges Jahr schenkte, meine Geschichte von Anfang an zu erzählen! Doch diese verstreuten Aufzeichnungen müssen mehr als all meine anderen Schriften als Mal über jener Leere dienen, die mein Grab sein wird.

Erde, verbirg nicht ihr Blut!

Aaron Jastrow
24. Oktober 1944
Theresienstadt

46

Wenn es in Leyte Mitternacht ist, steht in Washington die Sonne hoch am Himmel. Etwa in der Mitte dazwischen liegt Pearl Harbor. Von dort aus gab Chester Nimitz sämtliche Meldungen über Leyte an Ernest Kings Hauptquartier in Washington weiter. Und natürlich verfolgte auch das Marine-Hauptquartier in Tokio Schritt für Schritt, wie die Schlacht sich entfaltete. Die Technik der Nachrichtenübermittlung war dermaßen fortgeschritten, die Sender waren so stark, das Chiffrieren ging so schnell, Flotteneinheiten, die mit zwanzig bis fünfundzwanzig Meilen in der Stunde riesige Entfernungen zurücklegten, konnten so planmäßig eingesetzt werden, daß die jeweiligen Oberkommandos in weiter Ferne dem Schlachtverlauf folgen konnten wie die homerischen Götter vom Olymp herab oder wie Napoleon von seinem Feldherrnhügel bei Austerlitz. Die Schlacht von Leyte war nicht nur die größte Seeschlacht aller Zeiten; sie war auch insofern einzigartig, als die Beobachter in der Ferne ihr gebannt folgten und Sender und Chiffriermaschinen hier wie dort unablässig Fakten über den Schlachtverlauf von sich gaben.

Es ist daher interessant, festzustellen, daß niemand, ob er nun an der Schlacht teilnahm oder nicht, wirklich wußte, was zum Teufel eigentlich los war. Nie lag ein dichterer Nebel über einem Kriegsunternehmen dieser Art. Die ganze hochtechnische und komplizierte Kommunikation diente nur dazu, diese Nebeldecke auszubreiten und weiter zu verdichten.

Halsey brachte alle durcheinander. In einem äußerst knapp gehaltenen Funkspruch unterrichtete er Kinkaid von seinem Entschluß, die San Bernardino-Straße unbewacht zurückzulassen, wodurch Nimitz und King zu reinen Informationsempfängern wurden:

HAUPTSTREITKRÄFTE LAUT ANGRIFFSMELDUNGEN SCHWER ANGESCHLAGEN STOP LAUFE MIT DREI KAMPFVERBÄNDEN NACH NORDEN UM FLUGZEUGTRÄGER BEI MORGENGRAUEN ANZUGREIFEN

Das war alles. Kinkaid entnahm dem Spruch, daß Halsey seine drei Flugzeugträgerverbände nach Norden laufen ließ und es der Kampfgruppe vierunddreißig überließ, den Eingang der Wasserstraße zu bewachen. Dasselbe entnahm auch Nimitz dieser Meldung. Und King. Ja, sogar Mitscher. Für sie alle ging dies und nichts anderes aus der Meldung hervor; denn daß die San Bernardino-Straße unbewacht und ungeschützt blieb, war undenkbar. Für Halsey und seinen Stab dagegen war das kristallklar; er hatte ja nicht befohlen, den Einsatzplan *auszuführen*, und folglich gab es auch keine Gefechtsordnung. Ergo blieb die San Bernardino-Straße unbewacht. Ergo wurde Kinkaid gewarnt. Ergo mußte er wissen, daß er auf sich selbst und auf den Brückenkopf aufzupassen hatte.

In Pearl Harbor erklärte Raymond Spruance, der, als die Meldung einlief, gerade neben Nimitz am Kartentisch stand, mit leiser Stimme: »An seiner Stelle würde ich meine Verbände genau hier zusammenhalten«, und legte seine Hand auf das Gebiet vor dem Eingang zur Wasserstraße. Doch auch er sprach nur von den Flugzeugträgern; er wäre nie auf die Idee gekommen, daß Halsey auch die Schlachtschiffe abziehen könnte.

Die Japaner verwirrte Halsey dadurch, daß er bis nach Einbruch der Dunkelheit wartete, bevor er nach Norden vorstieß. Deshalb glaubte Kurita, mit seinem Flottenverband geradenwegs auf die Dritte US-Flotte zuzulaufen. Und Ozawa mit den Lockvogel-Flugzeugträgern war doppelt verwirrt; er war davon unterrichtet worden, daß Kurita nach Westen abgedreht hatte, nicht jedoch davon, daß er später wieder auf Ostkurs in Richtung San Bernardino-Straße gegangen war; folglich wußte er weder, ob das Unternehmen *Sho* nun ausgeführt wurde oder nicht, noch ob es ihm gelungen war, Halsey fortzulocken. Zunächst flüchtete er nach Norden, dann jedoch, nachdem er jene Meldung empfangen hatte, die mit ›göttlichem Beistand‹ endete, lief er nach Süden zurück und spielte wieder die Rolle des Lockvogels, um später doch wieder nach Norden zu laufen. Die japanischen Oberkommandierenden in Manila und Tokio hatten nicht die leiseste Ahnung mehr von dem, was eigentlich vorging.

Die Admirale jedoch, die Halsey mit nach Norden nahm, hatten sehr genaue Vorstellungen.

Pug Henry strich um die Operationszentrale herum und hoffte ständig auf neue Befehle von Halsey. Endlos dehnten sich die Stunden, doch in den Funkgeräten herrschte Totenstille. Die unbewachte Wasserstraße blieb immer weiter achteraus zurück. Was war los? War es denn überhaupt *denkbar*, daß Halsey nicht wußte, daß der japanische Hauptverband wieder Kurs auf Leyte genommen hatte?

Plötzlich knisternder Funksprechverkehr zwischen den Schiffen: eine Folge von Fragen und Antworten zwischen Admiral Bogan, dem Oberkommandierenden von Pugs Kampfverband, und dem Kommandanten des Flugzeugträgers *Independence*, von dem die Nachtaufklärer aufgestiegen waren. Pug erkannte die Stimme des Admirals trotz der gurgelnden Verzerrungen. Ob die Positionsmeldungen über den Flottenverband in der Sibuyan-See stimmten? Ob der Kapitän die Besatzungen der Aufklärer auch eingehend ausgefragt habe? Aber gewiß doch, erwiderte der Kommandant. Die Japse näherten sich mit Höchstgeschwindigkeit, daran sei kein Zweifel. Ja, ein Aufklärer, der zur Stunde noch unterwegs sei, habe gerade gemeldet, daß die Navigationslichter der San Bernardino-Straße hell erleuchtet seien.

Pug hörte, wie dem Admiral auf erfrischend-unkonventionelle Weise ein »Jesus Christus!« entfuhr. Nach wenigen Minuten war Bogan wieder zu hören. Er rief »Blackjack persönlich« – den Codenamen für Admiral Halsey. Dazu gehörte Mut; es fruchtete aber trotzdem nichts. Nicht »Blackjack«, sondern eine unbekannte Stimme antwortete. Bogan wiederholte die Meldung über die hell erleuchtete Wasserstraße und unterstrich ihre Bedeutung mit aufgeregter Stimme. Hörbar verdrossen antwortete die Stimme des Unbekannten: »Ja, diese Information haben wir auch.«

Abermals langes Schweigen. Pug rang mit sich, über Funk seine – wenn auch vielleicht unmaßgebliche – Meinung zu verkünden, daß die Lage vor der San Bernardino-Straße verzweifelt würde; doch Willis Lee schaffte es noch vor ihm und teilte Halsey mit, er sei überzeugt, die Hauptstreitmacht der Japaner marschiere jetzt in der Dunkelheit durch die San Bernardino-Straße. Pug hörte jemanden mißmutig »Verstanden« sagen; das war alles. Er beschloß, keinen Versuch in dieser Richtung zu machen, um sich nicht eine ähnliche Abfuhr zu holen.

Lange nach der Schlacht stellte sich heraus, daß sowohl Bogan als auch Lee versucht hatten, Halsey nahezulegen, den Schlachtschiffverband zur Wasserstraße zurückzuschicken. Die sanfte, kalte, namenlose Stimme hatte sie beide zum Schweigen gebracht. Außerdem stellte sich heraus, daß Marc Mitschers Stabschef, ein kämpferischer Typ mit dem Spitznamen »Einunddreißig-Knoten«-Burke, Mitscher um Mitternacht geweckt und angefleht hatte, Halsey zu beknien, er solle den Schlachtschiffverband zurückschicken. Mitschers Antwort ist unsterblich: »Wenn er meinen Rat hören will, wird er mich fragen.« Womit er sich in seiner Koje auf die andere Seite drehte.

Also lief die gewaltige Flotte mit halber Kraft nordwärts – schneller nicht, denn Halsey wollte in der Dunkelheit nicht an den Japanern vorbeilaufen. Halseys Admirale – in den unterschiedlichsten Zuständen von Angst, Befürchtungen, abweichender Meinung und Fassungslosigkeit – hielten den Mund. Um Mitternacht ging der vierundzwanzigste in den fünfundzwanzigsten Oktober über, den Tag, an dem es im Golf von Leyte zur großen Abrechnung kommen sollte; zufälligerweise war er der neunzigste Jahrestag des Angriffs der Leichten Brigade.

Am fünfundzwanzigsten Oktober kam es zu drei verschiedenen Schlachten, die alle durch den dreifachen Vorstoß des Unternehmens *Sho* ausgelöst wurden. Das Gefecht, das sich am vierundzwanzigsten in der Sibuyan-See abgespielt hatte, wird mitgezählt, wenn man Leyte eine aus »vier Gefechten bestehende Schlacht« nennt.

Weite, friedlich daliegende Wasserwüsten trennten die drei massiven Hauptbegegnungen am fünfundzwanzigsten. Taktisch gesehen, hatten sie nichts miteinander zu tun. Kein Oberkommandierender – weder auf japanischer, noch auf amerikanischer Seite – koordinierte sie oder war überhaupt imstande, sich ein Bild von dem Geschehen zu machen. Sie begannen und endeten zu ganz unterschiedlichen Zeiten. Jedes dieser Treffen hätte als *die* große Schlacht von Leyte in die Geschichte eingehen können, wenn es zu den beiden anderen nicht gekommen wäre. In den Annalen der Seekriegsgeschichte sind sie zu einer einzigen, unentwirrbar verwickelten Seeschlacht geronnen. Die Geschichte jedes dieser drei heftigen und pulververqualmten Treffen könnte ein dickes Buch ergeben. Beschränkt man sich auf eine gedrängte Darstellung der Tatsachen dieses dreifachen Kampfgeschehens an diesem denkwürdigen fünfundzwanzigsten Oktober, das sich auf einer Strecke von sechshundert Seemeilen abspielte, so kommt folgendes dabei heraus:

In der Südschlacht an der Surigao-Straße begannen die Auseinandersetzungen noch bei Dunkelheit. Sie dauerten bis Sonnenaufgang und ergaben einen überlegenen amerikanischen Sieg.

In der Nordschlacht vor Luzon flog Mitscher den ganzen Tag lang einen Lufteinsatz nach dem anderen gegen Ozawas leere Flugzeugträger und ihre Geleitschiffe; die Träger wurden versenkt, doch die meisten Schiffe des Geleitschutzes konnten entkommen.

In der Mittelschlacht vor Samar wurden die Geleitschutzträger der Siebten Flotte bei Sonnenaufgang von Kurita überrascht, der auf den Golf von Leyte zulief. Bei diesem Zufallstreffen waren die Japaner haushoch überlegen. Ihrer Hauptstreitmacht fiel auf dem Weg zum Brückenkopf ein billiger Sieg in den Schoß; für die japanischen Geschützmannschaften war es reine Routine, sechs schwerfällige kleine Flugzeugträger, eine Handvoll Zerstörer und Geleitzerstörer zu besiegen, Schiffe, von denen keines mit Geschützen über zwölf Zentimeter ausgerüstet war.

Hier fiel die Entscheidung der Schlacht um den Golf von Leyte.

Die spektakulärste Schlacht wurde im Süden im Dunkeln geschlagen: die Japaner liefen quer vor die Formation des Gegners – das erste Manöver dieser Art seit der Skagerrakschlacht und zweifellos auch das letzte, das die Welt erleben wird. Die japanischen Ablenkungsverbände kümmerten sich nicht um Kuritas Befehl, die Fahrt zu verlangsamen, und liefen kurz nach Mitternacht in die Surigao-Straße, die südliche Zufahrt zum Golf von Leyte, ein. Jedes mit Kanonen bestückte Schiff von Kinkaids Siebter Flotte lag gefechtsklar bereit: alles in allem zweiundvierzig Kriegsschiffe gegen acht, sechs Schlachtschiffe gegen zwei.

Blind und beherzt in Kiellinie herannahend, war es für die Japaner ein Spießrutenlauf zwischen neunundreißig Torpedobooten, die sie mit Suchscheinwerfern und Geschützfeuer kleineren Kalibers abwehrten. Danach liefen sie in Zerstörerangriffe hinein; geordnet wie bei einer Flottenübung feuerte ein in Kiellinie marschierendes Geschwader nach dem anderen ganze Serien von Torpedos auf sie ab, die vier Meilen durch schwarzes Wasser liefen und ein Schlachtschiff in die Luft jagten, einem anderen – dem Flaggschiff – die Bordwand aufrissen, einen Zerstörer versenkten und zwei weitere schwer beschädigten. Eine jämmerliche kleine Nachhut kam die Wasserstraße herauf, woraufhin die amerikanischen Verbände wieder quer vor sie hinliefen: ein Schlachtschiff, ein Kreuzer und ein Zerstörer wurden schwer beschädigt. Die Siebte US-Flotte schickte sie ins Vergessen. Die Verfolgung der beschädigten Einheiten dauerte bis in die Vormittagsstunden. Nur ein Zerstörer entkam, um in Japan von der Tragödie in der Surigao-Straße zu berichten.

Ein zweiter aus Kreuzern und Zerstörern bestehender Flottenverband, der von Japan kam, um im Süden am Angriff teilzunehmen, traf nicht rechtzeitig genug ein, um das Massaker zu verhindern. Als er kurz vor Sonnenaufgang aufkreuzte, die in Flammen stehenden Wracks auf dem Wasser treiben sah und die gequälten Funkgespräche zwischen den sinkenden Schiffen hörte, wendete der Admiral und machte, nachdem einer seiner Kreuzer einen Torpedotreffer abbekommen hatte, daß er davonkam. Ein Akt der Feigheit oder der Klugheit? Die Urteile über eine solche Reaktion im Kriege werden immer auseinandergehen.

Nach allen Berichten war die Schlacht in der Surigao-Straße für die Amerikaner ein Vergnügen ohnegleichen. Sie gingen viele Risiken ein, mußten manchen Treffer einstecken und errangen einen klassischen Sieg. Hinterher schrieben einige von ihnen von der Schönheit und der Farbenpracht dieser letzten Überwasserschlacht: die endlose Warterei auf den Feind auf ruhiger See in der warmen Nacht bei untergehendem Mond, wie die Nerven sich immer mehr anspannten, der Jubel über Zerstörervorstöße gegen schwere Schiffe im Scheinwerferlicht, unter Leuchtraketen und den rotglühenden Bögen der Leuchtspurmunition; das atemlose Warten darauf, daß die Torpedos ihr Ziel erreichten; die Schiffe, die in die Luft flogen oder auf See brannten; die blauweißen Scheinwerferstrahlen, die über das schwarze Wasser dahinhuschten; das Aufbrüllen der großkalibrigen Geschütze, die eine Salve nach der anderen abfeuerten. Die Japaner verloren bis auf eines alle ihre Schiffe und hatten Tausende von Gefallenen zu beklagen; die Amerikaner verloren neununddreißig Seeleute und kein einziges Schiff.

Nach Süden hin war also der Golf von Leyte sicher. Wie jedoch stand es im Norden? Gegen vier Uhr morgens beschloß Kinkaid angesichts des guten Schlachtverlaufs, jede noch so unbegründete Besorgnis ein für allemal aus der Welt zu schaffen, indem er direkt bei Halsey nachfragte, ob Kampfverband vierunddreißig denn auch wirklich die San Bernardino-Straße bewache. Die Meldung ging in den Äther. Als das geschah, betrug die Entfernung zwischen Halsey und Kurita, der mittlerweile schon ziemlich weit bis zum Golf vorgedrungen war, kaum noch zweihundert Seemeilen.

Auf der Admiralsbrücke der *Iowa* trabte Pug Henry unruhig auf und ab. Eigentlich sollte er in seiner Koje liegen und sich vor der Schlacht ausruhen. Doch jedesmal, wenn er sich hinlegte, klickten die Meilenzahlen in seinem Kopf wie in einem Taxameter und signalisierten ihm den Stundenpreis für die Rückkehr zum Golf von Leyte. Abriegelung der San Bernardino-Straße – ein sinnloser Traum! Bestimmt hatte der Japaner die Wasserstraße inzwischen längst passiert und lief mit Volldampf auf MacArthurs Brückenkopf zu. Wann wohl der erste drängende Hilferuf eintraf? Je früher, desto besser, dachte Pug; eine historische Schande, größer noch als die von Pearl Harbor, bahnte sich an, und die Zeitspanne, in der man sie noch verhindern konnte, schmolz immer mehr dahin.

Unter dicht an dicht stehenden Sternen lief die Flotte in gemächlicher Würde dahin. Tief unten machten die schwarzen Wellen, die an der Bordwand der *Iowa* entlangglitten, ein leise schmatzendes Geräusch. Gerade voraus, hoch überm Horizont, flammte das Kreuz des Südens. Pug wollte die linde Nachtluft genießen, den Sternenglanz und den ehrfürchtigen Schauder, den nächtliches Dunkel auf See stets in ihm auslöste. Er gab sich Mühe, nicht an das Unglück zu denken, das der Flotte drohte. Warum sich quälen mit dieser leeren, gereizten Besserwisserei? Wer war er denn, an seinem Vorgesetzten zu zweifeln? Angenommen, Halsey hatte hochgeheime Instruktionen, genau das zu tun, was er tat? Angenommen, es waren Befehle und Meldungen auf Kanälen eingelaufen, deren Schlüssel BatDiv Seven nicht hatte?

Sein Wachoffizier sprach in der Dunkelheit. »Admiral? Dringende Meldung vom Oberkommandierenden der Dritten Flotte.«
Pug eilte in die verräucherte, von rotem Licht erhellte Operationszentrale, in der die Mittelwache zusammengesunken über Radarschirmen hockte. Auf dem Kartentisch lag die Meldung. Sein Herz machte einen schmerzlichen und gleichwohl freudigen Satz, als seine Augen die Worte lasen:

GEFECHTSORDNUNG EINNEHMEN

Halseys Befehl brachte Schlachtschiffverband vierunddreißig wieder zum Leben! Aber nicht, um nach Süden zu schwenken; im Gegenteil. Die sechs schnellen Schlachtschiffe samt Kreuzern und Zerstörern sollten vorauseilen, immer noch weiter *nach Norden*, um die japanischen Flugzeugträger in ein Feuergefecht zu verwickeln, falls sie bei Tageslicht in Reichweite ihrer Geschütze gerieten. Sonst würden Mitschers Flugzeugträger sich auf sie stürzen, und den Schlachtschiffen blieb nichts anderes übrig, als die angeschlagenen Gegner aufzuspüren und ihnen den Gnadenstoß zu versetzen. Pugs Hoffnungen schwanden genauso rasch dahin, wie sie aufgeflammt waren.

Die sechs gigantischen schwarzen Schatten bei Sternenlicht aus einer Formation von über sechzig Fahrzeugen herauszumanövrieren, war eine mühevolle und keineswegs einfache Aufgabe.

Pug Henry fiel vor Müdigkeit fast um, konnte aber dennoch keinen Schlaf finden. Er wanderte durch seine Unterkunft und über die Admiralsbrücke, versuchte zu essen, brachte jedoch keinen Bissen hinunter, rauchte und trank Kaffee, bis sein hämmernder Puls ihn mahnte, vernünftig zu sein. Er hatte nichts zu tun; die Schiffsmanöver waren Sache des Kapitäns. Als es tagte, stand der Schlachtschiffverband zehn Meilen nördlich der Flugzeugträger und brauste mit schäumenden Bugwellen durch das sonnenhelle Meer. Flugzeuggeschwader donnerten über sie dahin, um sich auf ihre Beute zu stürzen, die von den Aufklärern in hundertfünfzig Meilen Entfernung ausgemacht worden waren.

Pug hatte seinem Funkoffizier befohlen, allen Funkverkehr zwischen Kinkaid und Halsey abzufangen und zu entschlüsseln, was sich entschlüsseln ließ; er war dabei, einen neuen Ordner für alle Meldungen anzulegen, die mit der Krise des Hauptgeschwaders zu tun hatten, und die Zeit ihres Eintreffens festzuhalten. Bis jetzt lagen ihm drei Meldungen vor:

0650: KINKAID AN HALSEY. GREIFE ÜBERWASSEREINHEITEN SURIGAO-STRASSE AN. FRAGE BEWACHT SCHLACHTSCHIFFVERBAND 34 SAN BERNARDINO-STRASSE

0730: HALSEY AN KINKAID. NEGATIV. LÄUFT ZUSAMMEN MIT UNSEREN FLUGZEUG-
TRÄGERN UND GREIFT FEINDLICHE FLUGZEUGTRÄGER AN

Bitter überlegte Pug, was für ein Gesicht Admiral Kinkaid wohl gemacht hatte, als er diese Meldung las.

0825: KINKAID AN HALSEY. FEINDLICHE EINHEITEN AUF RÜCKZUG KURS SURIGAO-
STRASSE. UNSERE LEICHTEN KRÄFTE VERFOLGEN SIE

Das war die letzte Meldung in gelassener Tonart. Nun kam der von Pug teils befürchtete, teils erhoffte Hilfeschrei.

0837: KINKAID AN HALSEY. ERHALTE MELDUNG, DASS FEINDLICHE SCHLACHTSCHIFFE UND KREUZER KAMPFGRUPPE 77.4.3. AUS ENTFERNUNG FÜNFZEHN MEILEN ACHTERAUS MIT GESCHÜTZFEUER BELEGEN

Der Funkoffizier hatte oben am Rande vermerkt: ›Funkspruch unverschlüsselt‹. Schlichtes, jedermann verständliches Englisch! Daß Kinkaid um der schnelleren Verbindung willen jede Geheimhaltung fallen und die Japaner mithören ließ, sprach eine deutlichere Sprache als alles andere. Rasch blätterte Pug den dicken Einsatzbefehl durch, um Kampfgruppe 77.4.3 zu identifizieren. Oh, Gott! Der Geleitschutzträgerverband von Ziggy Sprague war mit dem Gros der japanischen Flotte zusammengerasselt! Clifton Sprague war ein alter Freund von ihm, Jahrgang '18, einer von denen, die früher klug gewesen und schon vor Jahren zur Seefliegerei gestoßen waren; er hatte die Admiralsstreifen erhalten, lange bevor Pug sie bekam. Mochte Gott Ziggy jetzt beistehen – und seinen Streichholzschachteln von Schiffen!
Pug stand am Hauptkartentisch, Bradford ihm gegenüber. In seinem Ordner sammelten sich die Meldungen, während die Operationszentrale hektisch mit den Kämpfen voraus zu tun hatte.

0840: KINKAID AN HALSEY. BENÖTIGE DRINGEND SCHNELLE SCHLACHTSCHIFFE GOLF VON LEYTE SOFORT

»Sofort, ja?« knurrte Pug und maß die Entfernung zwischen dem Hauptverband und dem Golf von Leyte: zweihundertundzwanzig Meilen. Bei Höchstgeschwindigkeit würden sie frühestens in neun Stunden dort eintreffen können. Zu spät, um Ziggy Spragues Verband und die Landungskräfte vor dem Untergang zu bewahren; doch wenn Halsey auf der Stelle handelte und die

Schlachtschiffe zurückschickte, schafften sie es vielleicht noch, den Marodeuren den Rückweg abzuschneiden.

Doch die einzige Anweisung Halseys ging an den vierten Flugzeugträgerverband, der sich immer noch auf dem Rückweg von Ulithi befand:

0855: HALSEY AN MCCAIN. ANGREIFEN GEGNER UMKREIS 11-20 N 127 O SCHNELLSTMÖGLICH

Nach den Eintragungen auf Pugs Karte stand McCains Verband über dreihundert Meilen von Leyte entfernt. Selbst wenn er seine Maschinen sofort starten ließ, würde es noch Stunden dauern, bis sie am Ort des Geschehens eintreffen konnten. Und was mochte dann noch von Ziggys Schiffen übrig sein? Inzwischen liefen die Meldungen der Piloten ein, die an den Angriffen im Norden teilnahmen. Jubel erklang, als die Funker in der Operationszentrale mit kräftigen Fettstiftstrichen die Anzahl der Treffer aufs Plexiglas notierten. Halsey heftete sich den Sieg frühzeitig an die Brust: ein Flugzeugträger versenkt, zwei Flugzeugträger und ein Kreuzer schwer beschädigt, nur ein Flugzeugträger unbeschädigt geblieben; und das alles gleich beim ersten Angriff! »*Geringfügiger Widerstand*« stand da in orangefarbenen Lettern. Hier gab es für die riesige Flotte offensichtlich nicht viel zu tun. Mitscher konnte mit seinen vierhundert Maschinen die schwachen und angeschlagenen Reste des Gegners mühelos vernichten. Das ließ sich, wie bei Midway, gewiß in einem Aufwasch erledigen, wenn es auch nicht von vergleichbarer Bedeutung war.

Der Kommandant der *Iowa* rief Pug von der Brücke aus an, aufgeregt vor Freude über die Meldungen. In der Operationszentrale herrschte Siegesstimmung. Nur Victor Henry saß mit umdüsterter Miene einsam da. Als die Triumphmeldungen fast schon das ganze Plexiglas ausfüllten, brachte ihm ein Fähnrich aus dem Dechiffrierraum mehrere Meldungen von Kinkaid, die jetzt in schneller Folge einliefen.

0910: KINKAID AN HALSEY. UNSERE GELEITTRÄGER WERDEN VON VIER SCHLACHTSCHIFFEN, ACHT KREUZERN UND ANDEREN EINHEITEN ANGEGRIFFEN. BITTE UM SCHNELLSTE UNTERSTÜTZUNG VON LEYTE DURCH LEE. BITTE UM SOFORTIGES EINGREIFEN SCHNELLER FLUGZEUGTRÄGER

0914: KINKAID AN HALSEY. BENÖTIGE DRINGENDST HILFE VON SCHWEREN EINHEITEN

0925: KINKAID AN HALSEY. LAGE KRITISCH. BRAUCHE SCHLACHTSCHIFFE UND SCHNELLE FLUGZEUGTRÄGER UM GEGNER ZU HINDERN, IN GOLF VON LEYTE EINZUDRINGEN

Herrgott im Himmel, wie lange wollte Halsey noch warten? Die Meldungen liefen in unregelmäßigen Abständen ein. Offenbar gab es Schwierigkeiten bei der Übermittlung. Trotzdem, ihre Bedeutung lag auf der Hand. Zweifellos empfing Nimitz diese erschreckenden Botschaften des mächtigen Senders, der dem Oberkommandierenden der Siebten Flotte zur Verfügung stand, und leitete sie an King weiter. In diesem Augenblick wußte Pug, daß Halseys Karriere auf dem Spiel stand; nicht nur eine Niederlage, sondern eine Kriegsgerichtsverhandlung braute sich in diesen Funksprüchen zusammen.

0930: KINKAID AN HALSEY. EINSATZGRUPPE 77.4.33 SEIT 0700 UHR UNTER ANGRIFF VON KREUZERN UND SCHLACHTSCHIFFEN. ERBITTE SOFORTIGE LUFTUNTERSTÜTZUNG. BITTE GLEICHZEITIG UM UNTERSTÜTZUNG DURCH SCHWERE EINHEITEN. MEINE ALTEN SCHLACHTSCHIFFE KNAPP AN MUNITION

Die Meldung löste endlich eine Reaktion aus.

0940: HALSEY AN KINKAID. STEHE NOCH IM KAMPF MIT FEINDLICHEN FLUGZEUGTRÄGERN. MCCAIN HAT AUFTRAG, IHNEN SOFORT MIT 5 FLUGZEUGTRÄGERN 4 SCHWEREN KREUZERN ZU HELFEN

Zum erstenmal gab auch Halsey seinen eigenen Standort bekannt. Kinkaid mußte sich mit der Tatsache vertraut machen, daß der Hauptflottenverband rund zehn Stunden vom Golf von Leyte entfernt war. Was Kinkaid jedoch nicht wußte, war, daß er immer noch mit Volldampf in die entgegengesetzte Richtung lief.

1005: KINKAID AN HALSEY. WO BLEIBT LEE? SCHICKEN SIE LEE

Der Funkoffizier hatte abermals bemerkt: ›Meldung unverschlüsselt.‹
Ein echter, unmißverständlicher Verzweiflungsschrei, den die Japse einfach auffangen konnten!
Pugs Telephon summte. Mit zitternder Stimme meldete der Funkoffizier: »Admiral, wir entschlüsseln gerade eine Meldung von Nimitz.« Pug eilte in den kleinen Raum mit dem Schild *Top Secret* an der Tür und sah durch dichten Zigarettenqualm hindurch dem Dechiffrierer über die Schulter, während dieser die Tasten bediente. Langsam schlängelte sich der Papierstreifen aus der Maschine heraus:

647

1000. NIMITZ AN HALSEY. TRUTHAHN TRITT WASSER GG. WO WIEDERHOLE WO STEHT KAMPFGRUPPE 34 RR. DAS FRAGT SICH ALLE WELT

Nimitz' ironischer Ton war der Situation durchaus angemessen. Nun ja, dachte Pug, damit ist alles klar; dieser noch nie dagewesene Rüffel mitten während einer Schlacht mußte auch einem Dinosaurier durch das dicke Fell gehen; endlich kommt die Vernunft zu Wort. Mit großen Schritten trat er auf die Brücke hinaus. Er war felsenfest überzeugt, binnen weniger Minuten auf der *New Jersey* die Signalflaggen zu erblicken, die der Flotte befahlen, auf Gegenkurs zu gehen: *Wendet eins-acht.*
Zehn Minuten vergingen, eine Viertelstunde, eine halbe Stunde.
Eine Stunde.
Der Hauptverband rauschte weiter mit fünfundzwanzig Knoten nach Norden – fort vom Golf von Leyte.

47

Was Admiral Kinkaid nicht wußte und worauf Pug Henry unmöglich kommen konnte, war der Verlauf, den das Gefecht vor Samar nahm. In allen dicken Büchern über die drei Schlachten vom 25. Oktober ist der Bericht über dieses Gefecht wohl derjenige, den jeder Chronist am liebsten schrieb, liegt ihm doch ein Thema zugrunde, das die Herzen der Menschen auch dann noch anrühren wird, wenn längst alle Schwerter zu Pflugscharen umgeschmiedet worden sind: Tapferkeit angesichts einer großen Übermacht.
Spragues aus sechs Geleitträgern bestehender Verband trug im Funkverkehr die Bezeichnung *Taffy Three*. Als Taffy Three von der japanischen Hauptstreitmacht überrascht wurde, stand der Verband rund achtzig Meilen nördlich der Einfahrt in den Golf von Leyte und leistete die Eselsarbeit amphibischer Kriegführung: kleinere Luftangriffe auf Rollfelder des Gegners, Patrouillenflüge über dem Brückenkopf, U-Boot-Suche, Bombardierung von Lastwagenkolonnen und Abwurf von Nachschub für Einheiten der Army.
Diese serienweise gebauten, kümmerlichen schwimmenden Rollfelder waren nicht dazu bestimmt, selbst zu kämpfen. Auch von dem aus drei größeren und vier kleineren Zerstörern bestehenden Geleitschutz erwartete man keinen Kampfeinsatz, es sei denn gegen Unterseeboote. Die Mehrzahl der Offiziere und Mannschaften von Taffy Three waren Reservisten, ein nicht unbeträchtlicher Teil war erst vor kurzem eingezogen worden. Die Primadonnen der Flotte, die Halsey mitgenommen hatte, die Flugzeugträger und schnellen Schlachtschiffe, waren mit Berufssoldaten bemannt – nicht mit halben Zivilisten wie die Einheiten von Taffy Three. Aber es war Taffy Three und nicht Halsey, der Kurita vor den Bug lief, als er auf den Golf von Leyte zudampfte, und so mußte Taffy Three gegen ihn kämpfen.
Zwei weitere Geleitträgerverbände, Taffy Two und Taffy One, waren weiter unten im Süden auf Patrouillenfahrt. Zwischen den einzelnen Verbänden lagen Abstände von dreißig bis fünfzig Meilen. Für Kurita war das also etwas, was ihm einfach in den Schoß fiel. Er brauchte nur weiter nach Süden zu dampfen und dabei eines nach dem anderen von diesen dünnhäutigen Schiffen und ihren kleinen Geleitschutzfahrzeugen zu erledigen. Die Flugzeugträger

konnten ihm nicht entkommen; seine mächtigen Schlachtschiffe waren wesentlich schneller, und ihre Geschütze hatten eine Reichweite von fünfzehn Meilen; die Gelegenheit, auf dem Weg zu seiner Hauptaufgabe, der Vereitelung eines Landeunternehmens, eine ganze Flottille von Geleitträgern zu zerstören, war – kurz gesagt – ein Gottesgeschenk.

Aber Kurita hatte nicht vorgehabt, die Taffys zu überraschen. Er war von dieser Begegnung genauso überrascht wie sie. Aufatmend nach dem Glücksfall, die San Bernardino-Straße unbewacht zu finden, aber noch recht mitgenommen davon, daß er am dreiundzwanzigsten um sein Leben hatte schwimmen müssen, dazu von den Luftangriffen am vierundzwanzigsten sowie dem Verlust der stolzen *Musashi* und drei Nächten, in denen er kein Auge zugetan hatte und deren Höhepunkt die schwierige Durchfahrt durch Minenfelder gewesen war, war Kurita nicht gerade zur Verfolgung von Flugzeugträgern aufgelegt. Als er bei Sonnenaufgang die flachen, tief im Wasser liegenden Schatten am Horizont entdeckte, war er wie vom Donner gerührt. Wer waren sie? Woher kamen sie? Lag Halsey dort, statt vor der San Bernardino-Straße, auf der Lauer? Stand seinen Verbänden ein weiterer Tag pausenloser Luftangriffe bevor, gegen die sie sich kaum wehren konnten?

Die Erscheinung traf Kuritas Augen in einem denkbar schlechten Augenblick. Seine Einheiten liefen im Zickzack durcheinander; er hatte gerade Befehl gegeben, in Fliegerabwehr-Formation zu gehen, da man jetzt bei Tageslicht weiterlaufen mußte. Sie jetzt wieder in straffe Gefechtsordnung zu bringen, dazu brauchte es Zeit. Die Fliegerabwehr-Formation eignete sich nicht zur Verfolgung eines Gegners. Während Kurita versuchte, sich über all dies klar zu werden und zu den winzigen grauen Silhouetten im Süden hinüberspähte, liefen von den Ausgucks der *Yamato* und anderer Schiffe eine Flut fgereaugter Meldungen ein: »*Flugzeugträger voraus! Kreuzer! Schlachtschiffe! Kleine Flugzeugträger! Tanker! Zerstörer!*« – ein Durcheinander schreiender Stimmen wie in einem Tollhaus. Verzweifelt auf genauere Informationen angewiesen, gab Kurita Startbefehl für die beiden kleinen Aufklärungsflugzeuge der *Yamato*. Sie entschwanden den Blicken und wurden nie wieder gesehen. Folglich mußte er seine Entscheidungen treffen, ohne genau zu wissen, welche Flotte er vor sich hatte; er mußte vom Schlimmsten ausgehen: daß dies Halsey sei.

Sprague auf der anderen Seite hingegen wußte sehr genau, wen er vor sich hatte. Diese Fahrzeuge, die da in Massen über der Kimm auftauchten, waren die Hauptstreitmacht der Japaner. Ihr Sprechfunkverkehr, für amerikanische Ohren ein exotisches Gezwitscher, kam deutlich durch. Wie alle anderen auch, war Sprague fest überzeugt gewesen, daß Halsey den Eingang der San

Bernardino-Straße schützte und daß er, Sprague, mit der Hauptstreitmacht des Gegners nichts zu tun haben würde. Und jetzt tauchte sie vor ihm auf! Die meisten seiner Maschinen waren bereits in der Luft und machten Patrouillenflüge über dem Brückenkopf, suchten nach Unterseebooten oder kreisten über den eigenen Einheiten. Die Mannschaften seiner schwachen Schiffe hatten nicht einmal Gefechtsalarm. Sie brauchten nur Sekunden, ihr Frühstück zu unterbrechen und auf Gefechtsstation zu gehen; doch für die Verteidigungskraft der Schiffe bedeutete das wenig. Jedes Schiff war nur mit einem Zwölf-Zentimeter-Geschütz ausgerüstet – einem einzigen.

Zuletzt befahl Kurita: »Allgemeiner Angriff«. Dieser Befehl gestattete jedem Schiff der Flotte, sich sein eigenes Ziel auszusuchen und es zu verfolgen. Infolgedessen griffen sie ohne jede Ordnung an und feuerten wahllos durcheinander; manche Schiffe in Kiellinie, andere allein – auf jeden Fall aber liefen sie mit Höchstgeschwindigkeit auf die Amerikaner los.

Sprague reagierte wie ein Absolvent der Kriegsschule, der ein Schlachtproblem zu lösen hat. Er ging mit voller Kraft gegen den Wind und machte Rauch mit seinen Flugzeugträgern. Auch seinem Geleitschutz befahl er, einen Rauchvorhang zu bilden. Er gab Startbefehl für alle Flugzeuge, die noch an Bord waren. Er unterrichtete Kinkaid von der Gefahr, in der er sich befand, und bat um Unterstützung durch Schlachtschiffe. Er setzte einen Notfunkspruch an sämtliche Flugzeuge ab, in den Kampf einzugreifen. Und nachdem all das getan war, nahm er Kurs auf eine Regenbö, in der sein Verband nach und nach verschwand – ungefähr eine Viertelstunde, nachdem die Japaner gesichtet worden waren. Fehlschüsse, die in der Nähe niedergegangen waren, hatten seine Schiffe zwar schwanken lassen, aber sie waren sicher und bis jetzt unbeschädigt. Auf der Kriegsschule hätte er gute Noten für die Lösung erhalten, die er ersann, während rote, violette, grüne und gelbe Fontänen von den großkalibrigen Geschützen des Gegners rings um ihn her aufschossen und die Vernichtung nur noch wenige Minuten entfernt zu sein schien.

In der Regenbö war er natürlich durchaus noch nicht sicher. Er war ein Flüchtling, der sich hinter einem rollenden Wagen vor einem Polizisten versteckte. Der Gegner kam immer näher an ihn heran und sah ihn auf seinen Radarschirmen. Sprague lief auf Südkurs mit dem Wind, um die Entfernung zwischen sich und dem Gegner möglichst groß zu halten und so nahe wie möglich an Schiffe heranzukommen, die ihm zur Hilfe eilen mochten. Seine Taktik bestand darin, Zeit zu gewinnen und seine Flugzeugträger zusammenzuhalten, bis von *irgendwoher* Hilfe und Entsatz kam: von Halsey, Kinkaid, den anderen Taffys, der Army-Luftwaffe oder einem gnädigen Gott.

Er sah im treibenden Regen und Rauch, wie die Schlachtschiffe achteraus größer wurden und die Kreuzer sich näher heranschoben. Daraufhin befahl er seinen drei Zerstörern, einen Torpedoangriff auf diese riesige Streitmacht zu fahren – eine kaltblütige Verzögerungstaktik, an deren Folgen er nicht denken durfte. Die drei schlanken grauen Fahrzeuge tauchten aus dem Regen auf und liefen durch ein Stahlgewitter großkalibriger Geschosse geradewegs auf die japanischen Schlachtschiffe und Kreuzer zu. Sie erhielten einen Treffer nach dem anderen, doch es gelang ihnen, ihre Torpedos loszumachen; dann suchten sie schwer angeschlagen unter dem gegnerischen Geschoßhagel das Weite. Zwei von ihnen sanken schließlich. Sie hatten nur einen einzigen Treffer auf einem Kreuzer erzielt.

Aber die Verfolger hatten die Jagd abbrechen müssen, um den Torpedos auszuweichen, und auf diese Weise Sprague Gelegenheit gegeben, sein Heil in der Flucht zu suchen. Für Kurita war das Ergebnis sehr schlecht. Auf seinen Befehl lief die *Yamato* nach Norden, während sich der Kampf weiter im Süden abspielte. Das Superschlachtschiff lief sieben Meilen auf Nordkurs, bevor es wieder wendete; die Zerstörer griffen nicht gleichzeitig an, und immer wieder liefen die Schaumspuren der Torpedos auf den Riesen zu. Kurita verlor den Kontakt mit dem Gegner. Seine Streitmacht war hinterher kopflos und kreuzte ohne jeden Plan durcheinander.

Inzwischen tauchten auch Flugzeuge auf: Maschinen von Spragues Taffy Three, Maschinen von Leyte, Maschinen von Taffy One und Taffy Two, die sich mit Bomben und Torpedos auf die Japaner stürzten. Im Verlauf des langen Kampfes wurden drei Kreuzer getroffen, die schließlich alle sanken. Doch die Verfolger schlugen mit aller Kraft zurück und holten, während sie zwei Stunden lang hinter Spragues Einheiten herliefen und sie mit ihren Geschützen zu erreichen versuchten, über hundert Flugzeuge von Himmel. Als letztes Mittel befahl Sprague seinen vier Geleit-Zerstörern, die zwar mit Torpedos ausgerüstet waren, jedoch nie Torpedoschießen geübt hatten, nochmals einen Verzögerungsangriff zu laufen. Auch diese winzigen Schiffe dampften mit voller Kraft in das Feuer der großkalibrigen feindlichen Geschütze hinein. Sie erzielten keinerlei Treffer, und eines von ihnen sank. Aber sie verschafften Sprague noch ein wenig mehr Zeit.

Doch nach ungefähr zwei Stunden war das Spiel zu Ende. Schwere Kreuzer liefen steuerbords wie backbords und deckten seine Flugzeugträger ein. Zwei Schlachtschiffe näherten sich achteraus mit großer Geschwindigkeit. Ihm blieb nur übrig, zwischen den schaurig-schönen Geschoßfontänen mit aller Kraft Zickzack zu laufen. Der Himmel war voll brennender und qualmender amerikanischer Flugzeuge. Keiner der Flugzeugträger war unbeschädigt; einer sank. Ohnmächtig feuerten sie ihre Zwölf-Zentimeter-Granaten ab.

An diesem Punkt gab Kurita auf seiner fernen *Yamato* seinen Schiffen Befehl, das Feuer einzustellen und sich wieder mit ihm zu vereinigen. Die Geschütze schwiegen. Die japanischen Einheiten ließen von ihrer hechelnden Beute ab und gingen auf Nordkurs. Taffy Three wich nach Süden aus; die Besatzungen – vom Matrosen bis zum Admiral – konnten immer noch nicht fassen, was sie auf so geheimnisvolle Weise gerettet hatte. Die Schlacht von Samar war vorüber. Es war ungefähr viertel nach neun.
Unter gelegentlichen Belästigungen aus der Luft sammelte Kurita seine Streitmacht zum Vorstoß in den Golf von Leyte. Langsam dampfte er vor der Einfahrt in den Golf im Kreis, um seine verstreuten Einheiten wieder zu formieren. Das dauerte drei Stunden. Der Golf von Leyte lag jetzt offen vor ihm. Jetzt, da Taffy Three in der Ferne immer noch das Weite suchte, stand ihm nichts mehr im Wege. Trotz einer unfaßlichen Übermacht, trotz Fehlern und unglücklichen Zufällen, trotz Fehlberechnungen, Funkausfall und schrecklichen Schlägen, die man hatte einstecken müssen, hatte das Unternehmen *Sho* funktioniert! Kinkaids alte Schlachtschiffe, die von der Surigao-Straße zurückkamen, waren noch weit und hatten nicht mehr viel Munition. MacArthurs Invasions-Streitmacht im Golf – Truppentransporter wie Truppen – lag der Hauptstreitmacht der Japaner hilflos preisgegeben da. Um halb eins beschloß Admiral Kurita, der seine Einheiten inzwischen wieder um sich versammelt hatte, nicht *in den Golf von Leyte einzulaufen. Ohne in Tokio um Erlaubnis einzukommen und ohne irgendwen zu unterrichten, wendete er und lief durch die San Bernardino-Straße zurück nach Norden.*

Die Signalflaggen mit dem Befehl, auf Gegenkurs zu gehen, gingen an den Fallen der *New Jersey* gegen viertel nach elf hoch.

WENDEN EINS ACHT

Nach Pugs Karte waren die angeschlagenen Flugzeugträger nur fünfundvierzig Meilen entfernt; brennend versuchten sie den pausenlosen Luftangriffen auszuweichen. Der Golf von Leyte lag dreihundert Meilen im Süden. Jetzt, da der Flottenverband, der die ganze Nacht Nordkurs gehalten hatte, nur noch eine knappe Stunde von den Opfern entfernt war, die er hatte vernichten wollen, ging Halsey auf Gegenkurs und trat den Rückmarsch an.
Der Kommandant der *Iowa* stürmte auf die Admiralsbrücke. Ob der Admiral ihm sagen könne, was hier eigentlich los sei? Direkt vor ihnen fette Beute, warum sie dann plötzlich abdrehten?
»Sieht aus, als ob sich im Golf von Leyte ein größerer Kampf zusammenbraut, Skipper!«

»Aber wir können doch nicht vor Sonnenaufgang morgen früh da sein, Admiral. Bestenfalls.«

»Ich weiß«, sagte Pug in einem so trockenen Ton, daß er damit jede weitere Unterhaltung abschnitt, und der Kapitän empfahl sich.

Pug brachte es nicht fertig, sich mit dem Kommandanten zu unterhalten. Er war aufgewühlt wie ein meuternder Fähnrich. Konnte Halsey wirklich eine der größten Schlachten aller Zeiten verschenken, die US-Navy mit Schande bedecken, die Landung auf Leyte gefährden und sogar den Ausgang des Krieges aufs Spiel setzen? Oder war er selbst – der nie die Chance haben würde, eine Seeschlacht zu führen – so durcheinander, daß er nicht mehr geradlinig denken konnte?

Aber es gelang ihm nicht, seinem Gehirn das Denken zu verbieten. Selbst mit dieser Kehrtwendung, meinte er, beging Halsey einen schwerwiegenden Fehler. Warum denn alle sechs Schlachtschiffe? Zwei konnten doch immer noch nach Norden laufen; es war richtig, die angeschlagenen gegnerischen Träger mit Geschützfeuer zu erledigen. Und warum nahm er diese Unzahl von Zerstörern mit? Die mußten doch ohnehin erst Treibstoff übernehmen!

Pug dachte daran, wie Churchill, als er sich an Bord der *Prince of Wales* mit Roosevelt treffen wollte, den Zerstörerschirm hinter sich zurückgelassen hatte, indem er schneller durch einen Sturm lief, als sie ihm folgen konnten. War das ein Mann! Dies war der Augenblick, der ihn mit allem versöhnt hätte, die letzte Chance, mit aller Kraft zurückzulaufen und die Hauptstreitmacht der Japaner auf den Boden des Meeres zu schicken. Sechs Stunden hatte Halsey verloren, nachdem er auf Kinkaids ersten Hilfeschrei hin nicht umgekehrt war. Jetzt halfen nur noch verzweifelte Maßnahmen. Das Gros der Japaner mußte ein abgekämpfter, ziemlich mitgenommener Verband sein, möglicherweise mit leeren Torpedorohren, kaum noch Öl in den Bunkern, vielleicht sogar fast leeren Munitionskammern. Zweifellos war es das Gebot der Stunde, alles auf eine Karte zu setzen, auf den Schutz von Zerstörern zu verzichten und mit den schweren Geschützen anzugreifen.

Aber es sollte nicht sein. Der »Rettungsgalopp« wurde zu einem verzweifelt langsamen Zehn-Knoten-Trab an einem feuchtheißen Nachmittag. Stundenlang ging ein Zerstörer nach dem anderen bei den Schlachtschiffen längsseits, um Treibstoff zu übernehmen. Die Flugzeugträger liefen in die entgegengesetzte Richtung und verfolgten mit voller Kraft den Verband im Norden. Es war schon ein bitterer Anblick; bitter, innerhalb dieser großen Auseinandersetzungen ruhig zu bleiben, ohne auch nur einen einzigen Schuß abgefeuert zu haben.

Noch bitterer jedoch freilich war der strenge Geruch des Öls. Pug verfolgte das

Auftanken von der Admiralsbrücke aus. Das Manöver lief wunderbar glatt: jedes kleine Schiff, das sich neben der gigantischen *Iowa* vorschob; der junge Kommandant tief unten auf seiner Brücke, der die Geschwindigkeit abstimmte, bis die relative Fahrt gleich Null war; dann das Übernehmen der baumelnden Ölschläuche über das blaue Wasser zwischen den beiden Schiffen und das Nebeneinander-Herlaufen, bis das kleine Fahrzeug gesättigt zurückfiel. Pug war diesen Anblick gewöhnt; dennoch beobachtete er es ebenso gern wie die Manöver von Flugzeugträgern.

Doch heute, wo er nervlich dermaßen überreizt war, brachte ihm der Geruch des schwarzen Öls jene Nacht ins Gedächtnis zurück, in der die *Northampton* gesunken war. Die Erinnerung daran war wie ein Dolch in der Wunde seiner augenblicklichen Ohnmacht. Kommandeur eines Schlachtschiffverbands, sah er sich um die Vergeltung gebracht für die Männer, die auf der *Northampton* geblieben waren, und zwar durch die Böcke, die Bill Halsey schoß. Eine Vorstellung, die einen zur Verzweiflung treiben konnte, stieg vor Pug Henry auf, während die Stunden zäh dahingingen. Er begriff plötzlich, daß der ganze Krieg durch diese verdammte tückische schwarze Flüssigkeit entstanden war. Hitlers Panzer und Flugzeuge, die japanischen Flugzeugträger, die Pearl Harbor überfallen hatten, die gesamte Kriegsmaschinerie, die ratternd den Erdball überzog, wurde von ein und derselben Schmiere angetrieben. Auch die Japse waren in den Krieg eingetreten, um sich ihren Anteil zu sichern. Es war noch keine fünfzig Jahre her, daß das erste Ölfeld in Texas erschlossen worden war; und jetzt hatte dies Zeug die Hölle auf Erden entfesselt. In Oak Ridge brauten sie etwas noch Mächtigeres zusammen, waren sie in einem Wettlauf begriffen, etwas Bestimmtes zu isolieren und es zum Massentöten einzusetzen.

Pug spürte an diesem fünfundzwanzigsten Oktober, während dieser endlosen, durch das Auftanken zum Kriechtempo von zehn Knoten verurteilten Rückkehr zum Golf von Leyte, daß er einer Gattung angehörte, deren Schicksal bereits besiegelt war. Gott hatte den modernen Menschen gegen die Gaben dreier unterirdischer Schätze gewogen – Kohle, Öl und Uran – gewogen und für zu leicht befunden. Kohle war der Treibstoff der Skagerrak-Schlacht und der deutschen Eisenbahnzüge im Ersten Weltkrieg gewesen, das Öl hatte den modernen Luft- und Panzerkrieg ermöglicht, und das Zeug von Oak Ridge würde dem ganzen schrecklichen Geschehen vermutlich ein Ende bereiten. Gott hatte versprochen, nicht noch eine Sintflut zu schicken; aber er hatte nicht gesagt, daß er den Menschen daran hindern würde, Feuer an seinen Planeten und an sich selbst zu legen.

Pugs Stimmung hatte einen absoluten Tiefstand erreicht, als Captain Bradford

auf die Brückennock kam. ComBatDiv Seven werde über Sprechfunk von »Blackjack« verlangt.
»Kein Übermittler, Admiral«, sagte Bradford ziemlich aufgeregt, »es ist Halsey persönlich.«
Pugs apokalyptische Vision verschwand. Er schoß in die Operationszentrale und griff zum Sprechfunkhörer.
»Blackjack, hier ist Buckeye Seven. Ende.«
»Sagen Sie, Pug«, vernahm er Halseys vertraute Stimme, kernig und temperamentvoll, in jenem lässigen Stil, der nur Offizieren im Admiralsrang zustand, »wir sind mit dem Bunkern so ziemlich fertig, und die Zeit läuft. Unser Verband kann ziemlich lange Höchstgeschwindigkeit durchhalten. Was hielten Sie davon, wenn wir runterrauschten und uns diese Affen schnappten? Die anderen kommen hinterher. Und Bogan gibt uns mit seinen Flugzeugträgern Rückendeckung.«
Dieser Vorschlag ließ Pug den Atem stocken. Die *New Jersey* und die *Iowa* konnten die San Bernardino-Straße gegen ein Uhr morgens und den Golf von Leyte gegen drei oder vier erreichen. Stießen sie dabei auf den Gegner, bedeutete das ein Nachtgefecht. Die Japse waren darin erfahren, BatDiv Seven hingegen hatte keinerlei einschlägige Erfahrung. Zwei Schlachtschiffe würden mindestens vier Schlachtschiffen gegenüberstehen, darunter einem mit 45-cm-Geschützen.
Aber bei Gott, das bedeutete *endlich ein Gefecht;* verkehrt zwar, übereilt und zu spät, aber es war das, um das es ging! Und Halsey würde dabei sein. Pug brachte es nicht fertig, einen Hauch widerwilliger Bewunderung für den alten Kämpen aus seiner Stimme herauszuhalten.
»Ich bin dafür.«
»Hatte ich mir gedacht. Dann bilden Sie Kampfgruppe fünfunddreißig Komma fünf, Pug. Teilen Sie die *Biloxi, Vincennes, Miami* und acht Zerstörer für den Schirm ein. Das taktische Kommando liegt bei Ihnen. Und jetzt lassen Sie uns machen, daß wir zum Golf von Leyte kommen.«
»*Aye, aye, Sir.*«

48

Japans letzter Atemzug
(aus ›Welt im Untergang‹ von Armin von Roon)

Anmerkungen des Übersetzers: Als Welt im Untergang *auf deutsch erschien, wurde eine Übersetzung dieses umstrittenen Kapitels in den U.S. Naval Institute Proceedings veröffentlicht. Als Kommandeur eines Kampfverbands bei Leyte forderte man mich auf, eine Erwiderung zu schreiben, die hier angefügt wird. – V.H.*

Unsere Ardennen-Offensive vom Herbst 1944 und die Schlacht um den Golf von Leyte waren parallele Unternehmen. In beiden Fällen setzte ein Volk, das fast schon niedergerungen war, noch einmal alles auf eine Karte. Hitler wollte die westlichen Alliierten zu Verhandlungen zwingen, um sich mit allen Kräften gegen die Russen wenden zu können; er spielte sogar mit der phantastischen Idee, die Anglo-Amerikaner dazu zu bewegen, auf seiner Seite gegen die Sowjets zu marschieren. Die Japaner wollten, daß die Amerikaner des Krieges überdrüssig würden und sich zu Friedensverhandlungen bereitfänden.

Unsere Ardennen-Offensive, die im nächsten Abschnitt behandelt wird, bereitete Roosevelt und Churchill angstvolle Wochen. Die beiden alternden Kriegstreiber glaubten, Deutschland sei bereits erledigt; dabei rissen wir ihre Front in Frankreich auf und kamen eine Zeitlang gut voran, obwohl Hitlers übertrieben ehrgeiziger Feldzugsplan und sein ständiges taktisches Eingreifen im Verein mit der alliierten Luftüberlegenheit dafür sorgten, daß unser Schicksal von Anfang an besiegelt war. Die Japaner hingegen hätten beinahe einen Sieg errungen, der die Welt in ihren Grundfesten erschüttert hätte. Die Chance dazu lag in der an Schwachsinn grenzenden Dummheit des amerikanischen Oberbefehlshabers Halsey. Vertan wurde sie durch eine noch größere Dummheit, die der japanische Oberbefehlshaber Kurita beging. Die Schlacht um den Golf von Leyte ist ein Schulbeispiel militärischer Torheit größten Ausmaßes. Das Ergebnis sollte die Streitkräfte aller Länder zum Nachdenken veranlassen.

Politik und Krieg

Krieg ist die Fortsetzung der Politik mit Mitteln der Gewalt. Ein militärisches Unternehmen erhebt sich selten über seinen politischen Anlaß; wenn dieser ungesund ist, sprechen die Kanonen umsonst, und das Blut fließt vergebens. Diese Gemeinplätze aus Clausewitz erhellen das groteske Fiasko am Golf von Leyte. Politisch sah die Lage im Pazifik im Herbst 1944 folgendermaßen aus. Einerseits war das japanische Volk in seinem kühnen Versuch, die Herrschaft über seinen eigenen geographischen Bereich an sich zu reißen, erbarmungslos von den amerikanischen Imperialisten geschlagen worden; seine Führer jedoch wollten weiterkämpfen. Für diese Samurai-Idealisten war eine bedingungslose Kapitulation undenkbar. Franklin Delano Roosevelt jedoch bestand darauf, um sich bei seinen Landsleuten beliebt zu machen, auf deren Boden noch keine einzige Bombe gefallen war und die einen Operettenkrieg führten.

Die Lage im Pazifik war also völlig verfahren. Aus militärischen Gründen hätten die Japaner, nachdem Tojo gestürzt worden war, um Frieden nachsuchen müssen. Es bedurfte eines militärischen Schocks, um das Patt zu brechen. In langen Kriegen kommen stets Parteien auf, die für den Frieden eintreten: in einem demokratischen System offen, in Diktaturen innerhalb der herrschenden Kader. Ein Schock stärkt die Friedenspartei der von ihm getroffenen Seite. Die Japaner hatten vor, zurückzuweichen, bis die Amerikaner das Inselreich selbst angriffen, um sie dann zu zerschmettern. Am äußersten Ende unmäßig langer Nachschubwege, in der Nähe japanischer Flugplätze und Marinestützpunkte konnten die Yankees nur vorübergehend im Vorteil sein; vielleicht gelang es, sie durch einen blutigen Rückschlag zu einem vernünftigen Frieden zu bewegen.

Die Idee, die bei den Amerikanern hinter der Invasion der Philippinen stand, diente nur der Befriedigung von General MacArthurs Eitelkeit, mit der gleichzeitig auch so manches Aufbegehren in der Heimat beschwichtigt wurde. Doch die Invasion band bedeutende Landstreitkräfte der Japaner auf den Philippinen, die freilich schon durch den unbeschränkten Untersee-Boot-Krieg der Amerikaner angeschlagen waren; man hätte sie am ausgestreckten Arm verhungern lassen können. Aber Douglas MacArthur wollte unbedingt auf die Philippinen zurück, und Roosevelt kam eine solche theatralische Rückeroberung für die bevorstehenden Wahlen durchaus zustatten.

Als Grund für die Landung und Eroberung von Leyte, einer großen, ziemlich in der Mitte des philippinischen Archipels gelegenen Insel, gab man an, man brauche Nachschubdepots und einen großen Luftstützpunkt für eine Landung auf Luzon. Doch Leyte ist gebirgig, und das einzige flache Tal von Bedeutung ist ein morastiges Reisfeld. MacArthurs Pioniere erhoben aus diesen Gründen Einspruch dagegen, ausgerechnet auf Leyte zu landen. Doch der Generalissimo, begierig auf eine triumphale Rückkehr, schob ihre Einwände beiseite. Leyte wurde auch nach der Eroberung nie zu einer bedeutenden Operationsbasis. Die gewaltigste Seeschlacht, die die Welt je erlebt hat, wurde um einen trivialen und nutzlosen Preis ausgetragen.

Im Verfolg der Nimitz-Strategie eines Vorstoßes über den Zentral-Pazifik hatten die Admirale King und Spruance bessere Pläne zur Beendigung des Krieges vorgelegt. Beide schlugen vor, sich um die Philippinen nicht weiter zu kümmern. King wollte Formosa nehmen. Spruance – der zu Unrecht in dem Ruf stand, unvorsichtig zu sein – schlug vor, auf Okinawa zu landen. Eine solche Landung, gleichsam in japanischen Hoheitsgewässern, hätte sich sehr wohl als der Schock erweisen können, der das Kriegskabinett zu Fall gebracht hätte. Die Atombombe brauchte noch über ein halbes Jahr, bis sie Wirklichkeit wurde. Die barbarische Tat von Hiroshima wäre überflüssig gewesen. Neun Monate später, als die Amerikaner Okinawa tatsächlich besetzten, hatten die Japaner sich in ihrer Haltung dermaßen verhärtet, daß sie bereit waren, bis zum letzten Blutstropfen zu kämpfen; nun brachte nur der Kernwaffenschlag sie dazu, den Krieg zu beenden.

Kurzum: das hochfahrende Wesen MacArthurs und das kaltblütige politische Spiel Franklin Delano Roosevelts gab den Japanern ihre Chance. Sie ergriffen sie; und eigentlich hätten sie gewinnen müssen. Die Amerikaner stolperten, leisteten Pfuscharbeit, und nur die unfaßliche Torheit eines japanischen Admirals bescherte ihnen einen jämmerlichen ›Sieg‹. Meine Operationsanalyse gibt den Plan für das Unternehmen *Sho* bis ins einzelne wieder; anhand der Karten kann man sich eine Vorstellung machen, wie die vier Hauptgefechte von Tag zu Tag liefen. Hier beschränke ich mich auf die wichtigsten Kontroversen um die Schlacht von Leyte. Der zangenartige Doppelangriff auf MacArthurs Landungsstreitmacht durch die Surigao-Straße und die San Bernardino-Straße war grundsätzlich eine vernünftige Idee. Ozawas ohnmächtige Flugzeugträger als Lockvögel zu benutzen, war ein blendender Gedanke. Der Zangenangriff konnte nur zum Erfolg führen, wenn es gelang, Halseys Dritte Flotte fortzulocken. Die Hauptkontroversen entzünden sich um die während der Schlacht getroffenen Entscheidungen von Halsey und Kurita.

Halsey

Der amerikanische Oberkommandierende, der die Schlacht verpfuschte, William F. Halsey, veröffentlichte, um seine Spuren zu verwischen, nach dem Krieg Hals über Kopf ein Buch, das in einer vielgelesenen Illustrierten abgedruckt wurde, während die Völker noch dabei waren, ihre Toten zu begraben. Das Buch beginnt mit den, dem Vernehmen nach von einem Stabsoffizier geschriebenen Worten: *»Flottenadmiral Halsey wohnte 1946 einem Empfang bei, als eine Frau plötzlich den Kreis derer durchbrach, die ihn umringten, seine Hand ergriff und rief: ›Mir ist, als berührte ich die Hand Gottes!‹«*
Dieser erste Satz in *Admiral Halsey's Story* ist charakteristisch für den ganzen Mann. Er war ein George Patton der See, ein Angeber, der den Krieg liebte und eine Begabung für Publicity hatte; allerdings findet man unter seinen Leistungen nichts, was sich mit Pattons Vormarsch in Sizilien, seinem Umgehungsmarsch in den Ardennen, um Bastogne zu entsetzen, und seinem mutigen Vorstoß durch Deutschland vergleichen ließe.

Die Kritik an Halseys Handeln bei Leyte gipfelte in folgenden Fragen:

a. Traf er, als er Ozawas Flugzeugträger verfolgte, die richtige Entscheidung, selbst wenn dieser Verband nur als Lockvogel diente?
b. Warum ließ er die Einfahrt zur San Bernardino-Straße unbewacht zurück?
c. Wer trägt die Schuld daran, daß Spragues Geleitschutzträger vor Samar überrascht wurden?

Admiral Halsey schickte Nimitz noch am Abend nach der Schlacht, mit seinem Stab noch bedrückt von der angerichteten Verwirrung und noch ohne Alibi, einen Funkspruch, in dem er sich verteidigte. Als er sein Buch schrieb, hatte Halseys Verteidigung sich bereits zu einer deutlich erkennbaren Haltung verhärtet.

a. Es war richtig, die Verfolgung der Flugzeugträger aufzunehmen. Sie stellten im Pazifik-Krieg die Hauptbedrohung dar. Hätte er sie nicht angegriffen, so hätten sie seine Flotte womöglich im ›Pendelverkehr‹ angegriffen, d.h., die Maschinen hätten von den Flugdecks der Flugzeugträger zu Flugplätzen auf den Philippinen und umgekehrt fliegen können. Und über die Rolle seiner Einheiten als Lockvogel, so deutete Halsey an, habe Ozawa beim Verhör nicht die Wahrheit gesagt. »Die Japse hatten während des Krieges immer wieder gelogen . . . Warum soll man ihnen glauben, nachdem der Krieg vorbei ist?«
b. Vor der Einfahrt zur San Bernardino-Straße liegen zu bleiben, wäre eine schlechte Idee gewesen, weil die Japaner die Dritte Flotte dort gleichfalls mit ›Pendelangriffen‹ belegt hätte. Den Schlachtschiffverband zurückzulassen, um die Straße zu bewachen, wäre gleichfalls eine schlechte Idee gewesen. »Pendelangriffe« hätten sich gegen geteilte Verbände womöglich noch tödlicher ausgewirkt. Er nahm alle seine Schiffe mit in den Norden, um »die Schlagkraft der Flotte nicht zu schwächen und die Initiative in der Hand zu behalten«.
c. An der Überraschung vor Samar trage Kinkaid die Schuld. Er sei davon unterrichtet worden, daß Halsey die Straße verlasse. Kinkaids Aufgabe war es, die Landung MacArthurs und seine eigenen Flugzeugträger zu beschützen. Er habe versäumt, Aufklärer in den Norden zu schicken, die Kuritas Näherkommen gemeldet hätten.

Diese fadenscheinige Rechtfertigung mag den Lesern von Illustrierten genügen; für Militärhistoriker reicht sie nicht.
Was die ›Pendelangriffe‹ betrifft, hatte Halsey selbst die Vereinigten Stabschefs mit Erfolg gedrängt, das Datum der Landung auf Leyte der schwachen Luftabwehr wegen, der er auf den philippinischen Flugplätzen begegnet war, vorzuverlegen. Im Verlauf der Angriffe auf Formosa hatte er selbst die meisten japanischen Luftstützpunkte zerschlagen. Darüber hinaus wußte er, welch erbärmlichen Kalibers die völlig kampfungewohnten japanischen Piloten waren, die noch

aufstiegen. Er selbst hatte die japanischen Flugplätze auf Luzon fast ungestraft mit Bomben belegt. Nicht einmal seine eigenen Admirale glaubten, daß Ozawas Flugzeugträger stark bemannt sein könnten. Der Stratege Lee warnte ihn eindringlich, daß es sich um Lockvögel handeln müsse. Die Geschichte mit den ›Pendelangriffen‹ ist ein schwacher Versuch, die Tatsachen so hinzubiegen, daß sie zu der Torheit paßten, nach dem japanischen Köder zu schnappen.

Die Begründung dafür, sämtliche Schiffe mit in den Norden zu nehmen und den Eingang zur San Bernardino-Straße ungeschützt zu lassen – »um die Schlagkraft der Flotte nicht zu schwächen« –, ist bombastisches Gerede. Er brauchte keine vierundsechzig Kriegsschiffe, um gegen siebzehn anzutreten, oder zehn Flugzeugträger, um gegen vier zu kämpfen. Der gesunde Menschenverstand hätte gefordert, daß er einen Verband zurückließ, um die Straße zu decken. Alle Kommandeure seiner Verbände glaubten, er hätte das getan. Nur seinen schlampigen Funkverbindungen ist es zuzuschreiben, daß sie nicht rechtzeitig dahinterkamen.

Damit, daß er Kinkaid die Schuld dafür zuschiebt, vor Samar überrascht worden zu sein, erreicht Halsey seinen absoluten Tiefpunkt. Die Bewachung der San Bernardino-Straße war seine Aufgabe; außerdem war er der ranghöchste Offizier. Wenn er eine so schwerwiegende Verantwortung wirklich auf Kinkaids Schultern laden wollte, hätte er das klar und eindeutig machen müssen, mit Hilfe eines Funkspruchs, möglichst nach Absprache mit Nimitz, wofür reichlich Zeit gewesen wäre.

Halsey wiederholte in Leyte den Kardinalfehler Napoleons bei Waterloo. Er stand zwei Streitmächten gegenüber und schlug die eine hart, aber keineswegs entscheidend; und in dem besessenen Wunsch, auch der zweiten Streitmacht des Gegners einen Schlag zu versetzen, redete er sich ein, die erste sei erledigt, und verschloß Augen und Ohren vor den Beweisen des Gegenteils. Kuritas Vorstoß nach seinem Rückzug in der Sibuyan-See ist eine Parallele zu Blüchers Vorstoß nach seinem Rückzug auf Ligny. (Dem Leser sei ein Blick in mein Buch, *Waterloo: Eine moderne Analyse,* Hamburg 1937, empfohlen.)

Halsey stürzte sich so besessen auf den Flugzeugträgerverband, weil er Spruance übertreffen wollte. Die Krankheit, die ihn von der Schlacht bei Midway ferngehalten hatte, war die große Enttäuschung seines Lebens gewesen. Er war wild entschlossen, sich einen großen Flugzeugträger-Sieg zu holen. Er wollte persönlich dabei sein und das Kommando führen, wenn es zur Schlacht kam. Weil er auf einem Schlachtschiff fuhr, teilte er seinen Schlachtschiffen die Funktion zu, angeschlagene Flugzeugträger zu versenken, und dampfte deshalb mit ihnen nordwärts.

Daß Roosevelt bei der Niederwerfung Japans zwischen den beiden Entwürfen von Nimitz und MacArthur schwankte – zwischen dem Navy-Vorstoß über den Zentral-Pazifik und dem langen Marsch der Landarmeen durch die Inselwelt des Südpazifik –, wirkte sich bei Leyte zu einer Katastrophe aus. Halsey war Nimitz'

Mann. Kinkaid war aufgrund der Befehle Roosevelts MacArthurs Mann. Die Eroberung Leytes war ein Triumph der MacArthur'schen Strategie. Halsey glaubte mit seiner einfältigen Verfolgung der Flugzeugträger Nimitz' Strategie in die Tat umzusetzen. Indem er den japanischen Köder schluckte, vergaß er, zu welchem Zweck er eigentlich in Leyte war; das heißt, falls er das überhaupt jemals begriffen hat.

Halsey hat nie zugegeben, bei Leyte einen Fehler gemacht zu haben außer dem, umgekehrt zu sein, um Kinkaid zu helfen. Das, so erklärte er, sei ein Fehler gewesen, den er im Zorn gemacht habe, und habe auf einem Mißverständnis beruht. Daß Nimitz um zehn Uhr morgens nachfragte: *Wo ist Kampfgruppe 34?* sei doch wohl unfaßlich gewesen, nachdem er doch, darauf beharrte Halsey, jeden unterrichtet hätte, daß der Schlachtschiffverband mit ihm nach Norden laufe. Den abschließenden Satz DAS FRAGT SICH ALLE WELT habe er als vorsätzliche Beleidigung aufgefaßt; erst viel später habe er erfahren, daß es sich dabei um einen Zusatz eines Funkoffiziers gehandelt habe.

Das ist so töricht, daß es einfach schlimm wäre, wenn es stimmte und Halsey aus Trotz so gehandelt hätte. Der prominente amerikanische Seekriegshistoriker Morison treibt die Nachsicht so weit, diese Entschuldigung in seinem Buch über Leyte mit Stillschweigen zu übergehen. Halsey bedauert also das einzig Vernünftige, was er in der Schlacht um Leyte tat, und schiebt die Schuld für diesen vermeintlichen Fehler irgendeinem anonymen jungen Nachrichtenoffizier in die Schuhe!

Halsey war ein Zeitungstiger, den die amerikanische Navy nicht zu verleugnen wagte. In Führungskreisen wurde nach Leyte davon geredet, ihn in Pension zu schicken. Aber er blieb auf seinem Posten und führte die Flotte in zwei Taifune, bei denen Menschen und Material verlorengingen wie bei einer größeren Niederlage. Er wurde zum Fünf-Sterne-Admiral befördert und stand an Nimitz' Seite auf dem Deck der *Missouri*, als die Japaner die Kapitulationsurkunde unterzeichneten. Spruance war zu der Zeit in Manila; er erhielt niemals einen fünften Stern. Gewiß, Hitler behandelte unseren Generalstab sinnlos und ungerecht; hier jedoch müssen sich der amerikanische Kongreß und die Navy denselben Vorwurf gefallen lassen.

Kurita

Bevor er in Schwachsinn verfiel, fanden sich in Kuritas Verhalten bei Leyte ebenso noble wie rührende Elemente. Sein Auftrag hatte etwas Selbstmörderisches. Trotz heftiger Angriffe durch Unterseeboote und Flugzeuge, die seine Streitmacht schwer mitnahmen und zusammenschmelzen ließen, bahnte er sich mutig seinen Weg. Belohnt sah er sich dadurch, daß er den Eingang zur San Bernardino-Straße unbewacht vorfand. Er hätte weiter vorstoßen, in den Golf von Leyte eindringen und MacArthurs Landungsunternehmen zerschlagen müssen. Daß er es nicht tat, war für Japan eine Tragödie; und, wie ich zeigen werde, auch für Deutschland. Kuritas Versagen am Morgen des fünfundzwanzigsten Oktober beruhte einerseits darauf, daß der Belastbarkeit des Menschen durch Anspannung und Schlaflosigkeit Grenzen gesetzt sind, und andererseits auf dem Ausfall der japanischen Funkverbindungen. Schon um die amerikanischen Funkverbindungen war es – zumal wenn man ihren Reichtum und ihre hochverfeinerte Ausrüstung bedenkt – kläglich bestellt; doch was die Japaner sich leisteten, kann man nur als *beklagenswert* bezeichnen. Außerdem litt Kurita unter dem Wegfall jeglicher Unterstützung aus der Luft und jeglicher Luftaufklärung, ähnlich, wie es uns in den Ardennen erging. In einem Ausmaß, das man sich kaum vorstellen kann, kämpfte er praktisch blind.

Er beging drei Hauptfehler, von denen der dritte die Schlacht um den Golf von Leyte entschied. Am momentanen geistigen Versagen eines einzigen Mannes zerschellten die letzten Hoffnungen zweier großer Völker.

Der erste Fehler war sein Befehl »Allgemeiner Angriff«, als er Spragues Geleitschutzträger sichtete. Er hätte zum Gefecht formieren, dann Fahrt aufnehmen und Sprague vernichten müssen. Dann hätte er nach einem stolzen Sieg in den Golf von Leyte einmarschieren können, ohne dabei aus dem Tritt zu kommen. Der Befehl »Allgemeiner Angriff«, ein Rückfall in asiatische Erregbarkeit, bewirkte, daß seine Schiffe wie eine Meute von Jagdhunden losstürmten und jeder sich auf den eigenen Hasen stürzte. In der sich daraus ergebenden Verwirrung gelang es Sprague, zu entkommen.

Der zweite Fehler bestand im Abbruch des Gefechts in dem Augenblick, in dem es seinen desorganisierten Einheiten gelungen war, Sprague zu überholen. Der miserablen Funkverbindungen wegen wußte Kurita nicht, was im Rauch und in den Regenböen weit im Süden geschehen war. Er glaubte, seine Sache gut gemacht, Halseys große Flugzeugmutterschiffe überrascht, sie aus dem Weg zum Golf von Leyte vertrieben und etliche von ihnen versenkt zu haben, wie seine aufgeregten Untergebenen ihm berichteten. Also beschloß er, zum Golf vorzustoßen.

Das Rätsel, vor dem Militärschriftsteller heute fassungslos dastehen, ist Kuritas dritter Fehler: seine Kehrtwendung und sein Abzug, ohne überhaupt in den Golf von Leyte eingedrungen zu sein, obwohl er sich bis zur Einfahrt durchgekämpft hatte und nichts ihn mehr hätte aufhalten können.

Als Kurita später von den Amerikanern verhört wurde, erklärte er, daß er um die Mittagsstunde des 25. Oktober im Golf kaum mehr etwas hätte ausrichten können. Die gelandeten Truppen hätten sich »festgesetzt« gehabt, und was hätte er statt dessen tun können? Ihm wurde ein großer Flugzeugträgerverband rund hundert Meilen weiter im Norden gemeldet (eine Falschmeldung), und er beschloß, dorthin zu laufen und diesen – vielleicht zusammen mit Ozawa – anzugreifen. Die Flucht hätte ihn gleichfalls nordwärts geführt, doch er hat stets bestritten, daß dies seine Absicht war.

Daß Ozawa dreihundert Meilen vom Golf von Leyte entfernt von Halsey angegriffen

663

wurde, hat Kurita mit Sicherheit nie erfahren. *Hätte er einen dahingehenden Funkspruch empfangen, er wäre in den Golf eingelaufen und hätte seinen Auftrag erfüllt.* Die Lösung des Rätsels von Leyte liegt in Kuritas Unwissenheit über den Umstand, daß es gelungen war, Halsey fortzulocken.
Das fatale Versagen der Nachrichtenübermittlung, das – auch hier wieder – stark an Waterloo erinnert, spricht Kurita nicht vom Vorwurf des Schwachsinns frei. Wie Halsey vergaß er, wozu er da war. Halsey ließ sich von seiner Gier nach einem aufsehenerregenden Triumph ablenken, Kurita durch schlechte Information, Übermüdung und den Schwall unverschlüsselter Meldungen des Gegners. Statt ihm den Rücken zu stärken, scheinen Kinkaids Hilferufe ihm Angst vor enormen Verstärkungen gemacht zu haben, von denen er glaubte, sie seien unterwegs.
Doch keine dieser Entschuldigungen reicht als Antwort aus. Zu entscheiden, ob MacArthurs Landungstruppen sich »festgesetzt« hätten oder nicht, war nicht Kuritas Sache. Seine Aufgabe war es, in den Golf einzumarschieren, die Landung zu zerschlagen und, wenn nötig, dabei unterzugehen, wie die Wespe, die sticht und dann stirbt. Das war schließlich der Sinn des Unternehmens *Sho.* Kurita war dem Sieg zum Greifen nahe. Dann ließ er ihn fahren und suchte das Weite. Ein kurzer Funkspruch von Ozawa an Kurita – VERWICKLE FEINDLICHE FLOTTE NORDÖSTLICH LUZON IN KÄMPFE – hätte den Ausgang der Schlacht und des Krieges verändern können.
Denn nicht einmal zwei Wochen später wurden in Amerika Präsidentschaftswahlen abgehalten. Es herrschte eine wachsende Enttäuschung über den alten Heuchler im Weißen Haus und seine pseudo-aristokratische Familie. Außerdem gab es den weitverbreiteten Verdacht, daß er im Sterben läge, was übrigens zutraf. Sein Vorsprung vor seinem republikanischen Gegenspieler war geringfügig. Wäre Roosevelt gestürzt und sein junger republikanischer Rivale Dewey Präsident geworden, hätte die Zukunft vielleicht anders ausgesehen. Vielleicht wäre die amerikanische Antipathie gegen den Bolschewismus rechtzeitig genug zum Durchbruch gekommen, um Europa vor der Beherrschung durch die Sowjets zu retten, die heute unsere Kultur und unsere Politik mit dem Aussatz des Kommunismus angesteckt haben.
Zweifellos hätte ein Rückschlag bei Leyte zu einem Überdenken der amerikanischen Strategie geführt, die Forderung nach »bedingungsloser Kapitulation« eingeschlossen. Mit einem wiedererstarkten Japan im Rücken wären die Russen an der Ostfront stehengeblieben. Deutschland und Japan hätten zwar den Krieg nicht mehr gewinnen können; aber unter einem weniger drakonischen Friedensdiktat hätten beide Völker sich rascher vom Krieg erholt und wären zu einem glaubwürdigeren Gegengewicht gegen den chinesischen und russischen Kommunismus geworden.
Doch nach Lage der Dinge und dank seinem Glück bei Leyte wurde dem sterbenden Roosevelt sein Herzenswunsch erfüllt, kurzfristig jede Konkurrenz zum amerikanischen Kapitalismus auszuschalten. Langfristig hat er vielleicht die

abendländisch-christliche Zivilisation dem Marxisten ausgeliefert. Doch das schien ihm weder in den Sinn gekommen zu sein noch ihn bekümmert zu haben.

»Klar zum Gefecht«

Eine Erwiderung von Vizeadmiral Victor Henry, USN (im Ruhestand)

Da ich nicht das Rüstzeug besitze, mich mit General von Roons sonderbaren geopolitischen Vorstellungen auseinanderzusetzen, werde ich nur einige allgemeine Bemerkungen dazu machen und mich dann der Schlacht als solcher zuwenden.
Es lohnt sich nicht, auf Roons Verunglimpfungen Roosevelts einzugehen, unseres größten Präsidenten seit Lincoln; schließlich stammen sie von einem Mann, der hinter Gittern sitzt, weil er Adolf Hitlers Verbrechen bis zu dem Tage unterstützt hat, an dem dieses Ungeheuer sich eine Kugel in den Kopf jagte.
Was er über die Schocks in den letzten Phasen des Krieges sagt, ist interessant. Die bekannte Tet-Offensive in Vietnam war ein solcher Schock; sie war ein Sichaufbäumen mit letzter Kraft und als Offensive ein kostspieliger Fehlschlag. Aber Präsident Johnson hatte dem amerikanischen Volk versichert, die südvietnamesischen Kommunisten seien erledigt. Für die Öffentlichkeit war die Tet-Offensive ein außerordentlicher Schock; die halbherzige Unterstützung des Krieges verflog, die Agitation für den Frieden setzte sich durch.
Im Zweiten Weltkrieg war das anders. Eine Zerschlagung von MacArthurs Brückenkopf hätte die Friedensbedingungen beeinflussen können, doch von Roon übertreibt die Bedeutung eines solchen Schlages. Die Amerikaner standen hinter diesem Krieg. Wir hätten Japan auch weiterhin mit unseren Unterseebooten die Luft abgedrückt, und die Zermalmung Deutschlands zwischen Eisenhower und den Russen wäre weitergegangen. Ob Präsident Roosevelt die Wahl verloren hätte, ist eine müßige Frage. Niemand kann sie beantworten.
Hinsichtlich gewisser Fakten ist von Roon nicht ganz sicher. Die Durchführung von Spruances Plan, Okinawa zu besetzen, hing von einem ungelösten Nachschubproblem ab: dem Transport schwerer Munition auf dem Seewege. Nach gründlichem Studium entschied sich Nimitz für den Vorstoß auf den Philippinen.
Ich halte von Roons Kritik an Kurita und Halsey für ebenso oberflächlich wie abgedroschen. Das tiefere Begreifen dessen, was bei Leyte passierte, erfordert ein detailliertes Wissen um die Vorgänge, ein Gefühl für die geographischen Gegebenheiten und dafür, was Entfernungen dieser Größenordnung für Flugzeuge und Schiffseinheiten zeitlich und faktisch bedeuteten. Ich war dabei und kann deshalb aufzeigen, wo von Roon offensichtlich falsch urteilt.

Kuritas Fehler

Gehen wir von Roons Kritik an Kuritas Aktionen am 25. Oktober Punkt für Punkt durch:

a. Der Befehl ›Allgemeiner Angriff‹
Von Roon macht sich bei der Verurteilung dieses Befehls Morisons Argumente zu eigen. Trotzdem überlege man einmal. Kuritas Hauptgeschwader war überraschend auf Flugzeugträger gestoßen. Flugzeugträger hatten ihm kurz zuvor schwer zu schaffen gemacht und die *Musashi* versenkt. Flugzeugträger brauchen Zeit, um in den Wind zu drehen und ihre Flugzeuge starten zu lassen. Wenn er sie bedrängte und anfing, sie zu beschießen, bevor sie diese Manöver ausführen konnten, hatte er mit dieser Zufallsbeute die beste Chance. Also feuerte er sofort mit allem, was ihm zur Verfügung stand. Dabei handelte es sich keineswegs um »asiatische Erregbarkeit«, sondern um einen Akt verzweifelter Aggression. Von Roons rassische Diskriminierung, die hier durchschimmert, ist bedauerlich.
Kurita lief in den Wind, um während des Gefechts die Maschinen der Flugzeugträger möglichst am Start und am Landen zu hindern. Er wußte durchaus, was er tat. Tatsächlich hatten seine Verbände Spragues Einheiten eingeholt und einzig und allein die »eindeutige Parteilichkeit des Allmächtigen«, wie Sprague es in seinem Gefechtsbericht ausdrückte, war es, die Taffy Three rettete.

b. Der Abbruch des Gefechts mit Sprague
Das war in der Rückschau ganz offensichtlich ein Fehler. Aber im Augenblick des Geschehens war für Kurita, der weit im Norden an Bord der *Yamato* stand, überhaupt nichts klar. Er hätte auf Südkurs gehen und zwischen den Torpedobahnen hindurchlaufen sollen, statt umgekehrt. Damit wäre er im Bilde geblieben.
Von seinen Kommandanten erhielt er einige höchst unsinnige Meldungen. Die ganze Formosa-Sache wiederholte sich hier. Wenn er auch nur die Hälfte davon geglaubt hätte, dann hätte er den größten Sieg seit Midway errungen. Aber die Angriffe aus der Luft nahmen zu, die Mitte des Tages war bald erreicht, und drei seiner Schweren Kreuzer lagen bewegungsunfähig und brennend im Wasser. Seine Einheiten waren auf einer Fläche von vierzig Quadratmeilen verstreut. Er beschloß, sie heranzurufen und in den Golf einzumarschieren. Angesichts der Tatsache, daß er über die Vorgänge nicht richtig informiert war, war diese Entscheidung durchaus richtig.

c. Das Abdrehen vor dem Golf von Leyte
Durch nichts zu rechtfertigen. Trotzdem – ›Schwachsinn‹ ist kaum ein fachgerechter Ausdruck. Was von Roon nicht sieht, sind die entlastenden Faktoren.
Kurita brauchte drei Stunden, um seine Flotte wieder zu sammeln. Luftangriffe

verlangsamten diesen Prozeß, und die über ihn dahinbrausenden Maschinen und die detonierenden Bomben müssen ihn verrückt gemacht haben. Als er soweit war, daß er in den Golf hätte einlaufen können, ging es auf ein Uhr zu. Von Überraschung konnte keine Rede mehr sein. Er mutmaßte – durchaus zutreffend –, daß Halsey, wo immer er auch sein mochte, schnell näherkam. Ozawa hüllte sich in Schweigen; die japanische Südflotte hatte es offensichtlich nie geschafft, in den Golf einzudringen. Für Kurita war der Golf zu einer Todesfalle geworden, zu einem Hornissennest von Army- und Navy-Flugzeugen, in dem seine gesamte Streitmacht im Laufe der noch verbleibenden Stunden bei Tageslicht versenkt werden konnte, ohne MacArthur auch nur im geringsten zu stören.

Zugegeben, er hatte eine enorme Angst. Wir alle glauben, daß wir an seiner Stelle in den Golf von Leyte einmarschiert wären. Doch wenn wir uns selbst gegenüber ehrlich sind, können wir das, was Kurita tat, zwar nicht bewundern, aber verstehen. Die tatsächliche Lösung des Problems vom Golf von Leyte liegt darin, daß Ziggy Sprague, ein tüchtiger Amerikaner, an den sich nur wenige erinnern, das Unternehmen *Sho* vereitelte und damit Halseys Ruf und MacArthurs Brückenkopf rettete. Sechs entscheidende Stunden lang hielt er Kurita auf; zweieinhalb Stunden lang laufend und kämpfend, dreieinhalb Stunden durch das Sammeln. Nach Mittag noch in den Golf einzulaufen, war eine höchst fragwürdige Sache.

Kurita verlor die Schlacht von Leyte nicht einer Fehlentscheidung oder einer Meldung wegen, die ihn nicht erreichte. Vielmehr gewann die US-Navy sie dank einiger vorzüglicher Einsätze. Die Schlacht um Leyte lief darauf hinaus, daß die japanische Kriegsflotte zerschlagen wurde und nie mehr zum Einsatz gelangte. Mögen wir noch so viele Fehler gemacht haben – Leyte war ein ehrenhafter und kein ›jämmerlicher‹ Sieg, ein Sieg, den wir hart erkämpft haben. Zwar besaßen wir in der Surigao-Straße und im Norden Überlegenheit, nicht jedoch vorm Golf, wo sie am nötigsten gewesen wäre.

Die Vision von Spragues drei Zerstörern – der *Johnston*, der *Hoel* und der *Heermann* –, die aus dem Rauchvorhang und dem Regen geradewegs auf die Hauptbatterien von Kuritas Schlachtschiffen und Kreuzern zuliefen, ist ein Sinnbild für die amerikanische Kampfesweise in Fällen, in denen wir nicht überlegen sind. Unsere Schulkinder sollten von diesem Geschehen erfahren, und unsere Feinde sollten darüber nachdenken.

Halseys Fehler

Nie in meinem Leben habe ich eine größere Wut auf jemanden gehabt, als auf Halsey während der Schlacht um Leyte. Bis auf den heutigen Tag weiß ich, wie verzweifelt ich war. Noch heute macht es mich krank, wenn ich darüber nachdenke, daß wir die Chance verpaßten, die große Schlacht vor der San Bernardino-Straße zu schlagen.

Ich bin auch nicht bereit, dafür einzutreten, daß er den Ozawa-Köder schluckte und es verabsäumte, zumindest einen Teilverband vor der San Bernardino-Straße zurückzulassen, um Kurita gebührend zu empfangen. Das waren Schnitzer. Die Kritik, die von Roon dem in Halseys Buch veröffentlichten Alibi angedeihen läßt, ist gerecht. Sein übertriebener Kampfeseifer, sein Mangel an kühler Überlegung – die ich schon bei ihm beobachtete, als ich als Fähnrich auf einem von ihm befehligten Zerstörer Dienst tat – waren sein Verderben. Hätte er weiterhin vor der Einfahrt zur San Bernardino-Straße auf der Lauer gelegen und Mitscher hinter Ozawa hergeschickt, hätte er auch nur Lee und den Schlachtschiffverband als Wache zurückgelassen – , er hätte beide japanischen Verbände entscheidend schlagen können. Dann würde William Halsey heute zusammen mit John Paul Jones in einem Atem genannt werden. Doch wie die Dinge lagen, gelang es beiden Verbänden zumindest zum Teil zu entkommen, und sein Name bleibt überschattet. Trotzdem behaupte ich, daß Armin von Roon die Wahrheit über Admiral Halsey um eine Seemeile verfehlt.

Seine Sorge über ›Pendel–Angriffe‹ war keineswegs eine nachträglich vorgebrachte schwache Entschuldigung. Der 25. Oktober war noch keine zwei Stunden alt, da bombten Maschinen aus Luzon die *Princeton* manövrierunfähig. Halsey machte sich mit Recht Sorgen über weitere solche Angriffe. Daß er dieser Sorge zuviel Bedeutung beimaß, ist etwas anderes.

In Tolstois *Krieg und Frieden,* das alle Militärs gelesen haben (oder gelesen haben sollten), stehen ein paar recht fragwürdige historische und militärische Theorien; unter anderem die Bemerkung, daß strategische und taktische Pläne in einem Krieg im Grunde überhaupt keine Rolle spielen. Es gebe unendlich viele Möglichkeiten, es herrsche Verwirrung, und vor allem walte der Zufall. So Tolstoi. Die meisten von uns haben dieses Gefühl irgendwann einmal im Kampfe gehabt. Dennoch – es stimmt nicht. Die Schlachten von Grant und Spruance – um amerikanische Beispiele heranzuziehen – zeitigten aufgrund solider Planung solide Ergebnisse. Gleichwohl weist der Autor auf etwas sehr Überzeugendes hin: daß der Sieg vom Mut und der Beherztheit des einzelnen abhängt, von dem Mann auf dem Schlachtfeld, der die Fahne ergreift, »Hurra« schreit und vorwärtsstürmt, obwohl der Ausgang ungewiß ist. Das ist eine Wahrheit, die wir gleichfalls alle kennen.

Dieser Mann hieß im Pazifik-Krieg William F. Halsey.

Nach seinem Versagen bei Leyte dachte man in der Tat daran, ihn in den Ruhestand zu versetzen. Diejenigen, die damals das Sagen hatten, kamen zu dem Schluß, er sei ein »wichtiger nationaler Faktor«, auf den man nicht verzichten könne. Sie hatten recht. Außer den höchsten Berufsoffizieren wußte damals kein Mensch, wer Spruance war. Auch Nimitz oder King waren kaum bekannt. Doch selbst der letzte Reservist kannte »Bull« Halsey und hatte das Gefühl, unter ihm sicher und geborgen zu sein. In den schwarzen Tagen von Guadalcanal gab er unseren entmutigten Truppen durch sein »Hurra« den Glauben an sich selbst zurück, so daß sie sich noch einmal aufrafften, um diese mörderische Schlacht zu gewinnen.

Am Nachmittag des 25. Oktober rief Halsey mich über Sprechfunk an. Ich befehligte von der *Iowa* aus den Schlachtschiffverband Sieben; er war an Bord der *New Jersey*. Mit dem größten Teil der Flotte waren wir dabei, Kinkaid zu Hilfe zu eilen. Mit der Beherztheit und Gutmütigkeit des Mittelstürmers einer Mannschaft, die in Schwierigkeiten war, fragte er mich – wohlgemerkt: es war kein Befehl –, was ich davon hielte, mit Schlachtschiffverband Sieben in Höchstgeschwindikeit dem Rest der Flotte vorauszueilen und es mit dem Gros der Japaner aufzunehmen. Ich stimmte ihm zu. Er übertrug mir das taktische Kommando, und wir gingen mit achtundzwanzig Knoten auf Südkurs.

Wir verfehlten Kurita. Dank seiner Entscheidung, nicht in den Golf von Leyte vorzustoßen, war es ihm wenige Stunden zuvor gelungen, durch die San Bernardino-Straße zu entkommen. Wir erwischten gegen zwei Uhr morgens einen hinterherhinkenden Zerstörer, und unsere Geleitschiffe versenkten ihn. Wie Halsey in seinem Buch beschreibt, war das das einzige Gefecht, das er in seinen dreiundvierzig Jahren auf See erlebte.

So wütend ich über Halsey war, ich verzieh ihm an dem Tag, als wir über Sprechfunk miteinander redeten. Mit zwei Schlachtschiffen einem Nachtgefecht mit Kurita entgegenzubrausen, war tollkühn und vielleicht ebenso unüberlegt wie die Verfolgung Ozawas. Trotzdem mußte ich in das »Hurra« einstimmen, das er als erster ausgebracht hatte. Spruance wäre vielleicht nicht so draufgängerisch losgepreßt; nur wäre er im Verlauf einer großen Schlacht auch nicht mit sechs Schlachtschiffen dreihundert Meilen nach Norden und dann wieder dreihundert Meilen nach Süden gelaufen, ohne auch nur einen einzigen Schuß abzufeuern. Das war Halsey, mit seinen guten wie mit seinen schlechten Seiten. Ich führte zusammen mit Halsey im Golf von Leyte den Befehl ›Gefechtsordnung einnehmen!‹ aus und machte mich auf, trotz widriger Umstände den Feind durch die Tropennacht zu verfolgen. Nichts ist dabei herausgekommen, und vielleicht bin ich ein Narr – aber dieses Abschiedshurra meiner Laufbahn bleibt mir immer in guter Erinnerung.

»Gefechtsordnung einnehmen!«

Diesen Befehl wird man nie wieder auf Erden hören. Die Tage der Seeschlachten sind vorüber. Dieses klassische militärische Konzept ist von der technischen Entwicklung überholt worden. Einem alten Soldaten ist es vielleicht gestattet, zum Schluß noch ein paar phantastische Gedanken über das zu äußern, was wir bei der Schlacht von Leyte gelernt haben.

Leyte ist in unserem Zeitalter der Wissenschaft und Technik ein Mahnmal für den Irrsinn des Krieges. Krieg war von jeher ein Blindekuhspiel, in dem mit

Menschenleben und den Ressourcen der Völker Schindluder getrieben wurde. Aber die Zeit der Kriege ist vorbei. Wie die Menschheit der Menschenopfer, Sklaverei und den Wahnsinn des Duellierens überwunden hat, muß sie auch den Krieg überwinden. Die Mittel lassen heutzutage die Folgen verblassen, die Vernichtungsmaschinerie wurde zu einem sinnlosen, allerletzten Mittel der Politik. Das war schon bei Leyte der Fall. Es war in der Tat ›Schwachsinn‹, diese gewaltigen Kriegsflotten aufeinander loszulassen, die fast mehr Arbeitskraft und mehr Geld verschlungen hatten, als man sich vorstellen kann, und die das Schicksal ganzer Völker in die Hände einer Reihe aufgeregter, schlecht informierter, ermüdeter alter Männer legten, die unter entsetzlichem Druck handeln mußten. Es war eine Dummheit, über die man lachen könnte, wenn es nicht so tragisch wäre. Doch selbst wenn man das alles zugibt – *gab es denn eine andere Möglichkeit, als bei Leyte zu kämpfen?* Das war doch die Zwickmühle, in der wir damals ebenso saßen wie heute.

Vor vierzig Jahren, als unsere Pazifisten auf den längst überholten Wahnsinn des industrialisierten Krieges hinwiesen, waren Hitler und die japanischen Militaristen dabei, sich bis an die Zähne mit den grauenhaftesten Waffen zu rüsten, die Wissenschaft und Industrie ihnen geben konnten, um die Welt auszuplündern. Die englischsprechenden Völker und die Russen führten einen gerechten Krieg, um diesem Verbrechen ein Ende zu setzen. Das gelang zwar – aber der Preis war schrecklich. Wie würde die Welt aussehen, hätten wir abgerüstet, Nazi-Deutschland sich durchgesetzt und die Weltherrschaft an sich gerissen?

Und obwohl jedem vernünftigen Menschen übel wird vor unausgesprochener Angst vor den Kernwaffen, führen die marxistischen Selbstherrscher im Kreml, die jenes große, tapfere und unglückliche Volk beherrschen, das unser Waffengefährte war, ihre Außenpolitik, als hätte bei ihnen Katharina die Große noch das Sagen; nur tarnen sie ihre Habgier heute mit der Formel vom »Kampf gegen den Kapitalismus«.

Ich weiß keine Antwort auf diese Frage, und ich werde es auch nicht mehr erleben, daß sie beantwortet wird. Ich ehre die jungen Männer unserer Streitkräfte, die Waffen von ungeheurer Zerstörungskraft beherrschen müssen in einem Beruf, der von ihren Landsleuten ebenso verachtet wie gefürchtet wird. Ich ehre sie aus tiefster Seele; sie haben mein Mitgefühl. Das Opfer, das sie bringen, übersteigt alles, was wir geopfert haben. Wir konnten damals noch an die große Stunde der ›Gefechtsordnung‹ glauben und auf sie hoffen. Unser Volk sah zu uns auf. Stolz erfüllte uns. Damit ist es vorbei. Heute verabscheut die Welt den Gedanken an den industrialisierten Krieg, nachdem sie zweimal reichlich davon gekostet hat. Und dennoch – wenn kriegslüsterne Narren oder Bösewichter darin eine mögliche Alternative sehen, was bleibt freien Männern dann anderes übrig, als ihnen mit dem entgegenzutreten, was den Japanern am Golf von Leyte und Adolf Hitler im Jahre 1940 am Himmel über England begegnete: Kampfkraft und die Bereitschaft zu Opfer und Einsatz?

Wenn es noch eine Hoffnung gibt, dann liegt sie darin, daß die meisten Menschen, selbst die fanatischsten und engstirnigsten Marxisten, selbst die verrücktesten Nationalisten und Revolutionäre, im Grunde ihres Herzens ihre Kinder lieben und nicht wollen, daß sie verbrennen. Kein Politiker kann so schwachsinnig sein, es auf ein nukleares Leyte ankommen zu lassen. Auf dieser furchtbaren und bitteren Voraussetzung scheint unsere Zukunft zu beruhen. Entweder ist der Krieg zu Ende, oder wir sind es.

49

Ein dienstbeflissener Jude von der Transport-Abteilung drängt sich durch die Menge und packt Aaron Jastrow, der mit Natalie gerade dabei ist, über die hölzerne Rampe in den Zug zu steigen, am Ärmel.
»Dr. Jastrow, Sie fahren vorn im Personenabteil.«
»Ich würde lieber bei meiner Nichte bleiben.«
»Streiten Sie jetzt nicht, oder es wird nur schlimmer für Sie. Gehen Sie, wohin man Ihnen sagt, und zwar schnell.«
Überall am Gleis entlang stehen SS-Männer, fluchen, drohen und dreschen mit kräftigen Knüppeln auf die Juden ein. Diese hasten in Panik die Rampen hinauf, drängen sich in die Viehwaggons, schleppen Koffer, Bündel, Säcke, wimmernde Kinder hinter sich her. Natalie kann gerade noch einen Kuß auf Aarons bärtige Wange drücken. Auf jiddisch – Natalie versteht es kaum bei dem Geschrei der Deutschen – sagt er: »*Zye mutig.*« Dann werden sie von der Menge der Nachdrängenden getrennt.
Als die Menschenwoge sie ins Innere des düsteren Viehwaggons hineinschwemmt, läßt der Kuhstallgeruch flüchtige Kindheitserinnerungen an Ferien auf dem Lande in ihr wach werden. Mit verzweifeltem Zetern, Schieben und Zerren wird um Plätze an den Seitenwänden gekämpft. Natalie bahnt sich ihren Weg wie in der U-Bahn bei Büroschluß zu einer Ecke unter einem vergitterten Fenster, in der zwei Wienerinnen, mit denen sie in der Glimmerfabrik zusammengearbeitet hat, bereits mit ihren Ehemännern, Kindern und Gepäckstücken Platz gefunden haben. Sie nehmen die Beine ein wenig beiseite und machen ihr auf diese Weise Platz. Dieser Platz wird für die nächsten drei Tage ihr gehören, als hätte sie für diese dungüberzogene Stelle auf den dicken Bohlen des Bodens, durch deren Ritzen der Wind pfeift und das Rollen der Räder dröhnt, eine Fahrkarte gelöst. Der Zug donnert dahin, klagende und jammernde Leute bedrängen sie von allen Seiten.
Im Regen fahren sie ab, und im Regen geht die Reise weiter. Obwohl es fast schon November ist, bleibt das Wetter mild. Wenn Natalie aufsteht, weil sie an der Reihe ist, am hochgelegenen, vergitterten Fenster zu sitzen und frische Luft zu atmen, sieht sie Bäume im Herbstkleid und obstpflückende Bauern. Die

Augenblicke am Fenster sind köstlich; sie vergehen nur allzu schnell – dann muß sie sich wieder zurückfallen lassen in den Gestank, der im Wagen herrscht. Der Stalldunst und der Geruch ungewaschener, dicht gedrängt dasitzender Menschen in feuchten alten Kleidern wird bald überlagert vom Gestank defekter Toiletten. Die Männer, Frauen und Kinder im Wagen – hundert, vielleicht noch mehr – müssen ihre Notdurft in zwei überquellende Eimer an jedem Ende des Viehwaggons verrichten, zu denen man sich durch die Menge durchkämpfen muß, und die nur geleert werden, wenn der Zug hält und ein SS-Mann daran denkt, die Schiebetür einen Spaltbreit aufzumachen. Natalie muß das Gesicht von dem nur wenige Schritte entfernt stehenden Eimer abwenden – weniger, um dem Gestank und den Geräuschen zu entgehen (das war hoffnungslos), sondern um denen, die jämmerlich dort hocken, das Gefühl zu geben, daß ihnen niemand zusieht.

Dieser Zusammenbruch primitivsten menschlichen Anstands – mehr noch als Hunger, Durst, Überfüllung, Mangel an Schlaf, das erbärmliche Jammern der Kinder, die immer wieder ausbrechenden Streitereien, ja, mehr noch als die Angst vor dem, was sie erwartet –, dieses Fortfallen aller Sittsamkeit beherrscht den Beginn dieser Fahrt; der Gestank und die Demütigung, nicht einmal bei der Verrichtung der Notdurft allein zu sein. Schwache, kranke, alte Leute, die es einfach nicht mehr schaffen, sich durch das Gedränge bis zu den Eimern vorzuarbeiten, leeren Darm und Blase, wo sie sitzen, so daß allen, die in ihrer Nähe sitzen, übel wird.

Dennoch gibt es auch Beherzte und Mutige. Eine kräftige, grauhaarige tschechische Krankenschwester drängt sich mit einem Eimer Wasser, den die SS alle paar Stunden neu füllt, durch die Menge und teilt an Kranke und Kinder Bechervoll zu trinken aus. Sie stellt andere Frauen an, den Kranken zu helfen und die Unglücklichen zu säubern, die in ihrem eigenen Kot hocken. Ein vierschrötiger, blondbärtiger polnischer Jude mit einer Soldatenmütze auf dem Kopf schwingt sich zum Wagenanführer auf. Er spannt Wolldecken auf, um die Eimer abzuteilen, schlichtet die schlimmsten Streitereien und setzt Leute zur Verteilung der Essensreste ein, die von der SS in den Wagen geworfen werden. Hier und da klingt in dem unheilvollen Gedränge säuerliches Lachen auf, besonders nachdem Essen ausgeteilt worden ist; und wenn sich alles wieder beruhigt hat, stimmt der Wagenanführer sogar ein paar traurige Lieder an. Gerüchte darüber, wohin ihre Fahrt geht und was sie bei ihrer Ankunft erwartet, machen immer wieder die Runde im Wagen. Gesagt hat man ihnen, ihr Ziel sei ein »Arbeitslager außerhalb von Dresden«, aber die tschechischen Juden behaupten, die Namen der Bahnhöfe, durch die sie führen, deuteten darauf hin, daß es nach Polen gehe. So oft sie durch einen Bahnhof fahren, wird laut der Name gerufen, und abermals werden Spekulationen angestellt. Der Name Oswiecim wird kaum genannt. Ganz Osteuropa liegt vor ihnen. Alle paar Kilometer rattern sie über Weichen hinweg; außer Dresden gibt es noch so viele andere Möglichkeiten. Warum muß es unbedingt Oswiecim sein? Die meisten Theresienstädter Juden haben von Oswiecim gehört. Sie haben Postkarten von Angehörigen erhalten, die früher dort gelandet sind, wenn es auch lange her ist, daß noch Postkarten kamen. Der Name ruft dunklen Schrecken wach, gespickt mit halblaut geflüsterten Einzelheiten, die viel zu grauenhaft sind, als daß man sie glauben könnte. Nein, nichts spricht für die Annahme, daß sie nach Oswiecim fahren; nichts spricht dafür, daß die Verhältnisse dort den schreckenerregenden Geschichten entsprechen, die sie gehört haben.

So sieht die Geisteshaltung aus, die Natalie in diesem Viehwaggon erkennen kann. Sie weiß es besser. Sie kann nicht vergessen, was sie von Berel Jastrow erfahren hat. Auch liegt ihr nichts an Selbstbeschwichtigung. Sie hat viel Zeit zum Nachdenken, während sie Stunden um Stunden über dem zugigen Spalt des Bretterbodens hockt, tagelang, nächtelang, hungernd, durstig, krank von dem Gestank, zähneklappernd beim Rattern des Zuges.

Die jähe Trennung von ihrem Onkel hat Klarheit in ihr Denken gebracht und ihre Entschlossenheit gefestigt. Sie ist jetzt auf sich selbst gestellt, inmitten der namenlosen Menge, die hier nach Osten gekarrt wird. Die SS-Männer, die die Juden in diese Viehwaggons getrieben haben, haben sich nicht mit Namenslisten aufgehalten, sie haben nur die Häupter derer gezählt, die mitkamen. Aaron Jastrow ist immer noch etwas Besonderes, er hat einen Namen, ist ein Ältester und ein Prominenter, und er sitzt vorn im Personenwagen. Sie dagegen ist namenlos, ein Niemand. Er wird vermutlich als Schreiber überleben, einerlei, wohin es geht, bis die Alliierten die zersplitternden deutschen Armeen durchbrechen. Möglich auch, daß er sie dort wiederfindet und sie abermals beschützt; doch ihr sechster Sinn sagt ihr, daß sie Aaron zum letzten Mal gesehen hat.

Zu glauben, daß man bald sterben wird, ist schwer. Krebskranke im Krankenhaus, in deren Körper sich überall Metastasen gebildet haben, Verbrecher auf dem Weg zum elektrischen Stuhl oder zum Galgen, Matrosen auf einem Schiff, das im Sturm untergeht, sie alle klammern sich an die Hoffnung, daß alles ein Fehler sei, daß von irgendwoher das erlösende Wort kommen müsse, das den erdrückenden Alptraum beendet – warum dann nicht auch Natalie Henry auf ihrer Fahrt durch Osteuropa, die schließlich jung und gesund ist? Sie hat ihre heimliche Hoffnung wie jeder sorgenbedrückte Jude in all den vielen Viehwagen.

Sie ist Amerikanerin. Darin unterscheidet sie sich von allen anderen. Aufgrund verrückter Umstände und ihrer eigenen Dummheit sitzt sie jetzt in diesem Zug, der seine Fahrt in der zweiten Nacht verlangsamt und schnaufend die Berge hinaufklettert, sich durch waldige Täler schlängelt und durch felsige Schluchten, durch mondlichterhellten, stiebenden Schnee, der von den Rädern hochwirbelt und vom Wind davongetragen wird. Während sie frierend in die hübsche Landschaft hinausblickt, muß Natalie an die Weihnachtsferien im zweiten College-Jahr denken, die sie in Colorado verbracht hat; auch dort der mondhelle Schnee, hochgewirbelt vom Zug, der die Rocky Mountains nach Denver emporkroch. Sie klammert sich an amerikanische Erinnerungen. Es kann der Augenblick kommen, in dem Leben oder Sterben von der Fähigkeit abhängt, einem Deutschen ins Gesicht zu blicken und ihn mit den Worten stutzig zu machen: »Ich bin Amerikanerin.«

Denn wenn man ihr eine Chance dazu gibt, kann sie das beweisen. So verwunderlich es ist, sie hat immer noch ihren Paß. Arg mitgenommen, voller Flecken und mit einem Stempel *Ghettoisiert* versehen, steckt er in der Brusttasche ihres grauen Kostüms, genau unter dem gelben Stern. In ihrer Achtung vor offiziellen Dokumenten haben die Deutschen ihn ihr nicht abgenommen oder vernichtet. In Baden-Baden hatten sie ihn zwar wochenlang einbehalten, ihn dann jedoch zurückgegeben, als sie nach Paris fuhr. Bei der Ankunft in Theresienstadt hatte sie ihn abgeben müssen, doch nach vielen Monaten fand sie ihn eines Tages in ihrem Bett, zusammen mit Byrons Bild, das sie drinnen mit einer Büroklammer angeheftet hatte. Vielleicht haben die Leute vom deutschen Geheimdienst ihn benutzt, um Papiere für Spione zu fälschen; vielleicht hatte er auch bloß im Schreibtisch eines SS-Mannes herumgelegen. Auf jeden Fall hat sie ihn noch. Sie weiß, daß er sie nicht schützen wird. Internationales Recht gibt es für sie ebensowenig wie für jeden anderen, der in diesem Zug mitfährt. Trotzdem stellt er in der Menge dieser Unglücklichen ein einzigartiges Dokument dar; und einem deutschen Auge sollte das Bild eines Mannes in der Uniform der US-Navy etwas bedeuten.

Natalie stellt sich Oswiecim als ein schlimmeres Theresienstadt vor, größer, brutaler, mit Gaskammern anstelle der Kleinen Festung. Auch dort wird es Arbeit geben. Die Baracken mögen so schlecht sein wie dieser Viehwaggon oder noch schlimmer, die Schwachen, die Alten und diejenigen, die keine Handarbeit zu leisten imstande sind, mögen sterben, aber der Rest wird zur Arbeit eingesetzt werden. Sie hat vor, möglichst vorteilhaft auszusehen, ihren Paß zu zeigen, von ihrer Arbeit in der Glimmerfabrik zu berichten, ihre Sprachkenntnisse anzubieten, zu flirten, sich notfalls zu prostituieren, auf jeden Fall solange weiterzuleben, bis die Befreiung kommt. All das, wenn es auch nicht in allem der Wirklichkeit entspricht, ist nicht ganz und gar illusorisch. Ihre letzte Hoffnung jedoch ist ein Hirngespinst: daß irgendein weitblickender SS-Offizier sie unter seine Fittiche nimmt, um sich nach der deutschen Niederlage auf ihre Zeugenschaft zu stützen. Sie begreift einfach nicht, daß die meisten Deutschen immer noch nicht glauben, daß sie den Krieg verlieren werden. Der Glaube an Adolf Hitler preßt diesem wahnsinnig gewordenen Volk immer neue Kräfte ab.

Ihre Vorstellung vom Kriegsverlauf entspricht den Tatsachen. Hochgestellte Deutsche wissen, daß ihr Spiel fast zu Ende ist. Wie Maden strecken sich kleine Friedensfühler aus dem sterbenden Nazi-Leviathan. Der Reichsführer-SS Himmler ist nahe daran, die Gaskammern außer Betrieb zu setzen. Er verwischt seine Spuren, legt sich ein Alibi zurecht. Natalie sitzt im letzten Zug, der Juden nach Oswiecim bringt; bürokratische Verzögerungen beim Umlegen des politischen Ruders sind schuld daran, daß er überhaupt noch rollt. Doch für die SS-Männer, die an der Rampe von Birkenau auf ihn warten, wo die Krematorien pausenlos qualmen und die Sonderkommandos an der Arbeit sind, ist es nur ein Routinevorgang. Niemand denkt daran, eine amerikanische Jüdin in seinen Schutz zu nehmen, damit sie ihn nach der Niederlage beschützt. Natalies Paß mag in Gedanken ein Trost für sie sein, aber in Wirklichkeit ist er nur ein Stück Papier.

Die Verhältnisse im Waggon verschlechtern sich zusehends. Am zweiten Tag sterben die ersten Kranken, wo sie liegen, stehen oder sitzen. Kurz nach Morgengrauen des dritten Tages fällt ein fieberndes kleines Mädchen ganz nahe bei Natalie in Krämpfe, es zuckt, schlägt mit den Händchen um sich, erschlafft dann und wird ganz still. Für Leichen ist kein Platz vorgesehen; und so hält die stöhnende Mutter das tote Mädchen an sich gedrückt, als lebte es noch. Das Gesicht des Kindes ist blau angelaufen, die Augen geschlossen und eingesunken, das Kinn hängt locker herunter. Eine Stunde später tropft einer alten Frau, deren Füße Natalie berühren, Blut aus dem Mund; sie stößt röchelnde Laute aus und rutscht an der Wand herunter, an die sie sich gelehnt hatte. Die tschechische Krankenschwester, die sich unermüdlich durch den Waggon schiebt, kann sie auch nicht mehr zum Leben erwecken. Den Platz an der Wand bekommt ein anderer.

Die alte Frau liegt unter ihrem eigenen kurzen Mantel – ein kümmerliches Häuflein. Ein faltiges, wollbestrumpftes Bein mit einem grünen Strumpfband schaut hervor, bis Natalie es unter den Mantel stopft; sie versucht, ihr Entsetzen zu unterdrücken, indem sie sich innerlich wappnet und eiskalt an andere Dinge denkt. Das ist gar nicht so einfach. Der Geruch des Todes überlagert den Gestank der Exkremente und macht sich immer stärker

bemerkbar, während der Zug ratternd und schwankend nach Osten rollt. Weiter unten im Waggon, wo die SS-Leute die Kranken aus Theresienstadt hineingepropft haben, liegen vielleicht schon fünfzehn Tote. Die Deportierten hocken apathisch da, dösen vor sich hin oder starren in den erstickenden Pesthauch hinein.
Ein Halt.
Rohe Stimmen draußen. Glocken werden geläutet. Ruckend bewegt sich der Zug zurück, dann wieder vorwärts; eine andere Lokomotive wird vorgekoppelt. Der Zug hält. Die Tür gleitet auf, man erlaubt ihnen, die stinkenden Eimer zu leeren. Sonnenschein und frische Luft strömen herein wie ein Schwall Musik. Die tschechische Krankenschwester erhält ihren Wassereimer wieder gefüllt. Der Waggonanführer spricht den SS-Mann, der Wasser bringt, wegen der Leichen an, und der ruft: »Na, die haben noch Glück!« Damit schiebt er die Tür wieder zu und legt den knarrenden Riegel vor.
Als der Zug sich wieder in Bewegung setzt, tragen die Bahnhöfe, durch die sie fahren, polnische Namen. Erst jetzt wird der Name Oswiecim im Waggon laut ausgesprochen. Ein polnisches Ehepaar in der Nähe von Natalie erklärt, sie führen geradewegs nach Oswiecim. Es ist, als wäre Oswiecim ein gigantischer Magnet, der den Zug anzieht. Manchmal hatte es so ausgesehen, als ginge es anderswohin; doch immer wieder wendet das Gleis sich in die Richtung, die nach Oswiecim führt – nach Auschwitz, wie die Wienerinnen es nennen.
Natalie sitzt jetzt seit zweiundsiebzig Stunden auf. Der Ellbogen, auf den sie sich stützt, ist wundgescheuert und befleckt ihr Kostüm mit Blut. Der Hunger ist geschwunden. Der Durst peinigt sie derart, daß sie an nichts anderes denken kann. Seit der Abfahrt aus Theresienstadt hat sie nur zwei Becher Wasser bekommen. Ihr Mund ist ausgetrocknet, als hätte sie Staub gegessen. Die tschechische Krankenschwester gibt das Wasser nur denen, die es noch nötiger brauchen als sie: den Kindern, den Kranken, den Alten, den Sterbenden. Natalie denkt unablässig an amerikanische Getränke: an Ice-Cream-Sodas in Drugstores, an Coca-Cola bei Highschool-Tanzereien, an kaltes Bier bei Studentenausflügen, an Wasser aus dem Wasserhahn in der Küche, aus Wasserkühlern in Büros, aus einem eisigen braunen Bergsee in den Adirondacks, in dem sie Forellen schwimmen sah, unter einer kalten Dusche nach dem Tennis, das sie mit den Händen auffing und trank. Aber sie darf sich diese Bilder nicht vorgaukeln. Sie treiben sie zum Wahnsinn.
Ein Halt.
Als sie hinaussieht, erblickt sie Ackerland, Wälder, ein Dorf, eine Holzkirche. SS-Männer in feldgrauen Uniformen gehen draußen auf und ab, strecken die Beine, rauchen, wie sie riechen kann, Zigarren und unterhalten sich auf

deutsch. Aus einem Bauernhaus in der Nähe kommt ein bärtiger Mann in Stiefeln und verschmutzter Kleidung; er trägt einen schweren Sack auf dem Rücken. Er reißt seine Mütze vom Kopf, als er einen SS-Offizier anspricht, der grinst und verächtlich zum Zug hinüberzeigt. Gleich darauf gleitet die Tür auf, der Sack fliegt herein, und dann rollt die Tür wieder zu.
»*Äpfel! Äpfel!*« Das freudige, ungläubige Wort hallt im Viehwagen wider. Wer mag dieser Wohltäter mit dem mitfühlenden Herzen gewesen sein, dieser verdreckte, bärtige Mann, der wußte, daß Juden in diesem schweigenden Zug waren, und der Mitleid mit ihnen hatte? Niemand kann das sagen. Die Juden stehen auf, ihre Augen leuchten auf in ihren ausgemergelten, leidenden Gesichtern. Männer bewegen sich, drücken Früchte in zupackende Hände. Der Zug setzt sich wieder in Bewegung, mit einem Ruck, der Natalie fast von den Füßen reißt. Sie muß sich an dem Mann festhalten, der ihr die Äpfel bringt. Er funkelt sie an, dann lacht er. Er war der Vorarbeiter beim Bau des Kinderpavillons. »Immer mit der Ruhe, Natalie!« Er greift in den Sack und reicht ihr eine große, grünliche Frucht.
Der erste Spritzer Apfelsaft in Natalies Mund bewirkt, daß ihre Speicheldrüsen wieder anfangen zu arbeiten; es kühlt, wird süß, macht, daß das Leben wieder in ihr aufzuckt. Sie ißt den Apfel, so langsam sie irgend kann. Rings um sie kauen die Menschen knirschend Äpfel. Ein Ernteduft, der Geruch von Äpfeln, stiehlt sich durch die verpestete Luft. Natalie kaut den Apfel herunter, einen köstlichen Bissen nach dem anderen. Sie ißt auch das Kerngehäuse, sie zerkaut den bitteren Stiel. Sie leckt das bißchen süße Feuchtigkeit von Händen und Fingern. Dann wird sie müde, als hätte sie eine ganze Mahlzeit gegessen und Wein getrunken. Im Schneidersitz dahockend, den Kopf in die Hand gestützt, den wunden Ellbogen auf dem Boden, schläft sie.
Als sie erwacht, ist das Fenster ein mondblaues, vergittertes Rechteck. Es ist wärmer geworden, seit sie aus den Bergen herausgekommen sind. Erschöpfte Juden sitzen in dem übelriechenden Waggon in sich zusammengesunken oder gegeneinandergelehnt schlafend da. Natalies Glieder sind so steif, daß sie sich kaum bewegen kann. Sie stemmt sich zum Fenster hoch, um frische Luft zu bekommen. Sie fahren durch morastiges Gelände, das hier und da von Büschen bewachsen ist. Das Mondlicht blinkt auf kleinen Wassertümpeln im Sumpf, wo Reet und Teichkolben wachsen. Der Zug passiert einen hohen Stacheldrahtzaun, der an Betonpfählen aufgespannt ist, so weit der Mond scheint; dazwischen stehen schattenhaft Wachtürme. Einer dieser Türme ist so nahe, daß Natalie unter dem ausgeschalteten Suchscheinwerfer zwei Wächter mit Maschinenpistolen erkennt.
Hinter dem Zaun weiteres Ödland. Weiter voraus nimmt Natalie einen

gelblichen Schimmer wahr. Der Zug verlangsamt die Fahrt; das Rattern der Räder ist nicht mehr ganz so laut, und das Klicken kommt in größeren Abständen. Sie strengt die Augen an und erkennt in der Ferne Reihen langgestreckter Baracken. Unversehens geht der Zug in eine scharfe Kurve. Einige der Juden wachen vom Kreischen der Räder und vom Ächzen des schwankenden Wagens auf. Solange der Zug in der Kurve ist, sieht Natalie ein breites, massives Gebäude mit zwei Eingängen, in denen die mondbeschienenen Eisenbahngeleise verschwinden. Offensichtlich ist es ihr Bestimmungsort, ihr Ziel: Oswiecim. Zittern und Übelkeit befallen sie, obwohl nichts Beängstigendes zu sehen ist.

Der Zug fährt durch einen dunklen Bogen in grelle Helligkeit. Langsam kommt er an einer langen hölzernen Plattform zum Stehen. SS-Männer stehen am Gleis, manche mit großen schwarzen Hunden an der Leine. Auch erwarten viele merkwürdig aussehende Gestalten den Zug: Dutzende kahlköpfiger Männer in abgerissenen, längsgestreiften, pyjamaartigen Anzügen, die ganze Plattform entlang.

Der Zug hält.

Ein erschreckendes Getöse setzt ein: Keulen, die gegen die hölzernen Wagentüren donnern, bellende Hunde, brüllende Deutsche: »*Raus! Alles raus! Raus! Raus! Raus!*«

Die Juden können nicht wissen, daß dieser Empfang ungewöhnlich ist. Sonst zieht die SS eine ruhige Ankunft vor, damit der Schwindel bis zum letzten Augenblick erhalten bleibt: friedliches Aussteigen, Vorträge über medizinische Untersuchungen und Arbeitsmöglichkeiten, beruhigende Worte über die Anlieferung des Gepäcks – das übliche Spiel. Doch diesmal hieß es, der Transport könne sich als rebellisch erweisen, und folglich greift man zu dem weniger üblichen, rauheren Verfahren.

Türen rollen auf. Grelles Licht fällt auf die benommenen, dichtgedrängten Juden. »*Runter! Raus! Gepäck zurücklassen! Kein Gepäck mitnehmen! Das bekommen Sie in den Unterkünften! Raus! Runter! Raus!*« Die ersten Juden verschwinden draußen im gleißenden Licht. Uniformierte Männer springen in den Waggon, schwingen Keulen und knurren bösartig. »*Raus! Worauf wartet ihr noch? Nun macht schon! Raus! Laß das Gepäck liegen! Raus!*« So schnell sie es schaffen, drängen sich die Juden aus dem Waggon. Natalie, die weit von der Tür entfernt ist, wird vom Sog der anderen erfaßt. Ihre Füße berühren kaum den Boden. Mit Angstschweiß bedeckt, starrt sie in das blendende Licht eines Scheinwerfers. Gott, dauert das lange, bis man unten auf der Plattform ist! Überall Kinder dort unten, auf allen Vieren, alte Frauen, die mit dem Gesicht nach unten oder auf dem Rücken daliegen, wie sie hingefallen sind, und ihre armseligen weißen oder rosa Schlüpfer zeigen. Die gestreiften Gespenster bewegen sich unter ihnen, helfen den Gestürzten auf; das immerhin registriert Natalies nahezu gelähmtes Bewußtsein. Sie zögert, will nicht auf ein Kind springen. Nirgends freier Raum. »Das jedenfalls habe ich Louis erspart« – dieser Gedanke geht ihr wie ein Blitz durch den Kopf. Ein heftiger Stoß trifft sie an der Schulter, und mit einem Schrei springt sie.

Ihr Onkel macht eine andere Erfahrung.
Nach Berels Enthüllungen weiß er genau, welches Schicksal ihn erwartet. In seiner letzten Eintragung in *Eines Juden Reise* hat Aaron eine geradezu sokratische Todesbereitschaft bewiesen, doch diese Gelassenheit ist auf einer drei Tage langen Fahrt kaum durchzuhalten. Sokrates, man weiß es, leerte den Schierlingsbecher und verlor nach einem kurzen, edlen Gespräch mit bekümmerten und bewundernden Schülern das Bewußtsein. Jastrow hat keine Schüler, doch in *Eines Juden Reise* – er hat das Manuskript hinter der Vertäfelung in der Bibliothek versteckt, ohne Hoffnung, noch zu erleben, daß es entdeckt wird – wendet auch er sich an ein Publikum, an zukünftige Leser; und wie es ihm als Schriftsteller zukommt, hat er die nobelsten letzten Worte hinterlassen, die ihm zu Gebote standen. Doch danach blieb er noch am Leben, und die Fahrt ist lang.
Siebzehn *Prominente* hat man mit ihm in die beiden hinteren Abteile des Wagens gestopft, in dem die SS mitfährt. Es ist schon sehr eng. Sie müssen sich mit dem Sitzen und Stehen abwechseln und schlafen oder dösen, wenn sie können. Sie bekommen abends wäßrige Suppe und verschimmeltes Brot zu essen und in der Frühe einen Becher brauner Brühe. Morgens dürfen sie für eine halbe Stunde die Toilette benutzen, die sie hinterher vom Boden bis zur Decke schrubben und desinfizieren müssen, damit die Deutschen sie benutzen können. Es ist nicht gerade eine Fahrt Erster Klasse. Doch verglichen mit ihren Brüdern in den Viehwaggons sind sie gut daran, und das wissen sie auch.
Aber gerade das quält Jastrow. Die Fahrt im Privilegierten-Abteil untergräbt seine schicksalsergebene Gelassenheit. Gibt es denn wirklich keine Hoffnung mehr? Die siebzehn anderen sind davon überzeugt. Sie reden Tag und Nacht von den positiven Aspekten der Vorzugsbehandlung, die ihnen zuteil wird. Selbst diejenigen, die Frauen und Kinder in den anderen Wagen haben, sind optimistisch. Gewiß, der Zug geht ganz offensichtlich nicht nach Dresden. Aber wohin die Reise auch geht, *Prominente* bleiben bei diesem Transport *Prominente*. Das ist die Hauptsache! Sobald sie an ihrem Ziel ankommen, werden sie sich schon um ihre Lieben kümmern können.
Der gesunde Menschenverstand sagt Aaron Jastrow warnend, daß diese Fahrt

im Passagierabteil ein sadistisches deutsches Täuschungsmanöver ist, bürokratischer Zufall oder kalte Berechnung, um Personen aus den Viehwaggons herauszuhalten, um die herum der Funke des Widerstands aufflackern könnte. Doch es ist schwer, sich von der verzweifelten Überschwenglichkeit der anderen nicht anstecken zu lassen. Auch er möchte leben. Die siebzehn kultivierten, gebildeten Männer führen überzeugende Argumente ins Feld; es sind drei Älteste, zwei Rabbiner, der Dirigent eines Symphonieorchesters, ein Maler, ein Konzertpianist, ein Zeitungsverleger, drei Ärzte, zwei Offiziere mit Verwundungen aus dem Ersten Weltkrieg, zwei halbjüdische Industrielle und der Leiter der Transport-Abteilung, ein verbittert aussehender Berliner Rechtsanwalt, der als einziger nicht mit den anderen redet. Niemand weiß, womit er sich die Ungnade seiner Herren und Meister zugezogen hat.
Bis auf einen Wachtposten, der draußen vor ihrer Abteiltür aufgestellt ist, kümmern die Deutschen sich nicht um die Juden. Und wenn es auch ein noch so großes Privileg bedeutet, im Wagen der SS mitzufahren – es zehrt an den Nerven. Für gewöhnlich sind die Juden wie kranke Tiere von dieser Elite abgeschirmt. Sie riechen die herzhaften Mahlzeiten, die für die SS hereingebracht werden. Nachts erklingen lustige Lieder der Betrunkenen aus ihren Abteilen; laute Streitgespräche werden geführt, die manchmal sehr häßlich klingen. Das teutonische Röhren in solcher Nähe läßt die *Prominenten* erschauern; schließlich ist es jederzeit möglich, daß die SS-Leute aus purer Langeweile auf die Idee kommen, sich mit den Juden zu befassen.
Spätabends in der zweiten Nacht grölen die SS-Leute laut das Horst-Wessel-Lied. Jastrow muß daran denken, wie er es zum ersten Mal gehört hat, in München, Mitte der dreißiger Jahre. Diese frühen Gefühle überschwemmen ihn jetzt. So lächerlich die Nazis damals auch noch waren, ihr Lied verkörperte eine ganz bestimmte, typisch deutsche Wehmut; selbst jetzt, da er wahrscheinlich bald von ihrer Hand sterben wird, hört er aus den mißtönenden Klängen ihr schlichtes romantisches *Heimweh* heraus. Die Abteiltür wird aufgerissen. Der Posten schreit: »Der stinkende Jude Jastrow! Ins Abteil Nummer vier!« Unversehens packt ihn Entsetzen, plötzlich ist er aber auch hellwach. Mit langen Gesichtern machen die anderen Juden ihm Platz. Er geht; der Wachtposten trampelt hinter ihm her.
Im Abteil Vier bedeutet ihm ein grauhaariger SS-Offizier mit üppigem Doppelkinn, der mit etlichen anderen Offizieren beisammensitzt, er solle sich hinstellen und zuhören. Der SS-Offizier ergeht sich in einem Vergleich des Siebenjährigen Krieges mit dem Zweiten Weltkrieg; er betont die tröstlichen Analogien zwischen Hitler und Friedrich dem Großen. Beide Kriege bewiesen, so behauptet er, daß sich ein kleines, zuchtvolles Volk unter der Führung eines

großen Kriegsherrn gegen ein riesiges, von Mittelmäßigkeiten geführtes, brüchiges Bündnis behaupten könne. Wie der Führer habe Friedrich sich geschickt der diplomatischen Überraschung bedient; er habe immer als erster angegriffen; immer und immer wieder habe er kraft seines Willens eine fast schon besiegelte Niederlage in einen Sieg verwandelt; und zum Schluß habe der plötzliche Tod der Kaiserin Elisabeth von Rußland ihm die Handhabe für einen vorteilhaften Frieden geboten. Stalin, Roosevelt und Churchill seien sämtlich kränkelnde ältere Herren von höchst ungesundem Lebenswandel. Der Tod eines von ihnen könne das Bündnis ebenso sprengen wie damals, erklärt der Graukopf. Die anderen Offiziere sind tief beeindruckt; sie sehen einander an und nicken bedeutsam.

Unvermittelt wendet er sich an Jastrow. »Man hat mir gesagt, Sie seien ein berühmter amerikanischer Historiker. Ihnen muß das alles vertraut sein.«

Das achtzehnte Jahrhundert ist zwar nicht Jastrows Fachgebiet, aber er kennt Carlyles Biographie Friedrichs des Großen. »Ach ja, Carlyle!« ruft der grauhaarige Offizier aus und ermutigt ihn fortzufahren. Aaron erklärt, die beiden Kriege wiesen in der Tat erstaunliche Parallelen auf; Hitler sei offenbar eine Reinkarnation Friedrichs und der Tod der Zarin ganz gewiß ein Werk der Vorsehung, wie es auch in diesem Krieg jeden Tag geschehen könne.

Nachdem man ihn entlassen hat, kehrt er voll Abscheu vor sich selbst in sein Abteil zurück. Doch der Wachtposten bringt ihm eine Semmel und ein Würstchen. Er gibt beides den anderen zum Verteilen und fühlt sich ein wenig wohler in seiner Haut.

Am nächsten Morgen läßt der grauhaarige Offizier ihn wieder kommen, diesmal zu einem Gespräch unter vier Augen. Er scheint einen hohen Rang zu bekleiden und sehr selbstsicher zu sein. Er gestattet Jastrow, sich zu setzen, etwas Unerhörtes für einen Juden in Gegenwart eines Angehörigen der SS. Er habe einst Geschichte gelehrt, sagt er, aber ein intriganter Jude habe die Berufung für einen Lehrstuhl erhalten, der eigentlich ihm zugestanden habe, und ihm seine Karriere ruiniert. Schwere Zigarren rauchend, hält er Aaron eine drei Stunden lange, pedantische Tirade darüber, wie das von den Deutschen beherrschte Europa in den nächsten drei Jahrhunderten aussehen werde; er schweift ab, ergeht sich über die Weltherrschaft Deutschlands, zitiert Autoren von Plutarch aufwärts und vergleicht Hitler mit so großen Männern wie Lykurg, Solon, Mohammed, Cromwell und Darwin. Aaron hat nichts anderes zu tun als dazusitzen, zuzuhören und zu nicken. In gewisser Hinsicht lenken ihn diese Ergüsse von der Angst vor dem Sterben ab, die ihn wellenweise heimsucht wie eine Migräne. Nachdem er entlassen wurde, hat man ihm wieder eine Semmel und ein Würstchen gebracht, die er abermals verteilt. Er bekommt den Graukopf nicht wieder zu sehen. Der Zug rollt durch Polen; die Namen der Ortschaften, durch die sie hindurchkommen, zeigen wie ein Pfeil auf Oswiecim. Aaron wünscht sich, noch einmal abgelenkt zu werden, und sei es auch durch krakeelende SS-Gesänge, nur um die nervenaufreibenden Stunden totzuschlagen. Doch an diesem Tag singen die Deutschen nicht. Erst als er an der Rampe von Birkenau aussteigt, begreift Aaron, was ihm bisher erspart geblieben ist. Hinter den Scheinwerfern im Kreis der Prominenten mit gebeugten Schultern dastehend, beobachtet er aus der Ferne, wie der Zug entladen wird – die entsetzt Herunterspringenden, die Stürzenden, das Gewirr von Juden, die Gepäckstücke, die gleichmütig von kahlschädeligen Häftlingen in gestreifter Kleidung hinausgeworfen werden, die lange Reihe der Leichen auf dem Bahnsteig; besonders die der Kinder, die separat hingelegt werden und die die Entlader hinauswerfen, als wären es mit Sägemehl gefüllte Puppen. Im Scheinwerferlicht hält er Ausschau nach Natalie. Ein- oder zweimal glaubt er, sie zu sehen. Aber aus den Viehwaggons sind über zweitausend Juden herausgequollen; sie stellen sich jetzt unter dem Gebrüll und den Keulenschlägen der Deutschen in Fünferreihen auf, die Männer getrennt von den Frauen und Kindern. Man kann niemanden erkennen in dieser Menge gebeugter Köpfe.

Nach diesem zunächst einmal heftigen und geräuschvollen Herausholen der Juden aus dem Zug nimmt die Szene auf der Rampe sich eine Zeitlang zahm und langweilig aus; sie erinnert Jastrow merkwürdigerweise an das nächtliche Vonbordgehen seiner eigenen Familie aus dem Zwischendeck eines polnischen Schiffes auf Ellis Island, inmitten der vielen schäbigen und abgerissenen jüdischen Einwanderer. Genau wie damals schreiten auch hier uniformierte Beamte im Scheinwerferlicht umher und geben Befehle. Die Neuankömmlinge, verstört, erschrocken und hilflos, stehen da und warten darauf, daß etwas geschieht.

Aber auf Ellis Island gab es keine Hunde und keine Maschinenpistolen. Auch die aufgereihten Leichen gab es nicht.

Und in der Tat, es geschieht etwas. Die Lebenden und die Toten werden gezählt; es soll bestätigt werden, daß genauso viele Personen angekommen sind wie abfuhren. Die SS bezahlt für jeden nach Oswiecim transportierten Juden einen Gruppenfahrpreis, und die Buchführung muß stimmen. Nach Geschlechtern getrennt, stehen die Juden in zwei langen Fünferreihen den ganzen Bahnsteig entlang ruhig wartend da. Die Kahlköpfe in der gestreiften Kleidung haben Zeit, die Waggons zu leeren und sämtliche Habseligkeiten auf dem Bahnsteig zusammenzustellen.

Dabei handelt es sich um gewaltige Berge. Das Ganze sieht aus wie die

Habseligkeiten von Bettlern, doch Jastrow kann sich denken, was für Reichtümer noch darin verborgen sein mögen. Die Juden finden verzweifelte Möglichkeiten, um die Reste ihrer lebenslangen Ersparnisse mit sich zu schleppen, und all das ist in diesen schäbigen Haufen verborgen oder dem eigenen Körper anvertraut. Im Bewußtsein dessen, was ihm bevorstand, hat Aaron Jastrow seinen Geldgürtel zusammen mit dem Manuskript von *Eines Juden Reise* hinter der Wandvertäfelung in Theresienstadt zurückgelassen. Sollen diejenigen, die es dermaleinst finden, beides bekommen; hoffentlich gerät es nicht in deutsche Hände! Berels Beschreibung von der Leichenfledderei in Auschwitz hat Aaron Jastrow einen ersten Begriff dessen vermittelt, was dieser irrsinnige Massenmord eigentlich bedeutet. Einem Raubmord zum Opfer zu fallen, ist ein uraltes Risiko; das Neue, was der Nationalsozialismus dazugetan hat, besteht nur darin, sowohl Raub wie auch Mord in industriellem Ausmaß zu betreiben. Nun, die Deutschen können ihn umbringen, aber ausplündern können sie ihn nicht; zu holen ist nichts bei ihm.

Endlich setzt sich die Reihe der Frauen in Bewegung. Jetzt erlebt Jastrow mit eigenen Augen jenen Vorgang, den Berel ihm beschrieben hat. SS-Offiziere lassen die Jüdinnen sich in zwei Reihen aufstellen. Ein langer, dünner Offizier trifft mit knappen Handbewegungen nach links oder rechts die letzte Entscheidung. Das alles spielt sich ruhig und ganz offiziell ab. Das Reden der Deutschen, gelegentlich Hundegejaul, das zischende Dampfablassen der auskühlenden Lokomotive – das ist alles, was man hört.

Er steht mit den anderen *Prominenten* im Schatten und sieht zu. Offensichtlich werden sie von der Selektion ausgenommen. Ihr Gepäck blieb bis jetzt im Wagen. Sollten die Optimisten doch recht gehabt haben? Ein SS-Offizier und ein Wachsoldat sind dieser besonderen Handvoll Juden zugeteilt worden: durchschnittlich aussehende junge Deutsche, die bis auf ihre einschüchternde Uniform nichts Bedrohliches an sich haben. Der Bewacher, ziemlich gedrungen und mit randloser Brille, hat zwar die Maschinenpistole in der Hand, sieht aber so mild wie nur möglich drein. Die Routineaufgabe scheint beide zu langweilen. Der Offizier hat den *Prominenten* befohlen, nicht zu reden, das ist alles. Die Augen mit der Hand abschirmend, späht Aaron Jastrow immer wieder am Bahnsteig entlang und hält Ausschau nach Natalie. Er ist entschlossen, sein Leben aufs Spiel zu setzen, wenn er sie sieht; den Offizier auf sie aufmerksam zu machen, zu sagen, sie sei seine Nichte und ihm zu erklären, sie habe einen amerikanischen Paß. Das alles zu erklären, dazu braucht er dreißig Sekunden. Wird er deshalb geschlagen oder erschossen, soll es geschehen. Aber vielleicht wollen die Deutschen mehr über sie erfahren. Doch er kann sie nicht finden, obwohl er weiß, daß sie irgendwo sein muß. Sie

war zu kräftig, um krank zu werden oder gar im Zug zu sterben. Und bestimmt gehört sie nicht zu den wenigen, die nach links gehen. Die sind leicht auseinanderzuhalten. Sie könnte in der Menge der Frauen stehen, die nach rechts geschickt werden, von denen viele Kinder tragen oder an der Hand führen, oder in der langen Schlange derer, die die Selektion noch vor sich haben.
Die Frauen, die nach rechts geschickt werden, schlurfen an den *Prominenten* vorüber; sie wirken wie vor den Kopf geschlagen und völlig verängstigt. Halb geblendet vom Scheinwerferlicht kann Aaron Jastrow Natalie nicht entdecken, falls sie überhaupt darunter ist. Gefügig gehen die Kinder mit und halten sich an der Hand oder dem Rock der Mutter fest. Manche der Kinder schlafen fest und müssen getragen werden; immerhin ist es nach Mitternacht, und der Mond steht hoch über den Scheinwerfern. Die Schlange rückt voran. Jetzt steigen zwei Gestreifte in den SS-Wagen und werfen das Gepäck der privilegierten Juden herunter.
»Achtung!« sagt der SS-Offizier zu den *Prominenten*. »Sie gehen jetzt zusammen mit denen da zur Desinfektion.« Das klingt beiläufig, aber die Handbewegung, mit der er auf die Frauen weist, ist kräftig und unmißverständlich. Wie vom Donner gerührt blicken die siebzehn erst einander an und dann ihr herausfliegendes Gepäck. »Los, ab, marsch-marsch!« Die Stimme des Offiziers wird härter. »Hinterher!«
Der Posten gibt den Männern einen Wink mit der Maschinenpistole.
Der Berliner Rechtsanwalt tritt einen Schritt vor und erklärt mit zittriger, schmeichelnder Stimme: »Herr Untersturmführer, irren Sie sich da auch nicht? Wir sind *Prominente*, und . . .«
Der Offizier bewegt nur zwei Finger. Der Wachsoldat rammt dem Rechtsanwalt den Gewehrkolben ins Gesicht. Der stürzt zu Boden, blutet und stöhnt.
»Hebt ihn auf«, befiehlt der Offizier den anderen, »und nehmt ihn mit.«
Damit hat Aaron seine Antwort. Die Ungewißheit ist zu Ende, er muß sterben. Er wird sehr bald tot sein, vielleicht schon binnen weniger Minuten. Das ist eine überaus eigenartige Erkenntnis: erschreckend, quälend, gleichzeitig aber auch auf eine traurige Weise befreiend. Zum letzten Mal blickt er zum Mond hinauf, sieht er Dinge wie Eisenbahnwaggons, Frauen, Kinder, Deutsche in Uniform. Es ist schon eine Überraschung, aber so groß ist sie nun auch wieder nicht. Auf das hier war er gefaßt, seit er Theresienstadt verließ. Er hilft den anderen, den Leiter der Transportabteilung aufzuheben, dessen Mund ein blutiger Brei ist, dessen angsterfüllte Augen jedoch noch schlimmer anzusehen sind. Mit dem letzten Blick, den er hinter sich wirft, erkennt Jastrow, daß die lange Reihe sich immer noch bis weit hinten auf den erhellten Bahnsteig

erstreckt, wo die Selektion weitergeht. Wird er nie erfahren, was aus Natalie geworden ist? Ein langer beschwerlicher Weg im Mondlicht; ein lautloser Marsch, bis auf das Knirschen der Schritte im gefrorenen Schlamm und das schläfrige Gewimmer der Kinder. Die Reihe erreicht einen gepflegten, im Scheinwerferlicht leuchtend grünen Rasen vor einem langgestreckten, niedrigen, fensterlosen Gebäude aus dunkelroten Ziegeln mit hohen, viereckigen Schornsteinen, aus denen Funken aufwirbeln. Es könnte die Bäckerei oder die Wäscherei sein. Die Kahlgeschorenen führen die Neuankömmlinge die breiten Betonstufen hinunter, einen schwach beleuchteten Korridor entlang und dann in einen großen, leeren, wieder von nackten Glühbirnen erhellten Raum, in dem es eher aussieht wie im Umkleideraum eines Freibads, mit Bänken und Kleiderhaken an den Wänden und um Pfeiler in der Mitte herum. An dem Pfeiler, der dem Eingang genau gegenübersteht, hängt ein Schild mit einer Aufschrift in verschiedenen Sprachen:

HIER ENTKLEIDEN ZUR DESINFEKTION
KLEIDUNG ORDENTLICH ZUSAMMENLEGEN
MERKEN SIE SICH DIE STELLE, WO SIE SIE HINLEGEN!

Daß Männer und Frauen sich im selben Raum ausziehen müssen, ist peinlich. Die gestreiften Häftlinge treiben die wenigen *Prominenten* in eine Ecke und helfen zu Aarons Verwunderung Frauen und Kindern beim Entkleiden, wobei sie dauernd Entschuldigungen vorbringen. Das gehöre nun einmal zu den Regeln im Lager, sagen sie. Aber es dauert nicht lange. Hauptsache sei, sich zu beeilen, die Kleidung säuberlich zusammenzulegen und den Befehlen zu gehorchen. Bald sitzt Aaron Jastrow nackt auf einer rohen Holzbank und murmelt Psalmen, die Füße auf dem kalten Zementboden. Man soll nicht nackt beten oder den Namen Gottes barhäuptig aussprechen, doch dies hier ist *shat hadhak*, eine Stunde der Not, in der das Gesetz Nachsicht übt. Er sieht, daß einige Frauen jung und bezaubernd sind, ihr gerundetes nacktes Fleisch rosig wie Akte von Rubens unter den hellen Glühbirnen. Doch die meisten sind nicht mehr schön: ausgemergelt, mit gebeugtem Rücken, Hängebrüsten und schlaffen Bäuchen. Die Kinder sehen mager aus wie gerupfte Hühner.
Eine zweite Gruppe von Frauen drängt sich in den Entkleidungsraum herein; diesmal kommen viel mehr Männer hinter ihnen her. Er kann nicht sagen, ob Natalie dabei ist; dafür sind es zu viele. Es kommt zu einem merkwürdigen, kurzen Wiedersehen zwischen nackten Frauen und ihren noch bekleideten Männern; freudige Rufe des Wiedererkennens, Umarmungen, Väter, die ihre

nackten Kinder an sich drücken. Aber die Kahlgeschorenen machen diesen
Szenen rasch ein Ende. Dafür sei hinterher Zeit genug. Jetzt sollten die Leute
machen, daß sie sich auszögen.
Draußen dann knappe Befehle in deutscher Sprache: »*Achtung! Nur Männer!
Zu zweit weitergehen in den Duschraum!*«
Die Männer in der gestreiften Häftlingskleidung treiben die Nackten aus dem
Umkleideraum. Dieser Haufen von nackten Männern mit ihren aus buschiger
Behaarung heraushängenden Genitalien hat nun doch viel von einer Bade-
hausszene, bis auf die merkwürdigen Kahlschädel in den gestreiften Jacken und
Hosen und die Menge der nackten Frauen und Kinder, die hinter ihnen
hersehen und ihnen liebevolle Worte nachrufen. Manche Frauen weinen.
Andere, das erkennt Aaron, haben die Hände vor den Mund geschlagen und
unterdrücken ihre Schreie. Sie fürchten vielleicht, geschlagen zu werden, oder
sie wollen die Kinder nicht ängstigen.
Es ist kalt draußen auf dem Korridor; zwar nicht für die bewaffneten SS-
Männer, die an der Wand stehen, wohl aber für den nackten Aaron und die
Männer, die mit ihm gehen. Er kann immer noch klar genug denken, um zu
erkennen, daß der Mummenschanz fadenscheinig wird. Wozu dieses Aufgebot
bewaffneter und gestiefelter Männer für ein paar Juden, die zum Duschen
gehen? Die Gesichter der SS-Männer sind ganz gewöhnliche deutsche
Gesichter, meistens junge, wie man sie am Sonntagnachmittag über den
Kurfürstendamm in Berlin schlendern sehen kann; aber sie runzeln drohend
die Stirn – wie Polizisten, die einer unbotmäßigen Menge gegenüberstehen
und auf der Hut sind vor Gewalttätigkeiten. Aber die jungen und alten nackten
jüdischen Männer sind alles andere als unbotmäßig. Es kommt nicht zu
Gewalttätigkeiten auf diesem kurzen Weg.
Sie werden in einen langgestreckten schmalen Raum geführt mit nacktem
Betonboden und Betonwänden, fast so groß wie ein Theater; nur ist die Decke
mit Hunderten von Brauseköpfen zu niedrig und die vielen Tragpfeiler
stünden im Wege. An den Wänden und den Pfeilern, von denen manche aus
massivem Beton, andere aus durchlöchertem Eisenblech bestehen, hängen
Seifenschalen mit gelben Seifenstücken. Auch diese Kammer ist durch
Glühbirnen an der Decke fast unerträglich hell erleuchtet.
All dies nimmt Aaron Jastrows Bewußtsein auf, während er, in sein Schicksal
ergeben, hebräische Psalmen murmelt, bis das körperliche Unbehagen seine
zuchtvolle, fromme Haltung zerbricht. Die Leute in der gestreiften Häftlingskleidung drängen die Männer weiter und immer weiter hinein. »*Weitergehen!
Platz machen! Die Männer alle ganz nach hinten!*« Aaron spürt die feuchte
Haut anderer Männer, eine unangenehme Empfindung für einen Menschen,

der in diesen Dingen so eigen ist wie er. Er fühlt, wie ihre weichen Geschlechtsteile sich gegen ihn drücken. Jetzt kommen die Frauen herein; Aaron hört sie nur, er sieht nichts anderes als die nackten Körper, die sich an ihn drängen. Einige Kinder wimmern, einige Frauen weinen; unter fernen Befehlen in deutscher Sprache klingt hier und da verlorenes Schluchzen. Auch hört er die Stimmen vieler Frauen, die ihre Kinder beschwichtigen oder ihre Männer begrüßen.

Die Menge, die ihn immer mehr bedrängt, treibt Jastrow in Panik. Er kommt nicht dagegen an. Er hat von jeher Angst gehabt vor großen Menschenmengen, die Angst, zu Tode getrampelt oder erdrückt zu werden. Er kann sich nicht rühren, kann nichts sehen und kaum atmen, so dicht ist er von nackten Fremden umringt, die riechen wie in einer Turnhalle, gegen einen kalten Pfeiler aus durchlöchertem Eisen gepreßt, direkt unter einem Licht, das ihm ins Gesicht scheint, während ein Ellbogen ihm unters Kinn fährt und sein Gesicht roh in die Höhe zwingt.

Unvermittelt erlischt das Licht. Der Raum ist plötzlich dunkel. Von weither vernimmt er, wie robuste Türen zugeworfen, eiserne Bolzen kreischend zugeschraubt werden und die Türen ganz fest schließen. Ein allgemeines Klagen hebt im Raum an. Und dann ein entsetzliches Schreien und Kreischen: »*Das Gas! Das Gas! Sie bringen uns um! O Gott, hab Erbarmen! Das Gas!*«
Aaron riecht es; ein starker, übelkeiterregender Desinfektionsgeruch, nur weit kräftiger. Er kommt aus dem Eisenpfeiler. Die ersten Dämpfe fahren wie ein glühendes Schwert in seine Lunge, bringen seinen ganzen Körper in Aufruhr, bewirken, daß er sich qualvoll verkrampft. Vergebens versucht er vom Pfeiler fortzukommen. Um ihn ist heulendes Chaos und Schrecken im Dunkel. Er stößt eine Beichte auf dem Totenbett aus oder versucht es jedenfalls, mit verkrampften Lungen, anschwellendem Mundgewebe, einem Schmerz, der ihn erstickt. »*Gott ist der Herr. Gesegnet sei Sein Name immerdar. Höre, o Israel, der Herr dein Gott ist ein einziger Gott.*« Er sinkt auf den Zementboden. Zuckende Leiber türmen sich über ihm, denn er ist einer der ersten Erwachsenen, die zu Boden gehen. Er fällt auf den Rücken, sein Kopf schlägt hart auf. Nacktes Fleisch preßt sich auf sein Gesicht und überallhin, hemmt ihn in seinen Verkrampfungen. Er kann sich nicht bewegen. Er stirbt nicht am Gas, von dem er nur sehr wenig in sich aufnimmt. Er ist fast auf der Stelle tot, das Leben wird durch das Gewicht der sterbenden Juden aus ihm herausgepreßt. Nenn es eine Gnade, denn der Tod durchs Gas läßt manchmal lange auf sich warten. Die Deutschen geben dem ganzen Prozeß eine halbe Stunde.

Als die Männer in der gestreiften Häftlingskleidung die ineinander verflochtenen Gliedmaßen der Toten, dieses Meer erstarrter menschlicher Nacktheit auseinanderreißen, ist sein Gesicht weniger verzerrt als das anderer – wenn auch niemand von einem alten mageren Leichnam unter Tausenden Notiz nimmt. Jastrow wird von einem Angehörigen des Sonderkommandos mit Gummihandschuhen auf einen Tisch in der Leichenhalle geschleift, wo ihm mit einer Zange die Goldzähne herausgebrochen werden. Das geschieht überall im Leichenhaus; auch werden die Körperöffnungen durchsucht, und den Frauen wird das Haar abgeschnitten. Dann wird er auf eine Winde gehoben, welche die Leichen in einen heißen Raum schleift, wo Angehörige des Sonderkommandos fleißig vor einer Reihe von Verbrennungsöfen am Werk sind. Sein Leichnam fährt, da er so klein ist, zusammen mit zwei Kinderleichen auf einer eisernen Lore in einen Ofen. Die Eisentür mit einem verglasten Guckloch schlägt zu. Die Körper schwellen und bersten, und die Flammen verzehren sie wie Kohle. Erst am nächsten Tag wird seine Asche auf einem großen, mit Menschenasche und Knochenteilen beladenen Lastwagen zur Weichsel gefahren und in den Fluß geschüttet.

Der Staub, der einmal Aaron Jastrow war, treibt an den Ufern von Medzice vorüber, an denen er als Knabe gespielt hat; er wird durch ganz Polen getragen, an Warschau vorbei bis in die Ostsee. Die Diamanten, die er auf dem Gang zur Gaskammer verschluckt hat, mögen verbrannt sein, denn Diamanten brennen. Oder sie liegen auf dem Grund der Weichsel. Es waren die feinsten Steine, aufgehoben für einen letzten Notfall; er hatte vor, sie noch im Zug Natalie zuzustecken. Daß sie so unverhofft auseinandergerissen wurden, hat ihn daran gehindert, aber die Deutschen bekamen sie nie.

50

Die Erde dreht sich, und so steht derselbe Mond über einem flachen schwarzen Schiff, das vor der Küste von Kyushu die rauhe See durchpflügt. Gischt sprüht glitzernd über die Brücke, als die *Barracuda* bei Morgengrauen zum Angriff auf einen der Leyte-Krüppel ansetzt: einen großen Flottentanker, der, von vier Geleitschiffen beschützt, nur neun Knoten läuft, und dessen Bug schon bedenklich tief im Wasser liegt. Ein Funkspruch hat die *Barracuda* auf die Fährte dieses hinkenden Schiffes gesetzt, und so steht die Feuerprobe des neuen Kommandanten bevor. Tanker sind besonders lohnende Ziele. Ohne Öl können die Japaner keinen Krieg führen, und das gesamte Öl kommt über See. Deshalb die vier Geleitschiffe. Der Angriff dürfte kein Kinderspiel sein. Byron hat abgeschossene Flieger gerettet und an Bord genommen, er hat einem aufgelaufenen Unterseeboot geholfen, von einem Riff loszukommen und wieder flott zu werden; er ist während der gesamten Schlacht auf Feindfahrt gewesen, ohne irgendwelche Ergebnisse. Noch muß er beweisen, daß er einen Angriff befehligen kann.

Er und sein Erster Wachoffizier werden von der kalten Gischt eingedeckt. Lieutenant Philby trägt Schlechtwetter-Zeug; Byron ist um Mitternacht in seiner Khakiuniform nach oben gekommen, um sich einmal umzusehen. Das Wetter stört ihn nicht; die Salzwasserdusche macht munter. Der Tanker ist ein verwaschener Fleck auf der wie mit dem Messer gezogenen Kimm. Von den Geleitschiffen ist nichts zu sehen.

»Wie laufen wir?«

»Okay. Wenn er nicht den Kurs wechselt, haben wir ihn um fünf eingeholt.« Der Ton des Ersten ist reserviert. Sein Vorschlag war, bei Nacht und hellem Mond von achtern anzugreifen. Hätten sie sich dafür entschieden, befänden sie sich jetzt in der Annäherungsphase. Byron bedauert seine Entscheidung zugunsten eines Angriffs von vorn nicht; noch nicht. Der Feind bleibt auf seinem Kurs. Wären Wolken aufgekommen, so hätte ein Nachtangriff äußerst riskant sein können. Carter Aster hatte immer lieber bei guter Sicht von vorn angegriffen.

»Ja, dann hau' ich mich noch ein wenig aufs Ohr. Rufen Sie mich um vier Uhr dreißig.«

Die Skepsis auf dem feuchten Gesicht des Ersten bedeutet rundheraus: *Wollen Sie mich auf den Arm nehmen? Schlafen vor Ihrem ersten Angriff?*
»*Aye, aye, Sir.*« Ein Hauch von Mißbilligung liegt in seinem Ton. Byron fühlt sich nicht auf den Schlips getreten. Er weiß, daß Philby ein guter Eins W.O. ist. Er schläft kaum, ist aschgrau wie ein Toter und hat das Schiff bestens in Schuß. Was Torpedopflege und Einsatzbereitschaft betrifft, könnte er nicht besser sein. Die Frage ist nur, wie er sich beim Angriff verhält, und was er macht, wenn sie mit Wasserbomben eingedeckt werden. Aber das wird sich vermutlich bald zeigen.
Byron schleudert die nasse Uniform von sich und legt sich in seine Koje; am Schott vor ihm kleben die Bilder von Natalie und Louis. Oft sieht er sie überhaupt nicht mehr; sie hängen dort schon zu lange. Jetzt jedoch sieht er sie von neuem; die Schnappschüsse aus Rom und Theresienstadt und die Atelieraufnahme von Natalie. Der alte Schmerz pocht in ihm. Sind seine Frau und sein Sohn noch in dieser tschechischen Stadt? Leben sie noch? Wie schön sie war; wie er sie geliebt hat! Der Gedanke an Louis ist nahezu unerträglich. Die Frustration hat die Liebe, die er für dieses Kind empfand, in schwärenden Groll verwandelt: auf seinen Vater, der Natalie nach Europa getrieben hat; auf sie, weil sie in Marseille nicht genug Mut hatte; und daß Dad sich mit Pamela Tudsbury einlassen mußte ...
Fruchtlose Grübeleien! Er knipst das Licht aus. Im Dunkeln murmelt Byron ein Gebet für Natalie und Louis; das hat er früher jeden Abend getan, doch in letzter Zeit oft vergessen. Damit jedenfalls hatte sein Vater recht: ein Schiff zu befehligen, ist Ablenkung und schmerzstillendes Mittel zugleich. Er schläft fast auf der Stelle ein; was früher seine Kameraden zu Witzen veranlaßte, erweist sich jetzt als ausgesprochen nützliche Fähigkeit.
Um halb fünf bringt der Stewart ihm einen Kaffee. Nervös, aber zuversichtlich wacht er auf. Er ist kein Carter Aster, wird es nie sein; ihm können beim Angriff zwanzig Dinge danebengehen – aber er ist bereit, ihn zu fahren. Der Tanker da draußen ist ein phantastisches Ziel. Rauhe See; sein zweiter Becher schwappt über, der Kaffee läuft auf den Messetisch. Oben auf der Brücke ist die See im stürmischen Frühlicht mit weißen Schaumkappen bedeckt; ein heftiger Wind bläst. Die Sicht hat sich verschlechtert, vom Tanker nichts zu sehen. Philby steht immer noch auf der Brücke; von seiner Gummijacke strömt das Wasser. Laut Radar sei ihre Beute über zehn Kilometer von ihnen entfernt, sagt er; der Tanker laufe nach wie vor seinen Kurs von 310 Grad, Zielwinkel null. Die *Barracuda* hat ihre Beute überholt.
Als sie zum Angriff auf Tauchstation gehen, sieht Byron die Geleitschiffe im frühmorgendlichen Dunst auftauchen und direkt auf ihn zulaufen; vier

graue, kleine Schiffe, ähnlich den amerikanischen Geleitzerstörern. Sie halten ihren Kurs ziemlich nachlässig; zweifellos unerfahrene Reservekapitäne. Beim Zickzacklaufen tut sich backbords eine Lücke auf, durch die Byron, vom Sonar unentdeckt, auf den riesigen Tanker mit der großen Schlagseite zuläuft. Angriffsphase: näher herangehen, fünfzehnhundert Meter – zwölfhundert Meter – neunhundert Meter ... »Ich gehe gern nahe ran«, pflegte Aster zu sagen; die Gefahr ist zwar größer, aber die Treffsicherheit auch. Die Zusammenarbeit zwischen Byron und Philby klappt reibungslos, die Seeleute und Offiziere in der Zentrale sind durch die Bank erfahrene Leute. In der Spannung der Jagd vergißt Byron völlig, daß es sein erster Angriff ist. Wie oft hat er nicht bei Asters Angriffen am Sehrohr gestanden! Für ihn ist das eine gewohnte Sache, beklemmend und aufregend wie eh und je. Daß er den Feuerbefehl gibt, ist das einzig Neue daran.
Als er ruft: »Sehrohr hoch!«, um die Beute zum letzten Mal anzuvisieren, ragt der Tankerrumpf gewaltig wie ein Fußballstadion über ihm, ein rührend riesiges Opfer. Wie sollte er da vorbeischießen? Er ist so nahe, daß er auf dem stark geneigten Deck ganze Schwärme von Japanern Bombenschäden ausbessern sieht.
Er macht den Schuß los. Das Unterseeboot stößt vier Torpedos aus, und zwar die langsameren, aber dafür auch verläßlicheren elektrischen Aale. Bei dieser kurzen Entfernung vergeht nur eine Minute. Dann: »Sehrohr hoch! Getroffen! Mein Gott.« Drei weiße Fontänen schießen an der Bordwand des Tankers gen Himmel. Ein Grummeln wie von einem Erdbeben läßt die *Barracuda* erbeben. In der Zentrale werden Hurrarufe ausgestoßen. Byron reißt das Periskop herum und sieht die beiden Geleitschiffe, denen er ausgewichen war, auf Kollisionskurs gehen.
»Tauchen! Auf neunzig Meter durchpendeln!«
Die ersten Wasserbomben fallen achteraus – donnerndes Rucken, das jedoch keinen Schaden anrichtet. In hundert Meter Tiefe schleicht sich das Unterseeboot davon. Doch das gegnerische Sonar spürt seinen Weg auf. Das ping ... ping verstärkt sich, wird lauter, ertönt in immer kürzeren Abständen. Schraubengeräusche nähern sich, ziehen über ihnen hinweg. Die erfahrenen Seeleute in der Zentrale zucken zusammen, krümmen sich, verstopfen sich die Ohren.
Die *Barracuda* wird methodisch mit Wasserbomben eingedeckt: ein perfektes Manöver, ein Sturm von Explosionen. Das Boot kippt stark nach vorn und geht wie ein Stein in die Tiefe. Das Licht erlischt, Uhren, Meßgeräte, anderes Gerät, das nicht festgezurrt ist, fliegt umher; angstvolle Stimmen geben zitternd verworrene Schadensmeldungen durch. Notlampen lassen erkennen, daß das

Boot erschreckend schnell Tiefe gewinnt: hundert Meter, hundertzwanzig, hundertvierzig Meter. Hundertzwanzig Meter war die maximale Testtiefe. So tief sind sie noch nie getaucht, und immer noch sinkt das Boot.

Mit zitternden Knien klettert Philby die Aluminiumleiter hinunter, um den Schaden zu inspizieren, während Byron versucht, das Boot auf ebenen Kiel zu legen. Aus der Zentrale ruft der Erste herauf, daß die achteren Tiefenruder klemmen – bei maximaler Tauchstellung! Das Ruder klemmt gleichfalls. *Hundertdreiundsiebzig Meter!* Byron rinnt der Schweiß am Körper herunter. Rings um ihn aschgraue Gesichter. Die Zentrale wird durch die Notbeleuchtung nur schwach erhellt; auf den Flurplatten schwappt das Wasser – es reicht ihnen bis zu den Knöcheln. Philby meldet, daß der Druckkörper an verschiedenen Stellen eingedellt ist und in manchen Abteilungen leckt. Viele Rohrverbindungen und Ventile lassen spritzend Wasser durch, Belüftung und Hydraulik sind ausgefallen, die elektrischen Kontrollanzeigen versagen, die Pumpen funktionieren nicht. Byron bläst die Bugtanks mit der vorderen Hochdruckgruppe an, seiner Notreserve an komprimierter Luft, dem allerletzten Mittel, um das Boot vorn hochzukriegen. Damit wird der Tauchvorgang abgebremst. Sodann bläst er die achtere Hochdruckgruppe, und nun hat das Boot Auftrieb.

Während sie steigen, befiehlt er: »Alle Mann auf Gefechtsstation.« Als der Quartermaster das Turmluk öffnet, kommt ihnen ein Schwall Wasser entgegen, und eine Minute lang, die kein Ende zu nehmen scheint, schafft es keiner, zu den vorderen Geschützen oder auf die Brücke zu gelangen. Die Diesel stottern erst, dann röhren sie auf – ein willkommenes Geräusch. Als Byron die Brücke erreicht, feuert das etwa drei Meilen entfernte feindliche Schiff bereits; blaßgelbes Aufblitzen aus Rohren, die nach Acht-Zentimeter-Geschützen aussehen und weit achteraus kleine Wasserfontänen aufsteigen lassen. Die anderen Geleitschiffe sind weit weg und damit beschäftigt, Überlebende des sinkenden Tankers aufzufischen. Die *Barracuda* feuert mit ihrem Zehn-Zentimeter-Buggeschütz zurück; der Feger hütet sich, näherzukommen, schießt aber selbst weiter. Seine Zielgenauigkeit ist nicht die beste. Eine Viertelstunde lang vermeidet Byron es, getroffen zu werden; er läuft auf Zickzackkurs, während Philby unten versucht, das Boot wieder tauchfähig zu machen. Wie die Dinge stehen, würde ein Volltreffer auf den dünnen Rumpf das Ende der *Barracuda* bedeuten.

Die Niederdruckbläser fangen an, und langsam verringert sich die Schlagseite nach Backbord. Die achteren Tiefenruder werden gelockert. Das Ruder wird auf Handbetrieb umgestellt. Die Lenzpumpen fördern das eingedrungene Wasser über Bord. Während der ganzen Zeit geht das Geschützduell weiter;

endlich kommt Philby nach oben und erklärt Byron, der Rumpf sei gefährlich geschwächt. Tauchen könne das Boot nicht mehr, wahrscheinlich seien umfangreichere Reparaturarbeiten auf einer Navy-Werft erforderlich. Damit ist die *Barracuda* ihrer Hauptverteidigungswaffe beraubt, sie kann sich nicht mehr in der Tiefe in Sicherheit bringen.

Während der ganzen Zeit hat der Kapitän der Fregatte keine Hilfe herbeigerufen; zweifellos möchte er den Ruhm, das Boot versenkt zu haben, für sich allein einheimsen. Während Philby zwischen Salven des Buggeschützes seine Meldung herüberschreit, läßt Byron den Japaner durch den Pulverdampf hindurch, der sich über die Brücke hinwegwälzt, nicht aus den Augen; er erkennt, daß er Fahrt zulegt und wendet. Schwarzer Rauch quillt aus den beiden gedrungenen Schornsteinen. Offenbar hat er die Zwangslage der *Barracuda* erkannt und beschlossen, sie zu rammen. Aus einer Entfernung von rund dreitausend Metern kommt er mit zwanzig oder noch mehr Knoten auf sie zugerauscht; es kann nur noch Minuten dauern. Mit schäumender Bugwelle zerteilt sein scharfer Anti-U-Boot-Bug die Wogen. Das Schiff wird zusehends größer.

Der Erste steht neben Byron. »Was machen wir, Captain?« fragt er mit angemessener Besorgnis; von Hysterie in seiner Stimme keine Spur.

Eine gute Frage!

Bisher hat Byron aus Erfahrung gehandelt. Auch Aster hat einmal mit Hochdruck anblasen müssen, auf seiner dritten Feindfahrt; damals hatten Wasserbomben die Kontrollen blockiert und ein Luk verklemmt; damals war auch die *Moray* über hundertfünfzig Meter getaucht. Damals hatten sie jedoch bei Nacht auftauchen und im Schutz der Dunkelheit entkommen können. Nie war Aster Gefahr gelaufen, gerammt zu werden.

Byrons Höchstgeschwindigkeit ist jetzt achtzehn Knoten. Wenn man ihnen die nötige Zeit gibt, schaffen die Ingenieure es wahrscheinlich, die Maschine auf die alte Leistung zu bringen. Aber Zeit haben sie nicht. Flucht? Das könnte ihnen zwar Zeit einbringen, aber dann würden die anderen Fregatten die Verfolgung aufnehmen. Und dann stünde die *Barracuda* einer vielfach überlegenen Feuerkraft gegenüber und würde versenkt werden.

Byron greift nach dem Mikrophon.

»Hallo, Maschinenraum, hier spricht der Kommandant. Jetzt gebt mir mal alle Kraft, die noch drinsteckt, der Bursche will uns nämlich rammen. – Rudergast, Ruder hart steuerbord.«

Der Rudergast sieht ihn mit erschrockenen Augen an. »Steuerbord, Captain?«

Der Befehl läßt das Unterseeboot direkt auf die heranrauschende graue Fregatte zulaufen.

»Richtig, Ruder hart steuerbord! Ich will an ihm vorbeilaufen.«
»*Aye, aye, Sir.*«
Das U-Boot macht einen Satz voran und wendet. Beide Schiffe, die durch hohe grüne Wellen aufeinander zurasen, lassen Vorhänge aus Gischt aufspritzen. Byron schreit Philby zu: »Wir sind ihm mit unserem kleinen Kaliber überlegen und haben größere Reichweite als er, Tom. Jetzt jag' ich ihm eine Breitseite rein. Feuer frei für die Flugabwehr, während wir an ihm vorbeilaufen. Und das Buggeschütz soll auf die Brücke zielen.«
»Aye, aye, Sir.«
Der gegnerische Kommandant reagiert langsam. Als er endlich dazu kommt, nach Steuerbord abzuschwenken, läuft das Unterseeboot bereits an seinem Bug vorüber. Die *Barracuda* rauscht in zehn, fünfzehn Meter Entfernung an seiner Steuerbordwand entlang; zwischen ihnen schwappt und springt die See. Die Seeleute auf dem Deck der Fregatte sind unverkennbar Japaner. Auf dem Unterseeboot ein knatternder Lärm, aufzuckendes Mündungsfeuer, eine Rauchwolke. Rote Leuchtspurmunition streicht über das Deck der Fregatte. Das Zehn-Zentimeter-Geschütz feuert unablässig. *Krumpp! Krumpp! Krumpp! Krumpp!* Stammelnd geben die Geschütze der Fregatte Antwort, doch als die *Barracuda* achteraus verschwunden ist, schweigen sie.
»Byron, er liegt bewegungslos im Wasser«, sagt Philby, als Byron eine harte Wendung vom bisherigen Kurs befielt. Er läuft geradewegs auf den langsam absackenden Tanker und die beiden Geleitschiffe zu. Der Tanker liegt auf der Seite, der rote Rumpf ist bei den hohen Wellen kaum zu erkennen. »Vielleicht hat es den Kapitän erwischt.«
»Möglich. Aber da sind noch drei andere Kapitäne, mit denen wir zu tun haben. Sie nehmen Kurs auf uns. Geh'n Sie runter in den Maschinenraum und sehen Sie zu, was sich machen läßt. Jetzt kommt's drauf an!«
Philby holt eine Geschwindigkeit von zwanzig Knoten heraus. Nach einer Jagd von zwanzig Minuten läuft die *Barracuda* in einen dichten breiten Regenvorhang hinein. Bald danach verschwinden die drei Geleitschiffe vom Radarschirm.
Ein Rundgang durch die beschädigten Abteilungen überzeugt Byron, daß die *Barracuda* nicht mehr seetüchtig ist. Die Dellen im Druckkörper, die vom Übermaß an Wasserdruck herrühren, müssen ernst genommen werden; viele Schäden können von der Besatzung allein nicht repariert werden; die Pumpen arbeiten rund um die Uhr, um das Wasser draußen zu halten. Aber es ist niemand gefallen, und nur ein paar Männer haben Verletzungen davongetragen.
»Dann lassen Sie uns Kurs auf Saipan nehmen, Tom«, sagt er zum Ersten, als

er auf die regennasse Brücke zurückkehrt. »Setzen Sie die reguläre Wache ein. Schadenskontrolle dreifach. Und sagen Sie dem L. I., er soll den Gesamtschadensbericht aufstellen.«
»Yes, Sir.« In der Anrede Sir schwingt ein Respekt mit, der vorher nicht da war. In seiner Kammer sagt Byron, als er die nassen Kleider auszieht, zu dem Photo von Natalie: »Sieht aus, als könnte ich doch ein U-Boot befehligen, was immer das beweisen mag.« Zu seiner eigenen Überraschung ist er jetzt tief deprimiert. Er rubbelt sich mit einem Handtuch trocken und wirft sich, klebrig vom Salz, in die Koje.
Spät am Abend stellen er und Philby in der Messe den Einsatzbericht zusammen. Philby schreibt; Byron zeichnet mit blauer und orangefarbener Tinte säuberlich Kartenskizzen von der Versenkung und dem Feuergefecht. Plötzlich blickt Philby auf, läßt den Stift sinken und sagt: »Captain, darf ich mal was sagen?«
»Klar.«
»Sie waren fabelhaft heute.«
»Naja, die Crew war fabelhaft. Und ich hatte einen verdammt tüchtigen Eins W. O.«
Philbys schmales blasses Gesicht überzieht sich mit zarter Röte. »Captain, ich wette, das Navy Cross ist Ihnen sicher.« Byron beugt sich über seine Zeichnung und sagt nichts. »Wie fühlen Sie sich?«
»Weswegen?«
»Es ist doch Ihr erstes versenktes Schiff, und dann dieses phantastische Gefecht.«
»Wie ist Ihnen denn zumute?«
»Ich bin verdammt stolz darauf, dabei gewesen zu sein.«
»Was mich betrifft, hoffe ich nur, daß wir alle nach Mare Island zurückgeschickt werden. Und daß der Krieg vorbei ist, bevor wir mit der Überholung fertig sind.« Mit schiefem Mund lacht er über die Enttäuschung, die sich auf Philbys Gesicht malt. »Tom, ich habe auf dem Tanker Hunderte von Japsen arbeiten sehen. Japaner zu töten, war für Carter Aster immer etwas Besonderes. Mich läßt das kalt.«
»Aber so gewinnt man nun mal Kriege.« Philbys Stimme klingt verletzt, fast schmollend.
»Dieser Krieg ist schon gewonnen. Kann sein, die Agonie zieht sich noch hin. Wenn ich wählen könnte, würde ich das Ende des Krieges lieber im Bett und an Land abwarten. Ich bin kein Berufssoldat; ich war es nie. Aber lassen Sie uns den Bericht fertigmachen.«

Dieser Wunsch wurde Byron nur zum Teil erfüllt. Die *Barracuda* kehrte nach San Francisco zurück, und die Überholarbeiten dauerten sehr lange. Für den Leiter einer Navy-Werft, der mit Reparaturarbeiten an Zerstörern, Flugzeugträgern und sogar Schlachtschiffen, die mit Kamikaze-Schäden eingelaufen waren, alle Hände voll zu tun hatte, stand ein altes, leckgeschlagenes U-Boot so ziemlich an letzter Stelle.

Auch drängte man beim ComSubPac nicht lautstark darauf, daß die *Barracuda* wieder einsatzfähig gemacht wurde. Ganze Rudel neuer Unterseeboote waren auf Feindfahrt, und feindliche Schiffe, die man torpedieren konnte, hatten nachgerade Seltenheitswert.

Nach der Überholung wurde ein FM genanntes Unterwasser-Sonar an Bord montiert, und Byron bekam Befehl, es vor der kalifornischen Küste in einem Übungsfeld mit Blindminen zu testen. Eine Mine, die von diesem Sonar geortet wurde, ließ im Schiff einen Gong ertönen; theoretisch mußte ein mit diesem Gerät ausgerüstetes Unterseeboot sich durch Minenfelder hindurchgongen und in das Japanische Meer gelangen können, wo immer noch reger Frachterverkehr herrschte. Man versprach sich beim ComSubPac sehr viel von diesem FM-Sonar; man stelle sich nur die Menge fetter Beute vor, die immer noch im Japanischen Meer zu holen war!

Byron hatte seine Zweifel. Das Sonar war nicht zuverlässig. Er kollidierte mehrfach mit Übungsminen. Seine Besatzung, sämtlich erfahrene Unterseebootmänner, ließ der Gedanke, sich mit einem elektronischen Gerät durch japanische Minenfelder zu tasten, gelinde erschauern. Sie kannten die Navy-Geräte. Den meisten steckten zwei Jahre fehlerhafter Torpedos noch in den Knochen. Der L. I. warnte Byron: bevor er mit dem FM ins Japanische Meer ausliefe, würde er durch Versetzungsgesuche oder Desertion ein Drittel seiner Leute verlieren.

Aber Byron war nicht sicher, ob er die Westküste jemals wieder verlassen würde. In San Francisco spürte man deutlich, daß der Krieg kurz vor seinem Ende stand. Die Verdunkelung war aufgehoben worden. Autos verstopften die Straßen. Der schwarze Markt hatte die Benzinrationierung zu einer Farce gemacht. Von Lebensmittelknappheit keine Spur. Die Schlagzeilen, die vom Vorrücken der Alliierten und vom Rückzug der Deutschen berichteten, wurden bereits langweilig. Nur Rückschläge hatten Nachrichtenwert: Kamikaze-Angriffe oder die deutsche Ardennen-Offensive. Für Europa interessierte Byron sich überhaupt nur insofern, als ein Zusammenbruch Deutschlands ihn hoffen ließ, Neues von Natalie zu erfahren. Was den Pazifik betraf, hoffte er, daß die Bombenangriffe der Fliegenden Festungen, die Unterseeboot-Blockade und MacArthurs Vormarsch auf den Philippinen die Japaner zu kapitulieren zwang, bevor er ausliefe, um sich durch ihre Minenfelder hindurchzugongen. Wie lange konnte der Todeskampf eines Volkes eigentlich dauern?

Mit seiner Ansicht über diese Phase des Krieges stand er in Amerika nicht allein da. Umwerfende Ereignisse wurden von den Zeitungen zu einem Brei ständiger Siege verrührt. Sicher war über kurz oder lang alles zu Ende. Aber es ist leichter, einen Krieg in Gang zu setzen, als ihn zu beenden. Der Krieg war in weiten Teilen der Erde zum Normalzustand geworden. Deutschland und Japan waren zähe, verzweifelte große Nationen, fest in totalitärer Hand. Für sie gab es keine Kapitulation. Das einzige Mittel der Alliierten, sie zum Aufhören zu zwingen, war, immer weiter Tod und Verderben zu säen. Alles lief auf weiteres Blutvergießen hinaus; also beschäftigte sich Byron (diesen Schrecken gegenüber mehr oder weniger unempfindlich) mit den Maschinen und dem FM-Sonar der *Barracuda*.

Adolf Hitler konnte natürlich nicht aussteigen. Er konnte sich gleichsam nur in Blut über Wasser halten. Vom Osten, Westen und Süden sowie aus der Luft rückte sein Ende näher. Seine Reaktion in diesem Augenblick war die Ardennen-Offensive. Schon im August, als alle Fronten zu zersplittern begannen, hatte er für die Ostfront den Durchhaltebefehl gegeben und im Westen eine gigantische Gegenoffensive vorbereitet. Sein Ziel war nicht ganz klar: es ging darum, durch irgendeinen Erfolg einen Waffenstillstand zu erreichen, der nicht gleichzeitig seinen Tod bedeutete. Die Wehrmacht und das deutsche Volk hatten sich um ihn geschart, phantastische Anstrengungen unternommen, alle ihnen noch verbliebenen Kräfte gesammelt und im Westen konzentriert.

Im Grunde war das alles wirklichkeitsfremder Aberwitz. Im Osten stellte die Sowjetunion fünf auf vollen Mannschaftsstand gebrachte Armeegruppen auf, um nach Berlin vorzustoßen. Kaum ein lebender Deutscher geriet lieber unter russische als unter angelsächsische Besatzung. Hitler mußte sich, was Deutschlands Zukunft betraf, entscheiden, ob er der Flut oder dem Rinnsal mehr Bedeutung zumessen wollte; er staute das Rinnsal auf und vernachlässigte die Flut, träumte von einem zweiten 1940, einem neuen Durchbruch bei den Ardennen, einem neuen Vorstoß ans Meer. Als Guderian ihm zuverlässige Geheimdienstberichte über die sowjetische Truppenkonzentration zeigte, höhnte er: »*Aber das ist doch die größte Finte seit Dschingis Khan! Wer ist denn für diesen Quatsch verantwortlich?*«

Die Ardennen-Offensive dauerte zwei Wochen, von Mitte Dezember bis Weihnachten. In der Erinnerung der Amerikaner zeichnet sie sich vor allem dadurch aus, daß ein General auf eine deutsche Aufforderung, sich zu ergeben, mit dem einen Wort antwortete: »*Nuts!*« – »Die sind wohl verrückt.« In Wirklichkeit sah es so aus, daß die Deutschen hunderttausend und die Alliierten fünfundsiebzigtausend Gefallene zu beklagen hatten und daß auf beiden Seiten ungeheuer viel Kriegsmaterial verlorenging. Die westlichen Alliierten waren im Augenblick verblüfft, erholten sich aber von ihrer Überraschung. Für die Deutschen war es eine Katastrophe. Im Kreis seiner engsten Mitarbeiter gab Hitler sich betont froh darüber, im Westen »wieder die Initiative ergriffen« zu haben. Aber von nun an sprach oder zeigte er sich nie mehr der Öffentlichkeit.

Während die Ardennenoffensive versickerte, setzten sich die Russen von der Ostsee bis zu den Karpaten in Bewegung. Beim Durchmarsch durch Polen stieß die Rote Armee auf einen riesigen Industrie- und Lagerkomplex namens Oswiecim, in dem einige mehr tot als lebendig wirkende Skelette in gestreifter Häftlingskleidung den Befreiern ein paar in die Luft gesprengte Gebäude zeigten – Krematorien, in denen Millionen von Menschen heimlich ermordet und verbrannt worden waren. Ereignisse an der Ostfront wurden in der kalifornischen Presse kaum beachtet. Falls es überhaupt einen solchen Bericht gegeben haben sollte, mußte Byron über ihn hinweggelesen haben.

Binnen vier Wochen standen die Russen tief in Deutschland an der Oder-Neiße-Linie, an einigen Stellen keine hundert Kilometer von Berlin entfernt. Nachdem sie bisher immer auf dem Vormarsch gewesen waren, hielten sie jetzt des Nachschubs wegen inne. Jetzt befahl Hitler, das Gros seiner Truppen in heillosem Durcheinander wieder an die Ostfront zu werfen und die Westfront von Truppen zu entblößen. Gleichzeitig schickten sich Eisenhowers Armeen, die sich von der Ardennen-Offensive erholt hatten, an, den Rhein zu überqueren. Heute mag einem dieses gehetzte Hin- und Hergeschiebe der ständig schrumpfenden deutschen Verbände vom Osten nach Westen und wieder zurück absurd erscheinen wie die Launen eines Wahnsinnigen, doch Anfang 1945 hielt es die Militärs und die Eisenbahnen des Reiches ernsthaft in Bewegung. Zweifellos verlängerte es den Todeskampf des Reiches.

Von all diesem Hin- und Hergewoge des Kampfes in Europa erfuhr Byron nur sehr wenig. Er verstand mehr vom Pazifik. Gleichwohl stand ihm MacArthurs Philippinen-Feldzug vornehmlich als ein Meteor-Schauer von Kamikaze-Fliegern vor Augen, die sich auf die amerikanischen Schiffe stürzten. Er wußte, daß die Briten die Japaner aus Burma hinauswarfen; er las die Tag für Tag erscheinenden Berichte über Kämpfe an einem Fluß, der den Namen Irrawaddy trug, und er erfuhr, daß die amerikanischen ›Superfestungen‹ von den Marianen aus japanische Städte in Brand warfen. Die Eroberung von Iwo Jima war für ihn das große Ereignis im Pazifik – rund zwanzigtausend gefallene

amerikanische Marineinfanteristen, eine Felseninsel mit Flugplätzen, rund tausend Kilometer von Yokohama entfernt! Jetzt mußten die Japaner doch aufgeben!
Und in der Tat wurden in dieser Zeit von deutscher wie von japanischer Seite aus Friedensfühler ausgestreckt; zaghaft, inoffiziell, gegen die offizielle Regierungspolitik – und vergeblich. Offiziell verkündeten Deutschland und Japan trotzig den unmittelbar bevorstehenden Zusammenbruch ihrer kriegsmüden Gegner. Doch beide Länder waren in der Luft mittlerweile ganz und gar hilflos. Es wurden Pläne ausgearbeitet, ihre verbissenen und kompromißlosen Regierungen durch gewaltige Luftangriffe, bei denen Tausende und Abertausende von Menschen den Tod fanden, zu stürzen. Wie Byron warteten auch die alliierten Führer ungeduldig darauf, daß alles bald vorüber sein werde.
Mitte Februar wurden bei einem einzigen Luftangriff britischer und amerikanischer Bomber auf Dresden über hunderttausend Deutsche getötet.
Mitte März wurden bei einem einzigen Luftangriff amerikanischer ›Superfestungen‹ auf Tokio über hunderttausend Japaner getötet.
Diese ungeheuren Schlächtereien sind heute berüchtigt. An Byron, wie an fast allen Amerikanern, gingen sie als Schlagzeilen vorüber, die Tageserfolge in weiter Ferne meldeten. Bei diesen Angriffen kamen mehr Menschen um als später in Hiroshima und Nagasaki; doch sie boten nichts Neues. Albert Speer, Hitlers kluger Reichsminister für Rüstung und Kriegsproduktion, soll nach dem Krieg einem amerikanischen Air-Force-General Vorwürfe gemacht haben, warum sie nicht mehr Angriffe wie den auf Dresden geflogen hätten; das, sagte er, wäre der einzige Weg gewesen, den Krieg zu beenden; doch das hätten die Alliierten offenbar nicht erkannt.
Auch die Konferenz von Yalta, die zu Ende ging, als Dresden bombardiert wurde, bedeutete Byron nicht viel. In den Zeitungen wurde sie als Triumph einträchtiger alliierter Waffenbrüderschaft jubelnd gefeiert. Nur nach und nach setzte sich die Meinung durch, Roosevelt habe sich an Stalin ›verkauft‹. In der Tat hatte er den Balkan und Asien an Stalin verkauft, um dafür das Leben von Amerikanern zu retten. Stalin war hoch zufrieden mit diesem Handel und versprach mehr russische Gefallene, als er dann tatsächlich liefern mußte. Wären ihm die Tatsachen bekannt gewesen, wäre Byron Henry wahrscheinlich für diesen Handel gewesen. Doch ihm ging es nur darum, den Krieg zu gewinnen, seine Frau und seinen Sohn zu finden und nach Hause zu gehen.
In Yalta wollte und erhielt Roosevelt von Stalin das erneuerte Versprechen, Japan anzugreifen, sobald Deutschland geschlagen wäre. Er wußte noch nicht, ob die Atombombe ein Erfolg werden würde. Eine Landung in Japan, so lautete die Warnung seiner Berater, könne eine halbe Million und noch mehr

Gefallener bedeuten. Den Balkan und Polen hatte die Rote Armee ohnehin bereits in der Hand. Zweifellos spürte Roosevelt das allgemeine Gefühl in Amerika, wie es sich typisch in Byron Henry verkörperte: man wollte alles Unangenehme endlich hinter sich haben und hatte für geographische Gegebenheiten in der Fremde wenig Verständnis. Vielleicht sah er sogar voraus, daß die moderne Kriegführung bald an ihren eigenen, nicht mehr unter Kontrolle zu haltenden Schrecken zugrundegehen und die Geographie dann vielleicht nicht mehr von so großer Bedeutung sein würde. Sterbenden werden manchmal Visionen zuteil, die den Aktiven und Klugen nicht gegeben sind.

Aber wie dem auch sei, der Todeskampf zog sich länger und länger hin, und Mitte März erhielt die *Barracuda* Befehl, nach Pearl Harbor zurückzukehren. Dort wurde sie einem Rudel zugeteilt, das mit Hilfe des FM-Sonar ins Japanische Meer eindringen sollte.

51

8. Air Force Command
Army Air Corps
US Army Post Office
San Francisco
15. März 1945

Pamela, mein Herz –
erinnerst Du Dich noch an den General vom Army Air Corps, der bei der Moskauer Geburtstagsfeier eine ganze Flasche Wodka auf einen Zug leertrank und für die Leute vom Ballett so hinreißend tanzte? Er ist hier auf den Marianen und gehört zum Stab von LeMay. Ich schreibe diesen Brief in seinem Arbeitszimmer. Er fliegt nämlich morgen in die Staaten zurück und wird den Brief dort aufgeben. Ich hätte Dir sonst ein Telegramm schicken müssen. Ich möchte, daß wir uns in Washington treffen und nicht in San Diego, und bis dahin gibt es noch viel für Dich zu tun. Captain Williams, unser Marineattaché in London, ist ein Zauberkünstler, wenn es um Plätze in Flugzeugen geht. Sag ihm, Du wärst meine zukünftige Frau, und er bringt Dich nach Washington. Eine gute Nachricht: Rhodas Mann hat mir gegen Übernahme seines Mietvertrages seine Wohnung angeboten. Damit konnten die Anwälte etwas anfangen. An das finanzielle Quid-pro-quo hatte ich kaum gedacht: ich hatte einfach an meinen Anwalt Charly Lyons geschrieben, er solle den ganzen Streit abbrechen. Deshalb geht das Haus jetzt zu dem gebotenen Preis an Peters, und wir haben in der Connecticut Avenue eine Bleibe, in der wir uns einrichten können. Charly kümmert sich um den Mietvertrag und sorgt dafür, daß Du einziehen kannst; Peters hat sogar angeboten, die Wohnung nach Deinen Wünschen renovieren zu lassen.
Ich werde bald abgelöst, da bin ich ganz sicher. BuPers beschleunigt das Karrierekarussell. Es ist wie im letzten Viertel eines bereits gewonnenen Fußballspiels, wenn die Ersatzspieler aufs Spielfeld kommen, um noch ein paar Tore zu schießen. Ich werde um Versetzung nach Washington bitten, und dann können wir anfangen, unser Leben zu leben.
Meine bewegliche Habe ist noch in der Foxhall Road. Wie ich Rhoda kenne, hat

sie alles in Kisten und Kartons verpackt und irgendwo untergestellt, wo niemand es sieht. Laß das Zeug in die Wohnung bringen. Für meine Bücher wird kaum Platz sein, und Peters ist gewiß kein großer Leser. Laß sie also verpackt stehen; ich kaufe später Bücherregale.
Übrigens, Pam – sobald Du in Washington bist, laß Dir von Lyons Geld geben. Bitte keine Einwände; Du sollst Deine Ersparnisse nicht angreifen, und das Leben in Washington ist teuer. Bitte, kauf Dir an Kleidern, was Du brauchst. ›Aussteuer‹ ist wohl nicht das richtige Wort, aber wie Du es auch nennst, Deine Garderobe ist wichtig. Schließlich hast Du jahrelang in Uniform und Reisekleidung gelebt.
Ja, jetzt geht's wieder damit los. Du hast mir schon einmal Vorhaltungen gemacht, daß ich in meinen Briefen dauernd von Geld schreibe. Aber in ›Liebesgesäusel‹ bin ich nicht besonders gut – so nannten Warren und Byron als Jungen immer die Liebesszenen in den Cowboy-Filmen. Ich gebe zu, davon hast Du bei mir nicht viel gehabt, findest Du nicht auch? Und dabei lese ich die Liebesgedichte von Keats oder Shelley oder Heine mit tiefer innerer Anteilnahme; aber solche Gefühle ausdrücken kann ich ebensowenig, wie ich eine Frau zersägen könnte. Ich weiß einfach nicht, wie man das macht. Über die Unfähigkeit amerikanischer Männer, sich mitzuteilen, können wir uns ja ausgiebig unterhalten, wenn wir beide nackt im Bett liegen. (Wie findest Du das?)
Ich warte jetzt aufs Abendessen. LeMay hat mich eingeladen. Solange die *Iowa* zur Überholung in den Staaten ist, hat man mir die Admiralsunterkunft auf der *New Jersey* zugewiesen, und wir sind gerade zur Proviantübernahme eingelaufen. Diese Insel, Tinian, ist nur ein Felsen vor der Südküste von Saipan; ein natürliches, ideales Rollfeld für Bomber. Es ist ein riesiger Flugplatz, der größte der Welt, heißt es. Von hier aus starten die B-29-Superfestungen, um die Japaner mit Brandbomben zu belegen.
Die Japaner ringen mir nachgerade Achtung ab. Ich habe die Beschießung von Iwo Jima befehligt. Admiral Spruance hat gezeigt, was er kann, und er hat auch mir etwas zu tun gegeben. Tagelang habe ich von Schlachtschiffen, Schweren Kreuzern und Zerstörern aus die kleine Insel mit Granaten eingedeckt. Ich kann mir nicht vorstellen, daß auch nur ein Quadratmeter unversehrt geblieben ist. Außerdem wurde sie von den Trägerflugzeugen mit Bomben belegt. Als unsere Truppen dann landeten, herrschte auf der Insel Grabesstille. Und dann kamen die Japse aus den unterirdischen Löchern, in denen sie sich verkrochen hatten, und von unseren Marineinfanteristen mußten fünfundzwanzigtausend das Leben lassen. Es war die blutigste Schlacht im ganzen Pazifik. Meine Schiffe belegten sie mit einem Feuerhagel, die Maschinen von

den Flugzeugträgern flogen pausenlos ihre Angriffe, aber sie wollten nicht aufgeben. Als wir Iwo Jima endlich in der Hand hatten, glaube ich, waren keine fünfzig Japaner mehr am Leben.
Gleichzeitig machten ihre Kamikaze-Flieger unseren Geschwadern die Hölle heiß. Die Kampfmoral in der Flotte ist tief gesunken. Die Leute glaubten schon, sie hätten den Krieg gewonnen, und da kommen diese Japaner mit dieser Selbstmordwaffe. Unsere Journalisten verteufeln die Kamikaze-Flieger als Fanatiker, Verrückte, Drogensüchtige und was weiß ich sonst noch. Das ist törichtes Geschwätz. Dieselben Blätter haben nach Pearl Harbor das Lob des Piloten Colin Kelly gesungen, der sich mit seiner Maschine vor Luzon in den Schornstein eines Schlachtschiffes gestürzt hat. Das Aufheben, das die Presse damals von Kelly machte, schlug Wellen. Dabei stimmte die Geschichte nicht einmal; Kelly wurde bei einem Bombenangriff abgeschossen. Die Japaner dagegen haben Tausende von Colin Kellys. Die Kamikaze-Flieger mögen unwissend und irregeleitet sein, sie können auch den Krieg nicht mehr gewinnen, aber diese Opferbereitschaft junger Männer entbehrt nicht einer gewissen traurigen Größe; ich bewundere und bedaure die Kultur, die sie hervorgebracht hat, wenn ich zugleich auch die Einstellung nicht billigen kann, der ein Menschenleben so wenig gilt.
Spruance stellt die Notwendigkeit, Iwo Jima einzunehmen, heute in Frage; doch LeMay wollte einen Notlandeplatz auf halbem Wege nach Tokio haben. Die B-29 starten in riesigen Geschwadern; Fitzpatrick hat mir gesagt, seit wir Iwo Jima hätten, seien die Verluste merklich zurückgegangen. Auch auf die Moral des fliegenden Personals hätte es sich ausgewirkt. Ob es das wert war oder nicht – das Blut ist vergossen worden.
Fitzpatrick hat mich eingeladen, dem Start und der Landung des größten Bomberpulks im ganzen Krieg beizuwohnen. Pamela, es ist ein unbeschreibliches Schauspiel, wenn diese Riesenvögel einer nach dem anderen abfliegen – stundenlang, ohne Unterbrechung. Mein Gott, was die amerikanischen Fabriken ausgestoßen haben und welche Massen an Piloten die Army ausgebildet hat! Fitzpatrick ist bei diesem Angriff mitgeflogen. Fast ganz Tokio sei zerstört, sagt er, es brenne vom einen Ende bis zum andern, und viele Quadratkilometer von diesen kleinen Streichholzschachtelhäusern seien abgebrannt. Eine halbe Million Menschen, meint er, müßten dabei umgekommen sein.
Sicher, diese Air-Force-Leute neigen dazu, den Schaden, den sie anrichten, zu überschätzen. Aber ich habe diese gewaltige Luftflotte starten sehen. Zweifellos hat sie wieder einen Feuersturm entfacht wie in Hamburg oder Dresden. Ein Brand von solchen gigantischen Ausmaßen verbraucht den

ganzen Sauerstoff in der Luft, hat man mir erzählt; die Menschen ersticken, wenn sie nicht verbrennen. Bis jetzt hört man von den Japanern kein Wort darüber, aber früher oder später wirst Du bestimmt viele Geschichten über diesen Angriff zu hören und zu lesen bekommen.
Hier in der Offiziersmesse habe ich in alten Zeitungen und Illustrierten über den Angriff auf Dresden gelesen. Die Deutschen haben Zeter und Mordio geschrien. Es muß sie ungeheuer getroffen haben. Meine Tour durch die Sowjetunion setzt mich instand, Dr. Goebbels' angstvolles Gejammer über Dresden ungerührt über mich ergehen zu lassen. Wenn die Russen so viele Maschinen und Piloten hätten wie wir, würden sie jede Woche einen solchen Angriff auf eine deutsche Stadt fliegen, bis der Krieg zu Ende ist. Sie würden es mit Freuden tun und den Deutschen damit noch nicht einmal die Hälfte der Verwüstung heimzahlen, die sie in der Sowjetunion unter der Zivilbevölkerung angerichtet haben. Ich glaube, die Deutschen haben mehr russische Halbwüchsige als Partisanen aufgeknüpft, als die Zahl derer beträgt, die bei den Bombenangriffen umgekommen sind. Gott weiß, daß mir die Dresdner Frauen und Kinder leid tun, deren verkohlte Leichen sich auf Goebbels' Propagandaphotos häufen; aber niemand hat die Deutschen gezwungen, Hitler zu folgen. Er ist kein legitimer Führer. Er ist ein Großmaul, und sie flogen auf das, was er sagte. Sie haben sich hinter ihn gestellt und den Feuersturm entfacht, der sämtliche anständigen Regungen aus der menschlichen Gesellschaft herausgefressen hat. Mein Sohn ist im Kampf dagegen gefallen. Er hat uns alle zu Wilden gemacht. Hitler hat sich in seiner Wildheit gesonnt, hat sie zu seinem Schlachtruf erklärt, und die Deutschen haben *Sieg Heil* geschrien. Noch immer opfern sie ihm ihr Leben und das Leben ihrer unglücklichen Familien. Sollen Sie Freude an ihrem Führer haben, solange es ihn noch gibt.
Die Japaner schienen ihre Züchtigung anders zu nehmen. Auch sie haben in reichem Maße verdient, was jetzt mit ihnen geschieht, aber sie halten sich, als wüßten sie es.
Herrgott im Himmel, ich wünschte, diese ganze Verrohung hätte endlich ein Ende!
Pamela, hast Du Roosevelts Bericht über die Konferenz von Jalta im Radio gehört? Mir hat er Angst gemacht. Diese dauernden Abschweifungen! Seine Sprache war so verschwommen, als wäre er krank oder betrunken. Er hat sich dafür entschuldigt, im Sitzen zu sprechen, und redete von »all dem Eisen an meinen Beinen«. Ich habe ihn noch nie von seiner Lähmung sprechen hören. Wenn jetzt noch etwas schiefgehen kann in diesem Krieg, so wäre es sein Tod oder seine Unfähigkeit weiterzumachen... Da kommt General Fitzpatrick. Er holt mich zum Essen ab. Ich hatte eigentlich nicht vor, mich über Krieg und

Politik auszulassen, und jetzt habe ich keine Zeit mehr für ›Liebesgesäusel‹. Du weißt, daß ich Dich von Herzen liebe. Nach Midway glaubte ich, mein Leben wäre zu Ende. In gewisser Weise war es das auch, Du hast es ja selbst gesehen. Ich war ein kämpfender Leichnam. Jetzt bin ich wieder lebendig oder werde es sein, wenn wir uns als Mann und Frau umarmen. Auf Wiedersehen in Washington!

Viel Liebesgesäusel,
Pug

Glücklicher, als sie es jemals für möglich gehalten hätte, aber auch nervös, hielt Pamela durch das offene Fenster immer wieder nach dem Möbelwagen Ausschau. Die blühende Magnolie vor dem alten Mietshaus erfüllte die Luft bis zum dritten Stock hinauf mit ihrem süßen Duft. Auf dem Schulhof auf der anderen Seite der windigen, besonnten Avenue ließen Kirschbäume ihre weißen Blütenblätter an dem Fahnenmast mit dem frisch flatternden Sternenbanner und den Narzissen drumherum niederregnen. Washington im Frühling – wieder; doch welch ein Unterschied zu früher!

Halb war ihr, als lebte sie in einem Traum. Wieder in dieser reichen, heilen wunderschönen Stadt zu sein, unter diesen gutgekleideten und gutgenährten, emsigen Amerikanern; in Geschäften einzukaufen, die vollgestopft waren mit schönen Kleidern, sich in Restaurants an Fleisch und Früchten gütlich zu tun, die man in London seit Jahren nicht mehr gesehen hatte; nicht im Kielwasser ihres armen Vaters zu schwimmen, nicht den Zusammenbruch Englands fürchten zu müssen, nicht von Schuldgefühlen, Kummer oder Schwermut angekränkelt, sondern verheiratet zu sein mit Victor Henry! Colonel Peters' Wohnung mit den großen Räumen und der maskulinen Einrichtung (bis auf das kitschige, rosa-goldene Boudoir, das die ganze Wonne einer Nutte sein mußte) ließ sie immer noch ein wenig frösteln. Sie war so groß und so sehr das Nest eines Fremden, in dem nichts an Pug denken ließ. Heute jedoch sollte sich das ändern.

Der Möbelwagen kam. Zwei schwitzende Männer ächzten unter der Last von Koffern, Aktenordnern, Umzugskisten und Kartons – mehr und mehr und immer mehr. Das Wohnzimmer war bald voll. Als Rhoda kam, war Pamela erleichtert. Sie hatte sich davor gefürchtet, über Pugs Sachen mit seiner Ex-Frau zu verhandeln; eine höchst unangenehme Sache, hatte sie gedacht. Dennoch war es verdammt vernünftig gewesen, Rhodas Hilfe anzunehmen. Mrs. Harrison Peters war lebendig wie ein Fisch im Wasser in ihrem österlichen Aufzug: pastellfarbenes Kostüm, riesiger Seidenhut mit Schleier, dazu passende Schuhe und Handschuhe. Sie sei auf dem Weg zu einem Tee, sagte sie, einer Wohltätigkeitsveranstaltung der Kirche. Sie hatte eine lange, maschinengetippte Liste von Pugs Sachen mitgebracht. Jedes Behältnis war numeriert, und auf der List stand, was er enthielt. »Machen Sie sich bloß nicht die Mühe, die Nummern sieben, acht und neun aufzumachen, meine Liebe. Bücher. Egal, wie Sie sie aufstellen, er *knurrt*. Und lassen Sie mal sehen, ja, Nummern drei und vier – das sind Wintersachen; Anzüge, Pullover, Mäntel und so weiter. Mottenkugeln habe ich hineingelegt. Hängen Sie sie im September zum Auslüften raus und bringen Sie sie zur Reinigung, dann sind sie in Ordnung. Am besten verstauen Sie das Zeug solange in dem überzähligen Zimmer. Wo ist das?«

Verwundert entfuhr es Pamela: »Ja, wissen Sie das denn nicht?«

»Ich war noch nie hier. – Junger Mann, ein paar von diesen Sachen müssen woanders hin, bitte.«

Rhoda übernahm das Regiment. Sie wies die Männer an, Kisten hin- und herzuschieben und diejenigen zu öffnen, die zugenagelt oder verschnürt waren. Als sie gegangen waren, holte sie die Schlüssel zu den Schiffskoffern und kleineren Reisekoffern hervor, machte sich an das Auspacken von Pugs Kleidung und redete dabei – etwa darüber, wie er seine Hemden gern hatte, die chemische Reinigung, die er bevorzugte, und so weiter. Ihre liebevoll-besitzergreifende Art und der Ton, mit dem sie über Pug redete – ein bißchen wie eine Mutter, die für einen erwachsenen Sohn packt, der auf eine lange Reise geht –, brachte Pamela ziemlich in Verwirrung. Liebevoll mit der Hand über seine Anzüge fahrend, berichtete Rhoda, wo sie geschneidert worden waren, welche er am liebsten trug und welche er nur selten anzog. Zweimal erwähnte sie, sein Taillenumfang sei immer noch derselbe wie am Tag ihrer Hochzeit. Sorgfältig stellte sie seine Schuhe in Peters' Schuhschrank nebeneinander. »Die Schuhspanner müssen Sie *immer* reintun, meine Liebe. Er möchte immer, daß seine Schuhe genau *so* aussehen. Aber glauben Sie, er nimmt sich auch nur fünf Sekunden Zeit, die Spanner reinzutun? Nie! Wenn er nicht im Dienst ist, hat er etwas von einem zerstreuten Professor, Sie werden es noch merken. Das ist doch das allerletzte, was man von Pug Henry erwartet, nicht wahr?«

»Rhoda, ich glaube, mit dem Rest werde ich jetzt allein fertig. Ich bin Ihnen schrecklich dankbar, daß . . .«

»Ach? Aber da ist noch Nummer fünfzehn. Machen wir die mal auf. Es ist nicht einfach, alles gerecht zu verteilen. Da sind ein paar Dinge, die Pug und mir gemeinsam gehört haben. Einer von uns wird sich damit abfinden müssen, sie nicht mehr zu haben. Daran läßt sich nichts ändern. Bilder, Erinnerungen,

solche Sachen. Ich nehme alles, worauf er keinen Wert legt. Fairer geht's doch nicht, oder?« Rhoda bedachte sie mit einem strahlenden Lächeln.
»Gewiß nicht«, sagte Pamela, und um das Thema zu wechseln, fügte sie hinzu: »Hören Sie, da ist etwas, was mich beunruhigt. Haben Sie gesagt, Sie sind noch nie hier gewesen?«
»Nein.«
»Warum nicht?«
»Nun, meine Liebe, bevor ich Hack heiratete, wäre ich nicht im *Traum* darauf gekommen, einen Fuß in seine Junggesellenbude zu setzen. Und hinterher, nun ja . . .« Rhodas Mund verzog sich, und plötzlich sah sie härter, älter und sehr zynisch aus. »Ich kam zu dem Schluß, daß ich mit alledem hier nichts zu tun haben wollte. Muß ich noch deutlicher werden?«
Im Verlauf des kurzen, unangenehmen Zusammentreffens im Büro des Rechtsanwalts, als es darum ging, die Dokumente über das Haus und die Wohnung zu unterzeichnen – Pamela war auf Bitten von Pugs Anwalt dabeigewesen, und Rhoda hatte sich erboten, ihr beim Umzug zu helfen –, war dieser Ausdruck für einen Augenblick auf Rhodas Gesicht erschienen, als Peters unverhofft und verächtlich über eine Bemerkung von ihr hinweggegangen war.
»Nein, das ist wohl nicht nötig.«
»Na schön, dann sehen wir uns mal Nummer fünfzehn an, ja? Schauen Sie!«
Rhoda brachte Photoalben mit Bildern der Kinder ans Licht, der Häuser, in denen die Henrys gewohnt hatten, von Ausflügen, Tanzereien, Banketten, Schiffen, auf denen Pug gedient hatte – Rhoda neben ihm vor einem Geschütz posierend, zu zweit an Deck oder gemeinsam mit dem Kommandanten. Es gab gerahmte Bilder des Paares – jung, nicht mehr so jung, in mittleren Jahren, aber immer nahe beieinander, vertraut, glücklich; für gewöhnlich schaute Pug Rhoda halb bewundernd und halb amüsiert an; der Ausdruck eines liebenden Gatten, der sich ihrer Schwächen bewußt und dennoch verrückt nach ihr war. Nie zuvor hatte Pamela das Gefühl gehabt, sich in Victor Henrys Leben einzumischen; mit wem er bisher auch zusammengelebt hatte, das Zentrum seiner Persönlichkeit war für immer mit dieser Frau verbunden.
»Nehmen Sie das hier zum Beispiel«, sagte Rhoda, legte das ledergebundene Warren-Album auf eine Kiste und blätterte darin. »Dabei ist es mir wirklich schwergefallen, das kann ich Ihnen sagen. Natürlich habe ich nie daran gedacht, zwei davon anzulegen. Vielleicht ist es schmerzlich für Pug, ich weiß es nicht. Jedenfalls hänge ich daran. Ich habe es für ihn gemacht, und er hat nie auch nur ein Wort darüber verloren.« Mit harten, glänzenden Augen sah Rhoda Pamela an. »Manchmal werden Sie feststellen, daß es wirklich schwer

ist, zu erraten, was er denkt. Oder wissen Sie das schon?« Behutsam schloß sie das Album. »Nun, jedenfalls ist es hier. Pug kann es haben, wenn er es haben will.«
»Rhoda«, sagte Pamela, und es fiel ihr schwer, das zu sagen, »ich glaube nicht, daß er möchte, daß Sie solche Sachen weggeben, und . . .«
»Ach, da ist noch manches mehr, *viel* mehr. Ich habe meinen Teil. Was sich im Laufe von dreißig Jahren so alles *ansammelt!* Sie brauchen mir *nichts* darüber zu sagen, was ich alles aufgegeben habe, meine Liebe. Aber lassen Sie mich noch einen Blick in Hacks Lasterhöhle werfen, ja? Und dann mach' ich mich auf den Weg. Haben Sie wenigstens eine anständige Küche?«
»Riesengroß«, sagte Pamela. »Kommen Sie, hier durch.«
»Ich wette, die hat vor Schmutz *gestarrt.*«
»Nun, ich mußte einigermaßen putzen und scheuern.« Pamela lachte nervös auf. »Junggesellen, wissen Sie.«
»*Männer*, meine Liebe. Trotzdem gibt es einen Unterschied zwischen Navy und Army, das ist mir schon aufgegangen.« Während Pamela Rhoda durch die Wohnung führte, versuchte sie, unbemerkt an der geschlossenen Tür des rosagoldenen Boudoirs vorbeizukommen, aber Rhoda machte sie auf und marschierte hinein. »Mein Gott! Das ist ja das reinste *Bordell!*«
»Da wird einem ein bißchen schwindelig, nicht wahr?«
»*Abscheulich* ist das. Warum haben Sie von Hack nicht verlangt, daß er es neu streichen und einrichten läßt?«
»Ach, es ist einfacher, es zuzuschließen und nicht zu benutzen. Ich brauche es nicht.«
Eine ganze Wand bestand aus Spiegelglastüren, hinter denen sich ein Riesenschrank verbarg. Die beiden Frauen standen Seite an Seite und blickten in den Spiegel: Rhoda war elegant gekleidet, Pamela trug einen glatten Rock mit einer einfachen Bluse.
Sie sah aus, als wäre sie Rhodas Tochter.
Ich brauche es nicht – das konnte eine ebenso nichtssagende wie ernst gemeinte Bemerkung sein. Aber Rhoda sagte nichts dazu. Ihre Blicke trafen sich im Spiegel. Das Schweigen zog sich in die Länge. Die Worte gewannen von Sekunde zu Sekunde an Bedeutung und auch an Taktlosigkeit. In Pugs Zimmer stand nur ein Doppelbett. Die harmlose Feststellung schwoll zu etwas an, das wohl auch der Wahrheit entsprach: *Ich schlafe mit Pug und werde in diesem Zimmer mit ihm leben. Es gibt genug Schränke für uns beide. Ich will keine getrennten Schlafzimmer. Dazu liebe ich ihn viel zu sehr. Ich möchte in seiner Nähe sein.*
Rhodas Mund verzog sich. Die Augen in ihrem Spiegelbild wanderten zynisch

und traurig durch den geschmacklos-aufdringlichen Raum. »Ja, das mag sein. Hack und ich finden getrennte Schlafzimmer recht nützlich; aber schließlich wird man älter, nicht wahr? Nun, was gibt's sonst noch zu sehen?«
Wieder im Wohnzimmer, blickte sie zum Fenster hinaus und sagte: »Diese Wohnung geht nach Süden. Das ist schön. Was für eine reizende Magnolie. Diese alten Apartmenthäuser sind doch immer noch die besten. Macht der Schulhof denn nicht viel Lärm? Jetzt ist die Schule selbstverständlich schon vorbei.«
»Es ist mir noch nicht aufgefallen.«
»Warum ist denn Halbmast geflaggt, wissen Sie das?«
»Ist es das? Vor einer halben Stunde war es noch nicht.«
»Sind Sie sich sicher?« Die Stirn runzelnd, sagte Rhoda: »Vielleicht irgend etwas, was mit dem Krieg zu tun hat.«
Pamela sagte: »Ich stelle mal das Radio an.«
Das Gerät wurde langsam warm; zunächst kam eine geschwätzige Lucky-Strike-Reklame. Pamela drehte am Sendeknopf.
». . . *Chief Justice Stone ist jetzt auf dem Weg ins Weiße Haus*«, sagte ein Ansager mit geschulter dramatischer Stimme, in der offensichtlich ein echtes Gefühl mitschwang, »*um Vizepräsident Harry Truman zu vereidigen. Mrs. Eleanor Roosevelt fliegt nach Warm Springs, Georgia . . .*«
»Gott behüte, der *Präsident!*« rief Rhoda. Sie griff sich an die Stirn; ihr Hut rutschte nach hinten.
Die Nachrichten waren ziemlich dürftig. Er sei in seinem Ferienhaus in Georgia unvermutet einem Schlaganfall erlegen. Das war alles. Der Ansager redete weiter, beschrieb die Reaktionen in Washington. Rhoda gab Pamela mit einer Handbewegung zu verstehen, sie solle den Apparat abstellen. Sie ließ sich auf einen Sessel fallen und starrte vor sich hin. »Franklin Roosevelt tot! Ja, das ist wie das Ende der Welt!« Ihre Stimme klang heiser. »Ich habe ihn gekannt. Ich habe bei einem Dinner im Weißen Haus neben ihm gesessen, er war mein Tischherr. Welch ein *Charmeur*, dieser Mann! Wissen Sie, was er zu mir gesagt hat? Ich werde es mein Lebtag nicht vergessen. Er sagte: ›*Nicht viele Männer verdienen eine Frau, die so schön ist wie Sie, Rhoda, aber Pug hat es verdient.*‹ Wortwörtlich hat er das gesagt! Einfach, um nett zu sein, verstehen Sie? Allerdings hat er mich dabei angeschaut, als meinte er es wirklich ernst. Tot! Roosevelt! Was wird jetzt aus dem Krieg? Truman ist ein *Niemand*. Ach, welch ein Alptraum!«
»Es ist grauenhaft«, sagte Pamela, und im Geiste ließ sie die strategische Lage rasch Revue passieren, um herauszufinden, ob Pugs Rückkehr nach Washington wohl dadurch gefährdet würde.

»Hack sagt, er hätte ein paar Flaschen Schnaps zurückgelassen«, sagte Rhoda.
»Eine ganze Menge sogar.«
»Ach, wissen Sie was? Zum Teufel mit diesem Tee. Geben Sie mir einen anständigen Scotch, ja, seien Sie so lieb? Und dann gehe ich nach Hause.«
Pamela schenkte draußen in der Küche die Gläser voll, da hörte sie Schluchzen. Sie eilte ins Wohnzimmer zurück. Zwischen den leeren Kisten, Kartons und Koffer saß Rhoda in Tränen aufgelöst da, den Hut schief auf dem Kopf und das Warren-Album aufgeschlagen auf dem Schoß. »Das ist das Ende der Welt«, schluchzte sie. »Das Ende.«

52

Das bittere Ende
(Aus ›Hitler als Feldherr‹ von Armin von Roon)

Kurze Freude

Am 12. April, als wir von Roosevelts Tod erfuhren, war ich unterwegs, um die Verteidigungsanlagen von Berlin zu inspizieren, hauptsächlich aber, um für Speer festzustellen, wie weit die Vorbereitungen für die Sprengungen gediehen waren. Als ich in den Bunker zurückkehrte, hörte ich schon auf den Treppen den Widerhall der Freudenrufe. Bei meinem Eintreten war eine kleine Feier im Gange, bei der weder Champagner, Kuchen, Tanz und Musik noch glückverheißende Trinksprüche fehlten. Inmitten des ganzen Trubels saß Hitler lächelnd und wohlwollend-benommen da und hielt sich mit der rechten Hand die Linke, damit sie nicht allzusehr zitterte. Sogar Goebbels ließ sich herab, mich zu begrüßen; er hinkte auf mich zu und winkte mit einer Zeitung. »Nur fröhliche Gesichter hier heute abend, General. Endlich die große Wende. Der verrückte Hund ist verreckt.«
Das war die Grundstimmung der kleinen Feier. Das war die Wende, auf die Deutschland hoffte, das neue »Wunder des Hauses Brandenburg«, die Befreiung Friedrichs des Großen durch den Tod der Zarin, Version 1945. Es war ein beträchtlicher Erfolg für die Astrologen. Sie hatten die große Wende für Mitte April vorhergesagt.
Währenddessen sammelten die Russen sich unter Schukow an der Oder, an einer Stelle standen sie nur fünfunddreißig Kilometer vom Bunker entfernt; Eisenhower marschierte auf die Elbe zu; im Süden, in Italien, durchbrachen die Anglo-Amerikaner unsere Linien; eine weitere russische Streitmacht unter Konjew wälzte sich über den Balkan, um den Vorstoß Schukows und der Amerikaner auf Berlin zu entlasten. Tag und Nacht fielen die Bomben auf die Stadt. Unsere Produktion von Kriegsmaterial war praktisch zum Erliegen gekommen. Überall gingen unseren Verbänden Munition und Treibstoff aus. Millionen von Flüchtlingen aus dem Osten und dem Westen verstopften die Straßen und brachten die Truppenbewegungen zum Stillstand. Hier und da wurden von der SS Eisenbahnzüge eingesetzt, die dann die Strecken blockierten. Doch was bedeutete das alles in der Atmosphäre der Betonhöhle unter der Reichskanzlei? Sie war eine Stätte der Träume und der Phantastereien. Jeder Vorwand, Optimismus zu zeigen, wurde zu der ›großen Wende‹ hochgejubelt, wenn auch nichts dem kurzen Jubel über Roosevelts Tod gleichkam.
Am nächsten Tag nahm die Rote Armee Wien, und die Stimmung begann wieder zu sinken. Trotzdem saß ich an diesem Tag mit Speer zusammen. Wir sprachen

gerade über das schwerwiegende Problem der Sprengungen, als Robert Ley hereinkam und großspurig verkündete, irgendein Hinterhofgenie habe die ›Todesstrahlen‹ erfunden. Das dazugehörige Gerät sei ebenso einfach herzustellen wie ein Maschinengewehr. Ley habe die Pläne selbst gesehen; namhafte Wissenschaftler hätten das Gerät für ihn geprüft. Das sei die große Wende, wenn Speer nur anfinge, das Ding sofort in Massenproduktion gehen zu lassen. Mit todernstem Gesicht ernannte Speer Ley auf der Stelle zum ›Beauftragten für die Todesstrahlen‹, übertrug ihm die Weisungsbefugnis über die gesamte deutsche Industrie und beauftragte ihn, in seinem, Speers Namen die Produktion der Wunderwaffe aufzunehmen. Glücklich und dümmlich redend ging Ley, und wir wandten uns wieder unserem schwierigen Thema zu.

Der ganze Schwindel mit den ›Wunderwaffen‹ und den ›Geheimwaffen‹ stellte Speer auf eine harte Probe; ich wurde abermals Verbindungsoffizier zum Oberkommando der Wehrmacht. Generale, Industrielle, hochstehende Politiker und einfache Leute traten augenzwinkernd an mich heran. »Ist es nicht an der Zeit, daß der Führer die Geheimwaffe losläßt? Wann ist es denn endlich so weit?« Sogar meine eigene Frau, die Tochter eines Generals und Offiziersfrau bis in die Knochen, fragte mich danach. Bis jetzt hat Goebbels diese grausame Irreführung nur durch ›inoffizielle Kanäle‹ und Flüsterkampagnen durchsickern lassen – nur um das Blutvergießen weitergehen und den Nazi-Krebs weiterwuchern zu lassen.

Die Partei übernimmt das Kommando

Im Jahre 1945 hatte dieser Krebs im gesamten Vaterland Metastasen gebildet. Parteitrottel und Rüpel wie Ley hatten die Dienststellen des Staates und die Wehrmacht durchsetzt. Die Waffen-SS war zu einer rivalisierenden Neben-Armee geworden, die die besten Rekruten und das neueste Material für sich beanspruchte. Im Januar ernannte Hitler sogar Heinrich Himmler zum Oberbefehlshaber der Heeresgruppe Weichsel, die im Norden die Hauptlast des sowjetischen Durchbruchs zu spüren bekam. Das Ergebnis war katastrophal. Himmlers Vorstellung vom Feldherrentum bestand darin, Offiziere exekutieren zu lassen, die unhaltbare Stellungen, die zu halten er befohlen hatte, nicht halten konnten. Später drohte er, auch noch ihre Familien umzubringen. Reihenweise hingen an den Brücken und in den Dörfern seines Bereiches die Leichen gehenkter deutscher Soldaten, die Schilder mit der Aufschrift ›Feigling‹ oder ›Verräter‹ um den Hals trugen.

Selbstverständlich schwächte die nationalsozialistische ›Begeisterung‹ die ohnehin im Schwinden begriffene Kampfkraft unserer Truppen. Die Russen durchbrachen Himmlers Front und stießen zügig zur Ostsee vor, wodurch bedeutende deutsche Verbände in Ostpreußen und Lettland abgeschnitten wurden. Nur Dönitz' hervorragende Evakuierung übers Meer – ein vergessenes Rettungsunternehmen, wesentlich bedeutender als das von Dünkirchen – rettete diese Truppen und große Teile der Zivilbevölkerung. Wie erst später bekannt wurde, streckte Himmler insgeheim über Schweden Friedensfühler aus; gleichzeitig begann er phantastische Verhandlungen darüber, die noch überlebenden Juden für ein riesiges Lösegeld freizulassen.

Zuletzt, wenn auch viel zu spät, schickte Hitler General Heinrici, dieses unfähige Ungeheuer abzulösen. Dann zeigte er sich selbst als echter Nazi. Als die Amerikaner im Handstreich die Rheinbrücke von Remagen eroberten, bekam er einen Tobsuchtsanfall und befahl, fünf hervorragende Offiziere zu erschießen, weil sie es versäumt hatten, die Brücke rechtzeitig in die Luft zu sprengen. Einer von ihnen war mein Schwager. Unter solchen Umständen kann der Fahneneid eine Last sein.

Speer gegen Hitler

Mein Dienst als Verbindungsoffizier zu Speer stellte meine Loyalität bis an die Grenze des Erträglichen auf die Probe, denn was die befohlenen Zerstörungen betraf, stand ich zwischen ihm und Hitler. Der Führer ordnete angesichts der vorrückenden Gegner im Osten und im Westen die ›Politik der verbrannten Erde‹ an. In Berlin sollten lebenswichtige Einrichtungen durch unsere eigenen Pioniere zerstört werden. Die Wehrmacht sollte überall auf dem Rückzug Brücken, Eisenbahnlinien, Kanäle und Autobahnen sprengen und eine »Transport-Wüste« hinterlassen; wir sollten die Kohlebergwerke an der Ruhr unter Wasser setzen, die Stahlwerke in die Luft jagen, die Gas- und Elektrizitätswerke und die Staudämme sprengen und Deutschland praktisch für hundert Jahre unbewohnbar machen. Als Speer es wagte, Einwände dagegen zu erheben, schrie Hitler ihn an, die Deutschen hätten sich ohnehin als unfähig erwiesen zu überleben – und was des verbohrten grausamen Unsinns mehr war.

Speer war ein ebenso verschworener Nationalsozialist wie alle anderen auch. Seine Beflissenheit Hitler gegenüber war mir immer zuwider; trotzdem war er ein Meister der modernen Technologie, und die Verantwortung für die Kriegsproduktion Deutschlands hatte ihn gezwungen, einen kühlen Kopf zu bewahren. Er wußte, daß der Krieg verloren war, und riskierte jetzt monatelang Kopf und Kragen, indem er Hitlers Vernichtungsbefehle unterlief. Manchmal wand er sich heraus, indem er behauptete, wir würden bald auf all diese Brücken und anderen Einrichtungen wieder angewiesen sein, um die brillanten Gegenoffensivpläne des Führers auszuführen und das verlorene Gelände zurückzugewinnen. Bei anderen Gelegenheiten frisierte er Hitlers Befehle, willigte in die Sprengung einer Brücke ein, ließ aber alles andere in diesem Gebiet intakt.

Unglücklicherweise staute sich dieser Schwindel bei mir, denn ich hatte mit den Generalen zu tun, die Hitlers Befehle empfingen. Meine Aufgabe war es, dafür zu sorgen, daß bei der Ausführung Verzögerungen eintraten. Nach der Erschießung der vier Remagen-Offiziere wurde es immer schwierig, die Generale zu überzeugen. Bei den Lageberichten übertrieb ich das Ausmaß der Zerstörungen, die vorgenommen wären, und mußte, was den Rest betraf, Ausflüchte machen. Dabei setzte ich wie Speer mein Leben aufs Spiel. Der Führer war so sehr in seiner wirklichkeitsfernen Traumwelt befangen, daß man sich mit etwas Glück durch Konferenzen mogeln konnte, indem man ein oder zwei unwichtige Fragen beantwortete.

Außerdem stand ich, wenn es darum ging, ihm etwas vorzumachen, nicht allein da. Die Lagebesprechungen im April waren zu reinen Sandkastenspielen geworden, die mit der entsetzlichen Wirklichkeit außerhalb des Bunkers nichts zu tun hatten. Hitler hockte grübelnd über Karten, befahl, Divisionen, die nur noch in seiner Phantasie existierten, hierhin oder dorthin zu werfen, plante gewaltige Gegenangriffe, stritt über kleinere Rückzüge genauso wie früher – nur, daß von alledem in Wirklichkeit nichts mehr geschah. Alle hatten wir uns stillschweigend verschworen, ihn mit beschwichtigenden Scheingründen bei Laune zu halten. Gleichwohl konnte er auch weiterhin mit unserer Loyalität rechnen. Keitel und Jodl gaben pausenlos methodische und realistische Befehle heraus, um mit der Situation des Zusammenbruchs fertigzuwerden, in die deutsches Ehrgefühl uns geführt hatte. Selbstverständlich konnte es nicht so weitergehen. Irgendwann mußte die Wirklichkeit verheerend in das Traumland einbrechen.

Der Zusammenbruch

Am 20. April, während einer kleinen Geburtstagsfeier für Hitler, erklärte Jodl, ich müsse augenblicklich fort und in Zusammenarbeit mit Dönitz' Stab ein OKW-Nord aufbauen. Unsere Telephon- und Fernschreibverbindungen konnten jeden Augenblick dadurch gekappt werden, daß Amerikaner und Russen an der Elbe zusammentrafen. Unsere militärische Ausrichtung müsse um neunzig Grad gewendet werden: statt nach Westen und Osten zu starren, müßten wir jetzt nach Norden und Süden blicken, hätten wir jetzt eine Nord- und eine Süd->Front‹. Die unheimliche Düsternis, die all dies damals hatte, ist mit Worten einfach nicht zu beschreiben. Jedenfalls verpaßte ich den historischen Ausbruch anläßlich der Lagebesprechung am 22. April, die zu Hitlers Entschluß führte, in Berlin zu sterben, statt auf den Obersalzberg zu fliegen, um den Krieg von dieser kleinen Bergfeste aus weiterzuführen.

In meiner Operationsanalyse der Schlacht um Berlin gehe ich sehr detailliert auf die Ereignisse des 22. April ein, die mit dem Phantom ›Steiner-Angriff‹ zusammenhingen. Diesmal ließ Hitler sich nicht mit frommen Lügen beschwichtigen; russische Granaten schlugen in der Reichskanzlei ein und erschütterten die Wände des Bunkers. Er hatte einen großen Gegenangriff aus den südlichen Vororten unter

SS-General Steiner befohlen. Der Stab hatte ihm – wie üblich – versichert, daß der Angriff laufe. Nun wollte er wissen, wo Steiner bleibe? Warum die Russen nicht zurückgeworfen würden?
Als man ihn schließlich dazu brachte, sich einzugestehen, daß es keinen Steiner-Angriff gab, bekam Hitler einen so furchtbaren Tobsuchtsanfall, daß keiner der Anwesenden später zusammenhängend darüber reden oder schreiben konnte. Es war wie der letzte Ausbruch eines sterbenden Vulkans, eine erschreckende Explosion; hinterher war der Mann nur noch eine leere Hülse, wie ich später selbst feststellen sollte; ein drei Stunden währender, kreischender Tobsuchtsanfall über all den Betrug, den Verrat und die Unfähigkeit, die sein Genie mißbraucht, den Krieg verloren und Deutschland zerstört hätten. Damals beschloß er, Selbstmord zu begehen. Nichts konnte ihn daran hindern. Die Folge war am nächsten Tag ein gewaltiger Auszug aus dem Bunker. Jodl und Keitel gingen nach Nordwesten, um sich mit Dönitz zu vereinigen; die meisten Angehörigen seines Trosses verschwanden in Richtung Westen, um das eine oder andere Loch aufzusuchen. *Sauve qui peut!*

Meine letzte Unterredung mit Hitler

Einmal noch sah ich Hitler wieder: am 24. April. Zu dieser Zeit ging wirklich alles drunter und drüber. Per Fernschreiber erhielt ich eine in herrischem Ton gehaltene Anweisung von Bormann, der widerwärtigen Kröte, mich in der Reichskanzlei zu melden. Die Russen hatten die Stadt eingeschlossen, in der Luft flogen haufenweise ihre Jäger, ihre Artillerie schoß alles in Brand; doch mit ein bißchen Glück konnte man nachts immer noch ihre Linien überfliegen und in der Nähe der Reichskanzlei landen. Nicht sonderlich daran interessiert, was mit mir geschah, fand ich einen jungen Luftwaffenpiloten, der das Ganze als Sport und Herausforderung betrachtete. Er beschaffte sich einen ›Fieseler Storch‹, flog mich in die Stadt hinein und später auch wieder hinaus. Nie werde ich vergessen, wie ich im grünen Schimmer russischer Leuchtraketen das Brandenburger Tor überflog. Der Pilot ist heute übrigens ein bekannter Zeitungsverleger in München.
Hitler empfing mich in seinen Privaträumen. Eingehend befragte er mich nach Dönitz' Hauptquartier in Plön, nach der Tüchtigkeit seiner Stabsoffiziere, nach der Telephonverbindung mit dem Süden und nach Dönitz' Geistesverfassung. Vielleicht machte er sich Gedanken über einen Nachfolger. Es war bereits nach ein Uhr morgens, ich war zum Umfallen müde, doch er redete und redete. Seine Augen waren verglast, sein Gesicht von teigiger Blässe. In sich zusammengesunken hing er in einem Lehnsessel und rollte mit der linken Hand einen Bleistiftstummel.
Mich unter den Brauen heraus anfunkelnd, eröffnete er mir, Speer habe ihm gestanden, seinen Zerstörungsbefehl in den vergangenen Monaten sabotiert zu haben. »Sie sind darin verwickelt, und Sie verdienen es, entsprechend behandelt

zu werden«, erklärte er in einem bösartigen Ton, in dem noch die ganze Bedrohlichkeit von früher mitschwang. Einen höchst unbehaglichen Augenblick lang glaubte ich, ich sei nur gerufen worden, um erschossen zu werden, wie es so vielen alten Waffenkameraden passiert war; ich fragte mich, ob Speer wohl noch am Leben sei. Hitler fuhr fort: »Aber ich habe Speer verziehen wegen seiner Verdienste um das Reich. Und Ihnen verzeihe ich, weil Sie, ganz im Gegensatz zum Charakter eurer verdammten Kaste und trotz Ihrer Versäumnisse, die mir nicht ein einziges Mal entgangen sind, im großen und ganzen ein loyaler General waren.«

Dann folgte eine ausgedehnte Tirade darüber, wie das Oberkommando der Wehrmacht den Krieg verloren habe. Hitler verstand nicht zu plaudern. Er hielt Monologe, die er auf ein bestimmtes Stichwort hin immer und immer wieder losließ – wie eine Grammophonplatte oder das Repertoire eines Schauspielers. Das ist auch der Grund, weshalb er, der durchaus einen scharfen Verstand und einen gewissen Witz besaß, in allen Memoiren als ein höchst langweiliger Gesellschafter geschildert wird.

Beginnend mit der nachdrücklichen Erklärung, wir hätten ihn seit 1939 betrogen, im Stich gelassen und hintergangen, ließ er dann in einem langen Monolog den gesamten Krieg in erstaunlich klaren Einzelheiten Revue passieren; wieder einmal machte er seinem Lieblingsgroll gegen die Militärs Luft – von Brauchitsch, Manstein und Guderian bis zu der ganzen tragischen Reihe jener, denen er die Schuld für sein eigenes Versagen in die Schuhe geschoben hatte. Seine Strategie, wie er sie mir darlegte, hätte gar nicht fehlschlagen können, hätten nicht die Unfähigkeit und der Verrat unseres Generalstabs alles zerstört. Bei jeder einzelnen Meinungsverschiedenheit habe sich hinterher herausgestellt, daß er recht und die Generale unrecht gehabt hätten; beim Einmarsch in Polen, beim Angriff auf Frankreich, beim ›Durchhalte‹-Befehl im Dezember 1941 und bei all den vielen kleineren Unternehmungen, die er in seinem ungewöhnlichen Gedächtnis verwahrte, bis zum Steiner-Angriff.

Das war mein letzter Eindruck von Hitler als Feldherr – das Bild eines schwachsinnig-faselnden Paranoikers in einem unterirdischen Bunker in Berlin, der unter den Einschlägen russischer Granaten bebte; eines Mannes, der mir zum tausendsten Mal auseinandersetzte, daß das Unglück unseres Volkes auf das Schuldkonto aller anderen gehe, nur nicht auf sein eigenes – eines Mannes, der davon überzeugt war, daß ihm, der den Krieg vom Anfang bis zum Ende gelenkt habe, nie ein Fehler unterlaufen sei.

In dem Dokument, das nach dem Krieg als sein Testament auftauchte, gab er den Juden die Schuld. In seiner Tirade mir gegenüber beschuldigte er den Generalstab. Aber bis zum Schluß blieb eines für ihn unwidersprochen: Adolf Hitler selbst hatte nie einen Fehler gemacht.

Meine lange, mühselige Arbeit nähert sich ihrem Ende. Ich habe, meine ich, dieser

merkwürdigen historischen Gestalt im Laufe meiner Operationsanalysen durchaus positive Eigenschaften zugestanden. Was auch über ihn geschrieben wird, alles endet im Widerspruch; das liegt daran, daß die Autoren von Hitler schrieben, als handelte es sich um eine einzige Person. Aber es hat mehr als einen Hitler gegeben.
Der frühe Hitler war, wie ich geschrieben habe, unleugbar »die Seele Deutschlands«. Er verlieh dem sehnlichen Wunsch unseres Volkes Ausdruck, sich einen Platz an der Sonne zu erringen und eine gesunde deutsche Kultur zu schaffen, nicht angekränkelt vom Gift des asiatischen Kommunismus, vom westlichen Materialismus und den schwächlichen negativen Aspekten der jüdisch-christlichen Moral, wie Friedrich Nietzsche sie bloßgestellt hat. Seine Außenpolitik brachte ihm diplomatische Siege über die mächtigsten Völker der Erde ein – über jene, die uns heute besetzt halten. Als er uns in den Krieg führte – und zwar trotz der bösen Vorahnungen unseres Generalstabs –, errang unser Volk phantastische militärische Siege. Ich habe kein Hehl gemacht aus seinem Gespür für abenteuerliche Gelegenheiten im Rahmen der Strategie. All dies ist nicht zu leugnen.
Stalingrad jedoch führte zur Geburt des späteren Hitler – einer völlig anderen Person, eines wahnsinnigen Ungeheuers, als das er mehr und mehr in Erscheinung trat. Unter der Last der Ereignisse zerfiel der Glanz des frühen Hitler, nacheinander fielen auch seine proteischen Masken; was blieb, war der gebrochene Schwätzer, dem ich im Bunker begegnete.
Wenn ich jetzt mein abschließendes Urteil über diesen Menschen bedenke, muß ich die kritische Distanz des Militärhistorikers fahren lassen und dem einfachen Soldaten das Wort geben.
Die Art, wie er sich aus dem Leben stahl, enthüllt seinen Charakter. Ein General darf sich nach verlorener Schlacht ins Schwert stürzen, ein Kapitän mit seinem Schiff untergehen; ein Staatsoberhaupt jedoch darf es nicht. Handelt so ein Staatsmann in Kriegszeiten? Verläßt er sein Amt in der Stunde der größten Not seines Volkes? Überläßt er es anderen, für die Katastrophe, die er herbeigeführt hat, geradezustehen und die Verbrechen aus der Welt zu schaffen, die er begangen hat? Erschießt er seinen Hund, vergiftet er seine Geliebte, um dann selbst durch eine Pistolenkugel Vergessen zu suchen? Seine Apologeten nennen das einen »römischen Tod«. Es war der Tod eines hysterischen Feiglings.
Napoleon benahm sich in der Niederlage wie ein echter Staatsmann. Zwei Jahrzehnte lang hatte er ganz Europa in Blut ertränkt. Dennoch sah er seinen Besiegern ins Auge, nahm sein Schicksal hin und befreite Frankreich von seiner persönlichen Schuld. Er war Soldat. Das war Hitler nicht, obwohl er nie aufhören wollte, von seiner Zeit im Schützengraben zu reden.
Die unzumutbaren Nürnberger Prozesse spiegeln nichts anderes als die ohnmächtige Wut unserer Gegner darüber, daß Hitler ihren Händen entgangen war. Diese von Rachsucht geprägte, ungerechte Farce machte ein ganzes Volk für die Taten eines Menschen verantwortlich, der verschwunden war; man knüpfte

Generale auf oder verurteilte sie zu Zuchthausstrafen, weil sie durch ihren Schwur gebunden waren, ihm zu gehorchen. Wäre Hitler zurückgetreten, hätte er Dönitz kapitulieren lassen und sich selbst der Wut der Sieger ausgeliefert, so hätte das viel dazu beigetragen, ihn von seinen Fehlern freizusprechen. Hätte er das getan, so schriebe ich heute nicht in einer Gefängniszelle; davon bin ich fest überzeugt. Als begabter Demagoge schaffte Hitler es mit Kniffen und Tricks, sich in Deutschland zur absoluten Macht aufzuschwingen, um uns dann später als unser Oberster Kriegsherr um unser Vertrauen zu betrügen.

Epitaph

Wir sind als Volk zu tüchtig, um uns mit der Zeit nicht wieder zu erholen. So schlimm unsere Niederlage auch war, der deutsche Geist marschiert weiter. Die gesamte moderne Militärstrategie, aber auch die Hoffnungen der Menschheit auf eine angemessene Energieversorgung wenden sich jetzt der Kernverschmelzung zu, einer Entdeckung der deutschen Wissenschaft. Amerikaner sind auf dem Mond gelandet; hingebracht hat sie eine verbesserte deutsche V-2-Rakete, erbaut im Rahmen eines Programms, das von deutschen Gehirnen ersonnen wurde. Die Sowjetunion beherrscht Europa mit einer nach deutschem Vorbild organisierten Roten Armee. Deutsche Wissenschaft und deutsche Ingenieurkunst, von den Russen vereinnahmt, haben die Sowjetunion instand gesetzt, die Vereinigten Staaten von Amerika mit Interkontinentalraketen entgegenzutreten, die mit Atomsprengköpfen ausgerüstet sind.
In der Weltpolitik hat sich Hitlers Hexengebräu aus Nationalismus und Sozialismus – und seiner revolutionären, gleichmacherischen Propaganda, seinem Terrorapparat und der obligaten Ein-Parteien-Diktatur – in einen weltweiten politischen Trend verwandelt. Es beherrscht Rußland, China und die meisten Entwicklungsländer. Vielleicht ist das kein Anlaß, stolz zu sein, aber es ist Tatsache. Die Ideen des deutschen Philosophen Hegel, volkstümlich verzerrt von einem konvertierten deutschen Juden, Karl Marx, werden zu einem neuen Islam.
In der Kunst sind die westlichen Verschandeler von Form und Schönheit nur ein Echo der avantgardistischen Abstraktion und Korruption der Weimarer Republik in den dreißiger Jahren. Sie schaffen nichts, was unsere Dekadenten nicht schon vor einem halben Jahrhundert geleistet hätten – in jener Periode der Anarchie, die das Hitler-Regime hervorgebracht hat.
Wir Deutschen waren mit unseren Triumphen und unseren Tragödien die Leithammel des zwanzigsten Jahrhunderts. Obwohl wir mit unserem kühnen Griff nach der Weltherrschaft gescheitert sind, werden unsere großen Vorstöße zum Atlantik, bis an die Wolga und bis zum Kaukasus in den Annalen der Kriege für immer leuchten.
Doch von einer historischen Tatsache werden wir uns nie reinwaschen können:

daß wir auf dem Höhepunkt unserer nationalen Macht um einer gewöhnlichen hergelaufenen Memme willen unser Schicksal verspielten. Napoleon ruht in seinem prachtvollen Sarkophag im Invalidendom, einem Heiligtum, das die ganze Welt aufsucht. Hitler endete als ein verkohlter Kadaver in flammendem Benzin. Nur Shakespeare konnte den passenden Grabspruch für ihn schreiben:
Nichts in seinem Leben stand ihm besser an als die Art, aus ihm zu scheiden.

Anmerkung des Übersetzers: *Nach von Roons Ansicht schaffte der frühe Hitler – ein Hitler, der etwas von einem Dr. Jekyll hatte – es bis Stalingrad. Dort wurde aus dem Dr. Jekyll ein Mr. Hyde. Ich bin sicher, daß von Roon davon fest überzeugt war. Stalingrad ereignete sich Ende 1942. Bis dahin hatte Hitler sein Volk bereits dazu gebracht, alle Verbrechen zu begehen, um deretwillen die Welt das nationalsozialistische Deutschland verabscheut. Freilich sah es damals noch so aus, als würde er den Krieg gewinnen. Erst als er anfing, den Krieg zu verlieren, wurde er – laut Roon – zu einem »wahnsinnigen Ungeheuer«.* V. H.

53

Was Pug Henry am meisten erschreckte, war die Art, wie der Präsident sich erhob. Es war schon beunruhigend, diesem kleinen, neuen Mann auf Roosevelts Stuhl im Oval Office zu begegnen; aber zu sehen, wie Truman federnd um den Schreibtisch herumkam, den man von allem vertrauten Wirrwarr befreit hatte, vermittelte Pug das sonderbare Gefühl, vom Fluß der Geschichte in einer früheren Zeit an Land geworfen worden zu sein; ihm war, als wäre die Wirklichkeit eher ein Traum und dieser quicklebendige und selbstbewußte kleine Präsident im Zweireiher mit leuchtendem Querbinder eine Art Hochstapler. Harry Truman schüttelte ihm munter die Hand, wies seine Sekretärin an, ihm ein Klingelzeichen zu geben, sobald Mr. Byrnes komme, und lud Pug ein, sich zu setzen.
»Ich brauche einen Marineberater, Admiral Henry.« Seine Stimme war hart, hoch, nüchtern, der Ton blieb immer in derselben Lage; seine Sprechweise verschliff die Konsonanten und verriet seine Herkunft aus dem Mittleren Westen – der absolute Gegenpol von Roosevelts butterweichem Harvard-Akzent. »Sowohl Harry Hopkins als auch Admiral Leahy haben Sie empfohlen. Hätten Sie Lust, den Job zu übernehmen?«
»Sehr viel Lust sogar, Mr. President.«
»Dann betrachten Sie sich als angeheuert. Damit wäre das erledigt. Ich wollte, alle Probleme in diesem Büro ließen sich so leicht lösen.« Präsident Truman stieß ein kurzes, selbstbewußtes Lachen aus. »Wie Sie wissen, Admiral, ist es nur natürlich, daß Militärs und Präsidenten viele Dinge unterschiedlich sehen. Lassen Sie uns das von Anfang an klarstellen. Für wen werden Sie arbeiten – für mich oder für die Navy?«
»Sie sind der Oberbefehlshaber.«
»In Ordnung.«
»Und wenn ich glaube, daß Sie bei einer Meinungsverschiedenheit mit der Navy unrecht haben, werde ich Ihnen das sagen.«
»Schön. Das ist genau das, was ich mir wünsche. Vergessen Sie nur nicht, daß auch die Militärs unrecht haben können. Sehr sogar.« Truman unterstrich seine Worte mit knappen Gesten. »Am Tag nach meiner Vereidigung haben

mir die Stabschefs einen Lagebericht über den Krieg gegeben. Noch ein halbes Jahr, um Deutschland zu vertrimmen, und noch anderthalb Jahre, um Japan kleinzukriegen. Jetzt ist Herr Hitler tot, und man redet von Kapitulation. Und das schon nach drei Wochen! Was sagen Sie dazu? Werden die Stabschefs im Pazifik genauso danebenhauen? Da kommen Sie doch gerade her.«
»Das hört sich an wie eine Einschätzung der Lage aus der Sicht der Army.«
»Und was genau bedeutet das, wenn ich bitten darf? Vergessen Sie nicht, daß ich von der Feldartillerie komme.«
»General MacArthur geht von langwierigen Landfeldzügen aus, Mr. President. Aber die U-Boot-Blockade und die Luftangriffe dürften die Japse früher zum Aufgeben bewegen.«
»Wieso? Auf Okinawa kämpfen sie doch wie die Teufel.«
»Sie kämpfen verbissen. Aber bald werden ihnen die nötigen Mittel fehlen, um zu kämpfen.«
»Ohne daß wir auf Honshu landen?«
»Nach meiner Einschätzung der Lage, ja, Mr. President.«
»Nein, das glaube ich nicht.«
Beide Hände auf den Schreibtisch gestützt, starrte Truman den Admiral durch blitzende Brillengläser an. Pugs knappe, sichere Antworten waren instinktive Erwiderungen auf die harten, direkten Fragen. Er hätte sie nicht anders beantworten können. Der Stil dieses Mannes war ganz und gar nicht der Roosevelts. FDR hätte zunächst einmal ein paar Späße gemacht, sich nach Pugs Frau und Kindern erkundigt, ihn dazu gebracht, sich wohlzufühlen und ihm das Gefühl vermittelt, als hätten sie den ganzen Tag Zeit zum Plaudern. Wie ein neuer Schiffskapitän, schien Truman – äußerlich, wie auch seinem Gehaben nach – nicht ganz der richtige Mann. Mochte er im Amt bleiben, solange er wollte, nie würde er sich Roosevelts überlegene Autorität aneignen. Das schien auf der Hand zu liegen.
»Nun, hoffentlich behalten Sie recht«, sagte Truman.
»Ich kann mich ebenso täuschen wie die Stabschefs, Mr. President.«
»Und was ist mit der großen japanischen Armee auf dem chinesischen Festland?«
»Sir, wenn man einem Kraken den Kopf abschlägt, erschlaffen auch seine Fangarme.«
Ein ungezwungenes Lächeln lockerte den starren Ausdruck des Präsidenten und entspannte den verkrampften Mund. Er lehnte sich zurück, verschränkte die Hände im Nacken. »Sagen Sie, was ist eigentlich mit den Russen los, Admiral? Sie waren doch in Moskau. Warum halten sie sich nicht an ihre Abmachungen?«

»Was für Abmachungen, Sir?«
»Nun, alle.«
»Meiner Erfahrung nach tun sie das gewöhnlich.«
»Wirklich? Damit haben Sie aber ganz und gar unrecht. Stalin hat in Jalta zugestimmt, daß in Polen freie Wahlen abgehalten werden sollen. Zu so was verpflichtet man sich doch nicht leichtfertig. Und jetzt suchen sie nach Kandidaten, um ihre Marionettenregierung in Lublin durchzubringen. Glauben sie etwa, sie kämen damit durch, bloß weil ihre Armee Polen besetzt hält? Churchill ist außer sich darüber, und ich auch. Erst vorige Woche habe ich Molotow gesagt, wie ich darüber denke. Er sagte mir, so habe in seinem ganzen Leben noch kein Mensch mit ihm gesprochen. Woraufhin ich sagte: ›Halten Sie sich an Ihre Abmachungen, dann redet auch niemand so mit Ihnen‹.«
Truman schien mit sich selbst durchaus zufrieden zu sein. Während er redete, kamen Pug Henry Erinnerungen an die verwüsteten Gebiete der Sowjetunion, an die Fahrten mit General Yevlenko, die Ruinen von Stalingrad, die ausgebrannten deutschen und russischen Panzer, die Leichen; aber auch an die Versuche, mit den Russen zurechtzukommen, mit ihnen zu trinken, ihre Lieder zu hören und ihre Tänze zu sehen. Harry Truman war ein aufrechter Mann aus Missouri, der geradlinig auf das losging, was er wollte. Er erwartete, daß alle Welt sich benahm wie wohlhabende, nicht von Bomben geschädigte oder von Besatzern unterdrückte, aufrechte Leute aus Missouri. Da klaffte ein beträchtlicher Abgrund. Roosevelt hatte diesen Abgrund gesehen und lange genug überbrückt, um den Krieg zu gewinnen. Vielleicht war mehr mit der Sowjetunion nicht zu erreichen.
»Mr. President, Sie haben Rußlandexperten, die Sie in dieser Frage beraten können. Dazu gehöre ich nicht. Ich kenne auch den Wortlaut der Vereinbarungen von Jalta nicht. Aber wenn die Russen in der Formulierung, in der Sprache des Abkommens auch nur ein einziges Hintertürchen finden, werden sie mit einem Lastwagen hindurchfahren. Darauf können Sie sich verlassen.«
Ein Summzeichen und eine Stimme: »*Mr. Byrnes ist soeben eingetroffen, Mr. President.*«
Truman stand auf. Abermals überraschte es Pug. Er würde sich daran gewöhnen müssen. »Man hat mir gesagt, Sie hätten kürzlich geheiratet.«
»Ja, Mr. President.«
»Dann werden Sie gewiß gern ein paar Wochen ausspannen und Flitterwochen machen wollen.«
»Sir, ich bin bereit, meinen Dienst anzutreten.«
Wieder dieses Lächeln. Roosevelts weltberühmtes Lächeln war wesentlich spektakulärer gewesen, doch Pug fing an, ihm Trumans Lächeln vorzuziehen.

Es war echt, ohne eine Spur von Herablassung. Vor ihm stand ein schlichter, kluger Mann, der immerhin der Präsident war; sein zuversichtliches, ungekünsteltes Lächeln ließ es erkennen. Er war nur noch nicht ganz zu Hause im Präsidentenamt, und das war kein Grund, ihn nicht zu mögen. »Nun, sehr gut. Je früher, desto besser. Stammt Ihre Frau aus Washington?«
»Nein, Sir. Sie ist Engländerin.« Truman blinkerte. »Ihr Vater war der englische Journalist Alistair Tudsbury.«
»Ach ja! Der Dicke. Er hat mich einmal interviewt – und sich in seinem Artikel an das gehalten, was ich gesagt hatte. Ist er nicht in Nordafrika umgekommen?«
»Ja.«
»Ich freue mich darauf, sie kennenzulernen.«

Mit ihren Handschuhen spielend, schlenderte Pamela in der Nähe des alten Dodge, den sie angeschafft hatte, an den in der prallen Sonne daliegenden Tulpenbeeten entlang. Die uniformierten Wachen des Weißen Hauses beobachteten ihren schwingenden Gang. Als sie mit ihren Handschuhen dem Admiral winkte, wandten sie die Augen von ihr ab. In ihrem Blick lag etwas Liebevolles und sanft Fragendes.
»Wohin jetzt?« fragte er. »Zu eurer Botschaft?«
»Wenn du Zeit hast, Liebling. Und wenn es dir nichts ausmacht.«
»Gut, laß uns hinfahren.«
Sie fuhren durch das Tor hinaus, und dann auf die alte, viel zu schnelle Fahrweise mit quietschendem Halt vor den Ampeln und überhastetem Anfahren die Connecticut Avenue nach Norden hinauf. Es herrschte dichter Verkehr, die Abgase drangen erstickend durch die heruntergekurbelten Fenster herein. Abermals hatte Victor Henry das Gefühl, in der Vergangenheit gestrandet zu sein. Worin unterschied sich die Connecticut Avenue von heute von der von 1939? Franklin Delano Roosevelt hatte den Krieg von dieser unzerstörten Straße ferngehalten, von dieser unzerstörten Hauptstadt und diesem unzerstörten Land. War ihm zuviel Erfolg beschieden gewesen? Wußten diese zufriedenen Menschen, die in ihren Wagen die Connecticut Avenue hinauf- und hinunterfuhren, überhaupt, was Krieg war? Die Russen wußten es, und die Zukunft forderte, daß man sich, was den Krieg betraf, keinen Illusionen hingab.
»Einen Penny für das, was du gerade denkst«, sagte Pamela zu ihrem Mann, als sie am Dupont Circle beim Übergang von Rot auf Gelb mit einem Satz anfuhr.
»Ach, das wäre schon überbezahlt. Sag mir lieber, um was es bei diesem Fest in der Botschaft geht.«

»Nur ein kleiner Empfang. Unser Pressekorps, die britische Beschaffungskommission, noch ein paar Leute.«
»Und warum soll ich dabei sein?«
»Offen gestanden, damit ich dich herumzeigen kann.« Sie sah ihn von der Seite an. »Okay? Vor allem werden meine Freundinnen da sein. Lady Halifax möchte dich unbedingt kennenlernen.«
»Okay.«
Pamela ergriff seine Hand und verschränkte ihre kühlen Finger mit den seinen. »Nicht jedes britische Gänseblümchen angelt sich einen amerikanischen Admiral.«
»Und dazu noch den Marineberater des Präsidenten.« Pug hatte lange genug geschwiegen. Rhoda hätte ihn längst danach gefragt.
Sie packte seine Hand fester. »Das also war es! Freust du dich?«
»Nun, die Alternative hätte entweder BuOrd geheißen oder BuShips. Und weil dir dies mehr Spaß machen wird, macht es mir auch mehr Spaß.«
»Wie fandest du ihn denn?«
»Er ist kein Roosevelt. Aber Roosevelt ist tot.«
Victor Henry wurde auf der Party ganz offensichtlich herumgereicht. Pam wanderte an seinem Arm im Botschaftsgarten umher und stellte ihn vor. Bei aller britischen Nonchalance, mit der man ihn zur Kenntnis nahm, und bei allem bewußten Vermeiden von Fragen spürte er ganz genau, daß alle ihn einzuschätzen versuchten. Rhoda hatte den jungen Fähnrich seinerzeit zu einem kleinen Essen ihrer Mitschülerinnen vom Sweetbriar College geschleift. Es gab eben Dinge, die sich kaum änderten. Pamela in ihrem geblümten Kleid und mit ihrem großen Hut war bezaubernd anzusehen. Pug fand das stolze Strahlen, das von ihr ausging, ein wenig komisch, aber auch ein wenig traurig. Er betrachtete sich selbst nicht als besonders begehrenswerte Beute; dabei machte er mit seiner vom Dienst im Südpazifik tiefgebräunten Haut und den vielen Ordensbändern auf seiner schneeweißen Uniform vielleicht eine bessere Figur, als er selber wußte.
Lord und Lady Halifax bewegten sich ungezwungen unter ihren Gästen. Pug beobachtete den hochgewachsenen, kahlköpfigen Mann mit der düsteren Miene, der während der Münchner Verhandlungen und bis zum Ausbruch des Krieges so oft mit Hitler zusammengewesen war. Da stand er, ein Mann der Geschichte, hielt ein Glas in der Hand und plauderte mit den Damen. Lord Halifax erhaschte Pugs Blick und kam auf ihn zu. »Admiral, ich glaube, Sumner Welles hat mir vor langer Zeit von Ihnen erzählt. Waren Sie nicht 1939 bei Hitler, mit diesem Bankier, den Ihr Präsident mit einer Friedensmission beauftragt hatte?«

»Ich war damals Marineattaché in Berlin und habe gedolmetscht.«
»Es war kein leichtes Umgehen mit ihm, nicht wahr?« sagte Halifax nachdenklich. »Aber jetzt sind wir endlich mit ihm fertig.«
»Halten Sie es für möglich, daß man ihn vor dem Krieg noch hätte aufhalten können, Herr Botschafter?«
Nachdenklich sah Halifax auf und sagte dann rundheraus: »Nein. Churchill irrt sich. Wir haben Fehler gemacht, aber wenn man die Stimmung bei uns und bei den Franzosen bedenkt, gab es damals kein Halten für ihn. Franzosen wie Engländer hielten den Krieg damals für etwas, das der Vergangenheit angehört.«
»Das war ein falscher Eindruck«, sagte Pug.
»Kann man wohl sagen. Pamela ist eine bezaubernde Frau. Herzlichen Glückwunsch – und alles Gute!« Halifax schüttelte ihm die Hand, lächelte ein wenig müde und ging dann weiter.
Auf der Rückfahrt sagte Pamela: »Lady Halifax findet dich rührend.«
»Und ist das gut?«
»Es ist gleichbedeutend mit dem Ritterschlag.«
Als sie wieder in Peters' Apartment waren, duschte Pug; und während der Duft von gebratenem Steak durch die offene Schlafzimmertür hereindrang, zog er die bequeme, alte graue Hose an, dazu ein offenes weißes Hemd, einen braunen Pullover und Mokassins. So war er früher, in Friedenszeiten, immer angezogen gewesen, wenn er dienstfrei hatte. Er vernahm das Klirren von Eis in einem Krug. Im Wohnzimmer reichte ihm Pamela in einfachem Kleid mit einer Schürze davor einen Martini. »Mein Gott, ich kann mich immer noch nicht an dich gewöhnen, wenn du so aussiehst«, sagte sie. »Du wirkst dann, als wärst du erst dreißig.«
»Ich funktioniere aber nicht mehr wie mit dreißig«, sagte er und ließ sich mit seinem Drink nieder. Das war eine flüchtige, aber gezielte Bemerkung in Richtung Schlafzimmer: erlesene Freude für ihn und, wie er hoffte, auch für sie, aber kein Rekord im Bereich des Jung-Verheiratet-Seins. Sie reagierte mit einem kehligen Lachen und streichelte ihm den Nacken.
Bald darauf saßen sie einander in der Eßecke gegenüber; sie aßen dort immer, denn das Eßzimmer war wie eine leere Höhle. Sie tranken Rotwein und aßen mit großem Appetit, redeten viel Törichtes und viel Kluges und lachten fast die ganze Zeit. Pug war in solchen Augenblicken durchaus damit versöhnt, nicht mehr direkt am Krieg beteiligt zu sein, obwohl er manchmal Gewissensbisse empfand, die Waffen so früh an den Nagel gehängt zu haben.
Das Telephon klingelte. Pamela ging ins Wohnzimmer hinüber, um abzunehmen, und als sie zurückkam, sah sie sehr ernüchtert aus. »Es ist Rhoda.«

Augenblicklich durchfuhr Victor Henry die Angst: *eine schlechte Nachricht über Byron.* Er eilte hinaus. Pamela hörte ihn sagen: »Mein Gott!« Dann: »Wart einen Augenblick, ich hole mir einen Bleistift. Schön, also los . . . Hab' ich. Nein, nein, Rhoda. Darum kümmere ich mich selbst. Selbstverständlich, ich gebe dir dann Bescheid.«
Pamela stand in der Tür. Er nahm sofort den Hörer wieder ab und wählte. »Darling, was ist denn?«
Stumm reichte er ihr, was er auf den Block gekritzelt hatte. *Natalie Henry, von den Deutschen interniert, liegt im Army Lazarett Erfurt. Zustand kritisch. Unterernährung. Typhus. Amerikanisches Rotes Kreuz, Deutschland.*

Drei Tage nach dem Auslaufen aus Guam erhielt auch Byron das Telegramm. Eine Reihe von Unterseebooten – alle mit FM-Sonar ausgerüstet – waren zu einer letzten Übungsfahrt in den Gewässern von Guam ausgelaufen, um danach als Rudel in das Japanische Meer einzudringen. Er konnte unmöglich die Funkstille brechen. Es waren drei lange Tage für Byron. Als sie dann nach Guam zurückkehrten, eine bergige, gartenähnliche Insel, auf der riesige Navy-Anlagen gebaut und Straßen entstanden waren, trabte Byron auf der Back hin und her, während Philby das Boot an seinen Liegeplatz brachte. Er sprang an Land, noch ehe die *Barracuda* festgemacht hatte, und hastete über die Planken und Treppen des U-Boot-Bunkers zum Funkraum hinauf. Keine weiteren Meldungen für ihn; keine Möglichkeit, rasch mit seinem Vater in Verbindung zu treten. »Sie können es ja mit einem Privattelegramm versuchen«, sagte ein verständnisvoller Wachoffizier. »Wir sind mit dringenden Einsatzfunksprüchen eingedeckt, Vorrangstufe Eins. Die Kamikazes machen unseren Jungs auf Okinawa verdammt zu schaffen. Eine Routinemeldung kann bis zu zwei Wochen rumliegen, ehe sie abgesendet wird.«
Trotzdem schickte Byron den Funkspruch ab:

VON: CO BARRACUDA

AN: BUPERS

ADM. VICTOR HENRY PERSÖNLICH

WAS IST MIT LOUIS

Der Signalgast brachte ihm die Post vom Flotten-Postamt in seine Kammer. Unter den offiziellen Briefen lag einer von Madeline. Das hatte Seltenheitswert wie eine totale Sonnenfinsternis. Normalerweise hätte Byron ihn sofort geöffnet, doch diesmal ging er zuerst seine Dienstpost durch; Arbeit war für ihn im Augenblick das beste Mittel, seine Erregung zu dämpfen.

Was war mit Louis?
Mochte sich der Bericht über Natalie auch noch so beunruhigend anhören, sie lebte und war in amerikanischen Händen. Das Schweigen über seinen Sohn machte ihn umso besorgter, als der Junge offensichtlich nicht bei ihr war. Die Gefangenschaft bei den Deutschen hatte ihr einen Lazarettaufenthalt wegen ›Unterernährung und Typhus‹ eingebracht. Wie mochte sie sich bei einem dreieinhalbjährigen Kind ausgewirkt haben?
Nach dem Abendessen in der Messe, bei dem er kaum einen Happen aß und ein so finsteres Gesicht machte, daß seine Offiziere sich gegenseitig ansahen, schloß er sich mit Madelines Brief in seiner Kammer ein.

                                      Los Alamos, New Mexico
                                             20. April 1945 –
Lieber Briny –
es tut mir leid, daß ich Dich versetzt habe. Ich glaubte, nach San Francisco kommen zu können, als Dein Schiff zum Überholen dort lag. Glaub mir, ich hatte es wirklich vor. Ich hab's auch versucht, aber ich führe zur Zeit ein höchst merkwürdiges und kompliziertes Leben. Briefe unterliegen hier draußen der Zensur. Ich kann nicht viel darüber sagen, aber Herkommen und Wegfahren ist so einfach nicht. Sime schuftet Tag und Nacht; ich muß wohl Schuldgefühle gehabt haben, ihn allein zu lassen, und folglich bin ich hier. Es geht mir gut, und alles ist prächtig. Ein Baby ist noch nicht unterwegs, falls Dich das interessiert; nein, solange wir hier auf diesem irren Berg leben, abgeschnitten von aller Welt – nein, vielen Dank!
Jetzt zu Dad und Mom. Ich wollte im Grunde nur nach San Francisco kommen, um Dir in dieser Beziehung mal den Star zu stechen. Du bist so schlecht informiert und siehst alles so falsch, daß es ein Jammer ist. Dad ist gerade nach Washington zurückgekehrt; er wird Pam Tudsbury heiraten, eine schlichte Feier im engsten Kreis. Ich hatte daran gedacht, hinzufliegen, um dem armen einsamen Mann beizustehen, aber es stand nicht in den Karten. Ich kann nur hoffen, daß sie ihn glücklich macht. Und warum sollte sie das nicht schaffen, wenn sie ihn wirklich liebt? Der Altersunterschied macht nichts. Er ist der beste Mann, den man sich vorstellen kann.
Dein Groll gegen diese Verbindung ist bodenlos dumm. Du bist über bestimmte Tatsachen nicht informiert; nun, hier sind sie. Erinnerst du Dich an Fred Kirby, den hochgewachsenen Ingenieur, den Ihr alle in Berlin kennengelernt habt? Nun, der kam später auch nach Washington, und *er und Mom hatten eine wilde Affäre, die zwei Jahre lang gedauert hat.* Überrascht?

Jedenfalls stimmt es. Mom hat Dad geschrieben und um die Scheidung gebeten. Alle Einzelheiten weiß ich nicht. Nachdem Warren gefallen war, hat sie es wohl zurückgenommen, und sie kitteten ihre Ehe einigermaßen. Danach ging er nach Rußland, sie stürzte sich in diese Romanze mit Colonel Peters, und das war das Ende. Ob die beiden *auch* was miteinander hatten, weiß ich nicht; es ist mir auch egal. Mom ist jetzt sehr ruhig geworden.
Aber Dad hatte keine Affäre mit Pamela Tudsbury; nicht, daß ich ihn verdammen würde, wenn es anders gewesen wäre. Himmelherrgott, was ist eigentlich los mit Dir? Es ist *Krieg!* Ich weiß, daß er nicht mit ihr geschlafen hat. Mom und ich haben uns eines Abends ziemlich bedudelt, als er in Rußland war und Colonel Peters sich in sie verknallte. Mom war schrecklich durcheinander und aufgeregt und hat mir schlichtweg alles erzählt. Sie sagte, sie hätte Dad dermaßen verletzt, daß die Ehe kaputt sei, obwohl er daran festhielte. Er machte ihr keinerlei Vorwürfe und hätte Kirbys Namen nicht ein einziges Mal auch nur erwähnt. Offen gestanden – ich glaube, daß die Last von Dads Nachsicht Mom einfach erdrückt hat. Pamela hat Mom in Hollywood erzählt, sie und Dad hätten eine harmlose Liebelei gehabt, und nach Warrens Tod sei sie ausgeschert. Was sie auch getan hat.
Du bist wirklich unmöglich. Woher beziehst Du eigentlich Deine Moral? Von vorvorgestern? Dad gehört einer anderen Generation an, und bei ihm ist das durchaus verständlich; übrigens ist er toleranter als Du. Ich gestehe, daß Du mir auf Deine merkwürdige Art durchaus einen Gefallen getan hast, als Du Hugh Cleveland die Prothese herausschlugst. Gott, hab' ich gelacht! Wärest Du weniger hart mit Hugh umgesprungen, hätte ich vermutlich mit ihm weitergemacht – er hat mir immer wieder versprochen, sich scheiden zu lassen und mich zu heiraten, verstehst Du? Aber ein zahnloser Fettkloß, nein, das war einfach zuviel! Und so – dank der Tatsache, daß Du ein Neandertaler bist – habe ich mich noch gerade rechtzeitig genug frei gemacht, um Sime Anderson zu heiraten.
Jetzt plaudere ich mehr aus, als ich eigentlich sollte, aber wenn ich schon einmal in sieben Jahren zur Feder greife, dann fließt es eben über. Ich mache jetzt Schluß, weil ich das Abendessen fertigmachen muß. Kein Geringerer als Admiral ▆▆▆ kommt zum Essen, und das ist hierzulande eine große Ehre. Hoffentlich brennt mir der Braten nicht an. Ich hab' einen ganz furchtbaren Herd. Hier ist überhaupt alles kurz vorm Auseinanderfallen. Die Frauen der Wissenschaftler sind durchweg älter und klüger als Klein-Madeline, aber weil ich es zu Hause gelernt habe, koche ich besser als die meisten, und daß ich einmal beim Showbusiness war, zählt auch. Manche von diesen Geistesgrößen mögen sogar Hugh Cleveland.

Ach, Briny, ich hoffe, mit Natalie und Deinem Jungen ist alles in Ordnung. Der Krieg in Europa geht zu Ende. Du wirst bald von ihnen hören, da bin ich ganz sicher. Ich denke nur sehr ungern an ein oder zwei Gemeinheiten, die ich Natalie gesagt habe. Sie hat mich eingeschüchtert, sie war so wunderschön und wirkte so würdevoll und brillant. Aber Du hast Dich Cleveland gegenüber auch ziemlich gemein benommen. Hier gibt es eine Kirche; Sonntag gehe ich hin, was mehr ist, als man von Sime behaupten kann, und bete für Deine Frau und Dein Kind.

Ich hoffe, ich hab' Dir den Kopf ein bißchen zurechtgerückt, was Mom und Dad betrifft. Weißt Du nicht, daß er den Boden küßt, über den Du gehst? Er hätte ALLES getan, damit Du eine gute Meinung von ihm behieltest – nur über Mom konnte er natürlich nicht reden. Er wird ins Grab gehen, ohne ein Wort darüber verloren zu haben. Du und ich, wir haben einen unglaublichen Vater – so, wie wir früher einen unglaublichen Bruder hatten. Mom ist – nun ja, sie ist eben Mom. Sie ist schon in Ordnung.

Waidmannsheil, mein Lieber, und viel Glück!

Herzlichst
Mad

Der Name des Admirals war säuberlich aus dem Brief herausgeschnitten worden; wo er gestanden hatte, blieb nur ein rechteckiges Loch.

An diesem Abend ging Byron an Land und betrank sich im Offiziersklub ganz fürchterlich. Am nächsten Morgen erschien er auf der Brücke, als die Flottille wieder zu Übungen auslief; doch dann ging er in seine Kammer und schlief vierundzwanzig Stunden, während Philby Erfahrungen bei der Tauchfahrt nach Gong sammelte.

Zwei Wochen später gab der Admiral für die Kommandanten der Boote ein Abschiedsessen. Ein paar Navy-Schwestern waren gleichfalls eingeladen, um dem Ganzen ein wenig Glanz zu geben, wie er sich ausdrückte. Die Schwestern von Guam waren eine müde, ziemlich deprimierte Gesellschaft – kein Wunder bei den Massen von Verwundeten, die von Okinawa eingeflogen wurden, und den sexuellen Anforderungen von Horden junger Einberufener, die man abwehrte oder denen man nachgab. Doch bei den Unterseeboot-Kapitänen lächelten sie geziert und kicherten pflichtschuldig. »Ihr lauft jetzt aus, um zu vollenden, was wir angefangen haben«, rief der Admiral bei seiner kleinen Ansprache, »nämlich alles zu versenken, was schwimmt und eine japanische Flagge zeigt.«

Byron wußte, daß der Admiral es gut meinte; er hatte Nimitz sogar vergeblich um die Erlaubnis gebeten, in diesem Rudel mitzufahren. Doch nach Byrons Ansicht war der ganze FM-Kram schierer Unfug. Er war vor zwei Jahren mit Carter Aster auf der *Moray* durch die La Pérouse-Straße ins Japanische Meer eingedrungen. Wahrscheinlich konnte man auch heute auf demselben Weg hingelangen, und es war weniger gefährlich als der Weg durch die Minenfelder der Tsushima-Straße. Aber das FM-Sonar war nun einmal unter viel Mühe, Geldaufwand und wissenschaftlichem Einfallsreichtum entwickelt worden; und der Admiral wollte es jetzt auch verwendet sehen. Niemand fragte Byron nach seiner Meinung. Er hatte seine Crew überzeugt, daß er sie heil durch die Minen hindurchbrachte; nur wenige Seeleute hatten um Versetzung gebeten, und desertiert war keiner.

Das Rudel lief aus und erreichte Japan ohne Zwischenfall; unterwegs begegnete ihnen kein einziges Schiff. Die Fahrt durch die Minenfelder war ein nervenaufreibendes Unternehmen. Das FM-Sonar, von den Seeleuten nicht allzu liebevoll mit dem Spitznamen *Hell's Bells* – Höllenglocken – belegt, gongte bei Fischen, Seetangfeldern, Temperaturschwankungen und Minenkabeln, wenn auch mit feinen Klangunterschieden. Byron ging den Gefahren zumeist aus dem Weg, indem er unter den Minen, die den Gong auf eine Entfernung von dreißig Metern ertönen ließen, über den Meeresboden kroch. Der riskanteste Augenblick kam, als er einmal kurz auftauchte, um festzustellen, wo er überhaupt war. Rasch wurde die Position ermittelt; er stellte erleichtert fest, daß sein errechneter Kurs nicht durch irgendwelche Strömungen beeinflußt wurde, und lief dann unter Wasser weiter. Zweimal schrammten Minenkabel langsam an den Minenabweisern entlang, und zwar über die ganze Länge des Rumpfes. Das waren unbehagliche Minuten, doch schlimmer kam es nicht.

Sein Einsatzgebiet lag im Südosten, so daß er warten mußte, bis der Rest des Rudels weiter im Norden die ihnen zugewiesenen Planquadrate erreicht hatte. Friedlich liefen die japanischen Frachter in großer Zahl an seinem Sehrohr vorüber, nachts beleuchtet und tagsüber ohne Geleitschutz, wie im Hafen von New York – Passagierdampfer, Küstenmotorschiffe und Tanker, kleine Schiffe unterschiedlichster Bestimmung, sogar Sportsegler. Kriegsschiffe sichtete er nicht. Als das Schlachtfest zur verabredeten Stunde begann, hatte Byron einen schwerfälligen kleinen Frachter vor sich. Er übergab das Angriffsrohr an Philby, der das Opfer sauber und begeistert torpedierte.

Insgesamt versenkte die *Barracuda* während der zwei Angriffswochen des Rudels drei Schiffe. An die beiden letzten hätte Carter Aster nicht einmal ein Torpedo verschwendet. Die Torpedos funktionierten jetzt tadellos. Nachdem die ersten Versenkungen die Japaner alarmiert hatten, nahm der Schiffsver-

731

kehr rapide ab. Es hielt schwer, überhaupt noch Beute zu finden. Byron kreuzte vor der Westküste von Honshu und bewunderte die hübsche Landschaft.

Acht von den neun Unterseebooten des Rudels kamen zum verabredeten Treffpunkt in der La Pérouse-Straße und durchfuhren sie in willkommenem Nebel. Außer Reichweite der japanischen Luftaufklärung liefen sie über Wasser in Richtung Pearl Harbor, tauschten Meldungen über die Zahl der erzielten Treffer und besorgten Nachfragen über das Schicksal der vermißten *Bonefish*. Als sie am vierten Juli in den Hafen einliefen, gab es weder Jubel noch irgendwelche Festlichkeiten. Byron stürmte zum nächsten Telephon und ließ sich mit seiner Mutter verbinden. Er kam schnell durch, doch niemand ging an den Apparat.

Der Einsatzoffizier vom ComSubPac sprang auf und umarmte Byron, als er in sein Büro trat. »Hallo, Byron! Das war ja eine tolle Jagd!«

»Bill, ich bitte um Versetzung!«

»Um Versetzung! Sind Sie verrückt geworden? Warum?«

Der Einsatzoffizier nahm Platz und hörte sich seine Geschichte an, nagte dabei an den Lippen und musterte Byron eindringlich. Was er dann sagte, war behutsam und kühl zugleich. »Das ist schlimm. Aber es ist doch möglich, daß Ihre Frau längst daheim ist. Vielleicht hat sie den Jungen bei sich. Warum versuchen Sie nicht erst, das herauszufinden? Sie sind viel zu durcheinander, um gleich loszuschwirren. Sie sind auf dem besten Weg, Karriere zu machen.«

»Ich habe genug Karriere gemacht. Und jetzt bitte ich um Versetzung.«

»Setzen Sie sich. Und hören Sie auf, meinen Schreibtisch mit der Faust zu bearbeiten. Das ist nicht nötig.« Byron hämmerte in der Tat mit der Faust auf die Glasplatte.

»Tut mir leid.« Byron ließ sich auf einen Stuhl fallen.

Der Einsatzoffizier bot ihm eine Zigarette an. Dann fing er an, ihm überraschende Geheimnisse anzuvertrauen. Rußland stehe im Begriff, in den Krieg einzutreten. Das sei dem SubPac mitgeteilt worden. MacArthur werde in Japan landen; zuerst auf Kyushu, dann auf Honshu. Das Japanische Meer werde zwischen den US-Streitkräften und den Russen in zwei Zonen aufgeteilt werden. Folglich werde jetzt ein ganz anderes Spiel beginnen. Die einzigen fetten Brocken, die noch zu holen seien, gäbe es im Japanischen Meer, und das ComSubPac wolle mit den Hell's-Bells-Unternehmen fortfahren und reinen Tisch machen, solange das noch möglich sei. »Die U-Boot-Waffe hat diesen Krieg entschieden, Byron, das wissen Sie. Aber geschafft haben wir es erst, wenn er ganz zu Ende ist. Sie machen Ihre Sache fabelhaft. Carter Aster wäre stolz auf Sie. Hauen Sie nicht jetzt mitten im Kampf ab.«

»Okay«, sagte Byron. »Vielen Dank.«

Er war nicht wütend auf den Einsatzoffizier. Der Mann war dazu da, fette Brocken auf den Boden des Meeres zu schicken. Er begab sich zum Büro des Admirals, der sich so begeistert für das FM-Sonar einsetzte, und wurde gleich vorgelassen. In aller Ruhe berichtete Byron dem Admiral von seiner Unterredung mit dem Einsatzoffizier.

»Admiral, ich mache Ihnen nichts vor«, sagte Byron. »Ob Sie mich wegen Desertion vors Kriegsgericht stellen wollen oder nicht – ich gehe jetzt zu meiner Frau und suche meinen Sohn, wenn er noch am Leben ist. Bitte, geben Sie mir Befehle, die mir das ermöglichen. Ich habe versucht, meine Pflicht zu tun. Wenn ich meine Frau und meinen Sohn finde und der Krieg immer noch nicht zu Ende ist, fliege ich hierher zurück und fahre mit FM-Sonar in die Bucht von Tokio ein. Oder in den Hafen von Wladiwostok, wenn Sie wollen.«

Die Augen ärgerlich zusammenkneifend und das Kinn vorreckend, sagte der Admiral: »Sie haben vielleicht Nerven!« Dann sah er ein paar Papiere auf seinem Schreibtisch durch. »Einerlei, unter welchen Belastungen Sie persönlich gestanden haben oder stehen, ich hab's nicht gern, wenn man mir sagt, was ich zu tun habe.«

»Tut mir leid, Admiral.«

»Ich habe hier zufällig einen Brief vom Oberkommandierenden in Washington – verdammt, wo ist er denn? Ah, hier. Der CNO möchte, daß eine Gruppe erfahrener U-Boot-Kommandanten sich drüben in Deutschland erbeutete U-Boote ansieht. Die einzige Möglichkeit zu ermitteln, was mit ihnen los ist, besteht darin, sie mit diesen Kommandanten auszuprobieren. Können Sie Deutsch?«

»Sir, ich spreche gut Deutsch.«

»Interessiert?«

»Mein Gott, ich wäre Ihnen dankbar, Admiral.«

»Gut. Sie wissen Bescheid, um was es geht. Aber Sie müssen den, der Sie ablöst, in das FM-Sonar einweihen. Machen Sie eine Woche lang Übungsfahrten im Übungsfeld von Molokai mit ihm.«

»*Aye, aye*, Sir. Und vielen Dank, Admiral!«

»Sagen Sie, Byron, hat sich das FM-Sonar bewährt?«

»Großartig, Sir.«

»Ja. Die tollste Erfindung seit dem Dosenbier.«

54

Wie nach jeder Feindfahrt lag ein Stapel Briefe auf Byrons Koje, darunter ein dicker Brief von seinem Vater. Byron stürzte sich darauf. An die vielen Bogen war mit Büroklammer ein handgeschriebener Brief angeklammert.

14. Juni 1945

Lieber Byron!
Ich weiß, Du bist im Einsatz; deshalb habe ich Deine Post aus Europa aufgemacht. In der Anlage findest Du, was bis jetzt gekommen ist. Für den Fall, daß diese Sendung verlorengeht, habe ich Ablichtungen machen lassen. Natalies Schicksal erfüllt Pamela und mich mit Entsetzen. Entsetzen ist ein viel zu schwacher Ausdruck dafür. Wir können immer noch nicht fassen, daß eine Amerikanerin all das durchgemacht haben soll; aber offenbar ist sie einfach in die Mühle hineingeraten.
Hier in den Staaten werden die Tatsachen erst jetzt bekannt und dringen nach und nach ins Bewußtsein der Leute. General Eisenhower hat die Presse aufgefordert, sich Buchenwald, Dachau, Bergen-Belsen und all die anderen Orte anzusehen. Die Zeitungen waren voll von Bildern und Berichten. Daß Natalie überlebt hat, beweist, wie zäh sie ist und welchen Lebenswillen sie besitzt; vielleicht haben auch unsere Gebete dazu beigetragen. Aber Gebete haben den Millionen nicht helfen können, die hingemordet wurden. Das Entscheidende war wohl, daß dieser Rabinovitz mit seinen Leuten in Thüringen gearbeitet hat. Das nenne ich wirklich ein Eingreifen der Vorsehung. Die Einzelheiten kannst Du seinem Brief entnehmen.
Schon seit langem fragt Pamela mich immer wieder: Um was geht es in diesem dreckigen Krieg überhaupt? Warum hat Dein Sohn sterben müssen? Was haben wir damit erreicht? Jetzt ist es klar. Das politische System, das solche Scheußlichkeiten begehen konnte, mußte von dieser Erde verschwinden. Verdammt mächtig ist es gewesen! Die geeinten Kräfte der Russen, der Briten und der Amerikaner haben es kaum im Zaum halten können. Es hätte sich über die ganze Erde ausbreiten können. Da die Japaner mit ihm verbündet waren,

mußten wir auch Japan in die Knie zwingen. Warren ist für eine gerechte und große Sache gefallen. Das weiß ich jetzt, und nichts wird mich je von dieser Überzeugung abbringen.
Deinem kleinen Sohn ging es viele Monate gut, nachdem er aus Theresienstadt herausgebracht wurde; jedenfalls bis zu dem Zeitpunkt, zu dem der Schnappschuß von ihm vor dem Bauernhaus bei Prag entstand. Du solltest die Hoffnung nicht aufgeben. Vielleicht dauert die Suche sehr lange. Falls Du mich anrufen willst, ich bin im Weißen Haus, Büro des Marineberaters. Das ist mein neuer Posten. Nach Dienstschluß erreichst Du uns in unserer Wohnung unter *Republic 4698*. Pam schließt sich meinen herzlichen Grüßen an.
Dad

Darunter lag ein einzelner Bogen mit dem Briefkopf des Army Medical Corps. Byron las die maschinengeschriebenen Worte:

Lieber Byron,
es geht mir etwas besser. Berel kam nach Theresienstadt und hat Louis vergangenen Juli geholt. Später bekam ich ein Bild von ihm, auf einem Bauernhof bei Prag. Er sah gut aus. Avram sagt, sie werden ihn finden. Ich liebe Dich.

Natalie

(Nach Diktat an Schwester Emily Denny, Sergeant 1/c USANC)

Die zittrige Unterschrift war mit grüner Tinte geschrieben.
Avram Rabinovitz' langer maschinegeschriebener Brief auf dünnem Luftpostpapier war mit demselben Federhalter unterzeichnet.

17. Mai 1945
Lieber Byron,
ich spreche besser englisch als ich es schreibe, und ich habe auch viel zu tun. Deshalb will ich es kurz machen und Ihnen nur berichten, was geschehen ist. Das Wichtigste ist, daß Ihre Frau den Typhus überstanden hat. Jetzt muß sie erst wieder zu Kräften kommen, sie ist in sehr schlechtem Zustand. Die Dame von der Flüchtlingshilfe, die sie ausgefragt hat, muß eine sehr dumme Person

gewesen sein, deshalb klingt das von Natalie in dem Vernehmungsbericht so dumm. Geistig ist sie ganz klar, und sie spricht auch ganz hübsch, aber sie weint viel und mag nicht sprechen über das, was geschehen ist. Drei oder vier Tage nach dem Interview hatte sie Fieber. Solche Verhöre sind heute nicht mehr erlaubt. Sie hat mich gebeten, Ihnen zu schreiben. Wie Sie sehen, ist ihre Handschrift noch sehr unsicher, und sie ist schwach. Außerdem will sie sich nicht erinnern und Dinge zu Papier bringen.

Um es kurz zu machen: ich habe mein Büro bei einer Rettungsorganisation in Paris. Einzelheiten sind unwichtig. Wir räumen nach dem Zusammenbruch des Nazireiches auf und bringen die Juden, die heimatlos und hungernd herumziehen, in Lagern unter, damit sie wieder gesund werden, auf die Beine kommen und nach Palästina ausreisen können. Das ist schreckliche Arbeit. Als Deutschland zusammenbrach, wußten die SS-Leute nicht, was sie mit den Juden machen sollten, die sie noch nicht umgebracht hatten. Zum Schluß kam auch alles zu schnell, als daß sie noch alle hätten töten und die Lager tarnen können, wenn sie es auch versucht haben. Sie ließen sie in großen Kolonnen hierhin und dorthin marschieren oder verschoben sie in versiegelten Zügen, ohne Anweisungen, ohne Ziel, ohne Verpflegung oder Wasser. Und als die Amerikaner oder die Russen kamen, liefen die Deutschen einfach weg und ließen die Juden, wo sie gerade waren, ich weiß nicht, wieviel tausend in ganz Europa.

Unsere Leute fanden Natalie in einem Zug, der von Ravensbrück kam, einem Konzentrationslager für Frauen; der Zug war am Stadtrand von Weimar abgestellt und stand dort einfach herum. Wahrscheinlich hatte er ursprünglich nach Buchenwald gehen sollen. Natalie lag unterm Zug, zwischen den Gleisen. Sie war hinausgeklettert, weil im Wagen rings um sie her überall Frauen starben. Ich war bei einer anderen Einheit, wir sprachen am Abend übers Telephon miteinander, und sie berichteten mir, sie hätten unter einem Zug eine Frau gefunden, die behauptete, Amerikanerin zu sein. Viele Juden behaupten, sie sind Amerikaner, weil sie sich davon eine bessere Behandlung erhoffen. Aber die konnten kein Wort Englisch. Ich fuhr deshalb von Erfurt hinüber, ohne auch nur im Traum daran zu denken, Ihre Frau zu finden – weiß Gott, aber mir sind bei meiner Arbeit noch sonderbarere Dinge untergekommen. Leicht zu erkennen war sie nicht, nur noch Haut und Knochen, außerdem war sie im Delirium, aber ich erkannte sie trotzdem; sie redete ständig von Louis und Byron. Deshalb ging ich zum amerikanischen Hauptquartier und erzählte denen, wir hätten eine Amerikanerin. Das war mitten in der Nacht; sie schickten sofort eine Feldambulanz, die sie abholte. Wie die Army sie behandelte, das war phantastisch, weil sie doch Amerikanerin ist.

Sie versuchen, sie nach Paris zu bringen, und ich glaube, das wird gelingen. In Paris gibt es ein Amerikanisches Hospital, in dem Natalie eine Zeitlang gearbeitet hat. Der Verwalter erinnert sich an sie, und obwohl es überfüllt ist, ist er bereit, sie aufzunehmen. Aber mit dem Papierkrieg fertig zu werden, ist nicht so leicht; die Leute von der Army versuchen immer noch, ihr einen neuen Paß zu verschaffen. Aber es wird schon klappen. Was Ihren Sohn betrifft, wissen wir bis jetzt nichts. Im Vernehmungsbericht werden Sie lesen, wie sie getrennt wurden. Natalie hat genau das Richtige getan. Das war schon sehr mutig. Aber es ist nicht leicht in Prag, weil die Russen es besetzt haben, und sie nicht besonders kooperativ sind. Trotzdem überprüfen unsere Leute alles in der Umgebung von Prag, bisher jedoch ohne Ergebnis. Kurz vorm Eintreffen der Russen war in Prag ein großes Durcheinander und ein Aufstand. Deutsche brachten Kommunisten um, und so weiter, und als die Deutschen sich zurückzogen, plünderten sie viele Bauernhöfe und steckten sie an, so daß man nicht sagen kann, was passiert ist. Natürlich besteht durchaus Hoffnung, daß Ihr Junge am Leben ist, aber ihn zu finden, ist, als wollte man die sprichwörtliche Nadel im Heuhaufen finden. Die heimatlosen jüdischen Kinder sind ein Problem für sich, Hunderttausende von ihnen ziehen durch Europa, und manche sind zu reißenden Wölfen geworden – ihre Eltern wurden getötet, und sie haben gelernt, von Diebstählen zu leben. Was die Deutschen getan haben, kann nie wieder gutgemacht werden. In Paris und Genf werden vom Roten Kreuz, der UNRRA, dem Joint Jewish Relief und anderen Organisationen riesige Karteien angelegt, aber das ist nur ein Tropfen auf den heißen Stein. Ich habe alles, was ich weiß, über Ihren Jungen an unsere Leute gegeben, die diese Kartei durchforsten, aber sie werden mit solchen Aufträgen überschwemmt. Es wird seine Zeit brauchen. Das ist die Geschichte, und es tut mir leid, daß es keine angenehmere ist. Aber Natalie lebt und fängt auch schon an, besser auszusehen. Sie hat keinen Appetit, sonst würde sie sich schneller erholen. Briefe von Ihnen würden sehr helfen; am besten schicken Sie sie an mich, ich sorge dann dafür, daß sie sie auch wirklich bekommt. Seien Sie so guten Mutes und fröhlich wie möglich, wenn Sie schreiben; sagen Sie ihr, Sie seien überzeugt, daß Ihr Sohn lebt und daß wir ihn finden werden.

Mit den besten Grüßen
Avram Rabinovitz

Das Vernehmungsprotokoll war ein verschmierter, engzeilig getippter Durchschlag, so schlecht geschrieben, daß Byron manches kaum verstand. Es klang überhaupt nicht nach Natalie. Die Befragerin hatte sich offensichtlich Notizen gemacht und das Ganze dann in aller Eile heruntergetippt. Die Geschichte begann in Friedenszeiten in Siena, beschrieb, wie Natalie durch den Überfall auf Pearl Harbor dort in die Falle geraten war, und was sich dann daraus ergeben hatte. Bis zu ihrem Treffen in Marseille war Byron das meiste bekannt. Der lange Bericht über Theresienstadt, besonders die Szene im Keller der SS, ließ ihn erstarren; dabei hatte die Befragerin die sexuellen Details offenbar ausgelassen. Die Überschrift des Ganzen deutete drei Befragungen an; doch nach Theresienstadt wurde der Bericht karg und spärlich. Die letzten Worte über Aaron Jastrow klangen seltsam unbeteiligt.

> Als wir einstiegen, trennte uns ein Mann von der Transport-Abteilung. Ich habe meinen Onkel nie wiedergesehen. Später habe ich dann gehört, daß die Prominenten dieses Transports alle ins Gas gegangen sind. Er war ein alter, hinfälliger Mann. Sie suchten nur ein paar wenige Junge und Gesunde heraus, die am Leben blieben. Ich bin sicher, daß er tot ist.

Das war alles. In ihrem Bericht über Auschwitz sprach sie davon, wie man sich vorkam, wenn einem der Kopf kahlgeschoren und einem eine Nummer auf den Arm tätowiert wurde, was für Lumpen man ihr zum Anziehen gab, um die Verhältnisse im Ziegelbau der Frauen, die sanitären Einrichtungen und die Verpflegung. Ein Mann namens Udam, ein Freund aus Theresienstadt, hatte ihr Arbeit in einem der Lagerhäuser verschafft, in dem die Habseligkeiten der ausgeplünderten Juden gestapelt wurden. Sie war der Abteilung für Kinderspielzeug zugewiesen worden und mußte auf der Suche nach Geld und Wertgegenständen Teddybären und andere Plüschtiere auseinandernehmen und wieder zusammennähen, damit sie an Kinder in Deutschland verkauft oder verteilt werden konnten. Der lebendigste Abschnitt ihres Berichts beschrieb eine Bestrafung bei dieser Arbeit.

> Mit der Zeit wurde ich sehr geschickt beim Auseinandernehmen und Wiederzusammennähen der Spielzeuge. Es waren ganze Berge, und jedes Stück bedeutete ein von den Deutschen ermordetes kleines Kind. Aber wir hörten bald auf, darüber nachzudenken, dazu waren wir viel zu benommen. Viele Spielzeuge stammten offenbar aus derselben Fabrik. Gelegentlich fanden wir Schmuck, Gold, Münzen oder auch Papiergeld. Natürlich verschwand so manches. Wir setzten unser Leben aufs Spiel, wenn wir etwas behielten, denn jedesmal, wenn wir Kanada verließen, wurden wir durchsucht. Die Lagerhausabteilung hieß ›Kanada‹, weil für Polen Kanada das Land des Goldes ist. Aber wir mußten stehlen, weil wir

Wertvolles gegen Essen eintauschen konnten. Wem gehörte es denn auch? Den Deutschen schon gar nicht! Ich wurde zwar nie erwischt, aber einmal wurde ich wegen nichts und wieder nichts fast zu Tode geprügelt. Ich war gerade dabei, einen kleinen, abgeschabten Teddy auseinanderzunehmen, in dem nichts versteckt war. Er ließ sich nicht mehr zusammenflicken, er fiel mir unter den Händen auseinander. Die Aufseherin war eine verhaßte griechische Jüdin, die aufgeblasen und wie eine SS-Aufseherin gekleidet herumstolzierte. Sie haßte mich, weil ich Amerikanerin war, und wartete nur auf eine Gelegenheit, ein Exempel an mir zu statuieren. Sie meldete mich bei der SS. Ich wurde wegen »Zerstörung von Reichseigentum« zu zwanzig Stockschlägen auf die nackte Haut verurteilt. Das Urteil wurde beim Appell aller Arbeiterinnen von Kanada vollstreckt. Ich mußte mich nackt über ein Holzgestell beugen, und ein SS-Mann prügelte mich. Eine solche Qual habe ich noch nie erlebt. Noch ehe sie fertig waren, verlor ich das Bewußtsein. Udam und einige Freunde trugen mich in die Baracke, und Udam schaffte mich ins Krankenrevier. Sonst wäre ich am Blutverlust gestorben. Eine Woche lang konnte ich nicht gehen. Doch die Gelegenheit bewies mir, wie zäh ich bin. Die Wunden verheilten, und ich bekam wieder dieselbe Arbeit. Die Griechin tat, als sei nichts geschehen.

Natalies Bericht verlor sich in unzusammenhängenden, allgemeinen Betrachtungen über das Leben in Auschwitz: über den Geruch der Massengräber, aus denen die Leichen ausgegraben und verbrannt wurden, den Schwarzen Markt, die außergewöhnliche Standhaftigkeit von Jehovas Zeugen, einen freundlichen SS-Mann, der eine Affäre mit einer Frau in ihrem Block hatte und ihnen viel gutes Essen zusteckte. Sie beschrieb die Gerüchte über das Näherrücken der Russen, den fernen Geschützdonner, den dreitägigen Marsch von Tausenden von Frauen durch den Schnee zu einem Bahnhof, die Fahrt in offenen Kohlewagen nach Ravensbrück. Sie war zur Arbeit in einer Kleiderfabrik eingeteilt worden und hatte furchtbare Angst vor den medizinischen Experimenten in Ravensbrück, von denen sie gerüchtweise schon in Auschwitz gehört hatte. Aus diesem Lager wurden Frauen für die Bordelle der Wehrmacht und der SS ausgewählt: doch ihr Kommentar dazu, selbst durch Geist und Stil der Interviewerin gefiltert, verriet wenig Besorgnis.

Das war eine Bedrohung, die mich nicht betraf. Früher hatte ich als attraktiv gegolten, doch nach ein paar Monaten Auschwitz war es damit vorbei. Außerdem nahmen sie nur die jüngsten und frischesten jüdischen

739

Mädchen. Ein paar von den ungarischen Jüdinnen, die nach Ravensbrück kamen, waren ausgesprochene Schönheiten. Aber ich konnte mir in Ravensbrück keinerlei Extraessen verschaffen, so magerte ich zu dem Skelett ab, das ich jetzt bin. Auch wegen der Narben wäre ich bei der Begutachtung nie genommen worden. Der Anblick hätte den deutschen Männern bestimmt keine Freude bereitet.

Im April wurden Tausende von uns in Züge verladen. Wir hatten gehört, daß der Krieg fast vorbei sei und daß die Russen und die Amerikaner im Begriff stünden, sich zu vereinigen. Wir zählten die Tage und beteten darum, befreit zu werden. Aber die Deutschen stopften uns in versiegelte Viehwaggons und schickten uns Gott weiß wohin, ohne Verpflegung, ohne Wasser, ohne auch nur ein Minimum an medizinischer Versorgung. Im Lager war Typhus ausgebrochen; er verbreitete sich im Zug wie ein Waldbrand. Ich erinnere mich nur an ganz wenig von dem, was nach Ravensbrück passierte. Nur daran, wie entsetzlich es in diesem Zug war – schlimmer als alles, was ich bis dahin erlebt hatte. Unser Wagen war das reinste Leichenschauhaus, fast alle Frauen waren tot oder lagen im Sterben. Man hat mir erzählt, sie hätten mich *unter* dem Zug gefunden. Wie ich dahin gekommen bin, weiß ich nicht, und ich begreife auch nicht, wieso ich noch lebe. Wenn mich in all diesen Monaten etwas davon abgehalten hat, einfach aufzugeben, dann war es die Hoffnung, meinen Sohn noch einmal wiederzusehen. Ich glaube, das hat mir die Kraft gegeben, aus dem Wagen herauszukriechen. Ich weiß nicht, wie ich die Tür aufbekommen habe und herausgekommen bin. Ich habe Ihnen alles erzählt, was ich weiß.

55

Ein kräftiges Kind kann, wenn die Last nicht zu umfangreich und sperrig ist, fünfzehn Pfund mit beiden Händen tragen; sagen wir: etwa zwei kleine Klumpen des künstlich erschaffenen schweren Elements Plutonium. Hält das Kind die Klumpen weit auseinander, so geschieht nichts. Schlägt es die Hände sehr schnell zusammen, so kann es, wenn es in einer Großstadt lebt, damit eine »kritische Masse« erzeugen und eine Million Menschen töten; das heißt, in der Theorie. In Wirklichkeit kann kein Kind seine Arme schnell genug bewegen; es könnte schlimmstenfalls ein Aufsprühen zur Folge haben, bei dem das Kind umkäme und das einiges Unheil anrichten würde. Um die kleinen Klumpen so schnell zusammenprallen zu lassen, daß es zu einer Atomexplosion kommt und ein stadtzerstörender Feuerball entsteht, bedarf es eines Tricks.

Diese in der Natur begründete Tatsache, die im Jahre 1945 die Erde in ihren Grundfesten erschütterte, ist heute allgemein bekannt. Gleichwohl bleibt sie merkwürdig und erschreckend. Wir ziehen es vor, nicht darüber nachzudenken, so wie wir es vorziehen, zu vergessen, daß eine moderne Regierung versucht hat, alle Juden in Europa zu ermorden. Doch beides sind maßgebliche Realitäten unseres Lebens. Unsere kleine Erde enthält Spuren von der Urasche der Schöpfung. Verbrennungsrückstände; eine Handvoll davon genügt, uns alle auszulöschen. Und die menschliche Natur enthält Spuren von Rohheit, selbst in der fortgeschrittensten Gesellschaft, die dieses Zeug benutzen kann, um uns alle auszulöschen. Das waren die beiden fundamentalen Entwicklungen des Zweiten Weltkriegs. Verdunkelt von den Staubwolken der konventionellen Geschichte, die von den großen Schlachten aufgewirbelt wurden, tauchen sie wieder auf, sobald der Staub sich gesetzt hat. Ob deshalb die Geschichte der Menschheit wie dieses Buch in ihr letztes Kapitel eintritt, weiß bis jetzt niemand.

Um in der Geschichte fortzufahren: als die erste Plutoniumbombe ihr neues Licht verstrahlte, war Sime Anderson dabei.
»Was ist denn jetzt, um alles in der Welt?« murmelte Madeline, als der Wecker um Mitternacht ratterte.

»Tut mir leid«, sagte er gähnend. »Die Pflicht ruft.«
»Schon wieder? Mein Gott!« sagte sie und drehte sich auf die andere Seite.
Sime zog sich an, trat in das kalte Nieselwetter hinaus und bestieg einen der überfüllten Busse, die eine ausgewählte Gruppe von Wissenschaftlern und Ingenieuren von Los Alamos ins Testgebiet brachten. Sime war nur ein kleines Rädchen in dem riesigen Getriebe gewesen, doch er begleitete Captain Parsons – ein ›großes Rad‹, wenn man so will. Das Wetter war schlecht für den Test. Eine Zeitlang dachte man an Aufschub; und in der Tat wurde der Zeitpunkt des Versuchs um eine Stunde verschoben. Die Zuschauer warteten viele Kilometer vom Testturm entfernt in der Dunkelheit, tranken Kaffee, rauchten und machten leichtfertig oder bedrückt Konversation. Kein Mensch wußte genau, was geschehen würde, wenn der Schuß losging. Es war die Rede – und das entbehrte nicht ganz des Ernstes – von der Möglichkeit, daß die Explosion die Atmosphäre in Brand setzen oder einen Prozeß auslösen würde, in dessen Verlauf die Erde auseinanderflog. Aber es wurde auch nervös von einem Strohfeuer geredet.

Darum ging es im Grunde bei diesem Test. Laborversuche mit Uran 235 hatten die Wissenschaftler zu der Überzeugung gebracht, daß es beim Erreichen der kritischen Masse mit gehörigem Knall auseinanderfliegen würde; und das tat es über Hiroshima denn auch ohne vorhergehenden Test. Die Schwierigkeit bestand darin, daß das gigantische *Manhattan Project* zwar gekreißt, aber nur eine winzige tödliche Maus von U-235 geboren hatte – gerade genug für eine einzige Bombe. Plutonium war wesentlich leichter zu gewinnen, und es gab auch mehr davon. Dafür war der Umgang damit wesentlich heikler. Kein Mensch wußte, ob es nicht vorzeitig detonieren – das heißt: rasch verpuffen – würde, wenn die Klumpen zusammenprallten. Ausprobiert werden mußte ein Trick, an dem sich die besten Gehirne der Welt versucht hatten, um die beiden Klumpen mit größter Geschwindigkeit zur kritischen Masse zu vereinen.

Regen und Wind ließen nach; der Test nahm seinen Verlauf. Es klappte. Byron, zu dieser Zeit in einer Nachtmaschine auf dem Flug von San Francisco nach Washington, sah irgendwo im Süden ein undeutliches Licht, hielt es jedoch für einen Blitz. Es gab an diesem Morgen eine Menge elektromagnetischer Stürme im amerikanischen Westen. Seine Schwester verschlief den gesamten Test – wie die meisten Frauen in Los Alamos.

Für Sime Anderson sah es selbstverständlich nicht wie ein Blitz aus. Er stand vierzig Kilometer vom Detonationsherd entfernt und sah durch eine dunkle Brille einen Feuerschein von einer Grelle, wie menschliche Augen sie auf dieser Erde noch nie erblickt hatten, obwohl der gleiche Vorgang schon immer im Lodern der Sonne und im Funkeln der Sterne zu sehen gewesen war. Sime warf

sich mit dem Gesicht nach unten auf den Boden. Das war reiner Instinkt. Als er sich wieder erhob, reichte die Feuerwolke – die Dr. Oppenheimer an die Erscheinung Vishnus in der *Bhagavad-Gita* erinnerte – schon viele tausend Meter in die Höhe. Ein Brigadegeneral und ein Wissenschaftler standen in Simes Nähe; den Pappbecher in der Hand, starrten sie durch ihre dunklen Sonnenbrillen.
»Das ist das Ende des Krieges«, hörte er den Wissenschaftler sagen.
»Ja«, erwiderte der General, »sobald wir ein paar davon auf die Japse fallen lassen.«

Pug und Pamela holten Byron vom Andrews-Flughafen ab. Nach dem warmherzigen Brief, den Byron von Guam aus geschrieben hatte, erwartete Pug eine herzliche Umarmung; doch erst die Art und Weise, wie sein Sohn Pamela in die Arme schloß, vermittelte ihm das Gefühl, den Krieg gewonnen zu haben. Byron zog seine neue Stiefmutter immer wieder an sich, küßte sie, hielt sie bei den Schultern, musterte sie von oben bis unten und schrie dann über das Getöse einer gerade startenden MATS-Maschine: »Weißt du was? Ich will verdammt sein, wenn ich jemals Mama zu dir sage!«
Sie lachte fröhlich. »Wie wär's mit Pamela?«
»Da brauch' ich mich wenigstens nicht an was Neues zu gewöhnen«, sagte Byron. »Dad, irgendwelche Neuigkeiten?«
»Seit du aus San Francisco angerufen hast? Nein, keine.«
»Wann kommt sie in das Erholungsheim?«
»Übermorgen.«
»Ich möchte gern Rabinovitz' Brief sehen.«
»Hier. Und da ist auch noch einer von ihr.«
Byron las seine Post auf der Rückfahrt nach Washington. »Hört sich an, als ginge es ihr besser. Dad, ich kriege keine Maschine nach Europa. Ich habe in San Francisco stundenlang an der Strippe gehangen, um einen Dringlichkeitsstufen-Platz zu bekommen.«
»Wieviel Urlaub hat man dir bewilligt?«
»Dreißig Tage. Das ist wenig genug.«
»Ich fliege morgen selbst hinüber.«
»Wohin?«
»Nach Berlin. Potsdam.«
»Himmel, das wäre zu schön. Ich muß mich in Swinemünde melden, bevor mein Urlaub anfängt. Kannst du es einrichten, daß ich mitkomme?«
Pug verzog den Mund zu einem zögernden Lächeln. »Ich muß mal sehen.«
Das Mittagessen mit seiner Mutter in der Foxhall Road erwies sich als

angenehmer, als Byron erwartet hatte. Brigadegeneral Peters war nicht da. Janice kam in schlichtem Rock und einfacher brauner Bluse, sie trug eine Brille und eine Aktenmappe unterm Arm. Einen Drink wollte sie nicht. Sie hatte einen Studentenjob für den Sommer irgendwo »auf dem Hügel«, bei einer Regierungsbehörde also, und wollte nicht müde werden. Sie war dicker geworden, trug nur wenig Make-up und plauderte gelassen über ihre Pläne nach dem Studium. Als ihre Augen denen Byrons begegneten, sah er darin nicht mehr als frische, freundliche Klugheit. Der Schnappschuß von dem kleinen Victor, der Warrens Kindergarten-Bildern so ähnlich sah, berührte Byron schmerzlich. Rhoda jedoch erging sich in überschwenglichen großmütterlichen Gesten.

»Mom trinkt zuviel«, sagte Byron abends zu seinem Vater.

»Das kommt vor. Was nennst du zuviel?«

»Zwei Whiskys vorm Mittagessen, zwei Flaschen Weißwein zum Geflügelsalat. Den größten Teil davon hat sie selbst weggeputzt.«

»Das ist allerdings zuviel. Ich weiß, daß sie furchtbar unter innerer Spannung gestanden hat, weil du kommen solltest. Das hat sie mir selbst gesagt.«

»Und wie steht's mit dem Mitfliegen?«

»Pack morgen früh deine Sachen und komm mit. Sie können dich höchstens rausschmeißen.«

»Ich habe gar nicht erst ausgepackt.«

Ein Kurier in einer Sondermaschine, in der Pug mitfliegen sollte, brachte Aufzeichnungen und Bilder aus Los Alamos für Außenminister Stimson und Präsident Truman nach Potsdam. Diese Neuigkeiten vertraute man nicht einmal dem Telephon oder dem Telegraphen an. Es war immer noch das Geheimnis der Geheimnisse. Nur ein kurzes, rätselhaftes Telegramm, in dem die Geburt eines »gesunden Kindes« angezeigt wurde, hatte den Präsidenten erreicht; und Truman wiederum hatte Churchill informiert. Diese beiden wußten Bescheid. Und wahrscheinlich auch Stalin; denn einer der führenden Wissenschaftler in Los Alamos war ein kommunistischer Spion. Sonst war es wirklich das Geheimnis der Geheimnisse. Auf diese Weise kam Byron rasch in einem Kurier-Flugzeug nach Europa.

»Es besteht kein Grund zu der Annahme, daß er nicht mehr lebt«, sagte Rabinovitz. »Sie hat ihn aus Theresienstadt herausbekommen. Dabei hat sie verdammt viel riskiert, und ich rechne es ihr hoch an.«

»Was muß ich tun, um ihn zu finden?«

»Das ist eine andere Frage. Eine verdammt schwierige.«

Sie saßen in einem Straßencafé in Neuilly und warteten darauf, daß Natalie

von ihrem Mittagsschlaf erwachte. »Reden Sie darüber nicht mit ihr«, sagte Rabinovitz. »Und bleiben Sie nicht zu lange. Diesmal noch nicht. Es wird schwer für sie sein.«
»Wir müssen doch über Louis sprechen.«
»Halten Sie es im ungefähren. Sagen Sie ihr einfach, Sie würden sich jetzt daranmachen, ihn zu suchen. Fünfundzwanzig Tage, das ist nicht viel Zeit, aber Sie können immerhin einen Versuch machen.«
»Und wo fange ich an?«
»Am besten in Genf. Dort werden Sie beim Roten Kreuz, beim Joint und beim Jüdischen Weltkongreß große Karteien finden, in denen Kinder erfaßt sind. Sie fangen jetzt an, Querverweise zu machen. Und nach Genf dann Paris. Auch hier gibt es einige Karteien. Außerdem kann ich Ihnen eine Liste von Vertriebenenlagern geben, in denen gleichfalls Kinder sind.«
»Warum gehe ich nicht gleich nach Prag? Da müßte er doch irgendwo sein?«
»Ich war in Prag«, sagte Rabinovitz. Er hockte zusammengesunken über seinem Kaffee wie ein alter Mann. Er hatte sich tagelang nicht rasiert; seine Lider waren dermaßen geschwollen, daß man die blutunterlaufenen Augen kaum noch sah. »Ich war in allen vier Zentren, in denen sie Kinder haben. Ich habe die Karteien durchblättert und mir alle Vierjährigen persönlich angesehen. Ich glaube, ich hätte ihn erkannt, wenn Kinder sich in anderthalb Jahren auch ziemlich verändern. Das Bauernhaus, dessen Adresse Natalie hatte, ist abgebrannt, alles schon wieder zugewachsen und verwildert. Die meisten Nachbarn sind nicht mehr da. Nur ein Bauer wollte reden. Er sagte, er erinnere sich an einen kleinen Jungen. Die Leute seien nicht umgebracht worden, sondern entkommen. Die Deutschen hätten ein verlassenes Haus geplündert. Das war seine Aussage, und da steht man dann. Es ist verdammt schwierig. Aber Kinder können eine Menge ertragen, und Louis ist ein kräftiger Junge mit sehr viel Lebenskraft.«
»Ich fahre morgen nach Genf.«
Rabinovitz sah auf die Uhr an der Wand. »Sie wird jetzt wach sein. Möchten Sie, daß ich mit hineingehe?«
»Ich glaube, schon. Zumindest für den Anfang, verstehen Sie?«
»Ich kann sowieso nicht lange bleiben. Byron, sie hat mir mehr als einmal gesagt, wenn sie Louis wiederfindet, wird sie ihn nach Palästina bringen.«
»Glauben Sie, daß es ihr damit ernst ist?«
Rabinovitz' Achselzucken verriet Skepsis. »Sie ist noch nicht wieder ganz auf den Beinen. Streiten Sie sich jetzt nicht mit ihr.«
Bei der Anmeldung nannten sie ihre Namen und warteten dann in einem blühenden Garten, in dem Patienten in der Sonne saßen, einige angekleidet,

andere im Bademantel. Natalie kam auf sie zu, in einem dunklen Kleid, das Haar kurzgeschoren. Sie lächelte unsicher. Ihre Beine waren dünn, ihr Gesicht hager.

»Ja, Byron, da bist du also«, sagte sie und breitete die Arme aus. Die Umarmung war ein Schock für ihn. Ihr Körper fühlte sich so gar nicht nach dem einer Frau an. Ihre Brust war fast flach. Was er im Arm hielt, war Haut und Knochen.

Sie bog sich zurück und sah ihn mit sonderbaren Augen an. »Du siehst aus wie ein Filmstar«, sagte sie. Byron trug seine weiße Uniform mit Orden und Ehrenzeichen; sie half ihm, wie er Rabinovitz gesagt hatte, Narren hinter Schreibtischen einzuschüchtern. »Und ich sehe grauenhaft aus, nicht wahr?«

»Überhaupt nicht. Jedenfalls nicht für mich – weiß Gott nicht!«

»Ich hätte in Marseille mit dir gehen sollen.« Benommen rezitierte sie die auswendig gelernte Entschuldigung.

»Reden wir nicht davon, Natalie.«

Sie blickte Rabinovitz an, der mit gebeugtem Rücken in ihrer Nähe stand und eine Zigarette rauchte. »Avram hat mir das Leben gerettet, weißt du.«

Rabinovitz sagte: »Sie haben Ihr Leben selbst gerettet. Byron, ich gehe jetzt.«

Sie sprang auf Rabinovitz zu und küßte ihn mit viel mehr Gefühl, als sie es Byron gegenüber gezeigt hatte. Sie sagte etwas auf Jiddisch. Rabinovitz zuckte die Achseln und verließ den Garten.

»Komm, setzen wir uns«, sagte Natalie mit bemühter Höflichkeit zu Byron. »Dein Vater hat mir bezaubernde Briefe geschrieben. Er ist ein feiner Mann.«

»Von mir hast du nichts bekommen?«

»Nein, Byron. Nicht, daß ich wüßte. Mein Gedächtnis ist allerdings nicht besonders gut; aber das gibt sich mit der Zeit.« Natalie sprach, als müßte sie nach den Worten suchen oder als ginge es darum, sich einer Fremdsprache zu erinnern. Ihre großen Augen in den dunklen Höhlen blickten verängstigt und wie aus weiter Ferne. Sie setzten sich auf eine steinerne Bank neben blühenden Rosenbüschen. »Keine echten Briefe. Ich träume, verstehst du. Ich habe oft von dir geträumt. Auch von Briefen habe ich geträumt. Aber die Briefe deines Vaters, von denen weiß ich, daß sie wirklich sind. Es tut mir leid, daß deine Eltern sich getrennt haben.«

»Mein Vater ist glücklich, und mit meiner Mutter ist alles in Ordnung.«

»Schön. Ich habe Pamela in Paris gekannt. Merkwürdig, nicht? Und Slote, was ist mit Slote? Weißt du irgendwas von ihm?«

Für Byron ließ sich das Gespräch höchst merkwürdig an. Ihre letzten Briefe waren liebevoller und zusammenhängender gewesen. Jetzt schien sie zu sagen, was ihr gerade in den Sinn kam, um Angst oder Verlegenheit zu verbergen;

nichts, was wichtig gewesen wäre, nichts von Louis, nichts von Aaron Jastrow, nichts Persönliches, nur forciertes Geplapper. Doch er ging darauf ein. Lang und breit erzählte er ihr, wie Slote seine Karriere zerstört hätte, indem er versuchte, das Außenministerium zu einer Aktion für die Juden zu bewegen, und von seinem Ende als Jedburgh-Agent, soweit er davon durch Pamela und seinem Vater wußte. Beim Zuhören legte sich die Angst in Natalies Augen.
»Mein Gott, der arme Slote! Ausgerechnet Fallschirmspringer! Besonders gut kann er darin nicht gewesen sein, meinst du nicht auch? Aber es war doch nicht falsch von mir, daß ich ihn mochte. Er hatte das Herz auf dem rechten Fleck, für einen *Goi*. Das habe ich gespürt.« Sie spürte nicht, daß sie Byron mit diesen Worten vor den Kopf stieß. Sie lächelte ihn an. »Du siehst wirklich fabelhaft aus. Bist du in großer Gefahr gewesen?«
»Das fragst *du* mich?«
»Nun, es gibt solche Gefahren und solche.«
»Gewiß, manchmal ist es gerade noch mal gut gegangen. Zu neunundneunzig Prozent war es langweilig. Aber wenn *ich* in Gefahr geriet, konnte ich mich wehren.«
»Ich habe versucht, mich zu wehren. Vielleicht war es töricht, aber es lag in meiner Natur.« Ihr Mund zitterte. »Erzähl mir von den Malen, wo du gerade noch mit heiler Haut davongekommen bist. Erzähl mir von Lady Aster. Ist er jetzt ein großer Held?«
Byron erzählte von Asters Heldentaten und seinem Tod. Sie schien interessiert, obwohl ihre Augen sich manchmal in der Ferne zu verlieren schienen. Dann schwiegen sie. Sie saßen im Schatten, im Duft blühender Rosen und sahen einander an. Strahlend sagte Natalie: »Ich habe endlich meinen neuen Paß bekommen. Gestern. Himmel, sah das kleine Heft gut aus!«
»Das kann ich mir denken.«
»Weißt du, ich habe meinen alten sehr lange behalten. Bis nach Auschwitz. Kannst du dir das vorstellen? Aber dort haben sie mir alle meine Kleider weggenommen. Eine der Frauen in Kanada muß ihn gefunden haben. Wahrscheinlich hat sie ihn für einen dicken Klumpen Gold verscheuert.«
Natalies Stimme wurde unsicher, ihr Hände fingen an zu zittern, ihre Augen flossen über.
Byron beschloß, das alles einfach zu durchbrechen. Er schloß sie fest in die Arme. »Natalie, ich liebe dich!«
Mit knochigen Fingern klammerte sie sich schluchzend an ihn. »Es tut mir so leid. Mir geht es immer noch nicht besonders. Die Alpträume, die Alpträume! Nacht für Nacht, Byron. Und die vielen Medikamente. Ich bekomme Tag und Nacht Spritzen . . .«

»Morgen fliege ich nach Genf und fange an, nach Louis zu suchen.«
»Ach, wirklich? Gott sei Dank!« Sie wischte sich die Augen. »Wieviel Zeit hast du?«
»Ungefähr einen Monat. Aber ich komme auch her und besuche dich.«
»Aber die Hauptsache ist, du suchst nach ihm.« Sie packte seinen Arm mit dünnen Fingern, ihre Augen weiteten sich und ihre Stimme wurde zu einem eindringlichen Flüstern: »*Er lebt! Ich weiß es. Such ihn!*«
»Darling, ich versuche es auf Teufel-komm-raus!«
Sie zwinkerte, dann lachte sie wie früher. »›Auf Teufel-komm-raus!‹ Wie lange ich das schon nicht mehr gehört habe!« Sie schlang ihm die Arme um den Hals. »Ich liebe dich auch, Byron. Du bist viel, viel älter geworden.«
Eine Schwester näherte sich und tippte auf die Armbanduhr. Natalie sah überrascht, aber auch erleichtert aus. »Ach du lieber Gott, schon?« Als sie aufstand, faßte die Schwester sie am Ellbogen. »Dabei habe ich noch nicht einmal von Aaron erzählt, nicht wahr? Byron, er war mutig. Je schlimmer es wurde, desto mutiger wurde er. Ich könnte dir stundenlang von ihm erzählen. Er war nicht der Mann, den wir in Siena gekannt haben. Er wurde sehr fromm.«
»Dafür habe ich ihn immer gehalten – nach der Art, wie er über Jesus geschrieben hat.«
Von der Schwester gestützt, runzelte Natalie die Stirn. Beim Eingang umarmte sie ihn noch einmal kraftlos. »Ich bin so froh, daß du da bist. *Such ihn!* Verzeih mir, Byron, ich bin in einer lausigen Verfassung. Nächstes Mal wird's schon besser gehen.« Mit trockenen, rauhen Lippen küßte sie ihn auf den Mund und ging dann hinein.
Lausig. Das Wort klang so natürlich; es gab Byron ein wenig Sicherheit. Er stöberte den Oberarzt auf, einen pedantischen alten Franzosen mit einem weißen Schnurrbart à la Pétain. »Ah, sie macht sich sehr gut, Monsieur. Sie würden es mir nicht glauben! Ich habe nach der Befreiung einen Monat in den Lagern gearbeitet. Es war entsetzlich! Dantes Inferno! Sie wird wieder gesund werden.«
»Sie hat mir von Narben an Beinen und dem auf dem Rücken geschrieben.«
Im Gesicht des Arztes zuckte es. »Nicht schön, Monsieur, nicht schön. Aber, Monsieur, sie ist eine sehr schöne Frau, und sie lebt. Die Narben, *eh bien*, dafür gibt es die plastische Chirurgie. Im Augenblick geht es mehr um seelische Narben. Wir müssen dafür sorgen, daß sie wieder zunimmt und ihr inneres Gleichgewicht wiederfindet.«

Nachdem er zwei Wochen lang in Genf Karteien durchgesehen und
Vertriebenenlager besucht hatte, fing Byron an zu verzweifeln. Er wußte nicht
mehr ein noch aus. In einem kleinen Notizbuch hatte er die Fährten unter drei
Kategorien eingetragen:

Möglich.
Nicht unmöglich.
Einen Versuch wert.

Schon unter der Rubrik ›Möglich‹ standen über siebzig Namen; Vierjährige,
über ganz Europa verstreut, die nach Haar- und Augenfarbe und den Sprachen,
die sie verstanden, sein Sohn sein konnten. Er hatte rund zehntausend
Karteikarten durchgesehen – jede von ihnen ein heimatloses Kind. Ein Louis
Henry war nirgends aufgeführt. Auch ein ›Henry Lewis‹ nicht – ein Einfall, der
ihm in einer schlaflosen Nacht gekommen war und ihn veranlaßt hatte,
sämtliche Karteien noch einmal durchzusehen. All diesen einzelnen Hinweisen
nachzugehen, konnte Monate dauern, Jahre! Er aber hatte nur Tage.
Rabinovitz war überrascht, als Byron eines Tages in seinem schäbigen Büro
über einem übelriechenden Restaurant in der Rue des Capuchins auftauchte.
»Ich fahre nach Prag«, sagte Byron. »Vielleicht ist es ein Schuß ins Dunkel,
aber ich muß noch einmal von vorn anfangen.«
»Na gut. Aber Sie werden gegen Mauern anrennen. Die Russen sind zäh und
uninteressiert und haben alles fest in der Hand.«
»Mein Vater ist in Potsdam. Er ist Präsident Trumans Marineberater«.
Rabinovitz fuhr herum, daß sein Drehsessel quietschte. »Das haben Sie noch
nicht gesagt.«
»Ich hielt es für unwichtig. Er war dienstlich in der Sowjetunion und spricht
einigermaßen Russisch.«
»Aber das müßte Ihnen eigentlich helfen, in Prag durchzukommen. Wenn der
Militärgouverneur Ihretwegen aus Potsdam Anweisungen bekommt, werden
die Räder sich drehen. Zumindest können Sie sich selbst überzeugen, ob er da
ist oder nicht.«
»Warum sollte er anderswo sein, wenn er noch lebt?«
»Als ich nach ihm gesucht habe, war er nicht da, Byron. Gott weiß, daß mir
etwas entgangen sein kann. Fahren Sie, aber sprechen Sie erst mit Ihrem
Vater.«

Rabinovitz arbeitete für eine Organisation, die ungeachtet der britischen
Einwanderungsgesetze Juden nach Palästina einschleuste. Beim ersten

749

Bekanntwerden der Nazi-Greuel waren diese Gesetze gelockert worden; inzwischen wurden sie wieder streng angewendet. Avram hatte bis zum Umfallen zu tun. Natalie Henry war nicht eine seiner Hauptsorgen. Er hatte so etwas wie Mitgefühl mit ihr, eine Spur wohl auch von seiner alten, hoffnungslosen Liebe; doch im Vergleich mit den meisten Juden in Europa war sie jetzt außer Gefahr, eine in der Rekonvaleszenz begriffene, verhätschelte amerikanische Jüdin. Nach Byrons Ankunft hatte er sie aus seinen Gedanken verdrängt und nicht mehr besucht. Als ein paar Wochen später mitten in der Nacht in seiner Pariser Wohnung das Telephon klingelte und die Vermittlerin sagte: »Bleiben Sie dran, ein Anruf aus London, bitte«, ging er in Gedanken rasch alle Fälle durch, die mit London zu tun hatten und durchweg illegal und riskant waren. An die Henrys dachte er nicht.
»Hallo. Hier spricht Byron.«
»Wer?«
»Byron Henry.« Die Nachkriegsverbindung mit London war nicht gut. Die Stimme schwankte. ». . . ihn.«
»Wie bitte? Was haben Sie gesagt, Byron?«
»Ich habe gesagt, ich hab' ihn.«
»Was? Soll das etwa heißen, Ihren Sohn?«
»Er sitzt hier in meinem Hotelzimmer.«
»Ich werde verrückt! In England war er?«
»Übermorgen bringe ich ihn nach Paris. Da ist noch ein Haufen Papierkrieg zu bewältigen, und . . .«
»Byron, wie geht es ihm denn?«
»Nicht allzu gut, aber jedenfalls habe ich ihn. Würden Sie das bitte Natalie sagen? Sie muß sich an den Gedanken gewöhnen, daß ich ihn gefunden habe. Dann regt sie es sie vielleicht nicht so sehr auf, wenn sie ihn sieht. Oder er sie. Ich möchte auch nicht, daß er sich aufregt. Würden Sie das für mich tun?«
»Mit dem größten Vergnügen! Ich wüßte nicht, was ich lieber täte. Was soll ich ihr sagen?«
»Nun, das ist schwierig. Die RAF flog gleich nach dem Krieg ein paar tschechische Piloten nach Prag zurück. Eine englische Hilfsorganisation brachte sie dazu, in den leeren Maschinen heimatlose Kinder mitzubringen. Ich erfuhr vorige Woche in Prag davon. Reines Glück. Die Unterlagen dort sind unglaublich schlampig, Avram. In einem Restaurant hörte ich jemand davon reden, einen tschechischen Piloten, der es einer jungen Engländerin erzählte. Schierer Zufall! Aber einerlei, ob Zufall, Glück oder Gott. Jedenfalls bin ich der Sache nachgegangen, und jetzt habe ich ihn.«
Es regnete stark an diesem Morgen. Rabinovitz rief im Erholungsheim an und

ließ Natalie bestellen, er käme um elf mit wichtigen Neuigkeiten. Sie wartete in der Halle auf ihn, als er kam und die Nässe von seinem Regenmantel schüttelte.
»Ich dachte schon, Sie wären nach Palästina gegangen.« Ihr Gesicht war gespannt. Sie hatte die Hände vor der Brust verschränkt, die Knöchel waren weiß. Sie nahm zu, unter dem schwarzen Kleid zeichneten sich Andeutungen von Rundungen ab.
»Das werde ich nächste Woche tun.«
»Und welche wichtige Nachricht bringen Sie?«
»Ich habe von Byron gehört.«
»Ja?«
»Natalie.« Er streckte die Hände nach ihr aus, und sie ergriff sie. »Natalie, er hat ihn gefunden.«
Er hatte nicht fest genug zugefaßt. Mit einem irren Lächeln glitt sie zu Boden.

Das kräftige Kind schlug an diesem Tag die beiden Klumpen über Hiroshima zusammen. Das neue Licht verbrannte über sechzigtausend Menschen zu Asche.
Das einsame Flugzeug nahm Kurs zurück nach Tinian und funkte: *Auftrag erfolgreich ausgeführt.*
Die Kontroverse über das Unternehmen wird weitergehen, solange noch Menschen leben. Einige der Argumente:
Die Japaner hätten auch kapituliert, ohne mit radioaktiver Materie bombardiert zu werden. Sie hatten bereits Friedensfühler ausgestreckt. Die amerikanischen Codebrecher wußten aufgrund ihres diplomatischen Funkverkehrs, daß sie Frieden wollten.
Dennoch lehnten die Japaner das Ultimatum von Potsdam ab.
Truman wollte die Russen aus dem Krieg mit Japan heraushalten.
Dennoch entband er Stalin in Potsdam nicht von seiner Verpflichtung, Japan anzugreifen. General Marshall hatte ihm gesagt, daß man die Russen nicht davon abhalten könne, anzugreifen, wenn sie es wollten.
Bei einer Landung in Japan wären wesentlich mehr Japaner ums Leben gekommen, von den Amerikanern ganz zu schweigen, als beim Angriff auf Hiroshima. Die japanischen Militärs beherrschten die Regierung, und ihr Verteidigungsplan sah, ähnlich wie der Hitlers, eine Strategie der verbrannten Erde und den Kampf bis zum letzten Mann vor. Die Atombombe gab dem Kaiser eine Möglichkeit in die Hand, von seinen Beratern eine Entscheidung zugunsten der Friedenspartei zu erzwingen.
Dennoch hätten die Bombardierungen durch die B-29-Superfestungen sowie

die Unterseeboot-Blockade das gleiche Ziel so rechtzeitig erreichen können, daß eine Invasion nicht mehr nötig gewesen wäre.
Wenn nicht, und wenn die Sowjetunion eine Landung aktiv unterstützt hätte, würde die Rote Armee einen Teil des Landes besetzt haben. Japan hätte das gleiche Schicksal einer Teilung erleiden müssen wie Deutschland.
Dennoch ist nicht sicher, ob die Japaner die Toten von Hiroshima für einen annehmbaren Preis dafür hielten, diese Möglichkeit auszuschließen.
Soviel jedoch steht fest:
Die Atombombe wurde gerade noch rechtzeitig fertiggestellt, um im Krieg Anwendung zu finden. Zwei von diesen Bomben standen zur Verfügung, eine U-235-Bombe und eine Plutonium-Bombe. Der Präsident, das Kabinett, die Wissenschaftler und die Militärs – alle wollten sie, daß die Bombe so schnell wie möglich zum Einsatz käme. Harry Truman hat später gesagt: »Wir sahen in ihr eine Art überschwerer Artillerie und machten davon Gebrauch.« Es gab besorgte Stimmen, die von der allgemeinen Meinung abwichen; doch es waren nur wenige, und sie richteten nichts aus. Der Einsatz an Geld, Arbeitskraft, industriellem Können und wissenschaftlichem Genie war zu groß.
Kriege zwingen, weil in ihnen Menschen umkommen, ganze Nationen dazu, ihre Politik zu ändern. Und irgendwie war die Bombe der konzentrierte Ausdruck des Krieges: zwei Hände voll Materie, die eine ganze Stadt auslöschten. Weshalb sollte man sie nicht anwenden? Sie versetzte ein ganzes Volk über Nacht so sehr in Angst, daß es seine Politik änderte. »Die tollste Sache in der gesamten Geschichte!« sagte Präsident Truman, als ihm die Nachricht von Hiroshima überbracht wurde.
Die tollste Sache seit der Erfindung von Dosenbier.

Byron trat aus der Flugzeugtür, einen blassen, kleinen Jungen in sauberem grauem Anzug an der Hand, der brav neben ihm herging. Rabinovitz erkannte Louis wieder, obgleich er größer und schmaler geworden war.
»Hallo, Louis.« Der Junge sah ihn ernst an. »Byron, es geht ihr heute gut; sie wartet. Ich werde euch hinfahren. Haben Sie von der Atombombe gehört?«
»Ja. Und ich nehme an, das wird das Ende sein.«
Während sie zu Rabinovitz' altersschwachem Citroën gingen, redeten sie über die erschütternde Nachricht, wie man überall in der Welt darüber redete.
»Natalie sagt, jetzt, da Sie ihn gefunden haben, sei sie bereit, nach Hause zu kommen«, sagte Rabinovitz während der Fahrt. »Sie meint, sie wird sich dort besser erholen.«
»Ja, wir haben auch darüber geredet, als ich das letzte Mal bei ihr war. Sie hat dort einiges Vermögen. Aarons Verleger hat sich mit ihr in Verbindung

gesetzt. Es ist eine ganze Menge Geld. Und das Haus in Siena, wenn es noch steht. Sein Anwalt hat das Testament. Es wird das beste sein, wenn sie zuerst nach Hause fährt.«
»Jedenfalls geht sie nicht mit Ihnen nach Deutschland, das kann ich Ihnen sagen.«
»Das erwarte ich auch nicht von ihr.«
»Und wie werden Sie sich dort vorkommen?«
»Nun, ich bin den Umgang mit U-Boot-Leuten gewohnt. Und ich habe nur dienstlich mit ihnen zu tun.«
»Sie sind Mörder.«
»Das bin ich auch«, sagte Byron ohne Erbitterung und fuhr Louis über den Kopf. Der Junge saß auf seinem Schoß und blickte ernst auf die von der Sonne beschienenen grünen Felder. »Sie sind der besiegte Gegner. Wir studieren ihre Ausrüstung und ihre Methoden so rasch wie möglich nach der Kapitulation. Das ist so üblich.«
Nach einigen Minuten des Schweigens sagte Rabinovitz plötzlich: »Ich glaube, sie wird in Amerika bleiben, wenn sie jetzt hinfährt.«
»Sie weiß nicht, was sie tun wird. Vor allem muß sie wieder gesund werden.«
»Würden Sie mir ihr nach Palästina gehen?«
»Das ist eine schwierige Frage. Ich habe vom Zionismus keine Ahnung.«
»Wir Juden brauchen einen Staat, in dem wir leben können und in dem man uns nicht umbringt. Das ist der Kern des Zionismus.«
»Sie wird auch in Amerika nicht umgebracht.«
»Können alle Juden nach Amerika gehen?«
»Und was ist mit den Arabern?« fragte Byron nach einer Weile. »Denjenigen, die bereits in Palästina sind?«
Rabinovitz' Gesicht wurde sehr ernst, nahezu tragisch. Er sah geradeaus und seine Antwort kam sehr langsam. »Die Araber können erbarmungslos sein, aber sie haben das Zeug zur Noblesse. Das christliche Europa hat versucht, uns umzubringen. Haben wir noch eine Wahl? Palästina ist unsere angestammte Heimat. Im Islam gibt es die Tradition, die Juden leben zu lassen. Ein eigener Staat – den es noch nicht gibt –, nun, das wäre etwas Neues in ihrer Geschichte. Aber es wird gehen.« Er warf einen Blick auf Louis und tätschelte ihm die Wange. »Zu Anfang wird es sicher Schwierigkeiten geben. Aber gerade deshalb brauchen wir ihn.«
»Brauchen Sie auch eine Flotte?«
Rabinovitz setzte ein flüchtiges, säuerliches Grinsen auf. »Unter uns gesagt – wir haben bereits eine. Ich habe mitgeholfen, sie aufzubauen. Eine verflucht kleine, bis jetzt.«

»Nun, ich werde mich, wenn ich entlassen bin, nie von diesem Kind trennen. Das steht fest.«

»Ist er nicht sehr still?«

»Er redet nicht.«

»Was soll das heißen?«

»Genau das. Er lächelt nicht, und er redet nicht. Er hat bis jetzt noch kein einziges Wort zu mir gesagt. Es war nicht einfach, zu erreichen, daß man ihn mir übergab. Sie hatten ihn als psychisch belastet eingestuft – in irgendeine abstruse Kategorie. Er ist gesund. Er ißt, er zieht sich selbst an und wäscht sich allein. Er ist sogar sehr sauber, und er versteht alles, was man sagt. Er gehorcht. Er redet bloß nicht.«

Rabinovitz sagte auf jiddisch: »Louis, sieh mich an.« Der Junge wandte den Blick und sah ihn an. »Lächle, kleiner Mann.« Louis' große Augen verrieten einen Hauch von Abscheu und Verachtung; dann sah er wieder zum Fenster hinaus.

»Lassen Sie ihn«, sagte Byron. »Ich habe tausend Papiere unterschreiben und Himmel und Hölle in Bewegung setzen müssen, bis ich ihn freibekam. Ein Glück, daß ich noch rechtzeitig gekommen bin. Nächste Woche bringen sie mit dem Schiff rund hundert von diesen sogenannten psychisch belasteten Kindern nach Kanada. Weiß der Himmel, ob es uns jemals gelungen wäre, ihn dort aufzustöbern.«

»Wie ist es ihm überhaupt ergangen?«

»Es gibt kaum Unterlagen darüber. Ich kann natürlich nicht tschechisch lesen, und die Übersetzung dessen, was auf seiner Karte stand, war ziemlich schlecht. Es sieht so aus, als hätte man ihn in den Wäldern bei Prag aufgegriffen, wo die Deutschen viele Juden und Tschechen hingebracht haben, um sie zu erschießen. Überall lagen Leichen herum. Dort hat ihn irgend jemand gefunden, unter den Leichen.«

Als sie in den sonnenbeschienenen Garten des Erholungsheims gingen, sagte Byron: »Schau, Louis, dort ist Mama.«

Natalie stand in der Nähe der Steinbank, in einem neuen weißen Kleid. Louis ließ die Hand seines Vaters los, machte ein paar Schritte in Richtung auf Natalie zu, fiel dann in Trab und sprang auf sie zu.

»Oh, mein Gott! Wie *groß* du bist! Und wie schwer! Ach, Louis.«

Sie setzte sich und umarmte ihn. Der Junge klammerte sich an sie, barg das Gesicht an ihrer Schulter, und sie wiegte ihn und sagte unter Tränen: »Louis, du bist wieder da! Du bist wieder da!« Sie sah zu Byron auf. »Er ist froh, mich zu sehen.«

»Es scheint so.«

»Byron, du kannst wirklich alles, nicht wahr?«
Das Gesicht immer noch verborgen, klammerte der Junge sich mit Macht an seine Mutter. Ihn hin und her wiegend, begann sie langsam auf jiddisch:
Unter meines Lieblings Wiege
liegt eine kleine weiße Ziege.
Zicklein macht einen Laden auf...
Louis ließ sie los, richtete sich lächelnd auf und versuchte auf jiddisch mit zaghafter Stimme hier und dort ein Wort mitzusingen:
Dos vet zein dein baruf,
Rozhinkes mit mandlen...
Fast gleichzeitig legten Byron und Rabinovitz die Hand über die Augen, wie geblendet durch ein unerträglich jähes Licht.

In einem flachen, hastig in dem Wald bei Prag ausgehobenen Grab liegen Berel Jastrows Gebeine – namenlos, wie so viele Gebeine in ganz Europa. Und damit endet diese Geschichte.
Natürlich ist es nur eine Geschichte; Berel Jastrow wurde nie geboren, es gab ihn nie. Er ist ein Gleichnis. In Wahrheit reichen seinen Gebeine von der französischen Küste bis zum Ural, die trockenen Knochen eines gemordeten Riesen. Und in Wahrheit begibt sich etwas Wunderbares; die Geschichte endet nicht an dieser Stelle, denn die Gebeine stehen auf und bekleiden sich mit Fleisch. Gott haucht ihnen seinen Odem ein, und Berel Jastrow wendet sich nach Osten und kehrt heim. In dem grellen Schein, dem gewaltigen, schrecklichen Licht dieses Geschehens scheint Gott ein Zeichen dafür zu setzen, daß die Geschichte derer von uns, die noch am Leben sind, nicht zu enden braucht; und vielleicht erweist sich das neue Licht als Zeichen eines schwierigen Neubeginns.
Für den Rest von uns, vielleicht. Nicht für die Toten. Nicht für die über fünfzig Millionen Toten der größten Katastrophe, die die Welt je erlebt hat: Sieger und Besiegte, Soldaten und Zivilisten, Menschen vieler Nationen, Männer, Frauen und Kinder. Für sie gibt es keine irdische Morgendämmerung mehr. Doch obwohl ihre Knochen im Dunkel des Grabes liegen, werden sie nicht vergebens gestorben sein, wenn ihr Gedenken uns nach der langen, langen Zeit des Krieges in die Zeit des Friedens führt.

Historische Bemerkungen

Die historischen Fakten des Krieges werden in diesem Roman – wie in *Der Feuersturm* und *Der Krieg* – exakt wiedergegeben. Die Statistiken sind verläßlich; die Worte und Taten großer Persönlichkeiten sind entweder historisch belegt oder von ihren Aussprüchen oder ihrem Verhalten in ähnlichen Situationen abgeleitet. Gestalten von historischer Bedeutung treten nicht an Orten und zu Zeiten auf, die historisch nicht stimmen.

Welt im Untergang, die Niederschrift des Generals Armin von Roon, ist selbstverständlich von vorn bis hinten erfunden. Trotzdem sollte von Roons Buch als professionelle Darstellung von deutscher Seite gelesen werden, verläßlich innerhalb der Grenzen, die dieser Art von Rechtfertigungsliteratur gezogen sind. Außer an den Stellen, die von Victor Henry ausdrücklich angezweifelt werden, stimmen die Fakten, wie sehr sein Urteil auch von seinem Nationalismus verfärbt sein mag.

Daß die Einzelheiten der bekannten Schlachten, Feldzüge und Ereignisse des Krieges – Singapore, Midway, Golf von Leyte, die Konferenz von Teheran, die Belagerungen von Imphal und Leningrad und so weiter – der Wahrheit entsprechen, wird, so hoffe ich, der informierte Leser von sich aus erkennen. In den folgenden Anmerkungen geht es um wenig bekannte oder ungewöhnliche historische Elemente des Romans und um Passagen, in denen Dichtung und Wahrheit auf besondere Art miteinander verflochten sind.

Die Fahrten der Unterseeboote *Devilfish*, *Moray* und *Barracuda* sind Improvisationen, angeregt durch die Kriegstagebücher mehrerer Unterseeboote.

Carter Asters Tod basiert auf der berühmten Selbstopferung von Commander Howard W. Gilmore von der U. S. S. *Growler*, für die er posthum mit der *Congressional Medal of Honor* ausgezeichnet wurde. Aster ist eine fiktive Gestalt, die sonst nichts mit Commander Gilmore zu tun hat.

Sämtliche anderen Schiffe der Navy hat es gegeben; ihre Bewegungen und Aktionen folgen den historisch belegten Aufzeichnungen. Auch die Admiräle im Pazifik hat es gegeben; für ihre Rolle im Roman gilt dasselbe wie für die bedeutenderen Persönlichkeiten aus dem Bereich der Politik. Die Geschichte des Schweren Kreuzers *Northampton* hält sich – bis auf die fiktiven Kommandanten Hickman und Henry – an das Kriegstagebuch des Schiffes von Pearl Harbor bis zu seiner Versenkung in der Schlacht von Tassafaronga.

Die Namen der Piloten und Bordschützen der drei Torpedogeschwader bei Midway zusammenzustellen, erwies sich als erstaunlich schwierig – so rasch verblassen die Unterlagen. Die Namenliste der Gefallenen, die in *Der Krieg* abgedruckt ist, ist das Ergebnis langer Nachforschungen. Verläßliche Korrekturen werden bei künftigen Auflagen berücksichtigt.

Die Geschichte der *Izmir* ist eine romanhafte Umsetzung der Reisen vieler Menschen, die auf der Flucht vor den Nazis auf diese Weise Palästina erreichten oder zu erreichen versuchten.

Das »Wannsee-Protokoll« ist ein historisches Dokument. Wie in *Der Krieg* beschrieben, ist von dreißig Kopien dieses hochgeheimen Dokuments durch bürokratische Übergenauigkeit eine erhalten geblieben. Daß eine Kopie hinausgeschmuggelt und einem Angehörigen der amerikanischen Gesandtschaft in Bern zugänglich gemacht wurde, ist ebenso fiktiv wie die Figuren der Angehörigen des diplomatischen Dienstes.

Amerikaner, die der Krieg in Italien überraschte, wurden, wie in *Der Krieg* erzählt, in Siena interniert. Diejenigen, die man in Südfrankreich überraschte, wurden zuerst in Lourdes interniert und dann nach Baden-Baden gebracht; die von den Deutschen sehr hart geführten Austauschverhandlungen zogen sich über ein Jahr hin.

Der Comte und die Comtesse de Chambrun sind echte Figuren; der Comte hat tatsächlich das *American Hospital* in Paris verwaltet. Der Deutsche Botschafter in Paris, Otto Abetz, ist historisch. Werner Beck ist eine fiktive Figur.

Die Gemeinsame Deklaration der Vereinten Nationen vom Dezember 1942, die zur Bermuda-Konferenz führte, ist historisch. Der Text ist im Roman vollständig wiedergegeben. Staatssekretär Breckinridge Long ist eine historische Gestalt; seinen Worten und Auftritten im Roman liegen weitgehend seine eigenen Schriften sowie seine Aussagen vor dem Untersuchungsausschuß des Kongresses zugrunde. Foxy Davis ist fiktiv.

Die Bermuda-Konferenz spielte sich ab wie beschrieben. Die Reaktion, zu der es später in der Öffentlichkeit kam, und die Einrichtung des *War Refugee Board* entsprechen den Tatsachen.

Hauptquelle für die Empörung über die Unterdrückung der Tatsachen hinsichtlich des Leih- und Pachtvertrages im Jahre 1943 ist Admiral William Standleys Autobiographie. Die Praxis der Sowjets in diesen Dingen hat sich übrigens bis auf den heutigen Tag nicht geändert. General Yevlenko ist fiktiv.

Die »Dreimächte-Erklärung in Hinblick auf den Iran« ist eine historische Tatsache; auch die Geschichte ihrer Entstehung trifft im großen und ganzen zu, wenn auch das Gespräch zwischen Victor Henry und dem Kaiserlichen Hofminister Hussein Ala – einer echten Persönlichkeit – erfunden ist. General Conolly ist eine historische Persönlichkeit, und die Beschreibung des Transports von Gütern, die im Rahmen des Leih- und Pachtvertrages durch den iranischen Korridor an die Sowjetunion geliefert wurden, entspricht den

Tatsachen. Der fiktive Granville Seaton beschreibt echte persische Geschichte. Das ›Paradies-Ghetto‹ von Terezin oder Theresienstadt in der Tschechoslowakei war während des Krieges bekannt. In diesem Bericht ist nichts erfunden oder übertrieben, wenn auch die Rollen von Natalie und Dr. Jastrow fiktiv sind. Die SS-Offiziere haben sämtlich gelebt, desgleichen die Vorsitzenden des Ältestenrats Eppstein und Murmelstein. Die Geschichte des Ghettos entspricht der Wahrheit. Die ›Große Verschönerungsaktion‹ für einen einzigen Besuch neutraler Rot-Kreuz-Beobachter ist in all ihren bizarren Einzelheiten eine ebenso zuverlässig dokumentierte Tatsache wie der Besuch selbst. Ein Teil des Films »Der Führer schenkt den Juden eine Stadt« wird im Yad-Vashem-Archiv in Jerusalem aufbewahrt. Gedreht wurde der Film wie beschrieben, gezeigt wurde er jedoch nie.

Die Szenen von Oswiecim oder Auschwitz beruhen auf dem Studium der vorhandenen Dokumente und der Literatur, aber auch auf Gesprächen mit Überlebenden. Diese Szenen wurden von Sachkundigen über dieses furchtbare Thema gewissenhaft geprüft. Auschwitz wird für den menschlichen Geist wohl immer unbegreiflich bleiben, obwohl nichts mehr davon vorhanden ist außer einem toten Museum. Ich hoffe, daß die Überlebenden von Auschwitz, wenn sie ihre Erinnerungen mit dem im Roman Geschilderten vergleichen – geschildert von einem, der nicht dabei war –, darin den ehrlichen Versuch sehen, den einstigen Schrecken für alle, die nicht dort waren, lebendig werden zu lassen.

Der Marsch der sowjetischen Gefangenen von Lamsdorf nach Oswiecim, die Episoden von Kannibalismus, die Versuchsvergasung dieser sowjetischen Kriegsgefangenen mit Zyklon B, um zu sehen, ob man damit Juden in großer Zahl umbringen könne: all das ist tatsächlich geschehen. Eine wichtige Quelle sind die persönlichen Aufzeichnungen des Kommandanten Rudolf Höß; sie wurden von ihm verfaßt, während er nach dem Krieg auf seinen Prozeß wartete. Er wurde des Massenmordes für schuldig befunden und in Auschwitz gehängt.

Die anderen SS-Offiziere sind echt; nur Klinger ist fiktiv. Der Inspektionsbesuch Himmlers, bei dem er auch einer Vergasung von Anfang bis Ende beiwohnte, hat wie beschrieben stattgefunden – allerdings nicht im Juni, sondern einen Monat später. Der Bau des Krematoriums, das allgemeine Bild des Auschwitzer Gebietes samt Industrieanlagen und landwirtschaftlichen Einrichtungen, die Behandlung von Häftlingen, die Fluchtversuche unternommen hatten, die Appelle – alles entspricht den Tatsachen.

Das Kommando 1005, eine mobile deutsche Einheit, die die Massengräber leerte und unkenntlich machte, ist historisch belegt. SS-Standartenführer

Blobel hat tatsächlich gelebt. Die Meuterei Mutterperls ist fiktiv. Die Massenflucht einiger Häftlinge basiert auf Berichten von Fluchtversuchen solcher Gruppen.

Der fiktiven Reise Berel Jastrows von Tarnopol durch die Karpaten nach Prag liegen mehrere solcher unglaublichen Reisen von Juden zugrunde, denen es gelang, mit Dokumenten und Photobeweisen aus den Todeslagern zu fliehen und das von den Nazis besetzte Europa zu durchqueren, um der Außenwelt die Augen zu öffnen; wobei sie fast ausnahmslos auf den universellen ›Willen, nicht zu glauben‹ stießen. Die fiktiven Partisanengruppen von Nikonow und Levine wurden aus der bestehenden Partisanenliteratur herausgefiltert. Dabei wird auf einige Partisaneneinheiten Bezug genommen, die es tatsächlich gegeben hat.

Die Behandlung der Landungsfahrzeuge und des Atombombenprogramms entspricht der Wirklichkeit. Einen Prioritätenkonflikt, bei dem es um ein Verbundstück ging, hat es tatsächlich gegeben. Die Rolle, die Victor Henry darin spielt, ist natürlich fiktiv. Dr. Oppenheimers Besuch in Oak Ridge ist eine fiktive Szene; Kirby, Peters und Anderson sind Romangestalten. Daß Dr. Oppenheimer die Einführung des von der Navy betriebenen Systems der Thermodiffusion zu einem sehr späten Zeitpunkt empfahl, ist jedoch Tatsache; dies ermöglichte die Herstellung jener U-235-Bombe, die dann über Hiroshima abgeworfen wurde. Die über Nagasaki abgeworfene Plutoniumbombe wurde in Hanford gebaut. Daß nach dem Abwurf dieser beiden keine weiteren Bomben aus dem *Manhattan*-Projekt zur Verfügung standen, entspricht gleichfalls den Tatsachen.

Der Bericht über das FM-Sonar ›Hell's Bells‹ und seinen Einsatz ist historisch belegt.

Um es noch einmal zusammenzufassen: Ziel des Autors in *Der Feuersturm*, *Der Krieg* und *Weltsturm* war es, die Vergangenheit durch Erfahrungen, Wahrnehmungen und Leiden weniger Menschen im Mahlstrom des Krieges lebendig werden zu lassen. Ich habe versucht, dieses Ziel dadurch zu erreichen, daß ich mich genau an die örtlichen und zeitlichen Fakten hielt; sie bildeten gleichsam ein Netz, in dem das der Phantasie entsprungene Drama aufgefangen werden konnte. Das zumindest war die ideale Absicht des Autors.

1962–1978   Herman Wouk

Inhalt

Erster Teil
Pug und Rhoda
5

Zweiter Teil
Pug und Pamela
165

Dritter Teil
Das Paradies-Ghetto
353

Vierter Teil
Der Golf von Leyte
605

Herman Wouk

Der Feuersturm

Roman · 928 Seiten · Linson

»Der amerikanische Schriftsteller Herman Wouk, Autor des Bestsellers ›Die »Caine« war ihr Schicksal‹, hat eine Familiengeschichte des Zweiten Weltkriegs geschrieben; sie umfaßt die Zeit von 1938 bis zum Überfall der Japaner auf Pearl Harbor, jenem Zeitpunkt also, zu dem die USA offiziell in den Zweiten Weltkrieg eintraten.
Herman Wouk ist hier ein überaus spannendes Buch gelungen, das den Älteren jene Zeit in Erinnerung ruft, in welcher der Krieg seine Schatten vorauswarf, und in dem die Jüngeren nachlesen können, wie ohnmächtig der Einzelne gegen das war, was sich im Kollektiven anbahnte.« *Stuttgarter Zeitung*

»Herman Wouk hat viele Tagebücher, Memoiren und Akten durchgearbeitet, hat bezeichnende und überraschende Details herausgefischt und alles übersichtlich aufgebaut. Er bietet sogar, im Jargon eines erfundenen Generalstäblers, eine durchaus originelle, hörenswerte Auslegung der deutschen Strategie.« *Die Zeit*

Hoffmann und Campe

Herman Wouk

Der Krieg

Roman · 552 Seiten · Linson

»Nach zwei Welterfolgen – ›Die »Caine« war ihr Schicksal‹ und ›Der Feuersturm‹ – folgt jetzt die umfangreiche, anklagende erzählerische Chronik ›Der Krieg‹. Wer wissen will, was damals geschah, und das richtet sich auch an die jüngere Generation, sollte Wouks Roman lesen. Er versteht ihn als Mahnung: ›Ich glaube, daß der menschliche Geist der schweren Aufgabe, den Krieg zu überwinden, gewachsen ist.‹« *Hamburger Abendblatt*

»Herman Wouk ist ein großartiger Erzähler, und er hat diese bewegende Geschichte recherchiert bis an die Grenze absoluter Glaubwürdigkeit. Die Gestalten seines Romans überzeugen – in all ihrer Fülle begegnet nicht eine ›Kunstfigur‹, obwohl Franklin Roosevelt, Admiral Reymond Spruance und eine Reihe anderer historischer Persönlichkeiten ebenso lebendig auftreten wie die Legionen, die er so bildhaft darstellt ... Was das Menschliche angeht, ist ›Der Krieg‹ der Roman des Jahres.« *Boston Sunday Globe*

»›Der Krieg‹ ist fesselnd und wohl der erste Roman von einigem Gesamtanspruch. Er ist ein verdienstvolles und höchst lesbares Unternehmen.« *Welt am Sonntag*

Hoffmann und Campe

Herman Wouk

Die »Caine« war ihr Schicksal

Roman · Sonderausgabe · 544 Seiten · Linson

»Dieses Buch ist die Geschichte einer Meuterei an Bord. Der unfähige und dazu noch feige Kommandant eines Minensuchzerstörers wird im Taifun von dem ersten Offizier abgesetzt, als die Befehle des Kommandanten das Schiff in die Gefahr des Kenterns bringen. Die Freisprechung durch das Kriegsgericht ist nur der juristischen Kunst eines jüdischen Rechtsanwalts zu verdanken; aber als die Offiziere den Freispruch mit einem Sektgelage feiern, hält der Anwalt seine Anklagerede. Der bisherige Verteidiger erklärt die Angeklagten für schuldig. Würde ihre Tat Schule machen, so hätten sie das Rückgrat des amerikanischen Kreuzzugs gegen Hitler und die Japaner zerbrochen. Ist also das Funktionieren des Apparats wichtiger als der Einzelne, wichtiger auch als das Schicksal eines alten Torpedobootes, das, zum Minensucher umgebaut, auf dem Pazifischen Ozean im Geleitdienst eingesetzt ist? Das ist in der Tat die Moral dieses Buches.« *Die Bücher-Kommentare*

Hoffmann und Campe